# J'élève mon enfant

Laurence
PERNOUD

# J'élève mon enfant

édition 2023

Mis à jour sous la direction d'Agnès Grison

Albin Michel

**Avertissement**

**Les conseils présentés dans ce livre ne sauraient remplacer une consultation médicale.**

Du même auteur, chez le même éditeur :

***J'attends un enfant***

édition 2023

# Sommaire

## 3. La vie quotidienne d'un enfant



## 4. Votre enfant découvre le monde

## 5. Grandir et s'épanouir : l'éducation

## 7. Guide pratique

# Chers parents

Voici l'édition 2023 de *J'élève mon enfant*, le « Laurence Pernoud », un livre écrit pour vous donner confiance en vos capacités à élever votre enfant, à tisser avec lui des liens profonds, dans un climat de tendresse. Il s'adresse à tous les parents, quelles que soient les situations familiales – parents biologiques, femmes seules, parents adoptifs, couples homoparentaux…et il souhaite être au plus près de vos préoccupations.

Ce livre est ambitieux et se propose de répondre à toutes vos questions. Certains chapitres sont très pratiques : l'alimentation, la vie quotidienne, la santé, les différentes formalités… D'autres sont plus psychologiques et éducatifs. Vous verrez que bien souvent, ces différentes parties alternent et se complètent. Tout au long de *J'élève mon enfant*, dimensions concrète et affective s'entrecroisent, à l'image de la vie.

Le chapitre 4 est le cœur du livre. Il raconte le développement psychomoteur, émotionnel et relationnel des premières années. Vous découvrirez que le jeu si connu de « Coucou ! » est une véritable manifestation de l'intelligence, tout comme l'apparition de « Bravo ! » ; que dire « Non » puis « À moi ! À moi ! » sont des étapes fondatrices de la construction de la personnalité de l'enfant.

Ces informations et ces repères vont vous permettre de mieux comprendre votre enfant, de l'aider à s'épanouir, de l'élever plus facilement. Vous vous apercevrez qu'il est important d'adapter vos attitudes éducatives à l'âge de l'enfant, à son développement : souplesse et indulgence avec le tout-petit pour respecter sa fragilité émotionnelle, son besoin de découverte. Puis, au fur et à mesure que l'enfant grandit, il faudra savoir à certains moments faire preuve de fermeté et d'autorité.

Cette édition de *J'élève mon enfant* est fidèle aux principes de qualité et de rigueur qui nous ont toujours animées, Laurence Pernoud et moi-même. J'ai eu la grande chance de travailler avec Laurence Pernoud pendant de nombreuses années. Nous mettions sur pied la nouvelle édition, discutions et décidions des sujets à traiter. Nous choisissions les nouveaux spécialistes de notre équipe qui, au fil des années, s'est étoffée. Nous répondions à l'abondant courrier des lectrices et lecteurs, dont les témoignages et les suggestions ont enrichi notre expérience. Lorsqu'elle s'est peu à peu mise en retrait, Laurence Pernoud a souhaité que je poursuive son œuvre, celle de toute une vie. Je continue aujourd'hui ce travail, entourée de notre équipe, avec le même enthousiasme.

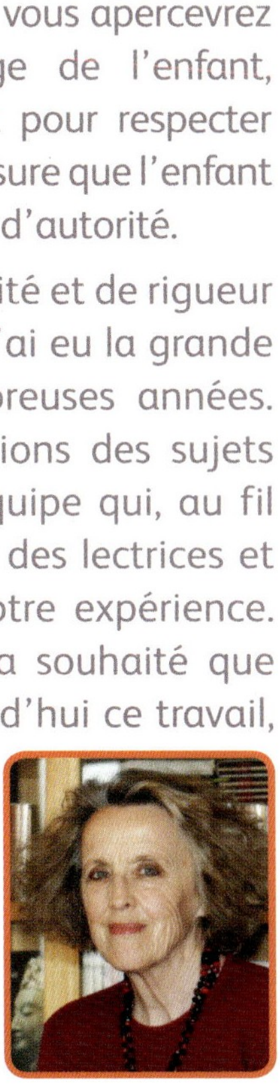

**AGNÈS GRISON**

# Une équipe

La mise à jour annuelle de *J'élève mon enfant* représente un travail permanent nourri de rencontres, de contacts, de lectures. Elle nécessite également le concours d'une équipe de spécialistes. Chacun d'entre eux apporte sa pratique, ses connaissances, son dynamisme. Voici l'équipe qui m'entoure et que je remercie.

**DANIELLE RAPOPORT**, psychologue, ancienne titulaire de l'Assistance publique-Hôpitaux de Paris, est Présidente d'honneur de l'association « Bien-traitance, formation et recherches ». Son expérience de psychologue à l'hôpital et dans des collectivités de jeunes enfants, enrichie par son travail permanent de recherche et son enthousiasme à communiquer, nous rend sa collaboration très précieuse.

**Dr ÉRIC OSIKA**, pédiatre libéral et hospitalier, met ses compétences au service de nos lecteurs. Il se charge des nombreux courriels qui nécessitent l'avis d'un spécialiste. Nous apprécions sa contribution pertinente et constructive et le regard attentif qu'il porte sur les enfants. Il est co-fondateur du CoSE (Collectif surexposition écrans).

**SYLVIE MORIETTE**, psychologue clinicienne, nous fait profiter de sa pratique concernant le développement affectif et intellectuel de l'enfant, et les difficultés parfois rencontrées par les tout-petits : agressivité, affirmation de soi, opposition, colères ou crises, frustrations, etc. Son expérience nous permet d'aider les parents à mieux comprendre leurs enfants et à se sentir renforcés dans leur rôle.

**ANNE-SOPHIE BEUDAERT**, sage-femme et puéricultrice. Elle assiste les parents lors du retour à la maison et pendant les premières semaines qui suivent la naissance, qu'il s'agisse du suivi postnatal des mères, des questions sur la contraception, d'une bonne mise en route de l'allaitement, de la surveillance des bébés, etc.

**BRIGITTE COUDRAY**, diététicienne-nutritionniste, s'intéresse tout particulièrement à l'alimentation des enfants et des familles et aux conseils de prévention et d'éducation qui peuvent leur être donnés. Elle est adhérente au Club Européen des Diététiciens de l'Enfance (CEDE).

**DOMINIQUE FAVIER**, ancien cadre socio-éducatif à l'Assistance publique-Hôpitaux de Paris, s'occupe du *Guide pratique*. Les lecteurs apprécient qu'on les aide à se retrouver dans le dédale des formalités et qu'on leur donne tous les renseignements utiles.

Je remercie également pour leurs avis :

**Dr ALAIN DE BROCA**, qui a bien voulu apporter à cette nouvelle édition de *J'élève mon enfant* son regard de neuropédiatre. Sa pratique hospitalière, ses connaissances psychologiques et philosophiques, sa compréhension bienveillante des enfants, nous rendent sa participation particulièrement appréciable.

**Dr NADIA BRUSCHWEILER-STERN**, pédiatre et pédopsychiatre, spécialiste du développement du tout-petit.

**Dr JEAN-VITAL DE MONLÉON**, pédiatre, spécialiste de l'adoption.

**SABINE DUFLO**, psychologue clinicienne, qui s'intéresse à la place des écrans chez les enfants. Elle est co-fondatrice du CoSE (Collectif surexposition écrans).

**Dr RÉMI FAVIER**, du Centre de référence des pathologies plaquettaires à l'hôpital Trousseau.

**PAULINE GRISON**, docteure en sciences de l'information et de la communication, pour ses remarques pertinentes sur l'évolution de la famille.

**ELSA JOB-PIGEARD et CAROLE VANHOUTTE**, orthophonistes, formatrices et co-fondatrices de l'association Joue pense parle.

**ÉMILIE DELBAYS**, de l'association WECF France, au sujet de l'environnement et la santé de l'enfant.

**Dr JOSHUA SPARROW**, pédopsychiatre à l'hôpital d'enfants de Boston, directeur du Centre Brazelton.

**Dr ANNE-CÉCILE ZIMET**, chirurgien-dentiste.

Enfin, je suis heureuse de terminer ces remerciements en rendant hommage au **Pr T. BERRY BRAZELTON**, pédiatre mondialement reconnu pour ses travaux sur la compétence du nouveau-né, les interactions parents-enfants et l'attachement. Grâce à Laurence Pernoud, j'ai eu la chance de le rencontrer et il a toujours porté un regard bienveillant et chaleureux sur *J'attends un enfant* et *J'élève mon enfant*.

# 1

# Un enfant entre dans votre vie… et soudain tout change

À vrai dire, depuis 9 mois, la plupart de vos projets tournaient autour de cette attente. Mais la présence de votre nouveau-né va réellement transformer votre vie de famille : il est si petit et pourtant, il tient tellement de place, il provoque tant d'émotions, de questions, il se manifeste avec une telle vigueur… Vous avez envie de comprendre ce qu'il ressent, de deviner ses besoins pour y répondre au mieux : en un mot, de le connaître… C'est ce que nous vous proposons de faire au début de ce chapitre. Puis, nous parlerons du bien-être de votre bébé, toilette, changes, vêtements, aménagement de son espace : tout cet environnement qui contribue à son confort.

# Des instants privilégiés

Votre bébé, dont vous avez attendu la naissance avec tellement d'impatience, est enfin là, dans vos bras. Les premières semaines, il va dormir beaucoup, se remettant lui aussi du bouleversement émotionnel et physique de la naissance. Même en dormant, grâce à votre présence, votre bébé va prendre ses repères. Le portage, les tétées, le bain, les sorties, seront des moments privilégiés de rencontre entre vous et votre enfant. Vos gestes, vos regards, vos sourires, vos paroles, vous permettront de vous découvrir l'un et l'autre, l'un avec l'autre, l'un par l'autre. En lui parlant lorsque vous le changerez, il reconnaîtra votre voix qu'il entendait avant la naissance. Contre vous, au plus près des battements de votre cœur, il se sentira en sécurité. Tout ce qui lui donne un sentiment de continuité sensorielle entre ce qu'il ressentait avant et après la naissance est rassurant.

Pour les parents, les joies de la découverte vont se révéler peu à peu. Pour le nouveau-né, dès les premiers instants, plaisir et besoin sont étroitement associés : l'enfant naît et, avant toute nourriture, ce qu'il cherche en arrivant au monde, c'est que des bras l'enveloppent, qu'on lui parle tendrement, qu'un regard rencontre son regard. Sentir qu'il est aimé, qu'il est accueilli, va lui donner la confiance dont il a besoin pour s'ouvrir à ce qui l'entoure.

Ces rencontres entre vous et votre bébé seront l'occasion de suivre ses progrès – ils sont très rapides –, d'observer ses expressions, ses changements d'humeur, reflets de son bien-être et de sa santé. Elles vous permettront aussi de réagir à la complexité des sentiments que provoque toute naissance : plaisir de s'occuper du bébé, lassitude devant la répétition des soins, prise de conscience des responsabilités présentes et à venir, joie d'être auprès de son enfant, frustration de se sentir moins libre. Voir votre bébé progresser au fil des jours vous étonnera, vous ravira, vous confortera dans vos capacités à vous occuper de lui, et vous rendra encore plus proches l'un de l'autre.

# Premiers tête-à-tête mère-bébé

Au retour de la maternité, vous serez émue d'installer votre bébé dans sa chambre, heureuse d'être à nouveau chez vous. Votre enfant retrouvera également ses habitudes : avant la naissance, lui aussi avait monté les escaliers ou pris l'ascenseur, ou avait entendu le bruit de la clé dans la serrure. Cependant, vous pourrez ressentir un moment d'inquiétude, loin des professionnels de la maternité qui savaient vous conseiller, vous soutenir. Vous aurez peut-être aussi des accès de découragement si fréquents après la naissance (qu'on appelle *baby-blues*) et dont nous avons parlé dans *J'attends un enfant*.

Tout cela fait que ce moment tant attendu du retour à la maison est parfois un peu difficile, et que vous risquez de douter de votre habileté à répéter les gestes et les soins appris à la maternité. C'est normal, chaque mère devant son premier enfant se sent maladroite et comme intimidée. Dites-vous alors que le bain n'a pas d'importance si vous n'avez pas envie de le donner, que la tétée peut attendre si votre bébé ne la réclame pas ; ce qui importe pour le moment, c'est que vous vous habituiez à sa présence, que vous fassiez connaissance, qu'il vous sente près de lui, la plus détendue possible.

**Pour mieux faire connaissance avec votre enfant**, mettez-le bien contre vous : ce contact sera réconfortant pour tous les deux et lui rappellera ce qu'il vivait dans votre ventre, contenu, bercé, entouré par vos bruits corporels. Puis, si vous vous sentez calme, et si cela plaît à votre bébé, avant ou après le bain, massez-le légèrement le long de la colonne vertébrale, en remontant le long des jambes, derrière la nuque, etc. ; vous verrez comme vous en serez heureux tous les deux.

Le repas terminé, gardez votre bébé un bon moment près de vous. Même si d'autres occupations vous appellent, oubliez-les, rien n'est plus important pour le moment que cette proximité et ce temps passé ensemble, qui vous apaiseront tous les deux. Lorsque votre bébé dormira, profitez-en pour faire de petites siestes, tellement bienfaitrices.

**Être entourée lors du retour à la maison** est important pour se sentir moins seule ; la présence de votre compagnon, de votre compagne, d'un proche, selon votre situation conjugale ou familiale, aide à prendre ses marques après la naissance.

# Dans les bras de son père

Pendant des mois, vous avez senti votre bébé, sous vos mains, bouger dans le ventre de sa maman. Vous connaissiez les moments de la journée où il était le plus actif, et ceux où il dormait. Vous l'avez vu sur l'écran de l'échographe et vous avez entendu – avec quelle émotion ! –, battre son cœur.

Maintenant, **le grand moment tant attendu est arrivé**. Votre bébé est là, cet enfant tellement désiré, tellement imaginé. Il est là, à la fois si léger dans vos bras et si fragile. Rassurez-vous. Très vite, vous verrez votre enfant réagir avec une vigueur dont vous l'auriez cru incapable un instant auparavant. Si vous vous sentez maladroit pour vous occuper de lui, cela n'aura qu'un temps, celui des premiers jours qui suivent une naissance. Même si vous êtes très occupé par les derniers préparatifs et gêné par le manque d'intimité de ces premières rencontres, une longue histoire et un dialogue bien particulier, accompagné de tendresse et de découvertes, vont commencer et s'installer peu à peu.

La place que prend déjà votre enfant vous émeut et vous attendrit.
Vous sentez que votre présence est importante pour votre bébé qui a entendu votre voix pendant la grossesse et pour votre compagne qui a besoin de vous. Vous vous surprenez à revenir plus tôt le soir à la maison et, le matin, vous êtes souvent le premier réveillé pour embrasser votre bébé. Profitez pleinement de ces premiers moments, les sourires et les expressions d'un bébé changent très vite, si vite. **Profitez !**
**Le congé de paternité** est particulièrement bienvenu et précieux pour faire connaissance avec votre tout-petit et apporter aide et réconfort à votre compagne. Si vous le pouvez, prenez ce congé dès la naissance ou lors du retour à la maison.

*« J'avais peur de ne pas arriver à m'occuper de mon bébé nouveau-né. J'avais trouvé mes neveux si petits et fragiles. Je m'étais senti tellement maladroit ! Mais avec le mien tout est différent... »*

*Simon*

### Si votre bébé est prématuré ou a besoin de soins particuliers

En parlant de ces premières relations parents-bébé, nous avons conscience des regrets, des frustrations qu'elles peuvent donner aux parents si leur bébé est resté hospitalisé en néonatalogie. Heureusement, dans la plupart de ces services, des dispositions sont prises pour faciliter les rencontres : les parents peuvent bénéficier d'une chambre si leur domicile est loin du lieu d'hospitalisation, ou bien venir sans limitation d'horaires. Ils peuvent être au plus près de leur bébé, lui parler pour qu'il entende leur voix, le toucher, afin de ne pas rompre le lien. S'ils le souhaitent, ils participent aux soins, puis les font seuls afin de préparer le retour à la maison (p. 179 et suiv.).

**Le téléphone portable**

Les parents ont envie de faire des photos, d'envoyer des messages, de partager joies et découvertes avec leurs proches. C'est bien naturel. Mais votre bébé a besoin de votre regard, de votre sourire, de votre attention, qui le fortifient doucement. Sachez mettre de côté votre téléphone lors des moments de relation forte avec votre enfant (repas, change, couchage, câlin).

## Un temps d'adaptation

Avant la naissance, en s'occupant des questions matérielles (vêtements, lit, table à langer, poussette), les parents réalisent bien que la vie quotidienne va beaucoup changer. Mais ils ne peuvent imaginer la vie avec leur bébé tant que celui-ci n'est pas né.
Dès la sortie de la maternité, la réalité des besoins d'un enfant prend tout son sens. Les premiers mois, la plupart des bébés réclament une ou plusieurs tétées ou biberons la nuit. Les parents se lèvent et la fatigue s'accumule au fur et à mesure des semaines. Toute la vie quotidienne tourne autour du bébé : les repas, les changes, l'alternance des moments d'éveil et de calme, les sorties, les courses, la lessive, les consultations pour suivre la croissance, etc. Les parents sont souvent désemparés par la place que prend l'enfant dans la vie de la famille. Ils ont l'impression qu'ils n'auront jamais plus une minute à eux.
Les parents d'un premier enfant ne savent pas toujours que les premiers mois avec un bébé nécessitent une période de découverte mutuelle et d'ajustement au bébé qui demande du temps. Avant la naissance, blotti dans le ventre de sa maman, l'enfant était nourri en permanence, il était bercé, il dormait et se réveillait quand il le voulait. Maintenant, pour répondre à ses besoins, il est totalement dépendant des adultes qui l'entourent. Il réclame lorsqu'il a faim, soif, envie d'être avec vous, dans vos bras. Il est important de répondre à

**Important**

Le rythme de l'enfant est très différent de celui de l'adulte et c'est à l'adulte de s'y ajuster. Grâce et à travers votre sérénité, votre patience, l'enfant s'adaptera en douceur à la vie familiale.

ces appels : à cet âge si tendre, le bébé ne fait pas de caprices ; il ne peut pas anticiper et il est dans l'urgence que ce qui est désagréable (faim, coliques, stress) s'arrête. Il demande qu'on l'aide à s'adapter à sa nouvelle vie. Lorsque les parents sont avertis de cela, ils acceptent mieux les demandes de leur bébé et peuvent combler ses besoins sans se sentir tyrannisés par lui. Ils prennent confiance en eux.
**Au bout de quelques mois**, votre enfant va trouver le rythme qui lui convient, s'intéresser à ce qui l'entoure, commencer à apprendre, à attendre. En même temps, vous aurez le plaisir d'avoir avec lui des échanges plus nombreux et plus variés ; en observant ses progrès, vous serez touchés de voir apparaître ses goûts, se dessiner sa personnalité. Un couple avec un bébé, c'est vraiment une autre vie, une nouvelle vie.

**Soyez rassurés**

Tous les parents passent par cette période d'adaptation. Si vous la trouvez difficile, voyez avec votre entourage, votre famille, vos amis comment vous faire aider. Partager les expériences permet aussi de les relativiser en se rendant compte que d'autres parents les ont vécues. Parlez-en également avec votre pédiatre.

## Des moments parfois difficiles

En général, la découverte réciproque des parents et de l'enfant se passe bien. Les émotions si fortes de la naissance se transforment en un profond sentiment d'attachement qui se développe peu à peu. Plus rarement, mais cela arrive, des difficultés apparaissent, s'installent et durent. Nous en parlons plus loin (p. 175 et suiv.). Il nous a semblé important d'en dire un mot dès maintenant pour que les parents ne se sentent pas isolés et se fassent aider.
Certains parents sont fatigués, énervés par leur bébé qui pleure beaucoup. Ou bien ils sont angoissés et inquiets de la fragilité de leur nouveau-né à laquelle ils ne se sentent pas capables de faire face. Ou encore, ils ne parviennent pas à s'intéresser à leur bébé qu'ils ne comprennent pas et dont ils ne perçoivent pas les premiers signes de communication. Il faut parler le plus tôt possible de ces difficultés aux professionnels : pédiatre, médecin de famille, centre de PMI, sage-femme, psychologue… Dans certaines villes, des lieux d'accueil et de consultations parents-bébé existent. Renseignez-vous auprès de la maternité, du réseau périnatal de votre région, du centre de PMI, de votre médecin.
**Les premiers mois après la naissance**, surtout lorsqu'il s'agit d'un premier enfant, sont une période de grande fragilité pour certains parents. Au moment où se crée la nouvelle famille, de nombreux souvenirs remontant jusqu'à la toute petite enfance des parents – et surtout de la maman – reviennent à la mémoire. Beaucoup d'émotions, d'inquiétudes, peuvent alors se manifester. D'autant plus qu'une maman seule dans la journée, peu aidée, débordée, stressée, peut se sentir abandonnée et avoir de la difficulté à s'adapter à la personnalité de son bébé, à retrouver sa place au sein de son couple. Pour qu'une sérénité bénéfique pour tous puisse s'instaurer, la maman peut avoir besoin de raconter à un tiers, en présence du bébé, et parfois du papa, sa grossesse, l'accouchement, les premiers jours après la naissance, les soucis familiaux… Ne pas refouler ses sentiments et prendre l'habitude de partager, d'échanger dans le couple et avec un professionnel, vont permettre de diminuer progressivement les fortes émotions suscitées par la naissance.

**À savoir**

Si vous ne comprenez pas bien votre enfant (ses réactions, ses pleurs), n'attendez pas pour prendre contact avec votre médecin traitant ou la consultation de PMI (Protection maternelle et infantile) proche de votre domicile ; une puéricultrice prendra le temps de vous écouter. Ce service départemental organise notamment des consultations qui ont un rôle d'écoute, de prise en charge, de conseils (médicaux et développementaux).

# La toilette : des échanges entre les parents et l'enfant

C'est par le corps du bébé, par la manière qu'on a de s'occuper de lui, de le porter, de lui donner son bain, de l'habiller, que vont naître les sensations de sécurité, de confort, qui vont lui donner confiance en lui, en vous. « Être bien dans sa peau » prend ses racines dans ces premiers moments de l'enfance. Le climat de tranquillité que crée le **bien-être** du bébé se ressent dans toute la maison. **Prendre soin** de lui, c'est associer tous les soins de la toilette à la prévenance, la sollicitude, le plaisir partagé que requiert un nouveau-né, et cela demande de toutes nouvelles compétences de votre part.
Ce qui suit a justement pour but de répondre aux questions pratiques que les parents se posent. Il est important d'avoir ce qu'il faut sous la main et d'être bien installé. Cela vous aidera à être détendus ; vous serez ainsi disponibles pour que les gestes de la toilette soient, d'emblée, des moments d'échange. Les progrès si rapides de votre bébé provoqueront chez vous étonnement, émerveillement, complicité, évitant ainsi à la routine de s'installer.
Le bébé n'est pas aussi fragile qu'on le croit mais il faut au début prendre quelques précautions pour bien le tenir afin qu'il se sente à l'aise. Que vous le teniez à la verticale ou à l'horizontale, vous soutiendrez bien sa tête et vous aurez toujours une main sous ses fesses : il se sentira ainsi en sécurité dans son corps, dans ses mouvements.

Il est possible de donner le bain dès le retour à la maison. Le bain n'est pas seulement le meilleur moyen de laver le bébé, c'est surtout une merveilleuse occasion pour lui de se décontracter, de se déplier, de s'étirer, ce qu'il ne fait pas encore facilement dans son lit. On peut baigner le bébé même si le cordon ombilical n'est pas tombé, à condition qu'il n'y ait pas d'infection. Ne vous inquiétez pas si vos premiers essais sont malhabiles, votre technique va vite s'améliorer.

Certains nouveau-nés n'apprécient pas particulièrement **le bain**. Il n'est pas indispensable de baigner quotidiennement un bébé durant ses premières semaines de vie : une toilette du siège, un carré de coton imbibé d'eau tiède sur le visage et dans le cou peuvent suffire car un bébé n'est pas « sale ».

## Les produits de toilette

Vous aurez besoin pour la toilette des objets et produits suivants :
- savon en gel ou pain, sans parfum ni colorant. Vous pouvez utiliser le même produit pour le corps et le visage. Pour les premiers mois, choisissez plutôt un produit spécial pour nourrissons. En cas de peau particulièrement sèche ou sensible, il existe des gels et pains sans savon ;
- le liniment oléo-calcaire (mélange d'eau de chaux et d'huile d'olive) est souvent conseillé pour la toilette du siège ; choisissez plutôt un produit labellisé Cosmebio ou BDIH ; vous pouvez également faire le mélange vous-même en prenant les précautions nécessaires (demandez conseil à la sage-femme) ;
- pommade pour le siège en cas d'irritation ;
- sérum physiologique ;
- crème hydratante sans parfum ;
- compresses ;
- carrés de coton et coton à découper, ou carrés en velours de coton lavables ;
- les lingettes sont pratiques pour la toilette du siège de bébé lorsque vous vous déplacez (veillez à ce qu'elles ne contiennent pas de parabènes, de phénoxyéthanol ou de parfums). À la maison, utilisez l'eau et le savon ou du liniment oléo-calcaire. L'usage prolongé et répété des lingettes est déconseillé ;
- l'huile d'amandes douces est déconseillée à cause du risque d'allergie ;
- d'une façon générale, pour la peau de votre bébé, n'abusez pas des cosmétiques qui peuvent être trop agressifs, et utilisez les produits les plus simples (sans parfum, ni colorant) : ce sont souvent les meilleurs.

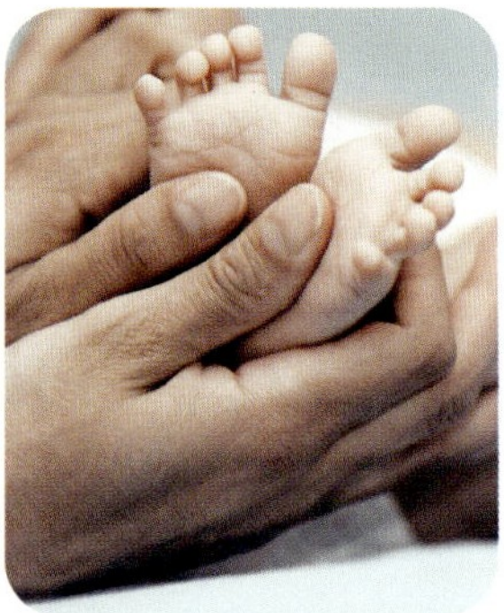

Vous aurez également besoin de :
- un thermomètre de bain ;
- deux ou trois gants de toilette (on nettoie d'abord les cheveux, puis le corps et le siège ; le gant sera lavé après la toilette) ;
- deux serviettes éponges assez grandes pour envelopper votre enfant lorsqu'il sort de son bain, ou une cape de bain en éponge ;
- une lime en carton ou une paire de petits ciseaux spéciaux pour couper les ongles après un mois ;
- une brosse à cheveux ;
- un thermomètre médical (à utiliser si vous trouvez votre bébé grognon ou chaud).

## Les soins de l'ombilic

À la naissance, la sage-femme ou le médecin coupe le cordon ombilical et met une pince. Celle-ci sera soit enlevée au bout de 2-3 jours, soit laissée en place ; dans ce cas le cordon tombera avec la pince.
Le cordon met quelques jours à sécher puis il tombe le plus souvent dans les 15 premiers jours. En tombant, il laisse une petite plaie, l'ombilic ou nombril, qui va cicatriser. Pendant toute cette période, et jusqu'à cicatrisation complète, vous ferez les soins de l'ombilic, soit avec une compresse et le désinfectant prescrit par le pédiatre à la sortie de la maternité, soit tout simplement à l'eau et au savon, puis en séchant bien. Rassurez-vous, cela ne fait pas mal à votre bébé.

Tout suintement prolongé, toute rougeur de l'**ombilic** et autour de l'ombilic, toute odeur inhabituelle, toute cicatrisation longue à se faire doivent être signalés à la sage-femme ou au médecin.

## Les changes de la journée

La peau du nouveau-né est mince et fragile, pleine de petits plis. La sueur et le frottement peuvent l'irriter, c'est pourquoi il est important qu'elle soit propre et bien séchée à chaque change. Changez le bébé après chaque repas ; changez-le également dès qu'il s'est sali car les selles sont irritantes pour la peau.
**Pour nettoyer les fesses – le siège – de votre bébé** : si nécessaire ôtez les selles avec des mouchoirs en papier ou du papier hygiénique, ensuite, nettoyez le siège et les cuisses à l'eau et au savon (avec un gant ou du coton), ou avec du liniment, d'avant en arrière et rincez. Lorsque les fesses sont propres, si nécessaire, mettez une couche épaisse de pommade pour le siège (type pâte à l'eau, en pharmacie). Des changes fréquents sont la meilleure prévention des fesses rouges (*Peau*, p. 433 ; *Érythème fessier*, p. 410).

**Important**

Quand votre bébé est sur la table à langer, ne le lâchez jamais ; ayez toujours une main posée sur lui. Il suffit d'une seconde où vous avez le dos tourné pour que le bébé, même tout petit, tombe.

## Le bain

Le bain est un moment privilégié dans la vie de l'enfant ; on peut comprendre pourquoi. Avant de naître, il a vécu dans un milieu aquatique (et très spacieux jusqu'au septième mois), dans une eau enveloppante, protectrice, qui filtrait et amortissait les bruits. Après la naissance, le bébé retrouve dans le bain ces sensations agréables et sécurisantes. Ajoutons qu'à tout âge, le bain aide l'enfant énervé à se calmer.
Le bain va devenir également un moment privilégié pour vous. Prenez votre temps, rien ne presse, faites vos gestes lentement, n'hésitez pas à les accompagner de ces mots qui viennent spontanément aux lèvres lorsqu'on est dans une relation affective et tendre, où l'on commente chaque détail à haute voix. Ce « bain » de paroles fait plaisir à l'enfant et le rassure.
Il est en même temps l'occasion de voir si tout va bien : en baignant votre enfant, en le voyant tout nu, vous pouvez avoir le regard attiré par une rougeur, par un gonflement suspect ou par une attitude anormale.

**Notre bébé a peur de l'eau, est-ce normal ?**

Oui, les premiers jours, il peut être surpris. Assurez-vous que l'eau n'est pas trop chaude (ou trop froide). Encouragez-le en lui parlant doucement. Au bout de quelques jours, il sera habitué et appréciera beaucoup son bain.

## Les premiers bains

Le premier jour, et surtout pour le premier enfant, vous aurez certainement peur de mettre votre bébé dans l'eau. Tous les parents font la même expérience mais sont très vite rassurés.
Pour que tout se passe bien :

- préparez avec soin et placez à portée de main tout ce qu'il faut pour le bain (voir pages suivantes) ;
- si vous le pouvez, donnez le premier bain en présence d'un tiers qui vous passera la serviette oubliée, le cas échéant ;
- mettez peu d'eau dans la baignoire et vérifiez la température de l'eau (37 °C) avant d'y plonger bébé ;
- tant que vous n'êtes pas très sûr de votre « technique », procédez comme indiqué pages 12 et 13 : savonnez votre bébé avant de le mettre dans l'eau, puis ôtez soigneusement tout savon sur vos mains, ainsi vous tiendrez votre bébé fermement ;
- au début, vous aurez hâte de sortir votre bébé de l'eau ; après, tout en le soutenant, laissez-le gigoter, il sera ravi.

## La baignoire

Pour donner le bain, vous pouvez utiliser soit une baignoire pour bébé (il y a plusieurs modèles), soit simplement un lavabo – mais seulement les premières semaines car le lavabo sera vite trop petit. Vous pouvez aussi trouver dans le commerce des modèles s'adaptant à la grande baignoire ou au bac à douche. Si celui-ci est trop petit, il existe également des baignoires que l'on peut poser sur une table, ou qui s'adaptent à certaines tables à langer.
Lorsque votre enfant aura grandi, il prendra son bain dans la grande baignoire. Différents systèmes (transat, anneau de bain, coussin, etc.) existent pour l'installer mais aucun ne nous paraît satisfaisant, ni pour la sécurité de l'enfant, ni pour le confort de l'adulte qui donne le bain.
**Quand peut-on mettre un bébé dans la grande baignoire ?**
Pas avant qu'il sache rester bien assis. Mettez au fond de la baignoire un tapis antidérapant pour éviter les glissades parfois dangereuses.

**_Attention_**

Ne laissez jamais un enfant seul, même un instant, si bien installé soit-il dans la baignoire. Il peut se noyer dans 15 cm d'eau ou ouvrir le robinet d'eau chaude. Ayez le réflexe de ne pas répondre au téléphone à ce moment-là.

## À quel moment donner le bain ?

Vous verrez ce qui vous arrangera le plus. Peut-être souhaiterez-vous attendre que votre conjoint soit présent pour qu'il y participe ? Peut-être serez-vous plus disponible et moins fatiguée le matin ? Cela a peu d'importance mais choisissez un moment où votre bébé n'est pas affamé et ne le réveillez pas pour donner le bain. Lorsque l'enfant grandit, c'est souvent le soir qui est le moment le plus pratique, en revenant de la crèche ou de chez l'assistante maternelle.

**Combien de temps laisser votre bébé dans son bain ?**

Pas trop longtemps s'il a la peau sèche, plus si tout va bien.

## Bain, changes et toilette de votre bébé

Avant de donner le bain, vérifiez que la salle de bains est suffisamment chauffée pour que le bébé se sente à l'aise : il doit y faire au moins 22 °C. Préparez ce dont vous aurez besoin : matelas à langer recouvert d'une serviette, coton, savon, gant de toilette, brosse et ce qu'il faut pour habiller votre bébé : body, vêtement, change, etc. Puis faites couler l'eau du bain, d'abord l'eau froide, puis l'eau chaude, par prudence. Avec un thermomètre, vérifiez la température de l'eau, le mélange doit être agréable (environ 37 °C).

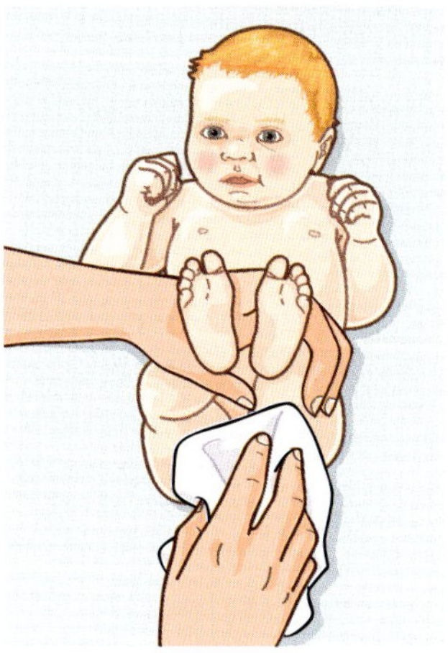

**1 –** Ôtez les couches puis nettoyez le siège de votre bébé, d'abord avec les coins de la couche, puis avec un coton mouillé (toujours d'avant en arrière) : le siège de l'enfant doit être bien nettoyé avant le bain pour que l'eau ne soit pas salie. Le body ôté, voici le bébé prêt pour le bain.

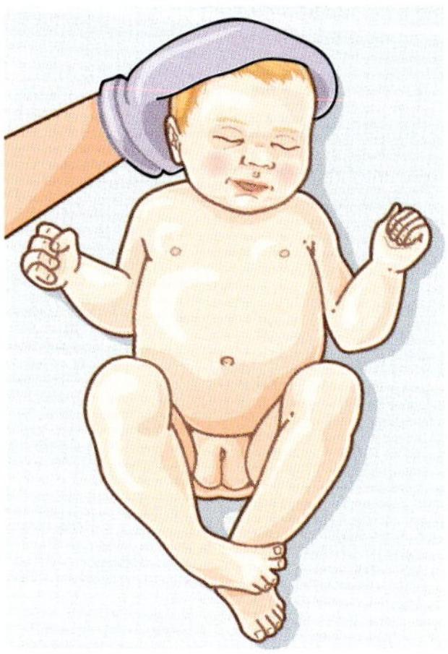

**2 –** Maintenant, savonnez votre bébé, d'abord les cheveux, puis le corps. Au début, servez-vous d'un gant de toilette, cela glisse moins. Lorsque vous vous sentirez plus habile, vous pourrez savonner votre bébé directement avec la main. C'est d'ailleurs plus agréable pour lui. N'ayez pas peur de savonner la tête, la fontanelle n'est pas fragile : la peau est fine mais cache une membrane robuste qui supporte parfaitement une pression normale.

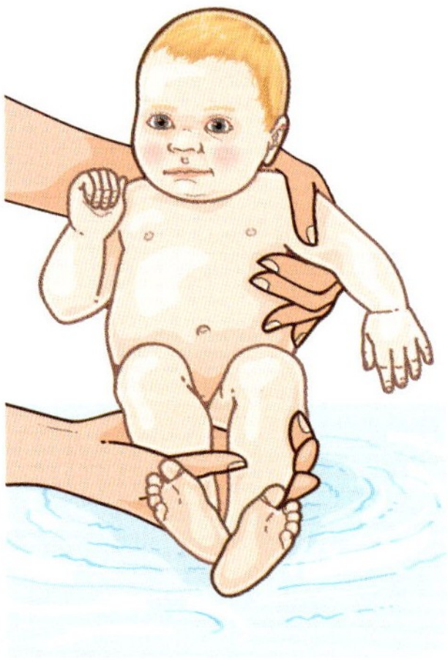

**3 –** Avant de plonger votre bébé dans l'eau, rincez votre main pleine de savon, vérifiez la température de l'eau sur le thermomètre de bain. Soulevez votre bébé en passant votre main gauche sous la nuque pour le tenir par l'aisselle et votre main droite sous les chevilles, et mettez-le doucement dans l'eau. Si, à ce moment-là, votre bébé est un peu contracté, parlez-lui, votre voix accompagnant tendrement vos gestes va vite le détendre.

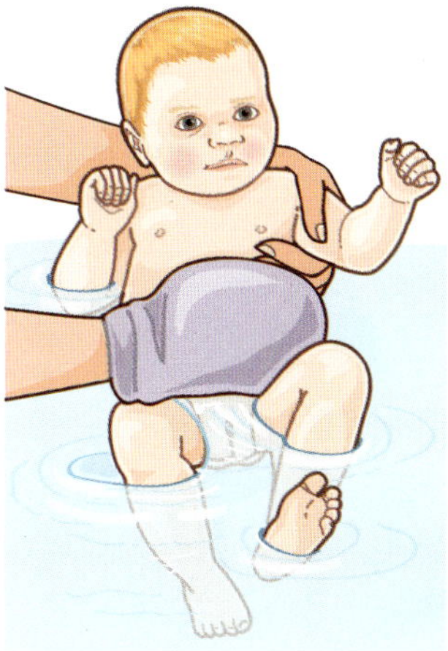

**4 –** Maintenant, de la main gauche, tenez fermement le bébé, toujours sous la nuque et jusqu'à l'aisselle, et de la main droite, rincez-le, sans oublier les cheveux et le derrière des oreilles. Mettez-lui l'arrière de la tête et les oreilles quelques instants dans l'eau. Dès que vous serez bien habitué à tenir bébé dans l'eau et qu'il aimera son bain, laissez-le gigoter un moment.

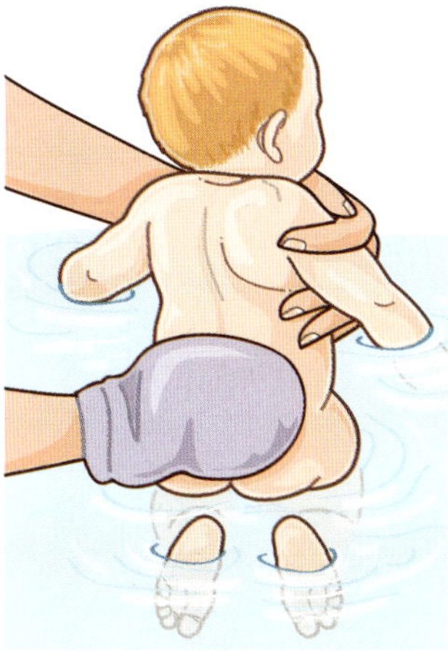

**5 –** Au bout de quelques jours, lorsque vous serez bien à l'aise pour tenir bébé dans l'eau, vous pourrez le mettre sur le ventre : les bébés aiment souvent cette position.

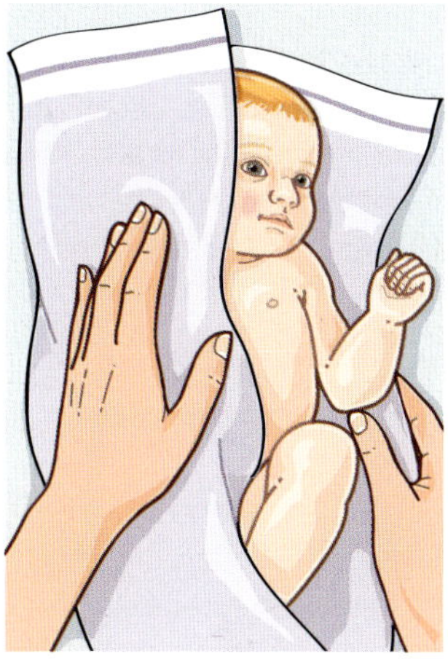

**6 –** Sortez votre bébé du bain en le tenant comme tout à l'heure (fig. 3) et posez-le sur la serviette. Essuyez-le soigneusement en commençant par les cheveux, séchez bien tous les plis, sous les bras, aux plis de l'aine, aux cuisses, aux genoux, etc. Pour sécher votre bébé, tapotez-lui légèrement la peau sans frictionner. Puis, comme il est tout heureux d'être propre, laissez-le un peu gigoter tout nu.

**7 –** Enfilez à votre bébé le haut de son body puis mettez la couche ; c'est simple mais les parents inexpérimentés sont heureux d'avoir une petite explication. Votre bébé étant allongé sur le dos, installez-le sur l'arrière de la couche et remontez-la entre ses jambes.

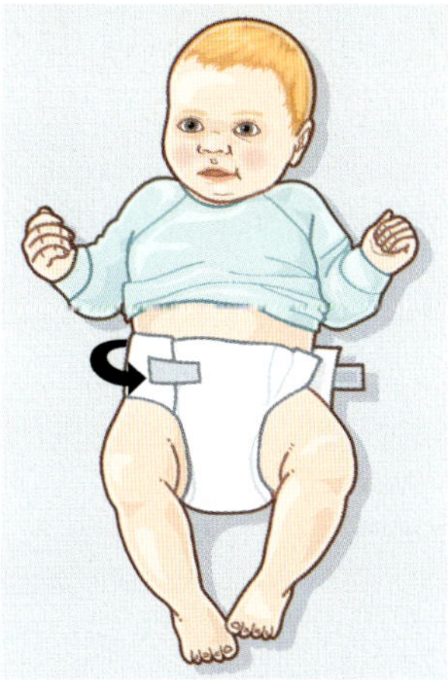

**8 –** Fixez les deux parties du change avec l'adhésif. N'hésitez pas à serrer un peu, sinon la couche va bâiller.

**9 –** Mettez votre bébé sur le ventre pour rentrer le haut de la couche afin d'éviter les « fuites ».

### Faut-il baigner un enfant tous les jours ?

Ce n'est pas indispensable surtout les premières semaines, ou si votre bébé est de petit poids, ou prématuré, car il a du mal à maintenir sa température. En cas d'eczéma ou de peau sèche, certains médecins conseillent de ne donner le bain qu'un jour sur deux. Parfois, le bain sera donné juste pour la détente procurée si votre bébé est agité ou s'il fait très chaud.

### Faut-il faire faire de la « gymnastique » au bébé ?

Ce n'est pas indispensable mais cela peut être une façon de jouer avec votre bébé, de communiquer avec lui. Après le bain, si vous avez le temps et si votre bébé n'est pas fatigué, vous pouvez lui faire faire quelques mouvements de jambes : le bébé sur le dos, mettez une main sur son ventre et, de l'autre, levez doucement ses jambes à la verticale, puis rabaissez-les, et ainsi plusieurs fois de suite. Vous pouvez aussi installer votre bébé sur le ventre quelques instants, vous le verrez relever la tête, ce qui améliorera son tonus. Tout cela est à faire comme un jeu qui amusera votre enfant et vous fera plaisir à tous les deux, et non comme un exercice. Sa « gymnastique », votre enfant la fera tout seul, en bougeant, gigotant, se déplaçant ; il suffit de favoriser ses mouvements.

## Pour finir la toilette

### Le visage

Passez un carré de coton imbibé d'eau tiède sur le visage de votre bébé, puis essuyez-le délicatement. Si nécessaire (une petite rougeur, une irritation, par exemple), mettez un peu de crème hydratante (sans parfum).

### Les oreilles

Nettoyez-les avec un morceau de coton que vous roulerez avec les doigts. Nettoyez le pavillon, la partie externe, mais pas le fond : le conduit interne de l'oreille est fragile et fonctionne par « autonettoiement », c'est-à-dire que les petits poils poussent la cire au-dehors. La peau derrière l'oreille se fendille parfois. Dans ce cas, mettez-y un peu de crème hydratante.

### Le nez

Là aussi, de minuscules petits poils repoussent à l'extérieur mucosités et poussières. Si nécessaire, vous pouvez mettre quelques gouttes de sérum physiologique dans chaque narine ou les nettoyer avec un coton roulé en forme de chandelle et imbibé de sérum. Ce n'est pas à faire de façon systématique.

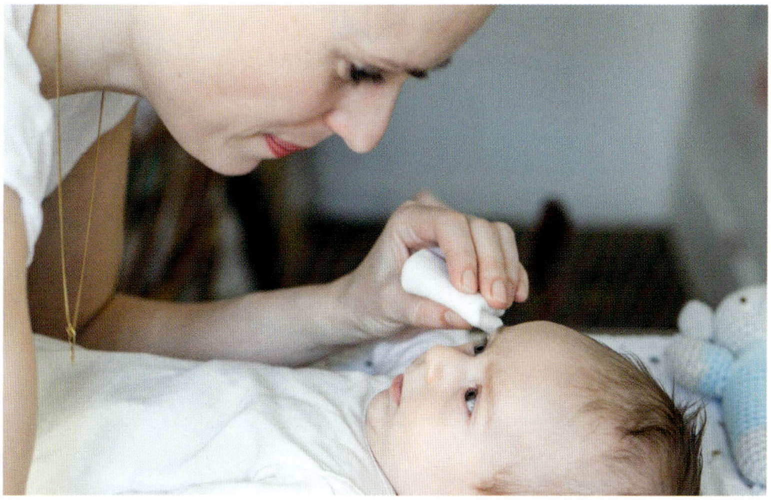

## Les yeux

Les premiers jours, il peut y avoir des petites saletés. Pour les ôter, passez sur les paupières un coton imbibé de sérum physiologique en allant de l'angle interne de l'œil vers l'angle externe (il est conseillé d'utiliser un coton différent pour chaque œil).
L'écoulement de l'œil est fréquent chez le nouveau-né (p. 340).

## Faut-il couper les ongles ?

Si tout va bien, il est possible d'attendre la fin du premier mois, date à laquelle les ongles sont un peu plus durs et plus faciles à couper. Si le bébé se griffe, limez les ongles plus tôt, en choisissant une période où il est calme, ou pendant qu'il dort. Après 1 mois, vous pouvez utiliser des ciseaux ; attention cependant à ne pas couper les ongles trop courts, vous risqueriez de blesser votre bébé.

## Faut-il laver les cheveux du bébé tous les jours ?

Oui, au début, pour éviter la formation de croûtes car le cuir chevelu du bébé est parfois gras. Si vous détectez tout de même des croûtes, le médecin vous conseillera une crème spéciale. À partir de 3-4 mois, il suffit de laver les cheveux tous les 3 ou 4 jours. Choisissez un shampooing spécial pour bébé, qui ne pique pas les yeux. Utilisez de préférence très peu de produit, dilué dans de l'eau.

## La toilette de la petite fille

Il n'est pas recommandé de trop nettoyer entre les petits plis de la vulve.

## La toilette du petit garçon

Il n'y a pas de toilette spéciale à lui faire. Les pédiatres préconisent d'attendre que le décalottage (p. 403) se fasse tout seul, parfois seulement vers 3-4 ans.

**Tête, visage, peau...**
Voyez la description du nouveau-né au début du chapitre 6, p. 338 et suiv.

# Les vêtements du bébé

Certains parents préparent pendant la grossesse tout ce dont leur bébé aura besoin : habillement, mobilier, jeux et peluches. D'autres ne s'occupent que du nécessaire et préfèrent compléter après la naissance. Quels que soient les choix, tous disent le plaisir de choisir la layette de leur bébé, de l'imaginer dans cette adorable robe, dans cette jolie salopette. Sachez qu'un bébé grossit et grandit très vite : tenez-en compte et n'achetez pas trop à l'avance pour ne pas vous retrouver avec des vêtements devenus vite trop petits. Pensez aussi à ce que l'on pourrait vous prêter en famille ou entre amis : pyjamas, gilets, voire poussette ou chaise haute, se passent facilement et permettent de limiter les dépenses et l'exposition à des substances indésirables plus présentes dans les produits neufs.

## Pyjamas, bodys, gilets…

Le poids et la taille d'un enfant changent si vite que l'on divise les six premiers mois en trois tailles : 1 mois, 3 mois et 6 mois. Certaines marques proposent une taille « naissance ». Celle-ci peut être bien adaptée à certains bébés, par exemple à des jumeaux qui sont souvent de petit poids. Mais elle risque de ne pas servir longtemps à un bébé de poids moyen. Pour lui, il vaut mieux prévoir la taille « 1 mois ». Quant aux bébés prématurés, on trouve dans les magasins de puériculture toute une layette adaptée à leur poids et à leur taille.
La manière d'indiquer les tailles n'est pas la même dans toutes les marques et pour tous les vêtements. Le plus souvent, les âges sont indiqués ainsi que la taille en centimètres. Vous vous familiariserez vite avec les différentes marques : celles qui taillent plutôt petit ou un peu grand.

Vous adapterez, bien sûr, les vêtements à la saison où naîtra l'enfant et à votre région. Vous pourrez y ajouter une cape de bain en éponge, avec capuchon. Pour les sorties, un nid d'ange (petit sac avec capuche) ou une combinaison seront pratiques car ils enveloppent bien le bébé.
Des parents nous ont demandé quelques explications sur les modèles de base. Voici trois incontournables.
Le **body** : à manches longues ou courtes, façon débardeur ou à fines bretelles, blanc ou coloré, rayé ou à motifs, il devient un vêtement à lui tout seul lorsqu'il fait chaud. Toujours en coton, il est agréable à porter et couvre bien le ventre puisqu'il se ferme à l'entrejambe. Pour le début, préférez les modèles qui se croisent et se ferment par des petits liens ou des pressions : le nouveau-né n'aime pas qu'on lui enfile des vêtements par la tête.
Le **pyjama** est indispensable les premiers mois, qu'il soit en coton léger ou plus épais selon la saison. D'ailleurs, les premières semaines, vous trouverez certainement plus facile et confortable pour votre bébé de le laisser en pyjama durant la journée. Puis, petit à petit, vous le remplacerez par un pantalon et un pull, une jupe et une blouse, une robe et un legging, un tee-shirt et un collant, etc.
La **turbulette**, ou gigoteuse, est un petit sac de couchage avec emmanchures qui s'enfile sur le pyjama. Elle remplace la couette, déconseillée chez le bébé. Vous la choisirez plus ou moins épaisse, selon la saison. Il existe plusieurs tailles, ou bien des modèles réglables.
**Les vêtements de la liste ci-dessous** vous serviront tant que votre bébé restera couché dans son lit. Lorsqu'il se mettra à ramper dans son parc, vous l'habillerez autrement. Il est inutile de vous donner une liste ; vous ferez vos achats selon votre budget et vos goûts. Rappelez-vous seulement que les vêtements d'un enfant doivent être :

- faciles à enfiler : avec de larges encolures et emmanchures ;
- pratiques : les salopettes et les combinaisons fermées par des pressions à l'entrejambe facilitent les changes ;
- peu fragiles et d'entretien facile.

***Important***

Lavez toujours les vêtements avant le premier usage.

## Les vêtements des premiers mois

| | 1 mois | 3 mois | 6 mois |
|---|---|---|---|
| **Bodys en coton** | 6 | 6 | 6 |
| **Brassières ou gilets en laine** | 2 | 2 | 2 |
| **Pyjamas** | 4 | 4 | 4 |
| **Turbulettes** | 2 | 2 | 2 |
| **Robes ou salopettes** | | 2 | 2 |
| **Gilets en coton** | 2 | 2 | 2 |
| **Chaussons ou chaussettes** | 4 | 4 | 4 |
| **Bavoirs (pour les repas)** | 4 | 4 | 4 |
| **Bonnet (ou chapeau)** | 1 | 1 | 1 |

**Bonnet et chapeau**. Porter un bonnet est confortable pour le bébé car son crâne, peu protégé par les cheveux, est d'une surface importante par rapport au reste du corps. Mais ne l'embarrassez pas avec un bonnet trop couvrant ou trop volumineux : les modèles les plus simples feront très bien l'affaire. En revanche, le chapeau – ou la casquette – est indispensable en cas de soleil, quel que soit l'âge de l'enfant.

## Les langes

Avec un petit bébé, on a souvent besoin de langes en tissu, qui sont de grands carrés de coton : pour le mettre sur l'épaule quand il fait ses renvois, pour le placer sous sa tête, dans son berceau, et qu'il soit ainsi toujours au propre et au sec. Et demain, le lange sera peut-être le « doudou » bien-aimé…

## Les couches

La majorité des parents se servent de couches jetables. Leur composition s'est fortement améliorée ces dernières années à la suite de campagnes dénonçant la présence de traces de résidus de pesticides et autres polluants. Les fabricants ont globalement bien progressé.
Certains parents préfèrent utiliser des couches lavables et préserver ainsi l'environnement. On peut aussi trouver en pharmacie des couches jetables tout en coton, utiles en cas d'érythème fessier. Il existe également des couches jetables ou lavables écologiques, qui contiennent moins de résidus chimiques que les couches traditionnelles.

## Coton ou synthétique ?

Il est recommandé de ne pas mettre de tissus en matière synthétique directement sur la peau d'un bébé, de ne pas les utiliser avant 3 ou 4 mois, enfin, de s'en servir avec précaution, c'est-à-dire sans insister dès qu'apparaît une réaction. Pour ces raisons, il semble plus simple d'acheter des articles en coton ou en laine et de réserver le synthétique pour les vêtements que l'enfant portera plus tard.
Chez les tout-petits, privilégiez les vêtements ayant un label (Confiance Textile, Écolabel européen, Naturtextil, GOTS). Pour les vêtements portés à même la peau, vous pouvez choisir des produits en coton biologique ou labellisés Oeko-Tex® 100 ou 1000.
**Les labels** distinguent des produits répondant à des exigences supplémentaires par rapport à la réglementation de la même catégorie de produits (par exemple, la limitation ou l'interdiction de certains colorants, de certaines substances classées comme allergènes, cancérigènes, etc.). Les écolabels permettent en général de garantir des produits contenant moins de substances potentiellement dangereuses et ils distinguent les produits plus respectueux de l'environnement.

EU Ecolabel
www.ecolabel.eu

**L'entretien du linge**. Choisissez une lessive écologique et sans parfum pour ne pas irriter la peau de votre bébé. Pour cette raison, il est déconseillé d'utiliser des produits adoucissants qui sont souvent également parfumés, ainsi que des lessives « désinfectantes » qui contiennent des substances pouvant être agressives. Si vous lavez à la main, utilisez du savon de Marseille et rincez bien.
Comme nous l'avons dit plus haut, il est indispensable de laver les vêtements avant le premier usage. En effet, toutes les étapes de la fabrication et de la transformation des textiles, depuis la préparation des fibres jusqu'aux traitements de l'article fini, impliquent l'utilisation de nombreux produits chimiques. Certains (colorants, blanchissants, détergents, retardateurs de flammes, conservateurs, traitements pour faciliter l'entretien, etc.) sont identifiés comme étant à éviter à cause des risques qu'ils peuvent représenter pour la santé. Évitez également les motifs plastifiés qui peuvent contenir des phtalates (*Environnement et santé de l'enfant*, p. 409), ainsi que les éléments métalliques. Les textiles antibactériens sont superflus.

**À savoir**

Il est conseillé de faire tremper les vêtements de couleur avant de les faire porter pour les laisser dégorger. Pour les jeunes enfants, évitez les vêtements qui dégorgent après plusieurs lavages.

# Les chaussures

Lorsque l'enfant ne marche pas encore, on peut lui mettre des chaussons pour qu'il n'ait pas froid aux pieds. Certains, en peau retournée, sont très confortables en hiver. Les chaussures sont inutiles si, pour sortir, vous mettez à votre bébé une combinaison avec pieds. C'est plus confortable pour l'enfant qui ne marche pas encore. Quand il marchera, quelles chaussures lui mettre ? Choisissez des chaussures :

- qui assurent un bon maintien de la voûte plantaire et de la cheville ;
- qui aient un contrefort interne pour bien soutenir le pied ;
- qui, en même temps, laissent une certaine liberté aux pieds.

Faites essayer les chaussures à l'enfant avant de les acheter.

C'est un faux calcul, hélas, de vouloir acheter des chaussures trop grandes par mesure d'économie. Dans des chaussures trop grandes, l'enfant tombe plus facilement. Il prend une mauvaise posture. Mieux vaut prendre des chaussures moins chères, mais à la taille de votre enfant, c'est-à-dire dont la longueur intérieure dépasse seulement d'un centimètre le bout du gros orteil quand l'enfant est debout. Choisissez-les de préférence à bout large et rond pour laisser les orteils remuer librement.
Évitez, si vous le pouvez, de faire porter les chaussures d'un frère ou d'une sœur aîné(e) si elles sont usées : leur précédent propriétaire leur a donné une certaine forme et il n'est pas dit qu'elle convienne aux pieds du plus jeune.
Les pieds de l'enfant grandissent vite ; les premières chaussures seront bientôt trop petites. Vous devez donc vous assurer souvent qu'il y est à l'aise ; quand vous constaterez que le gros orteil touche le bout (en sentant, avec votre index, sa marque à l'intérieur de la chaussure), il faudra acheter une nouvelle paire de chaussures…
À la maison, s'il fait suffisamment chaud et s'il ne risque pas de se blesser (attention aux échardes), laissez l'enfant pieds nus ou en chaussettes. Être en contact avec le sol est bon pour lui, tant pour la prise de conscience de son corps que pour le contrôle de son équilibre.
**Une dernière recommandation :** ne mettez pas à votre enfant (au moins jusqu'à 3-4 ans), d'une manière régulière et prolongée, des petites bottes en caoutchouc car elles retiennent la transpiration.

## Pas trop couvert…

Les bébés trop couverts sont beaucoup plus nombreux que ceux qui ne le sont pas assez. En voyant leur enfant si petit, en apparence si fragile, les parents ont peur qu'il ne puisse réagir face au froid. Ils pensent que sa température va s'abaisser et se rassurent en l'emmitouflant de plusieurs épaisseurs.
Or, dès sa naissance, le nouveau-né est capable de réguler sa température corporelle. S'il est né à terme, son système de régulation thermique, thermostat très perfectionné, peut fonctionner : la température de son corps est maintenue à 37 °C, malgré les variations extérieures. Ce système n'est pas encore mature chez le prématuré, c'est pourquoi on le place dès sa naissance dans une couveuse.
Il n'est donc pas nécessaire de beaucoup couvrir un nouveau-né ou un bébé. Mais pour l'habiller, il faut néanmoins tenir compte de **quelques particularités**.

- Le bébé, remuant peu, ne bénéficie pas de la chaleur apportée par une activité physique. Pour compenser, vous pouvez ajouter à son habillement une épaisseur par rapport à ce que vous portez. Couvrez-le comme une personne qui ne bouge pas, par exemple comme vous aimeriez l'être si vous restiez assis pendant une longue période. Contrairement à une idée répandue, couvrir beaucoup un enfant ne l'empêche pas de « prendre froid » ; les rhumes, angines, otites ont une autre origine.

- Chez le bébé, la surface de la peau est très importante par rapport à son poids. S'il fait froid et si l'enfant est normalement couvert, il n'y a pas de problème. En revanche, s'il fait chaud, la surface de peau exposée à la chaleur est considérable, ce qui peut favoriser une évaporation et donc entraîner un déficit en eau.

  **En cas de forte chaleur**, soyez particulièrement attentif à votre bébé, davantage encore s'il est nouveau-né :

- ne lui mettez qu'un body et une couche, et même n'hésitez pas à le laisser nu ;
- gardez-le le plus possible dans un endroit frais ;
- évitez de le sortir aux moments chauds de la journée ;
- veillez à lui proposer régulièrement à boire de l'eau plate ; si vous allaitez, buvez suffisamment pour pouvoir lui donner fréquemment le sein (proposer systématiquement de l'eau au bébé risque de perturber l'allaitement).

Puisque le bébé ne peut pas dire s'il a trop froid ou trop chaud, c'est à vous de veiller à ce que son habillement soit bien adapté à la chaleur et au lieu où il se trouve. Les parents le font spontanément pour passer du chaud au froid (par exemple pour sortir en hiver), mais ne pensent pas nécessairement à déshabiller leur bébé lorsqu'ils entrent dans un espace chauffé.

Même si votre bébé naît en été, il est bon de prévoir un petit lainage. Il ne faut pas hésiter, plusieurs fois au cours de la journée, à lui enfiler ou à lui ôter une petite veste en laine ou en coton. Beaucoup de bébés ont les mains fraîches, ne les couvrez pas trop pour autant.

**L'enfant plus grand**. Évitez aussi de trop couvrir un enfant lorsqu'il est plus âgé. Dehors, s'il est trop couvert et qu'il court, il transpire et n'est pas à son aise. Il en va de même à la maison, si les pièces sont trop chauffées. Enfin, lorsque vous habillez votre enfant, rappelez-vous que d'une façon générale, les enfants sont moins frileux que les adultes et remuent davantage.

# La chambre du bébé

Les premiers mois, il est conseillé que le bébé dorme dans la chambre de ses parents (p. 105). Si pouvez consacrer une chambre à votre bébé, pensez néanmoins à l'installer suffisamment tôt, notamment pour que les peintures, rénovations, mobilier neuf, etc. aient le temps de sécher et de s'aérer.
Certains parents prévoient que leur bébé partagera au bout de quelques mois la chambre de l'aîné. Pour l'y installer, ils pensent souvent qu'il faut attendre que le bébé fasse vraiment ses nuits. En fait, les pleurs du plus jeune n'empêchent pas nécessairement le plus grand de dormir. Et la présence de l'aîné peut rassurer le bébé, ce qui l'aide à trouver son rythme.

## Le berceau, le lit

Si vous n'avez pas déjà un lit ou un berceau, et que vous hésitez à acheter l'un plutôt que l'autre, nous vous conseillons de choisir le lit. Dans un berceau, le bébé ne peut dormir que quelques mois ; dans un lit, il peut rester jusqu'à 2 ans. Mais si l'on vous prête un berceau, ne le refusez pas ! De tout temps, on y a bercé les bébés, et cela leur plaît beaucoup : ils s'y retrouvent entourés comme ils l'étaient dans le corps de leur maman et cette continuité les apaise.
Différents modèles de lits existent : le plus pratique est celui avec de hauts barreaux. Pour s'adapter à l'âge du bébé, le sommier peut le plus souvent se régler en hauteur et des barreaux sont amovibles pour que l'enfant en sorte facilement.

Vous pouvez aussi choisir un petit lit qui s'accroche au vôtre. Il existe de nombreux modèles. Votre bébé est ainsi proche de vous mais dans son lit. Ce lit vous servira le temps que votre bébé dorme dans votre chambre. Si votre bébé doit naître en été, prévoyez éventuellement une moustiquaire (n'utilisez pas de prises antimoustiques).

**Choisissez un matelas** ferme, bien adapté aux dimensions du lit (pour éviter que le bébé se coince entre le matelas et la paroi du lit). Pour protéger le matelas, prévoyez une alèse (en caoutchouc ou coton imperméabilisé) que l'on recouvre d'un drap-housse.

Les matelas subissent de nombreux traitements pour être conformes à la réglementation ou constituer des produits plus attractifs : antiacariens, antiodeurs, antibactérien, antifeu, etc. Si possible, privilégiez les matières naturelles (bambou, coton biologique, etc.) et les produits labellisés. Les matelas de seconde main peuvent être une solution plus économique, renseignez-vous bien avant de faire votre choix. Aérez le matelas neuf plusieurs jours hors de son emballage pour que certains composants puissent s'évacuer.

**Pour couvrir votre bébé**, enfilez-lui une turbulette ou une gigoteuse. Vers 2 ans, l'enfant mettra seulement un pyjama ou une chemise de nuit, et il appréciera alors d'avoir une couette et un oreiller, comme les grands.

**L'enfant plus grand**. C'est vers 2 ans-2 ans ½ que l'enfant peut dormir dans un « lit de grand » (p. 228). À cet âge, certains enfants cherchent à enjamber les barreaux de leur lit car ils ne supportent plus d'y être « enfermés ». Choisissez alors un modèle de lit assez bas.

**Important**

**Comment coucher votre bébé ?**

Sur le dos, sur un matelas ferme, sans tour de lit, ni couverture, ni couette, ni oreiller, ni cale-bébé, ni cale-tête, dans une chambre bien aérée. Et limitez le nombre d'objets ou de peluches dans le lit.

En plus des sites Internet et boutiques de vente et achat d'articles de seconde main, cette plateforme est dédiée aux dons entre particuliers et propose notamment du matériel de puériculture : www.donnons.org

## Le meuble à langer

Vous pouvez utiliser une table à langer. Il en existe de nombreux modèles, à différents prix : pliantes ou murales, à encombrement minimum, ou au contraire ayant une vaste surface, avec ou sans étagère de rangement, etc. Le modèle le plus simple consiste en un matelas à langer posé sur un support soutenu par des tubes métalliques. Si vous pouvez installer la table à langer près d'un lavabo, ce sera plus pratique au moment de changer votre bébé.

Nous le redisons mais c'est important : sur une table à langer ou une commode, ayez toujours **une main posée sur votre bébé**. Il suffit d'un instant d'inattention pour que l'enfant, même tout petit, tombe. C'est une cause fréquente d'accidents.

Vous pouvez aussi utiliser une commode : soit spécialement prévue à cet effet (on en trouve dans tous les magasins de puériculture), soit une commode que vous possédez déjà. Si le meuble est neuf, pensez à l'aérer avant de l'utiliser. Les tiroirs serviront à ranger les vêtements de l'enfant et, sur le dessus, vous placerez le matelas à langer dont il existe de nombreux modèles (rembourrés, avec des poches, etc.).
Posez sur le matelas à langer une serviette éponge : le plastique est désagréable pour le bébé et sa peau pourrait être en contact avec des substances indésirables.

N'oubliez pas de prévoir une **lumière** suffisante pour éclairer le meuble sur lequel vous changerez votre bébé.

## Sièges et transats

Le siège-coque (appelé parfois « cosy ») est pratique et confortable. Il permet d'emmener votre bébé en balade sans même le réveiller : d'abord siège-auto, il se transforme en poussette (en le fixant sur un châssis à roulettes), puis peut être porté à bout de bras car il est muni d'une anse. Quant au transat – classique ou à balancelle –, il permet à l'enfant, bien attaché et en toute sécurité, de découvrir le monde qui l'entoure ou le mobile juste à sa portée.
Mais siège-coque ou transat sont à utiliser pendant des périodes courtes : en empêchant le bébé de bouger ou de se déplacer, ils gênent son développement moteur. Il faut donc se servir de ces petits fauteuils avec modération, à certains moments de la journée. En période d'éveil, installez plutôt votre bébé sur un tapis de jeux et mettez-le sur le ventre. Ce sera l'occasion d'un excellent exercice qui contribuera à diminuer l'aplatissement de l'arrière de la tête appelé plagiocéphalie (p. 436), ce qui arrive fréquemment aujourd'hui puisque tous les bébés sont couchés sur le dos pour dormir.

## Une chambre saine

**C'est une chambre propre, fraîche, sèche et régulièrement aérée.**

- Si vous avez des peintures à y faire, laissez-leur le temps de bien sécher. Choisissez des peintures étiquetées « A + » qui émettent moins de COV (composés organiques volatiles).
- Pour réduire la pollution de l'air intérieur, choisissez de préférence des meubles en bois brut plutôt qu'en contreplaqué. Ne les vernissez pas et ne les peignez pas inutilement. **Aérez toujours le mobilier neuf** avant usage pour laisser évacuer les composants indésirables.
- Il est raisonnable de terminer les travaux de rénovation et d'aménagement plusieurs semaines avant la naissance et d'aérer le plus souvent possible avant l'arrivée du bébé.
- Pour le sol, évitez le PVC qui contient des quantités non négligeables d'éléments chimiques potentiellement dangereux (comme des phtalates).
- La **poussière**, les **acariens** peuvent provoquer des réactions allergiques, surtout s'il y a une prédisposition dans la famille. Évitez, si possible, tapis et moquettes de laine. Pour la même raison, préférez les couettes et oreillers en matière synthétique, lavables en

***Important***

Évitez autant que possible de rénover la maison pendant que l'enfant est en bas âge : peinture, pose de revêtement de sol (en particulier vernis sur un parquet) risquent d'entraîner une importante pollution de l'air intérieur. En cas de mauvaise aération et de durée des travaux, le jeune enfant sera exposé à des substances qui peuvent, par exemple, provoquer des troubles respiratoires.

machine. Lavez régulièrement les peluches. À noter qu'il existe des aspirateurs avec filtre HEPA pour éliminer les poussières et éviter le stockage des polluants et le développement des acariens.
- Une ou deux aérations de 15 minutes par jour permet d'évacuer odeurs, polluants et humidité. La ventilation renouvelle l'air en continu au moyen des grilles, bouches ou ouvertures spéciales : elles doivent être dégagées et nettoyées régulièrement.
- Les désodorisants d'intérieurs sont à éviter : les COV sont irritants pour les voies respiratoires et certaines substances utilisées pour les parfumer sont des allergènes.
- La présence de perturbateurs endocriniens et de nanoparticules dans des produits du quotidien ne doit pas être négligée (*Environnement et santé de l'enfant*, p. 409).

**Les personnes** et **les animaux** sont aussi susceptibles d'être porteurs de microbes et de maladies. Il est important de mettre le petit enfant à l'abri car si le corps humain dispose de certains mécanismes de défense, leur mise en route est plus ou moins longue et délicate. Aussi le bébé est-il d'autant plus vulnérable qu'il est petit. Parmi ces microbes, le plus redoutable pour le nouveau-né est le staphylocoque. Prudence si vous souffrez notamment de furoncles ; veillez à les nettoyer soigneusement à l'aide d'une solution antiseptique type chlorhexidine à 0,5 % et à bien vous laver les mains avant de vous occuper de votre bébé.

Si vous êtes grippé ou fortement enrhumé, lavez-vous bien les mains également. Si les aînés sont enrhumés, expliquez-leur que ce n'est pas le moment de faire des câlins au bébé.

Par ailleurs, tant que l'enfant est encore bébé, la présence d'un animal dans la chambre est vivement déconseillée.

Pages 137 et suivantes, vous trouverez les précautions à prendre pour que l'environnement de l'enfant soit sans danger.

**Une chambre saine, c'est aussi :**
- Une chambre **calme** ; le bruit perturbe le nourrisson. Baissez le son des appareils de radio, de télévision. Choisissez des jouets qui soient

**En cas de forte chaleur,** donnez à boire à votre bébé. Si vous l'allaitez, il peut réclamer une ou deux tétées de plus s'il a soif. Pensez à le dévêtir (p. 20). Fermez les volets pour maintenir un peu de fraîcheur. En période de canicule, il n'y a pas de contre-indication à utiliser un petit ventilateur dans la chambre, un climatiseur à la maison ou en voiture : ces appareils, utilisés dans des conditions normales d'hygiène et d'entretien, ne présentent pas de danger particulier.

peu bruyants et peu lumineux : ils peuvent énerver le bébé et le gêner pour s'endormir.
- Une chambre chauffée à **19-20 °C**.
- Une chambre où l'**on ne fume pas**. D'ailleurs on ne doit pas fumer dans un appartement où séjourne l'enfant car la fumée est irritante et nocive pour les voies respiratoires. Elle peut être la cause de fréquentes bronchites, bronchiolites, pneumopathies, rhinopharyngites, sinusites et otites. Pensez aux poumons tout frais, tout neufs, de votre enfant.
- Une chambre avec une installation électrique aux normes (mise à la terre notamment). N'oubliez pas les caches-prises lorsque l'enfant commence à explorer son environnement.
- Si vous utilisez un baby-phone, placez-le à au moins 1,50 m du lit et loin de la tête de bébé pour éviter de l'exposer aux ondes émises. Évitez également tout appareil électrique superflu ou connecté en WiFi.
- Quelques précautions peuvent être également prises en ce qui concerne les jouets (p. 128).

# Pour sortir votre bébé

## Landaus et poussettes

Pour faire des courses, aller à l'école chercher l'aîné, prendre l'air au jardin, rendre visite à des amis, passer une journée à l'extérieur, on peut porter son bébé ou recourir à une poussette. Sur celle-ci peuvent se fixer, selon les modèles, une nacelle ou un siège auto. La nacelle, qui transforme la poussette en landau, est très utile durant les premiers

mois pour transporter le bébé en position allongée et lui permettre de se reposer et de s'endormir facilement. Le siège auto (« cosy ») fixé sur la poussette évite de réveiller le bébé quand on le sort de la voiture.

- Il y a aussi des modèles plus simples : une poussette dans laquelle le bébé peut être installé en position allongée au début, et qui, par la suite, se transforme en poussette classique. N'installez pas trop tôt votre bébé en position assise, cela ne sera pas confortable pour lui. Vous choisirez selon vos besoins, notamment la fréquence des sorties, des trajets en voiture ou à pied, etc. Et selon votre budget.
- Assurez-vous que le modèle que vous allez acheter tienne bien dans le coffre de votre voiture, que vous pouvez facilement le ranger chez vous, et qu'il n'est pas trop encombrant pour pouvoir l'utiliser éventuellement dans les transports en commun. Le poids de la poussette et sa maniabilité sont également importants, notamment si vous habitez en ville.

**À noter**

Quel que soit le matériel, lorsqu'il est neuf, pensez à le déballer rapidement et à l'aérer avant utilisation ; passez une éponge à l'eau savonneuse sur les revêtements qui le permettent puis rincez-les.

## Le porte-bébé, l'écharpe

Les parents sont heureux de porter ainsi leur enfant, de sentir sa chaleur, de lui communiquer la leur. Porte-bébé ou écharpe permettent de sortir facilement, sans être encombré par la poussette (quand il y a du monde, pour faire des petites courses, etc.) et aussi de bercer le bébé à la maison quand il est un peu énervé. Ils sont également pratiques pour porter le bébé pendant que l'aîné est dans une poussette. Quant au bébé, il se sent bien également. Être porté ainsi répond à ses besoins de proximité, « d'accrochage » ; il retrouve des sensations éprouvées avant la naissance. Cette continuité le rassure.

Lors de l'achat d'un porte-bébé, assurez-vous que votre enfant sera bien blotti contre vous et que son menton ne sera pas penché vers sa poitrine – ce qui pourrait le gêner pour respirer. Il faut aussi que son dos soit bien soutenu et ses jambes suffisamment écartées, en « grenouille », pour qu'il n'y ait aucune tension sur ses hanches. Essayez le modèle avant de l'acheter pour qu'il soit confortable pour vous.

Avec l'écharpe, le bébé est bien maintenu contre le corps de sa maman ou de son papa et sa tête ne ballotte pas. L'écharpe s'adapte aux différents âges de l'enfant et permet plusieurs positions (sur le ventre, sur la hanche, dans le dos). La technique de nouage s'apprend facilement grâce aux notices fournies lors de l'achat ; des cours de portage sont également proposés lors de la préparation à l'accouchement ou dans les maternités.

**À propos des sorties de votre bébé**

Essayez d'éviter les lieux publics très fréquentés (centres commerciaux, transports en commun, etc.), particulièrement en période d'épidémie de bronchiolite, et cela d'autant plus que votre bébé est jeune ou prématuré. Évitez également de le sortir pendant les périodes de fortes chaleurs et au moment des pics de pollution (en particulier les fins d'après-midi).

Vous vous en rendrez compte très vite, les bébés aiment beaucoup être promenés (p. 123). Si vous pouvez le faire dans un endroit aéré et calme, cela procurera un moment de détente à toute la famille.

# 2

# Bien nourrir votre enfant

Nourrir leur bébé bien installé au creux de leurs bras, le sentir en confiance, puis le garder près d'eux, rassasié, est un grand moment pour les parents, un des premiers plaisirs qu'ils partagent avec leur tout-petit. Se nourrir, être nourri par ceux qu'il aime, va devenir pour votre enfant une source infinie de satisfactions, de sensations, de découvertes : couleurs, odeurs, goûts. Ce sera le carrefour de nombreux progrès physiques, moteurs, intellectuels : tenir son biberon, se servir d'une cuillère, d'une fourchette, manger tout seul, faire manger sa peluche, participer à la préparation du repas… Ce sera aussi pour lui l'occasion de manifester sa personnalité, de s'affirmer, de parfois s'opposer à vous.

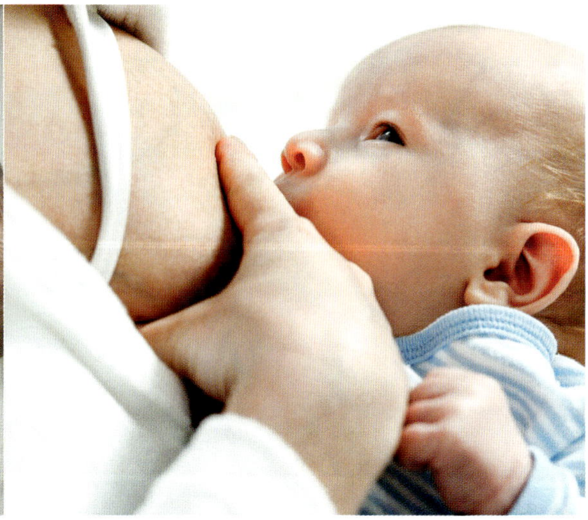

# Sein ou biberon ?

Pour certaines mères, la question ne se pose pas : elles ont fait leur choix avant la naissance et souhaitent s'y tenir. Mais d'autres mamans sont indécises, s'interrogent, en parlent avec leur conjoint et leurs amies. Sachez que la décision peut aussi se prendre au moment de la naissance : c'est en regardant votre bébé que vous sentirez si vous avez envie de le mettre au sein ou de lui donner le biberon.
Il est bien difficile, et également peu respectueux du choix des femmes, de dire « il faut faire ceci ou cela ». Chaque mère, chaque parent, chaque famille, suit son propre chemin. Nous vous donnons des informations sur ces deux façons de nourrir un enfant pour que votre décision soit la meilleure pour votre bébé et pour vous.

## Le sein

Le discours médical est nettement en faveur du lait maternel. Cela convient à de nombreuses femmes qui sont heureuses d'être mieux soutenues dans leur choix. Ce n'était pas le cas de leurs mères : certaines grands-mères disent qu'elles n'ont pas toujours eu les informations qui convenaient et qu'elles ont souvent dû interrompre l'allaitement car les professionnels n'avaient pas su leur apporter l'aide nécessaire. Donner le sein à son bébé est une évidence pour certaines mamans, la suite normale de la grossesse, peut-être une façon d'atténuer la séparation. C'est aussi se sentir indispensable et généreuse envers son enfant. Partager cette intimité avec leur compagnon leur procure bonheur et fierté, elles se sentent confortées dans leur rôle de mère et de femme.

*« J'ai toujours pensé que lorsque j'aurais un bébé, je l'allaiterais, cela se passe ainsi dans ma famille. »*

*Aude*

- Le lait maternel est le lait le mieux adapté au bébé au début de sa vie.
- Plus le bébé est prématuré, plus le lait maternel est important pour lui ; son système digestif est fragile, son système immunitaire est immature : le lait maternel participe à la protection et à la maturation de son organisme.
- Le lait maternel est facile à digérer et les intolérances n'existent pratiquement pas. Son goût varie avec l'alimentation de la maman et sa composition change au cours de la tétée.
- Avec le lait maternel, l'enfant est mieux protégé. Un allaitement exclusif d'au moins quatre mois diminue le risque d'allergie chez le nourrisson. Le risque d'obésité diminue également. Les anticorps maternels protègent l'enfant contre de nombreuses infections.
- C'est pratique : pas de biberons à préparer. C'est aussi économique.
- L'allaitement maternel est profitable à la mère et favorise le retour à la normale de l'appareil génital : il y a une connexion étroite entre les glandes mammaires et l'utérus. Lorsque l'enfant tète, il déclenche un réflexe qui provoque des contractions utérines. Celles-ci aident l'utérus à revenir à ses dimensions normales.
- Il n'y a pas de risque de suralimentation, le bébé prend ce dont il a besoin.
- Après des débuts parfois difficiles (douleurs, tétées fréquentes, bébé endormi), les tétées deviennent des moments heureux pour la mère et pour l'enfant. Les mères parlent d'un « corps à corps » exceptionnel qui leur apporte des sensations uniques.

**Si vous hésitez,** pourquoi ne pas aller dans une association d'aide à l'allaitement (adresses p. 35) ? Vous y rencontrerez des mères qui pourront vous faire part de leur expérience et vous verrez concrètement ce qu'est l'allaitement.

Une autre suggestion : vous pouvez commencer à allaiter, quitte à vous arrêter par la suite, ce qui sera toujours possible. En revanche, si vous avez commencé à donner le biberon, vous aurez de la peine à vous mettre à allaiter quelques jours plus tard.

## Le biberon

Choisir de donner le biberon dès la naissance n'est pas toujours facile car le lait maternel est aujourd'hui très valorisé. La maman se sent parfois dans la position désagréable de celle qui ne choisit pas le meilleur pour son enfant, de celle qui privilégie son confort. C'est injuste pour elle qui a pris cette décision en connaissance de cause pour nourrir son bébé avec plaisir. Les raisons de ce choix peuvent être imposées par des circonstances médicales. Elles peuvent être personnelles : la difficulté de mélanger sein nourricier et sein érotique, un allaitement qui se passe mal, la gêne d'alimenter le bébé à partir de son propre lait, la pensée que les journées seront plus faciles à organiser. Peu importe les raisons qui, dans ce domaine, ne sont pas toutes rationnelles, comme celles qui font choisir l'allaitement au sein. Il ne faut pas que ces mamans se sentent coupables et elles doivent être assurées que, nourri avec du lait infantile, leur bébé grandira bien.

### Pour favoriser l'allaitement

Un label de l'OMS et de l'Unicef « Hôpital ami des bébés » (www.amis-des-bebes.fr) est donné aux établissements qui respectent la charte des points essentiels pour la promotion de l'allaitement maternel ; ce label est aussi un engagement à garantir une qualité d'accueil du nouveau-né et de ses parents dans les maternités et les services de néonatalogie.

### À savoir

L'allaitement au sein nécessite un rapport au corps, une intimité avec son bébé, qui ne conviennent pas à toutes les femmes.

Certaines mamans choisissent de donner leur lait au biberon : c'est un **allaitement exclusif au tire-lait** (p. 50)

« J'avais envie que mon compagnon puisse donner le biberon ; qu'il puisse, lui aussi, nourrir notre bébé. »

*Isabelle*

- Les laits infantiles sont adaptés aux besoins nutritionnels du bébé et leur composition est **réglementée**. Ils sont principalement fabriqués à partir de lait de vache ou de chèvre (p. 61).
- Le père, ou une autre personne, peut remplacer la maman pour nourrir le bébé. C'est un des avantages des biberons et les pères apprécient ce contact qu'ils peuvent avoir avec leur enfant.
- Une expérience précédente difficile d'allaitement au sein peut faire hésiter une maman à recommencer. Mais peut-être n'avait-elle, à ce moment-là, pas eu tous les conseils nécessaires ? Peut-être qu'avec ce nouveau bébé, cela se passera différemment ?
- Le biberon est une alternative, éventuellement provisoire, lorsque l'allaitement se complique : sein douloureux, bébé peu coopératif.
- Avec le biberon, les horaires et les quantités sont plus faciles à prévoir : cela rassure certaines mamans.
- Enfin, avec le biberon, des relations fortes et profondes s'établissent tout naturellement entre la maman et l'enfant.

## Comment bloquer la montée de lait ?

Si vous n'allaitez pas votre bébé, il existe des médicaments qui permettent de bloquer la lactation. Ils sont toutefois beaucoup moins prescrits aujourd'hui à cause de leurs effets secondaires et des contre-indications. Des moyens locaux (ci-contre) peuvent être efficaces et redonnent aux seins leur souplesse en 3 à 4 jours. Si la montée laiteuse est importante et douloureuse, des anti-inflammatoires sont prescrits et tout rentre normalement dans l'ordre en 48 heures.
Pour tarir progressivement la lactation, on peut utiliser une autre méthode très pratiquée dans les pays scandinaves. Le bébé est mis occasionnellement au sein, uniquement pour soulager d'éventuelles tensions mammaires. La maman se masse les seins pour faire couler un peu de lait lorsqu'ils sont tendus. Il s'agit d'un allaitement mixte dans lequel l'enfant prend plus de biberons qu'il ne tète.

### *Pour diminuer la montée de lait*

- mettez du chaud ou du froid sur vos seins, selon ce qui vous soulage ; si vous utilisez une pochette à glaçons, enveloppez-la toujours dans un tissu fin ;
- portez un soutien-gorge bien serré ;
- évitez le fenouil et la levure de bière, et faites une cure de persil ; des feuilles de chou réfrigérées, malaxées, mises au contact du sein peuvent être efficaces ;
- buvez à votre soif, sans excès, mais sans vous restreindre.

# Allaitement et contre-indications

Les contre-indications médicales sont rares :

- pour l'enfant, certaines maladies métaboliques exceptionnelles ;
- pour la mère, un cancer avec chimiothérapie. Le risque de transmission d'une maladie virale (hépatites B et C, VIH, évolutifs) est également une contre-indication à l'allaitement ; il sera nécessaire de prendre l'avis de votre médecin infectiologue et du pédiatre.

Il peut y avoir des contre-indications temporaires, par exemple si la mère doit être hospitalisée (le bébé ne peut généralement pas être hospitalisé dans un service adulte et il doit rester à la maison). S'il s'agit du bébé, une hospitalisation mère-enfant est possible dans certains cas. Les parents peuvent parfois résider à proximité du service où se trouve l'enfant.

Lorsque la mère doit prendre un traitement, le médecin adaptera celui-ci à l'allaitement, en choisissant la molécule la mieux connue, la moins toxique et en répartissant les doses en fonction des tétées.

**Allaitement et prise de médicaments.** En cas d'inquiétude ou de doute à propos d'un médicament, vous pouvez consulter le site internet du Crat. Réalisé et mis à jour par l'hôpital Trousseau à Paris, ce site informe sur les risques des médicaments, vaccins, radiations et dépendances pendant la grossesse et l'allaitement. Il comporte aussi un onglet sur l'exposition des pères. Vous pourrez être rassurée sur une prescription et vous aurez aussi des éléments précis pour en parler avec votre médecin ou votre pharmacien. Mais la richesse et la fiabilité des informations données n'autorisent pas l'automédication. Deux produits sans danger s'ils sont pris séparément peuvent avoir des effets qui les rendent dangereux s'ils sont pris ensemble.

***À noter***

Crat (Centre de référence sur les agents tératogènes)
www.lecrat.fr

# Votre décision

Vous avez pris votre décision. C'est la vôtre, vous êtes la première concernée. Soyez-en bien assurée car vous entendrez probablement des critiques : « Ton bébé pleure beaucoup, tu es sûre que tu as assez de lait ? » Ou bien : « Tu n'allaites pas ? C'est dommage pour ton bébé ».

Le mode d'alimentation d'un bébé provoque souvent des réactions de l'entourage. Cela réactive des souvenirs ou des regrets chez les mères, les amies, qui ne peuvent s'empêcher de faire part de ce qu'elles ressentent. C'est mieux de le savoir à l'avance pour ne pas se sentir déstabilisée ou culpabilisée et pour prendre ces commentaires avec détachement.

Que votre bébé soit nourri au sein ou au biberon, vous prenez plaisir à votre rôle de maman et vous ne vous lassez pas de l'observer : votre décision est visiblement satisfaisante. Mais si vous restez inquiète, en proie au doute à chaque fois que votre bébé pleure, si ces moments difficiles augmentent avec le temps qui passe et vous empêchent de vous sentir heureuse, n'hésitez pas à en parler avant de quitter la maternité. Cette fragilité doit être prise en compte et vous devez être soutenue.

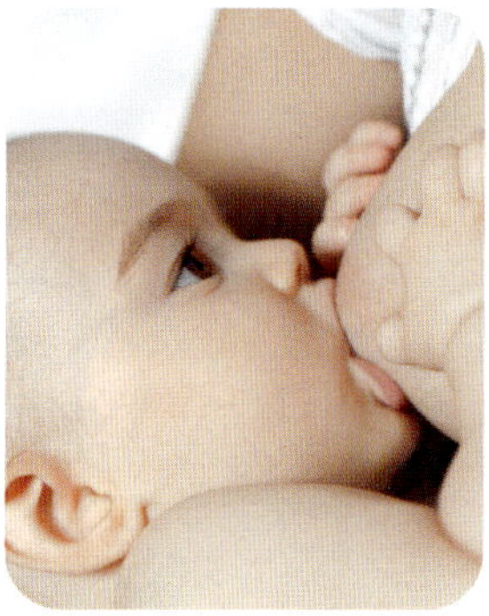

# L'allaitement au sein

L'allaitement au sein n'a pas le côté rationnel de l'allaitement au biberon. Les quantités que boit l'enfant ne sont pas inscrites sur des graduations, c'est le bébé lui-même qui tète la quantité de lait dont il a besoin. Cet allaitement implique donc une aventure, un peu d'incertitude, c'est-à-dire finalement une certaine philosophie, de l'optimisme. Vous allez ensemble, petit à petit, trouver votre rythme. Ayez confiance en vous et en votre bébé, installez-vous bien et profitez de ces moments uniques.

## Les débuts de l'allaitement

Dès l'accouchement, le processus de lactation se met en marche. Il s'agit d'un phénomène réflexe et naturel.

### Comment votre organisme fabrique du lait

Les seins se préparent à fabriquer du lait au cours de la grossesse : ils ont augmenté de volume, les vaisseaux sanguins se sont multipliés, des canaux galactophores se sont formés, ainsi que les lobules glandulaires ou acini (ce sont les unités de fabrication du lait), voyez le schéma ci-contre. Dès que le placenta est expulsé, après l'accouchement, la prolactine, qui est l'hormone permettant la fabrication du lait, devient active.
La succion du bébé déclenche la fabrication du lait et les contractions des canaux galactophores (ce qui permet l'éjection du lait). La succion est donc indispensable, notamment les premiers temps de l'allaitement. Au bout de quelques semaines, la

prolactine devient plus présente dans la glande mammaire et la production du lait se fait plus facilement. La succion reste néanmoins importante car le taux de prolactine est élevé lorsque le bébé tète souvent, et la production de lait est fonction de la « vidange » des acini.

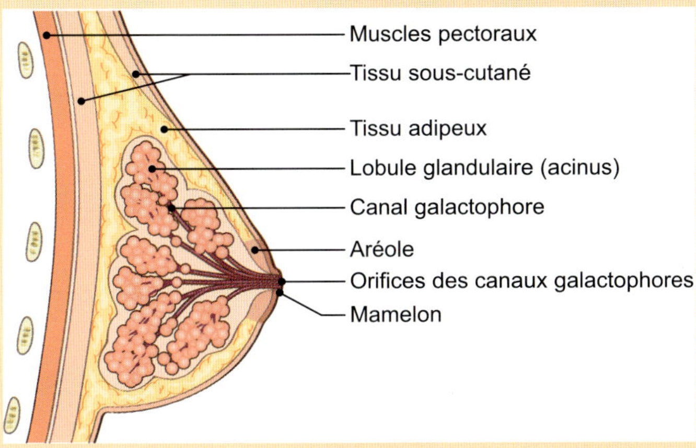


## Patience et encouragements

Les débuts de l'allaitement peuvent exiger patience, persévérance et volonté. Certaines mamans se découragent dès les premiers jours et abandonnent alors qu'elles sont encore à la maternité : crevasses ou douleurs liées à la montée de lait, trop de conseils contradictoires, trop de visites (c'est parfois difficile d'allaiter en public) ; ou bien elles arrêtent peu après le retour à la maison. C'est dommage car si elles étaient soutenues, encouragées, elles reprendraient confiance en elles-mêmes et pourraient allaiter leur bébé. Heureusement, les mères peuvent aujourd'hui bénéficier d'un suivi à domicile par une sage-femme après leur sortie de la maternité.
Il existe de nombreuses associations qui accompagnent les mères désirant allaiter. Voyez les adresses ci-contre. Ce sont en général des réseaux d'aide entre les mères, ce qui simplifie les contacts : vous serez accueillie par des personnes expérimentées, bien formées et disponibles, par exemple pour observer toute une tétée. Dans cette ambiance de confiance, les nouvelles mamans osent poser toutes les questions, même celles qui peuvent leur paraître insignifiantes. N'hésitez pas à contacter ces associations (certaines mères le font avant la naissance), elles ont des correspondants dans toute la France. Vous pouvez aussi demander à la sage-femme, ou à la PMI, s'il y a un groupe d'aide à l'allaitement dans votre ville. Dans ces groupes, les mamans trouvent encouragements, soutiens et conseils.

### Des adresses utiles pour les mamans qui allaitent ou souhaitent allaiter

- Leche League www.lllfrance.org
- Solidarilait www.solidarilait.org
- Lait Mam's www.info-allaitement.org
- Demandez si la maternité a une consultante en lactation. Les réseaux de soin périnatal peuvent également proposer ce type de professionnel ou des ressources.
- Vous pouvez aussi vous adresser à la Coordination française pour l'allaitement maternel (Cofam) : www.cofam-allaitement.org

### Le père et l'allaitement au sein

Le père a toute sa place lorsque la mère allaite : en la confortant dans son choix ; en la rassurant lors des moments un peu délicats ; en l'aidant à s'installer bien confortablement. En dehors des tétées, les moments d'échange père-bébé sont nombreux : le contact peau à peau, le bercement, le bain, la sieste…

## La mise au sein

Pour donner le sein, au début, choisissez un endroit calme sans trop d'allées et venues autour de vous. C'est pour l'enfant un instant privilégié, où il se détend, il s'épanouit, il s'éveille. Lorsque l'un et l'autre vous serez bien habitués aux tétées, vous pourrez allaiter n'importe où, sans gêne, ni pour l'un ni pour l'autre. Pour allaiter, profitez d'un moment où votre bébé est éveillé et calme. Ensuite, **installez-vous bien**, c'est essentiel pour ne pas vous fatiguer.
Que vous allaitiez allongée ou assise, voici les points importants :

- votre bébé est complètement tourné vers vous, **son ventre contre votre ventre**, sa tête est à la hauteur du sein, la base de son nez est en contact avec le mamelon ;
- **sa tête** doit être libre de bouger et ne doit pas être gênée par votre main ou votre bras ; en effet le mouvement d'ouverture de la bouche du bébé est possible s'il peut basculer la tête en arrière ; si sa tête ne peut bouger, le bébé ne peut ouvrir suffisamment la bouche et le mamelon ne peut se placer au fond de la bouche mais se pose sur l'avant de la langue : il y a alors risque de frottement et de lésion du mamelon.

### Si vous allaitez allongée

Tournez-vous sur le côté et posez votre bébé à côté de vous (voyez le dessin). Votre tête repose sur un ou deux coussins pour soulager votre épaule, votre nuque est bien soutenue par ces coussins, vos jambes

### Bien s'installer pour allaiter

C'est la position de la « madone » (ci-contre) : ventre contre ventre, les pieds du bébé sont vers la hanche droite de sa maman et il tète le sein gauche.

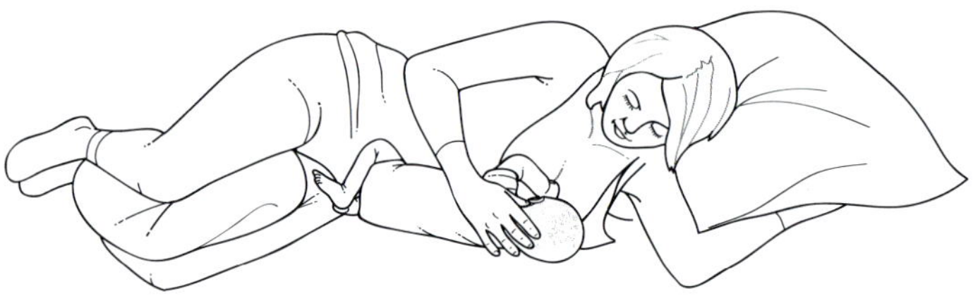

C'est la position en « ballon de rugby » (ci-dessus) : la hanche du bébé est contre la hanche droite de sa maman et il tète le sein droit.

sont un peu fléchies pour que dos et bassin soient stables et sans tensions. Votre bébé est contre vous, « ventre contre ventre », le nez à hauteur du mamelon. Le bras sur lequel vous reposez ne doit pas gêner la tête du bébé. De l'autre main (celle du bras du dessus), vous soutenez son dos et ses fesses et vous l'approchez suffisamment près du sein pour lui chatouiller la lèvre supérieure avec le mamelon. Alors, au contact de votre peau, de votre odeur, de l'odeur du lait, votre bébé remue les lèvres et ouvre la bouche. Amenez-le vers le sein avec la main qui est contre son dos. Le mamelon se place alors au fond de la bouche. À ce moment-là, votre bébé se met à téter… comme s'il l'avait toujours fait. Ce réflexe est d'ailleurs présent avant la naissance : pendant la grossesse, on voit parfois lors d'une échographie le bébé sucer son pouce.

### Si vous allaitez assise

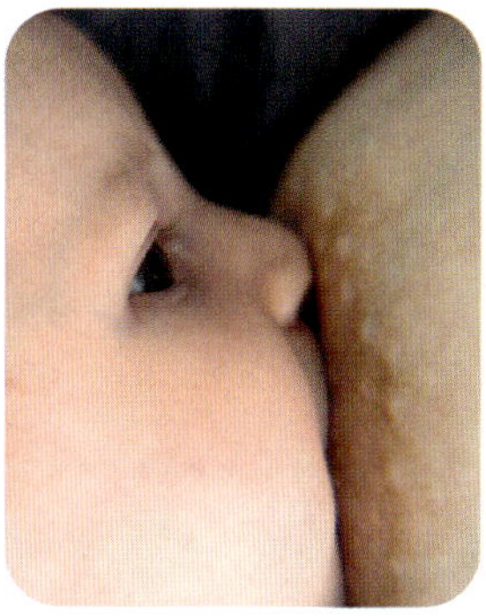

Si vous êtes **dans votre lit**, mettez un – ou, si nécessaire, deux – coussin sous le coude, de manière que bébé ait son visage près de votre sein, sans que vous ayez besoin de vous pencher vers lui. Vous pouvez aussi, après vous être assise et avoir bien calé votre dos, poser un oreiller sur vos genoux, installer votre bébé dessus, afin que sa bouche soit à la hauteur de votre mamelon.
Dans le commerce, il existe de gros **coussins d'allaitement** (genre polochon) que vous pouvez installer autour de vous pour être à l'aise pour allaiter ou pour vous reposer.
Lorsque vous allaitez assise, sachez que votre confort dépendra du siège dans lequel vous vous assiérez. Pour ne pas être obligée de vous pencher en avant, si vous avez une **chaise basse**, c'est parfait ; vous vous appuierez bien contre le dossier et vous serez bien installée. Votre coude repose soit sur un accoudoir, soit sur un coussin et, si besoin, votre bébé repose aussi sur un coussin pour que son nez soit à la hauteur du mamelon. Il est complètement tourné vers vous, là aussi ventre contre ventre. Si vous n'avez pas de chaise basse, mettez un petit tabouret sous les pieds. Le modèle le plus simple – par exemple celui qui sert aux enfants à atteindre le lavabo – fera très bien l'affaire.

### Un bébé bien installé

Vous êtes assise, installée bien confortablement ; occupons-nous maintenant de votre bébé.
Placez-le en **position semi-verticale**, la tête un peu plus haute que les pieds ; sa tête se trouve sur votre avant-bras, et vous maintenez ses fesses ou sa cuisse avec la main du même bras ; c'est tout le corps du bébé, et pas seulement la tête, qui doit être tourné vers vous. Là aussi, il est « ventre contre ventre », la tête presque enfouie dans votre sein. Avec votre main libre, soutenez votre sein, pouce au-dessus, les autres doigts en dessous ; chatouillez la lèvre de votre bébé avec votre mamelon et lorsque bébé ouvre grand la bouche, amenez-le contre votre sein avec le bras qui le soutient. Faites en sorte que bébé prenne dans la bouche tout le mamelon et le maximum de l'aréole (la partie brune autour du mamelon). Vous pouvez appuyer un peu sur le sein pour que le lait sorte. Votre bébé se met à téter.

Si le nez de l'enfant touche le sein pendant la tétée et si vous avez l'impression qu'il a du mal à respirer, installez votre bébé un peu plus bas, sa tête se relèvera et le nez se dégagera tout seul.
Au début de la tétée, l'enfant suce très vigoureusement ; puis par intermittence, avec des pauses ; à la fin, il s'endort, repu, satisfait. Mais si, lorsqu'il a fini de boire, il suçote et mordille le sein, arrêtez-le. Cela ramollit les bouts, d'où le risque de crevasses.
Lorsque l'enfant est bien installé et que l'allaitement a bien démarré, **la tétée ne doit pas faire mal** ; éventuellement vous pouvez ressentir un petit pincement au début, mais cette sensation ne doit pas durer. Si, au bout de 30 secondes, vous avez encore mal, enlevez votre bébé du sein et réinstallez-vous confortablement.

### Comment savoir si votre bébé tète bien ?

- sa bouche est bien ouverte, plaquée sur une grande partie de l'aréole qui est comme aspirée ;
- les mouvements de succion sont bien rythmés : ils sont rapides au début puis beaucoup plus amples (faisant même bouger les oreilles), signes que les flux d'éjection de votre lait sont bien en route et que votre bébé déglutit ;
- vous avez soif en cours de tétée ;
- votre bébé urine beaucoup : les couches sont très mouillées, entre 4 et 6 fois par jour ;
- le 1er mois, les selles sont quotidiennes et contiennent des « grains ».

## L'après-tétée

Il est habituel qu'un bébé allaité ne fasse pas de **rot** après la tétée, surtout pendant le premier mois car il avale très peu d'air. Si, après la tétée, le bébé rejette un peu de lait, ne vous inquiétez pas : cette **régurgitation** est normale. Le bébé en fait souvent car, chez lui, le cardia, c'est-à-dire le système de fermeture qui se trouve entre l'estomac et l'œsophage, ne fonctionne pas encore très bien. D'ailleurs, ne croyez pas que l'enfant rejette une partie importante de ce qu'il a bu : il élimine le « trop-plein ».
Si vous le changez, faites-le en le remuant le moins possible.
Après la tétée, laissez les bouts de sein sécher naturellement ; si vous perdez du lait entre les tétées, placez sur les mamelons des coussinets d'allaitement, vous les renouvellerez s'ils sont humides.
Vous pouvez aussi placer sur les bouts de sein des petites coupelles en plastique (vendues en pharmacie). Ces coupelles recueillent le lait s'écoulant entre les tétées ; elles sont tout à fait efficaces contre les engorgements qui peuvent se produire dans les débuts de l'allaitement, mais elles ne sont pas à conserver toute la journée car elles peuvent trop stimuler le sein.

## Les premiers jours de l'allaitement

En général, on met le bébé au sein le plus tôt possible après l'accouchement, en choisissant un moment où il est bien éveillé. C'est en effet la succion du bébé qui stimule la production de lait : **plus et mieux le bébé tète, plus il y a de lait**.

**À noter**

Les premiers jours, on vous conseillera peut-être de noter le nombre de tétées, ainsi que des informations concernant les urines, les selles. Cela ne sera plus utile dès que l'allaitement sera bien installé et/ou que votre bébé reprendra du poids.

En tétant précocement après la naissance, le nouveau-né profite du colostrum. Ce premier lait a une grande valeur nutritive et contient sous un faible volume tous les éléments dont le bébé a besoin.
Son goût et son odeur, proches du liquide amniotique, sont aussi des repères rassurants. Quelques jours après l'accouchement, la montée de lait survient. Elle correspond à une fabrication de lait plus importante ; les seins sont souvent plus tendus pendant quelques heures. Mais elle peut aussi passer inaperçue. Vous vous rendrez compte que la montée de lait a eu lieu à l'attitude de votre bébé : il déglutit de façon répétée pendant plusieurs minutes ; il s'endort repu ; ses couches sont plus mouillées, ses selles plus abondantes, grumeleuses et jaunes, et sa prise de poids reprend.
Pendant les premiers jours, et même les premières semaines, **la durée et le nombre des tétées** sont variables et déterminés par les demandes du bébé et de la maman. Par exemple, si votre bébé s'agite beaucoup, vous pouvez le mettre au sein aussi souvent et aussi longtemps qu'il se manifeste, tant que vous n'avez pas les mamelons trop sensibles et si vous vous sentez disponible. Si les tétées sont trop rapprochées à votre goût, le bébé peut être bercé ou porté pour le faire patienter. Si votre bébé dort trop (plus de 4 heures d'affilée le jour ou 6 heures la nuit la première semaine), vous pouvez le stimuler doucement, en le prenant contre vous, en lui changeant sa couche.
Rassurez-vous, cette « anarchie » du début (8 à 12 tétées par jour, parfois plus) ne va pas durer. C'est une période d'adaptation : vous allez tous les deux trouver un rythme qui permettra une meilleure organisation de la journée.
Si vous avez déjà allaité un bébé au moins trois mois, les débuts de l'allaitement suivant sont souvent plus faciles : la glande mammaire a été sensibilisée à la prolactine, ce qui rend la production de lait plus rapidement abondante. Sur la **durée** et le **rythme** des tétées, voyez également pages 41 et 43.

Une maman bien installée, un bébé heureux de téter : c'est un merveilleux moment d'intimité, un moment fait de chuchotements, de jeux de doigts, de mimiques, de regards, de sourires, de caresses.
Les échanges de regards sont souvent intenses et le bébé devient de plus en plus actif et éveillé.

*« L'allaitement démarrait bien mais j'ai vraiment apprécié qu'une sage-femme passe me voir lors de mon retour à la maison. Elle a regardé comment je m'installais, comment ma fille tétait et elle m'a donné confiance pour maintenant… et les semaines à venir »,*

*nous écrit Élise.*

## Quelques précisions

### Comment concilier allaitement et vie sociale ?

Les mères se demandent souvent si elles ne vont pas être obligées de rester à la maison, disponibles pour leur bébé, prêtes à lui donner le sein dès qu'il se manifeste. D'ailleurs, les premières semaines, quelle que soit la façon de nourrir leur bébé, bien des mamans éprouvent un besoin d'intimité avec leur bébé et mènent la même vie que lui en se reposant chaque fois qu'il dort.
Peu à peu, les demandes de votre bébé vont devenir plus prévisibles et les journées s'organiseront plus facilement. Allaiter au sein n'empêche pas de sortir de chez soi. Repérez les moments de la journée où votre bébé espace les tétées de deux ou trois heures pour le confier à votre

conjoint ou quelqu'un de votre entourage. Essayez de profiter de ce temps pour faire des activités qui vous font plaisir, prendre l'air, aller chez le coiffeur… ce n'est pas parce que vous avez un moment de libre que vous devez aussitôt faire le ménage ou les courses…
Vous pouvez aussi ponctuellement tirer votre lait pour préparer un biberon qui sera donné à votre bébé en votre absence (« Comment conserver et congeler le lait maternel ? » p. 50).

### Comment allaiter discrètement ?

Certaines mamans ne souhaitent pas allaiter devant des tiers, par pudeur. Elles sentent aussi que leur entourage peut être gêné. C'est vrai, un bébé qui tète le sein dérange parfois car le sein est un organe sexuel dont la vue évoque des situations intimes qui peuvent mettre certaines personnes mal à l'aise. Rassurez-vous, vous allez vite apprendre à mettre facilement votre bébé au sein. Au bout de quelques jours, vous ne serez plus obligée de regarder ce qu'il fait, vous le glisserez sous votre vêtement, ou sous un foulard couvrant le sein et votre bébé arrivera tout seul à prendre le sein. Lorsque vous serez à la maternité, si vous souhaitez être tranquille pendant la tétée, vous demanderez à l'équipe de faire sortir les visiteurs. Chez vous, vous vous installerez dans une autre pièce.

### L'allaitement abîme-t-il la poitrine ?

En fait, ce n'est pas seulement l'allaitement mais aussi la grossesse qui modifie la poitrine, puisqu'elle provoque une augmentation suivie d'une diminution du volume des glandes mammaires. En empêchant la brusque diminution de ces glandes, l'allaitement serait plutôt bénéfique. Pour la même raison, arrêter la montée de lait sans précautions suffisantes peut abîmer la poitrine. Cela dit, il y a des tissus plus fermes que d'autres. Certaines femmes ayant allaité plusieurs enfants gardent une poitrine parfaite. D'autres ont des seins abîmés, qu'elles aient allaité ou non. Il y a aussi la gymnastique faite avant et après l'accouchement et le sport (la natation en particulier) qui contribuent à la fermeté des muscles soutenant les seins.

### Le soin des seins

Lorsqu'on allaite, il faut prendre quelques précautions pour éviter les crevasses, ces petites fentes de la peau des mamelons qui sont très douloureuses. Pour cela :

- bien s'installer et veiller à ce que bébé prenne bien l'aréole du sein et la garde dans la bouche pendant toute la tétée ; c'est la position « ventre contre ventre » ;
- entourer la tétée d'une bonne hygiène : tout ce qui est en contact avec les seins doit être propre, c'est essentiel. Pour les seins, la même hygiène que pour le reste du corps suffit, une toilette quotidienne avec un savon neutre, sans parfum ;
- porter un soutien-gorge en coton, les tissus synthétiques favorisant souvent les crevasses ;
- éviter la macération des seins, par exemple en changeant régulièrement les coussinets d'allaitement.

### Comment concilier allaitement et reprise du travail ?

Si lors de la reprise du travail vous avez envie de continuer à allaiter, c'est possible (p. 50). Des aménagements sont envisageables : horaires, tirer son lait, choisir un allaitement mixte, etc. De plus, le report de trois semaines du congé prénatal sur le congé postnatal prolonge votre présence auprès du bébé et la durée de l'allaitement.

### Faut-il changer l'enfant avant ou après la tétée ?

Avant, disent les uns, l'enfant serait plus à l'aise pour téter ; si on le change après, on le remue et on risque de le faire vomir. Après, disent les autres, car dès qu'il a bu, il a souvent une selle. Vous l'aurez changé, il sera alors plus à l'aise pour dormir. De plus, certains bébés sont très impatients de boire. Une bonne solution est de le changer pendant la pause, avant de passer au deuxième sein. Vous verrez ce qui conviendra le mieux à votre bébé.

### Un sein ou les deux ?

Pendant les premiers jours, jusqu'à ce que la sécrétion lactée soit bien établie, on peut proposer les deux seins si le bébé arrête de lui-même de téter un sein. Par la suite, essayez d'alterner les seins, en donnant un sein à une tétée, l'autre à la suivante. En effet, la composition du lait varie au cours de la tétée. Au début, le lait est léger, désaltérant ; et au fur et à mesure que la tétée avance, le lait contient des éléments plus gras. Si vous changiez de sein trop vite, le bébé risquerait de ne pas être rassasié. Ce principe d'alterner les seins a en plus l'avantage de laisser un sein au repos à chaque tétée, ce qui est d'ailleurs conseillé si vous avez des gerçures ou des crevasses.
Lorsque la maman a peu de lait, il est conseillé de donner les deux seins à chaque fois et de commencer par le plus tendu. Si la maman a trop de lait, laisser le bébé téter un sein complètement, et soulager l'autre sein en mettant une coupelle pendant la tétée.

### La durée de la tétée

Elle est variable selon les moments de la journée. La durée moyenne est d'une vingtaine de minutes. Si au bout de 20 minutes de succion efficace, votre bébé ne s'arrête pas spontanément, proposez-lui l'autre sein. Une tétée ne devrait généralement pas dépasser 20 minutes de chaque côté. À l'inverse, si votre bébé est « glouton » et si vous avez beaucoup de lait, elle peut être plus courte. En effet, la durée de la tétée dépend des enfants, de leur besoin de succion, de votre réflexe d'éjection (la sortie du lait).
L'enfant s'interrompt, rêve, s'amuse ? Tant mieux : ces moments sont pour lui des moments de bonheur parfait. Il est heureux et en même temps il fait des progrès immenses : il vous découvre et il découvre le monde à travers vous.

### Le lait s'écoule par un sein

Lorsque le bébé tète un sein, du lait s'écoule par l'autre : ne vous inquiétez pas, c'est normal et très fréquent. Mettez une coupelle ou une compresse sur le sein.

### L'enfant a le hoquet

C'est également normal. Si le hoquet dure remettez-le à téter et… câlinez-le jusqu'à ce que ça passe. Ce n'est ni grave, ni un signe de mauvaise digestion.

**Le meilleur sein**

Il arrive qu'un sein ait plus de lait que l'autre. Dans ce cas, si vous allaitez chaque fois des deux, commencez par le moins « bon » : au début de la tétée, l'enfant tète avec vigueur, cela stimulera ce sein.

*« La nuit, ma compagne m'amenait notre bébé pour la tétée. Pendant que je faisais ma toilette, notre fils et sa « deuxième maman » passaient du temps ensemble. Nous avons tous les trois trouvé naturellement nos repères et notre rythme. »*

*Célia*

### L'enfant « vorace »

Certains bébés avalent autant d'air que de lait, s'étouffent, éternuent, toussent, puis, en faisant leur rot, rejettent beaucoup de lait. C'est souvent parce que le lait arrive trop vite dans leur bouche : le réflexe d'éjection est trop fort. Essayez d'arrêter votre bébé une ou deux fois au cours de la tétée pour lui faire faire un rot.

### Comment allaiter des jumeaux ?

L'idéal, au début, est de faire téter les bébés simultanément car cela stimule la lactation. Pour être bien installée, le coussin d'allaitement (genre polochon de relaxation) est très utile. Par exemple, en position assise, vous pouvez installer les bébés face à vous, leur dos calé par le coussin. Ou bien les bébés sont placés dans le creux de chacun de vos coudes, leurs pieds se croisant sur votre ventre : dans ce cas, le coussin d'allaitement vous entoure la taille et vous soutient les coudes.
Mais ce n'est pas toujours facile de trouver seule la bonne position, si importante pour votre confort et le bon déroulement de la tétée.
À la maternité, demandez à la sage-femme de bien vous montrer comment vous installer. Si ce sont vos premiers enfants, voyez si vous pouvez prolonger un peu votre séjour pour que l'allaitement ait le temps de bien démarrer. De retour à la maison, n'hésitez pas à faire appel à une sage-femme libérale, à une association d'aide à l'allaitement (adresses p. 35) ou à une spécialiste de l'allaitement maternel.

Lorsque vous voudrez **introduire un biberon**, donnez un sein à un des bébés, un biberon à l'autre et inversez à la tétée suivante.

### Comment allaiter après une césarienne ?

La première tétée est rare en salle d'opération : pour empêcher la multiplication des germes, il y fait froid et votre bébé a souvent besoin d'être débarrassé des mucosités qui encombrent sa gorge.
Revenue dans votre chambre, installez-vous confortablement. Pour les premières tétées, vous serez demi-allongée, le dossier relevé à 45° environ, bras soutenus par des coussins, jambes soutenues également sous les genoux pour qu'il n'y ait pas de tension sur la cicatrice ; un petit coussin sur le ventre le protégera des mouvements de votre bébé si vous le prenez face à vous.
Vous allez avoir besoin d'aide pour prendre votre bébé car vous ne pourrez pas le sortir de son berceau pendant 24 à 48 heures.
Si votre conjoint ou un membre de votre famille peut rester auprès de vous tout au long de la journée, ce sera bien car vous serez moins dépendante de la disponibilité de l'équipe de la maternité.
Votre bébé est donc posé sur votre buste, ses jambes sur le côté, sa tête en face du sein. Vous le maintenez au niveau des fesses et de la nuque ; sa tête doit rester libre pour qu'il puisse la défléchir afin de baisser le menton et attraper le mamelon. Cette position se rapproche de celle en « ballon de rugby » (p. 36) sauf que vous êtes davantage allongée.
Lorsque votre bébé aura fini de téter, votre conjoint ou la personne qui vous aide prendra le bébé pour le changer si besoin et le remettre dans son berceau. Profitez-en pour dormir un peu. Le deuxième ou le troisième jour, vous serez quasiment autonome.

**Vitamine D, vitamine K, fluor**

Même les bébés nourris au sein en ont besoin. Le médecin prescrira à votre bébé :

- de la vitamine D ;
- de la vitamine K ; il est recommandé d'en donner trois doses : la première à la naissance, la deuxième à la fin de la première semaine, la dernière à la fin du premier mois ;
- éventuellement du fluor.

# Le rythme des tétées

## Horaire fixe ou à la demande

La question a été discutée longtemps : le bébé doit-il prendre ses tétées à heures fixes ou doit-on le nourrir chaque fois qu'il le demande ? Aujourd'hui, l'accord s'est fait sur un **horaire souple** qui tient compte à la fois des désirs de l'enfant et des possibilités des parents. La question se pose d'ailleurs essentiellement pendant les premières semaines ; au début, l'enfant demande souvent et irrégulièrement, ce qui oblige la maman à être assez disponible ; elle est parfois amenée à donner jusqu'à 10 ou 12 tétées par jour. Mais au bout de quelques semaines, le bébé réclame à des heures plus régulières : dans la majorité des cas, à des intervalles de 3 à 4 heures, rarement inférieurs à 2 heures ou supérieurs à 6 heures.
Le lait maternel est très **digeste** et l'estomac se vide rapidement, en 30 minutes ; grâce à la richesse des composants en sucres lents et en graisses du lait, une sensation de satiété est maintenue, et les besoins nutritionnels du bébé sont couverts. C'est pour cela que les espaces entre les tétées peuvent être aussi variables.

**Important**

Ne vous endormez pas avec votre bébé dans les bras.

## Faut-il donner une tétée la nuit ?

Dès le moment où on adopte l'horaire souple, il est évident qu'on est amené à donner une ou plusieurs tétées que pratiquement tous les enfants réclament. Le bébé a besoin d'un peu de temps pour trouver le rythme nuit-jour. De plus, les tétées de nuit sont importantes pour maintenir la lactation. C'est en général vers 3 mois que le bébé espace les tétées de nuit. En principe, c'est lorsqu'il pèse environ 5 kg qu'un enfant peut dormir 5 ou 6 heures d'affilée. Les tétées de nuit sont une question de temps et de patience (« Le sommeil » p. 102 et suiv.).

# Votre enfant est-il assez nourri ?

Comment le savoir ? En l'observant, en le pesant, en regardant ses selles.

## Aspect et comportement du bébé

L'enfant bien nourri a la peau ferme. Après la tétée, il a l'air rassasié et satisfait. Il dort bien. Il a des moments d'éveil calme où il reste attentif pendant quelques minutes.

## Poids

Lorsqu'un enfant est assez nourri, sa courbe se rapproche sensiblement de la courbe moyenne (p. 342 et suiv.). Un bébé grossit d'environ 100 à 200 g par semaine les six premiers mois. Dans certains cas (par exemple début d'allaitement un peu difficile, bébé ayant un petit poids de naissance), il peut être souhaitable de contrôler (en pharmacie, à la PMI, chez la sage-femme libérale) la prise de poids du bébé, une fois par semaine le premier mois puis une fois par mois. Si votre bébé dort « beaucoup » le premier mois (plus de 6 heures la nuit) et s'il espace volontiers les tétées de plus de 4 heures dans la journée, vous pouvez vous rassurer en contrôlant sa prise de poids.

## Urines

Un enfant qui boit suffisamment mouille ses couches régulièrement, au moins 5 fois par jour. Si la couche reste sèche, ou presque aussi légère qu'une couche propre après 2 ou 3 tétées consécutives, c'est signe que l'enfant ne boit pas assez. Demandez conseil à un professionnel ou à une association d'aide à l'allaitement pour relancer la lactation.

## Selles

Chez le bébé nourri au sein, les selles sont couleur jaune d'or ; elles verdissent à l'air ; elles sont liquides ou semi-liquides, avec des « grains ». Leur **nombre** est très variable. Au début, une par tétée, puis le nombre diminue à partir de 4 à 6 semaines d'allaitement. Des selles rares le premier mois (moins d'une par jour) sont un signe de ration insuffisante. Mettez votre bébé au sein plus souvent. Le rythme d'une à quatre selles par jour peut persister tant que dure l'allaitement. Parfois, le nombre de selles passe à une ou deux par semaine après un mois. Il n'y a pas de problème si votre bébé grossit, tète bien, urine bien.
Si votre bébé a des selles blanches ou couleur mastic, c'est une urgence et il faut en parler rapidement au médecin (*Selles anormales*, p. 444).
À noter que chez l'enfant nourri au sein, la **constipation** est exceptionnelle. Ce n'est pas parce qu'un enfant a une selle par semaine, voire moins, qu'il est constipé. Il n'y a pas à s'inquiéter tant que ce sont des selles molles, émises sans difficulté, contenant des grains ; et tant que la prise de poids est régulière et l'état général bon.

Le bébé dont l'aspect, le comportement, les selles et le poids correspondent à ceux décrits ci-dessus est un bébé bien nourri. Mais il est probable que votre technique d'allaitement est à revoir (votre position, la fréquence des tétées, la succion du bébé, etc.) : si votre bébé a l'air d'avoir encore faim après la tétée ; s'il s'endort au bout de deux à trois minutes sur le sein ; s'il a de la peine à s'endormir ; s'il se réveille au bout d'une heure ; et surtout s'il ne prend pas assez de poids. Il est important alors de consulter le médecin ou la PMI, ou de contacter une association d'aide à l'allaitement.

# L'alimentation de la maman qui allaite

Les premières semaines après la naissance, vous sentirez un grand besoin de repos et de calme, c'est normal. Dormez en même temps que votre bébé, marchez tous les jours, éventuellement nagez mais ne pratiquez pas de sports violents.

En ce qui concerne votre alimentation, continuez à manger varié. Mangez autant qu'en fin de grossesse et, surtout, ne suivez pas de régime restrictif car les besoins en vitamines et minéraux sont augmentés : le régime amaigrissant est contre-indiqué pendant l'allaitement. Une alimentation variée et suffisante, et un peu d'activité physique, vous aideront à retrouver peu à peu votre poids d'avant grossesse.

**Les repas.** Pendant l'allaitement, faites 3 repas par jour : un bon petit déjeuner, un déjeuner, un dîner, et éventuellement un goûter.

**Les aliments à goût fort.** Chou-fleur, curry, ail… ne sont pas à éviter, au contraire ! Le bébé est déjà habitué à des saveurs diverses grâce au liquide amniotique qui est parfumé par l'alimentation de la maman. Ces aliments, en donnant du goût au lait, contribuent à l'éducation au goût des enfants : plus un enfant est exposé à des saveurs, plus son alimentation sera variée plus tard.

**Régime végétarien.** Les apports en calories et protéines sont généralement satisfaisants. En revanche, il existe des risques de déficit en vitamine D si vous ne consommez pas de poisson ; en calcium si vous consommez peu de produits laitiers ; en iode, en vitamine B12, en fer, en zinc et certains acides gras oméga 3 en cas de suppression de tous les produits animaux (végétalisme). En cas d'**alimentation végétalienne**, la composition du lait maternel peut être modifiée par insuffisance d'apport vitaminique ; un suivi diététique est alors indispensable.

**Quelques précautions sont à prendre :**

- pas de médicaments sans prescription médicale en dehors du paracétamol (au maximum 3 g par 24 heures pendant 3 jours) ;
- aucun alcool (vin, bière, apéritifs, digestifs, premix), pas de tabac : alcool et nicotine passent dans le lait maternel ;
- limiter la consommation de caféine (café, thé, colas) qui passe aussi dans le lait (maximum 3 tasses par jour) ; evitez les boissons énergisantes ;
- ne pas consommer de produits contenant des phytostérols (margarines, boissons, yaourts) même si vous avez trop de cholestérol ;
- ne pas consommer plus d'un produit à base de soja par jour (tonyu, tofu, desserts au soja…) car il contient des phyto-œstrogènes susceptibles d'avoir des effets néfastes sur la fertilité future de l'enfant ;
- certains poissons sauvages sont à limiter : thon, lotte (baudroie), loup (bar), bonite, empereur, grenadier, flétan, brochet, dorade, raie, sabre, etc. car ils sont susceptibles d'accumuler des contaminants. Les poissons d'eau douce : anguille, barbeau, brème, carpe et silure sont limités à une fois tous les 2 mois.

### Boissons

Il suffit de boire à sa soif : eau plate ou gazeuse, tisanes, lait, bouillon, soit un apport minimal d'environ 1,7 litre par jour. Une sensation de soif en cours de tétée est un signe positif de fabrication du lait.

### À savoir

Vous pouvez manger à nouveau des fromages au lait cru et de la viande saignante car la toxoplasmose et la listériose ne présentent pas de risque pendant l'allaitement.

**Y a-t-il vraiment des produits qui peuvent augmenter la sécrétion du lait ?** Des produits à base de malt peuvent être efficaces, ainsi que le galactogyl (granulés à base de plantes). Mais, contrairement à une idée reçue, la bière – sans alcool – n'augmente pas la sécrétion lactée. Les tisanes à base de fenouil, d'anis, de cumin donnent sans doute au lait un goût qui plaît au bébé et le poussent à téter plus efficacement.

## Premières tétées, quelques incidents possibles

Lorsque les mamans sont confrontées à des difficultés au début de l'allaitement, la fatigue aidant, elles peuvent se décourager et arrêter l'allaitement ; certaines se sentent soulagées mais d'autres le regrettent par la suite. Voici quelques incidents qui peuvent survenir ; ainsi, vous les reconnaîtrez, vous saurez comment réagir et éventuellement vous faire aider par un professionnel.

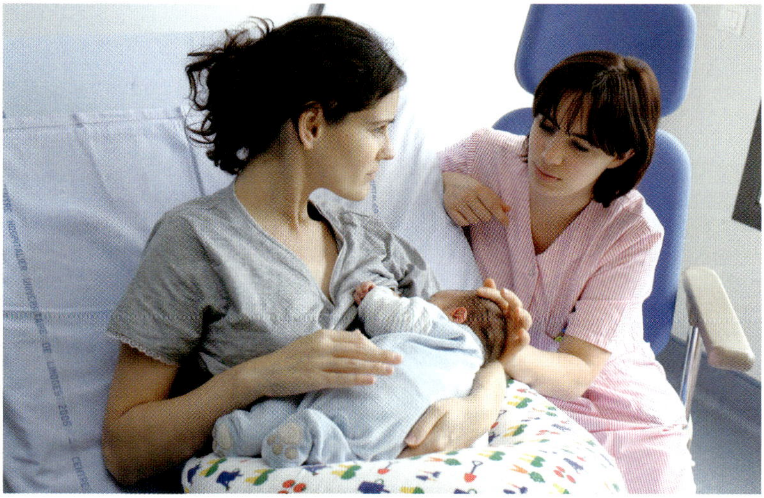

### Les bouts de sein sont petits, peu saillants

Ils peuvent être rétractés vers l'intérieur. Cela n'empêche pas la mise au sein puisque, pour téter, le bébé étire avec sa langue toute la partie du mamelon et de l'aréole et maintient cette partie bien en place dans sa bouche. Mais le bébé peut avoir un peu de difficulté à placer sa bouche et sa langue. Il est donc important de le mettre au sein à un moment où il est bien calme. Si votre mamelon est vraiment rétracté, vous pouvez avant la tétée l'aider à ressortir par des effleurements. Il est possible d'utiliser de manière transitoire des bouts de seins en silicone ou de placer des coquilles d'allaitement entre les tétées.

### Mon lait ne convient pas

C'est un cas rarissime. Pratiquement, on peut dire qu'il n'y a pas d'intolérance au lait de la mère.

**À savoir**

La fatigue ne favorise pas la sécrétion lactée. Si vous le pouvez, reposez-vous avant et après la tétée, un bon quart d'heure. Surtout au début.

**Important**

Si vous trouvez que l'allaitement ne démarre pas très bien, ne désespérez pas, rien n'est perdu. Prenez contact avec une association de soutien à l'allaitement (p. 35). Parlez-en avec la sage-femme qui vous suit peut-être dans le cadre du Prado ou adressez-vous à une sage-femme libérale qui peut se déplacer ou à une spécialiste de l'allaitement.

## J'ai trop de lait

Ne le jetez pas, mais donnez-le à un lactarium – centre de collecte du lait maternel (p. 51). En donnant votre lait, vous augmenterez peut-être les chances de survie d'un bébé fragile ou prématuré. Pour trouver les coordonnées du lactarium de votre région, consultez le site officiel des réseaux de périnatalité (www.perinat-france.org).

## Je n'ai pas assez de lait

Lorsqu'un bébé réclame souvent, la maman pense qu'il ne reçoit pas assez de lait. Si sa croissance est satisfaisante (150 à 200 g par semaine), il a peut-être surtout besoin de sucer, d'être porté, entouré. C'est parfois aussi une difficulté à trouver le sommeil.

## La sécrétion du lait est très lente et insuffisante

Tout d'abord, ne vous faites pas de souci car il y a un rapport certain entre le moral et la sécrétion du lait, spécialement pendant les premières semaines où la sécrétion de lait est encore irrégulière : plus la mère se fait de souci, moins la sécrétion se fait bien. L'**influence de l'état d'esprit** est si directe que, pour certains médecins, vouloir forcer une mère à allaiter, c'est courir à l'échec ; au contraire, pour celle qui veut allaiter, tous les espoirs sont permis.
D'autre part, rappelez-vous que la fatigue et la douleur diminuent la sécrétion du lait. En ce moment, vous avez **besoin de repos**.
Ensuite, souvenez-vous qu'un moyen efficace pour stimuler la lactation est de mettre l'enfant au sein des deux côtés. On peut aussi porter des coupelles ou utiliser un tire-lait.
Enfin, ne donnez des compléments à l'allaitement au sein que si la prise de poids est insuffisante. Pensez d'abord à compléter avec votre lait, tiré au tire-lait. Le lait infantile sera donné en dernier recours.
S'il est nécessaire de **compléter** par un biberon, choisissez une tétine ayant un débit lent pour que le lait ne vienne pas trop facilement ni trop vite : le biberon étant plus facile à prendre, le bébé pourrait s'y habituer et refuser le sein, ce qui pourrait compromettre une lactation un peu difficile. Mieux encore, vous pouvez donner le lait à la tasse ou à la seringue, ce qui se fait pour certains prématurés. Cela prend un peu de temps mais en vaut la peine.
Lorsqu'une maman prend ces précautions, il est rare que la lactation ne se mette pas en route.
Pourtant, au bout de 5 à 10 jours d'essais infructueux, bien des mamans abandonnent, ce qui est dommage, car on peut voir des démarrages d'allaitement très lents : la sécrétion lactée ne se fait régulièrement qu'au bout de 15 jours, voire 3 semaines.

## Allaiter me fatigue

La grossesse et l'accouchement sont un gros « travail » et il faut quelque temps pour se sentir en forme. En plus, s'occuper d'un bébé demande de l'énergie. Respectez vos besoins de sommeil. La maman qui allaite a besoin de dormir souvent : des périodes courtes et

### *La taille des seins*

Même avec des seins petits, une maman peut avoir beaucoup de lait. Seins volumineux et abondance de lait ne sont pas synonymes.

### *Soyez rassurée*

Il peut arriver qu'un sein donne plus que l'autre. Cela n'a pas d'importance (p. 41). Commencez la tétée par celui qui donne moins.

fréquentes permettent en général de bien récupérer. Demandez à votre conjoint ou à une personne de votre entourage de s'occuper du bébé entre deux tétées et profitez-en pour faire une sieste. Par ailleurs, vous donnez-vous le temps de prendre vos repas ? Vérifiez aussi que vous êtes bien installée. Si, malgré tout, vous êtes très fatiguée, avant d'envisager le sevrage, parlez-en au médecin, il peut s'agir d'un manque de vitamines et de fer.

## Tire-lait manuel ou tire-lait électrique ?

Il existe des tire-lait manuels qui sont en vente en pharmacie ou parapharmacie – non pris en charge par l'assurance maladie – et des tire-lait électriques dont la location est prise en charge par l'assurance maladie sur prescription d'un médecin ou d'une sage-femme.
Le tire-lait manuel est suffisant pour une utilisation occasionnelle : par exemple, mettre un peu de lait de côté pour une absence brève (quelques heures) et permettre à quelqu'un de votre entourage de donner votre lait au bébé en attendant votre retour.
Le tire-lait électrique est indispensable si votre bébé ne tète pas le sein (séparation, bébé hospitalisé) ou pour constituer une réserve de lait en prévision du retour au travail.
Il existe des kits double voie : le système de pompage est relié à deux biberons pour tirer les deux seins en même temps. Le double pompage a l'avantage de l'efficacité et stimule mieux la lactation (« Comment conserver et congeler le lait maternel ? », p. 50-51)

## Le démarrage de l'allaitement est douloureux

Dans les jours qui précèdent l'accouchement, la sensibilité des mamelons est augmentée pour favoriser les réflexes de fabrication et d'éjection du lait. Il est possible que cette sensibilité persiste chez certaines femmes. Votre installation pour donner le sein, ainsi que celle de votre bébé, sont peut-être aussi à corriger (« La mise au sein », p. 36). Veillez à ce que votre bébé prenne bien l'aréole et ne vous fasse pas mal en tétant. En fin de tétée, étalez une goutte de votre lait sur le mamelon (le lait maternel est antiseptique et cicatrisant). Laissez sécher. Gardez les mamelons au sec entre les tétées et demandez conseil en pharmacie pour une crème, il y en a de très efficaces. En cas de crevasses, le miel médical (en pharmacie) a des propriétés cicatrisantes.

## L'enfant ne peut pas téter

Il n'en a pas la force, parce qu'il est trop faible (cas notamment du grand prématuré). Comme le bébé a tout particulièrement besoin du lait de sa maman, on tire le lait et on le lui donne au biberon, à la tasse, ou à la seringue (« Votre bébé est hospitalisé », p. 51).
Il peut avoir des difficultés à téter parce qu'il est gêné par une malformation (bec-de-lièvre, fente palatine : il existe des tétines spéciales qui vous seront recommandées par les professionnels de santé qui s'occupent de votre bébé) ou par un frein de langue très court (p. 423), ou parce qu'il coordonne mal les succions-déglutitions, place mal sa langue, etc.

### Allaitement et pollution

Même si certains polluants passent dans le lait, il reste excellent pour votre bébé. Comme pendant la grossesse, prenez quelques précautions pour limiter sa contamination. Par exemple : n'exposez pas votre bébé au tabac, privilégiez les plats faits maison et avec des produits locaux (peu de pesticides et de conservateurs), évitez les plats industriels transformés, ne réchauffez pas les aliments dans des contenants en plastique, aérez tous les jours votre maison, limitez l'utilisation de produits d'entretien et de cosmétiques en privilégiant ceux qui se rincent ou les produits bio, évitez l'exposition de votre bébé, et la vôtre, aux peintures et meubles neufs (p. 24).

Dans les autres cas, le bébé va devoir apprendre à téter ; la sage-femme ou le pédiatre de la maternité vous conseillera. Vous pouvez aussi vous entourer des conseils d'une spécialiste de l'allaitement maternel.

### L'enfant ne veut pas téter

Il est né à terme mais il est somnolent et n'a pas l'air d'avoir faim. Ce cas est fréquent et, lorsqu'il se présente, il ne sert à rien de vouloir stimuler l'enfant par diverses manœuvres. L'enfant se « réveille » au bout de 2 à 3 jours et tète normalement. Il est préférable de prolonger votre séjour à la maternité ou de vous faire accompagner quotidiennement par une sage-femme jusqu'à ce que votre bébé tète efficacement et qu'il reprenne du poids (« Le poids du nouveau-né », p. 343). En attendant, pour que la sécrétion lactée se fasse, on peut utiliser un tire-lait. Voyez page 47 les recommandations pour compléter l'allaitement.

### Bébé régurgite beaucoup

En général, les bébés nourris au sein ont moins de rots que les bébés nourris au biberon. Si votre enfant régurgite beaucoup, cela n'a rien d'anormal et ne justifie pas de le passer au biberon. Il faut le remuer le moins possible après la tétée, le garder vertical un bon moment, lui laisser son bavoir. Cependant, des régurgitations abondantes, répétées et douloureuses, survenant à tout moment (y compris la nuit), font penser à un reflux gastro-œsophagien (p. 439), particulièrement si elles sont associées à des « malaises », à des crises d'agitation et de pleurs, à des troubles respiratoires (toux nocturne) ou à un ralentissement de la croissance. Il conviendra de consulter le médecin sans attendre.

### Bébé tète si énergiquement qu'il a une ampoule à la lèvre supérieure

Ce n'est rien, la petite peau qui recouvre l'ampoule va sécher et s'éliminer toute seule. Toutefois, c'est peut-être le signe que votre bébé serre trop les lèvres : dans ce cas, vos bouts de seins sont sensibles et la prise de poids du bébé est souvent un peu juste. Faites-vous aider par un professionnel ou une association d'allaitement.

## Vos éventuelles questions

### Peut-on devenir enceinte si on allaite ?

Oui, c'est possible : une ovulation peut survenir avant la fin de l'allaitement et même avant le retour de couches. Mais elle ne survient pas avant 4 à 6 semaines lorsque le bébé ne prend que le sein, sans complément d'eau ni de lait, tète aussi la nuit au moins toutes les 6 heures. Si le bébé espace ses tétées, ou si vous donnez des compléments, une ovulation devient possible. Demandez au médecin ou à la sage-femme quelle contraception est adaptée à votre cas.

## Bébé a soif. Puis-je lui donner un peu d'eau ?

En général, un bébé exclusivement nourri au sein n'a pas besoin d'eau en plus. Si votre bébé semble avoir soif, proposez-lui plutôt le sein.

## Puis-je continuer d'allaiter… en cas de retour de couches ?

Oui, car même si vous vous sentez un peu fatiguée par la réapparition des règles, votre lait garde toutes ses qualités. Si vous avez l'impression d'en avoir un peu moins (il y a parfois une baisse transitoire de quantité), essayez d'augmenter le nombre des tétées avant de compléter par un lait infantile.

## … et en cas de reprise du travail ?

Lors de la reprise du travail, vous pourrez continuer à donner votre lait, soit exclusivement, soit avec un allaitement mixte (p. 54 et suiv.).
La production de lait peut baisser après quelques semaines : les seins sont moins stimulés, le rythme de vie est plus soutenu et vous avez d'autres préoccupations dans la journée. Dans ce cas, le sevrage va probablement débuter peu à peu (p. 55 et suiv.).

## … et en cas de maladie ?

Il n'y a pas de réponse standard. Par exemple, en cas de rhume et de fièvre, on peut continuer à allaiter, d'autant plus que, dans les maladies virales, la mère transmet à son bébé des anticorps. Il est possible de prendre du paracétamol et recommandé de boire beaucoup.
La maman peut avoir un peu moins de lait à cause de la fatigue liée à la fièvre, mais tout rentrera dans l'ordre en quelques jours. Avant de s'occuper du bébé, bien penser à se laver les mains et, en cas de grippe, porter un masque. Exceptionnellement, il faut arrêter et tirer le lait régulièrement pour pouvoir reprendre l'allaitement après la guérison (« Allaitement et contre-indications », p. 33).

## … et en cas d'arrêt ponctuel de l'allaitement ?

Si, ponctuellement, vous ne pouvez pas allaiter votre bébé, essayez de tirer votre lait à l'heure habituelle pour maintenir la stimulation. Un tire-lait manuel est suffisant dans ce cas.

## Comment conserver et congeler le lait maternel ?

Chaque biberon rempli avec le tire-lait est mis au réfrigérateur. Lorsque le lait est refroidi (environ 1 heure), vous pouvez le mélanger au biberon précédent. Vous notez la date et l'heure de remplissage du premier biberon (le jour et l'heure où vous avez tiré votre lait pour commencer à remplir le premier biberon). Le biberon se conserve au réfrigérateur (pas plus de 48 heures), dans la partie la plus froide (+ 4 °C), à partir de l'heure notée.

### À noter

En cas de nouvelle grossesse, vous pouvez continuer à allaiter votre bébé. Le goût du lait change dès le début de la grossesse et votre bébé sera peut-être le premier à repérer ce changement. Certaines mamans en ont fait l'expérience.

Pour différentes raisons, certaines femmes préfèrent donner leur lait au biberon. L'**allaitement exclusif au tire-lait** est possible même si cela demande de l'organisation. Il est préférable d'utiliser un tire-lait électrique à double pompage, qui permet de tirer simultanément le lait des 2 côtés (c'est un gain de temps). Il faudra tirer aussi souvent que le bébé tétera au sein, soit toutes les 3-4 heures (voir ci-contre *Comment conserver et congeler le lait maternel ?*).

**Congélation.** Le biberon se conserve plusieurs mois au congélateur : il faut le congeler avant 48 heures comptées à partir du premier « tirage ». Le lait est mis à décongeler au réfrigérateur au moins 6 heures avant sa consommation. Une fois décongelé, il peut être conservé au réfrigérateur 24 heures maximum.

## Quelle contraception pendant l'allaitement ?

Il est possible de prendre une pilule qui ne contient que de la progestérone. Au début, la maman peut avoir un peu moins de lait. En mettant le bébé au sein plus souvent pendant quelques jours, la lactation se rétablira. Le stérilet, l'implant contraceptif, certains spermicides, le préservatif peuvent également être utilisés.

## Votre bébé est hospitalisé

Votre bébé est né trop tôt ou nécessite des soins particuliers dans un service de néonatalogie. Né avant 34 semaines d'aménorrhée, un bébé tète rarement efficacement : il faudra tirer votre lait 6 fois par 24 heures pour mettre en route la lactation. Le mettre au sein est tout de même important : d'abord parce que votre bébé vous retrouve, ensuite parce qu'il apprend comment faire ; certains bébés arrivent à tirer du lait en petite quantité, suffisante pour avoir un effet positif sur la lactation et sur leur développement.
Même si votre bébé est né très tôt (avant 28 semaines d'aménorrhée) ou est nourri uniquement par perfusion, il est important de bien tirer votre lait (6 fois par 24 heures). Vous constituerez une réserve pour les semaines à venir, lorsque sa consommation sera plus importante. Certains services acceptent de donner votre lait directement au bébé, d'autres passent par un lactarium.
L'équipe du service de néonatalogie vous expliquera les soins donnés à votre bébé et vous aidera à faire tout ce que vous pouvez faire vous-même : le caresser, lui parler, le prendre contre vous en peau à peau et l'amener vers le sein pour qu'il tète dès qu'il sera prêt. Votre présence, vos efforts pour tirer votre lait et le donner au bébé sont précieux et font partie des soins.

### *Les lactariums*

Ce sont des banques de lait maternel dont la principale mission est de collecter, préparer, qualifier, traiter, conserver, délivrer et distribuer ce lait (www.asssociation-des-lactariums-de-france.fr).

Il y a deux circuits distincts de distribution :

- don anonyme à un bébé qui a une prescription pour recevoir du lait de femme ;
- transmission (dûment étiquetée) du lait d'une maman à son bébé hospitalisé.

## L'allaitement du « grand bébé »

Allaiter un « grand bébé », celui qui marche, commence à dire quelques mots, fait parfois débat dans les familles et au-delà. L'enfant qui, au square, revient vers sa maman pour sa tétée-goûter, ou pour une tétée-câlin, ou pour se réconforter après un conflit autour du toboggan, déclenche parfois des regards et des réflexions difficiles à entendre pour les mères. Soyez rassurée sur la « normalité » de votre enfant « encore » au sein. Ce n'est pas parce qu'il aura été allaité jusqu'à 18 mois-2 ans qu'il aura de la peine à devenir indépendant. Il saura prendre son envol, comme tout enfant élevé dans un climat de confiance et de sécurité affective.

# Les possibles difficultés

Comme pour les incidents que nous évoquons plus haut, les difficultés que nous envisageons maintenant sont possibles mais ne surviennent pas nécessairement. Il ne faut donc pas que cette énumération vous inquiète ou vous décourage.

*« Ces pages m'ont montré que je n'étais pas un cas isolé, que d'autres mères avaient des difficultés. Je les relisais pendant les moments de découragement et tout s'est bien passé »,*

*nous écrit cette maman.*

## Les crevasses

Les crevasses (ou gerçures) ont pour origine essentielle le fait que le petit bout sensible du sein, le mamelon, n'est pas à sa place dans la bouche du bébé. Au lieu d'être au fond, il est un peu en avant et copieusement « raboté » entre la langue et le palais. Il est donc important que votre installation et celle du bébé soient bonnes ; veillez notamment à ce que bébé prenne dans la bouche l'aréole du sein et la garde pendant toute la tétée.
Si la succion est trop douloureuse, essayez d'utiliser transitoirement un « bout de sein » (vendu en pharmacie). Vous pouvez appliquer sur le mamelon douloureux un peu de votre lait (il est antiseptique et cicatrisant), seul ou mélangé avec du miel médical, ou une crème (en pharmacie). Entre les tétées, laissez les bouts de sein à l'air, ou utilisez des coquilles d'allaitement (appelées aussi coupelles ou coquilles de recueil de lait) placées dans le soutien-gorge. Elles ont l'avantage d'éviter, le temps de la cicatrisation, le frottement du mamelon sur le coussinet ou le soutien-gorge.

## Les mamelons douloureux

Des crevasses qui ne guérissent pas, des mamelons douloureux sont généralement le signe d'une infection. On peut penser à une mycose : dans ce cas, le bébé a souvent du muguet, c'est-à-dire des plaques blanches dans la bouche qui d'ailleurs rendent la succion douloureuse pour lui aussi. Son attitude envers le sein peut donc avoir changé. Les fesses sont parfois rouges. Il est important de consulter car un traitement est nécessaire.
**Douleur subite en dehors de la tétée.** Vous ressentez parfois une vive douleur, surtout lors d'un changement de température, et le mamelon est d'abord blanc puis bleuit et peut devenir rouge. C'est un vasospasme. Évitez les courants d'air, installez-vous dans un endroit bien chauffé en hiver ou lors des intersaisons. Signalez-le au médecin ou à la sage-femme qui examinera votre sein pour vérifier le diagnostic et vous conseillera.

## Les écoulements autres que le lait

Si vous observez des écoulements autres que du lait, cela peut être tout à fait bénin, surtout si l'écoulement se produit des deux côtés et survient lorsque vous appuyez à l'arrière du mamelon. Une couleur jaune ou verte n'est pas anormale. En début d'allaitement, il peut y avoir un écoulement marron évoquant un peu de sang, ce n'est pas grave. Cependant, il est toujours préférable de faire évaluer ces écoulements par un médecin.

## Un canal bouché

Vous remarquez un point blanc sur le mamelon et vous ressentez une douleur à l'intérieur du sein. Un filament de caséine (protéine du lait) a coagulé et obstrue le canal. En amont, vous sentez peut-être une petite masse qui durcit : une partie de la glande ne peut plus évacuer le lait. Consultez la sage-femme qui vous examinera, vous expliquera comment faire sortir ce filament, s'il s'agit bien de cela, et vérifiera l'évolution positive de cet événement.

## Les seins engorgés

Ils sont tendus, douloureux et, si vous les pressez, peu de lait en sort. C'est peut-être le moment de donner une tétée. Mais que faire si votre bébé n'arrive pas à boire ? Vous pouvez vous mettre sous une douche chaude, ce qui favorise l'écoulement du lait. Pour vous soulager, vous pouvez aussi vous masser doucement les seins. C'est moins traumatisant que le tire-lait qu'on évite d'utiliser dans ce cas.
Voici un autre moyen efficace pour soulager en cas d'engorgement : mettre pendant 20 minutes des compresses d'eau chaude. Recommencer plusieurs fois dans la journée. Certaines femmes préfèrent le froid et mettent des gants bien froids sur leurs seins. L'engorgement des seins est un incident passager mais, s'il dure, il peut être suivi d'une baisse transitoire de la lactation. Consultez le médecin ou la sage-femme s'il n'y a pas d'amélioration en 24 heures.

## Les seins « granuleux »

Vous sentez des petites boules dans les seins lorsque vous les touchez. Ce sont des parties de la glande plus denses, plus réactives que d'autres. On peut les sentir jusque sous les aisselles. Normalement ces petites masses ne sont pas douloureuses et se résorbent d'une tétée à l'autre. Consultez si cela devient gênant, si cela persiste pendant quelques jours, et évidemment dès qu'il y a douleur.

## La lymphangite (ou mastite) inflammatoire

Si vous avez mal à l'intérieur du sein, si vous avez de la fièvre, si vous avez une rougeur sur le sein, il peut s'agir d'une lymphangite. Elle fait le plus souvent suite à un engorgement, un « coup de froid » ou une diminution brutale du nombre de tétées ; elle ne nécessite pas l'arrêt de l'allaitement, mais consultez le médecin ou la sage-femme. Ils vous indiqueront le traitement à suivre et surveilleront qu'il n'y ait pas d'infection. En attendant, pour calmer la douleur, vous pouvez prendre du paracétamol. Continuez à faire téter votre bébé en commençant par le côté douloureux, cela vous soulagera, et reposez-vous. C'est un incident ponctuel qui se résout en 24 à 48 heures. Si ce n'est pas le cas, consultez rapidement.
L'allaitement peut continuer même en cas d'infection : le médecin choisira un antibiotique compatible avec l'allaitement, ils sont nombreux. La mastite est suivie pendant 2 ou 3 jours d'une période de fatigue intense, avec baisse de la production de lait qui est aussi

### À savoir

Dans ce chapitre sur l'allaitement, nous avons évoqué toutes les questions qui peuvent se poser à propos de l'allaitement et les difficultés éventuelles. Mais il ne faudrait pas que cette énumération vous rebute. De nombreux allaitements se passent sans incident. Précisément si une difficulté survient, nous espérons que les pages qui précèdent vous aideront à la résoudre le plus vite possible.

plus salé. Votre bébé peut ne pas apprécier. Rassurez-le, cela ne durera pas. Restez au lit, donnez le sein fréquemment, buvez bien, prenez le traitement prescrit et tout rentrera dans l'ordre, y compris la quantité de lait produite pour le bébé, en 5 jours maximum. En cas de récidive, consultez le même praticien ou la même équipe médicale. Il y a sans doute une infection (urinaire, vaginale, une angine…) et il faut l'identifier et la traiter.

### Allaitement et chirurgie mammaire

La chirurgie mammaire n'est pas en soi une contre-indication à l'allaitement au sein. La pose de prothèse derrière la glande mammaire n'empêche pas le fonctionnement de celle-ci. Si le mamelon n'a pas été déplacé, si les canaux n'ont pas été sectionnés et si la chirurgie mammaire est ancienne, l'allaitement est possible. Vous aurez parlé de votre situation à la sage-femme ou au médecin, vous serez attentive au risque d'engorgement plus fréquent, et vous surveillerez la prise de poids de votre bébé pour vous assurer qu'il prend suffisamment.

### Vous n'arrivez pas à allaiter, malgré votre désir, malgré vos efforts

Vous aviez très envie d'allaiter et cela n'a pas marché. Vous avez arrêté parce que vous avez eu mal ou parce que vous avez eu des complications. Vous vous sentez coupable vis-à-vis de votre bébé et vous vivez cette situation comme un échec. Ce sentiment de culpabilité est parfois accentué par le fait que l'allaitement au sein est aujourd'hui valorisé.

Ne soyez pas démoralisée, cela peut arriver. Vous avez fait tout ce que vous avez pu et vous n'avez peut-être pas trouvé l'aide dont vous aviez besoin. Autant que l'allaitement, ce qui compte pour le bébé, c'est d'avoir établi avec sa maman un lien étroit dès le départ.

Si vous souhaitez malgré tout essayer de continuer à donner votre lait, vous pouvez utiliser un **tire-lait** et donner le lait tiré à votre bébé, quitte à compléter avec du lait infantile si cela ne suffit pas.

## L'allaitement mixte

Dans le cas où l'enfant n'a pas assez de lait de sa maman, il faut alors lui donner en plus, à titre transitoire ou définitif, du lait infantile. C'est ce régime de deux laits que l'on appelle l'allaitement mixte. On peut le pratiquer de deux manières.

### Soit en complétant chaque tétée

La mère donne le sein, puis elle propose à l'enfant un biberon. Évaluez avec votre professionnel de santé la quantité minimale à donner à votre bébé. En effet, si vous donnez de trop grosses quantités au biberon, votre bébé risque de ne pas avoir faim à la tétée suivante, ou de trop espacer les tétées et donc de ne pas stimuler suffisamment la lactation. En tétant au moins six fois par jour, l'enfant stimule la sécrétion du lait. C'est pourquoi on applique surtout cette méthode au début, quand la sécrétion est lente à s'établir.

***À noter***

Un conseil : préparez avant la tétée un biberon que vous garderez au chaud, soit dans un chauffe-biberon, soit enveloppé dans une serviette. Lorsque le bébé aura fini de téter, il sera pressé de boire son biberon.

### Soit en alternant tétées et biberons

On remplace complètement et progressivement une ou plusieurs tétées par un biberon. Il est bien recommandé de ne pas supprimer la première tétée, la meilleure, ni la dernière, pour que l'intervalle entre les tétées ne soit pas trop long. L'allaitement mixte est mis généralement en place lors de la reprise du travail (p. 58) ou lors du passage vers un sevrage progressif.

## Le sevrage

### Combien de temps allaiter ?

Allaiter même pour une période courte est bénéfique pour l'enfant. Vous pouvez allaiter 1 mois, 3 mois, 6 mois, ou plus. Cela dépend de votre bébé, de vous, du temps dont vous disposez. En général, à partir de 2 mois ½ à 3 mois d'un allaitement exclusif, la production du lait devient « automatique », la lactation n'a alors plus besoin d'être entretenue. À partir de ce moment, la mère peut diminuer le nombre de tétées et allaiter aussi longtemps qu'elle le désire. Les recommandations officielles du PNNS (Programme national de nutrition santé) sont un allaitement exclusif (lait maternel et/ou lait infantile) jusqu'à l'âge de 4 à 6 mois. Quand vous commencerez peu à peu, entre 4 et 6 mois, à introduire des aliments variés, vous pourrez poursuivre l'allaitement si vous le souhaitez. Quels aliments et à quel âge ? Voyez pages 68 et suivantes.

### Comment procéder au sevrage ?

Le sevrage est le passage de l'allaitement à une autre forme d'alimentation. Selon le moment, et donc l'âge de votre bébé, il s'agira soit de lait infantile, soit d'une alimentation diversifiée en complément du lait maternel, jusqu'à ce que vous décidiez l'arrêt complet des tétées au sein.

Le sevrage est, dans la vie affective de l'enfant, un événement important (p. 190-191). Vous-même éprouverez peut-être le besoin d'être encouragée car c'est un grand changement pour vous aussi : un groupe d'aide à l'allaitement, une amie expérimentée pourront vous aider.

Les mères trouvent souvent elles-mêmes le bon moment pour commencer à sevrer leur bébé. Certaines choisissent une baisse de la lactation, d'autres sentent que c'est le bébé qui se détache peu à peu du sein. Le moment du sevrage fait partie de l'histoire personnelle de la famille, il dépend des habitudes, de la culture. Mais la décision revient à la mère. Il arrive que le bébé manifeste son désaccord voire son désarroi face à cette décision qu'il ne partage pas toujours… Vous trouverez ci-dessous quelques conseils pour aider votre bébé à l'accepter.

Vous avez décidé de sevrer votre bébé, comment procéder ? Sachez tout d'abord que **le sevrage doit être progressif** pour éviter des troubles digestifs et affectifs chez le bébé, et créer une gêne pour la maman (engorgement des seins). En pratique, voici comment vous pouvez procéder.

### Votre bébé a moins de 3 mois

Les premières semaines, le mécanisme de l'allaitement repose sur une stimulation régulière de la glande mammaire. Vous percevez des montées de lait et, lorsque vous mettez votre bébé au sein, la tension diminue peu à peu. Le rythme des montées de lait est variable d'un allaitement à l'autre, parfois même d'un jour à l'autre. Si vous « sautez » une tétée, vos seins sont tendus voire douloureux. Pour sevrer, il est donc conseillé de supprimer une tétée et de la remplacer par un biberon de lait, à une heure de la journée où la montée de lait n'est pas trop importante : c'est souvent l'après-midi. Mais ne supprimez pas la dernière tétée pour que vos seins ne restent pas trop longtemps sans avoir été stimulés. Cette dernière tétée est un moment de tendresse réciproque avant la nuit. Les quantités de lait vous seront indiquées par votre médecin, l'infirmière de PMI ou la sage-femme.

Quant à vos seins, vous prendrez soin de les détendre en les massant doucement sous la douche, ou bien avec un gant de toilette bien chaud, ou au contraire bien froid, aussi souvent que nécessaire jusqu'à la prochaine tétée.

Au bout de quelques jours, vous pourrez introduire le deuxième biberon, en alternance avec une tétée, en gardant de préférence la tétée du matin et celle du soir.

Vous continuerez à remplacer une tétée par un biberon jusqu'à la suppression de l'allaitement. Cela peut prendre une à trois semaines. En procédant ainsi, la lactation se tarit en général toute seule. Avant 3 mois, un allaitement mixte (tétées matin et soir et biberons dans la journée) est souvent difficile à maintenir.

### Votre bébé a plus de 3 mois

Autour de 3 mois il n'y a plus de montées de lait, les seins répondent à la demande, à la stimulation du bébé. C'est confortable pour la maman qui n'éprouve pratiquement plus de tension dans les seins.

*« Quand j'ai voulu sevrer mon bébé, il a refusé catégoriquement de boire le biberon, que ce soit avec son père ou ses grands-parents. J'étais désemparée et inquiète pour ma reprise de travail. Progressivement, en insistant un peu, à grand renfort de patience, et quand nous avons été "au pied du mur", il s'est mis à les prendre et alterne maintenant sans problème sein et biberon. »*

*Sandrine*

Si c'était le cas, une douche chaude, ou une application froide sur les seins, vous soulagerait. Remplacez progressivement les tétées, comme indiqué ci-dessus. Si vous souhaitez faire un sevrage tout en douceur, gardez la tétée du matin et celle du soir ; c'est possible pendant plusieurs semaines et même plusieurs mois.

**Que faire si votre bébé a de la peine à abandonner le sein et refuse le biberon ?** S'il refuse catégoriquement le biberon, ne vous inquiétez pas : un bébé ne se laisse jamais mourir de faim. C'est normal que certains bébés protestent devant un tel changement. Ils se rendent bien compte de l'ambivalence de leur maman qui a envie d'arrêter de donner le sein et en même temps de continuer.

Les difficultés liées au sevrage sont fréquentes, nous le savons par le courrier reçu, mais elles sont toujours transitoires. Ne vous découragez pas. Avec un peu de patience, en agissant progressivement et avec douceur, la situation se débloque.

### Voici quelques suggestions si votre bébé refuse le biberon

- Tout d'abord, expliquez à votre bébé la nécessité de ce passage au biberon, par exemple la reprise du travail. Parlez-lui doucement, en confidence.
- Faites donner le biberon par une autre personne que vous-même et sortez de la pièce. S'il vous sent proche, votre bébé risque d'attendre le sein.
- Si c'est vous qui donnez le biberon et que vous le voyez chercher le sein, tournez votre bébé vers l'extérieur pour ne pas le tenter ; s'il refuse encore, installez-le dans un petit siège en face de vous.
- Si l'enfant doit aller chez une assistante maternelle ou à la crèche, il serait bon que la personne qui va s'occuper de lui puisse lui donner le biberon de temps en temps pendant la période d'adaptation.
- Le bébé a parfois de la peine à s'habituer à la tétine du biberon. Essayez différentes tétines (silicone ou caoutchouc, débit variable ou continu).
- L'essai du biberon doit persister pendant plusieurs jours car les essais ponctuels peuvent être vécus par l'enfant comme une proposition à laquelle il répond en fonction de son envie. Encouragez votre bébé quand vous lui proposez un biberon.
- Vous pouvez aussi l'aider en lui donnant du lait à la tasse. Comme jusqu'à 6 mois l'enfant ne sait pas déglutir sans sucer, voici comment procéder : penchez la tasse pour que le lait affleure au bord, sans verser le lait dans la bouche. Ainsi le bébé tétera le bord de la tasse et donc le lait. Après 8 mois, la déglutition se fait sans avoir besoin de la succion : le bébé commence à savoir boire normalement à la tasse.
- Ou bien mettez le lait dans une seringue de 5 à 10 ml et procédez comme pour donner les vitamines ou un sirop. Vous pouvez d'ailleurs utiliser la seringue des vitamines : elle est plus petite, parfois mieux acceptée par le bébé. Bien sûr cette méthode est un peu fastidieuse. Mais c'est un procédé très transitoire et en général le bébé accepte le biberon, plus pratique, souvent après un ou deux essais de ce type, en tout cas au bout de quelques jours. C'est aussi

*« Lorsque j'ai voulu donner le premier biberon à mon bébé, j'appréhendais un peu, persuadée qu'il n'en voudrait pas. Il n'a fait aucune difficulté… J'en ai même été un peu frustrée comme s'il ne faisait aucune différence entre sein et biberon ! »*

*Ania*

une façon de montrer votre détermination ou votre obligation de donner ou faire donner le biberon.

## Vous reprenez le travail

Avant 4-6 mois – l'âge de la diversification – vous pouvez continuer à allaiter exclusivement votre bébé ou bien commencer un allaitement mixte.

### Vous pouvez poursuivre l'allaitement maternel exclusif

Lors de la reprise du travail, il est possible de continuer à allaiter complètement. La crèche ou l'assistante maternelle donnera des biberons de votre lait que vous aurez tiré chez vous ou sur votre lieu de travail, si c'est possible. À la maison, le bébé tétera le sein. Pour tirer le lait au travail, il faut un peu de tranquillité, un lavabo dans un endroit propre pour se laver les mains et poser le biberon, et un réfrigérateur. Il existe des tire-lait manuels ou électriques légers. Voyez pages 50-51 les règles de conservation du lait.
Tirer son lait n'est pas difficile mais cela ne convient pas à toutes les femmes. L'éjection du lait se bloque parfois et rien ne sort avec le tire-lait alors que le bébé boit très bien le lait maternel lorsqu'il tète lui-même le sein.

### Vous pouvez passer à l'allaitement mixte

Pour passer à l'allaitement mixte, commencez le sevrage une à deux semaines avant la reprise du travail. Choisissez une heure de la journée où la montée de lait n'est pas trop importante (souvent celle de l'après-midi) et remplacez la tétée par un biberon de lait. Vous pouvez commencer par donner des biberons préparés avec votre lait puis introduire le lait infantile. Au bout de quelques jours, vous introduisez un deuxième biberon, en alternance avec une tétée. Vous continuez ainsi jusqu'à laisser seulement la tétée du matin et celle du soir.
Au moment de la reprise de votre travail, votre bébé vous réveillera peut-être la nuit pour réclamer une tétée et profiter de votre présence ; vous agirez selon ce qui sera acceptable pour vous.
**Au-delà de 3 mois**, votre bébé peut prendre un biberon de lait infantile lorsque vous travaillez et être au sein lorsque vous êtes à la maison. Cette souplesse est possible quand la lactation est bien installée, que vous ressentez moins les montées de lait avant l'heure de la tétée et que votre bébé accepte ces changements. Cet allaitement mixte peut durer quelques semaines mais aussi plusieurs mois.
**Si vous souhaitez sevrer complètement**, et avoir l'assurance que vos seins restent souples, sans écoulement lorsque vous serez au travail, commencez trois semaines avant la reprise du travail.

## Votre bébé a 5-6 mois ou plus et commence à manger à la cuillère

Le sein complète les repas à la cuillère. Comme pour le bébé plus jeune, vous pouvez tirer votre lait et le donner à l'assistante maternelle ou à la crèche et votre bébé tétera le sein à la maison. Vous pouvez

**Sevrage brusqué (en cas de maladie, d'absence, etc.)**

Les seins peuvent être très douloureux. Pour calmer la douleur, certaines femmes préfèrent le froid, d'autres le chaud. Appliquez sur le sein douloureux de la glace, toujours enveloppée dans un linge, ou bien un gant de toilette tiède. Si la douleur persiste, consultez le médecin ou la sage-femme. En ce qui concerne votre bébé, soyez attentive à ce qu'il soit entouré de beaucoup de tendresse (p. 190-191).

aussi choisir de commencer à donner du lait infantile en complément des repas, en gardant les tétées complètes du matin et du soir. Si votre bébé refuse le biberon, voyez plus haut comment l'aider.
Donner le sein avant de partir de chez soi et au retour du travail est vécu comme un moment de préparation et de retrouvailles par certaines mères et leurs bébés. Si vous avez moins de lait, ce qui est possible, vous compléterez la tétée avec un biberon ; ou bien vous remplacerez complètement les tétées par un biberon, le sevrage se fera de lui-même. Vos seins devraient rester souples puisque vous avez moins de lait.
Si vous choisissez d'arrêter complètement l'allaitement au sein, commencer le sevrage une semaine avant la reprise du travail est suffisant si le bébé a quatre repas par jour. Tous les deux jours, supprimez une tétée au sein et remplacez-la par un biberon. Si les tétées sont encore nombreuses, commencez deux semaines avant la reprise pour donner le temps à votre bébé d'organiser ses journées avec quatre repas.

## Le sevrage du « grand bébé »

- Lorsqu'un enfant mange de tout, marche, parle, et que vous souhaitez le sevrer, il peut mal l'accepter et manifester son opposition. Préparez-lui les plats qu'il préfère et jouez sur la décoration : un sourire dessiné sur la purée, c'est encourageant ! Son papa peut l'aider en le faisant participer à de nouvelles activités.
- Votre bébé ne veut plus téter et vous vous sentez peut-être rejetée ; la séparation est parfois plus durement ressentie que lorsque l'enfant est plus jeune. N'hésitez pas à vous faire aider, par exemple dans une association d'aide à l'allaitement (p. 35) ou par une sage-femme.
- Enfin, les tétées peuvent s'espacer et s'arrêter d'elles-mêmes à l'occasion d'événements particuliers : un voyage, une absence, l'entrée à la crèche ou à l'école… Vous-même et votre enfant étiez prêts ensemble à franchir l'étape du sevrage.

**Votre décision de sevrer.** Certaines mamans disent que leur bébé accepte le biberon en cas d'absences courtes, pour une course par exemple, puis le refuse au moment de la reprise du travail. Le bébé sent bien qu'un changement majeur se prépare. Peut-être est-ce sa façon de donner son avis ? Cela peut être une raison de repenser votre décision : si une autre solution existe, qui vous conviendrait à vous et au papa, pourquoi ne pas réfléchir à la possibilité de repousser le sevrage de quelques semaines ?
Si votre décision de sevrage est ferme, ne vous sentez pas coupable de la maintenir, même si votre bébé proteste. Vous aurez néanmoins besoin d'être soutenue par votre conjoint dans votre choix. Il câlinera, consolera votre bébé pour l'aider à accepter le changement, s'occupera de lui, lui donnera le lait à la tasse ou lui fera prendre son repas à la cuillère, etc.

### À noter

Au moment du sevrage, lorsque vous ne donnez plus que deux tétées, il est conseillé de supprimer d'abord celle du soir qui est moins abondante que celle du matin.

### Alimentation de l'enfant après le sevrage

S'il a moins de 4 mois, voyez pages suivantes : « L'enfant nourri au biberon » ; s'il a plus de 4 mois, reportez-vous pages 68 et suiv. : « Vers une alimentation variée ».

### Soins après le sevrage

Quand vous n'allaiterez plus, vous soignerez ainsi vos seins : douches fraîches tous les jours et exercices de gymnastique faisant travailler les muscles qui soutiennent les seins (les pectoraux). La natation est un excellent sport pour la poitrine, même pendant l'allaitement.

# L'enfant nourri au biberon

L'heure du biberon est un moment privilégié où, dans les bras de sa maman, le bébé retrouve la chaleur, la tendresse, l'intimité dont il a tant besoin, où la mère et l'enfant se font mutuellement plaisir. Le père apprécie de donner le biberon, il aime cette proximité avec son enfant. Le plaisir là aussi est mutuel, et bénéfique pour l'un et l'autre.
Avant la naissance, les parents – surtout les mères – idéalisent parfois les premiers biberons. Le bébé imaginé a déjà 3 ou 4 mois, sa main est posée sur le biberon, il tète et avale le lait jusqu'au moment où le bruit de l'air dans la tétine signale que le repas est terminé, puis il s'endort avec un grand sourire… Les premiers temps, cela ne se passe pas tout de suite aussi simplement, le bébé boit un peu trop vite, ou il n'a pas l'air à l'aise avant ou après avoir bu, ou la tétine ne semble pas bien couler, etc. Votre bébé et vous-même avez besoin d'un temps d'adaptation, c'est normal. Vous en parlerez au médecin que vous consulterez régulièrement. Ainsi, il est bon de le voir au cours du premier mois pour vérifier le régime donné à la sortie de la maternité. Pour le bébé nourri au biberon, on a besoin d'être conseillé : il faut choisir le lait, voir comment l'enfant l'accepte, éventuellement changer les rations, etc., toutes choses que des parents inexpérimentés hésitent à faire seuls.

# Les différents laits pour bébés

Il existe deux laits adaptés aux bébés : les laits dits « premier âge » pour les 4 à 6 premiers mois, et les laits dits « deuxième âge » qui prennent le relais jusqu'à la fin de la première année en même temps que commence la diversification. Ces laits sont préparés à partir de protéines de lait de vache ou de chèvre. Il existe aussi des laits infantiles fabriqués à partir d'un isolat de protéines de soja à ne proposer qu'après avis médical lors de la diversification.
Le contenu des laits infantiles en nutriments essentiels (protéines, glucides, lipides, minéraux et vitamines) est **réglementé**, de même que l'étiquetage : toute image de nourrisson ou autre représentation qui idéaliserait le lait proposé est interdite. De la même façon, seules certaines précisions sont autorisées (par exemple « sans lactose » ou « réduction du risque d'allergie aux protéines de lait de vache »).
En revanche, les allégations nutritionnelles et de santé sont interdites. Cependant, chaque marque peut apporter un « plus » – indiqué sur la boîte mais sans explication détaillée – qui différencie son produit des autres.

- Dans les laits pour bébés bien portants, certains industriels ajoutent des sucres particuliers qui stimulent les bactéries normalement présentes dans le tube digestif : on parle de **prébiotiques**. D'autres marques apportent directement des bactéries de type bifidus : on parle de **probiotiques**.
- Des laits spécifiques sont destinés aux bébés souffrant de différents **problèmes digestifs**. Certains laits sont épaissis pour diminuer les régurgitations : le plus souvent par différents amidons (de pomme de terre, de riz ou de maïs), ou bien par de la caroube (pour les régurgitations plus importantes). Il existe par ailleurs une gamme de lait destinée aux bébés constipés. Selon les marques, ces laits sont acidifiés par des ferments lactiques et enrichis en lactose, ou contiennent des lipides modifiés pour améliorer l'hydratation des selles. De nombreuses marques proposent des laits pour bébés souffrant de coliques ; ils sont le plus souvent allégés en lactose, certains sont acidifiés par des ferments lactiques, d'autres sont enrichis par des probiotiques.
- En cas d'**allergie** aux protéines de lait diagnostiquée, le médecin allergologue prescrira un lait hydrolysé (à partir de protéines de lait de vache) ou un lait à base de protéines de riz. Des laits particuliers à base d'acides aminés (les plus petits constituants des protéines) sont proposés aux nourrissons qui présentent des signes d'allergie persistant malgré un lait hydrolysé.
- Des laits spécifiques sont destinés aux **bébés prématurés** et de petit poids de naissance (dits « Pré »). Ils sont particulièrement enrichis (en lipides notamment) et doivent être donnés jusqu'au rattrapage du poids correspondant à l'âge pour les enfants de petit poids et jusqu'à trois mois chez le prématuré.

Selon l'importance des modifications apportées à ces laits, ils peuvent être achetés en grande surface ou uniquement en pharmacie (ce qui est le cas des laits pour bébés allergiques ou pour bébés prématurés).

### *À noter*

Concernant l'innocuité des laits infantiles, le niveau de sécurité est supérieur à celui des aliments courants : la réglementation établit des exigences en matière de nitrates, de pesticides et de résidus dans les produits utilisés pour la fabrication des laits et dans les laits eux-mêmes.

### *Quel lait infantile choisir ?*

La question ne se pose pas si votre bébé est allergique, s'il est prématuré ou de petit poids car le médecin vous aura recommandé un lait précis. Si votre bébé est bien portant mais présente des petits troubles digestifs évoqués ci-contre, prenez l'avis du médecin ou du pharmacien qui vous conseilleront sur l'utilité ou non de changer de lait. Ces troubles proviennent souvent d'une adaptation du tube digestif du bébé et s'atténuent avec le temps mais un lait adapté peut permettre de passer un cap délicat.

# La préparation des biberons

Aujourd'hui, selon les recommandations du ministère de la Santé, il n'est plus nécessaire de stériliser les biberons. Ceux-ci doivent être préparés au moment du repas car le lait est un milieu de culture favorable pour les microbes et champignons. Si le lait reconstitué est consommé rapidement, il n'y a pas de risque à utiliser des biberons propres, même non stériles.

**Avant** de préparer les biberons, il faut toujours se laver les mains et bien nettoyer tous les accessoires.

- **Biberons** : brosser soigneusement l'intérieur avec le goupillon, de l'eau chaude et du produit de vaisselle. Bien rincer. Laisser sécher sans essuyer. Les conserver vides au réfrigérateur.
- **Protège-tétines** : les frotter, les rincer.
- **Tétines** : les retourner comme un doigt de gant, éventuellement utiliser un petit goupillon, et, lorsqu'elles sont propres, s'assurer que les trous ne sont pas bouchés.

**Une précaution indispensable** : lorsque la tétée est terminée, bien rincer le biberon et les accessoires à l'eau froide. Sinon, le lait séché colle et rend le nettoyage ultérieur plus difficile. Surtout, les germes vont se développer très vite si on laisse le fond du biberon à température ambiante.

Vous pouvez mettre dans le lave-vaisselle biberons, tétines (sauf celles en caoutchouc) et protège-tétines, en programmant un lavage à 65 °C.

**Sans stériliser** systématiquement les biberons, certains parents souhaitent le faire de temps en temps. Il est possible de :

- stériliser à chaud : il existe toute une gamme de stérilisateurs, à tous les prix, à vapeur (électriques) ou à micro-ondes ;
- stériliser à froid : avec un bac à stérilisation et un produit vendu en pharmacie.

**Biberons en plastique et bisphénol.** Le bisphénol A, ce composant des matières plastiques qui pourrait avoir un retentissement sur l'organisme et perturber l'équilibre hormonal, est aujourd'hui interdit dans la fabrication des biberons dans toute l'Union européenne. Si vous choisissez des biberons en verre, il existe des protections, type gaine en silicone, qui permettent d'éviter le contact avec le verre chaud.

## Préparation du lait en poudre

Voici maintenant comment préparer le lait en poudre qui doit être reconstitué avec de l'eau.

**Quelle eau choisir ?** Vous pouvez vous servir soit d'eau minérale, soit d'eau de source, soit de l'eau du robinet.

- Choisissez une eau minérale ou de source portant sur l'étiquette la mention « convient aux nourrissons » et ouverte depuis moins de 24 heures.
- L'eau du robinet convient également, sauf avis contraire de la mairie, car elle est bien surveillée sur le plan bactériologique et chimique. Pour remplir le biberon, utiliser l'eau froide (l'eau chaude a pu séjourner dans les tuyaux), après l'avoir laissée couler quelques secondes. Ne pas utiliser d'eau adoucie ou filtrée.

### Pour les biberons : le matériel à prévoir

- Des biberons gradués (éviter le biberon de 330 ml car l'enfant risque de trop boire).
- Des biberons à large goulot, de forme cylindrique pour pouvoir facilement les nettoyer.
- Les protège-tétines et les tétines sont fournis avec les biberons.
- Une brosse longue – goupillon – pour nettoyer les biberons.

### Différentes tétines

Le plus souvent, le bébé s'adapte au modèle de tétine qui lui est proposé. Mais s'il boit trop lentement, ou trop vite, s'il refuse de boire, il faudra essayer d'autres modèles. Pour le début, choisissez une tétine 1er âge.

## Comment procéder ?

Le lait en poudre se vend avec une mesure qui, arasée mais sans être bombée, contient 5 g de poudre. Pour reconstituer le lait, il faut ajouter à 30 ml d'eau une mesure de lait en poudre. Il est important de respecter cette proportion pour éviter une concentration trop élevée de lait (ce qui est une cause fréquente de constipation). Cela veut dire qu'à 30 ml d'eau vous ajouterez une mesure de lait ; à 60 ml, 2 mesures ; à 90 ml, 3 mesures, et ainsi de suite. Arasez la poudre avec le dos de la lame d'un couteau. Ne tassez pas le lait dans la mesurette, cela reviendrait à augmenter la dose.

**En pratique** : mettez dans un biberon l'eau nécessaire selon l'âge du bébé, faites tiédir dans le chauffe-biberon – la poudre se dissout mieux que dans l'eau froide –, ajoutez le nombre de mesures de lait correspondant à la quantité d'eau ; fermez le biberon et secouez. S'il y a quand même des grumeaux, secouez de nouveau. Vérifiez **toujours** la température du lait (environ 35 °C) en en versant un peu sur l'intérieur du poignet ou le dos de la main.

**Attention** au four à micro-ondes qui chauffe parfois trop le contenu du biberon alors que le biberon lui-même reste froid.

Lorsque pour une sortie ou un voyage, vous emportez un biberon, n'ajoutez la poudre qu'au moment du repas. Il existe des laits liquides 1^er^ et 2^e^ âge pratiques quand on doit se déplacer.

Le lait en poudre est déjà sucré. Lorsqu'une boîte n'a pas été ouverte, elle peut se conserver plusieurs mois (une date limite d'utilisation est indiquée dessus). Ouverte, la boîte se conserve une quinzaine de jours dans un endroit sec ; ensuite, le lait devient rance et inutilisable.

## Chaud ou froid ?

La tradition et l'habitude veulent que le biberon soit donné tiède, un peu en dessous de la température corporelle (entre 30 °C et 35 °C), ce que préfèrent certains nourrissons ; mais l'expérience montre que bien des bébés acceptent des biberons à température inférieure. D'où la tendance à donner le biberon à température ambiante (entre 15 et 20 °C. Cela simplifie la préparation des biberons et élimine tout risque de brûlure. On évitera cependant d'utiliser le biberon (ou l'eau de préparation) sorti directement du réfrigérateur.

## Peut-on donner un biberon commencé ?

À condition de respecter un délai : au bout d'une heure après le début de la tétée, le lait doit être jeté.

## Comment conserver des biberons préparés à l'avance ?

Il est toujours préférable de préparer le biberon juste avant sa consommation. Si vous préparez un biberon à l'avance, le lait doit être reconstitué à l'**eau froide**, puis le biberon est conservé à 4 °C pendant 24 heures maximum. Un biberon sorti du réfrigérateur doit être utilisé dans un délai d'une heure.

### *Les boissons végétales*

À base de soja, noisettes, châtaignes, etc. – souvent improprement appelées « lait » –, elles ne peuvent pas remplacer un lait infantile et ne doivent pas être utilisées pour nourrir un bébé (p. 83).

# Horaires des biberons et quantités

Avec les laits 1er âge, on peut envisager de nourrir l'enfant avec un horaire souple mais avec un intervalle minimum de 2 heures entre deux biberons.
Entre les biberons, l'espace est en général de 2 à 4 heures et les quantités prises à chaque repas peuvent varier car l'enfant prend la quantité dont il a besoin. Il ne faut donc pas le forcer, en particulier ne pas le réveiller pour boire mais ne pas non plus refuser avant l'heure ; tous les cas sont possibles, entre les bébés qui ont beaucoup d'appétit et ceux qui en ont peu, entre ceux qui spontanément et rapidement réduisent leur nombre de repas à cinq et même quatre, et ceux qui réclament huit ou dix repas par jour ; pour ces derniers, il s'agit plus souvent d'une simple période d'adaptation des premières semaines. Le bébé a une forte capacité d'autorégulation : respectez-la en identifiant les signes de faim ou de rassasiement (s'il détourne la tête par exemple).

Comme pour le bébé allaité au sein, l'enfant nourri au biberon a besoin d'un peu de temps pour trouver le **rythme nuit-jour** et ne plus avoir besoin de boire la nuit (p. 43).

## L'alimentation des premières semaines

À la maternité, on vérifie que le bébé augmente ses rations tous les jours, même si c'est un « petit mangeur ». Au retour à la maison, les biberons sont préparés avec du lait 1er âge. Préparez 90 ml de lait par repas, l'enfant prenant une dose variable entre 60 et 90 ml. Les « gros mangeurs » peuvent passer à 120 ml à partir de la 3e semaine, voire la 2e semaine.
Les premières semaines, les bébés ont parfois un peu de peine à boire les biberons du matin. Ils boivent souvent mieux la nuit. Il ne faut donc pas chercher à éviter les biberons de nuit tant que les rations de la journée sont un peu justes. Votre bébé fera une nuit plus longue quand il sera plus « gourmand » pendant la journée.
Pour que le bébé digère bien, il est important de lui donner des rations équilibrées pendant la journée : ne donnez pas à votre bébé 150 ml de lait sous prétexte qu'il a moins bu que d'habitude, ou qu'il pleure beaucoup, alors que sa ration habituelle est encore de 90 ml par repas.

### Quantités de lait en général conseillées pour un bébé de poids moyen

| Âge du bébé | Quantité de lait et nombre de biberons |
|---|---|
| Le 1er jour | Début de l'alimentation lactée |
| 1re semaine | 6 à 8 biberons de 30 à 90 ml* |
| 2e semaine | 6 à 7 biberons de 60 à 120 ml |
| 3e et 4e semaines | 5 à 7 biberons de 90 à 150 ml |
| 2 mois | 4 à 6 biberons de 150 à 180 ml |
| 3 et 4 mois | 4 à 5 biberons de 150 à 210 ml |

* 30 ml = 30 g

***Important***

Ces chiffres sont donnés à titre indicatif. Le médecin indiquera les rations habituellement nécessaires à votre enfant en fonction de son âge, de son poids, de sa constitution. Mais votre bébé, meilleur juge de ses propres besoins, aura aussi son mot à dire. Il n'y a pas de régime standard convenant à tous, sans distinction.

# L'heure du biberon : un plaisir partagé

L'heure du biberon est un merveilleux moment d'intimité et d'échanges. Le bébé va bientôt reconnaître son biberon, en le palpant, le touchant, puis en essayant de le prendre. Il le cherche du regard, boit, puis s'arrête comme s'il attendait un petit mot tendre ou un encouragement. Ses parents lui répondent. Après le repas, il est détendu, prêt à communiquer. C'est vraiment un plaisir partagé.

**Voici le moment du repas**. Lavez-vous bien les mains puis préparez le biberon. Parfois le lait ne coule pas parce qu'il n'y a pas de passage pour l'air : il ne faut pas visser le bouchon à fond.

Installez-vous confortablement. Placez le bébé au creux de votre bras et en position assez verticale. Puis mettez la tétine dans sa bouche ; vous verrez, il saura tout de suite téter. Tenez le biberon de telle sorte que la tétine soit toujours pleine de lait, sinon le bébé avalerait de l'air ; n'appuyez pas la tétine contre son nez, il ne pourrait pas respirer. Si vous voyez que la tétine s'aplatit, dévissez légèrement le bouchon pour qu'un peu d'air entre dans la bouteille : la tétine reprendra aussitôt sa forme. L'enfant tète bien si des petites bulles montent dans le biberon.

Normalement, le repas dure entre 15 et 20 minutes. Certains nourrissons font naturellement une « pause renvoi » à la moitié du biberon. Si ce n'est pas le cas, vous pouvez proposer cette pause à votre bébé.

Ne laissez pas un bébé boire seul son biberon, c'est dangereux. Il peut boire trop vite, s'étouffer, avaler trop d'air.

Le repas terminé, faites faire à votre bébé ses renvois en le maintenant en position verticale. Le **rot** est l'évacuation sonore de l'air dégluti et accumulé dans la partie supérieure de l'estomac pendant la tétée. Il survient en général dans les minutes qui suivent la tétée.

Le rot peut être accompagné d'une **régurgitation,** fréquente et banale les premiers mois (*Régurgitation*, p. 440).
Pensez à mettre un lange en tissu sur votre épaule. Rappelez-vous que plus l'enfant boit vite, plus il a de renvois et plus il rejette de lait.
Ensuite, changez votre bébé.

# Quelques questions

## Boit-il assez ?

C'est une question que se posent souvent les parents d'autant que les bébés, au début de leur vie, pleurent pas mal et qu'on croit toujours que c'est de faim.

**Un enfant est bien nourri :**

- s'il prend régulièrement du poids (200 g par semaine les trois premiers mois, 150 g les trois suivants, 100 g entre 6 mois et 1 an) ;
- si ses selles sont normales (une à deux par jour), plutôt fermes, jaune clair et grumeleuses ; mais avec le lait infantile, les selles se rapprochent de celles de l'enfant qu'on allaite (p. 44). Si votre bébé a des selles blanches, il faut en parler au médecin (*Selles anormales*, p. 444) ;
- s'il a bon teint et bonne mine.

Un bébé bien nourri ne réclame pas ; il pleure et crie peu ; il dort bien ; en un mot, il a l'air satisfait de son sort. On consultera le pédiatre lorsque le bébé ne finit pas ses biberons de façon régulière, car à côté de causes passagères (un rhume, une affection de la bouche, comme le muguet), il existe d'autres causes à l'origine de l'insuffisance d'appétit que seul l'examen médical pourra déceler.
Lorsque vous rentrerez de la maternité, vous constaterez que votre bébé prend un peu moins bien ses biberons. Pour diverses raisons, le retour à la maison s'accompagne souvent d'une période de flottement qui se traduit chez le bébé par une baisse d'appétit. Si cela vous inquiète, parlez-en au pédiatre qui vous conseillera peut-être de surveiller le poids de votre bébé en le faisant peser à la PMI.

### Quand le nouveau-né est de petit poids ou prématuré

Le premier souci des parents est de faire grossir leur bébé. Mais lorsque celui-ci a atteint un poids honorable, les parents continuent souvent à le nourrir dès qu'il réclame. Votre bébé a grandi et il peut apprendre à attendre un peu.

## Quand augmenter la ration ?

Lorsque vous constatez que votre bébé n'est plus rassasié : il pleure et cherche à continuer à téter alors que le biberon est terminé depuis quelques minutes.

## Les digestions difficiles

Les premiers mois d'un bébé sont parfois inconfortables sur le plan digestif, entre les régurgitations, les reflux, les coliques, les troubles du transit (diarrhée ou constipation). Si ces troubles ne durent pas et ne semblent pas affecter votre bébé, ils font partie de l'adaptation digestive normale des premiers mois.
Dans le cas contraire, voyez dans le dictionnaire médical (chapitre 6) les mots correspondant aux différents troubles digestifs : *Coliques, Constipation, Diarrhée, Reflux gastro-œsophagien, Régurgitation, Vomissements.*

## Les fesses rouges

Sauf en cas de diarrhée, les fesses rouges (érythème fessier) n'ont pas de rapport avec l'alimentation ; elles sont le plus souvent la conséquence de changes pas assez fréquents ou d'une éruption dentaire (*Érythème fessier*, p. 410).

## Hoquet, enfant qui ne veut ou ne peut pas téter, enfant « vorace »

Nous avons parlé de ces trois cas à propos de l'enfant nourri au sein, en pages 41 et suivantes. Pour l'enfant « vorace », nous vous conseillons en outre de choisir une tétine ayant un débit lent.

## Vitamines et minéraux

Pour couvrir tous les besoins de l'enfant, et suivant les exigences de la réglementation, les laits infantiles sont enrichis en vitamines, en minéraux et en acides gras essentiels.

**La vitamine D.** Les laits 1er et 2e âge sont enrichis en vitamine D, mais de façon insuffisante ; c'est pourquoi il est important d'en donner dès la naissance au bébé. La vitamine D prévient le rachitisme (p. 438). Elle permet l'assimilation du calcium et sa fixation sur les os, d'où son rôle essentiel dans la croissance.

Il est donc recommandé de donner de la vitamine D à tous les nourrissons et jeunes enfants. Les **recommandations** ont un peu évolué. La vitamine D s'administre sous forme de gouttes (2 ou 3 gouttes) données chaque jour (Adrigyl® ou ZymaD®). Cet apport concerne tous les nourrissons, y compris ceux nourris au sein.

Après 2 ans, si cet apport journalier devient difficile, il est possible de donner des ampoules de vitamine D plus fortement dosées, par exemple 100 000 unités deux fois pendant l'hiver, en novembre et mars (en revanche, les ampoules de 200 000 unités sont déconseillées).

Selon les dernières recommandations, cette supplémentation doit se poursuivre jusqu'à 18 ans.

**Le fer.** Au moment de la diversification, les besoins en fer sont importants, en particulier chez l'enfant allaité. Les laits 2e âge sont enrichis en fer ; l'apport complémentaire peut se faire sous forme d'aliments naturellement riches en fer (notamment la viande dont le fer est bien assimilé) lorsque les quantités de lait seront diminuées. Les enfants à risque sont les anciens bébés prématurés et hypotrophiques. Après 1 an, les laits de croissance se justifient essentiellement par leur contenu élevé en fer.

**La vitamine K.** À la naissance, le bébé reçoit de la vitamine K pour prévenir le risque d'hémorragie. S'il est allaité, il recevra trois doses au cours du premier mois (p. 43). S'il est nourri au lait infantile, il ne recevra de vitamine K que les premiers jours, les préparations pour nourrissons étant déjà enrichies en vitamine K.

**Surtout pas d'automédication** : des apports excessifs en vitamines ou minéraux peuvent avoir des effets nocifs.

# Vers une alimentation variée

**La diversification** désigne le fait d'introduire d'autres aliments que le lait. Pour le bébé, c'est une étape importante qui doit se dérouler dans une atmosphère rassurante et positive. C'est aussi un moment très attendu des parents qui se posent souvent bien des questions : « Quand proposer les légumes ? Et la viande ? Puis-je donner de l'œuf ? En quelles quantités ? » Les pages suivantes sont là pour répondre à ces interrogations. Comme vous le lirez, les conseils de base sont souvent accompagnés de plusieurs options. Ces choix vont dépendre du caractère et des goûts de votre enfant mais aussi de vous. Telle maman apprécie de garder encore son bébé dans les bras et préfère mélanger les légumes au lait du biberon. Tel papa prend plaisir à voir son bébé ouvrir grand la bouche pour manger à la cuillère. Il n'y a pas une seule mais plusieurs façons de diversifier l'alimentation. Les conseils qui suivent sont donc des indications et, à l'exception de quelques règles importantes, ils ne sont pas à appliquer à la lettre mais à adapter en fonction de chaque enfant, de chaque famille. Ils tiennent à la fois compte des recommandations du PNNS (Programme national nutrition santé) émis par le ministère de la Santé, ainsi que d'autres avis plus récents, et ils compléteront les conseils du médecin qui connaît votre enfant. Essayez, explorez, le moment du repas sera un nouveau moment de joie à partager avec votre enfant.

**À quel âge commencer la diversification ?**
La diversification ne commence pas avant 4 mois et pas après 6 mois. Une alimentation lactée exclusive après 6 mois, même au lait maternel, ne permet plus de couvrir les besoins nutritionnels du nourrisson. Autrement dit, le début de la diversification se fait **entre 4 et 6 mois**.
**Qu'appelle-t-on la diversification menée par l'enfant (DME) ?**
Dès l'âge de 6 mois, quand le bébé se tient assis, on lui propose des petits morceaux d'aliments mous qu'il devra saisir lui-même avec les doigts et les porter à la bouche. Il peut rejeter une bouchée, la reprendre, en mettre partout mais c'est ainsi qu'il peut acquérir un peu d'autonomie. Cette méthode peut lui apprendre à mastiquer plus tôt et à faire moins de refus alimentaire plus tard. Elle n'est toutefois pas une règle de diversification ; elle est à appliquer souplement et ponctuellement. Avant de commencer la DME, demandez à votre pédiatre si votre bébé est prêt.
**Que faire lorsque l'enfant est à « risque allergique » ?**
Les recommandations évoluent de façon importante. Jusque-là, on recommandait d'éviter de donner aux enfants à risque allergique certains aliments, ou de les introduire de façon plus tardive (un enfant est « à risque allergique » si l'un des parents, ou un frère ou une sœur, souffrent d'allergie). Aujourd'hui, il est recommandé d'introduire dès le début de la diversification, sans attendre, les aliments allergisants comme les œufs, les produits laitiers ou l'arachide. La diversification suit le même schéma que celui de l'enfant qui n'est pas à risque.

**Allergies**

Voyez les mots *Allergie* et *Allergie à l'arachide* au chapitre 6.

# De 4-6 mois à 8 mois : le début de la diversification

Comme pour tous les âges que nous indiquons, il s'agit de mois révolus, par exemple 4 mois signifie le début du 5$^{e}$ mois. Si l'allaitement est exclusif jusqu'à 6 mois, vous introduirez les aliments avec un décalage de 1 à 2 mois, en suivant le même schéma.
Au cours de cette période (entre 4-6 et 8 mois), des événements et des nouveautés importantes surviennent : d'abord l'enfant a vraiment des horaires de grand puisqu'il va passer progressivement à quatre repas. Cette transition dépend du bébé. Puis l'enfant va peu à peu faire connaissance avec des saveurs et des consistances nouvelles. Il peut aussi commencer à manger à la cuillère. Essayez avec une purée de légumes ou de fruits pendant un jour ou deux mais, si votre enfant refuse, n'insistez pas : vous ferez un nouvel essai quelques jours plus tard.
Les avancées se poursuivront petit à petit, de manière souple. Plutôt que « manger de tout », il est préférable de dire que l'enfant doit « goûter de tout ». Les nouveautés (aliments, cuillère) seront introduites par petites touches d'essai, sans insister en cas d'opposition, car la contrainte est le meilleur moyen de créer des refus et des dégoûts durables. Mieux vaut réessayer plus tard.
Le régime du bébé de 4 mois, à base de lait, va s'enrichir progressivement de légumes et de fruits cuits, de viande, de poisson et d'œufs.

## Exemple de menu à 6 mois

| | |
|---|---|
| **Matin** | • tétée ou un biberon de lait 1er âge (180-240 ml)<br>option : ajouter deux cuillères à café rases de farine infantile |
| **Midi** | • une purée de légumes à la cuillère (60-120 g) puis un biberon de lait (150-210 ml)<br>option : mélanger les légumes au lait et donner au biberon |
| **Goûter** | • une compote de fruits (60-120 g) et un biberon de lait (120-210 ml) ou une tétée<br>option : à remplacer par une tétée ou un biberon de lait de 210 ml |
| **Soir** | • tétée ou un biberon de lait (180-240 ml)<br>option 1 : ajouter trois à quatre cuillères à soupe de purée de légumes dans 180 ml de lait<br>option 2 : ou bien ajouter deux cuillères à café rases de farine de légumes |

Les quantités sont données à titre indicatif : vous les adapterez à l'appétit de votre bébé.

## Le lait

C'est toujours la base de l'alimentation et la base de chacun des quatre repas (p. 82 et suiv.).

**Quelles quantités donner ?** Les premiers temps, on donne les rations habituelles (180-240 ml) auxquelles sont ajoutés un peu de fruits ou de légumes. Dans un deuxième temps, lorsque les quantités de ces aliments augmentent, on diminue le volume de lait mais il faut continuer à en donner à chacun des quatre repas (120-150 ml).

**Lait 1er ou 2e âge ?** Le lait 2e âge a une composition très proche de celle du lait 1er âge ; simplement, il contient un peu plus de protéines, fer, vitamines, acides gras, etc. Il est introduit quelques semaines après le début de la diversification, lorsque les quantités de lait consommées ont franchement diminué avec la prise des légumes et des fruits.

**La farine infantile.** Elle est parfois proposée (1 à 2 cuillères à café) après 4 mois dans le biberon du matin et surtout du soir pour tenter « d'améliorer » les nuits. Il n'est pas nécessaire d'en ajouter systématiquement car trop de farine les premiers mois risque de provoquer une diminution du volume de lait et de trop augmenter les apports caloriques. De plus, on sait aujourd'hui que la plupart des réveils nocturnes des bébés ne sont pas liés à la faim. En revanche, vers 8-9 mois, quelques cuillères à café de farine peuvent permettre un maintien du biberon en changeant légèrement le goût du lait.

Il est important de garder le lait 2e âge jusqu'aux 12 mois du bébé, en particulier pour les **apports en fer.**

## Les légumes

Entre 4 et 6 mois, une grande nouveauté est l'introduction progressive des légumes cuits au repas de midi. Ils vont apporter des vitamines, des minéraux et des fibres.

**Quels légumes proposer ?** La plupart des légumes peuvent être utilisés. Certains légumes contenant beaucoup de fibres, et de ce fait susceptibles d'être plus difficiles à digérer, sont proposés un peu plus tard. Pour cette raison, on préfère commencer par les légumes les plus pauvres en fibres : carotte, haricot vert, épinard, courgette, brocoli, artichaut, potiron, blanc de poireau, petits pois. Si votre bébé digère bien, vous pourrez ensuite lui proposer d'autres légumes : chou-fleur, vert de poireau, poivron, salsifis, chou… ; puis les légumes

secs comme les lentilles, pois chiches… : commencez par une petite cuillerée mélangée à de la pomme de terre pour tester si votre bébé les tolère bien.
Vous pouvez proposer un nouveau légume chaque jour : plus votre bébé sera exposé à des aliments différents, mieux il acceptera les nouvelles saveurs.
**Quelles quantités donner ?** Il n'y a pas de quantité obligatoire à atteindre : certains bébés apprécient rapidement les légumes, d'autres sont plus longs à s'habituer à ces nouveaux aliments. Commencez par quelques cuillères et augmentez la quantité selon l'appétit de votre bébé. Cependant, dans un premier temps, limitez-vous à l'équivalent d'un petit pot de 60 g.
**Comment les préparer ?** Vous pouvez utiliser des légumes frais – bien lavés et épluchés – ou surgelés, natures et non salés. Mixez-les bien avec un peu de lait infantile ou de lait entier pour obtenir une consistance lisse pour une purée, ou liquide pour une soupe. Un peu de pomme de terre peut être ajouté comme liant. Vous pouvez aussi utiliser des **petits pots** du commerce. Suivant la consistance, rajoutez un peu de lait ; certains légumes s'accommodent bien de quelques gouttes de citron. N'ajoutez pas de sel. En revanche, il est préférable d'éviter les conserves jusqu'à l'âge de 12 mois : elles sont trop salées.
**Que puis-je ajouter ?** Il est recommandé de ne pas saler les légumes. Par ailleurs, avec l'introduction de nouveaux goûts, certains bébés abandonnent rapidement leur biberon de lait, ce qui risque de diminuer de façon trop importante l'apport d'acides gras essentiels contenus dans le lait. Dans ce cas, il est conseillé d'ajouter des lipides dans les légumes, sous forme d'une noisette de beurre ou d'une petite cuillère à café d'huile de colza ou de noix (riches en oméga 3) dans les légumes cuisinés maison, surgelés ou en petits pots.
**Puis-je mettre les légumes dans le biberon ?** Si votre bébé ne semble vraiment pas apprécier la cuillère après plusieurs essais, ajoutez et mélangez quelques cuillères à café de légumes à son biberon de lait. Vous proposerez de nouveau la cuillère quelques jours plus tard.

## Les fruits

Une autre grande nouveauté, entre 4 et 6 mois, est l'introduction des fruits cuits en compote. Ils apportent des vitamines A et C, des minéraux et des fibres.

- **Quels fruits proposer ?** On peut cuisiner la plupart des fruits (pomme, banane, poire, pêche, abricot, nectarine), y compris les fruits rouges. On donne au bébé des fruits bien mûrs, lavés, épluchés, cuits et mixés. Il est possible de les cuire au four micro-ondes, ce qui préserve mieux leurs qualités nutritionnelles. Vous pouvez aussi faire les compotes à partir de fruits surgelés.
- **À quel moment les donner ?** Vous pouvez les introduire à quatre heures avec le biberon du goûter, ou à midi après les légumes. Dans ce cas, le goûter ne sera constitué que de lait. Il est recommandé de ne pas ajouter de sucre. Essayez, vous verrez que votre bébé prendra vite l'habitude de manger « nature ».

**Quelles quantités donner ?** Comme pour les légumes, il n'y a pas de règle et la souplesse est de mise : commencez par quelques cuillères à café et observez la réaction de votre bébé.
**Puis-je proposer du jus de fruit en milieu de matinée ?** Non, il est préférable de ne rien donner entre les repas et l'eau est l'unique boisson conseillée.
**Que faire si votre bébé ne veut plus de lait après la compote de fruits ?** Commencez par le biberon de lait, c'est un apport qu'il faut essayer de maintenir le plus longtemps possible. Une autre possibilité est de mélanger lait et fruits dans le biberon.

## Exemple de menu à 8 mois

| | |
|---|---|
| **Matin** | • tétée ou un biberon de lait 2e âge (210-240 ml)<br>option : ajouter trois à quatre cuillères à café rases de farine |
| **Midi** | • une purée de légumes et deux cuillères à café rases de viande ou poisson puis une compote de fruits<br>option : un petit pot légumes/viande (200 g) |
| **Goûter** | • une compote de fruits et un biberon de lait (150-180 ml) ou une tétée |
| **Soir** | • une purée de légumes (120 à 150 g) et un biberon de lait (150-180 ml) ou une tétée<br>option 1 : à remplacer par un biberon de lait avec des légumes (certains bébés sont fatigués le soir et préfèrent un biberon)<br>option 2 : si votre bébé a encore faim après le biberon, proposez-lui une compote de fruits |

Les quantités sont données à titre indicatif : vous les adapterez à l'appétit de votre bébé.

## Viande, poisson, œuf

Ces aliments peuvent être introduits dans l'alimentation environ un mois après les légumes et les fruits, soit entre 5 et 7 mois. Ils sont riches en protéines de très bonne qualité, ils apportent du fer, du zinc, de l'iode (poisson), des vitamines (œuf).
**Quelles viandes et quels poissons ?** Il est préférable de commencer par les volailles (poulet, dinde), le poisson, les viandes de bœuf, veau, cheval, mais rapidement toutes les viandes peuvent être proposées. Les poissons gras particulièrement riches en acides gras essentiels (oméga 3) sont à proposer une fois par semaine : le saumon, le maquereau, le hareng et la sardine. Jusqu'à l'âge de 30 mois, la consommation de certains poissons est à éviter du fait de leur teneur éventuelle en mercure : marlin, espadon, siki. Cette recommandation concerne plus particulièrement les habitants de l'île de La Réunion. À l'exception du jambon blanc sans couenne, la charcuterie doit rester exceptionnelle. Quant aux abats, il est possible de proposer de temps en temps du foie bien cuit, riche en fer. Viandes et poissons seront bien cuits et mixés. Vous pouvez les présenter à part des légumes pour que votre bébé différencie saveurs et consistances.
**Faut-il limiter les quantités de viande ou de poisson ?** Oui, cela est préférable : ces aliments ne seront proposés qu'au repas de midi, pas le soir. De 6 à 8 mois, on recommande de ne pas dépasser environ 10 g de viande ou de poisson, soit l'équivalent de deux cuillères à café rases (p. 87).

**Comment donner de l'œuf ?** Un quart d'œuf entier, toujours cuit, peut être proposé en remplacement de la viande.

### Boisson

À partir du moment où votre bébé prend un repas sans lait, proposez-lui à boire, de l'eau bien sûr. Ce n'est pas une obligation, certains bébés boivent à chaque repas, d'autres non. L'alimentation apporte déjà beaucoup de liquide. Il est inutile d'aromatiser ou de sucrer l'eau pour faire boire l'enfant. Ne lui proposez pas de jus de fruit, ni de soda. À partir de 6-7 mois, le bébé peut boire au verre ou à la tasse. Mais n'insistez pas si le verre ne lui plaît pas, vous réessaierez plus tard.

**À noter**

Vous trouverez plus loin (p. 81) quelques conseils de cuisson et préparation pour les légumes, viandes et poissons.

## De 9 à 12 mois : la poursuite de la diversification

Les capacités orales de l'enfant (mastiquer, avaler des textures différentes) sont en plein développement. Dès 8 ou 9 mois, si votre bébé mange bien ses purées lisses, vous pouvez commencer à lui proposer de petits morceaux mous. Progressivement, au lieu de donner les pommes de terre en purée, écrasez-les à la fourchette, d'abord finement puis en morceaux plus gros, suivant la manière dont l'enfant mastique ou avale. Essayez aussi un petit bout de banane ou de camembert, c'est-à-dire un aliment qui « fond » ; la viande en morceaux sera pour plus tard. C'est au fur et à mesure que les dents sortent et que l'enfant sera capable de mâcher que vous passerez de la consistance mixée à la consistance normale.
N'attendez pas trop pour introduire des petits morceaux ou grumeaux : un enfant qui ne mange que des textures lisses à cet âge acceptera plus difficilement les morceaux.
Préparez dans une assiette des petits morceaux qu'il saisira lui-même avec les doigts. Le bébé aime porter tout seul des aliments à sa bouche. Au début il fait beaucoup de saletés, il prend un morceau, l'écrase, le met dans sa bouche, le ressort, c'est sa façon de s'habituer aux nouveaux goûts et consistances. Peu à peu, il mangera de mieux en mieux.
Entre 9 et 12 mois, c'est aussi le moment d'introduire de nouveaux aliments ou des aliments sous une forme nouvelle. Pour varier les menus voyez pages 92-93.

### Les produits laitiers

Ce sont certains produits issus du lait : yaourt, fromage blanc, petit suisse et aussi les fromages. Ce sont de grands fournisseurs de calcium. Ils apportent aussi des vitamines, des protéines, du magnésium, des graisses.
**Quand les introduire ?** Les produits laitiers vont peu à peu remplacer le biberon de lait mais ne sont pas donnés en même temps que lui : on ne donne pas du lait et un petit suisse au même repas. Si votre bébé

n'a pas envie de son biberon habituel, c'est l'occasion de proposer un produit laitier. Pensez à les varier et essayez de maintenir le biberon du matin le plus longtemps possible : outre son intérêt nutritionnel, notamment en fer, il apporte l'hydratation dont le bébé a besoin après une nuit de sommeil.

**Laitages nature ou « croissance » ?** Il existe une multitude de laitages proposés. De façon générale, il est préférable de choisir l'aliment le plus simple : un yaourt nature, tout simplement. Les laitages infantiles (dits « croissance » ou « spécial bébé ») sont parfois enrichis en vitamine D mais ils sont aussi sucrés. Ils sont conseillés si votre bébé boit peu de lait 2e âge afin de maintenir des apports adéquats en acides gras essentiels.

**Et le fromage ?** Il peut être proposé de temps en temps, en petites quantités (1 ou 2 lamelles). Il est possible de donner tous les types de fromages, sauf ceux au lait cru.

Préférez les fromages traditionnels, plus goûteux, plus riches en calcium, aux produits type pâte à tartiner. Une pincée de fromage râpé peut être ajoutée dans la purée ou dans la soupe.

**Peut-on donner du fromage au lait cru ?**

Non, le lait cru et ses dérivés ne doivent pas être consommés par les enfants de moins de 5 ans en raison du risque de contamination par la listeria. Pour les reconnaître, la mention « au lait cru » est indiquée sur l'étiquette.

## Exemple de menu à 10 mois

| | |
|---|---|
| Matin | • tétée ou un biberon de lait 2e âge (210-240 ml)<br>option : ajouter cinq cuillères à café rases maximum de farine |
| Midi | • une purée de légumes et trois cuillères à café rases de viande ou poisson plus un peu de beurre ou d'huile, puis une compote de fruits<br>option : un petit pot légumes/viande (200 g) |
| Goûter | • une compote de fruits et un biberon de lait (150-180 ml) ou une tétée |
| Soir | • une purée de légumes et un laitage<br>option 1 : à remplacer par un biberon de soupe épaisse et un laitage (certains bébés sont fatigués le soir et préfèrent un biberon)<br>option 2 : ajouter une compote de fruits si votre bébé a encore faim |
| Boisson | • eau |

Les quantités sont données à titre indicatif : vous les adapterez à l'appétit de votre bébé.

## Les produits céréaliers : riz, pâtes, semoule

Nous avons parlé plus haut (p. 70) des farines infantiles. Avec l'introduction des morceaux, il sera possible de proposer des céréales sous d'autres formes. L'intérêt nutritionnel de ces aliments est l'apport en amidon qui donne l'énergie et une bonne sensation de satiété.

**À partir de quand introduire le riz ou les pâtes ?** Ils peuvent être proposés bien cuits et mixés dès que votre bébé est prêt pour les morceaux. C'est une façon de varier les repas quand l'enfant commence à se lasser des légumes. L'introduction de cette nouvelle texture peut être surprenante pour lui, surtout si vous mélangez ces aliments à la purée de légumes bien veloutée à laquelle votre enfant est habitué. Comme d'habitude, agissez progressivement et ne le forcez pas si cela ne semble pas lui plaire. Proposez-lui alors des petites

pâtes bien cuites (type « petites lettres »). Ajoutez une noisette de beurre.
**Et le pain ?** Le pain est un excellent aliment céréalier. Il est possible de faire manger la mie « à la becquée », en petites quantités.
Le croûton de pain peut être proposé pour faire patienter bébé. Mais soyez vigilant, il existe toujours un risque important de fausse route : pas de croûton de pain durant un trajet en voiture lorsque l'enfant est dans le siège auto !

**À noter**
Il faut attendre l'âge de 3 ans pour introduire les céréales complètes : riz, pain, etc. (p. 85).

### Les légumes secs : lentilles, pois chiches…

Si vous n'avez pas encore donné de légumes secs à votre bébé, ou s'il ne les a pas bien tolérés, proposez-les à nouveau : soit incorporés en petites quantités dans une soupe de légumes variés, soit sous la forme d'une purée bien cuite, mélangée à une purée de pommes de terre.

### Les autres aliments

**Peut-on donner des fruits crus ?** Bien sûr, les fruits crus bien mûrs, râpés ou écrasés à la cuillère, peuvent remplacer la compote, par exemple au goûter avec un yaourt.
**Et de la viande le soir ?** On ne donne habituellement pas de viande le soir. Les quantités recommandées de viande ou de poisson sont environ de 20 g, soit quatre cuillères à café rases (ou un demi-œuf) par jour à 12 mois (trois cuillères à café rases à 10 mois) et proposées en une fois à midi. Si vous tenez à donner de la viande à midi et le soir, ne dépassez pas la quantité totale pour la journée.
**Peut-on mettre de l'huile, du beurre dans les légumes ?** Oui, c'est fortement recommandé : soit une cuillère à café d'huile, soit une noisette de beurre dans l'une des purées de la journée.
Des recommandations récentes déconseillent de donner du **miel** et du **chocolat** aux enfants de moins d'un an.

## Entre 12 et 24 mois : la palette des goûts s'élargit

12 mois est une étape importante dans le développement de l'enfant : il fait ses premiers pas et bouge davantage ; avec ses dents de plus en plus nombreuses, il arrive à mastiquer des morceaux plus fermes ; grâce à sa maturité digestive, il mange presque de tout maintenant. Son alimentation, si elle est équilibrée et variée, devient proche de celle de toute la famille. Restent quelques différences : les quantités sont moindres, la consistance passe progressivement du mou vers les petits morceaux plus durs. Si l'enfant partage le repas avec la famille, il risque de manger trop vite par imitation ; laissez-lui le temps d'apprécier les aliments. Vers 12-18 mois, parfois plus tard, le repas peut devenir un moment d'opposition, de conflit entre l'enfant et ses parents (p. 94 et suiv.).

## Les produits laitiers

La quantité recommandée par jour est de 500 à 800 ml de lait ou sous forme de laitages et de fromages à l'exclusion de ceux au lait cru. Les yaourts et fromages blancs sont à donner sans sucre ou sucrés avec des fruits. Si vous les achetez déjà sucrés, choisissez ceux qui en contiennent le moins (à vérifier sur les étiquettes).

**Quel lait donner ?** Vous pouvez continuer à allaiter ou donner du lait de croissance ou du lait entier. Le lait demi-écrémé n'est pas adapté au petit enfant qui a des besoins en graisses très importants. Préférez le lait de croissance qui est enrichi en fer et en acides gras essentiels si votre bébé a un petit appétit ou s'il ne mange pas de viande.

### Exemple de menu entre 12 et 24 mois

| | |
|---|---|
| **Matin** | • 250 ml de lait de croissance et trois cuillères à soupe de céréales instantanées ou une tartine de pain avec beurre et/ou confiture.<br>• proposez un jus de fruits frais (½ verre sans ajout de sucre) ou un petit fruit |
| **Midi** | • quelques morceaux de crudités en salade<br>• 25-30 g de viande ou poisson ou un demi-œuf<br>• un mélange féculent (pomme de terre par exemple) et légumes cuits et une noix de beurre<br>• un fruit ou une compote<br>Éventuellement, si l'enfant a encore faim, un laitage ou un fromage. |
| **Goûter** | • 200 ml de lait de croissance, ou lait entier, ou un yaourt nature non sucré<br>• une tartine de pain avec beurre ou confiture ou une compote |
| **Soir** | • un mélange féculent (pâtes, riz, semoule par exemple) et légumes cuits et une noix de beurre ou deux cuillères à café d'huile<br>• un laitage<br>• un fruit ou une compote (inverser par rapport au repas de midi) |
| **Boisson** | • eau |

## Les crudités

Les légumes crus peuvent être introduits à partir de 12 mois sous la forme de petits morceaux.

**Quelles crudités choisir ?** Vous pouvez proposer en salade : carottes râpées, betterave rouge cuite, radis coupés en toutes petites rondelles, tomate pelée et épépinée, concombre débarrassé des pépins, salade en très fines lamelles ou un peu d'avocat. Choisissez des légumes de saison, les plus frais possibles, préparez-les rapidement après achat. Pour l'assaisonnement, utilisez une huile riche en oméga 3 : colza, soja, ou noix au goût plus prononcé. Évitez de saler.

## Les autres aliments

**Quand peut-on donner de la pizza ? Et des chips ou des frites ?**
La pizza faite maison (pâte, fond de tomate, fromage et garniture de légumes) peut de temps en temps tenir lieu d'un repas, entre 18 et 24 mois. De façon générale, évitez les produits industriels (pizzas, poissons panés, etc.) : ils sont souvent trop salés, utilisent parfois des huiles de moins bonne qualité et toutes sortes d'additifs.

Les chips et les frites sont très riches en graisses cuites, en calories et souvent en sel ; elles n'ont pas leur place dans l'alimentation d'un enfant de moins de 3 ans.
**Quels féculents donner ?** Du pain, des pommes de terre, des pâtes, du riz, de la semoule, des légumes secs bien cuits. Il est souhaitable de donner un féculent à chaque repas ; par exemple, avec les légumes verts de midi, privilégiez le pain ou la pomme de terre ou les légumes secs ; et le soir, choisissez riz, pâtes ou semoule. Vous pouvez aussi donner à chaque repas féculents et légumes cuits.
**Quelle quantité de viande ou de poisson donner ?** Les quantités de viande ou de poisson sont de 20 g à 1 an (environ 4 cuillères à café rases), 30-35 g à 2 ans (environ 6 cuillères à café rases). Le poisson peut être proposé, sans être passé au mixeur, avec un peu de beurre, citron, persil et des pommes de terre à 1 an, il peut être poêlé à 2 ans et préparé en sauce à 3 ans. Comme durant la première année, il est préférable de ne pas donner d'autre charcuterie que le jambon cuit sans couenne ; il peut alors de temps en temps remplacer la viande.
**Fruits à coque (noix, noisettes, amandes…) :** ils peuvent être proposés en poudre dans un gâteau ou un laitage par exemple.
Ils ne doivent pas être donnés sous forme entière du fait du risque d'étouffement.

# Entre 2 et 3 ans : découvrir de nouveaux plats

Vers 2 ou 3 ans, la plupart des enfants traversent une période d'opposition et de refus face à tout ce qui est nouveau. C'est normal, cela fait partie de leur développement. Si votre enfant refuse un plat, n'en concluez pas trop vite qu'il ne l'aime pas. Continuez à le lui présenter de temps en temps sous une autre forme. L'expérience montre qu'il faut lui laisser le temps de se familiariser avec les aliments nouveaux pour qu'il les apprécie. Ce sera d'autant plus facile qu'il verra à la table familiale ses parents, frères et sœurs manger de tout. Il suivra l'exemple.
Entre 2 et 3 ans, l'alimentation des enfants se rapproche de celle des plus grands mais ils ont encore besoin d'aliments adaptés à leur âge.

## Les produits laitiers

Même lorsque l'enfant a une alimentation variée, il doit continuer à boire du lait entier ou de croissance et à prendre des laitages.
**Faut-il proposer un produit laitier à chaque repas ?** Oui. Afin d'apporter les quantités de calcium nécessaires à une bonne croissance osseuse, il est recommandé de proposer à l'enfant 3 produits laitiers par jour à répartir sur les différents repas de la journée. Si possible, privilégiez le lait et les yaourts, préférez les fromages traditionnels aux différentes « spécialités laitières et fromagères », type pâte à tartiner. Les desserts lactés, crèmes desserts

### *Les matières grasses*

Ce serait une erreur diététique de restreindre les matières grasses chez les enfants de moins de 3 ans (p. 87). Elles apportent certaines vitamines et acides gras nécessaires au développement de l'enfant (croissance, cerveau, système nerveux, vision). Ne vous inquiétez pas, elles ne rendront pas votre enfant obèse si le reste de l'alimentation est équilibré et varié.

et équivalents peuvent être plus sucrés qu'un produit laitier simple (yaourt, fromage blanc ou petit suisse).

## Exemple de menu à 3 ans

| | |
|---|---|
| **Matin** | • 250 ml de lait entier, nature ou chocolaté, et 2 tartines de pain avec du beurre et/ou de la confiture<br>option : à remplacer par 250 ml de lait, ou un yaourt, avec 4 cuillères à café de céréales instantanées (ou deux petites poignées de céréales non chocolatées peu sucrées)<br>• 1 jus de fruit frais ou 1 petit fruit |
| **Midi** | • 1 ou 2 cuillères à soupe de crudités assaisonnées d'huile<br>• 30-40 g de viande, poisson ou 1 œuf<br>• légumes cuits et féculents et une noisette de beurre<br>• 1 laitage nature peu sucré ou du fromage (20-25 g)<br>• 1 compote ou 1 petit fruit |
| **Goûter** | • 1 yaourt et 1 tartine de pain avec du beurre et/ou de la confiture + éventuellement 1 fruit<br>option 1 : à remplacer par un morceau de pain et de fromage + éventuellement 1 fruit<br>option 2 : à remplacer par 200 ml de lait entier et une compote ou petit fruit |
| **Soir** | • 4 à 5 cuillères à soupe de féculents cuits (riz, pâtes, semoule) assaisonnées (gruyère, sauce tomate).<br>option 1 : à remplacer par une purée de pommes de terre (ou légumes secs) et légumes et une noisette de beurre<br>option 2 : à remplacer par une soupe de légumes et une cuillère à café de crème fraîche et un morceau de pain<br>• 1 laitage (différent de celui du midi)<br>• 1 compote ou 1 petit fruit |
| **Boisson** | • eau |

## Céréales, pain, pâtes, légumes secs

**Peut-on donner des céréales au petit déjeuner ?** Bien sûr, les céréales font partie d'un petit déjeuner équilibré. Choisissez les plus simples ; certaines, notamment les céréales chocolatées, contiennent des proportions non négligeables de graisses et surtout de sucre : à consommer occasionnellement. N'hésitez pas à comparer les céréales entre elles, par exemple au moyen du label Nutri-score (p. 91)
**Faut-il limiter le pain et les pâtes ?** Oui et non. Oui, car il ne faut pas donner l'habitude à l'enfant de grignoter entre les repas, notamment du pain ou des gâteaux. Non, car il est bien de proposer un produit céréalier (pain, pâtes, semoule, riz) ou un féculent (pomme de terre, légumes secs) à chaque repas, selon l'appétit. Le mieux est de proposer à midi et le soir des légumes cuits et des produits céréaliers ou féculents. Si vous ne pouvez pas donner à chaque repas féculents et légumes cuits, alternez légumes et pain à l'un des repas, féculents ou produits céréaliers, et un peu de pain éventuellement, à l'autre repas. N'oubliez pas les légumes secs, les enfants les apprécient souvent : les lentilles ou la purée de pois cassé ont une grande valeur nutritionnelle (et sont peu coûteuses !).

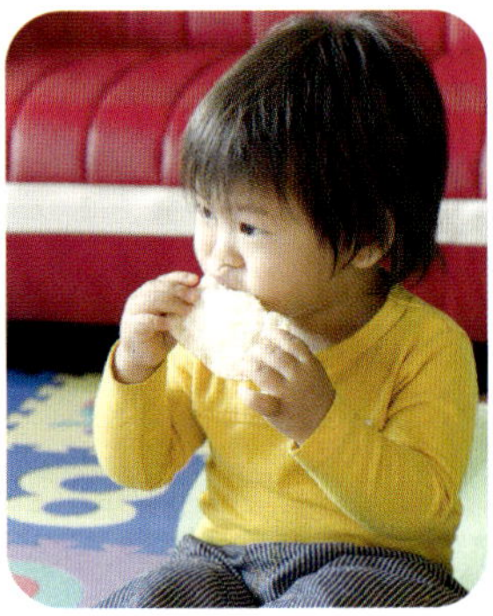

## Les fruits et les légumes

Il est recommandé de consommer des fruits et des légumes à chaque repas, en variant les choix. Les légumes peuvent se préparer en crudités, en soupes et aussi en salade ou en gratin. Les fruits se prêtent également à des préparations variées : en compote, au four, gratinés, en salade… Quand vous le pouvez, privilégiez les fruits et légumes frais, mais les surgelés nature peuvent être aussi utilisés car ils sont équivalents sur le plan nutritionnel. Ils ont l'avantage d'être rapides à cuisiner et permettent de varier les menus.

### Viandes et poissons

Au repas de midi ou à celui du soir, il est préférable de ne pas dépasser des quantités encore modérées : environ 30 g par jour, ce qui correspond à 2 cuillères à soupe rases. Vous voyez qu'on est loin des portions adultes ! Le poisson sera proposé au moins deux fois par semaine, dont une fois un poisson gras pour sa richesse en oméga 3 (saumon, maquereau, sardine, hareng…).

### Que donner au goûter ?

Laissez votre enfant choisir un ou deux aliments parmi les groupes suivants : fruits, lait et produits laitiers, produits céréaliers. Par exemple :

- **à la maison** : pain et carré de chocolat (ou confiture ou miel) et un verre de lait ; ou bien : 1 yaourt, 1 madeleine et de l'eau ;
- **à la sortie de l'école** : 1 clémentine, 1 petite tartine de fromage et de l'eau ; ou bien : 1 petite pomme, 1 tranche de pain d'épices et de l'eau ;
- **le week-end** : une crêpe, un petit suisse et de l'eau ; ou bien : une petite brioche, 1 verre de lait.

### Y a-t-il encore des aliments déconseillés ?

Continuez à bien cuire la viande et les œufs et ne donnez pas à l'enfant de lait cru ou de fromage au lait cru, de coquillages et poissons crus. Les fruits à coques entiers (type cacahuètes à l'apéritif) sont déconseillés en raison des risques de fausse route. Certains aliments sont à éviter : charcuterie (sauf jambon), fritures, aliments contenant des édulcorants, boissons gazeuses, café, sodas et boissons sucrées. Soja et chocolat sont à limiter.

## Après 3 ans : à table en famille

Votre enfant devient de plus en plus autonome pour ses repas. Il mange avec une cuillère et une fourchette, il cherche à ouvrir son yaourt tout seul. Vers 3 ans, montrez-lui comment utiliser un petit couteau à bout rond, par exemple pour mettre du beurre sur une tartine de pain. Le couteau à bout pointu attendra encore quelques années.

**Quelques précautions.** L'enfant a l'âge de manger quasiment le même menu que la famille. Certaines précautions sont toujours à prendre comme bien cuire la viande et éviter certains aliments jusqu'à l'âge de 5 ans : le lait cru et les fromages au lait cru, les coquillages et poissons crus, mais aussi les fruits à coques entiers (type amandes, noisettes…) en raison des risques de fausse route. La charcuterie (sauf jambon) et les fritures doivent rester occasionnelles, ainsi que les boissons sucrées. Soyez vigilants sur les portions d'aliments qui sont environ 2 fois plus petites que celles des parents : on peut être tenté de servir le même steack haché à chacun alors que 40 à 50 g suffisent entre 3 et 6 ans.

**Le petit déjeuner.** Des enquêtes récentes montrent que dès l'âge de 3 ans, de plus en plus d'enfants sautent le petit déjeuner certains jours de la semaine. Ce qui ne sera pas pris au petit déjeuner, le lait ou le fruit, ne sera pas rattrapé au cours des autres repas de la journée. Le petit déjeuner est un facteur important d'équilibre alimentaire et il permet de rester attentif toute la matinée à l'école et de mieux mémoriser.

Un bon petit déjeuner comporte :

- un produit laitier pour le calcium et les vitamines (un bol de lait ou un yaourt ou un morceau de fromage) ;
- un produit céréalier pour l'énergie (pain ou céréales pour petit déjeuner en choisissant les moins sucrées ou pain au lait) ;
- et un fruit pour la vitamine C (1/2 verre de 100 % pur jus ou de préférence un petit fruit ou un fruit pressé maison).

Comme pour vous, pensez à varier le menu du petit déjeuner !

**Quant au goûter**, c'est un tout petit repas et il ne doit pas être trop copieux pour que l'enfant ait faim pour le dîner. Voyez page 78 quelques exemples de goûters légers et variés. Même si c'est pratique, évitez au quotidien les barres et biscuits chocolatés et fourrés ainsi que les viennoiseries. Comme boisson, préférez l'eau ou le lait.

Les enquêtes récentes montrent que les enfants consomment trop de produits contenant du sucre, en particulier au goûter.

**Quatre repas par jour** – petit déjeuner, déjeuner, goûter, dîner –, vous voyez que c'est un rythme installé très tôt dans l'enfance. C'est une bonne habitude à prendre et à garder : elle permet d'équilibrer l'alimentation et évite de grignoter entre les repas.

# Pour vous aider à préparer les menus de votre enfant

## Fait maison ou petit pot ?

Les plats pour votre bébé peuvent bien sûr être faits maison à condition de suivre quelques règles indispensables : ne pas rompre la chaîne du froid, bien nettoyer les fruits et légumes, bien cuire la viande et respecter les portions indiquées selon les âges, ne pas saler ou trop sucrer.
Sachez aussi que les petits pots et assiettes spécifiques pour bébé répondent à des **exigences réglementaires** du point de vue sanitaire (pesticides, résidus, nitrates) et de leur composition (sel, sucre…). Des parents disent avoir été rassurés de commencer par les petits pots, qui permettent aussi d'avoir une bonne idée des quantités à proposer. Ils sont passés aux plats faits maison quand la diversification a été bien avancée.

Pages 92 et 93, vous trouverez quelques idées de **menus pour la semaine**.
Consultez également www.mangerbouger.fr pour des idées de recettes et de menus.

## Quels modes de cuisson privilégier ?

- **Les légumes**

La cuisson à la vapeur, en autocuiseur par exemple, est celle qui préserve le mieux les **vitamines** avec un temps de cuisson court.
Pour les mêmes raisons, n'émincez pas les légumes avant cuisson mais coupez-les en morceaux moyens ; laissez la peau lorsque c'est possible (pomme de terre, aubergine…).
On peut « blanchir » à la vapeur certains légumes pour améliorer leur digestibilité : après 3 à 4 minutes à la vapeur, ail, oignon ou chou auront une saveur moins prononcée mais une valeur nutritionnelle préservée.

- **La viande**

Vous pouvez la faire griller avec un peu d'huile ou la cuire au four à micro-ondes. Le bifteck haché doit être très cuit. Toutes les viandes doivent être bien cuites, à cœur.

- **Le poisson**

Il peut être poché : mettre le poisson dans l'eau légèrement salée ou dans un court-bouillon, et lorsque l'eau frémit (attention de ne pas la laisser bouillir), laisser cuire 5 à 10 minutes. Retirer de l'eau, ôter soigneusement arêtes et peau ; passer à la moulinette fine ou au mixeur, et mélanger à la purée. On peut aussi faire cuire le poisson au four à micro-ondes, à la vapeur, en papillote ; on peut le poêler vers les 2 ans de l'enfant, et le servir en sauce après 3 ans.

## Peut-on utiliser le four à micro-ondes ?

Il est très utile pour réchauffer biberons, petits pots, surgelés ou produits frais, mais **attention** : même si le récipient est tiède, le contenu peut être trop chaud et provoquer de graves brûlures. Il faut vérifier systématiquement la température du liquide (ou du pot), par exemple en déposant quelques gouttes sur le dos de la main.
Il est préférable de ne pas mettre les aliments dans un récipient en plastique dont certains composants pourraient migrer dans la nourriture en cas de surchauffage. Préférez un récipient en verre.

# Lait, légumes, viandes, poissons… ce qu'ils apportent à votre enfant

## Le lait

Le lait est un aliment de base aux multiples qualités. Il est le grand fournisseur de calcium, si important dans la croissance de l'enfant. Il apporte également vitamines, protéines, magnésium et graisses. Il peut être transformé en des produits aussi différents que le yaourt ou le fromage.
Nous avons parlé au début de ce chapitre du lait maternel (p. 30), des laits infantiles (p. 61), des laits de croissance (p. 76) et du lait entier (p. 76 et 77).

### Au moment de la diversification, quelle quantité de lait donner ?

L'apport de base de lait est d'environ 500 ml par jour jusqu'à l'âge de 3 ans, ce qui représente 500 mg de calcium. On donne du lait 2$^{e}$ âge après le début de la diversification jusqu'à la fin de la première année ; puis, après 1 an et jusqu'à 2-3 ans, on donne du lait de croissance ou du lait entier. Après 3 ans environ, on passe au lait demi-écrémé.

## Le lait est-il vraiment bon pour la santé ?

Certains se posent la question en entendant ou en lisant des affirmations qui, régulièrement, mettent en doute l'innocuité du lait. Les pédiatres de la Société française de pédiatrie et l'Académie de médecine ont répondu par la publication d'avis rappelant la place essentielle du lait et des produits laitiers dans l'alimentation de tous et en particulier des enfants.

## Les produits laitiers

Ils comprennent les yaourts, fromages blancs, petits suisses, et tous les types de fromage. Issus de la transformation du lait, ce sont des **aliments riches en calcium, vitamines et protéines**. Lorsque votre bébé boira moins de lait, vous lui donnerez à la place (mais pas en plus) des produits laitiers, en les variant selon les jours et les repas. Le fromage peut être proposé tel quel ou inclus dans une recette.

## Des laits qui n'en sont pas : les boissons végétales

Le marché des boissons végétales fabriquées à partir de graines ou de céréales (soja, noisettes, châtaignes…) se développe. Ces boissons sont souvent improprement dénommées « laits » alors qu'elles n'ont pas le droit de s'appeler ainsi car elles ne sont pas issues de la lactation et leurs qualités nutritionnelles sont différentes. Une réglementation stricte fixe la composition des laits infantiles 1er âge et 2e âge pour se rapprocher au mieux du lait maternel. Les boissons végétales ont des teneurs nutritionnelles qui ne répondent pas aux besoins de base des jeunes enfants ; leurs apports en calories et en lipides (indispensables au développement du cerveau et du système nerveux) sont insuffisants. Elles ne peuvent donc pas se substituer au lait infantile ou plus tard aux laits animaux.
L'Anses (Agence nationale de sécurité sanitaire de l'alimentation) rappelle le risque important de malnutrition qui s'installe en quelques semaines en cas de remplacement du lait maternel ou des laits infantiles par ces boissons.

### *Lait : vache, chèvre ou brebis ?*

Une fois la période du lait 2e âge terminée, vous pouvez au choix proposer à votre bébé du lait de vache, de chèvre ou de brebis (du lait entier jusqu'à 3 ans). Laits de vache et de chèvre sont très proches du point de vue nutritionnel, le lait de brebis est plus riche en calcium et plus gras. C'est souvent une question d'habitudes familiales et également de goût.

## Lait et laitages : quelques indications de quantités

| Âge | Quantité par jour (à adapter selon l'appétit de l'enfant) |
|---|---|
| 4-6 mois | 800 à 900 ml lait 2e âge |
| 6-8 mois | 500 à 800 ml lait 2e âge |
| 8-10 mois | 400 à 500 ml lait 2e âge et un laitage |
| 10-12 mois | 400 à 500 ml lait 2e âge et un laitage ou du fromage |
| 12-24 mois | 400 à 500 ml lait de croissance, un laitage et du fromage |
| 2-3 ans | 250 ml de lait de croissance ou entier et 2 à 3 laitages ou fromages (20 à 25 g) |

# Les légumes

## Les légumes verts

Ils apportent tous de l'eau, des sels minéraux, des fibres et des vitamines, tout en étant peu caloriques. Leurs bénéfices sur la santé du futur adulte sont bien reconnus. Il est donc préférable de prendre tôt les meilleures habitudes et, sans hésitation, celle de manger des légumes.

**À partir de quand les donner ?** Les légumes verts cuits sont introduits au début de la diversification, entre 4 et 6 mois. Ils sont d'abord proposés cuits, en purée fine, puis écrasés à la cuillère. Les crudités désignent les légumes consommés crus : c'est sous cette forme qu'ils apportent plus de sels minéraux, fibres et vitamines.

## Les légumes frais, surgelés ou en petits pots

Si vous choisissez des légumes frais, cuisinez-les rapidement pour éviter les pertes en vitamines. Il est possible d'utiliser des légumes surgelés, nature, non cuisinés. Ils contiennent autant de vitamines que les frais, ils sont rapides d'utilisation et permettent la variété.

Quant aux légumes en petits pots, ils sont très contrôlés (p. 81) ; ne rajoutez pas de sel ou de sucre même si le petit pot vous paraît fade. Un petit pot ouvert doit être conservé au réfrigérateur et consommé dans les 24 heures.

## Que penser des aliments au soja ?

Il existe des formules infantiles à base de soja qui répondent à la réglementation des laits infantiles et qui peuvent être données à partir de 6 mois, après avis du médecin.

Pour les autres produits au soja (desserts, tonyu, tofu), il est recommandé de ne pas les proposer avant l'âge de 3 ans si leur teneur en phyto-œstrogènes (isoflavones) est supérieure à 1 mg/litre de préparation reconstituée (à vérifier sur l'étiquette). En effet, les phyto-œstrogènes, qui sont des hormones naturellement présentes dans le soja, pourraient avoir des conséquences néfastes sur la puberté et la fertilité futures des enfants.

**À noter**

Il est normal que les selles de l'enfant qui a mangé des carottes en contiennent de petits fragments, que les selles du bébé qui a mangé des épinards soient vertes et qu'après les betteraves, les selles et les urines soient rouges.

Les **conserves de légumes** sont également intéressantes du point de vue nutritionnel mais elles sont trop salées ; elles ne peuvent donc être proposées qu'après 1 an.

# Les féculents

Les féculents regroupent les légumes particulièrement riches en amidon. C'est un groupe hétérogène qui comprend des tubercules comme la pomme de terre, et aussi le riz, le blé, le maïs et différentes légumineuses. Ils contiennent du magnésium, quelques vitamines mais c'est surtout la présence importante de sucres complexes, sous forme d'amidon, qui les rend particulièrement intéressants pour l'apport en énergie. Les féculents sont des aliments qui donnent une bonne impression de satiété : c'est pourquoi on les recommande à chaque repas.

**Quand les proposer ?** La pomme de terre peut être cuisinée dès le début de la diversification, entre 4 et 6 mois. Après 6 mois, c'est le tour du riz, des pâtes ou des autres céréales, bien cuits et mixés dans une purée de légumes frais. Ils pourront être donnés de moins en moins mixés avec les progrès de votre bébé à manger les morceaux.
**Et les céréales complètes (riz, pain, etc.) ?** Leur grande richesse en fibres les rend difficiles à digérer. Elles pourront être proposées à l'enfant à partir de 3 ans en petites quantités pour tester sa tolérance.

## Les légumes secs

Les légumes secs sont essentiellement représentés par les légumineuses : fève, haricot, lentille, pois cassé, pois chiche, soja. Ce sont des aliments particulièrement riches en amidon, en fibres, en protéines, en fer, ce qui leur donne un réel intérêt nutritionnel. La présence des fibres risque d'être à l'origine de gaz et de ballonnements. Les légumes secs doivent être bien cuits et mixés, ce qui les rendra plus faciles à digérer.
**Quand les proposer ?** À cause de la présence importante de fibres, on commence par tester la tolérance du bébé vers 5-6 mois. Si votre bébé ne les digère pas bien, vous pourrez à nouveau les lui proposer plus tard.

## Faut-il éviter le gluten ?

Dans les rayons d'alimentation, on trouve de plus en plus de « produits sans… », dont les produits sans gluten. C'est une protéine contenue dans certaines céréales (blé, seigle, orge, épeautre). Certains enfants peuvent manifester une intolérance au gluten dite maladie cœliaque qui doit être diagnostiquée par une biopsie intestinale (*Gluten*, p. 415). Pour les autres enfants, si de la farine contenant du gluten est ajoutée au biberon, elle peut être introduite dès le début de la diversification.

# Les fruits

Ils apportent de nombreux micronutriments favorables à la santé : des vitamines, des fibres, des sels minéraux (potassium, magnésium, phosphore).

- La **vitamine C**, entre autres qualités, permet de lutter contre les infections et aide à l'absorption du fer. Voici les fruits les plus riches en vitamine C : goyave, cassis, kiwi, papaye, fraise, orange, citron, pamplemousse, mangue, clémentine et groseille. Le kiwi est un véritable concentré de vitamines : ainsi, un seul kiwi apporte la totalité de l'apport nutritionnel en vitamine C conseillé chaque jour.
- La **vitamine A** fait partie des vitamines majeures de l'alimentation de l'enfant. Elle a un rôle central, notamment dans la vision, la croissance et dans les processus de défense immunitaire. Sans atteindre les niveaux des légumes champions dans ce domaine (poivron rouge, carotte, épinard, mâche et pissenlit), de nombreux fruits contiennent des quantités non négligeables de vitamine A. Ils sont faciles à repérer car ils sont orange : abricot, mangue, melon ou papaye.
- Les **fibres** : comme les légumes, certains fruits en sont aussi pourvus, les agrumes et les pommes par exemple. Ces fibres permettent un équilibre de la fermentation intestinale, bénéfique au transit.

**Quand et comment proposer les fruits ?** Comme les légumes, les fruits peuvent être proposés au début de la diversification, entre 4 et 6 mois. Les premiers mois, les fruits sont cuits en compote, sans ajout de sucre. Il est possible de les cuire au four micro-ondes, ce qui préserve en partie leur richesse en minéraux et vitamines. On peut cuire ainsi pommes et poires émincées, bananes, ce qui donnera une compote, et également prunes, pêches, fruits rouges ou abricots dénoyautés, coupés en petits morceaux.
Les fruits peuvent être rapidement proposés crus : dès les premiers mois sous forme de pomme râpée ou de banane bien mûre écrasée, dans les mois suivants en morceaux, selon les capacités de votre bébé à les manger ainsi.
**Le jus de fruits peut-il remplacer le fruit ?** Même si les jus de fruits 100 % pur jus contiennent des vitamines, les fruits assurent de meilleurs apports nutritionnels, surtout en fibres ; ils ont un plus grand pouvoir de satiété et ils contribuent au développement de la dentition par la mastication. La consommation de jus peut devenir facilement excessive et apporter trop de calories ; ou bien le jus peut remplacer quotidiennement le fruit ou le laitage, ce qui n'est pas souhaitable. C'est pourquoi le jus de fruits, même sans sucre ajouté, doit rester occasionnel.

### *À partir de quel âge peut-on donner des fruits à coque (noisettes, arachides, noix…) ?*

Entiers, ils sont susceptibles de provoquer des étouffements par fausse route et, pour cette raison, ils sont déconseillés avant 4-5 ans. Il en est de même des litchis dont le noyau est très gros. En revanche, l'enfant peut manger par exemple un gâteau contenant de la poudre d'amandes, ou bien, de temps en temps, de la pâte à tartiner aux noisettes pour le goûter.

Les fruits à coque contiennent des acides gras essentiels, de la vitamine E mais ils sont très caloriques et sont donc à consommer avec modération.

# La viande, le poisson et les œufs

Viande, poisson ou œuf sont des sources importantes de **protéines** animales de haute valeur biologique. Ces dernières sont essentielles à la construction de tous les tissus et organes de l'organisme.

La teneur en **lipides** (graisses) des viandes varie selon l'espèce de l'animal et selon les morceaux. Le bœuf et certains morceaux du porc (le filet), sont des viandes peu grasses. Les viandes de veau, de poulet, de dindonneau et de lapin sont maigres. Les viandes rouges sont une source importante de **fer**.
Les lipides des poissons, et des poissons gras en particulier, sont riches en certains acides gras **oméga 3** indispensables pour l'organisme de l'enfant en train de se construire (cerveau, système nerveux...). Parmi les poissons gras, on peut citer : le saumon, le flétan, les anchois, le maquereau, le hareng, la sardine. Il est donc recommandé de consommer ces poissons une fois par semaine. Les poissons apportent de nombreux **minéraux** (fer, phosphore et iode) et aussi de la **vitamine D**, notamment les poissons gras.
Une trop grande consommation de protéines n'est pas souhaitable, c'est pourquoi il ne faut pas dépasser les quantités conseillées. On peut en effet avoir tendance à en donner trop à l'enfant notamment lorsqu'il prend ses repas avec toute la famille.

### Viande, poisson, œuf : quantités recommandées par jour selon les âges

| Âge | Quantités recommandées |
|---|---|
| 6-8 mois | 10 g (2 cuil. à café rases) ou ¼ d'œuf dur |
| 8-10 mois | 15 à 20 g (3 cuil. à café rases) ou ½ œuf dur |
| 10-12 mois | 20 à 25 g (4 cuil. à café rases) ou ½ œuf dur |
| 12-24 mois | 25 à 30 g (1 cuil. à soupe et demie rase) ou ½ œuf dur |
| 2-3 ans | 30 à 40 g (2 cuil. à soupe rases) ou 1 œuf |

**Protéines animales ou végétales ?**
Il faut consommer les deux. La question se pose car notre alimentation apporte souvent plus de protéines animales que de protéines végétales. Or, il faut équilibrer les apports. En pratique, il ne s'agit pas de choisir les unes ou les autres mais de proposer plus souvent des aliments riches en protéines végétales comme les légumes secs et des céréales, et d'éviter de trop grosses parts de viande ou de laitages.

# Les graisses : le beurre et les huiles

Toutes les matières grasses, essentiellement composées d'acides gras, apportent de l'énergie et elles transportent certaines vitamines et hormones.

## Les graisses sont-elles indispensables ?

Les graisses apportent des acides gras dits indispensables que l'organisme ne sait pas fabriquer : les oméga 3 et 6 connus pour leur rôle dans les fonctionnements nerveux, cérébral et visuel, et pour être des facteurs protecteurs des maladies cardiovasculaires. On les oppose encore souvent aux acides gras saturés qualifiés à tort de « mauvaises

### Quelques précautions pour les produits de la mer

Cuits, les crustacés, tout comme le poisson, peuvent être proposés dès la première année. En revanche, pas de poisson cru avant l'âge de 5 ans du fait du risque de parasitose. Même cuits, certains poissons sont à éviter : espadon, marlin, siki, requin et lamproie en raison du risque de contamination chimique (mercure par exemple).

### La charcuterie

C'est un produit transformé aux multiples ingrédients : viande, graisses, sel, parfois nitrates et colorants. Il est donc préférable d'en limiter l'utilisation. Retenons parmi les produits de charcuterie les plus pauvres en graisses : les jambons cuits, les jambons secs dégraissés, le bacon.

graisses ». En réalité, certains acides gras saturés jouent un rôle bénéfique pour la santé. Seul un apport excessif joue un rôle négatif sur la santé cardiovasculaire.
Tout est une question d'équilibre et de variété. Du fait du rôle important des graisses pendant la petite enfance, leur part est relativement conséquente dans l'alimentation jusqu'à l'âge de 3 ans.

### Quand et comment utiliser les matières grasses ?

Dans les premiers mois, les acides gras essentiels sont apportés par le lait maternel et par les laits infantiles. Ensuite, pendant la diversification, si votre bébé continue de boire beaucoup de lait (maternel, 2e âge), vous n'utiliserez qu'un peu de beurre ou d'huile, si nécessaire, pour l'assaisonnement et la cuisson.
Si en revanche votre bébé boit de moins en moins de lait, il est souhaitable d'ajouter une petite cuillère d'huile de colza, par exemple dans les légumes, et de privilégier les produits laitiers au lait entier ou « spécial bébé ».
Plus tard, vous pourrez utiliser le beurre pour les tartines ou les légumes, et deux huiles différentes pour les assaisonnements et les cuissons : une huile riche en oméga 3 indispensable pour assaisonner (colza, noix, soja) et une autre huile pour la cuisson (olive, arachide…).

### Que penser des produits allégés ?

Les aliments allégés en sucres, ou graisses, ou calories, en plat ou en dessert, ne sont pas recommandés dans l'alimentation du jeune enfant car ils ne répondent pas à ses besoins.

### … et des aliments industriels (pizza, nuggets…) ?

Si vous avez peu de temps à consacrer à la préparation des repas, choisissez plutôt les aliments industriels spécifiques pour les jeunes enfants qui sont plus adaptés en ce qui concerne leur composition et la qualité sanitaire. Les préparations industrielles (pizza, tartes, nuggets, soupes…) sont trop souvent très salées ou trop grasses. Elles peuvent contenir des additifs ; ce sont des aliments à éviter chez le tout-petit et à proposer de façon occasionnelle chez le plus grand.

**Le sel**

Le sel, ou chlorure de sodium, est nécessaire en petites quantités à l'organisme. Mais notre alimentation apporte généralement trop de sel, ce qui peut favoriser l'hypertension artérielle à l'âge adulte. Il est recommandé de ne pas saler la nourriture du bébé la première année et ensuite de la saler modérément : en salant peu l'eau de cuisson et en ne rajoutant pas de sel à table. Manger peu salé fait partie des bonnes habitudes alimentaires à donner aux enfants et pour toute la vie.

## Les aliments sucrés

Les produits sucrés (sucre, miel, confiture, chocolats, biscuits, pâtisseries, glaces, boissons sucrées) contribuent au plaisir de manger et le plaisir de manger est une des composantes de l'équilibre alimentaire.

### Biscuits, bonbons et sucreries

Les biscuits sont pratiques à emporter en dépannage pour le goûter. Choisissez les plus simples, type petit beurre ou boudoir. Les autres biscuits et les viennoiseries sont plus gras et sucrés et à donner occasionnellement.

Presque tous les enfants ont une attirance naturelle pour le sucré. Or, une consommation excessive de sucre favorise les caries dentaires et peut être un facteur d'obésité. Mais interdire totalement les bonbons risque de conduire à l'effet inverse recherché et d'attirer encore plus l'enfant vers les sucreries. Il faut donc trouver un équilibre sans pour autant supprimer tous les bonbons et sucreries.

### Les desserts

Essayez de sucrer modérément les laitages. Au dessert, privilégiez les fruits frais, les salades de fruits (frais ou surgelés) ou les compotes sans sucres ajoutés ; limitez les pâtisseries, crèmes desserts et glaces, par exemple pas plus d'une fois par semaine à choisir parmi ces desserts.

## Que donner à boire à l'enfant ?

À tous les âges, la seule boisson indispensable est l'eau (eau du robinet ou de source). Lors des premiers mois, la boisson essentielle est le lait maternel ou le lait infantile. Lorsque l'enfant grandit, les sodas et autres boissons sucrées, y compris les eaux aromatisées, sont à éviter avant l'âge de 3 ans, puis leur consommation devrait rester occasionnelle. Ces boissons ne doivent pas remplacer l'eau à table lors des repas quotidiens.

**Les parents se demandent souvent comment reconnaître qu'un bébé a suffisamment bu.** Vous n'avez pas de souci à vous faire à ce sujet : le nourrisson règle sa soif sur ses besoins en eau. Tant qu'il accepte de boire, c'est qu'il en a besoin. Dès que ses besoins en liquide sont satisfaits, il cesse de boire. S'il refuse, ne le forcez pas. N'oubliez pas de proposer fréquemment à boire à votre bébé lorsqu'il fait très chaud et lorsqu'il a de la fièvre.

# Les aliments issus de l'agriculture biologique

L'agriculture biologique doit respecter une réglementation qui porte sur les modes de production des cultures et d'élevage des animaux. L'objectif est de préserver les équilibres naturels en interdisant l'utilisation de produits chimiques de synthèse ou d'OGM.
Les analyses montrent que les produits bio, issus de l'agriculture biologique, contiennent moins de pesticides ou d'herbicides que l'agriculture conventionnelle.
En ce qui concerne les qualités nutritionnelles (vitamines, minéraux), les études ne montrent pas de différences significatives entre les produits bio et les autres.
Quant aux **petits pots pour bébé non bio**, ils sont également soumis à une réglementation sévère sur la présence de produits chimiques comme les pesticides.

# Un enfant peut-il suivre un régime végétalien ou végétarien ?

Un régime **végétalien**, excluant non seulement la viande et le poisson mais aussi tous les produits d'origine animale (lait, fromages, œufs, miel…) est totalement **déconseillé** pour l'enfant. Le risque de carence en vitamines et en minéraux et le risque de malnutrition sont très élevés. Un être en pleine croissance ne peut pas se développer convenablement avec une alimentation aussi déséquilibrée.
Les régimes **macrobiotiques**, basés sur la consommation de légumes, de féculents et de poisson de temps en temps, excluant la viande et limitant les laitages, sont un peu moins restrictifs que le végétalisme. Néanmoins, ils comportent les mêmes risques de dénutrition pour l'enfant.
En revanche, et même si certains précautions sont à prendre, il est possible d'assurer une alimentation équilibrée à un enfant avec un régime **végétarien** bien conduit, excluant la viande et éventuellement le poisson, mais apportant des micronutriments, des protéines d'origine animale par le lait, le fromage, les œufs, complétées par des protéines végétales en mélangeant légumes secs et céréales.
Afin de favoriser la consommation de végétaux, la proposition d'un menu végétarien (sans viande, sans poisson) hebdomadaire est devenue obligatoire dans la **restauration scolaire**, de la maternelle au lycée.

**Comment nourrir un enfant dans le cas d'une pratique végétarienne ?**

La viande peut être remplacée par les œufs ou les poissons, et il est important de donner à l'enfant du lait infantile ou du lait et des laitages de croissance riches en fer et en vitamine B12 (celle-ci étant

### *Exemple d'un menu végétarien pour un enfant de 3-4 ans*

Petit déjeuner
- Lait chocolaté pain et beurre

Déjeuner
- Crudités en vinaigrette à l'huile de colza
- Gratin de fèves et semoule
- Yaourt vanille et salade de fruits

Goûter
- Cake aux noisettes « maison » et compote
- Eau

Dîner
- Œuf à la coque
- Purée de carottes et pommes de terre
- Comté et petit fruit

Du pain et de l'eau sont proposés à tous les repas.

exclusivement apportée par les produits animaux) et en acides gras indispensables (les oméga 3 et 6). Pour compléter les apports en protéines, il est nécessaire d'associer les céréales et les légumes secs dès que bébé pourra en manger.
En revanche, le tofu (soja fermenté) et le jus de soja contiennent des phyto-œstrogènes déconseillés chez les jeunes enfants. Ils sont soumis à des recommandations de consommation limitée par l'Agence nationale de sécurité sanitaire de l'alimentation (Anses). Quant aux mycoprotéines (extrait de champignon fermenté), elles ne remplissent pas les conditions sanitaires des aliments de la petite enfance et ne sont donc pas adaptées aux bébés.
Pour éviter tout risque de déséquilibre alimentaire, il est conseillé d'en parler au pédiatre ou au diététicien. Une surveillance médicale et diététique est en effet nécessaire pour assurer les apports nutritionnels adéquats. Sinon il peut y avoir des conséquences graves, notamment pour le développement cognitif.

## Une alimentation variée et équilibrée

Vous avez lu dans les pages qui précèdent l'importance pour l'enfant d'une alimentation variée et équilibrée. Les aliments n'ont pas tous les mêmes qualités nutritionnelles : les clémentines sont riches en vitamine C, le fromage en calcium, la viande en fer… L'alimentation de votre enfant doit comporter les uns et les autres.
Certains aliments portent un label nutritionnel sur leur étiquette : le **nutri-score**. La couleur verte indique les aliments à favoriser et les couleurs orange et rouge ceux à consommer en petites quantités. Une alimentation équilibrée est faite de toutes les couleurs avec une majorité de vert. Cet étiquetage est volontaire et ne concerne pas les aliments de la petite enfance.
Il n'existe pas de menu complet idéal. L'équilibre se fait sur la journée, sur la semaine. Par exemple, si vous donnez des légumes au repas de midi, vous équilibrerez avec des féculents le soir. Il est aussi possible de proposer à chaque repas légumes et féculents. Pour que les journées soient variées et équilibrées, reportez-vous à nos semaines de menus (pages suivantes). Comme pour le reste de la famille, vous pouvez privilégier les produits d'origine locale et la cuisine faite maison.
Quand l'enfant va à la crèche ou à l'école, **consultez les menus de la semaine** qui sont affichés ou disponibles sur le site internet de la municipalité, pour en tenir compte à la maison. De même si l'enfant va chez une assistante maternelle.
Enfin, sachez que l'attitude des parents influence le comportement alimentaire des enfants. Plusieurs études ont montré que les parents très permissifs – l'enfant mange ce qu'il veut – et les parents très autoritaires – alimentation très contrôlée et restrictive – ont plus de risque d'avoir des enfants en surpoids ou souffrant de troubles alimentaires. Il est conseillé d'inciter les enfants à goûter à tout en montrant l'exemple, et de contrôler sans interdire.

# Des menus variés

| Âge | Repas | Lundi | Mardi | Mercredi |
|---|---|---|---|---|
| 9 - 12 mois | DÉJEUNER | Jambon<br>Purée de carottes<br>Yaourt | Escalope de dinde<br>Purée de courgettes<br>et pommes de terre<br>Camembert | Un demi-œuf dur<br>Purée de brocolis<br>Fromage blanc |
| | DÎNER | Tapioca et lait 2e âge<br>Banane pochée | Céréales infantiles et lait 2e âge<br>Compote de fraises | Semoule de blé + gruyère<br>Pommes râpées |
| 12 - 18 mois | DÉJEUNER | Agneau<br>Purée de pommes de terre<br>Gouda<br>Fruit | Cabillaud<br>Courgettes béchamel<br>Mimolette<br>Fruit | Œuf à la coque<br>Carottes Vichy<br>Yaourt<br>Banane |
| | DÎNER | Potage de légumes<br>Fromage blanc<br>Madeleine | Vermicelle au lait<br>Fruits au sirop | Petites pâtes au beurre<br>Pomme au four |
| 18 - 24 mois | DÉJEUNER | Tomates<br>Lapin<br>Riz béchamel<br>Pruneaux | Melon<br>Flétan<br>Purée de pois cassés<br>Fruit | Côte d'agneau<br>Semoule et légumes du couscous<br>Yaourt<br>Fruit |
| | DÎNER | Artichaut<br>Brie<br>Compote de fruits | Purée de brocolis<br>Petit suisse<br>Fruit | Concombre au fromage blanc<br>Pâtes et courgettes au beurre<br>Fruits au sirop |
| 2 - 3 ans | PETIT DÉJEUNER | Lait et céréales | Lait et farine instantanée<br>Petit fruit | Pain et confiture<br>Yaourt<br>Eau |
| | DÉJEUNER | Avocat<br>Dos de saumon au four<br>Purée pommes de terre-épinards<br>Camembert et fruit de saison | Tomate et mozzarella<br>Cuisse de poulet roti<br>Petits pois<br>Salade de fruits | Carottes râpées<br>Œuf au plat<br>Gratin de pommes de terre<br>et emmental<br>Fruit de saison |
| | GOÛTER | Jus de fruits<br>Pain beurre | Lait chocolaté<br>Quatre-quarts | Petit fruit<br>Lait |
| | DÎNER | Soupe de légumes<br>et petites pâtes<br>Fromage blanc au miel<br>Pomme cuite | Semoule à la sauce tomate<br>Camembert<br>Fruit de saison | Lentilles au bacon<br>Petit suisse<br>Fruit de saison |

# et équilibrés pour la semaine

| Jeudi | Vendredi | Samedi | Dimanche |
|---|---|---|---|
| Rôti de veau<br>Risotto au gruyère râpé<br>Compote pommes-pruneaux | Filet de daurade<br>Épinards béchamel<br>Yaourt | Agneau<br>Purée de chou-fleur<br>Fraises | Bifteck haché<br>Petits pois<br>Dessert au lait 2e âge |
| Soupe à la tomate<br>Petit suisse et boudoir | Semoule au lait 2e âge<br>Compote de pêches | Petites pâtes au beurre<br>Fromage des Pyrénées | Floraline<br>Poire cuite |
| Jambon<br>Pâtes aux épinards<br>Gruyère<br>Fruit | Saumon<br>Riz<br>Yaourt<br>Fruit | Steack haché<br>Haricots verts<br>Emmental<br>Fruit | Blanc de poulet<br>Brocolis<br>Yaourt<br>Fruit |
| Potage avec flocons d'avoine<br>Compote de fruits mélangés | Potage de légumes<br>Semoule au lait (sucrée) | Soupe au lait et tapioca<br>Fruit de saison | Potage de légumes<br>Flan chocolat |
| Betterave rouge<br>Poulet<br>Haricots verts<br>Flan | Carottes râpées<br>Omelette au fromage/<br>Ratatouille boulghour<br>Fruit | Concombre/<br>fromage blanc<br>Jambon<br>Chou-fleur<br>Fruit cuit | Tomates Mozarella<br>Rôti de bœuf<br>Frites<br>Compote de fruits |
| Potage aux perles du Japon<br>Fromage fondu<br>Fruit | Vermicelle<br>Demi-avocat<br>Fromage de chèvre | Potage avec flocons d'avoine<br>Yaourt<br>Fruit | Potage de légumes<br>Riz au lait<br>Fruit |
| Pain aux céréales beurré<br>Lait | Orange pressée<br>Pain et fromage à tartiner | Fromage blanc et céréales<br>Petit fruit<br>Eau | Yaourt à boire<br>Pain viennois et confiture |
| Macédoine mayonnaise<br>Steack haché<br>Haricots verts<br>Fromage blanc et morceaux<br>de fruits au sirop | Betteraves rouges<br>Pizza maison au thon<br>et fromage<br>Compote de fruits | Pointes d'asperges<br>Filet mignon aux pommes-fruits<br>et pommes-légumes<br>Yaourt aux fruits | Gigot<br>Haricots beurre<br>Petit suisse<br>Tarte aux fruits |
| Pain et confiture<br>Eau<br>Petit fruit | Lait<br>Pain et chocolat | Lait<br>Brioche | Lait chocolaté<br>Biscuit |
| Concombre au yaourt<br>Gnocchis de pommes de terre<br>Fruit de saison | Soupe de haricots blancs<br>et carottes<br>Riz au lait<br>Fruit de saison | Boulghour et chou-fleur<br>béchamel<br>Comté<br>Fruit de saison | Mâche<br>Soupe pommes de terre,<br>courgettes et fromage fondu<br>Fruit de saison |

# Quelques difficultés possibles de l'alimentation

Dans la vie d'un enfant, l'alimentation joue un grand rôle ; il est donc compréhensible qu'elle soit une préoccupation des parents : a-t-il assez mangé ? A-t-il bien digéré ? Pleure-t-il de faim ou pleure-t-il parce que les haricots verts ne passent pas ? Comment lui faire accepter les changements ? Mais pourquoi refuse-t-il de manger ? Ce sont autant de questions que se posent les parents. C'est pourquoi nous leur consacrons les pages qui suivent.

L'alimentation de l'enfant malade est traitée au chapitre 6, celle du bébé en voyage au chapitre 3.

## Pourquoi pleure-t-il ?

Au début, la difficulté est de savoir si les pleurs du bébé, qui semblent avoir un rapport avec la tétée, sont dus à la faim ou à une mauvaise digestion. En effet, on risque de donner davantage à un enfant qui digère mal, ce qui aurait pour effet d'aggraver la situation.

### Comment reconnaître qu'un bébé pleure de faim ?

À la régularité de ses pleurs : il réclame toujours un quart d'heure avant la tétée et en général tout de suite après ; à la voracité avec laquelle il se jette sur le sein ou le biberon ; à l'agitation de ses mains et de ses jambes ; à la vigueur de ses cris ; au timbre particulier de ses pleurs : vous le reconnaîtrez très vite.
Lorsqu'on a acquis la certitude que l'enfant pleure de faim, on peut :

- si l'enfant est au sein, proposer une tétée supplémentaire ;
- si l'enfant est au biberon, augmenter sa ration de 30 ml (1 mesure de lait).

### Comment savoir qu'un enfant pleure parce qu'il a mal au ventre ?

Il remonte ses jambes contre son ventre ; il a des gaz ; son ventre est ballonné ; quelquefois, son visage devient pâle ; enfin, il pleure généralement à heures fixes (*Coliques*, p. 397).

### Il peut y avoir d'autres raisons alimentaires aux pleurs du bébé

**Il a bu trop vite** : c'est surtout le cas du bébé nourri au biberon. Choisissez le débit lent de la tétine, interrompez la tétée deux ou trois fois pour que l'enfant avale moins d'air ; aidez-le à faire ses renvois.
**Il a soif** : on est en été, ou bien la chambre est trop chauffée, ou encore l'enfant a de la fièvre. Donnez-lui à boire.

Il y a bien d'autres raisons possibles aux **pleurs d'un bébé**. Nous n'envisageons ici que les pleurs qui peuvent avoir un rapport avec l'alimentation. Pour les autres, reportez-vous au chapitre 3. « Lorsque votre bébé pleure » (p. 117) et voyez *Cris du nourrisson*, p. 402.

## Comment faire accepter les changements ?

Entre 3 et 12 mois, le bébé change d'horaires : il passe de six à cinq, puis à quatre repas ; il change d'aliments : du « tout-lait », il passe à une alimentation diversifiée ; il tétait sa maman, il faut qu'il apprenne à sucer une tétine, puis à se servir d'une cuillère, puis à boire dans un gobelet. Ces nouveautés peuvent dérouter le bébé. De plus, entre 6 mois et 12 mois, il ne cesse de percer des dents, ce qui le perturbe un peu. C'est pourquoi il y a certaines précautions à prendre pour introduire les changements.

### Comment changer ?

Le grand principe pour tout changement, c'est de le faire jour après jour, en particulier pour introduire de nouveaux aliments. Plus l'enfant goûtera toute une variété d'aliments dès le début de la diversification, plus il sera facile de lui faire accepter des nouveaux goûts ou textures. Ce principe de la **progression** et de la **variété** sera appliqué à tous les aliments : on donnera successivement une cuillère à café, puis deux, enfin une cuillère à soupe. De même lorsqu'on voudra apprendre à

l'enfant à mastiquer : on donnera de tout petits morceaux, puis des morceaux de plus en plus gros.
Parfois le bébé a un peu de mal à changer, voici quelques conseils :

- ne faites qu'un changement à la fois ; par exemple, vous ne donnerez pas et de la viande et des haricots verts pour la première fois le même jour ;
- vous choisirez des circonstances favorables : pas d'innovation le jour où l'enfant est fatigué ou au moment où il perce une dent ;
- en cas d'échec, n'insistez pas, mais ne renoncez pas pour autant. Vous referez d'autres tentatives à un moment qui vous semblera plus propice ;
- dès que l'enfant avale bien les purées toutes lisses, vers l'âge de 8-9 mois, vous pouvez commencer à lui donner des petits morceaux mous, puis de plus en plus durs entre 10 et 12 mois. Ainsi, il va développer ses capacités à mastiquer.

## Les changements : petites astuces pour petits problèmes

- Lorsque vous commencez l'alimentation à la cuillère, choisissez-en une petite et de préférence en matière plastique plutôt qu'en métal (le contact du métal peut faire mal). Et ne croyez pas, si votre bébé recrache, qu'il refuse ; simplement, il est étonné par cet instrument nouveau. Pour l'aider, ne mettez pas les aliments sur le bout de la langue, mais bien au milieu de la bouche. De toute manière, si l'enfant refuse la cuillère, n'insistez pas, mais recommencez un peu plus tard.
- Associez l'aliment nouveau à un aliment déjà bien accepté.
- Lorsqu'il en a envie, laissez votre enfant manger seul : dès 10-11 mois, le bébé peut prendre et mettre dans sa bouche des aliments qui fondent, comme la carotte cuite ou la banane. Commencez par un ou deux morceaux, puis augmentez les doses.
- Le jour où votre enfant voudra se servir de sa cuillère, choisissez, pour ce premier essai, une purée bien consistante. Mettez-lui une serviette bien enveloppante et laissez votre enfant se débrouiller seul ; il se salira sûrement, mais il apprendra mieux s'il a l'occasion d'essayer.

## Il refuse tout changement

Il rejette tout ce qui est nouveau, qu'il s'agisse de l'aliment ou de l'instrument. Au début, c'est normal puisque le bébé aime rarement la nouveauté. Mais s'il continue à refuser, peut-être avez-vous voulu aller trop vite soit en sautant trop brusquement du sucré au salé, soit en passant sans transition de la purée aux aliments en morceaux, soit en forçant l'enfant à manger à la cuillère.
Que faire ? Il ne faut surtout pas vous énerver. La nervosité conduit à un échec certain dans l'immédiat, et représente une menace d'opposition pour le futur.

- Il refuse de boire dans un gobelet ? Avant de donner un biberon, insistez un peu. Le lendemain, le surlendemain, faites un nouvel essai, mais entre-temps laissez-lui le gobelet vide pour qu'il joue avec. Il est à l'âge où il porte tout à sa bouche ; peu à peu il s'habituera à la forme, au contact. Choisissez un gobelet en plastique plutôt qu'en verre ou en métal.

- Il ne veut pas de la cuillère ? Vérifiez d'abord qu'en la mettant dans la bouche, vous ne heurtez pas une gencive gonflée par une dent qui perce ; c'est fréquent. Puis, après une ou deux tentatives, laissez la cuillère de côté, reprenez-la quelques jours plus tard.
- Il refuse l'artichaut ? Les rejets les plus fréquents concernent les légumes. Là encore, c'est qu'un délai est nécessaire. Essayez de faire goûter l'aliment sans forcer : pour être accepté, on sait que l'aliment rejeté doit être présenté plusieurs fois (on parle de processus de familiarisation). Lorsque vous ferez un nouvel essai quelques jours plus tard, mettez pour commencer très peu d'artichaut dans beaucoup de purée. Si l'enfant mange avec la famille, il suivra l'exemple de l'entourage.

### Soyez rassurés

Tant que le poids de l'enfant reste bon, les problèmes alimentaires sont sans gravité ; ils sont momentanés et finissent toujours par s'arranger. Pour l'enfant, c'est une question d'habitude à prendre, pour les parents, de patience à garder.

### À la crèche

Les enfants sont en général moins difficiles ensemble que devant un parent qu'ils sentent prêt à céder à toute demande ; ils comprennent vite qu'ils font partie d'un groupe et qu'ils doivent s'adapter. Tel enfant un peu exigeant à la maison ne se fera pas prier pour goûter les carottes râpées de la petite section ou la purée de potimarron de ses grands-parents.
Bien entendu, si le bébé a un problème digestif, vous le signalerez et la crèche en tiendra compte.

## Il ne veut pas manger : que faire ?

Le manque d'appétit est un symptôme fréquent à tout âge et il n'est bien sûr pas nécessaire de consulter le médecin chaque fois que votre enfant mange un peu moins bien.
Si rien d'autre ne peut faire penser qu'une maladie se prépare (voyez ci-contre), ne vous faites pas de souci. Il arrive à l'enfant ce qui nous arrive parfois : il a moins faim que d'habitude. L'appétit des enfants est variable comme celui des adultes, d'un repas à l'autre, d'un jour à l'autre. Et, comme les adultes, les enfants ont leurs préférences pour certains aliments. De plus, leurs goûts changent. Les carottes qu'ils mangeaient hier avec plaisir, ils les refusent aujourd'hui. Parfois la fatigue est la raison du refus : l'enfant a plus sommeil que faim.

### Quand s'inquiéter ?

Votre enfant ne veut pas manger et présente par ailleurs d'autres signes inhabituels : des cris persistants ou des signes de douleur, une gêne respiratoire, une fièvre élevée, des vomissements ou des diarrhées importantes. Dans ces conditions, le manque d'appétit est un signe à prendre au sérieux et qui nécessite une consultation médicale rapide.

### Opposition et conflit au moment du repas

La nourriture peut servir de terrain d'affrontement entre l'enfant et ses parents : ainsi autour de 12-18 mois, il est fréquent que le repas devienne un moment d'opposition, le plus souvent avec la mère. L'enfant affirme sa personnalité. Il teste les réactions et les limites des adultes. Il sent très bien les enjeux qu'il peut y avoir autour de la nourriture et il se rend compte du pouvoir qu'il peut exercer sur ses parents.

Les mamans supportent difficilement cette situation ; elles se sentent déstabilisées, coupables. Et comme, par ailleurs, l'enfant mange bien à la crèche ou chez l'assistante maternelle, les mères se sentent encore plus fautives. « Qu'ai-je fait de mal pour qu'Adrien réagisse ainsi ? Je me fais du souci et je m'énerve parce qu'il ne mange pas ; hier soir, à la fin de son repas, nous étions tous les deux en larmes », nous écrit Laura.
Rassurez-vous, c'est une situation très fréquente à cet âge et elle finit toujours par s'arranger avec un peu de fermeté, beaucoup de souplesse et de patience. L'éducation a toute sa place dans le domaine alimentaire.

**Quelques suggestions :**

- Quand la « crise » est **forte**, l'important est d'abord de dédramatiser en évitant tout caractère conflictuel : il faut accepter que l'enfant mange très peu pendant quelques jours, puisque c'est ce qu'il a décidé. Cela ne présente pas de risque pour sa santé. L'enfant doit comprendre que s'il veut manger, c'est tant mieux, mais s'il ne le veut pas, il lui faudra attendre le repas suivant. Dans ce dernier cas, il convient de ne rien proposer à l'enfant en dehors des heures habituelles de repas, ce qui n'est bien sûr pas à présenter comme une punition. S'il a par exemple complètement refusé de manger au repas du soir, il peut se réveiller très tôt mais il devra attendre l'heure de son petit déjeuner. Ces conseils peuvent sembler difficiles à suivre mais l'expérience montre que les résultats sont spectaculaires, en très peu de temps, alors que la situation semblait bloquée.
- Le conflit est **moins aigu**, l'enfant refuse de temps en temps de manger, ou n'accepte que le biberon. Là aussi, fermeté et souplesse sont de mise. Il veut boire un biberon ? Très bien. D'ailleurs, il se lassera vite de ne boire que du lait au biberon s'il n'y a plus de conflit. Il ne veut pas ce qui est dans son assiette ? N'y attachez pas d'importance et, au bout de quelques minutes, retirez son repas sans faire de remarques. Ne proposez rien à manger en dehors des heures de repas. L'important est que le conflit s'estompe et que l'enfant comprenne que cela ne change rien à votre attitude qu'il mange ou pas.
- Si possible, faites donner le repas par une autre personne (grand-parent, proche…) ou partagez le repas avec des enfants plus grands, qui mangent sans problème : cela fait souvent baisser la tension.
- N'essayez pas de faire manger l'enfant en lui promettant une récompense, en le menaçant de punitions, en faisant le clown pour le distraire. Lorsque l'enfant voit que son père veut bien faire semblant de donner à manger à ses dix peluches en échange d'une cuillère de soupe, il est ravi et les repas deviennent un vrai marchandage.
- Ne tombez pas dans le chantage aux aliments : « Si tu ne manges pas de légumes, tu n'auras pas de dessert. » Cela renforce le rejet du légume et l'attirance pour le sucré-récompense. Il ne faut pas s'entêter : l'enfant n'a pas faim ou ne veut pas manger, il se rattrapera au repas suivant. Il est normal de respecter son appétit.
- N'installez pas votre enfant devant une tablette ou un smartphone pendant le repas pour l'inciter à manger. Il ne profitera pas de ce qu'il mange et réclamera l'écran à chaque repas.

*« À part les pâtes, il est difficile de faire manger correctement notre fille. Nous avons essayé de l'installer à une petite table plutôt que dans sa chaise haute, de la laisser commencer par le laitage, qu'elle aime bien. Rien n'y fait, elle picore et s'arrête. À la crèche, il y a eu une petite période de rejet, maintenant tout va bien. C'est avec nous que c'est compliqué tous les soirs… »*

*Melissa*

## L'appétit capricieux

Il y a aussi des enfants dont l'appétit est capricieux : ils ne refusent pas de manger par principe mais ils mangent irrégulièrement. À un repas, rien ou presque, au suivant, beaucoup. Ces enfants, il ne faut pas non plus les forcer, leur appétit finira par se réguler.
De temps en temps, commencez le repas par un fruit qui ouvrira l'appétit, donnez d'abord le fromage ou le yaourt, proposez une rondelle de saucisson et un cornichon (on laisse parfois trop longtemps l'enfant au « régime bébé », un peu fade).
La maman de Nicolas, qui à 3 ans avait un très petit appétit, avait trouvé un « truc » : les sandwichs étrangers. Elle avait devant elle un peu de gruyère, de jambon, de fromage blanc, de salade, etc., et elle disait à Nicolas : « Je vais te faire un sandwich suisse, bouchée de pain, beurre, fromage ; maintenant, en voici un grec, bouchée de pain, fromage blanc, noix ; puis un russe, jambon, cornichon. » Nicolas se prenait au jeu, faisait son choix et mangeait…
Emmenez votre enfant faire des courses, et il pourra être tenté en voyant tel légume ou tel poisson. Autre possibilité : suggérez-lui d'aider à préparer un plat. S'il tourne une sauce, bat des œufs ou écrase lui-même une banane, il sera très fier et mangera « sa » cuisine.
Néanmoins, si vous pouvez à certains moments laisser votre enfant dont l'appétit est capricieux manger avec fantaisie aux repas, il ne faut rien lui donner entre les repas, sinon vous ne vous en sortirez pas.

# L'atmosphère des repas

**Manger est un plaisir** et il est agréable pour tous, même pour les plus petits, que les repas se déroulent dans une atmosphère calme et détendue, sans écran. Prendre sa tétée, boire son biberon loin de l'agitation, du bruit de la télévision, est apaisant pour le bébé ; et la personne qui lui donne à manger est ainsi plus attentive à ses réactions.
Lorsque l'enfant commence à manger seul à la cuillère, il faut un peu de patience. Le repas est plus long, c'est compréhensible, et l'enfant ne mange pas très proprement, c'est normal : il aime prendre un morceau, le goûter, le ressortir de sa bouche. Cela ne sert à rien de le bousculer (« Vite, dépêche-toi ! »), ni de lui faire sans cesse des remarques (« Tu manges salement ! ») : le petit enfant ne les comprend pas et elles lui gâchent en plus le plaisir de manger.
C'est pourquoi, tant que votre enfant ne sait pas manger seul, il est préférable de lui donner son repas avant le vôtre ; si vous voulez qu'il soit près de vous lorsque vous déjeunerez ou dînerez, vous l'installerez dans sa chaise haute. Ensuite, votre enfant prendra ses repas avec vous.
Les études montrent que les enfants (et les adolescents) ont un meilleur équilibre alimentaire et sont moins exposés au risque de prise de poids lorsqu'ils ont pris l'habitude de partager les repas à table, en famille et sans télévision.

*« Pendant toute une période, notre fils (2 ans ½) a mangé irrégulièrement : un jour il avait bon appétit, le lendemain il refusait les plats qu'il aimait beaucoup les jours précédents… Nous avons un peu insisté sans le forcer, et sans y prêter trop d'attention, mais nous n'avons pas proposé de menu spécial. Aujourd'hui tout se passe bien. »*

*Olivier*

**Pas d'écran pendant les repas !**

Les enfants sont distraits par les images et restent passifs devant leur assiette. Ils n'apprécient pas le goût ni la texture des aliments, ils continuent à manger sans nécessairement avoir faim. Sans écran, vous découvrirez ou redécouvrirez les joies de la conversation.

# 3

# La vie quotidienne d'un enfant

Avant de naître, votre bébé se nourrissait et dormait à volonté. Maintenant, il dépend de vous pour être alimenté, changé, consolé : il a besoin que vous répondiez à ses demandes, que vous vous adaptiez à son rythme. Avec la régularité des gestes et des soins de la vie quotidienne, la douceur de vos paroles, votre présence rassurante, votre enfant va se construire peu à peu, dans la confiance. Au fil des mois et des apprentissages, il devient plus autonome. La marche, les premiers mots, la propreté, la possibilité de se souvenir des lieux et des personnes, tout cela va lui permettre de s'adapter à d'autres habitudes. Il grandit…

# Le sommeil

« Au retour de la maternité, où installer notre bébé : sera-t-il mieux dans notre chambre ? Pourquoi est-ce important de le coucher sur le dos ? Quand va-t-il faire ses nuits ? Comment l'aider à s'endormir tout seul ? Pourquoi pleure-t-il alors qu'il est si fatigué et qu'il a besoin de dormir ?… » Le sommeil du bébé suscite de nombreuses questions de la part des parents, et cela dès les premiers jours de vie.
Puis, lorsque votre enfant va grandir, d'autres interrogations sur le sommeil se poseront, par exemple au moment des grandes découvertes, marche et langage : que faire lorsqu'il refuse d'aller se coucher, ou bien lorsqu'il se réveille plusieurs fois par nuit et pleure jusqu'à ce qu'on vienne ? Ces préoccupations font partie, à des degrés divers, de la vie de toutes les familles, c'est bien normal. Le sommeil tient une grande place dans la vie du tout-petit, et un enfant qui dort bien participe au bon équilibre de tous.

## Les premiers jours

Dans les semaines qui suivent la naissance, la journée de votre bébé sera principalement rythmée par l'alternance des tétées ou biberons et des besoins en sommeil : au début tout au moins, le nourrisson consacre la plus grande partie de son temps à manger et dormir. Puis, rapidement, à ces deux occupations principales, vont s'en ajouter d'autres : s'éveiller, communiquer, jouer… Votre bébé va progressivement acquérir un rythme régulier de sommeil mais il lui faut un peu de temps ; c'est bien compréhensible puisque dans sa vie intra-utérine, encore toute proche, il dormait, se réveillait et se nourrissait selon ses besoins.

## Où coucher votre bébé ?

Il est naturel et recommandé de faire dormir l'enfant dans la chambre de ses parents les premiers mois. Le petit lit est installé à côté du grand lit. Cette proximité des parents avec leur nouveau-né offre des moments de plaisir partagé. Le bébé allaité au sein peut être nourri à la demande, ainsi tout le monde se rendort plus facilement.
Outre le fait que cette situation apporte au bébé sécurité et apaisement, et préserve d'une rupture trop brutale avec la vie d'avant la naissance, des études ont prouvé que dormir dans la chambre des parents constituait un des facteurs de prévention de la mort subite du nourrisson. En effet, il semble que dans ce cas, les temps de sommeil profond sont plus courts et peut-être plus légers, diminuant ainsi le risque de mort subite. La recommandation de l'OMS est de faire dormir l'enfant dans la chambre de ses parents les 6 premiers mois.
**Que penser du « cododo » ?** Cette méthode – le bébé dort dans le même lit que ses parents – est déconseillée en raison d'une augmentation du risque de mort subite. Sachez qu'il existe des petits lits qui peuvent s'accrocher au grand lit des parents : ainsi, le bébé est tout proche de vous, sans être dans votre lit. La proximité est préservée sans nuire à la sécurité de l'enfant.

Même pour une courte sieste, n'installez pas votre bébé dans un lit d'adulte ou sur un canapé.

## Comment coucher votre bébé ?

Il est déconseillé de coucher un bébé sur le ventre. De nombreuses études ont montré que cette position – associée à de mauvaises conditions de couchage (matelas mou, présence d'un oreiller, d'une couette) – était souvent retrouvée dans les cas de mort subite du nourrisson (p. 427).
C'est pourquoi il est recommandé de **coucher le bébé sur le dos**, sur un matelas ferme, sans couette ni oreiller. « Nous avons installé notre bébé sur le côté, calé avec des coussins prévus à cet effet, car nous avons réalisé qu'il dormait mieux ainsi que sur le dos », nous ont écrit des parents. Non, un bébé doit être couché sur le dos pour dormir, c'est très important.
En revanche, lors des périodes d'éveil, et cela dès les premières semaines, mettez régulièrement votre bébé sur le ventre pour qu'il découvre l'univers sous un autre angle et fortifie les muscles de son dos : **« je dors sur le dos, je joue sur le ventre »**.
Après les premiers mois, votre enfant changera lui-même de position, il saura se retourner tout seul. Vous le laisserez libre de ses mouvements.
Lorsqu'on voit un bébé se coller la tête dans un coin de son lit, on a tendance à le redescendre en pensant qu'il sera mieux installé. C'est inutile car cette position est volontaire : le bébé cherche un contact, il a besoin de se retrouver entouré comme il l'était dans le ventre de sa maman.
Si votre bébé dort toujours la tête du même côté ou la tête toujours en arrière, alternez de temps en temps le côté d'appui du crâne sur le plan du lit pour qu'il dorme la tête d'un côté, puis de l'autre (*Plagiocéphalie*, p. 436).

# Les premiers mois

« Quand notre bébé va-t-il faire ses nuits ? »
Tous les parents posent cette question au pédiatre, parfois dès la première consultation. C'est normal, après l'émotion et la fatigue de la naissance, ils ont envie de se reposer pour retrouver leur énergie. Le bébé, lui, va avoir besoin d'un peu de temps pour acquérir un rythme qu'il n'avait pas dans le ventre de sa mère : il était nourri à volonté, il s'endormait en étant bercé par vos allées venues et, souvenez-vous, il avait plutôt tendance à devenir actif au moment où vous commenciez à vous détendre. Mais rassurez-vous, le sommeil de votre bébé va peu à peu se régulariser : en général autour de 3 mois, il pourra dormir la nuit plusieurs heures d'affilée.

### Avant 2 mois : un rythme particulier de sommeil

La vie du bébé s'organise principalement autour du sommeil et des repas pendant les premiers mois. En même temps, il va peu à peu s'éveiller, communiquer : si courts soient-ils au début, les moments d'éveil sont intenses, pleins d'intérêt pour le monde extérieur, ce monde que dans sa vie fœtale il avait commencé à percevoir.
Chez les adultes et les grands enfants, les périodes de sommeil et de veille rythment la journée et sont organisées autour d'une alternance jour-nuit. Chez le bébé, ce n'est que vers le deuxième mois que cette périodicité jour/ nuit se met en place. En effet, pendant les premières semaines, les rythmes veille-sommeil sont très courts et se reproduisent plusieurs fois au cours des 24 heures : c'est un peu comme si le bébé enchaînait plusieurs journées.
Cette alternance rapide des périodes de veille et de sommeil explique pourquoi un bébé ne fait aucune différence entre les périodes d'éveil de jour et de nuit : il se réveille toutes les 3-4 heures (parfois plus souvent), quel que soit le moment de la journée ou de la nuit.
**Sommeil agité, sommeil calme**. Le sommeil s'organise en cycles, chacun étant composé de deux phases : le sommeil agité et le sommeil calme. Chez le petit bébé, le sommeil agité est le premier sommeil, celui qui apparaît au moment de l'endormissement.
Il s'agit d'un sommeil léger, ponctué de divers mouvements et de toutes sortes de bruits. C'est cependant une phase de sommeil et il ne faut pas voir ces manifestations comme des signes d'agitation, de mal-être : prendre votre bébé dans vos bras à ce moment-là, c'est l'empêcher de passer en sommeil calme, voire risquer de le réveiller.

### Après 2 mois : les rythmes futurs se mettent en place

Le rythme de 24 heures commence à s'installer, avec une alternance entre le jour et la nuit. Peu à peu, les phases d'éveil et d'endormissement vont s'organiser différemment : le bébé s'endort en sommeil lent, calme, de plus en plus profond. Puis intervient le sommeil paradoxal, appelé ainsi car bien que le corps ne bouge pas, on

**À savoir**

Durant les deux premiers mois, dormir et se nourrir se répètent tour à tour, comme pour permettre au cerveau une maturation rapide. Il est impossible de modifier les rythmes sommeil/veille de votre bébé ; il est donc inutile – et déconseillé – d'essayer de le « régler ».

**À savoir**

Dès 3 semaines-1 mois, de nombreux bébés pleurent en fin de journée pour décharger les tensions accumulées (p. 117 et suiv.). N'hésitez pas à bercer votre bébé, à le porter, dans vos bras, dans un porte-bébé ou une écharpe. Il se sentira en confiance et sera rassuré. Et même si, recouché, il pleure encore un peu, c'est qu'il continue à évacuer son trop-plein d'énergie.

peut observer des mouvements des yeux, des sursauts, une respiration irrégulière. Les cycles de sommeil (léger, profond, paradoxal) se succèdent et s'enchaînent. À chaque fin de cycle complet, le bébé se réveille (parfois de façon imperceptible) et se rendort.
Ces rythmes, semblables à ceux des plus grands, se mettent en place progressivement jusqu'à l'âge de 4 mois, non plus uniquement grâce à la maturation cérébrale mais grâce aussi à l'environnement : lumière du jour et obscurité de la nuit, régularité des repas, des moments d'échanges, de jeux, de promenades. Ce n'est qu'aux alentours de 18 mois que la structure du sommeil de l'enfant est comparable à celle d'un adulte.
À partir de 4 mois, le bébé donne souvent l'impression de dormir assez peu dans la journée ; il fait plusieurs siestes courtes (30 à 50 minutes) mais il peut dormir 6 à 8 heures d'affilée la nuit. Il commence alors à « faire ses nuits ». Il n'est pas anormal qu'un bébé pleure avant de s'endormir : s'il est nourri, changé, rassuré, bien installé, c'est qu'il a besoin de cette « décharge » avant d'entrer dans le sommeil.

Ne couvrez pas trop votre bébé (ses mains doivent rester fraîches) car l'hyperthermie peut être dangereuse. Une température un peu basse ne gêne pas le sommeil, au contraire (p. 20).

## Les bases d'un bon sommeil

C'est donc autour de 3-4 mois que le bébé commence à dormir une petite nuit entière. C'est appréciable pour tout le monde puisque le plus souvent la maman s'est remise à travailler professionnellement et que la garde de l'enfant s'organise. Il est alors important que tout le monde puisse dormir. Mettre en place une « routine » et laisser peu à peu votre bébé s'endormir seul vont l'aider à acquérir le rythme de sommeil de nuit.

- **Installer une routine.** C'est une manière de faire tous les jours, aux mêmes moments de la journée, et donc plus ou moins aux mêmes heures, les mêmes activités de la même façon. Cela permet au bébé de prendre conscience petit à petit que certaines activités, par leur caractère répétitif et constant, sont liées entre elles dans un cadre structuré. Pour le sommeil, cette routine, ce rituel, peut se mettre en place dès 3-4 mois : après le dernier repas, après le change, vous baissez les lumières, vous faites le calme dans la maison. Vous rejoignez la chambre en fredonnant une chanson ou en mettant en route le mobile qui fait une si jolie musique. Vous pouvez aussi redire la même phrase quand vous partez. Tous ces gestes sont pour l'enfant des signaux de sommeil car vous les réservez à ce moment particulier et vous les répétez chaque soir. Ils indiquent que la phase de rituel est terminée : c'est l'heure de dormir…
- **S'endormir seul dans son lit.** Vous l'avez lu plus haut, le bébé se réveille à chaque fin de cycle de sommeil, se rendort et ceci de façon répétée : au cours de la nuit, il va donc passer à plusieurs reprises par cette phase d'éveil et de ré-endormissement. Alors que, jusqu'à maintenant, ce passage se faisait naturellement, cette transition va être de plus en plus dépendante de ce qui s'est passé dans la journée.

S'il a l'habitude de le faire dans un transat, dans le salon, au milieu du bruit, il aura du mal à se rendormir dans le silence, qui plus est dans son lit. De la même façon, si vous le bercez et l'endormez dans vos bras dans la journée, ce n'est que dans ces conditions qu'il pourra le faire lors de ses quatre ou cinq micro-réveils de la nuit.
« Apprendre » à votre bébé à s'endormir seul dans son lit est le socle d'un bon sommeil. Comme pour d'autres apprentissages, celui-ci peut être acquis plus ou moins rapidement. Rien ne presse. Mais, quelles que soient les difficultés, n'oubliez pas ceci : votre bébé ne pourra se rendormir la nuit que de la façon dont vous lui avez « appris » à s'endormir dans la journée.
Au début, cela pourra vous sembler difficile : c'est si bon de bercer son bébé, rassasié et détendu. C'est d'ailleurs comme cela qu'il s'endort le plus vite et vous avez bien du mal ensuite à le mettre dans son lit sans qu'aussitôt il se réveille.
Pour que votre bébé arrive à s'endormir seul, nous vous conseillons de procéder ainsi : attendez les signes habituels de sommeil (il est grognon, se frotte les yeux...), puis couchez-le encore éveillé dans son lit pour qu'il s'endorme par lui-même ; il risque de pleurer les premiers temps. Attendez un peu ; si cela dure, vous le rassurez doucement, par votre présence et votre voix mais sans le prendre dans vos bras. Les jours suivants, ses pleurs dureront moins longtemps et cesseront au bout de quelques jours.
Si votre bébé se réveille au milieu de la nuit, vous agirez de même et essaierez de ne pas intervenir dès qu'il appelle : patientez un peu, éventuellement rassurez-le, sans le prendre dans vos bras, sans allumer la lumière.

- **Le doudou.** C'est un petit objet dont les caractéristiques sensorielles et tactiles (son odeur, sa douceur) rassurent votre bébé et l'aident lors des périodes de séparation (comme celle du sommeil). Il devient pour certains bébés indispensable au cours des mois (mieux vaut en avoir plusieurs exemplaires), alors que d'autres n'en auront jamais besoin. Ne vous inquiétez pas si votre enfant ne semble pas être particulièrement intéressé par le doudou que vous lui proposez (p. 211). La tétine a elle aussi un rôle apaisant.

*« Notre petite fille de 4 mois, Miléna, a l'habitude de s'endormir dans mes bras ou portée dans une écharpe. Il faut que je la berce, sinon elle pleure, s'énerve ; cela peut durer parfois 2 heures. Elle réveille son frère de 2 ans, je suis épuisée. »*

*Georgia*

## Quand installer votre bébé dans sa chambre ?

Les premiers mois, on recommande de laisser le bébé dormir dans la chambre de ses parents, mais pas dans leur lit (p. 103).
Après cette période, vous pouvez éprouver le besoin de retrouver votre chambre. En effet, plus les mois avancent, plus on s'aperçoit que le bébé réagit aux heures de coucher, aux allées et venues. C'est pourquoi, lorsqu'il a acquis un rythme régulier de sommeil, il a besoin de calme et d'un espace à lui. Il en est de même pour vous : à chacun son domaine.
Il est des cas où les difficultés matérielles ou de logement sont telles qu'il n'est pas possible pour un couple ou une mère seule d'avoir plus d'une pièce. Dans ce cas, le mieux est d'isoler le coin et le lit de l'enfant, de le marquer d'un paravent, d'étagères ou d'un rideau.

## Que faire si votre bébé n'arrive pas à s'endormir seul ?

« Lilian, 3 mois, ne peut s'endormir que dans la poussette. Dès qu'on le remet dans son lit, il pleure, ce que je supporte très mal. » ; « Notre bébé de 9 mois hurle tous les soirs avant de s'endormir. Cela peut durer une demi-heure, parfois plus, il tousse, il s'étrangle, nous ne savons que faire. » Les parents sont nombreux à nous écrire à ce sujet.

Si votre bébé n'arrive pas à s'endormir seul, nous vous conseillons de procéder de cette façon :

- essayez de vous organiser afin d'être disponible plusieurs jours de suite : par exemple, en étant à la maison l'après-midi, sans occupation particulière. Commencez par vous occuper des siestes de la journée puis, dans un second temps, du coucher du soir ; certains parents nous ont toutefois signalé que l'inverse (commencer par s'occuper du coucher du soir) avait mieux convenu à leur bébé ;
- pendant la journée, ayez avec votre bébé des échanges particulièrement riches et proposez-lui différentes activités (jeux, sorties), surtout à l'extérieur et à la lumière du jour : ces signaux d'activités de jour vont consolider les signaux de sommeil de nuit ;
- couchez votre bébé à l'heure de la sieste quand il est fatigué, encore éveillé, dans son lit, dans sa chambre, dans la pénombre mais pas dans une obscurité complète. Au bout de quelques minutes, dites-lui « au revoir » et quittez la chambre ;
- rassurez-le de loin s'il proteste et attendez un peu avant d'aller le voir pour lui laisser le temps de trouver le sommeil. Si les premières fois il pleure trop et que vous finissez par céder et par l'endormir comme auparavant (dans vos bras par exemple), ce n'est pas grave ; mais, dès le lendemain, recouchez-le seul, dans son lit. C'est avec la répétition des mêmes gestes tous les jours que vous lui permettrez d'acquérir ce nouvel apprentissage ;

**À noter**

Les parents pensent souvent que leur bébé pleure la nuit parce qu'il a faim : c'est rarement le cas ; le bébé se réveille entre deux cycles et n'arrive pas à se rendormir. Passés 3-4 mois, un bébé bien nourri dans la journée n'a pas besoin d'un complément la nuit.

- lorsqu'il saura s'endormir seul pour les siestes de la journée, vous agirez de même le soir mais aussi au cours de la nuit, s'il se réveille.

Plus l'enfant est grand, plus ce changement d'habitude peut prendre de temps : une nouvelle adaptation pour l'enfant et les parents doit se mettre en place. Ne vous découragez pas ! Votre bébé finira par s'endormir tout seul et c'est grâce à vous qu'il aura acquis cette nouvelle compétence.

**Pourquoi faut-il éviter le biberon du coucher ?**
Lorsqu'un bébé a de la peine à s'endormir, certains parents sont tentés de lui donner un biberon, et cela devient une habitude. Dormir et manger sont deux activités distinctes, il est bien que l'enfant les distingue. Lorsqu'il grandit, le biberon du coucher pose d'autres problèmes comme celui de la dentition. En effet, les sucres contenus (naturellement) dans le lait restent en contact toute la nuit avec les dents et peuvent être rapidement responsables de caries importantes, retentissant sur la santé dentaire de l'adulte ; c'est ce qu'on appelle le « syndrome du biberon ». Ce biberon du soir peut également provoquer un réveil dans la deuxième partie de la nuit car l'enfant se mouille et donc se réveille. Si votre bébé a l'habitude de ce biberon, ne l'arrêtez pas brutalement mais progressivement en le diminuant peu à peu chaque jour.

## Les bébés prématurés, les jumeaux

Contrairement à ce que l'on pourrait penser, il n'y a pas véritablement de cas où les conseils sur le sommeil sont très différents de ceux donnés plus haut.
Les **prématurés** sont bien sûr des bébés qui rencontrent plus facilement des difficultés de sommeil : outre le fait que la maturation du cerveau (et donc du sommeil) est décalée, ils ont été soumis dès les premières heures de leur vie à un environnement médical stressant, séparés de leurs parents. À leur retour à la maison, les bases de leur sommeil seront néanmoins identiques à celles des autres enfants : importance des routines, nécessité de s'endormir seul dans son lit… Les messages sont les mêmes mais il faudra peut être plus de temps pour que les rythmes s'installent.
Concernant les **jumeaux**, les questions liées au sommeil semblent multipliées par deux. Raison de plus pour mettre en place de bonnes habitudes le plus tôt possible : une routine et un « couchage seul » peuvent être installés dès les deux premiers mois. Les parents disent souvent que leurs bébés ont du mal à dormir ensemble, qu'ils se réveillent l'un l'autre. Si un des bébés pleure et réveille l'autre, essayez de les calmer et de les recoucher ensuite dans la même pièce. Cependant, il n'y a pas de conseils stricts sur le couchage des jumeaux : certains dorment mieux dans des chambres séparées, d'autres, au contraire, dorment mieux ensemble. Vous verrez ce qui semble le mieux convenir.

### Si votre bébé n'arrive pas à s'endormir seul

- Vous attendez que votre bébé montre des signes de fatigue.
- Vous le déposez encore éveillé dans son lit, dans sa chambre.
- Vous installez une routine chaque fois répétée : paroles apaisantes, berceuse, petite musique, etc.
- Vous quittez progressivement la chambre.
- Si votre bébé pleure, vous n'intervenez pas tout de suite : vous le rassurez de loin par la parole.
- Vous êtes venus, repartis : il pleure à nouveau… Vous attendez un peu plus longtemps avant de revenir.

# Après 1 an : le sommeil chez l'enfant plus grand

Votre enfant grandit, il dort moins dans la journée, certaines siestes ne lui sont plus nécessaires. Par ailleurs, sa personnalité se développe, son caractère s'affirme. Certains enfants, qui jusque-là se couchaient sans difficulté, protestent désormais. D'autres se réveillent la nuit, parfois plusieurs fois, et refusent de se rendormir seul.

## Petits et gros dormeurs

Au fur et à mesure que l'enfant grandit, la durée du sommeil se raccourcit progressivement :

- entre 14 et 18 heures les 3 premiers mois
- entre 12 et 16 heures à la fin de la première année
- entre 10 et 14 heures vers 3 ans.

Ces chiffres constituent des moyennes. D'une personne à l'autre, de grandes variations peuvent se manifester très tôt : chez l'enfant, comme chez l'adulte, il existe des enfants qui dorment longtemps et d'autres qui se suffisent de peu.

Votre enfant dort moins que la moyenne mais il est de bonne humeur et il a bon appétit : il dort suffisamment. En revanche, s'il est grognon, fatigué, il manque de sommeil. La vitalité de l'enfant dans la journée est véritablement le signe d'un sommeil suffisant en quantité et en qualité.

## Les siestes

Les périodes de sommeil de la journée vont peu à peu diminuer. La sieste de la fin d'après-midi disparaît spontanément dans le courant de la première année, et celle du matin dans le courant de la deuxième année. Certains enfants n'ont plus besoin de faire la sieste après le déjeuner alors qu'ils ont à peine 3 ans, tandis que d'autres la font jusqu'à 4 ans, et parfois même au-delà. Respectez les rythmes de votre enfant.

*« Notre petit garçon va avoir 3 ans, il est joyeux et plein d'entrain. Il refuse de faire la sieste : je lui lis une histoire, il est calme mais dès que je veux le laisser, il se lève en disant qu'il ne veut pas dormir. Comment faire alors que je vois qu'il est vraiment fatigué vers 17 heures ? »*

*nous écrit cette maman.*

Ce n'est pas facile de faire faire la sieste à un grand enfant qui ne le veut pas ! Vous pouvez exiger trente minutes de temps calme après le repas : pas de bruit, volets fermés, on se repose dans son lit sans être « obligé » de dormir. Mais on ne fait rien d'autre non plus, éventuellement un petit livre à regarder tout seul, que l'enfant choisit parmi ceux qu'il aime. S'il ne s'endort pas dans ce délai, il peut se lever. Soyez fermes sur ce moment de temps calme : ainsi le jour où votre enfant sera vraiment en manque de sommeil, il s'endormira.

## Comment aider l'enfant à aller se coucher ?

Votre enfant grandit, les rythmes de la journée changent. Maintenant, il ne dort plus en fin d'après-midi, et lorsqu'il revient de la crèche ou de chez l'assistante maternelle, il est content de retrouver sa chambre, ses jouets. C'est le moment où la maison est animée : on prépare le dîner, les parents sont là, éventuellement les frères et sœurs, et l'enfant apprécie de les retrouver. C'est alors qu'on lui demande d'aller dormir. Certains enfants n'en ont aucune envie, ils ne veulent pas quitter ceux qui les entourent ni se retrouver seuls dans le noir. C'est bien normal. Même l'enfant le moins anxieux aime rarement aller au lit. Là, comme ailleurs, ce n'est pas par la contrainte qu'on obtiendra que l'enfant se couche. Il vaut mieux essayer de comprendre ce qu'il ressent. Voici comment vous pouvez l'aider à aller se coucher.

### Préparez votre enfant à aller au lit

Vous lui dites à l'avance (dix minutes par exemple) que l'heure du coucher approche pour qu'il ne soit pas obligé d'arrêter brutalement ses activités. S'il proteste, consolez-le, mais de manière qu'il sente que vous ne changerez pas d'avis. Une période de transition de jeux calmes dans la chambre avec les lumières baissées peut être nécessaire.

### Les rituels

C'est le moment de se coucher et le temps des rituels est à privilégier, même s'il doit être court. Selon vos habitudes, chantez une chanson, lisez une histoire, faites un câlin et jouez à bien installer le doudou, etc. Vous pouvez prendre une photo de chacun de ces moments du coucher et les afficher dans l'ordre sur le mur de la chambre pour montrer quelle étape va suivre. Ne prolongez pas la séquence de rituel qui ne doit pas devenir une activité à part entière : elle ressemblerait trop à ce qui se passe dans la journée, alors que la base d'un bon sommeil est de marquer la différence entre le jour et la nuit. L'enfant plus grand (à partir de 2 ans) apprécie souvent d'avoir une veilleuse qu'il peut allumer et dont il peut baisser lui-même l'intensité.

Quelles que soient les routines choisies, elles rassurent avant le sommeil en donnant à l'enfant la possibilité d'anticiper l'étape qui suit. Le même scénario qui se répète tous les soirs lui donne l'assurance qu'au réveil tout sera pareil.

Lors de l'endormissement, certains enfants ont des **mouvements rythmés** qui, par leur allure ou leur caractère répétitif, peuvent

***Important***

Essayez de coucher l'enfant à des **heures régulières**. Pour l'enfant plus grand, se coucher et s'endormir sont deux choses différentes. On peut lui dire qu'il n'est pas obligé de dormir tout de suite mais qu'il peut regarder un livre.

surprendre. C'est le plus souvent un rite de bercement qui aide l'enfant. Ces phénomènes cessent quand l'enfant grandit (p. 428).

Ne menacez pas l'enfant de le mettre au lit s'il n'est pas obéissant. Cela fait du sommeil une punition alors qu'il doit représenter un moment agréable.

### Le calme dans la maison

Avez-vous pensé à diminuer progressivement les lumières (ou à les tamiser) ? Avez-vous demandé aux aînés d'être tranquilles (le plus jeune peut avoir du mal à s'endormir si les grands sont en train de chahuter) ? La télévision du salon est-elle éteinte ? Tous ces signaux indiquent : « C'est le soir, c'est l'heure d'aller dormir. »

### Un peu de fermeté

Une fois que l'enfant est couché, il ne doit plus se relever, c'est une habitude à prendre, sinon tous les prétextes seront bons pour revenir : « J'ai trop chaud », « J'ai soif », « J'ai peur », « Encore une histoire » … Vous pouvez vous servir du cadre que créent les rituels pour poser une limite : « Ce n'est plus le moment de faire ceci ou cela, il fallait le faire tout à l'heure. Nous essaierons de le faire demain avant de nous dire au revoir ». À cet âge, on peut user d'un peu de fermeté, même si ce n'est pas toujours facile, chaque parent ayant sa manière de faire.

### Différents enfants, différents sommeils

Chaque enfant possède ses propres capacités d'apaisement et il n'y a pas de recette magique applicable à tous. Dans une même famille, l'aîné saura très rapidement s'endormir seul, tandis que le suivant aura besoin de plus de temps pour y arriver. Regardez votre enfant, écoutez ce qu'il vous dit à travers son comportement. Certains enfants ont des difficultés à diminuer leur activité et à passer de la phase d'éveil actif à la phase d'éveil plus calme nécessaire avant l'endormissement. Dans ce cas, vous devrez essayer de commencer le rituel du coucher un peu plus tôt dans la soirée, y consacrer plus de temps et le mettre en place de façon plus progressive. Il faudra peut-être insérer une phase de défoulement en début de soirée avec des jeux plus moteurs, avant de passer à la période calme, le bain, l'histoire dans la chambre, les câlins.

Chez beaucoup d'enfants le moment du coucher et le sommeil de la nuit se passent sans problème. Certains montrent très jeunes qu'ils apprécient de retrouver leur lit et qu'ils aiment dormir.

## L'enfant qui se réveille tôt

**La première année**, il n'y a pas de solution miracle pour que le bébé se réveille plus tard. Essayez de le faire patienter jusqu'à l'heure qui vous paraît acceptable : vous ne le prenez pas dans vos bras, ne lui donnez pas à manger, ne lui faites pas la conversation. Seulement rappelez-lui : « C'est encore la nuit, il faut dormir. » Votre enfant va peut-être pleurer les premiers temps, mais essayez de ne pas céder avant l'heure choisie ; si vous persévérez, cela ne devrait pas prendre plus de deux ou trois nuits.
**Pour l'enfant plus grand** – certains enfants, spontanément, se réveillent tôt car c'est leur rythme personnel de sommeil – essayez de lui faire attendre avec patience son petit déjeuner. Le soir, quand il sera endormi, placez près de son lit ses jouets préférés. Il prendra l'habitude de s'amuser, assis dans son lit, tout en monologuant. S'il se réveille vraiment trop tôt, écourtez la sieste de l'après-midi ou mettez-le au lit un peu plus tard. Il y a aussi le cas de l'enfant qui est obligé de se lever tôt à cause des horaires de ses parents. Il faut donc le coucher plus tôt.

## Lorsque l'enfant se réveille une ou plusieurs fois par nuit

Même chez les enfants qui dormaient bien jusque-là, le sommeil peut être perturbé au moment des grandes découvertes que sont la marche et le langage et qui coïncident en général avec des périodes d'opposition. Il faudra veiller encore plus au calme et à la tranquillité qui entourent le coucher et l'endormissement, à la présence des rituels apaisants (le doudou, le livre d'images ou d'histoires, les câlins…).
Avec l'apprentissage de la marche, votre enfant découvre ses capacités à contrôler son entourage. Si conciliant jusqu'alors, il refuse ceci ou cela, fait des colères pour un « oui » ou un « non » et cette prise de conscience de son pouvoir, cette opposition, peuvent venir perturber les rythmes qui s'étaient peu à peu installés.
Lors des phases habituelles de micro-éveils entre chaque fin de cycle de sommeil (p. 107), le processus de ré-endormissement peut avoir plus de mal à se faire et conduire à des réveils complets. Une fois votre enfant complètement réveillé, il lui sera difficile de se rendormir seul : il préférera vous appeler pour que vous l'aidiez à se rendormir. Comme durant cette période d'opposition il peut être particulièrement exigeant, les choses peuvent vite prendre une tournure délicate : certes, vous réussissez à le calmer et à le rendormir (le plus souvent dans vos bras) mais il se réveille dès que vous le reposez dans son lit ou que vous franchissez la porte de sa chambre… Si les épisodes se répètent pendant la nuit, ou nuit après nuit, la fatigue va finir par s'installer. Une nouvelle fois, comme chez le petit bébé, il va être nécessaire que votre enfant apprenne à se rendormir seul à chaque fin de cycle de sommeil, ce qu'il ne peut pas faire si vous le prenez dans vos bras chaque fois qu'il se réveille et appelle. Cet apprentissage de l'autonomie du sommeil peut prendre quelque temps (et donc quelques pleurs) mais c'est une acquisition essentielle pour votre bien-être et celui de l'enfant.

*« Mon fils de 14 mois se réveille quasiment chaque nuit et appelle jusqu'à ce que je vienne. Je dois parfois rester presqu'une heure pour qu'il se rendorme et donc, assez souvent, je le prends dans mon lit car je suis trop fatiguée. Je suis un peu dépassée et ne sais que faire »,*

*écrit la maman de Milos.*

### Que faire ?

Lorsque votre enfant se réveille la nuit, nous vous conseillons de le laisser se rendormir sans intervenir, sans aller dans sa chambre, tout au plus en le rassurant de la voix, de loin. La première nuit, soyons francs, risque d'être difficile car l'enfant est bien décidé à obtenir ce qu'il veut : faire venir ses parents pour se rendormir avec un câlin. Mais si vous ne cédez pas, il finira par s'endormir tout seul. Il réessayera probablement le lendemain, mais moins longtemps. Quant à la troisième nuit, il se rendormira seul et pour toutes les nuits à venir. Trois petites nuits un peu difficiles pour acquérir un sommeil de qualité qui permettra à votre enfant d'être en pleine forme, cela vaut vraiment la peine d'essayer.

### Laisser pleurer votre enfant vous semble trop difficile

Essayez ce qu'on appelle le « cri minuté » : lorsque votre enfant appelle, allez le voir pour le rassurer mais quittez-le rapidement ; laissez passer dix minutes avant de retourner le voir puis, à l'épisode suivant, laissez passer vingt minutes et, au suivant, trente minutes. Le lendemain vous agirez de même, en espaçant plus vos interventions.

Le surlendemain, vous les espacerez encore davantage. L'expérience montre que l'intervention du papa est dans ce cadre toujours plus efficace. En général, après trois nuits, tout rentre dans l'ordre.
Dans les cas difficiles, lorsque l'enfant finit par dormir dans votre lit, il est préférable de s'obliger au petit matin à le réinstaller dans son lit pour que son réveil ait lieu à cet endroit.
Comme l'a observé T. B. Brazelton (p. 178), certains parents ont de la difficulté à se séparer de leur enfant toute la nuit, par exemple s'ils ont été absents pendant la journée. Essayez de profiter le plus possible de sa présence lorsque vous vous retrouvez le soir, puis le matin lorsqu'il se réveille : cela devrait vous aider à mieux vivre la situation.

### Lorsque l'enfant dort dans la même chambre qu'un plus grand

Prévenez l'aîné que vous êtes en train d'essayer d'apprendre à son petit frère (ou sœur) comment bien dormir toute la nuit : « Il risque de te réveiller une fois ou deux mais cela ne devrait pas durer longtemps. » L'expérience montre que les aînés sont en général peu gênés par les pleurs des plus petits.

## L'enfant qui s'endort tard

Il faut d'abord vérifier les horaires de la sieste de l'après-midi : elle ne doit pas commencer trop tard. On estime qu'il faut à peu près cinq heures entre la fin de la sieste et l'heure du coucher du soir. L'enfant peut aussi s'endormir tard car sa sieste est trop longue.
Certains enfants plus grands, à partir de 3 ans, ont perdu le lien entre le coucher et le sommeil : alors qu'ils sont mis au lit relativement tôt, ils ne s'endorment qu'après plusieurs heures passées dans leur lit à gigoter… Il faut rectifier, si nécessaire, quelques erreurs : pas d'écran une heure avant le coucher, pas de lumière dans la chambre ou tout au plus une petite veilleuse. Pour aider l'enfant à retrouver cette connexion coucher-sommeil, il est préférable d'attendre une semaine de vacances : vous le coucherez à l'heure où il tombe de sommeil (donc plus tard) pour que la mise au lit soit contemporaine de l'endormissement. Ensuite vous décalerez tous les jours, de plus en plus tôt, cette heure de coucher pour revenir à des horaires plus habituels.

## Comprenez votre enfant

Pour les petits comme pour les grands, le coucher peut être un moment difficile : il faut se séparer de ceux qu'on aime, mettre fin à des activités passionnantes, puis aller dans son lit et être dans le noir… Pour vous parents, c'est aussi un moment délicat : la journée a été longue, peut-être compliquée, vous êtes fatigués. Mais apprendre à s'endormir seul, comme à se rendormir seul au milieu de la nuit, ne va pas toujours de soi : pour certains enfants, c'est une véritable étape dans leur développement qui doit être franchie. Ce n'est pas parce que votre enfant ne veut pas dormir qu'il ne dort pas ; il ne sait tout simplement pas comment faire. C'est grâce à vous, ses parents, à votre patience et à votre soutien qu'il pourra acquérir cette compétence.

# Les autres troubles du sommeil

Au début de ce chapitre, nous avons parlé des circonstances qui favorisent un bon sommeil et des difficultés normales pouvant survenir les premiers mois. Mais dans certains cas, par leur intensité et leur persistance, les troubles du sommeil peuvent retentir sur la santé de l'enfant et sur l'équilibre de la famille. Il faut alors essayer d'en rechercher les causes.

Un bébé qui souffre de reflux, qui a mal aux gencives et aux dents, qui est atteint d'une otite, d'une rhinopharyngite, d'une angine, d'une crise d'asthme, peut avoir le sommeil perturbé mais, après sa guérison, tout rentre dans l'ordre. Une origine médicale est rarement en cause : les maladies ne provoquent pas de troubles du sommeil durables. Généralement, leur origine est psychologique.

## Lorsque l'anxiété empêche de dormir

À partir de 1 an-1 an ½ (mais cela peut aussi arriver plus tard), l'enfant fait souvent des difficultés pour aller se coucher : il a peur du noir, d'une obscurité où tous des repères ont disparu, il ne veut pas rester seul. Pour se rassurer, il réclame une présence, des objets familiers, des gestes routiniers. Ces réactions montrent qu'il prend conscience de son environnement : c'est un progrès, il mûrit, il grandit. Voyez plus haut (p. 112), nous parlons des moyens de l'aider à aller au lit : calme, respect de ses habitudes, régularité des horaires, etc.
Il n'en est pas moins vrai que si cette anxiété survient de façon inattendue, se prolonge, ou devient excessive, **c'est un signal** et il faut essayer de le comprendre.

- Loris refuse depuis quelques jours d'aller se coucher, et c'est chaque soir le drame. Après « enquête », ses parents se rendent compte que Loris ne supporte plus son lit à barreaux dans lequel il se sent enfermé. Tout rentre dans l'ordre avec l'installation d'un lit de grand, duquel d'ailleurs l'enfant n'éprouve plus le besoin de sortir…
- Pour des raisons professionnelles, le papa de Rosalie part souvent en voyage. Chaque fois, la maman est inquiète ; ce que Rosalie ressent : elle a un sommeil agité et appelle plusieurs fois au cours de la nuit. Une conversation avec le pédiatre va permettre à la maman de se rendre compte que son inquiétude ne doit pas (autant que possible) se communiquer à son enfant.
- La maman de Mounir rentre souvent tard le soir. Son fils ne veut pas aller se coucher tant qu'il ne l'a pas vue et elle a aussi envie de profiter de son petit garçon. Il est pourtant important de respecter les besoins en sommeil de l'enfant. Celui-ci pourra peut-être faire une sieste un peu plus longue pour attendre sa maman le soir. Ou bien ses parents feront en sorte que les besoins affectifs soient comblés à un autre moment, le week-end par exemple.
- Des événements de la vie familiale peuvent également perturber le sommeil de l'enfant : une naissance, un déménagement, une séparation des parents, une hospitalisation, etc.

## Lorsque l'excitation empêche de dormir

Les causes d'excitation sont nombreuses. Cela peut être une méconnaissance des rythmes du sommeil : tel enfant fait de trop longues siestes à la crèche ou chez l'assistante maternelle, ou commence à s'endormir chez elle. Lorsqu'il arrive à la maison, il est repris par une phase d'éveil et n'arrive plus à trouver la détente qui lui permettrait de s'endormir. Tel autre enfant est un « couche-tôt ». Comme c'est seulement le soir que la famille se retrouve, les parents jouent avec

lui et l'excitent à une heure où il est fatigué ; du coup, il n'arrive plus à s'endormir. Ou bien l'entourage stimule trop l'enfant pour qu'il parle ou marche ; exige trop de lui pour qu'il soit propre. Ou encore, l'enfant est trop jeune pour passer une si longue journée à l'école.
L'excès de stimulation, l'énervement, la fatigue peuvent empêcher de dormir. La sérénité de la nuit dépend de celle de la journée.

## Cauchemars, terreurs nocturnes somnambulisme

Les **cauchemars** peuvent apparaître dès la première année de vie. En pleine nuit, l'enfant s'éveille en sursaut, l'air terrorisé. Il est assis dans son lit, dérouté, comprenant peu à peu que ce qui lui faisait peur n'existe pas ; mais il est encore très troublé : toutes les émotions vécues en rêve sont profondément ressenties par l'enfant. Une fois qu'il sera rassuré et se sera rendormi, le reste de la nuit sera sans doute tranquille. Ces mauvais rêves surviennent le plus souvent lors du sommeil paradoxal, en deuxième partie de nuit.
Les cauchemars sont fréquents entre 2 et 5 ans et ne doivent pas inquiéter : ils permettent aux enfants de se libérer des tensions et des conflits de leur journée bien remplie. Les parents d'Adèle, 2 ans, l'entendent parler dans son sommeil : « À moi, à moi ! » ; « Pas toi faire ça, pousse-toi… ». À partir de 4-5 ans, expliquez à votre enfant que les cauchemars sont bénéfiques car ils permettent d'exprimer ce qui fait peur, de « le sortir de la tête ».
Si les cauchemars se reproduisent trop souvent, il faut en découvrir la cause. Elle peut être banale, occasionnelle : l'enfant est-il trop couvert ? Lui a-t-on raconté une histoire effrayante ? La journée a-t-elle été difficile à la crèche ou chez l'assistante maternelle ? A-t-il vu à la télévision des images qui l'ont troublé ? Etc. Votre enfant peut être impressionnable, et ce qui laisse d'autres enfants indifférents peut le perturber. L'origine des cauchemars est parfois plus subtile. Par exemple, vous exigez de l'enfant une discipline trop grande ou prématurée : pour être propre, pour être sage. Ou bien, l'ambiance autour de lui, l'activité de ses journées sont trop excitantes : il manque de calme, de silence.
Les **terreurs nocturnes** sont différentes des cauchemars. L'enfant pousse des cris et semble affolé. Parfois même, il sort de son lit, va se réfugier dans un coin de la chambre. Vous lui parlez : il se cramponne à vous. Et pourtant il n'est pas réveillé et ne vous reconnaît pas. Ce sont des troubles du sommeil profond qui surviennent plutôt dans la première partie de la nuit. Ils sont fréquents chez les enfants entre 4 et 8 ans (17 %). Surtout, ne réveillez pas votre enfant et intervenez le moins possible mais protégez-le des possibilités de blessure ; il se calmera sans s'être réveillé après quelques minutes (une vingtaine de minutes au maximum). Le matin, il ne gardera aucun souvenir de sa nuit.
Le **somnambulisme** est un autre trouble fréquent du sommeil profond. Il touche les enfants plus grands (6-12 ans), les garçons comme les filles. Il peut aussi débuter dès l'âge de la marche.

Environ un tiers des enfants a fait au moins un accès de somnambulisme avant 15 ans, mais les accès répétés sont plus rares. L'enfant a les yeux grands ouverts, son visage est calme ; il marche lentement et il peut aussi réaliser des tâches plus complexes (descendre des escaliers par exemple). Ne le réveillez pas et raccompagnez-le dans son lit. Comme pour les terreurs nocturnes, tout s'apaise en quelques minutes mais il est nécessaire de protéger l'enfant car il peut se blesser, notamment dans une maison qu'il ne connaît pas.
Les terreurs nocturnes et le somnambulisme apparaissent au cours des mêmes cycles de sommeil et ont le même caractère familial. Ils correspondent en fait à un réveil partiel en phase de sommeil lent, profond. Ils sont, comme les cauchemars, des symptômes caractéristiques d'une phase du développement de l'enfant. Ils surviennent par périodes : par exemple, tous les soirs pendant 15 jours ou 3 semaines, puis ne se produisent plus pendant un mois. Dans ce cas, il n'y a pas à s'inquiéter mais il faut s'assurer que la chambre ne comporte pas de danger.

## Les troubles de la nuit se soignent le jour

Les troubles du sommeil de l'enfant ne sont pas un symptôme grave. Ce n'est pas un médicament qui réglera le problème mais la vigilance et la compréhension des parents. Ils révèlent le plus souvent des perturbations au sein de la famille et il faut comprendre ce qui les provoque afin de soulager l'enfant. Ne laissez pas la situation s'aggraver : parlez-en au médecin lors d'une consultation qui ne concernera que ce sujet, en présence de votre enfant et si possible de ses deux parents. Vous rechercherez ensemble ce qui peut provoquer les perturbations du sommeil de votre enfant.

**Pour conclure ce chapitre sur le sommeil**, rappelez-vous qu'il est une part fondamentale et essentielle de notre vie, de notre équilibre. Il nous permet de nous reposer et de récupérer nos forces. Après une bonne nuit, on se réveille frais et dispos ; il en va de même pour l'enfant. Chez lui, en plus, le sommeil joue un rôle important dans sa croissance. C'est en effet principalement au cours du sommeil qu'est sécrétée l'hormone de croissance. Par ailleurs, c'est pendant le sommeil profond que s'inscrivent dans la mémoire les expériences, les découvertes, les acquis. C'est donc, en grande partie, au cours du sommeil que « se construit » le cerveau et se développe le corps. On connaît en général le rôle de la nourriture dans le développement, mais on reste souvent moins averti du rôle du sommeil, pourtant essentiel, et de ce qu'il faut faire pour préserver sa qualité : régularité du moment du coucher, calme et tranquillité avant d'aller au lit, nombre d'heures à respecter, etc. Souvenez-vous qu'un bon sommeil chez l'enfant garantit un bon sommeil à l'âge adulte, associé au plaisir de dormir.

# Lorsque votre bébé pleure

Entendre pleurer son enfant est l'une des épreuves quotidiennes des parents : pourquoi pleure-t-il ? Est-il malade ? Les autres bébés pleurent-ils autant ? Faut-il le prendre dans ses bras, pour le consoler, ou va-t-on lui donner de « mauvaises habitudes » ? L'inquiétude, s'ajoutant à la fatigue, engendre du stress chez bien des couples, et plonge les parents dans une grande anxiété.

Voici d'abord une pensée rassurante : au bout de quelques jours ou de quelques semaines, vous vous sentirez plus en confiance et vous saurez distinguer les pleurs qui sont signes de fatigue, de faim ou d'énervement, ceux qui traduisent un chagrin et un besoin de câlin, et les pleurs qui manifestent un trouble physique. Vous oublierez alors vos angoisses passées. Mais puisque vous venez chercher dans ce livre des explications, c'est sans doute que les pleurs de votre bébé vous préoccupent et vous touchent profondément. Essayons de les comprendre.

D'abord, **allez toujours voir un bébé qui pleure**. Assurez-vous qu'il n'est pas dans une mauvaise position, que ses vêtements ne sont pas trop serrés, qu'il n'a pas trop chaud, qu'il n'est pas gêné par la lumière. Un bruit (aspirateur, radio, télévision, chasse d'eau, sonnerie, klaxon dans la rue) ne l'a-t-il pas réveillé ? A-t-il bien fait son renvoi après sa dernière tétée ? A-t-il besoin d'être changé ? N'a-t-il pas les fesses rouges et irritées ? N'est-ce pas bientôt l'heure de la tétée ou du biberon ? N'avez-vous pas remarqué que l'enfant émettait des gaz, avec bruit ?

Supposons que tout soit normal, qu'aucune des raisons citées ne soit en cause : il y a alors de grandes chances pour que votre enfant soit simplement en train de se « défouler ». C'est le cas le plus courant des pleurs du nourrisson, celui dont nous allons vous parler, pleurs qui sont souvent plus intenses en fin de journée.

# Les pleurs des premiers mois : intermittents et consolables

Un bébé qui pleure est considéré comme un enfant qui se sent mal et chacun s'attache à tout faire pour qu'il cesse et retrouve le calme et la tranquillité qui conviennent à un bébé « bien portant ». Justement, un bébé bien portant est un bébé qui pleure ! Mais il ne pleure pas de façon continue, il peut être consolé, apaisé, calmé.
Les pleurs sont le seul moyen pour le nouveau-né de demander de l'aide, de se faire entendre quand il ne voit pas ses parents, et ainsi de tenter de communiquer, d'être en relation avec eux.
Les cris et les pleurs précèdent les manifestations du corps (sourires, mimiques, déplacements...) et la parole. Les considérer comme un **langage** permet d'attirer l'attention des parents sur la nécessité d'en rechercher le sens et de leur répondre, même si au début ces appels ne sont pas toujours faciles à décrypter.
Un bébé pleure donc beaucoup en comparaison avec des enfants plus grands : quand il a faim bien sûr, mais aussi quand il a mal au ventre, quand quelque chose le gêne ou le dérange, quand il est fatigué ou quand les tensions ou les stimulations sont trop fortes et l'empêchent de se détendre. Dans ce dernier cas, le mieux est de coucher votre bébé dans son lit, au calme. Il va pleurer encore un peu puis finir par s'endormir, alors que si vous le gardez dans vos bras, il continuera à ressentir des stimulations et ne réussira pas à se calmer. Pour certains d'ailleurs, cette courte période de pleurs est presque systématique avant l'endormissement.

**À savoir**

T. B. Brazelton, grand pédiatre de renommée internationale, a le premier montré qu'un bébé en bonne santé pouvait pleurer en moyenne près de trois heures par jour. Ces trois heures ne sont pas d'un seul tenant mais par petits temps. Et, bien sûr, de nombreux enfants ne pleurent pas autant, voire presque pas.

## Faut-il prendre dans ses bras le bébé qui pleure ?

Avant de sortir l'enfant de son lit, il y a différents gestes qui peuvent le calmer. On peut lui parler avec douceur, le distraire en fixant à son lit un mobile, en poussant son lit devant la lumière, en faisant marcher une petite boîte à musique... La tétine ou le doudou sont souvent nécessaires pour aider l'enfant à s'endormir. Réservez-les au moment du coucher et non pas dans la journée quand l'enfant est éveillé.
Malgré cela, certains bébés sont inconsolables et ne se calment que lorsqu'ils sont portés. N'hésitez pas à prendre dans vos bras votre enfant qui pleure si vous avez l'impression que vous pouvez le soulager, le réconforter. Une mère a besoin, dans le post-partum, de sentir son bébé contre elle et un bébé apprécie les sensations d'un portage enveloppant et sécurisant. Ne vous laissez pas influencer par l'entourage qui parfois ne comprend pas ces besoins réciproques. « Attention, il va vous mener par le bout du nez... » ; « Vous allez lui donner de mauvaises habitudes... » Ce sont des commentaires que les parents entendent souvent. Faites comme il vous semble bon pour aider votre enfant... Votre bébé s'adapte à sa nouvelle vie, ce n'est pas chose facile, à cet âge **ce n'est pas par caprice qu'il pleure**. Alors, si rien d'autre ne le calme, prenez-le dans vos bras sans arrière-pensée et bercez-le.

Lorsque votre bébé sera apaisé, installez-le sur son tapis d'éveil ou dans son lit si vous pensez qu'il a sommeil ou besoin de calme. Vous pouvez lui dire ce qui se passe : « Je te laisse un peu pour préparer le repas de ta grande sœur qui va bientôt rentrer de l'école » ; « Tu as sommeil, tu vas faire une petite sieste dans ton lit et ensuite on ira faire un tour au square ». Votre bébé sera sensible au ton calme et rassurant de votre voix. Il va pleurer un peu les premiers temps mais, si vous agissez toujours de la même façon, en expliquant tranquillement ce que vous faites et en faisant ce que vous dites, votre bébé apprendra rapidement à patienter.
Il faut noter que tout en se sentant impuissants à calmer leur bébé, les parents sont en même temps rassurés par son comportement : il mange bien, il s'intéresse au monde extérieur, il a bonne mine. Dans la majorité des cas, ses pleurs n'ont pas de conséquences sur l'ensemble de son adaptation à la vie.

### Après 3 mois

Passé trois mois, tout doit aller mieux. L'enfant va s'intéresser de plus en plus à ce qui l'entoure. Il peut attendre plus calmement son repas ou qu'on vienne lorsqu'il appelle. Il commence à différencier les jours et les nuits, il vit au rythme régulier des journées qui lui apportent des repères et une sécurité – les tétées ou le biberon, le bain, les sorties, les moments de jeu sur son tapis d'éveil… Il gazouille et manifeste sa joie par des sourires, des éclats de rire. À présent, il n'y a plus de pleurs inexpliqués mais ils surviennent dans un contexte particulier : une « poussée dentaire », des angoisses, une maladie débutant…
Vers **7-8 mois**, l'enfant va pleurer de chagrin lorsqu'il verra un de ses parents s'éloigner. Il pourra aussi pleurer d'inquiétude en voyant des visages étrangers. Il peut aussi pleurer car il a compris qu'il pouvait ainsi faire venir aussitôt l'adulte qui le surveille… Puis il va découvrir la colère : lorsqu'il essaiera sans succès de se faire comprendre, lorsqu'il n'arrivera pas à saisir un objet. Un jour, il découvrira la peur, vers 2 ans. Et cette peur – de la nuit ou des animaux, par exemple – le fera également pleurer.
Mais au fur et à mesure qu'il grandira, qu'il fera des progrès de langage et pourra mettre des mots pour exprimer ses sentiments, qu'il deviendra plus habile, que son cerveau aura acquis une plus grande maturité, il pleurera de moins en moins.

## Votre bébé pleure beaucoup

### Les pleurs de douleur

Les **coliques** sont une des causes principales de pleurs inhabituels et importants du nourrisson. On ne sait pas quelles en sont les causes. Les différentes propositions pour calmer la douleur sont nombreuses. Certaines ont un effet sur des bébés mais pas sur d'autres (*Coliques*, p. 397). Sachez que ces crises et les pleurs qu'elles provoquent vont disparaître entre 3 et 4 mois.

#### *Certains bébés ont plus de besoins que d'autres*

Ils semblent ne jamais être satisfaits. Les raisons peuvent être multiples, venant du bébé, de la maman, des parents, des circonstances ayant entouré la grossesse ou l'accouchement, de l'environnement, etc. Ces bébés ont besoin d'être particulièrement rassurés et sécurisés pendant les six premiers mois. Il ne faut pas hésiter à les porter, à les bercer. C'est ce qui les aidera le mieux à supporter cette grande dépendance.

#### *Des pleurs persistants*

Les pleurs sont certaines fois d'une toute autre nature, plus intenses, incessants. Quoiqu'on fasse pour rassurer, distraire, soulager le bébé, ils ne s'arrêtent pas. Vous repérez des signes inhabituels : fièvre, éruption de boutons, écoulement de l'oreille, geignement, gêne respiratoire, etc. (p. 364 et suiv.). Dans ces cas, votre bébé doit être examiné sans tarder par un médecin, et d'autant plus rapidement qu'il est petit.

Le **reflux gastro-œsophagien** (ou RGO) est une autre cause de douleur fréquente chez le bébé. Le contenu de l'estomac, très acide, remonte dans l'œsophage et provoque des brûlures extrêmement douloureuses : le nourrisson pleure de façon anormale pendant qu'il prend son biberon mais aussi en dehors des repas. Ces reflux s'accompagnent le plus souvent de remontées de lait (des régurgitations) mais chez certains bébés ces reflux sont limités à l'œsophage et il n'y a pas de régurgitations visibles. Si vous avez l'impression que c'est le cas de votre bébé (par exemple, s'il a l'air d'avoir mal après chaque repas), parlez-en à votre médecin (*Reflux gastro-œsophagien*, p. 439).

## Les pleurs du soir

Dès 3 semaines-1 mois, il arrive souvent que le bébé pleure sans raison en fin de journée : il vient de manger, il est changé, il n'est pas malade. Ce passage du jour à la nuit s'accompagne de pleurs, parfois intenses, comme si l'enfant avait besoin d'évacuer un surplus d'excitations accumulées dans la journée, malgré les phases de sommeil. Rassurez votre bébé par des paroles douces, un portage enveloppant, sécurisant, des gestes tendres. Puis, si votre bébé paraît plus détendu, installez-le au calme dans son lit, même si, allongé, il pleure encore un peu.

## Si vous êtes éreintés par les pleurs de votre bébé

Dans tous les cas, si les pleurs sont importants, ils peuvent finir par devenir très éprouvants pour les parents, surtout pour la mère qui, les premières semaines, est souvent en tête-à-tête avec son bébé. Elle a beau savoir que certains enfants pleurent beaucoup même s'ils vont bien, même si on s'en occupe bien, elle ne peut s'empêcher de se sentir responsable de la situation. Elle est fatiguée et se sent souvent dépassée et impuissante. Lors de la crise de pleurs du soir, l'arrivée du conjoint (ou sa présence) est rassurante, elle permet de partager ce moment qui use et aussi d'éviter de s'emporter avec son bébé. Ce relais est souvent nécessaire pour s'apaiser soi-même et calmer son enfant. Si vous êtes seule dans les semaines qui suivent la naissance, voyez avec des parents, des amis comment être aidée, soulagée. Dans la journée, n'hésitez pas à vous promener avec votre enfant, dès la sortie de la maternité. Prendre l'air, être dans la poussette, calme souvent les bébés et fait donc du bien aux mamans.

**Pour éviter un geste de violence**, il est important que l'adulte trouve en lui le moyen de contrôler ses émotions et la colère qui peut monter. Mais s'il se sent à bout, incapable de supporter les pleurs qu'il ne parvient pas à arrêter, il doit poser le bébé dans son lit, couché sur le dos. Un bébé qui pleure dans son lit sera plus en sécurité que s'il reste dans les bras d'un adulte exaspéré.

Si vous vous sentez en difficulté face à votre bébé, ne restez pas seul(e), tournez-vous sans tarder vers les professionnels de santé qui vous entourent, votre médecin, la PMI.

Des pleurs trop fréquents doivent amener à consulter.

**Attention**

Vous avez de plus en plus de peine à supporter les pleurs de votre bébé. Surtout, ne perdez pas le contrôle de vous-même, **ne le secouez pas** pour qu'il se calme : des lésions irréversibles peuvent se produire dans son cerveau, voire le décès de l'enfant (*Secoué – syndrome de l'enfant secoué*, p. 444).

# La tétine, le pouce

Voir leur bébé sucer son pouce lors d'une échographie – cela arrive parfois – provoque beaucoup d'émotions chez les futurs parents. Ce besoin de succion est naturel et reste présent après la naissance.

## Les tout-petits

Au cours des premiers mois, tous les plaisirs viennent de la bouche : manger, suçoter son pouce ou une tétine, apportent un vrai réconfort. Cela ne veut pas dire qu'il soit nécessaire de proposer une tétine à la naissance. Certains bébés pleurent moins que d'autres et peuvent être calmés lorsqu'ils sont portés, bercés. D'autres trouvent rapidement leur pouce qui a l'avantage d'être toujours disponible et, plus tard, de laisser l'enfant autonome dans son besoin de succion.
Si un bébé pleure beaucoup ou souffre de coliques, la tétine peut apporter un soulagement : lorsqu'il n'arrive pas à trouver le sommeil, s'il est énervé, s'il a besoin de patienter entre deux tétées ou biberons. La tétine détend aussi les parents lorsqu'ils ne peuvent calmer ou consoler leur bébé. Aux États-Unis, la tétine s'appelle *pacifier*, un objet qui procure paix et calme. Des études montrent qu'associée à d'autres mesures de prévention la tétine proposée au moment de l'endormissement, à la sieste comme pour le sommeil de nuit (cela n'a pas d'importance si elle tombe pendant le sommeil), est un facteur de protection contre la mort subite du nourrisson. Chez le bébé nourri au sein il est préférable d'attendre que l'allaitement soit bien installé pour la proposer.
Toutefois, faut-il donner une tétine au bébé dès qu'il pleure ? On peut tenter d'abord de le soulager par des paroles douces, un portage apaisant. La tétine apporte une réponse immédiate à des minutes de pleurs qui paraissent parfois une éternité.
**Essayez de ne pas donner la tétine à votre bébé de manière systématique** et ne la lui laissez pas en permanence. Il doit pouvoir gazouiller, essayer des bruits avec sa bouche, sucer ses mains, etc. Et aussi pleurer un peu : il faut bien qu'un enfant puisse s'exprimer d'une manière ou d'une autre. Un bébé peut être réconforté sans la tétine, avec le bercement, les câlins, des chansons.

## Les plus grands

### La tétine

Certains enfants abandonnent spontanément leur tétine au cours de la deuxième année mais d'autres en ont encore besoin. L'âge des rituels de repos ou de sommeil varie beaucoup d'un enfant à l'autre. Ne supprimez pas brutalement la tétine : tous les changements doivent se faire progressivement. Vouloir faire passer une habitude sans transition risque de la renforcer.
La tétine peut aider l'enfant plus grand à différentes périodes de la journée : lorsqu'il est fatigué, dans un moment de séparation, pour s'endormir. Peu à peu, essayez de l'habituer à ce que la tétine reste dans son lit et qu'il ne la prenne qu'à ce moment-là. Dans certaines

crèches, chaque enfant a sa « boîte à tétine » : c'est lui qui va la déposer lorsque l'éducatrice dit que c'est le moment d'aller jouer, de sortir ou d'arrêter la tétine. Il peut aller la reprendre, par exemple, pour la sieste.
Ne proposez pas la tétine si votre enfant ne la demande pas, ni lorsqu'il joue, se promène avec vous dans sa poussette et regarde autour de lui, très éveillé et curieux, etc. Avec une tétine dans la bouche, un enfant ne peut pas parler, ni sourire. Votre présence, vos échanges l'aident à devenir peu à peu autonome.
Lorsque vous sentirez que votre enfant est prêt à « oublier » sa tétine, **encouragez-le** : « Tu as dormi sans tétine à la sieste, tu grandis ! » Mettre des mots sur un changement important aidera votre enfant.

### Le pouce

Comme nous l'avons dit, certains bébés prennent leur pouce durant la grossesse. Ils le gardent ou non ensuite. Le pouce permet à l'enfant d'être rassuré, il le suce dans les moments d'inquiétude, ou pour s'endormir, ou lorsqu'il est calme, détendu, par exemple en écoutant une histoire, en regardant un dessin animé. S'il est possible de ne pas donner la tétine, on ne peut pas retirer le pouce. En revanche, vers 2-3 ans, demandez à votre enfant de ne pas le prendre à tout moment, à toute heure. Faites-le parler de son besoin d'être rassuré, qu'il puisse exprimer par des mots ce qu'il ressent. Ne l'installez pas trop souvent devant des écrans qui peuvent soit l'abrutir, soit lui infliger des images de brutalité, de violence.
Les **déformations** de la dentition ou du palais ne se constatent que si le pouce ou les deux doigts index-majeur sont gardés au-delà de 3 ans.

**Terminons ce chapitre sur les pleurs** en évoquant le portage, les câlins, les massages, ces moments indispensables au bien-être émotionnel des enfants et de leurs parents. L'enveloppement du portage apporte un effet calmant au bébé qui pleure. Les bras lui font revivre ce qu'il ressentait *in utero* : battements de cœur, voix, chaleur. Les câlins jouent un rôle important dans les liens précoces entre les parents et leurs enfants. Les tout-petits éprouvent un sentiment de sécurité lorsqu'ils « se nourrissent » du contact charnel de leurs parents. Les massages sont une autre façon de réconforter l'enfant et d'instaurer un dialogue. Avec ces gestes tendres, le parent exprime son affection, son attention et son désir de bien-être pour son enfant.

# Une journée bien remplie

Vous l'avez vu, la journée d'un bébé est au début essentiellement rythmée par le sommeil et les repas. Bien vite, avec l'éveil et les progrès de l'enfant, les occupations vont se multiplier et se diversifier : communiquer et échanger de plus en plus avec l'entourage, jouer, prendre son bain, sortir, se promener, aller à la crèche… Ainsi la journée d'un enfant est-elle vite bien remplie !

## Les sorties

Quand nous parlons de sorties, nous pensons ici à la promenade : au square, en forêt. Il ne s'agit pas de la sortie obligatoire pour partir à l'école chercher l'aîné ou pour aller chez le pédiatre. Les enfants aiment sortir, même tout bébés.

### Le bébé

Il se rend très vite compte que l'heure de la promenade approche ; il suit les préparatifs, se montre impatient d'être dehors. Bien installé dans son porte-bébé ou dans son landau, il regarde les fleurs, les enfants qui jouent. Les sorties sont incontestablement un bon stimulant pour son développement. En même temps, elles apaisent le nourrisson énervé. Si le temps le permet, le bébé peut sortir dès la première semaine.
Si votre bébé a été malade, le médecin vous aura probablement conseillé d'attendre quelques jours avant de le sortir. Le vent et le froid ne sont pas contre-indiqués, mais évitez les sorties s'il pleut ou s'il y a du brouillard.

**L'enfant qui apprend à marcher**

Il apprécie de s'exercer dehors, mieux que dans un appartement. Au jardin, il aime faire avancer sa poussette ce qui lui fait faire de rapides progrès. Sachez qu'un enfant qui marche bien a besoin de se dépenser ; il aime retrouver d'autres enfants.

**Quelques recommandations pour les sorties**

- Par temps chaud, ne laissez pas votre bébé dormir dans son landau capote levée en plein soleil. C'est ainsi que se produisent les coups de chaleur : mettez le landau à l'ombre et allez voir de temps en temps si votre enfant n'a pas trop chaud.
- Ne laissez jamais le bébé dans votre voiture, ni au soleil ni à l'ombre car celle-ci peut tourner (*Coup de chaleur*, p. 401).
  Ces recommandations vous semblent peut-être superflues mais, en lisant les faits divers, on voit que régulièrement des parents les oublient, hélas !
- Lorsqu'il fait froid, pensez à mettre à l'enfant un bonnet et des moufles (il ne les perdra pas si elles sont reliées par un lien passé dans la manche).

Si votre enfant est gardé par une assistante maternelle, assurez-vous auprès d'elle que **les sorties** figurent bien dans l'emploi du temps de sa journée.

# Les jeux et les jouets

Lorsqu'un enfant joue, le jeu n'est pas seulement une distraction mais un besoin. Quand les adultes font une partie de cartes ou de tennis, ils cherchent à se détendre : jouer, c'est le contraire de travailler. Chez l'enfant, le jeu est une activité normale, indispensable à son développement.

Jouer, pour un bébé, c'est vous écouter, vous regarder, vous imiter. C'est aussi attraper, toucher, mettre dans la bouche, jeter un objet que vous proposez ou qu'il trouve à sa portée. C'est fort de la richesse de ces expériences de chaque instant que l'enfant pourra comprendre, parler, développer son imagination et sa créativité, et qu'il aura plus tard accès aux apprentissages abstraits de l'école. De plus, en jouant, il expérimente une activité qui lui appartient et qui lui permet d'exprimer ses réactions, ses émotions.

## Une curiosité différente à chaque âge

Dans le marché florissant du jouet, il n'est pas toujours facile pour les parents de savoir lequel choisir. Pour vous aider, nous vous proposons une liste commentée des jouets et jeux qui feront plaisir à votre enfant selon son âge. Mais s'il n'aime pas les jeux de construction ou les puzzles à l'âge où d'autres enfants s'y intéressent, n'en tirez pas des conclusions sur son développement. Il a d'autres intérêts et vous les trouverez sûrement. Observez-le jouer, identifiez ses objets favoris, enrichissez son jeu en lui faisant de nouvelles propositions.

Il est important que l'enfant ait du temps, avec vous et sans vous, pour des **jeux libres**, **spontanés** ; il n'a pas besoin d'être occupé en permanence à des activités qui peuvent paraître plus éducatives ou avec des jouets sophistiqués. Le plaisir que l'enfant trouve dans le jeu, seul ou partagé avec un adulte, est un des piliers de son épanouissement.

### Naissance à 4 mois

Votre bébé découvre la mélodie de votre voix, vos émotions, votre visage : regards et sourires échangés, « chacun son tour ». Vous répétez naturellement ses « areuh » en les enrichissant de nouvelles modulations, votre bébé les reprend à son tour. Il aime vous entendre chanter des comptines ou de petites chansons. C'est l'âge de la découverte des sons et des couleurs. Proposez-lui des hochets avec boules ou grelots, des poupées de couleurs vives. Vous pouvez suspendre à son lit un mobile, des animaux ou d'autres petits objets ; choisissez-les en caoutchouc ou en tissu, donc lavables, car bientôt votre bébé les portera à sa bouche.

### 4 à 8 mois

Votre bébé aime sucer ce qui est à portée de sa main : proposez-lui des objets, figurines, anneaux, qu'il peut suçoter ou mordiller sans danger. Il joue avec sa bouche en prononçant ses premières syllabes, « babababa » par exemple. Il apprend à se servir de ses mains de différentes manières : il palpe, gratte, tire, appuie, lâche. Installez-le sur un tapis d'éveil et alternez les positions sur le ventre et sur le dos pour qu'il ait l'occasion de percevoir différemment son corps et son espace de jeu. Donnez-lui des animaux en caoutchouc qui font du bruit lorsqu'on les presse. Il aime regarder des petits miroirs et y découvrir parfois, sans le savoir, son visage. Il aime toucher différentes textures, tourner les pages d'un livre. Il existe de nombreux jouets électroniques (avec piles, écran et voix robotisée) qui font du bruit et de la lumière quand on appuie sur des boutons. Ces jeux attirent beaucoup le bébé qui risque de délaisser ses autres jouets. Veillez à la variété de ses activités.

### 8 à 12 mois

Vous pouvez installer votre enfant dans son parc, avec ses jouets autour de lui. Jeter les objets le plus loin et le plus souvent possible, non pour vous ennuyer, mais pour voir où ils tombent, voilà ce qui l'amuse. Alors donnez-lui des objets qui ne se cassent pas : animaux en caoutchouc, cubes en plastique, poupées en tissu, peluches, balles souples. C'est l'âge où il prend conscience de votre absence ou de celle des objets. Jouer à les faire apparaître ou disparaître lui plaît beaucoup : Maman ou Papa caché(e) sous la couverture, le doudou sous le coussin, etc.
L'enfant commence à ramper et il apprécie les petits objets qu'il peut tenir dans une main tout en se déplaçant. Pour le bain, donnez-lui des objets qui flottent : personnages ou animaux, bouteilles en plastique, par exemple.

L'enfant aime – et il aimera longtemps – les boîtes en tous genres : à chaussures, en plastique… Il y place et retire inlassablement ses cubes ou autres trésors et il s'entraîne à ouvrir et refermer les couvercles.

### 12 à 18 mois

Pousser, tirer, transporter, empiler, vider, remplir : c'est ce qu'il aime faire et refaire, seul, de plus en plus souvent. Pousser devant lui un jouet qui roule, et sur lequel il s'appuie, lui donne de l'assurance dans ses premiers pas : animal en bois, rouleau musical, etc. Il va aussi aimer tirer des jouets au bout d'une ficelle. Lorsqu'il est assis, de ses mains plus habiles, il empile et emboîte cercles et gobelets. Pour le bain, donnez-lui des récipients qui permettent de vider, remplir, transvaser : gobelets, bouteilles en plastique opaques ou transparentes, distributeurs de savon (bien rincés), tout ce qui lui permet de jouer de façon variée. À la plage, il s'amuse avec le sable et l'eau, et au parc voir les autres enfants jouer lui donne de nouvelles idées. Pensez aux balles et ballons en mousse. Il apprécie que vous lui lisiez ses premiers livres et il aime vous entendre imiter le cri des animaux. Comme c'est aussi l'âge où il commence à vouloir manger tout seul, il joue et s'exerce avec une cuillère et un bol en plastique.

### 18 mois à 2 ans

En quelques mois, le jeu de votre enfant devient plus riche et plus complexe car il se sert à la fois de son corps et de son intelligence pour l'organiser : ce petit camion qu'il aime traîner va maintenant lui servir à transporter ses peluches de sa chambre jusqu'au salon, où il les installera pour leur donner à manger. Julia aime déplacer ses jouets d'un endroit à l'autre : de l'étagère à la table, de la table à l'étagère, et ainsi de suite… Avec soin, Maël place ses petites voitures l'une derrière l'autre tout autour d'un plateau et observe avec plaisir son installation. Pour les moments de calme, donnez à votre enfant de quoi exercer son adresse : puzzles en bois, œufs et cubes gigognes, « boîtes à formes » (une boîte ou une boule percées de trous de différentes formes dans lesquelles l'enfant doit faire entrer les pièces adaptées). Pensez au « fait main ». Lola a beaucoup de plaisir à essayer de faire entrer ses petits jouets et personnages préférés dans une boîte à chaussures dont son papa a découpé le couvercle en quelques encoches de formes différentes. Le livre était jusqu'à présent un objet à découvrir : tourner les pages, le porter à la bouche, le jeter, regarder les images aux couleurs vives... Maintenant, votre enfant aime qu'on lui raconte une histoire courte. C'est un moment de partage privilégié, voire un nouveau rituel qui s'installe.

### 2 à 3 ans

Les enfants aiment imiter, reproduire des situations qu'ils ont observées ou vécues : conduire une voiture, téléphoner, partir en voyage, faire le ménage ou le marché. Mélodie, 2 ans ½, peut jouer très longtemps à la dînette : donner à manger à ses poupées, aux adultes qui l'entourent, à elle-même, faire la cuisine. Ernest aime participer à la préparation du repas familial ou aider son papa à passer l'aspirateur. À cet âge, l'enfant n'a plus forcément besoin d'un jouet fidèle à la réalité pour rejouer ce qu'il a observé : il se sert d'une banane, ou d'une petite boîte, comme d'un téléphone, ou d'un bâton comme d'une épée, d'une cuillère ou de tout autre objet nécessaire à son jeu et transformé par son imagination. C'est une étape essentielle dans le développement de l'enfant : elle préfigure le langage construit, celui qui peut décrire et raconter.
Les enfants aiment les gros Lego®, les animaux de la ferme, et, pour le jardin, les brouettes. Pensez à leur proposer des gommettes, des feutres, des crayons de couleur, de la pâte à modeler (même si vous

trouvez cela « sale » !) et, plus tard, des découpages avec des ciseaux (ronds et toujours en présence d'un adulte). Ces activités sont simples et peu onéreuses ; pourtant, beaucoup d'enfants arrivent à l'école sans avoir jamais eu ces objets en main ! Pour faire de l'exercice, les enfants aiment le tricycle, la draisienne, le ballon et, quand ils sont fatigués, ils se plaisent à regarder un livre d'images ou à empiler des cubes, des Kapla®, des boîtes, pour réaliser la plus haute tour possible.

### 3 ans

C'est l'âge de l'entrée à l'école et de la découverte de nombreux nouveaux jeux à partager avec les autres enfants. Le carnaval est souvent l'occasion, pour la crèche ou l'école, de proposer aux enfants de se déguiser, avec un thème : le printemps, les animaux, la nature, ce qui fait rire, ce qui fait peur, etc. Certains enfants adorent se déguiser, d'autres détestent. Le port d'un masque peut les impressionner. Garçons et filles soignent leur ours ou leur poupée avec une trousse de docteur. Leur goût pour aider et imiter les adultes est encore très présent : aider à étendre le linge, ramasser des feuilles au jardin, préparer un gâteau d'anniversaire, etc. Ils reproduisent des situations vécues de façon plus élaborée : Sarah s'est beaucoup amusée à la fête de l'école ; avec ses peluches, elle refait les activités et les jeux qui lui ont particulièrement plu. Les livres intéressent de plus en plus les enfants : en regardant les images, ils inventent des histoires. Ils en inventent aussi avec le support de petites figurines : la ferme, le camping-car, la piscine, etc. Leur habileté se développe à travers l'habillage de leurs poupées ou la construction de circuits de trains en plastique ou en bois, faciles à monter et démonter. Ils apprécient les jeux de construction, les gros puzzles, les premiers coloriages ; et, au jardin, la balançoire et le toboggan. Lors de promenades au parc ou en forêt, ils aiment rapporter toutes sortes de trésors : cailloux, bâtons, marrons, feuilles d'arbre, qui trouveront leur place dans leurs petits scénarios de jeux.

### Après 4 ans

Maintenant, comme un grand, votre enfant fait du vélo, de la trottinette, joue au ballon (qu'il sait lancer), s'adonne à des jeux de patience (dominos, lotos, puzzles, *memory*), de rapidité ou de réflexion (comme *Minimatch*, chez Djeco, ou *Les Trois Petits Cochons*, chez SmartGames) et à des jeux de construction minutieux. Là aussi, pensez au fait-main : confectionnez avec votre enfant un *memory* en décorant des carrés de papier découpés dans une feuille.
L'enfant écoute de la musique, consulte de plus en plus de livres et raconte à son tour à sa poupée ou à son ours les histoires entendues.
Il aime dessiner, découper, coller : un simple cahier sur lequel il colle son découpage, ses gommettes, des feuilles d'arbres, lui plaira beaucoup.
Il aime toujours – et aimera longtemps – les figurines en plastique avec lesquelles il reconstitue le monde qui l'entoure en inventant des histoires : l'école, les pompiers, le château fort, l'ambulance, etc.
Ce sont d'ailleurs des jeux qu'il apprécie peu à peu de faire avec d'autres enfants.

**Les écrans**

Ils prennent place de plus en plus tôt dans la vie des enfants. (p. 131 et suiv).

**L'imagination**

Elle est encouragée par la lecture d'histoires : tous les enfants adorent qu'on leur en raconte, et ce goût va durer toute l'enfance.

## Les jeux de société

Les jeux de société « classiques » (*Qui est-ce ?, Uno, Croque-carotte, 1 000 bornes, Time's up*, etc.) conviennent plutôt après 5-6 ans car ils demandent compréhension, concentration et observation des règles. Les jeux coopératifs, dans lesquels tout le monde doit gagner ensemble (ou perdre !), sont bien adaptés aux plus jeunes. Ils permettent d'éviter les situations d'affrontement et les défaites que les plus petits ont souvent du mal à accepter. Ils apprennent au contraire à participer à un effort commun pour déjouer les pièges proposés par le jeu. Si certains jeux sur écran proposent des activités de ce type, ils ne peuvent remplacer les jeux de société, pour lesquels la manipulation du matériel par les enfants (cartes imprimées, dés à lancer, figurines colorées) contribue grandement au plaisir de jouer.

Voici des **jeux coopératifs** qui plaisent aux enfants : *Le Verger* (Haba), dès 2 ans et demi, et *La chasse aux monstres* (Scorpion masqué), dès 3 ans. Ils utilisent tous les deux un principe de *memory* pour se débarrasser collectivement d'un personnage indésirable.

## Jeux et objets de tous les jours

L'enfant ne joue pas qu'avec des jeux élaborés : un carton vide, une cuillère en bois et une casserole, un bout de ficelle ou un ruban de couleur peuvent l'occuper longtemps. Beaucoup d'objets du quotidien se transforment en jouets. Anissa, 8 mois, fait de grands efforts pour entrechoquer les couvercles métalliques des petits pots et elle est ravie lorsqu'elle y parvient. Plutôt que de rester avec ses jouets, Martin, 20 mois, circule dans l'appartement en suivant ses parents et en attrapant au passage ce qui est à sa portée : un crayon sur la table, la balayette de la cuisine, ou en ouvrant un placard… Avec l'aide de Papa ou Maman, les gros cartons deviennent un garage, une maison de poupée, la chambre des doudous. Inventorier le contenu d'un tiroir, imiter la personne qui fait le ménage, sont également des occupations appréciées.

*Les Mercredis sous la pluie*, de Maéva Gruaz (Albin Michel) : ce livre donne **des idées d'activités, de jeux, de décorations**. Seul, parfois aidé d'un adulte, l'enfant peut réaliser avec un matériel de récupération, ou facile à trouver, des créations joyeuses et colorées.

## « Range tes jouets »

Les parents le demandent souvent à l'enfant. Ce n'est pas agréable de voir traîner partout des petites voitures ou des cubes et ce n'est pas facile de faire le ménage dans ces conditions. Quand l'appartement est petit, cela dérange tout le monde. L'enfant n'a pas les mêmes critères. Il vit dans son monde, ses jouets en font partie, le désordre ne le dérange pas et il trouve le plus petit objet dans le plus grand fouillis. En attendant qu'il découvre lui-même les bienfaits de l'ordre, ce qui arrivera un jour ou l'autre, de temps en temps, vous pouvez ranger la chambre avec lui, lui dire « aide-moi », lui donner des casiers, des paniers, des boîtes (un panier pour les peluches, une boîte pour les petites figurines, un rayonnage pour les livres, etc.).

### À savoir

Pensez à faire tourner jeux et jouets en les mettant de côté pendant quelques semaines. La chambre sera moins encombrée et vos enfants les redécouvriront avec plaisir. Les enfants apprécient de retrouver les jouets qu'ils aimaient lorsqu'ils étaient plus petits.

## Attention aux jouets dangereux

Les normes de sécurité et d'étiquetage des jouets sont obligatoires et harmonisées au niveau de l'Union européenne. Elles concernent la résistance au feu, la solidité et la restriction ou l'interdiction de certaines substances chimiques. La réglementation progresse pour réduire la présence de différents composés : retardateurs de flammes, métaux toxiques, phtalates, bisphénol A, allergènes, etc. Mais des jouets dangereux peuvent encore se trouver sur le marché, plus particulièrement ceux importés clandestinement. Une prudence particulière s'impose avec les articles miniatures et des objets publicitaires, non considérés comme des jouets et moins réglementés. **Attention** aux jouets « squishy » (figures en plastique à malaxer) ou à la pâte « slime » : des risques pour la santé de l'enfant existent. Prudence avec les ballons de baudruche : ils éclatent, les enfants peuvent en inhaler des morceaux, ce qui peut entraîner des accidents respiratoires graves. Une récente enquête de la DGCCRF (Direction générale de la concurrence, de la consommation et de la répression des fraudes) relève des anomalies de sécurité sur un certain nombre de produits : risque de chutes sur des trottinettes instables, déguisements en tissu inflammable, risque d'étouffement avec le rembourrage de peluches pas assez solides, rétine abîmée par des LED trop puissantes, trampolines à usage familial avec mentions obligatoires illisibles et mauvaise formulation des motifs de « danger », etc. Soyez vigilants.

Comment savoir que les jouets que vous achetez respectent les normes obligatoires ? Recherchez le marquage « CE » (label apposé par le fabricant qui déclare se conformer à la législation européenne). N'achetez jamais un jouet sans ce marquage. Des labels plus exigeants peuvent également vous aider à faire un choix : Oeko-Tex® (textiles), Spiel Gut (tous jouets), Öko-Test sehr gut (crayons, peluches, etc.). Des mentions apposées par le fabricant, non soumises à vérification, peuvent également exister : « sans PVC » « sans phtalates », etc.

Il est conseillé d'acheter des **jouets adaptés à l'âge** de l'enfant ; de nombreux fabricants donnent d'ailleurs des âges d'utilisation. Ainsi, un jeu de construction destiné à un enfant de 5 ou 6 ans peut être dangereux lorsqu'il est manipulé par un bébé. S'ajoute à cela la question de la taille : les petits jouets risquent d'être avalés par le bébé. Pensez à la formule : « **à petit enfant, gros jouet** ». Soyez prudents avec les jeunes enfants lorsque les aînés jouent avec de petits objets, genre billes, figurines ou poupées miniatures. Attention aux **piles-boutons** utilisées par certains jouets et que le jeune enfant risque d'avaler. Si cela arrive, il faut le conduire à l'hôpital : la pile contient des produits corrosifs et toxiques devant être éliminés au plus vite. Gardez hors de portée du jeune enfant tout ce qu'il **peut confondre avec un aliment** : boules de savon/parfum, dosettes de lessive, etc. Enfin, les revolvers à flèche, les fléchettes et les pétards restent déconseillés à tous les âges.

**Attention**

***Jouets et composants chimiques***

Quelques conseils pour éliminer ou éviter les produits dangereux :

– avant de donner un jouet, sortez-le de son emballage. Lavez-le au savon si cela est possible et laissez-le bien aérer ;

– lavez les jouets en tissu à 30 °C avant la première utilisation et régulièrement par la suite ;

– pour les jouets en bois, préférez un bois brut non verni ;

– pour les nouveau-nés, préférez les jouets en matières naturelles, non traitées ou biologiques. Évitez le PVC.

Vous trouverez de nombreuses informations sur le site : www.wecf-france.org/ressources/guides-et-fiches.

## Le goût des livres se prend très tôt

Il ne s'agit pas de vous pousser à faire lire précocement votre enfant mais de vous encourager à l'élever très tôt dans un univers où le livre a sa place. C'est cela qui lui donnera le goût des livres et l'initiera au plaisir de la lecture. Les livres amusent, instruisent, distraient à tout âge.

Ils stimulent l'imagination. Ils encouragent l'attention, la découverte de l'inconnu et l'expression de ce que l'enfant ressent.

Feuilleter, lire un livre avec un enfant, est un moment de bien-être et d'échange. C'est aussi un temps qui permet aux parents de découvrir avec joie les facultés d'écoute de leur enfant, ses progrès pour s'exprimer. Les crèches ont une bibliothèque à la disposition des petits qui, dès leur plus jeune âge, s'habituent au contact et à la présence des livres. Ils tournent eux-mêmes les pages, sont sensibles aux couleurs, aux récits.

Pour favoriser chez votre enfant le goût de la lecture, proposez-lui des livres adaptés à son âge ; laissez-le aussi faire ses propres choix et découvrir des univers nouveaux. Variez les formats, en lui présentant également des bandes dessinées, des livres sans paroles, des livres illustrés en musique, des histoires à écouter ou même à inventer. Ne soyez pas étonné que votre enfant vous demande encore et toujours son histoire préférée. Il aime la réentendre, il se réjouit (ou a un peu peur) de ce qui va se passer ; il est content de la connaître presque par cœur, comme s'il savait déjà lire. Enfin, nous vous conseillons de limiter le temps passé devant les écrans (p. 131) pour pouvoir profiter de ces moments précieux de lecture partagée.

Parmi l'abondance des livres jeunesse, voici quelques titres qui plaisent aux enfants et qui sont de qualité.

**Les bébés** aiment les beaux imagiers, tel que le célèbre *Imagier du Père Castor* (Flammarion) ou l'imagier *Gros Doudou* (Albin Michel) facile à manipuler car il est en tissu. Et aussi les petits imagiers sonores : *La Nature, Les Jouets, La Ferme*…(Gallimard), la collection *Bébé* (Nathan).

**Dès 18 mois,** les petits apprécient les collections qui leur permettent de retrouver leur héros ou héroïne dans des situations variées : les classiques *T'choupi* (Nathan), *Petit ours Brun* (Bayard), *Barbapapa* (Dragon d'or), *Trotro* (Gallimard) ; *Bébé va au marché, Bébé est bien caché, Bintou la casse-cou,* Atinuke, Angela Brooksbank (Les éditions

### Les bibliothèques

N'hésitez pas à y emmener vos enfants, même les plus jeunes, cela leur plaira beaucoup. Ils piocheront dans les bacs et prendront les albums qu'ils auront envie de découvrir avec vous. Certaines bibliothèques proposent un moment particulier appelé parfois « l'heure du conte » : un adulte aide les enfants à choisir des livres et les leur lit. Dans les ludothèques, les enfants peuvent jouer ou emprunter des jeux.

des éléphants) ; la série des *Max et Lapin*, Astrid Desbordes et Pauline Martin (Nathan) ; *Lionel fait comme papa, Lionel dit non, Lionel mange tout seul, etc.* Éric Veillé (Actes Sud junior). Les *Petits doux (Petite colère, Petite peur, Petit amour, etc.)*, Nadine Brun-Cosme, Marion Cocklico (Fleurus) ; *La Famille Souris*, Kazuo Iwamura (L'école des loisirs).

**À partir de 2 ans,** les enfants aiment les drôles de petites bêtes d'Antoon Krings : *Barnabée le scarabée, Mireille l'abeille, Belle la coccinelle, etc.* (Gallimard). La collection « Mine de rien » (Gallimard), de Catherine Dolto, propose des petits livres à feuilleter avec les enfants pour parler facilement de certains sujets : *La Nuit, le noir, Les Bêtises, Polis pas polis, Gentil méchant, Les Grands-parents, La Peur, L'Amitié*, etc. Les enfants aiment également *Les Mille Premiers Mots* (Usborne) : un imagier complet et très riche, que les plus grands continuent à regarder.

**À partir de 3 ans**, ils vont découvrir avec joie les mini-encyclopédies (Larousse, Gallimard, Fleurus, Nathan…), pour être incollables sur un sujet : les dinosaures, les chevaliers, l'école maternelle, les animaux de la savane, etc. Ils apprécient toujours les célèbres *Contes du Père Castor*, à lire et écouter (Flammarion), ainsi que les livres d'éveil musical, avec des enregistrements de bonne qualité : *Paco et le jazz, Paco et le rock, Paco et l'orchestre…*(Gallimard) ; la série des *Edmond* (le petit écureuil timide), Astrid Desbordes, Marc Boutavant (Nathan) ; la série des *Émotions de Gaston la Licorne* (*Je suis en colère, Je boude, J'ai peur, Je suis tout fou-fou, etc.*), d'Aurélie Chien Chow Chine (Hachette) ; et de la même autrice : *24 H dans la vie d'une famille hérisson* (Albin Michel).

Parmi la multitude d'albums qui plaisent aux enfants **à partir de 4 ans**, citons ceux de Claude Boujon (*La Brouille, La Queue cassée, L'Intrus*), de Tomi Ungerer (*Le Géant de Zeralda, Les Trois Brigands*) ; *Papa à grands pas*, Nadine Brun-Cosme, Aurélie Guilerey (Nathan). Quelques séries appréciées : *Polo (Le Voyage de Polo, Polo et le dragon)*, Régis Faller (Bayard) ; *Mon imagier des sensations (Les Jours de pluie, Vacances à la mer, etc.)*, Maud Legrand, Virginie Le Pape (Casterman) ; *Les Histoires du p'tit gars, Maman… je sais pas quoi faire, Le Cadeau, etc.*, Laure Monloubou (Amaterra).

**À noter**

Le site www.premieres-pages.fr propose une sélection de livres pour les tout-petits, ainsi que des comptines et chansons.

**Quelques podcasts**

*Une histoire et… oli* : des contes pour les 5-7 ans imaginés et racontés par de nombreux auteurs, Zep, Delphine de Vigan, Alain Mabanckou… : www.franceinter.fr/emissions/une-histoire-et-oli

*Bestioles* (l'écureuil, le koala, le chamois, etc.) : les aventures du monde animal pour les 5-7 ans : www.franceinter.fr/emissions/bestioles

Des histoires racontées par Élodie Fondacci sur de belles musiques classiques : www.radioclassique.fr/podcasts/serie/des-histoires-en-musique/

## Les écrans : télévision, tablettes…

Les écrans font partie de notre vie quotidienne et sont omniprésents dans notre environnement. Le temps passé par les enfants devant les écrans est de plus en plus long et il y a aussi celui que les parents consacrent à leur téléphone portable (p. 135). On est obligé de tenir compte de cette évolution, ce qui n'empêche pas de préserver le plus possible les conditions d'un bon épanouissement du tout-petit et du plus grand.

Le confinement a lui aussi modifié la présence des écrans au quotidien. Il en a montré les éléments positifs : préserver les liens au sein de la famille, continuer l'école pour les enfants, le travail pour les parents et enfin divertir tout le monde. Ce temps exceptionnellement

Selon les résultats d'une étude Inserm (2018), les enfants de 2 ans sont majoritairement exposés à la **télévision** : deux enfants sur trois la regardent tous les jours et un enfant sur deux commence à la regarder avant 18 mois.

long passé devant les écrans devait être provisoire mais les études récentes ont montré, qu'après le déconfinement, il est resté élevé et que de nouvelles habitudes ont été prises…

## L'influence des écrans sur le développement des jeunes enfants

L'écran n'est pas un objet comme les autres. Il capte plus fortement l'attention et, fasciné, le jeune enfant ne peut apprendre à s'autoréguler : il aura toujours tendance à le privilégier au détriment des autres activités. Il est souvent difficile d'y soustraire l'enfant sans provoquer une crise intense.

« Lorsque Valentine, 3 ans, regarde sa chaîne de programme de dessins animés, je suis tranquille, elle ne bouge pas, elle est comme "scotchée". Mais quand j'éteins pour l'emmener au parc, même si je l'ai prévenue et bien qu'elle adore sortir, elle se met très en colère », écrit cette maman. On sait aujourd'hui que des périodes d'expositions prolongées aux écrans agissent de manière négative dans différents domaines du développement.

### L'attention

Lorsque la télévision est allumée dans la pièce où joue l'enfant, son attention est captée par des flashs lumineux, une bande-son souvent stressante. Il regarde l'écran par intermittence.

Sa découverte du monde, son exploration est entrecoupée de va-et-vient oculaires vers l'écran allumé. Il ne peut pas apprendre à se concentrer sur son jouet ou son activité du moment. Et même s'il ne regarde pas l'écran, le bruit de fond le gêne pour se fixer sur ce qu'il fait. « Quand la télévision était toujours allumée, Sonia passait d'un jouet à l'autre, sans s'y intéresser vraiment. Maintenant, elle reste plus longtemps concentrée sur ses jeux et elle jargonne comme si elle se racontait des histoires », raconte la maman de Sonia, 2 ans et demi.

Le matin est le moment de la journée où l'attention de l'enfant est la plus forte. C'est d'ailleurs à ce moment-là que se feront les apprentissages lors de son entrée en primaire et même en maternelle. Nous recommandons de ne pas allumer la télévision ou de regarder un écran avant de partir à la crèche ou à l'école. Certains enfants développent même une véritable « addiction » pour leur programme préféré au point de se conditionner pour un lever très matinal.

### Le langage

À partir de 2 ans, le langage se développe à vive allure. Pour qu'il s'éveille, il faut que les adultes parlent à l'enfant, communiquent avec lui. Les études montrent que, lorsque l'écran est allumé, ou que le téléphone portable est à proximité, les parents s'adressent moins à leur enfant qui, du coup, s'adresse moins à eux. Éteindre les écrans quand l'enfant est présent, c'est aider son langage à se développer : l'enfant enrichit son vocabulaire parce qu'on lui parle, qu'on l'écoute, qu'on lui répond.

**À noter**

Pour plus d'informations sur les effets nocifs d'une trop grande exposition des enfants aux écrans, nous vous conseillons :

www.sabineduflo.fr : depuis de nombreuses années cette psychologue clinicienne alerte sur ce sujet par des articles, conférences et livres.

www.surexpositionecran.org, site du collectif CoSE ; il regroupe des associations de professionnels et de parents qui informent, conseillent, cherchent des solutions.

### La découverte du monde

De la naissance à 3 ans, c'est avec ses cinq sens que l'enfant découvre son environnement, l'explore et s'en constitue une représentation stable. Avec le toucher, l'odorat, la vue, l'audition et le goût, l'enfant s'exerce sur les objets pour comprendre leur fonctionnement. Il lui faut manipuler, toucher, sentir, goûter afin de percevoir leurs différentes caractéristiques : durs, liquides, rugueux… Pour Eliott, le doux, le mou, le vert, le rond sont devenus progressivement les propriétés d'un même objet : sa balle en tissu vert. Il en est ainsi de tous les objets qui constituent son entourage familier. Si la TV est allumée en continu dans la pièce où il joue, ou bien s'il reste trop longtemps sur sa tablette, son exploration sensorimotrice du monde sera retardée.

### La sociabilité

L'apprentissage de la sociabilité se fait en grande partie par imitation. Dans ses rapports aux autres, l'enfant reproduit ce qu'il voit. Si on crie ou si on est agressif autour de lui, il aura tendance à se comporter de même à la crèche, à l'école. L'exposition à des contenus violents via les écrans a les mêmes incidences que s'il y était exposé directement. Évitez de regarder le journal télévisé, ou des vidéos sur votre téléphone, quand votre enfant est avec vous. Il peut avoir un impact fort sur le ressenti des jeunes enfants qui reçoivent les images dans toute leur charge émotionnelle sans comprendre le contexte qui les entoure. Mieux vaut profiter du dîner de vos enfants pour parler avec eux. Soyez très vigilants sur le contenu des **jeux vidéo** auxquels l'enfant joue. Beaucoup proposent très tôt des actions de destruction. Le fait que l'enfant soit récompensé chaque fois qu'il commet ce type d'action, qu'il progresse en fonction des coups, tirs ou frappes qu'il commet, n'est pas sans incidence sur son comportement en société, d'autant que la différence entre le réel et le virtuel n'est pas constituée avant 6-7 ans.

*« Quand nous avons décidé d'arrêter les écrans le matin, Ivan (3 ans) a beaucoup protesté. Mais nous avons tenu bon. Depuis, il se lève plus tard, il a renoncé au biberon qu'il prenait devant la TV et il joue plus longuement dans sa chambre »,*

*dit ce papa.*

## Les écrans, à partir de quand ?

À partir de quel âge mon enfant peut-il regarder la télévision ? Jouer avec une tablette ? Nombreux sont les parents qui se posent cette question. Jusqu'à présent, l'Académie américaine de pédiatrie recommandait de ne pas mettre l'enfant devant les écrans avant 3 ans ; à présent, elle pose la limite à 2 ans. L'abaissement de ce seuil de tolérance est probablement lié à l'augmentation exponentielle des écrans et à la multiplicité des formats. Mais cela donne une indication et montre qu'avant 2 ans, les écrans sont à éviter. Ce qui ne veut pas dire qu'ensuite tout soit possible.
Nous vous conseillons aussi de tenir compte de la réaction de votre enfant en face d'un écran comme indicateur d'âge. Si Yasmina, 2 ans et demi, peut raconter ce qu'elle a vu, vous pouvez lui passer un ou deux épisodes de son dessin animé préféré, que vous aurez choisi court, avec un enchaînement d'images suffisamment lent. En revanche, si elle ne peut rien en dire, c'est qu'elle n'est pas encore en mesure de se représenter ce qu'elle a perçu à l'écran ni de comprendre les liens de causalité. Privilégiez les histoires racontées

qui lui permettront de développer un langage de qualité, lequel l'aidera à mieux appréhender ce qui se passe à l'écran.

**Quelques idées de films**

En matière de films d'animation, de jeux interactifs ou vidéo, tout ne se vaut pas. Beaucoup sont inadaptés aux jeunes enfants car ils proposent des contenus anxiogènes, trop longs ou trop rapides et donc trop excitants.

- Voici quelques films pour les 3-5 ans :
  – *La Petite Taupe* de Zdenek Miler, *Le Gruffalo* de Jakob Schuh et Max Lang, *Les Contes de la mère poule* (de trois scénaristes iraniens), *Titi et Grosminet* (Tweety & Sylvester) ;
  – *Pat et Mat*, de Marek Benes : deux amis inséparables qui aiment bricoler… Tout le talent des films d'animation tchèques ;
  – *Et aussi : Petit Ours Brun, L'Âne Trotro, Tchoupi, Mimicracra, Léo et Popi*, qui racontent le quotidien de l'enfant.
  – *films-pour-enfants.com* : cette plateforme propose une sélection de courts-métrages de qualité pour les enfants à partir de 3 ans.
- À partir de 4-5 ans:
  – Les films de Charlie Chaplin, et notamment *Les Temps modernes* ou *Le Cirque* ;
  – Certains dessins animés de Miyazaki : *Mon voisin Totoro, Kiki la petite sorcière, Le Royaume des chats ;*
  – C'est aussi l'âge des premiers Walt Disney, dont certains classiques indémodables et accessibles aux jeunes enfants : *Fantasia, Winnie l'Ourson, Les Aristochats.*

**Les écrans : ni trop, ni trop tôt**

De trop longs moments passés devant les écrans sont un temps volé à des activités plus intéressantes pour l'épanouissement du petit enfant : parler, échanger, communiquer, apprendre, s'exercer, manipuler, toucher…

## Les tablettes

Elles proposent des jeux aux enfants de plus en plus jeunes, mais attention à ne pas confondre la captation que l'enfant éprouve pour tout ce qui bouge, qui brille et qui le tient tranquille, avec une exploration réelle de l'objet. Nathan, 2 ans, adore son jeu sur tablette qui consiste à faire éclater des ballons en les touchant avec son doigt : un flash lumineux et un bruit particulier se produisent chaque fois qu'il réussit et… il réussit toujours. Il peut faire cette activité bien plus longtemps qu'une autre. Mais qu'a-t-il appris ? À faire éclater de plus en plus vite des ballons virtuels. Ce qui n'est pas transposable dans le réel. Il ne saura pas mieux lancer ou shooter dans un vrai ballon. Un enfant apprend avec ses mains et ses doigts qui touchent, sa bouche qui goûte, ses yeux qui voient, son corps qui s'ajuste.

Par ailleurs, même si certaines activités sur la tablette portent des noms identiques à ceux de la réalité, elles ne sollicitent pas les mêmes compétences chez le jeune enfant. Si Mathieu est un champion du puzzle sur sa tablette, cela ne veut pas dire qu'il réussira aussi bien un vrai puzzle. Sur sa tablette, il a appris à faire glisser une pièce avec le doigt et la pièce virtuelle s'emboîte d'elle-même : la machine corrige son action. Avec un vrai puzzle, Mathieu doit apprendre à opérer sur la pièce différentes rotations pour qu'elle s'ajuste correctement, à appuyer plus ou moins fort pour qu'elle s'encastre.

**Quatre règles pour les écrans à la maison :**

- Pas d'écrans le matin.
- Pas d'écrans durant les repas.
- Pas d'écrans le soir avant de se coucher.
- Pas d'écrans dans la chambre de l'enfant.

Ces règles – très simples, issues des recommandations des pédiatres américains et canadiens – valent pour tous les enfants.

Avec des jeux de société traditionnels (loto d'images, *memory*, petits chevaux, etc.), l'enfant ne développe pas seulement des **compétences cognitives**. Il apprend aussi à respecter le « tour de rôle » et à faire face à la frustration de l'attente (on joue chacun son tour) ; il fait l'expérience de gagner – et d'observer la réaction de l'autre joueur – ou de perdre. Il apprend **à tolérer l'imprévu** dans la relation à l'autre. Tous ces jeux sont transposables sur tablettes… mais pas la **relation d'échange** avec un enfant ou un adulte. Ces jeux permettent l'adaptation nécessaire au comportement d'autrui tandis que la réaction de la machine est « prévisible ». Beaucoup de parents parlent de leur difficulté à jouer à des jeux traditionnels avec leurs enfants qui, pourtant, y arrivent très bien sur des tablettes.

**Les « livres interactifs »**

Ces nouveaux objets hybrides, mi-livres mi-jeux, proposent des animations visuelles ou sonores en complément du texte écrit. On a d'abord pensé qu'ils amélioreraient l'expérience de lecture : comme pour beaucoup d'objets numériques, leur attractivité est importante et les enfants sont friands des activités ludiques proposées. Mais il a été aussi montré que le temps d'échanges autour du contenu de l'histoire entre le parent et l'enfant pâtissait de cela et que finalement le sens de l'histoire était moins bien compris qu'avec un livre classique. Ce type d'activité prisée des enfants a toute sa place dans les moments de jeu mais ne remplace pas la découverte des livres.

## Le téléphone portable des parents

De nombreux professionnels mettent en garde les parents contre l'usage excessif du téléphone portable dont la présence envahissante est un frein à un **attachement de qualité** avec leur enfant.

Pendant l'allaitement, ou le biberon, au cours des repas, lors des jeux, des promenades, profitez pleinement de votre enfant. Il découvre le monde, se développe, construit sa personnalité dans les relations que vous et d'autres adultes entretiennent avec lui : il prend conscience de son existence dans votre regard, il acquiert le langage, il prend confiance en lui, il apprend à réguler ses émotions dans ce flux continu d'interactions. Soyez attentifs à ses demandes, à ses besoins.

Un parent sans cesse dérangé, ou occupé, par son portable, risque de lui répondre de façon inadaptée, mécanique, voire irritée. Une étude rapporte qu'un parent absorbé par son portable ignore 5 fois plus les sollicitations de son enfant que s'il est distrait par autre chose. D'autres études ont montré que l'attention requise par un portable pouvait empêcher l'adulte d'être attentif à la **sécurité** de l'enfant, par exemple près d'une piscine ou d'une aire de jeux.

En voyant les adultes « surexposés » à leurs portables, l'enfant intègre le pouvoir magique de cet objet, tellement important. Il aura envie de s'en servir à son tour. Donnez l'**exemple** à vos enfants en utilisant le moins possible votre portable devant eux. Certains parents disent avoir choisi de ranger leur appareil ou de le mettre sur silencieux lorsqu'ils sont dans les moments d'échanges avec leurs enfants.

*« Au moment de la naissance de notre bébé, nous avons pris conscience de la place des écrans dans nos journées et nous nous sommes sentis prêts à la diminuer »*

*Souad*

# Quelques sorties en famille

Les sorties en famille éveillent la curiosité des enfants et permettent à tous, petits et grands, de partager de joyeux moments. De nombreuses sorties (visite d'une ferme pédagogique, zoo, séance de cinéma, etc.) sont également proposées par l'école.

**Le zoo**

L'intérêt et la curiosité pour les animaux se manifestent très tôt chez les enfants. Dès 2 ans - 2 ans ½, et pendant de nombreuses années, ils seront enthousiastes à l'idée d'une sortie au zoo ou à l'aquarium, qui leur permettra de voir de près tous les animaux qu'ils ont découvert à travers leurs histoires préférées. Ces parcs animaliers sont pour la plupart bien tenus, avec des animaux en bonne santé, de grands espaces arborés et des aires de jeux pour les enfants.
Pour les enfants plus jeunes, ou impressionnables, évitez les espaces ou animations qui favorisent un contact direct avec les animaux (paons en liberté, vols de rapaces au-dessus du public…).

**Le cirque**

Chaque fois qu'un cirque est annoncé, à grand renfort de porte-voix dans les rues, les enfants demandent à y aller et sont toujours un public chaleureux et émerveillé par les numéros de clowns ou d'acrobates.
N'hésitez pas à y emmener vos enfants, à partir de 3 ans. Avant cet âge, la musique et les applaudissements peuvent leur faire peur.

**Le cinéma**

Le vrai film, qui dure environ 1 h 30, n'est pas indiqué avant 5-6 ans. Et même à cet âge, l'attention de l'enfant tombe vite lorsqu'il est livré, passivement et dans le noir, à une projection un peu longue. Le film d'animation, plus court, peut se voir dès 3-4 ans. Vous choisirez, bien sûr, des films adaptés à un public familial. Des cinémas proposent des séances pour les petits avec lumière tamisée, son moins fort et contenu adapté.

**Le théâtre, la musique, les marionnettes**

De nombreuses villes proposent des spectacles pour un jeune public, dès 3-4 ans : contes ou mises en scène mêlant paroles, danses, gestes, mimes, univers musical… Ces divertissements sont courts (30-45 minutes) et les thématiques sont variées, empreintes de poésie, d'humour, d'imaginaire. Les enfants sont souvent fascinés par un spectacle de marionnettes, par ces personnages qui ont la taille de leur poupée ou de leur ours et qui évoluent dans un théâtre miniature. Ils rient et manifestent bruyamment leur joie ou leur déception ; ils s'identifient aux personnages et sont des spectateurs très actifs.

De nombreux **musées** proposent aux enfants, dès 3-4 ans, des ateliers et des parcours ludiques – accompagnés de tablettes ou de petits livrets – pour découvrir des œuvres d'art. Les enfants sont réceptifs à cette initiation artistique, eux qui aiment s'exprimer par le dessin, la peinture ou le modelage.

# Attention danger !

La vie d'un enfant, à partir du moment où il commence à circuler dans la maison ou dehors, est semée d'embûches, parfois même de dangers. Entre 1 et 4 ans, les accidents constituent la première cause de décès. C'est entre 18 mois et 3 ans que le pic des risques d'accident est le plus élevé ; on le comprendra en lisant au chapitre 4 que, entre ces deux âges, le développement psychomoteur de l'enfant le pousse à toutes les découvertes sans qu'il ait encore conscience des dangers qu'elles comportent.
Ce sera à vous de trouver l'équilibre entre la surprotection et l'absence de limites. Vous prendrez vite l'habitude d'anticiper le danger. Tourner la poignée d'une casserole, ranger hors de portée médicaments et produits dangereux : ces gestes deviendront familiers.

## Une maison en toute sécurité

Voici plus en détail quelques précautions à prendre selon l'âge de l'enfant.

### Avant 1 an

#### Pour éviter les chutes

- Redisons qu'un bébé ne doit jamais être laissé seul sur la table à langer : ayez toujours une main posée sur lui. Il faut avoir le réflexe de ne pas répondre au téléphone à ce moment-là (de même lorsque l'enfant est dans son bain).
- L'enfant sera attaché dans sa chaise haute (ne pas le laisser sans surveillance), dans son petit siège inclinable (ne pas le poser sur une table mais sur le sol), dans sa poussette.

### Les principales causes d'accidents

| |
|---|
| • Le bébé qui est sur une table à langer et dont on s'est éloigné |
| • La casserole dont la queue est tournée vers l'extérieur |
| • L'oreiller ou la couette sur le lit du bébé |
| • La fenêtre sans barreaux ni grillage |
| • L'enfant laissé seul dans son bain |
| • L'eau qui sort trop chaude du robinet |
| • L'armoire à pharmacie à portée des enfants |
| • Les produits d'entretien mêlés aux comestibles ou rangés dans un placard accessible |
| • La prise de courant non protégée |
| • Le radiateur électrique non protégé |
| • Le fil du rasoir électrique ou du sèche-cheveux qui pend près de la baignoire |
| • La rallonge restée dans la prise après avoir débranché un appareil ménager |
| • Le fer à repasser oublié sur la planche |

**Attention**

Ne laissez jamais votre bébé seul :
- sur la table à langer, dans son bain ;
- à la maison, dans la voiture ;
- dans une pièce avec un animal, même très familier.

#### Pour éviter les brûlures

- Si vous utilisez un four micro-ondes, agitez le contenu et vérifiez **toujours** la température du liquide (ou du petit pot), en déposant quelques gouttes sur le dos de la main. On oublie trop souvent que le liquide peut être brûlant, même si le récipient est froid.
- Attention au bol de lait ou à l'assiette de soupe que l'enfant peut renverser sur lui.
- L'eau chaude peut créer de graves accidents lorsqu'elle sort des robinets de la salle de bains (lavabo, mais surtout baignoire et douche). De l'eau à 60 °C provoque une brûlure au troisième degré en moins d'une seconde. Si vous avez un chauffe-eau individuel, réglez la température de l'eau à moins de 50 °C – température de sécurité. Si vous le pouvez, équipez vos robinets de mélangeurs thermostatiques. Pour les précautions à prendre avant le bain du bébé, voyez le chapitre 1.

Enfin, méfiez-vous de tout ce qui risque d'**étouffer** le bébé : pas d'oreiller, ni de couette. Attention au chat qui peut monter dans le berceau. Et prudence avec les chaînes et autres colliers autour du cou. Retirez-les systématiquement pour les périodes de sommeil.

## Pour l'enfant qui commence à marcher

Il part à la découverte du monde qui l'entoure. En le protégeant dans cette exploration, vous l'aidez à faire connaissance avec chaque chose et à en éviter les dangers. Comme votre enfant est curieux et pas encore conscient du danger, des précautions s'imposent.

#### Attention aux intoxications

- Rangez hors de portée tous les médicaments. La solution préventive est d'avoir une armoire à pharmacie hors de la portée des enfants, fermée à clé, et d'y ranger tous les médicaments, même ceux en cours d'utilisation. Pour éviter tout risque d'erreur, séparez ceux pour enfants de ceux pour adultes. Méfiez-vous de votre sac à main qu'un enfant aime s'approprier, et au fond duquel il peut trouver un tube de médicaments. Vous ayant vu en avaler, il risque de chercher à vous imiter.

- Mettez hors d'atteinte les produits d'entretien : certains sont des poisons. Ne les transvasez jamais dans un autre récipient (par exemple, l'eau de Javel diluée à partir d'un berlingot dans une ancienne bouteille de jus de fruits).
- Soyez vigilant avec les berlingots de lessive que les enfants peuvent confondre avec des aliments.
- Prenez également des précautions avec les produits de jardinage (désherbant, insecticides, engrais, etc.) : certains sont très toxiques.
- Les intoxications par les médicaments (surtout tranquillisants et antidépresseurs) et les produits ménagers représentent la majorité des intoxications chez l'enfant. Attention, passés les premiers mois, ne relâchez pas votre vigilance.
- Évitez de rénover l'intérieur de la maison pendant que l'enfant est en bas âge : travaux de peinture, pose de revêtement de sol peuvent entraîner une importante pollution de l'air intérieur.
- Un mot sur les plantes d'appartement. Certaines sont dangereuses. Une précaution : apprendre à l'enfant, même très petit, qu'on ne touche pas aux plantes et surtout qu'on ne les mange pas.

**Les intoxications saisonnières** provoquées par des émanations d'oxyde de carbone sont fréquentes. Vérifiez par un contrôle annuel que votre appareil de chauffage (bois, charbon, gaz, chauffe-eau à gaz) fonctionne bien ; faites ramoner les conduits (une fois par an pour le chauffage au gaz, deux fois par an pour le chauffage au fuel, charbon ou bois) ; c'est d'ailleurs exigé par les assureurs. Pour savoir à qui vous adresser, renseignez-vous auprès du vendeur de l'appareil. L'oxyde de carbone est particulièrement dangereux : c'est un gaz inodore, incolore, se diffusant facilement. L'intoxication survient sournoisement ; elle est parfois mortelle.

### Attention aux brûlures

- Ne posez jamais sur le sol des récipients contenant de l'eau très chaude.
- Tournez vers le mur la queue des casseroles qui sont sur le feu.
- Jamais de bouilloire posée sur le bord d'une table.
- On peut fixer autour de la cuisinière une petite grille qui empêche l'enfant de toucher les plaques électriques qui restent chaudes longtemps.
- La porte du four est dangereuse car elle est brûlante et à hauteur de l'enfant. On peut la protéger par une grille ; il existe des fours « porte froide ». Il faut penser à refermer immédiatement la porte après avoir sorti un plat.
- En ce qui concerne le petit appareillage électroménager, il y a aussi des précautions à prendre : le grille-pain peut brûler, le couteau électrique peut couper, etc.

**Attention**

De jour comme de nuit, il ne faut jamais laisser un enfant seul à la maison, qu'il ait 4 mois ou 4 ans. Tout peut arriver : le nouveau-né qui s'étouffe, l'incendie, l'enfant qui pousse une chaise devant la fenêtre et qui tombe, celui qui avale un médicament ou qui avale « de travers ». Songez encore que l'enfant laissé seul peut faire un cauchemar, s'éveiller, appeler ses parents et, dans la maison vide, connaître le premier désespoir de sa vie.

**Important**

La cuisine est une pièce dangereuse : il ne faut pas y laisser un enfant seul.

- Attention aux lampadaires halogènes : ils ne sont pas stables et l'enfant peut les faire facilement tomber.
- Voyez plus haut les précautions à prendre à propos de l'eau chaude qui sort des robinets.

**Certaines circonstances favorisent les accidents :** la faim et la soif poussent l'enfant à avaler ce qui lui tombe sous la main ; ainsi que le climat émotionnel qui l'entoure : la mésentente parentale, certaines difficultés affectives qu'il traverse, favorisent en effet l'impulsivité de l'enfant et sa mise en danger dans l'appartement. Même tout petit, il peut sortir en courant de la maison et s'en éloigner.

### Attention aux chutes

Le risque de chute est augmenté chez l'enfant à cause de sa morphologie particulière (l'importance du poids de la tête), associée à l'absence d'anticipation du danger.

- La chute par la fenêtre n'est pas un accident rare. Si vous laissez une fenêtre ouverte, surveillez votre enfant. Il existe des barrières de sécurité extensibles. Ne mettez jamais de meuble, ni de chaise devant une fenêtre.
- Une chute fréquente est celle de l'enfant qui tombe d'un chariot à roulettes dans une grande surface : si on y installe l'enfant, il faut le surveiller. Les sièges de voiture « dos à la route » ne doivent pas être posés sur un chariot de supermarché. Des accidents graves sont arrivés.
- Un enfant qui tombe d'un lit superposé, cela arrive : il vaut donc mieux éviter d'en avoir un. Si vous ne pouvez faire autrement, il ne faut pas installer dans le lit supérieur un enfant de moins de 4 ans.
- Ne laissez pas traîner de sac en plastique : l'enfant peut se le mettre sur la tête et s'étouffer.
- Pour les portes, deux idées utiles : vous pouvez installer dans les chambranles des portes des barrières permettant à l'enfant de rester dans une pièce, tout en ne se sentant pas isolé. Pour éviter que votre enfant ne se pince les doigts, vous pouvez fixer la porte avec un crochet.
- Ne laissez pas votre enfant utiliser seul les escaliers tant qu'il ne sait pas se servir de la rampe. L'accès à un escalier intérieur doit être protégé.

## Votre enfant grandit

Des précautions s'imposent toujours mais vous devez exercer votre enfant, et surtout le laisser s'exercer, à utiliser les objets usuels. Ce n'est pas en lui en interdisant l'usage que vous le rendrez adroit de ses mains : faites-les-lui manier à votre exemple. Peu à peu, il s'initiera à sa propre protection. Donc, très peu de « Défense de toucher » quand vous êtes auprès de lui… Donnez-lui plutôt le bon exemple en respectant les règles simples de la sécurité : remettez chaque chose à sa place et prenez les précautions voulues avant certains gestes ou certaines actions (pas de portes ouvertes brusquement, ne vous retournez pas soudainement si vous portez un objet qui, en tombant, pourrait blesser l'enfant, etc.). **Ranger, surveiller, éduquer** sont trois mots importants pour prévenir la plupart des accidents domestiques.

### Soyez vigilant

Ne laissez pas à la portée des enfants de moins de 4 ans des cacahuètes, noix, noisettes, bonbons. Ils peuvent s'étouffer (*Corps étranger dans les voies respiratoires (fausse-route)*, p. 400). Mettez également hors de portée les petits objets : billes, piles bouton…

### Brûlures, chutes, intoxications

Si malgré toutes ces mises en garde un accident se produit, voyez ces mots au chapitre 6.

### À noter

Se former aux gestes de premiers secours (réanimation, manœuvre de Heimlich…) est utile. Renseignez-vous auprès de votre mairie ou de la Croix-Rouge (www.croix-rouge.fr) pour connaître les possibilités proches de chez vous.

# Les dangers hors de la maison

Ils peuvent survenir à la piscine, au jardin, dans la rue, à la campagne.

## L'enfant à la piscine

Il y a de plus en plus d'accidents car il y a de plus en plus de piscines privées. Les parents ne sont pas suffisamment conscients du danger ; ils ne se rendent pas compte de la rapidité avec laquelle l'accident – souvent dramatique – peut se produire. Les noyades sont le plus souvent mortelles ou entraînent une perte d'oxygène du cerveau telle que l'enfant reste polyhandicapé s'il est réanimé. L'accident est d'autant plus grave qu'il n'est pas découvert dès sa survenue et que, du coup, les secours ne peuvent intervenir rapidement.

Sur la **règlementation** des piscines privées (piscines concernées, choix et installation de l'équipement…), consultez le site www.service-public.fr

### Des précautions essentielles pour les piscines privées

Toutes les piscines privées doivent obligatoirement être équipées d'un dispositif de sécurité afin de prévenir les risques de noyade des jeunes enfants. Dans le cadre de cette réglementation, quatre dispositifs peuvent être installés : barrière, couverture de sécurité, abri ou alarme. Ces protections sont indispensables tant que les enfants ne savent pas nager. L'association Sauve-qui-veut recommande une barrière de sécurité aux normes (hauteur d'au moins 1,10 m entre deux points d'appui, portillon) et rappelle que les équipements individuels de protection (bracelets, colliers, ceintures…) constituent uniquement des aides à la vigilance. Cette association met en garde contre les alarmes à détection par immersion (certaines ne se déclencheraient pas). En cas de non-respect de la loi, les propriétaires encourent des amendes pouvant aller jusqu'à 45 000 €.

Même avec un système de sécurité, la surveillance est essentielle. Ne laissez jamais seul un enfant (ou plusieurs, même sachant nager) autour de la piscine ou dans l'eau. Ne confiez jamais la surveillance des petits à des plus grands. L'accident arrive très vite, souvent par méconnaissance du danger. Un enfant se noie en quelques secondes, sans aucun bruit : il suffit de 20 cm d'eau pour mourir noyé en moins de trois minutes. Si la loi sur la sécurité des piscines ne concerne pas les bassins hors-sol, les pataugeoires et autres piscines gonflables, elles sont tout aussi dangereuses et la même prudence est donc de mise. Il faut absolument retirer l'échelle d'accès en dehors des heures de baignade et il est fortement recommandé d'installer une barrière de sécurité autour du bassin.

Deux dispositifs de **prévention contre les noyades** ont été mis en place sous la forme de leçons gratuites de natation pour les enfants âgés de 4 à 12 ans (p. 484).

**La surveillance** des adultes est essentielle mais pas suffisante, parce qu'elle peut être prise en défaut (un oubli, un instant d'inattention, une erreur de jugement). De plus, le jeune enfant explore le monde, est attiré par l'eau sans avoir conscience du danger, se déplace vite : son comportement est souvent imprévisible. C'est pourquoi, afin de prévenir ces accidents, les adultes doivent mettre en place des gestes et des mesures de **prévention**

simples : familiarisation précoce avec l'eau, apprentissage de la natation dès le plus jeune âge, gilet de flottaison ou ceinture à flotteurs, bouclée, dès que l'enfant se trouve dans l'aire de la piscine (même au bord de l'eau), sensibilisation des enfants au risque de noyade, installation de dispositifs de sécurité, numéro d'urgence – 15 et 18 – sur un portable à côté de la piscine, bouée et perche à proximité du bassin, connaissance des premiers gestes de secours. Un aîné a pu laisser ouverte la porte qui empêche l'accès à la piscine et l'adulte ne s'en est pas rendu compte : c'est une cause fréquente de noyade.

**Les bébés nageurs**

Les séances ont lieu dans les piscines publiques (p. 149).

### Les piscines publiques

La surveillance est assurée par les maîtres-nageurs-sauveteurs. Par prudence, ne perdez jamais de vue votre enfant tant qu'il ne sait pas nager.

## Le barbecue

Un enfant sur cinq, brûlé par flamme, l'a été par un barbecue. Les brûlures ainsi observées sont nettement plus graves que la moyenne. Saute de vent, courant d'air ou feu mourant que l'on ranime imprudemment avec de l'alcool à brûler, chemisette de nylon, et voilà l'enfant transformé en torche vivante. Des barbecues placés au ras du sol, éloignés des enfants, et l'interdiction absolue de tout liquide inflammable pour ranimer leur flamme, permettraient d'éviter ces drames.

## La tondeuse à gazon

Des accidents arrivent fréquemment : les enfants doivent toujours être tenus à l'écart d'une tondeuse à gazon.
Dans le jardin, évitez les **pesticides** : l'enfant ne doit pas être exposé à ces produits qui sont dangereux.
Rangez les **outils de jardin** dans un endroit inaccessible.

## Les accidents de circulation

Les plus fréquents arrivant aux jeunes enfants sont des accidents de piétons :

- l'enfant a traversé la route sans regarder ;
- il a lâché la main qui le tenait pour rattraper son ballon ;
- il jouait avec des petits amis et il est descendu sur la chaussée.

Donc, dès que l'enfant est en âge de comprendre, il faut lui apprendre à traverser la rue. Mais jusqu'à l'âge qui nous intéresse ici (4-5 ans), seuls comptent la main qui tient bien fermement la sienne et l'exemple : en vous voyant regarder à gauche et à droite avant de traverser, votre enfant apprendra à faire de même. Sur le trottoir, marchez côté rue, en lui donnant la main. Lorsque vous traversez la rue avec votre enfant dans sa poussette, soyez vigilant, il est le premier exposé.

Par ailleurs, sur les dangers de l'enfant en voiture et la nécessité de l'installer dans un siège adapté, voyez page 146.

En cas d'accident sur la voie publique, reportez-vous p. 387 et voyez les gestes à faire et ne pas faire.

## La campagne aussi a ses dangers

### Plantes dangereuses

En voici quelques-unes : le laurier-rose ; les fruits noirs produits par les plants de pommes de terre après leur floraison ; le figuier : le suc des tiges et des feuilles peut donner des brûlures de la peau et de la bouche ; le muguet : toutes les parties de la plante sont toxiques ainsi que l'eau du vase dans laquelle elle a été placée. Citons également : les fruits du marronnier d'Inde et les buissons-ardents (grappes de baies rouges).

**Dans les prés** : le colchique (fleurs roses et violettes), l'aconit (fleurs bleues, jaunes ou violettes, en pyramide), le genêt (fleurs jaunes).

**Dans les terrains vagues** : la ciguë qui ressemble au persil, la jusquiame (fleur jaune rayée de pourpre, plante comportant une seule tige), la stramoine (grande fleur blanche striée de violet, fruit couvert de piquants), la belladone (fleur pourpre, baies noires grosses comme des cerises).

La **surveillance** et l'**éducation** sont les meilleurs moyens d'éviter les accidents : n'oubliez pas que les petits enfants sucent et mâchonnent tout ce qui se trouve à leur portée. Méfiance également par rapport aux jeux de dînette utilisant des graines ou des fruits de plantes.

### Serpents

Voir *Morsures de serpents : vipère*, p 427.

### Arbres aux branches cassantes

Il s'agit plus particulièrement du cerisier. Là encore, il faut avertir l'enfant du danger, sans pour autant le surprotéger ou, *a contrario*, le faire vivre dans la crainte. Son esprit, très réceptif à l'idée de la maladie, enregistrera vos avertissements, et il se souviendra de l'endroit où il y a des vipères, de la fleur très dangereuse, de l'arbre sur lequel il ne faut pas monter.

**À noter dans votre téléphone ou sur la porte de l'armoire à pharmacie**

- Numéro de téléphone de votre médecin (généraliste et/ou pédiatre).
- 15 (SAMU) : en cas d'urgence et pour un avis médical.
- 18 (Sapeurs-pompiers) : accidents, incendie, explosion.
- 17 (Police/Gendarmerie).
- 112 : en cas d'urgence depuis tous les pays européens.
- 114 : urgence pour les personnes ayant des difficultés à entendre ou à parler (accessible par visiophonie, tchat, SMS ou fax, 24H/24, 7J/7.).

# Voyages et vacances

## Bon voyage !

En voyage, vous aurez à nourrir et à distraire votre enfant. Si vous voyagez en voiture, il faudra l'installer en toute sécurité.

### Nourrir

Vous allaitez votre bébé, donc rien à emporter sauf, en plein été, un biberon d'eau. Ayez aussi suffisamment d'eau pour vous, vous savez combien l'allaitement donne soif.
Il est nourri avec un lait infantile : prenez de quoi préparer le biberon à l'étape (eau, lait en poudre, ou encore du lait liquide, prêt à l'emploi). Ne préparez pas le biberon à l'avance. La poudre doit être ajoutée à l'eau au dernier moment. Ayez un biberon supplémentaire et de l'eau.
Si votre enfant est à l'âge des purées, emportez des petits pots (repas, compote), un yaourt, une bouteille d'eau minérale, son gobelet, sa cuillère et sa serviette.
Avant le départ, l'excitation coupe généralement l'appétit des enfants ; mais à peine ont-ils fait quelques kilomètres que déjà ils disent avoir faim. De petits en-cas seront appréciés, nourrissants sans être bourratifs : fruits frais, compotes, yaourts. Pour boire : de l'eau ou des petites briques avec paille (jus de fruits, lait, etc.). Pour essuyer la bouche et les mains, les lingettes sont pratiques.

### Distraire

Si vous voyagez en voiture, essayez au maximum de le faire pendant les heures de sommeil. Prévoyez des jeux : petites figurines, autos, animaux, jeux de société… Pas de lecture, ni d'images pour l'auto : elles bougent et fatiguent les yeux. En revanche, elles seront les bienvenues pour le voyage en train ; les crayons de couleur également. Des CD de chansons, de musique ou d'histoires (il en existe pour tous les âges) sont une bonne distraction. Vous n'oublierez pas les jouets préférés : l'ours, la poupée, etc. Votre esprit inventif sera également une bonne ressource : les parents savent chanter, raconter, inventer, lorsque l'agitation grandit…
En voiture, au moins toutes les deux heures, arrêtez-vous. Faites un vrai arrêt-promenade, où vous emmènerez l'enfant, un bon moment, courir en pleine nature ou bien se détendre sur une aire de jeux.

**_Avant le voyage_**

Si votre enfant est en âge d'apprécier ce cadeau, offrez-lui, la veille du départ, une petite valise, ou un sac à dos. Il sera très heureux d'y mettre ses affaires et les trésors qu'il voudra emporter avec lui.

### Le mal des transports

Il est courant qu'un enfant ait mal au cœur en voiture. Voici quelques précautions à prendre :

- un enfant a besoin de calme : essayez d'éviter l'agitation avant le départ ;
- partir à jeun, avoir fait un repas lourd, avoir expédié en vitesse une tasse de chocolat et des tartines, sont autant de causes de mal au cœur. Avant de partir, il faut un repas nourrissant mais léger : par exemple jus de fruits ou infusion, yaourt, fruits ;
- ne fumez pas dans la voiture. Le petit volume d'une voiture augmente la gravité des conséquences du tabagisme passif.

Cela dit, il est toujours mieux de se munir de sacs en papier fort au cas où l'enfant vomirait.
Si votre enfant est sujet au mal des transports, parlez-en au médecin qui prescrira peut-être un médicament (certains sont contre-indiqués chez l'enfant).

## Conseils de sécurité pour le voyage en voiture

Pour que toute la famille arrive à bon port, attention à la fatigue du conducteur. Il est conseillé de faire un arrêt toutes les deux heures, de se relayer au volant. Si des signes de fatigue apparaissent chez la personne qui conduit (bâillements, picotements des yeux, crampes dans la nuque, tête qui tombe en avant), il faut s'arrêter et céder sa place, ou se reposer un peu. Dans la voiture, arrimez bien tous les bagages, utilisez les ceintures de sécurité et installez vos enfants sur des sièges adaptés.
Tout enfant, quel que soit son âge, quelle que soit la durée du trajet, doit être correctement attaché grâce à un système correspondant à son âge et à son poids. L'usage de sièges adaptés (appelés « dispositifs de retenue pour enfants » – DRE) est

obligatoire, évitant à l'enfant d'être éjecté, amortissant le choc et protégeant les parties du corps les plus vulnérables (tête, cou, colonne vertébrale). Un enfant ne doit jamais être simplement pris dans les bras d'un adulte, même si celui-ci est attaché : en cas de choc, il serait éjecté de la même façon que s'il n'avait aucun système de retenue.

### Les sièges dos à la route

Ils sont à privilégier : en cas d'accident, c'est toujours cette position qui s'accompagne du moins de blessures. Ils sont recommandés même pour les tout-petits. Les enfants seront laissés dans un siège dos à la route le plus longtemps possible, par exemple jusqu'à 2 ans, sinon jusqu'aux limites de poids et de taille recommandées par le constructeur.

### Les sièges face à la route

Après 2 ans, vous utiliserez pour votre enfant un siège face à la route équipé d'un harnais 5 points. Vous changerez de siège lorsque l'enfant dépassera en poids et en taille les limites préconisées par le constructeur.

De plus en plus de véhicules sont équipés d'un système particulier pour fixer les sièges rapidement et de manière efficace : c'est le système Isofix. Si c'est le cas de votre voiture, choisissez un siège adapté à cette fixation.

Enfin, le **réhausseur** (ou sursiège) doit être gardé jusqu'à l'âge de 10-12 ans, selon la taille et le poids de l'enfant, afin que la ceinture de sécurité se positionne bien au niveau de l'épaule (pas trop près du cou).

**Soyez vigilants.** La dernière enquête de la prévention routière l'observe : deux enfants sur trois sont mal ou pas attachés en voiture. Sachez que le seul fait d'attacher votre enfant dans un siège adapté à sa morphologie permet de réduire de 50 % à 70 % le risque de blessures graves et de décès en cas d'accident.

### Autres précautions

À chaque départ, attention à la petite main qui s'accroche à la portière. Les cas d'enfants rendus handicapés pour la vie à cause d'une portière claquée trop vite ne sont pas rares. Et assurez-vous que les portières arrière sont bien fermées et que les enfants ne peuvent pas les ouvrir. Pensez à activer la sécurité pour enfant.

Quand vous vous arrêtez au bord de la route, ne laissez jamais un enfant seul dans la voiture, même endormi : il peut se réveiller, ouvrir la portière, être happé par une voiture avant que vous n'ayez eu le temps de vous en apercevoir. Faites toujours descendre les enfants du côté du trottoir et non pas du côté de la chaussée.

Rappelez-vous que le soleil frappant une voiture à l'arrêt en fait une fournaise. Des bébés sont morts par déshydratation dans une voiture laissée en plein soleil, ou quand l'ombre a tourné.

Sauf l'exception du bébé protégé dans son siège spécial, il est interdit d'installer un enfant de moins de 10 ans à l'avant de la voiture.

#### À noter

L'association Sécurange (www.securange.fr) souhaite sensibiliser les parents au fait que tous les sièges auto ne se valent pas. Elle met notamment l'accent sur l'importance d'un siège dos à la route pour une meilleure sécurité de l'enfant en voiture.

#### Attention

Il est interdit de placer le siège de l'enfant à l'avant de la voiture si l'airbag n'a pas été désactivé. En cas de choc, même léger, celui-ci pourrait blesser l'enfant ou l'étouffer en se déclenchant.

#### Pour la sécurité de vos enfants

- N'achetez que du matériel homologué. Évitez le matériel d'occasion.
- Fixez-le correctement en suivant les instructions du constructeur.
- Veillez à ce que l'enfant soit bien maintenu.

Ces conseils concernent tous les déplacements, surtout ceux du quotidien : les 2/3 des accidents mortels surviennent à moins de 15 km du domicile.

# L'enfant transporté sur un vélo

Se déplacer en famille et à vélo est un moyen agréable de joindre transport et activité physique. Mode de déplacement peu coûteux, silencieux, non polluant, le vélo doit cependant rester sûr. Pour cela, il faut :

- utiliser si possible des pistes et voies cyclables ou des rues à vitesse réduite. Les voies de halage sont bien adaptées à la pratique du vélo en famille : interdites aux voitures, elles sont souvent ombragées et il y a peu de dénivelé ;
- respecter le code de la route ;
- être entraîné à la pratique du cyclisme, redoubler de prudence et utiliser un vélo en bon état (freinage…) ;
- faire porter un casque à l'enfant (c'est obligatoire)… et à l'adulte, pour donner l'exemple ; et portez tous, enfants et adultes, des chasubles fluorescentes ;
- utiliser les moyens adaptés à l'âge de l'enfant.

Il est dangereux de transporter un enfant de moins de 1 an. Jusqu'à 4-5 ans, une remorque est préférable car elle se renverse rarement mais son utilisation est conseillée sur les voies cyclables ou à la campagne ; en ville, il y a trop de circulation. Pour les sièges, il vaut mieux choisir un modèle qui s'installe à l'arrière du vélo plutôt qu'à l'avant. Ne pas utiliser un siège si l'enfant dort.

**Et la moto ou le scooter ?** Transporter un enfant sur un deux-roues motorisé est autorisé mais fortement déconseillé avant l'âge de 12 ans en raison du manque d'habitude et de maturité du passager (www.preventionroutiere.asso.fr). Comme tout motard, l'enfant doit porter un casque homologué à sa taille. Il sera muni de vêtements protecteurs en tissu épais, couvrant bras et jambes, et de chaussures fermées. S'il a moins de 5 ans, il devra en plus être installé dans un siège spécifique.

# Peut-on faire voyager un bébé en avion ?

Rien ne s'y oppose, dès la 2e ou 3e semaine, si l'enfant va bien. Pendant le voyage, veillez à ce qu'il n'ait pas trop chaud et, si c'est le cas, faites-le boire un peu plus qu'en temps normal.

Au décollage et à l'atterrissage, donnez à boire au bébé quelques gorgées d'eau ou de lait de temps en temps : le liquide provoquera des mouvements de déglutition qui favoriseront l'entrée ou la sortie d'air des oreilles et lui éviteront d'avoir mal au moment des changements de pression atmosphérique.

En cas de rhinopharyngite, de végétations importantes, d'otite en évolution, il est préférable de prendre l'avis d'un médecin ORL avant de faire voyager un bébé en avion ; de même s'il s'agit d'un bébé prématuré.

Pour voyager à l'étranger, la carte nationale d'identité est nécessaire, même pour les bébés. Si le voyage a lieu hors de l'Union européenne ou de l'espace Schengen, il lui faudra un passeport.

**À savoir**

Sur les vols long-courriers (à partir de 4 heures de vol), il est souvent possible de réserver un berceau installé juste devant certaines places spéciales prévues pour les parents, et très confortable. Il y a cependant une limite de taille et de poids du bébé à respecter, autour de 70 cm et 10 kg, ou d'âge (moins d'un an) pour pouvoir en bénéficier. Le nombre de berceaux dans un avion étant limité, il faut également penser à en faire la demande le plus tôt possible.

# Bonnes vacances !

Il y a des parents qui, dans leur hâte de voir leur enfant « profiter », entreprennent, dès le premier jour des vacances, un programme intensif. Ils oublient qu'être en vacances, c'est d'abord se reposer. C'est vrai même pour le jeune enfant : la seule adaptation à un nouveau climat exige quelques jours de détente et cela d'autant plus que le changement d'habitudes crée de l'excitation chez les enfants. Même par la suite, quand cette « entrée en vacances » sera passée, vous ne devez pas oublier que le jeune enfant est vite fatigué. N'allez pas, sous prétexte de sport, l'entraîner dans des marches trop longues : à l'âge qui nous occupe, il n'y a pas vraiment de sport, il n'y a que des jeux.

## À la mer

Le climat marin est excellent pour les enfants et les vacances à la mer sont un plaisir pour tous. Profiter du grand air, du soleil est bon pour la santé : la vitamine D, qui se forme sous l'action des rayons ultraviolets, contribue à la croissance des os. Il y a quand même quelques précautions à prendre.

- Évitez l'exposition au soleil, entre 12 et 16 heures, c'est le moment où il est le plus dangereux.
- Utilisez des écrans solaires d'un indice de protection maximum. Ces recommandations sont encore plus importantes pour les enfants à peau claire, plus fragile. En cas de baignade, renouvelez l'application de crème toutes les heures.
- Pour les enfants à la peau sensible, il existe des combinaisons en Lycra®. L'enfant peut se baigner avec ; elle séchera sur lui en quelques minutes.
- Le petit enfant ne restera pas immobile au soleil, il doit bouger et aller de temps en temps à l'ombre.
- Une habitude à prendre : l'enfant au soleil portera toujours chapeau, tee-shirt et lunettes.

**Avant 6 mois**, il est déconseillé d'emmener un bébé sur la plage à cause de la chaleur, du vent, du sable, du soleil. Si vous ne pouvez vraiment pas faire autrement, une heure de plage par jour est un grand maximum pour votre nourrisson. Mais ne l'emmenez pas aux heures les plus chaudes ; ne le laissez pas dans son landau en pleine chaleur ; donnez-lui à boire régulièrement. Surtout, installez-le à l'ombre.

- Enfin, sachez que l'action des rayons solaires est très puissante à la mer à cause de la réverbération.
- Pas de séjour prolongé dans l'eau, surtout les premiers jours. À l'âge qui nous intéresse, le bain de mer n'est pas vraiment baignade, mais barbotage. D'ailleurs, laissez faire votre enfant : vous le verrez entrer dans l'eau, s'asseoir, se relever et courir sur la plage, faire des pâtés, etc. C'est bien suffisant.
- Entre 1 et 4 ans, le principal risque, c'est **la noyade**. Un enfant peut se noyer dans 20 cm d'eau. S'il tombe et qu'il a le visage dans l'eau, il risque de ne pas se relever. Donc, laissez-le barboter, mais sans le quitter des yeux
- Votre enfant a peur de l'eau ? C'est bien normal : la mer, c'est grand, c'est dangereux et cela fait du bruit. Pas de méthode brutale. Habituez votre enfant à l'eau en jouant avec lui tout au bord de l'eau, en creusant un canal dans le sable par exemple. Un beau jour, sans s'en rendre compte, votre enfant sera dans l'eau, sans que vous l'ayez forcé.
- Méduses : l'enfant a touché une méduse ? S'il est agité, incommodé, fiévreux, emmenez-le chez un médecin.
- Un enfant qui a été longtemps exposé à la chaleur, ou qui transpire beaucoup, doit entrer progressivement dans l'eau car il risque une hydrocution (p. 418).

**Attention**

Au coup de chaleur, au coup de soleil, à la déshydratation. Voyez ces mots au chapitre 6.

**Natation**

On peut familiariser l'enfant avec l'eau très jeune et lui apprendre à nager vers 4-5 ans : à cet âge, il peut commencer à coordonner ses mouvements et sa respiration, ainsi il saura bien nager vers 6-7 ans.

## À la piscine

Pendant les vacances, parents et enfants aiment profiter ensemble de la piscine, un bon endroit pour se détendre et s'amuser en famille. Mais quand on parle de piscine, il est nécessaire de mettre en garde contre les dangers possibles (p. 141).

**Les bébés nageurs**. Vous souhaitez peut-être faire participer votre enfant à des séances de bébés nageurs. Ces séances se déroulent dans les piscines publiques et peuvent être commencées dès la deuxième injection de vaccin (celle qui se fait à 4 mois, p. 358) si le nourrisson n'est pas sujet aux otites à répétition ou aux rhinopharyngites. Si votre bébé a eu des bronchiolites, ou s'il a la peau sèche et de l'eczéma, il vaut mieux renoncer à cette activité pour l'instant. Mais attention à ce terme de « bébés nageurs » : cet apprentissage précoce aux plaisirs de l'eau est une familiarisation au milieu aquatique et un plaisir à partager avec les parents. Ces enfants devront apprendre à nager eux aussi, d'autant plus vite d'ailleurs qu'ils n'auront pas peur de l'eau.

## À la montagne

Peut-on emmener un bébé à la montagne ? Pour le nourrisson de moins de 6 mois, la question est en discussion chez les spécialistes (il semble exister une augmentation du risque de mort subite pour les séjours prolongés à plus de 2 400 mètres d'altitude). En attendant qu'il y ait un consensus sur le sujet, il semble raisonnable d'éviter un tel séjour dans un site au-dessus de 1 200 mètres. Après 6 mois, un bébé en bonne santé peut supporter quelques jours dans une station de moyenne montagne. Chez les enfants plus grands, l'air non pollué de la montagne a un effet très bénéfique (notamment chez ceux qui sont asthmatiques ou sujets aux infections ORL à répétition). Ils peuvent apprécier de petites promenades et la découverte de magnifiques paysages. Pour le confort de votre enfant, et qu'il n'ait pas mal aux oreilles, pensez à faire des paliers à la montée et à la descente en voiture.

**L'enfant et le ski.** À quel âge commencer ? 5-6 ans, c'est une bonne moyenne, l'enfant peut déjà bien s'amuser. Certains apprécient de commencer plus tôt, vers 3-4 ans. Mais ne pas oublier cependant que l'enfant se fatigue et se refroidit vite. Certains parents portent sur leur dos leur bébé, même tout petit, lorsqu'ils font du ski de piste ou du ski de fond. Ceci est tout à fait déconseillé parce que, même bien couvert, l'enfant risque d'avoir très froid puisqu'il ne bouge pas. Il y a eu des accidents (pieds gelés). Par ailleurs, le port du casque est fortement recommandé pour les enfants sur les pistes.

**Attention au soleil** dont l'action est très puissante en montagne à cause de la pureté de l'air : comme à la mer, l'enfant doit porter des lunettes, être protégé par une crème solaire (indice maximum) et porter un chapeau ou une casquette à large visière.

## À la campagne

Les vacances, cela ne signifie pas nécessairement mer ou montagne. Tout changement d'air est bénéfique pour le petit enfant de la ville. Un séjour à la campagne éveillera sa curiosité et ses sens. Ce changement d'environnement sera l'occasion de voir des animaux qu'il ne connaissait que par des illustrations, d'observer arbres et plantes, de sentir de nouvelles odeurs, de nouveaux parfums. Avec vous, il appréciera de découvrir la nature loin de la foule et de son agitation.

Cependant, la campagne a aussi ses dangers. Le plus grand : le bain de rivière avec son risque de noyade. En outre, la rivière peut être polluée. Renseignez-vous auprès de la mairie. Si vous êtes dans une région à vipères, et si vous emmenez vos enfants se promener dans des terrains broussailleux, mettez-leur des bottes. Cela les protégera également des morsures de tiques (voyez les articles *Vipères* et *Tiques* chapitre 6).

## Le décalage horaire

Il pose en général peu de problèmes aux **bébés** car leur rythme veille-sommeil est moins étroitement lié aux 24 heures que chez les adultes. Les premiers jours, insistez un peu sur des jeux ou sorties à la lumière du jour : lumière et activités sont en effet les principaux « donneurs de temps » qui permettent de s'adapter au nouveau rythme.

Pour les **enfants plus grands**, le décalage ressemble à ce que connaissent les adultes et sera géré de la même façon. Dans le sens Est-Ouest (vers les Antilles, par exemple), il faut tenter de garder les enfants éveillés le plus longtemps possible le premier jour : dès l'arrivée, proposez une sortie dans l'après-midi, ce qui empêche la sécrétion de mélatonine, l'hormone du sommeil. Les jours suivants, tout le monde se réveille tôt (voire très tôt) mais, petit à petit, l'heure du lever se décale et, en moins d'une semaine, tout est réglé. Dans le sens Ouest-Est, il faut un peu plus de temps pour se caler sur les nouveaux horaires. Choisissez le matin des activités extérieures à la lumière et, le soir, privilégiez les ambiances peu éclairées et peu excitantes.

### Voyager dans un pays lointain

Des précautions sont à prendre pour la santé de l'enfant. Reportez-vous au chapitre 6, p. 361 et suiv.

# Vacances et premières séparations

Dès que leur enfant entre à l'école, parfois même avant, l'organisation des vacances pose des problèmes à bien des parents. La plupart n'ont pas autant de vacances que leurs enfants, la crèche peut fermer pour quelques jours ou l'assistante maternelle être en congé. Quand les parents ont la chance de pouvoir confier leur enfant à leurs propres parents, ils se demandent si le séjour peut durer une, voire deux semaines. La réponse dépend de l'âge de l'enfant mais aussi de la forme physique, de la disponibilité et de la personnalité des grands-parents.
**Jusqu'à 2 ans ½-3 ans**, une séparation trop longue risque de déstabiliser l'enfant ; mieux vaut prévoir des séjours courts (pas plus d'une semaine). Si l'enfant connaît bien ses grands-parents, s'il les voit régulièrement, il s'adaptera en général plus facilement. S'il ne les connaît pas bien, ceux-ci choisissent souvent de venir le garder au domicile des parents. Ou bien les parents établissent une continuité, par exemple en restant deux ou trois jours chez les grands-parents avant de laisser leur enfant.
Pour aider l'enfant à bien vivre ce séjour, et vous-même à moins le redouter, parlez-en ensemble, préparez avec lui sa valise. Mais ne le faites pas trop tôt : le petit enfant n'est pas capable de se repérer dans le temps. L'évoquer un ou deux jours avant est suffisant, sinon cela peut l'inquiéter.
Lorsque vous confiez votre enfant, soyez détendu, ne le faites pas à la va-vite, et essayez de ne pas transmettre trop d'émotions au moment du départ. Rappelez-vous que nos appréhensions, nos inquiétudes de parents, résultent souvent de projections qui sont liées à ce que nous ressentons : « Va-t-il s'endormir sans moi ? » peut aussi signifier que nous avons peur que l'enfant nous manque.
Si c'est possible, donnez de vos nouvelles pendant votre absence : entendre votre voix au téléphone rassurera votre enfant. Mais cela peut être perturbant pour certains.
Anna, 5 ans, est en vacances chez ses cousins qu'elle connaît bien et avec lesquels elle aime jouer. Un échange avec ses parents est organisé en visioconférence. Elle paraît d'abord contente puis, peu à peu, son visage se décompose et, la conversation terminée, elle éclate en sanglots : « Je veux voir mes parents, je suis triste. » Son oncle et sa tante la prennent dans les bras et la consolent. Les jours suivants, ils préféreront lui donner indirectement des nouvelles : « Tes parents ont téléphoné hier soir quand tu dormais, ils pensent à toi et t'embrassent très fort. » L'émotion avait été trop forte.
**À votre retour**, les retrouvailles se feront également en douceur : qu'elles se passent chez vous ou chez ceux qui se sont occupés de lui, laissez à votre enfant le temps de vous retrouver et de quitter ceux qui l'ont gardé.
Les séparations sont en général pour les enfants l'occasion de devenir plus autonomes. Elles peuvent renforcer chez les parents le désir de passer du temps avec leur enfant. Pour chacun, se quitter, vivre l'absence, parfois le manque de l'autre, crée un profond plaisir à se retrouver.

### *Ne pas oublier*

Si vous confiez votre enfant à des proches :

– remettez-leur le carnet de santé : toutes les informations relatives à l'enfant y sont consignées, notamment les vaccins, les allergies... ;

– donnez-leur quelques indications sur ses habitudes (sieste, doudou/tétine, repas...), les éventuels traitements... Indiquez le poids de votre enfant au cas où il serait nécessaire de lui donner un médicament.

# L'enfant et l'animal

Le monde de l'enfance est peuplé d'animaux, très tôt et sous toutes leurs formes ; dès la naissance, on donne à l'enfant des animaux en peluche, ce lapin ou cet ours qui l'accompagneront plusieurs années. Dans son bain, très jeune, il s'amuse avec un canard et des poissons. Les premiers livres d'images qu'il regarde représentent des animaux dont on imite les cris qu'il répète à son tour. À la campagne, tout ce qui bouge l'intéresse, de la fourmi au cheval en passant par les animaux de la basse-cour, et aucun ne l'effraie. La visite d'une ferme pédagogique est un vrai moment de fête pour les enfants dès 2 ans car ils peuvent approcher, caresser et même parfois nourrir leurs animaux préférés, que ce soit les moutons, les chèvres, les poules, les ânes ou encore les cochons.

Mais il arrive un jour où l'enfant demande un animal, un vrai, pour lui. Faut-il accepter ? Faut-il refuser ? Les parents sont souvent bien embarrassés. Voici quelques éléments qui vous permettront peut-être de décider.

Du côté des **avantages**, d'ordre pédagogique d'abord, l'animal permet d'acquérir le sens de la responsabilité. En fonction de son âge, l'enfant s'occupera de lui ; il apprendra à le respecter et à ne pas le malmener, à ne pas le faire obéir à tort et à travers, pouvoir tentant pour un enfant. Aimer un animal, se sentir aimé de lui, renforce la confiance que l'enfant a en lui.

Tout animal demande des soins, même ceux qui sont peu exigeants, peu encombrants : un hamster, un poisson, une perruche. Quant aux chiens ou aux chats, ce sont des animaux familiers qui deviennent de vrais compagnons. L'animal choisi dépendra bien sûr de l'endroit où vous habitez : ville ou campagne, appartement ou maison.

Avoir un chat, c'est pouvoir le porter dans ses bras, l'observer quand il se nourrit, quand il fait sa toilette, quand il dort. Le chien est l'ami fidèle, toujours présent, joueur, le confident, celui qui console.

Mais il y a des **réserves**. Le risque d'allergie et de griffures avec les chats, celui de la morsure avec les chiens (si vous avez un animal, il sera bien sûr vacciné). Le petit enfant peut avoir des gestes brusques envers un chien, qui va réagir en mordant, non parce qu'il est agressif, mais pour se défendre. L'animal peut aussi avoir un comportement inattendu : par exemple, bouleversé par la naissance d'un bébé, il peut, par jalousie, mordre l'aîné. Il faut être vigilant. De toute façon, il est bien d'apprendre à un enfant qu'on ne caresse jamais un chien qu'on ne connaît pas, sauf en présence du propriétaire de l'animal. Il y a aussi une limite au contact ou à l'intimité : l'animal dans le lit de l'enfant, c'est déconseillé et dangereux. Enfin, il faut penser à la contrainte que représentent un chien ou un chat : il n'est pas toujours possible de l'emmener en vacances.

Posséder un animal, c'est joyeux et vivant dans une famille mais ce sont des responsabilités que les parents et les enfants doivent connaître.

**À éviter**

Les nouveaux animaux de compagnie (NAC), notamment tortues et reptiles, qui peuvent transmettre des infections graves.

**Attention**

Il ne faut jamais laisser un petit enfant seul avec un chien, même familier, car il peut avoir un comportement imprévisible et dangereux.

# La journée d'un enfant lorsque ses parents travaillent

À qui allez-vous confier votre enfant pendant la journée : à une assistante maternelle (que les parents appellent souvent « nounou »), à une crèche, à une personne qui viendra chez vous ? La question ne se pose pas vraiment en ces termes car votre choix peut être limité par les possibilités qu'offre votre quartier ou par des contraintes de budget. Quoi qu'il en soit, voici les différentes caractéristiques de ces modes de garde. Dans tous les cas, l'adaptation sera progressive et vous trouverez au chapitre 4 le détail des précautions à prendre pour que l'enfant s'habitue bien à ce changement.

## Chez une assistante maternelle

L'assistante maternelle, formée, agréée, est une professionnelle de la petite enfance. Elle accueille l'enfant, à son domicile (chapitre 7). Elle habite souvent près du domicile des parents, ses horaires sont souples, elle peut garder l'enfant lorsqu'il est malade ; ce sont des avantages appréciables. Dans de nombreuses villes, il existe des **relais d'assistantes maternelles** qui pourront vous fournir la liste des personnes agréées. Ils proposent d'ailleurs des activités auxquelles les assistantes maternelles peuvent participer avec les

enfants dont elles ont la garde (sortie à la bibliothèque, atelier-jeux, spectacle de marionnettes…) : cela permet d'introduire des moments de collectivité pour les enfants dans ce mode de garde plutôt individuel.
Une des premières questions à se poser pour le choix d'une assistante maternelle est de savoir si elle aime les enfants. Est-elle prête à accepter leurs différents rythmes ? Lors du premier rendez-vous, n'hésitez pas à lui poser toutes vos questions relatives à l'organisation des journées et de la maison, à ses contraintes d'horaires ou de vacances, aux autres personnes habitant à son domicile… Vous verrez aussi comment elle accueillera votre enfant lors de la semaine d'adaptation progressive qui est conseillée avant la reprise du travail. Vous devez vous sentir en confiance ainsi que votre enfant.
Observez votre enfant au bout de quelques jours : s'il continue à bien dormir, s'il ne pleure plus en franchissant la porte de sa « nounou », s'il lui sourit, s'il accepte d'être porté dans ses bras, s'il paraît détendu au moment des retrouvailles, si elle vous fait part de détails de la journée avec gaieté et gentillesse, c'est gagné, une confiance réciproque s'établira entre vous. Si un enfant pleure en arrivant, cela ne signifie pas forcément qu'il y a un problème mais que la séparation est encore difficile avec sa maman ou son papa. Par la suite, veillez à ce que l'assistante maternelle accompagne et suscite les progrès de votre enfant, échangez vos idées sur l'éducation : soumettez-lui des idées, acceptez qu'elle vous en donne. **Dialoguez avec elle, elle pourra vous rassurer sur certaines questions** : alimentation, sommeil, angoisse de la séparation, agressivité…
Mais si votre enfant est triste et grognon ou, au contraire, s'il est agressif sans raison, ou bien s'il présente des difficultés de sommeil ou d'alimentation, vous vous demanderez peut-être s'il est heureux dans la journée. Rien ne vous empêche de venir une fois à l'improviste ou d'interroger des parents qui viennent chercher leur enfant plus tôt et voient comment se comporte votre bébé. Cette « surveillance » peut paraître un peu gênante à exercer mais il est normal d'être vigilant lorsqu'on confie son enfant.
Si votre enfant doit changer d'assistante maternelle ou la quitter, par exemple pour entrer à l'école, conservez des liens avec elle pendant quelque temps, en allant la voir ou en lui téléphonant. Les enfants apprécient de retrouver leur « nounou », de constater que les liens sont toujours là, d'avoir le récit de souvenirs d'un temps passé finalement proche.

### *Les écrans*

Questionnez aussi l'assistante maternelle sur la place qu'elle donne aux écrans : la télévision est-elle allumée quand les enfants jouent au salon ? Est-ce qu'elle l'utilise parfois pour les occuper ? De quelle façon ? Soyez vigilant car les écrans interfèrent avec un bon développement de l'enfant (p. 131).

## La crèche collective

Les crèches sont conçues et aménagées pour accueillir des enfants avant l'entrée à l'école maternelle. C'est un mode de garde collectif qui se différencie de celui, plus individuel, de l'assistante maternelle. C'est parfois un critère de choix des parents.
Voici comment est organisée la structure d'encadrement de la crèche. Il y a d'abord une puéricultrice diplômée d'État (DE) qui,

après ses études d'infirmière, s'est spécialisée durant une année supplémentaire. C'est elle qui, comme directrice de la crèche, est responsable de la santé et du développement des enfants. À ses côtés, les auxiliaires de puériculture s'occupent des soins quotidiens. Il n'est pas rare qu'à partir de 2 ans, ce rôle soit tenu par une éducatrice (ou un éducateur) de jeunes enfants. Un pédiatre vient une fois par semaine pour la surveillance médicale. Souvent, un psychologue est attaché à la crèche, aussi bien pour répondre aux difficultés individuelles d'un enfant et de sa famille, que pour aider l'établissement à répondre aux besoins psychologiques de l'ensemble des enfants.

Pour qu'ils s'habituent aux effets de la collectivité, les enfants sont souvent répartis en petits groupes, pris en charge par deux ou trois **auxiliaires ou éducatrices « référentes »** : c'est avec elles qu'ils ont le plus d'échanges et ce sont également elles qui ont une relation privilégiée avec les parents. Lorsque Léon arrive à la crèche le matin, son visage s'illumine en apercevant Hayat, son auxiliaire préférée !

Il peut arriver que certains bébés aient de la peine à s'habituer au nombre d'enfants, aux différents adultes. Cela peut vous inquiéter. En général, la directrice de la crèche, l'auxiliaire référente, parviennent à vous rassurer et à aider votre enfant à franchir ce cap délicat. C'est d'ailleurs pour éviter ces réactions que l'intégration à la crèche se fait toujours progressivement, en une à deux semaines, avant la fin du congé de maternité. Le changement est également progressif lorsque les enfants changent de section, c'est-à-dire passent de leur groupe à un groupe plus âgé, et changent aussi de cadre et d'auxiliaires de puériculture. Dans certaines crèches les enfants sont répartis en petits groupes d'âges mélangés. Dans d'autres, les auxiliaires et les éducatrices suivent leur groupe d'enfants de leur arrivée à leur départ. N'hésitez pas à parler de ces différentes organisations avec la directrice qui vous accueillera.

Une des préoccupations majeures de la crèche est de respecter le milieu familial et culturel ainsi que l'histoire de chaque enfant ; celui-ci sent alors qu'il existe une continuité entre le personnel et ses parents. Ce lien trouve ses temps forts lors de l'inscription, puis chaque jour au moment de l'arrivée et du départ de l'enfant. Lors de l'inscription, l'auxiliaire référente va certainement vous demander de décrire de manière détaillée les habitudes de votre enfant : ce qu'il aime faire, ce qu'il n'aime pas, son rituel pour s'endormir, son besoin de doudou ou de tétine, son caractère… Puis chaque matin en arrivant, vous direz comment se sont passés la nuit et le réveil ; le soir les auxiliaires vous raconteront le déroulé de la journée (siestes, repas, jeux…).

*« J'apprécie particulièrement ces échanges avec l'équipe de la crèche le soir. Savoir les activités que ma fille a aimées, si la sieste s'est bien déroulée, avec quels enfants elle a joué… de précieuses informations pour imaginer un peu sa journée et en reparler le soir avec elle »,*

*dit la maman d'Alice.*

## Le bébé dort encore beaucoup

Il fait de longues siestes. Les auxiliaires vont respecter ses besoins en sommeil, ses horaires, ses habitudes ; elles vont organiser autour de lui la vie la plus calme possible. Il en est de même pour les repas : elles s'efforcent de tenir compte pour chaque enfant des variations de son appétit et de ses goûts. Quand vous commencerez à diversifier l'alimentation du bébé, la crèche suivra les indications que vous lui donnerez.
Pour stimuler les progrès sensorimoteurs des enfants, tout un matériel est mis à leur disposition : mobiles musicaux, objets de couleurs vives à palper, à tirer, à encastrer, coussins pour l'aider à se mettre à quatre pattes, meubles bas pour se hisser et accompagner l'apprentissage de la marche, livres à toucher. La plupart des crèches ont une cour extérieure : quand le temps le permet, les bébés sont emmenés dehors, dans des transats, pour profiter du grand air, des bruits environnants, de la lumière du jour.

## Chez les enfants plus grands

Des objectifs plus précis sont mis en avant : **apprentissage de la vie en collectivité, de l'autonomie**, perfectionnement de l'expression (langage, dessins). Pour les plus grands, la crèche devient une préparation à l'école maternelle. Le sommeil se limite souvent à la sieste de l'après-midi, il est variable en durée d'un enfant à l'autre. Les repas deviennent de plus en plus un moment de plaisir auquel contribuent le confort (petites tables à leur taille), la diversité des menus et la présentation (goûts et couleurs) : on trouve là l'occasion d'une véritable éducation du « bien manger » et du goût dont on espère qu'elle s'ancrera profondément dans le comportement de l'enfant. Les goûters sont souvent l'occasion de réjouissances où l'on célèbre fêtes et anniversaires (préparation de gâteaux, cadeaux…).
Les activités proposées deviennent plus élaborées : exercices sensoriels ; rondes, comptines, « ateliers » de peinture, collage, pâte à modeler ; moments festifs à l'occasion de Noël ou du carnaval ; confection de cadeaux pour les parents ; parcours de motricité ; jeux dans la cour (toboggan, voitures à roulettes, tricycles) ; dînettes, jeux de construction… De plus, la crèche s'ouvre sur l'extérieur grâce à des sorties diverses organisées pour les plus grands : ludothèques,

bibliothèques, spectacles, promenades en campagne et en forêt, visite de ferme... Quand ils le peuvent, les parents sont invités à participer à ces animations.

### Lorsqu'un enfant est malade, peut-il aller à la crèche ?

C'est une question à aborder au moment de l'inscription car les crèches n'ont pas toutes les mêmes habitudes. Certaines par exemple acceptent les enfants malades s'ils ne sont pas contagieux et peuvent même consentir à donner un traitement s'il est accompagné d'une ordonnance. D'autres crèches sont moins tolérantes. De toute façon, il faut prévoir une solution de remplacement pour le cas où l'enfant serait malade, ce qui est fréquent les premières années. La loi prévoit des jours de congé, non rémunérés, en cas de maladie de l'enfant (chapitre 7). Certaines conventions collectives proposent des dispositions analogues. Si votre bébé est malade, essayez de vous arrêter de travailler un jour ou deux pour qu'il puisse rester à la maison. Ou, si c'est possible, confiez-le à ses grands-parents ou à une assistante maternelle qui pourront le garder dans le calme, surveiller sa température et lui donner ses médicaments. Lorsqu'un bébé ou un jeune enfant malade a de la fièvre, il a besoin de tranquillité, de repos et de beaucoup dormir, surtout au début de sa maladie. Il guérira d'autant plus vite que ces besoins seront respectés.

## Autres lieux d'accueil collectif

**La crèche familiale** se situe entre l'assistante maternelle et la crèche collective. Il s'agit d'un réseau d'assistantes maternelles encadrées par une petite équipe (puéricultrice, pédiatre, etc.), installée dans un local, un appartement privé, ou appartenant à la mairie. La crèche familiale s'occupe du recrutement des assistantes maternelles, de leur formation, de l'accueil des parents, du paiement, des locaux, du matériel. C'est un système plus souple que la crèche collective puisque les enfants y sont peu nombreux. À partir de 18 mois, les enfants sont regroupés un à deux jours par semaine pour des séances de jeux et d'éveil collectifs.
**Les crèches parentales** sont organisées sous la responsabilité des parents ; ce sont eux qui prennent l'initiative de leur création et qui en assurent la gestion, mais en association avec des professionnels.
**Les crèches d'entreprise** sont implantées sur le lieu de travail des parents et s'adaptent à leurs horaires.
**Les haltes-garderies** ont pour vocation d'accueillir, pour une durée maximale de 10 jours par mois, les enfants (de 2 mois à 3 ans) dont un des parents n'exerce pas d'activité professionnelle. Certaines haltes-garderies acceptent des enfants dont les mères travaillent à temps partiel. Le mode d'accueil est différent d'une halte-garderie à l'autre : âge d'accueil, horaires, conditions d'admission, etc. Certaines équipes acceptent des enfants dont la santé est fragile ou qui ont un handicap. Pour certains enfants, les haltes-garderies sont le premier endroit où ils ont un contact avec d'autres personnes que la famille, faisant ainsi en douceur l'apprentissage de la séparation.

**À savoir**

Quel que soit le mode de garde choisi, l'adaptation de l'enfant va dépendre de l'accueil qui lui est fait, de son tempérament, de la manière dont la séparation a été préparée, de la façon dont les parents la ressentent. C'est surtout cela qui compte et qui permet à l'enfant de prendre ses marques, quel que soit son âge.

## L'enfant gardé à la maison

### Par une personne salariée

Une solution est de recruter une personne qui viendra à domicile garder un ou plusieurs enfants. Assurez-vous de ses qualités humaines, de sa compétence et de son état de santé. A-t-elle des références ? Pouvoir interroger ses employeurs précédents permet d'obtenir des renseignements. Cette personne va s'occuper de votre enfant toute la journée, sans avoir la visite régulière d'un professionnel de la petite enfance, comme c'est le cas chez l'assistante maternelle. Il est donc particulièrement important de se renseigner sérieusement, d'autant plus que lorsqu'une personne est engagée, on ne peut s'en séparer si facilement. Enfin, il est souhaitable qu'elle vienne chez vous avant que vous ne repreniez votre travail, afin que l'enfant s'habitue peu à peu à elle et qu'il sente qu'elle a votre confiance.
L'avantage est de pouvoir laisser l'enfant dans son cadre habituel mais c'est une option onéreuse pour une seule famille. C'est pourquoi, souvent, deux familles s'entendent pour partager les frais. Ainsi, certains parents font le choix de la **garde partagée**. L'auxiliaire familiale garde les enfants de deux familles. Elle vient en alternance à chaque domicile, une semaine (ou une quinzaine) sur deux. Ou elle reste dans le même domicile. Cela permet à l'enfant d'être gardé par la même personne, d'avoir le même camarade de jeux, d'être souvent à la maison. C'est souple pour lui et pour les horaires de travail des parents. Ce choix demande une bonne entente entre les deux familles car toute tension ou tout conflit se trouvent amplifiés par le changement de territoire et d'habitudes. Il faut bien préciser au départ les engagements et les tolérances de chacun.

### Par l'un des parents ou les grands-parents

L'enfant est souvent gardé par sa maman ou son papa dans le cadre d'un congé parental. Dans ces cas, il est conseillé de veiller à organiser des moments de socialisation pour que l'enfant soit en contact avec d'autres. Il existe plusieurs possibilités pour cela : aller régulièrement dans les aires de jeux et parcs publics, organiser des après-midi en commun avec d'autres familles dans la même situation, ou encore se rendre dans les « lieux d'accueil parents-enfants » de la commune. Ces derniers sont réservés aux parents (ou grands-parents) qui gardent leur enfant à la maison. Des activités collectives mais également des rencontres avec des professionnels de la petite enfance y sont proposées afin de répondre à leurs questions.

### Lorsque plusieurs personnes gardent un enfant

Par exemple, le papa ou la maman amènent leur bébé à la crèche et c'est la grand-mère qui vient le chercher le soir. Il est parfois difficile pour le jeune enfant d'avoir plusieurs figures d'attachement, et il n'est pas rare de le voir passer d'un visage à l'autre, comme s'il hésitait, lorsqu'on vient le reprendre. Il est important de laisser s'installer les retrouvailles dans un rythme tranquille, de laisser aux uns et aux autres le temps de se reconnaître, et surtout qu'il n'y ait ni rivalité ni tensions.

**Les jeunes stagiaires au pair**

Ils ne peuvent constituer qu'une solution d'appoint – le temps de travail est plafonné – qui convient mieux à des enfants d'âge scolaire. Confier des petits enfants à des jeunes, en général inexpérimentés, c'est charger ces derniers d'une trop grande responsabilité.

**À noter**

Pour tous les renseignements pratiques sur les modes de garde, consultez le chapitre 7, p. 479-483.

# De plus en plus autonome

Lorsque leurs enfants sont petits, les parents rêvent parfois aux moments où ceux-ci commenceront à se débrouiller seul. Pourtant, lorsque peu à peu l'autonomie se dessine, et donc, une certaine indépendance, les parents craignent souvent que leur enfant puisse se passer d'eux, se détacher d'eux. C'est une crainte infondée, votre enfant aura toujours besoin de vous, même très longtemps, mais différemment. Cette inquiétude peut pousser certains parents à être constamment aux côtés de leur enfant pour l'aider à faire tel ou tel geste.

Amina va bientôt entrer en deuxième année de maternelle. Sa mère l'appelle toujours « mon bébé » et elle dit avoir du mal à imaginer sa fille grandir et passer chez les moyens. Elle envisage déjà de se lever une demi-heure plus tôt pour avoir le temps de se préparer et d'habiller Amina alors qu'en réalité cette dernière commence à se vêtir seule et veut montrer qu'elle peut y arriver sans l'aide de sa mère.

S'il est trop couvé, protégé, assisté, l'enfant peut être fragilisé dans ses acquisitions et sa confiance en lui. Ne le bridez pas trop, sans bien sûr le laisser livré à lui-même. Soyez présent et laissez-le faire seul ses expériences et ses preuves : cela fait aussi partie des apprentissages qui font grandir. Une des difficultés réside dans la place à laisser à son enfant pour qu'il ait le sentiment d'être libre d'agir tout en lui procurant un environnement sûr et valorisant.

Un autre obstacle fréquent sur le chemin de l'autonomie, c'est le fait que les parents sont pressés, voire stressés. Ils trouvent que cela va plus vite de faire les choses eux-mêmes, ils n'ont ni le temps ni la patience d'attendre. Il faut accepter de laisser faire les enfants, même si cela prend un peu plus de temps. Rien ne sert de les bousculer, ils apprennent par eux-mêmes, à leur rythme.

Florian, le papa de Liam (3 ans), est surpris quand, dès le premier jour de son entrée à l'école maternelle, l'enseignante lui demande de laisser son fils se débrouiller – ce qu'il n'avait pas fait jusqu'alors – pour se déshabiller, accrocher son blouson au portemanteau, mettre seul ses chaussons.

**« À quel âge un enfant peut-il faire ceci ou cela ? »** demandent souvent les parents. Voici quelques indications. Cependant, il ne s'agit pas de dresser une liste rigide et exhaustive : aucun enfant ne ressemble à un autre, chacun apprend à son heure et selon son rythme. C'est d'ailleurs pourquoi il est important de ne pas faire de comparaisons entre les enfants.

## L'enfant va peu à peu manger seul

- **Dès 4-5 mois**

Le bébé montre le plaisir qu'il a à mettre la main sur le biberon et à le palper, et un peu plus tard à sentir la cuillère et à se familiariser avec elle. Vers 6-7 mois, confortablement installé sur vos genoux, il commence à boire au gobelet, au début il en tète le bord. À 8 mois, il tient bien assis et peut saisir les objets : il apprécie d'être dans sa chaise haute, très content d'être « à table » comme les grands.

- **9 mois**

Il sait tenir son biberon, le met dans sa bouche tout seul, le retire quand il est terminé. Restez à ses côtés pour qu'il ne boive pas trop vite. Si on lui donne un biscuit, il le tient avec les cinq doigts, le suçote avec grand plaisir, mais en se salissant beaucoup. À cet âge, et bien au-delà, le bébé aime prendre les aliments avec les doigts. Cela ne se fait pas sans éclaboussures… Mais votre enfant va acquérir de plus en plus d'adresse et de précision !

- **12 mois**

Il tient le biscuit entre le pouce et l'index ; il sait retirer un objet de sa bouche : c'est rassurant quand on lui donne un croûton de pain. Il reconnaît les plats, en refuse certains.

- **15 mois**

Il pointe du doigt ce qu'il désire manger, parfois juste pour le goûter et le reposer ensuite. Il peut tenir seul son gobelet des deux mains et essaie de se servir seul de la cuillère, la tenant souvent à l'envers.

- **18 mois**

Il se sert d'une cuillère pour les aliments solides, arrive à tenir son gobelet d'une main mais le renverse fréquemment. Il aime manger seul une partie du repas mais il se fatigue au bout d'un moment et veut qu'on l'aide.

- **21 mois**

Maintenant il peut manger seul de tout, mais pas encore très proprement, il est préférable de le laisser faire. Il apprécie de piquer les morceaux avec une petite fourchette.

- **2 ans**

Il fait de grands progrès. Jusque-là, il fallait une serviette par repas ; il arrive maintenant qu'elle reste presque propre jusqu'à la fin du repas.

***À noter***

Placez les aliments dans une assiette creuse ou une petite coupe : c'est plus facile pour l'enfant qui commence à manger seul.

Mais attention : l'enfant mange bien un jour, et maîtrise beaucoup moins bien le lendemain. Dans ce domaine comme dans les autres, l'acquisition n'est pas définitive.
Lorsqu'il veut qu'on s'occupe de lui, il fait semblant de ne plus savoir manger seul et souhaite qu'on le nourrisse comme un bébé. Ne refusez pas sous prétexte qu'il est grand. Il est peut-être fatigué ou il a besoin de savoir que vous êtes là pour lui. D'ailleurs, au bout de quelques cuillerées, il voudra probablement à nouveau manger seul.
Son goût du rite se manifeste également à table : il aime que les repas se déroulent toujours de la même manière, que les objets se retrouvent à la même place, gobelet, serviette, etc. Dans ce domaine, comme dans d'autres (par exemple pour ses jouets dans le bain ou ses peluches le long du lit), l'enfant de cet âge aime retrouver ses repères habituels.

- **2 ans ½**

Il manie bien la fourchette. Pour la purée, il lui faut encore une cuillère. Il veut se servir lui-même dans le plat, cela lui donne quelques difficultés. Mais laissez-le faire : il sera si fier ! Et plus tôt vous le laisserez faire, plus vite il y arrivera. C'est d'ailleurs vrai dans de nombreux domaines. À l'école maternelle, les enseignants voient arriver des enfants très différents : certains dégourdis et autonomes, d'autres qui ne savent rien faire seuls.

- **3 ans**

À partir de cet âge, il commence à se tenir correctement à table car il devient de plus en plus habile. Mais il ne faut pas que le repas dure trop. Parfois, il se lasse de manger seul et demande de l'aide, c'est compréhensible. Il en profite à la maison car, à la cantine, il faut se débrouiller seul…

- **4 ans**

Il se sert d'un couteau (à bout rond ou non tranchant) pour faire des tartines de beurre ou couper son fromage. Il n'a pas encore assez de force pour couper sa viande. Il n'y arrivera pas avant 6 ou 7 ans.
Il aime aider à mettre le couvert et participer à la préparation du repas (comme maman et papa).

# L'enfant va s'habiller seul

Il faudra plusieurs années à votre enfant pour apprendre à se déshabiller et surtout à s'habiller tout seul (c'est plus facile d'ôter que de mettre) et chaque fois qu'il fera un progrès, il en concevra une grande fierté : mettre une veste, fermer une boutonnière ou une fermeture à glissière, lacer ses chaussures seront pour lui de grandes satisfactions. Ne l'en privez pas. Mais ne lui demandez pas d'accomplir des gestes trop tôt, cela le mettrait en difficulté.
Même lorsqu'il est tout petit, parlez à votre enfant de ce que vous faites lorsque vous l'habillez. Il aime participer à son habillement, par exemple en tendant une jambe ; mettez-vous à son rythme sans le presser.
Dans les **six premiers mois** de sa vie, il faut prendre d'infinies précautions avec un bébé car son corps est hypersensible aux retournements et aux gestes brusques. Par exemple, de nombreux

bébés de quelques semaines pleurent encore lorsqu'on leur passe des vêtements serrés par la tête ou n'apprécient pas les bodys trop étriqués, difficiles à enfiler. Mais à partir de 6 mois, avec la tenue de la tête et le début de la station assise, tout change.

- **7 mois**

Il s'amuse à ôter ses chaussettes pour aussitôt les porter à sa bouche. Dans les mois qui suivent, il va coopérer à la séance d'habillage et anticiper lui-même les gestes adaptés : à 1 an, il glisse son bras dans la manche qu'on lui tient, tend la jambe pour qu'on enfile son pantalon, et son pied pour qu'on lui mette sa chaussette.

- **15 mois**

Quand il va sortir, il fait le geste de mettre son bonnet ; quand il a sommeil, celui d'ôter ses chaussures pour se coucher. Il n'arrive pas à enfiler des moufles, mais souvent parvient à les ôter. Cela dit, il est à l'âge où l'habiller donne souvent lieu à des scènes. Essayez de transformer ce moment peu apprécié par l'enfant en un petit jeu : « Coucou, où est la petite main ? », « Voilà le pied ! ».

- **18 mois**

Il arrive à défaire une fermeture à glissière large.

- **2 ans**

Jusque-là, il fallait l'habiller, même s'il cherchait à participer. Maintenant, il commence à vouloir s'habiller seul. Pas toujours avec succès : il met les deux pieds dans la même jambe du pantalon, place son bonnet de travers, etc.

- **2 ans ½**

Il aime qu'on l'habille et le déshabille dans le même ordre. Il peut ôter ses vêtements, si on les a déboutonnés au préalable. Il commence à mettre seul chaussettes et pantoufles sans brides ou sans lacets.

- **3 ans**

Il arrive à déboutonner une veste sans arracher les boutons ; il enfile seul sa robe de chambre ou sa doudoune mais ne sait pas encore les fermer. Si on le lui demande, il aide à ranger ses vêtements, les plie à sa façon, les met en tas.

- **3 ans ½**

Il se déshabille pratiquement seul (si on le lui demande) ; les obstacles qui lui donnent encore du mal sont l'encolure, les manches et surtout les boutons. Heureusement, les fermetures à glissière sont plus faciles à défaire.

- **4 ans**

Il peut s'habiller presque sans aide car il distingue le dos du devant ; il sait boutonner les gros boutons, mettre correctement son bonnet et enfiler ses gants. Les lacets de chaussures représentent encore un obstacle, il ne saura les nouer que vers 5-6 ans. Ce qui l'amuse, c'est de choisir lui-même les vêtements qu'il va porter : lorsque Noé, 4 ans ½, peut les choisir, c'est sa tenue de footballeur qui est élue…

# L'apprentissage de la propreté

Vous le verrez au chapitre 4, la période 18-24 mois est l'âge où la propreté peut commencer à s'acquérir (p. 227 et suiv.). Mais un enfant qui apprend à être propre à partir de 2 ans-2 ans ½ n'est pas en retard pour autant. Chaque enfant grandit à son rythme. Certains sont propres presque du jour au lendemain, parfois la nuit et le jour en même temps. Chez d'autres, ce sera plus long, avec des périodes de régression.

La propreté s'apprend par degrés : l'évacuation de l'intestin se maîtrise en général avant celle de la vessie ; l'enfant se mouille encore la nuit alors qu'il peut commencer à demander le jour à aller sur le pot, tout en ayant encore une couche. Votre attitude aura aussi une influence : selon que vous serez impatients ou détendus, votre enfant apprendra plus ou moins facilement, plus ou moins vite à être propre.

**Être propre, cela signifie :**

- se rendre compte qu'on a besoin de vider son intestin ou sa vessie ;
- être capable d'attendre pour satisfaire ce besoin ;
- pouvoir demander de l'aide pour aller sur le pot ;
- avoir envie de partager le plaisir d'être propre avec ses parents ;
- accepter de renoncer à cette couche si confortable.

**Pour cela, il est nécessaire que :**

- l'enfant ait acquis une certaine maturité neurologique et psychologique. La propreté se met en place en général après l'acquisition de la marche et de la maîtrise des montées et descentes d'escaliers ;
- la vie affective de l'enfant ne soit pas troublée (chapitre 4).

## Quelques conseils pour aider votre enfant

- Observez-le pour pouvoir anticiper un besoin à satisfaire qui, chez les petits, devient vite une urgence… Certains grognent, d'autres s'accroupissent, un autre tire sur sa culotte ou se dandine, etc.
- Placez le pot dans un endroit discret (salle de bains ou toilettes), accessible facilement, sans risque au cas où l'enfant le renverserait. Le pot est souvent plus pratique pour l'enfant qu'un « réducteur » de siège de W-C, un peu trop haut pour s'y asseoir tout seul.
- Proposez à l'enfant d'aller sur le pot régulièrement, après chaque repas et avant de se coucher. Si au bout de quelques minutes, il n'a pas fait dans son pot, n'insistez pas. Ne faites pas du pot une menace, une brimade.
- Lorsque votre enfant est installé, n'intervenez pas ; s'il vous voit attendre un résultat, il sera contracté et ne fera rien.
- Respectez son intimité en le laissant seul sur le pot, intervenez à sa demande pour l'essuyer puis vider le pot.
- Ôtez peu à peu les couches pour mettre à l'enfant une culotte : mouiller sa culotte est plus gênant que mouiller des couches qui retiennent une humidité tiède. Cela peut l'inciter à vous alerter à temps par crainte d'être mal à l'aise.

- Commencez par lui mettre une culotte le matin (après qu'il est allé sur le pot). Si l'essai est concluant, mettez-lui de nouveau une culotte après la sieste. La culotte marque une étape importante vers l'acquisition de la propreté, l'enfant se sent plus grand et les parents sont fiers de ce progrès et soulagés, surtout à l'approche de l'entrée à l'école maternelle.
- Félicitez votre enfant chaque fois qu'il aura réussi à rester sec jusqu'à ce qu'il aille sur le pot. Tout ceci sans excès, mais naturellement, sans insister, car certains enfants ne sont pas sensibles à cette fierté et, même s'ils aiment grandir, ils veulent aussi rester des tout-petits pour leurs parents.
- Profitez des vacances d'été pour que cet apprentissage se fasse plus facilement. La perspective de la rentrée à l'école maternelle et de ses découvertes peut motiver l'enfant.

À partir de 2 ans ½-3 ans, le petit garçon peut uriner debout ; faire comme papa pourra faciliter l'apprentissage de la propreté.

**L'enfant qui refuse de faire dans son pot.** C'est bien sûr inutile de le forcer. Il s'agit simplement de cesser les séances du pot pendant quelque temps, puis d'essayer de nouveau et prudemment (seulement une ou deux fois par jour). C'est une question de patience…

Il ne faut pas entrer en conflit avec l'enfant et surtout ne pas transformer cet apprentissage en rapport de force. Il est important de ne pas le culpabiliser (par exemple en disant « Les autres enfants de la crèche sont propres ») au risque de le blesser, de fragiliser son estime de lui-même.

Les enfants comprennent bien la grande importance (trop grande !) qui accompagne cet enjeu de la propreté, ainsi que l'inquiétude parentale. Il faut vraiment essayer de détendre la situation en n'y attachant pas d'importance sur le moment, quitte à remettre des couches à l'enfant pendant un temps.

Nous parlons page 228 de **l'enfant qui refuse de faire ses selles** ailleurs que dans ses couches.

*« Marius, 2 ans ½, refuse d'aller aux toilettes à la maison alors que cela se passe bien à la crèche. Il dit "Je ne veux pas" et se roule par terre. Je suis contrariée, et préoccupée car dans 3 mois il doit entrer à l'école. »*

*Maeva*

## Si l'enfant va à la crèche

À la crèche, l'apprentissage se fait habituellement au cours de la dernière année, même si les enfants n'ont pas tous le même âge dans le groupe des grands. Les crèches sont équipées de toilettes adaptées à la taille des enfants, ce qu'ils apprécient. L'important est qu'il n'y ait pas de conflit entre vos demandes et celles du mode de garde qui l'accueille. En général, le cas de chaque enfant est traité de façon individuelle : l'adulte « référent » discute avec les parents et respecte leurs souhaits. En même temps, l'effet de groupe et le mimétisme donnent souvent à l'enfant envie de faire comme les autres.

Il en est de même si l'enfant va chez une assistante maternelle ; vous confronterez vos expériences, vos réactions, et vous vous mettrez sûrement d'accord.

## Faut-il lever l'enfant la nuit ?

Beaucoup d'enfants deviennent spontanément propres la nuit entre 2 ans ½ et 3 ans, quelques-uns le sont plus tard. Avant 4-5 ans, il est normal que l'enfant puisse encore se mouiller la nuit alors qu'il

On ne peut pas parler d'**énurésie** avant 5-6 ans (p. 408).

a acquis la propreté le jour. Plus de temps est parfois nécessaire pour contrôler la vessie la nuit. La propreté de nuit est une étape de croissance. C'est donc inutile et même nuisible de lever l'enfant car il n'apprendra rien et il risquera d'avoir du mal à se rendormir.
Faire « pipi au lit » peut être une réaction liée à un stress : naissance d'un bébé, fréquentation d'une nouvelle crèche, entrée à l'école… L'enfant montre qu'il vit un moment de régression ou qu'il n'est pas encore prêt à franchir cette étape du développement. Il s'agit alors de l'aider, de l'accompagner sur le chemin de la propreté. Par exemple, en ne donnant pas trop de liquides à boire le soir, en lui proposant de faire pipi avant le coucher, en laissant la lumière des toilettes allumée ou en laissant un pot accessible près du lit. Vous retirerez les couches lorsqu'il ne se mouillera plus.
Ne vous découragez pas, ne dramatisez pas et évitez d'évoquer ce sujet avec d'autres personnes devant votre enfant.

## L'enfant qui se retient ou qui « s'oublie »

Vers 3 ans, lorsque l'enfant se laisse totalement prendre par ses jeux, par ses occupations, il lui arrive de ne pas pouvoir s'en détacher, ou de ne pas vouloir s'interrompre, et de préférer se retenir d'aller à la selle. Au lieu de sans cesse le rappeler à l'ordre, et de créer une opposition inutile (« Va aux toilettes » / « J'ai pas envie »), on peut expliquer à l'enfant, à un autre moment, l'importance des selles et la nécessité de les éliminer pour être en bonne santé. On est parfois étonné que l'enfant comprenne si bien des notions qui paraissent difficiles pour son âge.
Il en est de même pour l'enfant qui « s'oublie » parce qu'il attend le dernier moment pour aller faire pipi. On peut lui expliquer l'importance de vider sa vessie pendant la journée, ce qui sera d'ailleurs plus confortable pour lui.

## « As-tu pensé à te laver les mains ? »

L'apprentissage de la propreté concerne aussi les règles élémentaires d'hygiène. Il est bon de donner aux enfants l'habitude de se laver régulièrement les mains, en leur expliquant qu'elles peuvent transmettre des microbes et donc des maladies (comme la gastro-entérite). Il est nécessaire de leur rappeler qu'on se lave les mains en sortant des W-C, avant de passer à table, en rentrant du jardin, etc. et de leur montrer l'exemple. Ce sont des habitudes à prendre très jeune, en les associant au plaisir d'être propre.

**À savoir**

L'épidémie de covid-19 a mis en valeur l'utilité des gestes barrières (p. 370). Dès 3 ans, les enfants peuvent apprendre à faire certains de ces gestes, comme se laver régulièrement les mains et tousser dans leur coude.

## Votre enfant a grandi

Tous ces progrès montrent que votre enfant grandit. Il va bientôt entrer à l'école maternelle (p. 259). C'est un cap qui signe une nouvelle autonomie, une étape dans la socialisation, une marche vers d'autres apprentissages. Même si leur enfant a été jusqu'alors gardé à l'extérieur par une assistante maternelle ou à la crèche, tous les parents sont fortement émus par ce marqueur important de la petite enfance.

# 4

# Votre enfant découvre le monde

Ce chapitre accompagne les étapes du développement des premières années. Que ressent votre bébé ? Qu'attend-il de vous ? Que pouvez-vous lui apporter ?… Il est la colonne vertébrale du livre : mois après mois, il raconte comment l'enfant entre en relation avec ceux qui l'aiment et l'entourent et auxquels il s'attache ; ce qui se passe dans sa tête et dans son cœur, ce qui le pousse à communiquer, à faire tel geste. Connaître ses goûts, ses besoins, permet de mieux le comprendre, de lui répondre de façon adaptée, de l'aider à s'épanouir… En somme, de prendre plus de plaisir à s'occuper de lui et à l'élever.

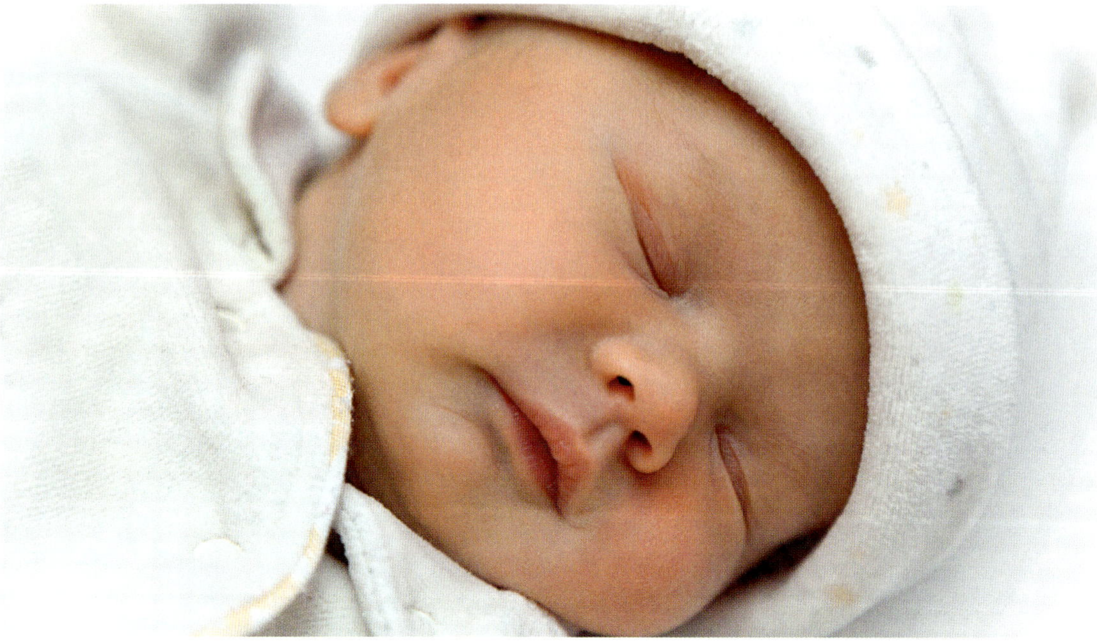

# De 1 jour à 1 mois : les premiers liens

« Pendant quelques secondes, j'ai eu une impression étrange en voyant mon bébé. Il ne ressemblait pas à l'enfant que j'imaginais, ni à celui qui bougeait dans mon ventre et répondait à mes caresses. Ah ! vite qu'il ouvre les yeux, qu'il me reconnaisse et que se renoue le dialogue. »
Plus ou moins confuse, plus ou moins consciente, plus ou moins fugitive, l'impression dont parle cette maman est souvent présente à la naissance. Même si l'image vue à l'échographie a apporté une nouvelle dimension dans la perception de l'enfant avant la naissance, presque toute femme éprouve cette sensation d'étrangeté et ce besoin intense de « faire connaissance ». C'est pourquoi il est si important de préserver ces premières relations, ces premiers contacts : dès qu'elle prend son nouveau-né dans ses bras, la mère est émue de sa grande dépendance et en même temps de sa présence si forte, tant attendue. Elle sent alors la continuité du lien qui se reforme et peut le confier aux bras de son père qui, comme elle, va aller à la découverte et à la rencontre de leur enfant.

*« Et l'enfant naît*
*et sa petite tête*
*mal fermée encore*
*Se met à penser*
*dans le plus grand*
*secret*
*Parmi les grandes*
*personnes tout*
*occupées de lui. »*

*Jules Supervielle*

# De l'échange à l'attachement

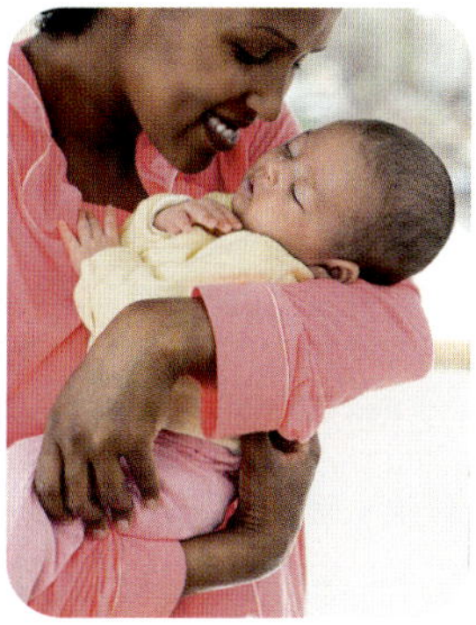

Votre bébé vient de naître et vous l'enveloppez de vos bras avec tendresse et affection. L'enfant naît tellement immature et dépendant de l'adulte qu'il a, dès sa conception, et encore plus dès sa naissance, le besoin vital d'une relation chaleureuse, intime et continue avec ce que les pédiatres et les psychanalystes appellent les figures de l'attachement. Ce sont les personnes qui prennent soin de lui, qui vont lui donner, par leur présence et leur stabilité, un sentiment de sécurité. Celui-ci sera autant lié à la satisfaction des besoins naturels – faim, soif, sommeil – qu'à la sécurité procurée par le climat d'empathie et d'ouverture à l'autre et au monde qu'instaurent ces échanges. Bernard Golse insiste sur l'importance de sensibiliser les adultes à l'immaturité du bébé et à sa dépendance durant la première année. Nicole Guedeney parle de l'attachement comme un lien vital parce que lieu de l'apprentissage de la relation entre deux êtres. T. B. Brazelton en fait la base qui construira chez l'enfant sa confiance en lui et lui offrira les meilleures possibilités de détachement et d'autonomie lorsqu'il grandira. Loin de le rendre dépendant, ces relations avec ses parents lui donnent dans les premiers mois de vie les fondements de la confiance en soi et en l'autre.

## La « compétence » du bébé

Dès la naissance, et en continuité avec la vie intra-utérine, votre bébé est prêt à entrer en relation avec ceux qui l'accueillent. Il s'agit d'une véritable compétence : la capacité à provoquer chez l'adulte qui s'intéresse à lui les réponses dont il a besoin. **Ses quatre sens – goût, odorat, audition, toucher – sont opérationnels mais encore immatures**. Ainsi, il possède un potentiel inné pour répondre et échanger avec son entourage, à commencer par vous, ses parents. Alors commence un dialogue inépuisable, fait de caresses, de chuchotements, de paroles, de sourires réciproques, de vocalises. Votre enfant appelle et vous réagissez, il vocalise et vous lui répondez. Vous lui parlez doucement, tendrement ; si vous savez attendre – les tout jeunes bébés ont besoin d'un certain temps de réaction et de réponse –, le nouveau-né, délicatement, presque imperceptiblement, réagit, cligne d'un œil, soulève légèrement un coin de lèvre ; il agrippe et serre très fort votre doigt glissé dans sa petite main. Comment chaque parent ne serait-il pas bouleversé, et aussi conforté dans son rôle ?

Être avertis de telles capacités de leur nouveau-né multiplie pour les parents les occasions d'un **plaisir partagé** : attendris, le père et la mère en deviennent encore plus attentifs. Écouté, le bébé gazouille de plus en plus et s'épanouit. Chaque nouveau geste, chaque câlin lui apporte un nouvel échange, une autre sensation. Ceci est valable même si l'enfant est prématuré. En effet, même si les bébés prématurés sont plus sensibles et ont un rythme plus lent que les bébés nés à terme, leur éveil et leurs compétences sont là.

Entre adulte et enfant, **on se développe réciproquement**. L'enfant ne peut pas se développer si l'adulte n'a pas envie aussi de grandir comme parent, comme adulte avec toutes ses responsabilités.

Certains parents sont intimidés et leur dire que le nouveau-né est prêt à les écouter, qu'il attend leurs gestes, les aide à se manifester. D'autres sont maladroits dans leurs sollicitations : cela peut arriver lorsqu'ils s'attendaient à ce que leur bébé soit plus réceptif. Connaître la sensibilité de l'enfant peut encourager les parents à se rapprocher de lui, à s'intéresser à lui, à lui parler.
C'est de la qualité des échanges, des interactions, que vont se créer des liens et que va naître et se développer l'attachement. C'est en vivant ensemble, et le plus souvent possible en peau à peau dans ces premiers jours, que la maman et le bébé pourront se découvrir, s'accorder l'un à l'autre et, petit à petit, trouver une harmonie dans leurs rythmes respectifs. Cette manière d'entrer en relation avec lui rassure le bébé et lui permet de construire dès la naissance un attachement solide et une sécurité de base.

Dès la naissance, votre bébé a besoin de votre attention, de votre regard, de vos paroles adressées à lui. Ne perturbez pas ces échanges par votre **téléphone portable**, même consulté rapidement, ou par la **télévision**, même en bruit de fond.

## Le tissage des liens

À quels moments privilégiés vont se passer les premiers échanges avec votre bébé ? Avec la tétée ou le biberon, et dans les instants qui suivent, lorsque le bébé en général encore éveillé est prêt à entrer en communication, stimulé par les gestes, les odeurs, la bouche, les mots, le regard. Pour le moment, il dort, regardons-le.
Son sommeil est calme et profond, si profond d'ailleurs qu'il en est inquiétant : rien ne bouge sur le visage du bébé. On se penche pour vérifier qu'il respire… Puis soudain, changement total : l'enfant s'agite, tressaille, grimace, soupire, sourit ; un mauvais rêve l'agite ? Il plisse le front et fronce les sourcils, pleurniche, mâchonne, ronchonne, suce son pouce… On le croit en train de se réveiller, on est tenté de le prendre tout de suite. Il faut s'en garder, il est dans cette phase du sommeil que l'on dit précisément paradoxal, où il a l'air éveillé tout en étant encore endormi. Non, il n'a pas encore faim, laissez-le poursuivre son sommeil ; le moment venu, il saura bien l'exprimer en pleurant assez fort jusqu'à ce que vous veniez. Puis il retombe dans un sommeil profond, et il passe ainsi plusieurs fois de suite par ces différentes phases du sommeil, jusqu'au moment où il réclame brusquement sa tétée ou son biberon.
C'est le moment qu'il faut attendre afin de ne pas risquer de perturber son sommeil. C'est cette habitude de prendre l'enfant au premier soupir, en fait en plein sommeil, qui est parfois à l'origine de difficultés d'endormissement (p. 106).
À l'approche du sein ou de la tétine, l'enfant tremble d'excitation. Alors votre bébé qui paraît encore si fragile tète avec vigueur jusqu'au moment où, véritablement épuisé, il ferme les yeux, apaisé, avec parfois aux lèvres un sourire de béatitude, l'expression du bien-être, de la plénitude.
Après la tétée ou le biberon, parfois le bébé se rendort aussitôt ; il lui arrive aussi de rester éveillé quelques instants, heureux. Son expression est alerte, il semble vous dévisager et attendre quelques signes, quelques mots. Lorsqu'ils lui parviennent, l'enfant s'agite, cligne des yeux, semble se concentrer encore plus fort pour suivre à la fois le visage et la voix. Il peut se montrer complètement absorbé pendant quelques minutes. Au bout d'un moment, fatigué, il tourne la tête

*« Au retour de la maternité, ce n'était pas facile de se retrouver seule à la maison. Ma compagne a pu rapidement obtenir son congé de "paternité ". Être à deux pour mettre en place notre nouvelle vie de famille était précieux. »*

*Coralie*

comme pour dire : « C'est fini, je n'en désire pas plus… » Il faut respecter ce souhait et attendre, pour reprendre la « conversation », que l'enfant spontanément la recherche.
Ce qui vient aux lèvres de la maman lorsqu'elle voit son bébé attentif, éveillé, ce sont tous les petits mots câlins. « Ma fée, mon cœur, mon poussin », etc., ou tout autre mot complètement inventé mais chargé d'affectivité et de douceur. Les premiers jours, l'état alerte du bébé ne dure que quelques minutes. Au fur et à mesure, les périodes d'attention s'allongent, l'éventail des échanges s'étend par l'œil, les mots, les gestes, les caresses, les chansons. Tout s'invente et se découvre. On guette chaque changement ; le bébé devient de plus en plus expressif, il a de nouveaux cris, il ouvre plus souvent les yeux, il cherche (« il me cherche sûrement »), il s'agite, on dirait qu'il sourit, on note, on interprète.
Les liens deviennent chaque jour plus forts. Il peut y avoir des malentendus et des pleurs mais, peu à peu, l'ajustement s'établit : **« C'est l'enfant qui fait la mère »**, pour reprendre la célèbre phrase du Pr Julian de Ajuriaguerra.

## Le père et son bébé

Vous voyez souvent le mot « mère » dans tous ces échanges. Il est certain qu'au tout début, elle est la personne privilégiée, et ce, pour des raisons évidentes : elle porte le bébé, accouche, allaite, et est naturellement au plus près de l'enfant.
Mais le père est là aussi. Bien avant la naissance, il a été bouleversé par l'annonce de sa parentalité. Il a vu, avec émotion, l'image de son enfant sur l'écran de l'échographe : ce cœur qui se soulève, ces membres qui bougent lui révèlent une présence. Il a parfois participé à des séances de préparation à l'accouchement. Certains ont été intéressés par une approche haptonomique – cette manière d'entrer en relation par le toucher – et ils ont été émus par les réponses du bébé à leur voix, leurs mains, etc. Beaucoup étaient présents à la naissance, ont peut-être coupé le cordon, assisté aux premiers soins, pris le bébé peau contre peau. Lorsque l'enfant est là, le père peut s'exprimer par des gestes et des échanges de la vie quotidienne. Dans cette continuité, il prend spontanément sa place auprès de l'enfant, le change, le lave, le câline, lui parle.
Les pères qui attendent que leur enfant marche ou parle pour s'occuper vraiment de lui sont de plus en plus rares. Ils ne savent pas le plaisir dont ils se privent. Ces hommes n'ont parfois pas connu dans leur petite enfance un père proche de son tout jeune bébé. D'autres ont peur de la fragilité que représente un nouveau-né, ou bien s'inquiètent de leurs nouvelles responsabilités. Dans bien des cas, la mère et l'entourage peuvent aider le père à occuper la place qui lui revient dans le trio familial, à découvrir les joies de s'occuper de son bébé en lui apportant amour et sécurité.
Ajoutons que, bien souvent, l'enfant vit ses premières années dans un monde très féminin : mère, assistante maternelle ou auxiliaire à la crèche, puis enseignante à la maternelle. Il est important pour lui qu'une présence masculine prenne place tôt dans sa vie.

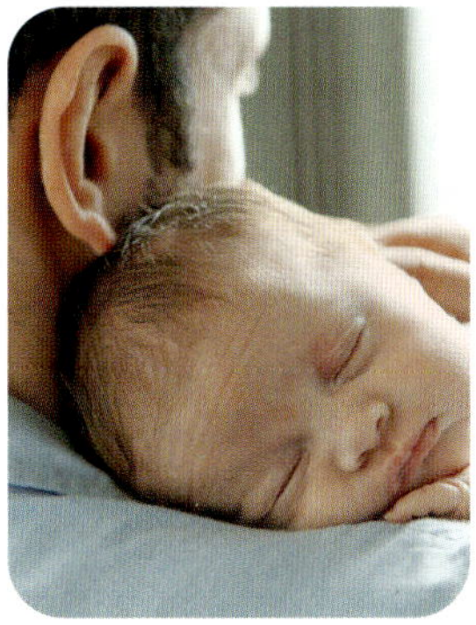

*« J'étais loin d'imaginer que dès les premiers jours, notre petit Louison tiendrait une telle place : le matin, je suis le premier à aller le voir, je téléphone dans la journée pour savoir s'il a bien pris sa tétée, le soir je me dépêche de rentrer… »,*

*dit ce papa.*

# L'éveil des sens

Les sens du bébé se sont peu à peu éveillés pendant la vie fœtale et maintenant ils sont prêts à entrer en activité. Pour faciliter la compréhension, chaque sens va être décrit séparément. Cependant, n'oublions pas que tous participent ensemble à la reconnaissance par le bébé de ce qui l'entoure et aux émotions qui s'y rattachent.

## La vision et le regard

Lorsqu'une mère, un père, demandent « Que voit-il ? », leur vraie question est surtout « Me voit-il ? Me reconnaît-il ? ». Oui, votre bébé vous identifie assez distinctement dès sa naissance : vous l'appelez, vous insistez doucement ; sensible à votre voix, il ouvre les yeux.
On peut dire que son premier regard est associé au son de votre voix. Votre visage l'attire, il le fixe quelques secondes, s'en détourne, y revient et ainsi plusieurs fois de suite. Le contact est établi.
Lorsque vous portez votre enfant dans vos bras, il peut voir votre visage s'il se trouve à une distance de 20 cm de ses yeux. Il ne sait pas encore bien accorder sa vision à la distance. Au-delà de 50 cm, un nouveau-né voit très flou mais, en deçà, il peut imiter vos expressions : si vous lui tirez la langue, il tirera la sienne en retour.
Au début, le bébé est attiré par les contrastes (c'est-à-dire qu'il regardera d'abord la ligne de séparation visage-cheveux, les yeux et la bouche) et les formes arrondies plutôt que plates. En un mot, il est « programmé » pour s'intéresser aux visages. Mais la vision n'est pas le sens le plus développé à la naissance ; d'autres sens comme l'audition, l'odorat ayant été en alerte pendant la vie intra-utérine font que votre voix, votre odeur, accompagnent la reconnaissance de votre visage. D'ailleurs, toutes les perceptions sont si étroitement mêlées qu'il est difficile d'en isoler une.
Concernant la vision, nous pouvons ajouter ceci : le nouveau-né fait la différence entre la lumière et l'obscurité ; en plein jour il ferme les yeux pour les rouvrir à la pénombre. Ne l'éblouissez pas avec des lumières trop violentes et trop proches. Dès la naissance, il distingue les contrastes noir-blanc et ce qui brille l'attire.
La vision progresse rapidement. À 1 mois, le bébé commence à fixer les objets ; à 3 mois, il commence à les suivre du regard. À 4 mois, il distingue les couleurs primaires ; à 6 mois, il peut voir les reliefs.
La recherche d'un échange par le **regard** est très précoce aussi bien chez le bébé que chez la maman. On ne mesure pas encore suffisamment l'importance de ces premiers échanges visuels. Pourtant, le célèbre pédiatre et psychanalyste D. W. Winnicott parle de l'enfant qui « se regarde dans la prunelle des yeux de sa mère qui le regarde ». En regardant le visage de sa mère, le bébé se voit en quelque sorte « en reflet » : la mimique, l'expression de sa mère lui renvoient ce qu'elle ressent. Ces moments constituent le tout début d'un échange avec le monde extérieur.

### *Pour une naissance sans violence*

S'ils ne sont pas éblouis par une lumière trop vive en salle de travail, et s'ils ne sont pas trop épuisés, la majorité des nouveau-nés ont les yeux grands ouverts à la naissance, semblant interroger le monde. Cette phase peut durer seulement quelques minutes, parfois plus, près d'une heure.

## L'audition

Le bébé entendait déjà avant de naître. Nous en avons parlé dans *J'attends un enfant*. Sur ce sujet, de nombreuses recherches ont été faites. La musique de *Pierre et le loup* a été si souvent au centre des tests d'audition prénatale que le petit héros du livre du romancier François Weyergans en parle ainsi :
« Ma mère vient de mettre *Pierre et le loup* ! Est-ce qu'elle a regardé l'heure qu'il est ? Elle croit me calmer en m'assommant avec ce disque que je connais par cœur. Le chat, c'est la clarinette. Le grand-père, le basson. Les coups de fusil des chasseurs : timbales, grosse caisse. "Un beau matin, le petit Pierre ouvrit la grille du jardin…" Bientôt, le loup va attraper le canard et il n'en fera qu'une bouchée. Je déteste écouter cette histoire. Pour qui me prend-on ? C'est de la musique pour enfants. » (*La Vie d'un bébé*, Gallimard, coll. « Folio »).
Lorsque le bébé naît, son audition est déjà aiguisée : il reconnaît la voix de ses parents qui ne lui est pas étrangère. Il reconnaît la musique entendue avant sa naissance et la préfère à d'autres. Il ne lui faudra que quelques jours pour repérer sa langue maternelle parmi les autres. De plus, le bébé distingue les émotions – de joie, de colère, de tristesse – à travers les intonations de la voix, à condition que ce soit dans la langue parlée par la mère.

## Le goût

Dès la naissance, le nouveau-né montre par les expressions de son visage qu'il est sensible à différents goûts : le sucré le fait sourire ; en présence de salé, il fait la grimace. Le chercheur Benoist Schaal a, par différents tests, constaté ceci : le nouveau-né reconnaît et préfère l'odeur de son liquide amniotique et celle du colostrum de sa mère. S'il est nourri au biberon, il lui faudra quelques jours pour préférer le lait de son biberon à son liquide amniotique.

## L'odorat

Les observations ont depuis longtemps montré que l'odorat se développe tôt chez le bébé et qu'il joue un rôle important dans la reconnaissance par l'enfant de sa mère et dans leur attachement réciproque. Pour Benoist Schaal, le bébé peut distinguer cette odeur dès le 3e jour. Cela peut même avoir une valeur thérapeutique.
Ce chercheur rapporte qu'un neurologue marseillais a utilisé les propriétés apaisantes des odeurs maternelles pour traiter des troubles du sommeil. Grâce à l'odeur d'un mouchoir porté par leur mère et placé sur l'oreiller, certains enfants ont réappris à s'endormir sans médicament. De même, des enfants prématurés sont calmés par l'odeur du sein maternel, comme par l'audition de sa voix ou de son rythme cardiaque. Le bébé est également très sensible à des odeurs de personnes non familières.

### *Tous différents*

Dès la naissance, les bébés sont très différents les uns des autres. Chacun se développe à son rythme ; certains sont plus éveillés, d'autres moins réceptifs, plus rêveurs. Il y a des enfants sensibles et d'autres plus résistants qui pleurent moins. De plus, dès les premiers jours, l'éveil et l'attention du bébé seront différents s'il a soif, faim, sommeil ou si sa digestion est difficile, et selon le moment de la journée.

## Le toucher

Le nouveau-né ressent fortement la manière dont on le touche. Certains gestes le calment, d'autres au contraire l'agitent. Les parents s'en rendent vite compte car l'enfant exprime très bien plaisir et déplaisir. En observant ses mimiques, ses gestes, l'ouverture ou la fermeture de ses mains, la détente ou la crispation de son corps, les parents comprennent les réactions de leur bébé : ils sentent que lui appuyer fortement la tête contre le sein – par exemple lorsqu'on veut aider la maman au début de l'allaitement – lui est très désagréable. En revanche, leur bébé montre qu'il aime être contre eux, enveloppé doucement de leurs bras. Par des observations très fines, les chercheurs ont remarqué à quel point le bébé était sensible à l'émotion qui entourait ces contacts.
Cette sensibilité de la peau et du toucher remonte très loin dans la vie de l'enfant : il s'est frotté aux parois de l'utérus et a senti le liquide l'entourer. Ses mains étaient souvent très actives : joindre les doigts, les écarter, se palper. Enfin, au moment de l'accouchement, c'est par une action forte et répétée des contractions sur son corps – et par

## De 1 jour à 1 mois

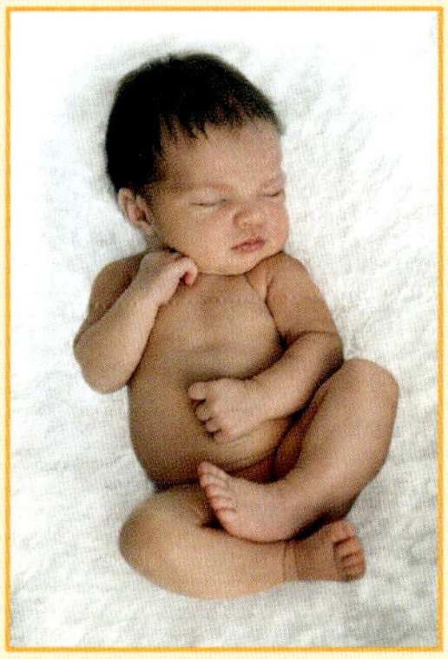

### LA POSITION DU NOUVEAU-NÉ

Elle est proche de celle qu'il avait *in utero*, jambes et bras repliés vers le corps, entouré et contenu par l'enveloppe utérine qui limitait ses mouvements. Certains nouveau-nés supportent mal le déroulement et l'absence de limites du monde extérieur, ils peuvent gesticuler de manière désorganisée, à la recherche d'appui. Ils seront rassurés, calmés, en se sentant bien portés, tenus. L'emmaillotement était autrefois une pratique courante de soin du nouveau-né.

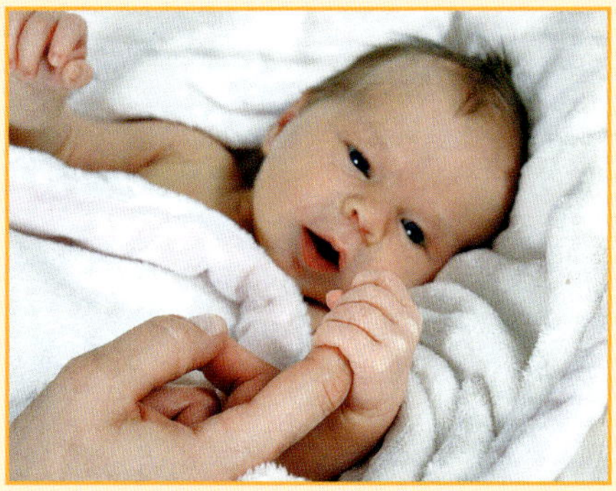

### LES RÉFLEXES

Si vous touchez les mains de votre bébé, vous sentirez ses doigts se refermer sur les vôtres. Le nouveau-né peut serrer si fort que ses doigts en deviennent blancs. Il retrouve ici le geste familier qu'il avait dans l'utérus lorsqu'il saisissait le cordon ombilical et c'est peut-être pourquoi, un peu plus grand, il aimera tellement attraper le cou de sa petite girafe en caoutchouc…
Le même réflexe existe à la plante des pieds.
Le nouveau-né a plusieurs autres réflexes : marcher, si on le maintient sur ses pieds, téter, si on touche ses lèvres, etc.
Le médecin vérifie ces différents réflexes pour s'assurer que l'enfant réagit bien. Ces réflexes nommés **réflexes archaïques** doivent disparaitre dans les 4-6 mois afin de laisser la motricité volontaire prendre sa place.

sa propre poussée – qu'il a pu sortir et naître. Lorsqu'il est porté, dans une écharpe ou un porte-bébé, il va retrouver les sensations qu'il avait éprouvées avant la naissance, la montée des escaliers, la promenade… À moins d'une raison médicale particulière, on sait qu'il est important de ne pas séparer le bébé de sa mère à la naissance. La pesée et les autres mesures peuvent attendre. Ainsi, sur le ventre maternel, en peau à peau, dans une délicate reptation, la plupart des nouveau-nés cherchent spontanément le sein. Très rapidement, le père peut aussi prendre son bébé contre lui et lui transmettre sa tendresse et sa chaleur.

**Important**

Pendant les premiers mois, le bébé est dans un monde de sensations qui lui procurent des émotions agréables ou désagréables. C'est pourquoi il est si important que les soins et les échanges par les sens soient de qualité, empreints de **douceur** et de **calme**. Ce climat va éveiller chez l'enfant le plaisir des sensations et favoriser un développement harmonieux.

## Les difficultés de l'attachement

Vous l'avez vu, l'attachement naît et se développe au cours d'une succession d'événements, en général heureux. Mais des difficultés peuvent survenir et agir sur le tissage des premiers liens des parents et de leur enfant.

- Le sentiment d'étrangeté qu'éprouve parfois la mère à la naissance persiste : « Comment me comporter avec ce bébé dont je ne supporte pas les cris ? » se demande-t-elle, impressionnée et même « agressée ».
- Lorsque le bébé est lent à s'éveiller, moins mature qu'on ne l'imaginait, entre inquiétude et déception, ses parents s'interrogent : pourquoi ne tient-il pas encore sa tête ? Pourquoi crache-t-il ? Pourquoi pleure-t-il toujours ? Le bébé qui pleure souvent – et il y en a – énerve son entourage. Celui qui dort beaucoup n'est pas forcément gratifiant car c'est aux parents de prendre toutes les initiatives.
- La mère – ou le père – refuse de changer le bébé car l'odeur la dégoûte ; elle laisse le père s'en charger et des tensions peuvent s'installer dans le couple.
- La maman est parfois si déprimée qu'elle ne s'intéresse pas à son bébé et n'arrive pas à s'occuper de lui. Elle doute profondément de ses capacités, se sent seule et le bébé se réfugie dans un état de sommeil. Il peut aussi s'agir d'un prolongement du *baby blues*, d'une dépression du post-partum, voire d'une dépression prénatale des derniers mois de grossesse, passée sous silence.

Dans ces divers cas, les parents ne parviennent pas à accepter leur bébé tel qu'il est et ils ne peuvent être en empathie avec lui. Le bébé réagit par des pleurs, par des troubles du sommeil ; les adultes sont désemparés, voire s'énervent encore davantage et l'engrenage s'installe.

Certains parents s'attendent à ce que dès les premiers jours ou les premières semaines, leur bébé progresse rapidement, qu'il fasse ses nuits, tète à heures régulières et ne pleure plus. Comme c'est rarement le cas, ils perdent patience. Souvenez-vous toujours qu'un bébé a besoin de temps pour s'adapter à sa nouvelle vie, pour acquérir peu à peu les rythmes du quotidien dans un climat de sérénité.

Si vous n'arrivez pas à dominer votre fatigue, vos énervements, voire votre tristesse ou votre anxiété, il ne faut pas hésiter à demander de l'aide, et cela sans tarder (p. 177).

## Après une césarienne en urgence ou une naissance difficile

Lorsque la césarienne est programmée, la maman a eu le temps de se préparer et, en général, la supporte bien psychologiquement. Mais si celle-ci a été faite en urgence, ou bien si l'accouchement s'est compliqué et a nécessité des soins particuliers, les mères ressentent souvent un sentiment d'échec. Elles éprouvent de la culpabilité de n'avoir pas pu accoucher naturellement. Elles sont comme privées d'une expérience qu'elles avaient imaginée, idéalisée. « On m'a volé la naissance de mon enfant » ; « Mon corps m'a lâchée », disent certaines mamans. Elles sont séparées de leur nouveau-né les deux premières heures (à cause de la surveillance post-opératoire), ce qui augmente leur tristesse, leurs regrets. Elles doivent parfois laisser des proches s'occuper de lui et elles peuvent éprouver de la difficulté à se sentir mère. Certaines se demandent même si leur bébé va pouvoir s'attacher à elles.

Après une naissance difficile, n'hésitez pas à **questionner les professionnels** qui vous ont suivie : comprendre ce qui est arrivé, donner un sens à une épreuve, aide à la dépasser, à éviter de repenser sans cesse à ses chagrins. Parlez-en avec votre conjoint qui peut vous conforter dans votre rôle de mère, vous parler de votre bébé si celui-ci est hospitalisé loin de vous. Le papa peut aussi avoir besoin d'exprimer ce qu'il a vécu, la peur ressentie à l'annonce de l'acte chirurgical. Se retrouver seul hors du bloc à attendre des nouvelles est source de grande solitude et de stress.

N'oubliez pas la **continuité** qui existe entre la vie intra-utérine et celle après la naissance : c'est dans votre ventre que le bébé a passé ses premiers mois de vie, c'est là qu'il s'est développé, a entendu les bruits de votre cœur, votre voix, celle de son papa. C'est avec vous, bien à l'abri, qu'il s'est promené dans l'appartement, dans la rue, qu'il s'est endormi et réveillé, qu'il a accompagné votre sommeil. Lorsque vous le prendrez dans vos bras, malgré la séparation, il retrouvera ses repères. Vous réaliserez et ressentirez que le lien tissé avant la naissance n'est pas rompu.

## Lorsque l'enfant naît avec une malformation

Du fait de la médicalisation de la surveillance de la grossesse, les malformations, même minimes, sont quasiment toujours diagnostiquées pendant la période prénatale. Cette découverte a parfois amené les parents à faire un bilan complet auprès du centre pluridisciplinaire de diagnostic prénatal (CPDPN). Ils ont été alors vus par différents spécialistes qui leur ont présenté les thérapeutiques possibles et une consultation psychologique leur a été proposée. Dans de rares cas, la malformation est découverte juste après la naissance. Il est facile d'imaginer la difficulté de la situation puisqu'il n'y aura eu aucune préparation.

Que la malformation ait été repérée ou non avant la naissance, le choc est toujours grand pour les parents. Ils passent par des moments d'angoisse et d'inquiétude. Ils sont envahis par les émotions : la différence de leur enfant, le regard des autres ; ils sont débordés par les soins à venir. La mère exprime souvent sa culpabilité et appréhende ou repousse la rencontre avec son bébé. Le père peut se sentir dépassé : il doit soutenir la maman, rendre visite à leur nouveau-né si celui-ci a été transféré dans un autre service, être présent auprès des frères et sœurs, informer les proches.

Aujourd'hui heureusement, les parents ne sont plus seuls face à ces difficultés. Psychologues et pédopsychiatres sont présents au moment de la naissance et pendant le séjour à la maternité. Ces spécialistes sont particulièrement compétents pour les aider au mieux à vivre ce démarrage compliqué et les soutenir dans le tissage des premiers liens (p. 168). Tout est fait pour que les parents soient très rapidement auprès de leur enfant.

## Se faire aider, être entourés

Être confrontés à des difficultés empêche les parents de profiter des premiers mois de la maternité et de la paternité ; leur bébé en souffre. Il est important de ne pas rester seuls et de faire appel à des professionnels de l'enfance :

- une aide familiale peut vous soulager dans les tâches matérielles ;
- une puéricultrice de PMI peut venir à domicile et vous donner des conseils ;
- le pédiatre peut vous aider à comprendre ce qui se passe et éventuellement vous orienter vers un psychologue (remboursé sur ordonnance du médecin) ;
- échanger avec d'autres parents permet de partager : par l'entremise du réseau de la PMI, en rejoignant des associations, notamment celles regroupant des parents d'enfants porteurs du même handicap ou de la même maladie. Les réseaux sociaux, les groupes sur Internet, sont d'une aide importante, mais il faut retenir qu'aucune famille ne vit exactement la même situation. C'est pourquoi il est nécessaire de partager avec un professionnel ce qui vous aurait choqué lors de ces échanges.

Ainsi, les parents ne sont plus seuls face à des souffrances qui risquent d'entraîner culpabilité, agressivité ou déni de la réalité. On sait aujourd'hui que plus les difficultés sont prévenues et prises en charge tôt, plus les parents parviennent à les surmonter. C'est un des objectifs de l'entretien prénatal précoce (qui a lieu pendant la grossesse) et de l'accompagnement des mères à la sortie de la maternité.

Les retards, les difficultés ne signifient pas que l'attachement ne se fera pas. Les premières semaines correspondent à une période de rencontre, de découverte, favorisant les premiers liens. Mais les processus d'attachement sont longs et variés ; rien n'est jamais ni joué, ni perdu. Si on a toute la vie pour tisser des liens, si chacun le désire vraiment, **autant commencer le plus tôt possible !**

### Pour vous faire aider

Demandez conseil à votre médecin traitant ou au pédiatre de votre bébé, prenez contact avec la PMI proche de votre domicile, renseignez-vous auprès du réseau périnatal de votre région.

## Ce qui fera plaisir à votre nouveau-né

- Il aime être avec vous, dans vos bras, dans ceux de son papa, il se sent exister dans une relation d'amour, de respect, d'échange.
- Il aime le moment de la tétée, du biberon, être changé, être baigné.
- Après le change, le bain, il aime pouvoir remuer bras et jambes, tout en vous écoutant lui parler ; quand il gigote ainsi, il aime que l'on participe à sa joie.
- Il aime votre voix, le contact de votre main, les caresses, les câlins.
- Il aime le calme, la lumière douce. Assurez-vous qu'il ne perçoit pas le bruit de la télévision allumée dans une autre pièce.
- Si vous voyez votre bébé « contracté » – les poings très serrés, ou se tortillant sans pouvoir se détendre –, essayez de l'apaiser par quelques massages légers, par des effleurements, des tapotements très doux, en le berçant dans vos bras. Vous verrez, cela lui fera grand plaisir, à vous aussi d'ailleurs. Une puéricultrice de PMI, votre sage-femme, peuvent vous montrer comment faire ces légers massages.

Dans ce domaine également l'interaction joue : l'enfant nerveux irrite ceux qui s'en occupent, l'enfant calme les détend. Lorsqu'un bébé pleure beaucoup, il est important de prendre sur soi pour rester calme et ainsi transmettre cet apaisement au bébé.

### Important

Si votre bébé pleure la nuit, ce n'est pas par caprice. Il est trop jeune pour faire la différence entre le jour et la nuit et il ne parvient pas encore à rester à jeun plusieurs heures. Ne pensez pas que, si petit, il risque déjà de prendre de « mauvaises habitudes », notamment si vous le prenez dans vos bras. Ce n'est pas encore le temps de l'éducation mais celui de la longue adaptation au monde extra-utérin. La grande immaturité du bébé nécessite plusieurs mois : neuf mois pour naître, neuf mois pour se tenir debout et prononcer les premières syllabes…

## Ce qui lui sera désagréable

- Avoir faim et soif. Être trop ou pas assez couvert. Avoir des vêtements serrés, les élastiques en particulier.
- Être porté de façon peu sécurisante, par exemple sous les bras, sans être soutenu sous les fesses ni sous la nuque.
- Qu'on le réveille ou l'empêche de s'endormir : il a besoin qu'on respecte son rythme.
- Être stimulé de façon non adaptée, comme lorsqu'on le fait sauter en l'air. En plus, à cet âge, le risque est grand du « syndrome du bébé secoué » (p. 444).
- Le bruit, les allées et venues dans sa chambre, les éclats de voix, la radio, la télévision, les portes qui claquent, une atmosphère enfumée.

### Pour en savoir plus

- *Points Forts – De la naissance* à 3 ans (Le Livre de Poche), du grand pédiatre américain T. Berry Brazelton, détaille le développement comportemental et émotionnel de l'enfant, ses progrès mais aussi ses régressions qui sont, pour les parents, de grandes occasions de découvrir leur enfant.
- *Pour une enfance heureuse – Repenser l'éducation à la lumière des dernières découvertes sur le cerveau*, du Dr Catherine Gueguen (Pocket). L'autrice attire l'attention sur la longue immaturité du bébé et les précautions à prendre pour respecter sa vulnérabilité.

# Si votre bébé est prématuré

Lorsque leur bébé naît avant terme, les parents se posent de nombreuses questions et parfois s'inquiètent : leur bébé va-t-il être transféré dans un autre établissement ? Comment va se passer cette séparation ? Comment l'attachement peut-il éclore si leur bébé est loin d'eux ? Comment leur enfant va-t-il se développer ? Aura-t-il des séquelles de sa prématurité ?

Les équipes hospitalières sont aujourd'hui très sensibilisées à ces questions et sont de mieux en mieux formées pour prendre en charge ces bébés, à la fois sur le plan médical et sur le plan psychologique.

**_La prématurité_**

Elle est passée de 4,5 % des naissances en 1995 à 8 % en 2020 (60 000 naissances).
Le chiffre est constant alors que le nombre de naissances globales diminue en France depuis 7 ans (2015 : 798 900 et 2020 : 736 000 naissances – Insee).

## Trois niveaux de prématurité

Un enfant est considéré comme prématuré s'il naît avant 8 mois ½ de grossesse (37 semaines d'aménorrhée).
**La prématurité « simple » :** naissance entre la 32e et la 36e semaine d'aménorrhée révolue (7 à 8 mois de grossesse). En dessous de 35 semaines, le bébé

doit être transféré avec sa maman dans une maternité de type II comportant une unité de néonatalogie, ou directement dans une unité de néonatalogie. Il est généralement peu exposé au-delà de la 35/36e semaine car à cet âge, il a une régulation de température et une succion-déglutition efficaces. Dans un grand nombre de cas, il est simplement plus fragile mais il peut rester sur place, sous la surveillance du pédiatre de la maternité.

**La grande prématurité :** naissance entre la 28e et la 32e semaine d'aménorrhée (6 à 7 mois de grossesse). Le bébé doit bénéficier de soins particuliers en unité de réanimation néonatale où il est transféré après sa naissance. S'il est né dans une maternité de type III, ce qui est de plus en plus fréquent, il est soigné sur place.

**La très grande prématurité :** naissance avant 28 semaines d'aménorrhée (avant 6 mois de grossesse). Le bébé doit absolument être transféré dans un service de réanimation néonatale.

En France, les enfants sont réanimés à partir de 24 semaines car, avant cette date, leurs capacités de maturation sont quasi inexistantes pour passer le cap des premiers jours. Les soins sont toujours prodigués à tout enfant, même s'il naît avant 24 semaines. On parle de soins palliatifs néonataux.

En général, plus le bébé naît près du terme, moins les conséquences sont importantes. En effet, les fonctions vitales (respiratoires, digestives, neurologiques…) sont suffisamment matures après 36 semaines pour permettre à l'enfant une autonomie de la succion, de la déglutition, de la ventilation, de la thermorégulation. C'est pourquoi un enfant prématuré qui n'a pas cette autonomie doit être aidé avant cette date dans des unités spécifiques.

- Les problèmes respiratoires sont fréquents. Une assistance par ventilation nasale ou par sonde est parfois nécessaire. Deux médicaments ont beaucoup amélioré le pronostic respiratoire : les corticoïdes intraveineux donnés à la maman avant la naissance ; le surfactant donné au bébé lors de son séjour en réanimation permet d'attendre que la maturation pulmonaire, qui se fait spontanément, puisse produire le surfactant.
- Avant 34 semaines, le bébé prématuré n'a pas encore le réflexe de succion et ne peut coordonner déglutition et respiration. Cela explique qu'avant cet âge, il doit être nourri par une sonde.
- Selon le développement neurologique, des examens peuvent être réalisés (échographie transfontanellaire, électroencéphalogramme, plus rarement un scanner ou une IRM cérébrale) afin de dépister d'éventuelles anomalies.
- D'autres complications digestives, hépatiques, rénales ou du système immunitaire justifient une surveillance médicale spécialisée.

**Des progrès médicaux** récemment accomplis permettent aujourd'hui de pallier cette immaturité, au moins en partie, et d'en réduire les conséquences. Les recherches se poursuivent pour améliorer encore la prise en charge de ces enfants qui arrivent au monde trop tôt. Les données d'une étude française sur l'évolution des enfants nés avant 33 SA, jusqu'à environ 6 ans (Épipage 2), montrent

### Quelques chiffres

Parmi les enfants qui naissent prématurément, 85 % sont des prématurés moyens, 10 % sont des grands prématurés et 5 % sont des très grands prématurés.

### À savoir

Après la sortie de l'hôpital, la croissance du périmètre crânien, de la taille et du poids du bébé prématuré est plus rapide que celle de l'enfant né à terme. Le pédiatre parlera de rattrapage de courbe en vous montrant celle-ci sur la fiche du carnet de santé.

qu'environ 2/3 des enfants ont une situation clinique ordinaire, et que parmi les 33 % restant, seuls 5 % ont des séquelles graves.

# Les soins au bébé prématuré

## Le service de réanimation

Le bébé très prématuré, ou celui qui a des difficultés de santé particulières, doit passer un temps plus ou moins long en service de réanimation. Il a en effet besoin de soins très spécialisés, souvent parce qu'il ne peut pas respirer sans assistance.

**À la naissance**, quand l'état clinique l'impose, l'enfant est mis rapidement en couveuse. Avant que le bébé ne soit transféré dans l'unité de réanimation, l'équipe pédiatrique essaie d'organiser un premier contact avec la maman en amenant le nouveau-né près d'elle quelques secondes, ou, si celui-ci ne peut être déplacé, en amenant la maman à son chevet après la surveillance post-accouchement. Le conjoint peut toujours venir auprès de son enfant pendant la prise en charge du bébé à la naissance. Si ce n'est pas possible (par exemple, l'enfant doit être transféré très rapidement vers un autre hôpital), l'équipe maintient le lien en prenant une photo du bébé pour la maman et en apportant au bébé quelque chose de sa maman (mouchoir ou autre).

**Dans les jours qui suivent**, si le service de réanimation se trouve dans l'hôpital où la maman a accouché, celle-ci verra facilement son bébé. Mais le plus souvent, elle aura à se déplacer car ces structures très spécialisées n'existent que dans quelques grandes villes. Dès que son état de santé le permettra, le trajet de la maman sera organisé. En attendant, c'est son conjoint qui fait le lien. En allant voir le bébé, il peut suivre son évolution, avoir des explications médicales et, surtout, il peut toucher la petite main dans la couveuse, lui transmettre la tendresse de sa maman absente, et ensuite raconter à la maman le bébé qu'il découvre. Il lui montre des photos de leur enfant dans son nouvel environnement.

Le service de réanimation des prématurés donne souvent aux parents une impression étrange, la sensation d'un monde irréel : avec la lumière permanente (même si la nuit tout est tamisé), le déclenchement des alarmes qui surveillent la respiration, le rythme cardiaque, l'alimentation, la température, ces bébés minuscules dans leur couveuse transparente semblent retranchés dans un univers inaccessible, au milieu du personnel qui leur prodigue des soins compliqués. Le décalage est grand entre leurs attentes et la réalité, bien loin de la douceur imaginée. Les équipes de néonatologie travaillent à adapter cet environnement à la sensorialité et au développement des bébés nés prématurément. Elles essaient de diminuer le son et la lumière ambiante en installant – de façon plus chaleureuse – les enfants dans des petites chambres. Elles s'appuient sur des recherches, par exemple celles du Nidcap®, programme de

*« J'ai eu de merveilleux contacts avec mon bébé dès sa première semaine de vie. Même si petit, malgré la sonde, malgré la perfusion, il souriait aux anges lorsque je le caressais doucement. Je le mettais contre mon cœur, tout nu, au creux de mes seins. Je le sentais respirer, détendu. »*

*C'est ce que nous a écrit la maman de Théo, né avec deux mois d'avance.*

soins pour les nouveau-nés prématurés, et sur d'autres protocoles destinés notamment à éviter la douleur.
**Tous les soignants** sont conscients des besoins de contact et d'amour de ce si petit bébé. Chacun consacre un temps important pour dialoguer avec les parents, trouver chez le bébé le plus petit signe de la conscience qu'il a de la présence de ses parents auprès de lui : un mouvement de paupière, un visage qui se détend, des doigts minuscules qui cherchent. Il faut être attentif pour se rendre compte que l'enfant sent que ses parents sont là, qu'il reconnaît leur voix, leurs caresses, qu'il peut être sensible à l'odeur d'un foulard.
Avec l'aide de l'équipe soignante, les parents peuvent toucher, caresser leur bébé, le changer, même dans la couveuse. Puis, dès que possible, **on propose le peau à peau** : le bébé, juste vêtu d'une couche, le dos protégé du froid par une couverture, est posé contre le sein de sa maman, puis de son papa, le nez dans l'odeur connue, l'oreille contre le cœur. En s'occupant de leur bébé, en observant son comportement et ses progrès, les parents se sentent ainsi de plus en plus utiles et compétents.

## Le service de néonatologie

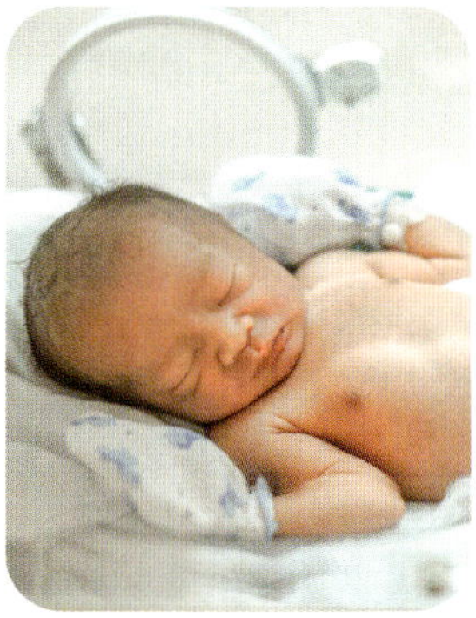

Dès que le bébé va mieux – ou s'il s'agit d'un enfant ayant une prématurité modérée –, il est accueilli en néonatologie. Ces services existent dans tous les hôpitaux, les contacts avec les parents y sont plus faciles. L'arrivée en néonatologie est une étape importante : le bébé respire tout seul, il est plus autonome. Le peau à peau devient possible malgré une perfusion ou une sonde alimentaire. Dans les bras, bien au chaud, calme et apaisé, le bébé digère mieux.

## Les unités mère-enfant

Ces unités existent dans certains services de pédiatrie et reçoivent en même temps le bébé et sa maman. Celle-ci peut y rester tant que son bébé est hospitalisé. La couveuse est souvent installée dans la chambre de la maman qui donne le bain, le sein ou le biberon. Le peau à peau se fait dans le lit. En évitant la séparation, en créant un lien fort avec leur bébé, les mères réparent le traumatisme de la naissance prématurée. Elles se familiarisent avec les soins particuliers à donner : rations alimentaires, stimulations pour l'éveil à l'heure du repas, surveillance de la température, soins de la peau, etc. Cela leur permet d'envisager la sortie de l'enfant avec sérénité.
Il est parfois difficile pour une maman de passer quelques semaines à s'occuper exclusivement de son bébé, notamment s'il y a d'autres enfants à la maison. Si vous ne le pouvez pas, ou s'il n'y a pas une telle unité près de chez vous, maintenez – ainsi que le papa – un contact étroit avec votre bébé : organisez-vous avec l'équipe pour pouvoir donner le bain vous-même, calculez votre arrivée pour être là à l'heure du repas, n'hésitez pas à appeler l'équipe de nuit pour prendre des nouvelles ; de temps en temps le soir, venez voir comment dort votre bébé. Ainsi, **vous maintiendrez le dialogue avec votre enfant** tout en préparant son retour à la maison.

### Prématurité et maltraitance

Le fait de ne pas être séparé de son bébé né prématurément a permis de diminuer considérablement les risques d'une maltraitance précoce. En effet, il y a quelques années, les statistiques montraient que ce risque était beaucoup plus élevé chez les bébés nés avant terme que dans la population normale. On attribuait ce phénomène à l'énervement envers ce bébé si fragile et plus exigeant, à la déception ou à la culpabilité ressentie par la mère de n'avoir pu mener à terme la grossesse, d'avoir fumé ou trop travaillé, à la frustration d'une naissance heureuse…
En fait, depuis que la maman participe aux soins de son bébé, que la séparation est réduite aux nécessités de la sécurité physique, que le père est tout autant associé au développement de son enfant et apporte ainsi très précocement soutien et relais, **des liens profonds s'établissent entre les parents et leur bébé**. On mesure encore mieux ici les progrès effectués par les services de néonatologie.

### Un soutien pour les parents

Après une naissance prématurée, les parents se sentent souvent angoissés et coupables : dans les premiers jours, peur pour la vie de l'enfant, crainte du handicap (que les médecins ne peuvent pas toujours évaluer à la naissance), crainte de ne pas comprendre les explications données, culpabilité de ne pas éprouver d'attachement pour ce bébé si fragile, si différent de celui qu'ils attendaient. Au lieu du bonheur espéré, les parents éprouvent de l'inquiétude.
Pour ces nombreuses raisons, la plupart des services de prématurés proposent dès les premiers jours aux parents une aide psychologique : ils peuvent exprimer leurs difficultés et se sentir rassurés dans leur capacité à élever leur enfant. Avant la sortie, une observation avec l'échelle de Brazelton (p. 178) leur donnera confiance dans ses compétences et dans leurs propres capacités à le comprendre.
Le retour à la maison peut être encadré par une infirmière puéricultrice du secteur de PMI, qui vient à domicile. Les visites médicales régulières sont l'occasion de faire le point sur ce que ressentent les parents.
C'est le rôle de l'équipe soignante d'aider les parents à faire face à leurs problèmes afin qu'ils ressentent le plus tôt possible le sentiment de bonheur généralement associé à une naissance.

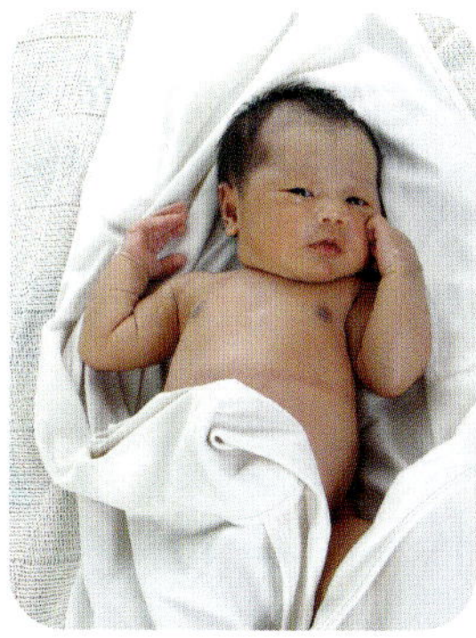

## Le retour à la maison

Dès lors que les parents ont participé aux soins, ont pris confiance en eux et en leur bébé, le retour à la maison est grandement facilité. Mais il est vrai aussi que leur enfant leur semble encore fragile, en quelque sorte « convalescent ». Pour se tranquilliser, les parents doivent se rappeler que si le médecin a autorisé la sortie de l'enfant – même si celui-ci pèse un peu plus de 2 kg –, c'est qu'il est en bonne santé. Bien sûr, il ne faut pas hésiter à appeler l'équipe qui s'est occupée du bébé si quelque chose vous tracasse. Aussi, restez en contact avec la puéricultrice du secteur de PMI. Aujourd'hui, on sait mieux s'occuper des bébés de petit poids. C'est pourquoi il vaut mieux s'adresser au personnel spécialisé car l'entourage, même de bonne volonté, n'est pas toujours au courant des soins à donner à ces bébés. Il est bien de prendre rendez-vous avec le pédiatre 8 jours après le retour à la maison. **Cela permet de faire le point et... de se rassurer.**

Valentin était très passif en néonatologie, il tétait trop peu mais l'équipe du service avait trouvé qu'il pouvait rentrer à la maison. Sa maman raconte : « Dès que j'ai monté avec lui les étages, il a bougé dans son sac kangourou, a ouvert les yeux, est devenu très attentif, surtout lorsque je m'arrêtais et reprenais mon souffle à chaque palier, comme pendant ma grossesse. Quand je me suis assise, épuisée mais si heureuse, dans le salon, j'ai mis la radio, et je n'ai pas reconnu Valentin tant il s'activait dans mes bras. J'ai tenté le sein et là... il a tété, tété, j'avais tellement de lait. Il avait besoin de se retrouver chez lui. »

Le retour à la maison est souvent le moment que les parents choisissent pour fêter, de façon un peu différée, la naissance de l'enfant : ils envoient les faire-part, profitent des cadeaux, donnent de bonnes nouvelles. Le bébé fait enfin son entrée dans l'environnement familial et amical de ses parents.

## La surveillance médicale des premiers mois

Si le bébé a été un grand prématuré, il sera très surveillé médicalement. Des examens cliniques vérifieront régulièrement son développement, notamment un examen auditif, ainsi qu'un ou deux examens visuels dans les deux premières années. Si des retards d'acquisition sont dépistés, une prise en charge sera proposée (kinésithérapie, psychomotricité, orthophonie).

Cette dernière pourra être faite dans un CAMSP (Centre d'action médico-sociale précoce) et on aidera les parents à stimuler leur enfant.

En cas de prématurité moins grande, une ou deux consultations sont en général proposées dans l'année suivant la sortie de la maternité afin de s'assurer que tout va bien. Aujourd'hui, les enfants sont de plus en plus suivis par un groupe de professionnels organisés en réseau.

Par ailleurs, vous verrez avec le pédiatre tout ce qui concerne l'alimentation, les vaccinations – dont le calendrier est un peu différent de celui proposé habituellement – ainsi que le suivi du développement qui demande lui aussi une attention particulière.

Les premiers mois, n'attendez pas pour consulter si votre bébé a de la fièvre, tousse, est encombré, car il est encore fragile sur le plan pulmonaire.

## Dans les mois qui suivent la naissance prématurée

Tout au long de la première année, et même parfois au-delà, la question demeure dans l'esprit des parents : mon bébé aura-t-il des séquelles de sa prématurité ? Son développement sera-t-il normal ? Est-ce qu'il va rattraper son retard ? Le rattrapage dépend de l'histoire de l'enfant, de son âge de naissance, de la durée de séjour en

réanimation et de son propre pouvoir d'adaptation. Chaque enfant est différent, chaque évolution est individuelle.
Les enfants les plus prématurés sont en général bien suivis après leur sortie de l'hôpital mais les prématurés modérés le sont parfois moins. Il est important que ces derniers soient repérés pour faire partie de réseaux de prise en charge spécifique.
Pendant les deux premières années, il y a un décalage entre les acquisitions prévisibles à l'âge de l'enfant, calculé depuis la date de naissance (âge chronologique), et ses acquisitions normales liées à son âge réel de développement (appelé « âge corrigé »). Pour surveiller le développement, le médecin se référera toujours à l'âge corrigé qui est, finalement, l'âge qu'aurait votre enfant s'il était né à terme. Ce décalage, très net pendant les neuf premiers mois, s'amenuise rapidement dès que l'enfant a acquis la marche, puis le langage. Il ne s'agit en aucun cas d'un retard. Une étape importante ultérieure sera la rentrée à l'école primaire avec l'apprentissage de la lecture et de l'écriture.
En attendant, **il faut faire confiance à l'enfant** et croire, avec le soutien actif d'une équipe pluridisciplinaire, en ses grandes facilités d'adaptation.

## Pour en savoir plus

- *Je vous parle, regardez-moi !* Ce petit livre peut aider les parents à observer et comprendre leur bébé prématuré afin de préparer son retour à la maison (diffusion Sparadrap, p. 381).
- *Naître prématuré, le bébé, son médecin et son psychanalyste*, de Catherine Vanier, Bayard.
- L'association SOS.prema souhaite accompagner et soutenir les parents de bébés prématurés : sosprema.com et 0800 96 60 60, une ligne à l'écoute des familles.

# De 1 à 4 mois : des premiers sourires aux premières vocalises

À 1 mois, on peut dire que tous les bébés voient bien les ombres, les lumières, les contours, les visages, certaines couleurs. Avec plus ou moins d'intérêt et de vivacité, le bébé ne cesse d'exercer sa vue. Inlassablement, jusqu'à ce que ses yeux se ferment de fatigue, il regarde tout : le bord de son lit, les objets que l'on agite au-dessus de sa tête, ses mains, les feuilles des arbres lorsqu'on le promène. À exercer ainsi son regard sur toutes choses, il devient plus expressif. Aux environs du troisième mois, ses yeux changeront de couleur pour prendre leur couleur définitive (beaucoup d'enfants ont les yeux gris-bleu à la naissance, cela dure parfois jusqu'à 1 an). Dans les yeux, autre nouveauté : les larmes. De vraies larmes (un écoulement de larmes permanent doit amener à consulter un médecin).

*« Petit enfant, connais ta mère à son sourire. »*

*Virgile*

Dès que les bébés sont capables de tourner la tête, ils explorent leur horizon en tous sens. Mais tous les enfants ne réagissent pas aussi vivement aux mêmes excitations. Les bébés ne sont pas sensibles à ce qui les entoure de la même manière. Ce qui ne signifie pas que ceux qui réagissent moins rapidement à ce qu'ils voient sont moins éveillés ; ils se montreront peut-être plus précoces pour d'autres acquisitions (marche, langage).

Vers 2 mois, l'enfant passe du sourire réflexe au **sourire réponse**, c'est-à-dire entre activement dans le processus de relation. Il examine avec soin l'entourage, scrute avec attention les visages, et voilà tout à coup un événement important : parmi les « objets » que le bébé regarde, un jour, l'un d'eux lui paraît plus intéressant que les autres. Cet « objet » émet des sons qui lui rappellent beaucoup de bons souvenirs. Intensément, le bébé fixe les yeux dans sa direction. Et, un jour, le miracle se produit !

Ce visage qui se penche au-dessus du sien, « comme c'est curieux, semble dire l'enfant, ça bouge, les lèvres remuent, les yeux se plissent ». L'enfant essaie d'en faire autant. Sur le visage d'en face, le sourire s'étend, la bouche s'ouvre, il en sort un cri de joie. **L'enfant a souri, sa mère, son père aussi.**

Qui a commencé ? Nul ne le sait. On peut bien appeler cela « une réponse par imitation » : pour les parents, c'est simplement le bonheur. Ce n'est pas la première fois que leur bébé sourit. Mais c'est la première fois qu'il leur adresse un sourire.

Du premier sourire aux premières paroles, il se passera plusieurs mois. Qu'importe ! Il y aura d'autres manières de se « parler » : des vocalises, des roulades, des éclats de rire, quelques syllabes, la musique, des chansons. Ce dialogue ne sera d'ailleurs pas le privilège des parents. Il s'exercera avec toutes les personnes de l'entourage du bébé (frères, sœurs, assistantes maternelles, auxiliaires…), qui sont autant de figures d'attachement possibles et rassurantes.

**À savoir**

Il existe une Charte nationale pour l'accueil du jeune enfant ; elle propose 10 grands principes pour permettre à l'enfant de s'épanouir et elle est consultable sur internet : https://www.cnape.fr/charte-nationale-pour-laccueil-du-jeune-enfant/

# Les journées s'organisent

Entre 1 et 4 mois, la vie familiale va devenir plus calme car les pleurs diminuent et les rythmes de sommeil se régularisent. Les pleurs d'un bébé alertent toujours les parents : « Que se passe-t-il ? Tu as trop chaud ? Tu as faim ? Tu as mal au ventre ? » Mais ils peuvent aussi épuiser : « Ça suffit maintenant, tu es vraiment pénible. » Les parents se sentent mis en cause dans leur capacité à s'occuper de leur bébé. Lorsqu'un bébé pleure, c'est sa façon de communiquer, d'exprimer ce qu'il ressent : il y a trop de bruit, il veut qu'on le prenne dans les bras, il n'arrive pas à trouver le sommeil… « Notre petite Lola va avoir 4 mois et elle fait des grosses crises de colère lorsqu'on la pose dans son lit. Je me demande si elle ne commence pas à faire des caprices ; peut-on la gronder ? »

Nous le redisons et insistons : **un bébé ne fait pas de caprices à cet âge**, laissons cette expression aux enfants de plus de 2 ans (p. 306-307). Il manifeste son déplaisir ou son inconfort et il a

besoin d'être aidé pour s'adapter à de nouveaux rythmes : la vie intra-utérine, où il était nourri à la demande et où il dormait quand il le souhaitait, n'est pas si loin. À cet âge, un bébé a avant tout besoin d'être réconforté (p. 118-119).
Peu à peu, l'enfant va moins pleurer. Ainsi, la séance de pleurs de fin de journée, si régulière chez certains nourrissons et souvent éprouvante pour les parents, cesse vers 3 mois. En plus, les problèmes digestifs doivent s'estomper au fil des semaines, ce qui aide le bébé à pouvoir attendre plus sereinement l'heure de son repas (sauf le matin, où il pleure encore parfois), trouver facilement le sein ou la tétine, prendre le temps de bien boire sans s'étrangler.
Entre 3 et 4 mois, l'enfant différencie les jours des nuits.
La somnolence quasi permanente du début fait peu à peu place à des périodes de vrai sommeil, de vrai réveil, surtout en fin de journée. Dormant pendant des périodes plus longues, l'enfant dort moins souvent. Le sommeil léger et fragile du début fait place à un sommeil détendu et profond, dont plusieurs heures d'affilée la nuit.
Ainsi, pleurant moins, dormant mieux, mangeant bien, l'enfant de 3 mois atteint déjà un certain équilibre. En plus, lorsqu'il est réveillé, il commence à s'intéresser vraiment à ce qui se passe autour de lui.

## Les « tableaux »

À cet âge, la vie d'un bébé est bien réglée : les repas sont suivis de changes, les changes de siestes, puis il y a les sorties, le bain, et cela recommence. Et à chaque fois, les mêmes gestes, les mêmes personnes. À travers ces scènes et leur répétition, l'enfant va se sentir appartenir à un monde cohérent et stable, à une famille bienveillante. L'attention de ses proches, adaptée à ses besoins, favorise sa sécurité affective, ses capacités ultérieures de pouvoir attendre, prévoir. Ainsi, se mettent en place les fondations solides de ce que D. W. Winnicott appelle le « sentiment continu d'exister » grâce auquel l'enfant, et l'adulte qu'il deviendra, pourra surmonter les séparations et les changements qui jalonnent toute existence.
Ce sont ces scènes que Jean Piaget – un des fondateurs de la psychologie de l'intelligence et de ses origines – a appelées des « tableaux » : pour le petit bébé de 5 ou 6 semaines, les personnes et les objets apparaissent comme des taches et des couleurs assemblées sur une toile. Mais ces taches et ces couleurs bougent continuellement : ces tableaux sont des tableaux vivants. Bien sûr, les premiers jours, l'enfant ne les distingue pas bien, et encore moins leurs détails ; il lui faut du temps pour bien voir. Peu à peu, il finit par distinguer les uns des autres, chacun accompagné de ses sensations particulières.
Le tableau **tétée** : les bras, le sein, la chaleur de maman, le plaisir de téter qui se prolonge bien au-delà de la faim apaisée, puis la « conversation » qui suit. La mère sourit, parle à son bébé, il lui répond et fait des roulades.

### *Jean Piaget*

(1896-1980), biologiste, philosophe, psychologue de l'enfance, a laissé une œuvre considérable qui émane de son observation des enfants. Citons en particulier : *Le Langage et la Pensée chez l'enfant*, Delachaux et Niestlé ; *La Psychologie de l'enfant*, PUF. Les applications de l'enseignement de Jean Piaget ont transformé notre approche du développement cognitif et nos méthodes pédagogiques. Son œuvre reste une source inépuisable de connaissances et d'observations.

Le tableau **biberon** : papa s'installe, il sait tout de suite trouver le rythme qui convient, le bébé est comblé ; de ce moment de calme vont naître de nouveaux échanges.
Le tableau **bain** : le bruit de l'eau qui coule, l'eau tiède dans laquelle on est si bien, le plaisir de gigoter un moment tout nu après le bain.
Le tableau **sortie** : la porte s'ouvre, maman porte un manteau, papa prépare le landau qui balance si agréablement, on entend les bruits de la rue, les feuilles du jardin bougent.
Le tableau **crèche** ou assistante maternelle : maman raconte à l'auxiliaire le réveil du matin ; le soir, « Nounou » fait à Papa le récit de la journée.

## Le besoin de stabilité du bébé

Pour l'enfant de cet âge, la vie est donc essentiellement une succession de tableaux centrés autour des mêmes personnes ; ils se reproduisent selon un rythme et des rites bien établis. Ils deviennent des habitudes, des repères de stabilité. L'enfant peut ainsi prévoir ce qui va se passer dans sa journée, attendre son repas sans inquiétude – évidemment

## De 1 à 4 mois

### AVEC LES MAINS

Il a desserré les poings. Ses mains commencent à lui obéir ; il sait les amener devant ses yeux, jouer longuement avec elles, agiter ses doigts, palper, griffer ou gratter. S'il voit un objet approcher, il tremble d'excitation ; il voudrait s'en emparer. Mais s'il commence à savoir saisir le portique qui est en travers de son lit, il laisse tomber le hochet qu'on lui a mis dans la main et ne sait pas le reprendre.

### LA TENUE DE LA TÊTE

Mis sur le ventre, le bébé relève vigoureusement la tête. Son cou est devenu ferme et, quand il est couché sur le dos, si on le soulève, il tient bien la tête. Ce contrôle de la tête, qui est le grand événement de ce trimestre, va avoir des conséquences importantes : le bébé peut s'intéresser à ce qui l'entoure, parce que maintenant il peut tout voir, ou presque. C'est un bon exemple de ce que les psychologues et les pédiatres appellent le développement psychomoteur : le bébé tient sa tête parce qu'il veut regarder, il peut regarder parce qu'il tient sa tête, c'est indissociable.

### SUR LE VENTRE

La position sur le ventre est un excellent stimulant psychomoteur : lorsque votre bébé est réveillé, installez-le de temps en temps dans cette position pour jouer avec lui. Il va ainsi tonifier le dos et voudra appuyer sur ses avant-bras puis ses bras. Maintenant le bébé suit des yeux une personne qui se déplace. Il commence à sourire. Les expressions de son visage sont de plus en plus variées.

s'il n'a pas trop faim – car il sait qu'il va arriver. Tout cela va créer la confiance dans les adultes. Si les repères sont brouillés, si les habitudes changent, l'enfant est désorienté, voire angoissé. C'est pourquoi, quel que soit le déroulement de la journée du bébé – chacun a sa manière de vivre –, il ne doit pas trop varier. Par exemple :

- qu'il n'y ait pas trop de changement parmi les personnes qui s'occupent de l'enfant ;
- que l'enfant ait un coin à lui, si petit soit-il, afin que son cadre soit le même, par exemple grâce à un simple paravent ;
- que le bain et la sortie soient réguliers, qu'ils se fassent sans précipitation.

Si vous ne pouvez éviter qu'il y ait plusieurs personnes qui s'occupent de votre bébé – sa grand-mère, l'assistante maternelle… –, faites en sorte qu'il n'y ait pas de conflit entre elles. Certes, chacun a sa façon de communiquer avec le bébé, de prendre soin de lui. Mais si ces personnes s'entendent bien, sont en harmonie, le bébé se sentira rassuré et il pourra plus facilement constituer ses propres repères et s'adapter. Bien sûr, au fur et à mesure que votre enfant grandira et que sa personnalité s'affirmera, il sera capable d'apprécier la nouveauté, il la recherchera même. Mais pour le moment, **il a besoin de régularité**.

Lorsqu'un changement est nécessaire – par exemple le sevrage, la reprise du travail –, il faut le préparer. L'enfant peut mettre un peu de temps à s'adapter et vous verrez plus loin comment l'y aider pour que tout se passe bien. L'important est que les nouvelles habitudes, les séparations soient aménagées et se déroulent dans un climat de sécurité. Nous pensons d'ailleurs qu'il est illusoire d'imaginer qu'en grandissant, un enfant puisse être calme, attentif, s'il n'a pas bénéficié de cette stabilité de base dès ses premières semaines de vie.

## Le sevrage

Nous évoquons ici la question du sevrage car la période de 1 à 4 mois est généralement la plus fréquemment choisie par les mères (reprise du travail notamment). Certaines mamans sont heureuses de ce moment. D'autres auraient la possibilité de continuer à allaiter, et le souhaiteraient, mais elles n'osent le faire, craignant que si elles attendent trop longtemps, leur bébé ait plus de mal à renoncer au sein. C'est une inquiétude injustifiée. On ne peut pas dire qu'il y ait un moment précis où le sevrage se ferait plus facilement qu'à d'autres. Certains enfants passent assez naturellement du sein au biberon. Ils retrouvent avec celui-ci un rituel chaleureux et sécurisant.

Comme vous l'avez vu (p. 55 et suiv.), l'important est de toujours introduire les biberons de façon progressive, d'agir avec souplesse – en redonnant au besoin quelques tétées – et d'être patient.

Le sevrage est en effet un grand changement pour le bébé et il a besoin d'un temps d'adaptation. Depuis le premier jour, la succion est pour lui une source de plaisir et d'apaisement. De plus, alors qu'il ne sait pas encore s'asseoir ou se servir de ses mains, la bouche est vraiment le centre de toutes ses activités et même de ses progrès : manger bien sûr, mais aussi appeler, sourire, vocaliser, crier et explorer le monde qui l'entoure en mettant tout à la bouche. Et le sein crée un contact intime, charnel ; lors de la tétée, dans ce moment de peau à peau, il est baigné dans l'odeur maternelle.

Lorsque la mère a pris la décision de sevrer, le père est un allié précieux : en soutenant sa femme dans son choix, en aidant le bébé à se tourner vers l'extérieur, en lui montrant qu'il peut exister aussi dans le regard des proches qui l'entourent et qui l'aiment. Ainsi franchie, l'étape du sevrage est positive pour le développement de l'enfant ; cela va l'aider à s'attacher à d'autres personnes, à s'approprier d'autres espaces. Et sachez que, même si l'enfant met quelque temps à s'habituer, il retrouvera, ce délai passé, tout son équilibre.

**Les difficultés du sevrage.** Si votre bébé a de la peine à abandonner le sein, vous trouverez page 57 des conseils pratiques pour dépasser ce moment parfois délicat.

Le sevrage peut parfois être difficile pour la mère : elle redoute que son enfant se détache d'elle ou elle n'est pas tout à fait prête. Certaines mères, comme après la naissance, se sentent déprimées. C'est compréhensible, sevrer est une nouvelle séparation, mais aussi un bouleversement hormonal. En plus, ce moment chargé d'émotions peut faire resurgir chez la maman des souvenirs très anciens, jusque-là inconscients. Là aussi, c'est le sevrage progressif qui permet de continuer à donner quelques tétées et d'arriver en douceur à l'autonomie réciproque.

***Important***

Lorsque le sevrage est délicat, faites-vous aider par des professionnels, particulièrement les puéricultrices de PMI.

## La reprise du travail

Le congé de maternité se termine 10 semaines après la naissance mais, quand elles le peuvent, des mères attendent que l'enfant ait 4 mois, parfois plus, pour reprendre leur travail. Elles sentent qu'à 2 mois, leur bébé est encore très dépendant, que la période de « fusion » n'est pas totalement terminée. Il est vrai qu'à 4 mois,

le développement psychomoteur de l'enfant lui permet de supporter plus facilement la séparation. Nous aborderons donc au stade prochain (4-8 mois) la reprise du travail de la mère. Nous avons parlé en détail dans le chapitre 3 des différents modes de garde, de la façon de faire son choix, etc. Ici, nous voudrions déjà attirer l'attention sur certaines précautions à prendre.
L'enfant doit s'habituer progressivement à son nouveau lieu de vie. Les professionnels de la petite enfance savent de mieux en mieux respecter la place des parents et soutenir les mamans qui souffrent de se séparer de leur bébé. Aujourd'hui, les crèches et les assistantes maternelles organisent une période d'adaptation. L'enfant y va par exemple deux heures, un jour sur deux, pendant une semaine. Et la première fois, il est conseillé aux parents de rester avec leur enfant pour faire avec lui connaissance des nouveaux visages et du nouveau cadre.
Les pères sont nombreux à conduire leur enfant à la crèche ou à aller le chercher. Ils participent ainsi à la vie quotidienne de leur enfant. Cela soulage les mères de ne pas assumer seules la charge de ces trajets et de partager la responsabilité de leur enfant avec d'autres.
Parlez simplement à votre enfant de ces changements. Dites-lui avec des mots de tous les jours ce qui va arriver et pourquoi vous devez le faire garder par d'autres que vous. Dites-lui qui va s'occuper de lui, comment cela se passera. Vous penserez peut-être : « Mais il ne comprend pas les mots. » Nous n'en sommes pas si sûrs, et de toute façon, l'enfant en saisit le ressenti et la tonalité émotionnelle. D'ailleurs, les parents apprécient d'exprimer à leur bébé ce qu'ils éprouvent. Comme dans tout vrai dialogue, ils ressentent un soulagement, du bien-être. Comme l'a bien montré Françoise Dolto, parler à un enfant, c'est éviter les comportements de fuite, c'est prendre son temps avec lui, le regarder affectueusement, dans un échange paisible où le langage (verbal et non verbal) est bénéfique pour celui qui parle et celui qui écoute.
Bien sûr, parlez-lui doucement, sans excès, chuchotez plutôt, ne le fatiguez pas.

**Françoise Dolto**

(1908-1988), pédiatre et psychanalyste, a servi « la cause des enfants » tout au long de son parcours professionnel et défendu notamment l'idée que le bébé est « un sujet à part entière », comme l'adulte. Son désir de rendre accessibles, ses apports théoriques auprès du grand public l'a menée à participer à une émission de radio dont le succès a fait l'objet d'une importante publication : *Lorsque l'enfant paraît*, 3 tomes (Seuil, coll. « Points »). Ces ouvrages sont des réponses à des situations quotidiennes et l'on peut les approfondir dans *L'Image inconsciente du corps*.

## Les échanges, les interactions s'enrichissent

Vers l'âge de 3-4 mois, le développement psychomoteur du bébé repose essentiellement sur les « réactions circulaires », selon l'expression de Jean Piaget. Il dénomme ainsi cette capacité qu'a le bébé, dès les premières semaines de vie, à reproduire une action qu'il a découverte par hasard et qui lui a procuré un plaisir ou un intérêt inconnu jusqu'ici.
Cela peut être une **réaction circulaire « primaire »**, c'est-à-dire découverte de façon fortuite avec son propre corps : l'enfant cherche son pouce, il le trouve, le suce avec plaisir, et sait le retrouver lorsqu'il en a besoin. De même pour les vocalises : un jour il découvre qu'il peut

faire du bruit avec sa voix, cela lui plaît, il se rend compte qu'il peut refaire cela quand il veut (et répéter les vocalises fait non seulement plaisir au bébé mais attire du monde autour de lui…) ; ou encore avec ses mains qu'il fait bouger et bouger à nouveau, à volonté.
Cela peut être une **réaction circulaire « secondaire »** : avec des personnes ou des objets extérieurs. Le sourire en est un bon exemple, nous en avons parlé au début de ce stade. L'adulte sourit, l'enfant, pour l'imiter, fait le même mouvement. Ou bien, c'est le bébé qui sourit en premier et l'adulte qui lui répond. L'enfant tape sur le petit jouet suspendu à sa portée, qui alors se balance et fait du bruit ; intrigué, il refait le même geste et se rend compte que c'est lui qui a fait bouger le jouet.
Avec ces nouvelles interactions, l'enfant prend conscience de son corps et de son pouvoir sur les personnes et les objets. Il montre qu'il commence à savoir adapter un moyen à une fin : agir d'une certaine façon pour provoquer une réaction. C'est l'éveil de l'intelligence sensori-motrice : à cet âge, en effet, le bébé ne possédant ni langage ni fonction symbolique, son intelligence se construit en éprouvant des relations de cause à effet. Elle s'appuie sur des perceptions et des mouvements, sur une coordination des actions, sans qu'interviennent encore des représentations mentales ou de la pensée. Cela se fera peu à peu.
Les progrès de l'enfant à cet âge sont donc à base d'imitation, de répétitions et de découvertes.
Mais **intelligence sensori-motrice et affectivité** sont étroitement liées. Lorsque l'enfant joue avec ses mains, sa voix, il aime que ses parents participent. Tom, 3 mois ½, bouge les mains et les regarde ; son papa l'imite et chante les célèbres petites marionnettes (« Ainsi font, font, font, les petites marionnettes… ») ; Tom bouge à nouveau les mains et éclate de rire lorsque son papa répond, mime et chantonne « trois petits tours et puis s'en vont ! ». C'est vers 4 mois qu'apparaissent les premiers éclats de rire du bébé qui nous disent sa joie de vivre et nous la font partager. De même, lorsque le bébé vocalise, il aime que ses parents répondent à ses « areu », les répètent. C'est un moment de jeu et de plaisir réciproques. Un environnement bienveillant et attentif permet à l'enfant de se sentir exister, d'appartenir à une famille ; il peut se développer, grandir, en toute sécurité.
Entre 1 et 4 mois, les échanges de toutes sortes s'enrichissent pour plusieurs raisons :

- le bébé voit de nouveaux visages, le cadre, les bruits se renouvellent ;
- il dort moins et les temps d'éveil deviennent plus longs et plus fréquents ; il sourit, il tient sa tête, il maîtrise ses gestes, il gazouille, il s'intéresse à ce qui se passe.

En voyant le bébé si éveillé, réagir si bien aux paroles, aux chansons, l'entourage est parfois tenté de le stimuler un peu plus, un peu trop. La surstimulation peut le fatiguer, voire le perturber. Soyez attentif aux réactions de plaisir et de déplaisir de votre enfant, **respectez son rythme, son âge et le calme dont il a besoin** pour construire cette capacité intérieure qui l'amènera à dire « je » quelques années plus tard.

***Important***

Pour profiter pleinement de ces interactions par le regard, les paroles, les caresses, essentielles pour votre bébé, sachez mettre de côté votre téléphone portable.

# La naissance de la vie psychique

Même si elles nous semblent oubliées, toutes les sensations et les émotions qui jalonnent les premiers moments de notre vie ne sont pas perdues ; elles forment les fondations de notre personnalité, meublent jour après jour cette partie profonde et souterraine de notre affectivité que Sigmund Freud, le fondateur de la psychanalyse, a appelée l'**inconscient**. Il l'a dénommé ainsi en découvrant que, autour de 5 ans, nous perdions peu à peu la mémoire consciente des événements qui ont jalonné nos premiers mois, nos premières années. Il est facile pour tout un chacun de constater, par exemple, qu'il ne se souvient pas de sa naissance – si sa mère lui parle de ce moment, c'est son accouchement qu'elle évoque et non le ressenti de son bébé qu'elle ignore. De même, le plaisir du sein ou du biberon, l'apprentissage de la marche ou de la propreté, qui s'en souvient ? L'inconscient, où s'enracine notre vie psychique, est constitué ainsi d'événements dont notre conscience n'a pas souvenir. Vers 4-5 ans, survient en effet un phénomène universel que Freud et les psychanalystes qui lui ont succédé appellent **« l'amnésie infantile »** : petit à petit les multiples émotions vécues intensément par le bébé et le jeune enfant sont enfouies ou refoulées, voire réprimées selon les cultures ou l'éducation.

Et pourtant, la façon dont nous avons eu confiance ou peur pour faire ces découvertes et ces acquisitions, la manière dont nous avons été comblés ou insatisfaits dans nos échanges affectifs, verbaux ou même alimentaires, tout cela va modeler **notre façon de réagir aux frustrations, agir sur notre émotivité, alimenter nos angoisses, notre joie de vivre** et structurer nos mécanismes de défense.

Ainsi ce père qui ne peut laisser son petit garçon pour une hospitalisation de 24 heures, bien que les examens à faire soient bénins, le service ouvert aux visites et le climat particulièrement sécurisant : « Je ne le laisserai que si je peux dormir avec lui. Je suis sûr qu'il sera bien mais c'est plus fort que moi. Je sais que j'ai été placé tout petit en pouponnière, puis dans plusieurs familles d'accueil. Cela me le rappelle trop. »

Nous ne pouvons pas toujours comprendre combien nos comportements d'adultes peuvent dépendre des premiers mois et des premières années de notre vie, tant est subtil le mécanisme de leurs répétitions ou de leurs reproductions, souvent inaperçues. Pourtant, l'importance de ces premières années devient plus aisément manifeste lorsque nous devenons parents : notre enfant réactive des souvenirs oubliés, il « réveille », à notre insu, l'enfant que nous avons été, les parents que nous avons eus et ces années passées avec eux qui ont façonné ce que nous sommes aujourd'hui. Tout s'enchaîne, tout est lié : de nos parents nous avons reçu une éducation, des valeurs, de l'amour… Et lorsque nous devenons parents, il appartient à chacun de nous de s'approprier (ou non) ce que nous ont apporté nos parents, de choisir nos références avant de les transmettre à nos enfants.

Ainsi, chez le bébé, tout ce que sa conscience n'est pas encore capable d'ordonner, de contrôler, d'expliquer, va « s'engranger » : l'agréable et le désagréable, les satisfactions et les déceptions, les expériences heureuses ou malheureuses, les attentes vaines et les attentes comblées. Dès les premiers jours, la construction de notre personnalité trouve ses bases dans l'inconscient.

## Ce qu'aime un enfant de 1 à 4 mois

- Être porté ou promené dans vos bras, il se sent rassuré et heureux.
- Vos gestes tendres et vos douces paroles avant d'être déposé dans son lit.
- Sucer : le sein, la tétine, son pouce, le hochet qu'on lui met dans la main.
- Regarder : ce qui l'entoure, ses mains, les arbres, papa qui se penche sur le berceau, les autres enfants, un mobile accroché au-dessus de son lit.
- Répondre aux sourires par un sourire.
- Imiter les expressions des visages : sourires, mouvements de bouche.
- Dès la fin du deuxième mois, faire des roulades, des « areu », des vocalises qu'il écoute sans fin et auxquelles il aime qu'on réponde.
- Écouter la voix des autres.
- Écouter de temps en temps sa boîte à musique.
- Quand il est bien réveillé, être changé de position. S'il n'apprécie pas d'être mis de temps en temps sur le ventre (« Il reste une minute ou deux puis s'énerve et se met à pleurer »), habituez-le dès le premier mois à rester à chaque change quelques minutes dans cette position ; puis, à partir de 2 mois, pendant de courtes périodes de la journée, profitez des moments où votre enfant est particulièrement éveillé pour jouer avec lui sur un tapis d'éveil. Vous verrez, il prendra plaisir à cette nouvelle position. Cette position stimule les muscles dorsaux qui sont importants pour la position assise.
- Être de temps en temps dans un petit transat pour participer à la vie familiale.
- Vers 3 mois-3 mois ½, le bébé éclate de rire : c'est ce que fait Clémence en regardant son frère Grégory faire le pitre.
- Qu'on le laisse tranquille et au calme avant de trouver le sommeil.

**Attention !**

Si votre enfant n'a pas les réactions que nous avons décrites (à la lumière, au bruit, au son de la voix), s'il ne montre pas qu'il reconnaît les différents « tableaux » de la journée (tétée, bain, promenade), il est nécessaire de consulter un pédiatre. Bien sûr, il y a des différences importantes entre chaque bébé, mais un spécialiste peut se rendre compte de la nécessité d'une surveillance particulière, voire d'apporter une aide la plus précoce possible.

## Ce qu'il n'aime pas

- À la crèche, changer systématiquement d'auxiliaire.
- Lorsque son père ou sa mère l'accompagne le matin chez l'assistante maternelle – ou à la crèche –, être bousculé, il apprécie que le « passage » d'une personne à l'autre se fasse sans précipitation.
- Et, comme au stade précédent (p. 178), il n'aime pas le bruit, ni le manque de sommeil, les gestes brusques, les couches sales, les changements de visages et de personnes, etc.

# De 4 à 8 mois : premiers jeux en famille

À chaque étape du développement de l'enfant, on est tenté de dire qu'il fait d'immenses progrès. Et en effet, entre 4 et 8 mois, c'est saisissant ! À 4 mois, le « petit » bébé, couché dans son berceau, met à la bouche ce qui est à portée de sa main et regarde autour de lui mais dort encore beaucoup. À 8 mois, le « grand » bébé palpe, attrape, passe chaque jour plusieurs heures à jouer et suit d'un œil vif les faits et gestes de son entourage.

## Découvertes et progrès

• Entre 4 et 8 mois, l'enfant apprend à se servir de ses **mains**, comme les images page 199 le montrent. C'est l'âge de la « préhension » qui change tout dans la vie de l'enfant. En premier lieu, la main lui permet de faire la connaissance de son corps : il découvre ses pieds, ses cheveux, ses organes génitaux. Quand l'enfant met ses pieds à la bouche, quelle jubilation ! Freud a mis en avant cette phase de développement qu'il a nommée autoérotisme, la recherche du plaisir axée sur son propre corps.

• En prenant conscience des contours, d'un « dedans » et d'un « dehors » (sucer son doigt, attraper son pied), l'enfant commence à construire ce que les pédiatres et les psychologues appellent **le schéma corporel**. L'entourage contribue à cette connaissance en mettant des mots (« Où est ton petit nez ? Et ta main ? Ça c'est ton pied… ») et il est fondamental que cette connaissance se fasse dans un climat de tendresse où l'enfant se

sente aimé. C'est que, en même temps que ce schéma corporel se construit « l'image inconsciente du corps » (Françoise Dolto), image que chacun porte en soi, émotionnellement, qui se modèlera toute notre vie.
Cette étape met en place une première ébauche du « MOI » sur laquelle toutes les autres phases de développement vont se construire. Le psychanalyste Didier Anzieu l'a nommée le **« moi-peau »**. Cette étape est fondamentale pour que l'enfant prenne conscience qu'il a une finitude, que sa mère n'est pas lui, qu'il n'a pas tout pouvoir sur le monde autour de lui.

- La main a permis au bébé de faire la connaissance de son corps, elle va lui donner le plaisir de sentir les doigts de l'adulte qui s'occupe de lui et le plaisir de répondre ; plus tard, le bébé tendra ses mains, puis ses bras, vers celui qui se penche vers lui.

La main va aussi lui procurer **mille moyens de se distraire** car il va pouvoir palper, jeter, tirer, lâcher, explorer, faire du bruit. Et prendre tout ce qui l'entoure pour le porter à sa bouche. Celle-ci reste en effet longtemps le premier instrument de connaissance de l'enfant, et lorsqu'il suce son pouce ou un objet, il se détend.
Devant une table, sur vos genoux, ou installé dans sa chaise haute, l'enfant commence à attraper ses petits jeux, d'abord en les grattant, en cherchant à les agripper car il évalue mal la distance. Si on intéresse l'enfant à un objet nouveau, il oublie tous les autres. Et si l'objet tombe, l'enfant l'oublie également. C'est pour cela que les adultes du monde entier ramassent le jouet et le redonnent au bébé. Mais bientôt, il va suivre l'objet des yeux, s'en souviendra, et si on pose l'enfant par terre, il ira chercher le jouet à quatre pattes. C'est son intelligence sensori-motrice qui est à l'œuvre (p. 217) sur le chemin de la découverte de la « permanence des objets » (les objets existent même lorsqu'on ne les voit plus).

- Entre 4 et 8 mois, le bébé va peu à peu découvrir d'**autres positions de son corps**. Laissez-le faire à son rythme et ne l'installez pas dans

*« As-tu déjà entendu un bébé babiller dans son berceau ? Il imite à sa façon la parole des adultes qu'il entend autour de lui. Il croit peut-être qu'il parle comme eux. »*

*Michel Tournier*

une position qu'il ne maîtrise pas. Ainsi, il n'est pas conseillé de vouloir **asseoir** le bébé à tout prix tant qu'il n'est pas capable de tenir assis sans maintien (environ vers 6 mois). Les adultes ont tendance à trop le stimuler pour acquérir cette étape. Il n'y a pas de risque à la position assise en tant que telle, notamment pour le dos de l'enfant qui n'a rien à craindre. Mais c'est une position statique tant que le bébé ne sait pas s'asseoir seul et quitter seul cette position. Elle entraîne une crispation de tous ses muscles pour se maintenir assis et cela l'empêche d'explorer sereinement l'espace autour de lui : il ne peut plus bouger, il est mal à l'aise.
S'il essaie d'attraper un objet mis à sa disposition et s'il tombe, il ne peut se rasseoir seul. Mieux vaut privilégier les activités sur le dos ou sur le ventre.
Sur le dos, le bébé dispose de toute son énergie. Voyez comment il apprend à se retourner. Par exemple, il a un objet dans la main ; l'objet tombe à côté de sa tête ; alors, pour le voir et le reprendre, il se tourne ; cela n'est pas facile. Ce n'est que petit à petit qu'il apprendra à tourner les épaules, le tronc, puis les jambes, pour se retrouver enfin sur le ventre, saisir l'objet et jouer avec lui. Lorsque l'enfant saura bien se retourner, cela va l'amuser de se rouler sur lui-même, dans son lit, sur un tapis ou sur une couverture.

- Le plus souvent possible, installez **l'enfant dans un parc ou sur un tapis d'éveil** : il apprécie un univers plus large, qui ne se limite plus au plafond ou aux jouets accrochés à son lit. Variez les positions sur le ventre et sur le dos tant que l'enfant ne se retourne pas de lui-même. Entre 5 et 6 mois, lorsqu'il est sur les genoux d'un adulte, le bébé aime être mis debout et qu'on le fasse sautiller doucement : il prend conscience de son appui possible sur la plante des pieds et s'en amuse beaucoup. De même, lorsque vous venez le chercher dans son lit, vous pouvez le mettre ainsi debout et vous sentirez comme il commence à appuyer ses pieds sur le matelas. Il éclate de rire et sa joie est communicative.
- Les sièges **relax et transats** ne sont à utiliser que de temps en temps, lorsque vous ne pouvez pas laisser l'enfant allongé sur son tapis : par exemple, si vous devez préparer un repas, emmenez votre bébé et installez-le près de vous. Être trop souvent dans un petit siège rend l'enfant passif, cela l'empêche d'explorer les possibilités de son corps. De plus, il ne peut pas manipuler les objets ou jouets qu'il tient car ils tombent rapidement par terre ; il doit attendre que l'adulte les ramasse et il ne s'habitue pas à jouer tout seul.
- L'enfant commence à **différencier les autres** et à reconnaître les particularités de chacun, leur voix, leur odeur, comment les appeler, communiquer avec eux, et petit à petit, à avoir des réactions différentes suivant les personnes : il ne se comporte pas de la même façon avec l'assistante maternelle, son frère, ses parents. À cet âge, il n'est pas rare de voir le bébé, jusque-là souriant à tous et à toutes, s'étonner ou paraître un peu inquiet devant un visage inconnu, pour parfois même s'en détourner.

Sur un **tapis d'éveil**, l'enfant découvre différents objets et matières qui incitent à une exploration sensorielle à la fois tactile et sonore. Parfois une arche surplombe le tapis, permettant de suspendre de petites peluches à agripper, un miroir pour s'observer, des hochets à billes que l'on peut attraper ou encore de légers mobiles qui s'animent lentement. Certains tapis, perfectionnés et de bonne facture, coûtent relativement cher et font l'objet d'un cadeau de naissance. D'autres sont plus simples et modulables ou peuvent être faits main.

**Au stade suivant**, nous verrons que cette attitude – comme les craintes que l'enfant manifeste s'il ne voit plus ceux qui l'entourent habituellement – montre un progrès, une étape nécessaire. L'enfant se rend compte que l'autre est différent de lui, qu'il représente une individualité distincte, constante. Il prend ainsi conscience de sa propre individualité.

• L'attitude de l'enfant devant **un miroir** a toujours été, pour les psychologues, révélatrice des étapes que l'enfant franchit dans sa découverte de lui-même, dans la reconnaissance de sa propre image et de celle des autres.
À 3 mois, lorsqu'on place un bébé devant un miroir, il regarde ce miroir comme n'importe quel objet.
À 6 mois, si vous le tenez dans les bras et que vous vous placez devant un miroir, pour la première fois, le bébé manifeste une certaine surprise, comme s'il soupçonnait quelque rapport entre vous et l'image reflétée. Si vous parlez, ses yeux vont du miroir à vos lèvres, sans comprendre encore, ayant l'air de se demander comment il peut y avoir à la fois un visage de papa ici et un visage de papa là-bas.
En revanche, il ne se doute pas encore qu'il y a un rapport entre son visage dans le miroir et lui-même, bien qu'il sourie à l'image qui est en face de lui. La prise de conscience de soi et des autres commence donc très tôt mais elle est longue à se construire : l'enfant se reconnaîtra vers 18 mois.

# De 4 à 8 mois

### SAISIR LES OBJETS

De la main droite, ou de la gauche indifféremment, l'enfant va peu à peu saisir l'objet qu'on lui tend, en resserrant quatre doigts.

Son bras s'est allongé, sa main a plongé sur l'objet comme sur une proie. Il fait passer l'anneau d'une main à l'autre, le saisit avec avidité, mais parfois le laisse tomber.

### DÉCOUVRIR SON CORPS

Ayant mis son pied dans sa bouche, après s'être débarrassé du chausson, il éclate de rire : adorant sucer, il a découvert un nouvel objet à cet usage, et un nouveau jeu, comme il découvre et joue aussi avec ses mains, ses cheveux, ses oreilles, son corps tout entier.

Le **langage parlé** – appelons-le ainsi bien que ce n'en soit que le tout début – témoigne aussi de progrès très subtils. Ces progrès prendront leur valeur et leur force à l'étape suivante mais ils sont la base des futurs mots : c'est en effet vers 7-8 mois que l'enfant passe des vocalises aux syllabes. Ainsi « m m m mama » deviendra « maman » ; « p p p » deviendra papa ou pain ; « t t t tata » deviendra « attends » ou « tiens » ; « a ba a ba abe » « à boire », ou « la balle », selon le sens que l'adulte va donner aux sons exprimés par l'enfant.
Ne laissez pas passer cette phase des syllabes, répondez-y, donnez-leur un sens, mettez des mots dessus, les vôtres, ceux de l'entourage. La richesse ultérieure du langage de l'enfant en dépend beaucoup.
Au fur et à mesure que les semaines passent, le bébé apprécie de plus en plus les joies du plaisir partagé et des découvertes personnelles. En même temps que son entourage répond de façon adaptée à ses besoins, il donne à l'enfant un accès au monde infini des sentiments alors que tout se passe dans la quotidienneté la plus ordinaire : il a faim, on lui donne à boire. Il est mouillé, on le change. Il pleure, on le console. Il ne trouve pas le sommeil, on le câline. Il vocalise, il sourit, on l'écoute, on lui répond.
En un mot, c'est de son entourage, des personnes qui prennent soin de lui, que lui vient la satisfaction de tous ses besoins, qu'il peut éprouver du plaisir, même si on sait que l'enfant a en lui-même des possibilités d'éveil et de consolation remarquables. De ce va-et-vient de demandes, de réponses naît un attachement qui va nourrir sa confiance en lui-même et en les autres et finalement le faire se sentir suffisamment en sécurité pour commencer à se détacher, à se séparer.

**Attention !**

Si votre bébé se replie sur lui-même, devient passif, triste, trop sage, il se peut qu'il vive un passage difficile. Il est important d'en prendre conscience pour pouvoir l'aider. On sait en effet aujourd'hui qu'un bébé peut être déprimé et ce repli sur soi doit être pris en compte le plus précocement possible par un pédiatre.

## Les séparations : les préparer et les aménager

Une des plus courantes à cet âge, c'est la reprise du travail de la mère. Nous en parlons dans les pages qui suivent. Mais cela peut être aussi un changement d'habitudes et l'obligation de laisser pour un temps le bébé à d'autres personnes moins familières : déménagement, vacances, difficultés matérielles, hospitalisation, etc.
Au début, certains enfants ont de la peine à s'habituer : ils mangent moins bien, ils dorment mal ; ils peuvent devenir grognons ou coléreux, etc.
Chacun réagit selon son tempérament et selon les conditions de la séparation. Si ces dernières ont tenu compte de la fragilité émotionnelle du bébé, au bout de quelques jours, l'enfant retrouve l'appétit, le sommeil et le sourire.
Même si au début la séparation est un peu difficile pour le bébé – et pour les parents –, ce n'est pas une raison pour se dire qu'on devrait l'éviter à tout prix ; d'abord c'est rarement possible et cela ne sera même pas souhaitable. Apprendre à se séparer a des côtés positifs ; tous les progrès du développement psychomoteur impliquent de se détacher d'un stade antérieur et se font dans le sens de l'autonomie.

Pour naître, il faut se séparer du monde intra-utérin, pour marcher, il faut renoncer à se déplacer à quatre pattes. Et **ces changements, ces renoncements sont largement compensés par les découvertes qu'ils apportent**. L'enfant prendra conscience qu'il peut exister par lui-même et qu'il peut se distraire, jouer, rire, sans la présence de ses parents. Mais quelques précautions doivent être prises pour que ces expériences qui peuvent être enrichissantes pour l'enfant ne soient pas perçues comme des événements douloureux.

## Les précautions à prendre

Quelle qu'en soit la raison, le plus important est de **prendre son temps** pour que chacun puisse se préparer à cet événement, et que l'adaptation soit progressive. L'enfant a besoin de faire connaissance, en présence de ses parents, avec les personnes qui vont s'occuper de lui. Pour vivre dans un nouveau cadre, il faut qu'il ait avec lui ses jouets, son doudou, les objets qu'il aime. Demandez gentiment à la personne à qui vous confiez votre enfant de ne pas faire de zèle et de ne pas introduire des changements majeurs dans la vie de votre enfant (par exemple d'essayer de supprimer la tétine). Ce n'est pas le moment.
Il est souhaitable que ce soit **la même personne** qui s'occupe de votre enfant durant toute votre absence. « Les vrais soins d'un bébé ne peuvent venir que du cœur. La tête ne peut les donner seule, et ne peut les donner que si les sentiments sont libres », comme le dit le psychanalyste anglais D. W. Winnicott à qui nous devons notre compréhension du « sentiment continu d'exister » mais aussi de « l'objet et de l'espace transitionnel » (p. 188 et 211).
Aménager la séparation, c'est aussi **prévenir l'enfant** de ce qui va lui arriver, le lui expliquer avec des mots simples, lui dire au revoir clairement. Et, bien sûr, ne pas partir pendant son sommeil sans qu'il ait été prévenu.
Lorsque ses parents reviennent, il arrive que l'enfant ait l'air un peu désorienté. Certains parents s'étonnent et sont déçus lorsque leur enfant ne leur fait pas « la fête » ; souvent même, il se détourne, comme

s'il leur en voulait. Probablement un peu. L'enfant montre aussi qu'il s'est bien habitué à un autre visage, qu'il s'est attaché à ceux qui ont pris soin de lui. Il peut parfois avoir cette réaction lorsque ses parents viennent le chercher le soir chez l'assistante maternelle ou à la crèche. C'est compréhensible, il a fait des efforts pour s'habituer à de nouveaux visages, à un autre environnement. Il a besoin de temps pour passer des uns aux autres. T. B. Brazelton donne un éclairage supplémentaire : pendant l'absence de ses parents, l'enfant a pris sur lui, et ravalé ses larmes. Ces efforts lui ont coûté. Une fois les parents de retour, il se sent en confiance et laisse libre cours à son émotion.
Cette attitude se retrouvera tout au long de la petite enfance. Ainsi Léa, 2 ans ½, passe quelques jours avec ses grands-parents. Le soir de son retour chez ses parents, elle ne dit rien, il est tard, elle a sommeil, elle se couche dès son arrivée. Le lendemain, changement de décor et d'atmosphère. Léa mange mal, tape sa cuillère dans l'assiette de soupe, de plus en plus fort. À la fin, les parents exaspérés haussent vraiment le ton. Léa éclate en sanglots bruyamment. Ses parents ont compris alors l'angoisse provoquée par leur absence et ils lui en ont parlé tendrement en la consolant.

Une séparation imprévue, comme une hospitalisation, va nécessiter quelques précautions particulières (p. 378 et suiv.). Il y a aussi les cas de séparation des parents, malheureusement de plus en plus précoces (p. 323).

## Autres précautions à propos de l'accueil de votre enfant

Ce qui précède concerne toutes les séparations, quelle qu'en soit la cause, mais la plus courante à cet âge est liée à la reprise du travail par la mère, et soulève de nombreuses questions chez les parents : à qui confier leur enfant, comment va se passer sa journée, etc. (chapitre 3, p. 153 et suiv.). Dans ce chapitre, qui concerne le développement affectif et psychomoteur de l'enfant, nous souhaitons insister sur les

### Pour en savoir plus

Sur les premières années de la vie de l'enfant, un nom est toujours d'actualité, celui de **D. W. Winnicott**, pédiatre et psychanalyste anglais (p. 172, 188, 201, 211). Ses ouvrages sont accessibles à tous. Nous vous signalons en particulier : *L'Enfant et sa famille* et *L'Enfant et le Monde extérieur*, Payot.

*L'Éveil de votre enfant*, de Chantal de Truchis (Albin Michel) s'appuie notamment sur les travaux de Lóczy et de Françoise Dolto. **Lóczy** est le nom d'une rue de Budapest où se situait une pouponnière d'enfants séparés de leur famille. Cette institution, fondée par la pédiatre hongroise Emmi Pickler, est célèbre pour la qualité relationnelle des soins prodigués aux enfants par le personnel, dans un environnement stable et stimulant.

Il existe des petits livres et films sur la toilette, le sommeil, les repas à l'association Pikler-Lóczy, présidée par Bernard Golse.

www.pikler.fr

précautions à prendre pour que ce changement soit bien supporté par l'enfant et par ses parents.

Un **temps d'adaptation** de l'enfant à son nouveau lieu de vie est essentiel. Il se fait en général sur quelques jours, avant la fin du congé maternité.

Il est important d'établir avec la crèche ou l'assistante maternelle un **lien étroit et une confiance partagée** entre les parents et le professionnel. Pour que l'enfant se sente en sécurité, il a besoin de sentir une continuité. C'est questionner sur l'appétit, sur le sommeil de l'enfant, sur ses progrès, ses besoins particuliers ou ses difficultés ; c'est expliquer comment votre enfant se comporte à la maison. Prenez le temps de ces échanges avec les professionnels qui s'occupent de votre enfant.

Inaugurez à la maison les changements importants, par exemple la petite cuillère ou la première purée. S'ils sont déjà commencés à la crèche ou chez l'assistante maternelle, confirmez-les à la maison. L'enfant sentira une **cohérence** entre les personnes qui le gardent et ses parents.

Vous saisirez toutes les occasions pour être avec votre enfant, en sachant que ce n'est pas uniquement la quantité de temps accordée qui compte, mais sa **qualité**. Essayez de vous organiser pour préserver cette dernière.

Soyez attentif au **rythme de votre enfant** pour vous y adapter. Lorsqu'Arielle revient de la crèche, elle est fatiguée et montre qu'elle a envie de dormir. Mais ses parents souhaitent profiter d'elle car ils ne l'ont pas vue de la journée. Ils la maintiennent éveillée et Arielle ne veut pas manger, s'énerve, pleure. Ils prennent conscience qu'ils doivent observer ses besoins et y répondre. Désormais, ils la couchent dès son retour, parfois pour une petite sieste d'une heure, parfois jusqu'au lendemain. Maintenant, c'est le matin, que parents et enfant peuvent profiter les uns des autres. Tel autre enfant au contraire est tout content de retrouver ses affaires en revenant de chez l'assistante maternelle. Et un autre montre qu'il aime rester longtemps dans le bain, ou bien jouer avec son père et sa mère.

Certaines mamans éprouvent de l'inquiétude à l'idée de confier leur bébé. « Lili aura 4 mois lorsque je vais reprendre mon travail. Elle va passer beaucoup de temps avec l'assistante maternelle : ne va-t-elle pas oublier que je suis sa maman ? J'ai peur qu'elle ne comprenne rien à cette nouvelle situation », demande cette lectrice.

**Soyez rassuré** : il faut une fois encore se souvenir de la continuité qui existe entre la vie intra-utérine et celle après la naissance : c'est dans le ventre maternel que le bébé a passé ses premiers mois de vie, c'est là qu'il s'est développé, a entendu la voix de ses parents, qu'il s'est endormi et réveillé… Ce lien unique, tissé avant la naissance, ne se rompra pas parce que votre bébé sera gardé par une autre personne. Il y a maintenant, et il y aura plus tard, tout le temps passé avec vous et son père et toute la tendresse que vous lui apportez. Un bébé de cet âge est dans un monde de sensations et d'émotions, il n'a pas besoin de « comprendre » mais simplement d'être rassuré par la présence réconfortante et sécurisante des adultes qui l'entourent.

### *À noter*

Dans *La Bien-traitance envers l'enfant. Des racines et des ailes* (Belin), Danielle Rapoport place **la bien-traitance** au cœur des relations des professionnels avec l'enfant afin de faire évoluer les pratiques : au moment de l'accueil du bébé et de ses parents à la maternité et dans ses lieux de vie ; si l'enfant est hospitalisé, s'il est porteur d'un handicap… Tout enfant a droit à sa petite enfance dont on doit respecter les rythmes très particuliers de développement et la fragilité émotionnelle.

# De 8 à 12 mois : couché, assis, bientôt debout

Cela peut paraître arbitraire de découper le développement d'un enfant en tranches d'âges, et de décrire, pour chacune d'elles, les possibilités de l'enfant. Cela ne l'est guère plus que de dire qu'on est raisonnable à 7 ans et majeur à 18 ans. Bien sûr, les enfants ne parlent pas tous à une date précise ou n'ont pas tous leur première dent au même âge, mais pour apprécier le développement, il est nécessaire d'avoir des points de repère. Il s'agit en fait de ne pas s'en tenir strictement aux chiffres mais plutôt de les utiliser comme indicateurs, de s'y référer avec souplesse et de consulter votre pédiatre si vous constatiez des retards significatifs. Les limites de ce que l'on peut considérer comme normal, nous vous les indiquerons chemin faisant. Et vous avez pu remarquer que nous ne parlons pas d'un enfant de 4, 8 ou 12 mois, mais toujours de l'enfant de 4 à 8 mois, de 8 à 12 mois, etc. Ainsi, lorsque nous vous racontons ce qui se passe au cours de ces périodes, cela vaut aussi bien pour le début, le milieu ou la fin d'un stade. Il y a parfois de grands décalages selon les enfants : certains commencent à parler à 18 mois, d'autres à 15, d'autres à 24 mois. Ces différences tiennent d'une part à

*« La main est la fenêtre sur l'esprit. »*

*Emmanuel Kant*

l'hérédité biologique, d'autre part à l'influence de l'environnement. Les acquisitions sont progressives, elles peuvent prendre quelques mois pour la marche, ou quelques années pour le langage.

## L'intelligence et ses premières manifestations

Nous avons évoqué au stade 1-4 mois l'éveil de l'intelligence sensori-motrice du bébé et son lien étroit avec l'affectivité. Au fur et à mesure que les mois avancent, le comportement et les réactions de l'enfant face à un objet pourraient illustrer l'histoire de l'intelligence, ses progrès continus. Ce récit s'intitulerait : « L'objet et moi ». Dans ses rapports avec l'objet, l'enfant va en effet exprimer toute la gamme des sentiments connus : la joie de pouvoir saisir et lâcher, la tristesse et la colère de ne pas parvenir à un nouveau geste, mais aussi la ténacité – qui étonne et émerveille ceux qui l'entourent.
**Premier chapitre** de cette histoire : petit retour en arrière.
Le 1er mois, l'enfant ne distingue que les personnes, les objets, ce qui bouge près de lui.
Entre 1 et 4 mois, son plus grand plaisir, c'est de voir, de regarder tout, inlassablement. Vers la fin de ce stade, il commence à s'agiter pour saisir, mais n'y parvient pas.
De 4 à 8 mois, il peut enfin prendre. Dès qu'on approche de lui un objet, il fait tout pour le saisir. Lorsqu'il y arrive, il le palpe longuement, ou le porte à sa bouche et le suce.
À 8 mois, on peut dire que les sens de l'enfant concourent à lui faire connaître l'objet sous tous ses aspects : ses yeux le renseignent sur sa couleur, ses mains sur sa forme et sa taille, sa bouche sur son goût, son nez sur son odeur. Ainsi, peu à peu, il se familiarise avec les objets qui l'entourent. Il les connaît et les reconnaît. Mais à ce stade, l'objet qu'il ne voit pas ou que l'on a caché n'existe plus pour l'enfant. Il ne le cherche pas, pas plus la cuillère tombée par terre que le cube qu'on a caché sous sa serviette.
Passons maintenant au **deuxième chapitre** de cette histoire de l'intelligence : 8-12 mois est un stade important. C'est vers 8 mois en effet que, pour la première fois, l'enfant cherche la cuillère tombée ou le cube caché. En même temps, à cet âge, l'enfant découvre le jeu : lorsqu'il jette les objets par terre, c'est à la fois pour s'amuser, pour observer (il regarde où tombe l'objet) et pour établir un lien avec l'adulte qui s'occupe de lui. Ce n'est pas seulement une provocation : il vient d'acquérir la « permanence des objets ».
Nicolas, 9 mois, et sa maman jouent avec une petite balle. Pendant que Nicolas regarde ailleurs, sa maman cache la balle sous la couverture. Nicolas, se retournant, ne la voit plus et regarde sa maman d'un air stupéfait. Après un moment d'hésitation, il soulève la couverture : un coin, puis l'autre. Arrivé au troisième, il aperçoit la balle. Très content, il la prend et la tend à sa maman avec un air qui semble dire : « Regarde de quoi je suis capable ! » À côté de lui, son grand frère dit : « Il est malin ! » En effet, Nicolas, en utilisant ses mains, vient de prouver l'éveil de son intelligence.

Entre 8 et 12 mois, un enfant a encore bien d'autres manières de montrer l'éveil de son intelligence. Malik, 10 mois, a pu attraper la télécommande de la télévision. Il appuie au hasard sur un bouton et regarde si l'appareil s'allume. Il a maintenant fait le lien entre les boutons et la mise en marche, mais il est encore trop petit pour appuyer au bon endroit, et il abandonne vite la télécommande. Son papa comprend alors qu'il ne faut plus laisser cet objet à sa portée.
Mathilde, 11 mois, découvre avec plaisir qu'elle peut attraper sa jolie brosse à cheveux rose. Elle essaie de se coiffer. Fanny, sa grande sœur, passe dans la pièce. Mathilde l'appelle en vocalisant, mais sans résultat. Très à l'aise, Mathilde cherche sa brosse, la retrouve, montrant ainsi qu'elle ne l'avait pas oubliée : la mémoire est un des piliers de l'intelligence.
Anh Dào, 11 mois, laisse tomber son jouet une fois, cinq fois, dix fois. Autant de fois, patiemment ou non, sa mère ramasse le jouet, mais sans toujours réaliser qu'à chaque fois l'enfant l'a lancé d'une manière différente, et a regardé systématiquement où le jouet tombait, comme si elle voulait vérifier les lois de la pesanteur.
D'ailleurs, au cours de son développement, l'enfant est tour à tour Newton en découvrant la pesanteur (8-12 mois), Nietzsche (2 ans-2 ans ½) lorsqu'il veut affirmer son pouvoir et sa volonté de puissance ; enfin Descartes, vers 3 ans, quand il découvre : « Je pense, donc je suis. »

## « Coucou ! Me voilà »

Avec les personnes qui lui sont chères, l'enfant fait la même découverte qu'avec les objets familiers. Il sait maintenant que ses parents existent même lorsqu'il ne les voit pas. C'est pourquoi il pleure lorsqu'ils partent mais ses pleurs vont s'atténuer car l'enfant sait que ses parents reviendront. C'est pourquoi aussi il peut jouer à cache-cache : on peut bien chercher des objets ou des personnes lorsqu'on a découvert qu'ils continuaient à exister même hors de notre vue.
« Coucou ! Le voilà » : nous songeons rarement à reconnaître dans ce jeu bien classique et universel une preuve de l'intelligence de l'enfant.

Lorsque la personne qu'il connaît, qui le sécurise, disparaît de sa vue, le bébé s'étonne, voire s'inquiète. La détresse n'est pas loin… Mais « Coucou ! Me voilà » va alors aider tous les petits enfants à rire de la réapparition tant espérée de la personne rassurante, de la peluche qui était tombée. Faire ce jeu à des moments où il n'y a pas d'inquiétude, juste « pour rire », exerce l'enfant à surmonter l'attente, à prévoir les retrouvailles : il participe, se cache sous un coussin, anticipe l'éclat de rire de l'autre en écho du sien.
Mais attention : si présent, si attentif et observateur soit-il, le bébé de cet âge reste émotionnellement fragile, et nous ne devons pas trahir dans ce jeu la confiance qu'il place en nous. La maman de Charlie sort de la pièce : « Coucou ! Je reviens. » Elle est appelée au téléphone et s'absente un long moment. Le petit garçon s'inquiète, regarde la porte, commence à pleurer. Heureusement sa grande sœur arrive et lui donne sa peluche favorite. Avec la marche, jouer à « Coucou »

## De 8 à 12 mois

Son grand plaisir : jeter les objets par-dessus bord. Quand il saisit, la main n'est pas encore très sûre (parce qu'il n'évalue pas bien la taille des objets), mais l'index acquiert du « doigté » et lui permet de prendre de tout petits objets, même une miette de pain.

Capable de s'asseoir seul, il peut rester assis longtemps. Il sait aussi, sans tomber, se tourner et se pencher pour attraper un objet.

### SE DÉPLACER, SE RELEVER

C'est l'âge des premiers déplacements. Pour aller chercher l'objet qu'il convoite, l'enfant tend la main. S'il n'arrive pas à l'attraper, il cherche à s'en rapprocher : il rampe sur le ventre, il arrive à se déplacer assis sur le côté, à reculons, ou même sur le dos. Peu importe la façon d'avancer, l'enfant a un but à atteindre et il y arrive. Petit à petit, il va se déplacer à quatre pattes, ainsi il pourra aller partout.

Puis il se redressera pour se relever et se mettre debout. Tous ces efforts pour attraper, mieux voir ce qui l'intéresse, et qui n'est pas à sa portée, préparent la marche (celle-ci n'est généralement pas acquise avant un an).

deviendra plus sophistiqué et préfigurera les jeux de cache-cache, de poursuite qui feront la joie des années à venir.

### « Bravo ! »

Comme pour le jeu de « Coucou », l'apparition de « Bravo » dans la vie de l'enfant paraît si naturelle qu'elle est rarement reconnue comme une acquisition majeure dans son développement. Et pourtant, elle est la preuve des liens étroits entre intelligence, affectivité et environnement. « Lorsque l'enfant paraît, le cercle de famille applaudit à grands cris… » écrivait Victor Hugo. Nous applaudissons joyeusement l'enfant lorsqu'il arrive à saisir un objet, ou commence à se déplacer, à se redresser… L'enfant nous imite en jubilant, tapant une main contre l'autre, comblant de joie et d'attendrissement son entourage : un moment d'émerveillement partagé sans lequel aucun enfant – dans son désir de découvertes – ne peut se construire dans la confiance en lui et en l'autre. Ici s'enracinent l'image et l'estime de soi dont on parle tant aujourd'hui.

Ce plaisir nourrit chez le bébé ses facultés d'étonnement, l'envie de se surprendre et d'étonner l'autre. Si elles sont solidement ancrées, elles continueront tout au long de sa vie à alimenter son appétit de savoir, sa capacité à s'enthousiasmer, à applaudir aux réussites des autres et à reconnaître les siennes propres.

**Important**

Ici, comme dans bien d'autres domaines, ne laissons pas l'enfant être envahi par une excitation permanente et la recherche de la performance, qui feraient de lui le centre du monde. L'apaisement, le calme, doivent toujours équilibrer ces précieux moments de découvertes.

## Du gazouillis au premier mot, du geste à la parole

En fait de mots, pour le moment, le bébé n'en connaît (en général) qu'un seul, et encore… Ce mot, c'est papa ou maman. C'est d'ailleurs plutôt une double syllabe, qu'un jour l'enfant a prononcée par hasard, et à laquelle l'entourage a donné un sens en l'accueillant souvent avec émerveillement. Nous en avons parlé au stade précédent.

Nouveau-né, il vagissait, mais les sons n'étaient guère harmonieux. Puis, nourrisson, il a gazouillé, pris plaisir à émettre certaines sonorités que les linguistes appellent des phonèmes. Ces phonèmes sont identiques chez tous les bébés du monde quelle que soit leur culture. Un bébé n'imite pas tout de suite ce qu'il entend, il joue avant tout avec sa voix et les vibrations de sa gorge, même s'il ne s'entend pas : ainsi les enfants sourds gazouillent pendant plusieurs mois. Quant aux adultes anglais qui ne prononcent pas les « r » comme nous, leurs bébés disent « areu » comme les nôtres.

Vers 4 mois, le gazouillis fait place à ce que les spécialistes du langage appellent le **préverbiage**. L'enfant n'imite pas encore vraiment, mais des observateurs ont noté que certaines modulations se rapprochent de ce qu'entend le bébé. Le rôle des adultes qui l'entourent est considérable. Ce sont eux qui permettent à l'enfant de passer des vocalises à ces syllabes qui vont devenir des mots, dans la langue appelée si justement « la langue maternelle ». Ce sont eux qui donnent un sens aux syllabes dans une communication partagée.

C'est pour cela que, très tôt, un bébé vietnamien ou russe ne retiendra que les sons qui prennent sens et lui permettent d'entrer en relation. C'est également pour cela que le travail de son articulation commence très précocement, déterminant ainsi les différences d'accent si importantes d'une langue à un autre.
Le bébé, dans ses exercices vocaux ininterrompus, brode à l'infini sur les sons qui séduisent son oreille. Il essaie les consonnes, dit : « be-be, ba-ba ». Puis, un jour, on l'entend s'exercer à « pa-pa », ou « ma-ma ». Que d'émotion : les deux syllabes, même mal articulées, plongent les parents dans le ravissement. Les spécialistes nous rappellent que c'est pur hasard : que ce « pa-pa » ou ce « ma-ma », n'a pas plus de sens au départ que les « da-da », ou les « ta-ta ». Mais, rapidement, devant l'émotion qu'il provoque, les sourires qu'on lui prodigue, les encouragements qu'il reçoit, l'enfant finit vraiment par établir un lien entre sa maman, son papa, sa tante ou sa « nounou » et les deux syllabes prononcées. Après quoi, il les répète, et c'est naturel puisque, visiblement, elles font tellement plaisir ! En plus, il découvre qu'elles sont très utiles pour appeler, attirer l'attention. Signalons en passant que lorsque l'enfant dit « pa-pa » plutôt que « ma-ma », ou « ma-ma » plutôt que « pa-pa », cela ne traduit pas une préférence, mais simplement une plus grande facilité à prononcer les « p » ou les « m ». Et si « ba-ba » devient souvent « à boire » en français, il devient « baaba », « papa », en arabe. Si votre enfant ne passe pas par cette période où il répète les syllabes, il serait prudent de consulter un spécialiste (*Surdité*, p. 446).
Normalement, le vocabulaire de l'enfant comprendra à 18 mois huit à dix mots. Car, pour parler, il faut pouvoir imiter tous les sons entendus. Cela, le bébé n'en est pas encore capable. En attendant, ce premier mot qu'il connaît va prendre de l'importance, et bientôt il aura plusieurs sens ; à lui seul, « maman » peut signifier un appel, un constat, une émotion : « Je veux maman… maman arrive… Je suis content de voir maman… »
Durant cette période, la communication gestuelle, les mimiques expressives, prennent énormément de place : le fameux « pointer du doigt » deviendra « veux ça », la moue de la bouche en secouant la tête deviendra « veux pas, non ». Ne nous précipitons pas sur l'apparition des mots : tous les spécialistes (de René Spitz à Boris Cyrulnik) ont souligné l'importance du geste qui fait signe dans la genèse de la communication humaine.

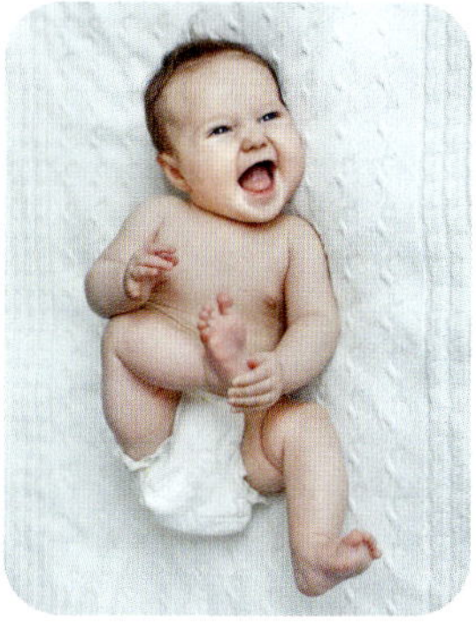

## Signer avec son bébé

Inspiré de la langue des signes – enseignée aux personnes malentendantes –, le langage des signes (*baby sign*) est un moyen de communication utilisé avec de très jeunes enfants entendants, avant même l'acquisition de la marche et de la parole.
Les partisans de cet apprentissage disent que l'enfant peut ainsi s'exprimer très tôt et avec précision. L'adulte le comprenant mieux, lui répond de façon rapide et adaptée. Signer avec son bébé offre une relation plus sereine, un lien particulier, dans le calme et l'apaisement.

Cela permet aussi des moments de partage et de jeu, des temps de complicité avec la fratrie.
Des professionnels sont toutefois sceptiques : n'est-ce pas une stimulation de plus dans un environnement qui en compte déjà beaucoup ? Pourquoi chercher à gommer les brèves frustrations que peut rencontrer le tout-petit qu'on ne comprend pas immédiatement ? Elles participent probablement au développement de son fonctionnement mental. Et la recherche d'ajustement entre l'enfant et l'adulte peut au contraire favoriser la communication entre eux. Par ailleurs, le *baby sign* ne possède que 80 termes environ, tirés de la langue des signes. Il ne s'agit donc pas d'une véritable langue mais de signes isolés.
Le succès que rencontre le langage à base de signes interroge. C'est sans doute parce qu'on a parfois négligé l'importance de la communication gestuelle spontanée des tout-petits au profit d'une expression verbale excessive, voire envahissante. C'est aussi parce que, dans de nombreux milieux de vie de l'enfant, collectifs et familiaux, envahis par trop de sollicitations bruyantes et ne signifiant rien pour lui, signer avec lui demande une attention toute particulière à l'enfant, ce qui ne peut que stimuler l'interaction réciproque. Certaines crèches qui accueillent des parents ou des enfants malentendants, dans lesquelles le personnel a appris le *baby sign*, le constatent. **Un équilibre est à trouver entre le geste et la parole**, une parole verbale dont on ne doit pas priver le jeune enfant.

## Apprivoiser la peur de l'inconnu : un nouveau progrès

À cet âge, lorsqu'un enfant est dans un lieu inconnu, il est étonné, voire inquiet ; lorsqu'une personne qu'il n'a jamais rencontrée s'approche de lui, il se détourne. Cette réaction peut aller du simple évitement, ou détournement de regard, à l'effusion de larmes si l'intensité de la peur provoque une « explosion » des émotions. René Spitz – grand psychiatre et psychanalyste, précurseur dans le domaine du développement de l'enfant – a appelé cette étape l'**angoisse du huitième mois**. Ce qui n'est pas familier provoque une réaction plus ou moins forte de déplaisir. L'enfant découvre aussi en voyant une personne étrangère que ce n'est pas celle qui prend soin de lui. Cette étape montre que la différenciation des personnes se construit dès cette période : celles qui lui sont affectivement liées et les autres.
On peut observer cette angoisse parfois plus tôt, dès 6-7 mois. Et parfois elle n'apparaît qu'à l'âge où l'enfant marche.
Les effets de cette phase sont aujourd'hui atténués par des précautions bien connues : par exemple à la crèche, chez l'assistante maternelle, l'adaptation est progressive et l'enfant peut garder son doudou, dont on connaît à présent la fonction d'objet « transitionnel ».

## L'objet transitionnel

Lorsqu'il n'arrive pas à s'endormir, lorsqu'il est fatigué, lorsqu'il a peur de voir partir sa mère, son père, ou la personne qui a l'habitude de s'occuper de lui, l'enfant serre contre lui son ours qui n'a plus de poils ni de forme, une peluche toute mâchonnée, ou simplement un bout de tissu, devenu son trésor.
Au début, l'ours était un simple objet que l'enfant avait sous la main. Peu à peu il l'a chargé de toute une gamme de sentiments et de sensations : « Il est à moi, je l'ai choisi, il faut qu'on me le laisse, je l'aime, je le défendrai à tout prix, et surtout avec mon ours je ne suis plus seul quand on me quitte. » C'est cet objet que D. W. Winnicott a appelé « l'objet transitionnel », car, dit-il, « il représente la transition du bébé d'un état de fusion avec la mère à un état de relation avec la mère en tant que personne extérieure et séparée ».
**Le doudou** fait maintenant partie de la vie quotidienne des bébés. Il est offert en cadeau de naissance, comme un objet incontournable. Il a même sa place à l'école : il est toléré en petite section de maternelle mais doit être rangé dans « la maison des doudous ». Il a pris d'ailleurs tant d'importance que les parents, comme les professionnels, sont étonnés si leur enfant n'a pas un objet favori. Or certains enfants, très sécurisés, n'éprouvent pas le besoin d'en avoir. Il est donc inutile de chercher à le leur imposer. Leur pouce leur suffit bien souvent. Celui-ci leur permet, sans dépendre du doudou, de satisfaire un besoin naturel de succion tout en se rassurant.

## Pourquoi la peur de l'inconnu est-elle un progrès ?

Cette peur signifie que l'enfant commence à faire la différence entre lui et les autres, à mémoriser ce qui est familier et ce qui ne l'est pas, et donc à « différencier » ses réactions, en ne souriant plus à tout le monde, en refusant les bras d'un inconnu pour lui, pourtant familier et ami de ses parents. L'enfant montre qu'il commence à prendre conscience de lui-même et des autres, qu'il distingue maintenant l'inconnu du connu. S'il tient tant aux rites établis, aux habitudes prises, c'est qu'ils lui apportent le confort et la réassurance du déjà-vu. Le fait que les choses ne se déroulent pas comme d'habitude peut l'inquiéter : pourquoi papa ne vient-il pas me chercher comme tous les soirs ? Pourquoi y a-t-il un nouveau bébé chez « Nounou » ? Pourquoi a-t-on changé mon lit de place ? Il est difficile d'éviter tout changement, nous en avons parlé dans les stades précédents. Pour anticiper les craintes de l'enfant, ou les apaiser, il faut lui expliquer simplement ce qui se passe, puis l'aider à le vivre au mieux.
**Cette prise de conscience est fondamentale** en ce sens qu'elle fonde les premières différenciations sociales et affectives ; celles-ci permettront à l'enfant de faire des choix dans ses attirances, et de manifester sa prudence dans d'autres occasions.
Elle laissera aussi des traces, plus ou moins sensibles selon les enfants, en particulier la crainte de certains changements : un nouvel

### Le sentiment de sécurité

Grâce à votre amour, votre attention, vos paroles, vos soins, votre patience, votre bébé ressent bien avant le huitième mois un sentiment de sécurité. Ce lien profond va lui permettre de construire une confiance en lui et en les autres qui atténuera l'angoisse de séparation, la peur de l'inconnu. Voyez aussi au chapitre 5, « La sécurité affective ».

enseignant, partir en classe verte, déménager. Mais l'enfant va aussi construire des mécanismes de défense qui lui seront précieux plus tard : en sachant bien s'adapter à des situations ou à des rencontres nouvelles, il saura se montrer réservé avec les inconnus, acceptera les interdits nécessaires et comprendra les situations de danger.

## Debout, comme un grand...

Petit à petit, l'enfant va se déplacer à quatre pattes, puis il va se redresser sur les genoux, s'accrocher aux chaises, aux barreaux de son lit pour se relever et se mettre debout tout seul, sans l'aide des adultes. Avec la position verticale, qui est le propre de l'homme, sa conquête de l'autonomie peut commencer. Si l'on observe parfois des phases de régression, l'enfant va toujours vers de nouveaux progrès et ce qui est acquis l'est définitivement.

## Ce qu'aime un bébé entre 8 et 12 mois

• Avoir un public. Confortablement installé dans sa chaise, il participe à la vie de famille, rit aux éclats – et recommence lorsqu'on a apprécié sa gaieté. De la vocalise et du geste, il indique ce qu'il veut, et, lorsqu'on lui propose quelque chose qui ne lui plaît pas, il fait non de la tête ou de la main.
• Attirer l'attention des adultes en bougeant sans arrêt, en touchant à tout.
• Avec ses parents, ses frères et sœurs, des familiers, il aime jouer aux marionnettes, à coucou, à cache-cache, à dire au revoir de la main, à applaudir. Lorsqu'il se déplace à quatre pattes, il est ravi si l'on court derrière lui en faisant semblant de l'attraper. Chaque fois que cela vous est possible, partagez des moments de jeu avec votre enfant.
• Il passe la plus grande partie de son temps – très heureux d'ailleurs – à jouer seul, à condition qu'on lui donne de quoi le faire. Il s'amuse à taper sur la table avec un crayon ou une cuillère, à agiter un objet bruyant – il adore secouer les clés. À certains moments au contraire, il apprécie particulièrement la compagnie de ses frères et sœurs, ou d'enfants de son âge, et leur manifeste une très grande joie.
• Éclabousser dans son bain tout autour de lui en battant l'eau vigoureusement des pieds et des mains. À table, il joue avec sa tasse et son assiette, essaie de se servir de sa cuillère, voudrait manger seul, n'y arrive pas et plonge ses doigts dans la purée.
• Mordiller tout ce qu'il peut. Oscar joue avec les cheveux de sa maman, et comme elle les rejette en arrière, il essaie de lui mordre la joue. « Quel coquin, ça suffit maintenant », lui dit-elle en lui tendant un objet à mordiller. Malgré l'effet de surprise, sa maman ne le gronde pas mais lui fait comprendre que cela ne se fait pas. Mordre est un passage fréquent, à cet âge. Un peu plus tard, mordre prendra une autre signification (p. 219).
• Explorer à la crèche, chez l'assistante maternelle, le visage des autres bébés qui rampent avec lui sur un tapis. Il touche les cheveux, les mains, la bouche ; mais ses petits amis se défendent bien lorsque l'enfant atteint leurs yeux.

• Attraper dans ses déplacements, tout ce qui est à sa portée. Si l'objet qu'il a trouvé l'intrigue, il s'assoit et le manipule longuement.
• L'enfant de cet âge a autant besoin de mouvement qu'il avait besoin de sommeil pendant les premiers mois. Il reste volontiers dans son parc si vous ne lui donnez pas l'impression de l'y abandonner. Mais, assez vite, il sera heureux d'en sortir. De temps en temps, installez-le à côté de son parc, à l'extérieur ; il continuera à utiliser les barreaux pour se lever et pour s'amuser à attraper les jeux à l'intérieur.
• Ayez à votre disposition suffisamment d'objets à lui procurer, mais pas trop à la fois : il aime toucher, sucer, manipuler, cacher, à condition que son intérêt soit en éveil. Un panier débordant de jouets posé au milieu de la chambre ne l'intéressera pas nécessairement.

**Le miroir.** Vers 8-10 mois, le bébé tend les mains vers son image dans le miroir, mais s'étonne du contact dur qu'il rencontre ; il croit encore que l'image qu'il voit est celle d'un autre bébé, et cherchant à toucher cet autre, il est surpris de ne pas y arriver, comme il le fait dans ses jeux. À 1 an, s'il voit son papa dans le miroir, il le regarde attentivement, puis se tourne vers son papa, « le vrai » comme disent les enfants, et dit « papa » aux deux. Un pas est fait dans l'identification et la permanence des personnes. L'enfant a découvert qu'une même personne pouvait être devant et dans le miroir. Il est important de lever la confusion : « C'est mon image, tu vois » (Françoise Dolto). De lui-même, il n'est pas encore question, mais nous sommes sur la bonne voie. Au stade suivant, l'enfant reconnaîtra bien son prénom.

## Ce qu'il n'aime pas

• Ce qui est soudain, ce qui fait du bruit (par exemple les appareils ménagers : aspirateur, mixer, etc.) ; les vibrations d'une perceuse électrique ou d'un marteau-piqueur lui font peur ; elles peuvent aussi être douloureuses pour ses tympans.
• Qu'on change quelque chose à ses habitudes.
• Qu'on le laisse avec une personne qu'il ne connaît pas : cela va de la simple crainte à la panique.
• Qu'on le laisse seul en face de son assiette.

Vous savez maintenant ce qu'un enfant a dans la tête entre 8 et 12 mois et ce qu'il aime ou n'aime pas. Néanmoins, ce n'est pas si simple : dans une même journée, l'enfant peut avoir des attitudes, des comportements différents, vouloir qu'on l'aide et faire tout seul. C'est en effet à partir de cet âge que se manifeste la coexistence de deux tendances en apparence contradictoires, mais conformes à la nature humaine : le désir de la nouveauté et le souhait que rien ne change.

**Déjà un an !** Pour vous, c'est émouvant de repenser à l'accouchement, à la naissance. Pour votre enfant, pour toute la famille, cette première bougie est une fête. Mais ce n'est pas une étape très significative dans le développement de l'enfant. On voudrait qu'à 1 an un enfant sache déjà tout faire, en particulier marcher. Patience… Chaque enfant a son rythme et l'apprentissage de la marche, comme de la propreté, se fait petit à petit.

### Attention

L'enfant commence à s'agiter dans sa chaise haute, dans la baignoire, au moment du change : ouvrez l'œil !

### Pour en savoir plus

• Sur l'objet transitionnel, reportez-vous au livre de D. W. Winnicott, *L'Enfant et sa famille*, Payot (p. 202).
• Dans *Le Journal d'un bébé*, Daniel Stern, pédopsychiatre et psychanalyste américain, fait parler un bébé et livre son journal de l'âge de 6 semaines jusqu'à 4 ans. Un livre original, à la fois scientifique et poétique (Odile Jacob).

Daniel Stern a notamment effectué de nombreuses recherches sur les nourrissons en s'inspirant des travaux de D. W. Winnicott. Celles-ci ont eu une influence profonde sur le regard posé sur le bébé, ses parents et leur environnement.

# De 12 à 18 mois : marcher, dire « non »… avant de pouvoir dire « oui »

Le grand événement de cette période, c'est la marche. Elle donne l'impression d'une acquisition immédiate, tant le premier pas que l'enfant fait seul est spectaculaire et chargé d'émotion. Or ce premier pas s'est préparé depuis longtemps, et la façon dont l'enfant va marcher dans les jours qui suivront dépend souvent de la période qui a précédé. Certains vont être « châteaux branlants », se laisser tomber, redémarrer à quatre pattes, se relancer. Ce sont souvent des enfants dont on a trop stimulé, ou trop tôt, les premiers pas autonomes. D'autres vont partir tout de suite, d'un bon pied, calme et assuré.
Il faut environ trois-quatre mois à l'enfant pour passer du « je-m'accroche-aux-barreaux-du-parc-pour-me-redresser »

> *« Un jour j'arracherai l'ancre Qui tient mon navire loin des mers. »*
>
> *Henri Michaux*

au « je-lâche-la-main-de-papa-pour-marcher-tout-seul ». Avec des hauts et des bas : certains jours il fait de grands progrès, d'autres il sait à peine se tenir debout. Le bébé mettra tant d'ardeur à apprendre à marcher qu'il ne fera guère de progrès dans d'autres domaines, ou très subtils, notamment dans le domaine du langage. À 1 an, avec le premier mot, le langage avait l'air de démarrer ; entre 12 et 18 mois, il semble stagner. Certains enfants disaient par exemple « ci » – pour merci – et ne le disent plus. Les parents ont l'impression que l'enfant l'a oublié, il s'intéresse en fait à autre chose.
À 1 an, l'enfant dormait bien ; lorsqu'il se met à marcher, la qualité de son sommeil peut varier. C'est d'ailleurs une notion qui sera valable pendant toute la croissance : lorsqu'un enfant fait un progrès dans un domaine, il ne faut pas s'étonner des pauses qui peuvent se produire dans les autres, et parfois même des régressions.
Lorsque l'enfant saura marcher seul, pendant un certain temps il semblera ne rien apprendre de nouveau. En fait il enregistre tout ; de nouvelles acquisitions se mettent en place qui apparaîtront plus tard. Ainsi le stade 2 ans-2 ans ½ marquera un autre bond en avant : l'enfant fera d'énormes progrès de langage.

## De 12 à 18 mois

**L'INDÉPENDANCE DES MAINS**

Ses mains apprennent à être indépendantes l'une de l'autre, alors qu'au début l'une se contentait d'aider l'autre.

Il sait tourner les pages d'un livre (même plusieurs à la fois), pointer l'index sur les images. Quand il en a assez, il repousse le livre.

**DONNER UN OBJET**

Il peut donner un cube, ne sait pas lancer une balle, sait mettre un petit objet dans un grand, essaie en vain de faire, avec ses cubes, une tour.

**PREMIERS PAS**

Jambes écartées, torse en avant, bras en balancier, il marche. Les virages sont encore difficiles et les chutes fréquentes. Les escaliers se montent encore à quatre pattes. Dans sa chaise, l'enfant se met debout ; il essaie de grimper sur les autres chaises.

# L'âge de la marche

12-18 mois, c'est donc pour la grande majorité des enfants l'âge de la marche, ce que les spécialistes appellent une « période sensible ». Mais nous ne le répéterons jamais trop, les étapes sont souples. Ajoutons que l'âge de la marche n'a pas de rapport avec le développement de l'intelligence, alors que la préhension en a, ainsi que vous l'avez vu.

## Les « périodes sensibles »

Cette formule est de Maria Montessori. Il s'agit de l'âge où l'enfant apprend avec le plus de facilités quelque chose de nouveau. Il y a une période sensible pour toutes les acquisitions : marche, langage, comme, plus tard, lecture et calcul. C'est particulièrement vrai pour le langage : sans aucun effort, l'enfant apprend sa langue maternelle. Adulte, il lui faudra des années pour apprendre, avec effort, une langue étrangère qu'il parlera d'ailleurs rarement aussi bien que sa langue maternelle.

**Ces périodes sensibles sont très riches.** On comprend que Myriam David (psychanalyste et psychiatre française) les ait qualifiées de « **périodes fécondes** », que Jean Piaget les ait appelées des « **stades** » de développement, René Spitz des « **moments organisateurs** » et que T. B. Brazelton ait parlé de « **points forts** ». Durant ces étapes, l'enfant va organiser ses acquis et les enrichir. On peut le dire du passage des vocalises aux syllabes : ces dernières n'en sont pas la somme mais conduisent vers le langage constitué. Ou bien de la permanence des personnes et des objets : l'enfant sait que ceux-ci existent même s'il ne les voit pas et va maintenant sans cesse « s'exercer » pour les faire apparaître et disparaître. Quant à la marche, elle incorpore la tenue de la tête, l'appui plantaire, la station debout avec appui, puis la capacité de passer d'un appui à l'autre, la gestion du déséquilibre. Pourtant, elle n'est pas que la somme de tout cela : elle en est une organisation supérieure qui va créer une nouvelle étape de la vie de l'enfant.

Comme le dit Jean Piaget : « Ce qui me paraît essentiel dans les stades, ce ne sont pas les âges chronologiques, ce sont les successions nécessaires : il faut avoir passé par telle étape pour arriver à telle autre. ».

Dans son ouvrage *Mon enfant s'épanouit* (éditions Horay), Alain de Broca parle de la « **règle des 9** » : chaque étape de développement doit prendre un temps de maturation d'environ 9 mois (telle une grossesse) pour passer à l'étape suivante. Cela se vérifie de la naissance à 9 mois (le « moi-peau », l'enfant comprend qu'il est une entité finie, circonscrite par la peau, et un être singulier) ; de 9 à 18 mois (le temps des explorations grâce à la verticalisation ) ; de 18 à 27 mois (la phase du Non, du Moi-Je-Tu puis du Oui) ; de 27 à 36 mois (l'enfant se sent responsable de ce qu'il fait).

### *L'approche Montessori*

Après son diplôme de médecin, Maria Montessori (1870-1952) s'intéresse à la psychiatrie de l'enfant puis décide de se consacrer à la pédagogie. Elle développe une approche qui consiste à permettre à chaque enfant de se développer en fonction de ses besoins, de son propre potentiel dans le respect de sa personnalité, de son rythme de croissance et de son histoire. Cette pédagogie est toujours pratiquée aujourd'hui dans certaines écoles (écoles Montessori) et continue d'influencer celle de nombreux éducateurs et enseignants.

On comprend mieux que rien ne sert de bousculer cette succession et de faire sauter à l'enfant des marches précieuses de l'escalier de ses acquisitions, autant de périodes sensibles de son développement. Mais attention, tant que les acquis ne sont pas tout à fait maîtrisés par l'enfant, ils sont fragiles, et au moindre échec l'enfant peut y renoncer et revenir à un stade plus confortable. Laissez-le consolider cette « assise » et sa confiance en lui, puis encouragez-le lorsqu'il se lance à nouveau.

## L'apprentissage de la marche

Apprendre à marcher veut d'abord dire apprendre l'équilibre, puis savoir avancer. Cela ne va pas sans difficultés. Ne relevez pas votre enfant chaque fois qu'il tombe ; l'effort qu'il fait pour se redresser fortifie ses muscles. De plus il ne tombe pas de haut, et s'il ne se cogne pas, il ne se fait pas mal. Il tombe, il se met debout en s'appuyant sur les mains, il retombe. C'est un apprentissage, comme tous les autres. Pour apprendre à parler, il va aussi répéter indéfiniment les mêmes syllabes, comme pour savoir saisir, il a passé des semaines à s'exercer. Ce qui aidera votre enfant, c'est que vous compreniez ses efforts sans intervenir à tout propos. Un enfant a besoin de se prouver à lui-même ce dont il est capable, cela lui donne confiance.
Un bon moyen de faciliter l'apprentissage de la marche est de laisser l'enfant pousser sa poussette au jardin, une chaise à la maison. Il existe aussi des jouets qu'il peut pousser, comme les petits chariots. Et lorsqu'il commencera à marcher, tenez-le alternativement d'une main et de l'autre pour assurer son équilibre.
**À la crèche**, les enfants sont également stimulés : ils ont un matériel varié à leur disposition, petites échelles, petites tables, ils ont envie d'imiter les plus grands qu'ils voient évoluer autour d'eux, sans être pressés par les auxiliaires qui savent que chacun marchera à son heure.

### Les trotteurs

Leur but est de préparer à la marche. Nous ne les conseillons pas car ils privent les enfants du plaisir d'apprendre et des efforts à faire. Il faut signaler aussi qu'ils peuvent être dangereux (ils sont interdits au Canada).

## La marche va transformer votre enfant

Jusqu'alors, il était complètement dépendant de son entourage, maintenant sans rien demander à personne, il est capable d'aller voir de près ce qui l'intéresse, ce qui l'intrigue, et de faire ainsi chaque jour mille découvertes et expériences. Il devient un personnage remuant, actif, incroyablement occupé, jamais fatigué.
Grâce à la marche votre enfant va vraiment réaliser qu'il peut conquérir l'espace bien au-delà de ce que le « quatre pattes » lui permettait : il se rend compte qu'à son tour il peut atteindre, parce qu'il est debout, ce qui n'était alors accessible qu'aux grands.
Dans la prise de conscience de son corps, la marche est une nouvelle étape importante. Lorsque l'enfant fait des petites chutes, heurte un meuble, cette expérience de la douleur lui fait prendre conscience de ses limites et des dangers : à 18 mois, il fait un détour pour éviter la table qui pourrait lui faire mal, ou le radiateur qui est chaud.
Ainsi, ayant fait des expériences se rapportant à son corps, il va s'y intéresser de plus en plus : vers 18 mois-2 ans, s'il voit sur son bras un petit bouton, il le regarde fréquemment, il semble intrigué, d'où

### Attention !

12-18 mois : c'est un stade « moteur » pour tous les enfants. Si votre enfant ne marche pas à 18-20 mois, il faut en parler au médecin. Certains parents disent que leur enfant est « paresseux », se laisse vivre. Lorsqu'un enfant ne marche pas à cet âge, il est important de trouver la cause de ce retard (chapitre 6).

l'effet magique du pansement qui « recolle » les morceaux. Mais si le bouton sèche et que la peau desquame, l'enfant pleure, il a l'impression qu'une partie de lui-même s'en va. Une égratignure, une goutte de sang l'inquiètent également, et il est important que l'entourage, sans aller jusqu'à les ignorer, dédramatise ces petits incidents.

## Autres découvertes

Entre 12 et 18 mois, l'enfant cherche, comme dans un puzzle, à assembler les objets qui l'entourent, à établir entre eux des rapports. Un jour, il parvient à mettre le plus petit cube dans le plus grand. Une autre fois, il arrive à enfiler un anneau sur une tige prête à le recevoir, alors que, jusque-là, il posait l'anneau à côté de la tige. Comme nous l'avons vu (p. 197), Jean Piaget a appelé cette période, qui va de la naissance à 18 mois, la période sensori-motrice de l'intelligence. En effet, c'est par des activités mettant en jeu la perception des objets que l'enfant résout ces problèmes, comme emboîter, empiler, etc.
À 14 mois, Zahia voit un téléphone sur un coussin, veut l'atteindre, n'y parvient pas, tire le coussin, remarque qu'ainsi le téléphone s'approche, tire encore jusqu'à pouvoir le toucher. Elle a obtenu ce qu'elle voulait et découvert le rapport entre « posé sur » et « tirer vers soi ».
Emma, 17 mois, est avec sa maman dans la salle d'attente du pédiatre. Elle réclame à boire (« a ba aba »). Mais, devant tout le monde, sa maman n'ose sortir le biberon de son sac, elle trouve que sa fille est un peu grande. Emma ne peut attraper le sac car sa mère l'a posé sous sa banquette. Elle tire la bandoulière, le sac suit et Emma peut se saisir du biberon qui dépasse.
Les semaines passent, **les expériences s'enrichissent** et deviennent de plus en plus complexes. C'est à 18 mois que Tim éclaircit un mystère qui le tracasse depuis quelque temps : comment faire sortir de la musique de cette boîte ? Il touche tous les boutons de la radio jusqu'au jour où – eurêka ! – il trouve la solution. Plus tard, nous le verrons, le stade 18-24 mois sera le règne de l'exploration. Comme, à cet âge, l'enfant saura bien marcher, il n'y aura plus de limites à sa curiosité. À chaque instant, il fera une nouvelle découverte, et son intelligence accomplira ainsi un autre progrès. À 2 ans, le langage prendra le devant de la scène. Les mots, peu à peu, ouvriront l'esprit de l'enfant ; une nouvelle étape de l'intelligence commencera.

### Une acquisition attendue : la propreté

Comme bien des parents, vous êtes peut-être impatient que votre enfant devienne propre. Mais entre 12 et 18 mois, il est encore trop jeune. Cet apprentissage nécessite un certain développement aussi bien neurologique que psychologique et affectif. Nous en parlerons au prochain stade.

## « Non ! » Et quelques mots pour tout dire

Boileau disait : « Ce qui se conçoit bien s'énonce clairement, et les mots pour le dire arrivent aisément. » L'enfant de 12-18 mois n'est pas de l'avis du poète : il comprend beaucoup, mais il a peu de mots pour le dire. Paul a 15 mois. Il ne sait dire que quatre ou cinq mots ; mais lorsque son père lui demande le mouchoir rouge qui est dans

son lit, il se dirige vers le lit, soulève l'oreiller, prend le mouchoir rouge (ne touche pas au jaune) et le rapporte à son père, très à l'aise. Et l'on pourrait citer bien d'autres exemples de ce genre.
L'enfant fait peu de progrès de langage, car, pour le moment, c'est la marche qui mobilise ses forces. Pour se faire comprendre, il se sert des quelques mots qu'il connaît, mais qui sont essentiels car chargés des sens les plus variés, enrichis de gestes et de mimiques. Par exemple, quelque chose lui déplaît : il fait la moue et un geste très net de la main pour signifier son refus. En général, un ou deux mois plus tard, il sait dire « pas » qui deviendra « veux pas ».
« Non » fait partie des mots qui apparaissent à cet âge, et cela d'autant plus facilement que les adultes ont tendance à employer plus fréquemment « Non ! » que « Oui ! » avec l'enfant qui commence à marcher et à tout explorer. Mais **« Non » a une importance toute particulière**, et selon l'expression de René Spitz, dire « non » est un véritable « organisateur » de la personnalité, comme nous l'expliquons un peu plus loin (p. 225).
Cela dit, la compréhension est en général, à cet âge, en avance sur l'expression parce que, en présence de leur bébé, les parents commentent ses faits et gestes. Écoutez ce père qui donne le bain à son petit garçon : « Viens Raphaël, ton bain est prêt, regarde le poisson et le canard sont déjà là. Tu vas avoir le temps de jouer… » Et cette mère à l'heure du déjeuner : « Ne t'impatiente pas, ton déjeuner sera bientôt prêt. Oh, la jolie serviette avec le petit chat ! Regarde le chat. Encore une cuillère… Attends, je vais chercher une pomme, celle-ci est toute rouge… », etc.
L'enfant, ravi, écoute ces paroles qui sont pour lui comme une musique qu'il reproduit en chantonnant. Il est vraiment avide d'écouter, non seulement ce que lui disent ses parents, mais aussi ce qui se dit autour de lui. Ainsi peu à peu, son oreille enregistre certains mots ; à force de les entendre, il comprend « chat », « pomme », « purée », « bain », « pyjama ». Puis il reconnaît les objets que ces mots désignent.
En valorisant les premiers mots, en les reprenant, on habitue l'enfant à échanger, à communiquer avec son entourage.

## Lorsque l'enfant tape, pince ou mord…

Quelques mots pour s'exprimer, ce n'est pas suffisant pour faire comprendre ses chagrins, ses tensions, ses frustrations, son déplaisir. Et l'enfant extériorise ses émotions par des réactions vives et difficiles à comprendre pour les parents : colères, gestes agressifs ou de rejet, oppositions diverses. « Mon petit garçon de 15 mois, qui a pourtant un caractère doux, peut-être un peu colérique, s'est mis à taper : pour jouer, parce qu'on le contrarie, parce que son petit copain lui a pris un jouet, etc. Avec l'assistante maternelle, nous lui disons que ce n'est pas bien, que cela fait mal, qu'il ne faut pas le refaire, mais il continue. »
« Lorsqu'on interdit quelque chose à Agathe, 16 mois, et qu'on la

***Important***

Ne répondez pas à une agression de l'enfant par une autre agression (en le mordant, en le pinçant « pour lui montrer que ça fait mal »), alors que cela renforcera son propre comportement par imitation et identification à l'agresseur. Ne perdez pas votre sang-froid (en criant ou en punissant l'enfant). Restez calme, apaisant, affectueux, maintenez un cadre de vie structurant, avec des limites ; les enfants qui réagissent ainsi sont souvent vifs, éveillés mais ils ont parfois une vie trop stimulante, avec beaucoup d'exigences, alors qu'ils sont encore tout petits.

prend dans nos bras pour lui expliquer pourquoi on fait cela, elle nous pince la joue. »

L'enfant peut aussi mordre, d'autant que les poussées dentaires l'y incitent naturellement ; mordre prend alors une autre signification qu'à 8-9 mois. Cela peut être un mécanisme de défense, en particulier lorsqu'il est en compagnie d'autres enfants (au square, à la crèche, etc.) et qu'il ne s'y sent pas à l'aise. Mais l'enfant qui mord peut aussi « se décharger » de tensions que des adultes font peser sur lui : à la crèche, une auxiliaire enlève brusquement un jouet à Medhi pour qu'il se mette à table en même temps que les autres. Frustré, furieux, l'enfant se tourne vers son voisin et le mord, n'osant pas agresser l'adulte. Ce comportement, nous adultes, pouvons bien le comprendre car nous le pratiquons également en défoulant tension et inquiétudes en famille, ou dans les embouteillages… par des mots vifs ou des gestes brusques. Sachez que dans quelques mois, votre enfant pourra dire de plus en plus ce qu'il ressent autrement que par des gestes.

À cet âge, les réactions vives, parfois agressives, de l'enfant montrent une nouvelle étape dans son développement : il découvre sa capacité à s'opposer, à exprimer son autorité. Il affirme son autonomie, sa personnalité (p. 303 à 306). **Pour apprendre à maîtriser son comportement face aux émotions ressenties, votre enfant a besoin de votre aide.** Parlez-lui fermement mais avec douceur : cela l'aidera peu à peu à mettre des mots sur ses sentiments. Dites-lui avec des mots simples qu'il y a des règles à suivre (« On ne fait pas mal aux autres »). Apaisez-le, câlinez-le une fois que la question a été abordée ou la crise passée. Ne perdez pas patience, votre enfant va intégrer peu à peu que l'autorité est de votre côté et non du sien – ce qui est rassurant pour lui.

## Le parent préféré

« Notre fils, 10 mois, manifeste une véritable préférence pour son papa. Dès qu'il voit son père arriver dans la pièce, Lucas rampe vers lui. S'il est dans mes bras, il se débat pour aller dans ceux de son père (au point d'en pleurer si je l'en empêche). Je souffre de cette situation. » « Notre petite Lilou a 15 mois. Lorsque mon mari la prend dans les bras, et que je suis là, elle crie jusqu'à ce que je la prenne. Parfois, quand il s'approche pour lui faire un câlin, elle le repousse ; il lui arrive aussi de refuser de manger avec lui. Mon mari se sent rejeté. »

« Jade, 18 mois, est très demandeuse de mes bras, de ma présence, et dans ces cas-là, elle ne veut pas que son père s'occupe d'elle. Si je ne la porte pas lorsqu'elle le demande, elle proteste fortement. Mon entourage m'encourage à la gronder en me disant que ce sont des caprices. Je ne pense pas que ce soit la solution mais je ne sais pas que faire. »

Beaucoup de parents évoquent cette sorte d'exclusivité qui peut s'instaurer à ces âges avec l'un ou l'autre parent. Elle peut avoir de nombreuses causes (place du papa, événement auquel on n'a pas prêté attention mais que l'enfant a perçu…). Les réactions de l'enfant ont pu aussi prendre racine plus tôt, dans une intensité trop forte dès

les premiers mois de vie. Par exemple, les bébés qui reçoivent de leurs deux parents une attention fusionnelle ne savent plus très bien vers lequel se tourner. Ils font un choix, comme ils peuvent ; ils réagissent parfois à partir d'un malaise qui a laissé une empreinte lorsque, tout petit bébé, ils ont été embrassés trop fort, ou bien s'ils ont été gênés par une odeur corporelle ou de tabac. Les enfants sont comme des éponges, ils absorbent, enregistrent tout. Leur comportement est parfois lié à ce qu'ils ont compris d'une situation au point d'avoir des attitudes excessives, paradoxales, incompréhensibles.
Dans tous les cas, ces réactions s'atténuent avec la conquête du langage : lorsque, vers 2 ans, l'enfant commence à s'exprimer avec de petites phrases, beaucoup de situations peuvent être mises en mots et s'apaiser. En attendant, **respectez le comportement de votre enfant**, calmement, tranquillement. Et, surtout, dédramatisez la situation : elle ne durera qu'un temps, elle n'est pas grave et ne justifie ni un rapport de force, ni de se sentir coupable ou abandonné.
La préférence pour un parent qui peut se manifester plus tard, au moment du complexe d'Œdipe, n'est pas de même nature, elle fait partie des imitations et des identifications à l'autre de tout enfant (p. 256).

## Les plaisirs et les jeux

Vers 1 an-1 an ½, l'enfant aime **les animaux** et s'y intéresse : des poules aux vaches en passant par les chiens, les chats, les chevaux.
Il aime jouer avec **le sable et l'eau**, pas très proprement. D'abord parce qu'il est encore maladroit ; ensuite parce qu'il ne fait pas la distinction entre le sale et le propre. Toutes les activités de jeux avec l'eau (transvaser, remplir, vider, etc.) sont essentielles à cet âge.
L'eau a un rôle calmant pour l'enfant ; jouer avec des entonnoirs, des bouteilles, le détend et mobilise sans effort son attention. L'eau est plus qu'un élément naturel, elle fait partie de nos origines, du premier milieu dans lequel nous avons vécu. Sa fluidité, son manque de résistance en font un élément rassurant : le plaisir du bain n'est pas seulement celui d'être propre, mais aussi de jouer dans l'eau, de s'y détendre et d'y rester. Et cela durera toute la vie.

Le matériel est simple : l'équivalent de 3 à 4 verres d'eau dans une petite cuvette, des éponges, des entonnoirs, des gobelets, etc.
Dans la baignoire : des petites bouteilles en plastique, les tasses de sa dînette, etc. L'enfant va indéfiniment les remplir et les vider, il maîtrise ainsi facilement la disparition et la réapparition de l'eau : c'est la permanence des objets dont nous avons parlé au stade 8-12 mois.
Bien que capable d'une étonnante persévérance, par exemple lorsqu'il veut mettre un cube dans l'autre, l'enfant aime changer souvent de jeux ; et s'il en a assez à sa disposition, il peut jouer longtemps.
Il apprécie la pâte à modeler. Il construit une tour, ça l'amuse aussi de la détruire, à cet âge il commence à démolir et à déchirer.
Vers 18 mois, il aime qu'on lui raconte une histoire courte.

# De 18 à 24 mois : la griserie de la découverte

Maintenant que l'enfant sait marcher, va-t-il se reposer sur ce progrès tant attendu ? Ce serait mal connaître son extraordinaire vitalité et surtout son intense désir de tout voir, de tout essayer, de tout examiner. Sa curiosité naturelle va l'amener à vouloir explorer encore et encore, sur tous les plans. Jusqu'alors, il palpait ce qui était à portée de sa main. Maintenant qu'il peut toucher tout ce qu'il voit, il ne va pas se priver de cette nouvelle possibilité et va s'en donner à cœur joie.

À gauche, à droite, en haut, en bas, toucher à tout, quel plaisir ! Rien n'arrête un enfant de cet âge : il grimpe sur les chaises, les fauteuils, au risque de tomber. Il glisse sous les lits pour rattraper sa balle. Ouvre les portes, allume les lumières, vide les tiroirs, saisit un tube de rouge à lèvres. Il tire son petit camion, traîne sa poupée par les cheveux. Mais attention il peut aussi dévisser la bouteille d'eau de

*« Un enfant bien portant est un enfant qui s'amuse, qui s'occupe avec n'importe quoi et qui explore tout ce qui est à sa portée. »*

*Françoise Dolto*

Javel, ouvrir un tube de somnifères, essayer de mettre une épingle à cheveux dans la prise de courant, jeter sa tartine par la fenêtre et essayer de regarder pour voir où elle tombe.
Toute cette activité fait beaucoup de bruit et de désordre mais cela ne dérange pas l'enfant. On a l'impression qu'il ne se fatiguera jamais. Puis, tout à coup, plus un son. Le silence semble alors plus inquiétant que le bruit qui précédait. On se précipite. L'enfant s'est endormi par terre, épuisé.
Un appartement livré à un enfant qui sait bien marcher et qui est un peu turbulent fait au bout d'un moment penser à un vrai champ de bataille. Les enfants de cet âge ne sont pas tous aussi remuants. Certains sont plus calmes, les filles en particulier, mais c'est quand même l'âge de « l'enfant touche-à-tout ». Et il ne faut pas se féliciter mais plutôt s'inquiéter d'avoir un enfant de 2 ans exceptionnellement calme, qui reste dans son coin sans partir à la découverte.

**À savoir**

À ce stade d'activité motrice très intense, il faut bien veiller au sommeil et à la régularité des horaires.

## Le goût de l'aventure et le besoin de sécurité

Que doit-on faire lorsque l'enfant touche à tout, court en tous sens, que ce soit chez vous, chez l'assistante maternelle ou à la crèche ? Tout interdire ou tout permettre ? Ni l'un ni l'autre. Dans le premier cas, ce serait contrarier une tendance essentielle de la croissance. Grimper, découvrir, explorer, palper, courir développent sens, muscles et intelligence. Dans une pièce sans objets et sans meubles, il ne peut rien abîmer, mais son intelligence sommeille, ses muscles aussi. En revanche, tout permettre serait dangereux.
Ce qui est recommandé, c'est de créer une atmosphère de **liberté « aménagée »**. À la crèche, c'est facile car tout est conçu en fonction des enfants : jeux et meubles sont adaptés à leur taille et à leurs besoins. Chez soi, c'est plus difficile. Pour mettre l'enfant à l'abri des dangers, il faut des barrières aux escaliers et aux fenêtres, des caches aux prises de courant.
Les meubles fragiles seront à l'abri, les bibelots préférés dans les placards et les produits dangereux hors d'atteinte.
Votre enfant est maintenant bien installé pour jouer, le plus possible à l'abri des dangers ; et pourtant il ne peut pas être totalement livré à lui-même. Alors tendez l'oreille, ne vous tenez pas trop loin pour surveiller ce qui se passe. On ne pense pas forcément à tout et l'enfant déborde vite d'imagination. Mais ne venez pas lui dire toutes les deux minutes : « Attention, tu vas te faire mal ! » Il a besoin de se sentir libre dans ses explorations. Il est nécessaire qu'il fasse aussi ses propres expériences pour intégrer les limites de ce qu'il peut faire ou ne doit pas faire car cela devient une « bêtise ». Laissez-le partir à l'aventure, cela lui donnera confiance. L'aventure, à cet âge, c'est de grimper tout seul sur la petite chaise, ouvrir tout seul une boîte. En un mot, il a besoin de savoir que la personne qui s'occupe de lui est à portée de main ou de voix, mais pas toujours dans son dos. D'ailleurs, de temps en temps, il viendra vérifier que l'adulte est bien là ; rassuré,

# De 18 à 24 mois

### HABILETÉ DES MAINS

L'enfant sait tenir sa cuillère et son gobelet mais se salit beaucoup en mangeant. Il mange d'ailleurs avec bruit, et quand il boit, entre deux gorgées, il aspire bruyamment.

Il tient bien son crayon (indifféremment de la main droite ou de la main gauche), mais le trait qu'il tente de tracer verticalement est encore bien incertain. D'ailleurs, il n'y attache pas de prix, il froisse et déchire le papier avec le même plaisir qu'il a pris à le griffonner.

Il aime les jouets qui se tirent.

### ADRESSE DU CORPS

Courir est sa grande joie : il aime qu'on le poursuive, et se heurte beaucoup aux meubles. Il tire, pousse, arrache, frappe, en criant. Pousser du pied un ballon, marcher à reculons, monter un escalier en tenant la rampe, et le descendre quand on est tenu par la main sont les conquêtes de cet âge.

Plaisir de découvrir, plaisir de transporter : les mains et les jambes sont maintenant assez sûres d'elles pour permettre au jeune explorateur de s'en donner à cœur joie.

### PLAISIR DES JEUX AVEC L'EAU

À cet âge également, les enfants aiment jouer avec l'eau. Ils ouvrent tous les robinets qu'ils voient (attention aux inondations et aux robinets d'eau chaude).

Ils transvasent sans se lasser un gobelet dans l'autre et font barboter leur canard. Lorsque votre enfant joue ainsi, ne le laissez pas seul, sans surveillance : les activités avec l'eau nécessitent la présence d'un adulte.

il retournera à ses occupations. Puis il appellera pour montrer sa dernière découverte, ou pour avoir une aide en vue de la prochaine. Depuis quelques mois, et pour longtemps encore, se mêlent chez l'enfant le goût de l'aventure et le besoin de sécurité. Or, la sécurité, c'est vous, ses parents, ou l'adulte qui prend soin de lui. Mais souvenez-vous que la curiosité de l'enfant est inlassable, qu'elle l'emporte sur sa peur, que son imagination est grande, qu'il n'a d'ailleurs pas encore le sens du danger, et que les goûts bizarres et les odeurs désagréables ne le rebutent pas.

Au cours de cette étape d'exploration, avec des mots simples, prenez le temps d'expliquer à votre enfant ce qui est permis, ce qui est défendu, ce qui est dangereux. Il ne peut le deviner seul. Avec cette **attention bienveillante**, avec douceur et fermeté, vous poserez des limites, un cadre dans lequel l'enfant exercera sa liberté de mouvement, éprouvera des sensations et développera ses apprentissages.

Cependant, ne lui en demandez pas trop et trop vite. Il a besoin de temps pour intégrer et comprendre les innombrables règles.

Et le jour où il fera une « bêtise », ne réagissez pas trop vivement ; votre colère l'inquiéterait et lui ferait peur. En grondant souvent un enfant de cet âge, en criant beaucoup, on finit par lui donner le sentiment qu'il est sans cesse fautif, ou lui enlever toute confiance en lui. D'ailleurs, à cet âge, les parents appellent souvent bêtises un geste de l'enfant dicté par son intelligence, et qui signifie pour lui une nouvelle découverte. Lorsqu'un enfant déplace un meuble pour chercher la balle qui s'est glissée dessous, ce n'est pas une bêtise, c'est de l'ingéniosité. Il est vrai aussi qu'il peut casser un objet par maladresse, ou parce qu'il fait plusieurs choses à la fois : manipuler et marcher, ou encore parce qu'il ne parvient pas à ses fins, s'énerve et jette l'objet avec colère.

Les adultes doivent le plus possible laisser les enfants aller au bout de leurs gestes, de leur curiosité, de leur volonté d'éprouver leurs nouvelles capacités et leurs limites. Mais ils doivent au moment opportun savoir calmer, aider, réparer.

Anaïs joue avec un petit lapin se remontant avec une clé. Son père, qui travaille à côté, ne l'entend plus et regarde ce qui se passe. Il intervient quelques secondes pour décoincer la clé, participe à la joie de sa petite fille qui peut à nouveau faire marcher son jouet, puis la laisse à ses découvertes.

Rassurez-vous : l'enfant qui explore et fait toutes ces expériences est sur le chemin de l'enfant qui répare, range et respecte… mais un peu plus tard.

> **Attention !**
>
> Les accidents domestiques dont sont victimes les enfants deviennent particulièrement fréquents à partir de 18 mois et jusqu'à 4 ans, âge où ils décroissent d'une manière spectaculaire (chapitre 3, p. 137 et suiv.).

## Dire « non », dire « oui » : s'opposer, s'imposer, choisir

Parmi les premiers mots qui apparaissent entre 1 an et 18 mois, nous avons vu que « non » figure en bonne place. Mais dire « non » va prendre rapidement pour l'enfant un autre sens que celui d'une simple répétition ou imitation de son entourage : c'est une étape fondatrice de la construction de sa personnalité par rapport à l'autre et aux autres.

L'enfant qui s'oppose est en train d'apprendre à exprimer ce qu'il désire et ce qu'il ressent en réponse à des frustrations engendrées par l'entourage, qu'il s'agisse d'adultes ou d'enfants. Favoriser cette expression et les échanges qui en découlent lui permet de commencer à affirmer sa confiance en lui. Il est important de laisser s'épanouir cette nouvelle acquisition, cette agressivité qui nous irrite bien souvent et nous fait perdre patience.
La manifestation de l'autorité des parents est devenue un exercice délicat. L'équilibre n'est pas toujours facile à trouver entre les nécessaires limites à donner et la liberté de s'opposer. Il y a les parents qui exigent une obéissance passive et constante. Ceux qui ont tendance à tout le temps céder pour ne pas brimer leur enfant, souvent par culpabilité de ne pas être assez disponibles ou parce qu'ils sont trop stressés. Ou ceux qui ne veulent pas s'opposer ou créer un conflit par facilité, par lassitude. Pourtant, dès l'âge des premiers « non », il est possible d'exercer une **autorité constructive et sécurisante** qui permet à l'enfant de pouvoir s'imposer, s'opposer et se construire, tout en acceptant une fermeté justifiée et des limites à sa « toute puissance ». Nous y revenons plus loin : p. 244 (*Comment réagir aux oppositions*) et p. 280 (*L'autorité*).
Dans les mois qui suivent, le « oui » va apparaître, et d'autant plus facilement que les parents l'emploieront : « C'est cette pomme que tu veux, oui ? »

**L'étape du « non »** permet à l'enfant de vivre ces expériences de conflits entre lui et ses parents (ou ceux qui s'occupent de lui). Si ces derniers réagissent avec fermeté et douceur, l'enfant sent qu'il peut dire « non » sans perdre la confiance et l'amour de ceux qui l'entourent. Il pourra alors dire « oui » de façon libre vers 2 ans ½ parce qu'il aura franchi cette étape du non.

## Le « parler bébé »

Tous les enfants usent abondamment des verbes. Ceux-ci exprimant l'action, il est normal que l'enfant s'en serve à l'âge où il est si actif. Pour commencer, il emploie l'infinitif puis le participe : Mina p(r)omener, Papa pa(r)ti, etc. Les personnes, les temps, viendront plus tard. Pour l'instant, la phrase se compose donc essentiellement d'un mot ou de deux, plus le verbe. Exemple : « Papa ouv(r)i(r) boîte. »
À l'étape précédente, le mot était à lui seul la phrase. À cet âge, l'enfant a parfois du mal à prononcer les « r ». Cela étonne les parents qui se souviennent des « areu » que le bébé prononçait si facilement. En fait, pour ces roulades, les « areu », le bébé utilisait son gosier, ce qui n'est pas le cas pour le son « r ».
Autre exemple : l'enfant dit « poupe » car il ne sait pas dire « soupe », le « s » lui est encore difficile à prononcer mais il a très bien compris que ce mot désigne le liquide qu'on lui sert au repas. Ne le reprenez pas, ne le faites pas répéter (cela ne sert à rien, avec le risque de décourager l'enfant ou qu'il se mette à bégayer). Continuez à dire « soupe », à lui donner le bon modèle. Peu à peu, l'enfant arrivera spontanément à le dire puisque le langage est avant tout affaire d'imitation et de sélection de mots.
Ce « parler bébé » dure jusqu'à 1 an ½-2 ans, mais il se prolonge lorsque les parents, pensant se faire mieux comprendre, parlent eux-mêmes « bébé ». Si l'adulte imite l'enfant et déforme les mots, l'enfant répétera longtemps « poupe », « sisite », « lolo », etc. Les parents savent aujourd'hui que s'il est bon de « parler bébé » à un

***Important***

Le « parler bébé » est celui du tout-petit, il n'est pas celui de l'enfant plus grand, ni de l'adulte. Sans faire répéter l'enfant correctement, vous ne devez pas pour autant parler comme lui.

bébé, de répéter ses vocalises, ses « areu », le petit enfant de 18 mois-2 ans n'en est plus là : son articulation s'exerce constamment, il s'intéresse aux noms des objets qui l'entourent. Il est ravi quand il entend des mots nouveaux. Certains même le fascinent.
Lorsqu'à 22 mois Félicie pleurait, il suffisait de lui dire « saladier » pour arrêter ses larmes. Il ne s'agit pas de parler à un enfant comme un dictionnaire, mais de ne pas simplifier tous les mots sous prétexte qu'un enfant les comprendrait mieux.
Et puis il y a des mots « affectifs », créés par chaque enfant, ceux-là n'y touchez pas. « Nounours », pour Benjamin, ce n'est pas un ours (de la famille des plantigrades qui vivent dans les montagnes), c'est le compagnon sans lequel il ne peut pas s'endormir, qui est si doux et qui sent si bon. **Chaque famille a ses mots à elle, c'est comme un patrimoine affectif**, et on se les répète : « Tu te souviens quand tu disais ma "temise" au lieu de ma chemise ? » Ces mots sont importants, ils créent une connivence attendrie. D'autres enfants, au contraire, éprouvent un plaisir évident à prononcer des sons difficiles. Gaspard, 20 mois, vient dans la cuisine pour le plaisir de dire « machine » ou « chaud » puis va dans le salon et répète fièrement « cheminée ».

**À noter**

À cet âge (18-24 mois) une mauvaise articulation, la prononciation défectueuse de certains sons ou syllabes ne sont pas graves.

# L'acquisition de la propreté

Entre 18 mois et 2 ans, l'enfant va atteindre une maturité musculaire et de nombreuses possibilités pour s'exprimer. Par exemple, il sait maintenant monter les escaliers et va bientôt apprendre à les descendre. Et pour se « retenir », ou au contraire « pousser » (qu'il s'agisse d'urines ou de selles), il faut des muscles suffisamment développés. On peut comprendre qu'avant l'âge où il marche bien, l'enfant ne soit pas encore capable de contrôler ses sphincters et de commencer l'apprentissage de la propreté. Côté langage, c'est pareil : maintenant que l'enfant commence à parler, il saura plus facilement demander le pot. S'il ne parle pas encore bien, il saura se faire comprendre par un geste, en tirant sur sa culotte par exemple, ou en se tortillant.
Certes, comme pour toutes les acquisitions, le contrôle volontaire des sphincters prend ses racines dans les stades précédents. Ainsi, chaque fois qu'on l'a changé, l'enfant a pu apprécier le confort d'être propre. Et les échanges verbaux qui accompagnent ce plaisir renforcent cette sensation. De même beaucoup d'enfants, dès qu'ils savent s'asseoir et bien se relever, acceptent de rester quelques minutes assis sur le pot, tout en continuant à avoir des couches le reste de la journée.
Et après 18 mois-2 ans, les besoins sont moins fréquents et donc plus faciles à réguler.
Alors si ses parents s'y prennent avec souplesse, tout se passera bien : devenu propre, l'enfant partagera la satisfaction de son entourage qui apprécie, à l'évidence, cette nouvelle étape (vous trouverez au chapitre 3, p. 163 et suivantes, des suggestions pratiques pour l'apprentissage de la propreté).

**Quelques difficultés.** Certains parents sont trop pressés. D'autres sont trop rigides et grondent leur enfant qui n'apprend pas assez vite. D'autres, incommodés par l'odeur, manifestent leur dégoût lorsqu'ils vident le pot. D'autres parlent avec jovialité de la production attendue et acceptent que leur enfant trône sur son pot au milieu de la famille. Cette manière de faire n'est pas adaptée au besoin d'intimité et à la nécessité de pudeur que cette activité requiert.
L'enfant peut réagir en devenant agressif. Il peut aussi continuer à salir ses couches, ou bien se retenir, le risque étant qu'il se retienne de plus en plus, le fait d'aller à la selle étant devenu douloureux. Une constipation chronique peut alors s'installer.
Certains enfants acceptent d'uriner dans le pot mais refusent d'y faire leurs selles et réclament une couche. Cette réaction est plus fréquente qu'on ne croit. L'enfant peut avoir peur de perdre une partie de lui-même, voire de la chasse d'eau qui emporte quelque chose de précieux, d'important. Il faut dire qu'on attache beaucoup d'importance aux premières selles dans le pot, avec des félicitations, comme si c'était un cadeau… Il peut être alors utile de donner à l'enfant une petite explication : pour être en bonne santé, il n'est pas possible de garder dans notre corps tout ce que nous mangeons, il faut en éliminer une partie. Mais si la situation dure, n'hésitez pas à demander conseil au pédiatre ou à un psychologue. Les selles, pour les psychanalystes, peuvent prendre de très nombreuses significations à cette phase de développement, appelée stade anal, et il est important de rassurer l'enfant.
Cette étape d'acquisition de contrôle des sphincters (anal et urinaire) est autant **motrice que psychologique et sociale,** dit Alain de Broca. Accepter de faire ses selles là où l'adulte le demande amène à devoir suivre une règle sociale majeure : « Je ne fais pas ce que je veux, quand je veux, où je veux ». C'est une autre manière de canaliser la « toute-puissance infantile ». Cette phase est fondamentale pour que l'enfant ne se sente pas tout puissant sur tout son environnement.
**L'apprentissage de la propreté** pose donc parfois des problèmes mais les parents ont aujourd'hui une attitude plus sereine qui tient compte de la personnalité et de la maturité de leur enfant.
Les crèches, les auxiliaires de puériculture et les assistantes maternelles préconisent un apprentissage progressif et adapté à chaque enfant, en collaboration avec sa famille ; en général pas avant 2 ans, sauf si l'enfant montre qu'il souhaite être propre avant cet âge.

### À savoir

L'acquisition de la propreté se fait plus ou moins tôt selon les enfants. Il est important de respecter le rythme de chacun sans comparer avec les aînés ou les enfants de l'entourage. Certains ne deviennent propres qu'entre 2 et 3 ans et il ne faut pas les presser.

### À savoir

Les petits livres évoquant les situations quotidiennes un peu problématiques (propreté, peur du noir…) sont bien utiles pour dédramatiser et montrer qu'elles sont vécues par tous les petits enfants. Regardez-les et commentez-les ensemble.

## Un lit de grand

Votre enfant commence à escalader les barreaux de son lit : c'est l'âge « acrobate et déménageur ». C'est aussi le signe qu'il lui faut un lit sans barreaux ; choisissez-le assez bas et, en vue de chutes éventuelles, mettez par terre un tapis ou une plaque de mousse. Il existe des petites barrières amovibles qui peuvent s'installer sur une partie du lit. Dans les services de pédiatrie, c'est vers 18 mois-2 ans qu'on change le lit des enfants.
Les enfants sont contents de cette nouveauté qui est une étape dans leur développement et ils apprécient les moments de lecture et de

câlins avant de s'endormir. Mais les parents se demandent comment vont se passer les couchers quand l'enfant pourra sortir de son lit. À cet âge, tout enfant prend conscience qu'il est seul dans son lit, alors que ses parents sont à deux, et il cherche à les séparer ; c'est le début de l'entrée dans une période complexe (p. 256) où il vit une situation difficile, avec un peu de solitude et de détresse, un peu d'envie et de rivalité. Vous pouvez lui expliquer cela tranquillement à un moment détendu de la journée. Lui dire que les parents sont ensemble le soir, c'est comme ça ; que tous les enfants passent par cette période parce qu'ils grandissent et que c'est bon de grandir. Veut-il une petite lumière qu'il peut allumer et éteindre tout seul à portée de sa main ? Il ne faut surtout pas s'énerver : les enfants ont besoin que leurs parents soient calmes, tranquilles, sûrs d'eux dans leurs décisions, et toujours très gentils en les ramenant chaque fois dans leur lit.

*« Les premières nuits tout allait bien mais très vite notre fille a refusé de rester seule en attendant de s'endormir : elle se lève et vient nous réclamer. Nous avons essayé la lecture, les comptines, la musique mais dès que c'est fini, elle ressort de son lit. Quand nous sommes un peu fermes, elle pleure à chaudes larmes et s'énerve. Nous avons essayé de la réinstaller dans son ancien lit mais elle n'en veut plus, il est même devenu dangereux car elle réussit à en sortir toute seule... »,*

*écrivent les parents de Lucie, 2 ans.*

## Ce qu'il aime

- Manger seul et aussi taper avec sa cuillère dans la soupe en éclaboussant.
- Transporter ses jouets, les objets à sa portée, d'un endroit à un autre.
- Glisser des objets dans les fentes du parquet, dans le trou de la serrure.
- Dire non, par opposition certes, mais aussi par jeu. Pour obtenir ce que l'on veut, à cet âge, on peut parfois distraire son attention. Exemple : il refuse de se déshabiller ? Allez à la fenêtre et dites : « Oh ! La belle voiture bleue, le gros pigeon gris ou le petit chien brun », suivant les cas. L'enfant accourt, regarde par la fenêtre ; il oublie son refus et accepte d'ôter son tee-shirt et de mettre son pyjama.
- Faire le contraire de ce qu'on lui dit, pour taquiner.
- Faire des câlins à ses parents et les embrasser, sauf quand ils le demandent.
- Faire le clown pour faire rire ceux qui le regardent.
- Comme au stade précédent, il aime imiter les adultes. Romane, 2 ans, trouve l'agenda de sa mère et va le mettre dans la corbeille car elle a souvent vu ses parents y jeter des papiers.
- Il aime qu'on comprenne vite ce qu'il désire. Ce n'est pas toujours facile, car si ses goûts sont précis, son vocabulaire est encore limité.

**L'enfant de 2 ans acquiert en six mois une grande aisance.** Pour son deuxième anniversaire, il est devenu habile de ses mains, adroit de son corps, il sait se faire comprendre, il devient plus sociable. À 2 ans, les retards se sont rattrapés. Jusque-là il y avait, à côté du bébé classique (première dent, 6 mois ; premiers pas, 12 mois ; première « phrase », 2 ans), le petit phénomène qui marchait à 9 mois, le plus lent qui n'avait fait ses premiers pas qu'à 18 mois, la petite fille qui ne souriait pas encore à 4 mois, celle qui avait reconnu son entourage à 2 mois, etc. Tous ces enfants étaient « normaux » : simplement, leur constitution, leur tempérament, leur environnement étant différents, les acquisitions ne s'étaient pas faites au même âge. À 2 ans, une différence subsiste, elle concerne le langage : tel enfant connaît vingt mots, tel autre au même âge cinquante, un troisième cent.

# De 2 ans à 2 ans ½ : l'explosion du langage

2 ans-2 ans ½ représente une période de calme, d'équilibre, entre le stade de « l'enfant touche-à-tout » et remuant et l'étape de l'enfant volontaire et exigeant (2 ans ½-3 ans).
Entre 2 ans et 2 ans ½, l'enfant commence à être plus sociable et plus facile à comprendre car il s'exprime mieux. Ce qui l'intéresse avant tout maintenant, c'est de parler, comme au stade précédent il ne se lassait pas de toucher. Après avoir bien repéré les personnes et les objets, il veut maintenant mettre sur tout une étiquette. Pour connaître le nom des objets, il les désigne de l'index en disant : « Et ça ?… et ça ?… » Et lorsqu'on lui a répondu, il répète la réponse en écho. Puis il pose la même question à une autre personne, pour entendre encore une fois le mot nouveau. Répéter, faire répéter, c'est sa façon d'apprendre.
Tout lui est bon pour enrichir son vocabulaire. Il récite les noms des personnes qu'il connaît, il énumère ses jouets, ceux de ses frères et de ses sœurs : « Auto Léo… Cube

*« Un enfant*
*Ça vous décroche*
*un rêve*
*Ça le porte*
*à ses lèvres*
*Et ça part en*
*chantant. »*

*Jacques Brel*

A(r)iane… » Désignant les objets qui l'entourent, il en nomme le propriétaire : « Livre maman… Chaussures papa… » Avec sa logique, il n'aime pas voir les objets changer de propriétaire. Mick, 2 ans ½, s'étonne de voir sa grand-mère porter le foulard de sa mère.
Il fait la liste de ce qu'il a mangé, à midi, le soir, hier, tout ce dont il se souvient. Il énumère les personnes qu'il connaît, tatie, grand-père, mamie… Il veut savoir où se trouvent son père, sa sœur, l'ami qui est venu jouer avec lui, le bébé qui est gardé avec lui chez l'assistante maternelle. Le langage l'aide à s'affirmer. La maman d'Émile tente de lui ôter des mains une paire de ciseaux. L'enfant la serre contre lui : « À moi, à moi. » De tout ce qu'il dit se dégage un intense désir de s'orienter dans ce monde, de s'y retrouver, de s'y reconnaître. Et, lorsqu'il est seul, il répète les mots qu'il a appris et commente tout ce qu'il fait. Écoutez Maxime, qui joue avec son camion de pompier : « Allez, camion… (il s'arrête). Méchant camion !… Tiens !… ». Il le jette en l'air, le camion retombe. Maxime le ramasse. « Pauvre camion… pleure pas… » Il l'embrasse : « Bon dodo camion… » Il le pose sur une étagère, etc.
Passant des heures à parler avec les uns ou les autres, à sa poupée, à ses peluches, l'enfant fait de grands progrès de langage. Son vocabulaire s'enrichit et il acquiert une manière plus aisée de s'exprimer. **Peu à peu, il s'éloigne du langage bébé.**

- D'abord interviennent les liaisons : de, pour ; il les a apprises au cours de ses inlassables questionnements et énumérations. Il dit à présent « la balle de Lorette », « Le lapin de Mathis ». Puis il s'amuse à dire ce qu'il a entendu cent fois : « Une cuillère pour Papa, une pour Maman… ».
- Un beau jour surgissent les adverbes : bientôt, maintenant, alors, ensemble, aussi, tout à l'heure. Le lendemain, c'est le pronom qui entre en scène. Souvent d'ailleurs il double le sujet : « Salma, elle est sage. »
- Les verbes dominent : on en dénombre jusqu'à 90 ou 100 quelquefois.
- Parmi ces mots nous comptons, bien sûr, les mots déformés : ils sont encore nombreux, soit parce que l'enfant ne prononce ni les « f », ni les « r », ni les « v », soit parce qu'il imite mal (parapluie devient « ta'apie », cornichon et artichaut font un seul légume, le « fornichau »).
- La phrase naguère esquissée « Papa veni'auto » se structure : « Papa veni' dans l'auto », « aussi Maman a un manteau bleu pour deho' ». Les mots, remarquez-le, sont à leur place.

Que de progrès de langage accomplis en six mois !
Votre enfant est avide d'apprendre de nouveaux mots, de les répéter, il est aussi très sensible à la façon dont vous vous adressez à lui, à votre ton, à votre débit (souvent trop rapide pour un petit), à sa musicalité. Acquérir des mots est essentiel mais **le désir et le plaisir d'entrer en relation** avec l'adulte le sont tout autant. Au cours de cette deuxième année, l'enfant met en place ce qui constituera la qualité de son langage futur, grâce à la fois à la dimension relationnelle et affective qui accompagne cet apprentissage et à la richesse des mots qui s'accumulent.

*« Désormais, il y a Maman et Madou pour notre fille de 2 ans »,*

*nous ont écrit Jessica et sa compagne*

**À noter**

Le bébé parle avec les yeux jusqu'à 4-6 mois ; il commence à vocaliser « *grrrr* » vers 6-9 mois ; « *papa, mama* » vers 12 mois ; 10 mots simples vers 18 mois et de 50 à 100 mots à 2 ans.

**Important**

Si à cet âge votre enfant ne parle pas avec des mots, consultez un pédiatre qui discernera s'il s'agit d'un trouble psychologique, ou du développement du langage oral, ou de la relation, ou un trouble neurologique (voir *Langage – retard – troubles*).

## Langage et entourage

Les différences viennent d'abord des dispositions individuelles : certains enfants parlent ou marchent très tôt. Il arrive qu'un enfant en avance pour le langage ne soit pas précoce pour la marche. Dans une même famille, c'est particulièrement sensible : la sœur aînée connaissait 5 mots à 1 an, son petit frère en dit 2 à 1 an ½.
Mais les dispositions individuelles n'expliquent pas tout. Le rôle de l'entourage est essentiel. Pour qu'un enfant parle normalement, il faut qu'il vive entouré d'affection et de compréhension. Il a aussi besoin d'entendre parler et qu'on lui parle, que l'on réponde à ses questions, qu'on encourage ses efforts, le tout avec gentillesse et sans déformer les mots. Il est évident qu'un enfant auquel on dit : « Va te laver les mains, ensuite viens m'aider à mettre le couvert… C'est très bien.

## De 2 ans à 2 ans ½

### LE DESSIN

S'aidant de ses mains – l'une qui tient le papier, l'autre le crayon – il trace l'ébauche d'un cercle qui ne s'arrête pas, comme un escargot infini. Si l'enfant est gaucher, sa latéralisation commence à s'affirmer et il faut la respecter.

### LES LIVRES ILLUSTRÉS

Sur une image, l'enfant reconnaît la tasse, l'ours ou la balle et les montre triomphalement. Il tourne une à une les pages d'un livre.

### L'IMITATION

L'enfant s'amuse à transposer dans son univers certains faits et gestes de ses parents. Il donne à manger à son ours ou à sa poupée. Il berce son doudou, lui fait des câlins. D'ailleurs tous les gestes familiers l'intéressent : tourner un bouton de porte ou faire comme s'il était au volant d'une voiture.

### LA MOTRICITÉ, L'HABILETÉ

L'enfant est capable, en courant, de regarder à droite et à gauche. Il sait lancer une balle avec la main et donner un coup de pied dans le ballon. Pour se lever, quand il est assis par terre, il se penche en avant, pousse de l'arrière-train, puis de la tête. Il aime sauter d'un banc ou d'une marche d'escalier, pourvu qu'on lui donne la main.

Viens t'asseoir. Attention, tu vas te brûler !… Bravo ! tu manges comme une grande », fera des progrès plus rapides que la petite fille qui n'entend que des phrases de ce genre : « Mange ta soupe… Fais pipi… Dépêche-toi… Lave-toi les mains, vite !… Encore une tache !… »
À travers les mots valorisants passent surtout le ton chaleureux de la voix, la compréhension, l'encouragement… Donnez à votre enfant le temps de recevoir le message, puis de pouvoir y répondre, sans le surstimuler, sans répéter inutilement.
Lorsque vous sentirez que votre enfant a atteint la période sensible du langage, vous lui parlerez souvent et clairement, et vous essaierez de lui répondre avec patience. Ce qui n'est pas toujours facile. Et quand il connaîtra les mots courants, ceux qu'il entend tous les jours, vous élargirez son vocabulaire en employant des mots nouveaux. Ils éveilleront son intelligence.

***Important***

N'envahissez pas l'enfant de commentaires inutiles. Ne lui parlez pas avec le rythme trop rapide d'une communication entre adultes, qui n'est pas celui de l'enfant de 2-3 ans et le bouscule.

# Langage, intelligence et affectivité

Il vient un moment où l'intelligence a besoin de mots pour se développer, de même que le corps a besoin de nourriture pour s'épanouir.

## Curiosité, compréhension et mémoire

L'enfant pose sans cesse des questions, même si elles sont encore formulées d'une manière bien sommaire ; vous l'avez vu, sa curiosité est inlassable. Il a envie de connaître les noms des choses comme il a eu envie de voir celles-ci, puis de les toucher. Cette curiosité est bénéfique.
Lorsqu'il demande : « Et ça ?… C'est quoi ?… T'as vu ? » en désignant un objet, on lui en donne le nom, mais presque toujours en ajoutant une explication : « Ça s'appelle un aspirateur et ça sert à enlever la poussière. » Puis, même si on ne fait pas une démonstration spéciale pour lui, l'enfant regarde mettre la prise, presser le bouton, aller d'une pièce à l'autre. Et bientôt « aspirateur » est, pour l'enfant, non seulement un mot nouveau, mais le nom d'un objet blanc ou vert qui fait du bruit, qu'on fait rouler dans l'appartement pour faire le ménage ; pendant qu'il marche, on ouvre la fenêtre, etc. Ainsi, l'enfant augmente son vocabulaire d'un mot et sa mémoire enregistre en même temps tout le contexte qui entoure le mot « aspirateur » : les gestes, les images, les circonstances, etc.
Les questions reviennent, et à chaque fois le même scénario se déroule : curiosité qui pousse l'enfant à demander : « Et ça ?… C'est quoi ?… » ; compréhension qui permet à l'enfant de saisir l'explication donnée ; mémoire qui enregistre le mot et tout ce qui l'accompagne : circonstances, décor, etc.
À faire sans cesse cette gymnastique, l'esprit y devient très habile et le mécanisme fonctionne de plus en plus vite, car :
- la **curiosité** grandit : avec l'âge, l'enfant pose de plus en plus de questions ;

À 2 ans – 2 ans ½, la curiosité de l'enfant lui permet de faire des liens entre tout ce qu'il découvre, entend, perçoit. Accompagner l'enfant dans son développement, c'est **répondre à ses questions**, tout en le canalisant quand il ne cesse d'en poser au point de ne pas pouvoir s'arrêter et de s'angoisser (p. 248).

- la **compréhension** augmente : plus l'enfant sait de mots, mieux il comprend ce qu'on lui explique ;
- la **mémoire** se perfectionne : plus elle fonctionne, plus elle s'enrichit, c'est sa caractéristique bien connue.

Ainsi, chaque jour, l'enfant ajoute un mot ou plusieurs à son vocabulaire, et étend le champ de ses connaissances. Mais intelligence et affectivité sont inséparables. Tout ce que nous décrivons ici doit s'inscrire dans un climat de confiance, où les situations verbalisées doivent correspondre non pas aux projections des adultes mais au « vrai du ressenti de l'enfant », pour reprendre l'expression de Françoise Dolto.

Avec ce bagage, l'intelligence se développe. L'enfant s'intéresse à des choses de plus en plus complexes, à des mots bizarres, il s'essaie à des situations inconnues, il les compare à des expériences déjà faites, il tire des conclusions.

Eugène veut dormir avec son nouveau jouet. Sa maman refuse. Elle prend le jouet et le pose sur une commode. Eugène ne dit rien ; il attend qu'elle ait quitté la chambre, que sa sœur soit endormie, puis il se lève, prend le jouet, le pose sur son oreiller où sa maman le retrouve le lendemain. Ainsi Eugène a remarqué que, lorsque Maman dit bonsoir, elle ne revient plus, que lorsque sa sœur dort, elle ne l'entend pas bouger. Il en a conclu : « Pour réaliser mon désir, il suffit d'attendre. » Il a trouvé la solution dans sa tête. C'est la grande nouveauté. Avant, il n'avait que ses mains pour l'aider.

## D'empirique, l'intelligence est devenue réfléchie

Voyez d'ailleurs comme elle a vite évolué. À 1 an, voyant l'objet sur la commode, l'enfant ne trouvait aucun moyen pour l'atteindre. À 18 mois, il poussait une chaise, montait dessus, prenait l'objet. Mais lorsqu'on l'en empêchait, il n'avait pas encore l'idée d'attendre pour exécuter son projet. Aujourd'hui il peut patienter, élaborer une stratégie pour atteindre ses fins. Ainsi l'enfant ne trouve plus seulement les solutions en tâtonnant, mais en réfléchissant.

Lorsque l'enfant a à sa disposition le langage, son intelligence se développe rapidement. Ce langage va être l'expression privilégiée de ce que Jean Piaget a appelé « les nouvelles images mentales », c'est-à-dire la possibilité de se représenter mentalement un objet, une personne, une situation. Grâce au langage, l'enfant va pouvoir organiser ces représentations dans l'espace et dans le temps.

Par exemple, Simon rencontre des difficultés avec son chat qui ne veut pas se laisser faire. Simon prend alors un animal en peluche, lui attribue le nom de son chat et commence avec lui tout un dialogue, en le manipulant à sa guise. Et ce jeu concret, pourtant différé dans le temps (en l'absence du chat) et dans l'espace (cela se passe à un autre endroit dans la maison), l'enfant va pouvoir le faire pour les autres situations de sa vie quotidienne.

Le langage va accélérer les processus de mentalisation et de réflexion. L'enfant va ainsi utiliser des mots qui étaient attachés à une seule situation pour les attribuer à d'autres situations, et cela

### Grâce au langage

le petit enfant peut commencer son chemin vers la pensée symbolique, imaginer des objets, des endroits qui ne sont pas présents ; il peut de même penser les situations : à la crèche, chez Nounou, à l'hôpital. L'absence physique peut ainsi devenir présence psychique, et les professionnels savent combien il suffit de lui nommer le petit chat, Papa, Mamy, pour que l'enfant sente leur présence, le lien entre le familier et l'étranger, et se rassure… Avec le langage, il peut anticiper, patienter, attendre : « bientôt, tout à l'heure, pas aujourd'hui mais demain »…

d'une façon très adaptée. Simon ne disait le mot « tombé » que lorsque cela lui arrivait à lui. À 2 ans, si sa maman fait tomber une cuillère, Simon dit : « Tombée la cuillère. Elle est cassée ? Ah non, pas cassée. »
L'élan est donné. L'intelligence maintenant révèle quelques-unes de ses possibilités :

- **suite dans les idées :** Eugène, qui a attendu que sa sœur dorme pour aller chercher son jouet, nous l'a prouvé ;
- **capacité d'enregistrer deux ordres :** Irina, 27 mois, comprend : « Va dire bonsoir et viens te coucher » ; « Ôte ta serviette et sors de table ». Faire une chose, puis une autre, c'est avoir déjà le sens de la succession dans le temps ;
- **association des idées :** après son vaccin, Marie a reçu une sucette parce qu'elle n'avait pas pleuré. Deux jours plus tard, elle dit à sa mère : « Encore piqûre, encore sucette. »

À partir du moment où intelligence et langage sont à ce point liés, on ne peut plus parler de l'un sans l'autre, ils se développent mutuellement. C'est surtout remarquable maintenant que l'enfant fait des progrès quotidiens de langage.
Pour vous en donner une idée, voici quelques-unes des **acquisitions** que l'enfant fait en six mois :

- il dit son prénom à 2 ans et « je » à 2 ans ½ ;
- la phrase s'affine : l'imparfait apparaît ; la négation aussi, d'une manière parfois inattendue : « Papa pas coucher Farid. »
- les précisions affluent : trop, un peu, assez, autant, plus, moins, beaucoup (il y a longtemps qu'il dit encore, c'est un de ses premiers mots). D'ailleurs, à travers toutes ces phrases qu'il prononce avec un plaisir évident, l'enfant montre que ce qui l'intéresse le plus, ce n'est pas tant le nom des choses que leur raison d'être.

## « À moi ! C'est à moi ! »

L'enfant est-il devenu égoïste, égocentrique ? Mais non ! Entre le moment où l'enfant dit son prénom, vers 2 ans, et celui où il va dire « je », entre 2 ans et demi et 3 ans, se situe une assez longue période intimement liée aux progrès du langage : celle où il va dire « moi ». Cette acquisition marque verbalement une étape fondamentale dans la construction de la personnalité. À partir de 9 mois, lorsqu'il commençait à se tenir debout et à mémoriser la permanence d'une personne, même lorsqu'elle disparaissait, l'enfant avait pris conscience de lui-même et pouvait se différencier par rapport à autrui. À présent, il peut l'exprimer par la parole et il va user et abuser du « à moi » à la moindre occasion. Adam ponctue toutes ses phrases de « À moi » en tapant avec sa petite main sur son torse pour bien marquer la propriété. « Viens mettre ton blouson pour sortir. » « Il est à moi. » « Une cuillerée pour ? » « Pour moi ! »
Cette étape est nécessaire pour établir chez l'enfant sa confiance en lui-même et en l'autre. Il est important que les adultes comprennent et respectent cette phase où l'enfant semble tout ramener à lui.

Dire d'un enfant de 2 ans-2 ans ½ qu'il est « égoïste » s'il ne prête pas le jeu qu'il tient est porteur d'un jugement moral qui peut être angoissant. L'enfant doit en effet consolider la conscience qu'il a de lui-même avant de pouvoir **prêter**, **donner**, **partager** : exiger de lui qu'il prête ce qu'il tient dans les mains au square avec ses petits amis, ou à la maison avec ses frères et sœurs, provoque des crises de larmes, une profonde incompréhension, une résistance. Pour l'enfant, prêter signifie se séparer définitivement, il n'imagine pas qu'on puisse lui rendre l'objet. Par contre, l'échange d'un objet est plus facile à accepter car l'enfant obtient quelque chose en retour. Ce n'est qu'à partir de 3 ans que les enfants ont plus de facilité à partager.

## Les jeux : quelques remarques

- Malgré cela, à cet âge si sensible du « à moi », l'enfant ne s'isole pas des autres. Il regarde et même observe ce que son petit copain, sa petite camarade est en train de faire, il s'en inspire, l'imite, et enrichit ainsi sa propre activité même s'il ne la partage pas vraiment. C'est l'âge des « **jeux parallèles** ».
- Lorsque les enfants de cet âge jouent ensemble, ils peuvent s'énerver, se chamailler. Les règles des jeux ne comptent pas encore et des **disputes** éclatent. Sans chercher à intervenir de façon systématique dans leurs activités, cela peut parfois être nécessaire pour apaiser certains et rassurer d'autres. Mais, le plus souvent, les enfants montrent leur plaisir de se retrouver ensemble.
- Si votre enfant n'en a pas envie, ne le forcez pas à jouer avec les autres, mais faites-le jouer, s'il le souhaite, parmi les autres. C'est d'ailleurs ce qui est fait dans les crèches.
- À cet âge, la vie sociale que l'enfant recherche le plus est celle de ses aînés et des adultes, car il peut leur poser des questions. Et c'est cela qu'il aime.
- Si le frère ou la sœur s'irrite que le cadet de 2 ans ne puisse pas jouer avec lui à des jeux comportant des règles précises, expliquez-lui : « Ce n'est pas qu'il ne t'aime pas ou ne s'intéresse pas à toi, il est encore trop petit pour comprendre les jeux de ton âge. »
- Il ne veut pas prêter sa voiture ? Ne vous fâchez pas. Il est en train de découvrir ce qui est à lui, ce qui est aux autres. Il est normal qu'il refuse de se séparer de son jouet.
- S'il monologue dans son coin tranquillement, ne l'interrompez pas à chaque instant. Il apprend à **se concentrer** et il exerce son **imagination**.
- Il recherche plus d'autonomie : il commence à se déshabiller seul ? Encouragez-le. Il veut aider à faire le ménage ? Donnez-lui une brosse, un chiffon, un balai ; montrez-lui comment s'en servir. Un enfant est **fier de pouvoir aider**.
- Il commence à chanter et à danser. Les progrès qu'accomplit son oreille sont sensibles à la manière dont il imite la phrase de l'adulte. Il chantonne des syllabes privées de sens, mais dont le rythme et l'intonation reproduisent ceux de la langue qu'il entend. Chez un

enfant en retard pour la prononciation, cette mélodie est un bon signe : elle prouve que l'enfant est capable d'entendre et d'imiter. C'est la base même du langage.

- C'est souvent vers 2 ans-2 ans ½ que l'enfant imite de façon de plus en plus fine et évoluée les adultes et **s'identifie** à celui du même sexe que lui. En général les petites filles aiment s'occuper de leur poupée et le petit garçon se tourne plus volontiers vers tout ce qui a un moteur et fait du bruit. Mais tous les enfants de cet âge ont besoin de jeux affectifs et tendres qui leur permettent de s'identifier aux adultes qui les entourent et les rassurent : garçons et filles aiment s'occuper de leurs peluches et peuvent jouer très longtemps à la dînette. Et il existe des petites filles qui préfèrent les voitures aux poupées, comme des petits garçons qui aiment se déguiser avec les habits de leur maman. Laissez-les libres de jouer à ce qu'ils veulent. Les enfants peuvent d'ailleurs exprimer facilement leurs différents goûts à la crèche puisque celle-ci propose les mêmes jeux à tous.

## Comprendre ses nouvelles peurs

À cet âge, apparaissent souvent, même chez les enfants les plus intrépides, des craintes nouvelles, des peurs inhabituelles : de la nuit, de l'obscurité, de la pluie, des moteurs, de certains animaux ou même de certaines personnes. On retrouve ici les craintes qui accompagnent toute prise de conscience nouvelle, tout progrès qui fait grandir l'enfant, mais face auxquelles au début, il n'a pas encore de réactions adaptées qui le rassurent. Certes, comme on l'a vu, ses peurs sont un progrès, mais cela ne se manifeste pas tout de suite, l'enfant doit d'abord les surmonter (p. 210).
« Je ne veux pas jouer dans ma chambre, il y a des monstres », dit Lou, 2 ans ½. Si l'enfant s'invente ainsi des monstres, des voleurs, derrière le rideau, une porte, dans le couloir, c'est qu'il transpose dans son imaginaire le monde réel qui l'entoure, si grand, si plein d'embûches et sa peur de se retrouver tout seul. C'est pourquoi les jeunes enfants

aiment tant les histoires courtes que papa ou maman leur lit avant de s'endormir, dont les dessins sont rassurants et qui se terminent bien. L'enfant lutte souvent contre ses peurs et son insécurité en se créant des habitudes. À table il proteste si l'on change son verre de place ou si on lui donne une nouvelle assiette. Au moment du coucher, il faut que la porte soit entrouverte, la veilleuse allumée, et bien sûr, que son doudou soit près de lui. L'enfant veut que chaque soir tout se déroule de la même manière.
Ces **habitudes**, ces **rites**, qui sont d'ailleurs propres à chaque enfant, lui permettent de faire la transition entre le rythme et les activités de la journée, et le moment où tout va s'apaiser. Les rites, c'est aussi une façon de maîtriser le monde, de le mettre à sa portée. Il faut les respecter. D'ailleurs, avant de s'endormir, les adultes ont souvent les mêmes besoins : lire un journal, faire des rangements pour que la chambre soit en ordre, écouter les dernières informations, etc.
Si l'enfant retarde l'heure du coucher, s'il est long à s'endormir, c'est que la nuit met fin à une journée pleine d'événements et de multiples expériences. Fatigué, souvent surexcité, c'est comme s'il appréhendait le sommeil qui le laissera brusquement seul, face à ses découvertes qu'il ne parvient ni à mettre en ordre ni à emmagasiner. Cette appréhension peut se transformer en anxiété lorsque ses parents le quittent : l'enfant réalise que lui va rester seul et qu'eux vont se retrouver ensemble. Il se sent abandonné, et plus tard, quand la période œdipienne s'instaurera, il se sentira exclu, comme Heda, 5 ans : « Je ne veux pas m'endormir, je fais des cauchemars. »
On peut préparer l'enfant à cette transition vers le sommeil en lui racontant une histoire qu'il aime, qu'il choisit, ou en le faisant raconter un événement lié à sa journée, à un petit camarade.

**Important**

Faire dormir seul un enfant, c'est lui faire admettre le couple que forment ses parents, c'est l'aider à franchir un pas important vers son autonomie et lui donner des limites bénéfiques pour son équilibre.

**« C'est fou ce qu'il a changé ! »** Il n'y a pas d'âge où l'expression soit plus vraie que lorsqu'elle s'applique à l'enfant de 2 ans-2 ans ½ comparé à ce qu'il était six ou neuf mois plus tôt. Pouvoir parler transforme complètement la vie, l'horizon d'un enfant. Grâce au langage, il pénètre dans le monde des adultes. Jusqu'alors, il ne pouvait guère se faire comprendre que de ses parents ou des familiers, seuls habitués à son babillage. Maintenant, avec son vocabulaire plus élaboré, plus compréhensible, l'enfant peut communiquer avec d'autres ; par exemple, dans un magasin, il est capable de répondre ou de questionner. Demander, exprimer, recevoir, répondre, sont autant de nouvelles possibilités qui donnent à l'enfant de 2 ans ½ – 3 ans une plus grande confiance en lui-même et une certaine aisance. Il s'en rend compte, et de temps en temps, il va se fâcher si on ne lui répond pas assez vite. En attendant, il est très gai, très content de cette nouvelle marque d'indépendance comme il l'a été lorsqu'il a su marcher. La marche et la parole ont fait de lui un membre de la communauté à part entière.
Mais n'anticipons pas, ne lui donnons pas trop de responsabilités et d'occasions de choix qui ne correspondent pas à sa maturité : il est encore dans la toute petite enfance et il y a droit !

# De 2 ans ½ à 3 ans : se sentir une personne

Un événement important survient à ce stade, qui va changer la vie de votre enfant et donc la vôtre. Il avait d'abord découvert sa mère. Puis il s'était rendu compte qu'à côté, une autre personne jouait un rôle important : son père. À présent, il réalise son existence en tant que personne singulière et unique. Et peu à peu, il va se rendre compte de la place qu'il occupe dans sa famille. Cette découverte ne se fait pas en un jour : les acquisitions sont toujours progressives. Mais c'est vraiment entre 2 ans ½ et 3 ans qu'un enfant réalise qu'il est une personne distincte de sa mère, de son père, des personnes qui l'entourent.
Il y a 3 ans à peine, il était un nouveau-né qui n'avait pas encore conscience d'exister, qui ne se distinguait pas vraiment de vous, qui ignorait que la main qu'il contemplait était la sienne, et lorsqu'il entendait prononcer son prénom, il ne réalisait pas qu'il s'agissait de lui-même.

*« Pourtant, quand je me tâte, et que je me rappelle, il me semble que je suis moi. »*

*Molière*

Maintenant, il sait qu'il est votre enfant, qu'il est un garçon ou une fille, qu'il a les cheveux blonds ou bruns. L'utilisation répétée du « je » et du « non » atteste bien cette conscience d'exister et marque sa différenciation. « Je » désigne l'enfant en tant que sujet : « Moi qui vous parle, je suis différent de vous qui m'écoutez. » « Non » manifeste une opposition pour s'affirmer et montrer aussi que l'enfant grandit. « Je », « non » marquent définitivement la place qu'il occupe dans le monde des adultes. Lorsqu'il dit « Je suis grand », il paraît content de constater toutes ces évolutions.

## De multiples progrès

L'enfant prend conscience de son corps, de ses capacités physiques : voyez les illustrations page 242. Son intelligence se développe et son langage est plus précis :

- il comprend de petites explications (avec des commentaires à sa portée) ; il devient capable de se souvenir (« Tu te souviens, on était chez Mamie ») ; d'exprimer ses choix (avec le « non » et le « oui ») ;
- il connaît son prénom et le répète ;
- il pose beaucoup de questions ;
- il peut chanter ;
- il commence à se repérer dans le temps entre le passé, le présent et le futur ;
- il commence aussi à avoir une notion de la quantité : beaucoup, pas beaucoup, encore, etc. Mais à cet âge il ne connaît pas la correspondance entre les chiffres et ce que cela représente : il sait énumérer 1, 2, 3, 4, 5… comme une comptine ; mais savoir qu'il y a 4 ou 5 objets n'apparaît que vers 4 ans, la dizaine vers 5 ans et la quinzaine, à 6 ans.

L'enfant souhaite participer à la vie familiale, par exemple, aider à mettre le couvert, et il commence à aimer jouer avec les autres enfants.

## L'enfant et le miroir

Depuis la prise de conscience, vers 8 mois, de la différence qui existe entre lui et les autres jusqu'à l'accomplissement de la découverte de lui-même telle qu'elle se manifeste à 3 ans, quel chemin a parcouru l'enfant ! Son attitude envers le miroir est une illustration de cette prise de conscience qui s'est faite progressivement (p. 199 et 213). Avant 18 mois, l'enfant ne fait pas le lien entre le bébé vu dans le miroir et lui-même. Vers 18 mois, il réalise que l'image qu'il voit (et qui l'intrigue depuis longtemps) et lui-même sont une seule et même personne. Ravi par cette découverte, il fait des grimaces, des mimiques de toutes sortes, devant toutes les glaces de la maison. Entre 2 ans ½ et 3 ans, les enfants aiment se regarder dans le miroir et se reconnaître. À 3 ans, le miroir n'a plus de secret pour eux mais restera tout au long de la vie un objet important : à tout âge on l'interroge. Se reconnaître dans un miroir est un grand progrès : l'enfant se perçoit dans sa globalité comme une personne à part entière.

Myriam, 2 ans ½, est le plus souvent en pantalon. Aujourd'hui sa maman a sorti ses affaires d'été et l'a aidée à mettre sa robe. Myriam arrange longuement les plis de sa jupe, la soulève, la rabaisse, se regarde dans le miroir avec une satisfaction visible, telle la Marguerite de Faust (« Je ris de me voir si belle en ce miroir »). Ce n'est pas seulement vrai des filles ; les garçons aussi s'examinent en essayant des mimiques variées. Thomas, 3 ans, aime son nouveau jean et fait de multiples contorsions pour essayer de se voir de dos dans la glace.
L'image de soi n'est pas seulement liée au miroir, elle l'est aussi aux photographies : lorsque l'enfant de 2 ans ½-3 ans les regarde, il se reconnaît. Jusqu'à présent, il reconnaissait les autres. Il dit maintenant : « C'est moi petit. » Il sait donner son prénom et son nom ; il peut commencer à apprendre son adresse. Il ne dit pas seulement « je », il retrouve le mot « moi » : « Moi, je suis une grande. »
Mais parfois, le « je » semble long à venir. Cela arrive lorsque les adultes s'adressant à l'enfant parlent d'eux-mêmes à la troisième personne, en disant par exemple : « Papa fait ceci, ou cela » ; l'adulte parle ainsi croyant mieux se faire comprendre et il est normal que l'enfant l'imite.

## De « moi » à « je »

La découverte du « je » est progressive et on peut observer la manière dont l'enfant apprend à conjuguer les verbes. L'enfant commence par dire « À moi » et « Veux pas » – autour de 2 ans, vous avez entendu maintes et maintes fois ces expressions qu'il relie souvent à son prénom. C'est l'aube de la construction de sa propre identité puisque l'enfant va découvrir la deuxième personne : « C'est pour toi » et il sait même prénommer : « C'est pour toi Nina. »
Pour passer de « Moi », si concret, à ce « Je » un peu abstrait, pour cette acquisition si importante, il faudra 6 mois à l'enfant, entre 3 et 4 ans. Puis il passera de « Je » à « Tu » « Il » « Nous » « Vous » : que de progrès de langage va-t-il faire entre 3 et 5 ans ! Et en particulier avec « Nous », l'enfant se compte parmi « nous », il s'inclut dans un groupe, une petite collectivité familiale, scolaire, de camarades : c'est une nouvelle étape dans son entrée dans la société.
La découverte du « je », la prise de conscience de soi, s'acquiert donc peu à peu comme la marche ou le langage, et, comme eux, peut être précoce ou tardive. Par exemple, elle est plus tardive chez les jumeaux : parce que ce double de leur personne empêche chacun d'eux de se découvrir distinct des autres. Ils sont déjà deux à être pareils ; pourquoi pas tous ?
Cette prise de conscience dépend aussi de l'ambiance dans laquelle est élevé l'enfant : ce qui lui est nécessaire, c'est un milieu stable, stimulant, affectueux :

- **stable**, qu'il s'agisse des personnes qui l'entourent ou de son environnement ;

# De 2 ans et demi à 3 ans

## HABILETÉ

Garçons et filles savent maintenant faire de vraies constructions, une maison, un petit pont, etc. Lorsqu'ils tiennent un crayon, ce n'est plus avec le poing serré mais en formant une pince de plus en plus habile avec les trois premiers doigts de leur main : l'enfant va passer des traits et des griffonnages à des formes plus circulaires. Le rond, fermé, n'est pas loin. Il va le maitriser à l'étape suivante qui va du gribouillage au dessin et au plaisir de choisir les couleurs.

Il s'habille et se déshabille tout seul si on l'aide pour les boutons. Il met ses chaussures seul, mais il confond souvent le pied droit et le pied gauche.

## MOTRICITÉ

Jusqu'alors, l'enfant montait l'escalier en posant sur chaque marche les deux pieds : à présent il alterne un pied sur chaque marche. Il sait aussi marcher sur la pointe des pieds, sauter à pieds joints. Garçons et filles commencent à danser, à virevolter.

L'enfant avance avec une draisienne et se dirige en maintenant son équilibre, il associe donc plusieurs gestes.

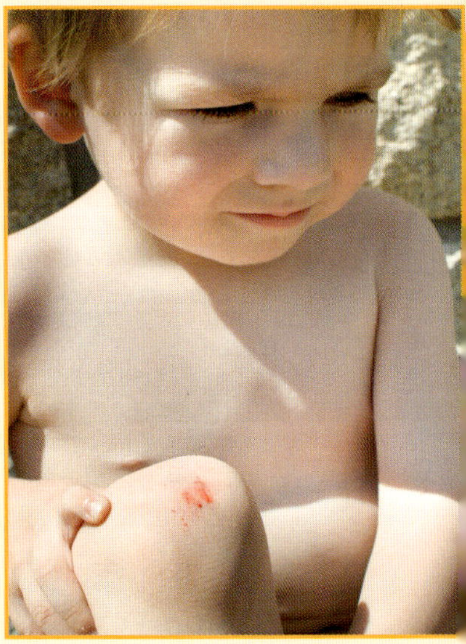

Pas encore très maître de ses gestes, il s'élance sans être capable de s'arrêter aussi vite qu'il le faudrait, d'où quelques plaies et bosses… et des pleurs. Heureusement, une main rassurante est souvent là.

- **stimulant**, car l'enfant prend peu à peu conscience de lui grâce aux expériences qu'il fait sur les objets, grâce à la marche, grâce au langage s'il a en face de lui un interlocuteur patient, intéressant et intéressé ;
- **affectueux** : les passages délicats (sevrage, propreté, etc.), les petites périodes de crise ne seront bien franchies que si l'enfant se sent aimé.

C'est le regard bienveillant, admiratif de l'autre qui va aider l'enfant à avoir confiance en lui.

## Les oppositions et les crises de colère

On pourrait croire que cette découverte de lui-même donnera à l'enfant une certaine sagesse. Il n'en est rien. Au contraire, il n'est pas du tout « raisonnable ». Ne pouvant contenir ses émotions, il explose et met la famille sous tension. Quel parent ne s'est pas trouvé en difficulté, parfois désemparé, devant son enfant hurlant et se roulant par terre, ou refusant de faire un pas de plus, incapable d'exprimer ce qui le tourmente ?
Violette refuse de manger, de se coucher, de s'asseoir dans sa poussette, elle ne sait plus dire oui, elle dit non à tout : « Veux-tu jouer ?… sortir ?… Prendre un bain ?… » C'est toujours : « Non !… Non !… » Mais le cri qui suit explique tout : « Moi toute seule ! Moi toute seule ! »
L'enfant dit « non » parce qu'il voudrait pouvoir déterminer lui-même ce qu'il va faire, sans aide ; par exemple, décider que c'est l'heure du bain et se déshabiller seul. Or, il ne peut pas encore y arriver tout seul, « comme les grands », et on doit l'aider. Il se sent impuissant, frustré. Là est son drame. Il a découvert qu'il était quelqu'un. Cela lui donne une impression de toute-puissance, de savoir ce qui est bon pour lui. Il lui est donc difficile d'admettre qu'il ne sait pas faire, qu'il ne peut décider, qu'il est dépendant des adultes… « C'est moi qui fais… Pas toi », « T'es méchant, tu veux pas », dit Émile à son père.
C'est l'âge du **« Aide-moi à faire tout seul »**, disent Danielle Rapoport et Janine Lévy, en reprenant pour les plus petits ce que disait un enfant plus grand à Maria Montessori (p. 221) : « Apprends-moi à faire seul. »
L'enfant est tiraillé entre ces deux désirs contradictoires : partir et rester, être aidé et faire tout seul, vouloir et ne pas vouloir, être porté par maman et marcher… Presque tous les parents connaissent cette situation : essayer de raisonner et de calmer un enfant qui se débat et qui semble dire à la fois « Va-t'en ! » et « Ne me laisse pas, occupe-toi de moi ! ».
L'enfant a déjà été confronté à de tels dilemmes. Mais cette fois-ci, la crise est plus sérieuse car son impuissance, sa frustration éclatent en colère. Rassurez-vous, les colères font partie du développement de l'enfant. Vous essayerez de lui parler de ce qu'il vous a semblé comprendre de ses pleurs. Grâce à votre aide, votre calme, votre patience, il en sortira grandi. Ne croyez pas qu'il va réagir ainsi

pendant des mois : ses progrès de langage lui permettront de mieux s'exprimer. Il pourra mettre des mots sur ce qu'il ressent ; ses pleurs et ses colères diminueront en intensité.
De même qu'il est tiraillé entre des choix impossibles, de même l'enfant est capable d'être tour à tour odieux et charmant. Il peut vous tyranniser, donner des coups, des vrais, et juste après, sans transition, se montrer tendre et câlin.
Inconstant dans ses sentiments, l'enfant l'est aussi dans ses occupations. Il joue avec un jouet dix minutes, puis le jette. Il reste un moment calme dans son coin, puis fait beaucoup de bruit, exprès. Certains jours, il fait une longue sieste, d'autres jours il ne s'assoupit qu'une dizaine de minutes. Un jour, il dévore ; le lendemain, il refuse de finir son assiette.
D'ailleurs, d'une manière générale, il ne veut plus d'une nourriture de bébé (purée, viande hachée, yaourt, compote) ; il demande aussi les plats des grands : steak-pommes frites, et lorsqu'on lui donne une belle salade composée, il dit : « C'est délicieux ! ». Un jour, il mouille son lit et parle comme un bébé, le lendemain il dit sans erreur une phrase de six mots.
Selon les enfants, les périodes d'opposition durent quelques jours, quelques semaines, voire quelques mois. Parfois, elles se limitent à deux ou trois scènes mémorables. Mais dans tous les cas, la crise, qu'elle soit brève ou longue, met en difficulté les parents et monopolise l'attention, ce qui peut avoir des répercussions sur tout l'entourage. L'enfant tâte le terrain pour savoir si les « non » sont des « non non », des « non peut-être », ou des « non » qui ne demandent qu'à se transformer en « oui ». Il teste les limites et les cadres ; il cherche à savoir ce qui est défendu et impossible, et ce qui est permis et possible.
Il est d'ailleurs stupéfiant de voir avec quelle rapidité un enfant sait qu'il faut pleurer cinq minutes avec grand-mère, dix minutes avec nounou, quinze avec maman, pour obtenir un bonbon alors qu'avec papa, ça ne vaut même pas la peine de commencer !

**À savoir**

Si personne, sauf vous, ne comprend ce que dit votre enfant, il est conseillé d'en parler au médecin qui prescrira peut-être des examens complémentaires, comme un bilan auditif, un bilan orthophonique. Le médecin discernera si c'est un trouble psychologique, ou du développement du langage oral, ou de la relation, ou un trouble neurologique (voir *Langage – retard – troubles*).

## Comment réagir aux oppositions ?

- Avec **patience et fermeté**, mettez des limites aux demandes excessives ou aux comportements de défiance de votre enfant. Si vous accordiez tout, si vous acceptiez tout, il perdrait vite pied. Un enfant a besoin d'un cadre, nous en reparlerons dans le chapitre suivant (« L'autorité : entre souplesse et fermeté », p. 280 et suiv.).
- En revanche, s'il veut se servir tout seul, montrez-lui comment faire. Il veut attacher ses chaussures ? Laissez-le prendre son temps. Il essaiera, échouera peut-être et vous l'aiderez. Mais si vous faites tout pour lui, sous prétexte qu'il ne sait pas et qu'il faut aller vite, il ne pourra pas expérimenter par lui-même ses propres limites et s'affirmer dans ses progrès.
- Prendre le temps nécessaire pour laisser l'enfant faire des choses seul permet souvent d'éviter les moments de grande frustration.

« Regarde, j'ai réussi. » Rien ne fait plus plaisir à Clémence, 3 ans, que de montrer à sa grand-mère qu'elle est arrivée à remboîter toutes ses poupées russes.

- Les crises de colère éclatent souvent lorsque l'enfant est fatigué : respectez bien ses rythmes de sommeil. Peut-être a-t-il besoin d'être couché plus tôt ?
- Lorsqu'il dit « **À moi ! À moi !** », cela n'a rien à voir avec l'égoïsme qui peut se manifester plus tard – nous en avons parlé au stade précédent. En disant cela, l'enfant exprime la découverte de « moi » par rapport aux autres : c'est une étape importante de son développement. On peut lui dire : « Mais oui, c'est à toi, tu le tiens bien ! Tout à l'heure, tu pourras le donner à ta petite voisine et elle l'échangera avec ce qui te fera envie. »
- **Il dit toujours non !** La plupart du temps, l'enfant continue à s'opposer pour montrer, et se montrer, qu'il existe. Les parents sont désemparés car ils entendent ces « non » à répétition qui les irritent. Alors qu'il y a eu dans la journée de nombreux **« oui » implicites**. En effet, un enfant ne dit pas « non » tout le temps, avec tout le monde. Et les bons moments passés ensemble sont des « oui » dits implicitement.
- En disant non, l'enfant veut prouver, qu'il a ses goûts, ses idées, qu'il est capable de décider lui-même. Vous lui avez d'ailleurs si souvent dit non vous-même depuis qu'il marche et touche à tout, qu'il est bien en droit de considérer que dire non est un des privilèges des adultes. Il grandit, il veut dire non à son tour. Certains « non » doivent toutefois être discutés. Par exemple vous dites à votre enfant : « Aide à débarrasser la table, s'il te plaît », et il répond « Non ». L'enfant a le droit d'exprimer son désaccord. Mais il faut lui demander pourquoi il dit non, avec ses mots bien sûr, et lui faire admettre que dans une famille tout le monde doit participer, à son niveau évidemment.
- Pour éviter l'épreuve de force si l'enfant s'obstine, il suffit parfois de détourner l'attention, de raconter une histoire, mais il faut le faire avant que ne surviennent les pleurs ou la colère, sinon l'enfant n'entendra plus rien. « Alba, viens te laver les mains – Non – Quand tu étais petite, tu ne voulais pas te laver les mains, alors je faisais comme ça… » Alba, fière d'être traitée comme une grande, tend les mains sans s'en rendre compte.
- À partir de cet âge, on doit donner à l'enfant des petites explications simples, structurantes et oser dire que ce qui a été demandé est clairement demandé, et que c'est le parent qui décide, non pas l'enfant. Par exemple : quand on a joué au square, on se lave les mains pour ôter les saletés qu'on risque de porter à sa bouche ou de déposer sur des aliments : on les lui montre sur ses mains et cela devient concret.
- **Si votre enfant se met en opposition pour tout**, cela traduit une difficulté à se construire et à trouver sa place dans la famille. Demandez conseil au médecin. Il faut vous faire aider de professionnels (pédiatre, psychologue) pour comprendre votre enfant et l'aider à dépasser au mieux cette angoisse qui l'amène à être dans une telle position d'opposition.

Voyez également « **Les caprices** », p. 306-307.

Ne dites pas de votre enfant qu'il est colérique, ce qui est **dévalorisant**, mais qu'il traverse une période de colères, d'opposition.

# L'acquisition de la propreté : suite…

Nous en avons parlé au stade 18-24 mois. Mais l'enfant n'a pas une horloge interne qui lui permet d'être propre à une certaine date. Certains enfants vont acquérir cette compétence entre 2 et 3 ans. Malgré la perspective de l'école maternelle, il ne faut pas les presser et éviter les conflits à ce sujet (p. 164 et 227-228).
Antonin a presque 3 ans. C'est un petit garçon facile, heureux de vivre, mais il n'est pas encore propre et la rentrée à l'école approche. Il se rend très bien compte de ce qu'attendent ses parents et il résiste. « Tu me fais vraiment tourner en bourrique », lui dit un jour sa maman alors qu'il vient de se salir juste après être allé sur le pot. Le soir, sa maman l'entend chanter dans son bain : « Tourne-bourrique, tourne-bourrique… »
Ses parents sont restés patients et calmes et, quelques jours avant la rentrée, Antonin était propre le jour. « Je suis grand, dit-il à ses grands-parents, je n'ai plus de couche »

**Important**

En cas de permanence des selles qui salissent la culotte ou la couche, il faut consulter le médecin (voir *Encoprésie*).

# Les enfants calmes

Les différences de personnalités se manifestent dans tous les domaines. Certains enfants sont toujours en mouvement, jamais fatigués. D'autres préfèrent le calme. Parmi ces enfants calmes, il faut distinguer celui qui est très **sensible**, observateur, de celui qui a **peur** des autres et de celui qui n'est pas attiré par les **relations**.
L'enfant hypersensible a besoin d'être aidé dans ses observations et d'être amené à les faire avec d'autres, dans le calme puisque c'est ce qu'il préfère.

## Les enfants effarouchés ou malmenés par les grands

Jouer avec d'autres apprend à se confronter à des différences de caractère, à se rendre compte que les autres ne sont pas forcément bons et doux. Cette connaissance par le jeu est nécessaire pour prendre sa place dans une relation, un groupe et apprendre à créer des liens avec certains mais pas avec tous.
Si votre enfant ne vient pas se plaindre auprès de vous, s'il n'a pas de réactions de pleurs ou de peurs, voire de colère et de frustration, n'intervenez pas, évitez les injonctions (« Défends-toi… Ne te laisse pas faire… ») – tout en veillant sur lui bien sûr, en l'observant à distance de ses jeux. En se frottant à la réalité des situations, en faisant ses propres expériences, l'enfant va forger sa personnalité.
Cependant, il se peut qu'il souffre de l'attitude des autres et vienne demander de l'aide : si c'est le cas, il faut reconnaître ses craintes, mettre des mots sur le comportement agressif des autres, lui dire que cela arrive inévitablement, l'aider à s'adapter à la situation (trouver

un autre jeu, renoncer temporairement pour mieux revenir, etc.). S'il vous sent solidaire, plein de confiance en lui et de tendresse, il trouvera dans cette sécurité des ressources pour s'en sortir de lui-même par la suite. Il adoptera peu à peu la bonne distance, construira un cercle d'activités, d'amis à sa mesure et saura se défendre et éviter certaines situations.

## Les enfants non attirés par les relations

Cette situation était déjà connue depuis des mois mais elle devient plus évidente parce qu'il faut aller en classe, se confronter aux autres. Encouragez votre enfant à s'exprimer en lui proposant des activités adaptées (puzzles, livres à raconter, promenades avec description de l'environnement). Lorsqu'un enfant présente des **peurs répétées** face à d'autres enfants, ou dans des situations ordinaires, ou bien lorsqu'un enfant n'est pas attiré par les relations, il est bon de lui proposer des rencontres avec d'autres enfants en dehors de l'école. Demandez l'avis de l'enseignant ou des adultes qui voient l'enfant dans des situations différentes que vous et pourront dire si son attitude est permanente en tout lieu, ou au contraire variable et dépendant des circonstances et de l'environnement. Si le comportement de votre enfant est permanent, il est conseillé d'en parler sans tarder au médecin pour que des solutions soient proposées.

**Votre enfant va bientôt avoir 3 ans :** il a maintenant besoin de moins de protection, de plus d'indépendance. Montrez-lui que vous ne le considérez plus comme un bébé mais comme une petite fille, un petit garçon en train de grandir.

*« Notre fille a 2 ans ½ et nous l'emmenons souvent jouer au square. Nous nous inquiétons de voir la façon dont elle se laisse "agresser" par d'autres enfants, plus grands ou de son âge : ils passent devant elle au toboggan, ils la poussent pour aller sur la balançoire, lui prennent ses jouets. Que faire pour la protéger et lui apprendre à se défendre ? »*

*s'interroge cette maman.*

# 3-4 ans : une étape majeure

Les années précédentes ont été marquées par la possibilité d'exprimer toutes les émotions – du sourire à la colère, en passant par la tristesse, la joie… –, les plaisirs de la découverte du monde, le développement du langage, l'enthousiasme à l'idée d'entreprendre une activité qui plaît, le désir d'autonomie. À 3 ans, l'enfant a progressé dans tous les domaines, il est à l'aise physiquement, il parle bien et entretient des échanges variés avec son entourage. On peut dire avec Arnold Gesell, un des précurseurs de la psychologie du développement, que 3 ans est une sorte de majorité pour la petite enfance. Une étape qui va être marquée par l'imagination, les multiples questionnements des enfants, leur intérêt grandissant pour les autres et l'entrée à l'école maternelle ; nous en parlons longuement à la fin de ce chapitre, tant c'est un événement important dans la vie de l'enfant.

*« Il lui demandait la cause de toutes choses, et toujours savoir le pourquoi. »*

*Jacques Amyot*

# L'âge du « pourquoi ? »

Dès sa naissance, votre bébé a manifesté un intérêt pour autrui et pour le monde extérieur qui vous a émerveillé. C'est ce qui a nourri les fondations de son éveil et va alimenter à présent une nouvelle étape de sa curiosité : comprendre les causes de ses découvertes. Interroger son entourage puisqu'il s'interroge lui-même va alors être un point marquant de cet âge : l'enfant veut avoir accès à la compréhension des événements quotidiens et de certains épisodes de sa vie, pour mieux maîtriser ce qu'il ne comprend pas encore.
Mais cette **nouvelle étape**, fondamentale dans l'évolution de son intelligence, de sa personnalité, de sa confiance en lui-même et dans les autres, va être longue : votre enfant va mettre près de deux ans pour se satisfaire de vos réponses, faire le lien entre le « pourquoi » et le « parce que », et pouvoir donc s'en contenter.
Ne vous étonnez pas si ces pourquoi sont sans fin et ne cherchez pas à toujours les satisfaire : il n'est pas nécessaire d'« avoir réponse à tout » pour laisser la curiosité de l'enfant se développer tranquillement, parallèlement à son imagination créatrice, et lui laisser le plaisir de découvertes ou de confirmations ultérieures. Il est possible aussi que l'enfant **s'inquiète** de tout et pour tout. Après avoir répondu aux 2-3 premiers pourquoi, vous pouvez arrêter les questions, et dire par exemple « il faut en garder pour demain », ou bien « c'est une question qu'il faudra plutôt poser à Papi ». Vouloir répondre à tout ne permet pas de calmer l'angoisse de l'enfant, d'autant que l'adulte perd parfois son calme à ce moment-là.
Par contre, si vous sentez que l'enfant vous pose **une question existentielle** (par exemple sur sa naissance), ou vous interroge sur **un secret, des difficultés** qu'on cherche à lui cacher mais qu'il pressent (sa maman est malade, son papa ne vit plus à la maison, etc.), vous devez lui répondre, en tenant compte bien sûr de sa sensibilité, de sa maturité affective encore fragile. Si l'enfant vous sent gêné, il ne reposera pas la question. Cette confiance est importante car l'enfant de cet âge ne questionne pas toujours verbalement : il peut témoigner de ses interrogations par des troubles du sommeil, un comportement plus anxieux, une opposition inhabituelle.

*« Viens, Nadir, on rentre à la maison*
*– Pourquoi ? Parce que cela va être l'heure du bain et du dîner ?*
*– Pourquoi ?*
*Parce que c'est bientôt le soir*
*– Pourquoi ?... »*

Si le moment pour parler d'un **sujet important** n'est pas adapté (par exemple une telle question est posée quand on se dépêche d'aller chercher son frère à l'école), dites à votre enfant que « promis, on en reparle au calme ce soir ».

# S'intéresser aux autres

Avant 3 ans, les enfants savent bien que, en dehors de leur milieu parental, « les autres » existent mais, après une certaine curiosité passagère, ils ne leur prêtent pas beaucoup d'attention. Ils s'intéressent surtout aux familiers, ceux qu'ils voient tous les jours.
**À 3 ans, leur intérêt s'élargit.** Ils expriment par leurs questions, leur envie de comprendre le lien qui les unit avec eux et entre eux. Ils montrent ainsi leur besoin relationnel, qu'il s'agisse d'adultes ou d'enfants. « L'oncle Pierre, c'est le frère de qui ? » ; « Maminou, c'est ta maman ? » ; « Pourquoi Nounou a ses enfants à la maison ? »
Grâce au lien de sécurité affective qu'il a noué avec ses parents, ses grands-parents, ses frères et sœurs, avec des cousins, des voisins, des

amis, l'enfant peut s'ouvrir au lien social, à l'échange et au partage.
Avant il disait « Moi tout seul », maintenant on l'entend parfois dire « Tous les deux ». Il veut rendre des services, aider à faire son lit et ranger son pyjama ou sa chemise de nuit, à mettre le couvert ou à desservir, à faire la cuisine, à étendre la lessive ou à vider le lave-vaisselle. Il recherche l'approbation des autres. Il demande souvent : « C'est bien comme ça ? ».
3 ans, c'est l'âge où naissent **les premiers liens d'amitié**, que l'on observe déjà à la crèche ou chez l'assistante maternelle. Lorsqu'ils se retrouvent le matin à l'école, Nathan et Lucas sont heureux : ils comptent l'un pour l'autre et sont déçus si l'un d'eux est absent.
Bien qu'il ait découvert les autres, l'enfant continue néanmoins à penser que la personne la plus intéressante qu'il connaisse, c'est lui-même. Cela pourrait paraître contradictoire avec sa sociabilité naissante. Et pourtant. À 3 ans, un enfant dit : « Je veux quelqu'un pour jouer avec moi. » À 6 ans, il dira : « Je veux jouer avec les autres. » À 3 ans, sociabilité et égocentrisme se concilient fort bien.
Puis, de même qu'il a cherché les origines générationnelles de son entourage, de même, il recherche les siennes. Il demande : « Où j'étais quand j'étais pas né ? » et il s'étonne de ne pas être dans l'album de photos de ses parents. La naissance des bébés, celle des animaux commence à l'intéresser. Il pose des questions à ce sujet. Il remarque parfois une femme enceinte et, le soir à la maison, ses parents l'entendent dire : « J'ai un bébé dans le ventre. »

Cet intérêt qu'il porte à autrui, le désir qu'il manifeste de nouer des contacts avec l'extérieur font que l'enfant de 3 ans est **prêt pour l'école**. Les derniers mois à la crèche ou chez l'assistante maternelle vont parfois paraître longs aux enfants nés en début d'année et qui ont acquis cette maturité sociale.

## 3-4 ans

### LA MAÎTRISE DES GESTES

Il acquiert le sens de l'équilibre : plus de gestes brusques, ni désordonnés. Il marche déjà avec le même balancement qu'un adulte, et descend l'escalier en se tenant à la rampe (mais pose encore les deux pieds sur chaque marche, à la descente).

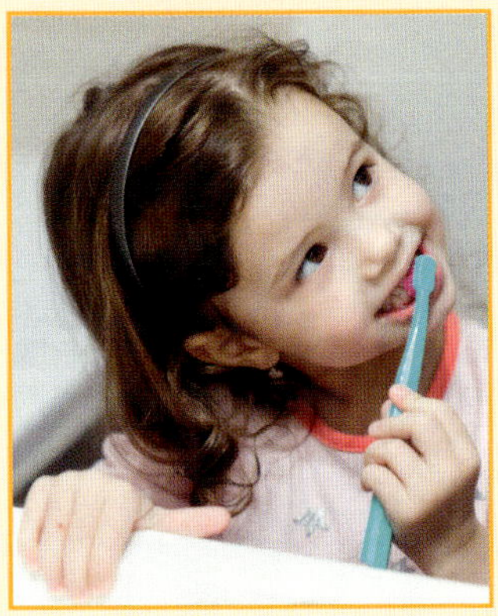

L'enfant commence à se brosser les dents et en est fier. Il est aussi capable de se coiffer tout seul avec une petite brosse ou un peigne.

Autres preuves de maîtrise de ses gestes : l'enfant remplit un verre d'eau sans le faire déborder, et peut dessiner une croix sur un papier.

# L'imagination

3 ans, c'est aussi l'âge de l'imagination. Pour l'alimenter l'enfant réclame des histoires ; il lui en faut souvent et beaucoup. Il demande que la même histoire soit lue et relue jusqu'à la connaître par cœur et faire semblant de la lire : c'est le meilleur moyen pour lui d'en maîtriser les aléas, les rebondissements et les particularités des héros.

## Les belles histoires du soir, un moment fondamental

Le meilleur moment pour lire ou raconter des histoires, c'est souvent le soir. Papa, ou maman, si occupés dans la journée, ont enfin l'air disponibles en s'asseyant au bord du lit. Ce moment de lecture est un rendez-vous attendu, un temps privilégié à deux, qui peut aider l'enfant à aller se coucher. Et lorsque vous avez l'air de vouloir partir, il insiste pour retarder l'heure de la séparation, de l'endormissement et demande une autre histoire : « Une seule, la dernière ! » Dites-lui que c'est vraiment la dernière, que la journée est terminée et que demain, après une bonne nuit de sommeil, il y aura de nouvelles histoires.
Pour varier les histoires, pourquoi ne pas en inventer ? Toutes les personnes, toutes les situations peuvent donner lieu à des récits.
« Il y avait » ou « Il était une fois » deviennent des formules magiques.
« Il y avait dans la rue une dame verte qui promenait un chien noir… »
« Il y avait un chat qui courait derrière un pigeon… »
Vous trouverez la suite et la fin. L'enfant est très bon public. Il écoute bouche bée, il est prêt à tout croire, à tout apprécier, à tout accepter. Il faut bien sûr respecter son niveau de compréhension et ne pas heurter sa sensibilité.

**Ce qui plaît aux enfants**

- L'action doit être simple : il faut qu'on comprenne et que « ça bouge ». Mais un peu de mystère est indispensable : « Tout à coup, on frappe à la porte… »
- À la fin, le méchant doit être puni. D'ailleurs, l'enfant demande souvent des personnages : « Est-il gentil ? Est-il méchant ? »
- Un personnage un peu ridicule, intervenant épisodiquement, est un élément de détente qui n'est pas à négliger.
- On peut employer des mots-clés et des phrases qui reviennent périodiquement dans la bouche d'un même personnage. Cela donne des repères dans le récit.
- Éléments qui plaisent : ce qui roule, ce qui vole, la route, le train ; les gros animaux qui font peur : crocodiles, hippopotames, lions, etc. ; les petits animaux gentils, les héros légendaires.
- Les enfants aiment que dans les histoires un enfant, ou au moins un faible, soit vainqueur (David et Goliath sont transposables à l'infini), ou encore qu'un enfant sauve la situation. Le danger couru par un innocent, les difficultés surmontées par le courageux sont des éléments éternels de toute histoire.

L'enfant aime aussi **inventer lui-même des histoires**. Les personnages sont tout trouvés. Il y a les peluches, la poupée. L'enfant les habille, les lave, les nourrit, les couche, leur raconte… des histoires, les punit.

## L'ami imaginaire

À cet âge, certains enfants s'inventent un ami qui entre dans leur univers comme compagnon de jeu et qui leur permet de mieux affronter la réalité. À ses côtés, l'enfant se sent plus fort et plus autorisé à dire ou faire certaines choses. Ce compagnon peut être celui qui fait des bêtises, qui est désobéissant, qui exprime sa colère. C'est aussi celui qui partage sa vie, s'amuse avec lui, le rassure, et à qui il se confie.
Delphine avait inventé Madeleine et Jacques. Ces deux personnages l'accompagnaient tout le temps. Lorsqu'elle prenait le bus, elle exigeait qu'on leur laisse une place et hurlait si quelqu'un cherchait à s'asseoir. Quand elle n'avait pas envie d'aller se coucher, elle disait que Madeleine n'avait pas sommeil. Et quand elle n'avait pas faim, c'était parce qu'elle avait trop goûté avec Jacques.
Certains parents trouvent que le compagnon imaginaire est inquiétant. Il ne l'est pas lorsqu'il reste cet ami, ce camarade de jeux avec lequel l'enfant s'amuse. Il peut l'être lorsqu'il est trop envahissant, lorsqu'il devient le centre de la vie de l'enfant, lorsque l'enfant, à cause de lui, ignore son entourage, délaisse ses jouets habituels. Il pourra alors être nécessaire d'évoquer la question, par exemple avec votre pédiatre, car c'est souvent le signe que l'enfant éprouve certaines angoisses, ressent certains manques.
L'enfant croit-il vraiment à ce compagnon imaginaire ? Plus ou moins. Il arrivait à Delphine d'oublier Madeleine et Jacques. Ses parents remarquaient : « Tiens, ils ne sont pas là aujourd'hui ? ». « Vous savez bien qu'ils sont à l'école », répondait-elle. Elle savait jusqu'à un certain point que ses amis n'existaient que dans son imagination.
Lorsque les enfants grandissent, vers 5-6 ans, et qu'ils ont accès à une meilleure compréhension des exigences de leur entourage, ce compagnon imaginaire disparaît de leur vie : soit ils l'oublient complètement, soit ils en parlent pour dire : « C'était un ami de quand j'étais petit ».

**À savoir**

Il est important de ne pas se moquer de l'enfant et de sa complicité avec son ami imaginaire. Les histoires, les discussions, les confidences entendues doivent être respectées, elles font partie de l'intimité de l'enfant dans laquelle il ne faut pas s'immiscer. Cet ami est un peu comme le doudou de sa toute petite enfance : de façon plus élaborée, il partage des situations parfois difficiles auxquelles l'enfant doit s'adapter, et il le rassure et l'apaise tout autant.

## La pensée magique

Nombreux sont les auteurs qui, comme Jean Piaget ou la psychanalyste Sophie Morgenstern, nous ont permis de mieux comprendre « la pensée magique », qui caractérise cet âge. Celle-ci fait partie du développement normal de tout enfant, tant qu'il ne possède pas les possibilités de comprendre les raisons des événements qui l'entourent. Elle lui permet de mettre le monde à sa portée, d'en apprivoiser la toute-puissance.
L'histoire d'*Alice au pays des merveilles*, tantôt naine, tantôt géante, nous en dit long sur ce ressenti de l'enfant, si petit en regard du monde qui l'entoure ; ainsi que celle de *Peter Pan*, éternel enfant qui n'a pas à grandir ni à faire face à des renoncements nécessaires.
C'est l'âge où les enfants croient au Père Noël, à la petite souris, aux fées, aux princesses, aux monstres, aux fantômes, aux sorcières…
Grâce à la pensée magique, l'enfant éprouve un sentiment rassurant de contrôle et de maitrise, il peut prendre ses désirs pour des réalités.
T. B. Brazelton donne l'exemple de Marcy, 4 ans, qui prévient sa maman : « Amos a cassé le verre ». Sa maman lui dit que ce n'est pas possible car

son frère n'est pas à la maison. « Je voudrais que ce soit lui », répond la petite fille. Sa maman comprend qu'il ne s'agit pas d'un « mensonge ». En grandissant, et avec l'aide de ses parents, l'enfant acceptera peu à peu la réalité et l'impossibilité de satisfaire tous ses souhaits. Il entrera dans « l'âge de raison ».

Mais ce stade de la pensée magique laissera des traces importantes : dans les contes, les aventures de la littérature pour enfants et adolescents, dans leurs jeux, leurs séries télévisées, et plus tard dans la créativité artistique des adultes qu'ils deviendront. La pensée magique continuera d'exister à l'âge adulte quand la réalité sera trop difficile à vivre, trop dure, et qu'il vaudrait mieux croire à un miracle. C'est donc un **processus psychique important** qui ne doit pas être empêché avant 6-7 ans mais qui doit être discuté au-delà pour que l'enfant ne se perde pas dans de fausses idées.

## Imagination et réalité

Dans cette même période, l'imagination de l'enfant a des limites, elle ne lui masque pas la réalité. Il sait de lui-même passer **de la fiction à la réalité**. Jonas s'est occupé de son ours. Il l'a fait manger. Il lui a mis un manteau, car il faisait froid. Le soir, sa mère lui dit : « Couche d'abord ton ours parce qu'il est fatigué. Puis tu feras ta toilette. » Il lui répond : « Il peut pas être fatigué puisqu'il est en tissu. » Lucas, 3 ans, joue dans son bain avec son gant de toilette. « C'est un petit lapin, très gentil, il court dans la forêt. C'est un crabe, il est dans le sable. Un crabe, ça pince. » Lucas se ravise et dit à son papa : « Tu sais, c'est pas un crabe, c'est un gant de toilette. » Laura, 4 ans, joue dans sa chambre avec sa maman. Elle prend ses affaires de « docteur », pousse sa maman vers le lit, commence à l'ausculter ; elle tape son genou pour obtenir un réflexe (« ça fait pas mal, crie pas, tu es grande »). Puis elle veut lui prendre la température. Sa maman, qui s'était prêtée au jeu, l'arrête. Laura comprend les limites et dit : « Mais c'était pour de rire, pour faire semblant. »

On dirait que l'enfant veut montrer qu'il n'est pas dupe de son imagination. Y croit-il ou non ? La réponse est : oui et non. C'est comme pour les adultes. Au cinéma, nous sommes émus par les malheurs des héros. Le film terminé, nous retrouvons la réalité tout en commentant la fiction : « C'était réussi et tellement bien joué ! » L'enfant, comme l'adulte, arrive à faire à cet âge la différence entre l'histoire et la réalité. La ressemblance va même plus loin. Vous ne tenez pas tellement à montrer votre émotion. L'enfant non plus : Olga joue à la marchande, elle est en pleine conversation avec une cliente, elle lui dit de ne pas toucher les fruits exposés… elle est complètement prise par l'action. Sa maman entre. Elle s'arrête net et, suivant son caractère, est furieuse ou gênée d'être surprise en plein « faire semblant ».

L'enfant a parfois tellement d'imagination que, quand il dit la vérité, on a de la peine à le croire. Par exemple il raconte : « J'ai vu un policier qui courait après un monsieur. » Que ce soit vrai ou non, laissez-le s'exprimer, sans le ramener tout de suite à des réalités ou à des explications. Et ne traitez pas ses affabulations de mensonges (« *Menteur !* », p. 310). L'enfant aura besoin plus tard de cette vie imaginaire dont il connaîtra alors les limites.

## Les mots d'enfants

3 ans est un âge synonyme de meilleure compréhension, de plus de questions, de phrases complètes, de plus de vocabulaire, de liens logiques. Sans oublier la poésie et l'humour. Les mots d'enfants sont si inattendus, si surprenants que l'on devrait les noter pour ne pas les oublier. La plupart de ces mots, qui ravissent d'autant plus qu'on les croit le fruit d'une imagination débordante, proviennent de la manière de penser et de voir de l'enfant à cet âge.
Cette pensée emprunte à l'adulte ses formes, et, dans ce contenant, met son propre contenu. En effet, que répond l'adulte aux questions de l'enfant ? Presque toujours ses réponses commencent par « C'est pour… » ou « C'est comme… » : l'électricité c'est fait pour nous éclairer ; un hélicoptère, c'est comme un avion mais sans ailes et avec l'hélice au-dessus…
L'enfant va procéder par comparaison comme fait l'adulte mais il va rapprocher entre eux des objets qu'il ne nous viendrait pas à l'idée de comparer. La mer, c'est une grande piscine ; un caillou, c'est un noyau très dur ; une voiture, c'est un avion qui ne va pas dans le ciel.
L'enfant a aussi sa propre manière de raisonner, fameuse logique enfantine. Il enregistre ce qu'il a entendu dire, et il en tire ses propres conclusions. Par exemple, il a demandé : « C'est qui la maman du veau ? » On lui a répondu : « La vache. » C'est qui, la maman du poussin ? « La poule. » Sur quoi, il déclare : « La maman de l'eau, c'est le robinet ! »
Le charme des mots d'enfants vient aussi de la déformation du mot par l'enfant. Antoine, 5 ans, après avoir écouté l'histoire du bébé avant la naissance, parle du « supermatozoïde »…
Il y a des cas où ni l'imitation de l'adulte, ni la logique n'expliquent les propos de l'enfant. Il lui arrive de dire une phrase absolument gratuite, incompréhensible et poétique. L'explication repose alors sur le plaisir qu'il éprouve à prononcer un mot qui l'a enchanté. Il cherche une occasion de l'employer, et il fera alors une phrase qui n'a aucun rapport avec la réalité, ni la vôtre ni la sienne.
Justine a entendu son grand frère parler d'australopithèque. Ravie de ce mot, elle l'utilise à tout propos. Quant à Lucien, il ponctue toutes ses phrases de « cochon » (« Bonjour cochon, merci cochon, j'ai envie de dessiner cochon »), très content de l'effet que ce mot produit…
Baptiste, ayant entendu l'électricien dire d'un de ses collègues : « C'est un pote à moi », inventa « la potamona », et ce mot servit pendant des années à désigner tout ce qui lui arrivait d'heureux.
Arnaud Deroo donne l'exemple d'un petit garçon qui lui disait s'appeler « Louinon » … Il comprit pourquoi en entendant son éducatrice enchaîner à son égard les « Louis, non ! », car il était très touche-à-tout (*L'Accueil de la petite enfance. Un regard humoristique pour donner à réfléchir la bien-traitance*, Chronique sociale).

**Les comptines**

Cette sensibilité aux sons a donné lieu à un véritable genre littéraire : les comptines (Am, stram, gram ; Une poule sur un mur…). Et les Anglais, très fidèles à l'esprit de l'enfance, ont inventé le *nonsense*, sorte d'incantation, d'essence nettement enfantine.

## Le vocabulaire de l'enfant s'enrichit

En utilisant maintenant les adjectifs, l'enfant développe son sens critique, son aptitude à avoir des opinions personnelles. « Tu vois bien que c'est dégoûtant », dit Cécile, 4 ans ½, à son père qui veut lui faire prendre une cuillerée de sirop. Son papa lui propose alors une paille. Cécile sourit : « Tu es trop blagueur. » « C'est confortable », aime dire Nellia, 4 ans, lorsqu'elle se met bien au chaud sous sa couette ou lorsqu'elle vient chez ses grands-parents. Le mot lui plaît à la fois pour lui-même et pour ce qu'il représente.

Par ailleurs, les temps qu'emploie l'enfant, de même que les adverbes, prouvent qu'il commence à mieux distinguer hier, aujourd'hui et demain. Quand on dit « hier soir », il comprend qu'il s'agit d'un fait passé. Il demande : « Est-ce que c'est l'heure de… » Quand on dit « demain », il comprend qu'il s'agit d'une chose à venir, sans cependant distinguer demain et dans quinze jours. Il utilise même le conditionnel. Il dit : « Si je serais sage, tu me donneras une surprise. » Il a aussi, nous l'avons vu, une formule favorite : « On dirait que tu serais… »

## 3 ans : un âge exquis

Certains parents, devant leur adorable petite fille, leur charmant petit garçon, s'exclament : « Ah ! S'il pouvait rester ainsi ! » Mais ce serait le contraire de grandir. L'enfant ne reste pas à quatre pattes, il se relève, il marche, il court. Les étapes, les crises surmontées, font progresser chaque fois d'un cran, et entre elles, il y a des pauses.

À 3 ans, l'enfant a atteint une étape majeure dans le développement de sa personnalité parce qu'il a progressé dans tous les domaines :

- **physiquement**, les activités motrices sont plus sûres : l'enfant de 3 ans est habile de ses mains, de ses jambes ; il est à l'aise pour faire tous les mouvements, il les fait même avec adresse. Si l'on prend le temps de lui montrer comment manger son œuf coque avec des « mouillettes » et une petite cuillère, ou comment s'habiller, il y arrive facilement ;
- **intellectuellement**, il s'exprime de mieux en mieux, ce qui facilite les rapports avec l'entourage. Autrefois, quand on ne le comprenait pas, il se mettait en colère. Maintenant il commence à utiliser toutes les facettes de l'intelligence : mémoire, compréhension, logique, volonté, imagination ;
- **affectivement**, il est moins tiraillé entre son envie de rester petit et son désir de partir à l'aventure. Il a vu qu'il pouvait concilier les deux.

L'entrée à l'école va être un des paliers importants que l'enfant va franchir, un peu comme le sevrage, l'apprentissage de la propreté ou les premières séparations. Maintenant, il domine mieux ses frustrations. Il est plus obéissant, il observe les réactions de l'autre et cherche à faire plaisir. Il est devenu le petit compagnon qu'on tient par la main pour se promener, avec lequel on échange questions et explications.

Mais bientôt la vie affective de l'enfant risque d'être troublée car il va se rendre compte des liens particuliers qu'il a avec ses parents et que ceux-ci ont entre eux. Cette découverte peut provoquer des réactions : exigences, colère, régressions.

### À savoir

Si à 4 ans des difficultés d'**articulation et de structuration des phrases** persistent, parlez-en à votre médecin qui pourra vous prescrire un bilan orthophonique. Certains sons sont plus longs à se mettre en place – [r] [l] [ch] [j] – et l'orthophoniste vous conseillera de reformuler ce que dit votre enfant sans lui demander de répéter. À la suite du bilan, l'orthophoniste pourra proposer une prise en charge ou un nouveau bilan plus tard pour évaluer l'évolution du langage de l'enfant.

### À savoir

Si votre enfant, bien que propre dans la journée, ne l'est pas la nuit, parlez-en au médecin. C'est une situation fréquente, et consulter permet souvent de dédramatiser et de donner des conseils pratiques et adaptés à votre enfant.

# Entre 3 et 5 ans : la complexité de la situation œdipienne

Vous l'avez vu, à partir de 3 ans l'enfant prend conscience de son existence en tant que personne différente et unique ; il s'affirme et cela se traduit d'ailleurs dans son langage en passant du « à moi-à moi » à « je ». Il découvre la **différence des sexes** et commence à organiser avec ses amis des « jeux de rôles » grâce auxquels on peut devenir maman, papa, le docteur ou la maîtresse. Il cherche à attirer l'attention du parent du sexe opposé et lui manifeste toute sa tendresse.

À cet âge, le petit garçon devient très possessif avec sa mère, lui demande plus d'attention, de gestes démonstratifs, de baisers. Il l'interrompt lorsqu'elle s'adresse à quelqu'un d'autre que lui. Son père devient une sorte de rival qu'il veut écarter, tout en cherchant à l'imiter.

La petite fille fait du charme à son père, se blottit dans ses bras et par tous les moyens, cherche à attirer son attention. Comme le père pour le petit garçon, sa mère devient à la fois une rivale et un modèle.

Et tous deux, la fille avec sa mère, le fils avec son père, sont souvent très **exigeants**, **agressifs** ; parfois, à moitié par jeu, à moitié sérieusement. Ils peuvent même essayer de frapper le parent adverse.

Il est néanmoins important d'encourager les activités père-fils et mère-fille afin que l'enfant puisse s'identifier au parent du même sexe.

À certains moments, l'enfant essaie à tout prix d'empêcher ses parents de se retrouver seuls. Il peut tenter de les séparer : dès qu'il les voit ensemble, il se jette dans leurs bras pour être avec eux deux, entre eux deux. Le soir, l'enfant ne veut pas se retrouver seul alors que ses parents sont ensemble. C'est le chantage aux histoires : « Une autre, encore une autre », demande Lena à sa maman. « Je veux que tu restes avec moi, je ne veux pas que tu ailles avec papa. »

L'enfant réalise peu à peu que les relations qu'il a avec ses parents diffèrent du lien qu'ils ont ensemble : son père et sa mère ont également entre eux des rapports tendres et intenses. L'enfant s'aperçoit que sa mère ne fait pas un duo qu'avec lui, que son père n'est pas seulement disponible pour lui. Et ce qui risque de choquer l'enfant, c'est qu'il y a un temps pour lui et un temps pour les parents sans lui. Leur lit, leur chambre sont leur domaine exclusif, ils ont une intimité qui lui échappe complètement.

L'enfant **cherche sa place** aux côtés de son père et de sa mère, et c'est à eux de l'accompagner, de lui faire comprendre la différence de lien entre un couple de parents et entre des parents avec leur enfant. Par exemple, ce n'est pas parce qu'entre adultes on s'appelle par son prénom ou un surnom qu'un enfant doit faire pareil.

À partir du mythe d'Œdipe, Freud a décrit ce qui est à présent connu de tout parent et de tout éducateur : **le complexe d'Œdipe**. Il s'agit en fait d'une situation affective complexe, vécue par l'enfant et que les parents peuvent observer : le désir de l'enfant, entre 3 et 5-6 ans, d'écarter le parent du même sexe pour accaparer l'autre parent.

Mais comme il ne peut éliminer son père ou sa mère, l'enfant va alors

### La légende d'Œdipe

Elle est, comme les nombreux mythes qui nourrissent notre inconscient collectif, le symbole des sentiments que chacun porte en soi. Dans la mythologie grecque, avant la naissance d'Œdipe, un oracle prédit à ses parents, le roi et la reine de Thèbes, que leur enfant tuera son père et épousera sa mère. Pour conjurer la prédiction, Œdipe est abandonné. Il est recueilli par des bergers, puis adopté par le roi et la reine de Corinthe ; il grandit sans connaître ses origines. Devenu adulte, il vient à Thèbes, et au cours de diverses péripéties, il tue son père biologique et épouse sa mère. Sans que personne le sache, la prédiction se trouve réalisée.

renoncer à prendre leur place. Il va « refouler » dans son inconscient ses émotions, ses passions et les « oublier ». Ce phénomène étrange et universel, propre aux humains, que Freud a appelé « l'amnésie infantile », est ici parfaitement à l'œuvre (p. 194).

## Une étape structurante

L'enfant peut tenter diverses stratégies pour rompre le duo de ses parents ; elles entraînent souvent un sentiment de culpabilité et d'impuissance. C'est pourquoi l'enfant qui se sent délaissé fait fréquemment des cauchemars et peut traverser une phase de régression : il parle moins bien, demande beaucoup de câlins, cherche à retrouver le temps où il était le centre du monde.
Cette étape difficile est structurante : en voulant ressembler à son rival, l'imiter, s'identifier à lui – la fille à sa mère, le garçon à son père –, l'enfant se « sexualise » et se rend compte qu'il est un garçon, qu'elle est une fille, que l'un est différent de l'autre. Et la culture dans laquelle chacun évolue, les jeux proposés mais aussi choisis par chacun, y contribuent aussi largement.
Pour certains enfants, cette étape passe presque inaperçue : ils admettent facilement le partage. Pour d'autres, plus passionnés, elle peut être difficile à traverser et l'enfant semble en vouloir parfois à tout l'univers. Mais, avec ou sans problème, cette situation « complexe » est une étape que l'enfant doit connaître : **ce passage est capital** parce que, dans le respect des générations, il structure la personnalité et détermine la qualité des rapports avec autrui.
Une autre dimension psychique de ce temps majeur est que l'enfant comprend que lorsque son père lui dit qu'il l'aime autant qu'il aime sa conjointe (sa maman), il est possible d'**aimer autant mais de manière différente :** on peut aimer autant un(e) parent(e), un(e) ami(e) avec des manières de le dire, de le montrer, particulières pour chacun. « Quand le même est égal au différent, cela apprend l'adaptation à la singularité de l'autre sans que cela ne dévalue son attention à chacun », dit Alain de Broca.
C'est précisément lorsque l'enfant découvre que ses parents ont des liens privilégiés qu'il découvre qu'il en est de même pour son entourage. Jusqu'alors centré sur lui-même, l'enfant ramenait tout à lui ; il comprend désormais qu'il ne peut pas être le centre de toutes les attentions en permanence, que les autres adultes ont des liens entre eux et que ses parents peuvent aussi avoir une vie à deux. Quand il aura franchi cette étape, l'enfant sera prêt à sortir de sa petite enfance, « toute-puissante », pour continuer à grandir sans craindre de perdre l'amour que lui portent ses parents. Il entrera alors dans ce que les psychologues appellent la période de latence (7-12 ans), une période plus calme.

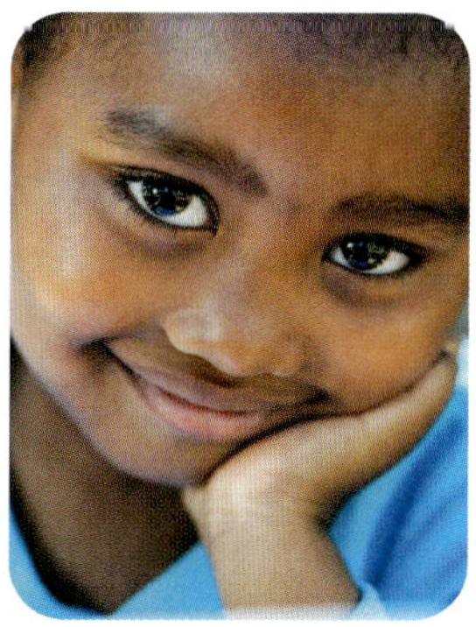

## Quelques suggestions

- Réprimander l'enfant agressif, en paroles ou en gestes, ne ferait qu'augmenter ses difficultés. S'il demande plus d'affection, c'est qu'il en a besoin. N'hésitez pas à la lui exprimer. Mais, par ailleurs, ne croyez pas que pour aider l'enfant il faille supprimer tout geste de tendresse entre vous en sa présence. Dès cet âge, les parents peuvent apprendre à leur enfant qu'il faut respecter les relations qui existent entre eux : l'enfant n'a pas tous les droits et notamment pas celui de s'interposer systématiquement entre son père et sa mère.

- Si l'on est le parent momentanément moins aimé, le plus simple est de faire comme si de rien n'était. Mais si on est le parent préféré, mettre en valeur l'autre en disant, par exemple : « Va vite embrasser maman », ou : « C'est papa qui a eu la bonne idée de faire un pique-nique. »
- À cette période, l'école peut être perçue par l'enfant comme une tentative de l'éloigner de l'adulte « préféré » et provoquer chez lui des réactions d'opposition visant à rester à vos côtés. Soyez attentif à ses réactions. Mais l'école, par les nouveautés et les distractions qu'elle apporte, aide le plus souvent l'enfant à sortir d'une situation difficile.

**3-4 ans**

C'est le bon âge pour commencer à sensibiliser votre enfant au respect de son corps, de son intimité. Lui expliquer que son corps lui appartient et qu'il n'est à personne d'autre peut se dire au moment de sa toilette : avec un gant de toilette il peut se savonner tout seul (sous la surveillance d'un adulte bien sûr).

## Ce que l'enfant aime à partir de 3 ans

- Jouer avec un enfant plus âgé qui peut organiser un jeu et trouver une place qui convient à chacun. Noé, 3 ans, conduit une voiture (c'est son petit vélo) tandis que sa grande sœur règle la circulation et fait traverser les piétons (les peluches).
- Il commence à apprécier de jouer avec un enfant de son âge. Lorsqu'elle va au square, Nina adore retrouver d'autres petites filles pour faire du toboggan ou jouer à la poupée.
- 3 ans, c'est souvent l'âge du premier goûter d'anniversaire : l'enfant comprend que ses amis viennent pour fêter un événement heureux et pour s'amuser ensemble.
- Observer les travaux que l'on peut voir dans la rue ou sur un chantier avec ses grues immenses.
- Il apprécie la compagnie d'un animal familier : chat, chien, oiseau, poisson…
- Valentin, 3 ans, aime faire des compliments. Il dit à sa grand-mère : « Tu as de jolies chaussures rouges », ou encore : « J'aime bien venir chez toi. » Il a découvert que faire plaisir lui fait plaisir.
- Dessiner des personnages étranges et classiques, les yeux près des oreilles et dont la tête rappelle le fœtus qu'il a été. Ce que les psychologues appellent le « bonhomme têtard » apparaît, accompagné bientôt de fleurs, d'arbres, de la maison, du soleil. Prévoyez du papier et des crayons de couleur pour qu'il ne soit pas tenté de dessiner sur les murs.

À partir de 3 ans, les parents peuvent s'interroger sur la pertinence de prendre un bain avec son enfant ou de se montrer nu devant lui (p. 316).

**Votre enfant va entrer à l'école maternelle.** Lorsque vous voyez votre petit garçon si bavard, votre petite fille si dégourdie, vous avez de la peine à imaginer qu'il n'y a pas si longtemps, il ou elle était un bébé couché dans son berceau, complètement dépendant(e) de son entourage. Cependant, ne considérez pas votre enfant comme plus grand qu'il ne l'est : il est encore loin de l'âge de raison ! Ce n'est pas un hasard si l'école de la petite enfance s'appelle « maternelle ».

# L'école maternelle

L'école maternelle apporte à votre enfant un nouvel univers en dehors de la famille, qu'elle ne cherche pas à remplacer. Les enseignants – avec compétence et affection – sont là pour stimuler son intelligence, développer son imagination, sa sociabilité.

*« J'ai appris à chanter en allant à l'école,*
*Les enfants joyeux aiment les chansons,*
*Ils vont les crier au passereau qui vole,*
*Au nuage, au vent, ils portent la parole,*
*Tout légers, tout fiers de savoir des leçons. »*

*Marceline Desbordes-Valmore*

## Entre la famille et l'école

L'école maternelle est un lieu entièrement conçu pour les enfants avec de l'espace pour jouer, des pièces où le mobilier est à leur taille (étagères, portemanteaux, casiers), des jeux variés ; tout y est prévu pour créer une atmosphère gaie et accueillante. La cour de récréation attire spontanément les enfants, avec ses aires de jeux colorées, ses dessins au sol et ses espaces arborés. L'école maternelle, c'est aussi une structure adaptée aux jeunes enfants. Il y a un directeur ou une directrice, des professeurs des écoles et des Atsem (agents territoriaux spécialisés des écoles maternelles). Ces dernières aident les enseignants sur le plan matériel : préparation du goûter du matin, habillage et déshabillage des enfants pour les siestes et les récréations, pose des tabliers pour les

activités salissantes, etc. Les Atsem assistent également l'enseignant dans des activités pédagogiques, et, avec lui, accueillent les enfants et les parents.
À l'école maternelle, il y a aussi des horaires d'entrée et de sortie, des règles à respecter. Les enfants sont déjà de petits élèves : ils vont apprendre à se servir de leurs mains, de leurs yeux, de leurs oreilles, de leur voix, en exécutant toutes sortes d'exercices ; puis ils seront préparés à l'entrée au CP (Cours Préparatoire), la première année de l'école primaire.

## Les avantages de l'école

À l'école maternelle, l'enfant va développer des liens d'amitié avec des garçons et des filles de son âge. Il va trouver des jeux qu'il n'a pas à la maison, découvrir des activités de groupe et également des jeux pédagogiques conçus spécialement. « C'est super, il y a plein d'enfants », dit Johan qui a été jusque-là gardé par une assistante maternelle.
L'école, c'est aussi apprendre à s'exprimer clairement, en utilisant des mots et pas seulement des gestes : évoquer un événement, donner son avis, formuler une demande à l'adulte (par exemple aller aux toilettes). Ainsi le vocabulaire de l'enfant s'enrichit. Certains enfants arrivent à l'école avec un langage pauvre car chez eux, ils ont été assez peu encouragés à s'exprimer ; comme le dit une enseignante, on voit très vite ceux qui vivent dans une famille où le langage est valorisé, et ceux qui n'ont pas cette chance.
Ces enfants seront capables de parler comme les autres si on leur en donne l'occasion et le goût, ce qui est indispensable pour apprendre à lire par la suite.
L'école offre des activités nouvelles, que l'on essaie toutes avant de trouver celle qui plaît le plus : la pâte à sel, les marionnettes, la peinture, les gommettes, les découpages, avec un adulte pour guider et encourager. C'est parfois l'occasion des premières sorties en bus, pour aller visiter un musée ou une ferme pédagogique.
L'école apprend à se maîtriser, à se concentrer. Lorsque la maîtresse dit de coller des gommettes jaunes à l'intérieur du dessin, cela veut dire que l'enfant doit : écouter ce qu'on lui dit, le comprendre, le réaliser. Ce n'est pas facile au début.
L'école « dégourdit ». C'est l'apprentissage de la vie en société. On devient indépendant. L'enseignant ne se consacre pas à un seul enfant. Il faut apprendre à s'habiller seul, à ranger ses affaires, à attendre son tour. C'est une grande découverte qui rend souvent l'enfant moins exigeant en famille.
L'enfant apprend à coopérer avec les autres enfants et avec les adultes, à s'insérer peu à peu dans le groupe, ce qui est particulièrement bénéfique pour les émotifs, les timides, les agressifs : on respecte la règle du jeu quand on joue à plusieurs, on écoute lorsque l'enseignante, ou un autre enfant, parle.
L'école est aussi un lieu de convivialité, quand vient le moment du goûter de Noël, du défilé de carnaval ou de la fête de fin d'année lors de laquelle votre enfant participera avec fierté à son premier spectacle de danse ou de musique.

**Les professeur(e)s des écoles**

C'est le terme officiel mais il n'est pas encore passé dans l'usage courant. Les enfants parlent de la maîtresse ou du maître. Les parents emploient aussi ce terme, ainsi qu'enseignant(e).

### Quelques précautions à prendre

L'école peut être une source de fatigue. Il faut se lever plus tôt, aller et venir quatre fois par jour si l'enfant ne va pas à la cantine. Le rythme est le même pour tous ; si l'enfant éprouve le besoin de se reposer le matin, il ne peut pas le faire dans le dortoir, mais simplement s'allonger dans un coin de la classe : l'enseignant ne pourra pas l'isoler davantage.
L'école, c'est le bruit et le nombre que l'on essaie pourtant de réduire. Les effectifs des classes sont importants, y compris dans les sections des petits. C'est pourquoi l'enseignant même le mieux préparé à son métier ne peut pas toujours remplir sa tâche comme il le souhaiterait et avoir assez de contacts avec chacun des enfants. C'est pourtant ce dont ils auraient vraiment besoin.
Certaines précautions peuvent aider à surmonter ces difficultés liées à l'école. Nous vous conseillons de veiller particulièrement au repos de votre enfant lors des premiers mois qui suivent la rentrée. Quand cela est possible, faites-le garder par la famille ou une assistante maternelle les mercredis et pendant les petites vacances. Les centres aérés proposent des activités de qualité mais ce sont des structures collectives, qui demanderont à l'enfant un rythme et un environnement parfois fatigants à son âge. Ne l'inscrivez pas d'emblée à des activités extra-scolaires dès la première année et privilégiez au contraire des moments calmes, des vacances tranquilles. Plus votre enfant sera reposé, moins il sera sujet à des crises de colère et plus il vivra avec joie et bonne humeur ces premières années d'école.

**« À l'école, il ne fait que jouer »**

C'est ce que disent parfois les parents. C'est normal, en maternelle, les apprentissages se font toujours à travers des jeux. C'est ainsi que l'enfant découvre le plaisir d'apprendre, ce plaisir qui est le meilleur stimulant pour les acquisitions futures.

### L'accueil avant et après l'école

Les communes (voire des associations privées) sont de plus en plus nombreuses à organiser un accueil le matin et le soir (avec goûter et activités diverses) dans les écoles. Ainsi, les enfants sont accueillis à l'école dès 7 h 30 et jusqu'à 18 h 30. Cela rend service aux parents qui travaillent mais les journées sont longues pour les petits écoliers (qui vont en plus bien souvent à la cantine). Si cela est possible, essayez de limiter ces grandes journées.

**La cantine**

Pour faciliter l'adaptation de votre enfant à la cantine, apprenez-lui à être le plus autonome possible au moment du repas (manger tout seul, ouvrir son yaourt…). En cas d'allergie alimentaire ou de diabète, prévenez la directrice ou le directeur pour qu'un « projet d'accueil individualisé » soit mis en place, permettant à l'enfant de déjeuner à la cantine tout en suivant son régime alimentaire (p. 389).

## La première rentrée

En famille, on va parler de l'école bien avant la rentrée. Pour préparer l'enfant, vous tiendrez compte de son caractère, de sa sensibilité. Certains enfants sont sensibles au côté « promotion » de l'école : « Tu es grande maintenant, tu vas aller à l'école, tu auras des amis comme ton frère ou ta sœur, la maîtresse te fera faire des dessins que tu nous montreras. » D'autres préfèrent qu'on leur parle de l'école comme d'un endroit où on joue (ce qui est vrai) : « Tu trouveras de nouveaux jeux, des livres, vous écouterez de la musique ; peut-être verrez-vous des films, ou des marionnettes, etc. » Et bien sûr, il ne faut pas proférer de menace comme : « Tu verras, la maîtresse, elle au moins, saura te faire obéir… Si tu ne manges pas, je te laisse à la cantine. » Les parents de Farah se sont rendu compte qu'il ne fallait plus évoquer la prochaine rentrée avec elle car leur petite fille disait aussitôt qu'elle ne voulait pas aller à l'école. De nombreuses écoles maternelles organisent une journée portes ouvertes en juin : les futurs petits écoliers peuvent ainsi faire connaissance avec les enseignants, ils visitent les locaux, ils admirent le matériel et les jeux mis à leur disposition. Depuis que Rose, 2 ans ½, a visité l'école où elle doit aller à la rentrée, elle ne veut plus retourner à la crèche…

## Et s'il pleure ?

Le jour de la rentrée, conduisez vous-même – tous les deux, ou l'un des deux – votre enfant à l'école, même si les autres jours ce sera un grand-parent ou l'assistante maternelle qui s'en chargera. Si, au moment de vous quitter, il pleure, c'est classique, presque normal. Mais partez bravement. Si vous restez, votre enfant s'attendrira sur son sort (et vous sur le sien).

Si vous partez, il sera distrait par la nouveauté. Puis allez le chercher à la sortie. Au début, c'est vraiment nécessaire. Il est normal que les parents soient émus par la rentrée scolaire. C'est une étape importante du développement de l'enfant. Même s'il a déjà été gardé par d'autres, l'école, c'est vraiment le début d'une vie plus autonome.

Si, au bout de quinze jours, votre enfant pleure encore au moment de partir, voyez avec l'enseignant la conduite à tenir. Vous pourrez par exemple convenir de le garder ou de le faire garder à la maison certaines demi-journées, le temps qu'il soit vraiment prêt pour des grandes journées à l'école.

Votre enfant semble bien adapté ? C'est parfait. Mais sachez que des difficultés surgissent parfois trois semaines, un mois après la rentrée. Un matin, sans raison apparente, au moment du départ, l'enfant fond en larmes, ou bien il a des cauchemars, ou encore, parce qu'on l'a gardé un ou deux jours à la maison pour un rhume, le troisième jour il refuse de se lever. Que se passe-t-il ?

Les quinze premiers jours, ou le premier mois, il y avait l'attrait du nouveau, le plaisir d'être avec les autres, la fierté d'aller à l'école comme les grands. Puis, l'enfant a été un peu trop vite livré à lui-même ou à d'autres (c'est une voisine qui l'emmène le matin, ou le ramène le soir). Il a pu aussi se sentir un peu perdu au milieu de tous ces enfants. Peut-être a-t-il attaché trop d'importance à une petite réprimande faite à lui-même ou à un autre enfant ? Quoi qu'il en soit, l'enfant prend soudain conscience de ce qu'il n'a plus depuis qu'il va à l'école : des habitudes confortables, un petit groupe chez l'assistante maternelle ou à la crèche, les courses avec ses parents, etc. Et ce sont des pleurs au moment où l'on ne s'y attendait plus.

En fait, l'**adaptation d'un enfant à l'école dure quelques semaines**. Et, pendant cette période, il convient de prendre certaines précautions pour que l'enfant n'ait pas l'impression d'une nette coupure avec la vie d'avant l'école. Par exemple : accompagnez ou allez chercher vous-même l'enfant le plus souvent possible. S'il reste déjeuner à l'école, soignez ses repas le soir et, le mercredi, si vous êtes là, faites-lui faire son menu. Montrez-lui que vous vous intéressez à ce qu'il fait à l'école ; écoutez ce qu'il raconte ; gardez les dessins qu'il rapporte. Utilisez le cahier de vie fourni par l'enseignant pour y raconter ses week-ends ou ses premières vacances. La curiosité et l'enthousiasme naissent et se cultivent, comme le langage ou la marche, dans l'affection et les encouragements.

## La rentrée des parents

De nombreux parents témoignent du grand changement que représente l'entrée à l'école de leur premier enfant. Alors que le rythme familial était bien rôdé, c'est une logistique nouvelle qui se met en place, avec des horaires à respecter et de longues vacances à organiser. Il faut arriver à concilier ces contraintes avec celles de leur travail ou celles de l'assistante maternelle qui garde encore le petit frère ou la petite sœur. Pour certains parents, cette première rentrée coïncide aussi avec la fin d'un congé parental. Il y a en plus la fatigue du jeune écolier, qui se répercute immanquablement sur son humeur et sa capacité à obéir. Ne soyez pas surpris si ces premiers mois d'école sont également fatigants, voire éprouvants pour vous. Vous trouverez peu à peu, tout naturellement, votre rythme et l'organisation qui convient, de la même manière que votre enfant s'adaptera doucement à son nouvel univers.

## Maintenez des contacts avec l'école

Il est important qu'au moins un des parents soit présent lors des réunions qui sont organisées, et chaque année a ses particularités. De leur côté, les enfants sont sensibles à cet intérêt porté à leur école. Les enseignants regrettent souvent que, dans cet univers très féminin de l'école maternelle, les pères ne se manifestent pas plus.

Au cours de cette réunion, l'enseignant décrit le déroulement d'une journée de classe. Il explique aux parents l'aide qu'il attend de leur part : apporter des objets de récupération pour certaines activités, participer à des sorties en dehors de l'école, raconter ses vacances dans le cahier de vie, etc.

S'il y a une difficulté, n'hésitez pas à demander un rendez-vous. Les enfants ont souvent à l'école un comportement différent et révélateur de petits soucis que l'enseignant peut aider à résoudre. Vous-même, en parlant avec lui, en l'informant des progrès ou difficultés de votre enfant, l'aiderez à mieux le comprendre.

Si vous avez un peu de temps, n'hésitez pas à vous impliquer dans l'association des parents d'élèves, qui organise toutes les activités festives autour de l'école (vente de gâteaux, loto, fête de fin d'année…).

## L'accueil de l'enfant porteur de handicap

C'est aujourd'hui une réalité : de plus en plus d'enfants porteurs de handicap sont accueillis dans l'école de leur quartier. L'inscription se fait auprès du directeur. Les parents sont alors conviés à établir avec les différents partenaires un projet personnalisé de scolarisation (PPS). Selon la situation de l'enfant, sa scolarisation se déroulera sans aide particulière ou fera l'objet d'aménagements en fonction de ses besoins. Dans de nombreux cas, un accompagnant des élèves en situation de handicap (AESH) sera affecté aux côtés de l'enfant et l'enseignant aura accès à un matériel pédagogique spécifique.

## L'âge de l'école maternelle

L'école est obligatoire à partir de 3 ans.
Est-ce souhaitable d'envisager cette scolarisation dès 2 ans ? C'est en principe matériellement possible car l'école maternelle est ouverte aux enfants de cet âge mais uniquement s'il y a de la place : une directrice, un directeur d'école n'est pas obligé(e) d'inscrire les enfants qui n'auront pas 3 ans au 31 décembre suivant la rentrée. Nous ne vous conseillons pas cette entrée à l'école à 2 ans. En effet, dans sa structure actuelle, l'école maternelle n'est pas adaptée aux moins de 3 ans : les effectifs sont trop nombreux, les locaux ne sont pas aménagés, en particulier pour le sommeil. L'enfant de 2 ans a souvent besoin de dormir encore dans la journée et, pour cela, il faut des locaux de repos disponibles en permanence.
Même si vous avez l'impression que votre enfant s'ennuie à la crèche ou chez l'assistante maternelle, n'oubliez pas qu'il y bénéficie avant tout d'un environnement calme, confortable et sécurisant, adapté à son âge et à son développement.

**À savoir**

Entre 3 et 4 ans, une mauvaise articulation, la prononciation défectueuse de certains sons ou syllabes, ne sont pas graves. Il peut néanmoins être nécessaire de demander à un(e) orthophoniste de faire un bilan, surtout si ce trouble persiste au bout de quelques mois à l'école pendant lesquels l'enfant aura dû se faire comprendre par ses camarades et l'enseignant.

## Au programme de l'école maternelle

Toutes les activités sont basées sur le développement global de l'enfant, tant sur le plan moteur que sur le plan sensoriel et cognitif. Une place importante est donnée au langage : l'acquisition d'un langage riche et structuré, qui prépare la lecture puis l'expression écrite, est un des objectifs premiers de l'école maternelle.
Les activités s'organisent autour du calendrier. Les anniversaires sont l'occasion de faire des mathématiques (combien de bougies sur le gâteau ? Combien d'assiettes à distribuer ?). Les mois, les saisons, aident à prendre conscience du temps qui passe. Les fêtes (préparatifs de Noël, du carnaval) rythment l'année scolaire.

### Une journée à l'école maternelle

Les enfants arrivent le matin à l'école entre 8 h 20 et 8 h 40. Ils ont un temps de jeux libres jusqu'à 9 heures environ. Ensuite, tout le monde range la classe et se rassemble autour du maître ou de la maîtresse. On fait l'appel : qui est là ? Qui n'est pas là ? Combien sommes-nous ? On regarde le calendrier : quel jour est-ce aujourd'hui ? Puis, chacun raconte, s'il le souhaite, ce qu'il a fait à la maison ou parle d'autres sujets. C'est une façon d'apprendre à bien s'exprimer. Ensuite, l'enseignant organise les ateliers de la matinée : peinture, collage, modelage, jeux de société, écriture chez les plus grands…
Après la récréation, les enfants suivent une séance de motricité (gymnastique, danse, expression corporelle) avec du matériel approprié.

L'après-midi, les petits font la sieste, puis participent à des activités manuelles selon l'heure du réveil. Les grands s'adonnent à différentes activités : musique, bricolage, arts plastiques, feuilletage de livres à la bibliothèque de l'école…

Une récréation coupe l'après-midi, généralement entre 15 heures et 15 h 30. Les enfants jouent librement ou utilisent les trottinettes et tricycles qu'ils se prêtent à tour de rôle. On se rassemble vers 16 heures pour parler de ce qu'on a fait dans la journée, puis c'est « l'heure des parents » tant attendue !

Le déroulement d'une journée à l'école maternelle est toujours le même. C'est important pour aider l'enfant à se repérer dans le temps (les rituels du matin : l'appel, le calendrier ; après le goûter, c'est la récréation ; le vendredi, c'est le jour de la musique) et à se repérer dans l'espace (par exemple, la danse se fait toujours au même endroit).

## La section des petits

Elle accueille les enfants de 3 ans, éventuellement ceux de 2 ans, et cherche à habituer l'enfant à vivre loin de sa famille, avec des enfants de son âge, tout en étant heureux à l'école. Les premières activités sont conçues dans ce but. On veut l'aider à acquérir peu à peu son autonomie, à être à l'aise dans le groupe.

On souhaite aussi qu'il acquière une certaine aisance physique : on lui fait faire des mouvements variés (grimper, sauter, courir, franchir), de la danse. On cherche à développer son adresse par divers jeux de fabrication, de modelage et d'enfilage. Ce sont aussi les premières observations du monde vivant, à travers un élevage d'escargots ou de papillons, ou la plantation de quelques légumes dans un coin de la cour de récréation.

Parler de mieux en mieux aide à communiquer avec les autres : on aide l'enfant à enrichir son vocabulaire, en lui racontant des histoires, en lui chantant des chansons. L'enfant commence à compter. « J'ai 3 ans », dit-il en montrant ses doigts. C'est aussi le début des activités avec papier, crayons et feutres. Dès la première année, votre enfant arrivera

**À savoir**

L'enfant n'est pas encore vraiment un élève. Toutes ces activités prennent la forme de jeux individuels ou collectifs. Le but est de l'éveiller et de lui donner confiance en lui.

certainement à écrire son prénom, au prix de nombreux efforts… mais quelle fierté devant le résultat obtenu !

## La section des moyens

Elle accueille les enfants de 4 ans, toujours dans le but de les éveiller et d'enrichir leurs moyens d'expression. Les mêmes activités sont proposées mais développées. L'exercice physique devient plus difficile, il faut coordonner les mouvements ; il faut plus d'habileté manuelle pour faire des collages, des puzzles. Les ateliers graphiques préparent aux gestes qui permettent de maîtriser l'écriture. On apprend à reconnaître les lettres dans les prénoms des petits copains, on essaye de tracer des chiffres. Avec l'aide de l'Atsem, les enfants participent à des ateliers de cuisine ou d'arts plastiques. On commence également une petite initiation aux mathématiques en leur demandant de grouper les objets de même catégorie. De plus en plus d'enseignants transmettent quelques notions d'une langue étrangère, à travers des comptines autour des chiffres ou des couleurs.

## La section des grands

C'est le début des exercices d'initiation à la lecture, à l'écriture. Il ne s'agit pas tant d'apprendre les lettres à l'enfant que de lui montrer l'intérêt et le plaisir de l'écriture et de la lecture. En regardant un album avec l'enseignant, les enfants apprennent à entendre un son, à le reconnaître, à le localiser dans une phrase. Ces jeux d'écoute sont une bonne préparation à la lecture. Au programme toujours, initiation aux mathématiques (encore par groupement d'objets) et exercices de langage par jeux de questions sur des histoires racontées. Et bien sûr, la plus grande partie de la journée est occupée par le dessin, la peinture, la musique, l'exercice physique.

## Suivi et évaluation à l'école maternelle

Un carnet de suivi des apprentissages est rempli tout au long de l'année et une synthèse des acquis de l'enfant est établie pour l'entrée au CP, indiquant si tel apprentissage est acquis, non acquis ou en cours d'acquisition.
Ce carnet de suivi est un outil qui permet à l'enseignant d'ajuster les activités aux capacités de chaque enfant pour l'aider à progresser. Certains parents s'inquiètent lorsque leur enfant n'a pas acquis tous les apprentissages proposés. Avant de se tourmenter, il faut se rappeler que chaque enfant a son rythme de développement et que son évolution se fait par paliers successifs.
Si vous êtes préoccupé, ne restez pas seul avec cette inquiétude. Parlez-en aux professionnels qui entourent votre enfant (enseignant, pédiatre). Ils pourront vous accompagner et vous orienter si nécessaire vers un psychologue, un orthophoniste, un psychomotricien, par exemple. Parfois, il faut envisager des consultations spécialisées car plus les troubles sont pris en charge précocement, plus l'enfant sera à l'aise pour aborder le CP.

**Covid-19**

L'épidémie a montré la grande capacité d'adaptation des jeunes enfants face aux contraintes, souvent apparues du jour au lendemain et modifiées à de nombreuses reprises : limitation des interactions dans la cour ou à la cantine, port du masque par les adultes, passage accru aux toilettes pour se laver les mains… La crise sanitaire a également montré l'importance d'une scolarité en présentiel pour préserver l'équilibre physique, psychologique et social des enfants et limiter la surexposition de certains aux écrans.

## Quelques difficultés

### L'enfant ne raconte rien en rentrant de l'école

Cela ne signifie pas qu'il est malheureux à l'école. Il considère peut-être pour le moment que c'est son domaine réservé. Ou bien, il est naturellement peu expansif. Ou encore, c'est sa manière de prendre du champ vis-à-vis de vous, de devenir grand. Assurez-vous auprès de l'enseignant que tout va bien, et respectez sa discrétion.

### L'enfant ne s'intéresse et ne participe à rien

Il est en petite section : n'est-il pas fatigué ? Il est plus grand : vous l'avez peut-être habitué à trop d'attentions ; maintenant, livré à lui-même, anxieux et craintif, il n'ose rien entreprendre seul ou avec d'autres. De santé fragile, il a peut-être du mal à supporter le bruit et l'agitation d'une classe et choisit de s'isoler. Ou encore c'est sa manière d'attirer sur lui l'attention de l'enseignant. Il faut, sans dramatiser, essayer de sortir de cette situation en ayant un entretien avec l'enseignante.
Si c'est nécessaire, l'enseignant peut faire appel au Réseau d'aide aux enfants en difficulté (Rased). Ce réseau, qui a malheureusement des moyens de plus en plus limités, regroupe plusieurs écoles et comprend des psychologues et des enseignants spécialisés.
Mais un enfant qui s'isole est peut-être un enfant qui ne voit pas bien, ou n'entend pas bien. Parlez-en au médecin, il fera faire un contrôle de la vue ou de l'audition.

**Important**

N'hésitez pas à signaler à l'enseignant un changement notable dans la vie de l'enfant (séparation des parents, maladie d'un proche, etc.). De la même façon, informez-la si votre enfant est suivi (psychologue, orthophoniste) en dehors de l'école. Cette relation de confiance enseignant-parents ne peut être que bénéfique pour l'enfant.

## Le saut de classe

Il arrive que des enfants « sautent » une année de maternelle et arrivent avec un an d'avance au CP. Ces sauts sont parfois demandés par les parents mais aussi par l'enseignant si l'enfant sait lire et commence à écrire.
Il existe en effet des enfants précoces qui, entre 5 et 6 ans, révèlent un goût pour les apprentissages du CP. Il est important de reconnaître ces enfants qui ont une réelle avance car les freiner pourrait les démotiver. L'avis d'un psychologue est souhaitable car d'autres facteurs entrent en jeu pour savoir si un enfant est suffisamment mature pour passer dans la classe supérieure. Il faut qu'il distingue bien sa droite de sa gauche, se situe dans le temps proche et dans l'espace familier. Il est important qu'il ait acquis une certaine aisance pour écrire. En effet la précocité intellectuelle ne s'accompagne pas toujours d'une précocité graphique et une rééducation en graphomotricité peut apporter un bon soutien.
Il faut de même que l'enfant fasse preuve d'une certaine maturité sociale et affective, ce n'est pas toujours le cas. Certains sont précoces intellectuellement mais encore « bébés » : ils ont davantage besoin des jeux, de la liberté, de la spontanéité de l'école maternelle que de l'enseignement plus structuré de l'école primaire.
La sociabilité est également un critère essentiel. Il s'agit de la capacité à prendre place de manière adaptée au sein d'un groupe de pairs, à se faire des amis… C'est un des enjeux principaux de l'école maternelle. Certains enfants précoces peuvent avoir des difficultés à tisser des relations avec les autres (p. 311).

Faire sauter une classe n'est donc pas toujours une solution adaptée aux problèmes que rencontre l'enfant précoce en classe. Proposer un cadre scolaire plus stimulant peut parfois être une bonne solution. C'est pourquoi la décision d'un saut de classe se doit de faire l'objet d'une concertation : enseignant, parents, psychologue – ayant fait passer le test qui évalue la précocité intellectuelle –, pédiatre.

## Droitier ou gaucher ?

Jusqu'à 1 an-18 mois les enfants jouent avec leurs deux mains. C'est seulement vers 2 ans ½-3 ans qu'ils manifestent une préférence, qui parfois n'est confirmée que vers 4 ans : la latéralisation, la façon dont l'enfant organise son côté prédominant, se met en place lentement. Avant de l'encourager à se servir de sa main gauche, il faut donc s'assurer qu'il est réellement gaucher. Regardez avec quelle main il allume la lumière, ou comment il ouvre une porte. Cela donne une bonne indication. Tout en l'observant, on doit tenir compte de la préférence de l'enfant à se servir de la main gauche pour qu'il devienne avec elle de plus en plus habile, notamment avant l'entrée à l'école maternelle (par exemple, en plaçant de ce côté-là les objets dont il se sert – cuillère, crayon, etc.). Mais ne soyez pas trop pressé ; il faut du temps à l'enfant pour qu'il choisisse son côté préféré. À l'école maternelle, les enseignants laissent le choix jusqu'à 4 ans.
En général, l'enfant gaucher de la main l'est aussi du pied et également de l'œil. Mais on observe des exceptions. Par exemple, d'un enfant gaucher de la main, mais dont l'œil droit est directeur, on dit que sa latéralisation est hétérogène. Cela peut entraîner un apprentissage de la lecture et surtout de la transcription – aux dictées plus qu'à la copie – plus difficile, avec des inversions de lettres ou de sons. Dès la dernière section d'école maternelle, on peut consulter un orthophoniste pour prendre un avis ou des conseils.
Enfin, dans le cas d'une ambidextrie – l'enfant se sert aussi bien de la main gauche que de la main droite –, se pose un choix éducatif pour l'écriture surtout si l'enfant présente une maladresse des deux mains. Dans le doute, prenez l'avis d'un psychologue ou d'un psychomotricien. Différents tests peuvent aider l'enfant à choisir la main dominante ainsi que la bonne position pour écrire.

**En conclusion de l'école maternelle.** Au cours des trois années de l'école maternelle, chaque enfant évolue, grandit, progresse à son rythme. Certains acceptent la discipline demandée seulement en fin de grande section, quand d'autres s'adaptent à la vie collective dès 3-4 ans. Des enfants savent écrire toutes les lettres de l'alphabet en fin de petite section, alors que d'autres ont du mal à écrire leur prénom. Tandis qu'un garçon de moyenne section arrive à raconter son week-end avec de longues phrases structurées, c'est plus difficile pour sa cousine de grande section pour qui les formulations sont encore hésitantes. Face à ces disparités, les enseignants rappellent que les apprentissages dévolus à l'école maternelle sont un objectif pour l'entrée en CP que chaque enfant doit pouvoir atteindre à son rythme.

# Non, tout n'est pas joué à 3 ans…

Vous avez peut-être été choqué d'entendre des affirmations péremptoires et décourageantes telles que : « Tout se joue avant 3 ans », ou « Tout dépend de vous ». Certes, ces phrases alertent sur le fait que la structure psychique de l'enfant prend ses fondations dès la naissance et dans la petite enfance. Elles invitent l'adulte à être soucieux de chaque enfant : celui-ci a besoin d'une attention particulière et spécifique.
Mais heureusement, l'enfant est un être en formation, qui change parce qu'il grandit et ce, sous l'effet de multiples influences : son histoire, l'environnement, les événements de la vie quotidienne… Ces interactions ne cesseront de se poursuivre tout au long de l'enfance, de l'adolescence et bien au-delà. Non, rien n'est figé. Le croire serait nier tout espoir dans les possibilités de s'adapter, de rebondir de l'être humain. Tout peut se jouer, et se rejouer, tout au long de la vie. Les parents ont un rôle précieux pour accompagner ces évolutions positives mais tout ne dépend pas d'eux.
Affirmer que tout est joué à 3 ans, ou que tout dépend de l'éducation apportée par les parents, est probablement révélateur d'une société encline à dramatiser, à rechercher le sensationnel. Certes, les parents doivent être conscients de leurs responsabilités. Ils le seront d'autant plus qu'au lieu de les culpabiliser, on leur aura donné confiance en leurs capacités à élever leurs enfants. C'est un des buts de ce livre.

5

# Grandir et s'épanouir : l'éducation

Le chapitre précédent vous a raconté les grandes étapes du développement. Connaître cette évolution et tenir compte de la singularité de l'enfant est essentiel pour son épanouissement. C'est également le fondement d'une éducation respectueuse de ses besoins. La vie quotidienne avec un enfant réserve des grands moments de découvertes, de plaisirs partagés, de surprises. Ce sont aussi pour les parents des questions, des doutes, des inquiétudes, sur la façon de réagir, sur la meilleure attitude éducative à adopter. À l'aide de nombreux exemples et de situations concrètes, ce chapitre souhaite répondre à vos interrogations.

# Devenir parents aujourd'hui

L'attente du bébé, puis la naissance, transforme le couple en parents. Passer du duo au trio se fait souvent naturellement. Malgré les changements de la vie quotidienne, la fatigue des premières semaines, l'adaptation aux rythmes de l'enfant, la réponse à ses besoins, chacun trouve peu à peu sa place auprès de lui, se complète et se soutient.
« Avec l'arrivée de notre bébé, nous avons d'abord éprouvé une immense joie et de la fierté. Puis nous avons ressenti un nouveau sentiment d'union, avec le plaisir d'avoir fondé une famille, les responsabilités à venir et notre rôle encore inconnu de parents », nous écrit une lectrice.
Mais certains nouveaux parents témoignent combien ce passage peut demander du temps, **des ajustements**, **des compromis réciproques**. Gilles s'est senti mis à l'écart dès la maternité. La maman était fatiguée par un manque de sommeil, exclusive avec son nouveau-né, irritée à la moindre demande de son compagnon. Il faudra quelques semaines pour que se tissent des liens profonds père-bébé, pour que le couple retrouve ses propres marques. Lorsque le père est averti que toute mère éprouve, à des degrés divers, une préoccupation particulière pour son nouveau-né, qui la conduit parfois à se centrer exclusivement sur lui, il supporte plus facilement la situation car il sait qu'elle est temporaire. Il est par ailleurs certain que lorsque le père participe à part entière à l'attente de la naissance, une continuité entre son bébé et lui s'impose naturellement. « Quand la sage-femme l'a mis en peau à peau contre moi, nous nous sommes reconnus d'emblée », dit Pablo.

Au fil des jours, le trio père-mère-bébé va trouver son équilibre. Ce sera alors au duo des parents de préserver sa vie de couple, ses propres désirs, des temps d'intimité. Cela demande une certaine attention. Parfois le bébé comble ses parents de tant de tendresse que ceux-ci peuvent en oublier leur bonheur à deux. Ils se laissent envahir par l'enfant. C'est ainsi qu'une naissance peut fragiliser la vie d'un couple, provoquer des turbulences dans la vie quotidienne. Quand Mathieu est né, sa maman ne s'attendait pas à vivre un tel changement dans sa vie personnelle. Très investie dans son travail, elle avait l'habitude d'emporter des dossiers à la maison. Aujourd'hui en congé de maternité, elle éprouve des sentiments ambivalents, partagée entre l'immense bonheur que lui procure l'arrivée de Mathieu et un sentiment d'isolement, alors que son conjoint est retourné très vite travailler.
**Aborder en couple ce qui va bien mais aussi ses frustrations**, les ambivalences de chacun à l'égard de la parentalité, favorise le partage des émotions qui suivent toute naissance. N'ayez pas peur de décevoir le père de votre enfant en évoquant vos difficultés : en parler permet d'évacuer le stress, l'anxiété et de diminuer la pression que vous pouvez ressentir.
Avec ces adaptations, ces tâtonnements, une naissance renforce le plus souvent l'amour et l'attachement entre les parents : ils sont reconnaissants l'un envers l'autre de la naissance de leur bébé, fruit d'un désir partagé et expression de leur amour.

**Être parent aujourd'hui**, ce n'est plus exclusivement être la mère ou le père biologique d'un enfant, même si c'est le cas le plus fréquent. La parentalité concerne tous les parents vivant dans d'autres configurations familiales : femme seule, parent adoptif, couple homoparental, beau-parent, famille d'accueil…

# Être mère

C'est trouver un **nouvel équilibre** en conciliant un statut de femme souvent active dans la vie professionnelle avec celui de mère. C'est souvent remettre en question son organisation quotidienne pour s'adapter au mieux aux rythmes de l'enfant.
Aussi ne vous étonnez pas si devenir mère n'est pas toujours une expérience paisible et gratifiante. À la joie de la naissance peut succéder une période éprouvante avec le manque de sommeil, les pleurs du bébé, un certain isolement.
Être une « mère suffisamment bonne » (selon l'expression du psychanalyste D. W. Winnicott), c'est être attentive aux besoins de son enfant, favoriser son développement, veiller à son épanouissement. C'est aussi **accepter la réalité**, parfois en décalage avec ce qu'on imaginait : un bébé difficile à consoler peut mettre la mère en difficulté. « Depuis le retour à la maison, notre bébé pleure beaucoup, je suis inquiète, j'ai l'impression de ne pas réussir à le calmer ». Prendre le temps de la rencontre avec son enfant, renoncer à vouloir être une mère irréprochable, « parfaite », évite trop de pression, de stress et favorise la rencontre avec son enfant.
Une naissance, surtout celle d'un premier enfant, modifie souvent l'équilibre personnel et familial. Après quelques mois, il peut être nécessaire de trouver des aménagements dans lesquels chacun se sente bien. Stéphanie a repris son travail après son congé de maternité et s'est organisée pour retourner à son cours de flamenco. Une naissance est souvent aussi le moment d'envisager à l'intérieur du couple une répartition différente des tâches.

*« J'avais un travail passionnant. Avec mes enfants de 3 ans et bientôt 1 an, c'est tellement différent. Quand ils pleurent, je me sens responsable de tout ce qui ne va pas… Participer à un groupe de parole organisé par la PMI m'a vraiment soulagée. »*

*Élodie*

## Mères au travail, mères à la maison

Vous allez reprendre votre travail à la fin du congé maternité et nous souhaitons vous faire une suggestion. Votre bébé vient de naître, vous commencez à faire connaissance. Si vous le pouvez, donnez-vous, donnez-lui six mois pour prendre le temps de profiter des premiers liens qui vont se tisser entre vous. Ces six mois seront des moments exceptionnels de partage, d'échanges. Vous suivrez ses découvertes, ses progrès quotidiens, vous découvrirez sa sensibilité. Cela vous rassurera dans votre rôle de mère, ce sera pour lui l'occasion de « démarrer » en douceur dans la vie. De plus, l'âge de 6 mois est une étape pour l'enfant : il tient bien sa tête, commence à se tenir assis, apprécie qu'on le tienne de temps en temps debout.
Si vous en avez la possibilité matérielle et professionnelle (certaines mères ressentent une telle pression qu'elles n'osent pas prolonger leur congé de maternité), ne reprenez pas trop rapidement vos activités extérieures. Si vous prenez cette « **pause-bébé** », vous ne la regretterez probablement pas.
Les situations sont bien sûr multiples et complexes. Certaines femmes rêveraient de cette pause lorsqu'elles ont des métiers épuisants : un travail de nuit, des horaires contraints ou décalés, de longs transports quotidiens. Elles ne peuvent pas la prendre car elles ont besoin de leur salaire et souvent craignent de perdre leur emploi. Il y a aussi celles qui regrettent d'abandonner leur travail mais sont obligées de le faire car le coût d'un mode de garde est trop élevé.
Lorsqu'une mère décide de rester à la maison, elle apprécie d'être plus disponible pour son enfant, de pouvoir organiser ses journées. Mais elle peut ressentir un certain isolement quand les amis travaillent et si la famille est loin. Elle peut éprouver un manque de liberté si elle n'a pas la possibilité de faire garder ses enfants de temps en temps. Les mères savent aussi que s'éloigner du monde du travail risque de rendre difficile une réinsertion professionnelle le moment venu.

**Pères à la maison.** Pour profiter de leur bébé après la fin du congé de paternité, certains pères ajoutent leurs semaines de vacances à ce congé. D'autres décident de prendre un congé parental jusqu'aux 6 mois de leur enfant, ou de le partager avec leur conjointe, ou encore de partager avec elle un travail à mi-temps. Ces exemples ne sont plus exceptionnels aujourd'hui.

# Être père

Régulièrement, des enquêtes sont menées pour connaître la nature de la participation des pères dans les soins au bébé, dans le partage au sein du couple des tâches de la maison. Les choses évoluent et le temps passé par les hommes à s'occuper de leurs enfants a augmenté ces dernières années : pour donner les repas, pour jouer, les accompagner à la crèche, à l'école, au square…
Mais la répartition n'est pas égale. C'est le plus souvent aux femmes que revient la responsabilité de ce qui concerne l'enfant : planifier les rendez-

*« J'ai été très proche de ma compagne pendant sa grossesse et c'était évident que j'allais prendre soin de notre enfant dès les premiers jours… »*

Cédric

vous médicaux, prendre les contacts avec la nounou, l'école, racheter des vêtements… Quant aux tâches ménagères, les femmes y passent moins de temps mais la participation des hommes n'a pas évolué.
Restons optimistes ! L'évolution est là, elle ne peut que se poursuivre. Les pères sont de plus en plus nombreux à s'investir dans le quotidien de leur enfant et ils disent combien la vie familiale compte pour eux. Pour le bien-être de tous, souhaitons que les changements se fassent le plus rapidement possible. L'allongement du **congé de paternité** est une bonne nouvelle. Prendre soin de son bébé renforce les liens d'attachement : en même temps que le père découvre son enfant, il se découvre capable de s'occuper d'un petit être dépendant et sans défense.
Ces dernières années ont marqué une autre évolution, celle des rôles à l'intérieur du couple. Même si les places traditionnelles subsistent parfois, à des degrés divers (plus de souplesse d'un côté, plus de fermeté de l'autre), les rôles de chaque parent ne sont plus aussi figés à l'intérieur de la famille.
C'est en parlant entre vous, et en fonction des circonstances, que vous trouverez la place que chacun souhaite prendre : un équilibre entre l'autorité et la confiance dont les enfants ont besoin. Laurent aimerait s'occuper davantage d'Héloïse qui a 5 mois. « C'est encore un bébé, lui dit sa femme, laisse-moi faire. » Laurent s'arrange pour aller régulièrement chercher Héloïse à la crèche. Il s'organise pour lui donner son repas du soir le plus souvent possible. Sa compagne apprécie finalement cette nouvelle organisation, elle se sent soulagée et soutenue dans son rôle de mère. Le papa de Tarek aime passer du temps pour jouer avec son petit garçon de 2 ans lorsqu'il rentre du bureau. Tarek veut profiter le plus longtemps possible de ces moments et refuse maintenant tous les soirs d'aller dans son lit. En douceur, sa maman va donner les limites nécessaires à l'heure du coucher.

Quelle que soit votre organisation, n'oubliez pas qu'un enfant a besoin que ses parents lui consacrent du temps, et que plus vous pourrez le faire, plus vous l'aiderez à s'épanouir, plus il sera heureux.

*« Le congé après la naissance nous a permis le partage de la découverte, de la fatigue aussi, mais c'était surtout deux fois plus d'amour et d'attention portés à notre bébé. »*

*Sabrina et sa compagne*

## Lors d'une séparation des parents

La place du père est d'autant plus nécessaire à préserver dans les cas de divorce et de séparation, situation difficile à vivre par tous – parents et enfants (p. 323).
Lors d'une séparation du couple, la plupart des enfants, surtout s'ils sont jeunes, sont confiés à leur mère. Cela correspond à la vision traditionnelle de la maternité. C'est aussi, dans une grande majorité des cas, la mère qui s'organise en premier lieu pour concilier vie professionnelle et vie familiale. Des pères se sont sentis injustement privés de la présence de leurs enfants et ont demandé que leur place soit reconnue. Les droits des pères à voir leurs enfants, à vivre avec eux, sont aujourd'hui mieux respectés.

# L'éducation

D'une façon générale, on élève ses enfants en fonction de l'éducation que l'on a reçue si on l'a appréciée, ou au contraire, si on en garde un mauvais souvenir, en voulant les préserver. De plus, aujourd'hui, l'éducation tient compte des apports de la psychologie et de la psychanalyse. Dès sa naissance, l'enfant est considéré comme une personne à part entière qui mérite respect et considération. Mais cela ne signifie pas que sa venue au monde fasse de lui un être achevé. Le bébé est une **personne en devenir**, comme le disait Françoise Dolto. Sa personnalité va se construire au fur et à mesure des relations de plaisir, de satisfaction, de découverte, et aussi dans des moments de limites, d'interdits et de frustration, ainsi que dans les interactions permanentes avec l'adulte qui lui aussi va se développer et comprendre le monde autrement.

De nos jours, la famille est devenue un espace dans lequel chacun occupe une place différente et peut prendre la parole ; la grande question est de savoir concilier l'**épanouissement** de l'enfant, les **nécessaires limites** à préciser et imposer, le **bien-être** de tous, ainsi que la **transmission de valeurs** personnelles et familiales notamment culturelles. Désormais, il convient d'écouter l'enfant et plus seulement de se faire obéir. En même temps, il est normal que dès son plus jeune âge, l'enfant participe à la vie familiale, en aidant à ramasser ses jouets, à ranger sa chambre, plus tard à mettre le couvert. Il peut aussi, très jeune, apprendre que dans la journée des moments sont réservés aux parents et qu'il n'a pas à s'interposer sans cesse entre eux.

Élever un enfant, c'est l'aider à grandir pour **devenir autonome**, c'est lui donner la possibilité d'acquérir et de développer des facultés physiques, psychiques, intellectuelles et spirituelles. Cela commence par l'établissement d'une base de sécurité affective, une

écoute attentive de ses besoins, puis cela passe par des détachements successifs dont certains commencent très tôt.
Naissance, sevrage, école, c'est peu à peu que l'enfant apprend à devenir autonome. Votre enfant sait tout juste marcher et déjà il ne veut plus donner la main. À peine sait-il parler que déjà il crie : « Moi tout seul ! » C'est pour faire comme papa, comme maman, ou comme une grande sœur, qu'il a envie d'agir par lui-même. Mais il surestime parfois ses capacités et ne comprend pas l'insistance de l'adulte à vouloir l'aider : il veut prendre sa fourchette sans votre aide ; il veut s'habiller tout seul ou choisir le moment opportun pour aller prendre son bain… « C'est moi qui décide », dit Arthur, 2 ans ½, à sa maman qui lui fait remarquer que ce n'est pas à lui d'ouvrir la porte du réfrigérateur pour prendre son dessert. Les exigences, les oppositions, les pleurs ne sont pas seulement des caprices mais en général des passages qui montrent une affirmation de la personnalité de l'enfant. Ces périodes peuvent prendre la tournure de crises insolubles pour les parents qui se sentent dépassés. Il ne s'agit pas de laisser faire et de démissionner, l'enfant a besoin de vous, de sentir que vous l'aimez et que vous posez des limites. Au-delà de ce comportement se cache bien souvent l'expression d'un profond désir de grandir, désir qui lui fera faire, jour après jour, de nombreux progrès. Accompagner son enfant dans sa recherche d'indépendance prend du temps que l'on n'a pas toujours (surtout le matin) : attendre que l'enfant boutonne seul sa veste est souvent plus long que de le faire soi-même. Il faut de la patience pour laisser un enfant faire ses essais. Mais chaque fois que l'enfant tente et réussit un geste d'indépendance, il est heureux. C'est ainsi qu'il grandira.
**À savoir :** une acquisition dans un domaine peut amener un retour en arrière ou un arrêt dans un autre. Votre enfant commençait à bien marcher ; soudain, il fait de grands progrès de langage ; c'est compréhensible qu'il demande à nouveau à être porté. Les étapes de développement – comme la croissance – se font à des allures différentes : certains enfants peuvent marcher avant 1 an et refuser de quitter leur tétine, d'autre faire leurs nuits à 1 mois et acquérir la propreté à 4 ans. Tenez-en compte dans l'éducation au quotidien et évitez de comparer votre enfant aux autres : **chacun grandit à son rythme**.

### *Lorsque l'enfant grandit*

Certains parents craignent un éloignement, une distance dans leur relation. En réalité, un enfant qui grandit dans un climat bienveillant tisse des liens profonds avec ses parents et apporte de nombreuses satisfactions. Il prendra plus sereinement confiance en lui et se sentira capable de devenir autonome à leurs côtés.

## L'éducation silencieuse

Dès les premiers mois de vie, l'enfant s'imprègne d'informations qui ne lui sont pas adressées directement mais qui ont un sens. Il n'y a pas que les mots qui comptent dans l'éducation. Tout ce qui se passe en présence de l'enfant et qui fait partie intégrante du milieu dans lequel il vit va participer à la construction de sa personnalité : les conversations, les disputes, les silences, les tristesses, les éclats de rire, nos humeurs, l'écoute, la gentillesse, le calme… Les parents, les proches, transmettent une manière d'être, de vivre, de se comporter, des goûts et des préoccupations, tout un héritage affectif et culturel. Cela va des gestes les plus quotidiens à des valeurs auxquelles nous tenons, honnêteté, respect, tolérance, attention aux autres, etc.

Osons le répéter : l'enfant ne peut se développer que grâce à l'**exemple** bienveillant et aimant des adultes qui l'entourent.
Les enfants peuvent donner l'impression de ne pas écouter mais ils enregistrent et ressentent tout. Dans des moments de « turbulences » individuelles, conjugales ou familiales, il est important de prendre les précautions nécessaires pour les tenir à l'écart.

## La sécurité affective

La sécurité affective, c'est bien sûr donner à boire et à manger à son enfant, s'assurer qu'il est à l'abri des accidents, de la maladie, etc. Mais c'aussi lui permettre de grandir aux côtés d'adultes responsables, protecteurs, bienveillants, à son écoute. La sécurité matérielle est indispensable à la survie. Mais elle ne suffit pas.

Voyez ce nourrisson qu'un bruit soudain fait sursauter et qui se blottit instinctivement contre vous, ou cet enfant à la marche mal assurée dont la main se crispe sur la vôtre lorsqu'il entre dans le cabinet du pédiatre… Ce petit garçon qui cherche votre regard avant de se lancer pour la première fois sur le toboggan, ou cette petite fille qui s'assure que « vrai de vrai » vous viendrez la prendre à la sortie de l'école : que recherchent-ils tous ? Votre présence pour les réconforter, l'assurance qu'ils peuvent compter sur vous pour affronter la nouveauté, quelles que soient les situations.
Tara, 3 ans, voit les cartons s'empiler dans l'appartement pour préparer un prochain déménagement. « Est-ce que je vais rester toute seule dans la maison ? » demande-t-elle à son papa, qui va bien sûr la rassurer à plusieurs reprises.
Ce besoin de sécurité recouvre les autres, qu'ils soient physiques ou psychologiques. Il domine la structure affective de l'enfant ; dès le début, il constitue la base sur laquelle l'enfant prend appui pour se développer et découvrir le monde. Sûr de vous, sûr de votre affection, il prend confiance en lui-même et pourra ainsi supporter les changements et les séparations.
**Le parent est l'indispensable intermédiaire entre le monde et l'enfant**. Il en atténue la dureté : en rassurant l'enfant par ses gestes, ses paroles, en étant attentif à ce qu'il ressent. Il est aussi celui qui peu à peu introduit l'enfant dans la réalité de ce monde et l'aide à s'y adapter, à le supporter. La sécurité affective pour l'enfant est d'avoir le sentiment que Papa ou Maman est toujours en veille, prêt à surgir en cas de trouble ou de souci. Quand un ou les deux parents sont très occupés, ou préoccupés, l'enfant le ressent immédiatement. Il faut alors mettre des mots sur ce que vous vivez et lui dire que si vous êtes un peu moins attentif, ce n'est pas de sa faute.

## La surprotection

Pour se sentir en sécurité, votre enfant a besoin de vous, d'une régularité dans sa vie, de sentir **votre présence, mais sans excès** et sans surprotection. Les parents ont naturellement tendance à protéger leur enfant : il est si petit, si fragile en apparence, et sa dépendance est totale. On a envie de répondre à ses pleurs, à son inconscience des

dangers, à son ignorance des interdits… Chacun a peur qu'il arrive quelque chose à son enfant : quand il dort, on vérifie qu'il respire bien, on s'inquiète à la moindre fièvre, on craint la chute, l'accident.
Ces peurs, tous les parents les connaissent. Mais au fur et à mesure que l'enfant grandit, il est important de ne pas se laisser envahir par elles. Lorsque l'enfant devient une préoccupation de tous les instants, lorsque chaque fait et geste est interprété comme un danger potentiel, le poids de l'angoisse de l'adulte oppresse l'enfant.
À la surprotection, l'enfant peut réagir de différentes façons. Ou il se renferme, n'ose plus rien faire, redoute toute nouveauté, tout changement, même amusant, comme un nouveau jeu ; ou l'enfant devient nerveux, agité, s'oppose à toute intervention, même justifiée, de l'adulte. Dans ce cas, les parents disent : « Il n'obéit à rien, on ne peut quand même pas le laisser tout faire », ne se rendant pas compte que ce sont eux qui ne le laissent rien faire…
Lorsqu'on élève un enfant, surtout lorsque c'est le premier et qu'on manque d'expérience, il faut un temps pour trouver la juste mesure, pour accepter de lui faire confiance. Mais si votre enfant correspond à l'une des descriptions ci-dessus, réfléchissez et posez-vous la question : ne le surprotégez-vous pas ? Demandez-vous si en agissant ainsi, vous le faites parce que c'est important pour votre enfant ou si c'est pour répondre à votre angoisse. Attention à ne pas tomber dans le piège de le surveiller à tout moment avec les outils numériques.

**À savoir**

Voyez le chapitre 4, au stade 18-24 mois, l'importance de cette phase de découverte : lorsque le petit enfant explore, tripote les objets, les jouets, c'est une façon de découvrir le monde qui l'entoure, de prendre conscience de son corps, de sa mobilité, d'expérimenter de nouvelles situations et aussi de prendre des risques pour être capable de mesurer le danger. Cette exploration doit bien sûr être entreprise en présence d'un adulte qui veille à la sécurité de l'enfant. Voyez également au chapitre 3 à la rubrique « Jeux » (p. 124 et suiv.), si les activités de votre enfant correspondent à son âge et à ses intérêts du moment.

## Les parents toujours coupables ?

Les parents souhaitent donner à leur enfant le meilleur : tout leur amour, des soins appropriés, des stimulations enrichissantes. Ils se mettent souvent en quatre pour répondre à son moindre désir et imaginent qu'ainsi la vie s'écoulera harmonieuse, sans heurt. Mais la réalité est là et, petites ou grandes, des difficultés surviennent immanquablement dans la vie quotidienne. « Est-ce de notre faute ? », se demandent-ils. Personne ne peut être parfait et les attitudes inadaptées sont fréquentes. Mais cela ne veut pas dire qu'ils sont de mauvais parents. Aujourd'hui, dès qu'un problème surgit, les parents se sentent coupables, parfois même dépassés. Ils ont peur d'avoir mal fait, de ne pas être à la hauteur. Ils doutent de leurs compétences. Ce sentiment est souvent renforcé par le comportement naturel du petit enfant : si facile chez l'assistante maternelle, à l'école ou chez ses petits amis, mais exigeant en famille (surtout avec sa maman). L'enfant agit ainsi pour vous tester, parce que vous êtes ceux qui comptent profondément pour lui.
Se sentir coupable est un sentiment largement partagé par les parents. Il est d'ailleurs lié à l'attachement porté à l'enfant. Prenons l'exemple de cette maman qui éprouve une grande culpabilité d'avoir laissé glisser son bébé de 3 mois dans l'eau du bain. La scène a été rapide puisque sa réaction ne s'est pas fait attendre : en une poignée de secondes, la mère a sorti son enfant de l'eau pour l'envelopper très fort, d'abord dans ses bras, puis dans une serviette éponge. Mais la peur qu'elle a éprouvée lui a fait prendre conscience de la vulnérabilité de son bébé et de la nécessité d'une présence attentive.

**Les parents ne sont ni tout-puissants ni parfaits, les enfants non plus.** Il faut donc toujours s'adapter aux situations de la vie, aux imprévus, mais aussi et surtout aux besoins, aux humeurs, aux demandes de leur enfant qui évoluent en fonction de son âge. Lorsque vous doutez de vos capacités à élever votre enfant, gardez à l'esprit que ce n'est pas tous les jours facile d'être parent ; c'est un apprentissage au long cours qui nécessite de s'ajuster en permanence. Si vous avez besoin d'aide, n'hésitez pas à rencontrer des professionnels de la petite enfance, dans les crèches, PMI, haltes-garderies. Discutez aussi avec d'autres parents : partager des expériences permet de réaliser que les difficultés rencontrées le sont aussi par d'autres et qu'elles peuvent être surmontées.

## L'autorité : entre souplesse et fermeté

Aux parents qui craignent de se montrer fermes avec leurs enfants, à ceux qui redoutent d'être moins aimés en étant exigeants, nous disons : pouvoir compter sur la fermeté de ses parents rassure un enfant, l'aide à grandir, à créer les conditions pour qu'il intègre au fil du temps la nécessité des limites dans ses attitudes et ses comportements. Mais aux parents qui pensent qu'on doit être ferme dès les premiers mois car c'est ainsi que leur enfant sera « bien élevé », nous rappelons que l'autorité ne peut pas s'exercer trop tôt et à tout moment. Elle doit s'adapter à l'âge de l'enfant. Rarement acquises la première fois, souvent répétées, réexpliquées, les règles seront peu à peu bien intégrées.

**Important**

L'**autorité** est ce qui permet à l'enfant de se savoir aimé, aimable. Un enfant a besoin d'être canalisé et accompagné par une main ou une parole douce et aimante mais assurée, dans toutes les étapes de sa vie, et ce, jusqu'à l'adolescence.

### À partir de quel âge l'enfant a-t-il besoin d'autorité ?

**La première année de la vie**, le petit enfant a avant tout besoin qu'on réponde à ses demandes : on le prend dans les bras s'il pleure, on le rassure lorsqu'il a peur, on ramasse les objets qu'il a jetés et qu'il ne peut pas attraper, ou on l'aide à les retrouver tout en trouvant un équilibre entre la réponse immédiate et l'apprentissage d'une certaine attente : lorsqu'un bébé de 5-6 mois réclame bruyamment son biberon bien avant l'heure prévue, on peut lui apprendre à patienter, avec un câlin, en le changeant, en lui proposant un jouet. Cet apprentissage des frustrations, de l'attente, de l'anticipation d'une réponse, est long : le bébé a besoin de plusieurs mois pour comprendre que lorsqu'il appelle quelqu'un viendra, même si ce n'est pas tout de suite ; pour se rendre compte qu'il peut lui-même se consoler, s'occuper. C'est pourquoi la régularité des moments d'éveil, de sommeil, d'alimentation est si importante.

**À partir de 18 mois**, lorsque la marche et la possibilité de dire « non » sont bien acquises – c'est-à-dire au tout début de la conquête de l'autonomie –, l'enfant a besoin que les adultes mettent des

**limites**, manifestent leur autorité et lui donnent la notion du danger. Il y a des conduites à risque dont l'enfant ne peut pas tout seul être conscient : on ne touche pas une ampoule, on ne met pas ses doigts dans les charnières des portes, on ne s'approche pas des prises électriques, on ne monte pas sur la table, on donne toujours la main pour traverser la rue, on ne touche pas les boutons du lave-linge… Pour que votre enfant renonce à ce qui peut être dangereux, ne vous concentrez pas uniquement sur « Ne fais pas ceci, ne fais pas cela… ». Nourrissez sa curiosité avec ce qui est permis à son âge et sans danger. À cette période de l'imitation, l'enfant aime participer à sa manière aux activités quotidiennes : aider à ranger un placard, à faire le ménage, à arroser une plante dans le jardin ou sur le balcon, jouer avec des objets qui sont ceux que vous utilisez dans la maison (des boîtes en plastique, un vieux sac à main). D'ailleurs vous apprécierez l'un et l'autre ces moments de proximité.

## Parents-enfants : l'indispensable autorité

Les parents, les adultes, sont là pour poser le cadre dans lequel l'enfant va grandir en sécurité dans une attention bienveillante. D'instinct, l'enfant n'a aucune limite : il peut manger en entier la boîte de chocolats, venir tous les soirs dans le lit de ses parents, jouer sans autorisation avec un téléphone portable. Si l'adulte n'est pas là pour l'arrêter, fixer des règles, c'est tout son comportement ultérieur qui va se construire sur une impossibilité d'obéir et une réelle difficulté à vivre dans le partage, l'échange et le respect de l'autre. L'autorité est ce qui **rassure** l'enfant.

Élie, 4 ans, est enfant unique et il est aussi le premier petit-fils : il est adulé par ses parents et par ses grands-parents. Mais des difficultés d'adaptation en moyenne section et en groupe apparaissent.

À la maison, les colères d'Élie deviennent tellement envahissantes qu'après en avoir parlé avec le pédiatre, les parents comprennent qu'ils ne doivent plus tout lui céder. Ils décident d'arrêter de se mettre en quatre pour répondre à ses moindres désirs et se plier à toutes ses exigences. Ils vont poser des limites à leur petit garçon, sans toutefois le brusquer. Élie va peu à peu apprendre qu'il ne peut pas tout obtenir tout le temps et tout de suite. Il verra aussi que renoncer à ses colères est plus agréable, plus apaisant que de se mettre dans un état qui le bouleverse et l'épuise.

**L'enfant « gâté ».** Un enfant qui ne se heurte pas aux interdits des adultes devient vite un enfant anxieux. On le dit « gâté », c'est en fait un enfant qui souffre. Il manque d'un cadre qui le rassure et lui donne confiance en lui. La « toute-puissance infantile » doit être canalisée pour que l'enfant se rende compte que tout n'est pas permis, qu'il ne peut pas faire faire ce qu'il veut à ceux qui l'entourent.

**Dire non à l'enfant**, c'est lui apprendre à grandir aux côtés des personnes qui l'entourent tout en construisant sa propre personnalité. Il peut alors se différencier, exprimer ses émotions, ses propres désirs. Dire non, c'est aussi lui apprendre à différer ou à transformer son désir, à s'ouvrir sur une autre possibilité qui demande réflexion et parfois même création. S'il ne veut manger que des pâtes et du jambon à tous les repas et que ses parents disent : « Non, pas à tous les repas », l'enfant va découvrir d'autres aliments, d'autres saveurs… C'est aider l'adulte qu'il sera à accepter les contraintes que la vie lui imposera et à trouver des **alternatives satisfaisantes**. Ce « non » des adultes est d'autant plus facilement accepté que l'enfant a confiance en ses parents, que ceux-ci prennent du temps pour s'occuper de lui, faire des activités ensemble. S'il est aimé, s'il sait que tout ne lui est pas systématiquement défendu, si son entourage est attentif à ses progrès, à ses découvertes, il comprendra peu à peu que ce qu'on exige de lui est fait pour l'aider à grandir et non le brimer.

En grandissant, l'enfant a besoin de comprendre pourquoi on lui demande d'agir – ou de ne pas agir ainsi – selon les situations. **Donner une explication** nécessite un peu de disponibilité pour prendre le temps d'apporter du sens à ce qui s'impose, en fonction des possibilités de compréhension de l'enfant qui évoluent beaucoup entre deux et trois ans. Cette transmission lui permettra de s'approprier ces règles pour l'avenir : « On ne joue pas avec les clés… si tu les perds nous ne pourrons pas rentrer à la maison ; Quand on va chez un petit ami, on n'emporte pas un jouet en partant… la poupée n'est pas à toi mais à Lola… lorsque Grand-père s'en va, on lui dit au revoir… cela lui fait plaisir, et toi aussi, tu aimes bien quand on te dit bonjour ou merci ». En attendant, il faut être patient, redire avec fermeté, sans énervement, qu'on n'ouvre pas la porte du lave-vaisselle, ni le couvercle de la poubelle, qu'on ne saute pas sur le canapé du salon, etc.

Peu à peu l'enfant va intégrer les règles de vie. Il va apprendre aussi à se maîtriser afin de s'adapter au monde qui l'entoure et plus tard se fixer ses propres limites. Il est important que l'enfant évite de se sentir dans un rapport d'égalité avec ses parents : un enfant à qui on a appris à respecter la différence entre les générations se sent en sécurité. Les enfants ont besoin de sentir que leurs parents sont des adultes sur qui ils peuvent compter, ce qui n'exclut pas bien sûr souplesse et humour.

## Tenez compte de l'âge de l'enfant

Lorsque, autour de 2 ans, le petit enfant s'oppose en disant « non », il fait lui aussi preuve d'autorité et il teste en quelque sorte celle de l'adulte. À cet âge, il a acquis une autonomie (motrice surtout) et donc un certain pouvoir et il se voit confronté à un monde restrictif et plein d'interdits parentaux qui entravent sa volonté d'explorer, de manipuler, de découvrir, etc. Le « non » est alors repris à son compte par l'enfant mais il n'y a pas matière à en faire un conflit. Cette opposition passagère joue un rôle majeur dans la structuration et l'affirmation de sa personnalité (p. 225). N'entrez pas dans un rapport de force avec un enfant de cet âge, ne le traitez pas non plus d'égal à égal, en particulier avec des explications ou des justifications trop difficiles à comprendre pour lui. **Les parents n'ont pas besoin d'argumenter ni de négocier toutes leurs décisions.** Parfois il faut

***Important***

Certains parents ont tendance à confondre autorité et sévérité. L'autorité, c'est la fermeté, la solidité d'une décision, sans cris ni énervement. Elle s'exerce dans la souplesse, s'adaptant aux différents âges. Elle ne se distribue pas avec éclats de voix ou gestes brusques. Elle est même d'autant mieux acceptée par l'enfant qu'elle ne s'accompagne pas de ces manifestations angoissantes et humiliantes pour lui. La sévérité, c'est l'intransigeance, l'inflexibilité. Elle n'a pas du tout sa place à cet âge.

simplement dire gentiment : « C'est comme ça et pas autrement ! » Dans certains cas, vous pouvez essayer de faire diversion pour imposer votre décision : « Il faut mettre un manteau pour sortir, regarde, tu l'aimes bien avec son petit nounours sur la capuche. » ; « Viens, on va faire couler le bain et on va préparer ensemble tout ce qu'il faut, le savon, le gant de toilette, la serviette… »

### … et des circonstances

Yacine, 3 ans, se couche d'habitude sans difficulté. Depuis la naissance de sa petite sœur, il fait désormais une « scène » tous les soirs pour aller au lit. Dana, 4 ans ½, pleure maintenant le matin pour partir à l'école. Elle est très attachée à sa grand-mère qui est malade et elle sait que son papa passe souvent la voir après s'être arrêté à l'école. Il est d'abord important de comprendre pourquoi l'enfant réagit ainsi. Yacine fait probablement tout pour rester le plus longtemps possible près de sa maman. Dana aimerait peut-être aller avec son papa voir sa grand-mère, ou qu'il lui donne des nouvelles. Mais comprendre ne veut pas dire céder. Un petit commentaire, une simple explication suffisent. Jeanne, 2 ans, tambourine à la porte de la chambre de sa grande sœur car elle voudrait entrer. « Émilie a envie de jouer toute seule, il faut la laisser, viens on va regarder un livre », lui dit son papa.

**Lorsque l'enfant grandit,** il n'est pas toujours facile d'exercer son autorité. Parfois, la tentation est de laisser faire. Il faut être patient – c'est une des qualités principales des parents – et répéter les consignes même si vous pouvez vous sentir fatigués, lassés de dire et redire les mêmes choses. Ce sont des rappels nécessaires : « C'est le moment de se coucher, il est tard… As-tu dit bonjour et merci ? As-tu pensé à te brosser les dents ? » Tous les apprentissages, quels qu'ils soient, se font progressivement chez les enfants.

## Les punitions

Nous pensons que le mot « punition » ne devrait pas figurer dans un livre consacré aux toutes premières années de vie. En effet, le jeune enfant ne peut saisir la justification d'une punition (pour n'avoir pas obéi, ou désobéi, pour s'être mal comporté, etc.) que lorsqu'il commence à comprendre qu'il est « responsable » de ce qu'il fait, que c'est lui qui est la cause des difficultés provoquées, d'un petit dégât, de certains dommages.

Cela requiert que l'enfant fasse le lien entre la cause et son résultat. Or la relation de cause à effet et son implication dans sa propre responsabilisation est une étape longue à franchir. Elle s'ébauche entre 4 et 5 ans, lorsque l'enfant va relier les « pourquoi » et les « parce que », comprendre la raison des choses et des événements, et assimiler lui-même ce qu'est « être raisonnable ».

On peut dire que si on tient compte avant tout de l'âge, **l'indulgence envers le jeune enfant** doit être la règle naturelle qu'imposent sa

**Chez le petit enfant**

La punition ne peut être vécue que comme une violence, une privation, une sévérité qui angoissent, et fait perdre à l'enfant sa confiance en lui et envers l'adulte dont il attend tendresse, compréhension, et respect de sa dignité. Toute punition est vécue comme une humiliation.

fragilité émotionnelle, son désir de découvrir malgré les interdits, son impulsivité face à certaines frustrations.

Noémie, 3 ans ½, tape avec sa pelle Vadim qui veut lui prendre son seau au tas de sable ; la maman du petit garçon le laisse faire ; celle de Noémie, ne voulant pas de conflit au jardin, punit sa petite fille en la privant de sa pelle et, pire, donne son seau à Vadim. Noémie hurle, sa colère se transforme en détresse sans que sa maman n'en prenne la mesure. Elle la gronde de plus belle, se comportant avec elle comme si elle avait 5-6 ans… et surtout comme s'il n'y avait pas d'autres moyens que d'humilier et de punir. Heureusement, le papa du petit garçon, témoin de loin de la scène, dédramatise et tente de calmer les esprits : « Alors, Noémie, Vadim a encore voulu prendre ton seau, et il a même ta pelle. Quel coquin, ne te laisse pas faire ! » La tension retombe aussitôt.

En réponse à de nombreux parents qui nous demandent conseil sur l'opportunité des punitions, nous constatons qu'elles sont infligées inutilement et trop précocement. Sacha, 2 ans ½, refuse de venir prendre son bain et va se cacher. Sa mère, très énervée, le « met au coin ». Même punition pour Fanny, à la crèche, qui vient plusieurs fois de suite déranger un petit groupe d'enfants en train de jouer tranquillement. La maman de Sacha aurait pu lui dire : « C'est d'accord, tu ne prends pas de bain ce soir, demain on aura plus de temps, tu seras très content. » Et Fanny avait peut-être besoin qu'on lui propose d'autres jeux ou bien qu'on l'aide à s'intégrer au groupe d'enfants.

Être si exigeant envers de jeunes enfants, c'est méconnaître leurs stades progressifs de compréhension, leurs difficultés d'apprentissage du partage et de l'obéissance. Car si, pour certains parents, ne pas leur « obéir » entraîne presque automatiquement l'idée de punition, pour tous les jeunes enfants, « comprendre » qu'il faut respecter des règles n'est pas d'emblée à leur portée.

Quant à l'enfant plus grand qui a désobéi malgré les rappels à l'ordre et les mises en garde, il peut être adapté de l'isoler quelques instants. L'enfant risque de pleurer, crier, montrer sa colère, mais il va aussi comprendre qu'il a dépassé les limites. Il s'agit de l'aider à grandir grâce à **votre rôle structurant et protecteur**.

## Ne l'humiliez pas

Dans l'autobus, Guillaume, 3 ans, se gratte le nez. Au lieu de l'aider discrètement à se moucher, sa mère lui tape sur la main en disant : « On ne met pas ses doigts dans le nez, tout le monde te regarde. » Guillaume devient tout rouge ; il paraît vexé et baisse la tête. Les regards réprobateurs se dirigent vers la maman qui, à son tour, va se sentir très mal à l'aise.

C'est l'anniversaire de Sonia, 4 ans, ses amis sont venus jouer chez elle. Sonia refuse de prêter le petit landau de sa poupée. Son papa s'immisce dans le groupe et autorise les enfants à le prendre. Puis il en profite pour donner une leçon à sa fille devant ses camarades : « Tu es grande

maintenant, tu dois apprendre à partager. » Humiliée, Sonia va bouder dans un coin et refuse de retourner jouer avec ses amis.
Humilier l'enfant, c'est le dévaloriser. Si l'enfant se sent rabaissé devant les autres, il risque de se construire avec une agressivité plus grande, une faible estime de lui-même. Le mépris qu'il aura ressenti lui fera perdre confiance aussi bien en lui que dans la personne qui l'a humilié.
Les commentaires dépréciatifs faits devant l'enfant sont blessants : « Elle est paresseuse », dit ce parent d'une petite fille de 18 mois qui ne marche pas encore. Il est en de même pour l'ironie que le jeune enfant ne peut pas comprendre : « Bravo, tu es vraiment un champion » à l'enfant qui met son pull de travers ou renverse son verre. Celui-ci est alors déstabilisé par la différence entre les mots et le ton de la taquinerie.
Comment ne pas s'opposer à toutes les formes de **violences éducatives ordinaires**, qu'elles soient verbales (humiliation, cris, paroles blessantes, menaces, rigidité émotionnelle ou relationnelle) ou physiques (gestes brusques, claques, fessées) ? Ces comportements portent véritablement atteinte à l'enfant, à sa liberté, à sa dignité.
La violence n'est pas l'autorité. Les tapes, les fessées ne servent à rien d'autre qu'à défouler les parents, à donner d'eux l'image inquiétante d'un adulte qui perd son sang-froid.
Il faut signaler que la France a été mise en cause par le Comité des droits de l'enfant de l'ONU et par le Conseil de l'Europe pour ses manquements à interdire explicitement le châtiment corporel des enfants dans les familles (p. 492).

### Une éducation sans violence

Des recherches récentes mettent en valeur le lien entre ces violences éducatives ordinaires et ce qu'enregistre le cerveau sur le plan affectif et social. Sur ce sujet, nous vous conseillons les ouvrages d'Olivier Maurel, dont celui préfacé par Alice Miller : *La Fessée. Questions sur la violence éducative* (La Plage éditeur). Et celui du docteur Catherine Gueguen : *Vivre heureux avec son enfant. Un nouveau regard sur l'éducation au quotidien grâce aux neurosciences affectives* (Pocket).

## Il ignore le futur, il ne connaît que le présent

À la naissance, le bébé est soumis à différents rythmes dans sa vie quotidienne et il est lui-même acteur d'une multitude d'activités marquées par le temps (succion, alternance veille/sommeil, mouvements…). Cette perception du rythme constituerait la base de l'expérience temporelle. Mais le petit enfant n'est pas capable de se repérer dans le temps. Lorsqu'on lui dit : « Tout à l'heure, tu auras du chocolat » ou « Demain tu feras du manège », le petit enfant retient « chocolat », « manège », mais « tout à l'heure », « demain », n'ont pas encore de sens pour lui. Les jeunes enfants sont centrés sur l'« ici » et le « maintenant ». Ne l'oublions pas nous, les adultes, qui sommes tellement souvent dans l'anticipation…
Elena, 2 ans, est absorbée par une nouvelle occupation : elle a installé autour d'elle, sur le tapis de sa chambre, toutes ses peluches habituellement alignées sur son lit. C'est le moment de partir à l'école. Elena s'y oppose avec de plus en plus d'obstination. « Je t'ai pourtant dit plusieurs fois qu'on devait aller chercher Sébastien », dit sa maman, agacée. La petite fille se met à pleurer : elle montre ainsi que la situation « réelle » lui a échappé. Voyant son chagrin, sa maman se calme : « Elles sont jolies toutes tes peluches. Ne les range pas, elles

vont t'attendre. » Pour éviter les déceptions, les pleurs, tenez compte de ce que votre enfant peut comprendre ; lorsqu'il est petit, ne parlez que de l'immédiat.

Par contre lorsqu'il s'agit d'un événement marquant dans la vie d'un petit enfant (l'entrée à la crèche, la naissance d'un bébé, l'absence d'un des parents), là il faut en parler à l'enfant. Il est important de le préparer, avec quelques mots à sa portée, à vivre une situation inhabituelle. Mais il est inutile de lui donner trop d'explications, de justifications, qu'il n'est pas encore capable de comprendre.

**La notion de temps** est une des plus longues à acquérir ; elle est inhérente à l'acquisition du langage. En effet, c'est grâce au langage que les enfants peuvent mettre en ordre des actions et se repérer dans le présent, le passé ou encore le futur proche. Pour Léon, presque 3 ans, « hier », c'est tout ce qui s'est déjà passé, il y a quelques jours ou quelques semaines : « Hier j'ai joué avec Ivan… Hier Maman m'a acheté des sandales. » Entre 3 et 5 ans, les enfants commencent à élaborer des récits de leurs expériences. « Cet après-midi, je suis tombée dans la cour et ça me fait encore un peu mal. » En grandissant, ils vont peu à peu comprendre qu'un événement peut survenir plus tard, qu'on peut l'attendre avec plaisir… et patience. « Ce soir Mamy arrive ; on va faire son lit et mettre une jolie taie d'oreiller » ; « Demain, c'est le pique-nique de l'école, on va préparer un gâteau », etc.

## Les mystères de la vie sexuelle

Lier ces deux mots – enfant et sexualité – peut vous étonner. Rien ne semble plus éloigné d'un enfant que la sexualité qui pour nous représente les relations entre adultes. Mais si l'on remplace le mot « sexualité » par le mot « sensualité » – qui en fait partie intégrante – on comprend mieux : il est facile de voir qu'un enfant éprouve des plaisirs sensoriels dès sa naissance. Regardez-le qui vient de naître : le goût, le toucher, l'odorat, le bercement, les câlins, les chuchotements tendres, lui procurent des sensations à la fois fortes et apaisantes, particulièrement intenses et visibles au moment de la tétée. Au fur et à mesure qu'il grandira, sa curiosité et ses explorations lui permettront d'éprouver d'autres sensations physiques agréables.

La sexualité ne naît pas à l'âge adulte, elle commence par la sensualité, elle s'éveille peu à peu, elle prend différentes formes, elle procède par étapes. Elle n'a pas chez l'enfant les mêmes manifestations ou les mêmes formes qu'elle aura plus tard : elle n'a pas encore atteint la maturité pubertaire de l'adolescence mais elle est présente et la sexualité adulte y trouve ses origines.

### La découverte du corps

Vers 2-3 ans, l'enfant s'intéresse à ses organes génitaux d'abord en les regardant. Puis, en les touchant, il réalise qu'ils représentent une zone érogène, une source de plaisir. Aujourd'hui, la **masturbation** est reconnue comme faisant partie du développement de l'enfant.

Elle est une façon pour lui d'explorer les sensations intimes de son corps. Cependant, un petit garçon ou une petite fille qui se masturbe trop souvent peut montrer qu'il est aux prises avec des tensions et des pulsions intenses qui ne pourront pas être apaisées puisque la sexualité à cet âge n'est pas encore « génitalisée » : son excitation ne peut aboutir à un véritable soulagement. Parlez-en au pédiatre. Il vous conseillera peut-être de consulter un(e) psychologue qui prendra en compte le malaise qui est à l'origine de ce comportement.
Toujours à cet âge (vers 2-3 ans), une petite fille peut exprimer une inquiétude à être dépourvue de pénis, un petit garçon peut se demander si son pénis risque de disparaître. Les parents sont là pour les rassurer et leur expliquer la différence anatomique des sexes, cela fait vraiment partie de l'éducation. À leur fille, ils pourront dire que son sexe est placé à l'intérieur de son ventre, à leur garçon, il sera précisé que son sexe fait partie intégrante de son corps.
Les jeux classiques du docteur, de papa et maman, permettent aux enfants de se rendre compte des différences corporelles des uns et des autres et de répondre à une curiosité naturelle qui est le propre de cet âge.

## La dimension émotionnelle

Parler de sexualité avec un enfant doit toujours prendre en compte la dimension émotionnelle qu'elle comporte, comme tout ce qui touche au corps et à son intégrité, et parce qu'il s'agit avant tout d'amour, de tendresse, de respect. Pour l'enfant, la sexualité est intimement liée à la vie amoureuse de ses parents qui est à l'origine de son existence. Il est important de lui dire que ce qui les a rapprochés c'est, au départ, un sentiment amoureux, de lui raconter comment ils se sont connus, le désir qu'ils ont eu d'avoir un enfant, le plaisir qu'ils ont à vivre ensemble. Mais certaines situations sont très différentes ; il est alors important de tenir compte de l'âge de l'enfant et de sa compréhension de ces réalités, de ne pas le submerger d'explications, voire de révélations qui peuvent l'inquiéter inutilement.

## Les questions des enfants

À chaque enfant son rythme, ses questions, ce n'est pas utile de les devancer. Ces questions naîtront à l'occasion d'une image, d'un mot entendu, d'une enseignante enceinte, d'une conversation avec un aîné, etc. « Pourquoi je ne suis pas comme mon petit frère ? », « Où j'étais avant d'être née ? », ou comme ce petit garçon de 4 ans : « Quand j'étais bébé, j'étais une fille. » Ou encore : « D'où viennent les bébés ? » « Comment la petite graine entre dans le ventre de la maman ? » « Comment le bébé sort du ventre ? »
La curiosité sexuelle des enfants est saine : elle témoigne de la curiosité que l'enfant a pour la vie, pour les relations entre les êtres humains et leurs différences, et pour le monde qui l'entoure.

**L'important c'est de...**

- Respecter l'âge de l'enfant, son stade de compréhension, sa fragilité émotionnelle.
- Apporter des réponses simples et courtes.
- Attendre que l'enfant montre sa curiosité ou pose des questions. Mais attention : s'il a senti une gêne, une fuite, une réponse « à côté », il risque de ne plus manifester une curiosité qui demeurera enfouie.
- Ne pas donner de réponse fausse qu'il faudra démentir plus tard car l'enfant trompé une fois risque de ne plus vous croire et de ne plus vous questionner ; mais ne profitez pas de la question posée pour donner plus de détails que l'enfant n'en demande.
- Ne pas se dérober par des « Tu es trop petit » ou « Tu ne peux pas comprendre » : il y a une explication valable pour chaque âge. Si vous êtes gêné, en fonction de l'éducation que vous avez reçue et de votre culture, ou si vous êtes pris de court, dites simplement : « Repose-moi la question plus tard, j'aurai plus de temps pour y répondre », cela vous donnera le temps d'y réfléchir.
- À l'occasion d'une question, on peut dire à son enfant qu'il n'est pas possible de se marier avec sa mère, ou son père, ni avec son frère ou sa sœur. Vers 3-4 ans, on peut commencer à le prévenir qu'aucun adulte, même familier, ne doit avoir avec un enfant certains comportements, certains gestes (p. 327) ; cette prévention des abus sexuels sera reprise et commentée par la suite en fonction des circonstances et de la vie de chaque enfant.

### Quelques livres

Il est plus facile d'aborder ces sujets en s'appuyant sur des petits livres, adaptés aux âges de l'enfant, et qui laissent libre cours à des commentaires ou des questions.

Par exemple : *Le Parcours de Paulo*, Nicholas Allan et Isabel Fikenstaedt, L'École des loisirs ; *Respecte mon corps*, de Catherine Dolto, Gallimard ; *Max et Lili veulent tout savoir sur les bébés*, de Dominique de Saint-Mars et Serbe Bloch, Calligram.

## Respectons l'univers des enfants

Il est important de ne pas faire honte à l'enfant, de ne pas l'humilier, le culpabiliser, comme cela arrive encore parfois. Néanmoins, l'adulte doit lui expliquer qu'il ne peut pas toucher ses organes génitaux en public : il faut l'aider à prendre conscience de la pudeur, de la nécessité de certaines limites.

À propos de la **pudeur** (p. 316), ajoutons que la sexualité des adultes ne doit pas faire effraction dans l'espace des enfants. Nous devons veiller à les protéger de la violence de certains discours, de paroles très crues qui circulent parfois sans retenue, d'images télévisées ou de certains comportements parentaux. Cette exposition peut heurter leur sensibilité et avoir une trop forte résonance sur leur développement.

Soyons respectueux des sentiments, comportements, petits secrets ou confidences des enfants. Ceux-ci affirment ainsi leur personnalité, leurs goûts, leurs attirances. Ces amours de l'enfance constituent les fondements sur lesquels les élans de l'adulte s'élaboreront. La maman de Gabriel, 5 ans, l'accompagne à l'école. À peine entré dans la cour, il rejoint Sabrina et la maman entend ce commentaire d'un camarade : « Il est amoureux ! » Gabriel devient tout rouge et sa maman fait comme si elle n'avait pas entendu. Quelques jours plus tard, sans insister, la maman parle à son fils de Sabrina : est-elle également chez les « grands » ?, etc. En évoquant naturellement la petite fille, la maman montre à Gabriel qu'elle comprend son attachement.

# Les familles

La vie des familles est aujourd'hui très différente de celle des générations précédentes. Les mariages diminuent, les séparations augmentent, des familles se recomposent, des parents élèvent seuls leurs enfants, d'autres vivent en couple homoparental. Eh bien ! Toutes ces familles, nous y tenons. Les nombreuses fêtes et anniversaires, où sont conviés grands-parents, nouveaux conjoints, enfants du beau-parent, cousins, etc. en témoignent. Les liens et le plaisir de se retrouver sont là.

## Le premier enfant

Dans les milieux les plus divers, les aînés se ressemblent : sérieux, parfois anxieux, souvent exclusifs. Pourquoi ? Parce qu'un premier enfant, on ne l'élève pas comme un deuxième ou un troisième. C'est avec le premier qu'on essaie ses principes éducatifs, qu'on fait ses expériences, qu'on applique à la lettre les recommandations faites.
Pour un premier enfant, on est plus inquiet, qu'il ait trop chaud, trop froid, qu'il tombe. Alors, on le couve, on le protège. En même temps, on est pressé de le voir grandir. Il a tout juste 2 ans ½, on aimerait qu'il soit déjà propre. Il est à peine entré à l'école maternelle qu'on pense à tout ce qu'il devra acquérir pour son passage au CP…
Lorsque s'annonce un petit frère ou une petite sœur, lui qui était au centre de l'attention, se voit brusquement « détrôné ». Le voilà devenu « l'aîné », celui à qui on va demander de se conduire comme « un grand ». C'est pourquoi, si jeune, il est souvent si sérieux !
Tout cela est inévitable, et il serait injuste de reprocher aux parents de vouloir trop bien faire alors qu'on a déjà tendance à les rendre responsables de toutes les difficultés de

leurs enfants. Mais nous avons vu beaucoup de parents regretter de ne pas avoir été plus souples avec le premier.
Alors nous vous disons, à vous parents pour la première fois :
« Ne vous mettez pas trop de pression… Donnez-vous du temps pour construire progressivement le socle de votre famille. Les principes, c'est nécessaire, mais appliquez-les avec souplesse en tenant compte de la personnalité de votre enfant. »

## Quand parler à notre enfant de la prochaine naissance ?

Chez un enfant, tous les changements ont besoin d'être préparés et la naissance d'un petit frère ou d'une petite sœur va être un événement de taille pour votre aîné !
Ce n'est pas utile de donner trop tôt une place au bébé à naître, en tout cas pas avant qu'il n'ait de réalité concrète, d'autant que les fausses couches du 1er trimestre sont malheureusement fréquentes. Attendez que la grossesse se voie, que votre ventre s'arrondisse, pour annoncer la nouvelle, une très heureuse nouvelle que vous avez envie de partager avec votre « grand ». Dites-le simplement, sans insister, qu'il sente toute l'affection que vous éprouvez pour lui.
Vous vous adapterez à l'âge de l'enfant, à sa sensibilité, à la compréhension qu'il peut avoir des mois à venir. Plus l'enfant est jeune, moins il a la notion du temps : il ne fait pas de différence entre tout à l'heure, demain, bientôt. Peu à peu, avec les manifestations visuelles ou sonores de la présence du bébé, la perspective de la naissance deviendra de plus en plus réelle : voir le ventre bouger sous l'effet des mouvements, entendre le cœur qui bat, observer ses parents s'investir de plus en plus dans les préparatifs de la naissance… Feuilletez ensemble un livre sur ce sujet – vous n'aurez que l'embarras du choix dans une librairie ou une médiathèque. Un tel support facilite l'échange et permet à l'enfant d'exprimer plus facilement ce qu'il ressent.
**Comprenez ses réactions.** L'enfant sent bien l'importance de l'événement qui se prépare et il peut – mais pas toujours – montrer de l'agressivité vis-à-vis de sa mère ; « Elle est méchante maman, je t'aime mieux toi », dit Ariane, 3 ans, à sa grand-mère. Il peut aussi reporter ce comportement sur son entourage : petits camarades, jouets, etc. Et même directement contre le ventre de sa mère. Ce que le petit enfant exprime plus ou moins violemment lorsque la grossesse commence à se voir, que les premiers achats se font, ce sont les regrets de cette période – lorsque lui-même était tout petit – et dont il a encore la mémoire. On sait aujourd'hui que cette mémoire s'effacera entre 5 et 7 ans en constituant notre inconscient (p. 194-195).
Dans un moment de tendresse et d'intimité, parlez-lui de cette période dont il se sent frustré, montrez-lui des photos, vous l'aiderez à s'apaiser. Dites à votre enfant que vous l'avez attendu avec autant de plaisir. Votre affection, vos marques d'attention, lui montreront qu'il gardera toute sa place dans votre cœur et celui de son père.

Quelques idées de **livres** à regarder avec votre enfant :

*Un amour de petite sœur*, Pauline Martin, Astrid Desbordes (Albin Michel)

*Dans mes bras*, Émile Jadoul (L'école des loisirs)

*Je veux un grand frère*, Séverine Vidal, Thierry Bedouet (Milan)

*Bébé*, Pauline Martin (La Partie)

Au moment de la naissance du bébé, ou lors du retour à la maison, certains parents offrent un **cadeau** à leur aîné pour le valoriser. Les proches et les amis font parfois de même.

# Entre frères et sœurs : l'ambivalence des sentiments

Vous êtes tout à la joie de la naissance de votre nouveau-né et vous vous demandez comment votre aîné va réagir. Certains acceptent naturellement cette nouvelle situation. Bastien, 2 ans ½, vient d'avoir un petit frère. « À toute, Jules ! » lui dit-il le matin en partant à la crèche. Il aime bien le regarder téter, lui faire un câlin, aider à tenir le landau dans la rue, tout en jouant et participant à la vie familiale avec entrain. D'autres, comme on le verra ci-après, paraissent contrariés par l'arrivée de cet intrus dans la bulle familiale. Continuez à montrer à votre enfant toute votre compréhension et votre amour.

Un nouveau bébé, cela signifie pour le plus grand de ne plus être au centre de toutes les attentions. Une certaine anxiété peut apparaître, associée à tort chez le jeune enfant à de la « jalousie ». En fait, l'enfant montre qu'il craint de perdre l'amour de ses parents ; ce sont des manifestations d'envie, de dépit, de frustrations et non de rivalité. Ce n'est que plus tard, après 3-4 ans, que l'ambivalence peut être plus marquée dans la fratrie, avec des moments de complicité et de disputes, des temps de bonne entente et de jalousie. La compréhension des parents désamorcera la rivalité entre les enfants, mêlée à l'amour fraternel.

Lors de la naissance, vous adapterez vos réactions à l'âge de l'aîné.

**Lorsque les aînés sont jeunes (autour de 2 ans ½-3 ans)**

- Certains enfants n'hésitent pas à dire dans les mois qui suivent la naissance : « Je ne veux plus du bébé, si on le donnait ? ». Il ne faut surtout pas dramatiser ni se fâcher mais être attentif aux gestes que pourrait avoir votre aîné.
- Si l'enfant régresse, comprenez que c'est normal. En voyant tout le monde en admiration devant le nouveau-né, il se dit que pour être admiré, il faut sucer son pouce ou remouiller sa culotte. Rassurez-le sur le fait qu'il n'a pas besoin de faire le bébé pour avoir l'amour de ses parents, que vous l'aimez très fort. S'il fait des bêtises, cela peut être une façon d'attirer l'attention de ses parents, de ses grands-parents.
- Évitez, dans la mesure du possible, de le changer de chambre pour y installer le bébé.
- S'il doit entrer à l'école au moment de la naissance, soyez attentif à son comportement.

**Pour les aînés à partir de 3-4 ans**

- Certaines difficultés peuvent venir de la déception du grand qui s'attendait à avoir un compagnon de jeux et se trouve face à un nouveau-né qui dort la plupart du temps et pleure souvent. Montrez-lui des photos de lui bébé pour l'aider à comprendre.
- Ne contraignez pas votre aîné à rester à la maison sous prétexte que son petit frère ou sa petite sœur n'a pas le même rythme ni les mêmes besoins. Qu'il sorte avec son père pendant que

sa mère est occupée avec le bébé, qu'ils jouent ensemble…
Ou l'inverse : quand le papa s'occupe du bébé, que la maman en profite pour sortir avec son « grand », l'écouter, lui parler, lui faire des câlins.

L'amour fraternel ne se commande pas. Il est important d'accueillir la jalousie, qui est un sentiment habituel, naturel, plutôt que de s'y opposer. Demandez à l'enfant ce qui le rend triste, entourez-le d'affection, intéressez-vous à ce qu'il ressent, laissez-le exprimer ses émotions négatives.

Lorsque les enfants grandissent, évitez de les comparer entre eux et valorisez en chacun les domaines où ils excellent : « Tu dessines vraiment bien », ou « Tu es championne pour poser des devinettes » ou « Quel talent tu as pour raconter une histoire ! », etc. Répartissez équitablement les compliments et les encouragements.

Certes, il est difficile voire illusoire d'être toujours équitable. Les partis pris éducatifs sont différents d'un enfant à l'autre parce que nous, adultes, évoluons, et parce que les enfants ont chacun leur personnalité. Construire une relation particulière avec chacun de ses enfants, avec des moments dédiés à chacun d'eux, les aide à grandir avec leurs spécificités et leurs différences.

Les **séparations ponctuelles** sont bénéfiques, ne serait-ce qu'une activité différente que chaque enfant fait un après-midi avec l'un des parents.

## Être enfant unique

« J'ai 39 ans et j'ai une fille de 3 ans. Le désir d'un deuxième enfant se fait parfois sentir, nous raconte Albine. Mais mon mari ne le souhaite pas, bien qu'il soit très investi comme papa. Il trouve que nous ne sommes plus tout jeunes et qu'il faut de l'énergie pour bien élever son enfant. J'ai peur de regretter de ne pas avoir eu un autre enfant et que notre petite Adèle soit moins épanouie que si elle avait un frère ou une sœur. »

Ces questions se posent souvent aujourd'hui compte tenu de l'âge plus tardif de la première grossesse. Il nous semble important que la décision repose sur le désir profond d'avoir un autre enfant, ou bien sur l'acceptation de ne plus en avoir. Il ne peut appartenir à l'enfant présent de porter le poids d'une telle réflexion qui est celle d'un couple, de ses parents.

Être enfant unique fait partie de l'histoire de chacun et de ce qu'il en fera, en fonction de la façon dont ses parents et son entourage l'accompagneront dans son développement. En effet, ce n'est pas pareil d'être une petite fille, un petit garçon surprotégé, dans une relation fusionnelle avec sa maman, au centre d'une préoccupation exclusive de son papa, ou bien d'être sociable et ouvert aux autres. L'essentiel réside dans ce qui est transmis, dès les premiers mois : la sécurité affective, l'écoute attentive des besoins, des envies et des désirs mais aussi la rencontre et le partage avec des amis, des cousins, et des petits moments de séparation d'avec ses parents. En somme, tout ce dont a besoin un enfant pour grandir et s'épanouir.

# Les jumeaux

Lorsque des parents apprennent qu'ils vont avoir des jumeaux, les sentiments ambivalents qu'ils éprouvent, présents lors de toute annonce de grossesse, sont souvent plus intenses. Joie devant cette double naissance, surtout si la conception s'est fait attendre, regrets de ne pas connaître une relation particulière, forte, avec un seul enfant. Plaisir d'avoir deux enfants, fierté de cette situation originale, inquiétude devant les responsabilités à venir et la multiplication des tâches qu'ils devront affronter dès leur naissance : les futurs parents de jumeaux se préoccupent beaucoup du travail supplémentaire et de l'organisation matérielle que va entraîner la présence de leurs deux bébés. Cela se comprend, avoir des jumeaux est un véritable changement de vie. Des questions pratiques et financières se posent bien avant la naissance : un déménagement ? Une voiture plus grande pour installer toute la famille ? De plus, s'occuper de jumeaux demande beaucoup de temps et d'énergie. Pour ne pas être épuisés, les parents ne doivent pas hésiter à se faire aider dès la sortie de la maternité par la famille, des amis, des professionnels (associations et services sociaux). Les bébés sont souvent encore de petit poids, leur alimentation requiert beaucoup d'attention, et ils sont deux ! Mais, passé le cap difficile des premières semaines, lorsqu'une bonne organisation de la vie quotidienne s'est mise en place, aucun parent de jumeaux ne céderait sa place.

*« C'est deux tendresses à la fois et une famille d'un seul coup. Cela vaut bien la fatigue que ça coûte ! »*

*nous écrit Saïda.*

## Un univers à deux

Lorsqu'on élève des jumeaux, il faut bien sûr tenir compte de leurs liens particuliers. Un fait domine : le jumeau est rarement seul. À toutes ses activités, à toutes ses expériences, à toutes ses découvertes, un autre assiste et participe, à la fois spectateur et complice. Les deux enfants se sentent tellement solidaires que parfois, lorsqu'on appelle l'un, tous les deux arrivent. Ils peuvent même s'inventer un seul prénom pour se désigner. Certains se disent « vous » entre eux, imitant les adultes qui s'adressent trop souvent aux deux en même temps. Beaucoup de jumeaux ont un langage qui leur est propre, incompréhensible pour les autres, dont ils conservent certains termes parfois jusqu'à l'âge adulte. Les spécialistes appellent ce langage la cryptophasie. Se comprenant, se complétant, ils se suffisent à eux-mêmes et ne font pas le même effort que les non-jumeaux pour comprendre leur entourage ou pour être compris de lui. La conséquence est que les jumeaux parfois parlent plus tard. Si les parents n'y prennent pas garde, le retard peut s'aggraver.

Il arrive que les jumeaux ne soient pas très sociables : ayant à tout instant un compagnon de jeux et de conversation qui le comprend et qu'il comprend, le jumeau a moins besoin qu'un autre enfant de contact extérieur.

Dans la petite société qu'ils forment, les jumeaux s'organisent. Ils se répartissent très tôt les tâches, utilisent leurs talents respectifs : l'un est plus fort, l'autre plus adroit ; l'un organise les contacts avec « l'extérieur » (par exemple, il répond quand on leur pose une question), l'autre s'occupe de « l'intérieur » (il répartit les jouets entre eux). Parfois aussi les rôles s'alternent. Dans le cas de jumeaux de sexe différent, la fille est presque toujours le leader du « couple ».

## Et pourtant chacun est différent

La ressemblance des jumeaux, leur univers à deux, fascinent les parents et l'entourage. Le double de soi-même, l'image nostalgique de l'âme sœur est une représentation forte et nous avons tendance à considérer chaque jumeau comme le double de l'autre, comme s'il se vivait identique à l'autre. Or, le jeune enfant ne se voit pas : il ne connaît pas son image et ne la reconnaît que tardivement dans un miroir puis sur des photos ou des films. Il ne sait donc pas, dans les premières années, que son jumeau lui est identique et en tous points « pareil ». Il vit cet autre comme différent de lui dès sa vie intra-utérine, dès sa naissance, et ce n'est qu'entre 2 et 3 ans, parfois plus tard, que les jumeaux vont reconnaître leur similitude.

Durant ces premières années fondatrices, les enfants ont déjà construit les bases de leur caractère et de leur personnalité. Leur « moi » s'est différencié de celui de l'autre, d'autant plus qu'il s'est construit justement en « réaction », lors de leurs interrelations quotidiennes, y compris lorsqu'ils s'imitent et se stimulent. Ainsi, très tôt, voit-on un jumeau dominer l'autre dans certains domaines et être dominé dans d'autres. Si bien que chacun va développer une personnalité différente et se vivre différent de l'autre. Cela d'autant plus que les parents, imprégnés des nombreuses études publiées dans ce domaine, savent maintenant qu'ils ne doivent pas encourager la similitude et l'interdépendance des jumeaux mais au contraire favoriser le développement de leur propre personnalité et de leurs différences.

**René Zazzo** (1910-1995) : ce grand psychologue de l'enfance a largement décrit l'univers à deux que les jumeaux découvrent et construisent pendant les premières années.

Tous les travaux concordent, après ceux de René Zazzo : pour s'épanouir, développer sa propre personnalité et son autonomie future, chacun des jumeaux devra être bien différencié dès sa naissance par ses parents et par son environnement proche.

Ainsi, grâce à son entourage et cela dès ses premières années, chaque enfant se vit comme une personne à part entière, construisant son identité propre, sans se vivre comme « le même que l'autre ». Mais il n'en reste pas moins vrai qu'au fil des jours, les enfants vont tisser, à partir de leur gémellité, des sentiments de solidarité, de complicité, de complémentarité, qui jalonneront souvent toute leur histoire. Cette préoccupation envers l'autre sera d'une nature et d'une force différentes selon les « couples » gémellaires, les événements de leur vie, la différence de leurs destins, et, à la base, les regards qu'auront posés sur eux leurs parents dans les premières années de leur vie.

**www.jumeaux-et-plus.fr**

C'est l'adresse de la Fédération nationale des jumeaux et plus : une association où les parents trouveront informations, conseils, soutien.

## En pratique

**Voici quelques suggestions** pour aider vos enfants jumeaux à s'individualiser et à s'épanouir, tout en respectant l'attachement qu'ils éprouvent l'un pour l'autre.

- Choisissez des prénoms avec des sonorités et des initiales distinctes. À éviter par exemple : Léa-Lola, Noé-Noah, Cécile-Odile. Efforcez-vous d'appeler chaque enfant par son prénom et évitez le plus possible l'expression « les jumeaux ». Elle sera de toute manière utilisée par l'entourage mais c'est important que les parents au moins ne l'emploient pas.
- Essayez de les habiller différemment car porter tout le temps des vêtements identiques ne les aide pas à se différencier. Les jumeaux de même sexe sont encore parfois habillés de la même manière. Pour la layette, le plus simple est de choisir deux couleurs. Au début, cela vous permettra de reconnaître chaque enfant si vous avez une petite hésitation. Cela rendra également service à l'entourage qui a plus de peine que vous à les différencier.
- Dès la naissance, respectez la proximité qu'ils ont vécue l'un contre l'autre durant leur vie intra-utérine et si vos bébés doivent effectuer un court séjour en couveuse ou en néonatologie, ne vous étonnez pas si les soignants les placent côte à côte dans le même lit : ils s'apaisent alors, se touchent, se retrouvent. L'équipe médicale vous conseillera peut-être de faire de même à la maison et vous montrera la façon de les installer. Lorsque vous sentirez que c'est possible, couchez-les dans des lits différents et, de temps en temps, si vous le pouvez, dans deux pièces séparées.
- Dès leur plus jeune âge, donnez-leur des jouets différents et à chacun d'eux un tiroir pour les ranger.
- Dès les premières semaines de vie, ménagez-vous des moments avec chacun des enfants pour qu'ils aient un contact plus personnel qui les incite à s'exprimer.
- À éviter : le père qui s'occupe d'un enfant, toujours le même, la mère de l'autre (ce qui est fréquent). Chacun des jumeaux a besoin de ses deux parents.
- Ne vous forcez pas à donner à chacun le même sourire, le même jouet, le même biscuit. Il faut, au contraire, les habituer tout jeunes à avoir un objet différent, une attention particulière. Lorsqu'ils s'occupent d'un des enfants, les parents ont parfois peur de frustrer l'autre. Rassurez-vous : les enfants apprennent à attendre et comprennent que « c'est à chacun son tour ».
- À partir de 3 ans, les jumeaux peuvent faire des petites expériences de séparation : par exemple, aller jouer un après-midi chez un ami, puis passer un week-end chez ses grands-parents.
- L'école maternelle est souvent le bon lieu et le bon moment pour apprendre à avoir des activités séparées, à ne pas être toujours ensemble, à se faire ses propres amis (même si on observe que les jumeaux ont souvent une petite bande commune). Selon les souhaits des familles, l'avis des enseignants et les possibilités d'accueil de l'école, on met les enfants dans des classes distinctes

### Les aînés

La naissance de jumeaux au sein de la famille est aussi une aventure pour le ou les plus grands enfants. Les aînés sont, comme les parents, souvent très fiers de cette double naissance. Mais il faut faire attention à ne pas les considérer trop tôt comme des « grands » avec lesquels on peut être plus exigeant.

dès la petite section ou bien on attend la moyenne ou la grande section. Les jumeaux n'ont pas forcément la même latéralisation : ne soyez pas étonné si l'un est droitier et l'autre gaucher.

- En grandissant, la personnalité de chaque enfant va se dessiner. Vous aurez à en tenir compte dans l'éducation : par exemple si l'un est plus lent, ne pas le bousculer mais l'aider (à s'habiller, à arrêter un jeu), tout en ne freinant pas l'autre.

# L'adoption

Avant d'adopter un enfant, les parents ont souvent eu recours pendant de nombreuses années à l'assistance médicale à la procréation. Lorsqu'ils se tournent vers l'adoption, la période d'agrément devient une nouvelle attente. Ils ne doivent pas hésiter à se faire aider par des professionnels pour vivre cette période en général très longue et semée d'embûches, notamment en raison du petit nombre d'enfants adoptables en France, des critères de sélection complexes et des difficultés de l'adoption internationale.

Dans notre société, l'adoption n'est pas toujours perçue comme l'équivalent de la filiation biologique ; beaucoup la considèrent encore comme une parenté moins légitime, de second ordre. Or, il est important pour les parents adoptifs de se sentir parents à part entière, de montrer à leur enfant qu'il a des parents pour la vie et qu'il fait pleinement partie de sa nouvelle famille.

Peu après l'arrivée de votre enfant, ou lorsque que vous sentez qu'il a bien « adopté » son nouvel environnement, n'hésitez pas à lui raconter son histoire. Le bébé peut percevoir des émotions, sentir que ces mots qu'il ne comprend pas le concernent profondément. Les parents sont aujourd'hui moins réticents à parler aux très jeunes enfants des sujets qui les concernent. Ainsi, ils seront plus à même d'évoquer ces questions quand les enfants grandiront. Lorsqu'un moment propice se présentera, lire avec votre enfant un petit livre sur l'adoption, regarder des photos d'avant son arrivée dans la famille, lui faire sentir votre disponibilité pour répondre à ses interrogations, constituera au fil du temps une façon naturelle d'aborder les choses, en toute confiance.

Plus l'enfant est grand au moment de l'adoption, plus l'histoire qu'il a vécue avant de rencontrer ses parents est longue. Connaître ce parcours, le respecter, permet de mieux comprendre son enfant, ses éventuelles souffrances ou angoisses et aussi les satisfactions, voire les sources d'enrichissement propres à son milieu d'origine. Certains parents hésitent à aborder la question des parents biologiques.

Ces derniers tiendront une place importante dans l'imaginaire de l'enfant si on le laisse dans le silence et le non-dit. Alors que leur place deviendra plus relative dans la vie de l'enfant s'il a pu en entendre parler, et en parler, dans un climat d'affection.

Il faut un peu de temps à l'enfant pour qu'il s'adapte à sa nouvelle vie : la maison, les habitudes, les sons, les odeurs, les câlins, tout est nouveau. Les soins médicaux, parfois nécessaires à son arrivée, sont une source d'inquiétude pour lui et ses parents. Très vite cependant, il va faire partie de la famille, adopté par tous, grands-parents, amis, voisins.

### Pour en savoir plus sur l'adoption

- *L'Enfant adopté*, ouvrage coordonné par Jean-Vital de Monléon (Doin). Un livre de pédiatrie, d'abord destiné aux médecins et professionnels de la santé et de l'adoption. De nombreux adoptants, futurs adoptants et adoptés y trouveront néanmoins des renseignements utiles.

Voici des lectures à partager avec votre enfant, à partir de 18 mois – 2 ans :

- *On s'est adoptés*, de Catherine Dolto et Colline Faure-Poirée (Gallimard) ;
- *Les Deux Mamans de Petirou*, de Jean-Vital de Monléon et Rebecca Dautremer (Gautier-Languereau).

Si un jour l'enfant traverse un moment difficile, avant d'assimiler ce problème à l'adoption, il faut se rappeler que tous les enfants, adoptés ou non, peuvent avoir des difficultés. Il pourra alors avoir besoin d'être aidé sur le plan psychologique, comme peut-être ses parents.

# Au cœur des familles recomposées

Après une séparation, un divorce, le père ou la mère ont parfois envie de reconstituer une famille. Louise, 5 ans, souhaite que sa maman retrouve « un amoureux », d'autant plus que, même avant la séparation, son papa n'était qu'épisodiquement présent. Cela n'a pas tardé, Louise a vite adopté le nouveau venu, ainsi que son petit garçon qui vient un week-end sur deux.
En revanche, Timéo, 7 ans ½, n'accepte pas que sa maman vive avec un autre homme que son papa. Il rend la vie impossible à sa mère, et à son ami lorsqu'il vient à la maison : il ne veut pas que sa maman crée une autre famille.

À l'intérieur des familles recomposées, certains enfants des deux nouveaux adultes en couple s'entendent bien entre eux, d'autres pas du tout : partage du territoire, des jeux, de la vie quotidienne, peuvent être difficiles. Nadia a bien accepté le remariage de sa maman, mais elle n'admet pas de partager sa chambre avec une des filles du nouveau mari. Les choses se sont arrangées lorsqu'un bébé est né et que Nadia a pu l'avoir dans sa chambre.
Cependant, une naissance peut raviver des peines supposées apaisées. L'enfant garde au fond de lui, même inconsciemment, l'espoir que ses parents se retrouvent. Une naissance confronte l'enfant à la réalité d'une autre union. L'agressivité qu'il peut manifester à l'égard de son parent, du nouveau conjoint, voire du bébé, cache souvent des réactions dépressives dont il faut s'occuper. Ce n'est pas en gâtant l'enfant que cela s'arrangera, mais en le comprenant, en l'aidant à exprimer son ressenti.
Les situations sont variées, il est impossible de les envisager toutes.
**Voici l'important :**

- **Être patient** dans l'adoption réciproque : « l'interadoption » entre l'adulte et les enfants peut prendre du temps, elle se fait peu à peu. Un temps d'adaptation est nécessaire pour que chacun apprenne à se connaître et que des liens se nouent. La nouvelle femme du papa de Salima n'a pas d'enfant. Salima l'accepte vite mais sa belle-mère souffre de la grande proximité père-fille et se sent parfois exclue. Le papa s'en est rendu compte, il a laissé le plus possible Salima et sa femme ensemble pour qu'elles apprennent à se connaître et à tisser des liens réciproques. Parfois, le « nouveau » parent idéalise sa place, exige une réciprocité affective que l'enfant ne partage pas, ce qui peut être source de frustrations et de tensions.
- **Donner des repères de temps** à l'enfant pour qu'il puisse prévoir les changements, et les supporter. Cela permet d'éviter les séparations douloureuses et de ne pas se sentir en trop lors des visites alternées. Anaïs, 3 ans, est trop petite pour se repérer dans les alternances de week-end et de vacances : elle est déstabilisée à chaque arrivée de Victor, le petit garçon du nouveau compagnon. Pour l'aider, sa

maman a dessiné une sorte de calendrier. Chaque jour est inscrit et celui qui marque l'arrivée de Victor est signalé par sa photo. En regardant le calendrier, Anaïs sait maintenant quand Victor va venir. Et Victor, lorsqu'il arrive, ne se sent plus comme un intrus.

- **Être souple** pour éviter les contradictions et les conflits éducatifs. À 6 ans, Bertrand raconte en riant le lavage des dents : « Chez maman, la brosse à dents doit être sèche pour être efficace. Papa, lui, me demande chaque fois : tu as bien mouillé ta brosse ? » Très vite, Bertrand se met à pleurer. Le pédiatre se rend compte que derrière cette contradiction éducative se cachent des conflits parentaux plus profonds qui peuvent expliquer les difficultés d'endormissement de Bertrand.
- Éviter d'être dans la séduction ou de se comporter en « copain » : les enfants ne sont pas dupes et un temps d'observation est parfois nécessaire pour que la relation s'installe.
- **Être respectueux des attachements.** L'enfant dont les parents sont séparés peut se sentir coupable de s'attacher à quelqu'un d'autre. Il vit un « conflit de loyauté ». L'enfant a besoin d'être rassuré : ce n'est pas parce qu'il aime la nouvelle compagne de son papa que sa maman n'a plus de place dans son cœur et dans sa vie.

### Le conflit de loyauté

Inès a 6 ans. Depuis peu, elle vomit chaque fois qu'elle doit quitter son papa pour passer le week-end chez sa maman et son second mari. Le médecin de famille pense qu'elle n'a pas envie d'y aller et qu'elle rejette peut-être ce nouveau compagnon. En parlant avec elle, il se rend compte qu'Inès adore les retrouver mais qu'elle s'inquiète à l'idée de laisser seul son papa, ayant l'impression de le trahir. Il faut donc que son papa la rassure.

## L'enfant élevé par une mère seule

Pour des raisons diverses, de nombreuses mères élèvent seules leur enfant. Lors d'une séparation, le père s'est peu à peu ou brusquement éloigné de la vie familiale. La mère a pu aussi, dès la conception, choisir de ne pas avoir de projet de vie commune ou de ne pas vivre sous le même toit que l'autre parent. Il existe d'autres raisons à cette monoparentalité : le décès du père, la maladie, etc. Ajoutons que l'absence d'un parent n'est pas forcément une absence physique ; le parent est présent à la maison mais, accaparé par son travail, par des soucis, des conflits dans le couple, il ne s'investit pas dans les échanges, dans la vie quotidienne. Chaque histoire aura bien sûr une incidence différente sur la mère et sur son enfant. Toutefois, quelle que soit la configuration parentale, nous souhaitons parler ici de la mère qui ne peut pas, ou seulement de manière très épisodique, s'appuyer sur l'autre parent. Voici quelques indications générales.

## L'enfant et l'absence du père

Le père est absent physiquement et matériellement mais, quels qu'aient été vos sentiments pour lui, il va compter dans votre vie et dans celle de votre enfant.
C'est pourquoi il est important que vous vous efforciez de donner à votre enfant une image positive de son père. Cela se fait aisément lorsque que les tensions entre les parents sont dépassées. Cependant, des mères souffrent de la solitude, d'un vide ; d'autres se sont senties abandonnées et désirent tenir le père à l'écart. Ne laissez pas le ressentiment, la dépréciation prendre le pas sur les joies et les bonheurs de la vie quotidienne avec votre enfant. Les difficultés éventuelles des adultes ne doivent pas interférer avec celle-ci. Gardez à l'esprit que l'histoire que vous avez vécue n'est pas celle que l'enfant vit au fil des jours et dans ses relations avec les autres.
Faire naître et entretenir chez un enfant le rejet de son père peut l'exposer à des difficultés. Il risque de développer une animosité voire une crainte des hommes en général ou, au contraire, entretenir une fascination, une curiosité envahissante pour ce père. Il peut en être de même si la mère passe le père sous silence et n'y fait jamais référence.
Un enfant a besoin pour grandir que son parent puisse transmettre une parole vraie et neutre qui lui permette de comprendre le sens de son histoire. Il a besoin d'un dialogue simple, spontané et authentique. Il ne s'agit pas de cacher les réalités mais de les exprimer avec des mots adaptés à l'âge de l'enfant et de telle manière qu'il n'en porte pas la responsabilité (« Si les parents se séparent », p. 323).

*« Mon petit garçon – qui a 5 ans – ne voulait plus aller chez son papa, qu'il trouvait trop strict – ce que je pensais aussi... Grâce aux encouragements du pédiatre, j'ai pu en parler avec mon ex-conjoint et maintenant, ils se voient régulièrement. »*

*Agathe*

## Un équilibre à trouver

C'est un réflexe naturel pour la mère de chercher à compenser l'absence de son ex-conjoint en nouant avec son enfant une relation protectrice, exclusive. Après une séparation, la mère éprouve fréquemment le besoin de placer au centre de sa vie cette relation stable avec son enfant. Avec le temps, les mères seules s'organisent progressivement pour avoir une vie ouverte sur l'extérieur.
Quant à l'enfant, même confronté à l'absence d'un père, il parvient le plus souvent à créer une figure d'identité paternelle : un grand-père, un oncle, le père d'un camarade, un ami de la mère. Cette compensation se fait plus facilement avec le soutien implicite de la mère.
Ce n'est pas tous les jours facile d'élever un enfant lorsqu'on est deux. C'est plus difficile lorsqu'on est seule ; d'autant plus qu'après une séparation les contraintes financières sont plus fortes. Un enfant a besoin qu'on s'occupe de lui, qu'on soit attentif à ses rythmes, surtout quand il est petit. Les mamans seules disent qu'elles sont toujours « sur le pont », qu'elles soient en forme ou fatiguées. Dans la mesure du possible, essayez sans tarder de mettre en place un réseau familial, amical, de voisinage, sur lequel vous pourrez compter. Une ou deux relations privilégiées (une amie, une cousine, etc.) avec lesquelles il est possible de partager les questions du quotidien sont également précieuses.
Tous les enfants testent la résistance de leurs parents. Face à un enfant exigeant, la mère peut avoir de la peine à imposer une autorité,

*« Pendant les vacances, Stan va souvent chez mon frère et ma belle-sœur qui vivent à la campagne. Il aime être avec son oncle, faire du vélo, se promener, bricoler... Je suis si contente de les voir ensemble »*

*raconte la maman de Stan, 5 ans.*

un cadre. Après quelques ajustements, avec de la fermeté et de la tendresse, une relation sereine s'installera. Les enfants se rendent compte très vite que leur maman, entre vie professionnelle et vie familiale, cherche à faire de son mieux.

## L'enfant élevé par un père seul

Un père qui élève seul son enfant est une situation moins fréquente. Les raisons sont également diverses : départ de la maman, décision judiciaire dans un divorce, maladie ou décès… Ajoutons que les pères sont de plus en plus nombreux à demander la garde de leur enfant.
Comme dans le cas d'une mère seule, les risques de fusion, de repli sur soi, de gêne ou d'agressivité, ou au contraire d'une idéalisation, sont tout aussi importants. Les mêmes réponses sont alors à apporter : élargir le cercle familial et amical, fréquenter d'autres familles où la mère a toute sa place. La présence d'images féminines et maternelles est importante pour le développement de l'enfant, garçon ou fille.
La maman d'Hugo est partie lorsqu'il avait 6 mois, en exprimant une volonté de rupture définitive et de changement de vie. Le papa d'Hugo a demandé à la femme d'un de ses proches amis d'être la marraine de son petit garçon. Cette femme, qui est mère, va souvent chercher Hugo à l'école, l'invite pour des petites vacances ou des sorties. Cette présence bienveillante ne remplace pas sa maman dans le cœur d'Hugo, mais elle lui procure une image maternelle et féminine dont il a besoin.
Il faut noter que l'évolution socio-culturelle de la place du père lui permet d'être aujourd'hui présent très tôt dans la vie de son enfant, durant la grossesse et dès les premiers jours qui suivent la naissance.

## Les grands-parents

Les grands-parents occupent une **place privilégiée** dans la famille. Souvent sollicités, ils tiennent un rôle important dans la vie quotidienne de leurs petits-enfants. Ils les accompagnent à la crèche, à l'école, au square. Ils les emmènent à la piscine, à la médiathèque. Ils lisent des livres et racontent des histoires. Ils jouent à la marchande, au loto, au foot… Ils sont mis à contribution le mercredi, durant les vacances. Ils sont appelés à l'aide lorsque l'enfant est malade ou s'il n'y a pas classe. Ils sont vraiment un relais pour seconder les parents souvent si occupés, pour leur permettre de souffler, de passer des week-end seuls.
À côté de cette contribution régulière, se développe un lien moins visible et tout aussi important : les grands-parents incarnent la meilleure des liaisons entre le présent vécu par les enfants et le passé de leur famille, proche ou lointaine. « Raconte-moi des histoires de quand maman faisait des bêtises et que tu la punissais. » « Et papa ? C'est vrai qu'il avait toujours de bonnes notes ? » En réalisant que leurs parents ont eu leur âge, qu'ils ont aussi eu une enfance, les enfants sont ravis.
Les grands-parents sont également **un recours, un soutien** lors d'une séparation dans le couple, lorsque la famille se recompose. Ils sont

**À noter**

Différents dispositifs et aides ont été mis en place pour les parents seuls, notamment lorsqu'ils sont confrontés aux difficultés de recouvrement des pensions alimentaires (p. 485 et suiv.).

Les familles monoparentales disposent – comme n'importe quelle famille – de ressources et de capacités d'adaptation qui permettent de surmonter des situations nouvelles et parfois délicates. Néanmoins, quand le fait d'élever seul son enfant est vécu trop difficilement, il ne faut pas hésiter à **se renseigner pour obtenir de l'aide** : PMI, assistante sociale, associations, etc. Lorsqu'elle est possible, la présence des grands-parents est toujours un appui rassurant pour les enfants et une aide essentielle pour le parent.

inscrits dans l'histoire familiale et représentent un élément de stabilité, de permanence. Cela rassure les enfants qui peuvent avoir l'impression de repartir à zéro lors de la création d'une nouvelle famille.
En regard de tous ces aspects positifs, il y a néanmoins une précaution à prendre : les grands-parents doivent s'abstenir de contredire systématiquement les principes éducatifs chers aux parents. Cela n'empêche pas d'exercer son autorité, notamment lorsque les grands-parents sont chez eux : ce n'est pas parce qu'un enfant a le droit de faire du trampoline sur le lit de ses parents qu'il peut faire de même chez ses grands-parents. Il peut arriver que des grands-parents et leur gendre ou belle-fille aient peu d'affinités. Il est important pour votre fils ou fille, pour vos petits-enfants, de prendre sur vous, d'être souple et d'éviter les remarques inutiles.
Les grands-parents décrits ici sont très disponibles mais certains le sont moins : ils travaillent, ont des activités diverses, voyagent. Ils ne consacrent pas beaucoup de temps à s'occuper de leurs petits-enfants, ce que leurs enfants supportent parfois difficilement.
Si vous avez moins de temps à passer avec vos petits-enfants, ou si vous habitez loin d'eux, écrivez, envoyez de temps en temps un petit paquet, téléphonez. En un mot, **maintenez le lien**. Malgré vos occupations et parfois la distance géographique, même si cela vous oblige à changer vos habitudes, essayez de voir vos petits-enfants le plus souvent possible. Dans la famille, votre place existe, elle est importante, ne la laissez pas vide.
L'irrégularité ou l'absence de visites de la part des grands-parents est parfois due aux mauvaises relations entre eux et un fils (ou une fille) et un gendre (ou une belle-fille). Les grands-parents ressentent alors tristesse et frustration ; ils ont le sentiment d'être coupés de leur filiation, d'être empêchés de transmettre leur affection, l'histoire familiale, leur expérience. Ils souffrent de ne pas voir grandir leurs petits-enfants, de ne pas profiter de ces moments de bonheur.

### La journée des grands-parents

Aux États-Unis, il est fréquent que les grands-parents soient accueillis une fois par an dans les écoles de leurs petits-enfants. C'est une bonne reconnaissance de l'importance de leur rôle.

*« Même si c'est parfois compliqué, s'il nous faut modifier un projet ou un déplacement, lorsque nos enfants nous demandent un coup de main, que ce soit au dernier moment ou à l'avance, nous essayons toujours de dire oui. »*

*Patricia*

# Grandir dans une famille homoparentale

La famille d'aujourd'hui s'est ouverte à de nouvelles configurations parentales qui prennent peu à peu place dans notre environnement social. Les familles homoparentales sont plus présentes et visibles et il est courant de croiser des parents de même sexe à la sortie de l'école, dans un square, à un goûter d'anniversaire. Lorsque l'enfant est là, il est comme chez les autres couples au centre du bonheur et des préoccupations des parents.

Il faut noter que la répartition des rôles parentaux – conciliation, compromis, autorité, fermeté – évolue également. Les parents s'organisent désormais avec plus de souplesse pour donner à leur enfant ce qui lui est nécessaire pour grandir et s'épanouir. Dans un couple homoparental, écrivaient les docteurs Brazelton et Sparrow, « l'enfant [va trouver] les différences dont il a besoin » dans chaque parent. Il s'identifiera à l'un, puis à l'autre, comme dans une famille hétéroparentale. « Les parents qui vivent des unions durables peuvent compter sur la capacité de leur enfant à choisir le comportement parental dont il a besoin et à s'identifier à lui » (*Points Forts – De la naissance à 3 ans*, Le Livre de Poche). Quant aux images masculines ou féminines, elles sont présentes grâce à l'entourage.

Des mamans nous ont fait part de leur quotidien, semblable à celui de nombreuses autres familles. « Après mon congé maternité, j'ai repris le travail à 80 %. Ma femme, elle, ne travaillait pas le mercredi. Nous avons pu ainsi passer chacune une journée privilégiée avec notre fille et la mettre à la crèche seulement trois jours par semaine », écrit Peggy.

L'homoparentalité est mieux acceptée dans la société française. Toutefois, les critiques, les remarques inadaptées ou blessantes, les jugements péremptoires existent. Les parents devront aider leur enfant à les dépasser. Être là pour lui expliquer qu'au même titre que les autres enfants, il est venu au monde grâce à l'amour entre deux personnes qui désiraient un enfant. Lui en apporter la preuve au quotidien, comme tout parent, va lui permettre de vivre avec ses pairs sans souffrir de cette situation. Celle-ci sera plus facile et plus naturelle lorsque l'union des parents est bien acceptée par les grands-parents, les proches, les amis. Il faut enfin garder à l'esprit que tout enfant, quelle que soit la famille dans laquelle il vit, quelle que soit la situation du couple parental, peut traverser des moments difficiles.

Entre 3 et 5 ans, tout enfant se pose la question : « D'où viennent les bébés ? ». Pour les parents, cela pourra être le moment de commencer à évoquer la situation particulière de son origine, associée à l'album de photos, à des anecdotes sur sa toute petite enfance, par exemple avec l'appui de petits livres.

**Quelques titres de livres :**

*Jean a deux mamans*, de Ophélie Texier (L'École des loisirs) ; *Tango a deux papas et pourquoi pas ?*, de Béatrice Boutignon (Le Baron perché) ; le livre de Serge Tisseron, *Le Mystère des graines à bébé* (Albin Michel), permet de parler de la PMA. *D'où je viens ? Le petit livre pour parler de toutes les familles* (Bayard jeunesse), de Stéphanie Duval et Serge Hefez, les familles recomposées, monoparentales, homoparentales, adoptives…

# Émotions et comportement

## La confiance en soi

Grâce aux regards, à la voix, aux gestes de ceux qui s'occupent de lui, le bébé ressent jour après jour le réconfort, la protection et la consolation. Il manifeste ses besoins, son bien-être ou son inconfort par des expressions, des comportements variés : détente après avoir été nourri, satisfaction d'être porté, ou bien cris et pleurs s'il a faim, s'il veut un câlin, s'il a mal.

Au contact de votre bébé, vous allez vite découvrir ce dont il a besoin. Vous allez apprendre peu à peu à reconnaître ses émotions, qui sont des expériences parfois angoissantes, comme le chagrin, l'inquiétude, l'évitement, le dégoût, la passivité, mais aussi gratifiantes comme la joie, le plaisir, la curiosité, l'étonnement. Vous saurez lui apporter une réponse adaptée. C'est cela qui donnera à l'enfant une base de sécurité et une image de lui-même positive. Il sentira qu'il compte pour les autres et que réciproquement les autres comptent pour lui. Ainsi, il exprimera son plaisir de vivre et son désir d'explorer le monde.

Peu à peu vont se forger chez lui la conscience d'exister en tant que personne à part entière au côté de ses proches, la confiance en soi et en l'autre. Lorsque l'enfant grandit en sachant que ce qu'il pense, ressent et fait est important pour son entourage, on le voit s'épanouir et s'affirmer, chacun avec sa propre personnalité.

Alizé, 2 ans, montre qu'elle aime aller au square. Pourtant, dès qu'elle y arrive, elle ne quitte pas sa maman. Plutôt que de s'énerver (« Si tu ne joues pas, on ne viendra plus »), sa maman réagit avec douceur. Elle comprend que sa petite fille a besoin d'observer avant d'agir, elle ne la brusque pas, puis peu à peu, elle essaie de lui donner confiance en l'encourageant : « Regarde comme c'est amusant le toboggan, tu y arrives très bien, bravo ! » Vous aiderez aussi votre enfant en le laissant aller au bout de ses actes, en ne faisant pas les choses à sa place, en ne parlant pas à sa place.
Lorsque l'entourage n'apporte pas cette confiance, lorsque les réponses aux besoins de l'enfant ne sont pas adéquates, certains deviennent plus fragiles dans leurs émotions et leurs relations. Ils sont facilement découragés, ont peur de ne pas réussir, ils sont timides. Ils se mettent à douter de leurs capacités, de leurs compétences, développant une image d'eux-mêmes, une confiance en eux et en l'autre peu satisfaisantes.

Dans la cour de récréation, Matteo, 5 ans, reste seul sans oser participer aux jeux. À la maison, il n'est jamais satisfait des dessins qu'il fait : « Je suis nul », dit-il à son père. Un jour son institutrice a la bonne idée d'afficher ses dessins, les valorisant aux yeux de l'enfant et de ses parents, créant ainsi un enchaînement de réactions positives.
Mais encourager un enfant, reconnaître et mettre en valeur ses compétences et ses progrès, ne doit pas conduire à en faire une « vedette ». Admirer constamment un enfant, ou de façon excessive, ne va pas l'aider à avoir confiance en lui, au contraire. Lorsqu'il sera en dehors du cercle familial, il n'attirera probablement pas la même attention et il ne comprendra pas pourquoi il n'est plus le centre du monde (à moins de chercher à se faire remarquer par des bêtises). Il peut se sentir frustré et éprouver des difficultés pour s'insérer dans un groupe ou se faire des camarades.

## L'agressivité : une étape ou un signal ?

Une certaine dose d'agressivité est normale pendant les premières années du développement, à un moment où l'enfant ne peut exprimer par des mots ce qu'il ressent. L'enfant affirme sa personnalité, montre qu'il éprouve une frustration, un déplaisir. Voyez les témoignages de parents page 305. Tiago et Oscar prennent conscience de la vie en groupe, de la nécessité de partager les jouets et l'attention des adultes. Alice réagit à ce qu'elle ressent comme une violence de la part de sa maman qui ne veut pas accéder à tous ses désirs.
Cette réaction apparaît chaque fois que l'enfant doit franchir une étape importante de son évolution : sa résistance, ses colères, ses refus d'obéir, sont des manifestations constructives, structurantes.
Il est important de ne pas répondre par de la rigidité, de la sévérité, puisque c'est une étape du développement. De plus, réagir fortement

peut entraîner une escalade de la part de l'enfant qui à son tour, réagira avec force (« Les punitions », p. 283).
Maintenez un cadre de vie structurant et sécurisant, avec des limites et des interdits : un petit enfant agressif est souvent un enfant qui se sent malmené affectivement. Avec des mots simples, dites à votre enfant que son papa et sa maman comprennent qu'il puisse être en colère, ou triste ; accompagnez ces mots de gestes tendres et d'apaisement, cela ne vous fera pas perdre pour autant votre autorité. Votre enfant se sentira d'ailleurs rassuré par le fait que ce sont les adultes qui décident pour son bien-être. En un mot, accompagnez-le dans une indulgence qui dédramatise sans perdre une nécessaire fermeté. Au fur et à mesure que votre enfant grandit, apprenez-lui à mettre des mots sur ses émotions et à les exprimer.

**Si l'agressivité persiste.** En règle générale l'agressivité diminue avec le développement de l'enfant. Mais si elle persiste, si elle devient un mode de communication dans toutes les circonstances, elle exprime un vrai malaise affectif. Elle est alors un signal d'alerte pour les parents. Au lieu de conclure « Mon enfant est insupportable », il faut s'interroger sur ce qui provoque cette violence. Les causes peuvent être nombreuses. Réagit-il à trop de sévérité ? Veut-il attirer l'attention d'une mère inattentive ou d'un père trop occupé ? Est-il bouleversé par des disputes ? Est-il jaloux ? Ou a-t-il des exigences excessives parce qu'on l'a trop laissé agir à son gré, ce qui n'est plus possible maintenant ? Cette agressivité traduit-elle une identification aux comportements agressifs des parents eux-mêmes, l'imitation des aînés ou des autres enfants gardés avec lui, est-elle la répétition de comportements autour de lui ?
L'imitation d'un adulte par l'enfant peut aller plus loin et se transformer en ce que les psychanalystes appellent « l'**identification à l'agresseur** ». Manuella n'a pas supporté la naissance de sa petite sœur, et déjà lorsque sa maman était enceinte, elle cherchait à la taper sur le ventre. Son comportement devient de plus en plus violent, ses parents la punissent et l'éloignent du bébé. Manuella devient très agressive avec des voisins, avec ses peluches ; elle fait les mêmes gestes que ses parents envers elle (donner une tape sur la main), elle emploie les mêmes mots (« ça suffit », « tu es vilaine »). La petite fille se sent agressée par ses parents, elle s'identifie à eux et, pour se défendre, elle déplace l'agression sur d'autres. Dès ses premières réactions, Manuella n'a pas été consolée de l'angoisse et de la frustration qu'elle a ressenties. Le père peut jouer ici un rôle apaisant et revalorisant très important.

**Les écrans et la violence des jeux vidéos.** L'enfant peut aussi reproduire des comportements violents perçus à l'écran. L'impact de telles images est aujourd'hui bien connu et dans une famille un jeune enfant peut avoir tendance à regarder les mêmes programmes que les plus grands. Soyez attentifs aux mots que l'enfant prononce quand il est agressif avec ses camarades, à la manière dont il se comporte à ce moment-là. Il n'est pas rare qu'il imite des séquences de dessins animés ou de films qui l'ont fortement impressionné. Il sera alors important de

*« Tiago, 2 ans, se bat à coup de poing avec un petit garçon de la crèche… »*

*« Oscar, 22 mois, est agressif au square avec les autres enfants, à la maison, il lance ses jouets et il me frappe… »*

*« Alice, 15 mois, me tape et me griffe le visage quand je viens la chercher chez l'assistante maternelle, ou bien lorsque je lui refuse quelque chose. »*

*« J'ai tout essayé, la fermeté, le mettre au coin, lui expliquer, l'ignorer… rien n'y fait. »*

*C'est ce que nous écrivent des parents.*

protéger votre enfant de ce type de contenu télévisuel et d'être vigilant sur le temps qu'il passe devant les écrans (p. 131 et suiv.).

**Attention aux rythmes imposés aux enfants.** Devant de telles réactions d'agressivité, on doit également s'interroger sur les rythmes qu'on impose de plus en plus à des enfants très jeunes, trop jeunes justement pour supporter des horaires, des trajets, des réveils intempestifs. Ces modes de vie sont en fait autant de violences faites à l'enfant par notre société. S'interroger sur l'enfant agressif, c'est se questionner sur nous-mêmes et sur la vie que nous lui offrons au quotidien.

**L'auto-agressivité.** Dès 9-10 mois, il arrive que le jeune enfant éprouve une forte agressivité mais qu'il ne puisse pas l'extérioriser. Il la retourne alors contre lui-même : il se cogne la tête contre les barreaux du lit, par terre, contre un mur (il peut se faire mal), se balance violemment sans pouvoir se calmer, il se mord le dessus de la main. Il décharge ainsi contre lui ses propres tensions.

Quelle qu'en soit l'origine, l'agressivité de l'enfant est un **signe de souffrance**. Essayez de trouver les causes ; parlez-en avec votre enfant, en sachant que les mots ne suffisent pas si c'est seulement sur le mode du raisonnement, ou pour le rappeler à l'ordre, alors qu'il a besoin de se sentir aimé et non pas rejeté par son comportement.

Si vous vous sentez dépassé, parlez-en au pédiatre. Si celui-ci ne peut pas vous aider, n'hésitez pas à confier votre désarroi à un psychologue ou à un pédopsychiatre, avec votre enfant et votre conjoint.

# Les caprices

Ce n'est pas avant 2 ans-2 ans ½ qu'on peut parler de caprices. Or nous recevons de nombreuses lettres à propos des « caprices » d'enfants de plus en plus jeunes.

Non, un bébé ne fait pas de caprices : il n'a souvent pas d'autre moyen à sa disposition que les pleurs pour s'exprimer. Un petit enfant est fragile et dépendant des êtres qui l'entourent et prennent soin de lui. Mathis montre qu'il ne se sent pas bien seul dans son transat, qu'il a envie d'être dans les bras, d'être câliné. Dora exprime sa difficulté à se séparer de ses parents au moment du coucher et son besoin d'être rassurée. Lorsque l'adulte répond aux demandes du tout-petit, cela ne risque pas de lui donner de « mauvaises habitudes » comme on l'entend parfois dire. Au contraire, il peut tisser sa confiance en autrui et en lui-même, tout doucement, au fil des premiers mois.

*« Mathis a 1 mois, il ne supporte pas de rester dans son transat et pleure jusqu'à ce que je le prenne, est-ce un caprice ? »*

*« Notre petite Dora (10 mois) devient capricieuse, elle pleure tous les soirs quand on la couche. »*

## Une étape tumultueuse

Les caprices de l'enfant déstabilisent les parents, encore plus quand les « scènes » se déroulent sous le regard réprobateur d'un grand-parent, d'une voisine ou même d'un inconnu.

Tout d'abord, comprenez votre enfant. Beaucoup de situations de la vie courante sont plus propices que d'autres à provoquer colère ou désarroi chez un petit. Au supermarché, tout est tentant pour lui (sucreries, jouets) et placé à sa hauteur pour qu'il les réclame. Les

*« Clément, 2 ans, hurle, vous venez de lui demander de prendre son bain. »*

hurlements que provoque l'arrêt des dessins animés ne sont pas dus au caractère difficile de l'enfant : c'est l'écran qui génère ce type de réaction, une sorte d'addiction (p. 131).
Ensuite, rassurez-vous, tous les enfants font des caprices, c'est une étape normale dans leur développement. Avec la marche et le langage, l'enfant a maintenant conquis une autonomie et des moyens qui lui donnent un sentiment de toute-puissance. Il ramène tout à lui – c'est normal à cet âge – et il ne veut pas qu'on lui résiste. Il teste son entourage pour savoir jusqu'où il peut aller. C'est pourquoi il réagit fréquemment par un caprice lorsqu'on ne cède pas à toutes ses envies. En s'opposant à ses parents, l'enfant s'affirme en tant que sujet. Cette phase du « non » est constructive pour lui (p. 218 et p. 225-226). Il exprime à sa façon et avec les moyens dont il dispose, sa pensée, ses émotions et ses désirs. L'inverse – un enfant de cet âge toujours sage et obéissant – est peut-être plus inquiétant.

*« Loubna, 2 ans ½, trépigne, vous avez refusé qu'elle regarde un troisième dessin animé. »*

*« Aubin, 3 ans, se roule par terre au supermarché pour que vous achetiez une petite voiture de course. »*

## Que faire face à un caprice ?

Il est important, dans un premier temps, d'**essayer de comprendre** ce qui se passe. Votre enfant ne veut plus avancer dans la rue : peut-être a-t-il mal aux pieds dans ses nouvelles chaussures ? Ne marchez-vous pas trop vite ? A-t-il vu un chien qui l'a effrayé ?
Votre enfant s'agite, trépigne, se roule par terre… Il est submergé par une émotion, une envie subite, un désir qu'il exprime par des gestes car il est trop petit pour mettre des mots sur ce qu'il ressent. Il est impossible de faire entendre raison à un enfant trop jeune. Inutile de lui dire : « Tu es ridicule de te mettre dans un état pareil », « Arrête de pleurer ! », « Tu n'as pas honte ? »… Dites-lui plutôt : « Je comprends que tu sois furieux, mais je ne peux pas faire autrement, tu dois te calmer », etc. Ainsi, vous montrez à l'enfant que c'est vous qui fixez les limites mais que vous comprenez son émotion. Parlez avec **douceur et fermeté**. Votre sang-froid, certes pas toujours facile à garder, contribuera à faire tomber sa colère. Au moindre signe de détente, vos paroles apaisantes, votre tendresse, favoriseront la fin de la crise. L'enfant peut aussi avoir besoin d'être réconforté physiquement, pris dans les bras, gardé sur les genoux jusqu'à ce qu'il se calme. Vous serez parfois étonnés de la rapidité avec laquelle le « caprice » disparaît, presque aussi soudainement qu'il est apparu.

Cela dit, devant les signes avant-coureurs d'un caprice, **rappelez-vous ceci** :
- La **nervosité** est contagieuse. Même si votre énervement ne s'est pas manifesté envers lui, votre enfant l'aura peut-être ressenti et s'énervera à son tour. La scène se déclenchera à la première occasion. Heureusement, les choses ne se passent pas toujours ainsi, mais souvent.
- Il y a une **surenchère à la colère**. Votre enfant n'est pas sage, vous lui faites une remarque, il devient provocant ; vous le grondez : il s'emporte ; vous vous emportez à votre tour : il crie ; vous criez : il hurle. Essayez de ne pas entrer dans cet engrenage. Face à un

comportement difficile de l'enfant, une réaction agressive de l'adulte n'est propice à calmer ni l'un ni l'autre.

- **Le silence et le calme sont apaisants.** Un enfant en colère ne crie pas longtemps si on ne lui répond pas. L'isolement aussi : « Si tu veux crier, va dans ta chambre. »

**En dehors des moments de caprice**, d'énervement, parlez avec votre enfant des nécessaires limites ou obligations qui s'imposent à tous, même aux « grandes personnes ». Savoir que les adultes ne font pas tout ce dont ils ont envie peut l'aider à accepter le cadre que vous lui donnez. Dès 3-4 ans, faites-le participer à des choix qui le concernent, demandez-lui son avis dans certaines circonstances : « Que préfères-tu, un polo rouge ou un bleu ? » Acceptez que votre fille se fasse couper (ou pousser) les cheveux, etc. L'enfant aussi veut avoir son mot à dire, il veut être considéré comme un être qui compte dans sa famille, qui pense à la mesure de son âge.

Évitez de contredire l'autre parent devant l'enfant et essayez le plus possible d'adopter dans le couple une **même attitude éducative** face à un caprice : intervenir ou ne pas intervenir, être ferme ou céder, dire à l'enfant d'aller dans sa chambre…

## Lorsque les colères persistent

En grandissant, et avec votre aide (en le comprenant, le consolant, sans céder à tout), l'enfant fera moins de caprices. Mais s'il continue à se mettre souvent en colère, si les scènes s'amplifient et semblent s'installer, si les oppositions se multiplient, demandez-vous pourquoi. A-t-il assez de régularité et de limites dans sa vie quotidienne ? Dort-il suffisamment ? Se couche-t-il assez tôt ? L'école n'est-elle pas trop fatigante ? Veut-il attirer votre attention parce que vous ne lui donnez pas assez de votre temps ? Réagit-il à trop de sévérité et d'exigence de votre part ? Est-il jaloux de son frère ou de sa sœur ? N'êtes-vous pas trop anxieux ou trop protecteur ? Avez-vous tendance à crier ? Que se passe-t-il à l'école ou durant ses gardes du matin ou du soir ?

**Important :** S'il est parfois facile pour le parent de réagir simplement à un épisode de pleurs, à une colère brève, à un agacement rapide de l'enfant, il est souvent difficile de supporter des pleurs intempestifs, des colères permanentes, des refus de tout pour tout.

**Si vous vous laissez trop souvent dépasser par vos émotions** et ne parvenez pas à apporter à votre enfant une réponse adaptée, n'hésitez pas à vous faire aider par un professionnel (votre médecin, un psychologue). En effet, chacun a eu une construction psychique différente, selon ses propres caractéristiques génétiques (certains adultes sont de nature hyperémotive, très anxieux) et aussi culturelles (la façon dont se vivaient les disputes, les conflits quand on était enfant). Mieux se connaitre, mieux savoir pourquoi certains comportements irritent quand d'autres ne perturbent pas trop, alors que c'est le contraire pour son conjoint ou sa conjointe, permet de ne pas se culpabiliser et d'éviter une attitude trop rigide vis-à-vis de soi, de l'enfant et du conjoint. Enfin, nous l'avons déjà dit, l'enfant qui semble si difficile doit être examiné par un pédiatre afin d'éliminer une situation clinique anormale.

*« Depuis plusieurs mois notre petit garçon de 3 ans est vraiment difficile, sans cesse dans la provocation et l'opposition. Il crie, nous crions, c'est un cercle infernal. Je m'épuise, je suis à fleur de peau et j'ai l'impression d'être la pire des mamans… »,*

*Samia*

Sur les oppositions et les crises de colère, voyez également page 243

# L'enfant agité

Beaucoup de nourrissons qui gesticulent et s'agitent au cours des premières semaines, peu à peu s'apaisent et se calment ; ils trouvent spontanément l'alternance entre les moments d'activité et ceux de repos. D'autres enfants continuent à se tortiller quand on les habille, à éclabousser toute l'eau du bain, à changer sans cesse de position. Dès qu'ils sont plus grands, ils sont les premiers à ramper, à se redresser, à toucher à tout. Ils ont leurs façons particulières de découvrir l'espace.

C'est surtout vers 18 mois que ces enfants commencent à être qualifiés d'instables, de casse-cou, d'« agités », alors qu'il s'agit le plus souvent d'enfants toniques et pleins de vie.

Il faut noter que l'appréciation de cette activité un peu excessive va dépendre du seuil de tolérance de l'environnement. Certains parents s'en réjouissent, d'autres la supportent, d'autres enfin sont accablés et se sentent en grande difficulté. Il en sera de même plus tard dans le milieu scolaire si l'enfant présente des problèmes de concentration, des mouvements impulsifs, s'il a du mal à se conformer aux directives ; l'enfant s'expose à être mal accepté voire rejeté par son enseignant et ses camarades.

**Le rôle nocif des écrans.** Ne négligez pas le rôle que peuvent avoir les écrans sur les difficultés de concentration de votre enfant. Yannis, 4 ans, est décrit par son entourage comme un enfant agité, toujours en mouvement, incapable de se concentrer quelques minutes sur un jeu à deux ou d'écouter l'adulte qui s'adresse à lui. Pourtant, lorsque sa maman le met devant son dessin animé préféré, il ne bouge plus. Du coup, elle utilise de plus en plus les écrans pour le « tenir » tranquille. Ce procédé risque malheureusement d'augmenter les difficultés de Yannis : plus il sera mis face aux écrans, plus il prendra l'habitude de trouver en dehors de lui les stimulations externes qui vont relancer son attention. Seul, sans écran, Yannis est « ingérable » car l'ennui est très anxiogène pour un enfant qui n'a pas appris à trouver en lui-même les ressources pour se stimuler.

Ces enfants qui créent des difficultés à leur entourage souffrent de leurs échecs et cette souffrance augmente encore leur trouble du comportement. **Ils ont besoin d'être aidés.** À ce moment-là, il est nécessaire de consulter pour savoir si cette hyperactivité est liée à l'anxiété, à un manque de sécurité affective, à des conditions et des rythmes de vie familiale inadaptés aux jeunes enfants, ou s'il s'agit d'un problème médical (*TDAH*, p. 447). Certains enfants, lorsqu'ils sont loin du stress parental ou scolaire, ne posent plus de problème. Par exemple, lorsqu'ils sont chez des grands-parents calmes et disponibles, qui ont un jardin ou qui proposent un partage des activités de la maison ou des jeux inhabituels, à la fois intéressants et reposants. Une vie régulière, la pratique fréquente d'un sport, une grande modération dans l'exposition aux écrans sont conseillées.

## « Menteur ! »

À l'âge qui nous intéresse, 4-5 ans, on ne peut ni parler de mensonge, ni de vol. Comme nous l'avons vu dans le chapitre précédent, c'est l'âge de l'imaginaire, la frontière est mal définie entre le monde que l'enfant invente et les réalités ; l'enfant imagine, transforme, mais il ne ment pas (p. 250 et suiv.).

Avant de se coucher, Justine, 4 ans, prend ses petits ciseaux ronds et se coupe une mèche de cheveux. À son réveil, sa maman très étonnée, et rétrospectivement inquiète, lui demande ce qui s'est passé. Justine se rend compte qu'elle a fait quelque chose de défendu, elle invente que sa petite amie est venue la voir, et qu'elles ont joué au coiffeur. À la réaction de sa mère, Justine voit qu'elle a fait une bêtise ; elle trouve une « porte de sortie » en inventant une histoire qui n'est pas plausible ; mais il ne s'agit pas d'un mensonge, avec le sens moral que nous lui attribuons.

Si l'enfant prend un objet qui ne lui appartient pas, il ne s'agit pas non plus d'un vol. Valentin, 5 ans, voit le joli bracelet en or de sa maman posé sur la table de nuit. Il le met dans son cartable et l'offre à son enseignante (qui téléphone aussitôt à la maman).

En punissant l'enfant, en le traitant de menteur ou de voleur, on risque d'entraîner un sentiment d'incompréhension de l'enfant, un manque de confiance en soi et dans l'adulte, et parfois de l'inciter à avoir de tels comportements. Jean Piaget est le premier à avoir établi la naissance du jugement moral, qui se situe entre 5 et 7 ans. Cela ne veut pas dire qu'on ne peut pas sensibiliser l'enfant avant cet âge à ce qui est permis, à ce qui est défendu, à ce qui est bien, à ce qui est mal, mais il ne faut pas insister outre mesure.

## Les disputes entre enfants

Les disputes empoisonnent la vie familiale parce qu'elles sont bruyantes et entraînent souvent cris et énervement. Elles réactivent alors chez les parents les conflits qui se sont déroulés dans leur propre enfance, faisant revivre également la relation qu'ils ont entretenue avec leurs propres parents. Ainsi, certains disent : « C'est terrible, je ne peux m'empêcher de crier comme le faisait ma mère, alors que je lui en voulais de se comporter ainsi. »

Pourtant ne pas être d'accord est naturel ; c'est pour les enfants une des composantes de la socialisation et de la vie avec les autres. Il suffit de les observer en collectivité, pour voir que se quereller, se chamailler est un mode d'expression aussi normal que les attitudes de séduction, de domination, d'échange.

Dans une dispute, faut-il intervenir ? Souvent, les enfants se comportent ainsi pour attirer l'attention des adultes, accaparer un parent. Celui-ci peut commencer par dire que cette dispute ne l'intéresse pas et que les enfants doivent régler leurs différends entre eux. Mais parfois les enfants n'y parviennent pas, ils n'arrivent pas à dominer leur agressivité. L'adulte peut intervenir en prenant certaines précautions :

- ne pas imiter le ton de la dispute des enfants (par exemple en criant) car cela provoquera encore plus d'énervement ;

Lorsque se disputer devient le **comportement exclusif** de l'enfant – dans ses relations avec les autres, il n'y a ni tendresse, ni partage, ni solidarité –, il faut être attentif et en parler avec le pédiatre, éventuellement même avec un psychologue.

- essayer de comprendre chacun et aider les enfants à mettre des mots sur ce qu'ils veulent ;
- essayer de les distraire, de les séparer en douceur ;
- éviter de « charger » l'aîné, tout en tenant compte de l'envie du plus jeune qui veut faire comme le plus grand.

Enfin, il faut tenir compte de l'âge de l'enfant. À certains moments sensibles (quand l'enfant dit « À moi, à moi »), il est normal qu'il ne puisse se séparer de l'objet dont il s'est emparé ; on doit lui reconnaître ce droit tout en essayant de négocier et de lui donner un autre objet en échange.

# Les enfants précoces

Il est parfois difficile d'évaluer une précocité dans l'éveil des jeunes enfants car elle ne porte pas toujours sur l'ensemble du développement : certains enfants sont en avance pour le langage, d'autres sur le plan moteur, d'autres pour l'intelligence sensori-motrice (celle qui fait un lien concret entre un geste et son résultat). Si vous vous posez vraiment des questions à propos de votre enfant, demandez au médecin traitant s'il ne serait pas possible de consulter un professionnel qui pourrait faire passer des évaluations adaptées aux très jeunes enfants. La précocité existe et la repérer rapidement permet de la respecter car l'enfant n'est pas meilleur mais différent en sortant ainsi de la norme.

Un enfant précoce aura souvent **un grand écart entre des aptitudes intellectuelles fortes** (richesse du vocabulaire, expression orale, mémoire…) **et une moindre aisance, voire un manque, dans d'autres domaines** (habileté, sociabilité, maîtrise des émotions…).

L'important est d'abord de ne pas solliciter sans cesse la précocité de l'enfant, de ne pas attendre de lui des prouesses et de ne pas en faire un objet d'attention perpétuelle. Kenza, 2 ans ½, a un langage très évolué et commence à faire des petits raisonnements logiques. Ses parents, admiratifs de la voir si vive, essaient maintenant de lui apprendre à compter. Leur fille, encore si jeune, devient une petite personne qui doit toujours prouver ses performances.

Votre enfant aura besoin d'être rassuré lorsque la différence qu'il pourra éprouver vis à vis des autres enfants engendrera certaines difficultés affectives. Arsène savait lire à 3 ans et à 6 ans il s'est plongé dans *Harry Potter*. Dans la cour de récréation, il lit en marchant... Ses camarades le regardent avec étonnement et Arsène se sent peu à peu jugé et exclu du groupe. Votre enfant se sentira soutenu si vous partagez avec lui ces situations.

La précocité intellectuelle chez un enfant ne doit pas faire oublier son âge réel, ses besoins de câlins, de jeux, car sa maturité psychique ou ses capacités motrices (jouer avec ses mains, être dégourdi avec ses pieds) ne se développent pas aussi vite. Cette différence va créer chez certains des moments d'angoisse importants. Enfin, comme chez tout enfant, peut-être encore plus car ces enfants ont une **sensorialité et une sensibilité exacerbée**, il faudra particulièrement veiller à son bien-être, avec une vie équilibrée, des heures de sommeil respectées et une éducation ayant un cadre ferme.

**À savoir**

Le **test** qui évalue la précocité chez les enfants jusqu'à 6 ans s'appelle le WPPSI et ce sont les psychologues spécialisés (neuropsychologues) qui le font passer. Le professionnel qui aura effectué cette évaluation apportera un éclairage d'expert sur les aptitudes intellectuelles et pratiques de votre enfant et sur ses besoins particuliers en termes d'éducation et de pédagogie.

**www.anpeip.org** est le site de l'association nationale pour les enfants intellectuellement précoces. Une équipe de parents bénévoles écoute, soutient et oriente.

# La vie quotidienne

Vivre au quotidien avec ses enfants, c'est leur donner beaucoup de son temps : pour en prendre soin, les nourrir, veiller à leur sécurité… C'est aussi passer du temps avec eux. Le plaisir partagé est là : avec votre bébé, sensible à votre présence attentive, à vos échanges privilégiés ; avec votre enfant plus grand et les conversations, les confidences, les activités faites ensemble : jouer à la dînette avec papa, préparer une surprise pour maman, faire une pause-goûter au retour de l'école, aider à bricoler, à ranger… De tels moments, pourtant simples, rendent les enfants et les parents infiniment heureux.

## Parler, échanger, communiquer

Le besoin de communiquer est vital, littéralement : il naît avec la vie. Un enfant a besoin d'être dans une relation d'échange avec des adultes, qu'on l'écoute et qu'on lui parle à tous les âges. Encore faut-il ne pas « parler pour parler » et « ne rien dire ». Françoise Dolto, qui la première a attiré l'attention sur le « parler vrai » avec un enfant, cite cette maman, à la Maison verte : « Je lui parle, je lui parle, mais c'est ma bouche qui lui parle ; moi, j'en ai marre, et lui aussi… On va se parler un peu moins et peut-être on se regardera mieux ! » (*Madame Dolto*, Érès).

La communication repose aussi sur un geste, un regard, un sourire, une écoute. C'est un intérêt, une préoccupation adaptée aux besoins de l'enfant. C'est une histoire lue, ou racontée, une promenade, un spectacle. C'est répondre aux questions de l'enfant dont la curiosité est grande. Parler, échanger avec un enfant fait partie de l'attention dont il a besoin, c'est une manière de le considérer et de l'accompagner dans son développement.

Les réactions de l'enfant à cette attention partagée donnent beaucoup de renseignements aux parents sur la personnalité de leur tout-petit, sur ce qu'il aime. Dans cette interrelation, il devient un partenaire actif qui étonne son entourage. La communication avec son papa, dont la voix, le comportement, l'humour sont différents de ceux de sa maman, élargit le champ d'ouverture au monde de l'enfant.
Ces échanges sont d'autant plus importants à préserver que les enfants grandissent aujourd'hui dans un environnement où les écrans, omniprésents, peuvent perturber les interactions avec les adultes, essentielles pour s'éveiller et grandir.

**Important**

Lorsque vous êtes avec votre enfant, il rencontre votre regard, il entend votre voix, il sent vos gestes. L'enfant a besoin de cette **communication directe**, continue et attentive, qui ne soit pas troublée par l'utilisation d'un smartphone ou d'une tablette.

## Des moments partagés au quotidien

Communiquer avec son enfant, c'est aussi lui accorder une place dans l'accomplissement des tâches quotidiennes, sans qu'il y ait besoin de jouets sophistiqués ou de matériel particulier. Lorsque vous sollicitez son aide, il se sent fier, valorisé et heureux de ce moment privilégié avec vous. Dès l'âge de deux ans, et avec toutes les précautions nécessaires, un enfant peut aider à sa manière à préparer le repas : laver les légumes, effeuiller la salade, étaler la pâte, couper des bananes en rondelles, mélanger les ingrédients d'un gâteau... Dans la cuisine, les enfants aiment aussi aider à sortir et trier les couverts du lave-vaisselle.
Pour les plus grands, à partir de 3 ans, commencer à mettre le couvert est un exercice fort apprécié. Ce n'est pas si simple de placer les bons couverts à côté de chaque assiette et votre enfant sera fier de sa réussite. Si vous devez étendre le linge, pourquoi ne pas proposer à votre enfant d'accrocher ses propres habits sur l'étendoir à l'aide de pinces à linge ? Lorsque le linge est sec, il peut aider à trier ce qui est à lui ou à sa petite sœur, réunir les chaussettes par paires, placer ses habits dans le placard... autant d'activités qui mobilisent des compétences acquises à la crèche ou à la maternelle – trier, ranger, attribuer, s'appliquer – et que l'enfant réalisera avec l'immense plaisir de faire « comme un adulte ».
Pour ceux qui ont un jardin ou un balcon, les possibilités d'activités partagées sont nombreuses : toucher la terre pour vérifier l'humidité, arroser avec précaution, utiliser un petit râteau pour ramasser des feuilles mortes, participer aux plantations de printemps...

Toutes ces activités prennent bien sûr du temps et elles ne sont pas toujours envisageables dans le rythme quotidien. Mais quand cela est possible, notamment le week-end ou un mercredi, vous apprécierez certainement d'avoir partagé **ce moment privilégié** avec votre enfant.

## Des paroles adaptées à l'âge de l'enfant

Les parents submergent parfois l'enfant d'explications et de commentaires qui ne correspondent pas à son niveau de compréhension. Sofia, 8 mois, est gardée par une assistante maternelle. Elle se met dans une « colère noire » lorsque celle-ci s'occupe des autres enfants. « Je lui ai expliqué plusieurs fois que Nounou ne pouvait pas s'occuper tout le temps d'elle, mais sans résultat », dit sa maman. Sofia est trop petite pour comprendre ces explications qui ne peuvent qu'accroître son anxiété. Elle a besoin qu'on réponde avec douceur et compréhension à ses colères qui manifestent à la fois sa détresse et sa prise de conscience d'être « une » parmi les autres. Même réaction pour Stan, 18 mois, qui pleure lorsque sa maman vient le chercher chez l'assistante maternelle, refuse d'aller dans ses bras (alors que tout se passe bien dans la journée), et continue de pleurer pendant tout le trajet de retour. « Je lui ai dit plusieurs fois que je devais aller travailler, qu'il me faisait de la peine », dit sa maman. Comme Sofia, Stan ne peut pas comprendre ces explications. Il est déjà confronté, comme beaucoup d'enfants, aux réalités incontournables de la vie quotidienne, il montre que ce n'est pas facile d'être séparé de sa maman et qu'il est très ému lorsqu'il la retrouve ; il a besoin d'être compris et consolé. Il ne s'agit pas de ne pas parler à l'enfant mais de lui dire avec « ses mots », ce qu'il ressent et combien vous le comprenez : « C'est difficile de se quitter mais on va se retrouver tout à l'heure. »

## Les non-dits familiaux

Dans certaines familles, il arrive qu'une réalité ancienne, traumatisante ou entourée de honte ou de culpabilité, soit dissimulée aux enfants : perte d'un enfant, inceste, suicide d'un proche, enfant adopté ou adultérin, maladie grave, incarcération… Lorsque l'adulte n'a pas pu parler de cet événement pendant ou après les faits, la réalité passée est enfouie au plus profond de lui-même et sa révélation devient difficile. Le secret se transforme en un silence chargé de sens. Plus le secret est porté longtemps, plus il est malaisé de le partager. Mais, bien que non-dit, c'est un leurre de penser qu'il n'a pas d'existence pour l'entourage proche. Les « fantômes dans la chambre d'enfant » : la grande psychanalyste américaine Selma Fraiberg nommait ainsi ces secrets familiaux qui, bien que cachés, planent sur des comportements étonnants, des réactions inexpliquées que les enfants perçoivent sans en comprendre le sens.

Par exemple cette maman qui, au square, discute avec une autre mère, pendant que leurs deux petites filles s'amusent près d'elles. Elle est tout à coup bouleversée et paraît très ébranlée : elle s'est rendu compte que la petite fille qui joue avec la sienne avait exactement l'âge qu'aurait son aînée si celle-ci avait vécu. Ou ce papa qui se promène tranquillement avec Gaël, son petit garçon de 4 ans, et soudain le repousse avec brusquerie. Il a été perturbé par le regard, une expression, de Gaël : il a adopté cet enfant, qui est le fils de sa femme, et il s'est demandé s'il ressemblait à son père biologique.

Quand le non-dit préoccupe les parents, l'enfant le ressent et peut penser qu'on lui dissimule quelque chose. Il peut se croire coupable d'être à l'origine du trouble de ses parents. Il peut se sentir en insécurité : si une mère n'a jamais parlé de son premier enfant confié à l'adoption, les suivants pourront inconsciemment en ressentir des effets apparemment inexpliqués : blocages, anxiété…

Le moment de la révélation sera choisi en fonction de l'âge de l'enfant, de son niveau de compréhension, de sa capacité à se saisir de la nouvelle pour l'assimiler et l'intégrer. Il ne s'agit pas de tout expliquer, de donner trop de détails, d'y revenir souvent, mais de s'assurer que les enfants ont compris qu'ils ne sont pas responsables de ce qu'ont vécu leurs parents ou grands-parents. Les enfants n'ont pas à porter dans leur histoire le poids de certains faits ; mais il est bon cependant qu'ils en aient connaissance. Ils auront alors toute liberté d'y réfléchir lorsqu'ils seront plus âgés.

### À savoir

Lorsque l'enfant pose des questions existentielles (par exemple sur sa naissance), ou sur un secret ou des tensions qu'il a pressenties, il faut lui répondre, en tenant compte bien sûr de sa maturité affective. Un enfant à qui on n'a pas répondu et qui sent la gêne, l'interdit, ne reposera pas la question.

### À noter

Sur le sujet des non-dits familiaux, nous vous conseillons *Secrets de famille*, de Serge Tisseron, PUF, coll. « Que sais-je ? ».

# Mères fatiguées, parents dépassés

Devenir parent signifie souvent avoir plusieurs vies en une même journée : s'occuper des enfants, de la maison, de ses activités professionnelles. Parfois s'y ajoutent des soucis, des états d'âme, des baisses d'énergie. Certains parents sont épuisés par ces journées et il y a vraiment de quoi. En premier lieu les mères qui assument la plus grande part de l'organisation de la maison – même si les choses évoluent.

Avec des journées, des semaines si denses, il est parfois difficile de concilier les besoins et les envies de chacun, de s'interroger sur le bien-être des enfants, sur la nécessité de communiquer avec eux de façon calme, respectueuse, même lorsqu'ils nous irritent ou demandent du temps que nous n'avions pas nécessairement prévu de prendre… N'avons-nous pas des attentes non-dites d'enfants sages, pas trop bruyants, d'humeur égale, qui ne viendraient pas compliquer notre vie de parents ?

**Très vite après la naissance**, beaucoup de parents sont confrontés aux pleurs inconsolables de leur bébé qui les fatiguent et les inquiètent. Devenir parent a été un moment attendu, rêvé, idéalisé. La présence de leur enfant et ses demandes impérieuses, les difficultés à interpréter ses pleurs, les mettent en face d'une réalité parfois déstabilisante. Les mères, les pères, ne voyaient pas la parentalité ainsi. Nous parlons au chapitre 3 des pleurs du petit bébé et nous essayons de vous aider au mieux (p. 117 et suiv.).

**Lorsque les enfants grandissent**, deviennent plus autonomes et manifestent leur opposition, les parents se sentent parfois poussés à bout face à leurs exigences (p. 243). Chacun supporte plus ou moins facilement le comportement de son enfant. Certains sont plus facilement stressés, il peut aussi y avoir des désaccords éducatifs dans le couple.

**Que faire si le comportement de votre enfant vous fait perdre patience**, si vous vous mettez en colère ? Il est nécessaire de prendre un peu de temps pour essayer de comprendre ce qui se passe ; un jeune enfant a besoin qu'on perçoive ce qu'il ressent. Cette empathie vous permettra ensuite de lui montrer qu'il a atteint les limites du supportable et aussi qu'il touche vos limites personnelles. Dans l'immédiat, dites-lui franchement : « Je suis fatigué et peu disposé à t'entendre grogner. Nous avons tous les deux besoin de calme. Tout à l'heure, plus tard, nous verrons ». Comme lors des caprices (p. 308), le silence, l'apaisement, peuvent faire retomber la pression. Mais ne l'étourdissez pas de trop d'explications, surtout avant 2 ans, alors qu'il n'est pas en âge de comprendre.

C'est peut-être le moment d'envisager un aménagement de l'emploi du temps, une implication différente et complémentaire dans votre couple. Lorsque l'un des parents est moins impliqué que l'autre, il ne prend pas toujours la mesure de la charge de travail, de l'engagement émotionnel de l'autre parent dans l'organisation quotidienne, dans l'attention portée aux enfants. Il ne faut pas dramatiser mais en parler : un échange, une conversation sont toujours bénéfiques.

C'est l'heure de partir à la crèche et Camille, presque 2 ans, se tortille

Sur la **communication non violente**, voici deux ouvrages :

*Communiquer de façon non violente avec les enfants*, de Florence Millot, illustré par Marianne Barcilon (Courrier du Livre) : un livre pratique pour mieux se parler, s'exprimer, se comprendre entre enfants et adultes, et aussi entre enfants.

*Les mots sont des fenêtres – Initiation à la communication non violente*, de Marshall B. Rosenberg (La Découverte) : le livre de référence sur ce sujet.

### Important

Essayez de trouver en vous une technique qui vous remette dans votre bulle de quiétude. Chacun découvrira **une manière de se ressourcer** : de la musique, du sport, de la danse, un temps de méditation… autant de stratégies permettant de ne pas être dépassé par une colère qui pourrait vous amener à avoir une attitude inadaptée.

dans tous les sens et refuse d'être changé. Sa maman sentant l'énervement monter fait appel à son conjoint. Tous les deux se rendent compte qu'il vaut mieux désormais essayer de prévoir plus de temps le matin. De même lorsque le soir l'enfant refuse d'aller se coucher, essayez d'avancer l'heure du coucher et d'allonger le temps de lecture et de câlins qui précède l'endormissement.
N'hésitez pas à solliciter vos proches, grands-parents, amis, qui peuvent soulager le quotidien.
Si vous avez des difficultés à contenir votre exaspération, si vos énervements se multiplient, si vous vous sentez débordé par vos émotions et n'arrivez pas à les contrôler (p. 308), parlez-en à votre médecin, tant pour vérifier que l'enfant ne présente pas une maladie qui le rend difficile que pour évaluer votre souffrance. Vous pouvez aussi voir un psychologue qui pourra vous apprendre à gérer au mieux vos émotions avec différentes techniques.

# Intimité et pudeur

Pour l'enfant, la première intimité est celle de son corps. Cette intimité corporelle se construit, elle n'est pas innée. Jusqu'à 2 ans, les petits aiment bien être nus ; au bord de la mer, ils enlèvent facilement leur maillot de bain, ou ils ne veulent pas le mettre. Mais en grandissant, certains enfants regrettent d'avoir été photographiés nus et demandent d'ôter la photo de l'album. Apprendre progressivement à son enfant à se savonner seul dans le bain lui permet de prendre conscience que son corps lui appartient.
L'enfant va aussi ressentir le besoin d'éprouver son corps comme étant le sien en procédant à son exploration : se toucher les parties intimes est une manifestation naturelle et non honteuse autour de 3 ans. Surtout ne le grondez pas, respectez son intimité en précisant néanmoins qu'il est préférable que ces moments se passent dans sa chambre, dans la salle de bains, à la maison, plutôt qu'en public.

## Respecter la pudeur de l'enfant

Au fur et à mesure que l'enfant grandit, il va prendre conscience du regard des autres sur lui et éprouver le besoin de couvrir sa nudité. Il exprime alors sa pudeur, c'est à dire un sentiment de gêne qui peut aussi apparaître à la vue des autres nus. Lorsqu'Apolline, 5 ans, refuse d'aller à la piscine sans mettre un haut de maillot de bain, sa pudeur est vraiment légitime.
Si l'enfant ne prend pas conscience de la nécessité de protéger son corps du regard des autres, l'adulte pourra l'aider : Max, 6 ans, est fier de se promener sans culotte dans le salon devant les invités. Son père le raccompagne gentiment dans sa chambre, en lui expliquant qu'on n'agit plus ainsi à son âge. Il lui propose de l'aider à enfiler son pyjama.
Respecter la pudeur de l'enfant c'est aussi avoir un comportement qui ne le gêne pas. Par exemple, il n'est pas conseillé, au-delà de 2 ans ½-3 ans, qu'un adulte prenne son bain avec son enfant. Certains croient, à tort, qu'on peut éviter des réactions excessives de pudeur

*« Lorsque Léa – qui a 5 ans – entre dans son bain, elle ne veut pas qu'on la regarde. Je comprends très bien cela et je suis choquée lorsque ma belle-mère me dit qu'elle exagère. »*

*nous écrit cette maman*

chez les enfants en n'ayant aucune limite dans ce domaine. Pourtant, devenus adolescents, puis adultes, beaucoup de jeunes disent combien ils ont été blessés, ou culpabilisés, par le comportement de parents qui n'avaient aucune pudeur.
Pour l'enfant, le corps n'est pas une anatomie médicale ou scientifique mais un ensemble d'émois, de ressentis, provoqués par ce qu'il voit ou par le regard des autres. Cela appelle délicatesse et égards de la part des adultes.

### Le droit à la vie privée

Quand l'enfant a l'air inoccupé, qu'il **rêve**, pourquoi l'interrompre sans nécessité ? Pourquoi n'aurait-il pas droit lui aussi à ses moments d'évasion ? Ces moments ne sont pas inutiles mais sont au contraire un facteur de maturation.
Tout enfant a son **jardin secret**, un lieu imaginaire, respecté par les adultes. Axelle, 4 ans, est ravie de retrouver Samir à l'école. Ses parents remarquent cette forte complicité et en parlent avec amusement autour d'eux, sans voir que cela blesse leur fille. L'enfant peut ne pas vouloir montrer ce qui le touche vraiment.
Lorsqu'un petit enfant joue dans sa chambre et ferme la porte, ses parents peuvent à juste titre être inquiets de ce qu'il peut faire (monter sur une chaise ou une table). Mais lorsqu'il grandit, certains adultes se sentent exclus et trouvent naturel de faire irruption sans avertir. « Il s'est enfermé dans sa chambre… » En réalité, l'enfant ferme sa porte car il a besoin de sentir que l'espace qui lui a été désigné est bien à lui, et le manifeste ainsi ; respectez son geste, frappez avant d'entrer. Vous lui apprendrez également à ne pas entrer dans votre chambre sans prévenir.
Il y a bien d'autres exemples du respect de la vie privée d'un enfant. Il reçoit une carte d'anniversaire à son nom : même s'il ne sait pas encore lire, c'est sa lettre, c'est à lui de l'ouvrir. Dans l'existence, tout ne peut pas être partagé… Il est nécessaire de respecter aussi chez les tout-petits ce besoin d'avoir une intimité.

**Tact, respect de l'autre** sont essentiels dans la construction de soi, il n'est pas trop tôt pour s'y conformer et s'y habituer.

## Les frustrations

Il ne faut pas confondre frustration et privation des éléments essentiels, voire violence que l'enfant pourrait subir. La frustration concerne tous les moments de la vie où l'enfant doit attendre, partager avec autrui, perdre à un jeu, ne pas avoir ce qu'il veut dès qu'il le désire.
Toute la vie est une succession de frustrations. La première commence à la naissance quand le bébé doit attendre (un peu) le sein ou le biberon. Le problème n'est donc pas la frustration mais le fait d'apprendre progressivement à la gérer, à trouver la façon de la supporter, de la dépasser. Un adulte saura **surmonter ses frustrations** à la hauteur de ce qu'on lui aura appris à vivre dans les premières années de vie.
Les parents ont souvent peur que leurs enfants ne soient frustrés, qu'ils manquent de quelque chose et que cela nuise à leur épanouissement. Prendre en compte les besoins d'un enfant, ses émotions, ne veut pas

dire le combler totalement, instantanément en répondant à toutes ses demandes. Au contraire, l'enfant a besoin de découvrir peu à peu que tout ne lui est pas dû. Élever un enfant, c'est aussi lui apprendre à différer ses sources de satisfaction immédiate, ce n'est pas chercher à lui plaire à tout prix. Ces frustrations nécessaires lui permettent de mesurer les limites de sa « toute-puissance ». Ainsi, il apprend à attendre, à anticiper, à se construire un « soi profond », un « chez-moi psychique », celui qui lui permet de savoir que l'autre l'aime même s'il n'est pas là. Ces expériences aident l'enfant à se développer, à devenir autonome, à puiser en lui ses propres ressources pour s'apaiser et contrebalancer ce petit moment de déplaisir – à condition bien sûr qu'elles ne deviennent pas systématiques.

Prenez conscience que certains objets sont plus attractifs que d'autres ; les **écrans** (télévision, console de jeux, tablettes…) par exemple. Les enfants ne peuvent s'empêcher de les regarder et leur arrêt provoque toujours un grand sentiment de frustration, voire de la colère. Nous vous déconseillons de les utiliser comme récompense ou punition car c'est leur reconnaître une valeur supérieure aux autres activités. Posez au contraire très tôt des limites claires quant à leur utilisation de sorte que vos enfants sachent qu'ils n'ont pas la possibilité de les réclamer quand ils s'ennuient. Cette frustration est structurante car elle oblige l'enfant à trouver en lui les moyens nécessaires pour se distraire et elle lui permet d'accéder à des activités plus enrichissantes comme le jeu, la lecture, le dessin, etc.

Lorsque vous refusez de faire faire à votre enfant tous les tours de manège qu'il demande, lorsque vous lui dites que c'est le moment de sortir du bain, lorsque vous lui défendez d'apporter ses jouets au salon parce qu'il y a des invités… vous lui donnez le **cadre nécessaire** pour qu'il intériorise les règles de la vie familiale, du savoir-vivre : vous l'amenez à prendre une distance vis-à-vis de vous et donc à grandir. En contrepartie, il faut reconnaître à l'enfant le droit d'exprimer ce que ces frustrations lui font vivre.

## Le bilinguisme

Lorsque les parents sont de nationalités et de langues différentes, ou lorsqu'ils sont de même nationalité mais vivent à l'étranger, ils se demandent quelle langue choisir pour parler à l'enfant.

**À travers une langue, c'est une culture et une histoire qui sont partagées.** Si les deux parents sont d'origines différentes, il est bon que chacun parle dans sa langue avec l'enfant qui entendra la musicalité de chaque langue. Si le couple vit dans un pays étranger, l'enfant doit entendre les langues familiales et il saura vite s'exprimer dans la langue du pays. Si l'enfant apprend la première langue dans un environnement chaleureux, avec des interactions stimulantes et un langage riche, il acquerra facilement la seconde langue en dehors de la famille. Lorsqu'il sera en contact avec l'extérieur – halte-garderie, crèche, école – il apprendra, et plus vite qu'on ne le croit, la langue du pays dans lequel il vit. À son arrivée à l'école, l'enfant passe parfois par une phase silencieuse – qui peut durer plusieurs semaines – pendant laquelle il communiquera par les gestes, le sourire. Il faut respecter cette étape, sans faire pression.

Pour que leur enfant apprenne plus rapidement la langue du pays, certains parents arrêtent de parler leur langue. Il faut au contraire que l'enfant continue à entendre et à parler la première langue : il acquiert ainsi tout un savoir (complexité de la langue, utilisation du

### *À savoir*

La langue est construite sur une culture et le bilinguisme est une chance pour l'enfant. Il est important de ne pas déconsidérer la langue d'un des parents et de profiter au contraire de cette ouverture au monde.

vocabulaire) qu'il pourra transférer sur la seconde langue ; il apprendra celle-ci d'autant plus facilement.
Avec cette pratique on observe généralement que si on s'adresse à l'enfant dans les deux langues, il passe facilement de l'une à l'autre, la gymnastique lui devient familière. Il donne même l'impression de jongler avec les mots ; connaître deux langues l'amuse. L'enfant bilingue a accès à deux modes de pensée et pouvoir s'exprimer dans deux langues de cultures également valorisées le rend plus créatif et sa personnalité s'enrichit à tout point de vue.

### Quelques particularités du langage bilingue

L'enfant qui parle deux langues peut au début faire quelques « mélanges ». Cela ne provient pas d'une confusion de l'enfant. D'ailleurs certains enfants ne « mélangent jamais ». Chez d'autres, le « mélange » se produit pour différentes raisons : soit le mot dans l'autre langue manque à l'enfant, soit le mot d'une langue est plus facile à prononcer (Helenka a tout de suite adopté le mot tchèque *bota* plutôt que « chaussure »), soit l'enfant préfère une sonorité par rapport à l'autre. Les enfants qui grandissent dans un environnement multilingue, où les adultes aussi mélangent les langues (c'est une pratique courante dans les communautés bilingues), adoptent davantage cette manière de parler. À partir de 3 ans (cela dépend de l'enfant et de son environnement), l'enfant passe en général d'une langue à l'autre sans problème.
Le bilinguisme précoce ne provoque pas de retard de langage.
Le rythme d'acquisition du langage est le même que chez l'enfant monolingue, c'est-à-dire que les grandes étapes comme le premier mot, la phrase à deux mots… apparaissent au même âge. Si l'enfant parle plus tard, le bilinguisme n'est pas à incriminer, la cause est à chercher ailleurs.
Comparé à un enfant monolingue du même âge, un enfant bilingue n'a pas le même vocabulaire dans chacune de ses langues, ce qui pourrait être également interprété comme un « retard ». C'est normal, car l'enfant bilingue acquiert le vocabulaire de chaque langue dans des situations différentes, par exemple le bain avec maman en espagnol et les jeux en plein air avec papa en italien. Pris dans sa totalité, le vocabulaire est identique à celui d'un enfant monolingue du même âge.

**www.bilinguisme-conseil.com** est un intéressant site d'informations sur le bilinguisme. Nous vous conseillons également le livre de Barbara Abdelilah-Bauer, *Guide à l'usage des parents d'enfants bilingues*, La Découverte.

**À noter**

Les enfants qui présentent des dysphasies (p. 423), c'est-à-dire un trouble du développement du langage, peuvent éprouver des difficultés lorsqu'ils sont confrontés à deux langues en même temps. Il faudra alors en privilégier une pour commencer.

## La politesse

La politesse est la base de la relation entre deux personnes. Elle est essentielle et donne du sens à nos comportements. Elle a donc une **place importante dans l'éducation**. Tout petit, l'enfant peut être initié au plaisir d'être attentif à l'autre, à la réciprocité. L'enfant va apprendre les **mots magiques** pour vivre ensemble : merci, bonjour, au-revoir. Maia, 20 mois, sait dire merci, le fait très naturellement, et apprécie qu'on le lui dise également. Peu à peu, l'enfant apprend à attendre son tour au toboggan, à ne pas interrompre systématiquement ses parents lorsqu'ils sont au téléphone, à ne pas accaparer l'attention dans la conversation des grands. Les enfants sont ainsi sensibilisés au calme qu'apporte le respect des autres, ce qui leur procure les bases d'un certain art de vivre pour plus tard. Ils se rendent compte qu'il est plus plaisant pour tous de manger la bouche fermée, d'être bien assis à table plutôt qu'affalé, etc. L'éducation n'est pas que l'apprentissage de la politesse mais un enfant « bien élevé » suscite des réactions positives, agréables pour tous, à commencer par lui-même.

**Les gros mots**. Les enfants prennent conscience très tôt que certains mots leur sont interdits – alors que les adultes ne se privent pas de les employer –, d'où leur plaisir de dire des gros mots. Ils ne les retiennent pas seulement des collectivités qu'ils fréquentent mais aussi des adultes de leur entourage. Les enfants répètent les mots, les phrases qu'ils entendent, au même titre qu'ils imitent papa ou maman en faisant semblant de conduire une voiture ou en grondant leurs peluches ou leurs poupées.

Certains gros mots aident les enfants à se défouler de ce que l'éducation leur demande de surmonter. On sait la jubilation qu'accompagnent tous les « caca-boudin » ; l'enfant montre ainsi qu'il prend plaisir à se libérer des difficultés associées à l'apprentissage de la propreté, de la pudeur. On voit bien la satisfaction qu'apporte la prononciation de certains mots permettant de passer outre un interdit. En revenant de l'école, Zoé, 4 ans, dit à sa maman : « Ce n'est pas bien de dire "pitain" mais Jonas dit "pitain" et Clément dit "pitain" et Natalia dit "pitain"… »

Dans la continuité de l'apprentissage de la politesse, du savoir-vivre, nous pensons qu'il ne faut pas laisser les enfants utiliser de gros mots ; tout en leur faisant remarquer que les grandes personnes ne doivent pas non plus être grossières. Nous devons les aider progressivement, en particulier après l'entrée à l'école maternelle, à faire la différence entre des insultes blessantes et déplacées et un gros mot qu'il est tout simplement poli de ne pas utiliser.

## Toujours plus vite…

Les parents sont de plus en plus pressés. Les contraintes quotidiennes – courir pour déposer les enfants à la crèche, se dépêcher pour attraper le bus, ne pas être en retard au travail – ne sont pas seules en cause. Les connaissances de la psychologie ont modifié le regard posé sur l'enfant – on le sait plus éveillé qu'on ne croyait – et son environnement est plus stimulant : jeux et activités le sollicitent constamment. Les parents attendent aujourd'hui de leur enfant qu'il fasse des progrès rapides ; ils comparent avec leurs amis, sont inquiets si leur enfant ne marche pas à un an, ils souhaitent qu'il parle plus vite, avec beaucoup de vocabulaire, qu'il soit très éveillé, ils anticipent sur sa scolarité.

Pourquoi être tellement obsédé par le temps ? **Chaque enfant grandit à son rythme**, il est important de respecter son développement. D'ailleurs tout au long de ce livre, nous essayons d'alerter contre la tendance actuelle de considérer le petit enfant comme beaucoup plus âgé qu'il n'est. Laissez-le être un enfant de son âge, qui n'est ni un petit adolescent, ni un petit adulte. De nombreux parents nous écrivent : « Romain, 3 mois, fait des caprices ; Julia, 7 mois, s'oppose à moi et je sens bien qu'elle me nargue ; Léonie, 18 mois, est incapable d'obéir. » Mais 3 mois n'est pas 3 ans, 7 mois ou 18 mois est encore loin de 7 ans, le fameux âge de raison. Certaines exigences éducatives, bénéfiques et indispensables à un certain âge, peuvent fragiliser des enfants à un âge plus tendre. « Élever » un enfant, c'est se mettre à son niveau pour l'aider à grandir, sans l'imaginer plus grand qu'il n'est.

**L'enfant a besoin de temps** pour construire sa personnalité, développer la confiance en soi et en l'autre, s'adapter aux contraintes du monde extérieur, conquérir son autonomie… Nous perdons souvent de vue que dans le développement, il y a des stades à respecter, que tout enfant a besoin de calme, de moments de rêverie, d'imagination, de s'imprégner d'histoires, de jeux, de dessins animés adaptés à son âge. Cette immersion contribue à la construction d'un monde à sa portée qui le sort de la réalité dans laquelle il grandit. Et la voie d'accès ne peut être celle de l'agitation et de la vitesse mais bien celle d'un temps quelque peu suspendu. Rien ne presse… la petite enfance passe si vite. Laissez-le vivre pleinement cette période fondatrice, ne l'en privez pas.

## Éloge de la patience et du calme

Être patient avec son enfant, avoir une parole réconfortante et calme, c'est ne pas dramatiser la moindre de ses maladresses ou oppositions, c'est lui laisser le temps d'aller au bout de ses propres découvertes sans se substituer à lui, sous prétexte de l'aider, d'être à l'heure. C'est répéter sans se lasser (et sans s'agacer) les consignes du quotidien : « C'est l'heure d'aller se coucher », « On ne jette pas son manteau par terre en rentrant de l'école », « On dit au revoir à Nounou »…

Agir avec précipitation, colère, renforce chez l'enfant l'angoisse qu'il éprouve face à ses difficultés ; alors qu'**agir avec calme et fermeté lui donne un sentiment de soutien, de « portage »**. Il sent ainsi que ses parents sont les « capitaines du navire » et non pas lui, ce qui est rassurant.

Dans un monde qui nous bouscule tant, nous sollicitant sans cesse pour faire toujours davantage, nous avons tendance à oublier les bienfaits de la patience : prendre le temps d'« attendre », de persévérer dans une activité sans s'énerver, voire de se reposer tout simplement. Ce n'est pas seulement de la patience avec votre enfant qu'il s'agit ici, mais de ce que vous, l'entourage, donnez à voir de ces moments d'impatience auxquelles il va s'identifier, souvent quotidiennement, parfois même à votre insu. Les tensions qui accompagnent les situations de la vie quotidienne, où vous n'avez pas pu faire à temps les tâches nécessaires, angoissent l'enfant.

La patience et le calme des adultes à l'égard de l'enfant lui donnent confiance en lui et en eux pour la vie. En ce sens, la patience légendaire des grands-parents, qui ne sont plus pris dans les mêmes enjeux éducatifs et sociaux que les parents, est bien réelle et apporte souvent un véritable apaisement.

### *Les « trop »*

Les enfants ont aujourd'hui trop de stimulations, trop d'impatience, trop d'explications, trop de jouets, trop de quête de performances… Les parents eux-mêmes sont sans doute victimes d'un trop-plein : trop de conseils, de sollicitations de la part d'un environnement où l'enfant est une source de consommation sans fin, et probablement aussi trop d'exigences familiales et socioculturelles qui demandent un enfant parfait avec des parents qui ne le sont pas moins. Prendre conscience de ces excès peut vous aider à être plus détendu vis-à-vis de votre enfant et de vous-même.

# Quelques situations difficiles

## Les tensions et les disputes entre parents

Le jeune enfant est particulièrement sensible à son environnement, au calme, à l'harmonie entre les adultes qui s'occupent de lui mais aussi aux tensions, aux conflits qui surviennent dans son entourage. C'est encore plus vrai s'agissant des relations entre ses parents.
Les divergences éducatives sont une source fréquente d'énervement. Lorsque Zélie, 2 ans, est couchée, elle appelle ses parents. Son père va systématiquement la chercher, ce qui irrite la maman. Le ton montre vite entre eux. Il en est de même pour le bain de Cédric, 18 mois. « Il faut prendre un bain tous les soirs », dit le papa. « C'est inutile, cela fragilise la peau », répond la maman. La scène – «  tu me contredis toujours » – se reproduit fréquemment et l'agacement grandit à chaque fois.
À travers des éclats de voix, des gestes brusques, des marques de tristesse ou de colère, le bébé ressent la nervosité ambiante. Il peut en souffrir même quand il n'est pas le témoin direct d'une scène. Il exprime parfois son malaise par des maux de ventre, des pleurs, des troubles du sommeil. Plus âgé, l'enfant discerne très bien l'agressivité qui se dégage des altercations entre ses parents. Il s'inquiète, s'approche d'eux, attire l'attention de l'un ou de l'autre, voire s'identifie à eux et reproduit leur comportement chez sa nounou, à la crèche, dans ses jeux. Plus il grandit, plus les disputes des adultes le préoccupent. Il ne l'exprime pas encore par des mots tels que « séparation » ou « divorce » mais il pose des questions : « Papa va partir ? On va quitter papa ? Vous ne vous aimez plus ? » Si leurs parents ne s'aiment plus,

ils peuvent aussi ne plus les aimer, ressentent les enfants. D'autant plus que dans ces situations tendues, les adultes sont moins attentifs aux besoins de leurs enfants.

**Comment préserver les enfants des tensions** dans le couple ?
Tout bébé, tout enfant a besoin d'un environnement calme, émotionnellement mais aussi physiquement. Il est important que l'enfant ne soit pas dans les bras de l'un ou de l'autre lorsque la querelle éclate, qu'il en soit le moins proche possible.
Les adultes ne s'en rendent pas toujours compte mais pour les enfants, c'est une violence d'assister à des disputes entre leurs parents.
Les enfants doivent en être tenus le plus possible à l'écart : en être témoins peut en effet les effrayer. S'il n'a pas été possible d'éviter que votre enfant soit impliqué dans le conflit, montrez-lui par des gestes ou des paroles réconfortantes que vous avez perçu son inquiétude.
Quand il est plus grand, l'enfant a besoin de comprendre ce qui se passe. Il peut se sentir responsable de la situation alors qu'il n'y est pour rien. C'est important que les parents, ensemble ou à tour de rôle, lui donnent des explications, avec des mots simples (et non contradictoires), le rassurent, le tranquillisent. À partir de 3 ans, les chamailleries sont fréquentes entre enfants : cela peut vous servir d'exemple pour montrer que les adultes peuvent aussi se quereller et vite se réconcilier.

## Si les parents se séparent

Trop de couples oublient dans ces moments difficiles qu'ils sont avant tout parents, et qu'ils le resteront, même s'ils ne vivent plus ensemble. Les passions et les ressentiments prennent le pas sur l'amour paternel ou maternel et l'enfant peut être pris en otage. Il devient alors l'enjeu du conflit entre son père et sa mère qui, au-delà de leur dissension d'origine, se déchirent à son sujet. Des parents qui se parlent malgré les désaccords, qui pensent à l'enfant et à l'incidence que peut avoir sur lui leurs tensions, l'aideront beaucoup à surmonter cet événement de vie. Cet effort nécessite de ne pas penser qu'à soi-même, d'essayer dans la mesure du possible de surmonter ses rancœurs pour penser à l'**intérêt de l'enfant**. L'intervention d'un tiers (psychologue, par exemple) peut favoriser le dialogue ; le juge aux affaires familiales peut désigner des professionnels qui essaieront de dédramatiser le conflit, comme le recours à une médiation familiale. Le médecin de l'enfant (pédiatre ou généraliste) peut alerter sur la corrélation entre certains symptômes (sommeil perturbé, pleurs, vomissements…) et les tensions dans le couple parental.
Lors d'une séparation, la plupart des enfants rêvent que leurs parents pourront un jour se retrouver, surtout lorsqu'ils ont préservé certains liens entre eux. L'enfant comprendra mieux la situation si on lui explique les raisons profondes de la séparation ; il verra que ces raisons sont indépendantes de lui et qu'il ne pourra pas changer la situation. De leur côté, les adultes ne doivent pas entretenir chez l'enfant le faux espoir d'un retour à la vie commune et lui laisser imaginer qu'il a le pouvoir de les rassembler. Baptiste, 7 ans, est hospitalisé quelques jours. Ses parents, divorcés, se retrouvent quotidiennement à son chevet, parlant

### À savoir

Trop de disputes engendrent un climat délétère pour le développement de l'enfant. Faites-vous aider et demandez conseil à votre médecin ou rapprochez-vous de la PMI.

### Soyez vigilants

La démarcation entre disputes et violences conjugales et familiales est parfois ténue. Ne laissez pas s'installer ces situations sans alerter votre entourage, vos proches, voire des professionnels (médecin, police, associations spécialisées, etc.), surtout si des insultes, des injures, des menaces sont proférées et – *a fortiori* – des coups sont donnés.

devant lui aux médecins, aux infirmières. Baptiste dit alors à l'une d'entre elles : « Je ne veux pas guérir pour qu'ils restent ensemble… »
L'enfant est parfois envahi de sentiments complexes. Il se sent responsable, coupable de la séparation de ses parents ; lorsqu'il va chez l'un ou chez l'autre, il est pris dans un « conflit de loyauté » (p. 298). C'est comme s'il trahissait un de ses parents en s'attachant au nouveau conjoint ; il souffre de « prendre du bon temps » chez l'un alors que l'autre reste seul. L'enfant peut aussi avoir le sentiment d'être abandonné par son papa ou sa maman. Même s'il est très jeune, il peut ressentir ces émotions. Il est important que les parents soient attentifs à ce qu'il éprouve afin de le soulager.
Heureusement bien des parents sont conscients de leurs responsabilités ; l'enfant n'est pas un objet qui passe de l'un à l'autre selon la disponibilité de chacun. Ils essaient d'organiser du mieux possible le quotidien, dans un climat serein et chaleureux. Ils montrent à leur enfant qu'ils l'aiment toujours de la même manière et qu'il n'est pas responsable de la séparation. Ces parents savent que l'enfant n'est pas qu'un désir mais un engagement assumé pour la vie.

## La résidence alternée

Le but de la résidence alternée (l'enfant habite alternativement au domicile de chacun des parents) est d'essayer de **pacifier le divorce**, moment toujours douloureux pour les enfants, en instaurant une véritable coparentalité. Il nous semble qu'un certain nombre de conditions sont nécessaires pour que cette solution respecte au mieux l'équilibre des enfants.
La résidence alternée est déconseillée chez le tout-petit car, avant 3 ans, l'enfant ne peut pas anticiper les changements de temps et d'espace. Il a avant tout besoin de stabilité et de continuité. Mais certains professionnels souhaitent apporter une nuance à ce principe : lorsqu'il n'y a pas conflit entre les parents, il peut être bénéfique pour l'enfant d'avoir le même temps de vie avec son papa et avec sa maman. Les enfants souffrent surtout des tensions dans le couple, ainsi que de trop grandes différences dans les deux lieux de vie : rythmes, climat de calme et de sécurité, attitudes éducatives…
En effet, l'entente entre les deux parents et le respect mutuel sont des points essentiels : il importe de ne pas dénigrer, ni critiquer l'autre parent. « Quand ma fille arrive habillée en Arlequin, je ne fais aucune remarque… » dit Lelia. Et ce père précise : « Je sais que le compagnon de mon ex-femme ne fait rien de toute la journée. Cela m'énerve mais je ne fais pas de commentaire. »
De l'entente entre les parents peut découler une **cohérence** dans les décisions qui touchent à l'éducation (heures du coucher, temps passé devant les écrans…). Un **équilibre** peut s'instaurer dans la répartition des soins apportés à l'enfant. Sinon le déséquilibre risque d'être mal supporté et de rejaillir sur l'enfant : « C'est moi qui reste à la maison quand Martin est malade, qui le conduis à ses loisirs, qui me rends aux réunions de l'école », regrette sa maman.

Les parents doivent être conscients que la résidence alternée ne doit pas servir à régler leurs conflits, en prenant ainsi l'enfant en otage : ce père, très souvent en déplacement et peu disponible, ne veut pas renoncer à la résidence alternée estimant « qu'il est dans son droit ».
La vie de l'enfant est à organiser le plus confortablement possible : un rythme de séjour régulier et stable, la proximité des habitations, une chambre et des affaires personnelles (jouets, meubles). Il ne doit pas avoir l'impression d'être un hôte de passage.
La résidence alternée n'est pas possible pour tous les couples : il faut notamment disposer d'un logement suffisamment grand pour recevoir régulièrement son (ou ses) enfant(s). De plus, elle est mal supportée par certains enfants : « Pourquoi est-ce à moi de changer de logement chaque semaine ? » demande Erwan, 10 ans.
Pour donner les meilleures chances d'épanouissement à l'enfant après une séparation, l'organisation du mode de garde est importante mais probablement plus encore l'entente entre les parents, leur amour pour leur enfant, et leur préoccupation commune de l'intérêt de l'enfant.

Voir également « Au cœur des familles recomposées », p. 297.

# Quand un parent est malade

Un jeune enfant est toujours impressionné lorsqu'un de ses parents est malade : peu disponible, fatigué et souffrant parfois, celui-ci ne répond plus aux attentes de son enfant, ne participe plus aux activités habituelles ou aux soins le concernant. Un équilibre rassurant est rompu, ce qui peut provoquer diverses réactions, variées d'un enfant à l'autre, selon l'âge, l'intensité de sa relation à ce parent.
La maladie de ce père est un épisode qui sera relativement court mais son traitement est fatigant : Solal, 4 ans, supporte mal de ne plus pouvoir faire de bruit, jouer à la bagarre avec son papa. Il devient agressif, difficile… alors que sa petite sœur Fanny, 2 ans ½, est plus raisonnable : « Chut, pas réveiller papa », lui dit-elle. Le père de Solal a compris que son petit garçon est inquiet mais pas seulement en raison de son état : voir sa maman s'occuper moins de lui pour soulager le plus possible son mari, se faire même gronder par elle, augmente ses angoisses et sa frustration. Le papa va prendre Solal à côté de lui, partager des jeux calmes, lui demander des petits services, sans reprendre les explications qui lui ont déjà été données sur sa maladie.
La maîtresse de Flora, 3 ans, s'inquiète de la voir, après deux mois d'entrée à l'école où elle était si enjouée, se replier sur elle-même : elle alerte sa grand-mère, qui reste réservée mais qui avertit son gendre. Le papa vient le samedi suivant parler devant Flora à son institutrice : « Sa maman a un cancer depuis déjà plusieurs mois mais Flora est habituée, très gaie à la maison, nous ne nous sommes rendu compte de rien… Mais récemment elle a vu sa maman perdre ses cheveux, peut-être que… ? » L'institutrice fait participer la petite fille à l'entretien, la laisse s'exprimer. Ses parents ont compris que la décontraction de Flora n'était qu'apparente : sa maman va lui expliquer, sans entrer dans les détails, que son traitement pour guérir lui fait perdre ses cheveux. Elle la rassure : « Ils repousseront plus tard. » C'est pourquoi, en attendant, elle met un foulard et elle évoque

son intention de porter une perruque, puis change de sujet : « Viens, c'est l'heure du bain, j'ai préparé ton peignoir. »
Les enfants perçoivent que leur maman ou leur papa ne va pas bien ou qu'on leur cache quelque chose. Rester silencieux ou ne pas dire la vérité accroît leur anxiété, les fait imaginer le pire et risque de se traduire par différents symptômes. Il faut donc donner à l'enfant des informations et des explications tout en sachant que celles-ci doivent correspondre à son âge. Répondez « vrai » à ses questions. Vous saurez trouver les paroles et les gestes qui permettent le dialogue, qui rassurent, fournissent l'information appropriée mais pas envahissante : **il est primordial que l'enfant poursuive sa vie de découvertes et d'insouciance**.

**Maltraitances psychologiques**

Les violences verbales (humiliation, cris, menaces, etc.) sont, comme les violences physiques, des maltraitances envers l'enfant (p. 284).

## L'enfant maltraité

Il est difficile de croire et d'imaginer qu'on puisse maltraiter un enfant, surtout lorsqu'il est très jeune. Souvent, les parents eux-mêmes, qui ont eu des gestes violents à l'égard de leur enfant, le nient, et ce, même si le pédiatre leur montre des marques sur le corps de l'enfant. La maltraitance ne vient d'ailleurs pas toujours des parents, d'un proche de la famille. Une assistante maternelle, son conjoint, voire une institution d'accueil peuvent être en cause.
Les professionnels de l'enfance, avec l'appui de l'Organisation mondiale de la santé (OMS), ont élargi la notion de maltraitance : elle ne concerne plus seulement les sévices corporels mais aussi le délaissement, la négligence, la carence de soins et de relations.
Les **enfants délaissés**, **négligés** reçoivent des soins insuffisants de la part de leurs parents qui n'ont avec eux, en dehors des contacts indispensables (toilette, repas), aucun échange affectueux. Il leur manque, jour après jour, la sécurité émotionnelle, une présence régulière, les stimulations à l'éveil de leur intelligence, indispensables à la construction de leur personnalité. Ils sont vulnérables dans tous les domaines, et fréquemment en retard dans leur développement.
On connaît mieux aujourd'hui les différents facteurs, souvent multiples et cumulés, qui entrent en jeu dans les situations de maltraitance. Cela permet d'améliorer la prévention et la prise en charge en apportant des aides plus efficaces. En effet, qui dit « enfant en souffrance » dit « parent en souffrance ».
Qui sont ces parents ?

- Des mères très jeunes ou immatures, dont la grossesse n'a pas été désirée, ou qui éprouvent de grandes difficultés avec le père de l'enfant : abandon, brutalité, infidélité, etc.
- Des personnalités particulièrement vulnérables dont la dépression n'est pas toujours manifeste, mais qui ne peuvent pas supporter les pleurs du bébé et ses demandes. Tout en l'aimant, ces parents le rejettent : soit en raison d'exigences qui ne correspondent pas à son âge et à sa fragilité, soit par des attitudes d'abandon qui mettent en danger tout son développement.
- Des parents épuisés, dépassés, qui se sentent impuissants devant leur bébé qu'ils ne peuvent consoler ni apaiser, n'ayant pas su demander de l'aide ou consulter leur médecin à temps. Il s'agit parfois d'un bébé souffrant d'un reflux douloureux, d'une allergie

***Tout enfant maltraité ne va pas devenir un parent maltraitant***

Heureusement aujourd'hui, grâce aux progrès de la prévention et des prises en charge pédiatriques, psychothérapiques, sociales et éducatives, la répétition n'est plus une fatalité. S'il a été aidé et accompagné, tout adulte ayant eu une enfance difficile et malheureuse ne va pas pour autant maltraiter son enfant. Au contraire, il ne voudra pas que son enfant endure ce qu'il a connu et il le protégera d'autant plus.

digestive ou cutanée, d'un malaise d'origine organique que l'on peut soulager, tout en déculpabilisant ces parents démunis.
- Des parents qui eux-mêmes n'ont pas eu une enfance sécurisante, qui revivent, répètent, reproduisent ce qu'ils ont vécu.

Ces grandes difficultés de relations entre parents et enfants peuvent se retrouver dans tous les milieux.
D'autres facteurs peuvent conduire aux mauvais traitements : demeurer dans des conditions de logement invivables, avoir un enfant adultérin qui rappelle une filiation qu'on voudrait oublier, élever l'enfant, mal accepté, d'un autre conjoint. Mais aussi, avoir été séparé de son enfant durant les premières semaines. C'est pourquoi aujourd'hui on rapproche le plus possible les parents de leur enfant prématuré ou malade afin que les liens d'attachement se tissent dès le début de la vie.
Parfois **la frontière est mince** entre les gestes brusques, certains comportements et les mauvais traitements (sévices ou délaissement), et les causes de dérapage sont multiples. Si vous sentez que vous-même, que votre conjoint, dérivez vers ce type de relations avec votre enfant, ou si vous êtes déjà passé à l'acte, voyez sans tarder ceux qui pourraient vous aider : le pédiatre, la consultation de PMI la plus proche, la consultation hospitalière de pédiatrie (ouverte jour et nuit). Vous pouvez aussi vous adresser au CMP (centre médico-psychologique) ou au CMPP (consultation médico-psycho-pédagogique). Toutes ces adresses vous seront fournies par la mairie.

### Comment surmonter le malheur ?

Dès le début de sa vie, un enfant, puis un adulte, peut surmonter une épreuve traumatisante. Pour désigner cette capacité de résistance, Boris Cyrulnik a adopté le mot « résilience ». Tout au long de ses livres (*Un merveilleur malheur*, *Les Vilains Petits Canards*, etc., Odile Jacob), il en donne de nombreux exemples.

## Les abus et sévices sexuels

Dans le domaine des maltraitances à l'enfant, il faut réserver une place particulière aux abus et sévices sexuels : certes, il n'est plus tabou d'en parler mais cela reste un sujet délicat, d'autant qu'ils peuvent concerner de très jeunes enfants. La vigilance reste encore insuffisante. En effet, on sait actuellement que « l'abuseur » – celui qui utilise l'enfant pour satisfaire ses pulsions sexuelles par caresses, frottements, exhibition, voire en allant jusqu'au viol – est le plus souvent un proche de l'enfant appartenant à son cercle familial, amical, ou personnel d'un mode de garde. La plupart du temps, l'enfant accepte sans rien dire ces gestes pervers : pour lui, ce qui vient de l'adulte est normal, il ne sait pas encore différencier le bien du mal, le permis de l'interdit. Pourtant un enfant abusé souffre gravement d'être traité et utilisé ainsi.
Dépression, nervosité inhabituelle, troubles du sommeil, arrêt ou stagnation de la croissance, obsession et provocation de jeux sexuels avec ses petits amis, maux de ventre, etc., sont des signes d'alerte. Devant eux, il faut ouvrir les yeux sur le comportement des proches : grands-parents, oncle, cousin, ami, parfois même conjoint. Certes, ici aussi, la frontière est fragile entre « les caresses qui apaisent et celles qui excitent trop l'enfant », dit la pédopsychiatre Michelle Rouyer.

## Comment parler des abus sexuels aux enfants ?

Comment les alerter sans faire peur ? On peut commencer à partir de 3-4 ans en tenant compte du stade de compréhension de l'enfant. Par exemple, vous pouvez expliquer à votre petit garçon, à votre petite fille, qu'ils ne doivent pas permettre qu'on touche à leur corps sans que leurs

parents soient au courant, qu'ils ne doivent pas accepter qu'on ait avec eux des gestes qu'ils n'ont jamais vus, qu'ils ne comprennent pas.
Vous pouvez aussi mettre l'enfant en garde en l'avertissant que ces personnes peuvent être déjà connues de lui. Vous pouvez ajouter que même si une personne lui dit que ce qu'elle se permet de dire ou de faire doit rester un secret, il doit absolument en parler à ses parents.
Enfin, il est important de rappeler à cette occasion à l'enfant qu'il ne doit pas accepter de suivre un adulte, ou un enfant plus grand, qu'il ne connaît pas. Confronté à une telle situation, il ne devrait pas hésiter à dire non, à crier, à fuir, pour prévenir les grandes personnes, à le raconter aussitôt à ses parents.
Bien entendu, vous expliquerez tout cela par petites touches, surtout si votre enfant est petit. Vous pourrez lire par exemple avec lui un livre sur le sujet. Ces ouvrages, grâce à des commentaires adaptés, ont le mérite de ne pas provoquer chez l'enfant un imaginaire disproportionné, allant à contresens du but recherché. Vous les choisirez en fonction de l'âge de votre enfant, de ses réactions et de votre propre sensibilité.

**Allô enfance en danger : 119**

Appel gratuit depuis tous les téléphones, 24 h/24 et 7 j/7.

Ce numéro, qui peut être appelé par les adultes et les enfants, est dédié à la prévention et à la protection des enfants en danger ou en risque de l'être.

www.allo119.gouv.fr

### Que faire si l'on est témoin ou si l'on suspecte des maltraitances ?

Les sévices à un enfant constituent un délit dont le signalement est une obligation. Toute personne qui suspecte ou a connaissance de faits de maltraitance sur un enfant de moins de 15 ans – comme sur toute personne d'une particulière vulnérabilité – doit les dénoncer à l'autorité compétente.
Ce n'est pas toujours facile d'entreprendre cette démarche qui peut faire penser à de la délation. De plus, lorsqu'on n'est pas sûr de soi, on préfère se taire : un enfant peut raconter à la sortie de l'école que son camarade est battu, ou qu'une petite fille a subi des gestes déplacés, parce qu'il l'a entendu dans la cour de récréation. Que faire, que dire ? Ne s'agit-il pas d'inventions d'enfants, de fantasmes ? Doit-on se mêler de ce qui se passe dans certaines familles ? En général, les enfants victimes hésitent à se confier à des adultes, par peur d'être grondés ou de n'être pas crus, ou plus simplement, par honte. Mais ils disent ce qui se passe à certains de leurs camarades. Dans ces cas-là, n'hésitez pas à parler de ce que vous avez entendu auprès de professionnels de l'enfance (enseignant, directeur d'établissement scolaire, assistant social ou pédiatre) qui, en signalant la situation aux autorités compétentes, pourront faire la démarche administrative ou judiciaire difficile à entreprendre pour vous. Le numéro de téléphone 119 (Allô enfance en danger) peut également vous renseigner.

**Stop Maltraitance : 0 800 05 12 34**

Ce numéro vert peut être également appelé par les enfants et les adultes face à des situations de maltraitance, qu'elles soient physiques, psychologiques ou sexuelles.

www.enfance-et-partage.org

## Face à une situation traumatisante

Crise sanitaire, attentats, catastrophes naturelles, accidents… Les parents se demandent comment rassurer leurs enfants et les accompagner en présence de tels événements inquiétants, menaçants. Leur survenue

soudaine empêche toute préparation, toute anticipation, qui sont habituellement des moyens de supporter des moments difficiles.
Le plus important est que l'enfant se sente en sécurité auprès de vous : vous êtes là pour le protéger et vous faites tout pour cela. Avec les plus jeunes, maîtrisez le plus possible votre stress, votre inquiétude, car, même tout bébé, un enfant absorbe les émotions de ses parents.
Chez les plus grands, encouragez l'expression de leur ressenti avec des jeux, des dessins, des lectures d'histoires. Donnez-leur des informations sur ce qu'ils peuvent comprendre, en tenant compte de la nature du choc, de leur sensibilité. Soyez attentifs à leurs réactions.
Un autre point important est de tenir les enfants à distance de la brutalité des images et des informations. Celles-ci tournent en boucle : un jeune enfant ne peut pas comprendre que l'explosion qu'il a vue sur l'écran est montrée à plusieurs reprises et qu'elle n'est pas à chaque fois une nouvelle catastrophe. Épargnez-lui les comptabilités de morts et de blessés. Les mots entendus peuvent être une source d'angoisse.
« Le virus est toujours là » : pendant l'épidémie de la covid-19, Robin, 5 ans, s'est parfois réveillé la nuit en répétant cette phrase.
Dans la mesure du possible, maintenez les éléments qui structuraient la journée avant l'événement : heures de repas, de coucher, temps de jeux, de sorties. Certaines choses peuvent être bouleversées mais ce cadre qui ne change pas est un signal de réassurance pour l'enfant. Transformez les peurs, les anxiétés en émotions positives, telles que l'espoir (de jours meilleurs), la gratitude (envers les pompiers qui ont éteint l'incendie), la joie (d'être réunis en famille).
Les jeunes enfants ont une certaine capacité à comprendre et à s'adapter, à s'inscrire assez rapidement dans un nouveau contexte. Un climat de confiance et de bienveillance les aidera à puiser dans leurs propres ressources. Lara a eu très peur : une voiture a dérapé devant la leur qui a été prise dans un gigantesque embouteillage, au milieu des gyrophares et des ambulances. Pendant plusieurs jours, elle a « rejoué » cet accident avec ses peluches ; elle a pu ainsi exprimer son inquiétude à ses parents qui l'ont réconfortée.

**Covid-19**

Pendant la crise sanitaire, les professionnels de la petite enfance ont encouragé les parents à redoubler d'attention à l'égard de leurs enfants, à ce qu'ils ressentent, à passer plus de temps avec eux que d'habitude, à repérer toute aggravation ou modification de comportement (troubles du sommeil, maux de ventre ou de tête, anxiété, irritabilité…) pour les signaler au médecin ou à l'enseignant. Comme le dit le pédopsychiatre Richard Delorme, tous ces signes en apparence mineurs sont autant de révélateurs de la souffrance que les enfants peuvent vivre.

# Le deuil et le chagrin

Le deuil est la situation vécue après la mort d'un être cher. Quel que soit l'âge de l'enfant, la perte d'un être cher – ici particulièrement Papa, Maman, un frère ou une sœur – sera toujours difficile à vivre.
Et ce, d'autant plus qu'il n'a pas de mots pour en parler avant 3-4 ans, qu'on lui cache souvent la réalité et qu'on l'exclut des cérémonies en croyant bien faire. Il est donc important d'accorder aussi aux enfants ce temps du deuil, avec les différences présentées ci-dessous.

## Ce que les enfants pensent de la mort

Tous les enfants s'intéressent à la mort, et habituellement plus tôt qu'on ne l'imagine, ce qui d'ailleurs explique l'étonnement des parents devant certaines questions précoces de leurs enfants. Mais leurs idées sur la mort ne sont pas celles des adultes : les enfants vivent dans un monde imaginaire, dans un univers bien différent du nôtre. Vous avez lu dans le chapitre précédent que l'enfant ne faisait pas toujours la distinction entre réalité et imagination. Il vit dans une grande ambivalence, à la fois très dépendant du monde des adultes, et en même temps tout-puissant puisque les adultes répondent à tous ses besoins. Les idées des enfants sur la mort dépendent d'abord de l'âge : la mort n'est pas ressentie de la même manière avant 4 ans, à 10 ans ou à l'adolescence.

#### Pour le tout-petit

Avant 4 ans, la mort n'est pas naturelle (« on ne meurt pas, on est tué »). Elle n'est pas non plus irréversible : à tout moment on peut revenir, ou se réveiller après avoir dit à son camarade de jeux « *Pan pan* tu es mort », celui-ci se relève. Mais l'idée de la mort peut angoisser les jeunes enfants, vécue par certains comme contagieuse, l'enfant pensant que ce qui arrive aux autres peut lui arriver à lui-même, surtout s'il voit ses parents avoir peur de parler de la mort comme si cela était honteux. Avant 4 ans, la mort est une forme d'absence, de perte, qui peut devenir dramatique si le parent restant, en deuil, ne parvient plus à répondre aux besoins affectifs de l'enfant, à ses habitudes. Marie, 2 ans, refuse de manger avec sa maman après le décès de son assistante maternelle, alors qu'auparavant tout se passait bien entre la petite fille et sa mère. La psychologue consultée explique à Marie que même si sa « nounou » n'est plus là, elle peut toujours être dans son cœur. D'ailleurs, ce qui aurait fait plaisir à sa « nounou », c'est que sa petite Marie continue de manger avec sa maman.

#### À partir de 3-4 ans

La mort est comprise comme la cessation des grandes fonctions : quand on est mort, on ne peut plus bouger, plus parler, plus manger, plus grandir. C'est pourquoi, chez les jeunes enfants, le sommeil est souvent assimilé à la mort : quand on dort, on ne ressent plus rien, et quand on se réveille au milieu de la nuit, et qu'on appelle, personne ne vient, la maison est plongée dans un « silence de mort ». Le petit enfant se lève, va vérifier que ses parents respirent, et refuse de se rendormir tout seul. Les enfants de cet âge aiment qu'on leur explique combien le sommeil est vivant, et le bien qu'il fait au corps et à l'esprit.

#### Entre 4 et 8 ans

L'enfant comprend que la mort est irréversible. Cependant, il lui faudra des années avant de l'accepter. Mathilde, 6 ans ½, a perdu son papa dans un accident d'avion. Sa maman lui a expliqué qu'elle ne le reverrait plus, et Mathilde a assisté à l'enterrement. Quelques mois plus tard, sa maman, heureuse d'avoir rencontré par hasard une de ses cousines, annonce : « Devine qui j'ai rencontré à l'arrêt de bus ? », Mathilde répond sans hésitation : « Papa ! »

### Lorsqu'un deuil survient dans l'entourage de l'enfant

Après la perte d'un être cher, un travail psychique s'accomplit, chez l'enfant comme chez l'adulte, qui permet de ne pas rester enfermé dans

**La mort d'un animal familier**

Quel que soit l'âge de l'enfant, la mort d'un animal familier peut représenter une vraie perte : l'enfant s'en est occupé, il s'y est attaché. Maintenant, il éprouve un sentiment de vide et d'impuissance. Laissez l'enfant exprimer son chagrin et ne cherchez pas à remplacer tout de suite l'animal. Avoir une conversation avec le vétérinaire est souvent bénéfique.

le chagrin. Ce cheminement – souvent appelé « le travail de deuil » – se fait selon des processus complexes, propres à chacun de nous, le plus souvent inconscients, et passe par différentes étapes.
Pour arriver à accepter la mort d'un proche, il faut parvenir à reconnaître et à exprimer le choc qui en a découlé ; le sentiment d'abandon, voire d'injustice ressenti. Il peut même s'agir de réaction d'anéantissement. Il faut peu à peu abandonner la révolte, la colère, l'abattement, pour s'adapter à la perte de l'être aimé. Le chagrin est toujours là, mais moins douloureux, la culpabilité s'atténue, les souvenirs s'organisent, les projets reviennent, d'autres joies sont possibles.
Chez l'enfant, **l'apprentissage de l'absence**, de la perte, passe par ces étapes, avec des particularités, son univers étant différent du nôtre. Pour un jeune enfant, on peut être à la fois mort et vivant : il sait que sa mère est morte, mais en même temps il ne cesse d'attendre son retour. Pour donner une réalité à cette perte, il est important de ne pas tenir l'enfant à l'écart des moments de la fin de la vie, de le faire participer selon son âge et sa personnalité. Les enfants ont droit à la vérité, ils en ont besoin. Il est indispensable de leur donner suffisamment d'informations dans des termes accessibles, de les entourer d'affection et de sécurité.
Il faut donc permettre aux enfants, et cela à tout âge, de participer aux funérailles. Ils peuvent aller voir le défunt à la chambre funéraire, ils peuvent apporter un dessin, un nounours qui sera déposé dans le cercueil ou la tombe. Ils auront alors la capacité de se sentir intégrés dans la dynamique familiale. On pourra leur raconter qu'ils étaient présents.
**L'acceptation du deuil** se fait dans l'évocation des souvenirs et des événements vécus. Chez l'enfant, les capacités de remémoration sont plus courtes du fait de son âge ; il a moins de souvenirs, il vit davantage dans le présent et dans le futur que dans le passé. C'est une raison supplémentaire de ne pas écarter à tout prix l'enfant des adultes dans ces circonstances douloureuses. Chez lui, une partie plus ou moins importante de son chagrin reste en attente et peut se réveiller lors d'une séparation, parfois bien des années plus tard, pendant l'adolescence, ou même au cours de sa vie d'adulte.
Enfin l'ambivalence des enfants, qui se sentent à la fois très puissants et dépendants, fait qu'ils se croient souvent coupables de la mort d'un de leurs proches. Lorsqu'un frère ou une sœur meurt, surtout s'il suscitait une certaine jalousie, l'enfant peut avoir l'impression que ses souhaits – parfois même exprimés – se sont réalisés. L'enfant peut penser : « Pourquoi lui et pas moi ? » Ou encore : « J'avais été très méchant avec maman, c'est peut-être à cause de ça qu'elle est morte. »
Il est important de déculpabiliser à plusieurs reprises les enfants, de les assurer que personne d'autre, eux y compris, n'est en danger dans la famille, et que tout le monde va continuer à aimer et à penser à la personne disparue.
Dans ces temps difficiles de deuil, l'enfant a besoin, tout autant qu'un adulte d'ailleurs, de se sentir aimé par ceux qui l'entourent. Dans ces périodes tristes et perturbées, il lui faut de la compréhension et du calme. C'est ainsi que pourront être évitées des difficultés ultérieures.

**À noter**

*Deuils et endeuillés* (Elsevier-Masson), d'Alain de Broca, est un ouvrage qui aborde toutes les facettes du deuil.

Pour parler de la mort aux jeunes enfants, nous vous conseillons :

– Susan Varlay, *Au revoir Blaireau*, Gallimard Jeunesse ;

– Catherine Dolto, *Si on parlait de la mort*, Gallimard Jeunesse.

**Si vous sentez que vous n'arrivez pas à aider votre enfant**, n'hésitez pas à en parler à votre médecin ou à un psychologue. Les professionnels sont aujourd'hui de plus en plus formés pour aider les parents et les enfants à faire face à de telles situations.

# Des professionnels pour vous aider

La vie avec un enfant apporte aux parents beaucoup de bonheur et de satisfactions. Il faut néanmoins admettre qu'il n'est pas toujours facile de l'accompagner sans heurt vers l'autonomie et la maturité. À mesure qu'il grandit, les parents veillent, écoutent, communiquent, soignent, surveillent, interdisent… Les décisions qu'ils prennent et les réactions de l'enfant peuvent momentanément créer des tensions ou des déséquilibres. Toutes les familles traversent des événements heureux et malheureux, partagent des joies et des peines, des espérances et des déceptions. Tantôt les contrariétés sont vécues sans complications particulières, tantôt avec crises et fracas. Les familles sont alors fortement impliquées dans ces mouvements émotionnels ; les enfants réagiront en fonction de leur stade de développement et de leur personnalité mais également de nos qualités d'écoute et de bienveillance.

Bon an mal an, les parents parviennent à se sortir de ces « zones de turbulences » par leurs propres moyens. Ce livre est d'ailleurs là pour les accompagner dans leur rôle, les aider à comprendre leur enfant, à être attentifs à ses progrès, à ne pas prendre pour de la provocation certains gestes ou comportements. Mais, dans certaines situations, les parents se sentent démunis, ne sachant comment trouver une solution à des difficultés particulièrement aiguës, à une crise qui se prolonge. L'aide d'un professionnel devient alors utile, sinon nécessaire.

## La consultation psychologique

### Quand s'adresser à un spécialiste ?

- Lorsque, au quotidien, les enfants deviennent épuisants et que la communication semble impossible. Les parents sont alors dépassés, perdent leur calme et leur patience, ce qui entraîne des tensions à l'intérieur du couple et de la nervosité pour toute la famille.
- Lorsque l'enfant manifeste par divers symptômes son anxiété, voire sa souffrance : troubles du sommeil, perte d'appétit, repli sur soi, agressivité, colères nombreuses et violentes, tristesse, maux de ventre avant d'aller à l'école…
- Lorsqu'un des parents se sent très irritable, excessivement nerveux, voire déprimé.

Face à toutes ces situations, n'hésitez pas à vous faire aider d'un professionnel. Franchir le pas d'une consultation psychologique est parfois compliqué et porteur d'angoisse. Les parents peuvent interpréter cette démarche comme un échec, l'aboutissement d'une incompétence. Ils peuvent craindre aussi le jugement de leur entourage. Pourtant, il est déconseillé d'attendre pour consulter qu'un dysfonctionnement s'installe dans la durée et que des symptômes déjà alarmants s'aggravent.

## Comment trouver un spécialiste ?

Avant tout, rapprochez-vous de votre pédiatre, de votre médecin traitant, du centre de PMI, de l'école. Vos interlocuteurs sauront vous orienter en fonction des troubles de votre enfant. Par exemple, s'agissant du langage, le symptôme d'un simple retard dans l'apprentissage est différent de celui d'un blocage du langage et de la communication avec autrui. Osez demander conseil à une personne fiable de votre entourage, qui pourra vous recommander un spécialiste. Vous pouvez aussi trouver vous-même un praticien exerçant dans votre commune ou choisir une consultation psychologique dans une structure dédiée aux enfants et adolescents : CMP (centre médico-psychologique), CMPP (consultations médico-psycho-pédagogiques), centres de guidance infantile. Ces centres réunissent différents professionnels, psychologues, psychiatres, psychomotriciens, orthophonistes, assistantes sociales…

## Les autres spécialistes

Le **pédopsychiatre** est un médecin psychiatre pour enfants. Il est spécialisé dans les troubles mentaux et comportementaux, les difficultés psychologiques et d'adaptation sociale de l'enfant et dans celles qui affectent la relation parents-enfants. Comme médecin, il est remboursé s'il est vu en privé.

Le **psychologue** est un professionnel non médecin de la santé psychique. Il peut être formé à la psychothérapie et avoir une spécialisation en thérapie familiale, en thérapie cognitivo-comportementale (TCC), en thérapie interpersonnelle, en psychanalyse. Il travaille en étroite collaboration avec les psychiatres en cas de besoin. L'assurance maladie rembourse 8 séances de psychothérapie sur prescription médicale (p. 469, dispositif « mon psy »).

Le **psychothérapeute** est un mot qui englobe plusieurs professionnels. Il s'agit soit d'un psychiatre ou d'un psychologue, soit d'un autre professionnel qui a dû justifier d'une formation théorique et pratique pour accéder au titre de psychothérapeute, titre qui est réglementé et encadré par les agences régionales de santé (ARS).

Le **psychomotricien** est le spécialiste des troubles psychomoteurs : latéralisation, maladresse, apprentissage graphique, troubles de l'attention, etc. Il se sert de jeux et d'exercices ludiques pour développer le bien-être à la fois corporel et psychique de tout enfant.

**L'orthophoniste** évalue et traite les difficultés ou troubles du langage oral et écrit : problèmes d'articulation, de structuration des phrases, de vocabulaire défectueux, etc. Il s'occupe également de certains troubles de la communication.

Ces deux derniers spécialistes (conditions de prise en charge p. 469) sont en général consultés par les parents après le conseil d'un professionnel : pédiatre, assistante maternelle, enseignant…

**À savoir**

Prenez rendez-vous sans tarder. Qu'il s'agisse d'un praticien privé ou d'une structure publique, les délais d'attente pour obtenir un premier rendez-vous sont souvent longs, il n'est pas rare de devoir patienter plusieurs semaines ou mois.

### Les différentes consultations

L'offre de soin est vaste, tant pour les enfants que pour les parents. Quelle que soit l'offre choisie, sachez qu'elle devra s'inscrire dans un cycle de rencontres régulières, une continuité de soins étant nécessaire pour apporter l'aide, le réconfort, le soulagement attendus.

**De la naissance à 4/5 ans.** Lorsque les premiers liens avec son enfant sont difficiles, lorsque le conjoint est peu investi, l'entourage peu présent, un soutien à la parentalité peut être envisagé : consultations parents/bébés ou un accompagnement mère-bébé dans une institution (PMI, CMP) ou chez un psychologue spécialiste des enfants. Des lieux d'accueil et d'écoute proposent des ateliers et des groupes d'échanges entre les parents, comme La Maison verte (p. 495).

**À partir de 4/5 ans.** L'enfant peut être reçu par un pédopsychiatre, psychologue ou psychothérapeute spécialisé dans les enfants. Il est préférable d'en parler au préalable avec l'enfant, de bien lui expliquer le pourquoi d'une telle consultation.

**Le parent.** Une thérapie individuelle peut être conseillée lorsque l'adulte se heurte à des difficultés auxquelles il n'arrive plus à faire face : professionnelles, familiales, fatigue, irritabilité, perte de confiance en soi…

**Le couple, la famille.** Y a-t-il des tensions dans le couple, la fratrie ? Une séparation vient d'avoir lieu ou semble la seule issue…

La famille vit une recomposition… Les parents sont épuisés face aux crises de leur enfant …Il peut être judicieux d'engager une thérapie familiale ou de couple, ou bien de se rapprocher d'une médiation familiale.

Ces différentes orientations permettent de ne pas stigmatiser l'enfant comme étant le responsable des problèmes rencontrés. Les soins d'un professionnel pourront contribuer au dénouement de situations conflictuelles, d'incompréhensions qui paraissaient sans issue, à la mise en œuvre de solutions concrètes pour rétablir la communication et redonner à chacun sa place et son équilibre.

## Sophrologie, méditation, yoga

Ces pratiques peuvent être envisagées seules ou en même temps qu'un accompagnement de spécialistes. Elles peuvent en effet apaiser les tensions et le stress en procurant relaxation et bien-être. Elles sont adoptées par de nombreux parents et peuvent l'être également par les enfants auxquels elles apportent des moments de détente et de calme. Elles se font à la maison, en famille, parfois à l'école, ou à proximité du domicile. Des professionnels reçoivent les enfants, même tout petits, accompagnés de leurs parents.

**Quelques livres à regarder avec les enfants**

Sophrologie : *Mon temps calme avec Noa le panda*, Louison Nielman, Thierry Manès (« Petit Zen » – éditions Fleurus).

Méditation : *Calme et attentif comme une grenouille*, Eline Snel (Les Arènes).

Yoga : *Yoga pour les enfants, 20 ateliers à faire en famille en 7 minutes*, Claudia Martin (Hachette Famille).

## Une histoire unique pour chaque enfant…

Ainsi s'achève le récit des premières années. Votre enfant ressemble-t-il pour autant à ceux que nous venons de décrire ? Certes, s'il grandit dans des conditions favorables, dans un climat bienveillant et rassurant, tout enfant parcourt le cycle de développement que nous vous avons raconté. Pourtant, même si l'on fait au même âge, ou à peu près, les mêmes gestes, les mêmes découvertes, les mêmes progrès, aucun enfant ne ressemble aux autres.

Dès le début de la vie, chacun arrive au monde nanti de l'héritage de deux familles, un héritage unique pour chaque enfant. Puis, tous les événements, toutes les circonstances de la vie de l'enfant, tous les facteurs émotionnels et relationnels qui constituent son environnement affectif, viennent se conjuguer peu à peu pour former une personnalité. Qu'il habite la ville ou la campagne, qu'il ait une mère exubérante ou réservée, qu'il soit enfant unique ou l'aîné de quatre, qu'il soit dégourdi et entreprenant ou calme et observateur… son histoire, ses relations avec les autres, seront singulières.

Oui, le début d'une histoire unique a commencé pour votre enfant : un temps de fondations qui, pour que les années à venir en bénéficient, doit s'enraciner dans la tendresse, la sérénité et la confiance des adultes qui l'entourent.

# 6

# La santé de l'enfant

Ce chapitre est consacré à la santé de l'enfant. Tout d'abord à l'enfant en bonne santé, à la surveillance médicale régulière et indispensable qui permet de vérifier que tout va bien : le poids, la taille, la vision, l'audition, les dents…
Puis sont abordées les nombreuses questions que se posent les parents lorsque leur enfant est malade : quand voir le médecin, que faire en cas de fièvre, lorsque l'enfant a mal, que savoir sur les médicaments, l'armoire à pharmacie, comment se passe un séjour à l'hôpital.
Enfin, un dictionnaire médical très complet passe en revue les principales maladies, ainsi que certains troubles du comportement qui peuvent affecter les enfants.

# Le nouveau-né

Votre bébé vient juste de naître, vous avez vu le médecin faire un certain nombre de gestes. Vous souhaitez probablement quelques explications à leur sujet. Mais auparavant, nous vous proposons de décrire en détail l'aspect du nouveau-né dont certaines particularités peuvent vous étonner.

Tout d'abord, soyez rassuré car votre bébé n'est pas aussi fragile que vous le pensez : ses compétences sont déjà très avancées et vont progresser de façon extraordinaire dans les prochaines semaines. Si vous êtes bien installé, vous ne risquez pas de lui faire mal en le prenant ou en le déshabillant. Ayez des gestes fermes et assurés, votre bébé se sentira en sécurité.

## Parlons d'abord de sa peau

Elle est peut être recouverte d'un léger duvet – ou lanugo. Il va disparaître à la fin de la première semaine, de même que les marbrures pourpres. Au cours de la deuxième semaine, une desquamation (peau qui pèle) apparaît et peut s'étendre. Cela ne va durer que quelques jours et peut disparaître sans traitement mais si les desquamations sont importantes, vous pouvez appliquer une crème hydratante. Certains nouveau-nés ont la peau marquée de taches rouges qui pâlissent quand on les touche : ces taches s'effaceront aussi.

Le **cordon ombilical** va se dessécher et tomber entre le 5^e^ et le 15^e^ jour.

Si votre nouveau-né garde un **teint jaune** au de-là de 15 jours, consultez le médecin sans attendre.

Le **milium** du nouveau-né. Il s'agit de petits grains de couleur blanche – petits kystes épidermiques sans gravité – siégeant sur les joues et le nez et qui disparaissent spontanément dans les premières semaines.

# Sa tête

Si on compare la tête du nouveau-né à la nôtre, elle est beaucoup plus grosse par rapport au reste du corps : près du double des proportions qu'elle aura plus tard. Cette tête a toutefois considérablement diminué : *in utero*, le bébé avait, à l'âge de 2 mois, une tête égale par la taille au reste de son corps. Cette proportion de la tête par rapport au corps ne cessera de se modifier jusqu'à l'âge adulte. C'est peut-être pour cette raison que la tête semble si lourde à porter. Pourtant, très rapidement votre bébé sera capable de la tenir droite, seul ; pour cela, il ne faut pas chercher à la tenir en permanence mais plutôt à la soutenir en laissant votre main bien ouverte à plat posée sur le dos et l'arrière de son crâne.

La bosse séro-sanguine, qui peut avoir été provoquée par un accouchement un peu difficile, disparaîtra en quelques jours.

Certains nouveau-nés gardent de leur vie fœtale des **cheveux** noirs et épais, qui disparaissent par la suite. Les cheveux peuvent aussi tomber vers 2-3 mois, notamment à l'arrière de la tête ; et tous en même temps, ce qui peut paraître étonnant mais c'est normal : le cycle du cheveu passe par une étape de chute et, chez le nourrisson, les cheveux de l'arrière du crâne sont sur la même phase du cycle et tombent donc au même moment.

## Les fontanelles ne sont pas si fragiles

La grande fontanelle est une zone molle en forme de losange, située entre les os du crâne, au-dessus du front du bébé et du nourrisson. Le nouveau-né présente, en plus, une petite fontanelle à l'arrière du crâne, qui se ferme très vite, juste après la naissance.

La grande fontanelle est formée d'un tissu élastique qui permet à la croissance du crâne de s'ajuster à celle du cerveau, croissance importante pendant les premiers mois. Cette fontanelle se ferme normalement dans le courant de la première année. De manière tout à fait normale, vous remarquerez qu'elle se tend lorsque l'enfant crie et que son battement est visible et palpable. Cette zone inquiète souvent les parents alors qu'elle n'est pas particulièrement fragile : vous ne risquez rien si vous « manipulez » normalement votre bébé. Il n'est donc pas nécessaire de lui apporter une attention particulière (*Fontanelles*, p. 411).

## Les yeux

**Beaucoup de bébés louchent les premiers mois**, ce qui n'est pas anormal. Ce n'est qu'avec la maturation cérébrale que le cerveau, en essayant de fusionner les deux images apportées par les deux yeux, va chercher à les orienter ensemble dans la même direction. Si cela persistait au-delà de 3 mois, il faudrait en parler au médecin car cela peut être le

**L'aspect du nouveau-né**

Il n'est pas un garçon ou une fille en miniature : c'est un être à part, différent de l'adulte non seulement par sa taille, mais par ses proportions, par ses organes et par sa manière de réagir au monde extérieur.

**À noter**

Les mots en italique renvoient au dictionnaire médical dans la 2e partie de ce chapitre.

signe d'un défaut de vision d'un des deux yeux (*Vision (anomalies de la)*, « Amblyopie », p. 455).

**Écoulement de l'œil.** Fréquent chez le nouveau-né dans les premiers jours, il est dû à une insuffisance du canal lacrymal. Cet écoulement s'améliore le plus souvent au bout de quelque temps (de quelques jours à un mois ou deux). Il se complique parfois pour devenir franchement purulent ; un traitement par un collyre antibiotique sera nécessaire. Dans certains cas, l'écoulement est dû à une obstruction du canal lacrymal et le médecin demandera à l'ophtalmologue de faire un petit geste local. (*Conjonctivite*, p. 398).

### Le nez

La **respiration** du nouveau-né est bruyante, car il respire essentiellement par le nez, et elle va se régulariser en quelques semaines. Il n'est pas nécessaire d'apporter un traitement particulier aux narines, notamment si votre bébé va bien et boit bien : le nettoyage systématique à l'aide de coton enroulé est inutile.

**Si vous allaitez votre bébé**, pensez à bien dégager son nez lorsqu'il tète.

## Des mains à la force étonnante

Les mains du nouveau-né sont crispées et ramenées le long du thorax. D'ailleurs le médecin qui l'examinera profitera de ce réflexe particulier (que l'on nomme le *grasping* en anglais) pour l'amener de la position couchée à la position assise en mettant simplement ses doigts dans les mains de votre enfant et en tirant vers lui : c'est bien votre bébé qui le tient et pas le contraire !

Les nouveau-nés ont souvent les **ongles** longs : il est déconseillé de les couper trop tôt, vous risquez de le blesser. Il faut cependant les limer si l'enfant se griffe. Les ongles des orteils sont souvent déformés jusqu'à 4 mois. Il est préférable de ne pas les couper car ils risquent de devenir plus durs et auront tendance à s'enfoncer dans la peau, à s'incarner.

## Des seins parfois stimulés

Certains nouveau-nés, filles ou garçons, ont les seins gonflés, seins qui peuvent sécréter quelques gouttes de lait. Pendant la vie fœtale, votre bébé profite de tous les composants de votre système immunitaire et hormonal par l'intermédiaire du placenta ; les hormones qui ont fait grossir vos seins peuvent passer elles aussi jusqu'à votre bébé. Depuis la naissance cela n'est évidemment plus le cas, raison pour laquelle ce petit gonflement va progressivement disparaître, sans aucun traitement. Cela explique aussi les petites pertes vaginales (quelquefois teintées de sang) parfois observées chez la petite fille.

Après la naissance, et pendant les premiers mois, il est normal de ne pas pouvoir **décalotter** le pénis du petit garçon. C'est d'ailleurs un geste à ne pas faire (*Décalottage*, p. 403). Les testicules ne sont parfois pas descendus dans les bourses, c'est également normal (*Testicules*, p. 448). Ils vont mettre quelques mois à quitter l'abdomen pour gagner le fond des bourses ; le médecin vérifiera tout au long de la première année que cela se déroule comme prévu.

## Les selles

Les premières selles sont émises avant que le bébé n'ait reçu sa première nourriture : le tube digestif contient en effet des résidus (entre 60 et 200 g) de sécrétions qui s'y sont produites pendant sa vie de fœtus. Ce sont des matières visqueuses et gris noirâtre appelées méconium. Au bout de trois ou quatre jours, le méconium, progressivement remplacé par les selles de lait, a disparu. Les selles sont alors jaunâtres, ou jaune d'or (selon le lait utilisé), de fréquence très variable, que votre bébé soit nourri au lait infantile ou au lait maternel.

Si votre nouveau-né a des **selles décolorées** (blanches ou grises), parlez-en rapidement au médecin.

## Les examens à la naissance

**Le test d'Apgar.** Ce test, fait à la naissance, est le moyen d'apprécier de manière objective la vitalité du bébé à 1,5 et 10 minutes de vie. L'examen se base sur cinq données : rythme cardiaque, respiration, coloration, tonus, réponse aux excitations (vigueur du cri). Chacune de ces informations est notée de 0 à 2 et un total de 8 à 10 traduit une bonne condition à la naissance.

Lors du premier examen à la naissance, le médecin ou la sage-femme font obligatoirement certains gestes : vérification de la perméabilité du nez, de l'œsophage et de l'anus ; examen des hanches ; administration d'une ampoule de vitamine K par la bouche (pour prévenir les hémorragies) ; instillation de collyre dans les yeux (pour prévenir une infection oculaire).

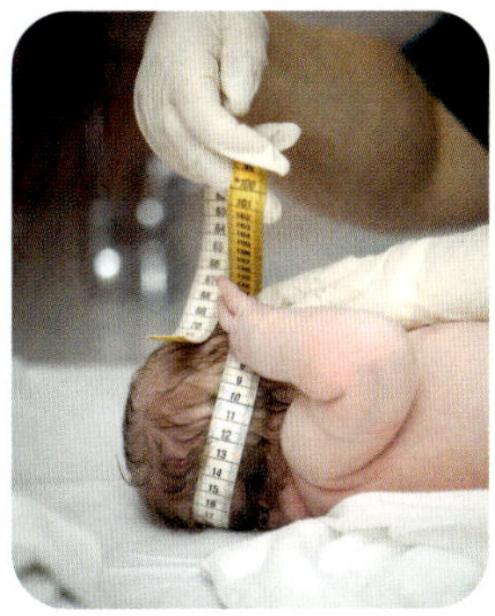

**Les réflexes.** Le médecin vérifie ensuite la présence de certains réflexes – appelés réflexes archaïques – qui doivent être présents chez le nouveau-né. À mesure que la maturation du système nerveux évolue, ces réflexes archaïques vont disparaître.

**Tests sanguins de dépistage** (test de Guthrie)**.** Certaines maladies sont dépistées dès la naissance ; le traitement qui leur est appliqué est d'autant plus efficace qu'il commence tôt.

Les maladies dépistées sont la phénylcétonurie, l'hypothyroïdie, l'hyperplasie des surrénales et la mucoviscidose. Dans certains cas (notamment dans le département des Antilles ou en France métropolitaine si les deux parents sont originaires des Antilles, d'Afrique ou d'un pays du pourtour méditerranéen), un dépistage de la drépanocytose est aussi proposé.

Le prélèvement sanguin (quelques gouttes de sang prélevées au talon ou sur la main du nouveau-né et déposées sur un support cartonné) doit être fait entre 72 et 96 heures de vie. Si la maman sort de la maternité avant que le test soit effectué, il sera fait à la maison par la sage-femme ou le médecin.

# La croissance

L'une des caractéristiques de l'enfance est la croissance : rien n'est figé, tout est en mouvement. La croissance s'apprécie par le poids, la taille, le périmètre crânien (le tour de tête) et l'indice de masse corporelle (le rapport entre la taille et le poids). Quel que soit l'élément considéré (poids, taille…), il n'est en fait qu'une partie d'un ensemble dynamique. Ces éléments évoluent dans le temps, chacun à son propre rythme pour chaque enfant.
À chaque examen, le médecin pèse l'enfant, mesure sa taille et son périmètre crânien. Il reporte ces données sur un graphique (de poids, de taille…) à l'endroit correspondant à l'âge de l'enfant. Mois après mois, année après année, se dessine ainsi une **courbe**, marque dynamique de la croissance de votre enfant.
La courbe décrit aussi différents « couloirs » autour d'un chiffre moyen pour chaque âge. Regardez les courbes de poids ci-contre : on distingue plusieurs zones ou couloirs :

- une zone moyenne entre les pointillés 25 % et 75 % ;
- une zone basse entre 3 % et 25 % ;
- une zone haute entre 75 % et 97 %.

Les zones en dehors des lignes sont « très hautes » ou « très basses ».
Ces pourcentages correspondent à des moyennes statistiques. Si la courbe de votre enfant se situe dans la zone moyenne – entre 25 et 75 % –, cela signifie que son poids est celui de la majorité des enfants de son âge (25 % ont un poids inférieur et 25 % un poids supérieur).

Le plus important n'est pas le poids ou la taille à un moment donné mais **l'évolution** générale de la courbe : le médecin regarde d'abord si la courbe reste ou non dans sa zone, dans son « couloir ».

**Poids des filles de 1 mois à 3 ans (kg)**

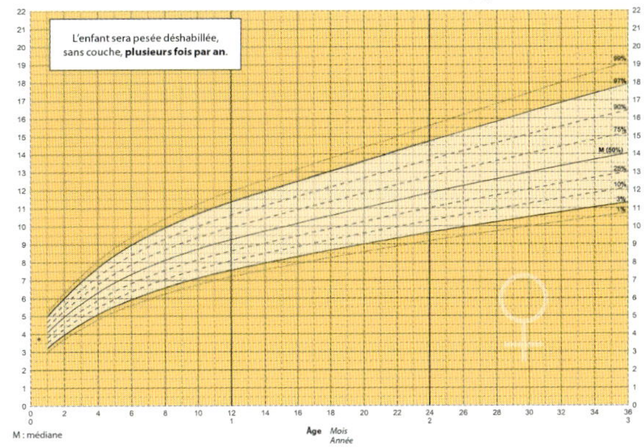


**Poids des garçons de 1 mois à 3 ans (kg)**

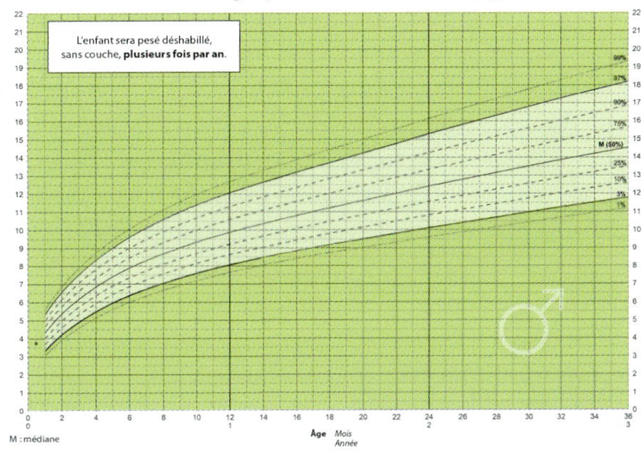


Courbes de croissance AFPA – CRESS/INSERM – CompuGroup Medical, 2018 [enfants nés à plus de 2 500 g et suivis par des médecins sur le territoire métropolitain].

# Le poids

## Le poids du nouveau-né

Dans les jours qui suivent la naissance, l'augmentation du poids du bébé est une donnée importante de l'examen médical. Mais ce n'est qu'un élément au sein d'une multitude d'autres données à considérer. C'est pourtant souvent le principal point qui semble décider de la sortie – ou non – du nouveau-né de la maternité.

Il est vrai qu'il y a quelques années, il était difficile de faire le diagnostic de certaines malformations graves (pulmonaire ou rénale) et les maladies infectieuses étaient fréquentes : la mauvaise prise de poids était alors un signe révélateur important. Aujourd'hui, l'échographie permet de diagnostiquer la grande majorité des malformations sévères et un bilan infectieux complet est effectué au moindre doute. Cela devrait inciter à être plus souple avec cette surveillance de poids.

Il est habituel qu'un nouveau-né perde 100 à 200 g les deux premiers jours : il dort beaucoup et tète peu souvent et il évacue aussi de l'eau qu'il a en excès. Ensuite la courbe remonte. Certains bébés reprennent leur poids de naissance en une semaine, voire moins, d'autres en une dizaine de jours. Si votre bébé n'a pas repris son poids de naissance après 10 jours, il est préférable de consulter.

Les courbes de poids d'un bébé nourri au sein ou au biberon peuvent être différentes. Au sein, lorsque la lactation fonctionne bien, la perte de poids est généralement moindre, la croissance est plus rapide les 4 premiers mois et se ralentit ensuite. Au biberon, la reprise du poids est parfois plus lente, la croissance est moins rapide les 4 premiers mois et s'accélère ensuite pour dépasser celle des bébés au sein. Dans les deux cas, les bébés sont en bonne santé !

## Faut-il peser souvent un bébé ?

Sauf indication particulière (par exemple nouveau-né de petit poids de naissance), on ne recommande plus aux parents de peser leur bébé à la maison. Le contrôle du poids est fait régulièrement lors des consultations médicales, fréquentes au cours de la première année.

Pour contrôler correctement le poids, il faut le faire toujours sur la même balance, le bébé tout nu bien sûr. Les balances qui se trouvent dans les cabinets médicaux sont fiables, la tare est peu sensible aux mouvements du bébé, ce qui n'est pas toujours vrai sur du matériel de location.
Si votre enfant présente des troubles digestifs – vomissements ou diarrhée –, il est conseillé de surveiller plus fréquemment son poids. Même dans ce cas, il vaut mieux consulter le médecin pour faire peser votre enfant, plutôt que de le peser à la maison. Ce qui est important à surveiller, c'est la perte de poids par rapport au poids précédent et par rapport à la vitesse de croissance.

## Le poids du nourrisson

C'est un des éléments incontournables du suivi mensuel médical. Là encore, les différences sont importantes selon les nourrissons.
Léo est un grand garçon (4 kg et 55 cm à la naissance) et il se jette sur tous ses biberons sans être jamais rassasié. Nina est menue (2,200 kg et 48 cm à la naissance), elle est nourrie au sein et a un petit appétit. Les courbes de ces deux enfants sont évidemment très différentes mais chacun suit son couloir, lui au-dessus des 75 %, elle en dessous des 25 %, ce qui est normal. Karim est à la crèche depuis la rentrée et enchaîne rhumes et petits dérangements intestinaux : cet hiver sa courbe de poids a un peu fléchi mais elle va se redresser dès que Karim sera moins souvent malade.
Ces exemples montrent bien que la courbe de poids est un repère important mais qu'il n'est pas le seul élément de la surveillance de votre bébé. Le médecin connaît votre enfant et c'est lui qui pourra correctement interpréter la courbe de poids.

## Mon enfant est-il trop gros ? Trop maigre ?

C'est une question fréquente. Le surpoids, ou l'insuffisance de poids, se calcule avec l'indice de masse corporelle : on divise le poids en kilogrammes par la taille en mètre au carré. Cet indice est reporté sur une courbe en fonction de la taille : voyez les courbes de corpulence des garçons et des filles (p. 345). De la même façon que s'est tracée la courbe de poids (et de taille) va se dessiner la courbe de corpulence.
Si l'indice de corpulence de votre bébé est au-dessus de la ligne 97 %, il est trop gros, si cet indice est en dessous de la ligne 3 %, votre bébé est trop maigre. Ici encore, seul votre médecin, en établissant cette courbe pendant plusieurs mois, peut l'interpréter et vous dire si un problème de santé se pose.
**La prévention de l'obésité.** La meilleure façon de prévenir l'excès de poids chez les enfants est de leur donner de bonnes habitudes alimentaires et de les habituer à bouger, à se dépenser. Voici quelques recommandations.

- Il faut d'abord respecter l'appétit de l'enfant. Quel que soit son âge, quand l'enfant montre qu'il ne veut pas finir son biberon ou son assiette, n'insistez pas, c'est qu'il a assez mangé. Il sait quand il n'a plus faim. Le forcer lui donne l'habitude de manger plus que ce dont il a besoin.
- Apprenez à l'enfant à manger de tout : plus il goûtera à des aliments différents, surtout avant 2 ans, plus son alimentation restera variée et équilibrée plus tard.

**Indice de masse corporelle des filles de 1 mois à 18 ans (kg/m²)**

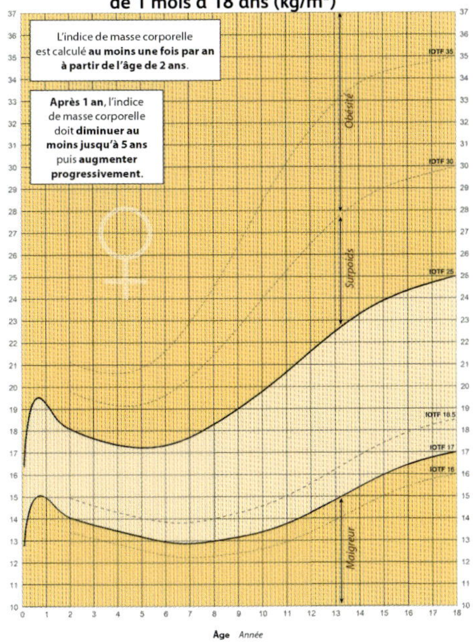


**Indice de masse corporelle des garçons de 1 mois à 18 ans (kg/m²)**

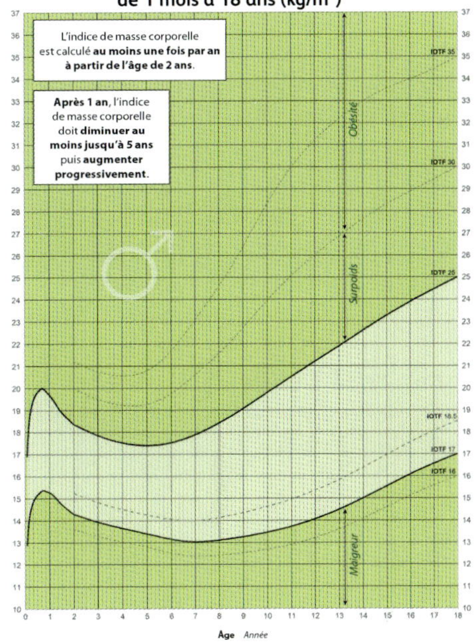


**Après 2 ans :** courbes de l'International Obesity Task Force (IOTF). Cole TJ, Lobstein T. Pediatric Obesity 2012.
**Avant 2 ans :** courbes actualisées d'enfants nés à plus de 2 500 g suivis par des médecins de France métropolitaine.
Courbes AFPA – CRESS/INSERM – CompuGroup Medical, 2018.

- À table ou entre les repas, l'eau est la boisson de base de tous les jours.
- Il est important de faire quatre repas par jour (petit déjeuner, déjeuner, goûter, dîner). Cela permet de mieux équilibrer l'alimentation et de ne pas grignoter entre les repas.
- Attention au grignotage : les enfants sont très tentés par les produits sucrés, ou gras, très caloriques (biscuits, barres chocolatées, chips, sodas, etc.). Ces aliments sont déconseillés aux jeunes enfants et doivent rester occasionnels chez les plus grands (chapitre 2).
- Bouger, courir… Dès que l'enfant marche, sortez-le de sa poussette, allez au square pour qu'il puisse gambader (p. 350). Quand il sera plus grand, vous pourrez l'inscrire dans un club qui propose des activités adaptées à chaque âge. Emmenez-le à la crèche ou à l'école à pied. La meilleure façon d'inciter ses enfants à bouger, c'est de le faire avec eux.

Voir également *Obésité*.

**Votre enfant est maigre,** ne grossit pas, ou grossit très lentement. Vous l'avez lu plus haut, la première année, le poids et la taille du bébé sont surveillés régulièrement et le médecin contrôle la régularité des courbes. Chez l'enfant plus grand en bonne santé, la maigreur est peut-être une affaire de constitution. Il faut s'assurer que l'alimentation de l'enfant est régulière et équilibrée, notamment qu'il prend bien du lait de croissance ou du lait entier (contrairement aux adultes, les enfants ont besoin de beaucoup de graisses). En revanche, si l'enfant perd du poids, ou ne grandit pas, il faut en parler au médecin.

### *L'indice de masse corporelle*

Il est égal au poids (en kg) divisé par la taille au carré (en m), soit :

$$\frac{\text{poids (kg)}}{\text{taille (m)} \times \text{taille (m)}}$$

Par exemple, une fillette de 4 ans pesant 16 kg et mesurant 1 m a un indice de masse corporelle de 16, ce qui est dans la moyenne normale.

# La taille

La croissance de la taille est un élément de surveillance équivalent à celui du poids. On retrouve d'ailleurs sur les courbes ci-dessous la même répartition en zone moyenne, haute, basse, très haute et très basse, comme nous l'avons décrite plus haut pour le poids. La croissance en taille est particulièrement rapide lors des premiers mois de vie, puis elle prend un rythme de croisière plus lent entre 4 ans et 12-15 ans. Il y a ensuite une reprise brutale au moment de la puberté dont la fin signe pratiquement le terme de la période de croissance.

**Taille des filles de 1 mois à 3 ans (cm)**

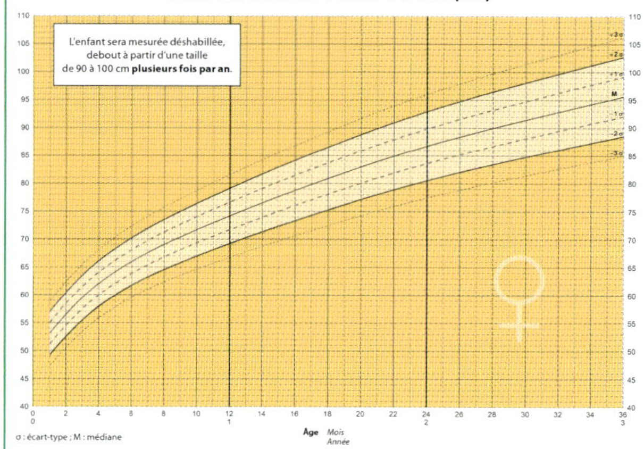


**Taille des garçons de 1 mois à 3 ans (cm)**

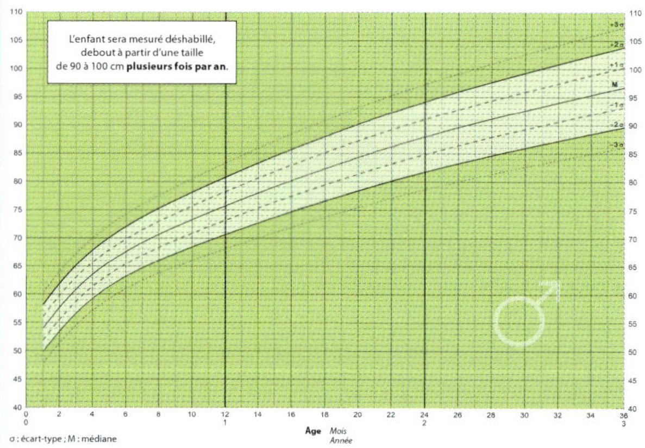


Courbes de croissance AFPA – CRESS/INSERM – CompuGroup Medical, 2018 [enfants nés à plus de 2 500 g et suivis par des médecins sur le territoire métropolitain].

## La taille cible

Une autre caractéristique de la croissance en taille est d'être en partie génétiquement programmée : la taille du papa et de la maman influence la taille finale de leur enfant. On parle d'ailleurs de « taille cible » pour un enfant : c'est la « taille attendue » de l'enfant devenu adulte calculée d'après la taille de ses parents. Elle se calcule en additionnant la taille du papa et de la maman, en ajoutant 13 cm pour les garçons et en retranchant 13 cm pour les filles. Le total est ensuite divisé par deux. Ainsi, un garçon dont le père mesure 1,75 m et la mère 1,63 m a une taille adulte « attendue » de 1,75 m. Il s'agit bien sûr de probabilités : c'est vrai dans les chiffres mais pas toujours sur le plan individuel.

**En résumé** : un garçon de deux parents très grands aura plutôt une courbe de taille dans la zone haute ; une fille de deux parents petits est plutôt susceptible d'avoir une courbe de taille dans la zone basse. Mais comme pour la mesure de poids, c'est l'analyse dynamique de la courbe qui donne une indication et non pas l'analyse d'un point isolé.

**Deux fois par an.** Nous vous conseillons de mesurer vos enfants deux fois par an (par exemple au début de l'année puis 6 mois après, lors de la rentrée scolaire) et de reporter les chiffres sur le carnet de santé. Si un problème se pose, le médecin pourra facilement établir la courbe de taille.

## Mon enfant est-il trop petit ?

Le médecin calculera d'abord la taille cible de votre enfant. Il analysera les différents points de la courbe durant les derniers mois ou dernières années. Si la courbe est régulière et dans la zone prévue par le calcul de la taille cible, le médecin ne proposera rien de plus. Si la courbe n'est pas dans la zone attendue, ou s'il existe une cassure de la courbe de taille avec un changement de zone, il envisagera d'autres examens, notamment le dosage de différentes hormones et une radio du poignet ; celle-ci permet de calculer l'âge osseux et donne ainsi une indication sur l'évolution de la taille.

**Qu'est-ce que l'hormone de croissance ?** La croissance des os en taille est sous le contrôle de multiples hormones (cortisol, hormones thyroïdiennes, etc.) et principalement de l'hormone de croissance. Cette hormone est une protéine sécrétée par une petite glande située à la base du cerveau, nommée l'hypophyse. Elle circule dans le sang et permet la croissance osseuse pendant l'enfance. Une production insuffisante de cette hormone entraîne un retard de croissance qui persiste à l'âge adulte. C'est une des causes de très petite taille et de certains accidents d'hypoglycémie dans l'enfance. Si un déficit est mis en évidence chez un enfant, il est possible de le traiter par des injections intramusculaires ou sous-cutanées d'hormone de croissance à raison de 3 à 7 injections par semaine pendant plusieurs années. On utilise une hormone de synthèse, fabriquée par des laboratoires pharmaceutiques avec des techniques génétiques. Ce traitement est bien toléré et se révèle souvent très efficace ; il permet à l'enfant de rattraper son retard de taille, de poursuivre sa croissance sur les courbes normales et d'atteindre une taille adulte satisfaisante. Il ne peut être prescrit que par des pédiatres spécialisés en endocrinologie. Renseignez-vous auprès de votre pédiatre ou à l'hôpital le plus proche de votre domicile.

## Le périmètre crânien

C'est la mesure de la circonférence de la tête à l'aide d'un mètre ruban. Cette augmentation du périmètre crânien révèle la croissance du cerveau : il n'y a pas de croissance directe des os du crâne mais une augmentation résultant de la croissance du tissu cérébral situé en dessous. On surveille donc la courbe de la croissance du périmètre crânien avec une attention toute particulière les premiers mois de vie : une augmentation brutale du périmètre crânien peut être le signe d'une augmentation anormale du volume du cerveau en raison d'une anomalie de la régulation du liquide cérébral. C'est une urgence qui se traite parfaitement grâce à une intervention chirurgicale de dérivation du liquide céphalo-rachidien.

## Les dents

Il y a une grande diversité dans la date et dans l'ordre d'éruption des dents de lait. Et il est tout à fait fréquent que des nourrissons parfaitement bien portants n'aient leur première dent que vers 8 ou 9 mois ou même quelquefois après 1 an. Il existe souvent une tendance familiale à l'éruption précoce ou tardive des dents. Cela dit, voyez sur les schémas page 349 l'ordre et l'âge auxquels apparaissent en général les dents. Et c'est ainsi que, de 6 mois à 2 ans ½ auront percé vingt dents de lait ou dents temporaires.

## Les troubles liés à la poussée dentaire

L'éruption des dents de lait s'accompagne souvent de troubles plus ou moins graves.
Localement, on observe une inflammation (gencive gonflée, rouge) associée à des douleurs, une joue rouge. L'enfant salive beaucoup, il met ses poings ou des objets dans sa bouche.
L'état général est perturbé lui aussi. Il arrive qu'un érythème fessier ou une diarrhée coïncident avec la percée dentaire. L'enfant peut se sentir mal et agité, ce qui peut avoir un effet négatif sur son appétit et son sommeil (et celui de ses parents).

Les **poussées dentaires** ne s'accompagnent habituellement pas de fièvre élevée. Il ne faut donc pas leur attribuer les symptômes qui appartiennent à une autre maladie (otite par exemple). Ce sera le rôle du médecin d'éliminer – après examen – les autres possibilités.

**Voici ce qui peut calmer votre bébé :**

- un anneau de dentition que vous pouvez refroidir (le froid atténue la douleur) ;
- aux endroits où la gencive est enflée : des frictions douces avec un baume ou un sirop sans sucre (en pharmacie), ou bien un morceau de glace enveloppé dans un tissu fin ;
- éventuellement un peu de paracétamol.

**Quelques remèdes traditionnels sont à éviter :**

- le collier d'ambre est déconseillé car le bébé risque de s'étouffer si des billes se détachent, ou s'étrangler s'il tire dessus ;
- ne donnez pas à votre enfant des morceaux de légumes ou de fruits crus « durs » (pomme, carotte, céleri, etc.) avant l'âge de 2 ans, pour les mêmes raisons de risque d'étouffement ;
- les biscuits de dentition sont également déconseillés en raison du sucre qu'ils contiennent et pourraient devenir la cause de caries dentaires. Certains de ces biscuits sont « sans sucre » mais le goût reste sucré ; il est donc préférable de ne pas habituer l'enfant trop tôt à cette saveur ;
- les gels appliqués localement pour atténuer la douleur sont dangereux : ils sont avalés par le bébé et, en anesthésiant la muqueuse du pharynx, risquent de l'empêcher d'avaler ensuite.

## Les soins à donner aux dents

À partir de 3 ans, il est recommandé d'emmener votre enfant une fois par an chez le dentiste, même si vous n'avez rien remarqué d'anormal. Votre chirurgien-dentiste vous proposera peut-être de l'amener dès son premier anniversaire lors de vos contrôles habituels. Votre bébé pourra s'habituer au personnel, au lieu, aux odeurs, aux bruits associés au cabinet dentaire. Votre praticien vous conseillera sur les habitudes alimentaires et bucco-dentaires à prodiguer au plus petit et à toute la famille.
Une bouche saine est le reflet d'une bonne santé. Pour que votre enfant ait « de bonnes dents », il est conseillé de mettre en place très tôt de **bonnes habitudes** alimentaires et d'hygiène de la bouche et des dents : une alimentation ne favorisant pas les caries (pas de grignotage entre les repas, limitation des produits sucrés mais aussi chips, céréales de petit-déjeuner… qui collent aux dents et sont des glucides, donc du sucre) et un brossage fréquent et efficace.

### *À noter*

Pour préparer la visite chez le dentiste, ou chez le médecin, vous pouvez regarder avec votre enfant les livrets publiés par Sparadrap (p. 381) : *Je vais chez le dentiste*, *Je vais chez le docteur.*

**LES DENTS DE LAIT**

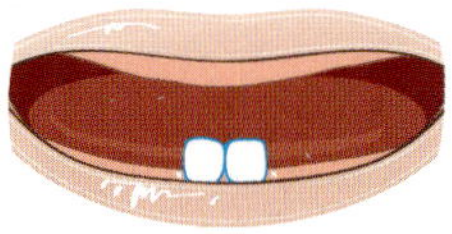

**Fig.1** Les premières dents, généralement les incisives centrales inférieures, apparaissent à un âge variable, autour de 4-5 mois.

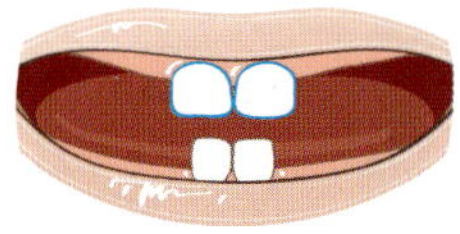

**Fig. 2** Puis apparaissent, entre 4 et 6 mois, les incisives centrales supérieures.

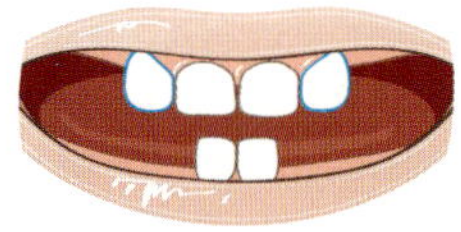

**Fig. 3** Entre 6 mois et 12 mois (en principe), elles vont être suivies par 2 incisives latérales supérieures.

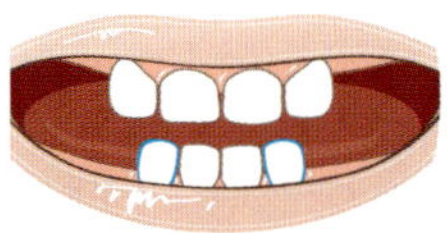

**Fig. 4** Puis par 2 incisives latérales inférieures. En tout 8 dents.

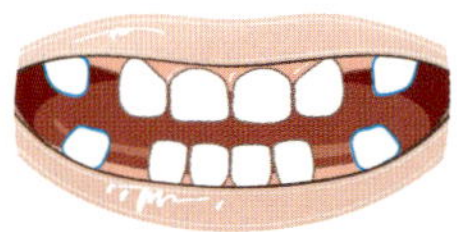

**Fig. 5** De 12 à 18 mois : les 4 premières petites molaires.

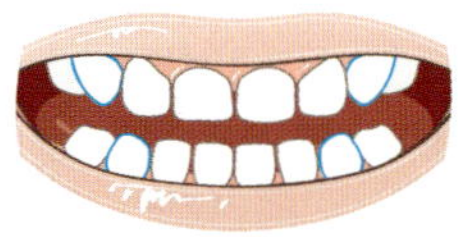

**Fig. 6** De 12 à 24 mois : les 4 canines.

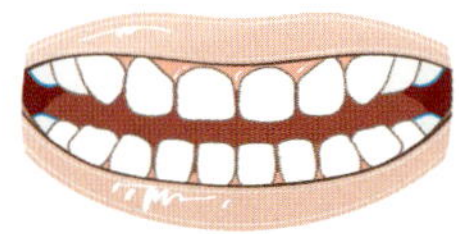

**Fig. 7** De 24 à 30 mois : les 4 secondes petites molaires.

Dès que votre bébé aura l'âge de mâchonner, donnez-lui des aliments qui favorisent la **mastication**. Cela signifie de ne pas le condamner aux purées, aux aliments qui fondent dans la bouche comme le pain de mie. Au contraire, donnez-lui du pain craquant, bien cuit, faites-lui croquer des pommes, mâcher de la viande, etc.
En ce qui concerne le positionnement des dents et des mâchoires, une consultation chez un orthodontiste pourra vous être recommandée par votre dentiste si celui-ci détecte une anomalie de croissance ou de fonction. Certains traitements peuvent être mis en place tôt.

### À partir de quel âge un enfant peut-il se brosser les dents ?

Dès l'éruption des premières dents, il est conseillé de les nettoyer tous les soirs à l'aide d'une compresse. À partir de l'apparition des molaires, le brossage des dents devient nécessaire, matin et soir, à l'aide d'une brosse à dents et d'une petite quantité de dentifrice contenant très peu de fluor (moins de 500 ppm). Pour la brosse, choisissez un modèle aux poils souples et avec une tête de petite taille adaptée à l'âge de l'enfant. Le brossage est au moins aussi important que le dentifrice : il faut brosser soigneusement toutes les dents, et toutes leurs faces, pendant au moins 2 minutes.
L'enfant peut apprendre à se brosser seul les dents à partir de **18 mois-2 ans**. Pour cela, lavez-vous les dents devant lui, il voudra vous imiter. Il faudra néanmoins contrôler que le brossage a été efficace.

Pour prévenir la carie dentaire, une supplémentation en fluor a longtemps été prescrite sous forme de gouttes ou comprimés. Aujourd'hui, sauf cas particuliers, on propose simplement de brosser les dents de l'enfant avec un dentifrice contenant du fluor, ou des fluorides. Les dentifrices « bio » ou « naturels » permettent de se passer des produits chimiques inutiles contenus dans la plupart des pâtes dentifrices. Ils ne contiennent hélas souvent pas de fluor, ou fluorides, indispensables dans la prévention de la carie. Ils ne sont donc pas conseillés sauf s'ils contiennent des fluorides.

#### Ce qui fait du mal aux dents

Les bonbons, sucreries diverses, chips, boissons sucrées (même jus de fruit), donnés entre les repas, sont les ennemis des dents de vos enfants : ils collent aux dents et laissent séjourner entre elles des dépôts acides, principale cause de carie dentaire. Ils sont à réserver aux occasions spéciales (anniversaires, fêtes…) et sont à apporter le plus tard possible dans son alimentation. Si votre enfant en est malgré tout friand, mieux vaut regrouper les prises, par exemple au goûter, plutôt que de le laisser en grignoter toute la journée, afin que les dents et la bouche « se reposent ».
Le biberon qu'on laisse à l'enfant pour s'endormir est très déconseillé. On décrit sous le nom de « syndrome du biberon », des caries multiples des dents de lait, liées à l'utilisation prolongée (souvent la nuit) d'un biberon contenant un liquide sucré (lait, même maternel, sirop, jus de fruit…). Une fois la dernière tétée ou le dernier biberon terminés, retirez le biberon et, si possible, nettoyez les dents de votre enfant.

**À noter**

Pour plus d'informations sur la carie dentaire, voyez *Dents* p. 403

## Bouger, c'est toujours une bonne idée…

Bouger, se déplacer, marcher, courir : tout au long de sa croissance l'enfant à besoin de temps d'activité physique. Celle-ci est importante pour les muscles, les os, le cœur, et également pour bien se développer, pour se sentir bien.

### Chez le bébé

Bouger est essentiel pour apprendre à marcher bien sûr mais aussi pour découvrir ses capacités et les limites de son corps. Dès les premiers mois, en période d'éveil, installez votre bébé sur le ventre, sur un tapis d'éveil, avec des jouets à sa portée qu'il va essayer d'attraper. Lorsque vous le mettez sur le dos, il est intrigué et attiré par le joli portique aux couleurs vives. Quand il se tient bien assis, il sait se tourner de côté pour saisir des objets. Jouez avec lui, il sera encouragé et ravi de vous montrer tout ce qu'il est capable de faire. Évitez de le laisser trop longtemps dans sa chaise haute ou dans un transat. Enfin, éteignez les écrans dans la pièce où votre enfant se trouve (p. 132)

### Dès l'âge de la marche

À cet âge, c'est dehors que les enfants sont le plus heureux. Pour les plus jeunes, n'oubliez pas leur pelle, leur seau, leur ballon pour encore plus d'activités. Faire du tricycle, de la draisienne, de la trottinette apprend à s'orienter. Les plus grands grimpent sur les cubes, font des parcours d'obstacles, perfectionnent leur équilibre. Les squares, les parcs sont les endroits idéaux pour exercer ses nouvelles capacités physiques et aussi pour rencontrer d'autres enfants, tester ses progrès de langage et apprendre les relations sociales….
Se dépenser au moins une heure par jour, plus si le temps le permet, est excellent pour les enfants. Les jours de pluie, ne renoncez pas à la promenade en privilégiant les endroits couverts.

Souvenez-vous que le temps passé en activités physiques et en jeux est essentiel pour le bon développement des petits et des plus grands, à l'inverse du temps passé devant les écrans.

# La surveillance médicale régulière

## Le médecin

Le médecin va jouer un grand rôle pendant les premières années, même si votre enfant est en bonne santé. Il va surveiller son développement physique et moteur, sa croissance, vous aider à établir son régime alimentaire, faire les vaccinations recommandées.
Il sera également attentif à ses progrès psychologiques et relationnels. C'est lui que vous consulterez en cas de troubles ou de maladies.
La surveillance d'un enfant peut être assurée par un médecin généraliste, s'il est suffisamment disponible ; elle peut être faite également par un pédiatre, qui est spécialiste de l'enfant. Jusqu'à 16 ans, les dispositions sur le médecin traitant ne s'appliquent pas : vous êtes libre de consulter pour votre enfant un spécialiste (ORL, dermatologue, etc.) sans passer par le médecin généraliste ou le pédiatre.
Vous pouvez aussi faire suivre votre enfant à la consultation de nourrissons du centre de protection maternelle et infantile (« Le rôle de la PMI », p. 484) de votre quartier. Mais il est important de savoir que ce centre, qui n'est d'ailleurs ouvert qu'à certaines heures, n'est pas un centre de soins ni de traitement : il est à votre disposition pour faire l'examen général de l'enfant, surveiller la croissance et le régime, faire d'éventuels dépistages et pratiquer les vaccinations.

# La consultation médicale

Le médecin va examiner régulièrement votre enfant.
La consultation est un moment particulier que nous vous conseillons de **préparer** pour en profiter au mieux. Prenez le temps de noter les points que vous souhaitez aborder, les questions que se pose aussi votre conjoint si vous venez seule. Le stress de l'examen risque de vous faire oublier un sujet essentiel. N'hésitez pas à poser toutes les questions, même celles qui vous paraissent plus anodines ; vous devez ressortir de la consultation avec l'esprit complètement libre.
Si vous observez chez votre enfant, à distance du rendez-vous prévu, certaines manifestations (une éruption cutanée, des mouvements ou attitudes qui vous interrogent), pensez à photographier ou à filmer ; si tout disparaît, vous aurez ainsi une trace explicite.

- Choisissez, dans la mesure du possible, un horaire favorable, en matinée par exemple, à un moment où votre enfant n'est pas trop fatigué, où il a mangé, bref quand il est au mieux de sa forme.
- Prévoyez un habillage pratique à ôter et à remettre.
- Pensez à la couche et au body de rechange, au doudou, éventuellement à la tétine, à un petit jouet (hochet) pour le distraire, au carnet de santé et, surtout, aux vaccins prescrits.

Si un ou des vaccins sont prévus à cette consultation, voyez avec votre médecin s'il souhaite que vous posiez à l'avance (habituellement une heure avant la consultation) un patch Emla, qui contient une pommade anesthésiante.
Durant cette consultation, le médecin abordera systématiquement différents points concernant votre bébé : les détails de son développement psychomoteur, son comportement en général, ainsi que les questions sur l'alimentation, le sommeil, les vitamines, les vaccins.
L'examen clinique complet se fait sur un enfant entièrement déshabillé et les données (poids, taille, périmètre crânien) sont notées sur le carnet de santé. Si votre médecin n'a pas eu le temps de le faire, vous pourrez ensuite reporter ces résultats sur les courbes situées à la fin du carnet de santé.
Un temps particulier de la consultation est consacré au **développement psychomoteur**. Le médecin s'appuie d'abord sur votre observation : comment votre bébé se déplace-t-il, comment se tient-il, fait-il quelques pas ? Joue-t-il avec les objets ? Comment tient-il sa cuillère ? Le médecin note aussi comment votre bébé communique avec vous et avec les autres membres de la famille : prononce-t-il ses premières syllabes, ses premiers mots, ses premières phrases (le bébé associe par exemple 2 mots autour de 2 ans) ? Ces réponses dessinent un tableau de l'avancement psychomoteur de votre enfant.
Au cours de l'examen, le médecin apprécie aussi son tonus, la façon dont le bébé se tient. Il va le « manipuler » pour tester différentes réactions psychomotrices. Le « tiré-assis », par exemple, teste le maintien de la tête du tout petit : le médecin prend les deux mains de votre enfant allongé sur le dos ; il tire sur les deux bras et l'amène à la position assise en étudiant comment il tient sa tête. Lorsque l'enfant est

Vous trouverez tout au long du chapitre 4 des détails sur **les progrès** habituellement observés au cours des mois. Ce sont des indications bien sûr, et si vous avez des doutes parlez-en au médecin qui suit votre enfant.

plus grand, le médecin peut essayer de le déstabiliser en position assise pour étudier ses réactions de compensation à ce déséquilibre.
Lors des examens systématiques de 9 et 24 mois, le médecin note les différentes observations mentionnées dans le carnet de santé. En comparant ces résultats à ceux obtenus par les enfants du même âge, il est possible de repérer un retard dans un domaine particulier. Un examen de contrôle sera utile quelques mois plus tard afin de voir si le retard se rattrape petit à petit ou s'il s'installe plus durablement.
Pendant toute la durée de cet examen clinique, le médecin appréciera aussi le **comportement émotionnel** de votre enfant face à cette « expérience de stress » que constitue cette consultation. Comment réagit-il face à cet inconnu qui lui parle et le manipule ? Comment exprime-t-il ses réactions et comment se console-t-il une fois que « l'épreuve » est terminée ? Tout cela donne beaucoup d'indications sur le bien-être émotionnel de votre bébé.

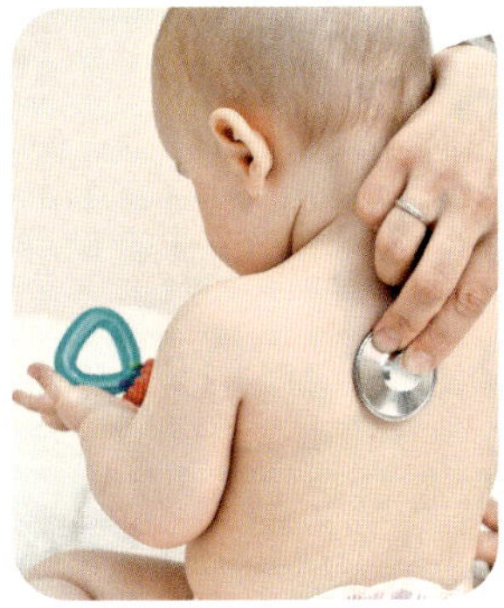

**Une double consultation.** Si vous avez des **jumeaux**, la consultation mensuelle sera bien sûr plus longue : elle va comporter un temps séparé pour chaque enfant et un temps pour la famille. Prévoyez deux rendez-vous, ne venez pas seul(e) et n'oubliez pas le grand sac à langer !
Au cours de la troisième année, le pédiatre sera attentif au langage de chaque enfant pour dépister les éventuels troubles, plus fréquents chez les jumeaux que chez les enfants uniques.

## Le carnet de santé

Le carnet de santé comporte plusieurs types d'informations.
- Les indications de la surveillance du **développement** de votre enfant, le poids, la taille, le périmètre crânien, la date d'acquisition de la tenue assise, de la marche, du langage, de la dentition. Ainsi, le médecin pourra reconstituer les courbes de croissance – taille et poids – si importantes pour apprécier le développement physique de l'enfant.
- Les certificartions de **vaccinations** obligatoires et recommandées, avec les dates d'injection.
- La mention des **maladies infectieuses**.
- Les **informations médicales**, **confidentielles**, destinées aux médecins qui sont amenés à voir votre enfant. Elles comprennent les circonstances de la grossesse, de l'accouchement, les principales maladies, les hospitalisations, les éventuelles interventions chirurgicales. Ces pages permettent à tout médecin de connaître les principaux antécédents médicaux et de contacter le praticien, le service hospitalier qui a soigné votre enfant.

Bien rempli, le carnet de santé constitue un document important : il sera utile durant toute l'enfance, l'adolescence, et même au-delà. Mais les informations dites confidentielles – et couvertes par le secret médical – sont en réalité accessibles à toutes personnes à qui on confie l'enfant (assistante maternelle, instituteur, colonie de vacances, etc.) et c'est un fait que regrettent de nombreux médecins. C'est pourquoi certains préfèrent ne rien inscrire de ce qui pourrait nuire à l'enfant et donner directement aux parents les informations médicales concernant leur enfant.

**À noter**

Pensez à apporter le carnet de santé de votre enfant à chaque consultation.

**À savoir**

Votre enfant peut être inscrit sur votre carte Vitale et sur votre mutuelle, et/ou sur ceux de l'autre parent.

En effet, quelqu'un d'extérieur au monde médical risque de mal interpréter les données qui y sont mentionnées : par exemple, certains enfants parlent ou marchent tard, tout en suivant par la suite un développement tout à fait normal, mais la mention de ce retard peut « suivre » l'enfant, et le gêner.

# Le contrôle de l'audition et de la vision

## La vision

La vision du bébé n'est pas totalement mature à la naissance et se développe progressivement : très rapidement jusqu'à 6 mois, un peu plus lentement par la suite, jusqu'à 8-10 ans. Les premiers mois, le médecin évalue la vision du bébé en observant sa réaction à la lumière et à la façon dont il regarde et suit des yeux une personne ou un objet. Quand l'enfant grandit, il devient possible de mesurer la vision : c'est ce qu'on appelle l'acuité visuelle (AV) qui est une sorte de note. Une acuité visuelle de 5/10$^{e}$ signifie que l'on arrive à voir distinctement un objet placé à 5 m alors qu'une personne ayant une vision de 10/10$^{e}$ (le maximum) peut le voir éloigné de 10 m.

### L'évolution de la vision de votre bébé

Les découvertes sur les compétences visuelles du nouveau-né sont en constante progression de nos jours. Les grandes lignes qui sont décrites ci-dessous sont comme habituellement des moyennes. Dans certaines conditions idéales vous pourrez constater que votre bébé peut être en avance sur ce déroulement.

- À la naissance, **l'acuité visuelle** est faible (moins de 1/10$^{e}$), la vision est floue. Le nouveau-né ne peut fixer que les visages qui sont face à lui car son champ visuel est essentiellement central. Il ne distingue pas les couleurs mais seulement une variété de gris.
- À 1 mois, l'acuité visuelle s'améliore, le bébé reconnaît facilement le visage de sa maman ou de son papa (en fait, les contours du visage) ; il commence à fixer des objets pas trop éloignés.
- À 3 mois, il commence également à suivre un objet qui se déplace, il joue avec ses mains qu'il découvre peu à peu.
- À 4 mois, l'acuité visuelle est encore faible mais le bébé perçoit les détails et il est capable d'une attention prolongée ; il suit ses parents du regard et distingue les couleurs primaires.
- À 6 mois, il peut voir les reliefs.
- À 1 an, l'acuité visuelle est de 4/10$^{e}$, son champ visuel est quasiment celui d'un adulte.

Une acuité visuelle équivalente à une vision de type adulte de 10/10$^{e}$ n'est atteinte qu'entre 5 et 6 ans.

### Comment les parents peuvent-ils dépister les anomalies de la vision ?

La coopération des parents et du pédiatre peut permettre de déceler à temps un trouble visuel et ainsi le prendre en charge rapidement.

### *La lumière bleue*

Certaines ampoules LED génèrent une lumière bleue – dite « froide » – toxique pour la rétine, notamment pour celle des enfants qui est fragile. Pour protéger leur **vision**, n'abusez pas des jouets lumineux et vérifiez qu'ils ne comportent pas d'ampoules LED particulièrement puissantes. Faites attention à l'exposition aux phares de voiture, à la lumière des lampes torche ou frontale. Cette lumière bleue, également diffusée par les **écrans**, perturbe les rythmes veille-sommeil. Il faut donc éviter que les enfants regardent des tablettes ou ordinateurs une heure avant le coucher (Agence nationale de sécurité sanitaire de l'alimentation, de l'environnement et du travail, Anses, 2019).

Il est important de signaler si dans votre famille il existe des problèmes de vision (myopie, strabisme ou glaucome). Par ailleurs, vous êtes les mieux placés pour observer attentivement et quotidiennement le comportement de votre bébé et déceler ainsi une quelconque anomalie. Ainsi, n'hésitez pas à prendre des photos de votre bébé si vous constatez quelque chose d'inhabituel (voyez des exemples ci-dessous) ; montrez-les à votre médecin, il pourra vous rassurer ou bien vous orienter vers un ophtalmologiste pour un examen plus approfondi.

### Quelles anomalies signaler ?

Certains signes peuvent justifier un examen ophtalmologique spécialisé. Voici ceux que vous devez signaler au pédiatre si vous les remarquez :

- une chute de la paupière d'un œil, même intermittente ;
- si un œil, ou les deux yeux, paraissent anormalement grands (par augmentation anormale de la taille de la pupille) avec un écoulement permanent de l'œil et une gêne à la lumière (photophobie) ;
- toute asymétrie droite/gauche, par exemple de la pupille ;
- une couleur blanchâtre de la pupille, notamment sur une photographie prise au flash alors que l'autre pupille est rouge comme habituellement ;
- un œil qui louche (après 3 mois) ;
- une position anormale de la tête (par exemple la tête toujours penchée du même côté), un tremblement persistant des yeux ;
- un mouvement de droite à gauche d'un œil ou des deux yeux (nystagmus).

### Le contrôle de la vision lors de la consultation

Le médecin apprécie à chaque consultation la qualité de la vision de votre bébé en recherchant un strabisme et en étudiant la poursuite oculaire. À l'examen du 9e mois, des tests plus précis peuvent être réalisés par le médecin s'il possède le matériel adéquat (notamment des lunettes avec des caches). Un examen par un orthoptiste – qui, sans être médecin, est un spécialiste de la vision – est d'ailleurs recommandé à cet âge, c'est le « bébé vision », dont vous parlerez avec votre pédiatre. L'orthoptiste étudie la vision grâce à l'utilisation de différents cartons porteurs de carrés gris ou barrés de lignes de tailles différentes ; votre bébé, en préférant regarder l'un ou l'autre carton, donne des indications sur ses capacités visuelles.

### Les maladies oculaires les plus fréquentes chez les enfants

Ce sont : l'amblyopie (ou œil paresseux), le strabisme (l'œil louche), le ptosis (la paupière tombe), la myopie (baisse de la vision de loin), l'hypermétropie et l'astigmatisme (l'œil voit trouble), le nystagmus (l'œil tremble), la leucocorie (la pupille est blanchâtre), l'anisocorie (les deux pupilles sont de tailles différentes) et le glaucome (aspect de « grands beaux yeux » dû à l'augmentation de la taille de la pupille). Vous trouverez tous ces termes détaillés dans le dictionnaire à la fin de ce chapitre au mot *Vision (anomalies)*.

## L'audition

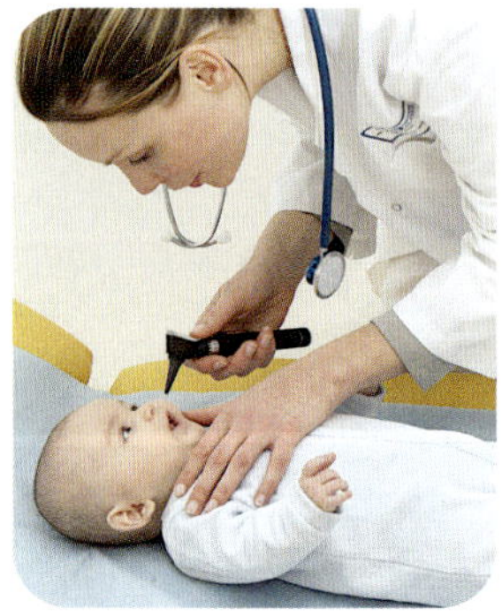

Contrairement à la vision, l'audition se développe dès la vie intra-utérine (dès 30-32 semaines) et la qualité de l'audition du nouveau-né est très proche de celle de l'adulte. À la naissance, il existe un dépistage néonatal systématique pour chaque nouveau-né avant la sortie de la maternité. L'enfant est testé par un appareil indolore recherchant les otoémissions acoustiques. Si une oreille ne répond pas bien à ce test, il est proposé de revenir dans les semaines suivantes consulter le médecin ORL pour tester plus précisément l'audition. Les déficiences précoces sont ainsi dépistées au plus tôt et traitées en cas de problème. Les pertes auditives peuvent toutefois apparaître au fil de la vie de l'enfant ; c'est pourquoi le médecin vérifie à chaque consultation suivante, et au cours des premières années de vie, que le bébé entend bien, c'est-à-dire qu'il dirige les yeux ou tourne la tête en réponse à des stimulations sonores ou à la parole.

**L'enfant entend-il bien ? Les signes qui doivent alerter**

- Avant 3 mois : le bébé ne réagit pas aux bruits forts ou soudains, ne sursaute pas ou ne change pas d'expression de visage. La voix ne l'apaise pas.
- De 3 à 6 mois : le bébé ne tourne pas la tête en présence d'une voix ou d'un bruit, ne s'intéresse pas aux jouets sonores. Il ne réagit pas aux bruits familiers. Il gazouille peu ou pas, ou a perdu le babillage des trois premiers mois.
- De 6 à 10 mois : le langage du bébé ne se diversifie pas ou son gazouillement diminue ; il ne prononce pas de petites syllabes (ma, ba, da). Il ne réagit pas ou peu à la musique. Il ne s'intéresse pas aux sons.
- De 10 à 15 mois : le bébé ne pointe pas du doigt ses jouets favoris quand on les lui nomme. Il ne reproduit pas de mots simples (lait, doudou, maman, etc.). Il ne manifeste pas de plaisir lorsqu'on met de la musique.

Un seul de ces signes n'est pas inquiétant mais, au moindre doute, n'hésitez pas à en parler au médecin. Le pédiatre testera à plusieurs reprises l'audition de votre bébé lors des différentes consultations des premiers mois (avec des jouets sonores). Des tests plus précis sont notamment prévus à l'examen du neuvième mois et à celui des deux ans (en réalisant un test de « voix chuchotée »).

**À savoir**

Dans les premières années, lorsque l'enfant n'entend pas bien, une des causes les plus fréquentes est l'**otite séreuse** (p. 432). L'audition se rétablit lorsque l'otite est soignée.

# Les genoux, les jambes, les pieds

À la naissance, les bébés ont les jambes en *genu varus* : les **genoux** sont écartés alors que les chevilles se touchent (1). Le *genu varus* va diminuer progressivement autour de 2 ans. Les jambes seront ensuite en *genu valgus* (2) : les deux rotules se touchent et les chevilles sont écartées. Le *genu valgus* diminuera progressivement jusqu'à la puberté (3). Ce type de disposition des jambes et des genoux est donc normal à ces âges et ne doit pas vous inquiéter. (*Genoux*, p. 414).

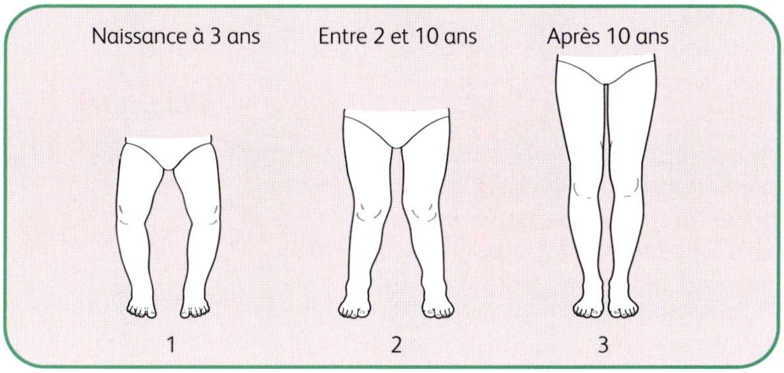


La découverte d'une anomalie des **pieds** est fréquente à la naissance et il s'agit le plus souvent d'un simple problème de positionnement pendant la fin de la grossesse. Les structures des os et des tendons sont normales, ce qui pourra être rapidement confirmé par l'examen clinique du médecin à la naissance : lors des manipulations du pied, celui-ci peut être facilement mis en position normale. Il s'agit d'une simple malposition qui va s'améliorer notamment grâce à la kinésithérapie ; celle-ci débute dès les premiers jours de vie et sera poursuivie pendant quelques semaines, jusqu'à l'amélioration de la position.
Si le pied est en position trop fléchie, on parle de « pied *talus* » ; si la plante du pied regarde trop en dedans, on parle de « pied *supinatus* ». Dans les deux cas, cette position du pied est réversible par simple manipulation et va s'améliorer avec de la kinésithérapie.
Dans d'autres cas, c'est seulement l'avant du pied qui n'est pas dans le même axe que l'arrière du pied mais s'oriente plus vers l'intérieur : on parle de *metatarsus adductus*. Le plus souvent, cette malformation va s'améliorer progressivement ; dans certaines formes, de la kinésithérapie et des attelles pourront être nécessaires pendant les premiers mois. (*Pieds*, p. 434).

# Les vaccinations

Grâce à la vaccination, nous avons la chance en France de pouvoir protéger nos enfants contre un grand nombre de maladies. Les vaccins qui protègent le mieux les enfants et la date à laquelle il est préférable de les administrer sont mentionnés dans un document que l'on appelle le **calendrier vaccinal**. Ce calendrier est décidé et validé chaque année par un comité d'experts sous l'égide du ministère de la Santé.

## Les vaccins obligatoires et recommandés

Pour les enfants, **11 vaccinations** sont obligatoires. Il s'agit des vaccinations contre les maladies suivantes : diphtérie, tétanos, poliomyélite, coqueluche, Haemophilus de type b, hépatite B, pneumocoque, méningocoque C, rougeole, oreillons et rubéole. Les autorités de santé de notre pays estiment qu'il est important que les nourrissons, qui sont si fragiles pendant leurs premières années de vie, soient vaccinés contre ces maladies qui peuvent être très graves. Cette obligation ne concerne que les premières années ; les vaccinations restent ensuite recommandées. Voici, pour chaque âge, les vaccins obligatoires et recommandés.

- **À 2 mois**

C'est le début du calendrier vaccinal avec les vaccins obligatoires contre la **diphtérie**, le **tétanos**, la **coqueluche**, la **poliomyélite**, l'**haemophilus B** et **l'hépatite B**. Ces vaccins étaient autrefois administrés de façon séparée et cela représentait beaucoup de piqûres pour les bébés. Ils sont aujourd'hui regroupés en une seule injection ce qui est un réel progrès. On administre aussi un vaccin obligatoire contre le **pneumocoque** mais de façon séparée.

- **À 4 mois**

Mêmes injections qu'à 2 mois (vaccins obligatoires).

- **À 5 mois**

Une première injection contre le **méningocoque** de type C est obligatoire.

- **À 11 mois**

Mêmes injections qu'à 2 et 4 mois (vaccins obligatoires).

- **À 12 mois**

Les vaccins obligatoires sont ceux contre la **rougeole**, les **oreillons** et la **rubéole (ROR) ;** ces vaccins sont regroupés dans un seul vaccin. Une seconde injection contre le **méningocoque** de type C est également obligatoire mais elle est administrée de façon séparée.

- **Entre 16 et 18 mois**

Une **deuxième injection** contre la rougeole, les oreillons et la rubéole (ROR) est obligatoire.

- **À 6 ans**

Le **rappel** contre la diphtérie, le tétanos, la coqueluche et la poliomyélite est recommandé.

- **À l'âge de 11 ans**

Le **rappel** contre la diphtérie, le tétanos, la coqueluche et la poliomyélite est recommandé.

### À signaler

Il est possible de poser à l'avance un patch anesthésiant sur les cuisses de votre bébé une heure avant l'injection ; parlez-en à votre médecin.

Pour les enfants de plus de 12 mois résidant en Guyane française, la vaccination contre la **fièvre jaune** est obligatoire.

## Calendrier vaccinal des enfants nés après le 1er janvier 2018

| Âge recommandé | naissance | 2 mois | 4 mois | 5 mois | 11 mois | 12 mois | 18 mois | 6 ans | 11 ans |
|---|---|---|---|---|---|---|---|---|---|
| BCG | ■ (bleu) | | | | | | | | |
| Diphtérie-tétanos-poliomyélite | | ■ | ■ | | ■ | | | ■ (orange) | ■ (orange) |
| Coqueluche | | ■ | ■ | | ■ | | | ■ (orange) | ■ (orange) |
| Haemophilus B | | ■ | ■ | | ■ | | | | |
| Hépatite B | | ■ | ■ | | ■ | | | | |
| Pneumocoque | | ■ | ■ | | ■ | | | | |
| Méningocoque C | | | | ■ | | ■ | | | |
| Rougeole - Oreillons - Rubéole | | | | | | ■ | ■ | | |
| Papillomavirus | | | | | | | | | ■ (orange) |

■ vaccins obligatoires
■ (orange) vaccins recommandés à tous les enfants
■ (bleu) vaccins recommandés dans certaines conditions

Le vaccin contre le cancer du col à **Papillomavirus** chez la fille en deux injections séparées de six mois est recommandé.

**Le vaccin contre la coqueluche : celui des parents protège leur bébé.** Ce vaccin n'est pas efficace avant deux mois et les études ont montré que les nouveau-nés souffrant de coqueluche étaient le plus souvent contaminés par leurs parents. Il est donc recommandé de vacciner les parents pour protéger leur bébé. Le vaccin contre la coqueluche n'existe pas seul et se fait avec le vaccin DT-polio. Si vous-même, ou votre conjoint, n'avez pas reçu de vaccination contre la coqueluche dans les dix dernières années et de vaccin DT-polio dans les deux dernières années, parlez-en rapidement à votre médecin qui pourra vous prescrire un rappel DT-polio-coqueluche.

Une vaccination n'est réelle et **efficace** que si elle est correctement pratiquée, c'est-à-dire complète (nombre d'injections, intervalles maximums entre elles, rappels).

## Les vaccins recommandés dans certaines conditions

**Le vaccin contre la tuberculose (BCG).** Il est aujourd'hui recommandé dans certains groupes à risque et si l'on réside à Mayotte ou en Guyane.

Pour l'Île-de-France, voyez avec votre médecin (il n'y a plus de recommandations en raison de la pénurie de vaccins).

**Le vaccin contre la varicelle.** Il peut être administré aux enfants qui n'ont pas eu la varicelle à 11 ans.

**Le vaccin contre la grippe.** Il doit être proposé tous les ans au mois d'octobre chez les enfants à risque, à partir de 6 mois : prématuré, souffrant d'asthme ou de maladie cardiaque. Demandez à votre médecin si votre bébé fait partie d'un groupe à risque.

### Conservation du vaccin

Vous avez acheté un vaccin et vous ne l'utilisez pas tout de suite : mettez-le au réfrigérateur (mais pas au congélateur). Il doit être conservé à une température variant entre + 2 et + 8 °C.

## Les contre-indications

Chaque cas est particulier et doit être discuté avec le médecin traitant. Il existe en effet des contre-indications formelles mais elles sont exceptionnelles. Les contre-indications relatives ou temporaires sont surtout des précautions techniques particulières à prendre, essentiellement chez certains enfants très allergiques et fragiles sur le plan immunitaire.

## Sur quelle partie du corps vaccine-t-on ?

Chez le nourrisson : partie supérieure de la fesse ou dans la cuisse, selon les vaccins et les habitudes du médecin. À partir de 2 ans, tous les vaccins peuvent être faits dans le haut du bras.

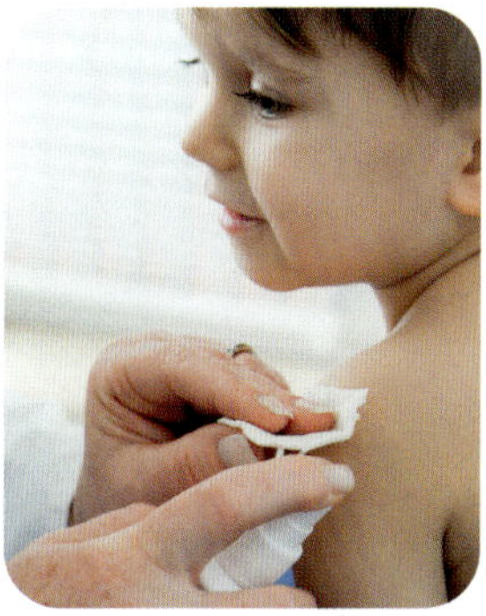

## Si votre bébé est enrhumé le jour de la vaccination

L'injection de vaccin est faite pour protéger votre bébé contre des maladies graves à une période où il est particulièrement fragile. Il faut donc une bonne raison pour décider de repousser celle-ci. Un simple rhume n'empêche pas l'enfant de développer ses anticorps vaccinaux. En cas de doute, apportez les vaccins à la consultation et le médecin pourra décider de ce qu'il fera.

## S'il y a un retard dans la vaccination

Lorsqu'un retard est intervenu dans le calendrier des vaccinations, les parents croient souvent qu'il faut tout recommencer. Ce n'est pas nécessaire. Il suffit de reprendre le programme au stade où il a été interrompu et de compléter la vaccination en réalisant le nombre d'injections requis en fonction de l'âge. On parle de « rattrapage ».

## Les vaccinations en question

Notre protection à tous est assurée par la vaccination du plus grand nombre : accepter de faire vacciner ses enfants, c'est à la fois les protéger et lutter contre les risques d'épidémie. Or, depuis quelques années, il arrive régulièrement que les parents aient de la difficulté à se procurer le vaccin prescrit pour leur enfant. Il existe plusieurs explications à cela : complexité et longueur de la fabrication des vaccins actuels (plusieurs années pour certains), mondialisation de la demande vaccinale, etc. Dans la plupart des cas, il existe une solution de remplacement ; si le pharmacien vous signale que le vaccin est manquant pour une longue période, n'hésitez pas en parler au médecin. Cette pénurie de vaccins peut contribuer aux doutes qui entourent aujourd'hui les vaccinations. La presse et Internet se font régulièrement l'écho de voix qui s'élèvent contre tel ou tel vaccin, ou la présence d'un adjuvant. Face à ces informations, certains parents ne savent que faire, s'inquiètent et se posent des questions.

**www. vaccination-info-service.fr**

Ce site, conçu par Santé publique France, a pour vocation d'apporter des informations factuelles et pratiques pour répondre aux questions sur la vaccination.

### Que penser des risques d'effets secondaires des vaccinations ?

C'est un sujet qui préoccupe les parents, notamment à cause de la présence d'aluminium dans les vaccins. Nous ne savons malheureusement pas aujourd'hui fabriquer de vaccins efficaces sans cet adjuvant. Ces vaccins protègent contre des maladies pour lesquelles nous n'avons parfois aucun traitement (la rougeole par exemple). Le rapport entre le bénéfice à vacciner et les risques de vacciner est très en faveur des vaccins. Les mêmes questions pourraient d'ailleurs être posées à propos des médicaments ou des antibiotiques alors que ce rapport bénéfice-risque est dans beaucoup de cas nettement moins favorable (« Le rapport bénéfice-risque », p. 376).

### N'est-ce pas dangereux pour les bébés de recevoir tous ces vaccins en même temps et dans des périodes si rapprochées ?

C'est une remarque souvent entendue car, grâce aux progrès scientifiques, nous avons à notre disposition de plus en plus de vaccins pour protéger nos enfants contre de plus en plus de maladies. Notre système immunitaire, ainsi que celui des tout-petits, est capable de répondre à de très nombreuses sollicitations immunitaires chaque jour et n'a donc aucun mal à réagir à l'augmentation du nombre des vaccins effectués. Cela est d'autant plus vrai que les nouveaux vaccins sont plus efficaces avec moins de composants : on vaccine aujourd'hui « moins » ( moins de composants) mais « mieux » (plus de tolérance et de protection).

**Pourquoi vacciner si tôt après la naissance ?**

Les vaccins sont proposés très tôt après la naissance, dès le deuxième mois, car les anticorps maternels diminuent peu à peu et la vaccination prend le relais de cette protection. Les premiers mois sont une période particulièrement à risque de maladies infectieuses graves. La coqueluche est dangereuse avant 3 mois : la première injection est faite dès 2 mois et les parents doivent être vaccinés pour éviter de transmettre la maladie à leur bébé avant cette date (p. 358). C'est aussi le cas des infections à pneumocoque, à Haemophilus ou à méningocoque de type C, qui touchent surtout les enfants de moins de 1 an. Ces infections peuvent atteindre tous les enfants, quel que soit leur mode de garde : on vaccine donc de la même façon les bébés gardés à la maison (et allaités par leur maman) et ceux qui sont à la crèche.

Nous vous conseillons de garder à l'esprit que vous confiez la santé de votre enfant à un médecin, professionnel de santé, spécialiste référent. Ce médecin engage sa responsabilité en vous conseillant un vaccin et en l'administrant à votre enfant. C'est donc avec lui que vous devez discuter des questions légitimes que vous vous posez sur les vaccins.

# La santé de l'enfant en voyage

Emmener un enfant dans un voyage lointain implique de prendre un certain nombre de précautions, en fonction non seulement du climat mais surtout de l'état sanitaire et de la fréquence de certaines maladies dans les pays concernés.

## Les vaccinations

L'enfant sera à jour des vaccins obligatoires et recommandés en France. La vaccination contre l'hépatite B est importante car cette maladie sévit dans de nombreux pays et il existe même un risque de contamination entre enfants. Si nécessaire, certaines vaccinations peuvent être réalisées à un âge plus précoce que celui prévu dans le calendrier français : hépatite B dès la naissance si le risque est élevé, BCG dès la naissance si l'enfant doit séjourner au moins un mois complet dans un pays à risque de tuberculose, rougeole dès 9 mois.
Selon les régions et les conditions de séjour, d'autres vaccins peuvent être préconisés :

- pour tout pays à hygiène précaire : hépatite A à partir de 1 an et typhoïde à partir de 2 ans ;

**Important**

Voyager avec un jeune bébé dans un pays tropical et dans des conditions précaires est à déconseiller. Avant 1 an, l'utilisation des antipaludéens est problématique.

**À noter**

Pour plus d'informations, consultez le site de l'Institut Pasteur : www.pasteur.fr/sante/vaccinations-internationales/recommandations-generales

Et celui de Santé Publique France : www.santepubliquefrance.fr (recommandations aux voyageurs).

- pour les pays à risque de fièvre jaune (zone intertropicale d'Afrique et d'Amérique du Sud) : vaccin fièvre jaune dès 9 mois et, dans certains cas particuliers, vaccin méningocoque A à partir de 2 ans, vaccin contre la rage dès l'âge de la marche.

## Le traitement préventif contre le paludisme

Il n'existe pas de vaccin contre le paludisme et les mesures de prévention sont les seules façons de se protéger contre cette maladie. Les médecins déconseillent d'emmener de jeunes enfants dans les zones où sévit le paludisme car, chez eux, les risques d'accès graves sont accrus.

Outre la prévention contre les piqûres de moustiques (voir ci-dessous), un traitement préventif par un médicament est indispensable. Le type de médicament dépend du lieu de séjour et de l'âge de l'enfant. Il sera prescrit par le médecin d'après les données disponibles les plus récentes. Le traitement est commencé la veille du départ, poursuivi pendant le séjour, puis après le retour en France avec une durée variable selon le type de médicament.

## La protection contre les piqûres de moustiques dans les pays à risque

Pour les enfants qui ne marchent pas, l'utilisation de moustiquaires, de préférence imprégnées d'insecticides, sur les berceaux et les poussettes reste la méthode la plus efficace. La moustiquaire imprégnée sera utilisée, quel que soit l'âge de l'enfant, lorsqu'il se repose ou lorsqu'il dort. Les moustiques qui transmettent le paludisme piquent le soir ou la nuit ; ceux qui transmettent la dengue ou le chikungunya piquent toute la journée.

Selon les cas (le soir ou la journée), il faut mettre aux enfants des vêtements avec des manches longues et un pantalon. Les moustiques pouvant piquer à travers le tissu, il est recommandé d'imprégner les vêtements d'insecticide dans les zones où la piqûre risque d'être particulièrement dangereuse.

L'air climatisé et l'utilisation d'un diffuseur électrique ou d'un fumigène d'insecticide réduisent le nombre de moustiques dans la pièce mais ne dispensent pas de la moustiquaire imprégnée.

Il est déconseillé d'installer un nourrisson à proximité d'un diffuseur d'insecticide.

Il est nécessaire d'appliquer en plus un produit répulsif antimoustique sur la peau non couverte, soit le soir au coucher du soleil (risque de paludisme), soit toute la journée (risque de dengue, de chikungunya).

Le médecin donnera indications et précisions sur l'insecticide à employer et les produits répulsifs à utiliser selon l'âge de l'enfant.

Les médicaments antipaludiques, ainsi que les produits répulsifs ou insecticides, doivent être gardés hors de portée des enfants, en raison de leur toxicité.

Voyez également les articles *Chikungunya*, *Dengue* et *Paludisme*, dans le dictionnaire médical.

**Important**

Pendant le séjour, et après le retour, il faudra consulter sans tarder un médecin en cas de **fièvre**.

## La prévention des diarrhées

**Pour les tout-petits**, elle repose sur les seules mesures d'hygiène, à observer rigoureusement :

- pour laver les biberons, utiliser de l'eau désinfectée : soit par ébullition (pendant 3 minutes minimum), soit avec un filtre, soit traitée avec un produit tel que Micropur Forte® (mettre 1 comprimé dans 1 litre d'eau ; agiter et laisser reposer 1 à 2 heures avant la consommation) ;
- pour boire ou préparer les biberons, utiliser de l'eau minérale en bouteille capsulée ou de l'eau traitée, qui sera également utilisée pour le lavage des fruits et légumes ;
- lavage soigneux des mains des personnes s'occupant du bébé.

**Pour les plus grands**, la prévention rejoint celle conseillée aux adultes :

- se laver les mains souvent, avant les repas et après être allé aux toilettes, pendant au minimum 30 secondes avec du savon ou une solution hydroalcoolique ;
- ne pas utiliser de glaçons, ni manger de glaces ;
- peler les fruits et légumes ;
- éviter de consommer tout aliment cru et bien cuire viande et poisson ;
- éviter les crustacés et coquillages crus (huîtres, moules…).

### Important

Le traitement de toute diarrhée repose sur la prévention de la déshydratation par l'utilisation des solutés de réhydratation : avant le voyage, pensez à emporter des **sachets de réhydratation**.

## Précautions générales

- Protéger l'enfant du soleil (chapeau, vêtements, lunettes, crème solaire si nécessaire).
- Pour prévenir le coup de chaleur : faire boire l'enfant (eau ou, mieux, solutés de réhydratation) lors de longs déplacements, en particulier en voiture, dans des pays très chauds.
- L'habillement doit être léger, lavable aisément, perméable (coton et tissus non synthétiques).
- Ventilateur ou climatiseur procurent de la fraîcheur : il n'y a pas de contre-indications à les utiliser.
- Éviter que les enfants marchent pieds nus, qu'ils se baignent dans les mares ou les rivières, qu'ils jouent avec des animaux.
- L'hygiène sera rigoureuse, comprenant une douche quotidienne avec savonnage, terminée par un séchage soigneux des plis.
- Enfin, si vous devez louer sur place un véhicule pour circuler dans le pays, vérifiez la présence d'un siège auto adapté à l'âge de votre enfant. Sinon, emportez celui que vous utilisez tous les jours : les accidents de la circulation constituent un des principaux dangers lors des voyages à l'étranger.

# Soigner son enfant

Votre enfant est malade. Que devez-vous faire ? D'abord, l'observer. Les symptômes que vous noterez seront utiles pour le médecin : certains d'entre eux – une éruption sur la peau, par exemple – peuvent avoir disparu lors de la consultation. D'autre part, vous qui connaissez bien votre enfant, vous pourrez remarquer certains changements survenus dans sa mine, son humeur, son comportement. Vous trouverez plus loin des points de repère qui vous permettront de répondre avec précision aux questions que vous posera le médecin. Enfin, sachez que votre présence pourra améliorer l'état de votre enfant, non seulement grâce aux soins que vous lui prodiguerez, mais aussi par l'apaisement que lui apporteront votre voix, votre main, le seul fait d'être là et d'avoir une attitude calme et rassurante.

## Les signes de bonne et de mauvaise santé

Voici les signes auxquels on reconnaît qu'un enfant est en bonne santé :
- ses courbes de poids et de taille sont conformes aux courbes moyennes ;
- il a bonne mine et les yeux vifs, ses joues sont fermes et fraîches ;
- il est de bonne humeur, il a de l'entrain, il aime jouer, il s'intéresse à ce qui l'entoure ;
- il a bon appétit, ses selles sont normales, il dort bien.

Au contraire, la santé d'un enfant laisse à désirer si :
- il a perdu du poids, c'est particulièrement vrai pour le nourrisson ;
- il a mauvaise mine, les yeux cernés ;
- il est sans entrain, il suce son pouce en somnolant dans la journée, ne s'intéresse pas à ce qui se passe autour de lui, n'a pas envie de jouer ;

- ou, à l'inverse, il est agité, nerveux et fait des caprices pour un rien ;
- il dort mal ;
- il manque d'appétit, refuse de boire ou, au contraire, a anormalement soif.

## Quand faut-il consulter le médecin ?

Les parents aimeraient qu'on puisse leur dire : en présence de tel symptôme, consultez le médecin, en présence de tel autre, c'est inutile. C'est une liste impossible à faire. Chez l'enfant, les symptômes sont difficiles à interpréter, ils changent vite et doivent être considérés dans un contexte d'ensemble, d'où la nécessité de l'examen médical. C'est pourquoi un médecin ne reprochera jamais à des parents de l'avoir dérangé même en apparence inutilement.

L'appréciation de la gravité des symptômes est toujours difficile pour les parents, en particulier chez le très jeune enfant. Si l'on ne peut appeler ou consulter le médecin à tout moment, il vaut mieux parfois ne pas trop tarder ; du rhume à la bronchite ou de la diarrhée à la déshydratation, le délai peut être court chez le nourrisson, particulièrement dans la période néonatale (le premier mois).

**Plus l'enfant est jeune**, plus vite il doit être examiné par le médecin en cas de fièvre, de toux, de vomissements ou de selles diarrhéiques qui se répètent, mais aussi devant des pleurs inexpliqués, un refus de boire (ceci à titre d'exemples). Cela d'autant que le bébé a moins de 3 mois ou qu'il est prématuré.

Chez l'enfant plus grand, on se basera beaucoup sur un changement de l'état général pour apprécier la nécessité et l'urgence à voir le médecin. La fièvre élevée en particulier n'est pas un signe de gravité à elle seule. Par contre, les crises abdominales douloureuses posent un problème que seul le médecin peut résoudre.

### *Principaux cas d'urgence, symptômes les plus fréquents*

Voyez les tableaux pages 385-386.

En cas d'urgence, il est possible d'appeler le 15 : un médecin répond aux questions des parents.

## Comment savoir qu'un enfant a mal ?

C'est simple chez le grand enfant qui parle et se plaint : il peut dire où il a mal, il pleure ou se réveille la nuit. Lorsqu'un bébé pleure – c'est fréquent –, il est parfois plus difficile de penser à la douleur ; toutefois les pleurs d'un nourrisson qui souffre sont souvent « différents », continus (plutôt comme un geignement) et difficilement consolables, même lorsqu'on le prend dans les bras. Il faut également noter que certains enfants plus grands peuvent souffrir, sans se plaindre particulièrement, mais leur comportement change : ils ne bougent plus, ne parlent plus, sont comme prostrés.

**Quels médicaments donner contre la douleur ?** Les médicaments sont les mêmes que ceux utilisés pour faire baisser la fièvre (p. 374) :

- si la douleur est peu intense, vous donnerez à l'enfant du paracétamol, toujours sous forme orale (sirop ou sachet), aux doses correspondant à son poids. Le paracétamol sera donné de façon systématique toutes les six heures, sans attendre le retour de la douleur ;

### *À noter*

Il est préférable de ne pas utiliser de suppositoire car cette voie d'absorption ne permet pas au médicament d'agir vraiment contre la douleur.

- si la douleur persiste, ou si la douleur est d'emblée intense, le médecin vous aura peut-être recommandé – cela dépend de l'âge de l'enfant – de donner un anti-inflammatoire de type « ibuprofène » sous forme de sirop (en « dose-poids ») toutes les six à huit heures, selon les marques. Si votre enfant a moins de 6 mois, il est conseillé de consulter.

## Comment prévenir la douleur au cours des soins ?

Il existe de nombreuses situations où les soins donnés à votre enfant risquent d'être douloureux ; c'est le cas banal des vaccins, cela peut être aussi celui – moins fréquent – de prises de sang ou de points de suture.
En cas de points de suture, ablation de *molluscum*, vaccin, il est possible de poser une heure avant l'acte une pommade anesthésiante sous forme de patch. Celui-ci est retiré avant le soin et l'anesthésie persiste pendant une à deux heures tout en restant superficielle (l'enfant ne sent pas la piqûre mais en revanche sent la diffusion du vaccin). Demandez à votre médecin si vous pouvez poser un patch avant l'injection de vaccin et où il souhaite que celui-ci soit posé.
À un bébé de moins de 3 mois, on peut donner une solution sucrée quelques minutes avant l'intervention : on dépose 1 à 2 ml de saccharose (à 30 %) sur la langue sachant que le soin doit être effectué dans les deux minutes. Le médecin vous demandera d'apporter la solution (qui s'achète en pharmacie).
**Lors d'un vaccin**, pensez à prendre le doudou, éventuellement la tétine, un petit objet coloré ou musical (la distraction a un effet sur la douleur) ; gardez votre bébé dans les bras pendant l'injection et parlez-lui au moment de la piqûre. Mais ne dites pas : « Tu n'auras pas mal », ou « Ce n'est rien » : ce n'est pas la réalité… Si c'est possible, choisissez un horaire de rendez-vous où votre bébé aura bien dormi et bien mangé, il sera plus détendu. Enfin, sachez que l'appréhension des parents – et de l'enfant – augmente la douleur. Si votre enfant a mal, ou risque d'avoir mal, essayez de garder votre calme.

**Sur la douleur à l'hôpital**

Voyez page 380.

## Comment prendre la température ?

Chez le tout-petit, la prise de température par un thermomètre rectal est plus fiable. Au-delà de 1 ou 2 ans, la prise auriculaire est préférable : elle est moins traumatisante pour le jeune enfant et peut être faite quand il dort.
Le modèle courant utilisé est le thermomètre électronique à usage rectal. Il fonctionne avec une pile qui est remplaçable. Il sonne au bout d'une minute pour annoncer le résultat.

Couchez le bébé sur le dos, levez-lui les jambes d'une main et, de l'autre, introduisez le thermomètre. La partie grise du thermomètre doit être introduite presque tout entière dans l'anus. Lorsqu'il est en place, ne laissez pas votre bébé seul et tenez le thermomètre.
Ce thermomètre permet aussi une prise buccale et axillaire (sous les bras) de la température, mais il faut attendre un peu plus longtemps pour avoir le résultat ; et il faut ajouter 1/2 degré pour être équivalent à la température mesurée par voie rectale.
D'autres thermomètres sont également proposés, surtout au-delà de l'âge de 1 an :

- le thermomètre auriculaire, qui donne un résultat très précis en une fraction de seconde (sauf en cas de gros bouchon de cérumen dans le conduit auditif) ;
- le thermomètre à infrarouge, tenu à quelques millimètres de la peau du front, donne également un résultat immédiat et précis.

## Que faire en cas de fièvre ?

Les parents s'inquiètent lorsque leur enfant a de la fièvre : est-ce le signe d'une maladie grave ? Faut-il faire baisser la température par tous les moyens ? La fièvre risque-t-elle de provoquer des convulsions ?
Ces craintes sont compréhensibles car la fièvre peut être le premier symptôme d'une maladie infectieuse, parfois sérieuse.
Mais toute fièvre n'est pas synonyme de gravité. Il ne faut donc pas s'affoler devant une élévation de la température. Par ailleurs, la fièvre est la façon dont l'organisme réagit à une infection et la combat ; il n'est pas logique de lutter contre elle, elle est au contraire à respecter.
Quant aux convulsions que font certains enfants au moment des pics de fièvre (*Convulsions avec fièvre*, p. 399), elles sont en général de courte durée ; elles disparaissent le plus souvent après 5 ans, la plupart du temps sans avoir affecté le développement de l'enfant. De plus, certaines études récentes montrent que les convulsions en cas de fièvre ne seraient pas directement liées à l'élévation de la température.
Tout ceci explique que l'attitude des médecins devant la fièvre chez l'enfant a changé. Le premier objectif n'est plus, comme auparavant, de la faire tomber à tout prix, ni de donner systématiquement un traitement. Aujourd'hui, c'est la notion du bien-être de l'enfant qui est au premier plan : tout en recherchant la cause de la fièvre, le praticien s'occupe de l'inconfort qu'elle peut entraîner. Si l'enfant a mal à la tête, au ventre, a des courbatures, il peut être soulagé par des médicaments antalgiques (antidouleurs).
Donc, si votre enfant a de la fièvre mais ne présente pas de signe d'inconfort ou de douleur, il n'est pas nécessaire de lui donner un médicament particulier.

**Un enfant malade peut-il aller à la crèche ?**
Voyez page 157.

**À noter**
En cas de fièvre ou de douleur, les principaux médicaments utilisés sont le paracétamol et l'ibuprofène. (p. 374).

# Quelques questions fréquentes

## Peut-on sortir un enfant qui a de la fièvre pour aller chez le médecin ?

Même avec une fièvre élevée, un enfant est transportable sans risque ; une fièvre élevée n'est pas forcément grave. Le médecin préfère voir l'enfant à son cabinet car il a sous la main le matériel médical qui peut, le cas échéant, être nécessaire à ses examens.

## Comment couvrir l'enfant malade ?

Pas plus que l'enfant qui n'est pas malade. Autrement dit, ne le couvrez pas trop. Lorsque l'enfant a de la fièvre, il transpire. C'est une bonne chose, s'il n'est pas trop couvert, car en s'évaporant la transpiration fait baisser la température. Donnez à boire à l'enfant et pensez à changer ses vêtements et ses draps.

## Le confort de l'enfant malade

Pensez à aérer la chambre ; pendant ce temps, mettez l'enfant dans une autre pièce en prenant garde à ce qu'il ne prenne pas froid. Vous le remettrez dans son lit lorsque la chambre se sera réchauffée.
Vous pouvez très bien lui donner un bain, cela lui fera même du bien. Veillez seulement à ce que l'eau soit à une température agréable (environ 37 °C), et la salle de bains correctement chauffée (environ 22 °C).
Soyez attentifs à son rythme et respectez-le ; par exemple, certains enfants ont besoin de beaucoup dormir lorsqu'ils sont malades. D'autres ont envie de compagnie, de jouer. Essayez de vous rendre disponibles.
Si vous êtes inquiets, n'hésitez pas à exprimer vos sentiments, même à un petit bébé : « Je suis inquiète pour toi, mais on va te soigner et ça va aller mieux. » Les enfants sentent bien lorsqu'on leur cache quelque chose et cela les angoisse.

## Faut-il maintenir l'enfant au lit ?

Si l'enfant est fatigué et abattu, il restera de lui-même au lit ; mais s'il refuse, inutile de le contrarier : il peut se lever et circuler dans la maison. Habillez l'enfant en conséquence et laissez-le jouer tranquillement. Il vaut mieux cependant que l'enfant joue seul ou avec un adulte, car en dehors des problèmes de contagion, il faut éviter l'excitation qui fatigue.

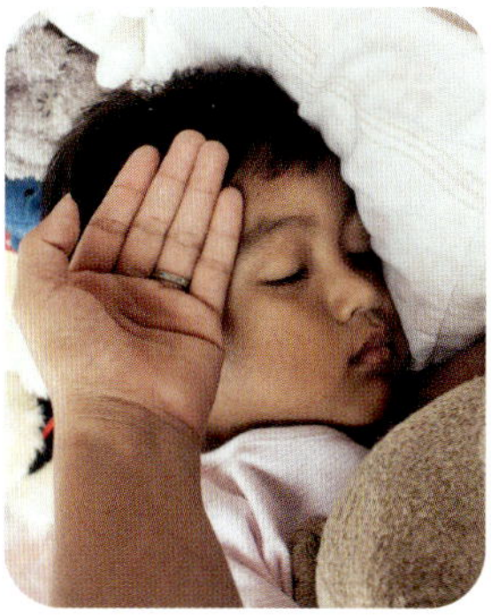

## Et les écrans ?

Les enfants plus grands vont les réclamer. Les journées sont longues et regarder un peu la télévision permet de s'occuper. Mais l'enfant doit comprendre que ce n'est pas parce qu'il est malade et à la maison qu'il peut regarder la télévision ou jouer avec une tablette toute la journée.

## L'alimentation de l'enfant malade

Que donner à manger à un enfant malade ? Ce qu'il désire, dans des limites raisonnables bien sûr. En revanche, s'il ne veut rien manger, essayez de lui proposer un aliment qui lui plaise : compote, jambon, purée… Manger, même en très petite quantité, aide à se sentir mieux.
Si l'enfant ne manifeste aucun désir particulier, que lui donner ?
Le nourrisson, s'il n'a pas de diarrhée, peut avoir son régime habituel mais il ne faut pas le forcer et surtout lui offrir de l'eau à boire en dehors des tétées. S'il souffre d'une diarrhée modérée, il peut aussi suivre son régime habituel. En cas de diarrhée sévère en revanche, il faut consulter rapidement le médecin (*Diarrhée*, p. 405). Au jeune enfant, on peut proposer : du bouillon, des légumes, de la compote de pommes, de la banane, que vous écraserez et que vous pourrez passer un instant au four pour qu'elle lui plaise davantage.
Si l'enfant est fiévreux, vous le ferez boire autant que possible, même la nuit s'il se réveille. La fièvre déshydrate et un petit organisme n'a pas de grandes réserves d'eau. Que lui faire boire ? Ce qu'il aime, eau, jus de fruits, citronnade, tisane, bouillon, etc.

## Comment éviter les maladies contagieuses ?

Vous, ou une personne de l'entourage de l'enfant, souffrez d'une maladie contagieuse ? Pour essayer d'éviter de la lui transmettre, vous devrez prendre certaines précautions.
Beaucoup de virus sont transmis par les airs (éternuement, gouttelettes de salive), notamment tous les virus respiratoires (rhume, grippe, brionchiolite, covid-19, etc.), ainsi que celui de la rougeole.
Des bactéries sont également transmises par voie aérienne : celles qui sont responsables des angines, méningites ou encore de la tuberculose en font partie.
Certains gestes limitent la contagion par voie aérienne : éternuer ou tousser dans son coude, se moucher avec un mouchoir en papier et

**À savoir**

Une maladie contagieuse désigne toute maladie infectieuse qui se transmet entre personnes. C'est donc en évitant cette transmission que l'on pourra tenter d'éviter la maladie.

le jeter rapidement dans une poubelle, rester à distance de l'enfant (au moins 1 mètre) ou porter un masque. Ce sont, avec le lavage des mains, les gestes barrières.
Certains virus et bactéries se rencontrent dans le milieu extérieur et se contractent notamment par contact avec **les mains** : la contamination se fait alors en portant celles-ci à la bouche. Le virus de la gastro-entérite (comme le rotavirus) en est l'exemple le plus frappant : il persiste plusieurs heures sur toutes les surfaces et est très contagieux. Cette transmission manuelle est celle de la plupart des virus intestinaux ou hépatiques (c'est le cas du virus de l'hépatite A). La prévention consiste dans le lavage fréquent des mains (soit au savon et à l'eau, soit avec une solution hydro-alcoolique) et dans le fait d'éviter de porter ses mains au visage et plus particulièrement à la bouche.
La plupart des agents infectieux – virus ou bactéries – résistent mal à la chaleur. Dans les pays où l'hygiène est défaillante, ou lorsque des conditions de propreté ne sont pas réunies, il est recommandé de ne consommer que des aliments préalablement bouillis.
Des virus – comme le coronavirus – peuvent se transmettre de ces deux façons (par voie aérienne et par les mains), ce qui justifie la double consigne de mise à distance et de lavage des mains.

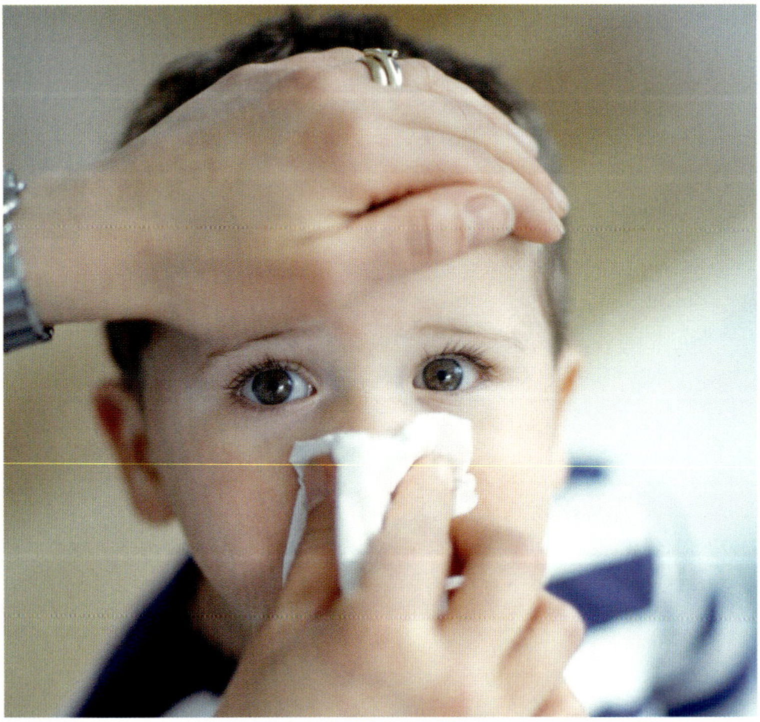

# Soins divers

## Les gouttes nasales : le lavage de nez

Dans les rhumes et les rhinopharyngites, les sécrétions nasales sont importantes. Le nourrisson, qui ne sait pas se moucher, est gêné pour respirer (il ne sait pas respirer par la bouche et ne respire que par le nez) et pour boire. La plupart des médecins conseillent des lavages de nez avec une solution isotonique, comme le sérum physiologique en dosettes.

Il est déconseillé d'utiliser un **mouche-bébé** car soit on aspire fort et cela va créer des suçons dans les narines entraînant ainsi une diminution du conduit nasal ; soit on n'aspire rien car l'obstruction est probablement très profonde et cela n'est pas efficace et peut même faire mal.

Si votre bébé a vraiment de la peine à s'alimenter (son nez est tellement bouché qu'il ne peut boire), seul un dégagement efficace des voies nasales peut le soulager. Voici comment procéder :

- allongez le bébé la tête sur le côté ;
- videz énergiquement (en 2 pressions) une dosette de sérum physiologique dans la narine supérieure. Les sécrétions nasales vont s'écouler par l'autre narine, la narine inférieure ;
- recommencez cette manœuvre jusqu'à ce que l'écoulement soit clair ;
- procédez de la même façon avec l'autre narine en installant le bébé de l'autre côté.

Cette méthode est efficace mais impressionnante : elle est très désagréable pour le bébé qui pleure beaucoup ; elle n'est donc à faire que lorsqu'il est fortement gêné pour boire. Quand l'enfant est plus grand, il peut s'alimenter même avec le nez bouché.

## Affections de la peau et blessures

La première chose à faire quand un enfant est écorché est de nettoyer la plaie. Lavez à l'eau et au savon. Ne laissez aucune impureté (terre, épine, etc.) dans la chair. Bien rincer la plaie. Ensuite, désinfectez avec un antiseptique sans alcool. Laissez sécher avant de panser (*Plaies*, p. 436).

## Pansements

Dans la plupart des cas, les pansements adhésifs tout préparés, vendus en pharmacie, suffisent. Mais il faut les changer chaque jour, souvent plus, lorsqu'ils sont souillés. Si la plaie saigne, mieux vaut utiliser un pansement de gaze léger. Ne serrez pas trop, le sang doit circuler ; le membre ne doit ni gonfler, ni être violacé, ni être froid. Ne couvrez pas la plaie trop hermétiquement : elle doit « respirer ». Évitez le coton hydrophile.

## Le nourrisson et les piqûres

Il peut arriver que le médecin prescrive une injection médicamenteuse à votre bébé. Même si vous savez bien faire une piqûre, adressez-vous à un infirmier ou une infirmière. La piqûre est toujours ressentie par l'enfant comme un geste agressif auquel il vaut mieux ne pas associer les parents. Aujourd'hui, avant de faire une piqûre, on utilise de plus en plus une pommade anesthésique locale.

## L'ostéopathie

L'ostéopathie est une discipline basée sur le toucher et sur l'analyse des mouvements et des rythmes de tous les tissus du corps humain. Par la palpation, l'ostéopathe repère les tensions qui empêchent la mobilité des os du crâne, des articulations et il cherche à la rétablir. La technique s'appuie sur des connaissances très précises de l'anatomie.
C'est dans le ventre de sa mère que le bébé ressent les premières pressions, tensions ou compressions sur son crâne en formation.
Les mauvaises positions dans l'utérus, en particulier des pieds, sont également dues à des tensions. Le phénomène est encore plus marqué chez les jumeaux.
Au moment de l'accouchement, la tête de l'enfant peut être soumise à de fortes contraintes et cela d'autant plus qu'un forceps a été utilisé. C'est pourquoi, certains médecins pensent qu'un contrôle ostéopathique du nouveau-né pourrait être souvent proposé (cela se fait parfois). En effet, plus on attend pour intervenir, plus une asymétrie du crâne risque de se fixer, d'autant plus difficile à corriger qu'elle est souvent associée à une *plagiocéphalie* ou à un *torticolis congénital* (voir ces mots).
Par la suite, en complément d'un traitement médical, l'ostéopathie peut être utile dans de nombreuses situations :

- lors de troubles digestifs, notamment les problèmes de régurgitation ou de reflux : le nerf « vague » (qui est un nerf crânien et qui est celui qui innerve l'estomac) peut être très comprimé et provoquer des reflux ;
- les troubles du sommeil, l'agitation, l'hyperexcitabilité peuvent régresser après quelques séances d'ostéopathie ;
- les problèmes ORL à répétition ;
- après un choc sur la tête, une chute, surtout si l'examen médical et la radio sont normaux, l'ostéopathie va rétablir l'équilibre ;
- dans les problèmes neurologiques graves, l'ostéopathie peut constituer un complément intéressant en prévenant ou en traitant les déformations provoquées par la maladie.

L'ostéopathie est aujourd'hui une technique dont on reconnaît l'efficacité. Mais, très particulière et délicate chez le nourrisson, elle doit être pratiquée par des professionnels qualifiés et spécialisés.

### Les soins à éviter

Les vessies de glace, les enveloppements chauds, les bouillottes : trop d'accidents par brûlures ont été causés chez de jeunes enfants. Évitez également les frictions du thorax avec des produits alcoolisés, mentholés ou camphrés, achetés sans avis médical.

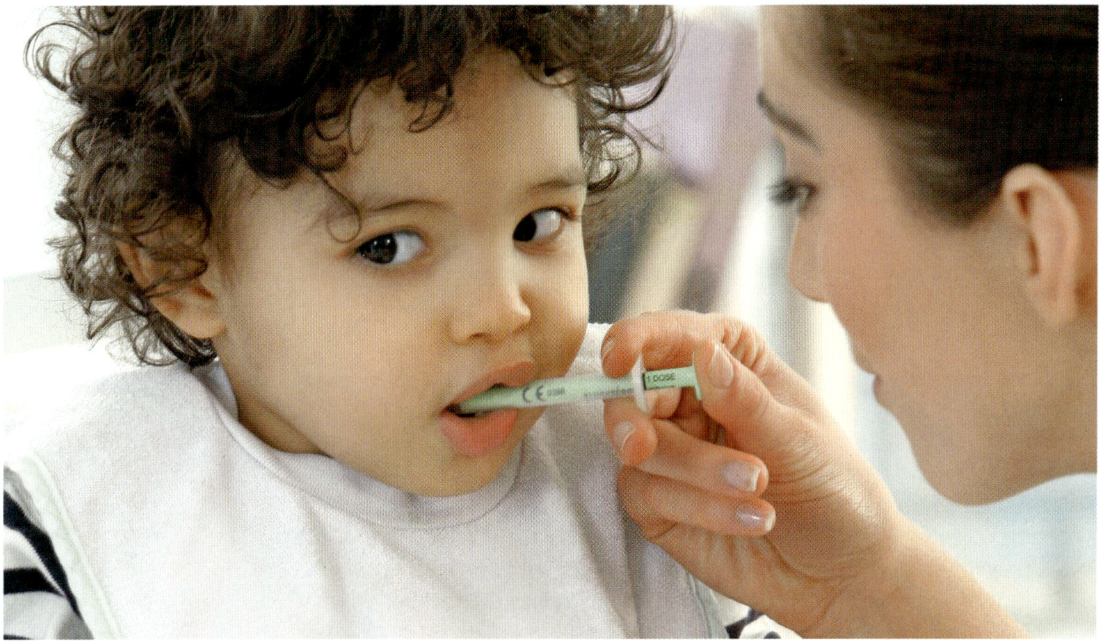

# L'enfant et les médicaments

Votre enfant a une angine, du moins c'est ce que vous pensez. À sa dernière angine – ou à celle de son frère ou de sa sœur – le médecin avait prescrit un médicament (antibiotique en particulier). Il en reste encore. Vous pourriez être tenté de vous en servir. N'en faites rien. Ce que vous appelez angine est peut-être le début d'une autre maladie : dans l'enfance, combien de maladies débutent par une gorge rouge ! En outre, administrer un médicament sans prescription risque de faire disparaître des symptômes qui auraient orienté le diagnostic du médecin, et donc le traitement.

## Les traitements simples sans avis médical

- En cas de rhume : le sérum (ou soluté) physiologique en gouttes nasales.
- Contre une diarrhée légère chez l'enfant de plus de 6 mois : le régime antidiarrhéique (p. 406) ; les sachets de réhydratation (vendus en pharmacie). Faire boire l'enfant pour éviter la déshydratation.
- Contre la fièvre : p. 367.
- En cas de constipation : les légumes, les fruits.
- Contre bien des petits maux journaliers : une simple infusion de tilleul est aussi efficace que bien des spécialités pharmaceutiques. Sans parler de la cuillerée de miel dissoute dans un verre d'eau que vous apporterez à l'enfant en lui disant : « Ceci va te faire

passer ton mal au ventre. » Ce qui arrive en effet souvent. Le **miel** a également une excellente action calmante sur la toux de l'enfant (une étude a prouvé qu'il était même plus efficace que la plupart des sirops antitussifs). Il ne faut pas en donner avant 1 an.

> **Important**
>
> En dehors de ces conseils simples, aucun autre médicament ne doit être administré sans avis médical. Vous éviterez tout particulièrement antibiotiques et corticoïdes, même en application externe (pommade, etc.).

## Les médicaments contre la fièvre

Les médicaments contre la fièvre, l'inconfort qu'elle provoque, la douleur (p. 365) vous auront été prescrits par le médecin.

- Le médicament conseillé en premier lieu chez les enfants est le paracétamol (Dafalgan®, Doliprane®) parce qu'il est très bien toléré. Voici la dose préconisée : 60 mg par kilo et par 24 heures, répartie en 4 prises (soit 15 mg par kilo toutes les 6 heures). Le paracétamol existe sous forme de sirop, avec une pipette graduée en fonction du poids de l'enfant. Par exemple, une dose « 6 kg » à donner toutes les 6 heures. La forme orale (sirop ou sachet) agit plus rapidement que le suppositoire.
- L'ibuprofène (Advil®, Nureflex®) est très efficace sur la fièvre de l'enfant et il agit un peu plus rapidement que le paracétamol. Il ne doit pas être utilisé avant 6 mois, ni en cas de diarrhée, de situation à risque de déshydratation et de varicelle (risque de surinfection grave). Il s'administre en « doses-poids » (comme le paracétamol) toutes les 6 à 8 heures.
- Il est préférable d'utiliser d'abord le paracétamol. Mais si au bout de 24 heures de traitement, l'enfant reste grognon, dans un état inconfortable, cela nécessite de revoir le médecin qui jugera s'il faut changer de médicament ou en associer un autre. Ce délai de 24 heures peut être plus court chez le bébé de moins de 3 mois.
- L'aspirine, qui a été beaucoup utilisée chez les enfants, n'est plus conseillée aujourd'hui sans l'avis du médecin. Ce médicament présente en effet des risques d'allergie, de saignements digestifs et de complications graves dans le cadre de certaines maladies virales. Si le médecin prescrit de l'aspirine (Catalgine®, Aspégic®), voici la dose courante : 50 mg par kilo et par 24 heures, toutes les 4 heures.

Voir également *Fièvre*, p. 411.

> Aujourd'hui, on ne conseille plus les procédés de **refroidissement externe** (bain tiède, enveloppements frais) car on s'est rendu compte qu'ils pouvaient aggraver l'inconfort de l'enfant. En revanche, ces procédés sont toujours recommandés en cas d'hyperthermie liée à un coup de chaleur.

## Comment faire prendre un médicament ?

Il existe de nombreuses façons d'administrer les médicaments chez l'enfant : dans la bouche bien sûr mais aussi sous la langue (c'est alors une pastille qui fond) ; par la peau (comme des pommades contre l'eczéma) ; dans le nez (notamment dans les rhinites allergiques) ; dans les yeux (pensez à toujours traiter les deux yeux) ; dans l'oreille (après avoir fait tiédir le produit à instiller en le réchauffant 1 à 2 minutes à l'intérieur de votre main) ; dans les bronches (pour traiter l'asthme). Il y a de moins en moins de médicaments donnés sous forme de suppositoires : même si c'est

> **Attention**
>
> S'il s'agit d'un enfant en âge de saisir les objets, ne laissez pas les médicaments près de son lit.

pratique pour les parents, l'efficacité est moins bonne et ce mode d'administration peut être mal toléré.

Demandez toujours au médecin qui prescrit le médicament de vous décrire précisément comment le donner à votre enfant.

Il est parfois difficile de faire prendre un médicament aux enfants : certaines molécules ont un goût désagréable malgré les efforts des fabricants, d'autres doivent être administrées plusieurs fois par jour, d'autres doivent être données pendant de longues périodes alors que votre enfant n'est pas au mieux de sa forme et que vous avez plus envie de le réconforter que d'être exigeant.

**Les tout-petits**

Un temps de préparation est nécessaire avant d'administrer un médicament à un bébé : rassurez-le en lui parlant doucement, en le prenant dans vos bras ou en le caressant. Puis essayez de détourner son attention en lui proposant un jouet. S'il n'y a pas de contre-indication, donnez le médicament juste avant le repas, quand votre bébé a très faim. La plupart des sirops sont présentés avec une pipette doseuse (chaque pipette correspond à un médicament, il ne faut donc pas l'utiliser pour un autre). Remplissez la pipette jusqu'à la graduation correspondant au poids de l'enfant, puis placez-la sur le côté de la langue, près de la joue ; une fois que le médicament a été introduit dans la bouche, soufflez délicatement sur le visage de votre bébé pour qu'il l'avale, car cela déclenche le réflexe de déglutition.

**Les plus grands**

Donnez le médicament toujours à la même heure. Ne prévenez l'enfant que peu de temps avant l'heure choisie, car il ne maîtrise pas la notion du temps et risque d'y penser trop à l'avance. Vous pouvez proposer de « donner le médicament » à son doudou, une peluche ou une poupée avant de le prendre.

Utilisez une approche ferme et bienveillante, en évitant les discussions mais en expliquant que ce médicament est important pour guérir. Selon le mode d'administration et le caractère de l'enfant, vous pouvez aussi dire : « Cela ne va prendre qu'une minute et après tu vas retourner jouer. » Ou bien : « Ce n'est pas très bon, alors c'est mieux si tu l'avales vite. » Ou encore : « Tu auras ensuite une cuillerée de compote ou de yaourt pour faire passer le goût. » S'il s'agit d'un sirop, mettez-le suffisamment longtemps au réfrigérateur (le froid atténue un peu le goût) et essayez d'utiliser un paille : le temps de contact sur les papilles de la langue est plus court ainsi.

**Dose différente, effet différent**

Dose prescrite, répartition dans la journée, durée du traitement sont à observer (en particulier les antibiotiques, même si les symptômes ont disparu). Par ailleurs, aucun médicament n'est anodin : augmenter soi-même la dose en espérant une plus grande efficacité expose à des risques d'intoxication. De plus, il existe toujours le risque d'une intolérance, d'une allergie, d'effets secondaires indésirables.

En conclusion : **pas d'automédication** pour les enfants.

**Intoxication médicamenteuse.** 60 000 accidents par an en France sont dus à une intoxication médicamenteuse, tous âges confondus (surtout chez les garçons autour de 3 ans). Heureusement, ce sont

***Attention***

Les **sachets de réhydratation** (en cas de diarrhée ou de coup de chaleur) doivent toujours être mélangés dans un biberon de 200 ml d'**eau**.

***À noter***

Si votre enfant recrache aussitôt le médicament ou s'il vomit dans les 10 minutes, vous pouvez lui redonner une même dose. Si plus de 10 minutes se sont écoulées quand il vomit, demandez l'avis de votre médecin ou de votre pharmacien car chaque médicament n'est pas absorbé à la même vitesse.

des accidents rarement très graves. Dans la grande majorité des cas, l'intoxication est suspectée alors que l'enfant ne présente aucun symptôme particulier : on le trouve dans la salle de bain ou près d'un sac à mains, tenant un tube de médicament ou une bouteille de sirop. Le plus important est de savoir exactement le type de médicament, la quantité possiblement prise et l'heure probable de la prise. Il faut ensuite contacter le centre antipoison qui répond 24 h/24 (ci-contre). Il ne faut ni faire boire votre enfant, ni chercher à le faire vomir. Si des symptômes sont présents dès le début ou apparaissent (somnolence, vomissements, convulsions), appelez le Samu (voir aussi p. 421).

**Centres antipoison et de toxicovigilance**

| | |
|---|---|
| ANGERS | 02 41 48 21 21 |
| BORDEAUX | 05 56 96 40 80 |
| LILLE | 0800 59 59 59 |
| LYON | 04 72 11 69 11 |
| MARSEILLE | 04 91 75 25 25 |
| NANCY | 03 83 22 50 50 |
| PARIS | 01 40 05 48 48 |
| TOULOUSE | 05 61 77 74 47 |

## Le rapport bénéfice-risque

C'est une notion importante qui sera peut-être évoquée par votre médecin. Elle est prise en compte chaque fois qu'un traitement est proposé : médicament, intervention chirurgicale, ou toute autre prise en charge. Les effets positifs attendus et les effets négatifs possibles du traitement sont évalués tandis que les bénéfices espérés et les risques éventuels sont comparés.
Pour une méningite, par exemple, le traitement antibiotique a des effets secondaires rares (comme beaucoup de médicaments heureusement) mais le bénéfice attendu est évident : l'antibiotique peut sauver le patient et le rapport bénéfice/risque est donc excellent. Prenons maintenant l'exemple des piqûres de moustiques : si l'enfant n'est pas dans une zone à risque de maladies graves (paludisme, chikungunya, etc.), le bénéfice de l'utilisation d'un insecticide ne se justifie pas en comparaison des effets négatifs que ce produit peut avoir sur la santé. Le rapport bénéfice/risque est donc mauvais. En revanche, l'utilisation d'une moustiquaire imprégnée d'insecticides sera bien sûr proposée si l'enfant se trouve dans une zone à risque car les maladies qui peuvent le toucher sont très graves.

## Les médicaments génériques

Le médicament générique est identique au médicament original en ce qui concerne son principe actif, même s'il en diffère par le nom (qui est celui de la molécule) et par quelques détails de présentation (emballage, couleur…). Il peut donc être utilisé sans restriction, avec les mêmes indications et contre-indications. Parfois le générique a un goût différent, moins bien accepté par les enfants ; le médecin prescrira alors un médicament « non substituable ». Le médicament générique est vendu moins cher que le médicament original, c'est son intérêt majeur.

## L'armoire à pharmacie

**Son contenu :**

- coton hydrophile ;
- compresses stériles ;
- pansements adhésifs ;
- « tulle gras » et Biafine pour les brûlures ;

Dans le congélateur, ayez des **glaçons** ou coussins de glace en cas de chocs.

- un rouleau de gaze ;
- une crème anti-coups ;
- sparadrap ;
- 1 thermomètre médical ;
- sérum physiologique, pour nettoyer les plaies, les yeux, le nez ;
- 1 flacon de savon liquide ;
- 1 flacon d'antiseptique type chlorhexidine aqueuse ;
- paracétamol (Dafalgan®, Doliprane®…) en sirop, sachets (dose enfant) ;
- 1 boîte de sachets de solution de réhydratation ;
- 1 boîte de pansements type Steri-Strip® : ce sont des sortes de papiers collants très utiles pour les petites coupures, car ils permettent de rapprocher les bords de la plaie sans faire de suture ;
- des pansements pour les ampoules ;
- 1 pince à écharde (que vous désinfecterez avec de l'alcool à 70 °C avant chaque usage).

Sur la porte, notez les numéros d'urgence (médecin, Samu, pompiers) : si nécessaire vous les trouverez facilement ; notez-les également dans votre téléphone.

De temps à autre – par exemple au moment de la rentrée scolaire – faites l'inventaire de votre armoire à pharmacie en ôtant ce qui l'encombre et en y ajoutant ce qui manque. Éliminez les médicaments périmés, les flacons de sirop, de gouttes, les solutions de poudre reconstituées. Mais ne jetez pas les médicaments : rapportez-les à la pharmacie où ils seront détruits et non pas dispersés dans la nature.

### Sa place

L'armoire à pharmacie doit être fermée à clé et placée assez haut pour être inaccessible aux enfants. Séparez les médicaments pour enfants des médicaments pour adultes. L'armoire à pharmacie ne doit se trouver ni dans un endroit humide, ni au-dessus d'un radiateur.

### *L'homéopathie*

Cette thérapeutique est basée sur la constatation qu'une même substance qui, chez une personne saine, entraîne certains symptômes pourrait guérir les mêmes symptômes chez une personne malade. Les substances utilisées agiraient en quantités faibles, très diluées, même à doses infinitésimales. Elles sont d'origine végétale (par exemple aconit, belladone, arnica), plus rarement animale (apis, cantharis), ou sont des substances chimiques simples (argent, mercure, antimoine, phosphore, cuivre, etc.). Si l'efficacité de l'homéopathie est sujette à débat, c'est en revanche une thérapeutique avec peu d'effets secondaires.

## Le médicament n'est pas tout

Certains parents attendent trop des médicaments et sont déçus si, en sortant de chez le médecin, ils n'ont pas d'ordonnance. L'enfant a de la fièvre ? Ils demandent un antibiotique. Une éruption ? Il faut une pommade. C'est confondre maladie avec symptôme. De même, malgré l'abondance des médicaments qui garnissent les étagères des pharmacies, il ne faut pas vous imaginer qu'il existe un traitement particulier pour chaque symptôme qui peut se présenter : un remède contre la fatigue, des vitamines si votre enfant vous semble pâle, etc. De plus, l'effet d'un médicament ne peut être immédiat, un délai est nécessaire, il faut savoir patienter. Enfin il faut faire confiance à la nature : l'enfant récupère vite et les médicaments destinés à le fortifier sont moins importants qu'une bonne hygiène de vie (alimentation équilibrée, heures de sommeil respectées, etc.).

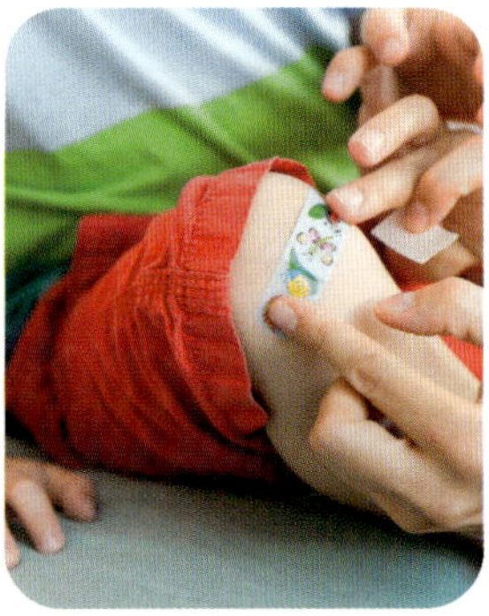

# Si votre enfant doit aller à l'hôpital

Aujourd'hui, les hospitalisations sont plus rares qu'autrefois et surtout beaucoup plus courtes. L'enfant peut être hospitalisé en urgence pour une maladie aiguë nécessitant un traitement en milieu hospitalier. Il peut aussi être hospitalisé un ou deux jours pour effectuer des examens, faire un diagnostic, surveiller un traitement.

## L'hospitalisation

Qu'elle soit décidée brusquement à l'occasion d'une maladie qui alarme, ou prévue et préparée à l'avance pour des examens complémentaires, l'admission de l'enfant à l'hôpital sera d'autant moins traumatisante qu'elle lui aura été expliquée et que les parents seront calmes et confiants.
Dans un service de pédiatrie générale, l'hospitalisation se fait le plus souvent en urgence : soit à la demande du médecin que vous avez consulté, soit parce que vous vous êtes rendus directement aux urgences de l'hôpital, et qu'on a préféré garder votre enfant pour un examen approfondi.
L'enfant va d'abord être vu par le médecin des urgences pédiatriques ou des urgences générales, selon l'organisation de l'hôpital. Si une hospitalisation est nécessaire, l'enfant sera revu par le pédiatre de garde.

Les premiers soins et le premier bilan sont faits dans le service des urgences : prise de sang, radiographie, éventuellement scanner, avis du médecin après les résultats, consultation de spécialiste.
Le diagnostic établi, l'enfant peut aller dans sa chambre.
Un enfant dont l'état semblait inquiétant le jour de son hospitalisation peut très bien sortir le lendemain parce que les examens biologiques sont rassurants, que la fièvre est tombée ou que le traitement mis en route est déjà efficace. Par exemple, un nourrisson peut se déshydrater très vite lors d'une gastroentérite virale ; son hospitalisation est alors indispensable mais son état peut vite s'améliorer. Le bébé peut alors revenir rapidement à la maison, avec un traitement.
Par contre, dans certains cas – dans le cadre par exemple d'un traitement par voie veineuse –, l'enfant doit rester un peu plus longtemps à l'hôpital. Pour éviter de faire des gestes douloureux, on pose à l'enfant un « cathlon », petit tuyau en contact avec une veine (comme une perfusion) dont on se sert uniquement pour injecter les antibiotiques. L'enfant n'est immobilisé que pendant les injections, une à trois fois par jour selon le traitement. Il peut se déplacer le reste du temps. Cela dit, il n'est pas très facile de laisser rentrer à la maison un enfant avec un cathlon, même quand il va mieux : l'enfant peut le toucher, il y a des risques d'infection. Le médecin évaluera si le retour est possible ou si l'enfant doit rester hospitalisé le temps du traitement par voie veineuse, soit en général au moins cinq jours.

**À savoir**

Si cela est autorisé, l'enfant pourra rejoindre la salle de jeux. Si l'hospitalisation dure plus longtemps, il rencontrera l'enseignant pour travailler un peu.

## La vie à l'hôpital

Grâce au contact avec les autres petits patients, l'enfant s'adapte en général très vite à l'hospitalisation, d'autant mieux qu'il a été informé de ce qui allait se passer et que ses parents sont à ses côtés.
Lors de son installation dans la chambre, l'enfant sera rassuré par la présence d'objets familiers : son doudou, sa peluche, son livre préféré. Il est important qu'il ait son propre pyjama, ses pantoufles, sa robe de chambre, sa brosse à dents et son nécessaire de toilette.
Dans un service de pédiatrie, les chambres ne sont pas toutes individuelles. Mais les enfants préfèrent souvent avoir un compagnon, ils sont moins angoissés la nuit si un des parents ne peut pas rester.
Bien sûr, les malades contagieux sont isolés, à moins que plusieurs enfants n'aient la même pathologie, ce qui est fréquent en période d'épidémie.
Les **visites des parents** sont souvent autorisées toute la journée, le matin tôt, et même le soir tard. Pour une hospitalisation de courte durée, il n'est pas indispensable de laisser venir les grands-parents, les oncles et tantes et les amis : votre enfant est sûrement fatigué, les personnes qui viennent en visite parlent entre elles et font du bruit. Pensez également au petit voisin de chambre et à l'équipe qui doit faire les soins. Par contre, les frères et sœurs sont parfois très angoissés et une petite visite les rassurera.
Si votre enfant pleure quand vous partez, ne croyez pas qu'il soit préférable d'espacer vos visites. Elles sont importantes pour lui.

**Le séjour à l'hôpital**

Quelques idées de livres à regarder avec votre enfant :

*Une vie de chat*, Louison Nielman, Jean-Claude Alphen (Éditions D'eux)

*L'hôpital*, Catherine Dolto, Colline Faure-Poirée, Robin (Gallimard) – à partir de 3 ans

*L'hôpital*, Pascale Hédelin (Milan) – à partir de 6 ans

**À noter**

Vérifiez auprès du personnel que la **visite des enfants** est autorisée dans le service et pour votre propre enfant.

Consolez-le et dites-lui quand vous reviendrez. S'il est trop petit pour comprendre, laissez-lui un objet vous appartenant, par exemple votre écharpe, il saura que vous allez revenir. Soyez convaincus par ailleurs que l'équipe médicale d'un service pédiatrique aime les enfants et entourera le vôtre de sa compétence et de son affection même si celle-ci doit être partagée entre tous.

Dans certains services, des **bénévoles** se relaient pour tenir compagnie aux enfants lorsque leurs parents sont partis (par exemple de l'association Les Blouses roses).

Les pédiatres hospitaliers et le personnel soignant recommandent la présence des parents, qu'il s'agisse de nourrissons, d'enfants en bas âge, voire de grands enfants. Ils les encouragent à s'en occuper eux-mêmes pour les repas, la toilette et les petits soins. Les échanges d'informations et une meilleure compréhension indispensable à la prise en charge de l'enfant sont ainsi facilités. Cependant, bien que d'importants progrès aient été réalisés pour accueillir les familles dans les services de pédiatrie, les chambres parents-enfants restent encore en nombre insuffisant.

Les **visites médicales** ont lieu tous les matins. Renseignez-vous sans impatience ni agressivité : quelques jours sont nécessaires pour juger d'une évolution, pour avoir les résultats des examens. Sachez à qui vous adresser : à l'infirmière, à la surveillante pour les éléments de l'évolution quotidienne (fièvre, selles, état général, appétit…) ; au médecin pour le diagnostic (c'est-à-dire l'identification de la maladie), le pronostic (la prévision de l'évolution de la maladie à court et long terme) et le traitement.

### *Renseignez-vous*

N'hésitez pas à demander précisément à qui vous avez affaire : certains sont des étudiants en formation, d'autres sont des professionnels expérimentés et permanents, ce qui n'est pas pareil. Si nécessaire, demandez un rendez-vous au médecin responsable de la salle ou, en cas de question plus importante, au chef de service.

Si votre enfant peut quitter l'hôpital, vous en serez peut-être informé la veille, ou le jour même, après la visite du matin. Pensez à laisser à l'équipe soignante la possibilité de vous contacter pour que votre enfant n'ait pas l'impression d'être oublié.

Dans certains cas, l'hospitalisation est **programmée**. Elle doit permettre de faire, en un temps très court, un bilan complet des troubles repérés par les parents et l'enfant et/ou d'observer leur survenue. Efforcez-vous de vous rendre disponible le temps de cette hospitalisation. Mais prenez patience, vous n'aurez peut-être pas le diagnostic dès la sortie. Un compte rendu vous sera adressé directement ou à votre médecin traitant. Si cela s'avère nécessaire, le pédiatre reverra votre enfant en consultation, ou bien rendez-vous sera pris auprès de votre médecin.

## La prise en compte de la douleur

Aujourd'hui, sous l'impulsion d'équipes spécialisées, la douleur est reconnue et sa prise en charge a beaucoup progressé : on sait l'évaluer, y compris chez le nouveau-né, on sait aussi la traiter et la prévenir. Elle est codifiée à l'aide de différents systèmes : on demande par exemple à l'enfant de la situer sur une échelle de 1 à 10, ce qui permet d'adapter le traitement. On utilise de plus en plus un anesthésique administré à l'aide d'un masque : le protoxyde d'azote (l'anesthésie est immédiate). Celui-ci peut être employé pour les points de suture ou les ponctions lombaires lorsque la pommade anesthésiante ne suffit pas. Enfin, dans les douleurs très intenses, la

### *À savoir*

Aux médicaments, peuvent être associés des moyens non médicamenteux comme la relaxation, la distraction.

morphine est fréquemment donnée par voie intraveineuse : selon la douleur ressentie, l'enfant – ou le soignant – actionne une pompe « à la demande ».
Si votre enfant souffre, n'hésitez pas à en parler avec les infirmières ou le médecin car, comme vous le voyez, différents traitements appropriés peuvent lui être administrés. Mais soyez rassurés, les équipes soignantes de pédiatrie sont très attentives au bien-être des enfants.

## L'intervention chirurgicale

La perspective d'une opération est une épreuve tant pour l'enfant que pour les parents. Ces derniers redoutent la séparation, la douleur que l'enfant pourra ressentir. L'enfant, quant à lui, éprouve parfois un sentiment confus de culpabilité : « Si on m'abandonne, c'est que je n'ai pas été gentil. »
Même si vous pensez beaucoup à l'opération, n'en parlez pas trop tôt à l'enfant. Essayez d'être égal à vous-même dans les semaines et les jours qui précèdent. Parlez, quelques jours avant, de l'obligation d'aller à l'hôpital « pour que tu n'aies plus mal au ventre », « pour enlever la petite boule », etc. Il faut dire en quoi consiste l'intervention, dans les termes les plus simples.
Plus l'enfant est jeune, plus tard vous lui parlerez du séjour à l'hôpital : un ou deux jours, si c'est un tout-petit. Si l'enfant est émotif, sujet aux cauchemars, faites-y seulement une allusion la veille et parlez-en dans la journée tout à loisir : il faut que son esprit ait le temps de se faire à cette idée et vous avez, pour l'y aider, beaucoup à dire.
Vous parlerez à l'enfant de la manière dont il va être couché : on lui apportera à manger dans son lit, il n'aura pas besoin de se lever pour aller aux toilettes. Répondez à toutes ses questions. Parlez de l'habillement des infirmières et du médecin. Expliquez les raisons du masque, des gants, du fauteuil ou du lit qui roule. Expliquez l'anesthésie, dites-lui qu'il se réveillera dans une salle spéciale, la « salle de réveil », où il sera surveillé par des infirmières et qu'il sera ensuite transporté dans sa chambre où vous l'attendrez. Dites-lui surtout qu'il y a d'autres enfants qui sont opérés tous les jours, que son cousin, un camarade, ont été opérés eux aussi.
Donnez-lui, pour son séjour à l'hôpital, des jouets qui lui permettront d'extérioriser sa peur ou son hostilité : poupée, panoplie de médecin, crayons pour dessiner, pâte à modeler, jouets à personnages. Sans oublier son ours ou le doudou dont il ne se sépare pas.
Si vous êtes stressés à l'idée de cette opération, n'hésitez pas à en parler à l'équipe médicale. Ne restez pas avec votre angoisse qui risque de se transmettre à votre enfant.
**Le départ pour la salle d'opération**. On vient chercher l'enfant pour l'emmener dans la salle d'opération. Si vous êtes présent, cela peut être un moment difficile pour lui comme pour vous. Ce qui le rassurera le plus sera que vous lui disiez au revoir calmement, sans prolonger les adieux. Laissez-le partir en lui offrant de vous une image apaisante, et essayez d'être là à l'heure où il sera ramené dans sa chambre.

### *Préparez le séjour à l'hôpital*

De nombreux services hospitaliers proposent aux parents un livret d'accueil qui confirme et complète les conseils donnés ici. Vous pouvez également vous adresser à l'association **Sparadrap** qui a publié plusieurs livrets : *Je vais me faire opérer des amygdales ou des végétations* ; *Je vais me faire opérer, et on va m'endormir* ; *J'aime pas les piqûres* ; *Aïe ! J'ai mal.*

Ces documents vous permettront d'expliquer au mieux tout ce qui va se passer. www.sparadrap.org et contact@sparadrap.org

Voyez également les quelques livres indiqués p. 379.

# Si votre enfant a un handicap

D'emblée à la naissance, ou à la suite d'examens successifs, on a diagnostiqué que votre bébé souffrait d'un handicap. Ou encore, il se développe mal dans les premiers mois et, semaine après semaine, le diagnostic, révélé plus tardivement, devient évident. Vous subissez un véritable choc et nul ne peut atténuer les épreuves que vous traversez alors.

## Le dépistage et le diagnostic

Tout d'abord, le médecin va s'efforcer de préciser le diagnostic. Il va falloir commencer par rechercher la nature du handicap et en évaluer les difficultés motrices, intellectuelles, sensorielles (vue, audition), psychologiques ou relationnelles. Il faudra aussi en estimer la sévérité par des examens médicaux précis. La recherche de la cause du handicap est importante pour pouvoir en identifier l'origine – fortuite ou héréditaire –, associée à certaines maladies, et surtout pour permettre de bénéficier de traitements spécifiques.
L'amélioration du dépistage et du diagnostic est une préoccupation des pouvoirs publics. Les traitements de l'enfant pourront être pris en charge et s'il est accompagné de façon précoce, parfois dès la maternité, un meilleur développement sera dans bien des cas favorisé et l'intégration familiale et sociale sera facilitée.

## Ne pas s'isoler

Quand un handicap est découvert chez leur enfant, en guise de protection, la tendance des parents est parfois de se replier sur eux-mêmes ou sur l'enfant. Par la suite, ce refus de contact avec l'extérieur peut s'accentuer car les parents sentent plus ou moins consciemment que l'entourage devient un peu fuyant.
Il y a souvent un effort important à faire pour ne pas s'isoler avec l'enfant car il va falloir lui procurer tout ce qui peut l'aider à se développer au mieux de ses possibilités et l'ouvrir au monde comme tout enfant, en l'aidant à vivre avec ses difficultés et à les surmonter. Un enfant ayant un handicap demande beaucoup d'efforts, de courage aux parents mais leur procure aussi beaucoup de bonheur. C'est pourquoi ils doivent rechercher l'aide des professionnels. Et grâce à des structures adaptées, ils peuvent être aujourd'hui soutenus par une prise en charge précoce de leur enfant.

# La prise en charge

À partir de l'évaluation initiale, une prise en charge personnalisée de l'enfant est proposée. D'une part, elle se construit autour d'une équipe pluridisciplinaire : dans ce cadre, le médecin référent assure les relations avec la famille et coordonne les interventions des différents spécialistes. D'autre part, elle s'organise dans des lieux de soins et des structures d'accueil qui diffèrent selon les nécessités thérapeutiques. Le domicile est le lieu qui est privilégié pour les tout-petits, jusqu'à 6 ans.

Les CAMSP (centres d'action médico-sociale précoce) ont pour mission le dépistage et la prévention de l'aggravation des troubles, l'accompagnement des familles, le soutien et l'aide à l'adaptation sociale et éducative des jeunes enfants nés avec un handicap, ou présentant un risque de développer un handicap.

Certains CAMSP sont localisés de façon totalement indépendante. Mais ils peuvent aussi être situés à l'intérieur des hôpitaux, dans les services de néonatalogie, au sein de consultations de PMI, et proches des lieux d'accueil habituels de la petite enfance (crèches, halte-garderies, écoles maternelles) avec lesquels ils collaborent souvent. La prise en charge de l'enfant se fait en général à partir d'une demande du médecin et d'un contact pris par les parents auprès du responsable du CAMSP dont les coordonnées leur sont remises par le praticien. Les parents peuvent aussi consulter directement un CAMSP qui peut être spécialisé (ORL, psychiatrie, etc.) ou polyvalent, travaillant toujours en liaison avec un hôpital.

Les maisons départementales des personnes handicapées (**MDPH)** sont chargées de l'accueil et de l'accompagnement des personnes handicapées et de leurs proches. Il existe **une MDPH dans chaque département** pour toutes les démarches liées aux diverses situations de handicap. Ce sont les parents (ou les représentants légaux) qui saisissent la MDPH. Celle-ci peut orienter les familles vers des services de soins :

- les services d'éducation et de soins à domicile (Sessad) où des équipes pluridisciplinaires dispensent à proximité du domicile des soins coordonnés entre les différents intervenants ; les équipes du SESSAD peuvent également, comme les membres de l'équipe des CAMSP, intervenir dans les structures de petite enfance ; mais surtout, elles suivent l'enfant bien au-delà de 5-6 ans ;
- lorsque l'enfant est scolarisé, la MDPH peut notifier une aide (accompagnement des élèves en situation de handicap, AESH) favorisant la scolarisation, un projet personnalisé de scolarisation (PPS) notifiant les aménagements pédagogiques dont l'enfant a besoin à l'école. La MDPH se prononce aussi en terme d'orientation scolaire vers des dispositifs spécifiques au sein d'une école ordinaire (unités localisées pour l'inclusion scolaire ; – Ulis) ou vers un établissement spécialisé : institut médico-éducatif, institut thérapeutique et éducatif…

La MDPH établit une notification qui ouvre des droits. Ce sont ensuite les familles qui doivent contacter les différentes structures afin de faire valoir ces droits.

**À noter**

Lorsqu'un parent est en situation de handicap, il peut bénéficier d'une aide humaine et technique pour répondre aux besoins quotidiens de son enfant (p. 477, Prestation de compensation du handicap pour la parentalité).

**À savoir**

Les MDPH ont été créées par la loi pour l'égalité des droits et des chances, la participation et la citoyenneté des personnes handicapées du 11 février 2005.

# La santé de l'enfant de A à Z

Le but de ce dictionnaire médical est de vous donner les explications que vous cherchez sur telle ou telle maladie ou trouble de l'enfant. Mais il n'a pas été écrit pour vous permettre de faire un diagnostic, ni de décider d'un traitement : c'est l'affaire du médecin.
Les informations sont là pour vous aider à réagir devant certains symptômes, devant une situation d'urgence, à en mesurer la gravité et à vous indiquer que faire en attendant de voir le médecin.
Ce dictionnaire vous permettra également de comprendre le diagnostic et le traitement proposés par le médecin ; cela vous rassurera et vous aidera à collaborer efficacement avec lui pour le bien-être de votre enfant.
Pour faciliter la lecture de ce dictionnaire, vous trouverez aux pages suivantes deux tableaux qui renvoient à certains articles.
Le premier tableau présente les principaux **cas d'urgence** chez l'enfant, ceux pour lesquels il faut réagir sans attendre.
Le second regroupe les **symptômes** les plus fréquents, ceux auxquels les parents sont souvent confrontés et qui sont en général un motif de consultation chez le médecin.

**Qui appeler en cas d'urgence ?**

- **Votre médecin traitant** (généraliste et/ou pédiatre). Il vous connaît bien et peut, dans la plupart des cas, apporter lui-même une réponse à votre problème par des soins et des conseils adaptés. En cas d'absence, son répondeur téléphonique vous dira qui appeler.

- **Le Samu** : faites le **15** si le médecin traitant n'est pas joignable. Ce service assure une écoute téléphonique, 24 heures sur 24, par un médecin régulateur et/ou un pédiatre qui décide de la réponse à donner en fonction de la gravité et du lieu où vous habitez :
  - conseil médical : que faire ? Faut-il aller aux urgences ? Ou bien est-il plus simple de se rendre au cabinet du médecin de garde ? ;
  - envoi d'une ambulance ou d'un véhicule de secours aux victimes (VSAV) des pompiers (secouristes parfois accompagnés d'une infirmière ou d'un médecin) ;
  - envoi d'une équipe de réanimation par la route ou par hélicoptère (Smur, Service mobile d'urgence et de réanimation).
- **Les pompiers** faites le **18** : pour tout événement survenant sur la voie publique (accidents de la circulation, chute d'une grande hauteur, malaises, etc.). Les pompiers (18) et le Samu (15) travaillent en collaboration.
- **Les forces de l'ordre** (police en ville, gendarmerie à la campagne) sont alertées par le **17**.
- Le **112** est le numéro d'appel des urgences en Europe depuis un téléphone portable.
- Le **114** est le numéro d'urgence pour les personnes sourdes et malentendantes.

*Dans tous les cas :*
- *donnez calmement vos noms, adresse, numéro de téléphone ;*
- *décrivez ce qui se passe ;*
- *répondez aux questions ;*
- *ne raccrochez que lorsqu'on vous l'aura demandé.*

**LES PRINCIPAUX CAS D'URGENCE CHEZ L'ENFANT**

| Symptômes | Articles à consulter |
|---|---|
| L'enfant est victime d'un **accident** | *Accident sur la voie publique* |
| L'enfant a une **éruption** soudaine et importante, type urticaire | *Allergie, Allergie aux protéines du lait de vache* |
| L'enfant a **avalé un objet** | *Ingestion accidentelle d'un objet* |
| L'enfant s'est **brûlé** | *Brûlures* |
| L'enfant a fait une **grosse chute** | *Choc, chute, Fractures* |
| L'enfant pâlit brusquement et **perd connaissance** | *Convulsions, Choc anaphylactique* |
| L'enfant transpire beaucoup, est **très agité**, a une soif intense | *Coup de chaleur, Déshydratation aiguë* |
| L'enfant a une **diarrhée** importante et perd du poids | *Diarrhée, Déshydratation aiguë, Gastro-entérite aiguë* |
| L'enfant a mis les doigts dans une **prise de courant** | *Électrocution* |
| L'enfant a **avalé de travers**, il a de la peine à respirer | *Corps étranger dans les voies respiratoires, Réanimation* |
| L'enfant a **du mal à respirer** | *Asthme, Laryngite, Respiration bruyante, Stridor* |
| L'enfant s'est blessé et **saigne beaucoup** | *Coupure, Hémorragie* |
| L'enfant a avalé un **médicament**, un **produit toxique**, un **produit caustique** | *Intoxication, Ingestion accidentelle d'un liquide caustique* |
| L'enfant, soudainement, a des **crises douloureuses**, **vomit**, pleure, devient pâle | *Invagination intestinale aiguë* |
| L'enfant a des **troubles de conscience** | *Asphyxie, Convulsion, Intoxication, Méningite* |
| L'enfant a été **mordu** par un chien, un chat, une vipère | *Morsures* |
| L'enfant est **tombé dans la piscine** | *Noyade, Réanimation, Hydrocution* |
| L'enfant a été **piqué** par une abeille, une guêpe, un frelon. | *Piqûres d'insectes* |

| LES SYMPTÔMES LES PLUS FRÉQUENTS CHEZ L'ENFANT | Symptômes | Articles à consulter |
|---|---|---|
| **LA TÊTE** | Aphtes | *Aphtes* |
| | Boutons sur les lèvres | *Herpès* |
| | Gorge rouge ou blanche | *Angine, Mononucléose infectieuse* |
| | Mal à la bouche | *Angine, Aphtes, Herpangine, Muguet, Pieds-mains-bouche (syndrome), Stomatite* |
| | Mal à la gorge | *Angine* |
| | Mal à la tête | *Migraine* |
| | Mal à l'oreille | *Otite* |
| | Nez qui coule | *Rhume* |
| | Nez qui saigne | *Hémorragie* |
| | Oreille qui coule | *Otite* |
| | Œil rouge | *Conjonctivite, Yeux* |
| | Œil qui gratte ou œil qui coule ou œil collé | *Conjonctivite* |
| **LA RESPIRATION** | Difficultés respiratoires | *Asthme, Bronchiolite, Corps étranger dans les voies respiratoires, Laryngite, Respiration bruyante* |
| | Étouffement | *Corps étranger dans les voies respiratoires* |
| | Extinction de voix | *Laryngite* |
| | Respiration qui siffle | *Asthme, Bronchiolite* |
| | Toux | *Toux* |
| | Toux brutale | *Corps étranger dans les voies respiratoires, Laryngite, Toux* |
| | Toux rauque | *Laryngite, Toux* |
| **LA DIGESTION** | Constipation | *Constipation, Encoprésie, Mégacôlon* |
| | Diarrhée | *Diarrhée, Typhoïde* |
| | Mal au ventre | *Ventre (Mal au), Vers intestinaux* |
| | Sang dans les selles | *Selles* |
| | Selles décolorées | *Selles* |
| | Vomissements | *Sténose du pylore, Vomissements* |
| **LA PEAU** | Boutons | *Éruption, Furoncle, Impétigo, Mégalérythème, Peau, Prurigo, Purpura, Tiques, Zona* |
| | Coupure | *Coupure* |
| | Démangeaison | *Allergie, Peau* |
| | Éruption | *Éruption, Peau, Pemphigus, Roséole, Rubéole, Rougeole, Scarlatine, Varicelle* |
| | Grosseur | *Ganglion, Griffes du chat, Oreillons* |
| | Urticaire | *Allergie, Urticaire* |
| **L'APPAREIL GÉNITAL** | Boule blanche sous la peau du pénis | *Décalottage, Smegma* |
| | Écoulement de la vulve | *Gynécologie de la petite fille* |
| | Écoulement au niveau du sein | *Sein et p. 340* |
| | Gonflement au bord de la vulve | *Hernie inguinale* |
| | Gonflement à côté du testicule | *Hernie inguinale* |
| | Pénis rouge et gonflé | *Balanite* |
| | Sein gonflé | *Sein et p. 340* |
| | Testicule rouge et gonflé | *Testicule (torsion)* |
| | Vulve rouge | *Gynécologie de la petite fille* |
| **LES OS** *(jambes, bras, colonne vertébrale)* | Articulation gonflée | *Arthrite aiguë, Rhumatisme* |
| | Boîte | *Boiterie, Hanche luxable* |
| | Mal aux jambes | *Boiterie* |
| | Mal au genou | *Douleurs de croissance, Genoux* |
| | Mal au bras | *Fracture, Pronation douloureuse* |
| | Ne peut plus bouger un bras | *Fracture, Pronation douloureuse* |
| | Ne veut plus marcher | *Boiterie* |
| **AUTRES SYMPTÔMES** | A du mal à s'endormir | *Voir p. 113* |
| | Évanouissement | *Convulsion, Malaise vagal* |
| | Fièvre | *Fièvre* |
| | Fatigue | *Fatigue* |
| | Fait pipi au lit | *Énurésie* |
| | Pleurs | *Coliques, Cris du nourrisson et p. 117* |
| | Tache sa culotte | *Encoprésie* |

Un pictogramme placé à côté de chaque article vous permet de mieux ajuster votre réponse face aux symptômes de l'enfant.

(i) : Information.

: Aller en consultation (PMI, médecin généraliste, pédiatre).

: Aller aux urgences.

: Appeler en urgence le 15.

# A

## Abcès

L'abcès est une poche contenant du pus qui se forme à la suite d'une infection. C'est une des complications possibles de toute lésion de la peau mais il se localise plus particulièrement au niveau des extrémités, notamment au bord de l'ongle : on parle alors de **panaris**. Le traitement repose essentiellement sur la désinfection rapide de toute blessure, bouton ou piqûre par un désinfectant contenant de la chlorhexidine (type Diaseptil®).

La peau du nourrisson et de l'enfant étant particulièrement fragile, toute blessure, toute piqûre, même minime, peut être à l'origine d'un abcès. D'où l'importance d'une bonne hygiène de la peau et de la désinfection de tous les petits « bobos ».

**Folliculite :** il s'agit de l'inflammation de la base d'un poil. (*Furoncle*, p. 413).

## Albuminurie (ou protéinurie)

puis

On parle d'albuminurie lorsqu'il y a de l'albumine (qui est une protéine) dans les urines. Présente dans le sang et normalement filtrée par le rein, elle ne se retrouve pas dans les urines. Si c'est le cas, cette fuite de protéine sera responsable d'œdème (de gonflement), notamment des membres inférieurs. En cas d'œdème avec présence d'une albuminurie (protéinurie) importante, le médecin adressera votre enfant à un service spécialisé (néphrologie pédiatrique) pour des examens complémentaires.

## Accident sur la voie publique

Il peut arriver que vous soyez en cause, ou simplement témoin, dans un accident de la voie publique. Voici ce que vous devez savoir faire et ce qu'il ne faut pas faire.

**Ce qu'il faut faire :** prévenir, alerter, secourir (PAS disent les secouristes).

**1. Prévenir**

Prévenez le suraccident (c'est-à-dire un nouvel accident) en signalant l'accident aux autres automobilistes. Essayez de mettre les personnes valides en sécurité.

**2. Alerter**

Alertez les secours (15 ou 18). Le médecin du Samu vous donnera par téléphone les premières indications sur la conduite à tenir (sécurisation des blessés et des personnes présentes, position d'attente du blessé, etc.).

**3. Secourir**

- Si le blessé est inconscient et ne respire pas, c'est une urgence (*Réanimation*, p. 438).
- Si le blessé est inconscient mais respire, installez-le en **position latérale de sécurité** : allongez le blessé sur le côté – en laissant dans le même alignement la tête, le cou, le tronc – et orientez sa bouche vers le sol ; s'il venait à vomir, il ne risquerait pas de s'étouffer. Par téléphone, le médecin du Samu pourra aider à faire installer le blessé en position latérale de sécurité.
- En cas d'hémorragie externe, voir *Hémorragie*, p. 417.
- Déboutonnez les vêtements : col, ceinture, poignet.
- Gardez le plus possible votre sang-froid : en montrant au blessé, surtout si c'est un enfant, un visage affolé, vous aggraveriez encore son état.

**Ce qu'il ne faut pas faire :**

Ne déplacez pas l'enfant blessé, à moins de nécessité absolue. L'erreur, souvent fatale dans les accidents graves, est de se précipiter dans la première voiture dont le conducteur propose d'emmener les blessés à l'hôpital, en y installant ceux-ci tant bien que mal. Il est préférable que l'enfant gravement blessé reste étendu et attende l'ambulance. N'essayez pas de faire boire un blessé.

- Sur les accidents pouvant survenir à la maison ou à l'extérieur, voyez p. 137 et suiv.

## Allergie ou ou

L'allergie est une réaction de l'organisme en présence d'une protéine particulière d'origine extérieure (on parle d'**allergène**). La réaction allergique a pour particularité d'être déclenchée par des quantités minimes d'allergènes et surtout de s'aggraver au fur et à mesure des contacts avec celui-ci. Dans les cas extrêmes, mais heureusement très rares, cette réaction est violente et s'accompagne d'une baisse de la tension artérielle : c'est le choc anaphylactique. Dans les formes plus modérées, l'allergie provoque des réactions cutanées (urticaire) avec démangeaisons, des symptômes digestifs (diarrhée, vomissements) ou des atteintes des muqueuses nasale ou oculaire (rhino-conjonctivite). Dans certains cas, l'allergie est responsable de crises d'asthme.

**Une maladie progressive**

L'allergie s'exprime au fur et à mesure du contact avec l'allergène. Au début, il n'y a pas de symptômes, seulement des signes indirects, qui peuvent être retrouvés soit en faisant des tests cutanés (*prick tests*), soit en dosant dans le sang certains anticorps spécifiques de l'allergie (IgE) : c'est le stade de la **sensibilisation allergénique**. Au bout d'un certain temps (jours, mois ou années selon les cas), avec la poursuite du contact avec l'allergène, les symptômes apparaissent de plus en plus importants et de plus en plus rapidement : c'est le stade de la **maladie allergique**.

L'allergie évolue beaucoup avec le temps et avec les allergènes rencontrés. Ainsi, les allergies des premiers mois de vie sont essentiellement des allergies alimentaires : lait de vache tout d'abord puis œuf, poisson ou arachide. L'allergie aux acariens intervient un peu plus tard et les allergies aux pollens ne se rencontrent qu'après plusieurs années. De même, il existe des allergies au soja chez les Asiatiques, des allergies à la crevette chez les Antillais, l'allergie au bouleau est caractéristique des enfants d'Île-de-France, et les grands enfants du Sud de la France sont allergiques au cyprès.

**Les tests cutanés**

À partir de quel âge peut-on faire des tests cutanés ? On entend souvent dire que l'enfant doit avoir plus de 2 ou 4 ans pour faire des tests cutanés.

Cela n'est pas tout à fait exact : il est possible de mettre en évidence des signes d'allergie au lait de vache dès les premiers mois chez le nourrisson. Ce qu'il faut, c'est adapter les allergènes recherchés à l'âge : allergènes plutôt alimentaires avant 3 ans ; aliments, acariens et arachide avant 6 ans ; pollens, bouleau, graminées, chat et acariens chez les plus grands. Les tests doivent être refaits tous les 3 ou 4 ans : l'allergie évolue beaucoup, les allergies alimentaires s'améliorent progressivement alors que l'on peut voir apparaître petit à petit les allergies aux pollens ou aux poils d'animaux.

**Désensibiliser plutôt que supprimer**

Le traitement des allergies agit d'abord sur les symptômes : on utilise notamment des médicaments antiallergiques antihistaminiques par voie générale (sirop) ou locale (spray nasal ou gouttes oculaires). Il est aussi possible de modifier l'évolution de la maladie allergique en modifiant l'environnement.

On a essayé de supprimer totalement le contact avec l'allergène (**éviction** de l'allergène) afin de faire disparaître l'allergie. On s'est aperçu que l'allergie ne disparaissait pas et que si, après plusieurs années d'éviction, l'enfant allergique était brutalement mis au contact de l'allergène, la réaction allergique réapparaissait de façon encore plus brutale.

Aujourd'hui, on essaie plutôt d'améliorer la tolérance à l'allergène en maintenant des contacts répétés avec de toutes petites quantités d'allergène : par exemple, sous surveillance médicale, on continue de faire manger des aliments contenant des doses minimes d'arachide (sous forme de « traces ») aux enfants souffrant d'allergie à l'arachide.

Ce même principe est utilisé lorsque des allergènes, autres qu'alimentaires, sont en cause (pollens, acariens, etc.) ; cette **désensibilisation** se fait maintenant essentiellement par voie orale (et non plus par des piqûres). On fait prendre chaque jour à l'enfant allergique (c'est possible dès l'âge de 5 ans environ) de toutes petites quantités de l'allergène qui sont contenues dans des gouttes. Petit à petit, on augmente le nombre de gouttes quotidiennes puis, si tout va bien, on augmente la concentration en allergènes de chaque goutte. La technique est efficace mais un peu contraignante puisqu'il s'agit en général d'un traitement à poursuivre pendant 5 ans.

**En cas d'allergie alimentaire confirmée**

La cuisine faite à la maison est conseillée car les ingrédients sont connus tandis que les plats tout préparés peuvent contenir des ingrédients à risque allergique. La réglementation facilite les achats des produits alimentaires en rendant obligatoire sur les étiquettes la mention de la présence des allergènes les plus fréquents. Les aliments et dérivés concernés sont : les céréales contenant du gluten, les crustacés, les œufs, les poissons, l'arachide, le soja, le lait, les fruits à coque, le céleri, la moutarde, les graines de sésame, le lupin et les mollusques (les coquillages), l'anhydride sulfureux et les sulfites.

Ne vous inquiétez pas si votre enfant a une nourriture moins variée : une alimentation simple, associée à une quantité suffisante de lait ou équivalent, apporte tous les éléments nécessaires à la croissance.

En cas d'allergies multiples, de nombreux aliments peuvent être interdits à l'enfant ; dans ce cas, le médecin lui prescrira les compléments qu'il jugera utile.

Si, malgré vos précautions, votre enfant était de nouveau en contact avec l'aliment, vous aurez prévu avec le médecin une trousse contenant différents médicaments : un antihistaminique en cas d'urticaire seul, un corticoïde oral en cas d'œdème et, dans les cas les plus graves, en cas de malaise par exemple, un stylo d'adrénaline.

Voir *Asthme*, *Eczéma*, *Urticaire*.

**Le PAI**

Un projet d'accueil individualisé (PAI) est mis en place à l'école lorsqu'un enfant a besoin d'une prise en charge particulière en raison d'une maladie : par exemple l'asthme (pour pouvoir donner de la Ventoline® en cas de crise) ou l'allergie alimentaire. Il est toujours effectué à la demande des parents et comprend les consignes du médecin habituel de l'enfant. Celles-ci sont ensuite reprises par le médecin scolaire et adaptées à l'établissement. En cas d'allergie alimentaire, ce document précise par exemple les aliments qui doivent être évités et les médicaments à utiliser en cas d'ingestion involontaire. Le PAI peut être instauré à tout moment de l'année scolaire. Il est reconduit l'année suivante à la suite de la demande des parents. Une ordonnance récente est nécessaire pour mettre en place le projet. Le PAI est en principe réservé à l'école mais de plus en plus de crèches ont mis en place des procédures équivalentes pour les enfants qui en ont besoin.

## Allergie à l'arachide

C'est en fait une allergie à la cacahuète et à ses dérivés (beurre de cacahuète et, dans des cas rares, huile d'arachide). De plus en plus fréquente, elle survient de plus en plus précocement. Contrairement à d'autres allergies alimentaires (lait ou œuf par exemple), elle n'a pas tendance à s'améliorer avec le temps. C'est une allergie potentiellement grave qui justifie donc un diagnostic initial précis et un suivi médical spécialisé.

### Le diagnostic

La surveillance dépend d'abord des conditions de découverte de cette allergie : si l'enfant a fait une réaction d'allergie sévère (gonflement des lèvres ou de la langue, voire œdème du visage ou malaise) dès la première ingestion de cacahuète, l'allergie est certaine et la suppression de toute présence d'arachide dans l'alimentation, obligatoire. Si l'allergie a été découverte dans des circonstances moins nettes ou, comme c'est souvent le cas, seulement suspectée devant un test cutané positif ou avec un résultat positif lors d'une prise de sang, il est nécessaire de faire pratiquer un test particulier en milieu hospitalier : ce qu'on appelle un test de provocation par voie orale. Voici comment on procède.

### Test et surveillance

Le niveau d'allergie va être évalué sous surveillance médicale : on commence par faire absorber à l'enfant quelques gouttes d'huile d'arachide puis des volumes plus importants. S'il n'y a pas de réaction, on teste quelques milligrammes de cacahuètes puis, si tout va bien, des quantités de plus en plus importantes d'arachide (jusqu'à 3-4 cacahuètes).

Ce test va orienter le niveau de surveillance nécessaire : s'il n'y a aucune réaction à la prise d'huile d'arachide mais seulement à plus d'une cacahuète, l'allergie est modérée et la surveillance peut être plus souple (l'enfant peut manger à la cantine par exemple). Si, au contraire, les signes d'allergie apparaissent dès les premières gouttes d'huile d'arachide, l'allergie est importante et la surveillance doit être intensive (l'enfant ne peut pas aller à la cantine).

Dans tous les cas d'allergie vraie à l'arachide, il est nécessaire que l'enfant soit suivi en milieu spécialisé pour que les parents puissent être informés des précautions à prendre selon la gravité de l'allergie et des conduites précises à tenir en cas d'ingestion accidentelle d'arachide.

## Allergie aux protéines du lait de vache

L'allergie aux protéines du lait de vache est une des quatre allergies alimentaires les plus fréquentes chez l'enfant (avec l'œuf, l'arachide et le poisson) et l'allergie la plus courante avant l'âge de 6 mois.

### Comment se manifeste-t-elle ?

Le plus souvent par une réaction sur la peau d'apparition brutale (urticaire aiguë), survenant dès les premiers biberons, notamment lors du sevrage. L'allergie peut aussi se révéler par des signes digestifs aigus (diarrhée pouvant avoir des traces de sang, vomissements). Cela nécessite une consultation rapide. De façon tout à fait exceptionnelle, ces réactions peuvent s'accompagner d'un œdème du visage (œdème de Quincke), voire d'un choc allergique, dit anaphylactique.

L'allergie aux protéines du lait de vache peut parfois se manifester par des réactions moins aiguës : eczéma, reflux gastro-œsophagien sévère, coliques persistantes. L'origine allergique de ces symptômes est souvent difficile à prouver.

### Le diagnostic

Dans les cas de réactions aiguës, le diagnostic est en général rapidement confirmé par la mise en évidence de signes d'allergie dans le sang (apparition d'IgE, c'est-à-dire d'anticorps, contre les protéines du lait de vache) et par des tests cutanés classiques à lecture immédiate (*prick test*) qui se font soit dans le cabinet du pédiatre, soit chez le médecin allergologue.

En cas de symptômes plus chroniques, les tests sanguins sont le plus souvent négatifs ainsi que les tests cutanés classiques. Le diagnostic peut alors se faire grâce à des tests cutanés prolongés sur 48 heures (*patch test*). Dans les cas les plus complexes, il n'est possible de démontrer l'origine allergique des symptômes qu'en réalisant un test d'éviction/réintroduction : on supprime le lait de vache et les produits laitiers pendant quatre semaines afin de voir si les symptômes disparaissent, puis réapparaissent quand le lait est réintroduit.

### Le traitement

Quand le diagnostic d'allergie aux protéines de lait de vache est confirmé, il faut exclure tout aliment lacté (on parle d'**éviction**). Cette éviction concerne évidemment le lait mais aussi les laitages et tout produit pouvant contenir des protéines de lait (petits pots, biscuits, etc.).

Chez le nourrisson, le lait 1er âge est le plus souvent remplacé par des laits spéciaux où les protéines du lait de vache ont été modifiées pour perdre leur capacité allergisante : on parle de lait à base de « protéines hydrolysées ». Il ne faut pas donner à un bébé allergique du lait d'autres mammifères (jument, chèvre, brebis) ou des boissons végétales (châtaigne, amande, etc.) : ils ne contiennent pas les nutriments nécessaires à sa croissance et conduisent à de graves carences (p. 83). Le lait infantile à base de protéines de soja n'est pas recommandé : beaucoup de nourrissons allergiques aux protéines de lait de vache sont aussi allergiques au soja. En revanche, on dispose aujourd'hui d'un lait 1er âge fabriqué à partir de protéines issues du riz qui pourrait constituer une alternative intéressante aux laits à base de protéines de lait hydrolysées.

La diversification alimentaire est proposée, comme aux autres bébés, entre 4 et 6 mois. On recommande cependant une plus grande vigilance dans l'introduction de nouveaux aliments car les autres allergies alimentaires sont plus fréquentes chez ces nourrissons : les aliments seront introduits l'un après l'autre, sans les mélanger.

L'allergie aux protéines du lait de vache guérit lorsque l'enfant grandit et la plupart des enfants qui ont été allergiques tolèrent le lait de vache avant l'âge de 3 ans. On réintroduit le lait de vache en milieu hospitalier vers 1 an au cours d'une « journée d'épreuve de réintroduction » durant laquelle du lait est donné petit à petit, sous surveillance (de quelques gouttes à plusieurs dizaines de millilitres à la fin de la journée). En cas d'apparition de signes évocateurs d'allergie, l'épreuve est arrêtée, l'éviction reconduite, et une nouvelle tentative de réintroduction est proposée six mois plus tard. Si aucune réaction n'est notée au cours de la journée, les produits lactés sont réintroduits dans l'alimentation.

Voir *Allergie*, *Diarrhée chronique*.

## Amygdales ⓘ

Ce sont des formations plus ou moins grosses situées en arrière de la gorge. Elles peuvent être infectées par un virus ou une bactérie : on parle alors d'*angine* (voir ce mot). Lorsque les amygdales sont très grosses (hypertrophie), il peut être nécessaire de les enlever (voir *Amygdalectomie*).

## Amygdalectomie ⓘ

L'ablation des amygdales (ou amygdalectomie) est une intervention simple comportant peu de risques si elle est bien surveillée dans ses suites immédiates ; elle n'est pratiquement jamais faite avant l'âge de 4 ou 5 ans.

Elle est indiquée dans les cas suivants : les angines à répétition (plusieurs par an) ; les amygdales très volumineuses (hypertrophiques), obstructives, qui entraînent une insuffisance respiratoire chronique, avec troubles du sommeil (apnées) et gêne à la déglutition.

À noter qu'entre 3 et 6 ans, les amygdales sont souvent grosses sans être forcément infectées.

L'amygdalectomie est aujourd'hui moins systématique, les amygdales jouant un rôle mal connu mais certain dans les défenses de l'organisme.

Voir également « L'intervention chirurgicale », p. 341.

## Anémie ou

L'anémie est une diminution anormale de l'hémoglobine qui est le principal constituant des globules rouges. Elle se révèle par une pâleur de la peau et des muqueuses (les paupières inférieures de l'œil sont pâles) et, dans les cas plus importants, par de la fatigue.

Elle est due soit à une insuffisance de production de l'hémoglobine (en cas de manque de fer par exemple), soit à un excès de destruction des globules rouges (en cas de saignement par exemple). En cas d'anémie importante, le médecin recherchera sans tarder son origine.

**L'anémie par manque de fer** est de loin la cause la plus fréquente d'anémie car le fer est nécessaire à la fabrication de l'hémoglobine. Une carence en fer est également responsable d'une augmentation des risques d'infection et, si elle est sévère et prolongée, d'un retentissement cérébral.

**Chez le nourrisson**, l'anémie est fréquente. Celui-ci possède un petit stock de fer d'origine maternelle acquis pendant la grossesse. Si la maman est carencée en fer, le nourrisson n'aura reçu que peu de fer ; ce manque de fer sera plus important si la maman allaite (son lait contient peu de fer) ou si ce sont des jumeaux (la transmission de fer provenant de la maman est divisée entre les deux enfants). Il en sera de même chez les prématurés qui n'ont pas pu bénéficier suffisamment longtemps de l'apport maternel. À signaler que tous les laits infantiles 1er âge et tous les laits 2e âge sont enrichis en fer.

**Chez les enfants plus grands**, une anémie par carence de fer peut se manifester chez les enfants qui sont passés trop rapidement au lait de vache « normal » car celui-ci contient très peu de fer ; c'est la raison pour laquelle il est recommandé de donner du lait de croissance, enrichi en fer, et ce, jusqu'aux 2 ans de l'enfant.

Le diagnostic de l'anémie par manque de fer est fait par le dosage dans le sang de la ferritinémie, qui représente la réserve de fer. Le traitement consiste à donner du fer sous forme de médicament – un sirop à prendre matin et soir – pendant 3 mois.

## Angine

L'angine est une infection des amygdales. L'enfant peut avoir de la fièvre, il a mal et a de la difficulté à avaler. Pour différencier les angines d'origine virale de celles d'origine bactérienne (à streptocoque A), le médecin fera un test rapide en frottant l'amygdale avec un écouvillon (longue tige munie à son extrémité d'un morceau de coton).

En effet, seules les angines à streptocoque, confirmées par ce test, doivent être traitées par des antibiotiques. Les angines virales guérissent spontanément sans complications.

La *scarlatine* (voir ce mot) est une angine où le streptocoque diffuse dans l'organisme une toxine responsable de l'éruption ; elle doit aussi être traitée par des antibiotiques.

Lorsque l'enfant souffre fréquemment d'angines, l'ablation des amygdales (voir *Amygdalectomie*) pourra être envisagée.

La **mononucléose infectieuse** est une infection virale qui s'accompagne d'une angine souvent impressionnante : l'enfant a beaucoup de fièvre, a très mal, des dépôts blancs sont bien visibles sur les amygdales. C'est une maladie fatigante qui dure plus de deux semaines. Les antibiotiques n'ont aucun effet.

## Angiomes

Ces taches rouges violacées sont dues à la dilatation des petits vaisseaux sanguins de la peau, visibles à la naissance. On distingue les angiomes plans, qui sont de simples taches (taches de vin, envies) plus ou moins étendues, et les angiomes en relief sur la peau (fraises...). De petites taches rouges sont très fréquentes chez le nourrisson, au front (aigrette), et à la nuque, à la racine des cheveux ; elles disparaissent habituellement en quelques mois.

Les angiomes proprement dits nécessitent la surveillance d'un spécialiste (pédiatre, dermatologue). La plupart d'entre eux régressent spontanément mais lentement, en quelques années. Le médecin conseillera souvent de s'abstenir de toute intervention. Cependant, chaque cas est particulier, et seul le spécialiste est en mesure de préciser la meilleure conduite à tenir, en fonction de la situation plus ou moins apparente, du caractère inesthétique et de la tendance de l'angiome à se développer en surface ou en relief, ou à donner lieu à des saignements répétés.

On observe parfois des angiomes s'étendant sur une grande partie du visage. Pour les diminuer, ou même les supprimer, les techniques de laser ont apporté un grand progrès.

Dans certains cas d'angiomes importants, il est aussi possible d'utiliser un médicament habituellement prescrit pour l'hypertension (un bêtabloquant) dont l'efficacité se révèle remarquable.

## Anorexie du nourrisson

ou

Lorsqu'un enfant refuse de manger de manière habituelle, toute maladie organique étant éliminée, la difficulté peut être abordée sur le plan psychologique ; on dit qu'il présente une anorexie psychogène souvent liée à une perturbation relationnelle entre lui et la personne qui s'occupe de ses repas. L'anorexie ne doit pas être confondue avec la période d'opposition que l'enfant manifeste parfois au moment où il prend conscience de son pouvoir sur l'entourage (p. 99). Elle s'installe de façon durable et constante et est donc différente d'un simple trouble oppositionnel et discontinu du caractère et du comportement alimentaire.

**Les circonstances d'apparition** et de déclenchement de l'anorexie sont diverses. Elles surviennent le plus souvent entre 6 et 18 mois. À l'occasion d'une maladie infectieuse même banale du type rhinopharyngite, d'une vaccination ou d'une simple poussée dentaire, l'enfant refuse de manger. Ce qui angoisse le parent, comme toute autre personne directement concernée, qui alors force l'enfant à manger. Le conflit est là, et se constitue rapidement un cercle vicieux qui renforce, par un jeu de miroirs, le refus de l'un et l'anxiété de l'autre.

Le principe du **traitement** repose essentiellement sur le changement d'attitude de l'entourage ; il est important de se convaincre de l'absence de gravité de ce trouble, de se libérer de son angoisse en renonçant à toute attitude rigide et contraignante et en évitant de faire du repas un moment de conflit. Il est conseillé d'adopter une attitude d'indifférence ; le repas sera pris dans le calme, chaque plat sera présenté puis retiré au bout de quelques minutes si l'enfant refuse ; et on ne proposera rien à manger en dehors des repas.

La situation évolue le plus souvent favorablement mais si elle s'aggrave progressivement, il est important de rechercher ce qui, dans l'environnement de l'enfant et des adultes qui s'en occupent, continue de provoquer ce refus alimentaire. Les médecins et les psychologues travaillent en étroite collaboration.

Enfin, il existe des cas rares, mais nettement plus graves, où l'anorexie entre dans le cadre d'un état dépressif ou psychotique. L'absence de stimulation, un environnement dépressif, la privation affective, la maltraitance sont parfois aussi en cause.

## Aphtes

Ce sont de petites ulcérations arrondies qui peuvent apparaître à l'intérieur de la bouche. Elles peuvent être d'origine infectieuse et s'étendre dans toute la cavité buccale, on parle alors de **stomatite**. Elles peuvent être d'origine traumatique : l'enfant se mord l'intérieur de la joue mais, dans ce cas, l'ulcération est unique et linéaire.

Il n'y a pas de traitement particulier, seulement un traitement contre la douleur si cela est nécessaire.

Voir *Herpès, Stomatite, Pieds-mains-bouche (syndrome).*

## Appendicite

Il s'agit de l'inflammation de l'appendice qui est un petit boudin situé au début du gros intestin (habituellement dans la partie inférieure droite de l'abdomen). Cette inflammation peut être d'origine infectieuse et évoluer vers un abcès de l'appendice puis, après perforation de l'abcès, conduire à l'infection de toute la cavité abdominale : c'est la **péritonite**.

Entre 5 et 15 ans, l'**appendicite aiguë** peut se manifester de façon très typique : fièvre, vomissements, arrêt du transit et douleur localisée dans la partie inférieure droite de l'abdomen. Dans ce cas, des examens complémentaires sont inutiles et l'enfant sera opéré d'urgence.

Mais les symptômes sont parfois moins évocateurs : l'enfant se plaint de douleurs abdominales diffuses. Des examens radiologiques (échographie ou scanner) peuvent être utiles. Dans certains cas également, le chirurgien peut décider une intervention pour vérifier l'appendice car seule cette vérification peut complètement éliminer le diagnostic d'appendicite.

Le **traitement** dépend de la gravité : dans les cas les plus simples, l'appendice est le seul touché et il est enlevé par voie endoscopique (grâce à des pinces et à une caméra introduites par trois petits trous) ; dans les cas plus complexes ou plus graves, le chirurgien fera une ouverture dans la paroi du ventre (en bas à droite) pour pouvoir effectuer un grand lavage du péritoine et un drainage. La durée d'hospitalisation dépend du type d'intervention, de 2 à 10 jours.

Dans certaines **douleurs abdominales récidivantes**, l'échographie met en évidence un gonflement des ganglions proche de l'appendice : on parle « d'adénites mésentériques ». Il n'y a aucun risque d'évolution vers une appendicite et tout rentre rapidement dans l'ordre sans aucun traitement.

## Arthrite aiguë

C'est l'inflammation d'une articulation qui est d'origine infectieuse, microbienne, virale ou, plus rarement, rhumatismale (dans le cadre d'une maladie rhumatismale générale).

Des douleurs articulaires (arthralgies) sont fréquentes au cours de nombreuses maladies par ailleurs bénignes, le plus souvent virales, la grippe par exemple.

Bien plus grave est l'arthrite microbienne avec formation de liquide purulent dans l'articulation. Il s'agit le plus souvent d'une infection qui touche l'os (ostéoarthrite).

Quand l'articulation est superficielle (genou, poignet, etc.), les signes de l'inflammation sont visibles : l'articulation est rouge, chaude, gonflée, elle est douloureuse quand on la touche ou que l'on essaye de la mobiliser. Ces signes sont plus difficiles à apprécier si l'articulation est profonde (hanche, par exemple) ; pour ne pas avoir mal, spontanément l'enfant maintient le membre immobile et cette fausse paralysie sera une indication.

Le traitement d'une arthrite septique (avec du pus) est urgent pour protéger le devenir de l'articulation. Il nécessite toujours une hospitalisation rapide avec : un bilan radiologique, une ponction, l'immobilisation, des antibiotiques en perfusion. Le traitement antibiotique dure 6 semaines en moyenne.

Le diagnostic d'arthrite rhumatismale se fait souvent tardivement, lorsqu'on constate l'absence de microbe et devant l'apparition de nouvelles crises douloureuses.

## Asphyxie par corps étranger ou par l'oxyde de carbone

Voir *Corps étranger* (dans les voies respiratoires, dans le nez, l'oreille), *Ingestion accidentelle* (d'un objet, d'un liquide caustique) et *Intoxication*.

## Asthme

L'asthme est une maladie des bronches qui se caractérise par des épisodes de gênes respiratoires accompagnées de sifflements. La crise d'asthme est liée à un rétrécissement du calibre des bronches, associé à une inflammation de celles-ci, entraînant une gêne surtout à l'expiration de l'air. La façon d'aborder la maladie asthmatique a évolué ; aujourd'hui, on fait nettement la différence entre l'asthme des jeunes enfants et celui des plus grands qui ressemble plus à celui des adultes.

**L'asthme du nourrisson et du jeune enfant (avant 6 ans)**

Il se manifeste par des épisodes répétés de bronchites avec sifflements, causées le plus souvent par une infection virale. Les enfants sont de ce fait plus fréquemment malades pendant l'hiver et d'autant plus souvent qu'ils sont gardés dans une collectivité. Le nourrisson peut aussi à cette période de l'année souffrir d'une autre affection respiratoire, en tout point identique : la bronchiolite, qui est également une infection virale. Il n'existe pas de signe ou d'examens particuliers pour différencier une bronchiolite d'une crise d'asthme du nourrisson. Mais, si les épisodes de bronchites se répètent plus de trois fois, il est peu probable qu'il s'agisse de trois bronchiolites virales consécutives et on parle d'asthme.

Dans les asthmes difficiles à soigner, le médecin recherchera si l'enfant ne souffre pas d'un reflux gastro-œsophagien, qui est un facteur aggravant. Le tabagisme des parents peut aussi aggraver l'asthme. En revanche, on ne retrouve en général pas de terrain allergique particulier.

**Le traitement**

Les épisodes de sifflements respiratoires sont améliorés par un bronchodilatateur en spray (Ventoline®), administré par l'intermédiaire d'une chambre d'inhalation (Babyhaler®). Dans les crises plus sévères, des médicaments corticoïdes seront donnés pendant quelques jours, par voie orale, en même temps que le traitement bronchodilatateur.

Pendant l'hiver, si les épisodes de sifflements se répètent, le médecin prescrira probablement un traitement préventif ; ce traitement de fond est constitué le plus souvent d'un corticoïde inhalé en spray, administré tous les jours, matin et soir, par l'intermédiaire d'une chambre d'inhalation.

Dans la grande majorité des cas, l'asthme du nourrisson disparaît entre 3 et 6 ans.

### L'asthme du grand enfant

Dans un petit nombre de cas, l'asthme va persister après 6 ans, ou bien il va réapparaître alors qu'il avait complètement disparu. Le plus souvent, il s'agit d'enfants présentant des facteurs de risques particuliers : soit ils ont des parents qui sont eux-mêmes asthmatiques et allergiques, soit ils souffrent personnellement de différentes allergies, raison pour laquelle un bilan allergique est nécessaire dans tous les asthmes du grand enfant.

Le traitement est assez proche de celui du nourrisson. Seule la durée d'évolution de la maladie est plus variable : si beaucoup d'enfants guériront au moment de l'adolescence, certains auront de l'asthme jusqu'à l'âge adulte.

## Autisme et troubles du spectre autistique

Aujourd'hui, on ne parle plus de l'autisme comme d'un trouble à part entière mais on le place dans un ensemble de pathologies qu'on appelle **les troubles envahissants du développement (TED)**.

Dans sa forme la plus grave, l'autisme se manifeste par :

- une absence de relation à l'autre, comme si l'autre n'existait pas : l'enfant ne communique ni par le sourire, ni par le regard ; il ne répond pas quand on l'appelle et ne réagit pas aux signes d'affection ; il semble ne pas avoir d'émotions ;
- des comportements stéréotypés, répétitifs et inhabituels : balancement du corps et battement rapide des mains, autoagression (l'enfant se mord, se cogne la tête), tournoiement et alignement d'objets ;
- une absence de langage, ou un langage très perturbé, par exemple dans le débit, le rythme, la répétition des mots en boucle, l'emploi des mots ;
- une hypersensibilité ou une indifférence aux bruits.

Ces troubles peuvent exister très tôt, à des degrés divers. Souvent, les parents s'inquiètent de leur nourrisson « pas comme les autres », qui ne s'intéresse pas à son entourage et ne communique pas. C'est entre 18 mois et 3 ans que les signes deviennent les plus évidents car c'est une période particulièrement riche sur le plan des interactions sociales.

### Des causes multiples

On sait aujourd'hui que les causes de l'autisme et des TED sont multifactorielles : génétiques (des gènes défectueux ont été retrouvés dans certains cas), cérébrales (l'IRM a montré que, chez certains enfants autistes, une zone particulière du cerveau ne fonctionnait pas très bien), biologiques, etc.

On a souvent parlé à tort d'autisme lorsqu'on ne trouvait pas l'origine de TED graves, dont les causes sont aujourd'hui connues (comme dans le syndrome de Rett) ; ou bien dans certains troubles héréditaires du métabolisme des acides aminés, comme la phénylcétonurie : cette maladie, qui entraîne des TED, est heureusement en voie d'éradication grâce au test de Guthrie fait à la naissance et à l'apport d'un régime alimentaire complexe, précoce, mais totalement efficace.

*A contrario*, dans des cas de carences affectives et éducatives précoces graves, on observe des TED sans que des origines organiques soient en cause. Ces troubles sont réversibles s'ils sont pris en compte très tôt dans la vie de l'enfant.

### Diagnostic et prise en charge

Le diagnostic se fait par l'observation et par des entretiens avec les parents. Plus le diagnostic est fait **précocement**, dès 18 mois, plus il y a de chances de stimuler les compétences de l'enfant, de l'aider à trouver des repères structurants, de favoriser son développement.

Étant donné l'hétérogénéité des troubles envahissants du développement, de leurs causes et des diagnostics, la prise en charge doit être pluridisciplinaire et adaptée à chaque enfant : éducative, psychothérapique, motrice, orthophonique…

Il n'existe aujourd'hui aucun traitement médicamenteux de l'autisme. Toutefois, la recherche est très active et des molécules (comme l'ocytocine) ou certains médicaments habituellement utilisés comme diurétiques, peuvent être proposés. Ces traitements ne guérissent pas mais peuvent apporter des améliorations sur certains points. Pour aider les enfants, il existe des solutions. Pour trouver une consultation spécialisée, renseignez-vous auprès de votre médecin traitant, d'un (neuro) pédiatre, d'un centre de PMI.

# B

## Balanite

C'est l'inflammation du prépuce (le repli de peau recouvrant le gland) : gonflement, rougeur, brûlures à la miction, émission de pus ; elle guérit en général rapidement par un traitement antiseptique local.

## Bec-de-lièvre

Le terme médical est « fente labio-narinaire et palatine ». Tous les degrés sont possibles entre la simple encoche de la lèvre supérieure et la fente « lèvre-nez-palais », réalisant ainsi une large communication entre la bouche et le nez. Il existe des formes familiales de fentes.

La réparation chirurgicale se fait souvent en deux temps dans le courant de la première année.

Les fentes sont souvent dépistées avant la naissance, à l'échographie. Cela permet une prise en charge dès la naissance afin que les différentes étapes de la reconstruction soient programmées.

Plus tard, une surveillance et des traitements éventuels seront nécessaires sur les plans dentaire, ORL et orthophonique. De toute façon, le pédiatre orientera les parents vers une équipe médicale spécialisée.

## Boiterie

Cette perturbation de la marche montre l'atteinte du membre inférieur (pied ou genou) ou de la hanche. La boiterie justifie toujours une consultation médicale si elle persiste plus de 24 heures.

Chez l'enfant de moins de 2 ans, le médecin recherchera surtout une fracture passée inaperçue (notamment au niveau du tibia) et prescrira une radiographie. Chez l'enfant plus grand, le **rhume de hanche** est une maladie fréquente, qui associe boiterie, petite fièvre et présence de liquide au niveau de la hanche (cela se voit à l'échographie) ; elle guérit le plus souvent simplement avec du repos.

## Boutons

Voir *Éruption, fièvre éruptive*, *Impétigo*, *Peau*, *Rougeole*, *Rubéole*, *Varicelle*.

## Bronchiolite ou

La bronchiolite est une infection virale qui touche les petites bronches (que l'on nomme les bronchioles). Elle atteint particulièrement les jeunes enfants, au-dessous de 2 ans. Cette infection sévit par épidémies qui commencent fin novembre et se terminent en février-mars. Les enfants fréquentant des collectivités (crèches), ou bien faisant partie de familles nombreuses, peuvent être touchés très tôt dans la saison.

### L'évolution de la maladie

La bronchiolite commence par un simple rhume ; puis apparaît une petite toux gênante, se produisant par quintes, accompagnée d'une fièvre modérée. Au bout de quelques jours, on remarque des sifflements lorsque l'enfant expire (comme pour l'asthme), avec une gêne pour respirer qui peut s'accentuer les jours suivants. Le nourrisson a de la difficulté à boire, il semble avoir mal, les régurgitations sont fréquentes. Après quelques jours de gêne, les symptômes disparaissent progressivement.

Cette période aiguë peut être mal supportée chez le tout-petit (celui qui a moins d'un mois), ou chez le nourrisson qui souffre déjà d'une maladie pulmonaire ou cardiaque : dans ces cas, une hospitalisation peut être nécessaire quelques jours pour aider l'enfant à s'alimenter et lui apporter de l'oxygène.

Il n'y a pas de **traitement** de la bronchiolite, si ce n'est de nettoyer régulièrement le nez au sérum physiologique. Si votre bébé a une bronchiolite, il faudra seulement fractionner un peu ses repas afin qu'il puisse boire plus souvent mais de plus petites quantités, ce qui le fatiguera moins. Vous devrez aussi vous assurer qu'il n'a pas le nez bouché car cela accentue la gêne respiratoire.

## Bronchite

La bronchite est une atteinte virale des bronches qui peut survenir par exemple au cours d'un rhume. Il n'y a aucun traitement, elle guérit rapidement, sans antibiotiques. Certaines bronchites sont accompagnées de sifflements qu'on peut entendre directement ou que le médecin entendra en auscultant votre enfant. On parle alors de bronchite asthmatiforme. Si des épisodes de bronchites asthmatiformes se répètent, celles-ci peuvent être des manifestations d'un asthme du nourrisson (voir *Asthme*).

## Brûlures

Deux éléments entrent en ligne de compte pour évaluer la gravité d'une brûlure : son étendue et sa profondeur.

La gravité immédiate dépend de l'**étendue** de la brûlure à cause du choc qu'elle peut provoquer et de la déshydratation qu'elle entraîne. Le schéma page ci-contre montre la proportion des différentes parties du corps chez l'enfant (chez l'adulte ces proportions changent) : au-delà de 5 % de la surface totale du corps, il faut conduire l'enfant à l'hôpital.

La **profondeur** va, quant à elle, conditionner la cicatrisation.

Les brûlures superficielles (1er degré) ne concernent que l'épiderme, c'est-à-dire la couche superficielle de la peau, entraînant une simple rougeur ; elles sont douloureuses mais cicatrisent en une dizaine de jours. Les brûlures du 2e degré se caractérisent par la présence de bulles ; leur cicatrisation est plus lente, quinze à vingt jours. La brûlure profonde intéresse la peau, mais aussi les tissus sous-jacents, muscles et os ; la guérison ne sera obtenue que par des greffes.

À surface égale, la profondeur est un élément aggravant. Par ailleurs, certaines localisations font craindre que les cicatrices ne fassent se rétracter la peau : face et cou, plis de flexion (aisselles, coudes…), mains et doigts, poitrine.

Les **causes** habituelles de brûlures chez le jeune enfant sont avant tout les liquides bouillants : l'enfant renverse son bol de chocolat, le contenu d'une casserole ou d'une bouilloire (c'est pour éviter cela que le manche de la casserole doit toujours être tourné vers le centre des plaques de cuisson et la bouilloire jamais posée près du bord d'une table) ; son biberon de lait, réchauffé au micro-ondes, est brûlant ; l'enfant a ouvert le robinet d'eau chaude, etc. Les objets chauds que l'enfant peut toucher sont également souvent en cause : la porte du four, la plaque électrique, l'appareil à raclette, le radiateur non protégé, etc.

### Cas particuliers

Les brûlures par produits ménagers caustiques (eau de Javel, acides…) et les brûlures par l'électricité (prises non protégées…) sont localisées aux doigts et à la bouche ; ces brûlures sont peu étendues mais entraînent des lésions en profondeur.

### Que faire devant une brûlure ?

**« Brûlure : vite sous l'eau »** est un slogan de la Société française d'étude et de traitement des brûlures (SFETB). En effet, le premier geste, quelles que soient la cause et l'étendue de la brûlure, doit être le refroidissement avec de l'eau froide du robinet pendant 5 minutes (eau froide aux alentours de 10 à 15 °C, mais en aucun cas de l'eau glacée). Ce refroidissement peut être poursuivi plus longtemps, jusqu'à 15 minutes, si la brûlure est peu étendue (moins de 5 % de la surface corporelle). Dans les brûlures étendues, il faut être plus restrictif car il peut y avoir des risques d'abaissement de la température (hypothermie).

Pour ne pas augmenter la douleur, ne faites pas couler l'eau directement sur la brûlure mais en amont pour que le refroidissement se fasse par ruissellement : par exemple, si l'enfant est brûlé à la main, l'impact du jet d'eau sera sur le poignet.

Maintenant, voyons plus en détail ce qu'il faut faire selon les cas.

**Brûlure étendue**

Appelez rapidement les secours pendant que quelqu'un, si vous n'êtes pas seul, fera le traitement à l'eau froide indiqué plus haut. Si vous êtes seul, refroidissez d'abord la brûlure, puis téléphonez au service d'urgence (15) ou aux pompiers (18).

N'essayez pas d'ôter ses vêtements à l'enfant, plongez la partie brûlée dans l'eau froide telle quelle.

Pour la suite, on vous indiquera au téléphone ce qui est à faire en attendant les secours. Si cela est nécessaire, l'enfant sera transféré dans un centre spécialisé où les meilleures conditions de traitement seront réunies.

**Brûlure limitée**

Si elle est peu profonde, de localisation non particulière : d'abord refroidissement à l'eau froide, puis lavage avec une solution antiseptique non alcoolisée (type chlorhexidine aqueuse), puis pansement stérile (avec compresse de type « tulle gras » et/ou Biafine) à renouveler tous les jours (après un nouveau lavage antiseptique). Ne pas mettre d'antiseptique coloré, type éosine, qui risque de troubler – même des spécialistes – dans l'appréciation d'une profondeur de brûlure. Si l'on a un doute, il est prudent de montrer la brûlure au médecin. Une brûlure non guérie en 10-15 jours doit être montrée à un spécialiste car il s'agit sûrement d'une brûlure plus profonde que prévu.

**Contre la douleur**

On peut donner à l'enfant les antalgiques habituels (paracétamol). Les brûlures, même petites, sont douloureuses. Dans le cas de brûlures étendues, et en milieu hospitalier, des antalgiques plus puissants sont utilisés.

**La surface de la peau chez l'enfant**

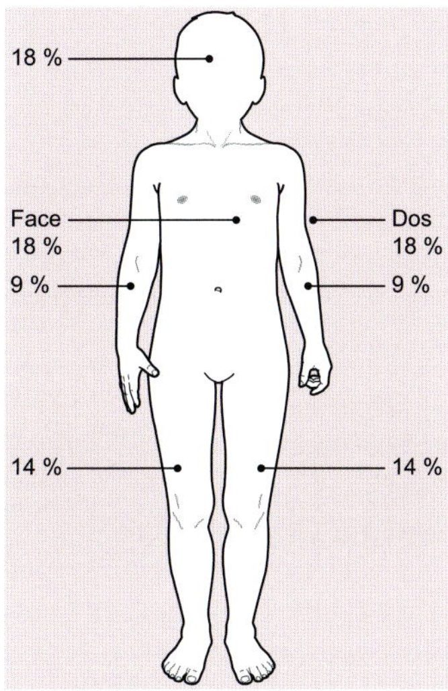


Exemple : la tête (au total) occupe 18 % de la surface

# C

## Cardiopathies congénitales

Ce sont des anomalies du développement du cœur qui se sont constituées durant la vie intra-utérine. Les causes de ces malformations sont le plus souvent inconnues (sauf quelques cas particuliers, par exemple la rubéole et certaines anomalies chromosomiques, comme la trisomie 21).

Il existe différentes sortes de cardiopathies congénitales :

- parfois l'anomalie concerne les cloisons ou les valves intracardiaques (par exemple les communications interventriculaires) ;
- d'autres fois l'anomalie concerne les gros vaisseaux qui partent du cœur (transposition – c'est-à-dire mauvaise position de départ –, communications, rétrécissements plus ou moins étendus).

Certaines cardiopathies se révèlent dès la naissance, ou après quelques jours, par une cyanose ou une défaillance cardiaque, et représentent une menace vitale. D'autres sont silencieuses et bien supportées, et ne sont découvertes que lors d'une auscultation.

La coarctation de l'aorte (sténose) est une anomalie qui n'est pas exceptionnelle. Elle se dépiste par la diminution des pouls fémoraux (aine). C'est pourquoi le médecin palpe systématiquement ces pouls. Le traitement chirurgical de cette malformation permet une guérison définitive. Bien qu'il existe encore des malformations non visibles à l'échographie, la plupart sont diagnostiquées avant la naissance. Cela permet une prise en charge précoce : l'accouchement se passe souvent dans un centre spécialisé et l'intervention chirurgicale est réalisée très rapidement après la naissance.

Dans les malformations très complexes, plusieurs interventions seront parfois nécessaires pour donner à l'enfant une autonomie cardiaque satisfaisante, avec parfois la pose d'un pacemaker.

## Cheveux absents ou qui tombent chez le nourrisson

Bien des parents s'inquiètent parce que leur bébé est chauve, du moins sur une certaine partie du crâne, celle qui repose directement sur le matelas. Cette absence de cheveux, due simplement au frottement, est normale. Bien sûr, d'autres enfants conservent leurs cheveux ; celui qui les perd les a probablement plus fragiles, pour l'instant.

Lorsqu'il ne s'agit plus d'un bébé, devant un enfant qui perd ses cheveux, on pense d'abord à un tic d'arrachage, ou torsion du cheveu (trichotillomanie).

La **trichotillomanie** des jeunes enfants n'a pas la même gravité que celle dont souffrent les adultes. Mais l'enfant témoigne, par ce petit symptôme, de son besoin de décharger certaines tensions. Il peut s'agir parfois d'un trop-plein (ou d'un manque) d'attention ou de stimulations. Cela peut être aussi une façon de s'exprimer par le corps en attendant que le langage permette à l'enfant de se faire comprendre autrement.

Très différentes (et bien plus rares) sont les plaques de peau nue qui apparaissent en n'importe quel point du cuir chevelu, et qui sont dues à un champignon microscopique (teigne). Il faut reconnaître et stopper cette infection le plus tôt possible, d'autant plus qu'elle est contagieuse.

Enfin, chez l'enfant à partir de 2 ans, la chute des cheveux, souvent localisée en plaques (pelade), peut être liée à une perturbation psychologique.

Compte tenu de toutes ces éventualités, un enfant qui perd ses cheveux doit être montré au médecin.

## Chikungunya

C'est une maladie virale transmise par la piqûre du moustique tigre. On la retrouve sous la forme d'épidémies dans diverses parties du monde (dont l'île de la Réunion en 2005, les Antilles en 2014). Quelques cas ont été déclarés récemment dans le Sud de la France. La forme aiguë de la maladie associe de la fièvre, une éruption au niveau du tronc, des maux de tête, des douleurs musculaires et surtout articulaires. Si les premiers symptômes guérissent rapidement, les douleurs articulaires peuvent persister plusieurs semaines. Le traitement médicamenteux cherche surtout à améliorer le confort et associe anti-douleurs et anti-inflammatoires. Le traitement préventif repose sur la prévention des piqûres de moustique (p. 362)

## Choc, chute

### Si l'enfant a perdu connaissance

S'il vomit, si du sang coule par sa bouche, son nez ou ses oreilles, s'il a des mouvements anormaux, appelez le 15. En attendant le médecin, observez ces recommandations :

- remuez l'enfant le moins possible et, avec de grandes précautions – en laissant dans le même alignement la tête, le cou, le tronc –, couchez l'enfant sur le côté, la bouche orientée vers le sol pour que, s'il vomit ou saigne du nez, l'écoulement ne se fasse pas vers les bronches ;
- ne lui donnez ni boisson, ni nourriture.

### Fracture d'un membre

Si vous ne constatez aucun des symptômes indiqués plus haut, ni rien d'anormal à première vue, assurez-vous qu'il n'y a pas fracture d'un membre. Pour cela, manipulez doucement le bras, l'avant-bras, le poignet, la jambe, le pied. Si l'enfant semble ne plus pouvoir se servir d'un de ses membres, si le fait de toucher un membre lui cause une douleur violente, une radiographie sera nécessaire.

### Chute sur la tête

Si l'enfant a perdu connaissance, même brièvement, il sera conduit d'urgence à l'hôpital. Il pourra y être examiné et surveillé quelques heures.

Pendant les jours (et les nuits) qui suivent, vous serez attentif à ces symptômes : vomissements, fièvre, convulsions, pâleur de plus en plus accentuée et persistante, sommeil troublé – soit somnolence continuelle, soit insomnie.

La première nuit, une surveillance continue est nécessaire (c'est d'ailleurs pourquoi le médecin conseille souvent une courte hospitalisation – au moins 24 heures) : il faut, de temps en temps, appeler l'enfant pour s'assurer qu'il se réveille ; en effet, si une hémorragie intracrânienne se déclarait, l'enfant pourrait passer du sommeil au coma sans qu'on s'en aperçoive.

D'autres symptômes sont inquiétants : changement brusque d'humeur – l'enfant peut paraître soudain indifférent à tout, ou au contraire être très agité ; troubles visuels – il peut, par exemple, se mettre à loucher ; maladresse d'un membre. Dans ces différents cas, emmenez l'enfant aux urgences.

### L'enfant est tombé sur un objet pointu ou très dur (comme un meuble)

- Soit il saigne beaucoup : voir *Hémorragie*.
- Soit il ne saigne pas mais a une douleur importante à l'endroit de l'impact de la chute : emmenez-le aux urgences car le choc a pu léser un organe et le diagnostic doit être fait rapidement, une hémorragie interne pouvant être très grave.

### Si l'enfant est blessé au visage, au menton

S'il y a plaie, il y aura cicatrice. Or, une cicatrice peut être inesthétique et le demeurer. Par exemple, un enfant qui glisse et tombe sur le menton risque de garder toute sa vie un bourrelet inesthétique. Il est donc préférable de montrer l'enfant à un médecin ou de le conduire à l'hôpital, où on lui fera un ou plusieurs points de suture. On pourra aussi lui appliquer des Steri-Strip ou une colle spéciale qui permet de rapprocher les bords de la plaie. En attendant, lavez la plaie à l'eau, débarrassez-la des impuretés (terre, sable, etc.), puis badigeonnez-la avec un antiseptique.

### Simple écorchure

Lavez, aseptisez comme il est dit p. 371.

**Que faire devant un bleu, une bosse ?**

Une compresse d'eau froide, ou un cube de glace (enveloppé d'un linge), peuvent atténuer la douleur ; un pansement compressif et/ou un peu d'arnica favoriseront la disparition de l'enflure. De toute façon, l'ecchymose et l'enflure disparaîtront en quelques jours.

## Choc anaphylactique

C'est la manifestation la plus grave de l'**allergie**. Elle se caractérise par l'apparition brutale d'un malaise intense (pâleur, sueurs, pouls rapide), parfois associé à de l'urticaire et des œdèmes. Ces symptômes apparaissent dans les minutes qui suivent le contact avec le facteur déclenchant. Le cas typique est celui de la piqûre d'hyménoptère (abeille, guêpe, frelon), mais de nombreux allergènes peuvent être en cause, par exemple alimentaires ou médicamenteux.

Le choc anaphylactique est une urgence extrême. Appelez le 15. Sans attendre les secours, il faut faire une injection d'adrénaline : il existe des préparations auto-injectables que l'entourage de tout enfant à risque doit avoir dans sa pharmacie et savoir utiliser. Sinon, allongez l'enfant, surélevez les membres inférieurs (par un gros oreiller ou une chaise).

Voir *Allergie*.

## Circoncision ou Prépucioplastie

Cette intervention, qui consiste à supprimer le prépuce, est faite à différents âges selon les religions et les traditions. Il est essentiel qu'elle soit effectuée dans des conditions d'hygiène et de sécurité optimales, et donc par un médecin à l'hôpital. Elle peut être nécessaire quand le prépuce est très serré, ne laissant pas facilement passer l'urine et ne permettant pas un décalottage au fil des mois.

## Coliques du nourrisson

Les coliques du nourrisson se manifestent par des crises douloureuses, le plus souvent accompagnées de signes digestifs divers, gaz, gargouillis, rôts, etc. Le bébé pleure et est inconsolable. Si parfois ces crises ne durent que quelques minutes ou s'améliorent quand le bébé est pris dans les bras, promené en voiture, ou mis sur le ventre, elles peuvent aussi durer plusieurs heures sans aucun effet des différentes méthodes employées.

**Les symptômes**

Les coliques font partie des symptômes les plus déroutants mais aussi les plus gênants des premiers mois du nourrisson. Les plus déroutants car, malgré diverses études et différentes hypothèses, on ne sait pas aujourd'hui à quoi sont dues ces crises de coliques. Les plus gênants car ce sont des épisodes de crises douloureuses qui peuvent être très sévères, en intensité et en durée. Bien que médicalement elles soient souvent qualifiées de « bénignes », donc sans gravité, les coliques peuvent avoir un retentissement important sur la vie de la famille.

Ces crises apparaissent **dès les premiers jours de vie**, à un moment où le manque de sommeil (parfois aggravé par le *baby blues*), la fatigue, les rendent difficiles à supporter par les parents. Les coliques du nourrisson représentent la grande majorité des motifs de consultations chez le pédiatre pendant les premiers jours ou les premières semaines.

L'examen médical est toujours normal, comme la courbe de poids et le développement psychomoteur. Dans certains cas, le médecin recherchera si l'enfant ne souffre pas de **reflux gastro-œsophagien** (voir ce mot) qui est l'autre grande cause de crise douloureuse chez le nourrisson.

Ces crises de coliques disparaissent entre 3 et 4 mois (parfois plus rapidement chez certains nourrissons).

**Que faire ?**

En attendant cette amélioration naturelle, **divers traitements** sont proposés pour essayer de soulager les bébés (et leurs parents). La cause véritable de ces crises digestives douloureuses n'étant pas connue, les propositions de traitement ont toujours été multiples et diverses. Certains conseillent de donner de l'eau de chaux ou de la camomille, de changer de tétine ou de biberon ; d'autres préconisent des traitements médicamenteux plus classiques (régulateurs du transit, antispasmodiques). Certains conseillent des laits qui ont été modifiés en supprimant le lactose ou en modifiant l'acidité ; ou des laits enrichis de différents éléments susceptibles d'agir sur la flore intestinale (probiotiques). Certains enfin préconisent l'homéopathie ou l'ostéopathie.

Aucun de ces traitements n'a pu faire la preuve indéniable de son efficacité et ne peut donc être recommandé. L'expérience montre cependant que certains peuvent s'avérer efficaces sur certains enfants.

Si malgré les différents traitements, les pleurs de votre bébé persistent, ne vous sentez pas coupable. Contrairement à certaines idées reçues, les coliques ne touchent pas plus les bébés nourris au biberon, ou les premiers nés, ou ceux dont les parents, et surtout les mamans, sont particulièrement angoissés. N'hésitez pas à vous faire aider si vous avez de plus en plus de mal à supporter les pleurs de votre bébé : parlez-en au pédiatre ou à la PMI afin d'être soutenus dans cette période difficile.

## Côlon irritable

On appelle en pédiatrie côlon irritable un état de réactivité excessive du gros intestin qui se manifeste chez le nourrisson par une diarrhée chronique, en dehors de toute infection ou intolérance alimentaire caractérisée. Voir *Diarrhée chronique*.

L'enfant a des poussées de selles liquides, abondantes, ou des selles molles, qui contiennent parfois des résidus alimentaires visibles. Cet état n'entraîne pas d'altération de l'état général : appétit et courbe de poids sont bons et en général, vers l'âge de 3-4 ans, l'enfant guérit. C'est pourquoi, il n'y a pas lieu d'instaurer un régime particulier. Les ferments lactiques (Ultra-levure®, Lactibiane®) peuvent avoir un effet favorable en rééquilibrant la flore intestinale.

Chez l'enfant plus grand, les troubles peuvent néanmoins persister, sous une forme différente : la diarrhée fait place à la constipation ou à une alternance diarrhée-constipation, avec crises douloureuses.

## Conjonctivite

C'est une inflammation de la partie antérieure du globe oculaire. Elle peut être d'origine virale, bactérienne ou allergique (chez l'enfant plus grand).

Si la conjonctivite est modérée (pendant un rhume par exemple), un lavage abondant au sérum physiologique peut suffire. Si la conjonctivite est plus importante et s'accompagne de pus, un traitement par collyre antibiotique, prescrit par le médecin, sera peut-être nécessaire ; il est préférable de traiter les deux yeux et d'administrer le collyre fréquemment dans la journée. Si votre enfant a de la fièvre, il vaut mieux consulter le médecin car les otites sont fréquentes en cas de conjonctivite.

Chez l'enfant plus grand, une conjonctivite accompagnée de démangeaisons et d'éternuements fréquents peut être le signe d'une allergie (au chat et aux acariens notamment), surtout si elle survient en même temps que l'exposition à ces allergènes : par exemple, en présence de l'animal ou après une nuit dans un lit peu aéré (acariens). L'allergie peut être confirmée par des tests allergologiques.

**Dans les premières semaines de la vie,** une conjonctivite purulente qui persiste ou qui rechute doit faire penser à une mauvaise perméabilité du canal lacrymal qui est partiellement ou totalement bouché. Dans ce cas, les yeux sont toujours « sales » malgré les traitements et cela pendant plusieurs mois. Parfois, les choses finissent par s'améliorer seules (avec la croissance des os de la face, le canal finit par s'élargir suffisamment). Dans d'autres cas, il pourra être nécessaire de recourir à une petite intervention pour désobstruer le canal lacrymal (c'est l'ophtalmologue qui généralement réalise ce geste).

## Constipation

La constipation touche de nombreux enfants et, dans la majorité des cas, elle n'a pas de véritable cause. Elle n'a pas de retentissement sur la croissance en poids et en taille. Elle peut être améliorée, et disparaître, avec des mesures simples : en agissant sur le régime ou l'environnement de l'enfant. Dans de rares cas, il existe une maladie sous-jacente à la constipation. C'est bien sûr le médecin qui en fera le diagnostic.

### Quand peut-on dire qu'un enfant est constipé ?

Lorsque ses selles sont dures et sèches, souvent fragmentées en petites billes, ou au contraire de très gros volume. Les selles rares ne sont pas nécessairement un signe de constipation car la fréquence « normale » des selles est très variable d'un enfant à l'autre et dépend surtout de son âge et de son alimentation.

### Chez le nouveau-né (le premier mois)

La constipation doit inquiéter si elle est permanente ; si elle s'accompagne de saignements (voir ci-dessous).

### Chez l'enfant nourri au sein

Le nombre de selles peut être très variable pendant la durée d'allaitement maternel exclusif : le bébé a entre une selle 8 fois par jour et une selle par mois… Si l'enfant grossit, sourit, n'a ni ballonnement, ni vomissement, ni épisodes de diarrhée, il ne s'agit pas d'une vraie constipation mais d'un phénomène normal, le lait maternel produisant peu de résidus : les médecins parlent de « fausse constipation au lait de mère ».

### Chez le bébé nourri au biberon

Les selles sont habituellement pâteuses et généralement quotidiennes. La constipation peut provoquer des douleurs abdominales, des pleurs, du sang dans les selles (rectorragies). Les saignements sont dus à des fissures anales, très douloureuses : ce sont des ulcérations provoquées par l'émission de selles volumineuses et dures.

### Que faire lorsqu'un nourrisson est constipé ?

- Une erreur dans la reconstitution du lait en poudre est une cause fréquente de constipation. Il faut toujours mettre une mesure arasée de lait pour 30 ml d'eau.
- Le médecin conseillera peut-être de changer de lait et de choisir une formule « anti-constipation » ou « transit » plus riche en lactose.
- Lorsque la diversification alimentaire est commencée, l'enfant mange des légumes et des fruits ce qui en général rétablit le transit intestinal.
- Pensez à donner suffisamment à boire à l'enfant : la constipation peut être due à un manque d'hydratation.
- On déconseille aujourd'hui l'utilisation d'eaux très minéralisées (comme l'Hépar®) car leur efficacité est modeste, en revanche il peut y avoir un effet néfaste sur le rein.

En cas d'échec de ces mesures, le médecin ajoutera des laxatifs comme l'huile de paraffine, ou des laxatifs osmotiques (qui n'irritent pas) à base de lactulose ou de macrogol (type Forlax®). Le traitement doit être poursuivi pendant plusieurs semaines pour être efficace. Ce même traitement sera donné en cas de fissure anale pour l'aider à se cicatriser.

**Important.** L'utilisation du thermomètre pour provoquer la survenue d'une selle est déconseillée : elle est un facteur d'irritation supplémentaire, voire de blessure.

**Chez l'enfant plus grand**

La priorité est de rééquilibrer l'alimentation et les repas : des légumes, des fruits, des aliments riches en fibres comme les légumes secs. Les enfants constipés ont souvent des habitudes alimentaires perturbées : ils ne boivent pas suffisamment au cours de la journée, ils mangent plus en dehors des repas qu'au cours de ceux-ci, ils consomment trop d'aliments constipants (chocolat, confiseries, bananes, etc.).

Par ailleurs, la constipation peut s'installer à différents moments de la vie quotidienne de l'enfant.

- Lors de l'apprentissage de la propreté, si celui-ci est trop précoce ou trop exigeant ; l'enfant réagit en s'opposant et en « se retenant ». Il est conseillé de mettre l'enfant sur le pot régulièrement, par exemple après chaque repas, dans un endroit calme, et de ne pas l'y laisser trop longtemps, pas plus de quinze minutes (p. 163-164).
- Lors de l'entrée à l'école maternelle : l'enfant n'a pas le temps d'aller tranquillement aux toilettes après le petit déjeuner car il faut vite partir à l'école ; par ailleurs, les toilettes des établissements scolaires ne sont pas toujours très accueillantes, ou ne préservent pas l'intimité : les enfants se retiennent plutôt que de les utiliser.
- Le début de la constipation peut être contemporain d'événements familiaux parfois traumatisants (deuil, transplantation familiale, dégradation des conditions de vie ou de logement…).

Voir *Encoprésie*.

## Convulsions avec fièvre (convulsions fébriles)

2 à 5 % des jeunes enfants (entre 6 mois et 3 ans) présentent au moins un épisode de convulsions en même temps qu'une poussée de fièvre. Chez certains enfants particulièrement sensibles (il existe parfois une prédisposition familiale), ces convulsions peuvent se répéter à l'occasion d'une nouvelle poussée fébrile.

**Les symptômes de la convulsion**

L'enfant pâlit brusquement, perd connaissance, le corps se raidit et les yeux sont révulsés. Au bout de quelques secondes apparaissent les secousses qui peuvent atteindre les quatre membres et le visage. Cet état se prolonge quelques minutes puis cesse ; l'enfant reprend alors une respiration bruyante tandis que son corps s'affaisse. La perte de conscience a été complète et la crise sera suivie d'un sommeil plus ou moins long.

Ces symptômes sont souvent très atténués et la crise est difficile à identifier quand elle se borne à un court accès de raideur, à quelques secousses musculaires plus ou moins localisées, à une brusque perte de tonus avec chute, à un bref moment d'arrêt de la conscience (l'enfant semble ne pas entendre, ne pas voir), à un simple accès de pâleur. Dans ces formes atténuées, le fait que l'enfant ait eu les yeux révulsés prouve bien qu'il a perdu connaissance.

La convulsion est un phénomène très impressionnant, parfois même effrayant, pour les parents. Mais heureusement, la convulsion fébrile est brève et sans gravité en soi.

En présence d'une convulsion, en attendant le médecin, laissez l'enfant au calme, allongé sur le côté. Le médecin pourra administrer un médicament susceptible d'arrêter la crise – si elle n'a pas cessé spontanément – afin d'empêcher qu'elle ne se reproduise. L'administration de Valium® intrarectal permet d'arrêter la crise qui dure plus de 5 minutes.

**Après la crise**

Le médecin demande en général aux parents d'emmener l'enfant à l'hôpital car des examens sont nécessaires. Il faut découvrir la cause de la fièvre ; cette cause est souvent banale (rhinopharyngite, infection virale) ; mais la fièvre est parfois provoquée par une infection grave (infection urinaire, infection méningée) qu'il faut traiter.

Un traitement anticonvulsif continu sera exceptionnellement prescrit en présence de facteurs de gravité particuliers.

La crise est spectaculaire et impressionnante, elle peut entraîner une hospitalisation, et donc provoquer une inquiétude bien compréhensible de l'entourage. Mais la crise passée, on laissera l'enfant reprendre une vie normale.

## Convulsions sans fièvre

Les symptômes sont les mêmes que ceux de la convulsion avec fièvre (voir ci-dessus). Beaucoup plus rare que la convulsion avec fièvre, la convulsion sans fièvre a une tout autre signification. De nombreuses maladies peuvent se manifester ainsi, soit du fait d'un trouble biologique (chute du sucre ou du calcium sanguins), soit du fait d'une lésion cérébrale. Toute convulsion non fébrile impose un bilan pédiatrique complet.

## Coqueluche

voire

Maladie extrêmement contagieuse, la coqueluche ne disparaît pas en France malgré les différentes stratégies vaccinales proposées depuis les années 1960 et un traitement antibiotique efficace. C'est une maladie grave pour les nourrissons de moins de 3 mois en raison des risques de complications respiratoires, neurologiques et cardiaques. Par prudence, un bébé ayant la coqueluche sera placé sous surveillance en milieu hospitalier, au moins pour un certain temps. La coqueluche est fatigante et longue chez le plus grand enfant mais sans risque particulier.

**Importance de la vaccination et nécessité de plusieurs rappels**

La coqueluche produit peu d'anticorps : même après avoir été malade, il est possible de contracter une seconde fois la maladie. Cela explique que le vaccin proposé depuis longtemps aux nourrissons ne protège plus au bout de plusieurs années : la maladie touche ainsi les adolescents et les personnes plus âgées qui n'ont pas été vaccinés récemment. C'est pourquoi il est maintenant recommandé de vacciner les jeunes adultes avant qu'ils n'aient leur premier enfant. Ceci est destiné à protéger les tout jeunes bébés qui ne sont pas encore vaccinés car le vaccin n'est pas efficace avant deux mois. De plus ce sont le plus souvent les parents qui contaminent leur nouveau-né. En ayant des parents vaccinés, celui-ci a moins de risque de contracter la maladie.

Les bébés sont vaccinés contre la coqueluche – en combinaison avec d'autres vaccins – à 2, 4 et 11 mois. Des rappels sont recommandés à 6 ans, 11 ans et 25 ans afin de lutter contre la décroissance progressive des anticorps.

Si vous n'avez pas eu de rappel avant l'arrivée de votre bébé, faites-le rapidement pour protéger le prochain.

**En cas de coqueluche chez l'enfant plus grand**

Après une incubation de une à deux semaines, la maladie débute par une banale rhinite. Deux semaines plus tard commence la période « paroxystique » : la toux est incessante, particulièrement éprouvante la nuit ; elle s'accompagne de vomissements, avec des quintes continues se terminant par une inspiration profonde caractéristique, dite du « chant du coq ». La convalescence, pendant laquelle la toux diminue petit à petit, s'étend sur un à deux mois.

Le **diagnostic** de coqueluche est facile à poser si la maladie est suspectée dans les premières semaines : on retrouve facilement de l'ADN de la bactérie grâce à une technique particulière (la PCR) avec une simple aspiration des fosses nasales. Mais le diagnostic est parfois fait tardivement car les symptômes peuvent paraître banals si on ne pense pas à la coqueluche. C'est dommage car si la maladie est diagnostiquée dans les premières semaines, il est possible de donner un antibiotique qui stoppe la contagiosité ; en revanche il a peu d'effet sur les symptômes comme la toux.

## Cordon ombilical (rougeur ou suintement)

Chez le nouveau-né, pendant les quinze premiers jours, le cordon ombilical doit être surveillé. Tout suintement, toute rougeur doivent être immédiatement signalés au médecin. De même, tout écoulement de sang ou de pus à la chute du cordon ombilical, ou même plus tard.

Il peut arriver qu'un bourgeon plus ou moins charnu se constitue. Le médecin le fera disparaître par une ou plusieurs applications de crayon de nitrate d'argent. Il est normal que l'ombilic soit un peu saillant.

Voir aussi *Hernie ombilicale.*

## Corps étranger dans les voies respiratoires (fausse-route)

L'enfant a avalé de travers, c'est-à-dire qu'un corps étranger s'est engagé dans les voies respiratoires (le plus fréquemment une cacahuète ou un fragment de jouet) ; c'est ce qu'on appelle la fausse-route. L'arrêt de la respiration peut être subit ou progressif. **Il faut agir vite et faire prévenir les secours** (le Samu en appelant le 15) pendant que vous vous occupez de l'enfant.

L'enfant commence par tousser et la respiration est bruyante. Si cette situation reste stable, cela signifie que l'obstruction est partielle et que de l'air arrive à passer. En attendant les secours, rassurez l'enfant et laissez-le au calme.

Si la situation s'aggrave (la toux disparaît, la respiration s'arrête, l'enfant bleuit), c'est une urgence vitale. Il faut agir immédiatement et pratiquer des manœuvres de désobstruction qui alternent les tapes dans le dos et les compressions thoraciques ou abdominales (selon l'âge).

**Voici comment procéder**

- On tape dans le dos entre les omoplates (5 fois) ; si l'enfant est âgé de moins d'un an, il sera placé à plat ventre sur les genoux de l'intervenant.
- Si la manœuvre ne réussit pas, et si l'enfant à moins d'un an, on fait 5 compressions thoraciques, l'enfant étant allongé sur le dos, en appuyant avec les pouces sur la partie inférieure du sternum (en dessous d'une ligne tracée entre les deux mamelons).
- Si l'enfant a plus d'un an, on fait 5 compressions abdominales (c'est la manœuvre de Heimlich, voyez ci-dessous).
- Si cela ne réussit pas, on continue en alternant les tapes dans le dos (5 fois) et les compressions thoraciques ou abdominales (5 fois).
- Il faut alterner les méthodes (tapes et compressions) pour que le corps étranger, même s'il n'est pas expulsé, laisse passer un peu d'air.

**La manœuvre de Heimlich**

Le principe consiste à exercer une forte et brusque compression abdominale au niveau du creux de l'estomac. L'enfant sera en position debout ou assise (figure ci-contre) : on se place derrière l'enfant en lui entourant la taille de façon à appliquer son dos contre la poitrine de l'intervenant. On place un poing fermé au niveau du creux de l'estomac au-dessus de l'ombilic ; puis l'autre main est placée sur le poing, et une brusque pression est alors exercée, dirigée vers l'arrière (c'est-à-dire vers vous) puis vers le haut ; le but est que l'air, chassé des poumons vers la trachée, déplace ou expulse le corps étranger.

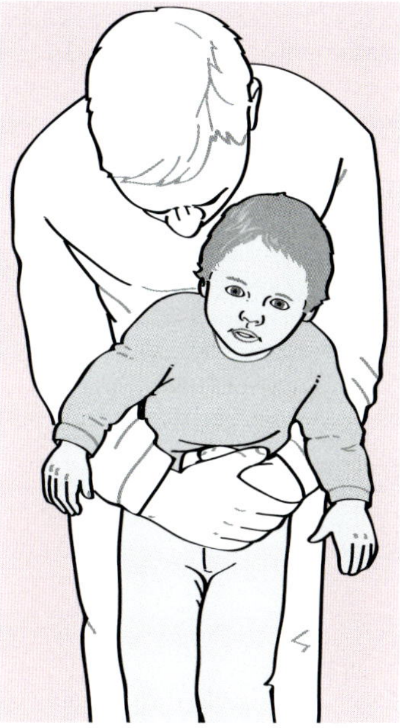

## Corps étranger dans le nez, l'oreille ou

Si vous ne pouvez pas retirer aux premières tentatives l'objet que l'enfant a introduit dans son nez, n'insistez pas : vous risquez de l'enfoncer plus profondément et de blesser la muqueuse fragile de l'intérieur du nez. Conduisez l'enfant chez un ORL : il dispose des instruments et de l'habilité nécessaires. Il en est de même si l'enfant s'est introduit un objet dans l'oreille. S'il s'agit d'un objet introduit dans le vagin, il faudra emmener l'enfant chez le médecin traitant.

L'adulte a pu assister à l'accident. Mais, dans certains cas, l'événement est passé inaperçu. Il faudra y penser devant l'écoulement purulent persistant d'une seule oreille ou d'une seule narine, devant des pertes vaginales.

## Coup de chaleur

Le jeune enfant, et plus particulièrement le nourrisson, est très sensible à l'élévation de la température ambiante. L'excès de chaleur peut aboutir à ce qu'on appelle le coup de chaleur.

Le coup de chaleur est une forme particulière de déshydratation aiguë, sans diarrhée. La perte de liquide se fait dans ce cas par la transpiration abondante qui, dans un premier temps, permet à l'enfant de lutter contre l'élévation de la température. Si cette perte n'est pas compensée par un apport suffisant en eau, la déshydratation s'installe, la transpiration diminue, la température de l'enfant s'élève.

Le coup de chaleur est donc dû d'abord à l'élévation de la température ambiante ; il peut survenir chez un enfant resté dans un milieu clos, par exemple une voiture en plein soleil et vitres fermées. **Il ne faut jamais laisser un enfant dans une voiture, même garée à l'ombre (celle-ci peut tourner).**

**Les symptômes**

Dans un premier temps, la transpiration de l'enfant est abondante, il est très agité, il a une soif intense ; ensuite, très rapidement, l'enfant se déshydrate, sa température peut dépasser 40 °C.

**Que faire ?**

D'abord, essayer de rafraîchir l'enfant par tous les moyens : bain frais, linge humide, ventilateur… Et bien sûr lui donner beaucoup à boire (des boissons fraîches). On peut aussi lui donner une solution de réhydratation. Voir *Déshydratation aiguë*.

Si l'enfant reste agité, ou présente des troubles de conscience, il faut l'emmener à l'hôpital.

## Coup de soleil

Le coup de soleil n'est rien d'autre qu'une brûlure au premier ou – plus rarement – au deuxième degré. Sa gravité dépend de la profondeur et de l'étendue de la brûlure (voir *Brûlure*).

Le coup de soleil se traduit par une rougeur de la peau, douloureuse, plus ou moins étendue selon la surface exposée. Cette rougeur apparaît au bout de quelques heures. Le coup de soleil peut donner de la fièvre, des troubles du sommeil et, chez le nourrisson, des troubles digestifs.

Le traitement comporte habituellement : des pulvérisations d'eau froide ; un antalgique (paracétamol) ; une pommade apaisante (Biafine®, vendue en pharmacie). Dans les cas graves, le recours au médecin s'impose.

## Coupure

**La coupure peu profonde**

Premiers soins à donner : se laver les mains, puis nettoyer la plaie à l'eau et au savon. Ensuite, badigeonner avec une compresse imbibée de désinfectant (type Bétadine®). Ne mettre un pansement que si la plaie risque d'être souillée, ou exposée aux frottements ; et, dans ce cas, mettre un pansement sec (sans produit). S'assurer que la vaccination antitétanique est à jour.

Surveillez la plaie chaque jour. Si vous constatez qu'elle devient rouge, qu'elle enfle, qu'elle suppure, montrez-la au médecin. Une plaie en voie de cicatrisation est sèche, propre et non douloureuse.

**Coupure à un doigt**

Ne serrez pas le pansement trop fort. L'air doit pouvoir circuler autour de la plaie, et le sang dans le doigt.

**Attention aux cicatrices**

Une coupure au visage, à la main, aux bras ou aux jambes peut laisser une cicatrice disgracieuse si elle est profonde. Mieux vaut, dans certains cas, demander à un médecin ou à un chirurgien de mettre des Steri-Strip, ou de la colle spéciale, ou de faire quelques points de suture, plutôt que de laisser la plaie se cicatriser d'elle-même.

**Coupure grave qui saigne abondamment.** Voir *Hémorragie*, *Plaies*.

## Covid-19

Le covid-19 désigne la maladie provoquée par un coronavirus, le SRAS COV-2. L'épidémie a débuté en fin d'année 2019 en Chine et s'est progressivement disséminée sur la planète. Plusieurs variants sont apparus au fur et à mesure des différentes « vagues », avec une contagiosité et une gravité variables : par exemple, l'un des derniers variants appelé Omicron est plus contagieux que les précédents variants mais il est aussi responsable d'une maladie moins grave. Tous se transmettent surtout entre personnes par l'intermédiaire des gouttelettes émises en parlant ou en toussant. En revanche, le risque de transmission par les surfaces est faible.

À l'heure où nous écrivons ces lignes, le SRAS COV-2 est le plus souvent à l'origine d'une maladie peu sévère chez l'enfant (ressemblant à peu près à ce que l'on rencontre dans la grippe), avec peut-être un peu plus de symptômes digestifs.

Une inflammation aiguë touchant tous les organes, dont le cœur, a été décrite et on l'a comparée à la maladie de Kawasaki (voir ce mot), mais les cas graves sont restés exceptionnels. Des formes chroniques avec des signes peu spécifiques (comme de la fatigue) ont été décrits chez les enfants plus grands comme chez l'adulte.

En revanche, les pédiatres ont alerté à plusieurs reprises sur les conséquences néfastes des différentes périodes de confinement strict, des mesures de distanciation sociale (par exemple le port de masque dans les crèches) et de la présence chaotique des enfants en classe. On a noté ainsi une diminution importante des activités physiques, une augmentation de l'anxiété générale et une explosion du temps passé seul devant des programmes télévisés non contrôlés. Les effets à long terme sur la santé mentale et physique de ces différents éléments sont encore mal évalués.

## Craniosténose

À la naissance, les os du crâne sont séparés par des zones non ossifiées, larges de quelques millimètres, les sutures, qui permettent l'expansion de la boîte crânienne (qui suit elle-même le développement du cerveau). Rappelons que ce développement est très rapide : le volume cérébral double de la naissance à 6 mois, triple à 2 ans, atteint 4/5$^{e}$ de son volume final à 4 ans.

Les sutures crâniennes sont nombreuses, mais les deux principales sont la suture transversale (en arrière du front) et la suture longitudinale (d'avant en arrière au sommet du crâne). En leurs points de rencontre, les sutures s'élargissent pour former les fontanelles : la plus importante est la fontanelle antérieure ou grande fontanelle. Celle-ci se ferme entre 8 et 18 mois, et les sutures se soudent entre 2 et 3 ans.

La fusion trop rapide des sutures, ou craniosténose, modifie le développement du crâne et peut avoir un retentissement sur le cerveau. Quand toutes les sutures sont atteintes, la craniosténose est totale et entraîne une **microcéphalie** (voir ce mot). Quand une seule suture est atteinte, il y a simplement une déformation cranio-faciale sans retentissement cérébral. C'est l'examen de l'enfant et la mesure régulière du périmètre crânien (p. 347 et 349) qui permet de repérer cette affection. En cas de doute, le médecin prescrira une radio du crâne ou un scanner.

Les craniosténoses peuvent être isolées ou associées à d'autres malformations (des membres et des extrémités en particulier).

Le traitement des craniosténoses est chirurgical ; il n'est indiqué que dans toutes les formes qui risquent d'entraîner une atteinte du cerveau, ou en cas de préjudice esthétique important.

## Cris du nourrisson

À l'âge où l'enfant ne parle pas encore, ses cris représentent son moyen de communication, son langage. Ils sont sa manière à lui de dire qu'il est mal à son aise ou qu'il a mal : ses cris expriment besoin, désir, douleur, peur, etc.

Chaque cri, selon ce qu'il signifie, a des caractéristiques différentes qui permettent de distinguer très nettement :

- le cri de la faim : vigoureux, puissant, inlassable ;
- le cri de la douleur aiguë : strident, d'intensité proportionnelle à la douleur qui le provoque ;
- le cri de la douleur continue : monotone, grave, incessant ;
- le cri de chagrin, mêlé de sanglots.

Les parents acquièrent vite une connaissance des cris de leur enfant ; ils distinguent les cris les uns des autres selon leurs caractéristiques, leur horaire, mais aussi leur contexte, c'est-à-dire l'ensemble des signes qui les accompagnent : coloration du visage, mimiques, posture, rythme respiratoire, etc. Par exemple, les cris qui se répètent tous les soirs à la même heure sont vraiment les cris des coliques du premier trimestre (voir *Coliques*). L'enfant peut aussi crier parce qu'il a eu peur, après un bruit violent ou une chute bénigne. Les parents se rendent bien compte que lorsque l'enfant se met à crier tout à coup, c'est qu'il souffre. Par exemple, il peut s'agir d'une *otite*, d'une *invagination intestinale aiguë*, d'une *hernie étranglée*, d'une *méningite* (voir ces mots). Attention au gémissement, au petit cri plaintif répété, qui est un vrai cri de souffrance et de maladie, et qui impose une consultation en urgence. Là aussi, il peut s'agir d'une otite, d'une invagination, d'une méningite.

## Croûtes sur la peau chez le nourrisson

La peau, organe protecteur, a beaucoup moins d'épaisseur chez le nourrisson qu'elle n'en aura par la suite. Elle est donc beaucoup plus sensible et s'infecte plus facilement. C'est pourquoi les affections de la *peau*, à cet âge, sont nombreuses et variées. Voir *Peau* et *Impétigo*.

## Cyanose du nourrisson

ou

La cyanose est la coloration bleue, plus ou moins intense, de la peau. Quand elle est discrète, elle peut n'apparaître qu'au niveau des doigts et des lèvres. La cyanose s'apprécie en comparant la couleur des ongles de l'enfant à ceux de sa maman (ou d'une autre personne) : la teinte est plus foncée. Elle témoigne d'une insuffisance d'oxygénation du sang qui peut être d'origine respiratoire ou cardiaque. Une cyanose légère des extrémités peut être due au froid qui entraîne une contraction des petits vaisseaux. Elle peut également être due à la fièvre, il est donc important de prendre la température.

Quand la cyanose est **permanente**, souvent présente dès les premiers jours de la vie, le médecin envisagera une malformation cardiaque (enfant bleu). Voir *Cardiopathies congénitales*.

Si la cyanose est **intense** et d'apparition **brusque**, elle traduit une insuffisance respiratoire aiguë (asphyxie par corps étranger, laryngite, infection respiratoire).

Il faut citer aussi la cyanose liée à une intoxication par les nitrites (eau polluée).

# D

## Dartre

C'est un terme imprécis qui désigne une irritation de la peau, particulièrement au niveau des joues. Cette irritation peut correspondre à un *impétigo*, un *eczéma*, une *mycose* (voir ces mots), une intolérance de contact.

## Décalottage

Le décalottage consiste à dégager le gland, en tirant vers le bas le prépuce (le repli de peau recouvrant le gland). Chez la plupart des enfants, le décalottage se fait spontanément avant l'âge d'un an. Chez presque tous les autres, il se fera avant la puberté. Il faut savoir qu'il n'est pas nécessaire que tout le gland soit découvert, il peut rester des adhérences à la périphérie qui vont s'éliminer spontanément en grandissant.

C'est pourquoi les manœuvres de traction et les tentatives de décalottage ne sont pas conseillées. Si le décalottage est facile, rien ne s'oppose à la toilette locale. Si toute tentative s'avère difficile, il faut s'abstenir. En effet, ces gestes sont très douloureux et entraînent des microfissures et des rétractions cutanées ; celles-ci sont la cause de la plupart des phimosis devant être opérés.

Il peut arriver qu'il y ait un petit dépôt blanchâtre sous la peau du prépuce : c'est du **smegma**. C'est une substance lubrifiante naturelle qui souvent s'accumule ainsi puis s'élimine spontanément. Il est inutile d'y toucher. Ce n'est qu'en cas de balanites (infections du prépuce qui devient très rouge) qu'un traitement désinfectant local sera utile. Il faut éviter tout décalottage intempestif qui risque d'entraîner des cicatrices fibreuses… et bien des problèmes.

Si le prépuce ne se décalotte pas suffisamment après l'âge de 3 ans, le médecin pourra prescrire une crème corticoïde à appliquer localement tous les jours pendant plusieurs mois. Dans la majorité des cas, l'application régulière de cette crème va amincir la peau et permettre progressivement, en tirant doucement un peu chaque jour sur le prépuce, d'assurer un décalottage suffisant.

Voir *Balanite*, *Phimosis*.

## Dengue

ou

C'est la principale maladie virale transmise par des moustiques dans le monde. Le virus circule régulièrement dans les départements français de Martinique, Guadeloupe, Guyane, dans les îles françaises du pacifique et de l'océan Indien. Il n'existe pas, à ce jour, de contamination en France métropolitaine. Quelques jours après la piqûre du moustique infesté, une fièvre importante se développe, avec maux de tête, nausées, vomissements et courbatures. Des hémorragies apparaissent quelques jours plus tard (comme des saignements de nez), puis survient la guérison après environ une semaine. La gravité de la maladie est liée au risque d'apparition d'une forme hémorragique sévère, heureusement rare (1 %). Il n'existe aujourd'hui ni traitement spécifique, ni vaccin, et la **prévention** du risque de piqûres de moustiques reste essentielle (p. 362).

## Dents

### Carie dentaire

La prévention est la meilleure mesure contre la carie dentaire : celle-ci n'est donc pas une fatalité. Les bonnes habitudes doivent se prendre tôt : apprendre à l'enfant à se brosser les dents, visite systématique chez le dentiste 2 fois par an à partir de 3 ans, suppression des sucreries. Le moindre petit point noir sur une dent sera montré au dentiste. Plus la carie sera soignée tôt, moins le traitement sera long, pénible et coûteux.

Jusqu'à 6 ans, l'enfant a une première dentition : les dents de lait. Mais ne croyez pas que la carie des dents de lait soit sans importance, « puisqu'elles tomberont de toute façon… ». C'est faux : une carie même si elle est longtemps peu visible et peu douloureuse, peut soudain faire mal, mener à une infection locale, voire générale, elle peut empêcher l'enfant de manger, et oblige à soigner la dent ou à l'extraire. Or une extraction de dent de lait peut avoir des suites fâcheuses pour la bonne évolution des dents définitives.

Le **fluor** fait partie des oligoéléments. Il est important pour la santé car il protège les dents, mais en petites quantités seulement. Il peut s'incorporer à l'émail dentaire, en améliorer la résistance et contribuer à limiter l'importance des caries dentaires. Au contraire, en cas d'excès de fluor, on parle de *fluorose*. L'émail des dents est alors plus fragile. De nous jours, en Europe, les cas de fluorose sont rares.

Le fluor peut être apporté de façon locale par le dentifrice, les gels fluorés, les bains de bouche, ou de façon générale par le sel de cuisine supplémenté en fluor, l'eau (certaines eaux sont plus riches en fluor que d'autres), ou la prise de comprimés ou gouttes prescrites par le dentiste ou le pédiatre. Le médecin recherchera les apports totaux de fluor ainsi que le risque de carie (antécédents de défaut de l'émail dans la famille, antécédents de caries multiples ou alimentation particulièrement sucrée) avant d'envisager de donner du fluor sous forme de comprimés.

**Les traumatismes dentaires**

Si votre enfant, à la suite d'un coup ou d'une chute, se casse une dent ou si elle bouge, il est nécessaire de consulter rapidement un dentiste, que ce soit une dent de lait ou une dent définitive. Dans la majorité des cas, la dent peut être conservée (par exemple réimplantée ou recollée). Un conseil utile en attendant de conduire l'enfant chez le praticien : maintenir la dent en place ou la remettre en place avec une compresse stérile, ou conserver l'éclat ou la dent dans du sérum physiologique, de l'eau ou du lait, sans toucher la racine avec les doigts ou essayer de la nettoyer.

Troubles de la percée dentaire : voir le début de ce chapitre.

## Dépression

Ce mot fait peur aux parents tant il est difficile d'associer à un tout-petit un tel diagnostic. Mais les professionnels de la petite enfance savent que la dépression (ou un état dépressif) peut survenir chez l'enfant et ils sont conscients de l'importance de la déceler le plus tôt possible pour la soigner.

**Chez le bébé**

Dès le séjour à la maternité, des troubles peuvent apparaître. Tourmentée par le décès de son père survenu une semaine avant le terme de la grossesse, Myriam était là physiquement pour son fils Lucien mais son esprit était ailleurs. La douleur de la perte récente l'accaparait et la rendait absente dans la relation avec son bébé. Les soignants constataient un retrait inquiétant de Lucien : trop calme, pas de pleurs, pas de demande. Le pédiatre fit prolonger le séjour de cette maman et de son bébé pour que l'équipe de la maternité les aide à établir un lien entre eux.

Un bébé est sensible à la qualité de l'échange avec sa mère, son père. Il perçoit leur disponibilité psychique et il ressent avec beaucoup de force que son entourage est perturbé et n'éprouve pas de joie en sa présence. Il est triste, passif. Cette tristesse – qui n'est pas le calme d'un bébé tranquille en train de jouer – doit alerter, comme son regard vague et fuyant, qui n'attend rien des autres. Adam est un nourrisson très sage, trop sage. Cette passivité arrange son entourage qui a été fragilisé par la naissance. Sa maman est épuisée et le papa ne prend pas le relais pour s'occuper de lui.

Il n'est pas toujours facile de protéger son enfant des difficultés conjugales, familiales ou professionnelles. Mais il est essentiel de ne pas laisser s'installer des perturbations affectives profondes qui peuvent entraîner des troubles durables dans le développement naissant de la personnalité. Si le comportement de votre bébé vous inquiète, prenez un avis auprès de professionnels. Parlez-en à un médecin (généraliste, pédiatre ou pédopsychiatre), à un psychologue, à la PMI, dans une structure qui organise des consultations parents-bébé.

**Chez les plus grands**

Ce sont essentiellement les changements d'humeur et de comportement qui attireront l'attention. À partir de deux ans, l'enfant est en pleine découverte du monde, du langage, de l'imitation des adultes et des petits camarades. S'il ne joue plus, s'il reste isolé, ou errant d'un endroit à l'autre sans but, pour s'asseoir ou se coucher de longs moments, s'il perd sourires et joies, si aux colères et aux pleurs a succédé le renoncement, la résignation, cela doit vous alerter.

En grandissant, d'autres signes peuvent apparaître à la maison ou à l'école. Telle petite fille, si coquette, ne réclame plus d'être coiffée, ne tend plus ses mains salies pour être lavées. Tel petit garçon, toujours prêt à « chiper » une petite voiture ou à l'échanger contre un autre trésor, va de groupe en groupe, s'assoit, se balance un peu, ou tourne une mèche de ses cheveux, sans plus d'intérêt.

Les causes de la dépression chez l'enfant plus grand sont nombreuses, et pas toutes identifiables. Il peut réagir à un événement survenu dans la vie de ses parents, à la perte d'un proche, à un grand changement, etc.

Comme pour le bébé, il ne faut pas tarder à se rapprocher des professionnels qui entourent l'enfant (crèche, assistante maternelle) et à en parler à un médecin ou un psychologue pour qu'il évalue la situation et recherche avec vous les causes possibles de dépression. Si des médicaments devaient être prescrits, ils s'accompagneront toujours d'un soutien psychologique. Le diagnostic de dépression permet une meilleure compréhension de la situation et surtout favorise une prise en charge adaptée. Parfois même, il rassure des parents qui avaient associé le comportement de leur enfant à une forme d'autisme.

## Déshydratation aiguë

Dans certaines conditions de gastro-entérite sévère avec diarrhée et vomissements, les pertes d'eau et de sel sont tellement importantes qu'elles vont avoir un retentissement sur l'ensemble de l'organisme : c'est la déshydratation. Le corps d'un bébé contenant 75 % d'eau, on comprend la nécessité de réhydrater l'enfant pour compenser les pertes.

Les signes de la déshydratation reflètent ce déficit généralisé en eau. Le plus important est la **perte de poids**. Les autres signes sont plus difficiles à apprécier : une perte de l'élasticité naturelle de la peau (en pinçant la peau, celle-ci garde le pli plus longtemps qu'habituellement), la muqueuse de la bouche est sèche, les urines sont rares (les couches restent sèches), la fontanelle est creuse, une soif importante apparaît.

En cas de diarrhée sévère – et surtout si l'enfant est jeune ou si la diarrhée s'accompagne de vomissements –, il est nécessaire de consulter rapidement le médecin. Celui-ci recherchera les signes de déshydratation et pèsera le bébé tout nu, sans body, sans couche ; son poids sera noté dans le carnet de santé.

- S'il n'y a pas de signe de déshydratation et s'il n'y a pas de perte de poids, il n'est pas nécessaire de commencer une réhydratation.
- Si les signes de déshydratation et la perte de poids sont modérés, le médecin proposera une réhydratation par voie orale (voir ci-dessous). En cas de gastro-entérite avec perte de poids, l'enfant sera revu et pesé régulièrement par le médecin pour surveiller l'efficacité du traitement.
- Si les signes de déshydratation ou la perte de poids sont importants, le médecin peut décider de mettre en route une réhydratation par perfusion en milieu hospitalier.

#### La réhydratation par voie orale

Prescrite par le médecin en cas de déshydratation modérée, elle se fait grâce à l'administration de solutés de réhydratation orale (SRO), disponibles sans ordonnance en pharmacie. Ces solutés compensent aussi bien les pertes en eau qu'en sel : réhydrater l'enfant avec de l'eau pure n'est pas suffisant. La préparation est reconstituée en mélangeant 200 ml d'eau avec un sachet de solution de réhydratation. Il est possible de la mettre ensuite au réfrigérateur mais, attention, il ne faut rien lui ajouter (ni sucre, ni sirop) : cela modifierait la concentration et pourrait diminuer son efficacité.

#### Quelle quantité de solution de réhydratation faut-il donner à l'enfant ?

Il n'y a pas de quantité standard car tout dépend de l'importance de la déshydratation. La solution est donnée souvent à l'enfant (toutes les 15 minutes), en petites quantités à chaque fois (voire à la petite cuillère en cas de vomissements), mais sans limite : les apports doivent compenser les pertes et donc dépendent de l'importance de ces pertes. Si le nourrisson a 2 ou 3 selles liquides dans la journée, il est possible qu'il n'en prenne pas une grande quantité. En revanche, au-delà de 5 diarrhées, surtout si elles sont accompagnées de vomissements (qui constituent aussi des pertes d'eau), il est possible de lui donner plusieurs biberons de solution, de façon plus ou moins rapprochée.

#### Que faire en cas de vomissements ?

En cas de vomissements, il faut donner la solution de réhydratation plus souvent, en plus petites quantités : 20 millilitres par 20 millilitres, par exemple toutes les 10 minutes. Si le nourrisson vomit cette quantité, on administre la solution de réhydratation à la petite cuillère toutes les 5 minutes. En cas de vomissements répétés empêchant l'enfant de se réhydrater, il est préférable de consulter de nouveau rapidement le médecin.

#### Combien de temps donner la solution de réhydratation ?

En cas de diarrhée avec déshydratation, et selon les conseils de votre médecin, la solution de réhydratation est proposée seule pendant les 6 premières heures (si l'enfant est allaité, la solution est à donner en alternance avec le sein). Puis, tout de suite après, l'alimentation habituelle est réintroduite pour apporter des calories (c'est important pour la guérison de la muqueuse intestinale). Cette réalimentation sera faite progressivement, sans forcer l'enfant. Dans un premier temps, privilégiez les aliments sucrés (compotes, yaourts) qui apportent beaucoup de calories sous un faible volume, puis le lait et tous les laitages. Les jours suivants, d'autres aliments seront proposés. Il faudra parfois plus d'une semaine pour que l'enfant retrouve son appétit habituel.

Voir *Gastro-entérite aiguë*, *Diarrhée aiguë*.

## Diabète

Le diabète provient de l'impossibilité pour l'organisme d'assimiler le sucre (glucose) apporté par l'alimentation. Cette impossibilité est due à l'absence d'insuline, qui est une hormone pancréatique. Il en résulte de nombreux symptômes : faim, soif excessives contrastant avec un amaigrissement, urines abondantes et fréquentes. En l'absence de traitement, il y a un risque de coma, avec acétone dans les urines. Le diabète est décelé par la présence de glucose dans les urines et par son taux élevé dans le sang.

Le diabète de l'enfant nécessite un traitement très précis et à vie : on a recours à l'insuline qui permet l'utilisation du glucose et qui doit être administrée quotidiennement en plusieurs injections. On utilise de plus en plus souvent une pompe à insuline : un petit boitier gardé à la ceinture est relié à une aiguille placée sous la peau qui délivre de l'insuline à la demande. La surveillance de la glycémie est aujourd'hui possible de façon continue grâce à des capteurs sous la peau qui la mesurent en permanence.

L'association *Aide aux jeunes diabétiques* (ajd-diabete.fr) est essentielle pour accompagner les enfants et leurs familles.

## Diarrhée aiguë

ou

Dans la diarrhée, les selles sont plus nombreuses qu'à l'ordinaire et leur consistance est plus ou moins liquide. La gastro-entérite virale est la première cause de diarrhée aiguë en France. Il existe des diarrhées ayant une autre origine (bactérienne ou parasitaire) mais elles ne se rencontrent que lors de voyages à l'étranger, dans des zones à risque où sévissent des épidémies de ce type.

La diarrhée provoque une perte d'eau mais aussi de sel. En cas de diarrhée importante, cette double perte peut être responsable de déshydratation.

Il faut absolument peser l'enfant quotidiennement en cas de diarrhée aigüe. Toute diarrhée qui fait perdre plus de 10% du poids du corps impose de venir aux urgences de l'hôpital.

**Que faire lorsque l'enfant a de la diarrhée ?**

Si la diarrhée est modérée (2 à 3 selles liquides par jour), il n'y a pas de traitement particulier. En effet, dans la gastro-entérite virale, la diarrhée est directement provoquée par le virus ; elle disparaît donc progressivement quand le virus a été éliminé par l'organisme.

Chez l'enfant, très peu de médicaments sont efficaces pour diminuer la diarrhée. Les médicaments utilisés chez l'adulte, qui agissent en ralentissant le transit intestinal, sont contre-indiqués chez l'enfant de moins de 2 ans.

Le régime riche en fibres habituellement proposé (riz-carotte ou banane-coing) épaissit artificiellement les selles sans diminuer la perte réelle en eau et en sel. Il peut néanmoins apporter un peu de confort à l'enfant en diminuant légèrement le caractère liquide des selles. On peut donc le proposer sans l'imposer.

Quant à l'exclusion du lait et des laitages, elle n'est aujourd'hui plus recommandée. On s'est en effet aperçu que l'intolérance au lactose, qui justifiait cette recommandation, n'existe que lors des gastro-entérites sévères.

- Dans le cas d'une diarrhée banale, il est donc inutile de modifier le régime habituel du nourrisson : l'allaitement au sein et/ou le régime normal peuvent être maintenus.
- Dans le cas d'une diarrhée sévère, il est nécessaire de consulter rapidement le médecin, surtout si l'enfant est jeune ou si la diarrhée s'accompagne de vomissements : il faut surveiller qu'une *déshydratation* (voir ce mot) ne soit pas en train de survenir. Dans ce cas, il faut donner à l'enfant un soluté de réhydratation orale (SRO) ; c'est pourquoi il est important de toujours en avoir dans l'armoire à pharmacie.

**La durée**

La durée de la diarrhée au cours d'une gastro-entérite virale est variable mais (comme dans le cas d'une autre maladie virale, le rhume) on observe le plus souvent une phase d'aggravation, une phase de stabilisation puis une phase de guérison. Dans certains cas, la diarrhée ne dure que 24 heures ; dans d'autres cas, le retour à un transit normal est plus progressif et il faut parfois 8 à 10 jours pour observer une disparition complète des selles liquides.

Si une diarrhée légère (1 à 2 selles liquides par jour) persiste plus longtemps, il est préférable de consulter le médecin. Le plus souvent, il ne s'agit que d'une intolérance passagère au lactose ; celle-ci s'améliorera rapidement en donnant à l'enfant pendant quelques jours un lait sans lactose (disponible en pharmacie) et en réintroduisant ensuite de façon progressive le lait habituel.

**Coproculture**. C'est un examen des selles destiné à mettre en évidence une infection intestinale. Le médecin le demande parfois en cas de diarrhée importante avec fièvre, ou de diarrhée persistant au-delà de quelques jours, afin d'identifier le microbe ou le virus responsable et de tester la sensibilité aux antibiotiques. Le résultat demande plusieurs jours de délai.

Voir *Gastro-entérite aiguë*, *Déshydratation aiguë*.

## Diarrhée chronique

Elle se définit par la présence de selles molles, trop fréquentes ou trop abondantes pendant plus de quatre semaines.

Lorsqu'il n'y a pas de retentissement sur la courbe de poids et de taille, le médecin recherche plutôt une *intolérance au lactose* ou un *côlon irritable* (voir ces mots). Dans le cas contraire, d'autres maladies doivent être envisagées et différents examens complémentaires seront proposés. La mucoviscidose sera toujours recherchée par un test de la sueur, même si avec le dépistage systématique à la naissance le diagnostic de cette maladie est heureusement moins fréquemment fait lorsque l'enfant est plus grand. L'*allergie* aux protéines du lait de vache (voir ce mot), comme l'intolérance au gluten, ou maladie cœliaque, sont aussi des causes de diarrhée chronique (voir *Gluten*).

## Diphtérie

Cette maladie, si redoutable jadis, est heureusement devenue exceptionnelle de nos jours grâce à la vaccination. Elle peut néanmoins se voir encore lorsque les vaccinations sont négligées.

## Doigts (blessure des)

En cas de blessure grave des doigts ou de la main, et notamment si un doigt est complètement sectionné, il faut transporter d'urgence l'enfant dans un service spécialisé en chirurgie de la main. Le doigt sectionné sera recueilli dans une compresse et placé dans un sac plastique hermétique, posé sur de la glace (la peau ne doit pas être en contact direct avec la glace).

## Douleur

Voir le début de ce chapitre, p. 364-365 et 380-381.

## Douleur de croissance

Toute douleur dans les membres survenant chez un enfant doit être signalée au médecin, surtout si elle se répète ou si elle dure. Avant de parler de douleurs de croissance, il convient d'éliminer un certain nombre de maladies. Notez les symptômes récents : angine, fièvre, etc.

Voir *Genoux (mal aux).*

## Drépanocytose ou anémie drépanocytaire

Cette maladie est très répandue chez les personnes originaires d'Afrique, d'Amérique et des Antilles (fréquence qui peut atteindre de 1 à 3 %), et à un moindre degré dans le Bassin méditerranéen et au Proche-Orient.

La drépanocytose est due à une anomalie de l'hémoglobine : cette anomalie entraîne une déformation des globules rouges qui s'agrègent et bouchent les petits vaisseaux. Cette déformation s'accentue quand la teneur en oxygène diminue ; elle provoque une anémie importante et permanente, et des crises douloureuses, liées à l'obstruction des vaisseaux, qui peuvent toucher différents territoires ou organes : abdomen, poumons, reins, rate, squelette (vertèbres, hanche, mains, pieds…). Les enfants atteints de drépanocytose sont également très sensibles aux infections (spécialement à pneumocoques et salmonelles) : méningites, pneumonies, ostéomyélites, septicémies.

La drépanocytose est une **maladie congénitale héréditaire** transmise par l'alliance de deux parents, chacun étant porteur d'une anomalie partielle qui chez eux n'entraîne aucun symptôme. Le diagnostic néonatal est fait aujourd'hui chez tous les enfants à risques (p. 341).

S'il n'est pas encore possible de guérir la drépanocytose, un suivi médical régulier permet de soulager les douleurs en période de crise, de prévenir au mieux les infections (grâce aux vaccins et aux antibiotiques), de soigner de façon précoce les complications, et surtout de les prévenir avant qu'elles ne surviennent. On recommande : d'avoir une bonne hygiène notamment dentaire ; de boire beaucoup d'eau (1 à 3 litres par jour selon l'âge) surtout en période chaude ; d'éviter les endroits avec une oxygénation insuffisante notamment les altitudes supérieures à 1 500 m.

Il n'y a pas de traitement qui guérisse la drépanocytose mais des progrès récents améliorent la **qualité de vie** des enfants atteints de forme grave : des échanges transfusionnels (on transfuse un volume du sang « sain » après avoir retiré préalablement un même volume de sang « malade ») sont réalisés de façon préventive chaque mois pour éviter les complications ; un médicament, l'hydroxyurée, donné tous les jours, a aussi une action préventive.

Dans les formes les plus sévères, une transplantation de moelle peut se discuter.

# E

## Eczéma (dermatite atopique)

L'eczéma est une maladie fréquente : elle touche 10 à 25 % des enfants de moins de 5 ans. Elle concerne essentiellement le nourrisson, un peu le jeune enfant, plus rarement le plus grand : à 4 ans, 70 % des enfants sont guéris.

### Comment reconnaître l'eczéma ?

- Avant 2 ans, l'eczéma apparaît sous la forme de zones rouges, inflammatoires, parfois sèches, qui pèlent et parfois suintent ; elles prédominent au niveau du visage (front, joues, menton) ainsi que sur le ventre et les cuisses. Sur les bras, les lésions sont plus épaisses, en plaques (les « eczématides »). La sécheresse du reste de la peau est importante.
- Après 2 ans, les lésions d'eczéma sont plutôt localisées aux grands plis : coudes, derrière les lobes des oreilles, genoux, etc.

Chez certains enfants, les lésions sont localisées et modérées mais, chez d'autres, elles peuvent être étendues, source d'un grattage intense (on parle de « prurit ») et d'un inconfort important.

Durant toute l'enfance, l'eczéma se caractérise par des poussées inflammatoires survenant de façon imprévisible, qui alternent avec des périodes de calme. Des facteurs d'irritation locale peuvent provoquer ou aggraver les poussées : sueurs ou au contraire froid intense, frottement d'un vêtement de laine, etc.

### L'origine de l'eczéma

On commence seulement aujourd'hui à connaître l'origine de l'eczéma : il peut exister une anomalie de la « fonction barrière » de la peau, de son rôle protecteur ; les pertes d'eau sont plus importantes, d'où la sécheresse, et la pénétration plus facile d'agents extérieurs. Les poussées inflammatoires vont encore aggraver ce défaut de protection et le risque de surinfection de ces zones est alors important.

### Eczéma et allergie

L'eczéma n'est pas considéré comme une maladie allergique mais il fait partie d'un groupe plus général de maladies dites « atopiques » où l'on retrouve aussi l'asthme et la rhinite allergique ; les enfants qui souffrent d'eczéma risquent plus de souffrir de ces affections. Cela est probablement dû aux anomalies de la « fonction barrière » que nous avons évoquée plus haut. Cependant les poussées d'eczéma ne sont pas déclenchées par une réaction allergique et le médecin ne recherchera une allergie (notamment alimentaire) que dans des cas très particuliers.

### Le traitement de l'eczéma

L'eczéma se caractérise par une sécheresse de la peau et des poussées inflammatoires de durée variable.

Les **poussées inflammatoires** sont traitées par l'utilisation locale de **dermocorticoïdes** (médicaments à base de cortisone sous forme de crèmes). Ces médicaments sont extrêmement efficaces ; ils améliorent les lésions et font disparaître le prurit en quelques jours. Les dermocorticoïdes sont classés de force « modérée », « moyenne » à « forte » et « très forte ». Chez les nourrissons, on utilise sur le visage les dermocorticoïdes « modérés » et sur le corps des dermocorticoïdes « moyens » à « forts », si cela est nécessaire.

Les dermocorticoïdes sont appliqués (après s'être bien lavé les mains pour éviter toute surinfection) une fois par jour, de préférence sur la peau encore humide en sortant du bain. Ils sont appliqués sur les zones inflammatoires en dépassant un peu, en couche ni trop fine ni trop épaisse et en léger massage, sans faire pénétrer absolument.

Le traitement est poursuivi jusqu'à amélioration franche des lésions : une semaine, deux semaines voire plus, il n'y a pas de durée maximale si les lésions sont importantes. Le traitement peut être arrêté complètement dès l'amélioration. En revanche, il faut reprendre sans attendre l'application quotidienne de corticoïdes dès la réapparition des lésions. Cela ne signifie pas que le traitement ne fonctionne pas mais l'eczéma est une maladie chronique qui s'exprime par cycles parfois rapprochés. Bien utilisés, ces traitements sont sûrs et efficaces et ne conduisent à aucune dépendance.

**En dehors des poussées**, il est important de traiter la sécheresse de la peau pour essayer de restaurer sa fonction protectrice : appliquer quotidiennement, de façon large, une crème particulièrement hydratante, dite émolliente, juste en sortant du bain (préférer pour la toilette un savon spécial peau atopique « sans savon », type « pain surgras » ou « syndet »).

Il faut, dans tous les cas, éviter les facteurs d'irritation supplémentaires. En cas d'eczéma surinfecté, une pommade antibiotique sera prescrite par le médecin en complément du traitement par corticoïde local qui doit être maintenu.

Enfin, un enfant ayant de l'eczéma doit éviter tout contact avec une personne porteuse d'un herpès buccal, sous peine de complications.

## Eczéma de contact

Par opposition au précédent, c'est une maladie locale due à la sensibilité particulière de la peau à un agent extérieur ; cet eczéma reste en général limité aux zones de contact : mains, pieds, visage, oreilles… ; on connaît ainsi des eczémas (ou allergies) au nickel (boucles d'oreilles), au caoutchouc (jouets, ballons…), aux peintures, produits de maquillage… Dans ce cas, il faudra supprimer tout contact avec le produit responsable.

## Électrocution

Si un enfant a mis les doigts dans une prise de courant et ne peut les retirer, coupez le courant au compteur au lieu d'essayer de retirer l'enfant, car vous seriez électrisé vous-même. S'il est électrocuté par un fil électrique, écartez celui-ci avec un bâton bien sec ou un objet non conducteur. Si l'enfant ne respire plus, il faut pratiquer immédiatement la respiration artificielle (p. 438) et appeler les secours (15 ou 18). Attention à la rallonge branchée qui traîne par terre ; votre enfant peut la porter à sa bouche et s'électrocuter gravement.

## Encoprésie

Lorsqu'un enfant propre a régulièrement la culotte tachée (parfois même on trouve des selles), on parle d'encoprésie. Il s'agit le plus souvent de la complication d'une constipation importante qui s'est installée à bas bruit depuis plusieurs semaines ou mois : l'enfant se retient régulièrement, les selles deviennent agglomérées et dures, émises avec douleur et difficulté, ce qui entretient le trouble. À la longue, le rectum va être plein et les selles vont « s'échapper » sous la forme de fuites.

Il faut consulter le médecin car un traitement est absolument nécessaire. Ce traitement doit être puissant et prolongé pour être rapidement efficace. Dans certains cas, des lavements peuvent être prescrits pendant les premiers jours pour « débloquer » la situation. Ensuite la prise en charge repose sur l'utilisation de laxatif à base de Polyéthylène glycol (PEG) à doses importantes (de type Forlax®). Il faudra poursuivre un traitement de même type pendant plusieurs semaines pour éviter une rechute.

La meilleure façon d'éviter l'encoprésie est préventive : c'est le traitement de toute constipation. Mais dans certains cas d'encoprésie, la part psychologique est importante. Le pédiatre vous conseillera peut-être de consulter un psychologue pour enfants. Voir *Constipation*.

## Énurésie

C'est l'absence de contrôle de la vessie à un âge où habituellement l'enfant est propre. Mais l'âge de la propreté varie selon chaque enfant. Certains enfants sont propres très tôt, d'autres plus tard ; de toute façon, on ne peut parler d'énurésie avant l'âge de 5-6 ans.

On parle d'**énurésie primaire** quand l'enfant n'a jamais été propre ; il s'agit habituellement d'une immaturité de contrôle de la vessie.

On parle d'**énurésie secondaire** lorsque, avant 4-5 ans, l'enfant qui a déjà été propre se « remouille ». L'incident peut s'interpréter de deux manières. Soit comme une régression à un stade antérieur qui se produit lorsque l'acquisition de la propreté est encore récente, pas très bien établie. Il faut alors savoir ce qui a déclenché cette régression dans la vie de l'enfant. Il ne s'agit pas toujours d'un événement évident, cela peut être un climat psychologique qui l'a perturbé, ou encore des difficultés normales que tout enfant, entre 3 et 6 ans, rencontre pour grandir (accepter ses frères et sœurs, être exclu du couple de ses parents). Mais l'énurésie n'est pas toujours un problème de régression. Elle peut aussi marquer une certaine agressivité que l'enfant ne s'autorise pas avec ses parents ou son entourage, et qu'il défoule la nuit.

L'énurésie est en général nocturne, l'enfant se mouillant – sans s'en rendre compte – une ou plusieurs fois par nuit. Mais il existe aussi des énurésies de jour, qui compliquent la vie scolaire.

Le **traitement** de l'énurésie commence par une bonne hygiène de la miction ; il faut imposer à l'enfant d'uriner (de faire pipi) régulièrement et fréquemment dans la journée : le matin, à la récréation, avant et après le déjeuner, après la sieste, avant le dîner et avant le coucher, soit 6 à 8 fois par jour.

Il convient également de veiller à ce que l'enfant boive suffisamment : les apports liquides doivent être abondants depuis le matin jusqu'au goûter compris, puis restreints le reste de la journée. Le plus souvent, ces simples mesures suffisent à régler le problème.

**En cas de persistance de l'énurésie**, diverses méthodes sont proposées :

- appareils de réveil, par alarme sonore, type Pipi-Stop (mais beaucoup trouvent cette méthode trop agressive) ;
- médicaments visant à inhiber les contractions de la vessie, à limiter le volume des urines (hormone antidiurétique).

Dans tous les cas, le soutien psychologique est primordial. Il est important, avec l'aide des parents, d'obtenir la participation de l'enfant lui-même. Le médecin explique à l'enfant le mécanisme de contrôle de la vessie et comment celle-ci peut se maintenir fermée pendant le sommeil. À partir de 5 ans, l'enfant est tout à fait capable de tenir un petit carnet journalier : s'il est mouillé, il dessine la pluie, s'il est sec, c'est un soleil. Les progrès sont rapides : en quelques semaines, les soleils augmentent sur le carnet.

Il arrive que l'énurésie fasse partie de tout un ensemble de difficultés affectives et scolaires. Dans ce cas, une aide psychothérapique sera nécessaire pour traiter la globalité de cette situation.

## Environnement et santé de l'enfant

Nous avons parlé au chapitre 1 des différents gestes permettant de créer un environnement sain autour de l'enfant (chambre, vêtements, mobilier, etc.). Ici nous voudrions évoquer la question des perturbateurs endocriniens et des nanoparticules.

Les **perturbateurs endocriniens** sont des substances qui perturbent le système hormonal. Ils sont soupçonnés de favoriser divers troubles de la santé : infertilité, obésité, diabète, certains cancers, etc. Les scientifiques ont identifié les périodes de la grossesse, de la petite enfance et de la puberté comme particulièrement sensibles aux expositions à des perturbateurs endocriniens.

À ce jour, les produits contenant des perturbateurs endocriniens ne sont pas étiquetés, il est donc difficile de les identifier. Une définition européenne commune permet depuis peu de les réglementer dans les pesticides et biocides. Certains perturbateurs endocriniens sont déjà interdits dans des produits destinés aux enfants : bisphénol A remplacé dans les biberons et les contenants alimentaires, certains phtalates (assouplissants des plastiques) interdits notamment dans des jouets pour les 0-3 ans. La réglementation évolue lentement.

**Quelques conseils pour les éviter :**

- préférez les contenants en verre aux contenants en plastique et ne chauffez pas au four micro-ondes de contenants en plastique ;
- évitez les plastiques ;
- évitez les additifs alimentaires suivants : E214, E215, E218 et E219 (parabènes).

Les **nanoparticules** sont des particules auxquelles leur très petite taille et leur forme confèrent des propriétés particulières. Leur usage est aujourd'hui devenu courant et concerne de nombreux domaines : médecine, alimentation, cosmétiques, bâtiment, peintures, textiles, etc. Elles ne sont cependant pas suffisamment réglementées à ce jour puisqu'elles sont souvent soumises au même régime que les particules de taille supérieure, qui n'ont pourtant pas les mêmes propriétés. Leur devenir dans l'environnement et dans l'organisme humain soulève de nombreuses questions. Des études scientifiques s'inquiètent par exemple de leur capacité, du fait de leur taille, à pénétrer dans des zones particulièrement sensibles (certaines zones du cerveau, des poumons, etc.), et des données suggèrent des effets tels que troubles de la digestion, soupçons de cancérogénicité, etc.

**Quelques conseils pour les éviter :**

- évitez les textiles antibactériens, pouvant contenir du nano-argent ;
- préférez des cosmétiques sans ingrédients de taille nanométrique, indiqués [nano].

## Épilepsie

ou ou

L'épilepsie est une maladie caractérisée par la répétition de crises convulsives (ou crises d'épilepsie) ; elles surviennent, en principe, en dehors de toute fièvre, à la différence des convulsions fébriles. Ces crises ne sont pas non plus liées à un désordre biologique tel que l'hypoglycémie (taux de glucose insuffisant dans le sang) ou l'hypocalcémie (taux de calcium insuffisant dans le sang).

Chez l'enfant, les crises épileptiques sont très diverses. La plus fréquente est la forme complète dite

« tonico-clonique ». La crise débute par une perte brutale de conscience avec chute. Le corps se raidit, puis il est animé de secousses rythmées des membres et du visage, les yeux sont fixes et révulsés, le visage cyanosé, la respiration bloquée ; après quelques instants, la crise s'arrête, la respiration reprend, bruyante, et l'enfant est sans connaissance, en relâchement musculaire complet avec parfois perte d'urine. Puis, après quelques minutes, il s'endort, et au réveil il ne garde aucun souvenir de la crise.

Il existe aussi des crises incomplètes, limitées à un simple accès de raidissement ou au contraire de mollesse, à une simple révulsion oculaire, à quelques secousses localisées.

Il y a des formes partielles limitées au visage, survenant en pleine conscience, avec impossibilité de parler, alors que la compréhension reste intacte, et des crises en rapport avec le sommeil survenant soit à l'endormissement, soit au réveil.

En fonction de l'âge, il faut encore citer chez l'enfant à partir de 3 ans, le « petit mal » qui se caractérise par des absences : suspension de la conscience pendant quelques secondes. Chez le nourrisson vers 5-6 mois, les *spasmes en flexion* (voir ce mot) sont une épilepsie grave nécessitant un traitement rapide.

L'important est d'abord de rechercher **la cause de l'épilepsie**. Est-elle d'origine organique, c'est-à-dire liée à une lésion cérébrale ? Actuellement, la réponse peut souvent être donnée grâce au scanner ou à l'IRM cérébrale.

Certaines crises peuvent être déclenchées par des stimulations lumineuses répétées – on a signalé le rôle nocif des écrans (télévisions, ordinateurs, jeux vidéo) chez les personnes prédisposées.

Quand la cause de l'épilepsie n'a pu être trouvée, on parle alors d'épilepsie primaire essentielle. Cette affection se caractérise par une facilité naturelle des cellules nerveuses à provoquer des décharges brutales ; en d'autres termes, certaines personnes font des convulsions plus facilement que d'autres.

Pour faire son diagnostic, le médecin vous demandera de décrire précisément le déroulement de la crise à laquelle vous avez assisté. Il prescrira souvent un électroencéphalogramme et un scanner ou une IRM cérébrale.

Le plus souvent, même si l'épilepsie a une cause organique, le **traitement** vient aisément à bout des crises. L'enfant sera suivi médicalement avec un traitement médicamenteux quotidien au long cours (plusieurs années). L'absence de crise pendant trois ans peut amener le médecin à arrêter progressivement le traitement, selon le type d'épilepsie. Il est important de savoir que l'épilepsie chez l'enfant n'est plus une maladie inguérissable, demandant un traitement à vie. Aujourd'hui, elle peut même dans certains cas être considérée comme bénigne et limitée dans le temps. Néanmoins, le traitement doit être suivi avec beaucoup de rigueur sans excepter un seul jour et ne doit jamais être interrompu sans accord médical.

Il conviendra d'organiser pour l'enfant une vie régulière, en évitant en particulier le manque de sommeil. Cela étant, l'enfant sujet à des crises d'épilepsie doit recevoir une éducation normale – évitant une surprotection – et suivre une scolarisation normale et régulière.

Une aide psychologique de l'enfant et/ou des parents peut être indiquée dans certains cas.

Les activités habituelles (jeux, sports, etc.) sont permises, y compris la natation, mais sous surveillance constante d'un adulte. Moyennant quoi, dans la plupart des cas, l'enfant épileptique pourra se développer harmonieusement tant sur le plan psychomoteur que sur le plan affectif.

Voir *Convulsions avec fièvre et Convulsions sans fièvre.*

www.fondation-epilepsie.fr

## Éruption, fièvre éruptive

On réserve ce nom aux maladies infectieuses classiques : rougeole, scarlatine, varicelle, rubéole, roséole, auxquelles s'ajoutent aujourd'hui un certain nombre de maladies « à virus » (virus ECHO, virus APC, etc.).

## Érythème fessier

L'érythème fessier (ou rougeurs du siège) est dû au contact prolongé de la peau avec les urines et les selles. Des changes fréquents en constituent la meilleure prévention.

- Il faut bien sécher le siège. Sur une peau saine, il est inutile d'appliquer un produit particulier.
- Si des lésions apparaissent, le meilleur traitement reste la chlorhexidine aqueuse.
- Si les lésions sont étendues, on utilisera pour la nuit des pommades cicatrisantes et protectrices.
- Si les lésions persistent, mieux vaut consulter le médecin.

Certains érythèmes fessiers sont d'origine mycosique, dus à un traitement antibiotique prolongé et/ou répété ; ils nécessitent alors un traitement adapté. Dans d'autres cas, il peut y avoir une surinfection microbienne à traiter avec une pommade antibiotique.

## Essoufflement

L'essoufflement rapide, qui empêche l'enfant de jouer normalement, de courir, de se dépenser, est un symptôme à ne pas négliger si cela se reproduit régulièrement. Il peut résulter d'une fatigue générale passagère, d'une anémie, mais aussi d'une anomalie cardiaque ou respiratoire. Le médecin prescrira les examens en conséquence.

# F

## Fatigue

Depuis des semaines votre enfant est pâle. Il a les yeux cernés, les traits tirés. Il manque d'entrain. Il suce son pouce et refuse de jouer. Il n'a pas d'appétit. Pourtant, en apparence, il n'est pas malade, n'a pas de fièvre.

La fatigue de l'enfant n'est peut-être due qu'à une poussée de croissance, ou au manque de sommeil, ou surtout au rythme de vie : il se lève tôt pour aller à la crèche ou chez l'assistante maternelle, se couche tard, il y a du bruit à la maison (radio, télé…), le rythme des week-ends ne lui permet pas de se reposer… Si malgré quelques ajustements la fatigue persiste, n'hésitez pas à consulter le médecin. Un petit bilan, quelques examens, s'ils sont négatifs, vous rassureront.

## Fièvre ⓘ ou 🩺

La fièvre est la preuve que l'organisme réagit à une agression qui peut-être due à une infection virale ou bactérienne. On dit qu'un enfant a de la fièvre quand sa température rectale ou auriculaire, prise convenablement, dépasse 38 °C. La température normale varie de 36,5 °C le matin à 37,5 °C le soir, mais un enfant qui s'est beaucoup dépensé et dont on prend la température, sans l'avoir fait se reposer auparavant, peut avoir 38 °C le soir.

**Quand faut-il prendre la température ?**

La fièvre est en général le premier signe de maladie que découvrent les parents. En effet, le premier geste – tout indiqué – lorsqu'on voit qu'un enfant n'a pas d'appétit ou qu'il a les mains chaudes, est de prendre sa température. Il faut prendre la température d'un enfant chaque fois que quelque chose d'anormal frappe dans son aspect ou sa manière d'être. Mais ce serait une erreur de prendre la température à tout bout de champ, ou de s'alarmer pour quelques dixièmes de plus, si par ailleurs l'état général est bon.

**Quand faut-il consulter en l'absence de symptôme autre que la fièvre ?**

- Toujours et rapidement si l'enfant a **moins de 6 mois**. S'il a moins de 3 mois, cette fièvre peut traduire l'existence d'une infection materno-fœtale contractée au cours de l'accouchement et qui se déclare tardivement. Il faut consulter rapidement son médecin ; si ce n'est pas possible, appelez le 15 et le médecin du Samu vous conseillera ; ou bien emmenez l'enfant aux urgences.
- **Forte fièvre**, 39 °C et plus persistant au-delà de 48 heures : bien qu'une température élevée ne soit pas à elle seule un signe de gravité, il sera souvent prudent, surtout si l'enfant est jeune, de consulter le médecin.
- **Fièvre modérée**, 38 °C à 39 °C : avant de consulter le médecin, considérez l'état général de l'enfant (« Les signes de bonne et de mauvaise santé », p. 364). Si cet état général est mauvais, voyez le médecin. S'il semble bon, attendez le lendemain. Il y aura probablement un symptôme supplémentaire. Mais si la fièvre, même modérée, durait au-delà de 4 ou 5 jours, consultez le médecin.
- Au cours d'une maladie, si la fièvre s'élève, consultez le médecin. Il est probable qu'une complication soit survenue.

**Avant de consulter le médecin, cherchez les autres symptômes**

L'enfant a-t-il vomi ? Tousse-t-il ? Une éruption est-elle apparue en quelque point de son corps ? Les selles sont-elles normales ? Et l'appétit ? Ne vous alarmez pas trop d'une brusque poussée de fièvre chez un enfant, sa température s'élève plus vite et plus haut que chez les adultes. Il ne faut donc pas s'alarmer outre mesure de ce seul symptôme. Le thermomètre doit surtout avoir pour but de vous rendre plus vigilant. En outre, certains enfants ont facilement de fortes températures, alors que chez d'autres la fièvre est rare et peu élevée.

**Faut-il faire tomber la fièvre ?**

Certains parents veulent un traitement pour une amélioration immédiate : ils pensent qu'il faut à tout prix faire tomber la fièvre, car à leurs yeux, la fièvre est la maladie. Elle n'est en soi qu'un symptôme qui fatigue certes mais qui reste une réaction normale et utile de l'organisme.

**Faut-il donner un médicament ?**

Oui, si l'enfant semble avoir mal, s'il paraît inconfortable. Deux médicaments sont aujourd'hui utilisés : le paracétamol ou l'ibuprofène (p. 374).

**Après une maladie, ne continuez pas à prendre la température**

Le médecin vous a dit que la maladie est terminée mais l'enfant a encore 37,2 °C le matin. Le vrai signe que l'enfant est guéri n'est pas le thermomètre à 36,8 °C mais le retour de l'entrain et de l'appétit.

**La température trop basse**

Hier, votre enfant avait 39 °C. Ce matin, il a 36,5 °C. Il arrive qu'après une maladie, alors que l'enfant est guéri, la température tombe à 36 °C et s'y maintienne pendant un ou deux jours. Ce n'est pas grave ; c'est la phase d'hypothermie consécutive aux maladies fébriles.

**Cas particulier du nouveau-né :** chez lui, une infection grave peut se traduire par une hypothermie.

## Fontanelles ⓘ

**La petite fontanelle** (située à l'arrière du crâne du nouveau-né) se ferme juste après la naissance. **La grande fontanelle** – qui est une zone molle en forme de losange, située entre les os du crâne, au-dessus du front du bébé – se ferme normalement entre 8 et 18 mois. Si elle était toujours présente au-delà de 2 ans, il faudrait en parler au médecin. Inversement, sa fermeture (ossification) trop précoce, dans les premiers mois, est anormale (voir *Craniosténose*).

La fontanelle doit toujours être plane et élastique. Si elle est bombée et tendue, c'est à signaler au médecin. De même si elle est déprimée.

## Fractures, entorses et luxations 🚑

À l'occasion d'une chute, d'un choc, d'un coup reçu, un os peut être cassé (c'est une **fracture**),

ou bien une articulation peut être distendue (c'est une **entorse**), déboîtée (c'est une **luxation**). Peu importe la différence, car les gestes à faire ou à ne pas faire sont les mêmes ;
- gardez votre calme (un enfant s'inquiète vite lorsqu'on s'affole autour de lui) ;
- ne remuez pas l'enfant (sauf pour le mettre à l'abri, s'il est dans un endroit dangereux : sur la chaussée par exemple) ;
- si c'est possible, demandez à l'enfant de montrer l'endroit où il a mal ; examinez-le sans le toucher ;
- si vous le pouvez, immobilisez la partie supposée blessée (voyez ci-dessous) ; pendant ce temps, demandez à quelqu'un d'appeler les pompiers (18) si l'accident survient sur la voie publique ; ou bien appelez le Samu (15) et le médecin régulateur donnera les premières indications sur la conduite à tenir.

**1. Dans la plupart des cas, c'est un membre qui est fracturé.**

**Cuisse, jambe et cheville**

L'enfant tombe en courant par exemple ; il ne peut pas se relever. On voit parfois, malgré les vêtements, que la région douloureuse est déformée ; pour s'en assurer, on peut découdre ou découper les vêtements sans remuer la jambe. En cas de doute, toujours agir comme s'il s'agissait d'une fracture : ne jamais essayer de redresser la partie blessée. Caler la jambe et le pied avec des coussins, des oreillers, des couvertures ; si l'enfant s'agite, ou s'il faut le déplacer, immobiliser le membre avec une ou deux attelles ; n'importe quel objet long et rigide peut servir d'attelle : un manche à balai, une planche (figure 1) ; les attacher par des liens peu serrés et glisser du rembourrage entre l'attelle et le membre.

**Clavicule, épaule. Bras, avant-bras, main**

L'enfant est tombé sur la main ou le coude, ou le bras a été tordu au cours d'un jeu brutal ; instinctivement, il soutient le membre fracturé dans la meilleure position. Aidez-le en soutenant le bras et la main par une écharpe (figures 3 et 4) ou, s'il s'agit de l'avant-bras, du poignet ou du doigt, par une gouttière faite avec un magazine (figure 2). Ne cherchez jamais à remuer le bras ni à redresser la fracture.

**Un cas particulier**

Si l'os fracturé a déchiré la peau, débarrassez la plaie de toute espèce de vêtement et recouvrez-la de compresses stériles (ou, à défaut, d'un mouchoir propre), que vous maintiendrez par du sparadrap appliqué doucement, puis procédez comme indiqué plus haut et en suivant les figures 3 et 4.

**2. Le choc peut avoir porté sur la tête, ou dans le dos**

Trois cas peuvent se présenter.
- L'enfant est conscient (il pleure ou répond à vos questions) : ne le remuez pas ; maintenez sa tête dans l'axe du corps sans jamais la pencher ni la tourner (il peut y avoir fracture du crâne, de la colonne vertébrale).
- L'enfant est inconscient, mais respire bien : il faut craindre une fracture du crâne (surtout si un peu de sang s'écoule par le nez ou l'oreille) ; placez l'enfant allongé sur le côté, la tête basse et bien calée sur un petit coussin.
- L'enfant est inconscient et la respiration est arrêtée : pratiquez immédiatement la respiration artificielle.

S'il faut déplacer l'enfant, faites-le glisser doucement sur le sol en le tirant par les pieds, pendant que quelqu'un maintient la tête droite.
- Il existe enfin d'autres fractures, difficilement repérables (côtes, mâchoire). Allongez l'enfant sur le côté qu'il préférera, en attendant les secours.

**3. Les entorses et luxations**

Elles sont rares chez l'enfant jeune, du fait de la grande souplesse des ligaments et des articulations à cet âge.

**Un cas particulier :** la *pronation douloureuse* (voir ce mot).
- Les gestes que nous recommandons seront mieux pratiqués si vous les avez appris, par exemple en suivant un cours de secourisme comme ceux que la Croix-Rouge ou certaines municipalités organisent.

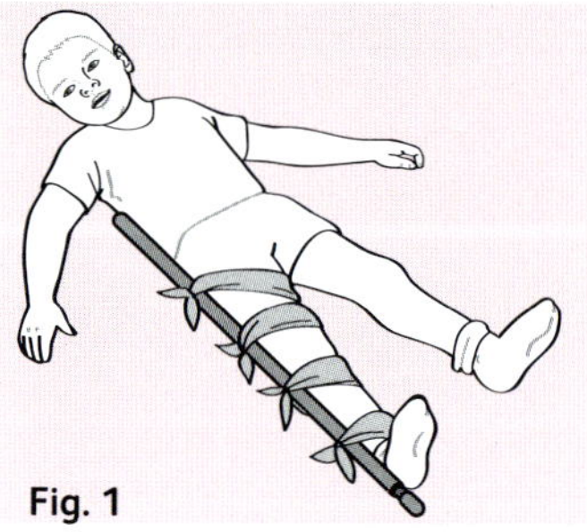
**Fig. 1**

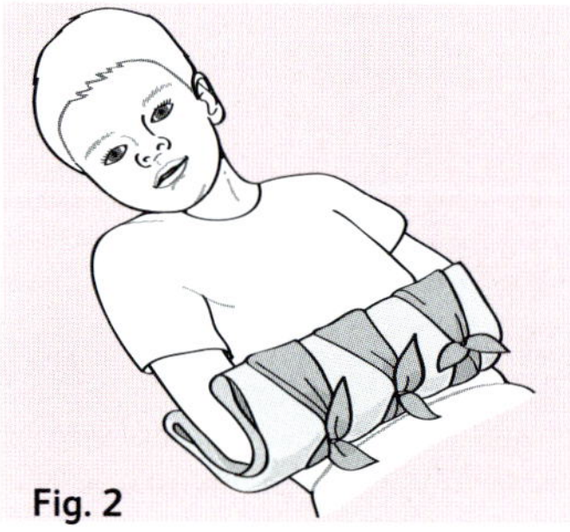
**Fig. 2**

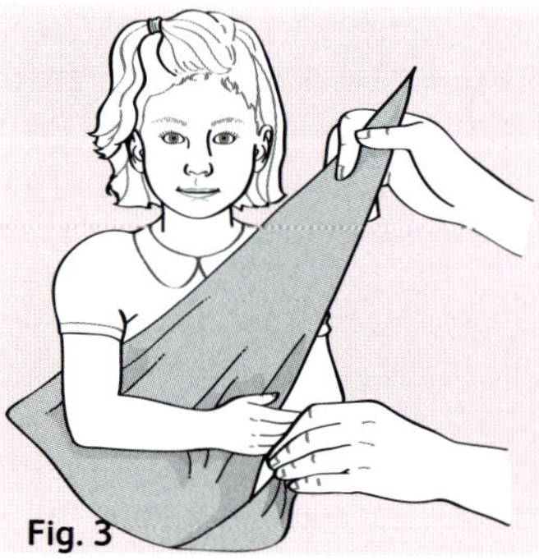
**Fig. 3**

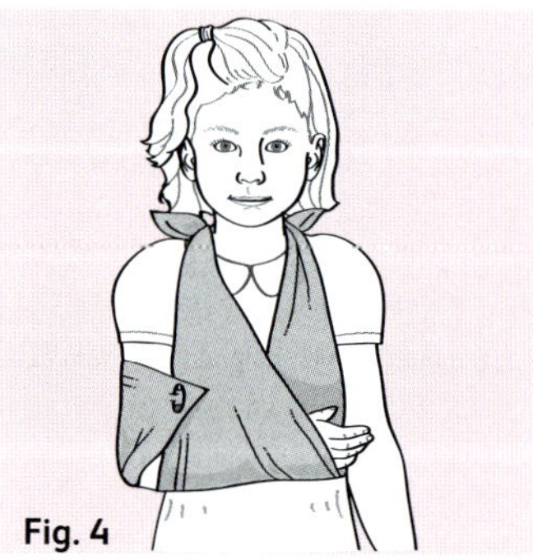
**Fig. 4**

## Furoncle

C'est un gros bouton, douloureux, qui s'élève progressivement en devenant rouge. Après plusieurs jours, la peau, au centre, devient mince. On voit du pus sous la peau. Puis le bouton se ramollit et laisse s'écouler une masse blanchâtre. Plusieurs furoncles groupés et qui finissent par ne former qu'un seul bouton sont un **anthrax**.

Les furoncles siègent surtout sur le cuir chevelu, dans le dos, sur les fesses, sur la face postérieure des bras et des jambes. Le furoncle est grave chez le nourrisson parce qu'il signifie qu'un microbe, le staphylocoque doré, a pénétré dans l'organisme. Ce microbe ira peut-être se loger en un autre point : dans l'oreille, les intestins, les voies urinaires, les os, ou dans les voies respiratoires. Les complications qui surviendront risquent alors d'être graves. En attendant le traitement qui sera prescrit, couvrez le furoncle d'une gaze stérile, fixée par un ruban adhésif, pour éviter la propagation de l'infection et le frottement des vêtements. Des furoncles à répétition nécessitent un examen général.

**Furoncle chez une personne de l'entourage d'un nourrisson**

Ne laissez pas la personne atteinte d'un furoncle s'approcher de votre enfant ni s'occuper de près ou de loin de son alimentation. S'il s'agit d'un des parents, il faut renforcer les mesures d'hygiène (lavages fréquents des mains, nettoyer les furoncles avec de la chlorhexidine aqueuse).

# G

## Ganglions

Ces petites grosseurs qu'on sent au toucher sous la peau, au cou, sous les oreilles, sous la mâchoire, sous les bras ou à l'aine jouent un rôle dans la fabrication des globules blancs de notre sang, donc dans la défense contre l'infection. Chez les enfants, les ganglions du cou sont souvent gonflés à l'occasion d'une infection locale : rhume, amygdalite, otite, végétations ; ou d'une maladie telle que varicelle, roséole, etc.

Le gonflement des ganglions s'appelle une **adénite**. Elle peut être cervicale (ganglions du cou), axillaire (des aisselles), ou inguinale (de l'aine). Quand le gonflement apparaît brusquement, qu'il est rouge, chaud et douloureux, c'est une adénite aiguë bactérienne. Elle s'accompagne de fièvre et évolue comme un **abcès** (voir ce mot) qu'il faudra éventuellement inciser. La maladie des **griffures de chat** (voir ce mot) peut également donner une adénite suppurée.

Des maladies telles que la mononucléose infectieuse, la toxoplasmose peuvent entraîner une réaction ganglionnaire plus ou moins étendue.

Des maladies du sang plus graves peuvent être également en cause, surtout si l'enfant est pâle, fatigué, se plaint de douleurs dans les membres, etc. Devant tout ganglion qui persiste, le médecin fera pratiquer des examens complémentaires.

## Gastro-entérite aiguë

ou

Gastro-entérite, diarrhée, déshydratation sont trois maladies aiguës, étroitement liées, à l'évolution rapide.

**Le premier symptôme** de la gastro-entérite est une augmentation de la fréquence des selles : c'est la diarrhée. Si elle est importante, elle peut conduire à la déshydratation (perte d'eau massive).

Toutes les gastro-entérites s'accompagnent de diarrhées mais elles ne conduisent pas toutes à un état de déshydratation. Celle-ci apparaît surtout si les selles sont très liquides et très nombreuses (plus de 5 selles par jour). Le risque de déshydratation est aussi plus fréquent si la diarrhée s'accompagne de vomissements (les pertes d'eau sont augmentées) et si l'enfant est un nouveau-né ou un nourrisson (aux réserves d'eau moins importantes).

De façon générale, lors d'une gastro-entérite modérée, avec 3 ou 4 selles par jour, il n'y a pas de déshydratation. En revanche, en cas de diarrhée sévère, une déshydratation est possible, même chez des grands enfants.

La gastro-entérite aiguë est une **infection intestinale**, le plus souvent d'origine virale, très contagieuse : les épidémies sont fréquentes durant l'hiver, surtout dans les collectivités d'enfants. Sa transmission est « fécale-orale » : on se contamine en portant à la bouche des mains qui ont été en contact avec des selles infectées ou une surface souillée. Lorsqu'on souffre soi-même de diarrhée ou lorsqu'on change un enfant qui a de la diarrhée, il est particulièrement important de se laver les mains : avec de l'eau et du savon, ou, ce qui est plus efficace, avec une solution hydro-alcoolique achetée en pharmacie.

La gastro-entérite se caractérise d'abord et surtout par de la diarrhée. Il peut aussi y avoir des douleurs de ventre, des vomissements, une difficulté à absorber du lait ou de la nourriture.

En général, la gastro-entérite **guérit spontanément** en une semaine environ, sans traitement. En effet, comme elle est d'origine virale, elle ne nécessite ni antibiotique ni antidiarrhéique. L'allaitement au sein et/ou le régime normal du nourrisson sont maintenus. Mais la gastro-entérite peut mener à la *déshydratation* (voir ce mot). C'est pourquoi il est recommandé d'avoir toujours dans l'armoire à pharmacie des solutés de réhydratation orale (SRO).

La **vaccination** permet de protéger les nourrissons contre un des virus responsable des gastro-entérites les plus sévères : le rotavirus.

Voir *Diarrhée aiguë, Déshydratation aiguë*.

## Gaz intestinaux

Votre bébé a des gaz : s'il prend régulièrement du poids et que ses selles sont normales, ne vous faites pas de souci. Veillez toutefois à ce que son régime soit bien équilibré, qu'en particulier il ne comporte pas un excès de farineux, de féculents et de sucres (ce qui est fréquent) : ceux-ci entretiennent des fermentations excessives avec ballonnements, parfois diarrhée. Souvent, au contraire, il s'agit d'une constipation que quelques mesures simples permettront de supprimer. Si l'enfant a beaucoup de gaz mais ne pleure pas, il n'est pas utile de modifier son alimentation.

**Un cas particulier**

Des gaz fréquents, douloureux et malodorants chez un nourrisson (moins de 6 mois) peuvent être la manifestation d'une pullulation microbienne intestinale : un excès important de certains microbes dans l'intestin provoque une fermentation et l'émission de gaz très malodorants. Le traitement comprend des ferments lactiques, à prendre par voie orale, pour rééquilibrer la flore intestinale.

## Génétiques (maladies)

Les maladies génétiques sont des maladies induites par des anomalies congénitales ; celles-ci entraînent un dysfonctionnement d'une région d'un **chromosome** où sont localisées des structures essentielles : les **gènes** (par exemple celui de la mucoviscidose). Il peut y avoir aussi un chromosome complet en plus ou en moins, entraînant des anomalies plus globales (par exemple la trisomie 21 ou 18). La plupart d'entre elles surviennent dans des familles qui n'en ont aucun antécédent.

Les maladies génétiques les plus fréquentes sont dues à un accident lors de la fabrication du matériel génétique des gamètes (spermatozoïde ou ovule) : ainsi dans la trisomie 21, un spermatozoïde ou un ovocyte garde deux chromosomes 21 (au lieu de 1 seul habituellement) ce qui va conduire, après la fécondation, entre une de ces deux cellules et une autre saine, à un embryon avec 3 chromosomes 21 (au lieu de 2). Dans d'autres maladies, comme dans la mucoviscidose, chacun des parents porte un chromosome avec un gène anormal, dit muté, mais cette anomalie est compensée par le gène de l'autre chromosome qui est normal (les parents ne sont pas malades). Au moment de la fécondation, chaque parent transmet un chromosome. Si les deux parents transmettent chacun un chromosome malade, le bébé est atteint par la maladie. Le mode de transmission est dit **autosomal récessif**.

Si la maladie est portée par le chromosome X, la transmission est encore différente : la maman n'est pas malade car elle a deux chromosomes X (comme toutes les filles) et l'autre chromosome est le plus souvent normal. Au moment de la fécondation, si la maman (XX) donne son chromosome X malade et que le papa (XY) donne un chromosome Y, le bébé est un garçon malade : le X malade n'est pas compensé par le Y. Si le papa (XY) donne un chromosome X, le bébé est une fille non malade : le chromosome X malade est compensé par un X non malade. Dans ce cas, seuls les garçons sont atteints. Le mode de transmission est dit **lié à l'X**.

Dans d'autres maladies enfin, l'anomalie du chromosome est plus grave et n'est pas compensée par l'autre chromosome. Si le chromosome atteint est transmis, le bébé est malade. Le mode de transmission de la maladie est dit **autosomal dominant.**

Les traitements des maladies génétiques sont encore à leur tout début et utilisés pour certaines maladies seulement (thérapie génique).

Il est cependant toujours important de faire un diagnostic précis pour prévoir le devenir de l'enfant, les soins qu'il faut lui apporter, l'encadrement dont il aura besoin. Ce diagnostic aidera aussi au conseil génétique pour une éventuelle grossesse suivante. Voir *Maladies rares.*

## Genoux (qui s'écartent, qui se touchent)

ou

Voir p. 356 l'évolution normale de la disposition des jambes et des genoux au fur et à mesure de la croissance de l'enfant.

Si un *genu valgus* (les deux rotules se touchent et les chevilles sont écartées) ou un *genu varus* (les genoux sont écartés alors que les chevilles se touchent) important persiste après l'âge de 10 ans, un avis spécialisé auprès d'un chirurgien orthopédique est conseillé ; il peut en effet y avoir un risque d'usure accélérée de l'articulation du genou à l'âge adulte (arthrose). Une intervention chirurgicale de correction pourra parfois s'avérer nécessaire.

Il existait encore en France il n'y a pas si longtemps des *genu varus* importants (on parlait de jambes arquées) dus au rachitisme par manque de vitamine D. Ce trouble a disparu depuis l'ajout de vitamine D dans les laits infantiles.

## Genoux (mal aux genoux, aux jambes ou au talon)

Les douleurs du genou ou des jambes en général sont très fréquentes chez l'enfant. Certaines sont banales, elles apparaissent surtout après une journée particulièrement bien remplie (à jouer au parc ou à apprendre à faire du vélo), elles sont localisées à des endroits variables et disparaissent rapidement. Mais il y a les douleurs persistantes, causes de réveils répétés et toujours localisées au même endroit ; elles sont à signaler au médecin sans tarder pour qu'un examen clinique et un bilan radiologique soient réalisés.

## Gluten – Maladie cœliaque

**Les symptômes**

La maladie cœliaque (ou intolérance au gluten) se caractérise par une diarrhée, par un ballonnement abdominal et par un arrêt de la prise de poids, puis de la croissance. À côté de ces symptômes digestifs, l'enfant est triste et fatigué. Ces signes apparaissent brutalement au moment de la diversification alimentaire ; ils sont la conséquence d'une sensibilité particulière du tube digestif à la principale protéine du blé : le gluten (protéine également présente dans le seigle, l'orge, l'épeautre mais absente dans le riz et le maïs). Cette hypersensibilité conduit à un amincissement de la muqueuse digestive qui ne va plus absorber normalement les aliments.

**Le diagnostic**

Le médecin fera faire une prise de sang avec recherche d'anticorps particuliers (anticorps « antitransglutaminase »). Si cette recherche est positive, une biopsie intestinale sera réalisée ; celle-ci se fait en hôpital de jour, dans un service de pédiatrie spécialisée. Seule la biopsie permet de confirmer définitivement le diagnostic de l'amincissement de la muqueuse intestinale.

**Le traitement**

L'exclusion de tous les aliments contenant du gluten améliore très rapidement l'état de la muqueuse digestive et fait disparaître l'ensemble des symptômes. L'enfant retrouve alors du poids. Ce régime, à la réalisation difficile – le gluten est présent dans de nombreux aliments – doit être mis en place avec l'aide d'une diététicienne spécialisée. Il est recommandé de le poursuivre toute la vie.

On sait aujourd'hui que cette hypersensibilité au gluten peut être héréditaire. On peut ainsi découvrir dans les familles d'enfant souffrant de maladie cœliaque, d'autres personnes atteintes de cette maladie (ayant des anticorps positifs voire des anomalies à la biopsie) mais ayant très peu, ou pas du tout, de symptômes. La nécessité de faire suivre à ces personnes un régime sans gluten est alors discutée au cas par cas.

## Griffes du chat (maladie des)

Les griffures du chat peuvent provoquer une maladie par transmission d'un agent parasitaire. L'incubation varie de 10 à 30 jours. Dans le territoire correspondant à la griffure (par exemple sous le bras pour une griffure à la main) apparaît un ganglion qui finit par suppurer. Il peut durer de un à trois mois et prendre un volume important. Un traitement antibiotique est efficace et, institué suffisamment tôt, empêchera la suppuration. Dans le cas contraire, il faudra évacuer le pus par ponction(s).

## Griffures

Certains bébés très actifs prennent la fâcheuse habitude de se gratter le visage, jusqu'à se faire des écorchures. C'est une manière pour eux d'explorer leur corps. Vous pouvez leur couper les ongles (pendant leur sommeil, c'est plus facile), ou les limer, mais il est déconseillé de leur mettre des moufles. Ne craignez rien : ces petites écorchures se cicatriseront d'elles-mêmes, sans danger du moment qu'elles viennent de l'enfant lui-même. Il n'y a rien d'autre à faire.

## Grince des dents (bruxisme)

En dormant, certains enfants font entendre un grincement de dents. S'il devient habituel, il exprime vraisemblablement un petit trouble psychologique. Il faut faire appel à votre compréhension pour en découvrir la cause : jalousie à l'égard d'un frère ou d'une sœur ? Sentiment d'abandon ? De petits faits souvent passés inaperçus des parents peuvent avoir créé, à un moment quelconque, un certain état de tension, d'angoisse, qui se révèle de cette manière. Il est donc important de comprendre la situation et d'en parler avec le pédiatre.

## Grippe. État grippal

On ne doit pas appeler grippe n'importe quel état fébrile. En effet bien des maladies d'enfant débutent comme une grippe : frissons, brusque poussée de température avec rougeur du visage, sécheresse de la gorge, douleurs dans le dos et dans les membres. La toux – sèche et de plus en plus violente – n'est pas davantage un signe qui permette de reconnaître la grippe. Chez le jeune enfant, la diarrhée et les vomissements ne sont pas rares.

Il est possible de faire un test de confirmation de la grippe (en frottant la muqueuse nasale à l'aide d'un petit bâtonnet). Cela peut être utile par exemple chez un enfant hospitalisé ou particulièrement surveillé. Le diagnostic est certain.

On peut penser à la grippe si les symptômes sont typiques (fièvre, frissons, fatigue, douleurs musculaires) et d'autant plus si on est en période d'épidémie.

**Que faire en cas de grippe ?**

Le médecin prescrira des médicaments contre la douleur (antalgiques), comme le paracétamol. Il prescrira chez les enfants à risque un traitement antiviral qui atténuera la gravité de la maladie et en raccourcira la durée.

**La vaccination**

Elle est souhaitable chez les enfants présentant un risque particulier : maladie pulmonaire, malformation cardiaque, grands prématurés… Elle se fait alors tous les ans. Chez les enfants de moins de 2 ans, on pratique deux injections de chacune une demi-dose à 1 mois d'intervalle. Il existe un vaccin nasal mais son efficacité a été récemment remise en question par les autorités américaines.

## Gynécologie de la petite fille

ou

Les problèmes gynécologiques de la petite fille sont fréquents mais le plus souvent bénins.

**La vulvite**

Elle est due à la fragilité de la muqueuse, en particulier vers 3-4 ans. Comme il n'existe pas de sécrétion hormonale à cet âge, la muqueuse s'irrite facilement, ce qui entraîne des brûlures, des rougeurs, des démangeaisons, également favorisées par la chaleur.

Le traitement de la vulvite est simple : une toilette locale, si possible trois fois par jour, à l'eau et au savon (à pH neutre). Le rinçage se fera avec la douche, ainsi il sera plus efficace, et le séchage sera bien soigneux. L'irritation disparaît en 3-4 jours mais la vulvite a tendance à se répéter. D'ailleurs, certaines petites filles y sont plus sensibles que d'autres.

En cas d'écoulement, il est recommandé de consulter le médecin car il existe probablement une autre cause qui nécessite un traitement approprié. Il peut s'agir de vers intestinaux, d'un corps étranger se trouvant dans le vagin, d'une infection bactérienne.

**La coalescence des petites lèvres**

C'est une affection fréquente de la petite fille, qui peut être remarquée dès les premiers mois de vie : les petites lèvres de la vulve sont accolées l'une à l'autre. Le reste des organes sexuels est normal. La coalescence des petites lèvres évolue toujours vers la guérison, soit au cours de l'enfance, soit au moment des modifications de la vulve lors de la puberté. Aucun traitement n'est donc nécessaire.

La coalescence des petites lèvres est différente de l'**imperforation hyménéale**, qui est une fermeture vaginale complète. Cette malformation est dépistée lors des examens systématiques de la petite fille, et doit être traitée chirurgicalement car, à la puberté, elle empêche l'évacuation des règles et occasionne des douleurs abdominales.

**Les traumatismes vulvaires**

Ils sont relativement fréquents entre 2 et 5 ans et dépendent de l'activité physique de l'enfant : escalades, apprentissage du vélo, etc. La chute est souvent douloureuse, l'enfant pleure aussitôt. En cas de saignement, ou si la douleur persiste, accompagnée de pâleur, il sera prudent de consulter le médecin. Le plus souvent, il s'agit d'une petite plaie qui nécessite des soins antiseptiques simples. Il est rare d'avoir recours à un geste chirurgical (points de suture). En revanche, il peut exister un hématome important et douloureux qui finira par disparaître peu à peu.

**Les saignements**

Mis à part le cas des chutes et des traumatismes, les saignements vaginaux sont exceptionnels et doivent toujours être signalés au médecin.

Devant des rougeurs, des petites plaies, certains propos de l'enfant, la question des abus ou attouchements sexuels peut se poser (p. 327). Il faut en parler au médecin le plus rapidement possible, en essayant de ne pas orienter d'avance le discours de l'enfant. Le pédiatre, le médecin traitant est ici l'interlocuteur privilégié de l'enfant : il saura le questionner, l'écouter et respecter son intimité. En fonction de la situation, le médecin pourra alors se mettre en relation avec une consultation hospitalière ou avec une équipe de protection de l'enfance pour décider d'une conduite à tenir.

# H

## Haemophilus

Chez l'enfant de moins de 4 ans, le microbe de l'*Haemophilus influenzae* est responsable d'infections graves (méningites, épiglottites, foyers pulmonaires) et moins graves (otites, conjonctivites, surinfections bronchiques). Il existe plusieurs types de ce microbe ; le type B entraîne des infections sévères. Aujourd'hui, on dispose d'un vaccin antihaemophilus B, qui se fait en association avec d'autres vaccins, dans les vaccins hexavalents (p. 359). Depuis la généralisation de cette vaccination, les infections graves ont pratiquement disparu. Les autres infections sont traitées par des antibiotiques.

## Hanche luxable

La luxation congénitale de la hanche est plus fréquente dans certaines familles et surtout chez les bébés qui restent dans l'utérus en position de siège jusqu'à l'accouchement, ainsi que chez les jumeaux.

À la naissance, l'extrémité supérieure de l'os de la cuisse (tête du fémur) n'est pas complètement formée. C'est durant la première année que cette extrémité va s'ossifier en se moulant dans une cavité de l'os du bassin.

Mais il peut arriver que cette cavité soit mal formée – trop plate ou trop inclinée – et que l'extrémité supérieure de l'os de la cuisse puisse en sortir aisément. C'est ce qu'on appelle la hanche luxable, anomalie qui peut affecter un seul côté, ou les deux. Rarement, il arrive que la tête du fémur soit en permanence à l'extérieur de la cavité : c'est la hanche luxée dont le traitement est long et parfois complexe.

La recherche de la hanche luxable est systématique et fait partie des examens médicaux de la naissance et des jours suivants. Elle se traduit par le signe du « ressaut ». La radiographie à la naissance est inutile car non concluante avant 3 ou 4 mois. L'échographie pratiquée entre 4 et 6 semaines permet de faire le diagnostic. Le traitement ne sera mis en œuvre que si l'anomalie de la hanche est confirmée ; les cuisses du bébé sont maintenues écartées par un « coussinet d'abduction » ou une culotte spéciale, pour une durée variable selon chaque cas et en fonction de l'évolution.

## Hémophilie

Cette maladie hémorragique est due à l'absence de facteurs nécessaires à la coagulation du sang. C'est une **maladie héréditaire** n'atteignant que les garçons mais transmise par les femmes chez qui elle n'apparaît pas car le gène est porté par le chromosome X, voir *Génétiques* (maladies).

Les premiers **symptômes** se manifestent habituellement à l'âge de la marche sous la forme de saignements abondants ou d'hématomes importants, en particulier à l'intérieur des articulations (spécialement le genou). Plus rarement, la maladie n'est pas connue et une hémorragie vient compliquer une intervention chirurgicale, ORL par exemple. Le traitement est proposé soit préventivement, soit à la demande, en cas d'hémorragie. Il a pour but d'apporter les facteurs manquant dans l'organisme.

Il est important de ne pas surprotéger l'enfant qui doit suivre normalement son développement. Il est conseillé de rembourrer les vêtements au niveau des genoux et de doubler les couches pour protéger les fesses lors de l'apprentissage de la marche. Pour les plus grands, une activité physique est encouragée mais en préférant les sports sans contact (comme la natation, le vélo ou l'aviron).
www.afh.asso.fr

## Hémorragie ou

### Blessure légère

L'enfant s'est coupé, est tombé, s'est égratigné, etc., la blessure saigne (voir *Coupure*).

Une hémorragie à la suite d'une coupure peut être stoppée en appliquant une compresse et en appuyant avec un doigt pendant quelques minutes. Ensuite badigeonnez la plaie de désinfectant et mettez un pansement adhésif.

### Hémorragie par blessure grave

L'enfant s'est coupé profondément avec du verre, un couteau, etc. Dégagez la blessure en ôtant, en déchirant ou même en coupant les vêtements. Enlevez les débris (verre, métal, graviers, etc.) qui se trouvent près de la blessure, mais ne touchez pas à ceux qui sont enfoncés dans la plaie. Ne cherchez pas à désinfecter la blessure. Posez sur la plaie un gros pansement et appuyez fortement : le vaisseau est alors comprimé sur le plan résistant que forme l'os. Continuez à presser pendant 5 minutes au moins. Ensuite, fixez bien le pansement avec des bandes. Si vous n'avez pas de pansement, utilisez un tampon formé par un mouchoir, une serviette, etc., propres de préférence. Si vous n'avez pas un tissu propre, n'hésitez pas : arrêtez d'abord l'hémorragie, l'infection est secondaire. Puis, selon le cas, transportez l'enfant à l'hôpital, ou appelez le 15 ou le 18.

Dans la pratique, il est difficile de distinguer le saignement d'une artère ou d'une veine.

Généralement :
- veine sectionnée : le sang s'écoule en nappe, il est rouge sombre ;
- artère sectionnée : le sang jaillit en gros jet saccadé. Il est rouge vif.

Si le pansement indiqué ci-dessus ne suffit pas à arrêter l'hémorragie, comprimez avec le pouce l'artère sectionnée au-dessus de la plaie, c'est-à-dire entre celle-ci et le cœur.

### Saignement de nez sans cause apparente

Il faut commencer par moucher l'enfant la tête penchée en avant, pour évacuer les caillots. On arrêtera le saignement en comprimant assez fortement les deux ailes du nez entre le pouce et l'index, de façon prolongée (au moins 10 minutes). Si le saignement persiste, il faut voir le médecin.

Lorsqu'un enfant saigne fréquemment du nez, il faut en parler au médecin, car il peut s'agir d'une dilatation de vaisseaux de la muqueuse nasale ou, parfois, d'un trouble de la coagulation du sang.

### Sang dans les selles

Voir *Selles, Saignement génital,* et *Gynécologie de la petite fille.*

## Hépatites

Une hépatite est une inflammation du foie. Elle peut être causée par des substances toxiques (alcool par exemple), ou certains médicaments, mais le plus fréquemment par des virus : c'est l'**hépatite virale**.

Ces virus sont désignés par les lettres A, B, C, D, et E. Les virus A et E sont le plus souvent transmis par des aliments qui ont été contaminés par une personne infectée. Les virus B et C sont transmis par voie sexuelle ou par le sang (transfusion par exemple). Ils peuvent également être transmis de la mère à l'enfant au moment de l'accouchement, ce qui nécessite une prise en charge particulière des nouveau-nés lorsque les mères sont porteuses du virus de l'hépatite B (injection de gamma globulines spécifiques antihépatite B dès les premières heures de vie, vaccination antihépatite B le jour de la naissance puis deuxième injection à 1 mois et troisième injection à 6 mois). Le dépistage de l'hépatite B est fait systématiquement pendant la grossesse.

### L'hépatite virale aiguë

Au moment de la contamination par le virus, des signes d'inflammation aiguë du foie peuvent être présents : l'enfant est fatigué, se plaint du ventre, vomit, une coloration jaune de la peau apparaît (jaunisse), les urines peu abondantes sont foncées et les selles, décolorées. C'est ce qu'on appelle parfois dans le langage courant la « crise de foie ». Il s'agit d'une hépatite virale aiguë. Il est possible aussi qu'il n'y ait aucun symptôme particulier.

Dans le cas d'une contamination par les virus de l'hépatite B ou de l'hépatite C, ces virus peuvent rester dans le foie et provoquer une inflammation chronique ; on parle d'hépatite chronique. Des complications graves peuvent se développer de nombreuses années plus tard : cirrhose et cancer du foie. D'où l'importance du vaccin contre l'hépatite B chez les jeunes enfants.

Il n'existe pas de médicament permettant de traiter une hépatite aiguë. Il faut du repos et attendre que les virus soient éliminés naturellement par l'organisme. En cas de symptômes évocateurs, le médecin pourra prescrire une prise de sang pour confirmer le diagnostic.

**Les vaccins contre les hépatites**

En raison de la faible efficacité des traitements, les vaccinations contre l'hépatite A et surtout contre l'hépatite B sont essentielles pour protéger les enfants de ces maladies. Le vaccin contre l'**hépatite B** est obligatoire en France ; il est effectué dans les premiers mois de vie (p. 357). Le vaccin contre l'**hépatite A** est fortement conseillé en cas de voyage car le virus de l'hépatite A est présent dans de nombreux pays ; deux injections sont proposées à 6 mois d'intervalle. Il peut se faire dès l'âge d'un an. À l'heure actuelle, il n'existe aucun vaccin contre l'**hépatite C**.

## Hernie

C'est une petite partie de la paroi abdominale qui n'est pas complètement fermée et qui laisse sortir, à l'occasion d'efforts ou de pleurs, un peu du contenu de l'abdomen. On observe donc une boule qui sort par intermittence.

Si c'est au niveau de l'ombilic, il n'y a aucun risque particulier car le contenu sort et ré-entre sans problème. Si la **hernie ombilicale** est grosse et qu'elle persiste, on peut discuter de la refermer par une intervention chirurgicale qui est plutôt à visée esthétique.

En revanche, la hernie apparaissant au niveau de l'aine (appelée **hernie inguinale**) est à risque de s'étrangler : c'est-à-dire que le contenu de l'abdomen sort et reste bloqué à l'extérieur. On préfère donc l'opérer systématiquement dès que l'on en fait le diagnostic pour refermer l'espace anormal au cours d'une courte intervention.

## Herpangine

Contrairement à ce que son nom pourrait laisser croire, l'herpangine est due à un groupe de virus différent de celui de l'herpès : il s'agit du virus Coxsackie A. L'herpangine survient par petites épidémies, débute brusquement par de la fièvre, un malaise général, des douleurs musculaires et une angine. Celle-ci se caractérise par la présence, sur les amygdales, le voile du palais, parfois la langue, de petites vésicules qui se rompent rapidement et laissent place à des ulcérations superficielles. Les ulcérations s'effacent en quelques jours. Le médecin prescrira un traitement local adapté. L'évolution est simple, sur une semaine environ.

## Herpès

C'est le nom d'un groupe de virus très fréquents. Le virus de type 1 peut atteindre les enfants dès leur entrée en collectivité et il peut provoquer une atteinte buccale particulière (voir *Stomatite*). Le virus de type 2 est responsable d'une atteinte génitale qui se rencontre après les premiers rapports sexuels.

## Hydrocèle

Voir *Testicules*.

## Hydrocution

L'hydrocution est un accident grave, différent de la noyade proprement dite, survenant lors d'une entrée trop rapide dans l'eau, ou de façon accidentelle ; il s'agit d'une syncope. Le sujet perd connaissance et coule immédiatement. L'évolution est souvent très grave si les manœuvres de réanimation cardio-respiratoire n'ont pas été entreprises aussitôt. Pendant que les gestes d'urgence sont pratiqués, il faut appeler le 15 ou le 18. Le mécanisme de cet accident est encore mal connu ; on met en cause la trop grande différence de température air-eau (syncope thermodifférentielle).

**Conseils préventifs** : éviter l'exposition solaire prolongée avant le bain, entrer dans l'eau progressivement, ne jamais contraindre un enfant réticent.

## Hyperactif (enfant)

Voir *TDAH (Trouble du déficit de l'attention avec ou sans hyperactivité)*.

## Hypertension artérielle

Bien que rare, l'hypertension artérielle peut se voir chez le nourrisson et l'enfant. Elle peut avoir des causes diverses (avant tout rénales), mais être également, comme chez l'adulte, sans cause décelable.

La prise de la pression artérielle est difficile chez l'enfant en raison de l'agitation et de la réaction émotive. Cependant elle tend à devenir un geste de plus en plus couramment effectué lors de l'examen du médecin. Il est surtout important de savoir que les résultats obtenus doivent être interprétés avec beaucoup de précaution : tout chiffre qui pourrait paraître anormal est vérifié à plusieurs reprises, dans les meilleures conditions (calme, repos, mise en confiance, etc.) et confronté aux normes qui varient en fonction du sexe, de l'âge et de la taille.

## Hypospadias

C'est une malformation néonatale fréquente. L'orifice (méat) urinaire, au lieu d'être situé normalement à l'extrémité de la verge, se trouve à sa face inférieure, plus ou moins en arrière ; le jet est dirigé vers le bas. Il existe parfois une courbure de la verge, et les testicules ne sont pas descendus dans les bourses. Une intervention chirurgicale est nécessaire et donne de bons résultats.

## Hypotrophie

L'hypotrophie du nourrisson est définie comme une croissance insuffisante, particulièrement en poids.

Il est rare en Europe qu'elle soit due à une insuffisance alimentaire. Les causes habituelles sont : les infections répétées ou prolongées (otites, infections urinaires, etc.), les malformations d'organes (cœur, reins, etc.), les troubles de la digestion et de l'absorption intestinale (mucoviscidose, intolérance à certains constituants du lait, intolérance au gluten – protéine contenue dans les farines de céréales), les maladies chroniques. Mais aussi certaines formes de maltraitances, dénoncées à juste titre par l'OMS, comme les carences psychosociales, touchant les soins maternels, relationnels et éducatifs (sans que la nutrition à proprement parler soit en cause). Dans ces cas, les enfants présentent une cassure de la courbe de poids qui conduit le médecin à faire pratiquer un bilan.

**Le nouveau-né hypotrophe** est un enfant qui naît avec un petit poids, inférieur à celui attendu pour l'âge gestationnel de naissance. Par exemple, pour une naissance à terme, c'est un enfant qui aura un poids de naissance inférieur à 2 500 g. On parle dans ce cas de retard de croissance intra-utérin dont les causes sont multiples. Elles peuvent être maternelles (infection, toxémie, intoxication médicamenteuse, abus du tabac) ou placentaires ; ou bien environnementales – en particulier psychosociales.

# I

## Ictère du nouveau-né

Dans les jours qui suivent la naissance, de nombreux bébés prennent une couleur jaune orangée plus ou moins accentuée. C'est l'ictère du nouveau-né, incident bénin dont la cause est connue.

En naissant, le bébé apporte avec lui une réserve de globules rouges (ces cellules qui dans le sang servent à transporter l'oxygène). Le circuit sanguin étant ouvert et les poumons déployés, il détruit une partie de ses globules rouges. Chez la plupart des bébés, l'élimination se fait sans problème, grâce à la rate et au foie. Chez d'autres, le foie, pas encore tout à fait mature, ne peut éliminer la totalité des déchets (bilirubine) provenant de cette destruction globulaire. Ces « pigments biliaires » s'accumulent dans le sang, déterminant la jaunisse (ou ictère) du nouveau-né, qui s'efface habituellement en quelques jours. La lumière accélère cette baisse de l'hyperbilirubinémie ; c'est pourquoi le nouveau-né qui a la jaunisse sera parfois mis « sous lampe » (photothérapie blanche ou bleue) pendant quelques jours, plusieurs heures par jour, après avoir pris soin de lui protéger les yeux. Le taux de bilirubine, qui ne doit pas dépasser un certain seuil, est alors surveillé.

Autres causes de l'ictère du nouveau-né :

- certaines différences de groupe sanguin entre la mère et le bébé. Dans ce cas, l'ictère s'accompagne de selles blanches, ce qui est le principal signe d'alerte ;
- la prématurité ;
- la malformation des voies biliaires (c'est heureusement très rare).

**À noter :** l'allaitement entraîne parfois la persistance de l'ictère pendant le premier mois, ce qui est sans danger pour le bébé.

## Impétigo

Cette infection microbienne de la peau chez le nourrisson est due à un staphylocoque ou à un streptocoque. Elle débute par une petite bulle, qui s'étend en quelques heures, puis se ride. Elle est cernée d'un halo rouge. Très vite, la bulle se rompt : il en sort un liquide trouble, poisseux, qui se dessèche et produit des croûtes jaunâtres, friables comme de la cire d'abeille, puis brunâtres. C'est l'aspect que l'on peut habituellement constater.

L'impétigo atteint souvent le visage – autour du nez, de la bouche – et le cuir chevelu. L'intérieur de la bouche peut être également infecté (stomatite). Les croûtes sont parfois très épaisses. L'impétigo est très contagieux : l'enfant s'infecte lui-même par les doigts et propage les lésions. De plus, il transmet l'infection aux autres enfants par contact direct.

Le médecin prescrira un traitement local, à base d'antiseptique, de pommade antibiotique, et, éventuellement, des antibiotiques par voie générale.

## Indigestion (embarras gastrique)

Chez le nourrisson, comme chez l'enfant plus grand, il est bien difficile de donner une définition précise de l'embarras gastrique car des symptômes courants comme les vomissements, les douleurs abdominales ou la fièvre peuvent avoir des causes diverses qui vont de l'indigestion la plus banale à l'hépatite virale, en passant par la crise d'appendicite aiguë. C'est pourquoi la vigilance s'impose : après 24 heures d'attente et d'observation, il sera prudent de consulter le médecin.

## Ingestion accidentelle

**L'enfant a avalé un objet**

L'enfant a avalé un objet, une pièce de monnaie par exemple. Celle-ci peut se diriger dans les voies respiratoires avec un risque d'asphyxie (voir *Corps étranger dans les voies respiratoires*).

L'objet peut aussi se diriger vers le tube digestif ce qui est en général sans conséquence. L'objet avalé va cheminer peu à peu tout au long du tube digestif et sera finalement évacué dans les selles. Il n'y a pas d'intervention chirurgicale à prévoir. Le médecin se contente, si l'objet est métallique, de suivre sa progression par des radiographies, pour en vérifier l'évacuation dans les selles au bout d'un ou deux jours.

Trois cas peuvent poser problème :

- celui d'un objet piquant, type épingle, qui peut rester fixé dans la paroi du tube digestif. Une intervention peut être nécessaire ;
- celui d'un liquide caustique (eau de Javel par exemple), voir ci-dessous ;
- celui d'une pile (le plus souvent une petite pile-bouton de montre ou équivalent) : la pile doit être impérativement ôtée car elle peut provoquer une brûlure locale et une ulcération de la paroi digestive.

**L'enfant a avalé de l'alcool**

Toute ingestion accidentelle d'alcool peut s'avérer dangereuse chez l'enfant qui possède peu de masse grasse (où l'alcool se dilue chez l'adulte) et qui a une activité hépatique insuffisante (c'est le foie qui fait perdre à l'alcool sa toxicité). Il y a donc chez l'enfant un retentissement sur le cerveau plus précoce et plus sévère que chez l'adulte. Une consultation médicale est préférable dans tous les cas, quelle que soit la quantité d'alcool absorbée.

**L'enfant a avalé un liquide caustique**

Un liquide caustique (eau de Javel par exemple) peut entraîner des brûlures graves de l'œsophage et de l'estomac. L'enfant doit être vu d'urgence en milieu hospitalier. Il ne faut surtout pas essayer de le faire vomir, ni lui donner quoi que ce soit à boire.

## Infection urinaire

Chez le nourrisson, l'infection de l'appareil urinaire est fréquente. Il ne faut pas s'attendre aux symptômes habituels de l'adulte (brûlures, envies fréquentes d'uriner, etc.). Au contraire, l'infection urinaire de l'enfant s'accompagne de peu de symptômes, ou bien ceux-ci sont trompeurs : elle se manifeste le plus souvent par des accès de fièvre avec frissons et c'est l'absence d'autre cause à cette fièvre (rhinopharyngite par exemple) qui attirera l'attention. On constate souvent un mauvais état général avec manque d'appétit, pâleur, prise de poids insuffisante, douleurs abdominales.

C'est **l'analyse d'urine** faite par un laboratoire qui permettra de reconnaître l'infection, et le médecin la demandera systématiquement devant tout état mal caractérisé. Mais, en attendant, un test simple et immédiat (bandelette urinaire) peut donner une forte probabilité. Un traitement antibiotique sera prescrit, souvent en milieu hospitalier, les antibiotiques étant plus efficaces par voie intraveineuse chez le nourrisson. L'enfant recevra ensuite un traitement antibiotique oral (par la bouche) jusqu'au bilan échographique.

L'infection urinaire est sujette à se reproduire et la guérison définitive est parfois difficile. Cette répétition est souvent due à la présence d'une malformation des voies urinaires. C'est pourquoi on prescrira, même chez le nourrisson, une échographie et une radiographie des voies urinaires appelée cystographie.

Si une anomalie est ainsi révélée, le traitement est plus complexe, et vous serez adressé à un spécialiste urologue. Le reflux de l'urine à contre-courant de la vessie vers le rein est une cause d'infection à répétition (voir *Reflux vésico-urinaire*). Des analyses d'urines seront régulièrement pratiquées.

**Comment recueillir les urines chez le nourrisson et l'enfant ?**

S'il s'agit d'un examen bactériologique (recherche d'une infection urinaire par exemple), les urines doivent être recueillies avec le maximum de soin. Tout d'abord nettoyage méticuleux de la région génito-urinaire, puis recueil pendant le jet, chez l'enfant déjà grand. Pour le petit, on doit recueillir les urines au moyen d'une poche plastique stérile. Si au bout d'une heure, il n'y a pas de résultat, il faut changer la poche (vendue en pharmacie), car elle risque d'être souillée par des selles ou simplement par le contact avec la peau.

**Cystite**

Elle correspond à une infection urinaire restant localisée à la vessie. On dit qu'il s'agit d'une infection « basse », par opposition à l'infection « haute », atteignant les voies urinaires supérieures jusqu'au rein. La cystite est très fréquente chez la petite fille, favorisée par la proximité de l'orifice urinaire et de l'anus. Il faut apprendre à l'enfant à s'essuyer d'avant en arrière. Par ailleurs, il ne faut pas abuser des bains prolongés et ne pas utiliser de produits moussants irritants.

## Intolérance au lactose

L'intolérance au lactose se manifeste par des troubles digestifs (diarrhée, douleurs abdominales, ballonnements, gaz, etc.). Elle est due à la présence dans le tube digestif du principal sucre du lait, le lactose, sous une forme non digérée.

Le lactose est digéré par une enzyme, la lactase. Cette enzyme est présente chez le nourrisson en grande quantité, puis son activité diminue avec l'âge, de façon plus ou moins importante selon les individus. C'est pourquoi certains adultes digèrent mal le lait mais tolèrent mieux les yaourts ou le fromage car ce sont des produits laitiers dans lesquels le lactose a été dégradé ou éliminé.

Chez le nourrisson, il peut y avoir parfois un mauvais fonctionnement de la lactase au cours d'une diarrhée virale. Lorsque la période aiguë, avec selles fréquentes, est terminée, le bébé a une seule selle par jour mais abondante et liquide. Un régime sans lactose peut alors améliorer la qualité des selles. On donne à l'enfant des biberons préparés avec un lait sans lactose, soit du lait de vache dont le lactose a été supprimé, soit un lait fabriqué à partir des protéines du soja ou du riz qui ne contiennent pas de lactose. En revanche, tous les autres produits laitiers (yaourt, fromages blancs, petits suisses, fromages) sont maintenus.

## Intoxications alimentaires

On rassemble sous ce nom les troubles, parfois graves, consécutifs à l'ingestion d'aliments contaminés par diverses bactéries (d'où le terme souvent employé « toxi-infections alimentaires »). Les plus fréquentes sont les *salmonelloses* (voir ce mot), plus rarement la *listériose* (voir ce mot), et surtout celle due au **staphylocoque** dont nous parlons dans cet article.

Les aliments – surtout crèmes, pâtisseries, mais aussi viande, poisson – peuvent être contaminés par des personnes atteintes d'infections cutanées (furoncle, panaris). De plus, lorsque les aliments sont conservés à température ambiante, cela permet au staphylocoque de se développer rapidement, à cause de la rupture de la chaîne du froid. Quelques heures après le repas, apparaissent brusquement des troubles digestifs : des vomissements, des douleurs abdominales, une diarrhée pouvant entraîner une déshydratation importante (voir *Diarrhée*). Ces intoxications provoquent souvent de petites épidémies dans les collectivités, à la cantine par exemple. L'évolution est le plus souvent rapidement favorable, mais quelques formes plus graves peuvent nécessiter une courte hospitalisation.

## Intoxication par l'oxyde de carbone

Elle est malheureusement toujours fréquente malgré les progrès des moyens de chauffage et les messages de prudence régulièrement diffusés. Elle se produit lorsqu'il y a dysfonctionnement d'un appareil de chauffage ou d'un chauffe-eau, dans un local mal ventilé, occasionnant très souvent une intoxication collective familiale. L'oxyde de carbone est un gaz inodore (contrairement au gaz de ville) qui, en se fixant sur l'hémoglobine, empêche l'oxygénation correcte de l'organisme ; cette intoxication entraîne des lésions graves, particulièrement au niveau du système nerveux.

Les premiers symptômes sont des maux de tête, des nausées et des vomissements. Puis, la personne intoxiquée peut perdre conscience, et s'il n'y a pas eu d'intervention rapide, elle peut même être plongée dans le coma.

**Ce qu'il faut faire :** appeler les pompiers ; sortir l'enfant de la pièce et aérer ; en attendant les secours, si nécessaire, pratiquer la respiration artificielle et le massage cardiaque ; si l'enfant est inconscient mais respire normalement, le mettre en position dite de sécurité (c'est-à-dire allongé sur le côté, la bouche orientée vers le sol), pour qu'il ne s'étouffe pas.

Si le diagnostic d'intoxication par oxyde de carbone est confirmé, et si l'intoxication est sévère, l'enfant sera conduit d'urgence dans un centre spécialisé pour un traitement par oxygène « hyperbare » en caisson.

La **prévention** passe par la vérification et l'entretien réguliers des appareils de chauffage.

## Intoxication par un produit

Trois situations peuvent se présenter :

**1. Vous voyez l'enfant avaler un produit toxique (médicament, alcool, produit d'entretien, etc.).**

Ce que vous devez faire :

- avant tout, garder votre sang-froid ;
- téléphoner au Samu (15) qui vous indiquera quelle conduite tenir et s'il faut transporter l'enfant à l'hôpital. Dans ce cas, l'hôpital effectuera les premières mesures d'urgence (évacuation gastrique, réanimation…) et décidera du transfert éventuel dans un service spécialisé ;
- répondre avec le plus de précisions possible en ce qui concerne le produit incriminé (nature, quantité), l'heure de l'accident, les premiers symptômes observés ;
- apporter les produits (ainsi que les emballages) à l'hôpital.

**2. Votre enfant présente certains symptômes faisant penser qu'il a absorbé un produit toxique : il titube, est somnolent ou ne tient pas debout.**

- Il faut immédiatement appeler le Samu (15) et le médecin que vous aurez au téléphone décidera avec vous de la conduite à tenir.
- Essayez de trouver ce que l'enfant a pu absorber, pensez à regarder sur le sol, sous les meubles, ou encore dans les poches de l'enfant.

**3. Vous croyez que votre enfant a avalé un produit toxique mais vous n'en êtes pas sûr.**

Essayez de trouver ce que l'enfant a pu absorber. Prenez conseil auprès du médecin ou contactez un centre antipoison (p. 376). Si des symptômes sont présents dès le début ou apparaissent (somnolence, vomissements, convulsions), appelez le Samu.

**Recommandation particulière :** on croit souvent qu'il faut faire boire un enfant quand on redoute une intoxication. Cela peut être dangereux ainsi que d'essayer de le faire vomir.

**Maximum de risques : entre 1 an et 4 ans :** c'est à cet âge et surtout chez les garçons que les intoxications sont les plus nombreuses. Les médicaments et les produits ménagers sont les grands responsables. Il n'est pas inutile de redire que médicaments et produits d'entretien ne doivent jamais être accessibles à l'enfant : ils doivent être rangés en hauteur (« Attention danger », p. 137).

## Invagination intestinale aiguë

L'invagination signifie qu'une partie de l'intestin rentre, se replie sur elle-même, par un mécanisme de retournement en doigt de gant. Elle touche plus souvent le garçon, entre 2 mois et 2 ans, et peut constituer une complication précoce qui suit la vaccination contre le rotavirus.

Elle se caractérise par des crises douloureuses, avec cris et pleurs inhabituels, de survenue brutale, avec souvent une grande pâleur. Les crises durent quelques minutes, puis s'arrêtent spontanément ; elles s'accompagnent souvent de vomissements et d'un refus du biberon, ainsi que d'une petite émission de sang dans la couche. Devant ces symptômes, il est urgent de transporter l'enfant à l'hôpital. La confirmation du diagnostic repose sur l'échographie. Une radio de l'abdomen sera également pratiquée.

Actuellement, le traitement se fait au moyen d'un lavement baryté administré à l'enfant avec produit opaque sous contrôle radiologique. La montée du produit dans le gros intestin produit une pression qui va permettre une « désinvagination ». La douleur s'arrête immédiatement : l'enfant est guéri. Il restera cependant à l'hôpital jusqu'au lendemain pour s'assurer de la bonne reprise du transit, d'une alimentation normale, ainsi que de l'absence de douleur. Il existe un risque de récidive d'environ 10 %.

En cas de contre-indication au lavement baryté, ou d'échec de celui-ci, la réduction de l'invagination devra se faire par une intervention chirurgicale.

# JK

## Jambes arquées

Voir *Genoux (qui s'écartent, qui se touchent).*

## Kawasaki (maladie de)

Décrite d'abord au Japon, cette maladie n'est pas exceptionnelle chez le nourrisson et l'enfant au-dessous de 5 ans. La cause est encore inconnue mais un facteur génétique est probable car la fréquence de la maladie est dix fois plus élevée en Asie qu'en Europe. Les symptômes associent une fièvre élevée, prolongée au-delà d'une semaine, une éruption siégeant principalement sur le tronc (pouvant faire penser à une rougeole ou à une scarlatine), la bouche, le pharynx et les yeux (pharyngite, lèvres sèches et fissurées, langue « fraisée », rouge avec des papilles apparentes, conjonctivite...), des ganglions au niveau du cou.

Un élément très caractéristique est constaté aux mains et aux pieds qui sont enflés, rouges, et qui « pèlent », à partir du 10e jour, en lambeaux aux paumes et aux plantes des pieds. On peut aussi observer une atteinte cardiaque qui rend compte de la gravité de la maladie et justifie la mise en place rapide d'un traitement dès que le diagnostic est suspecté. Celui-ci, par perfusion intraveineuse d'immunoglobulines, associé à la prise d'aspirine, permet en effet d'éviter cette complication cardiaque lorsqu'il est administré dans les premiers jours de la maladie. Pendant l'épidémie de SARSCov2 on a parlé de la recrudescence de cette maladie mais avec des formes atypiques et chez des enfants plus grands qu'habituellement. Il faudra encore un peu de temps pour comprendre le rapport entre ces deux maladies.

## Kinésithérapie respiratoire

C'est une technique qui permet d'améliorer l'évacuation des sécrétions bronchiques. Si son intérêt est aujourd'hui discuté dans le cadre des bronchiolites banales du nourrisson, elle reste un élément majeur du traitement de certaines maladies pulmonaires comme la mucoviscidose.

# L

## Langage (retard du) avant 3 ans

On parle de retard lorsque l'enfant ne parle pas au moment attendu. Le langage est un phénomène personnel (je peux ou non parler) mais est aussi un phénomène de relation (qui me parle, à qui puis je parler ?). Le retard aura donc plusieurs causes possibles.

L'enfant prononce 10 mots simples vers 18 mois et de 50 à 100 mots à 2 ans. Jusqu'à 2 ans, un mot n'est pas forcément bien articulé. Du moment qu'il est stable, qu'on le reconnaît et que l'enfant l'utilise à bon escient, le « faux-mot » ou mot déformé est considéré comme un « vrai-mot » : par exemple « tu » pour « voiture ».

Les signes évoquant un retard de langage sont soit son absence, soit des phrases mal construites ou pauvres, soit un vocabulaire limité.

**Que faire en cas de retard du langage ?**

Si l'enfant ne semble pas avoir envie de parler pour entrer en relation, s'il ne dit que quelques mots à 18 mois, consultez votre médecin car une prise en charge précoce évite une aggravation des troubles et leurs conséquences dans les relations entre l'enfant et l'entourage. Le médecin fera tout particulièrement attention à dépister un trouble de l'audition. Il utilisera soit des petits objets musicaux, soit, pour les plus grands, le test « de la voix chuchotée ». En cas de doute, un bilan auditif complet sera demandé à un spécialiste ORL. Si nécessaire, le médecin vous orientera vers un(e) orthophoniste pour un bilan.

On parle alors de simple **retard de parole** ou de **retard de l'articulation** lorsqu'un ou plusieurs sons ne sont pas prononcés ou sont remplacés par d'autres. Par exemple : « zupe » (jupe), « maicresse » (maîtresse), « pestac » (spectacle). Il est important de ne pas faire répéter sans arrêt l'enfant.

Entre 2 et 3 ans, beaucoup d'enfants montrent des petites perturbations dans leur expression verbale, des hésitations à exprimer les mots : c'est normal, l'enfant apprend à construire des phrases, il enrichit son vocabulaire, sa pensée va plus vite que sa parole, et il n'a pas encore à sa disposition l'assurance verbale correspondant à ce qu'il veut exprimer et à tout ce qu'il comprend.

**À noter.** Certains retards de langage sont accentués par une surexposition de l'enfant aux **écrans** puisqu'il ne voit pas d'intérêt à parler à autrui, le temps passé devant les écrans empêchant les interactions et la progression du vocabulaire.

## Langage (troubles du) après 3 ans

**Bégaiement**

On parlait déjà du bégaiement dans l'Antiquité : on rappelle souvent l'histoire de Démosthène qui avait des difficultés d'élocution et s'exerçait à bien parler en marchant de long en large sur la plage. Le bégaiement est un trouble de l'expression verbale affectant le rythme de la parole en présence d'un interlocuteur. Il s'inscrit dans le cadre d'une pathologie de la communication.

L'origine du bégaiement est encore mal connue. L'hypothèse de facteurs multiples est aujourd'hui mise en avant, en distinguant des facteurs favorisants liés à l'enfant ou à son environnement (par exemple un grand frère ou une grande sœur qui a tendance à monopoliser la parole) et des facteurs déclenchants (comme l'arrivée d'un nouveau bébé dans la famille ou l'entrée à l'école).

Ce trouble affecte 1 % de la population et trois garçons pour une fille. Il débute le plus souvent entre 3 et 7 ans.

Le bégaiement est caractérisé par des répétitions (de sons, de syllabes, de mots), des allongements du temps pour émettre un son, des pauses à l'intérieur des mots ou entre les mots.

Il est important de ne pas dire à l'enfant : « Fais un effort pour parler comme il faut ». Il est déconseillé également de faire comme si on ne s'apercevait de rien ou de penser que le trouble va passer tout seul. Il convient d'en parler **sans tarder** au pédiatre qui évaluera le trouble à sa juste mesure. En cas de bégaiement, il prescrira en urgence une consultation avec un(e) orthophoniste (p. 333). Il n'y a en effet pas de temps à perdre, d'autant plus que les rendez-vous sont en général longs à obtenir. La prise en charge est associée à de la relaxation en psychomotricité et parfois à un soutien psychologique. L'orthophoniste commencera à aider l'enfant, non pas seulement au niveau du langage, mais aussi sur le souffle, la respiration, la musculature des joues.

**Zézaiement**

Ce défaut de prononciation est dû à une mauvaise position de la langue et/ ou des lèvres qui viennent s'interposer entre les dents (et non pas à une mauvaise position des dents) lors de l'articulation des consonnes [s][z][t][d][n]. Il peut être corrigé par un(e) orthophoniste dès l'âge de 4-5 ans. Le principal est de retirer toute tétine (donc tout biberon) et, si possible, que l'enfant ne suce plus son pouce.

**Dysphasies**

C'est un enfant qui parle peu ou très mal et a des difficultés à trouver les mots spécifiques pour dire ce qu'il veut à partir de 2 ans-2 ans ½. Le bilan pédiatrique s'impose rapidement pour guider la prise en charge adaptée (orthophonique et parfois psychologique et/ou pédopsychiatrique). L'équipe médicale aura éliminé des troubles ORL, un trouble de développement intellectuel, un trouble envahissant du développement avant de pouvoir poser le diagnostic de dysphasie.

Il y a plusieurs formes de dysphasie qui nécessiteront des rééducations un peu différentes. Si l'enfant a du mal à s'exprimer en classe, par exemple à dire ce qu'il a appris, il devra être accompagné et bénéficier d'une aide via la Mdph. Même si la rééducation orthophonique est longue et semble peu efficace au début, il ne faut pas « craquer ». L'enfant parviendra à s'exprimer au plus tard vers 6-8 ans.

## Langue (frein de la)

Certains bébés naissent avec un frein de langue (le petit ligament qui relie le plancher de la bouche à la base de la langue) qui gêne sa mobilité et retentit sur la bonne prise du sein. Il s'agit de freins particulièrement courts qui s'attachent trop en avant de la langue. Celle-ci est comme bloquée sur le fond de la bouche même quand le bébé tente de la faire bouger. La mise au sein est alors difficile et les petits soucis s'accumulent : crevasses, mauvaise prise de poids, etc. Une courte intervention effectuée par un spécialiste (ORL Pédiatrique) permet alors de régler les problèmes.

En dehors de ce cas très particulier – et finalement assez rare –, il n'existe aucun intérêt à couper un frein de langue, contrairement à une mode de nouveau très en vogue.

## Laryngite

La laryngite est une inflammation du larynx, la partie du système respiratoire située entre le pharynx (la gorge) et la trachée ; il inclut la glotte et les cordes vocales. Les laryngites sont le plus souvent d'origine virale, parfois simplement inflammatoires (« striduleuses »), et exceptionnellement bactérienne. Elles sont fréquentes entre 18 mois et 5 ans, et surtout de novembre à avril.

La laryngite aiguë virale, sous-glottique, est la plus répandue. L'œdème (gonflement) de la muqueuse sous-glottique entraîne une gêne respiratoire en raison de l'étroitesse du larynx à ce niveau. Le début ressemble à une rhino-pharyngite banale, avec un peu de fièvre. Puis la voix devient rauque, l'inspiration lente et difficile, la toux aboyante – toux sèche et brutale – en pleine nuit. La gêne respiratoire est importante et inquiétante pour les parents. Il n'y a pas de risque vital et l'état de l'enfant s'améliorera très vite grâce à un traitement par corticoïdes, par voie orale ou par aérosol.

**Le traitement**

Il faut calmer l'enfant et l'installer en position assise dans une atmosphère chaude et humide : dans la salle de bains, porte et fenêtre fermées, en faisant couler de l'eau chaude dans la baignoire. Le médecin, appelé en urgence, prescrira habituellement un corticoïde (Célestène®, Solupred®). Si la difficulté respiratoire persiste ou s'aggrave, l'enfant devra être transporté à l'hôpital, où pourra lui être administré un aérosol à base de corticoïdes.

## Listériose

Cette maladie est due à un microbe (*Listeria monocytogenes*) qui peut contaminer de nombreux aliments, particulièrement les fromages préparés à partir de lait cru, mais aussi les charcuteries en gelée, pâtés, rillettes… En général, la listériose donne peu ou pas de symptômes, se signale par un simple « état grippal », passager, qui guérit rapidement. Néanmoins, elle peut être plus grave chez la personne atteinte d'une maladie qui diminue les défenses de l'organisme.

Le cas de la femme enceinte est particulier : atteinte de manière inapparente en fin de grossesse, la future maman transmet la maladie au bébé. Dès les premiers jours de vie, le nouveau-né présente un état de souffrance générale grave avec hypothermie, détresse respiratoire, atteinte méningée.

La listériose est sensible aux antibiotiques qui peuvent être administrés au nouveau-né et à la mère. Mais, aujourd'hui, on insiste beaucoup sur la prévention : ne pas consommer des aliments à risques (voir plus haut) et respecter absolument la chaîne du froid pour transporter les aliments jusque dans le réfrigérateur familial.

## Luxation congénitale de la hanche

Voir *Hanche luxable*.

## Lyme (maladie de)

Voir *Tiques (maladies transmises par les)*.

# M

## Maladies infantiles (fièvres éruptives)

Voir *Rougeole, Rubéole, Oreillons, Varicelle, Roséole.*

## Maladies musculaires congénitales

Ces maladies désignent un groupe hétérogène de maladies d'origine **génétique** qui touchent l'ensemble des muscles de l'organisme. On les classe aujourd'hui selon le mécanisme qui est à l'origine de l'anomalie après un bilan complet en milieu spécialisé, dont une recherche génétique poussée.

La **dystrophie de Duchenne** est la plus fréquente d'entre elles. Elle touche essentiellement les garçons mais elle est transmise par les femmes chez qui elle n'apparaît pas car le gène est porté par le chromosome X. Elle est due à une anomalie de la dystrophine, une protéine de soutien de la fibre musculaire : en son absence le muscle est plus fragile, s'abime, et un tissu fibreux le remplace. Un suivi médical régulier permet de retarder certaines complications liées aux atteintes musculaires cardiaques et pulmonaires. Des thérapies innovantes sont à l'essai pour traiter les causes de la maladie, dont la thérapie génique.

www.afm-telethon.fr/association

## Maladies rares ou orphelines

Les maladies rares (MR), dénommées également orphelines, sont des affections chroniques, d'origine non infectieuse. Elles sont peu fréquentes, d'où leur appellation : pas plus d'un individu sur 2 000 en est atteint pour chacune d'elles. Elles sont également très diverses : 7 000 maladies rares ont été identifiées à ce jour. Dans plus de la moitié des cas, elles se développent dans l'enfance mais certaines sont détectables également au moment de la naissance : c'est donc une période propice pour un diagnostic précoce.

Le dysfonctionnement d'un gène suite à une anomalie (mutation, délétion) est responsable de la très grande majorité des maladies rares. L'identification des gènes en cause a été réalisée pour environ 3 000 d'entre elles et les avancées de la recherche et l'utilisation de nouvelles méthodologies d'étude moléculaire par séquençage à haut débit ciblé permettent l'identification croissante de nouveaux gènes chaque année. Les progrès du diagnostic et de la prise en charge de certaines de ces maladies ont amélioré leur pronostic : les personnes atteintes vivent plus longtemps et mieux. Cela n'empêche pas les familles ou les malades de faire face à des situations psychologiquement difficiles. Une enquête récente (ERRADIAG) révèle en effet que la recherche du diagnostic dure au moins 1 an ½ pour la majorité des malades et dépasse même 5 ans pour plus d'un quart d'entre eux.

La France, pionnière en Europe, a montré son engagement en faveur des maladies rares, créant différentes structures, notamment l'Association française contre les myopathies et le Téléthon. La création de centres de référence et de compétence implantés dans des hôpitaux a mis en place une filière de soins adaptée aux patients (filière maladies rares). De nouvelles associations de malades ont vu le jour (près de 300) et de ce fait une interconnexion entre les associations et les centres de référence est réalisée. Le développement d'Orphanet (portail des maladies rares et des médicaments orphelins) et la mise en place d'une Encyclopédie destinée au grand public permettent une meilleure diffusion de l'information.

La reconnaissance officielle des maladies rares a permis aux malades de sortir de leur isolement. Ces maladies occupent aujourd'hui une place particulière dans la filière de soins grâce à la ténacité des principaux acteurs : les malades et les personnels médicaux et paramédicaux. De nombreux défis restent à relever, parmi lesquels le développement de soins spécifiques à chaque maladie. C'est un point très important. Des efforts doivent aussi porter sur :

- une détection plus précoce et le dépistage pré ou postnatal,
- un traitement des premières atteintes,
- une rééducation des incapacités physiques,
- un renforcement de la prise en charge médico-sociale.

**Pour plus d'informations**

www.gouv.sante.fr/les-maladies-rares
www.orphanet-france.fr
maladiesraresinfo.org
www.eurordis.org
Voir *Génétiques (maladies)*.

## Malaises du nourrisson

On rassemble actuellement, sous ce terme un peu imprécis, des troubles de survenue brutale tels que : l'accès de pâleur ou de cyanose, l'arrêt respiratoire (apnée), l'épisode d'hypotonie, avec parfois perte de connaissance. Dans certains cas, quelques mouvements saccadés et la révulsion oculaire font penser à une convulsion.

Ces malaises sont de courte durée (quelques secondes ou minutes) et cessent en général spontanément, ou grâce à quelques manœuvres simples de stimulation et de réanimation. Mais ils peuvent se reproduire ou parfois laisser des séquelles.

La survenue d'un malaise chez le nourrisson est un événement impressionnant pour l'entourage, inquiet d'une récidive peut-être plus grave. Elle doit toujours conduire à consulter le médecin pour s'assurer que l'enfant n'est pas atteint d'une maladie pouvant entraîner de nouveaux troubles. Il faut aussi en rechercher la cause car parfois elle justifie un traitement adapté.

Les mécanismes et les causes des malaises sont nombreux : digestifs (reflux gastro-œsophagien), cardiaques (troubles du rythme), respiratoires (bronchiolite), obstruction des voies respiratoires supérieures ou encore métaboliques.

La gravité de ces malaises, et les traitements parfois nécessaires, dépendent de leur répétition éventuelle, de leur durée, de leur cause. On pourra évoquer dans certains cas la possibilité d'un malaise vagal, comme chez l'enfant plus grand (article ci-dessous), provoqué par la stimulation du nerf vague (par exemple dans le cas du reflux gastro-œsophagien). Cette stimulation entraîne un ralentissement transitoire du rythme cardiaque, qui peut être suffisamment marqué pour provoquer de la pâleur, voire une brève perte de connaissance. Un traitement médicamenteux est parfois conseillé, après exploration complète du rythme cardiaque.

Étant donné le nombre de causes possibles des malaises décrits ci-dessus, on comprendra qu'avant de conseiller le meilleur traitement, le pédiatre ait besoin d'hospitaliser l'enfant pour un bilan complet (pH-métrie, holter cardiaque, enregistrement polygraphique du sommeil...).

Voir aussi *Convulsions avec fièvre, Épilepsie, Reflux gastro-œsophagien, Spasme du sanglot*.

## Malaise vagal du grand enfant

Il peut être à l'origine de perte brève de connaissance. En effet le système nerveux vagal est responsable du tonus musculaire qui maintient une pression sanguine ascendante dans le système veineux, notamment des jambes. Dans certaines conditions particulières (douleur, émotion, chaleur ou atmosphère oppressante), le système vagal perd brutalement son tonus et le sang contenu dans les veines n'est plus remonté vers le thorax et la tête. Le cerveau n'est plus irrigué : on perd donc connaissance. Le traitement consiste à laisser l'enfant à terre et à lui relever les jambes pour permettre au sang d'irriguer de nouveau le cerveau. En quelques secondes tout rentre dans l'ordre. Certains enfants, mais aussi adultes, sont plus sujets que d'autres aux malaises vagaux. Il faut repérer les circonstances dans lesquelles ils surviennent afin d'éviter de se trouver dans ces situations.

## Marche (retard de la)

L'acquisition de la marche est une étape majeure dans la vie de l'enfant car elle est le témoin de son bon développement physique, psychique, affectif.

Les conditions nécessaires à la marche sont nombreuses : elle nécessite d'abord l'intégrité du squelette, des muscles, du système nerveux, en particulier du cerveau ; elle suppose aussi une croissance normale qui ne peut se faire qu'avec une alimentation correcte, riche en protéines et en vitamines. L'environnement psychologique et affectif joue également un rôle comme dans toutes les acquisitions : non stimulé, un enfant fait plus difficilement des progrès, que ce soit pour parler ou pour marcher.

La marche ne peut être acquise que chez l'enfant capable de s'asseoir seul, de se mettre debout et de se deplacer le long des meubles. L'âge habituel de la marche se situe entre 12 et 14 mois, mais il est variable d'un enfant à l'autre. La fourchette s'étend de 10 à 20 mois ; ce n'est qu'après cet âge que l'on peut parler de retard. L'apparition de la marche peut être retardée temporairement par une maladie passagère ou la succession de maladies ; un poids excessif est souvent la cause d'un retard de quelques semaines ou mois. Certains enfants prennent l'habitude de se déplacer sur les fesses ce qui peut retarder l'âge de la marche.

Après 20 mois, un examen médical est donc nécessaire pour

un bilan qui recherchera les différentes causes possibles d'un retard important : une atteinte osseuse telle qu'une malformation passée inaperçue, particulièrement au niveau de la hanche, une atrophie musculaire des membres inférieurs en cause dans les myopathies et d'autres maladies neuromusculaires. L'atteinte du système nerveux par lésion cérébrale, congénitale ou acquise, peut entraîner des paralysies, des troubles de l'équilibre qui empêchent l'acquisition de la marche.

Si l'intelligence a un développement normal, il s'agit d'une infirmité motrice cérébrale (IMC). Parfois, le retard est plus important ; il dépasse le domaine de la motricité et témoigne d'une déficience psychomotrice globale, plus ou moins profonde. Des méthodes éducatives adaptées à ces cas permettront aux enfants de se développer selon leurs possibilités.

## Mégalérythème

Cette maladie virale (le virus est le parvovirus B19), appelée également « cinquième maladie », donne lieu à une éruption qui débute au visage, particulièrement au niveau des joues qui prennent un aspect « soufflé ». Elle s'étend peu à peu aux membres, la fièvre est modérée ou absente. L'éruption est simple, sans complication, et la maladie dure une semaine environ. Attention, cette maladie est dangereuse pour le fœtus.

## Méningite infectieuse

C'est l'atteinte des membranes – les méninges – qui entourent le cerveau. On distingue les méningites bactériennes qui sont une urgence (ce sont celles que l'on craint), des méningites virales qui sont bénignes et guérissent toutes seules.

**Les symptômes et le diagnostic**

Le diagnostic est évoqué devant une association de symptômes (on parle de syndrome méningé) : fièvre élevée, mal de tête, vomissements, intolérance à la lumière (l'enfant est prostré, couché en « chien de fusil », dos à la lumière). En face de ces symptômes, le médecin sera consulté rapidement et il recherchera une raideur de la nuque qui est le signe le plus évocateur de la maladie.

Le diagnostic doit être confirmé, en urgence, par une ponction lombaire : on glisse une petite aiguille entre deux vertèbres lombaires (après avoir appliqué de la crème Emla) pour recueillir quelques gouttes de liquide céphalorachidien dont l'analyse permettra de faire le diagnostic de méningite bactérienne ou virale.

En cas de méningite bactérienne (dite purulente), les bactéries retrouvées sont soit le pneumocoque, soit l'Haemophilus, soit un méningocoque (il en existe plusieurs types différents). Un traitement antibiotique intraveineux est alors rapidement commencé ; un traitement systématique par antibiotique de l'entourage proche est entrepris.

En cas de méningite virale, un simple traitement de la douleur est proposé.

Malgré les progrès thérapeutiques, les méningites bactériennes restent des maladies graves avec risques de séquelles auditives importantes.

**Les vaccins**

Il existe aujourd'hui de nombreux vaccins contre les méningites : les vaccins antihaemophilus et antipneumocoque, effectués dès les premiers mois de vie ; le vaccin contre le méningocoque de type C est maintenant obligatoire à 5 et 12 mois. D'autres vaccins antiméningocoques sont disponibles en cas de voyage dans les zones à risques (les méningocoques sont différents d'un pays à l'autre), notamment pour toutes les personnes qui effectuent un pèlerinage à La Mecque. Un vaccin contre le méningocoque de type B, qui est la bactérie la plus fréquente en France, est disponible.

## Mérycisme

Certains nourrissons et jeunes enfants font remonter leurs aliments dans la bouche et les remâchent à la manière des ruminants. Il s'agit d'un trouble du comportement, en général passager, lié dans la majorité des cas à des difficultés affectives.

Si l'enfant perd du poids, cette rumination, appelée mérycisme, peut nécessiter une prise en charge psychologique, une guidance parentale, et parfois une hospitalisation.

## Microcéphalie ou microcrânie

On parle de microcéphalie quand le périmètre crânien (PC) est nettement au-dessous de la moyenne, ou plus précisément s'écarte de la fourchette des valeurs normales pour l'âge et le sexe. Plus qu'une mesure isolée, c'est l'accroissement insuffisant du PC, mesuré de mois en mois, qui est significatif.

La microcrânie peut être due à une anomalie de la boîte crânienne elle-même, par exemple en cas de soudure trop rapide des os du crâne, ce qu'on appelle la *craniosténose* (voir ce mot) : à l'intérieur, le cerveau est limité dans son développement.

Mais le plus souvent, l'atteinte initiale concerne le cerveau lui-même (microcéphalie) et secondairement, le crâne qui se moule sur son contenu. Les responsables sont des maladies contractées pendant la grossesse – rubéole, toxoplasmose par exemple – ou pendant la période néonatale – insuffisance d'oxygénation cérébrale, méningite. Le scanner ou l'IRM, permettent de voir les lésions cérébrales.

La microcéphalie peut être également associée à une anomalie chromosomique (voir *Trisomie 21*).

Il est possible qu'aucune cause ne puisse être trouvée. Le développement de l'enfant devra être surveillé attentivement afin de dépister un retard des acquisitions ou une épilepsie.

## Migraine

Le mal de tête est fréquent chez l'enfant. S'il s'agit d'un mal de tête subit, intense, associé à des vomissements et à de la fièvre, on pense bien sûr d'abord à la méningite, et le médecin doit examiner l'enfant sans tarder. Bien souvent, il ne s'agira, heureusement, que d'une infection grippale saisonnière ou du début d'une maladie infectieuse éruptive.

Tout autre est le problème posé par un mal de tête répétitif devenu peu à peu habituel, surtout s'il perturbe l'enfant dans ses activités et ses jeux. La migraine est la cause la plus fréquente de céphalée (mal de tête) de l'enfant. 5 à 10 % des enfants en sont atteints, et plus d'une fois sur 10 avant 6 ans.

**La crise de migraine** est un peu différente de celle de l'adulte : elle dure moins longtemps et surtout la douleur est frontale et bilatérale. Il y a souvent des signes digestifs associés (nausées, douleurs abdominales) ainsi qu'une phonophobie et une photophobie (gêne importante occasionnée par le bruit et la lumière). L'enfant est pâle, arrête son activité et pleure. La migraine l'oblige à manquer souvent l'école. Le sommeil est en général réparateur.

La crise peut être précédée par une « aura » : troubles visuels ou sensitifs. Elle est souvent déclenchée par une situation de stress, mais la migraine n'est pas une maladie psychologique. Dans 9 cas sur 10, on retrouve d'autres personnes de la famille qui sont ou ont été migraineuses.

La plupart des parents craignent que ces maux de tête proviennent d'une tumeur cérébrale. Un interrogatoire précis et un examen clinique complet suffisent le plus souvent à éliminer ce diagnostic et à les rassurer. Si un doute persiste, des examens spécifiques pourront être demandés (scanner, IRM).

La crise est traitée par de l'ibuprofène (Advil®, Nureflex®…), habituellement le plus efficace contre la douleur. Pour diminuer la fréquence des crises, le meilleur traitement de fond chez l'enfant est la relaxation. Dans la grande majorité des cas, les crises diminuent ou disparaissent en grandissant.

## Morsures d'animaux : chien ou chat

Les morsures ne doivent jamais être négligées, même si elles sont minimes. Les risques sont l'infection microbienne, le tétanos, la rage. Il faut d'abord nettoyer la plaie avec un antiseptique, puis montrer l'enfant au médecin qui prescrira un antibiotique et vérifiera si la vaccination antitétanique est à jour ; sinon il fera un rappel. Il fera également le point sur le risque de transmission de la rage et par prudence, l'animal sera emmené chez le vétérinaire. Si l'animal n'a pas été correctement vacciné, ou si le propriétaire n'a pas été identifié, la **vaccination antirabique** sera entreprise chez l'enfant. Il existe un centre spécialisé dans chaque département. Le vaccin est très simple : 3 injections, sans effet secondaire.

Un certain nombre de morsures de chien pourraient peut-être être évitées si quelques précautions étaient prises. Ne jamais laisser l'enfant seul avec l'animal (même réputé inoffensif), apprendre à l'enfant quelques règles élémentaires de cohabitation : respecter le « territoire » du chien (couche, gamelle…), ne pas le déranger quand il mange, ne pas l'importuner, reconnaître les signes d'agressivité (par exemple s'il montre les crocs).

## Morsures de serpents : vipère

Contrairement à ce qu'on a longtemps pensé, les morsures de vipère ne sont pas toujours graves : en effet, dans 50 % des cas, elles ne sont pas associées à une injection de venin. Cependant, chez l'enfant, l'évolution peut être plus sévère que chez l'adulte, car la même quantité de venin se diffuse dans un organisme de poids moindre.

Les symptômes éventuels apparaissent dans les heures qui suivent la morsure : vomissements, douleurs abdominales, accélération cardiaque, hypotension, au pire état de choc. S'ils sont importants, cela montre que l'atteinte est grave. La douleur peut être minime. Il faut rechercher les traces d'une morsure : deux points rouges séparés de 0,5 à 1 cm correspondant aux deux crochets. À cet endroit, un gonflement avec ecchymose se développe, qui peut rester localisé ou s'étendre rapidement à tout le membre.

**Que faire en cas de morsure de vipère ?**

Les gestes préconisés autrefois ne sont plus recommandés, car ils sont inefficaces et peuvent être même aggravants : garrot, glace, incision, succion, aspiration. Le sérum antivipérin lui-même est d'utilisation discutée car souvent mal toléré, il a des effets secondaires parfois graves.

Voici ce qu'il est aujourd'hui recommandé de faire. D'abord, garder son sang-froid en évitant toute précipitation inutile qui risquerait d'agiter et d'inquiéter l'enfant. Après un simple nettoyage de la plaie, avec du savon et un antiseptique local, l'enfant sera maintenu allongé, et sera transporté vers le centre hospitalier le plus proche. Le traitement dépendra de la gravité des symptômes.

## Mort inattendue du nourrisson (MIN)

La mort inattendue du nourrisson regroupe plusieurs situations différentes : les morts dites subites du nourrisson et les autres morts inattendues parce que l'enfant décède sans cause de maladie apparente entre 0 et 2 ans.

Tout enfant décédant sans maladie claire expliquant le décès devra bénéficier d'un bilan complet dans un service de pédiatrie d'un hôpital de référence.

On conclura à une **mort subite du nourrisson** (principalement de

0 à 1 an) devant le décès brutal d'un bébé en bonne santé, chez lequel aucune cause plausible ne permet de comprendre l'arrêt cardiaque et respiratoire. L'explication est qu'il y a un trouble des centres de régulations cardio-respiratoires situés à la base du cerveau, comme si les enfants n'étaient pas assez mûrs pour se stimuler lors d'un arrêt cardiaque ou respiratoire. La mort subite peut survenir la première année de l'enfant, surtout au cours des 6 premiers mois. Elle touche plus les garçons, et plus souvent en période hivernale.

Depuis les campagnes de promotion de la position sur le dos pour coucher les bébés en 1993, la fréquence de la mort subite a considérablement diminué, passant de 1,5 à 0,3 pour mille naissances (ce qui représente encore environ 150-250 décès par an en France).

En plus de la position sur le ventre pour coucher le bébé, les autres facteurs de risque sont : le cododo (cette pratique qui consiste à dormir dans le même lit que son bébé), le tabagisme maternel et le tabagisme passif, une température élevée de la pièce où l'enfant est installé, de mauvaises conditions de couchage.

Des enfants **au-delà d'un an** sont parfois aussi retrouvés décédés pendant le sommeil. Pour répondre au « pourquoi est-ce arrivé à notre enfant ? » des parents, un bilan complet est réalisé à l'hôpital pour tenter de donner des explications claires.

Le bilan est identique à celui réalisé pour un enfant qui aurait fait un malaise grave : prise de sang, ponction lombaire, scanner, avec l'autopsie scientifique qui est l'acte chirurgical pour chercher l'existence d'une maladie anatomique anormale qui pourrait expliquer le décès.

**La prévention de la mort subite**

Différentes études ont permis de faire des recommandations pour prévenir ces risques.

- Tout d'abord, **couchez votre bébé sur le dos**. Ne le mettez en aucun cas sur le ventre pour dormir. Ne le couchez pas non plus sur le côté, position trop instable : le risque de finir sa nuit sur le ventre est grand. De plus, tout dispositif proposé pour empêcher le bébé de se retrouver sur le ventre (cale bébé, détecteur de mouvement ou autre) est déconseillé par les pédiatres.
- Pas de coussin d'allaitement, ni cocon pour le caler : aucun matériel – objet moelleux ou mou – ne doit être placé sous le bébé.
- Jusqu'à 2 ans, mettez à votre enfant une turbulette (ou gigoteuse) adaptée à sa taille pour toutes les périodes de sommeil, de nuit comme de jour : ni couette, ni couverture.
- Utilisez un matelas ferme, recouvert d'un drap housse.
- Son lit est dégagé : une seule peluche est suffisante. Ne le couchez pas sur un lit d'adulte ou sur un canapé.
- Ne le couvrez pas trop, surtout s'il a de la fièvre. Gardez la température de la chambre en hiver entre 19 et 20 °C.
- Ne fumez jamais dans l'entourage proche de votre enfant – dans la même pièce, ou dans la voiture.

**Dormir sur le dos et jouer sur le ventre**

Les parents entendent encore parfois dire que cette recommandation de coucher les bébés sur le dos est une « mode », vouée un jour à être remplacée par une autre. Non, comme nous le disons plus haut, cette recommandation est le résultat d'études menées maintenant depuis près de 30 ans et qui a fait considérablement chuter le taux de décès.

Mais cela ne veut pas dire qu'un bébé ne doive jamais être installé sur le ventre. Cette position, chez un bébé éveillé, a de réels intérêts : un moindre aplatissement de l'arrière du crâne (voir *Plagiocéphalie*), une stimulation plus complète sur le plan psychomoteur permettant une évolution plus rapide vers le « quatre pattes » et donc vers la marche. Il est donc important de mettre souvent votre bébé sur le ventre, uniquement quand il est éveillé, sur un matelas ferme, et de le stimuler dans cette position en jouant avec lui pour qu'il apprenne à lever la tête puis plus tard à se retourner ventre-dos puis dos-ventre.

**Après le drame de la mort subite**

Lorsque les parents se trouvent confrontés à ce drame, ils cherchent à en connaître la cause. Les hôpitaux universitaires (CHU) des grandes villes ont tous un centre de référence en leur sein. C'est auprès du responsable d'un de ces centres que les parents peuvent s'adresser pour essayer de comprendre ce qui a provoqué la mort de leur bébé (ce qu'on ne trouve pas toujours). Il a été démontré que la MSN n'était pas un phénomène héréditaire et que les couples qui en ont été victimes n'ont pas à craindre une récidive pour un autre enfant.

Il existe des associations de parents regroupées au sein d'une Fédération. Pour vous renseigner :

Naître et Vivre
Ligne écoutant : 01 47 23 05 08
www.naitre-et-vivre.org

## Mouvements rythmés

Il n'est pas rare de voir un nourrisson ou un enfant plus grand se balancer la tête pendant des heures, soit de droite à gauche, soit comme s'il saluait, ou encore balancer tout le haut du corps. D'autres bébés donnent des coups de tête contre leur lit. Dans ces mouvements, l'enfant trouve une satisfaction du même ordre que dans la manipulation des organes génitaux.

Les mouvements rythmés de l'enfant, au moment où il va s'endormir ou lorsqu'il est fatigué, sont normaux. En revanche, lorsqu'ils deviennent envahissants, il faudra rechercher dans la vie affective de l'enfant : manque-t-il de soins, d'affection ? Est-il jaloux ? Le petit enfant n'est pas capable d'exprimer ce qu'il ressent, ses émotions. Parlez-en au pédiatre, il vous conseillera peut-être de consulter un psychologue.

Il ne faut surtout pas vouloir lutter contre les mouvements rythmés par la contrainte ou la menace. Ils disparaissent généralement entre 2 et 4 ans.

## Mucoviscidose

La mucoviscidose est la maladie héréditaire congénitale la plus fréquente. Elle est à transmission génétique récessive : les parents sont porteurs sains d'un seul gène atteint mais le transmettent tous deux à leur enfant qui déclare alors la maladie. Elle est due à l'anomalie d'une petite protéine « canal » CFTR. Celle-ci régule les échanges ioniques (et donc le fonctionnement de la cellule) qui ont lieu à travers la membrane cellulaire. Ceci va altérer plus particulièrement le fonctionnement de certains organes : le poumon et le pancréas.

La maladie pulmonaire est une bronchite chronique qui s'aggrave progressivement du fait des surinfections conduisant à une insuffisance pulmonaire grave. La maladie pancréatique va être responsable d'une mauvaise absorption des aliments (en particulier des lipides) responsable de diarrhées et d'une prise de poids insuffisante.

Il n'existe actuellement aucun traitement qui guérit cette maladie mais l'amélioration de la prise en charge (kinésithérapie, cures d'antibiotiques et fluidifiants bronchiques) et sa mise en place de façon précoce grâce au dépistage néonatal ont permis l'allongement notable de l'espérance de vie (autour de 50 ans aujourd'hui). Une greffe pulmonaire ou cœur-poumon peut être envisagée dans certains cas.

www.vaincrelamuco.org

## Mutisme

Le mutisme, c'est la disparition de la parole chez un enfant ayant jusque-là un développement normal ; il se différencie donc totalement du retard de langage. Le mutisme est toujours d'origine psychologique. Parfois, il s'agit d'un mutisme partiel qui n'apparaît qu'en dehors du milieu familial – à l'école par exemple. Il traduit la timidité de l'enfant mais aussi un conflit familial ou socioculturel, où l'enfant se sent en grande difficulté, voire déchiré entre deux ressentis opposés. Le niveau intellectuel est normal. Le trouble s'atténue et disparaît en général avec la mise en confiance de l'enfant.

Très différent est le mutisme total apparu brusquement après un choc émotionnel violent ; l'anorexie, les troubles du sommeil, l'énurésie sont souvent associés au mutisme. En général, en quelques jours ou quelques semaines, le mutisme disparaît complètement ; un bégaiement peut cependant lui faire suite.

Un dernier cas est celui où le mutisme est associé à des troubles du comportement : indifférence, désintérêt et absence de contact avec l'environnement. On peut alors craindre des troubles graves de la personnalité. Le médecin orientera vers une consultation spécialisée.

## Mycose

Ce terme général désigne une infection par un champignon. La plus connue est celle de la muqueuse de la bouche que l'on appelle le **muguet**. Elle se caractérise par des traces blanches sur l'intérieur des joues et la face externe des gencives. Ces traces ne disparaissent pas si on les frotte avec une petite compresse imbibée d'eau : ce test est important car des résidus de lait peuvent prendre le même aspect (mais disparaissent au frottement).

Une mycose peut aussi toucher la peau, surtout quand il existe un facteur de macération :

- dans le cou des tout-petits qu'il est parfois difficile de bien laver et rincer ;
- au niveau du siège – sous la couche –, surtout après un traitement par antibiotiques (et plus particulièrement après l'association amoxicilline-acide clavulanique) ;
- entre les doigts de pied, notamment chez les plus grands qui sont pieds nus dans leurs baskets.

Des champignons peuvent également toucher les cheveux ou les ongles.

Le traitement repose sur des médicaments antimycosiques appliqués de façon prolongée pendant une à deux semaines. Le traitement des mycoses des ongles et des cheveux est plus long et il faut parfois associer un traitement antimycosique oral.

# N

## Noyade

L'enfant ne respire plus ? Sans tarder et sans essayer de faire sortir l'eau des poumons, commencez le bouche-à-bouche. Si vous êtes arrivé à temps, la respiration reviendra vite après les premiers mouvements de respiration artificielle. Si le cœur ne bat plus, pratiquez la respiration artificielle pendant qu'une autre personne pratiquera le massage cardiaque externe (voir *Réanimation*). Alternez les compressions sur le sternum et l'insufflation. Si vous êtes seul, vous aurez à faire vous-même les deux mouvements, mais toujours en alternant.

Pendant ces opérations, il faut faire appeler les secours spécialisés : maître nageur (plages, piscines), Samu (15), pompiers (18).

En France, la noyade est la première cause de mortalité par accident domestique chez les enfants de 1 à 4 ans. Nous vous rappelons les règles de prévention contre la noyade : familiarisez très tôt l'enfant avec l'eau, et qu'il apprenne à nager ; ne le perdez jamais de vue quand il se baigne (même dans une baignoire) ; enfin, l'entrée dans l'eau doit être progressive, surtout après une exposition au soleil. (« Les dangers hors de la maison », p. 141).

# O

## Obésité

L'obésité est due à un excès de masse grasse qui peut avoir

des conséquences néfastes chez l'enfant ou chez le futur adulte : complications orthopédiques, respiratoires, diabète, maladies cardiovasculaires, cancers, mal-être psychologique.

Pendant la première année de vie, il est normal que le bébé soit rond ; il va mincir quand il va commencer à marcher.

On dépiste précocement le risque d'obésité en surveillant la courbe de corpulence qui figure dans le carnet de santé. Le médecin mesure et pèse régulièrement l'enfant pour tracer cette courbe. Le risque est encore plus grand si l'un des parents est lui-même en surpoids.

Les **causes de l'obésité** sont multiples, mal connues et probablement précoces dans la vie. On ne connaît pas encore bien l'influence des facteurs génétiques ; pour le moment, on ne peut agir que sur les facteurs environnementaux, tels que l'alimentation et la sédentarité. Quant aux obésités d'origine endocrinienne (hormones), elles sont rares ; un bilan biologique sera exceptionnellement pratiqué.

Comme chez l'adulte, et plus encore, une alimentation équilibrée est la base du traitement de l'obésité de l'enfant, mais demande un apprentissage, une surveillance médicale régulière et beaucoup de volonté et de persévérance pour obtenir le résultat escompté. Il est souvent nécessaire d'associer à la surveillance médicale et diététique une aide psychologique. La prise en charge sera plus facile si elle commence au début de la prise de poids.

La **motivation de l'enfant** est essentielle, ainsi que l'aide de son entourage ; l'enfant peut coopérer à partir de 5-6 ans. Pour qu'il mange mieux et bouge plus, il doit se sentir capable d'adopter peu à peu de nouvelles habitudes. La prise en charge est basée sur l'écoute, la négociation et non sur la prescription de « régimes ». L'objectif n'est pas de perdre des kilos mais de grandir tout en limitant la prise de poids, ce qui revient à diminuer l'indice de corpulence.

**En pratique**, les conseils portent essentiellement sur :

- la suppression du grignotage entre les repas et la diminution – voire la suppression – de la consommation de boissons sucrées, y compris *light* ;
- le menu du goûter : de l'eau ou du lait comme boisson ; préférer pain et fromage, ou pain et chocolat, ou fruit et yaourt plutôt que chips, biscuits salés ou sucrés, et autres « goûters » à haute teneur en sucre et graisses cachées ; on peut autoriser de temps en temps une exception, pour un anniversaire par exemple ;
- les portions servies : à 5 ans l'enfant mange moins que son frère de 10 ans ; éviter de le resservir ;
- la diminution du temps passé devant la télévision, l'ordinateur ou la tablette (qui représente une dépense physique nulle, équivalente au sommeil) ;
- l'exercice physique : au minimum 1/2 heure par jour de marche, ou jeu de ballon actif, ou vélo, ou activité sportive ; 1 heure par jour le week-end. Cela en plus des activités pratiquées à l'école.

On voit que pour pouvoir suivre ces conseils, le soutien et l'exemple des parents sont déterminants.

## Occlusion intestinale

C'est l'arrêt total de l'évacuation des matières et des gaz. Chez le nourrisson, l'*invagination intestinale*, la *hernie étranglée* (voir ces mots) entraînent une occlusion intestinale.

Dans les premiers jours de la vie, diverses malformations du tube digestif peuvent entraîner une occlusion : absence de développement plus ou moins complète et plus ou moins étendue d'une partie de l'intestin, ou absence de fixation entraînant une torsion (volvulus). Le premier symptôme est souvent l'apparition de vomissements bilieux : ils indiquent que l'obstacle se trouve peu après l'endroit où les voies biliaires débouchent dans l'intestin.

Dans tous les cas, il s'agit d'une urgence chirurgicale.

## Ongle incarné

L'ongle incarné est fréquent chez le nourrisson pour disparaître en général avec la croissance.

Si l'enfant a tendance à faire des **panaris** (voir *Abcès*), il faudra prévoir une petite intervention chirurgicale.

## Ongles (enfant qui se ronge les)

Cette habitude est assez fréquente chez les enfants, surtout ceux en âge scolaire.

Bien que ce geste ait été souvent interprété comme le signe d'une certaine tension nerveuse, il n'est pas seulement le fait d'enfants anxieux et renfermés. Certains enfants, apparemment bien adaptés à la vie, rongent régulièrement leurs ongles.

Ce qu'il est important de connaître à l'âge qui nous intéresse, c'est le moment où l'enfant se ronge les ongles : avant de s'endormir ? Quand il joue à la maison ? À l'école ? On peut alors se poser les questions qui en découlent : a-t-il du mal à s'endormir ? S'ennuie-t-il à l'école ?

Il vaut mieux chercher les causes d'un geste totalement involontaire, plutôt que d'essayer de le faire cesser à tout prix à l'aide de moyens inefficaces (badigeonnage des ongles avec un vernis amer vendu en pharmacie…).

Une habitude prise est difficile à perdre. À vouloir la supprimer, on risque seulement de la « déplacer » sur un autre symptôme. Il n'est pas rare que des enfants s'arrêtent de sucer leur pouce pour faire plaisir à leurs parents et se mettent alors à se ronger les ongles. Si vous n'attachez pas trop d'importance à cette habitude, un jour plus ou moins proche, l'enfant décidera de lui-même de faire l'effort de s'arrêter. En attendant, veillez à son équilibre, à sa santé, et soyez attentif à ses besoins.

## Oreilles décollées

Une intervention chirurgicale corrige aisément ce défaut en cas de préjudice esthétique notable. C'est une opération bénigne qui se fait à la demande de l'enfant. Meilleur âge pour l'opération : 8-9 ans.

## Oreillons

Aujourd'hui, en France, les oreillons sont devenus très rares grâce à la vaccination systématique chez les enfants. Le **vaccin** se fait en association avec ceux contre la rougeole et la rubéole (ROR).

## Organes génitaux (variations des)

Des variations des organes génitaux externes sont possibles quand le développement des organes génitaux pendant la vie intra-utérine est atypique. Dans ce cas, il peut exister une différence entre le sexe chromosomique XY (garçon) ou XX (fille) et l'aspect de « garçon » ou de « fille ». Ce diagnostic doit être évoqué :

- **Chez un nouveau-né ayant l'apparence d'un garçon,** devant l'absence complète de testicules (cryptorchidie), ou si le pénis est trop petit (micropénis), ou présente un aspect anormal : par exemple une anomalie de la position du méat urétral qui se situe en dessous du gland et non pas au bout de celui-ci (on parle d'hypospade). Lorsque c'est le cas, un avis spécialisé doit être demandé et des explorations rapidement pratiquées. Rarement, l'atypie est telle que la déclaration du sexe de l'enfant à l'état civil se pose.
- **Chez un nouveau-né ayant l'apparence d'une fille,** devant une hypertrophie importante du clitoris, ou une fusion des grandes lèvres et de la vulve. Il existe une maladie hormonale due à un défaut d'une enzyme de la glande surrénale (hyperplasie des surrénales) qui provoque *in utero* une sécrétion anormale d'hormones – appelées androgènes – qui virilisent les organes génitaux des petites filles. Cette maladie peut aussi entraîner des désordres de la régulation rénale du sel et provoquer une déshydratation aiguë sévère. Le dépistage de cette maladie est fait à la naissance (en même temps que l'hypothyroïdie congénitale, la mucoviscidose et la phénylcétonurie), permettant un traitement médical précoce.

Ces enfants qui naissent avec des variations du développement génital sont à différencier des enfants trans qui, nés avec des organes génitaux typiques, demandent à l'adolescence un parcours de transition pour changer de sexe.

## Organes génitaux (irritation des)

Vous avez remarqué que l'enfant portait fréquemment les mains à ses organes génitaux. Chez le petit garçon, le prépuce est rouge, gonflé, parfois collé par une gouttelette d'un liquide blanchâtre, appelé smegma (qui n'est pas du pus) ; le **phimosis** (voir ce mot) favorise ces manifestations. Chez la petite fille, les grandes lèvres peuvent être également irritées et enflammées, et un écoulement est parfois abondant (voir *Vulvite*, à l'article *Gynécologie de la petite fille*).

Dans les deux cas, il convient d'éviter les vêtements serrés, la macération. Il faut aussi se méfier du sable pendant les vacances au bord de la mer. Faire une toilette locale à l'eau et au savon, si possible 2 fois par jour, bien rincer et bien sécher. Ne pas hésiter à consulter le médecin si l'irritation persiste.

## Orgelet

L'orgelet est un petit furoncle situé à la base d'un cil ; il disparaît en général rapidement avec l'application locale d'une pommade antibiotique, mais il peut cependant réapparaître.

Le **chalazion** désigne l'infection d'une petite glande située au bord de la paupière.

Voir *Abcès, Furoncle*.

## Otite

L'otite est l'infection du tympan avec la présence, en cas d'otite purulente, de pus derrière le tympan. C'est une complication fréquente des rhinopharyngites.

Il existe dans l'oreille une flore bactérienne variée, normale, où de nombreuses bactéries cohabitent en limitant la prolifération d'autres bactéries présentes. Au cours des rhinopharyngites, l'infection virale de la muqueuse va être responsable de phénomènes inflammatoires qui vont désorganiser cette harmonie : une des bactéries normalement présente va proliférer et provoquer ce qu'on appelle **l'otite moyenne aiguë**. L'otite est douloureuse (le pus comprime le tympan) et donne le plus souvent de la fièvre.

Si rien n'est fait, le pus va percer le tympan : on observe alors un écoulement de pus blanchâtre assez liquide au niveau de l'entrée de l'oreille : c'est **l'otite perforée**.

L'otite est une infection bactérienne qui doit être traitée par antibiotiques. Dans certains cas, le médecin reverra l'enfant après le traitement pour vérifier que tout est rentré dans l'ordre.

### Comment savoir qu'un enfant a une otite ?

Le grand enfant sait dire qu'il a mal aux oreilles. Chez le bébé, certains signes peuvent attirer l'attention : des pleurs, des troubles digestifs – diarrhée, vomissements –, une fièvre qui traîne, un rhume. La consultation du médecin comporte l'examen systématique des tympans.

La **paracentèse** consiste à percer le tympan pour que le pus s'évacue. C'est un geste qui ne se fait pratiquement plus aujourd'hui car les antibiotiques suffisent à éliminer l'infection. Pour la même raison (prescription d'un traitement antibiotique), la **mastoïdite** – complication de l'otite aiguë qui n'a pas été traitée – a pratiquement disparu.

## Otite séreuse

En cas de rhinopharyngites répétées, ce qui est fréquent lorsque l'enfant va à la crèche, le fonctionnement de l'oreille peut être perturbé. Habituellement, le liquide sécrété en continu derrière le tympan s'évacue par la trompe d'Eustache au fond de la gorge : or il ne s'évacue plus en raison de l'inflammation qui bouche la trompe d'Eustache. Il stagne donc et c'est l'otite séreuse. La présence permanente du liquide empêche le tympan de vibrer normalement, provoquant une diminution temporaire de l'audition ; ce sera aussi un facteur favorisant des otites moyennes aiguës. Cela peut être également responsable d'un retard de langage qui se rattrape lorsque l'otite est traitée.

Lorsque l'otite séreuse persiste, différents traitements peuvent être envisagés pour rétablir l'évacuation du liquide. Dans un premier temps, le médecin proposera l'ablation des végétations car celles-ci peuvent aggraver l'obstruction de la trompe d'Eustache. Dans un second temps, on proposera la pose d'un petit tube d'évacuation à travers le tympan qui va permettre la circulation du liquide et rétablir la présence d'air de part et d'autre du tympan : c'est l'aérateur transtympanique **(yoyo)**. L'aérateur est posé au cours d'une courte intervention chirurgicale (en ambulatoire) et il restera en place plusieurs mois pour finalement tomber et s'évacuer tout seul de l'oreille.

# P

## Pâleur

Le diagnostic est différent selon que la pâleur est permanente et durable ou subite et passagère.

Une **pâleur qui persiste**, même s'il faut tenir compte d'un teint clair ou mat, doit faire penser à une *anémie* (voir ce mot).

Une **pâleur subite**, surtout si elle s'accompagne de malaises et de troubles de conscience, est un cas d'urgence dont la cause doit être recherchée sans tarder ; il peut s'agir d'une convulsion, fébrile ou non, d'une intoxication, d'anomalies du rythme cardiaque (*Tachycardie paroxystique*, voir ce mot). On pensera également à un traumatisme crânien ou abdominal entraînant une hémorragie interne ; dans ce cas, l'enfant doit être surveillé, l'hémorragie pouvant se manifester seulement quelques jours plus tard.

Heureusement, l'accès brutal de pâleur est souvent lié à une peur soudaine : un bruit, une chute peu grave. Certains enfants bloquent même leur respiration jusqu'au malaise, c'est le *spasme du sanglot* (voir ce mot). L'enfant peut alors bleuir au lieu de pâlir.

Dans tous les cas de pâleur, qu'elle soit permanente ou fréquente, il faut en parler au médecin qui fera peut-être faire un bilan biologique. En revanche, la pâleur après un traumatisme, par exemple une chute grave (d'un chariot à roulettes, d'un vélo), devra être surveillée en milieu hospitalier.

## Paludisme

C'est une maladie due à un parasite, contractée après la piqûre d'un moustique infesté. Le parasite infecte les globules rouges mais aussi de nombreux organes (foie, rate et, dans les formes graves, le cerveau). Les enfants sont infectés au cours des vacances, notamment en Afrique. Dans les 3 mois d'un retour de voyage dans un pays à risque apparait une fièvre le plus souvent isolée. C'est cette notion qui fait évoquer la maladie, surtout en l'absence de traitement préventif, ou s'il a été mal suivi.

Le diagnostic est confirmé par la mise en évidence du parasite dans une goutte de sang. Il existe aussi des tests antigéniques rapides et des test PCR. Le traitement est toujours débuté à l'hôpital. Dans les formes peu graves, un traitement par des médicaments dérivés de l'armoise est administré par la bouche pendant 3 jours. Le traitement préventif est essentiel (p. 362).

## Parasitoses

### La gale

Il s'agit d'un parasite très contagieux qui peut toucher le nourrisson comme l'enfant ou l'adolescent. Au début de la maladie, on observe la présence de sillons et de petites vésicules sur le côté des doigts et la face antérieure (le côté plat) des poignets. Les démangeaisons sont intenses et se manifestent surtout la nuit. Chez le nourrisson, les démangeaisons peuvent toutefois être absentes.

**Le traitement** comprend un antiparasitaire appliqué sur la peau (de type Ascabiol® ou Sprégal®) et une désinfection du linge et de la literie.

Pour désinfecter le linge (vêtements, draps…), le laver à au moins 60 °C en utilisant les produits de lavage habituel. Pour le linge ne supportant pas une température supérieure à 60 °C (couvertures, oreillers…) : vaporiser un produit antiparasitaire sur chaque pièce de linge, mettre le linge dans un sac plastique le temps indiqué par le produit utilisé (3 heures en général) et procéder à l'entretien habituel en machine. Pour le linge non lavable : vaporiser le linge avec un produit antiparasitaire, l'enfermer dans un sac plastique de façon hermétique pendant 48 heures.

Un traitement par voie orale pris en une seule fois peut être proposé en complément dans certains cas.

Le traitement simultané de toute la famille, même s'il n'y a aucun signe de la maladie, est indispensable. En effet, cela ne sert à rien de soigner seulement l'enfant si la source de contamination persiste dans l'entourage.

### Les poux

Il peut arriver qu'un enfant parfaitement propre attrape des poux. Vous vous en apercevrez aux démangeaisons très intenses qui le feront se gratter le cuir chevelu. En l'examinant de près, vous distinguerez les œufs (lentes) attachés aux cheveux : ils sont petits, ronds, gris. Il faut pulvériser dans les cheveux une préparation que vous aura indiquée le pharmacien, puis laver et frictionner énergiquement avec un shampooing spécial. Deux semaines après, il convient de recommencer ce traitement. Laver les vêtements de l'enfant, et tout le linge qui le concerne, en particulier draps et taie d'oreiller.

Les poux sont très contagieux, un enfant les transmet à ses frères et sœurs et à ses camarades de classe ; c'est ce qui explique les mesures d'hygiène régulièrement préconisées par l'école. À la maison, il est conseillé d'appliquer un traitement préventif à toute la famille.

Sur les parasitoses intestinales, voir *Vers intestinaux.*

## Peau : irritations, rougeurs et éruptions

ou

**Acné du nouveau-né**

Une éruption d'acné, provoquée par une poussée hormonale encore mal expliquée, peut survenir chez le nouveau-né. Il n'y a rien à faire de particulier, sinon d'hydrater avec un peu de crème. Dans certaines formes très inflammatoires, le médecin pourra proposer un traitement par une crème antimycosique car l'association à un petit champignon (*Mallassezia furfur*) n'est pas rare ; dans tous les cas, tout va rentrer bien vite dans l'ordre.

**Les soins de la peau chez le bébé**

La peau du nourrisson est encore immature, fine et sensible et nécessite un soin particulier. Choisissez les savons et les crèmes les plus simples possible. Si votre bébé a une peau peu sensible, vous pouvez utiliser les produits que vous achetez pour toute la famille. S'il a la peau sèche, préférez des savons proposés par les laboratoires ayant une gamme pédiatrique et hydratez la peau de votre bébé en sortant du bain avec une crème spécifique. S'il a une peau particulièrement réactive, voire de l'eczéma, choisissez des produits sans parfum ; votre médecin vous conseillera.

**Les irritations**

La peau est un organe à part entière et elle peut chez l'enfant être agressée et irritée par différents facteurs banals :

- les urines et les selles au niveau des fesses, c'est l'*érythème fessier* (voir ce mot) ;
- la salive autour de la bouche, avec la tétine ou le frottement du doudou ;
- la transpiration dans les plis du cou chez le nouveau-né ou dans le dos des nourrissons trop couverts.

Dans ces différents cas, il faudra d'abord supprimer la cause de l'irritation, car appliquer une crème ne suffira pas. Changez rapidement votre bébé dès qu'il est sale, essayer de limiter la tétine, découvrez un peu votre bébé dès qu'il fait chaud, habillez-le de vêtements en matière naturelle comme le coton ou la laine.

**L'intertrigo**

Il se manifeste dans les plis de l'aine et du cou, sous les aisselles, derrière l'oreille. La peau suinte ; elle a un aspect brillant. Des vêtements trop serrés autour du cou, des petits bourrelets difficiles d'accès, des soins de toilette insuffisants, la transpiration, sont causes de cette inflammation des plis qu'il faut traiter dès qu'elle apparaît car elle peut s'étendre. Faites une toilette soigneuse. Appliquez dans les plis infectés un antiseptique léger (à base de chlorhexidine).

**Les infections**

La peau est un milieu où les bactéries peuvent être particulièrement nombreuses (staphylocoques, streptocoques) et toute lésion va mettre à mal les défenses de la peau : des bactéries peuvent alors proliférer et créer une infection locale. Ce peut être le cas lors d'une coupure ou d'une blessure mais aussi lors d'une poussée importante d'eczéma, ou de boutons avec lésion de la peau (en cas de varicelle par exemple). C'est la raison pour laquelle il est toujours conseillé d'utiliser un produit désinfectant (à base de chlorhexidine) en cas de bouton suspect pour lutter contre les infections cutanées.

La peau est aussi un des organes atteint en cas de maladies infectieuses (dites infantiles) comme la *rougeole, la roséole, le mégalérythème* ou le syndrome *pieds-mains-bouche* (voir ces mots). Dans ces cas, l'enfant a le plus souvent de la fièvre et une consultation médicale est nécessaire pour préciser le diagnostic.

**Un cas d'urgence : le purpura**

Un seul type d'éruption justifie une consultation en extrême urgence : c'est la constatation, chez un enfant très fiévreux et très fatigué, de petits boutons rouge-grenat d'apparition rapide et diffuse. Ils ont une caractéristique particulière : ils ne disparaissent pas lorsqu'on presse la peau qui les entoure. Ce sont en fait de toutes petites taches de sang qui peuvent révéler une méningite bactérienne grave (voir *Purpura*).

Voir aussi *Peau, Eczéma, Impétigo, Urticaire.*

## Pemphigus

C'est une maladie de la peau qui atteint les nouveau-nés ou les nourrissons. Elle débute par une tache rouge qui devient une bulle (d'où ce nom de pemphigus, qui vient du mot grec signifiant « *bulle* ») au contour clair, grosse comme un grain de blé. Cette bulle molle se rompt au bout de quelques heures. Il reste une surélévation, ou si vous préférez un gros bouton dont le centre est une plaque parfaitement ronde, rouge vif et suintante. La peau commence à redevenir normale 8 à 10 jours plus trad. N'importe quelle partie du corps peut être touchée, sauf la paume des mains et la plante des pieds. La maladie vient par poussées successives.

Le pemphigus est très contagieux. Il survient dans les collectivités. Le bébé a parfois de la température : 38 °C, 39 °C ou davantage. Il s'alimente moins bien et peut souffrir des troubles intestinaux.

Le médecin donnera un antibiotique car cette maladie due à une bactérie (streptocoque ou staphylocoque) est assez tenace et peut être à l'origine de complications infectieuses plus graves.

## Perte d'équilibre (ataxie cérébelleuse)

ou

L'ataxie cérébelleuse est un trouble de l'équilibre entraînant une démarche titubante. La survenue de perte d'équilibre chez l'enfant peut avoir des causes différentes. Souvent, il s'agit d'un trouble du cervelet, région du cerveau située à l'arrière de la tête, dans la boîte crânienne. Le plus souvent, cette ataxie survient soudainement chez l'enfant bien portant jusque-là. Dans la très grande majorité des cas une intoxication médicamenteuse est en cause, l'enfant ayant absorbé, à l'insu de son entourage, un médicament qui ne lui était pas destiné (somnifère, anxiolytique), entraînant (comme l'alcool), un trouble passager du fonctionnement du cervelet.

L'évolution de cette ataxie aiguë, par intoxication, est favorable, en quelques heures le plus souvent. L'ivresse par absorption d'alcool est une cause classique d'ataxie aiguë, elle est plus fréquente chez l'adulte que chez l'enfant. Dans l'un et l'autre cas (intoxication médicamenteuse et absorption d'alcool), l'enfant sera conduit rapidement au centre hospitalier le plus proche. Voir *Intoxication*.

Plus rarement, l'ataxie aiguë est due à une infection virale. La varicelle, en particulier, peut se compliquer d'une ataxie aiguë qui dure parfois plusieurs jours, mais qui régresse le plus souvent sans séquelles. Les ataxies aiguës disparaissent donc spontanément.

Beaucoup plus inquiétants sont les troubles de l'équilibre qui s'installent progressivement en plusieurs semaines. On redoute alors une tumeur de la région du cervelet : il est impératif de faire des radiographies (scanner cérébral ou IRM cérébrale) pour permettre un traitement approprié dans un service hospitalier spécialisé.

Voir aussi *Vertiges*.

## Phénylcétonurie

C'est une maladie rare, mais sérieuse, car elle entraîne un retard mental important. Ce retard peut être évité si, la maladie étant reconnue très tôt, l'enfant est soumis à un régime alimentaire particulier qui sera poursuivi des années. La maladie est dépistée à la naissance par un test sanguin fait systématiquement (test de Guthrie).

## Phimosis

C'est l'existence d'un prépuce très serré ne laissant qu'un orifice très étroit (le prépuce est le repli de peau qui recouvre le gland, voir *Décalottage*).

Le traitement chirurgical du phimosis est justifié : avant 3 ans, en cas d'infections rénales aiguës répétées ou en cas de gêne franche à l'émission d'urine ; après 3 ans, en l'absence d'efficacité du traitement médical consistant en l'application quotidienne pendant deux à trois semaines sur le prépuce, simplement mis « sous tension » (sans forcer), d'une crème corticoïde forte, type Betneval®.

## Pieds-mains-bouche (syndrome)

Le syndrome pieds-mains-bouche est une maladie éruptive très bénigne, due au virus coxsackie A16. Elle touche surtout les enfants entre 6 mois et 6 ans, et survient souvent par petites épidémies, en crèche ou à l'école maternelle, et plutôt en période estivale.

L'**incubation**, de 3 à 5 jours, est silencieuse ; la maladie se caractérise par la survenue de petites vésicules dans la bouche, sur la paume des mains et la plante des pieds, souvent également sur le siège, et est accompagnée d'une fièvre modérée.

L'**éruption** peut durer une dizaine de jours, et la maladie est contagieuse par contact direct avec les sécrétions du nez, de la bouche et des selles de l'enfant. Le virus peut persister plusieurs semaines dans les selles. Par précaution, il vaut mieux éviter le contact d'un enfant contaminé avec une femme enceinte ou une personne immunodéprimée.

Il n'existe pas de traitement autre que celui préconisé contre la fièvre et les mesures d'hygiène à observer (notamment en ce qui concerne les selles) pour éviter la dissémination de l'infection. Quelques mois après la fin de la maladie, des anomalies des ongles (qui se cassent) peuvent apparaître.

## Pieds. Anomalies à la naissance

### Les mauvaises positions

La découverte d'une anomalie des pieds est fréquente à la naissance. Il s'agit le plus souvent d'un simple problème de positionnement pendant la fin de la grossesse, malposition qui va s'améliorer notamment grâce à la kinésithérapie (p. 356).

### Le pied bot

La malformation la plus fréquente du pied est le pied bot varus équin. Le talon est tourné vers l'intérieur (varus) et la pointe du pied est dirigée vers le bas (équin). Le pied fait l'objet d'une déformation permanente quelles que soient les manipulations.

La prise en charge et le traitement du pied bot varus équin sont aujourd'hui très au point, assurés par une équipe d'orthopédistes spécialisés :

- réalisation de plâtres de « repositionnement » qui seront modifiés chaque semaine pendant six semaines,
- petite intervention de libération du ligament en arrière du pied (le tendon d'Achille),

• puis plâtre de consolidation pendant trois semaines.

Si ce traitement peut paraître lourd, les résultats sont très bons : le pied retrouve une position et un fonctionnement tout à fait normaux.

## Pieds en dedans

Au début de la marche il est fréquent que les pieds tournent vers l'intérieur ; cette « anomalie » est temporaire et se corrige spontanément en quelques mois. Elle est souvent associée et provoquée par une légère courbure de l'ensemble des membres inférieurs. Plus rarement, c'est l'avant-pied qui est seul concerné ; la déviation persiste à la marche si elle n'a pas été traitée dès la naissance. Le port de chaussures spéciales est alors nécessaire. Dans les cas graves, une intervention chirurgicale peut être envisagée.

Une autre anomalie, au niveau de la hanche, peut entraîner le pied en rotation interne, c'est l'exagération de l'antéversion du col du fémur. Cette anomalie se corrige également le plus souvent avec la croissance.

## Pieds plats

Chez le jeune enfant, le pied est potelé, aussi bien dessous que dessus, ce qui fait que, lorsque l'enfant est debout, pieds nus, la plante de ses pieds, étalée par le poids du corps, adhère entièrement au sol, même à l'endroit de la voûte plantaire : en appui, le pied est plat, mais lorsque l'enfant est couché, la voussure plantaire est normale.

Ce n'est que lorsque l'enfant sera un peu plus grand qu'on pourra se rendre compte de l'état de cette voûte. D'ici là, même si vous craignez que votre enfant n'ait les pieds plats, ne lui imposez pas de semelles de soutien sans prescription médicale. Chaussez l'enfant comme il est indiqué au chapitre 1. Faites-le marcher pieds nus ou en chaussettes ; il faut que les muscles de ses pieds travaillent, ce qui arrive lorsque les pieds s'agrippent au sol ou s'adaptent à un relief varié.

## Piqûre (i) ou

Par épingle, aiguille, piquant d'oursin, épine de rosier, de cactus, etc.

Désinfectez. Si un corps étranger est resté dans la peau, essayez de l'extraire avec une pince à épiler ou une aiguille passée dans une flamme. Faites sortir un peu de sang et désinfectez une seconde fois. Surveillez l'endroit de la piqûre les jours suivants : s'il y a enflure, rougeur, douleur, montrez-la au médecin (voir *Abcès*). En cas de piqûres d'**orties**, appliquez des compresses d'eau vinaigrée.

## Piqûres d'insectes (i) ou

**Abeilles, guêpes, frelons**. Certains organismes sont très sensibles aux piqûres d'hyménoptères (abeilles, guêpes, frelons), d'autres moins.

Après une piqûre, il faut enlever le dard (ce qui n'est pas toujours facile) et appliquer localement de la glace et une solution vinaigrée. La zone rouge, douloureuse, persistera plusieurs jours. Ces piqûres peuvent être graves dans certaines circonstances : piqûres multiples, piqûres localisées à des endroits tels que la gorge ou la bouche, prédisposition allergique. Contrairement à une opinion répandue, il ne faut pas mettre de glaçon (le venin n'est détruit que par la chaleur).

À la suite de piqûres, des réactions peuvent apparaître, telles que des vomissements, une accélération cardiaque, une gêne respiratoire. Des troubles graves mettant la vie en danger peuvent se manifester parfois : œdème plus ou moins généralisé, œdème du larynx, troubles importants de la circulation. Devant l'un de ces symptômes, ou devant une piqûre localisée à la gorge ou à la bouche, il faut conduire d'urgence l'enfant à l'hôpital ou téléphoner au Samu (15).

En cas de réaction anormalement importante (symptômes indiqués plus haut), il est nécessaire d'envisager une désensibilisation spécifique qui sera pratiquée dans un centre spécialisé.

**Aoûtat**. À la fin de l'été, ces minuscules insectes provoquent parfois de cruelles démangeaisons aux jambes de l'enfant qui s'est promené dans l'herbe, ainsi qu'à la taille et au niveau des plis. Vous trouverez en pharmacie des préparations pour soigner ces irritations. Il existe aussi des pommades préventives.

**Araignée**. On constate localement au point de piqûre une zone gonflée, rouge et douloureuse avec parfois malaise, fièvre, mais sans signe de gravité. On se contentera d'une désinfection locale, d'application de glace, d'un peu de paracétamol.

**Moustiques.** Nous avons évoqué les cas où la piqûre de moustique peut être responsable de maladies éventuellement graves (paludisme, dengue) et justifie l'utilisation de produits efficaces mais non dénués d'effets secondaires (p. 361-362).

Lorsque la piqûre de moustique ne représente aucun danger, la prévention est plus simple. Pour le nouveau-né et le petit bébé, vous pouvez utiliser une moustiquaire. Pour l'enfant plus grand, un peu d'essence de verveine-citronnelle peut être appliqué sur les parties découvertes du corps et agira pendant deux-trois heures.

Les piqûres, quand elles sont nombreuses, peuvent agiter l'enfant, infecter la peau s'il se gratte, et même, chez les nourrissons, donner de la fièvre. Nettoyer au savon acide ou à l'eau vinaigrée les points de piqûre. On trouve aussi chez le pharmacien des préparations pour calmer les démangeaisons.

**Taon.** Tamponnez à l'eau vinaigrée. Si l'enfant a très mal, donnez-lui du paracétamol.

**Tique.** Voir ce mot.

## Plagiocéphalie

ⓘ ou

La plagiocéphalie est une déformation du crâne due aux pressions extérieures qui poussent de façon asymétrique sur un crâne normal. Elle se rencontre le plus souvent dans les trois premiers mois de vie, quand le crâne est encore malléable et que le nourrisson passe la majorité du temps couché sur le dos : la tête est toujours penchée du même côté ou bien reste positionnée sur l'arrière. Cet aplatissement du crâne se développe chez certains bébés avant la naissance en raison d'une position particulière dans l'utérus. On pense aujourd'hui que cette déformation ne joue pas sur le développement cérébral de l'enfant mais l'aspect inesthétique peut se prolonger pendant les deux à trois premières années.

**Une pathologie plus fréquente**

C'est effectivement le cas depuis que l'on conseille de coucher les nourrissons sur le dos en prévention de la mort subite : dans une étude canadienne, plus de 46 % des nourrissons amenés à la visite systématique des deux mois pour la vaccination étaient concernés. Mais dans la grande majorité des cas (78 %), la déformation était modérée et allait donc disparaître d'elle-même. La plagiocéphalie est également plus fréquente dans certaines circonstances : grossesses multiples, premier enfant, prématurés, nourrissons souffrant d'un *torticolis congénital* (voir ce mot). Elle peut être évitée en installant le bébé sur le ventre pendant les périodes de veille (voyez ci-dessous) ; et, lorsqu'il est sur le dos, en lui présentant de temps en temps des jeux sonores et colorés, à droite puis à gauche, ce qui lui fait tourner la tête.

**Le traitement**

Il est simple et efficace. Si vous remarquez que votre bébé a l'arrière (ou un côté) du crâne aplati, installez-le en appui de l'autre côté : vous alternez le côté d'appui du crâne sur le plan du lit en tournant la tête du bébé vers la droite ou vers la gauche. Votre bébé dormira alternativement, par exemple un jour sur deux, la tête tournée d'un côté, puis de l'autre. Dans sa chambre, changez de temps en temps la place du lit : la source de lumière attirera votre bébé et il tournera spontanément la tête dans cette direction.

Quand votre bébé est éveillé, installez-le sur le ventre plusieurs fois par jour, au moment du change par exemple – quelques minutes les premiers temps, plus longtemps ensuite. Sur un tapis d'éveil, placez-vous devant ou à côté de lui pour le stimuler et jouer avec lui dans cette position. Utilisez des miroirs, des jouets sonores ou de couleur pour captiver son attention. Il est aussi possible de placer une serviette de toilette enroulée en forme de polochon sous ses aisselles pour l'aider à soulever son buste et donc sa tête.

Beaucoup de parents disent que leur bébé n'aime pas être sur le ventre mais l'expérience montre qu'en l'installant souvent ainsi quand il est éveillé, même quelques instants, de façon répétée, et en essayant de dépasser les premières minutes de grogne, les progrès sont visibles de jour en jour : votre bébé appréciera de plus en plus cette position, bonne pour la forme de sa tête mais aussi pour son développement psychomoteur.

Il est également conseillé de limiter le temps passé dans les sièges rigides (siège auto par exemple).

Une séance chez l'ostéopathe peut apporter une amélioration mais ce sont ces gestes de tous les jours qui sont essentiels. Dans les cas où la déformation est particulièrement importante, un traitement par un casque moulé est possible, traitement courant notamment aux États-Unis, mais toujours très discuté en France.

## Plaies

Plaie peu profonde : voir *Coupure*.

Une plaie profonde ou superficielle mais **étendue** (au-delà de quelques centimètres) doit être montrée au médecin en urgence pour nettoyage et suture, et tout particulièrement les plaies du visage qui pourraient entraîner des cicatrices inesthétiques.

En cas d'*hémorragie* (voir ce mot), même apparemment abondante, un pansement compressif est habituellement suffisant, l'usage du garrot étant de moins en moins recommandé.

## Pneumopathie – Pneumonie – Foyer pulmonaire

ou

Soignée au début, la pneumopathie guérit rapidement. Aussi tout enfant dont la température s'élève rapidement, dont les joues sont rouges, la respiration rapide (quelquefois avec battement des ailes du nez), et qui tousse, doit être vu rapidement par le médecin. La radiographie confirmera l'atteinte pulmonaire et précisera son étendue. Les pneumopathies peuvent être d'origine microbienne (staphylocoque, pneumocoque, mycoplasme, *Chlamydia*), ou virale. Un traitement antibiotique est habituellement efficace en quelques jours.

## Poliomyélite

Pendant longtemps cette maladie a été très redoutée du fait des complications respiratoires immédiates qu'elle entraîne et des séquelles qu'elle laisse, en particulier paralysies et atrophies musculaires. Dans nos régions, la poliomyélite a quasiment disparu depuis l'introduction d'un vaccin très efficace, fait à partir de l'âge de 2 mois, en association avec d'autres vaccins (diphtérie, tétanos, coqueluche, haemophilus B, hépatite B).

Le risque n'existe que dans les pays à la couverture vaccinale insuffisante et beaucoup de ces pays en voie de développement proposent désormais des campagnes de vaccination, avec l'aide de l'OMS. Il est important de faire vacciner les enfants très jeunes car la contamination se fait par l'eau au moment de baignades ou lors de sa consommation et déclenche ensuite des épidémies.

## Polydipsie – Polyurie

ou

La polydipsie est une soif intense, entraînant l'absorption anormale de liquide et se caractérise par l'élimination excessive d'urines. Ces deux symptômes ne doivent pas être fondés sur une simple impression, mais être vérifiés et quantifiés par la mesure des boissons ingérées et des urines éliminées par 24 heures. Le diabète sucré en est la première cause (voir *Diabète*), par insuffisance d'insuline pancréatique.

Le **diabète insipide** est une maladie différente. Elle est due au déficit en hormone antidiurétique d'origine hypophysaire, ou à l'absence de réponse du rein à cette hormone.

Une mise en observation et des examens en milieu hospitalier préciseront le diagnostic en urgence car si on attend le coma, le risque est d'avoir des séquelles neurologiques.

## Polype rectal

Le polype est une petite excroissance de chair attachée au reste de la muqueuse par une base plus fine. Il peut être à l'origine de saignements, de douleurs abdominales et de diarrhées persistantes. En cas de sang retrouvé de façon répétée dans les selles, le médecin recherchera d'abord une *constipation* (voir ce mot) avec fissure anale ; c'est la cause la plus fréquente de saignements. Mais si cette recherche est négative, une fibroscopie rectale sera effectuée pour rechercher un polype.

La **fibroscopie** permet d'explorer certains organes qui ne peuvent être vus directement et de faire si nécessaire un prélèvement. L'examen se fait par l'intermédiaire d'une fibre optique souple et de petite taille. On peut ainsi explorer l'œsophage ou l'estomac, la gorge, la trachée et les bronches, le rectum. Cette fibroscopie est réalisée en milieu spécialisé, sous anesthésie générale ; elle permet, si l'on trouve un polype, de le retirer et de l'analyser.

Il existe des formes familiales avec polypes multiples et récidivants ; la surveillance par fibroscopie doit être alors régulière.

## Prolapsus rectal

C'est l'extériorisation par l'anus d'une partie du rectum (partie terminale de l'intestin) qui se manifeste par l'apparition d'un bourrelet rouge lors des efforts pour aller à la selle, des cris, de la toux. Ce prolapsus rectal est réductible spontanément ou manuellement. Il est le plus souvent secondaire à une constipation chronique.

La guérison est habituelle par traitement médical, l'intervention rarement nécessaire.

## Pronation douloureuse

La pronation douloureuse est une petite luxation au niveau du coude. À la suite d'une traction brusque sur l'avant-bras, l'enfant ne peut plus se servir de son membre supérieur : il a le bras pendant, il ne peut pas le plier et ne veut pas qu'on y touche. Après (ou au cours) d'une radio qui permet de contrôler l'absence de fracture, une manœuvre simple permet au médecin de remettre les choses en place.

## Prurigo

L'enfant se gratte beaucoup, il est agité et dort mal. Sur sa peau apparaissent des taches rouges. Elles ont 1 mm de diamètre et sont un peu surélevées. Elles peuvent apparaître n'importe où, sauf sur le cuir chevelu. Elles grossissent et prennent une couleur rouge sombre ou terne. Parfois, une vésicule rapidement ouverte laisse place à une petite croûte jaunâtre. Au toucher, le bouton est très dur. Il disparaît en huit ou dix jours, laissant une tache ; puis celle-ci disparaîtra à son tour. Mais le prurigo peut reparaître : on assiste souvent à des rechutes à intervalles plus ou moins éloignés.

Le prurigo est considéré comme une manifestation *allergique* (voir ce mot) au même titre que l'urticaire : allergie alimentaire ou allergie à la piqûre de certains insectes.

Localement, appliquez une solution de chlorhexidine. Et surtout, armez-vous de patience : le prurigo finit toujours par disparaître. Dans les cas sévères (par l'intensité des boutons et la fréquence des poussées), le médecin adressera probablement l'enfant à un allergologue.

## Purpura

ou

Le purpura se caractérise par l'apparition sur la peau de taches rouges de dimensions variables, le plus souvent en simple pointillé, mais parfois en plaques très étendues comme des ecchymoses. Ces taches sont faites de sang issu des petits vaisseaux sous-cutanés si bien que lorsqu'on étire la peau, ces taches ne s'effacent pas. Leur apparition est soit isolée, soit accompagnée de symptômes divers comme la fièvre, saignements, douleurs, etc.

Le purpura peut être lié à une diminution du nombre des « plaquettes » (cellules qui, dans le sang, participent à la coagulation). Il peut aussi être dû à une altération des petits vaisseaux eux-mêmes.

Ses causes peuvent être nombreuses ; infectieuse : microbienne (méningocoque) ou virale (rubéole, mononucléose, etc.) ; toxique et la plupart des médicaments peuvent être mis en cause. Enfin le purpura peut être présent dans des maladies sanguines graves par atteinte de la moelle osseuse.

**Le purpura chez le nouveau-né**

Il faut signaler d'abord la fréquence de petits éléments purpuriques présents sur le visage après un accouchement difficile : il s'agit là de légères ruptures vasculaires sans gravité ; les faibles hémorragies conjonctivales sont également sans gravité.

Par contre, l'existence d'un purpura avec diminution importante du nombre des plaquettes – dont on se rendra compte par une analyse du sang – est un élément qui fait craindre une infection néonatale.

**Le purpura des méningites**

L'existence d'un purpura chez un enfant qui a de la fièvre doit faire penser à une atteinte méningée. C'est un cas grave, faites le 15, ou emmenez votre enfant à l'hôpital de toute urgence. Pratiquement, comme vous ne pourrez distinguer le purpura d'une éruption banale, devant toute éruption accompagnée de fièvre, il sera prudent de consulter le médecin.

**Le purpura rhumatoïde**

Ce purpura atteint les membres inférieurs ; lui sont associées des manifestations abdominales qui peuvent poser des problèmes chirurgicaux (invagination intestinale), et parfois une atteinte rénale qui se traduit par la présence de sang et d'albumine dans les urines. Les plaquettes sont normales en nombre. La guérison survient après une ou plusieurs rechutes.

**Le purpura avec chute des plaquettes sans cause décelable**

Dans ce cas, on parle de purpura essentiel ou idiopathique. La guérison survient quelques semaines après un traitement approprié.

# R

## Rachitisme

Le rachitisme est une maladie osseuse due à une carence en vitamine D qui affecte la croissance du squelette. Cette maladie, très fréquente il y a quelques décennies, a fortement diminué chez le nourrisson grâce à l'apport systématique et quotidien de vitamine D. En revanche, on constate aujourd'hui une forme de rachitisme chez les adolescents due à une alimentation pauvre en vitamine D et à une exposition insuffisante au soleil.

**La vitamine D**

Cette vitamine a deux sources de provenance : d'une part les rayons ultraviolets du soleil, qui permettent à notre corps de la fabriquer, d'autre part l'alimentation. On la trouve ainsi dans les poissons gras (saumon, maquereau), dans l'huile de foie de morue ainsi qu'en moindre quantité, dans le beurre et les œufs. La vitamine D améliore l'absorption du calcium par l'intestin, régule les équilibres entre calcium et phosphore et favorise la minéralisation du squelette (la formation des os). Elle est donc une vitamine très importante lors des périodes de forte croissance osseuse (première enfance et adolescence).

**Les symptômes**

Le rachitisme se caractérise par des anomalies osseuses qui touchent le crâne et les extrémités des membres (formation de bourrelets osseux) et par des déformations du squelette, notamment du thorax et des membres inférieurs (jambes arquées). On observe aussi, dans les formes sévères, des atteintes musculaires, dentaires et neurologiques. Chez les adolescents, les signes peuvent être moins visibles mais ce manque de vitamine D peut aggraver les problèmes d'ostéoporose qui se manifestent parfois plus tard, surtout chez la femme.

**Un apport systématique de vitamine D**

Il est donc recommandé de donner de la vitamine D à tous les nourrissons (y compris ceux qui sont nourris au sein) et jeunes enfants. Celle-ci s'administre sous forme de gouttes. Voyez le détail page 67.

**Le soleil**

Puisque la peau fabrique de la vitamine D sous l'action des ultraviolets, il est naturel de recommander d'exposer les enfants au soleil pour éviter les carences. Cela va cependant contre la tendance actuelle de limiter l'exposition au soleil pour diminuer les risques de cancer de la peau. Pour concilier les deux recommandations : les enfants seront mis au soleil (tête, bras et jambes) lorsqu'il n'est pas trop agressif : plutôt en mai et juin ou septembre et octobre, en dehors des heures les plus chaudes de la journée. Si besoin, les enfants seront protégés par de la crème solaire : celle-ci ne semble pas gêner la fabrication de vitamine D.

Les enfants à peau foncée étant plus sujets que les autres au rachitisme (parce que la pigmentation de leur peau fait écran aux rayons ultra-violets), ils ont des besoins en vitamine D plus importants.

## Réanimation Bouche-à-bouche Massage cardiaque

A

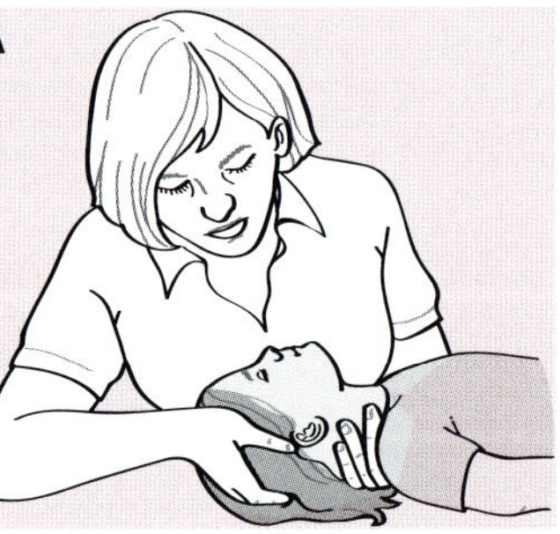

B

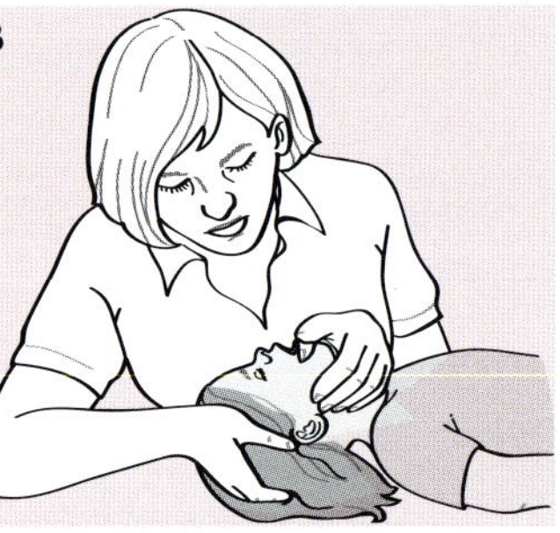

C

En cas d'asphyxie ou d'autres accidents graves, avec troubles de la conscience et de la respiration (noyade, accidents de la route…), il faut :

**Observer l'enfant** pour pouvoir agir et répondre aux questions des secours.

- Est-il conscient ? Appelez-le, stimulez-le (par exemple en le pinçant) pour voir s'il réagit.
- Respire-t-il ? Sent-on de l'air passer à travers sa bouche ou ses narines, son thorax se soulève-t-il avec les mouvements respiratoires ? Entend-on des bruits respiratoires ?
- Sa peau est-elle bien rose, ou au contraire bleue (cyanose) au niveau des oreilles, des lèvres, des ongles ?

**Alerter le 15 :** le médecin du Samu vous donnera les premières indications.

**Agir :**

- L'enfant est inconscient, mais il respire. Le médecin pourra aider par téléphone à l'installer en position latérale de sécurité : allongé sur le côté – en laissant dans le même alignement la tête, le cou, le tronc – et la bouche orientée vers le sol ; s'il venait à vomir, il ne risquerait pas de s'étouffer.
- L'enfant est inconscient et ne respire pas.

**Dans ce cas, il faut :** dégager les voies aériennes supérieures, faire le bouche-à-bouche, alterner les insufflations (bouche-à-bouche) et les compressions (massage cardiaque).

**1. Le dégagement des voies aériennes**

- Ouvrez le col ou tout ce qui serre le cou et la poitrine.
- Basculez la tête en arrière pour bien dégager les voies respiratoires et maintenez le menton en le tenant en avant et vers le haut (fig. A). Autrement, la langue affaissée au fond de la gorge bloquerait l'entrée de celle-ci.

**2. Les insufflations : le bouche-à-bouche (ventilation des voies aériennes)**

- Prenez une profonde inspiration, ouvrez largement votre bouche (fig. B) et appliquez-la fermement autour de la bouche ouverte en pinçant le nez (fig. C), ou autour de la bouche et du nez chez le nourrisson. L'insufflation doit être d'autant plus brève et plus douce que l'enfant est plus petit.
- Redressez-vous après chaque insufflation.
- Soufflez jusqu'à ce que vous voyiez la poitrine de l'enfant se soulever. À ce moment-là, cessez d'insuffler.
- Maintenez la tête basculée en arrière pendant tout le temps du bouche-à-bouche.

**Difficultés**

Soit que la langue obstrue le fond de la gorge, soit qu'un obstacle quelconque empêche l'air de passer. Pour remédier à l'obstruction par la langue, il faut basculer encore plus la tête en arrière.

**3. Les compressions : le massage cardiaque externe**

L'enfant étant couché sur le dos sur un plan dur, le massage cardiaque externe consiste à exercer avec la ou les paumes de la main de fortes pressions sur le tiers inférieur du sternum (en dessous d'une ligne tracée entre les deux mamelons). Ne pas appuyer sur les côtes : elles sont fragiles (schéma ci-dessous).

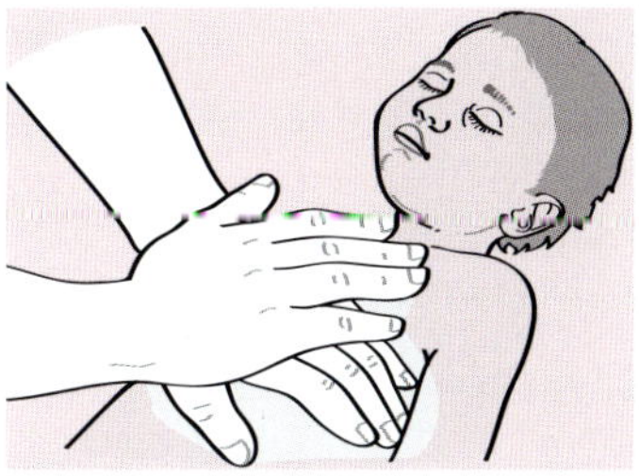

**À noter**

Pour le nourrisson, les pressions sont exercées par les deux pouces placés l'un à côté de l'autre, les deux mains encerclant la base du thorax, ou bien avec deux doigts (index et majeur).

**Jusqu'à l'arrivée des secours**, il faut alterner le bouche-à-bouche (2 insufflations) et le massage cardiaque (30 compressions sur un rythme élevé de 100 à 120 par minute).

Ces gestes sont à faire même si vous ne les avez jamais pratiqués. Une sage précaution consiste à les apprendre dans un cours de secourisme organisé par la Croix-Rouge.

Il existe maintenant dans les lieux publics des **défibrillateurs** automatisés externes (dont le principe général est de traiter certains troubles du rythme cardiaque). Leur utilisation est recommandée chez les enfants de plus d'un an.

## Reflux gastro-œsophagien

Le reflux gastro-œsophagien (RGO) est caractérisé par une remontée douloureuse du contenu de l'estomac dans l'œsophage. Fréquent pendant les premiers mois de vie, le reflux guérit vers 10-12 mois dans la grande majorité des cas.

Les remontées ont lieu quand l'estomac est plein et peuvent s'accompagner de régurgitations ou de vomissements. Elles se produisent aussi quand l'estomac est vide : c'est alors le contenu acide de l'estomac qui remonte dans l'œsophage, ce qui est très douloureux et peut, dans de rares cas, conduire à différentes complications : une inflammation de l'œsophage (appelée **œsophagite**), des atteintes ORL à répétition (laryngites et otites), plus rarement des atteintes pulmonaires (aggravation d'un asthme par exemple) ou des malaises graves du nourrisson.

**Un diagnostic plus ou moins facile**

Dans certains cas, les symptômes sont typiques : le nourrisson régurgite de façon importante après chaque biberon et présente des signes douloureux entre les biberons. D'autres fois, les crises aiguës existent mais il n'y a pas de régurgitations ou de vomissements. Il est cependant possible qu'il existe un reflux mais que celui-ci ne remonte pas suffisamment haut pour s'accompagner de régurgitations. Dans ce cas, le diagnostic hésite entre le reflux et les crises de coliques du nourrisson qui sont également fréquentes à cet âge et qui elles aussi font très mal. S'il y a des régurgitations mais pas de signe douloureux, on parle de régurgitations simples, et non pas de reflux.

Dans certains cas de reflux persistant malgré les différents traitements, le médecin pourra évoquer la possibilité d'une *allergie aux protéines du lait de vache* (voir ce mot).

**La pHmétrie**

Dans les cas sévères de reflux gastro-œsophagien, ou lorsqu'il y a un doute sur le diagnostic, il peut être utile de rechercher et de mesurer l'importance de l'acidité du reflux. On réalise alors une pHmétrie dans un milieu pédiatrique spécialisé, soit en hospitalisant l'enfant, soit le plus souvent en consultation ambulatoire (avec retour à la maison). Pour l'examen, on installe une petite sonde – de la taille d'une nouille – dans l'œsophage, fixée au niveau de la narine de l'enfant. Son extrémité inférieure est située en bas de l'œsophage. Cette pose n'est pas douloureuse, seulement un peu désagréable. On relie ensuite cette sonde de pH à un système d'enregistrement pendant 24 heures. La sonde de pHmétrie qui est laissée en place est vite oubliée par le nourrisson, il faudra seulement veiller à ce qu'il ne la retire pas. L'analyse du tracé d'enregistrement permet ensuite de confirmer ou non l'existence d'un reflux acide et d'apprécier son importance. Il faut ramener l'enfant à l'hôpital pour ôter la sonde.

**Le traitement du reflux**

Il repose sur différentes mesures selon l'importance du reflux. Des mesures simples s'imposent d'abord : éviter de donner de trop gros biberons, de mettre le bébé dans un transat après le repas (où il est dans une position qui comprime l'estomac), surtout ne pas fumer en sa présence. En revanche il n'est pas nécessaire de surélever la tête de l'enfant.

Dans les reflux modérés, le médecin peut prescrire un gel (comme le Polysilane® ou le Gaviscon®) qui se donne après le biberon. On propose aussi des laits qui sont épaissis grâce à l'ajout d'amidon de pomme de terre ou de riz, ou bien, dans le cas de régurgitations plus importantes, par de la caroube.

Dans les reflux très douloureux, le médecin peut décider de prescrire un médicament qui supprime l'acidité de l'estomac, après avoir effectué une endoscopie de confirmation. Il faut signaler cependant que ces médicaments n'existent pas sous une forme adaptée aux nourrissons, il faudra donc suivre avec attention la prescription du médecin.

Enfin, dans le cadre d'une allergie aux protéines de lait de vache, on conseillera un lait particulier.

## Reflux vésico-urinaire

Il s'agit du passage de l'urine à contre-courant, qui remonte de la vessie vers le rein par un ou les deux uretères.

Si l'urine qui remonte dans l'uretère est infectée, l'infection se propage alors au rein, occasionnant une pyélonéphrite aiguë, dont le risque, si elle est mal traitée, est d'endommager la fonction rénale. Une pyélonéphrite est toujours une infection urinaire avec de la fièvre.

**Chez le nourrisson**

Les signes d'infection urinaire sont le plus souvent absents, d'où la règle de pratiquer systématiquement un ECBU (examen cytobactériologique des urines) en cas de fièvre élevée isolée, durant plus de 24 heures, surtout si cette fièvre est accompagnée de frissons.

**À partir de 18 mois environ**

Les signes d'infection urinaire sont manifestes :

- douleur à la miction (en faisant pipi) ;
- envies très fréquentes d'uriner.

La **pyélonéphrite** aiguë nécessite un traitement antibiotique par voie parentérale (en injections) quel que soit l'âge. Avant 1 an, il est effectué de préférence à l'hôpital. Après 1 an, il peut être fait à la maison, à raison d'une injection d'antibiotique par jour pendant quelques jours, puis le traitement est poursuivi une dizaine de jours sous forme de sirop ou de sachets.

Un premier épisode de pyélonéphrite aiguë impose de rechercher les conséquences éventuelles de cette infection sur le rein, et de mettre en évidence le reflux. Une échographie rénale sera toujours pratiquée, parfois complétée par d'autres investigations (cystographie rétrograde, scintigraphie rénale…).

Certains reflux vont guérir spontanément avec la croissance. On décide alors souvent d'un traitement prolongé avec une petite dose d'antibiotique, afin d'éviter les récidives d'infection urinaire, en attendant la guérison spontanée. Dans d'autres cas, les lésions sont trop importantes et un traitement chirurgical sera proposé.

## Régurgitation

La régurgitation est le rejet d'une petite quantité de lait, survenant peu après le repas, en particulier au moment du « rot ». Elle est fréquente et banale les premiers mois, et sans signification pathologique. Favorisée par l'alimentation liquide et la position couchée, elle disparaîtra avec l'alimentation semi-solide et l'acquisition de la position assise. L'utilisation d'un lait acide (plus vite évacué de l'estomac) et épaissi (voir *Vomissements*) peut améliorer la situation ; on évitera absolument l'atmosphère tabagique autour de l'enfant. Il existe des laits « anti-régurgitation », encore plus épais (vendus en pharmacie).

Cependant, des régurgitations abondantes, répétées, survenant à tout moment (y compris la nuit), font penser à un *reflux gastro-œsophagien* (voir ce mot), particulièrement si elles sont associées à des « malaises », à des crises d'agitation et de pleurs, à des troubles respiratoires (toux nocturne), à un ralentissement de la croissance. Il conviendra alors de consulter le médecin sans attendre.

## Respiration bruyante, sifflante, stridor

À moins qu'il ne s'agisse d'un enfant qui ronfle, toute respiration bruyante ou sifflante doit être signalée sans retard au médecin et ce, surtout si l'enfant est malade, avec de la fièvre. Il peut s'agir d'une simple rhinopharyngite ou d'une bronchite, mais aussi de maladies plus graves : asthme, corps étranger dans les voies respiratoires, laryngite, etc.

Certains enfants présentent dès la naissance un bruit respiratoire parfois comparé au gloussement de la poule. Il s'agit du stridor congénital dû à une immaturité des cartilages du larynx et de la trachée. C'est sans gravité. Il n'y a pas de traitement particulier et ce bruit inquiétant disparaîtra peu à peu au bout de quelques mois.

## Retard de développement

Les âges moyens d'acquisitions de l'enfant sont aujourd'hui bien connus et des retards dans leur apparition peuvent être décelés très précocement, ce qui permet au médecin d'en rechercher les causes et d'y répondre le plus tôt possible. Celles-ci sont en effet très variables et peuvent être d'origine affective et émotionnelle mais aussi organique. Elles sont alors le témoin d'une déficience de l'enfant, premier signe d'un handicap futur ou d'une maladie débutante.

On surveille en particulier :

- l'acquisition du contrôle postural (la tenue de la tête autour de 3 mois) ;
- l'appui sur la plante des pieds autour de 6 mois ;
- la tenue assise autonome et la station debout vers 9-10 mois) ;
- la communication avec l'entourage proche (le regard dirigé, les réactions à la voix, les premiers sourires et les vocalises en réponse s'instaurant dans les premières semaines qui suivent la naissance).

Cependant, on sait également qu'il existe, et souvent dans la même fratrie, des variations individuelles importantes dans certains domaines, comme la marche, dont l'âge moyen d'acquisition peut aller de 10 à 18 mois, le langage : l'apparition des premiers mots, la construction des phrases, l'enrichissement du vocabulaire recouvrent une longue période entre 18 mois et 3 ans (chapitre 4).

Ces variations peuvent être aussi d'ordre culturel et éducatif et perçues différemment par l'entourage familial ou par le regard extérieur de la crèche, de l'assistante maternelle, et plus tard de l'école. Il est important de respecter les différences socioculturelles dans ce domaine et d'en relativiser l'impact sur des décalages d'acquisitions ; mais il est tout aussi important de ne pas négliger d'autres facteurs et de donner à l'enfant tous les moyens de compenser les difficultés spécifiques de son propre développement.

Il est souvent rassurant d'observer un décalage dans un seul domaine alors que l'enfant progresse bien dans d'autres, reste joyeux et éveillé, et si l'on est vigilant, l'enfant rattrape ce retard isolé. Dans tous les cas, si vous vous posez des questions sur un retard ou si votre entourage attire votre attention à son sujet, n'hésitez pas à demander l'avis de votre médecin ou de la consultation de PMI de votre secteur.

## Rhumatismes

Ce sont des maladies inflammatoires rares qui peuvent toucher toutes les articulations mais aussi l'œil. Elles sont prises en charge dans des services hospitaliers pédiatriques spécialisés. Les nouveaux médicaments issus des biothérapies ont permis une très grande amélioration de leur traitement.

## Rhume – Rhinite – Rhinopharyngite

Ce sont des infections virales de la muqueuse du nez (rhinite) ; du nez et de la gorge (rhinopharyngite) ; du nez, de la gorge et de la trachée (rhinotrachéite). La muqueuse infectée réagit en produisant de façon importante du mucus, une sécrétion d'abord claire puis plus abondante, plus épaisse, avant de jaunir/verdir. La muqueuse guérit ensuite.

Chez le tout-petit, cet écoulement se fait non pas en avant (par le nez) comme chez le plus grand, mais en arrière, ce qui provoque des épisodes de toux, d'abord sèche (quand l'écoulement est clair et peu important), puis plus ou moins grasse (quand l'écoulement est plus abondant et épais).

Ces infections virales guérissent **sans aucun traitement,** ni antibiotique. Il faut seulement dégager le nez du bébé qui peut être gêné par l'obstruction des voies nasales au moment de boire (« Les gouttes nasales : le lavage de nez », p. 371).

Ces infections peuvent s'étendre vers les bronches (*bronchite*), les bronchioles (*bronchiolite*) ou les tympans (*otite*) mais il n'y a aucun traitement qui puisse empêcher cette évolution (voir ces mots). Elles ne s'attrapent pas en « prenant froid », il est donc inutile de trop couvrir vos enfants ; en revanche, elles sont très contagieuses et se transmettent par les contacts. Aussi, ne laissez pas votre grand qui a le nez qui coule et qui tousse embrasser son petit frère à peine sorti de la maternité.

**Les rhinopharyngites à répétition**

Les jeunes enfants étant enrhumés une bonne partie de l'hiver, les parents se demandent s'il y a des mesures de prévention à prendre, à part éviter les contacts avec d'autres enfants enrhumés – ce qui est difficile à la crèche ou à l'école. Certains facteurs d'environnement jouent, comme un chauffage excessif et une grande sécheresse des logements ; le tabagisme passif a bien entendu un rôle nocif.

Ces rhumes à répétition peuvent aussi être considérés comme une adaptation de l'organisme aux différentes agressions virales, ils seront moins fréquents lorsque l'enfant va grandir, pour cesser vers 6-7 ans.

## Ronflement

C'est un bruit plus ou moins fort qui n'apparaît que pendant le sommeil. Si votre enfant ronfle de temps en temps quand il est enrhumé et qu'il a le nez bouché, cela n'a aucune conséquence sur sa santé. En revanche, si ce ronflement est important et quasi permanent, il est préférable de consulter pour rechercher l'existence de troubles respiratoires liés au sommeil.

Ce ronflement peut être en effet le signe d'une hypertrophie des amygdales. Au cours de certains cycles du sommeil (sommeil paradoxal), la chute du tonus des muscles du cou s'accompagne d'une chute des deux amygdales l'une sur l'autre. Si les amygdales sont très grosses, elles obstruent alors la gorge de votre enfant qui doit se réveiller pour pouvoir de nouveau respirer. Ces pauses respiratoires et ces réveils ne durent que quelques secondes mais s'ils se reproduisent fréquemment toutes les nuits, le sommeil de votre enfant sera gêné et n'apportera pas le repos nécessaire à son développement et à sa croissance. Il sera fatigué le matin au réveil et aura l'impression d'avoir peu et mal dormi.

Après évaluation et discussion avec le chirurgien, une amygdalectomie peut être décidée ; elle permettra à votre enfant de retrouver un sommeil de qualité.

## Roséole

Cette maladie contagieuse, d'origine virale, survient au printemps, en automne, par petites épidémies. Elle se caractérise par une fièvre élevée, brusque et persistante sans autre symptôme pendant plusieurs jours. Du 4e au 5e jour, la fièvre disparaît aussi brusquement qu'elle est venue, tandis qu'apparaît une éruption sur le visage, le torse et la racine des membres, faite de toutes petites papules rouges. Elle est parfois très discrète et ne dure pas plus d'un jour ou deux, parfois quelques heures. Cette évolution, fièvre élevée isolée de quelques jours, suivie d'une éruption passagère, est typique de la roséole. Cette maladie est bénigne, malgré la relative fréquence des convulsions lors des accès de fièvre.

## Rougeole

C'est une maladie due à un virus dont les premiers **symptômes** apparaissent, en général, dix à quinze jours après la contagion : rhume, fièvre, mais surtout une toux importante, un peu rauque, un faciès très particulier avec larmoiements qui, très souvent, feront envisager la rougeole même en l'absence de contagion connue, à plus forte raison dans le cas d'une épidémie.

L'éruption se manifeste au bout de quelques jours sous forme de petites taches débutant derrière les oreilles, au visage, aux membres et s'étendant sur tout le corps. Très rapidement la fièvre tombe et, en l'absence de complications, au bout de quatre à cinq jours, l'éruption s'atténue et disparaît ; la convalescence est rapide.

Il est rare de nos jours que la rougeole se complique, mais cela reste possible, en particulier chez tout enfant dont l'état général est déficient et chez les enfants d'origine africaine. Les otites et les foyers bronchopulmonaires sont les plus fréquents ; l'atteinte du système nerveux (encéphalite) est très rare.

L'enfant est contagieux essentiellement avant l'apparition de l'éruption, d'autant plus qu'à ce stade, aucune précaution d'isolement n'aura été prise.

La vaccination contre la rougeole est obligatoire : la première dose à 12 mois et la seconde entre 16 et 18 mois. Ce vaccin est en général associé au vaccin rubéole-oreillons (ROR). La protection apportée par le vaccin est très rapide. Il est donc possible d'empêcher la maladie s'il est fait dans les cinq jours qui suivent le contact avec un rougeoleux, le vaccin agissant plus rapidement que le virus de la rougeole lui-même.

## Rubéole

Cette maladie est très bénigne pour les enfants mais elle est redoutable pour toutes les femmes enceintes que l'enfant peut être amené à rencontrer : elle est en effet très dangereuse pour le foetus, surtout pendant les trois premiers mois de la grossesse. Un simple examen de sang (sérodiagnostic) permet de savoir si une femme a eu la rubéole avant la grossesse. La vaccination ROR (rougeole-oreilons-rubéole) est obligatoire : la première dose à 12 mois, la seconde entre 16 et 18 mois.

## Rumination

Voir *Mérycisme*.

# S

## Saignement de nez

Voir à la fin de l'article *Hémorragie*. Le terme médical du saignement de nez est épistaxis.

## Saignement des lèvres

En cas de blessure à la lèvre, stoppez l'hémorragie en comprimant, nettoyez avec du savon, puis rincez. La salive servira de désinfectant et de cicatrisant. Si la plaie est importante, consultez le médecin.

## Salmonellose intestinale

Les salmonelles sont des microbes du groupe des bacilles de

la typhoïde. Chez le nourrisson, ces microbes peuvent entraîner des diarrhées aiguës, survenant parfois par petites épidémies dans les crèches ou dans les familles. L'évolution peut être assez sévère avec selles nombreuses et sanglantes, déshydratation, fièvre élevée, etc.

C'est la coproculture (examen des selles) qui permet d'identifier le microbe.

Actuellement, on ne recommande pas de traitement antibiotique systématique, sauf dans les formes graves. La guérison est obtenue par simple réhydratation et régime antidiarrhéique.

## Saturnisme

C'est l'intoxication par le plomb ; les victimes en sont de jeunes enfants qui portent à la bouche et avalent des particules de peintures anciennes (contenant du plomb) dans des logements vétustes et insalubres.

Les troubles sont digestifs (douleurs abdominales, constipation ou diarrhée), nerveux (instabilité, convulsions), rénaux et sanguins (anémie).

Un traitement permet d'éliminer par les urines le plomb accumulé dans l'organisme.

## Scarlatine

La scarlatine est due à une variété de streptocoques (hémolytiques). Son incubation est courte, en moyenne quatre à cinq jours, et les premiers symptômes apparaissent brusquement. Il s'agit d'une angine avec fièvre élevée, gonflement des ganglions du cou, avec souvent un état de malaise accompagné de vomissements.

Rapidement l'éruption apparaît sur l'ensemble du corps sous forme d'une nappe rouge, avec de petits éléments granuleux. La langue a un aspect caractéristique avec une éruption rouge vif, en V, évoquant une fraise. Le diagnostic est alors facile et le traitement se fait par pénicilline. Après l'éruption, la peau se met souvent à desquamer (peler) au niveau des mains et des pieds.

Les complications (autrefois redoutables) sont très rares. On ne voit pratiquement plus aujourd'hui de grandes scarlatines typiques, mais bien plus souvent des formes atténuées, incomplètes qui peuvent se limiter à une éruption peu intense et de courte durée, qu'il est d'ailleurs difficile d'attribuer d'emblée à la scarlatine. Beaucoup de maladies virales, ainsi que des réactions d'intolérance à des médicaments, donnent lieu à une éruption « scarlatiniforme ». Les éléments suivants aideront le médecin à reconnaître la maladie : contagion, angine préalable, présence de streptocoque hémolytique dans un prélèvement de gorge, desquamation de la peau des extrémités. La scarlatine peut être détectée par un test effectué au cabinet du médecin (streptotest). Elle n'est plus contagieuse après deux jours de traitement par pénicilline.

## Scoliose Déviations de la colonne vertébrale (scoliose, cyphose, cypho-scoliose, lordose)

Les positions anormales de la colonne vertébrale sont appelées : cyphose (dos rond), lordose (cambrure excessive), et scoliose (déviation dans le sens latéral). Ces anomalies étant souvent combinées entre elles, on parle alors de cypho-scoliose.

**Chez le nourrisson**

Dans les premiers mois, le dos est souvent rond. Peu à peu il deviendra plat jusqu'à l'acquisition de la station assise sans appui, étape importante du développement psychomoteur. Il est recommandé durant cette période de ne pas asseoir l'enfant sans soutien.

Cependant de véritables scolioses ou cypho-scolioses peuvent exister chez le nourrisson du fait de malformations vertébrales visibles sur la radiographie.

**Chez l'enfant plus grand**

Au moment de la marche et surtout au cours de la deuxième et de la troisième année, une lordose lombaire (cambrure excessive) est fréquente ; l'abdomen qui fait une saillie en avant témoigne bien de « l'hypotonie » musculaire habituelle à cet âge. C'est une étape transitoire qui disparaîtra progressivement au cours de l'enfance.

Les déviations de la colonne vertébrale sont aisément reconnues par l'entourage même de l'enfant : une épaule est plus basse que l'autre, la colonne a perdu sa rectitude et présente une courbure vers la droite ou la gauche ; enfin il peut exister une gibbosité (bosse) d'un côté.

Si ces anomalies disparaissent quand on fait pencher l'enfant en avant, il s'agit d'une simple attitude scoliotique qui vient souvent compenser une inégalité de longueur temporaire des membres inférieurs. Dans ce cas (assez fréquent), une simple talonnette réglera le déséquilibre à condition qu'il ne soit pas supérieur à 2 cm. D'une manière générale ces scolioses d'attitude évoluent favorablement avec un traitement simple à base de gymnastique rééducative et d'activité sportive adaptée.

Les **déformations fixées** peuvent être la conséquence de maladies neurologiques ou musculaires, mais le plus souvent elles surviennent chez les enfants tout à fait normaux, sans cause apparente, et sont beaucoup plus fréquentes chez la fille que chez le garçon.

Ces déformations fixées demandent une surveillance très attentive afin d'en apprécier le profil évolutif : stabilité ou tendance plus ou moins rapide à l'aggravation. Des examens répétés seront donc nécessaires, semestriels ou annuels, comprenant des radiographies qui permettront de faire des bilans comparatifs précis. Les scolioses peuvent être minimes dans les premières années et passer inaperçues. La période critique se situe à la poussée de croissance pubertaire, entre 11 et 15 ans, particulièrement chez les filles. Un corset peut alors être indiqué.

## Secoué (syndrome de l'enfant secoué)

ou

Ce syndrome a été décrit depuis quelques années devant la fréquence grandissante et la méconnaissance de ce problème. Il s'agit presque toujours d'un bébé de moins de 6 mois dont les parents ou l'entourage sont excédés par des pleurs inconsolables et tentent désespérément de le calmer en le secouant. Le geste est donc intentionnel et sera considéré comme une maltraitance, même si l'adulte n'a pas conscience des conséquences de son acte.

**Pourquoi est-il si grave de secouer un bébé ?**

Son cerveau est fragile, sa tête est lourde et les muscles de son cou ne sont pas encore bien solides. Lors d'une secousse importante, si le bébé est soumis à de très fortes vibrations ou à un choc violent, sa tête se balance d'avant en arrière et le cerveau, bougeant à l'intérieur du crâne, peut venir frapper contre l'os, entraînant des saignements et des lésions cérébrales.

Des signes de gravité vont se manifester très rapidement : vomissements, troubles de la conscience, convulsions, difficultés respiratoires. Il n'y a alors pas une minute à perdre : il faut emmener le bébé à l'hôpital.

Un scanner sera réalisé en urgence et l'hématome sera évacué chirurgicalement s'il y a lieu. Mais les séquelles peuvent être lourdes : 10 % des enfants décèdent, et les autres souffrent de retard mental, de problèmes de vue (s'il y a une hémorragie rétinienne), de paralysie, de troubles du comportement.

Le plus important reste donc la prévention : si votre bébé ne se calme pas malgré le bercement, les massages doux, le change, la musique douce… et si vous ne supportez plus ses pleurs, posez-le délicatement dans son lit, sur le dos, et sortez de la pièce pour retrouver votre calme. Appelez un(e) ami(e), quelqu'un de la famille, un voisin, votre pédiatre.

## Seins

**Développement prématuré des seins**

Chez certaines petites filles, le développement des seins survient avant l'âge de la puberté. Il faut alors vérifier qu'il ne s'agit pas d'une puberté précoce provoquée par une maladie des ovaires, des surrénales ou de l'hypophyse, ou par une exposition à des perturbateurs endocriniens. Pour le savoir, le médecin prescrira des examens biologiques (dosages hormonaux) et des examens des ovaires, de l'utérus et des glandes surrénales (échographie). Le plus souvent, le développement prématuré des seins est isolé, sans anomalie hormonale. Le volume des seins reste limité et il n'y a pas d'autres signes de puberté (pilosité). Il s'agit d'une situation bénigne, qui n'a aucun retentissement sur la croissance en taille, ni sur la puberté qui se fera normalement quelques années plus tard (en moyenne elle débute à 11 ans chez la fille).

**Seins gonflés chez le nouveau-né :** « Des seins parfois stimulés », p. 340.

## Selles anormales

Vous avez vu au chapitre 2 à quels signes on reconnaît que les selles du nourrisson sont normales. Voici ce qui peut rendre les selles anormales – en dehors de la constipation et de la diarrhée.

**Selles très décolorées, presque blanches.** C'est parfois le premier symptôme d'une hépatite, d'une obstruction des voies biliaires chez le nouveau-né. Il faut en parler aussitôt au médecin.

**Sang.** Si vous voyez une tache de sang dans les couches ou dans le pot de l'enfant, à plus forte raison si du sang s'écoule par l'anus, il est bien évident qu'il faut consulter le médecin. Une chose à ne pas oublier : garder les couches, ne pas vider le pot qui contient la selle. Il peut aussi s'agir d'un accident qui se produit quelquefois : vous avez pris la température de l'enfant ce jour-là. Sans le vouloir et bien que le thermomètre ne soit pas brisé – vous l'avez blessé. Ce genre d'hémorragie est généralement bénin.

Autre cause possible de l'hémorragie : l'enfant est constipé (voir *Constipation*).

Si l'enfant a la diarrhée, l'intestin, irrité, peut également saigner. Il faut soigner la *diarrhée* (voir ce mot).

Enfin, une autre cause possible de cette hémorragie est l'*invagination intestinale* (voir ce mot). Voir également *Polype rectal*.

**Glaires.** Ce sont des filaments visqueux, blancs ou verdâtres. Une irritation des intestins, aussi bien qu'un simple rhume, peuvent en être cause. Si l'enfant est enrhumé, la présence de glaires dans ses selles est normale ; il faut simplement soigner le rhume. Si l'enfant n'a aucune affection des voies respiratoires, les glaires sont le témoin d'une atteinte de la muqueuse intestinale elle-même (entérocolite). Ne tardez pas à en parler au médecin.

**Selles colorées.** Les épinards et les betteraves donnent leur couleur aux selles et les carottes s'y retrouvent en petits fragments. Le fer donne aux selles une couleur noire. Toute selle que vous jugerez anormale sera gardée pour être montrée au médecin.

**Selles décolorées.** Le lait de vache donne souvent des selles grises au nourrisson.

**Grumeaux**. En petit nombre, ils n'ont aucune signification particulière chez le nourrisson s'il n'y a pas diarrhée.

## Sida

Le sida (syndrome d'immunodéficience acquise) est dû à un virus

(VIH – virus de l'immunodéficience humaine) qui s'attaque au système immunitaire et entraîne un grave affaiblissement des moyens de défense de l'organisme.

Lorsqu'une personne est infectée, elle développe des anticorps spécifiques qui peuvent être décelés dans le sang par un test de laboratoire. Elle est alors dite séropositive.

Le sida est une maladie qui a complètement changé de visage en France depuis l'avènement des thérapies antivirales multiples. Grâce au traitement préventif de la transmission mère-enfant durant la grossesse, seuls 10 à 20 nouveau-nés infectés sont diagnostiqués en France chaque année. De même les traitements antiviraux sont de mieux en mieux connus en pédiatrie. Malgré les difficultés à faire accepter à un enfant plusieurs antiviraux (multithérapie) donnés en même temps pendant une longue période, la baisse de la mortalité et de la morbidité de l'infection est majeure : la mortalité des enfants infectés est devenue quasi nulle depuis 2 à 3 ans, au moins dans les pays industrialisés. Le problème est bien sûr très différent dans le reste du monde : 1 500 enfants naissent infectés chaque jour en Afrique subsaharienne et l'accès aux traitements antiviraux reste extrêmement difficile.

## Sinusite

### Sinusite maxillaire

Les sinus maxillaires sont des cavités qui se trouvent dans les os de la face (sous les orbites, de part et d'autre des fosses nasales). Ils ne se développent pas avant 2-3 ans et leur infection n'est guère possible avant cet âge. Par la suite, la sinusite aiguë est rare.

### Sinusite frontale

Elle est rare chez l'enfant car les sinus creusés dans les cavités des os du front n'ont leur complet développement qu'après 10-12 ans.

### L'ethmoïdite aiguë

C'est une infection de l'ethmoïde, os qui ferme en haut et en arrière les fosses nasales, et qui est creusé de cavités. Elle se traduit par une fièvre élevée et un gonflement important de la paupière supérieure débutant à l'angle interne de l'œil. Les germes les plus fréquents sont le staphylocoque, et surtout l'haemophilus. Un traitement antibiotique intensif est nécessaire, en milieu hospitalier, afin d'éviter des complications ophtalmiques et cérébrales graves.

## Spasme du sanglot

Sa description est simple et toujours la même : à l'occasion d'une contrariété, d'une peur soudaine ou d'une douleur vive, l'enfant, habituellement entre 6 mois et 2 ans, crie, pleure, ses sanglots deviennent de plus en plus saccadés et violents, sa respiration se bloque, son visage bleuit (cyanose). Au bout de quelques secondes (qui peuvent paraître très longues à l'entourage), et sous l'effet de stimulations (petites tapes, eau froide sur le visage), la respiration reprend. Si l'accès se prolonge, l'enfant peut perdre connaissance un court instant. Une variante est possible : la forme blanche où l'enfant reste très pâle.

Ce tableau impressionnant, et qui a tendance à se répéter, est cependant sans gravité réelle, dans l'immédiat ou à long terme. Cela passe en grandissant mais certains enfants, devant la réaction de panique de leurs parents, peuvent réussir à provoquer de tels spasmes lorsqu'ils sont contrariés. Il est donc important d'avoir envers l'enfant une fermeté douce et constante, et d'éviter un comportement autoritaire et rigide.

## Spasmes en flexion

Il s'agit d'un type d'épilepsie particulière au nourrisson – vers l'âge de 6 mois – accompagnée d'un arrêt du développement psychomoteur et d'un changement inexpliqué du comportement. Les crises se passent habituellement de la manière suivante : des secousses brèves surviennent en série, espacées de quelques minutes. Au cours de chaque spasme, l'enfant se ramasse sur lui-même, fléchissant brusquement la tête, le tronc et les quatre membres, puis se relâche rapidement. Parfois, c'est au contraire une extension du corps et des membres.

La cause de ces spasmes n'est pas connue, sauf dans certains cas d'anomalies congénitales du système nerveux. Le médecin sera vu sans attendre car un traitement doit être institué rapidement. Voir *Épilepsie*.

## Sténose du pylore

C'est une malformation du tube digestif assez fréquente chez l'enfant, touchant davantage le garçon que la fille. Il s'agit de l'épaississement de l'anneau musculaire (pylore) qui sépare l'estomac de la première partie de l'intestin. Cet obstacle empêche l'estomac de s'évacuer normalement, ce qui entraîne des vomissements. Ils commencent environ trois semaines après la naissance et deviennent de plus en plus abondants et « explosifs » ; l'enfant est à la fois affamé et constipé. Un examen radiologique ou échographique permet d'identifier la malformation, et une intervention chirurgicale simple assure une guérison définitive.

## Stomatite

La stomatite est le terme général qui désigne une inflammation de la bouche.

On parle essentiellement de stomatite au cours d'une infection virale particulière, celle de l'*herpès* (voir ce mot). Avec l'entrée en collectivité (à la crèche ou à l'école), l'enfant peut être fréquemment en contact avec ce virus qui, au premier contact, est le plus souvent invisible, n'occasionnant aucun symptôme.

Dans certains cas, le virus de l'herpès peut provoquer une atteinte étendue de la bouche (une stomatite) : les gencives sont rouges, éventuellement saignantes, parsemées d'aphtes qui se situent aussi bien sur le bord interne des joues et des lèvres que sur le palais ou au fond de la gorge. Cette affection peut être douloureuse et gêner fortement l'enfant pour s'alimenter ; elle s'accompagne parfois de fièvre. Elle va durer une semaine puis guérir spontanément.

Il n'y a pas de médicament qui puisse détruire le virus de l'herpès. Il existe tout au plus un traitement qui limite l'importance de son développement et que l'on réserve aux enfants souffrant d'un déficit du système immunitaire (chez eux cette infection peut être particulièrement sévère). Chez l'enfant bien portant, c'est surtout la douleur qui sera prise en charge : bains de bouche, paracétamol, anti-inflammatoires non stéroïdiens, voire dérivés morphiniques dans les cas les plus graves.

Le virus de l'herpès, après avoir été éliminé de la muqueuse buccale, va gagner le noyau cellulaire du nerf sensitif de la bouche ; quelques années plus tard, à l'occasion d'un stress banal (infectieux ou émotionnel par exemple), il pourra se réactiver et remonter le long de ce nerf sensitif pour retrouver la muqueuse des lèvres : c'est le classique bouton de fièvre.

Une autre stomatite fréquente chez le nourrisson est celle provoquée par le petit champignon *Candida albicans* (on parle aussi dans ce cas de mycose buccale), notamment après un traitement antibiotique : c'est ce que l'on appelle le **muguet** (Voir *Mycose*).

## Sudamina

C'est une éruption due à la transpiration. Elle est faite de très petits boutons rouges siégeant plus particulièrement au niveau du cou et du dos. Elle disparaît aisément si l'on prend soin de s'assurer que la peau du nourrisson reste propre et surtout sèche.

## Surdité

La surdité de l'enfant n'est pas rare ; elle touche chaque année près de 800 enfants à la naissance. Grâce aux progrès techniques réalisés au cours de ces dernières années, il est possible d'effectuer dès le plus jeune âge un diagnostic fiable de surdité permettant de prendre rapidement en charge l'enfant et d'aider la famille à établir avec lui une communication efficace.

### Le dépistage de la surdité

Il est aujourd'hui systématiquement pratiqué à la naissance. En cas de doute, un test de l'audition peut être mené à tout moment de la croissance par un spécialiste ORL.

### Les tests de dépistage

Chez le nourrisson, deux tests peuvent être effectués soit à la maternité, soit chez un ORL.

- Les oto-émissions acoustiques provoquées : on place une petite sonde dans le conduit auditif externe et on enregistre les vibrations émises par l'oreille interne lors de la stimulation par un son. Lorsque l'enfant est calme, c'est un examen non douloureux et très rapide (quelques minutes), particulièrement facile chez un nouveau-né endormi après la tétée ou le biberon.
- Les potentiels évoqués auditifs (PEA) du tronc cérébral. C'est un test très complet mais complexe qui n'est réalisé que dans des centres spécialisés. Il consiste à enregistrer les réponses de l'oreille interne et des centres nerveux grâce à des électrodes collées sur le front et derrière les oreilles. À noter que des PEA simplifiés et automatisés, plus rapides à réaliser, peuvent être utilisés pour le dépistage néonatal de la surdité.

Si votre enfant est malentendant ou sourd, vous serez soutenu au mieux par votre pédiatre et le médecin ORL pour lui donner les meilleures chances d'épanouissement. Nous vous signalons le livret réalisé par l'Inpes (consultable sur Internet) : *La Surdité de l'enfant. Guide pratique à l'usage des parents*. Ce guide, très bien fait, accompagne et informe les parents en répondant aux nombreuses questions qu'ils se posent.

# T

## Taches sur la peau

Les **angiomes** (voir ce mot) sont les petites anomalies de la peau les plus fréquentes qu'un nourrisson peut présenter à la naissance.

Les **nævus** sont des taches pigmentées, brunes, plus ou moins étendues, qui peuvent se trouver à n'importe quel endroit du corps. Le traitement varie selon chaque cas sur prescription d'un dermatologue.

Un cas particulier est à signaler : la tache mongoloïde, ainsi appelée parce qu'elle est très fréquente chez les Asiatiques (et les Méditerranéens) ; d'un brun bleuté, elle se situe en bas du dos. Elle est une marque normale qui s'atténue avec l'âge. Voir aussi *Peau, Purpura*.

## Tachycardie ou

C'est l'accélération du rythme cardiaque. Chez l'enfant, le rythme cardiaque normal est d'autant plus rapide que l'enfant est plus jeune (120-140 pulsations par minute dans les premiers mois, 100-110 jusqu'à 4-6 ans) ; il est aussi très variable, accéléré par les cris, l'agitation et l'effort, les émotions et surtout la fièvre, quelle que soit sa cause.

En dehors de ces circonstances, une tachycardie permanente dûment constatée oriente vers une atteinte cardiaque, une malformation en particulier ; des causes extracardiaques telles que l'hyperfonctionnement thyroïdien, la prise de certains médicaments (théophylline par exemple) sont également à envisager.

L'autre éventualité est celle des accès ou crises de tachycardie qu'on appelle tachycardie paroxystique, survenant chez le nourrisson dans les premiers mois. Elles sont dues à une anomalie de fonctionnement du système nerveux intracardiaque. Le début est brusque et le retentissement sur l'état général, rapide : teint gris, agitation ou prostration. Sans intervention, en 24-28 heures, l'évolution irait vers une insuffisance cardiaque. Il faut hospitaliser l'enfant d'urgence pour le mettre sous contrôle d'un moniteur (fréquence cardiaque, électrocardiogramme, tension artérielle). En général, le traitement donne un résultat favorable, mais il y a cependant des possibilités de récidives dans les mois qui suivent.

## TDAH (trouble du déficit de l'attention avec ou sans hyperactivité)

On parle de TDAH pour des enfants présentant des troubles de l'attention accompagnés d'une grande agitation. Ce n'est pas considéré comme une maladie à part entière car on ne connaît pas précisément son origine ni sa cause, même si on peut parler de trouble de la maturation du système cérébral au niveau du cortex frontal. On préfère parler d'un syndrome qui associe trois symptômes, dont l'importance est variable selon les enfants :

- un **déficit de l'attention, élément principal,** qui se manifeste par l'incapacité à maintenir son attention, à terminer une tâche, se dispersant même dans des situations qui pourraient l'intéresser (par exemple l'enfant n'arrive pas à regarder un dessin animé sans se lever, sans parler, sans faire autre chose), passant d'un jeu à l'autre ;
- une **hyperactivité motrice**, c'est-à-dire une agitation incessante avec impossibilité à rester en place ; c'est un symptôme plus bruyant mais plus secondaire. Dans certains cas il est même absent (notamment chez la fille) ;
- une **impulsivité**, avec des difficultés à attendre, une tendance à interrompre de façon systématique les activités des autres.

On ne parle de TDAH que si ces symptômes existent depuis les premières années de vie, se remarquent en tous lieux (famille, chez les grands-parents, amis, dans les grands magasins, à l'école) et avec toutes personnes. Car ces comportements peuvent être simplement passagers ou en réaction à une situation particulière. Ce n'est que lorsqu'ils sont constants et qu'ils altèrent de manière durable et significative la vie de l'enfant que le médecin cherchera à préciser l'existence d'un syndrome de TDAH. Dans certains cas en effet ce déficit de l'attention et cette hyperactivité motrice vont avoir un retentissement important sur l'enfant : ils peuvent entraîner chez lui une perte d'estime de soi et de telles difficultés relationnelles qu'il peut se trouver rejeté, aussi bien dans sa famille, à l'école, que par ses amis.

Il entraîne aussi une incapacité à se concentrer pour apprendre et être efficace à l'école.

**Mon enfant est très turbulent, s'agit-il d'un TDAH ?**

Non cela ne suffit pas pour évoquer le diagnostic, il faut que les autres symptômes soient présents, surtout les troubles de l'attention. Cependant si vous avez un doute, parlez de vos inquiétudes au médecin qui suit votre enfant et qui le connaît bien.

**À quel âge le TDAH apparaît-il ?**

Il va apparaître dans les premières années de vie. Il est repéré plus tôt chez le garçon (par le biais de l'hyperactivité) que chez la fille (chez laquelle le déficit de l'attention peut être important mais l'hyperactivité moindre). On pose parfois le diagnostic de façon plus tardive chez l'adolescent, voire de façon très tardive (chez les parents d'enfants qui viennent consulter pour TDAH !).

Le médecin traitant ou le pédiatre va rechercher par son examen clinique et par des entretiens avec l'enfant et ses parents les symptômes évocateurs d'un TDAH. Le diagnostic sera confirmé par un spécialiste – neuropédiatre ou pédopsychiatre –, le plus souvent après un bilan dans un service pluridisciplinaire où travaillent ensemble pédiatres, neurologues, psychiatres et psychologues.

**Est-ce que le TDAH peut se soigner ?**

Il est important d'évoquer le diagnostic le plus tôt possible car on peut proposer aujourd'hui une prise en charge qui sera d'autant plus efficace qu'elle sera mise en place de façon précoce. Elle associe le plus souvent des mesures psychologiques, éducatives et sociales. Des thérapies de type comportemental ou des séances régulières avec des spécialistes (pédopsychiatre, psychologue, psychomotricien, orthophoniste) aident l'enfant à améliorer son attention et à contrôler son impulsivité. De leur côté, les parents sont soutenus pour pouvoir mieux gérer et supporter le comportement de leur enfant. Il faut en effet que la famille et l'école sachent que **l'enfant ne fait pas exprès d'être inattentif et colérique**. Atteint d'un syndrome, il doit être aidé et non réprimandé.

Lorsque ces différentes mesures s'avèrent insuffisantes, un traitement médicamenteux par méthylphénidate peut être proposé. Cette prescription est très encadrée en France : la première est faite exclusivement par un médecin spécialiste hospitalier. La prescription est d'une durée limitée à 28 jours sur ordonnance spéciale réservée habituellement aux médicaments classés comme stupéfiants. Les parents doivent revoir leur médecin traitant tous les 28 jours pour avoir le prolongement de la prescription. L'enfant sera revu au moins une fois par an par le spécialiste neuropédiatre ou pédopsychiatre.

L'expérience clinique de certaines consultations hospitalières pluridisciplinaires (neuropédiatre-psychologue-psychomotricien) a montré l'opportunité d'un tel traitement lorsque son indication est bien expliquée aux parents et lorsque l'enfant y est associé (sans en parler à son entourage scolaire). L'amélioration constatée apporte un grand soulagement à l'enfant qui va ainsi pouvoir être attentif aux consignes et se montrer au mieux de ses compétences. Le traitement pourra, s'il est bien indiqué, durer plusieurs années. Ensuite le jeune saura mieux se gérer, aura une maturation psychique et corticale qui lui permettra le plus souvent de pouvoir se passer du traitement. Quand la vie n'est pas trop perturbée par ces troubles, l'enfant peut ne prendre le traitement que les jours d'école, et ne pas le prendre les jours fériés et de vacances.

**Le TDAH : un sujet de polémique**

Lorsqu'on parle du TDAH, les débats sont souvent vifs parce qu'on confond trop souvent tous les enfants un peu turbulents avec ceux souffrant de TDAH.

Il y a plus de dix causes autres que le TDAH devant un enfant turbulent ou inattentif. C'est pourquoi il est important d'avoir un diagnostic fait par un spécialiste du développement (pédiatre ou pédopsychiatre) avant la proposition d'un traitement, ou non.

## Testicules ou

**Testicules non descendus (ectopie testiculaire)**

Bien souvent, l'absence d'un ou des deux testicules dans les bourses du nourrisson ou du petit garçon est sans gravité. Il suffit d'examiner l'enfant dans de bonnes conditions : soit allongé, soit dans un bain chaud, puis d'appuyer doucement sur la région des aines (au-dessus des parties génitales), pour faire descendre la glande.

Cependant, dans certains cas, on ne peut « abaisser » le ou les testicules. Le médecin conseillera probablement une intervention chirurgicale entre 2 et 6 ans. En effet, un testicule non descendu après cet âge a peu de chances de descendre spontanément et est exposé à certaines complications (stérilité notamment).

**Bourses volumineuses**

Chez le nouveau-né, on nomme **hydrocèle** une accumulation de liquide dans les bourses, plus précisément dans l'enveloppe qui entoure les testicules.

Le **kyste du cordon** est une petite boule de liquide qui surmonte le testicule. Il est de même origine que l'hydrocèle : la persistance anormale d'un canal qui a permis la descente du testicule, d'abord situé dans l'abdomen, vers les bourses. Hydrocèle et kyste se résolvent spontanément en quelques semaines ou mois ; dans le cas contraire, après 1 an, une petite intervention chirurgicale sera nécessaire.

**Torsion du testicule**

Chez le nourrisson et même le nouveau-né, la torsion du testicule se traduit par l'augmentation de volume d'une bourse qui est rouge, violacée ; bien que pas toujours douloureuse et sans fièvre, ni autre trouble, c'est une urgence car sans une intervention chirurgicale, le testicule sera détruit en moins de 6 heures.

## Tétanos

Cette redoutable maladie a heureusement donné lieu à une vaccination efficace à 100 % (p. 358-359). Veillez à faire faire régulièrement les rappels nécessaires : les bacilles et les spores qui causent le tétanos sont très répandus dans la terre, la poussière, les excréments animaux. Les risques sont donc très grands, surtout à la campagne. Le plus à craindre n'est pas la blessure profonde ou étendue – en effet, celle-ci sera forcément vue par le médecin, lequel pensera au risque de tétanos –, c'est plutôt le clou rouillé dans le pied, le barbelé dans les jambes, l'écharde sous l'ongle… bobos oubliés au bout de quelques jours et parfois négligés.

De même, une piqûre d'insecte ou une morsure de chien ou de chat peuvent être une porte d'entrée pour l'agent du tétanos. Toute blessure, même minime, doit donc être soigneusement nettoyée et désinfectée.

Chez les enfants non vaccinés, ou chez ceux dont la vaccination est ancienne et n'a pas été entretenue, le médecin décidera s'il faut prescrire des gamma-globulines antitétaniques, conjointement à une première injection de vaccin ou à un rappel. Il faudra ensuite poursuivre la vaccination.

## Thorax (dépression thoracique)

Certains enfants présentent à la partie inférieure du sternum – sur le devant du thorax, en bas –, un petit enfoncement « en entonnoir » ; cette anomalie remarquée dès les premiers mois est sans conséquence sur le développement, en particulier sur le plan respiratoire. Elle est seulement inesthétique et l'indication d'une correction chirurgicale ne concerne que des cas très accentués.

## Thyroïde

La glande thyroïde – qui se trouve à l'avant du cou – joue un rôle capital dans la croissance de l'enfant. Il peut arriver qu'elle soit absente ou mal développée : c'est l'hypothyroïdie. Au contraire, elle peut trop fonctionner : c'est l'hyperthyroïdie. A chaque examen mensuel, le médecin recherche les signes de l'une ou l'autre cause.Très schématiquement l'enfant est hypotonique (trop mou) en cas d'hypothyroïdie, soit hyperexcitable en cas d'hyperthyroïdie.

L'**hypothyroïdie** congénitale est une urgence. Elle est due à l'absence, ou à l'insuffisance, de fonctionnement de la glande thyroïde. Non traitée, cette affection entraîne une arriération mentale et un retard important de la croissance en taille. En raison de sa grande fréquence, l'hypothyroïdie est dépistée systématiquement à la naissance par un prélèvement sanguin. Le laboratoire de dépistage ne contacte les parents qu'en cas d'anomalie ou de nécessité d'un contrôle. Si besoin, le traitement débutera vers 1 mois, et évitera l'apparition des troubles dus à l'hypothyroïdie.

## Tics

Chez l'enfant de 3-4 ans, les tics sont rares ; en revanche, ils sont fréquents vers 7-8 ans. Ce sont des mouvements anormaux, involontaires, liés à une contraction musculaire brusque et de courte durée, se répétant avec une fréquence variable, mais toujours identique à elle-même.

Les tics les plus fréquents sont les clignements de paupières, les bruits de bouche, certaines manipulations des cheveux et des mouvements de la tête ou des épaules, etc.

Ils témoignent d'une tension et d'une certaine d'anxiété ; ils sont en fait surtout gênants et irritants pour l'entourage, dans la mesure où ni la persuasion, ni la contrainte n'ont d'effet sur eux.

Les médicaments courants sont peu actifs. Il convient surtout d'être patient et d'essayer d'affecter une relative indifférence, ce qui n'est pas toujours facile. S'ils ne disparaissent pas spontanément, l'avis du pédiatre est nécessaire pour préciser la nature du tic et prescrire un traitement adapté (aide psychologique, thérapie comportementale, médicament plus actif, selon le cas).

## Tiques (maladies transmises par les)

Les tiques (tique de chien, tique des bois) peuvent transmettre à l'homme différentes maladies, souvent en été (on peut être piqué en marchant jambes nues dans les broussailles).

Dans le Midi de la France et autour de la Méditerranée (également en Afrique et en Inde), les tiques peuvent transmettre une fièvre boutonneuse : la **rickettsiose** (les rickettsi sont des agents infectieux intermédiaires entre les bactéries et les virus). Elle associe une fièvre prolongée et une éruption généralisée à tout le corps, avec parfois une lésion visible au point d'inoculation (tache noire) ; les antibiotiques sont efficaces.

Une autre affection consécutive à la morsure de tiques est la **maladie de Lyme** qui associe des éruptions cutanées (érythème migrateur), des paralysies (faciales en particulier) et des atteintes méningées et articulaires. Elle guérit par un traitement antibiotique.

**Pour éviter de se faire piquer**, il vaut mieux rester sur les chemins et éviter broussailles, fougères et herbes hautes. Portez des vêtements clairs et longs qui couvrent les bras et les jambes. Il est recommandé aussi de prendre l'habitude après une marche en forêt de vérifier minutieusement (par exemple au moment du bain) tous les endroits où les tiques piquent habituellement : sous les aisselles, dans les plis du coude, derrière les genoux, dans le cuir chevelu, derrière et dans les oreilles, dans le nombril. Répétez cette inspection le lendemain.

Si une tique est repérée, utilisez un tire-tique : on retire la tique en tournant le tire-tique dans n'importe quel sens mais sans tirer vers le haut. Après avoir ôté la tique, désinfectez le point de piqûre et restez attentifs pendant au moins un mois : il faut consulter le médecin si vous observez une plaque rouge autour du point de piqûre, de la fièvre, des maux de tête, ou tout autre symptôme inhabituel.

## Torticolis

Chez l'enfant, le torticolis peut avoir plusieurs causes. La plus fréquente est un traumatisme qui a d'ailleurs pu passer inaperçu : une mauvaise position en dormant peut provoquer un torticolis dit positionnel. Le strabisme peut quant à lui provoquer un torticolis « compensateur ». Une infection rhinopharyngée avec ganglions cervicaux peut aussi être en cause. Enfin, certains médicaments (en particulier le Primpéran® prescrit en cas de vomissements) peuvent provoquer des spasmes musculaires du cou entraînant une attitude de torticolis.

Dans tous ces cas, en quelques jours le torticolis disparaît, sans qu'il soit nécessaire de prendre des mesures particulières.

Si le torticolis persistait au-delà de quelques jours, il faudrait faire un examen plus approfondi à la recherche d'une cause traumatique, neurologique ou rhumatismale.

## Torticolis congénital

Une attitude de torticolis (tête inclinée d'un côté et menton tourné du côté opposé) peut, dans les premières semaines, attirer l'attention chez le nourrisson. Le torticolis congénital est une anomalie due à une atteinte du muscle du cou (sternocléidomastoïdien) qui a pu être provoquée soit par la position de l'enfant pendant la grossesse, soit par l'étirement du muscle du cou au moment de l'accouchement. Dans ce cas, il n'est pas rare de palper une masse dure au sein du muscle ; cela correspond à un hématome en train de se calcifier. Le traitement se fait par kinésithérapie ; celle-ci commence dès les premiers jours après la naissance et peut durer plusieurs semaines.

L'ostéopathie crânienne, pratiquée par un ostéopathe qualifié dans cette discipline chez le nourrisson, donne de très bons résultats en 1 à 3 séances.

Plus rarement le nourrisson présente une malformation des vertèbres cervicales ; cela nécessite un avis très spécialisé.

## Toux ou

La toux est un phénomène réflexe destiné à protéger le poumon de toute pénétration d'un élément extérieur (c'est la toux qui survient quand on avale de travers par exemple). Elle est aussi un élément du système de protection des bronches qui évacue l'excès de sécrétions. Dans ces deux cas, la toux est un élément de défense qu'il faut essayer de respecter autant que possible.

Lors d'une maladie, elle est un symptôme fréquent et gênant mais elle n'est pas dangereuse en elle-même : c'est la maladie qui est à considérer et non la toux, qui n'est que sa conséquence. De même les vomissements provoqués par la toux ne sont pas un signe de gravité ; les petits enfants ont tendance à sortir la langue en toussant, ce qui stimule le réflexe nauséeux du fond de la gorge et peut les faire vomir.

**Ce qui peut provoquer la toux**

La toux peut tout à la fois révéler un trouble sévère justifiant une prise en charge rapide (l'inhalation d'un corps étranger par exemple), comme être le principal signe d'une maladie virale bénigne qui ne justifie aucun traitement particulier (comme la rhinopharyngite).

**En cas de rhume (ou rhinopharyngite)**

C'est une situation fréquente durant les premiers mois d'hiver, surtout si votre enfant va à la crèche ou à l'école maternelle. L'écoulement du nez passe dans l'arrière-gorge (particulièrement la nuit en position allongée) et se trouve au contact de la trachée qu'il irrite : cela provoque alors une toux qui va projeter les sécrétions dans l'œsophage pour passer ensuite dans l'estomac. Lors d'une rhinopharyngite, la quasi-totalité de l'écoulement nasal se retrouve dans le système digestif ; il va provoquer une perte d'appétit, une diarrhée et la présence de « glaires » (en fait de la morve) dans les selles ou dans les éventuels vomissements. L'auscultation pulmonaire est normale. La toux est d'abord sèche (sécrétions fluides et peu abondantes) puis grasse (épaississement des sécrétions et plus grande abondance) puis elle cesse. C'est une toux surtout nocturne qui peut gêner le sommeil et s'accompagner de vomissements.

**En cas d'infection pulmonaire** (bronchiolite, bronchites, pneumopathies) la toux, en éliminant les sécrétions, participe activement à la défense contre l'infection. L'enfant tousse de jour comme de nuit ; il peut avoir beaucoup de fièvre. Le diagnostic est confirmé par le médecin grâce à l'auscultation pulmonaire. Le médecin peut demander une radiographie de thorax pour davantage préciser la localisation de l'infection et voir s'il doit prescrire des antibiotiques.

**Au cours des crises d'asthme** la toux est associée à une gêne expiratoire (difficulté à faire sortir l'air) et parfois à des sifflements que le médecin entend à l'expiration durant l'auscultation pulmonaire.

**Au cours de la laryngite** la toux est caractéristique : elle est bruyante et sonore, « aboyante » et s'accompagne d'une gêne respiratoire à l'inspiration (difficulté à faire entrer l'air) et d'un étouffement de la voix. Voir *Laryngite*.

**En cas d'inhalation de corps étranger** la toux est d'apparition brutale, incessante ; il y a eu dans les jours précédents un épisode d'étouffement où le bébé s'est « étranglé » en mangeant des morceaux ou en avalant un petit objet (pièce de jeu, cacahuète…). La radiographie pulmonaire peut aider au diagnostic mais il faudra avoir recours à la fibroscopie bronchique pour le confirmer et retirer le corps étranger. La fibroscopie consiste à introduire dans les bronches principales un tube muni d'un système optique.

**Le traitement de la toux** dépend de son origine. Si c'est une toux d'irritation (par exemple lors d'un rhume), la plus fréquente, peu de médicaments sont efficaces, malgré l'inconfort provoqué de jour comme de nuit. Seul le mouchage du nez grâce à l'instillation de sérum physiologique pourra diminuer un peu l'écoulement et donc la toux.

Si c'est une toux d'origine bronchique ou pulmonaire, on respectera cette toux de défense : on aidera éventuellement au drainage des bronches par de la kinésithérapie respiratoire (et non pas par des sirops fluidifiants). Le médecin proposera un traitement antibiotique s'il pense que l'infection est d'origine bactérienne. En cas d'asthme, c'est la Ventoline qui permettra une amélioration.

## Toxoplasmose

C'est une maladie due à un parasite transmis en général par de la viande peu cuite ou par le contact avec les déjections du chat.

**Toxoplasmose congénitale.** Contractée par la mère pendant la grossesse, il y a un risque majeur pour l'enfant qui peut naître porteur de séquelles neurologiques sévères. C'est pourquoi un sérodiagnostic de toxoplasmose est fait pendant la grossesse. Une surveillance très attentive du foetus et du nouveau-né est mise en place pour le traiter au plus vite s'il est atteint.

**Toxoplamose acquise.** À côté de cette forme dite congénitale, la toxoplasmose peut être contractée à tout âge par le nourrisson et l'enfant : c'est la toxoplasmose acquise, dont l'évolution est le plus souvent bénigne. Elle se manifeste par de la fièvre, des ganglions plus ou moins généralisés, de la fatigue, des douleurs musculaires, parfois des éruptions. Elle ne nécessite un traitement que dans les formes sévères ou prolongées.

Il est tout à fait souhaitable pour une fille d'avoir eu la toxoplasmose avant d'atteindre l'âge de procréer. Mais la forme de la toxoplasmose est souvent si discrète que la plupart du temps, on contracte la maladie sans le savoir.

## Transpiration

La transpiration est très utile et même indispensable : c'est le meilleur moyen qu'a le corps de lutter contre une chaleur excessive, qu'elle soit extérieure ou interne (fièvre).

Elle est très efficace car l'évaporation de l'eau au niveau de la peau consomme des calories et fait baisser la température interne. Mais si la perte d'eau est trop importante et n'est pas remplacée, il y a risque de *déshydratation* et de *coup de chaleur* (voir ces mots ; voir également *Fièvre*).

Certains enfants transpirent plus que d'autres. Il faut veiller à ce qu'ils ne soient pas trop couverts.

## Tremblements – Trémulations

ou

Chez le nouveau-né et durant les premiers mois, des excitations minimes peuvent entraîner des réponses excessives : brusques secousses des membres, tremblement du menton, frissons. Il en est souvent ainsi lors du bain ou des changes ; tout ceci est normal, lié à l'immaturité du système nerveux et disparaît en quelques semaines.

**Tremblements des premiers mois de vie**

Dans la période néonatale, des trémulations répétées peuvent être provoquées par des taux de glucose ou de calcium sanguins trop bas qu'il est important de corriger d'urgence. Si elles surviennent après le retour à la maison, vous les signalerez sans tarder au médecin.

**Chez l'enfant plus grand**

Des réactions de tremblements peuvent persister, particulièrement sous l'influence d'émotions ; elles ne sont pas inquiétantes.

## Trisomie 21

La trisomie 21 est l'anomalie du nombre de chromosomes la plus fréquente. Au lieu de 23 paires de chromosomes, l'enfant atteint de trisomie possède un chromosome supplémentaire (3 au lieu de 2) dans la paire 21. Ceci a des conséquences mais tous les enfants trisomiques ne sont pas touchés de la même façon. On retrouve ainsi : une hypotonie (le bébé tient plus tard sa tête et marche plus tard), des traits caractéristiques du visage ainsi que des articulations particulièrement souples. La déficience intellectuelle est le plus souvent légère à moyenne. Enfin, certaines pathologies ou malformations sont plus fréquentes : cardiaques, digestives ou endocriniennes.

On sait que l'âge de la mère, après 38 ans, augmente considérablement la fréquence de ce chromosome supplémentaire. On discute également de l'influence de l'âge du père. Aujourd'hui, le diagnostic est le plus souvent fait pendant la grossesse par le diagnostic prénatal : l'échographie et les marqueurs sériques permettent d'évaluer le risque de trisomie 21 et le diagnostic sera fait en étudiant les cellules du fœtus par l'amniocentèse ou la biopsie du trophoblaste.

Lorsqu'un enfant est atteint de trisomie 21, on essaie le plus possible de l'élever avec les autres enfants, tout en tenant compte de ses difficultés. Afin qu'ils puissent s'épanouir au mieux de leurs possibilités, on intègre ces enfants très tôt dans une crèche, dans une halte-garderie, à l'école maternelle, et ils peuvent bénéficier d'un soutien éducatif particulier.

Les familles doivent demander à être conseillées et orientées le plus tôt possible ; elles peuvent s'adresser aux centres d'action médico-sociale précoce (CAMSP) – les adresses sont à demander à la mairie –, à des équipes pédiatriques spécialisées, à des associations de parents d'enfants handicapés.

La psychomotricité et l'orthophonie précoces améliorent en particulier le tonus et le mode d'expression de ces enfants, ce qui facilite considérablement leur acceptation par les autres enfants et leurs parents. Et ceci, d'autant plus que les enfants atteints de trisomie 21 sont des compagnons de jeux très sociables, gais et joyeux, dès lors qu'on pose sur eux un regard positif et stimulant.

Voir *Maladies génétiques*.

## Tuberculose (vaccin BCG)

La tuberculose est une maladie contagieuse, due à un bacille qui touche essentiellement le poumon. Même si la fréquence de la tuberculose diminue de façon continue depuis cent ans en France (en étroite corrélation avec l'amélioration du niveau de vie), cette maladie existe toujours, notamment en Ile-de-France et en Guyane.

C'est une maladie qui évolue en deux temps : après l'entrée du bacille dans l'organisme (par voie pulmonaire le plus souvent), elle va rester cantonnée aux ganglions pulmonaires (on parle alors de primo-infection) et peut guérir en quelques mois. Dans un petit nombre de cas (entre 5 et 20 %), si rien n'est fait, l'infection va continuer à se développer et va toucher le poumon.

**Le vaccin (BCG)**

Le vaccin contre la tuberculose a été inventé en France par Calmette et Guérin en modifiant un bacille de la tuberculose de la vache pour le rendre moins virulent – d'où son nom de Bacille de Calmette et Guérin (BCG). C'est un vaccin très imparfait puisqu'il n'empêche pas complètement de contracter la maladie ; on sait aujourd'hui qu'il peut seulement en limiter la gravité. Il est donc surtout conseillé aux personnes fragiles, dont les nourrissons de moins de 1 an, susceptibles de contracter une forme grave, la méningite tuberculeuse.

En France, le BCG est recommandé si le nourrisson est particulièrement à risque de contracter la tuberculose (p. 359). Le vaccin se fait par une injection très superficielle (intradermique) au niveau du bras. Le geste est un peu douloureux mais ne provoque ni fièvre ni douleur dans les jours qui suivent.

**En cas de contact avec un adulte contagieux**

Lorsqu'un diagnostic de tuberculose est fait chez un adulte, la DAAS (Direction des affaires sanitaires et sociales) recherche les personnes ayant eu des contacts proches avec lui, et notamment les enfants (surtout les nourrissons). On fait alors à chacune de ces personnes un test tuberculinique et une radiographie de thorax.

**Le test tuberculinique.** C'est une injection intradermique de tuberculine, mélange de différents composés, dénaturés et non virulents, de bacille de la tuberculose. On observe alors la réaction locale provoquée dans les 72 heures.

S'il existe une zone dure (induration) au point de piqûre, cela signale que l'organisme a déjà rencontré le bacille de la tuberculose. On parle alors de « réaction positive ». Si l'enfant n'a jamais été vacciné par le BCG auparavant, il ne peut s'agir que d'une infection tuberculeuse. Si l'enfant a été vacciné, il peut s'agir d'une réaction provoquée par le vaccin.

On mesure alors le diamètre de l'induration : si la taille est inférieure à 5 mm, c'est une simple réaction au vaccin ; si la taille de l'induration est supérieure à 10 mm, c'est alors plus sûrement une véritable infection tuberculeuse.

**La radiographie de thorax.** Si elle est anormale (avec par exemple des ganglions le long de la trachée, caractéristiques de la tuberculose), il s'agit d'une tuberculose active (ou tuberculose maladie) qui sera traitée par plusieurs médicaments antituberculeux pendant au moins six mois. Si la radiographie de thorax est normale mais la réaction tuberculinique positive, il s'agit d'un simple contact : l'enfant ne sera traité que trois mois. Si la radiographie de thorax et le test tuberculinique sont négatifs, une simple surveillance suffit et un nouveau bilan sera effectué deux mois plus tard.

## Turner (syndrome de)

Le syndrome de Turner est une anomalie chromosomique qui touche les chromosomes sexuels des filles : c'est la perte de la totalité ou d'une partie d'un des deux chromosomes X. Ce syndrome entraîne une petite taille (aujourd'hui traitée par l'hormone de croissance), une anomalie de développement des ovaires (qui nécessitera le plus souvent un traitement pour déclencher la puberté), parfois une atteinte de la valve aortique du cœur et des otites fréquentes. L'intelligence est normale. À la naissance, ces bébés peuvent présenter un œdème du dos, des mains et des pieds.

Ces petites filles seront suivies en consultation plusieurs fois par an dans l'enfance, puis régulièrement à l'âge adulte.

## Typhoïde (fièvre)

Cette maladie est due à un microbe très virulent de la famille des salmonelloses. La contamination se fait par ingestion d'eau ou d'aliments souillés, ayant subi une contamination fécale (par les selles) d'origine humaine.

Elle se caractérise par une fièvre élevée persistante, accompagnée d'une diarrhée très liquide et d'une profonde altération de l'état général. Le traitement (antibiotique) sera débuté à l'hôpital.

Avant de partir dans un pays à risque (si les conditions d'hygiène ne sont pas satisfaisantes) vous pouvez faire vacciner votre enfant : une injection d'un vaccin spécifique, sans aucun effet secondaire, le protégera pendant au moins trois ans.

# UV

## Urticaire

Ces plaques rose clair sur un fond blanchâtre, légèrement surélevées, à contour irrégulier, sont variables dans leur localisation d'un moment à l'autre, ressemblant à des piqûres d'orties et causant d'intenses démangeaisons.

Les **causes** de l'urticaire sont variées :

- allergiques : aliments, médicaments, allergies de contact (chimique, eau, froid, végétaux, piqûres d'insectes) ;
- virales : un certain nombre de viroses peuvent s'accompagner d'un « rash », c'est-à-dire une éruption de type urticaire ;
- elles peuvent être inconnues, en particulier dans le cas de l'urticaire idiopathique récidivant.

Avec l'aide du médecin, et afin d'éviter de nouvelles crises, vous tenterez d'identifier l'agent responsable, ce qui reste souvent bien difficile. Pour calmer les démangeaisons, le médecin prescrira un antihistaminique.

L'urticaire allergique est parfois associée à des œdèmes (gonflement) plus ou moins étendus (visage, organes génitaux, etc.). L'œdème du larynx peut provoquer une gêne respiratoire grave et doit être traité d'urgence.

## Varicelle

La varicelle est la plus fréquente des maladies éruptives de l'enfance, pratiquement inévitable en raison de sa grande contagiosité. La **contagion** se fait par contact direct, par la salive et les lésions cutanées. L'incubation dure 14 jours en moyenne, durée pendant laquelle l'enfant n'est pas contagieux ; en revanche, il le devient 24 heures avant l'éruption de la première vésicule.

Parfois précédée d'un malaise général avec légère fièvre, l'**éruption** est caractéristique : elle s'étend à tout le corps, prédominant au tronc, atteignant la face, la bouche et le cuir chevelu. Elle est faite d'éléments séparés, chacun évoluant par plusieurs stades successifs dont le plus facile à reconnaître est la vésicule, petite bulle de quelques millimètres au contenu clair, qui au bout de 48 heures se dessèche pour faire place à une croûte ; celle-ci tombe après 5-6 jours, laissant une cicatrice blanche qui pourra persister plusieurs mois.

Cette éruption évolue en plusieurs poussées à 2-3 jours d'intervalle, d'où la coexistence d'éléments d'âge et d'aspect différents. Elle provoque des démangeaisons parfois intenses ; l'enfant ne peut s'empêcher de se gratter et cela peut entraîner une surinfection microbienne, retardant la cicatrisation. Au total, la maladie dure une dizaine de jours.

La varicelle est généralement **bénigne**. Dans quelques cas, l'éruption est intense, la fièvre est élevée pendant quelques jours mais l'évolution reste favorable. En cas de fièvre, seul le paracétamol est autorisé. L'aspirine et l'ibuprofène sont interdits car leur administration peut être cause de graves complications (surinfection généralisée).

Une complication rare atteint le système nerveux, en particulier le cervelet : des troubles de l'équilibre apparaissent alors pendant l'éruption, mais parfois plus tardivement.

La complication cérébelleuse met plusieurs semaines a guérir.

Dans la forme commune de la varicelle, le **traitement** consistera simplement en mesure d'hygiène : ongles courts et propres pour éviter le grattage et la surinfection, vêtements légers et amples ; le talc est formellement déconseillé. La prescription médicale se limitera à une solution antiseptique, en applications légères sur les vésicules les plus importantes ; le médecin y ajoutera un antihistaminique si les démangeaisons sont trop fortes et si l'enfant dort mal.

Un **vaccin** contre la varicelle existe aujourd'hui, il peut être administré aux enfants qui n'ont pas eu la varicelle à 11 ans.

Le virus de la varicelle est identique à celui du zona. La varicelle d'un enfant peut provoquer un zona chez un adulte, particulièrement chez une personne âgée. Voir *Zona*.

## Variole

D'après l'OMS (Organisation mondiale de la santé), la variole est une maladie qui a disparu. En conséquence, la vaccination antivariolique n'est plus pratiquée nulle part.

## Végétations adénoïdes

Il existe chez l'enfant, en plus des amygdales visibles au fond de la gorge, une troisième amygdale (appelée tissu adénoïde). Située dans l'arrière-fond des fosses nasales, derrière le palais, elle est invisible à l'examen direct de la gorge. Ce tissu adénoïde a pour rôle de protéger les voies respiratoires contre les agressions microbiennes et virales. À la suite d'infections successives, il arrive que ce tissu s'hypertrophie et constitue un foyer microbien persistant au carrefour nez-gorge-oreilles ; il va être à la fois conséquence et cause de nouvelles rhinopharyngites, compliquées très souvent d'otites et d'infections des voies respiratoires sous-jacentes.

Cette hypertrophie correspond à ce que l'on appelle les **végétations** qui donnent lieu à l'**adénoïdite chronique** : nez bouché en permanence obligeant à respirer la bouche ouverte, ronflement, nasonnement, toux persistante, petite fièvre continue à 37-38 °C, et parfois inversée (c'est-à-dire plus élevée le matin), ganglions cervicaux, mauvaise croissance, manque d'appétit et de tonus.

Dans ce cas, le spécialiste ORL peut proposer de supprimer les végétations (adénoïdectomie) par une intervention simple et rapide, sans risque, ne nécessitant pas d'hospitalisation. Elle peut néanmoins difficilement se faire avant l'âge de 1 an.

Voir *Rhinopharyngites à répétition*.

## Ventre (gros ventre)

Jusqu'à l'âge de 4-5 ans, l'enfant est hypotonique, « mou », sa musculature générale est peu développée, et en particulier sa paroi abdominale est faible. Il est donc fréquent et normal de constater, en position debout, un ventre proéminent, avec souvent une saillie, voire une petite hernie de l'ombilic (voir *Hernie*). Il en est de même de la cambrure exagérée du dos. Voir *Scoliose, Genoux*.

La manière dont se tiendra l'enfant s'améliorera avec la croissance et ses muscles se développeront. Mais il peut être utile de faire faire à l'enfant, dès le plus jeune âge, une petite gymnastique abdominale adaptée. Parlez-en au médecin.

Cette hypotonie générale est cependant favorisée par une alimentation trop riche en féculents et par l'insuffisance d'apport en vitamine D.

Si le gros ventre est accompagné d'anomalies des selles, d'une insuffisance ou d'un arrêt de la croissance en poids et taille, des maladies sérieuses devront être envisagées.

## Ventre (mal au ventre, douleurs abdominales)

Les douleurs abdominales sont une cause fréquente de consultation et le diagnostic n'est pas toujours facile à établir par le médecin. En effet, des maladies très différentes peuvent se révéler par ce symptôme : de la simple colique du bébé, qui va guérir seule sans aucun traitement, à l'appendicite aiguë qui nécessite une intervention en urgence.

**Chez le bébé et le jeune enfant**

Des pleurs inconsolables, des manifestations digestives (gaz, gargouillis, rots, etc.) peuvent constituer des signes de douleurs abdominales. Leurs causes les plus fréquentes sont les *coliques* et le *reflux gastro-œsophagien* (voir ces mots). Parfois des troubles du transit (diarrhée ou constipation) sont associés. Une consultation médicale est nécessaire pour préciser le diagnostic, prescrire un éventuel traitement et soulager le bébé.

En cas de douleurs abdominales qui se répètent pendant plusieurs jours, outre les coliques et les troubles du transit, le médecin recherchera une *intolérance au lactose* ou une *allergie alimentaire*, notamment au lait de vache (voir ces mots).

**Cas d'urgence**

- Une fièvre élevée et des douleurs abdominales nécessitent une consultation en urgence, de même que la présence de vomissements importants et continus.
- Il faut également consulter en urgence un service de chirurgie en cas de douleurs abdominales du nourrisson si l'on constate une

grosseur douloureuse au niveau de l'aine ou du scrotum (bourses) chez le garçon ou des grandes lèvres chez la fille : ce sont des signes d'une hernie inguinale compliquée.

- L'invagination intestinale aiguë est également une urgence chirurgicale : les crises surviennent brutalement, elles sont très douloureuses, avec des épisodes de pâleur, puis des vomissements.

### Chez l'enfant plus grand

Il faut distinguer les douleurs aiguës récentes des douleurs répétées ou chroniques.

- Le principal problème des douleurs aiguës récentes est l'**appendicite aiguë**. Si dans certains cas les symptômes sont très évocateurs (douleurs de la fosse iliaque droite, petite fièvre et arrêt du transit), d'autres formes sont moins évidentes et seront confirmées par des examens complémentaires (échographie ou scanner), voire seulement au cours de l'intervention chirurgicale.

En cas de fièvre importante sans autre signe digestif, le médecin recherchera l'existence d'une angine (examen de la gorge et streptotest), d'un foyer pulmonaire (radiographie de thorax) ou d'une infection urinaire (examen des urines). Si une diarrhée importante accompagne la fièvre, il peut s'agir de différentes causes de *gastro-entérite aiguë* (voir ce mot). Au contraire, en cas de selles rares et dures, il peut s'agir de constipation.

Dans certains cas, on peut être en présence d'une parasitose (oxyures ou taenia).

- Les douleurs abdominales répétées ou **chroniques** sont également d'origines variées et peuvent donc poser des problèmes de diagnostic. Certains symptômes font craindre une atteinte organique : fatigue importante, manque d'appétit persistant, amaigrissement, fièvre, nausées et vomissements, existence de sang dans les selles. Le médecin demandera différents examens, voire un avis spécialisé à l'hôpital.

Dans certains cas, les douleurs persistent pendant plusieurs mois alors que les examens restent négatifs. On parle de syndrome du côlon irritable si ces douleurs chroniques s'accompagnent de troubles du transit avec le plus souvent une alternance de périodes de constipation et de diarrhée. Mais ces symptômes ne sont pas nécessairement présents. L'origine de ces douleurs abdominales est probablement psychologique, ce qui n'empêche pas qu'elles soient réelles et parfois très gênantes. Le pédiatre conseillera peut-être une consultation psychologique.

## Verrues

Ce sont de petites tumeurs cutanées bénignes, d'origine virale. Elles sont habituellement en relief, dures, grisâtres, de quelques millimètres d'épaisseur et de diamètre. Elles sont parfois planes ou à peine surélevées, lisses et jaunâtres. Uniques ou souvent multiples, les verrues siègent sur le dos des mains, des doigts, en fait en un point quelconque du corps (visage, front, etc.).

Un cas particulier : la **verrue plantaire**, étendue en profondeur, douloureuse, dont la contamination se fait par le sol et l'eau (marche pieds nus en piscine).

### Le *molluscum contagiosum*

Il est à rapprocher des verrues et est également d'origine virale. Il se manifeste par de petites papules, lisses, cireuses, légèrement déprimées et plus claires en leur centre. La contagiosité est importante et la dissémination par grattage peut entraîner une éruption plus ou moins étendue.

### Traitement

En sachant que les verrues peuvent disparaître spontanément, le traitement fait d'abord appel à des moyens simples : par exemple des applications répétées de pommades salicylées (en protégeant la peau alentour). L'homéopathie peut également donner de bons résultats.

Le traitement par l'azote liquide et l'ablation à la curette sont les méthodes les plus radicales. Pour que l'enfant ne souffre pas on applique, une demi-heure avant l'intervention, de la crème anesthésiante sur les verrues.

Le *molluscum contagiosum* se traite de la même manière mais parfois avec plus de difficulté en raison de la multiplicité des éléments.

## Vers intestinaux

Les parasitoses intestinales sont fréquentes chez le petit enfant ; c'est bien compréhensible, il touche à tout, porte tout à sa bouche. De plus, elles sont très répandues dans les collectivités d'enfants car elles se transmettent facilement.

### Comment savoir qu'un enfant « a des vers » ?

Les signes sont nombreux et divers (et ne sont d'ailleurs pas propres aux parasitoses, ils peuvent être des indications d'autres troubles) : douleurs, alternance de diarrhée et de constipation, altération de l'état général (mauvais appétit) et troubles du comportement (instabilité, mauvais sommeil, etc.). La numération sanguine attire parfois l'attention (augmentation du taux des éosinophiles). À noter : la recherche des parasites (ou des œufs dans les selles) n'est pas toujours positive.

### Les oxyures

Ils sont les plus fréquents, du fait d'une transmission facile dans le milieu familial ou scolaire, et d'une réinfestation par l'enfant lui-même. Un signe particulier est la démangeaison (prurit) surtout le soir et donc l'irritation de la région de l'anus ou de la vulve. Les vers peuvent être vus dans les selles sous forme de petits filaments blancs et mobiles, de quelques millimètres. La recherche des œufs peut être effectuée par le « scotch-test » : une feuille de cellophane adhésive est mise en place sur la région anale.

Mais, en pratique, si on soupçonne la présence d'oxyures, un traitement est administré à l'enfant.

**Les ascaris**

Ils se transmettent par l'intermédiaire des légumes, fruits, terre, sable, etc., souillés par les déjections des chiens et des chats. Ils présentent la particularité d'avoir, dans l'organisme, un cycle complexe : l'œuf donne une larve qui va séjourner successivement dans l'estomac et le foie puis traverser les poumons et les bronches pour finalement aboutir dans le tube digestif où elle deviendra adulte. Ce cycle complet dure environ deux mois. Outre les symptômes déjà décrits, d'autres manifestations de type allergique peuvent être observées : démangeaisons, urticaire et troubles respiratoires. Les ascaris et leurs œufs sont rarement trouvés dans les selles. Ils peuvent être mis en évidence par l'examen radiologique de l'intestin ; ils peuvent être rejetés par l'anus, ou lors de vomissements.

**Le tænia**

Il est transmis par l'intermédiaire de la viande de bœuf ou de porc mal cuite. Les œufs sont contenus dans les anneaux qui sont évacués par l'anus. En dehors des selles, on les retrouvera parfois dans les vêtements et la literie. Il n'y a pas de symptôme spécifique en dehors de l'identification des anneaux.

**Traitement des parasites intestinaux**

Il est simple et efficace grâce aux médicaments. Chaque parasite a son traitement particulier. Une cure unique est suffisante dans le cas de l'ascaris et du tænia. Pour les oxyures, une deuxième cure à deux semaines d'intervalle est nécessaire. Il faut surtout insister sur les mesures d'hygiène qui éviteront la réinfestation : les ongles seront coupés court, le pyjama fermé pour éviter le grattage et le linge soigneusement lavé. Il est également indispensable que tous les membres de la famille, adultes compris, suivent en même temps le traitement afin que l'enfant guérisse sans risque de réinfestation.

## Vertiges

Un des centres de l'équilibre est situé dans l'oreille interne. Chez l'enfant, des accès de vertiges peuvent être décelés dans les situations suivantes.

- Accès brusques de vertiges chez l'enfant de 2-3 ans. Il se plaint que « tout tourne autour de lui ». Il s'allonge, vomit parfois. Ce phénomène passe généralement en moins d'une minute. Quand ces vertiges surviennent de façon répétée on parle de vertige paroxystique bénin. Le médecin consulté s'assurera qu'il s'agit d'une affection sans gravité.
- La labyrinthite est un vertige qui apparaît rapidement, en quelques heures, chez un enfant qui se met à vomir, ne tient plus debout, dit également que « tout tourne autour de lui ». Cette labyrinthite est due à une infection virale de l'oreille interne et passe spontanément en quelques jours, sans traitement.
- Certains vertiges peuvent être d'origine psychologique.

Dans tous les cas de vertiges, il faut consulter le médecin qui en déterminera l'origine et établira le traitement approprié.

Voir aussi *Perte d'équilibre*.

## Vision (anomalies de la)

ou

**Amblyopie**

C'est la perte partielle de l'acuité visuelle d'un ou des deux yeux. Ce trouble de la vision est dû à une mauvaise coopération entre le cerveau et l'œil. Au cours des premiers mois de vie, le cerveau crée des connexions de plus en plus complexes avec chacun des deux yeux pour parvenir à fusionner deux images en une seule. Si pour une raison ou une autre (strabisme, hypermétropie importante ou tout simplement paupière tombant et gênant la vue) l'image d'un œil est moins bonne que celle de l'autre œil, les connexions cérébrales ne vont pas évoluer du côté de cet œil plus faible : l'œil sera alors non fonctionnel. Après 6 ans, il ne sera plus possible de récupérer ce déficit.

Cela explique pourquoi on insiste beaucoup sur le dépistage précoce des petites anomalies ophtalmologiques. En effet, si cette différence d'image est repérée à temps, le traitement sera simple : corriger par des lunettes l'œil atteint et mettre un cache devant l'œil sain. Le cerveau reprendra alors le développement des connexions avec l'œil atteint qui récupérera une vue normale.

Pour déceler l'amblyopie, le pédiatre effectuera différents tests lors des examens des 9 mois et des 2 ans ; il recherchera aussi un strabisme car strabisme et amblyopie sont étroitement liés.

**Anisocorie**

C'est l'asymétrie d'une pupille par rapport à l'autre : l'une est dilatée (plus grande). Il peut exister une petite différence entre les deux pupilles mais si cette asymétrie est importante, il est préférable de consulter un ophtalmologiste.

**Astigmatisme**

Les objets sont vus déformés soit horizontalement, soit verticalement, voire encore obliquement. L'astigmatisme est le plus souvent lié à une cornée qui n'est pas parfaitement sphérique (schéma). Il est souvent associé à la myopie ou à l'hypermétropie et se corrige par le port de lunettes.

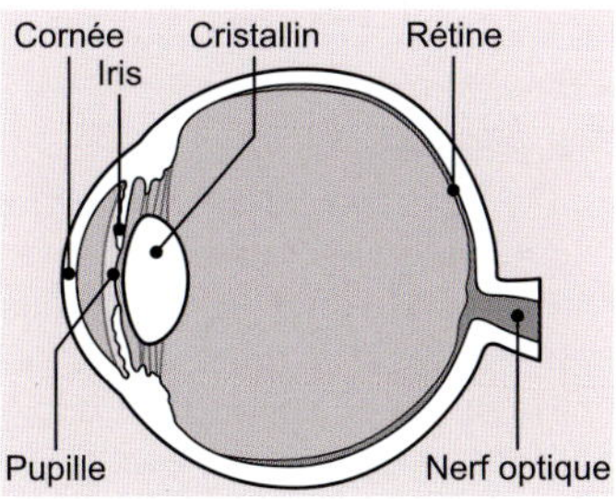

### Hypermétropie

C'est la baisse de la vision de près. L'image se forme en arrière de la rétine, comme si l'œil était trop petit. L'œil du nouveau-né est de ce fait un peu hypermétrope ; si l'hypermétropie est modérée, elle va diminuer avec l'âge et la croissance de l'œil. En revanche, s'il existe une hypermétropie importante sur un seul œil, il est nécessaire de la corriger rapidement pour éviter l'apparition d'une amblyopie.

À la différence de ce qui passe dans la myopie, il est possible à l'enfant hypermétrope de voir net au prix d'un effort musculaire important, qui peut déclencher des maux de tête, un strabisme ou une fatigue des yeux.

Il faut donc faire porter à l'enfant des lunettes : les verres rétabliront l'image sur la rétine.

### Leucocorie

C'est l'existence d'une pupille qui est blanchâtre au lieu d'être noire comme habituellement. Elle ne s'observe que sous un certain angle, ou sur des photographies prises avec flash (où l'autre pupille est rouge). Ce peut être le signe d'une maladie oculaire rare mais grave, une consultation en urgence est donc nécessaire.

### Myopie

C'est la baisse de la vision de loin. L'image se forme en avant de la rétine, comme si l'œil était trop grand. La myopie est souvent héréditaire. Il faut y penser si votre enfant cligne des yeux ou s'il a tendance à s'approcher des objets pour mieux les discerner, et évidemment s'il se plaint de ne pas voir ce qui est écrit au tableau. Pour corriger la myopie et percevoir un objet avec netteté, l'enfant doit porter des lunettes : les verres rétabliront l'image sur la rétine.

### Nystagmus

Il s'agit de mouvements rythmiques permanents des yeux, sur le côté ou vers le haut. Le nystagmus peut être associé à un strabisme, une anomalie oculaire ou un trouble neurologique. Dans tous les cas, une consultation chez un ophtalmologiste s'impose rapidement pour une prise en charge spécialisée.

### Ptosis

C'est la chute de la paupière supérieure d'un côté ou des deux côtés. Cette anomalie est fréquente et souvent héréditaire. Elle nécessite un traitement en urgence si la paupière recouvre la pupille et gêne la vision car elle peut être responsable d'une amblyopie. Dans les cas n'affectant pas la vision, la chirurgie peut s'envisager à l'âge adulte pour l'aspect esthétique.

### Strabisme

Dans le strabisme, les deux axes visuels ne sont pas strictement parallèles : un œil fixe un objet tandis que l'autre est dévié vers l'intérieur, l'extérieur, le haut ou le bas. On ne peut pas parler de strabisme avant 3 mois révolus : avant cette date, la coordination motrice des yeux n'est pas encore terminée et les deux yeux ne sont pas toujours sur le même axe.

Il existe un faux strabisme chez certains tout-petits. Les enfants qui ont une base du nez élargie ou un excès de petits replis de peau dans le coin interne de l'œil (épicanthus) semblent parfois souffrir de strabisme ; on observe alors un certain déséquilibre entre le blanc de l'œil que l'on voit de part et d'autre de l'iris. Il ne s'agit pas d'un strabisme, c'est une fausse impression : les deux yeux sont bien sur le même axe.

Le pédiatre recherchera un strabisme à chaque examen, surtout après 3 mois. Il s'aidera (notamment pour être sûr qu'il ne s'agit pas d'un faux strabisme par épicanthus) de la technique des reflets centrés : si l'on approche une source lumineuse des yeux d'un nourrisson, le reflet de cette lumière apparaît distinctement au niveau de l'iris ; si le reflet est situé au même endroit sur les deux iris, les reflets sont dits « centrés », il n'y a pas de strabisme.

Le strabisme est très souvent dû à une amblyopie ou à l'existence d'un trouble visuel sur un des deux yeux (hypermétropie importante par exemple). Le traitement consiste d'abord à remédier à cette situation par le port de lunettes adaptées. Si la déviation est importante, le médecin pourra ensuite proposer une correction chirurgicale qui ne corrigera pas pour autant le trouble de la vision et ne dispensera pas non plus du port de lunettes.

« Le contrôle de l'audition et de la vision » p. 354-355.

## Vomissements

ou

On désigne ainsi les remontées du contenu de l'estomac dues à une contraction brutale des muscles abdominaux : cela les différencie des régurgitations qui sont souvent de moindre volume et produites sans effort.

Les vomissements sont des symptômes très fréquents chez l'enfant qui possède un réflexe nauséeux (réflexe de vomissement quand on met le doigt au fond de la gorge par exemple) très marqué : les enfants vomissent facilement et le plus souvent sans raison grave. Les tout-petits vomissent en cas de toux, d'écoulement de nez en arrière de la gorge, voire à cause d'un petit morceau de légume mal mixé dans la purée habituellement si lisse. De même les vomissements en cas de maladies ORL (angine, otite) ou bronchiques (bronchiolite ou bronchite) ne sont pas graves s'ils restent modérés.

### Quand s'inquiéter et consulter sans tarder ?

Il existe cependant différents cas où les vomissements doivent être pris en charge rapidement.

**En cas de fièvre.** Il peut s'agir :
- d'une infection digestive de type appendicite, avec douleur dans la partie inférieure droite de l'abdomen et arrêt complet du transit (c'est-à-dire de l'émission de selles) ;
- d'une gastro-entérite (les douleurs abdominales sont plus diffuses et associées à une diarrhée) ;

• d'une infection méningée (voir *Méningite*) où prédominent alors les troubles du comportement : l'enfant est abattu, il craint la lumière, il est prostré, en « chien de fusil ».

**En l'absence de fièvre**, il faut s'inquiéter chez le nourrisson :

• lorsque les vomissements accompagnent des épisodes de douleurs abdominales brutales avec pâleur : ce sont des signes d'*invagination intestinale aiguë* (voir ce mot) ;

• en cas de vomissements fréquents et de diarrhée importante : il y a un risque de *déshydratation* (voir ce mot) ;

• si les vomissements sont systématiques à tous les repas et de plus en plus importants (signes de *sténose du pylore*, voir ce mot).

Enfin les vomissements peuvent être les premiers symptômes d'une allergie alimentaire s'ils apparaissent lors des toutes premières ingestions de cet aliment. Voir *Allergie*.

**Comment soigner les vomissements ?**

Les médicaments habituellement proposés contre les vomissements sont peu efficaces et, pour certains, susceptibles de donner des effets secondaires gênants. Ils ne sont donc pas recommandés. Lorsque ce sont simplement des vomissements isolés, il n'y a pas de traitement particulier.

Le lavage de nez, en cas de rhume, et la kinésithérapie respiratoire, en cas de bronchiolite avec encombrement des bronches, peuvent améliorer la toux et les vomissements. Dans le cas d'une gastro-entérite, les vomissements sont des facteurs qui aggravent la déshydratation, il est nécessaire alors d'administrer une solution de réhydratation.

# Z

## Zona

Le zona se manifeste par des petites vésicules dont la localisation est souvent très caractéristique : toujours d'un seul côté, en bande dans la région thoracique, c'est le zona intercostal ; ou bien regroupées au niveau du pavillon de l'oreille, ou encore du front et des paupières, c'est le zona ophtalmique, qui peut entraîner des lésions oculaires. Ces vésicules se dessèchent rapidement, remplacées par des petites croûtes qui tombent en une dizaine de jours. Habituellement, cette éruption provoque une sensation de brûlure, plus ou moins intense. Le zona est dû au même virus que la varicelle ; il y a donc un rapport entre ces deux maladies et des contagions sont possibles.

7

# Guide pratique

Quand et comment déclarer la naissance de notre enfant ? À quel moment choisir le nom de famille qu'il portera ? Quelle est la durée du congé de paternité ? Peut-on bénéficier de prestations lorsque l'enfant est gardé à l'extérieur ? À domicile ? Lorsqu'on élève seul(e) son enfant ? Dès la naissance, les questions pratiques, administratives, sociales, juridiques que se posent les parents sont innombrables. Y répondre le plus en détail possible est le but de ce chapitre.

# Les premières formalités

Votre enfant vient de naître, vous avez de nombreux **droits** qui vous aident à l'élever. Tout d'abord, les congés de maternité et de paternité permettent à la mère de se reposer et aux parents d'accueillir leur bébé. Vous pouvez aussi bénéficier d'allocations, de remboursements, de facilités diverses. Mais vous avez aussi des **devoirs**. Devenir parent, c'est assumer différentes responsabilités envers son enfant : protéger sa dignité, sa sécurité, son intégrité physique et psychologique, sa santé, son bien-être, l'accompagner dans ses apprentissages…

## La déclaration de naissance

La déclaration de naissance d'un enfant né en France est obligatoire et doit être effectuée dans les **5 jours** suivant le jour de l'accouchement. Si le dernier jour est férié, le délai est prolongé jusqu'au premier jour ouvrable suivant. Ce délai est porté à 8 jours pour certaines communes du département de la Guyane. Passé ce délai, l'officier d'état civil n'a plus le droit de dresser l'acte de la naissance avant qu'un jugement du tribunal ne soit intervenu, ce qui entraîne des formalités longues et coûteuses. Une déclaration tardive peut, en outre, entraîner des sanctions pénales. La déclaration sera effectuée auprès de l'officier de l'état civil, c'est-à-dire à la mairie du lieu de naissance, par le père, ou la 2e mère, ou à défaut par les médecins, sages-femmes, personnels de santé ou autres personnes qui auront assisté à l'accouchement. L'enfant sera alors inscrit sur le livret de famille. L'**acte de naissance** énoncera le jour, l'heure et le lieu de la naissance, le sexe de l'enfant, les prénoms qui lui seront donnés, le nom de famille – suivi, le cas échéant, de la mention de la déclaration conjointe de ses parents quant au choix effectué – ainsi que les prénoms, noms, âges, professions et domiciles des père et mère et, s'il y a lieu, ceux du déclarant. Si les père et mère de l'enfant ou l'un d'eux ne sont pas désignés à l'officier de l'état civil, il ne sera fait sur les registres aucune mention à ce sujet.
**À noter :** Déclarez sans tarder la naissance de votre enfant à votre caisse d'assurance maladie et à la CAF.
En cas de **naissance à l'étranger** d'un enfant français, il est recommandé, dès avant la naissance, de prendre contact avec la représentation diplomatique ou consulaire de votre pays de résidence. Pour plus de détails : www.diplomatie.gouv.fr.

## Le livret de famille

Un livret de famille est remis aux époux à l'occasion de leur mariage et aux parents non mariés lors de la naissance de leur premier enfant commun. En cas de séparation, celui qui ne détient pas le livret de famille peut en demander un second.

## Le prénom de l'enfant

Depuis la loi du 8 janvier 1993, les parents choisissent librement le ou les **prénoms** de l'enfant à la seule condition que ces prénoms ou l'un deux, seul ou associé aux autres prénoms ou au nom, ne soient pas contraires à l'intérêt de l'enfant (prénom ridicule, par exemple) ou au droit des tiers à voir protéger leur patronyme (par exemple, un parent ne peut choisir comme prénom un nom de famille dont l'usage constituerait une usurpation au détriment de tiers).

**Peut-on faire modifier son prénom ?**
Toute personne qui justifie d'un intérêt légitime a la possibilité de demander à changer de prénom.
Ont été reconnus comme **motifs légitimes** de changement de prénom : le caractère ridicule du prénom dont la suppression est demandée, ou de l'association de ce prénom avec le nom, l'usage prolongé d'un autre prénom, la conversion à une religion, le changement de sexe, la simplification d'un prénom étranger, un risque de discrimination, etc.
La francisation du prénom (et du nom) peut également être demandée dans le cadre de l'acquisition de la nationalité française. Elle consiste en la substitution d'un prénom français au prénom étranger ou dans l'attribution complémentaire d'un prénom français ou, en cas de pluralité de prénoms, dans la suppression du prénom étranger pour ne laisser que le prénom français.

**Le changement de prénom**
En 2016, la procédure de changement de prénom a été simplifiée : la demande est faite à l'officier d'état civil de la mairie du lieu de résidence ou du lieu où l'acte de naissance a été dressé. S'il s'agit d'un mineur, la demande est remise par son représentant légal. L'adjonction, la suppression ou la modification de l'ordre des prénoms peut également être demandée. Si l'enfant est âgé de plus de 13 ans, son consentement personnel est requis. L'accomplissement de la formalité en mairie est gratuit. Le recours au juge aux affaires familiales n'est plus nécessaire, sauf si l'officier de l'état civil estime que la demande ne revêt pas un intérêt légitime et que le procureur s'oppose au changement.

## Le nom de l'enfant

**Du nom patronymique au nom de famille**
Jusqu'en 2002, et à l'exception des enfants qui n'avaient été reconnus que par leur mère, toute personne portait le nom du père (patronyme).

- Désormais, les parents peuvent, par une déclaration conjointe à l'officier de l'état civil, choisir le nom de famille de leur enfant : « Soit le nom du père, soit le nom de la mère, soit leurs deux noms accolés dans l'ordre choisi par eux dans la limite d'un nom de famille pour chacun d'eux » ; à défaut de choix, l'enfant prend le nom du père.

- En l'absence de déclaration conjointe mentionnant le choix du nom de l'enfant, ce dernier prend le nom de celui de ses parents à l'égard duquel sa filiation est établie en premier ; et il prend le nom de son père si sa filiation est établie simultanément à l'égard de l'un et de l'autre (c'est le cas notamment lorsque les parents sont mariés).
- Depuis la loi de 2013, si l'un des parents formule un désaccord sur le choix du nom, l'enfant prend le nom de chaque parent, les deux noms accolés par ordre alphabétique. Désormais, seule la non-intervention des parents (aucun choix commun ni manifestation de désaccord) donne la primauté au nom du père.

**Quel nom peut être choisi ?**

- À la naissance de leur enfant, les parents peuvent choisir le nom de famille qu'il portera : soit l'un de leurs deux noms, soit les deux noms dans l'ordre de leur choix.
- S'il y a déjà d'autres enfants, ce nom ne pourra pas être différent de celui porté par les aînés.
- Si les parents n'ont pas fait de choix, l'enfant portera le nom de son père si ses parents sont mariés ou s'il a été reconnu par ses deux parents ; ou bien le nom de celui de ses parents qui l'aura reconnu en premier.
- Voici un **exemple** : Émilie Veymont et Laurent Mirari donnent naissance à Nathan. En cas d'accord des parents, celui-ci pourra s'appeler Nathan Veymont ou Nathan Mirari ou Nathan Veymont Mirari ou Nathan Mirari Veymont. En cas de silence des parents, il s'appellera Nathan Mirari. En cas de désaccord des parents sur le choix du nom, il s'appellera Nathan Mirari Veymont.

***À noter***

- Le nom choisi pour le premier enfant de la fratrie devra être retenu pour les suivants. Le non-choix équivaut à un choix et s'impose aux autres enfants.
- L'officier d'état civil ne peut donner une appréciation sur le caractère éventuellement ridicule ou péjoratif de la composition choisie.
- Le nom du père est encore très majoritairement donné. Environ 1 bébé sur 10 porte un double nom. Les doubles noms sont le plus souvent composés dans l'ordre « nom du père – nom de la mère ». Pour le choix du nom de famille qui n'a pas été transmis à la naissance, voir ci-après *Changement de nom* (p. 462).

**À quel moment le nom est-il choisi ?**

Les parents qui désirent user de cette faculté doivent faire une **déclaration de choix de nom** : soit au moment de la naissance de l'enfant, soit ultérieurement et pendant toute la minorité de l'enfant lorsque celui-ci, reconnu par un seul de ses parents au moment de sa naissance, est ensuite reconnu par l'autre (l'enfant avait pris le nom de sa mère si elle seule l'avait reconnu). Le consentement de l'enfant de plus de 13 ans sera nécessaire.
La déclaration est constituée d'un document écrit, notarié ou simple acte sur papier libre. Les parents peuvent utiliser un formulaire qui leur sera remis par l'officier de l'état civil au moment des formalités de reconnaissance de l'enfant ou des démarches préalables au mariage.
Les parents indiqueront dans leur déclaration s'ils décident de remplacer le nom initial par celui du second parent ou bien de lui donner les deux noms accolés dans l'ordre choisi par eux.
Cependant, s'ils ont déjà un enfant né depuis le 1er janvier 2005 dont la filiation a également été reconnue en deux temps, ou ayant déjà bénéficié d'une déclaration de changement de nom, ils ne pourront donner à ce deuxième enfant que le nom du premier.

En cas d'**adoption plénière,** il n'existe plus de lien entre l'enfant adopté et sa famille d'origine. Lorsque l'enfant est adopté par une personne seule, le nom de l'adoptant est substitué à son nom d'origine. Lorsque l'enfant est adopté par deux époux ou s'il s'agit de l'enfant du conjoint, les époux ou bien l'adoptant et son conjoint choisissent, par déclaration conjointe et dans les limites précisées ci-dessus, le nom de famille de l'enfant. Sur la demande du ou des adoptants, le tribunal peut modifier les prénoms de l'enfant.

**L'adoption simple** laisse subsister les liens avec la famille d'origine et donne le nom du parent adoptant à l'enfant adopté en l'ajoutant au nom de ce dernier (dans la limite d'un seul nom pour chacun d'eux si l'adoptant et/ou l'adopté portent un double nom). Plusieurs combinaisons de noms sont donc possibles. La substitution du nom n'est possible que par une décision du tribunal à la demande de l'adoptant.

Enfants nés de **GPA :** la Gestation pour autrui est interdite en France. Toutefois, la loi bioéthique du 2 août 2021, revenant sur la dernière jurisprudence de la Cour de cassation, précise que la réalité des faits déclarés dans un acte d'état civil étranger s'apprécie au regard de la loi française. Ainsi, pour les enfants nés de GPA, la transcription d'un acte d'état civil étranger serait limitée au seul parent biologique (le second parent dit « d'intention » devant user de la procédure d'adoption).

### Attention

- Si vous voulez donner à votre enfant le nom double de ses deux parents, ou le nom de sa mère, vous devez faire une déclaration conjointe de **nom de famille**, même si vous êtes mariés.
- Dans tous les cas, le choix de nom effectué par les parents est **irrévocable** et ne peut être exercé qu'une seule fois.
- L'accord de l'enfant âgé de plus de 13 ans est nécessaire.

**Nom d'usage et nom de famille**

- Toute personne peut, dans la vie quotidienne, **à titre d'usage,** utiliser le nom de ses deux parents. Il suffit que l'acte de naissance fasse apparaître la double filiation (indication du nom des deux parents).
  Pour répondre à la préoccupation des **mères qui élèvent seules leurs enfants** et doivent rapporter la preuve de leur parentalité, la loi du 2 mars 2022 assouplit les règles sur le nom d'usage. Désormais, un parent peut décider seul d'ajouter à titre d'usage son nom de famille au nom de l'enfant. Il devra en informer auparavant l'autre parent. En cas de désaccord, celui-ci pourra saisir le juge aux affaires familiales. Si l'enfant a plus de 13 ans, son accord sera nécessaire.
- Après le mariage, chaque époux a la possibilité d'utiliser, à titre d'usage, le nom de l'autre. Cette utilisation est facultative et n'a aucun caractère automatique. Que vous soyez un homme ou une femme, vous pouvez choisir comme nom d'usage soit uniquement le nom de votre conjoint, soit un double nom composé de votre propre nom et du nom de votre conjoint dans l'ordre que vous souhaitez.
- Le nom d'usage ne remplace pas le nom de famille qui reste le seul nom mentionné sur les actes d'état civil (acte de naissance ou de mariage, livret de famille…). En revanche, le nom d'usage peut être utilisé dans tous les actes de la vie privée (école par exemple), familiale, sociale ou professionnelle. Dès lors que la demande en est faite, c'est ce nom qui doit être utilisé par l'administration dans les courriers qu'elle adresse.

### À noter

Il n'est pas possible d'utiliser comme nom d'usage le nom du concubin ou du partenaire de Pacs.

**Le changement de nom**

Selon les statistiques de l'Insee, sur les 753 383 bébés nés en 2019 en France, 81,4 % portent le nom du père, 6,6 % celui de la mère et 11,7 % le double nom (celui du père suivi de celui de la mère pour 9,1 % et celui de la mère suivi de celui du père pour 2,6 %).

- La loi du 2 mars 2022 donne la possibilité à toute personne majeure de **choisir le nom de famille** du parent qui ne lui a pas été transmis à sa naissance ou de garder les deux, dans le sens qu'il souhaite. Dans ce cas, la demande est formulée directement à la mairie du domicile ou du lieu de naissance. Au terme d'un délai de réflexion d'un mois, le demandeur devra se présenter à nouveau en mairie pour confirmer sa demande. Le changement de nom s'étend automatiquement aux enfants du demandeur lorsqu'ils sont âgés de moins de 13 ans et avec leur consentement au-delà de cet âge.
- Exceptionnellement, le nom peut être modifié lorsque la personne justifie d'un **intérêt légitime** : par exemple lorsqu'il s'agit d'un nom ridicule ou malsonnant, ou de la francisation d'un nom étranger, ou encore, sous certaines conditions, pour éviter l'extinction d'un nom. La demande est présentée par requête au ministre de la Justice. Le changement de nom est autorisé par décret. La mention des décisions de changement de nom est portée en marge des actes de l'état civil de l'intéressé et, le cas échéant, de ceux de son conjoint et de ses enfants. Lorsqu'il s'agit uniquement de mettre en concordance l'état civil français avec le nom retenu à l'état civil étranger, la loi du 18 novembre 2016 a simplifié la procédure en donnant compétence à l'officier de l'état civil pour effectuer le changement de nom.

### Pour plus d'informations

**Sur la filiation**, le prénom et le nom de famille :
– www.service-public.fr
– www.vos-droits.justice.gouv.fr
– www.legifrance.gouv.fr
– www.etat-civil.legibase.fr
**Sur l'adoption :**
– www.adoption.gouv.fr
– www.diplomatie.gouv.fr

# La protection sociale

L'assurance maternité vous a aidée à couvrir une grande partie des frais liés à la grossesse et à la naissance ; elle va vous aider, après l'accouchement, à surveiller la santé de votre enfant et la vôtre.
Les avantages consentis sont les suivants :

**Pour la mère**

- Des indemnités journalières permettant aux femmes, personnellement assurées sociales, de se reposer pendant les 10 semaines (ou plus) qui suivent l'accouchement.
- Le remboursement de l'examen obligatoire que la maman doit passer après la naissance, dans les 8 semaines qui suivent l'accouchement.

Les consultations supplémentaires, nécessitées par l'état de la mère, sont remboursées aux conditions ordinaires, de même que les médicaments.

**Pour le bébé**

- Le remboursement des examens médicaux auxquels l'enfant doit être soumis, même s'il est en bonne santé. De la naissance à 16 ans, **20 examens** assurent le suivi de la santé de l'enfant. Ils sont pris en charge à 100 % par l'assurance maladie hors dépassements d'honoraires et sans avance de frais.
- Au cours de la première année, 11 examens sont pratiqués : dans les 8 jours qui suivent la naissance, au cours de la 2e semaine, avant la fin du 1er mois, 1 fois par mois entre le 2e et le 6e mois (5 examens), au cours des 9e, 12e et 13e mois.
- Au cours de la deuxième année, 2 examens : entre 16 et 18 mois, au cours du 24e ou 25e mois.
- Les consultations des 9 et 24 mois – qui marquent une période clé du développement – donnent lieu à un certificat spécifique qu'il faudra faire parvenir à votre caisse d'allocations familiales.
- De la 3e à la 6e année, 4 examens (1 par an) jusqu'à l'âge de 6 ans.
- Entre 8 et 9 ans : 1 examen ; entre 11 et 13 ans, 1 examen : entre 15 et 16 ans : 1 examen.
- Parallèlement à ces examens, les vaccinations sont mises en route puis poursuivies.
- Si votre bébé est **prématuré**, les soins spéciaux nécessités par sa naissance avant terme sont remboursés à 100 %. Le lait maternel donné aux prématurés est pris en charge par la Sécurité sociale à 100 %. Certains laits médicamenteux sont remboursés.
- Si votre bébé est **hospitalisé** dans les 30 jours qui suivent sa naissance, vous êtes dispensés du forfait hospitalier.
- Le **carnet de santé** de l'enfant est remis à la sortie de la maternité (p. 468).

## Qui peut en bénéficier ?

Toute personne qui travaille en France a droit à la **prise en charge de ses frais de santé** à titre personnel. Ce régime concerne les salariés qui dépendent de la Caisse primaire d'assurance maladie (CPAM), et les salariés du monde agricole qui dépendent de la Mutualité sociale agricole (MSA).
Toute personne qui réside en France de manière stable et régulière peut bénéficier de la Protection universelle maladie (PUMA) donnant accès à la prise en charge de ses frais de santé.
Les travailleurs non salariés (chefs d'entreprise, commerçants, artisans, professions libérales, exploitants agricoles), sont affiliés à la Sécurité sociale des travailleurs indépendants. Il existe d'autres régimes ; les agents de la fonction publique ; les travailleurs frontaliers.
Les femmes expatriées sont protégées pendant leur expatriation si elles ont adhéré à la Sécurité sociale des expatriés (Caisse des Français de l'étranger – CFE).
Quel que soit le régime, pour bénéficier des indemnités de congé de maternité **(prestations en espèces)**, des conditions d'immatriculation, de cotisations et de temps de travail sont requises (p. 464).

## Comment en bénéficier ?

- En quittant la maternité, **déclarez la naissance** de votre enfant à votre caisse d'assurance maladie et à la CAF. Ces déclarations peuvent être faites en ligne. Sinon envoyez à l'assurance maladie une copie de l'acte de naissance ou une copie du livret de famille actualisé, ainsi que l'imprimé de rattachement qui vous a été envoyé. Et envoyez à la CAF une photocopie des pages du livret de famille ou l'extrait d'acte de naissance de l'enfant, accompagné de la déclaration de situation et de la déclaration de ressources.

Si vous avez droit à une indemnité de repos, vous enverrez à votre caisse l'attestation de prolongation d'arrêt de travail. Pour plus de détails sur le repos après l'accouchement, voyez page suivante.

- Passez aux dates indiquées les **examens médicaux obligatoires**. L'examen postnatal peut être fait par une sage-femme, un médecin généraliste ou un obstétricien – sauf en cas de complication durant la grossesse où la consultation par un médecin est obligatoire. Les examens médicaux du bébé peuvent être effectués par un médecin généraliste, un pédiatre ou dans une consultation de PMI (p. 484).

Si vous faites suivre votre bébé dans un **centre de PMI**, il est bon que votre médecin généraliste le connaisse, car c'est lui que vous appellerez lorsque l'enfant sera malade : le centre de PMI n'est pas un centre de soins ni de traitement, et il n'est ouvert qu'à certaines heures. Le carnet de santé, s'il est bien rempli, fera le lien entre les différents médecins que vous serez amenés à voir.

À chaque consultation, pensez à apporter le carnet de santé de votre enfant.

- Vous pouvez demander l'inscription de votre enfant sur **votre carte Vitale** et/ou celle de l'autre parent, quelle que soit votre situation familiale.

Cela permet au parent qui emmène l'enfant en consultation d'utiliser sa propre carte Vitale ce qui simplifie les démarches.

# Le congé de maternité

## La durée du congé de maternité

Elle varie en fonction du nombre d'enfants déjà au foyer ou à naître. Dans le cas le plus simple, cette durée est de 6 semaines avant la naissance et de 10 semaines après, soit en tout **16 semaines**.
Le **congé postnatal** peut être prolongé dans différentes situations :

- en cas de naissance avant la date du congé prénatal théorique, et si votre enfant est hospitalisé, vous bénéficiez d'une durée de congé et d'une indemnité supplémentaires, courant entre l'accouchement et le début du congé prénatal théorique ;
- en cas de naissance avant la date présumée d'accouchement, vous bénéficiez du report de votre congé prénatal et de votre indemnité journalière sur le congé et l'indemnité postnatale ;
- si vous étiez déjà en congé pathologique, ou maladie, au moment où débute votre congé prénatal, le congé pathologique se transforme automatiquement en congé prénatal et le congé postnatal ne sera pas augmenté ;
- naissance du 3e enfant (ou plus) : le congé postnatal est de 18 semaines (ou de 16 semaines si 2 semaines supplémentaires ont été prises pour le repos prénatal). Le congé total de maternité est alors de **26 semaines** ;
- naissance de jumeaux : le congé postnatal est de 22 semaines (ou de 18 semaines si 4 semaines supplémentaires ont été prises pour le repos prénatal). Le congé total de maternité est alors de **34 semaines** ;
- naissance de triplés ou plus : le congé postnatal est de 22 semaines, le congé prénatal de 24 semaines. Le congé total de maternité est alors de **46 semaines** ;
- hospitalisation de l'enfant : si l'enfant est encore hospitalisé 6 semaines après sa naissance, la mère peut reprendre son travail et utiliser la suite de son congé lorsque l'enfant sera de retour à la maison. Mais il faut pour cela que la mère ait déjà pris un congé ininterrompu de 8 semaines, dont 6 après la naissance ;
- si votre état de santé le nécessite, il vous est possible sur prescription médicale d'obtenir une prolongation de congé indemnisé au titre de la maladie.

Pour faciliter l'organisation du retour à domicile, une **fiche de liaison maternité/ville** est remise à la maman. Elle est destinée à informer les professionnels libéraux de la prise en charge de la mère et de son bébé lors du séjour à la maternité. Elle peut comprendre les coordonnées d'un professionnel pouvant être contacté.
Qu'il s'agisse d'un congé de maternité ou d'un congé d'adoption, les modalités pour en bénéficier sont identiques. En cas d'**adoption**, c'est la date de l'arrivée de l'enfant au foyer qui est prise en compte.

## Les indemnités du congé maternité

### Les salariées (régime général et MSA)

Elles doivent remplir plusieurs conditions pour bénéficier des indemnités journalières de maternité :

- avoir été immatriculées 10 mois à la CPAM ou MSA à la date présumée de l'accouchement ;
- cesser leur activité pendant au moins 8 semaines, dont 2 avant l'accouchement ;
- avoir travaillé 150 heures avant le début de la grossesse ou du repos prénatal ;
- avoir cotisé sur un salaire équivalent à 1 015 fois le SMIC horaire (8,76 € net) au cours des 6 mois précédant la date de début de grossesse ou de début de repos prénatal.

Le calcul des indemnités maternité est identique pour toutes les salariées. Le salaire pris en compte est le salaire brut, dans la limite du plafond de la Sécurité sociale, duquel est déduit un taux unique de 21 % de cotisations salariales. En conséquence, l'**indemnité journalière** va de 9,63 € à 89,03 € par jour.
Par ailleurs, si votre salaire maintenu est au moins égal au montant des indemnités journalières servies, c'est désormais votre employeur qui perçoit vos indemnités de la part de la Sécurité sociale et vous les reverse.

Les indemnités journalières de la Sécurité sociale (maladie, maternité, accident du travail), et les sommes provenant du maintien du salaire par l'employeur, sont imposables et doivent être déclarées dans les revenus.

## Les femmes exerçant une activité indépendante

| Nature de la prestation | Femme concernée | Conditions | Montant |
|---|---|---|---|
| **Allocation forfaitaire de repos maternel** | **Femme chef d'entreprise**<br>**Conjointe collaboratrice**<br>1. Avoir adressé la feuille du 7e mois (1e partie).<br>2. Avoir adressé le certificat d'accouchement (2e partie). | 1. Être inscrite au registre du commerce ou au répertoire des métiers.<br>2. Justifier de 10 mois d'affiliation à la Sécurité Sociale à la date de l'accouchement. | Si revenu annuel moyen (3) supérieur à 4 046,40 € : 3 428 € net versés en 2 fois, première moitié au début du congé ; l'autre moitié à la fin des 8 semaines du congé.<br>1 554,58 € net à l'arrivée de l'enfant adopté au foyer.<br>Si revenu inférieur : 342,80 € net versés en 2 fois (4) |
| **Indemnité forfaitaire journalière d'interruption d'activité** | **Femme chef d'entreprise**<br>Avoir interrompu son activité au moins 56 jours consécutifs dont 2 semaines avant l'accouchement<br>Maximum 112 jours (1)<br>Être remplacée pendant 7 jours minimum entre 6 semaines avant l'accouchement et 10 semaines après | Certificat d'arrêt de travail<br>Déclaration sur l'honneur attestant l'arrêt | Si revenu annuel moyen supérieur à 4 046,40 € :<br>3 155 € pour 8 semaines, soit 56,35 € par jour.<br>Si revenu annuel moyen inférieur : 315,56 € pour 8 semaines, soit 5,63 € par jour (4) |
| **Indemnité de remplacement** | **Conjointe collaboratrice**<br>Se faire remplacer au minimum 56 jours<br>Maximum 112 jours (1) (2)<br><br>**Exploitante agricole**<br>Être effectivement remplacée (2) | Attestation sur l'honneur du conjoint attestant le statut de collaboratrice<br>Un double des bulletins de salaire de la personne remplaçante<br><br>Justifier de 10 mois d'affiliation à l'AMEXA à la date de l'accouchement<br>Aviser 30 jours avant la date d'arrêt de votre activité votre caisse qui vous informera sur les modalités de votre remplacement | Égal au coût réel du remplacement dans la limite de 55,52 € par jour (4) |

(1) L'arrêt peut être prolongé de deux périodes de 15 jours dès le début de la grossesse.
Si l'Assurance Maladie prévoit des indemnités, elles ne couvrent pas totalement le manque à gagner. Les revenus peuvent cependant être complétés en souscrivant un contrat de prévoyance grossesse assurant les frais fixes et le versement d'indemnités journalières.
(2) Remplacement dont la durée peut varier en fonction du nombre d'enfants attendus ou adoptés et de l'état de santé pendant la grossesse. Lorsque le remplacement n'a pas été possible, et uniquement dans ce cas, **l'exploitante agricole** perçoit une indemnité journalière forfaitaire de remplacement.
(3) Le revenu annuel moyen correspond pour les entrepreneurs au bénéfice réalisé par an, pour les micro-entrepreneurs au chiffre d'affaires déclaré à l'URSSAF les 3 années précédant le versement des prestations.
(4) Selon votre cas, la CPAM peut vous verser une indemnité journalière au titre d'un maintien au droit calculé sur une activité antérieure.
**Pour en savoir plus :** www.secu-independant.fr et AMEXA pour les exploitantes agricoles. Sur ameli.fr vous pouvez consulter le livret : *Vos démarches de prestations maternité en toute simplicité – Femmes chef d'entreprise*

# Le congé de paternité

Le congé de paternité se compose de deux volets.

**– Un congé de naissance de 3 jours**

Il est accordé et financé par l'employeur pour chaque naissance ou adoption survenue au foyer du salarié. Ce congé rémunéré doit être pris à la naissance de l'enfant sur présentation d'un acte de naissance remis à l'employeur.

**– Le congé de paternité et d'accueil de l'enfant**

Le père salarié, quel que soit son contrat (CDI, CDD ou temporaire) et son ancienneté dans l'entreprise, en bénéficie lors de la naissance de l'enfant. Sont aussi éligibles à ce congé : les demandeurs d'emploi indemnisés par Pôle emploi ; les stagiaires de la formation professionnelle continue ; les pères chef d'entreprise ou d'exploitation ; le conjoint collaborateur s'il se fait remplacer par du personnel salarié. Si la mère vit avec une autre personne salariée, celle-ci peut aussi y prétendre.

**• Durée du congé**

Elle est de **25 jours** (samedis, dimanches et jours fériés compris) ; maximum 32 jours en cas de naissances multiples. Ce congé comprend deux périodes : une période obligatoire de 4 jours prise à la suite des 3 jours ouvrables du congé de naissance ; puis une période de 21 jours. Ce congé doit débuter dans les 4 mois suivant la naissance.

- **Formalités**

Le salarié doit avertir son employeur au moins un mois avant la date choisie et préciser les dates de début et de fin du congé. L'employeur remplit l'attestation de salaire pour le congé qu'il transmet, accompagnée d'une copie d'un extrait d'acte de naissance ou du livret de famille, à la caisse de Sécurité sociale. Le salarié peut aussi transmettre lui-même ces documents.

- **Indemnités**

Ce congé est financé par la Sécurité Sociale.
Pour les **salariés,** le montant des indemnités est calculé de la même manière que celui des indemnités maternité de la salariée (p. 464). Le montant maximum est de 89,03 € par jour.
Les **professionnels libéraux**, entrepreneurs, artisans et commerçants, bénéficient d'une indemnité journalière de 56,35 € par jour, sous condition d'interrompre leur activité professionnelle, pour une durée maximale de 25 jours. Ce montant est divisé par 10 si le chiffre d'affaires sur les 3 dernières années ne dépasse pas 4 046,40 € soit 5,63 € par jour.
Ce congé et son indemnisation sont accordés au **collaborateur du professionnel libéral**.

Les **exploitants agricoles**, leurs conjoints collaborateurs ou leurs aidants familiaux ont droit à une indemnité complémentaire de remplacement. Le montant de l'allocation de remplacement est égal aux coûts de remplacement. S'ils n'ont pu être remplacés, ils peuvent bénéficier d'indemnités journalières forfaitaires dont le montant est fixé par décret.

- Il existe le même droit de congé pour l'**enfant adopté**.
  Pendant les congés de paternité et d'adoption, le contrat de travail est suspendu (et non pas rompu) et la protection contre le licenciement est garantie.
- Un congé de paternité de 30 jours consécutifs s'ajoute aux deux congés respectivement de 25 et de 3 jours lorsque le nouveau-né est **hospitalisé** dans une unité de soins spécialisés. Le congé doit être pris pendant la période d'hospitalisation du bébé et dans les 4 mois qui suivent sa naissance. Il est indemnisé selon les mêmes modalités que celles du congé de paternité de 25 jours. Il concerne les salariés du régime général, les travailleurs indépendants et les exploitants agricoles.

# Le congé d'adoption

Les salariés, les travailleurs indépendants, les conjoints collaborateurs d'un travailleur indépendant ou d'un praticien ou d'un auxiliaire médical, peuvent bénéficier d'un congé d'adoption.

**Formalités**

Le **salarié** doit avertir son employeur et préciser la date à laquelle il entend mettre fin à la suspension de son contrat de travail. Il peut également bénéficier d'un congé (non rémunéré) de 6 semaines maximum s'il se rend à l'étranger, dans un Dom ou une Com pour adopter un enfant.
Le **travailleur indépendant** doit se rapprocher de l'assurance maladie pour constituer son dossier.

**Durée du congé**

Elle varie en fonction du nombre d'enfants adoptés et du nombre d'enfants déjà à charge (avant adoption). Elle varie de 16 à 22 semaines pour les salariés, de 12 à 34 semaines pour les travailleurs indépendants et les conjoints collaborateurs effectivement remplacés pendant la durée du congé d'adoption.
Elle est modifiée en cas de **répartition** du congé entre les parents :

- 25 jours supplémentaires pour l'adoption d'un enfant ;
- 32 jours supplémentaires pour l'adoption de plusieurs enfants.

**Indemnités journalières, ou allocation forfaitaire de repos et indemnités journalières forfaitaires d'interruption d'activité**

Les conditions et les montants dépendent du statut professionnel de l'adoptant (p. 464-465).

### *Protection contre le licenciement*

Un employeur n'a pas le droit de licencier une femme enceinte (sauf cas particulier), ou en congé de maternité ou en congé d'adoption et pendant les 4 semaines qui suivent. Si vous faites l'objet d'un licenciement pendant votre congé d'adoption, vous devez envoyer à votre employeur une attestation délivrée par le service départemental d'aide sociale à l'enfance (ou l'œuvre d'adoption qui a procédé au placement) par lettre recommandée avec accusé de réception, dans les 15 jours qui suivent la notification du licenciement.

# Le congé parental d'éducation

Le congé parental d'éducation est accordé aux parents naturels ou adoptifs. Il s'adresse à chacun des deux parents. Il peut être pris à temps partiel ou à temps complet. Pendant le congé parental complet, le contrat de travail est suspendu et les droits à la protection sociale sont maintenus. Votre employeur ne vous rémunère plus sauf si votre convention collective le prévoit. Vous devez justifier d'un an d'activité dans l'entreprise à la date de naissance de l'enfant ou de son arrivée dans le foyer en cas d'adoption.

**La demande de congé parental**
Elle se fait auprès de votre employeur par lettre recommandée en précisant le point de départ et la durée du congé choisi. Le congé est accordé initialement pour une durée maximum d'un an.
La demande de renouvellement doit être faite un mois avant la fin du congé précédent et selon les mêmes modalités.
Le congé peut être renouvelé 2 fois jusqu'aux 3 ans de l'enfant, que vous ayez un, deux ou plus d'enfants.

**Attention : ce congé est non rémunéré.**
Cependant, pour vous garantir un minimum de ressources, vous pouvez soit utiliser votre compte épargne-temps, soit, si vous remplissez les conditions, faire la demande de l'allocation PREPARE (p. 473) auprès de votre CAF.

**Allocation PREPARE et congé parental**
Sachez que la durée du versement de la PREPARE n'est pas obligatoirement identique à celle de la durée du congé parental d'éducation. Ainsi, si vous bénéficiez de la PREPARE :

- avec un enfant, il est possible de bénéficier de la PREPARE jusqu'au 1 an de l'enfant sous réserve que chacun des parents suspende séparément son activité durant 6 mois ;
- avec deux enfants et plus, il est possible de percevoir le versement de la PREPARE pendant 24 mois si les parents prennent le congé ensemble, ou jusqu'aux 3 ans de l'enfant s'ils le prennent successivement.

# Les congés particuliers

- Le congé de **soutien familial** peut être demandé par tout salarié pour s'occuper d'un proche qui présente un handicap ou une perte d'autonomie d'une particulière gravité. Le salarié doit faire sa demande 2 mois avant le début du congé, fournir une déclaration sur l'honneur du lien familial avec la personne aidée.
- Le congé pour **enfant malade**. Tout salarié a droit de bénéficier d'un congé non rémunéré en cas de maladie ou d'accident, constaté par certificat médical, d'un enfant de moins de 16 ans dont il a la charge. La durée de ce congé est au maximum de 3 jours par an. Elle est portée à 5 jours si l'enfant a moins d'un an ou si le salarié assume la charge de 3 enfants ou plus. Certaines conventions collectives accordent plus de jours qui peuvent aussi être rémunérés.
- **Le congé journalier de présence parentale pour enfant gravement malade.** Le salarié dont l'enfant à charge est atteint d'une maladie, d'un handicap ou est victime d'un accident grave rendant indispensable une présence soutenue et des soins contraignants, bénéficie d'un congé de présence parentale.

Le salarié informe son employeur, à l'appui d'un certificat médical, de sa volonté de prendre ce congé au moins 15 jours avant le début du congé : soit par lettre recommandée avec accusé de réception, soit en lui remettant en main propre une lettre contre décharge. Sur le certificat médical doit être mentionnée la durée du congé. À l'issue du congé, le salarié retrouve son précédent emploi ou un emploi similaire assorti d'une rémunération au moins équivalente.
Ce congé prend la forme d'un « compte crédit jours d'absence », dans la limite de 310 jours ouvrés, à prendre sur une période maximale de 3 ans pour un même enfant et pour la même maladie, handicap ou accident. Le salarié peut prendre son congé de manière continue ou fractionnée.

- Un congé pour annonce d'un **handicap** : tout salarié a droit à un congé rémunéré de 2 jours en cas d'annonce de survenue d'un handicap chez son enfant.
- Un congé payé par l'employeur est accordé au salarié après l'annonce chez son enfant d'un cancer ou d'une des pathologies chroniques listées par décret.

# Les remboursements

Le remboursement des soins dépend de votre régime d'assurance maladie et du secteur d'activité de votre médecin. La base de remboursement des honoraires médicaux est soumise au secteur auquel appartient le praticien consulté. La différence entre la base de remboursement et le montant du remboursement constitue ce qui est appelé le ticket modérateur.

## Les trois secteurs médicaux

- Le **secteur 1** est constitué des médecins qui adhèrent à la convention de la Sécurité sociale. Ils sont soumis à des obligations tarifaires fixées par la convention et les remboursements sont effectués sur le tarif de la convention de la Sécurité sociale. Ils ne peuvent qu'exceptionnellement demander un dépassement d'honoraires.
- Le **secteur 2** comprend les médecins conventionnés dont les honoraires sont fixés librement (HL) ou le dépassement autorisé (DA). Les tarifs de ces praticiens sont supérieurs aux tarifs des médecins du secteur 1, le remboursement des frais s'effectue sur la base du tarif de référence de la Sécurité sociale inférieur à celui de la convention.
- Le **secteur 3** comprend les praticiens qui n'ont pas adhéré à la convention et qui ne sont donc pas soumis à l'obligation tarifaire. Le remboursement des frais se fait sur un tarif d'autorité extrêmement faible.

Quel que soit le secteur, les médecins ont une obligation légale d'affichage dans leur lieu de consultation ou d'exercice des tarifs de leurs honoraires. Les dépassements d'honoraires ne sont jamais pris en charge par la Sécurité sociale. Ils peuvent l'être, en totalité ou en partie, par une assurance complémentaire santé, selon le contrat souscrit.

**Les médicaments**

Ils sont remboursés à 15 % (vignette orange), 35 % (bleue), 65 % (blanche), 100 % (blanche barrée).

## Les complémentaires santé

**Complémentaire santé obligatoire**

Chaque employeur doit affilier à une complémentaire santé collective ses salariés qui n'en disposent pas. Cette obligation vaut également pour le travail temporaire.

**La complémentaire santé solidaire**

C'est une aide pour payer vos dépenses de santé si vous ne possédez pas de complémentaire santé. Elle peut couvrir l'ensemble de votre foyer. Pour la demander, vous devez bénéficier de l'assurance maladie et ne pas dépasser une limite maximum de ressources. Pour les bénéficiaires du RSA, l'attribution est automatique et sans participation financière.

Pour vous renseigner : ameli.fr

### *À noter*

- Si un bébé est malade au cours de la période de 30 jours qui suit la naissance, les soins qui lui seront dispensés dans un établissement de santé seront pris en charge à 100 %, que le bébé soit hospitalisé ou non.
- Si votre enfant tombe malade, les visites médicales supplémentaires et les médicaments seront remboursés aux conditions ordinaires, sans contribution forfaitaire du patient s'il a moins de 18 ans.
- Jusqu'aux 16 ans de votre enfant, vous êtes libre de consulter un spécialiste (ophtalmologiste, dermatologue…) sans avoir une ordonnance du pédiatre ou du médecin traitant.
- La **consultation aux urgences hospitalières**, non suivie d'une hospitalisation, est facturée (19,61 € quels que soient les soins dispensés). Ces frais ne sont pas pris en charge par l'assurance maladie et ne sont pas non plus entièrement remboursés par la mutuelle. Les femmes enceintes en sont exonérées ainsi que les nouveau-nés de moins de 30 jours.

## Le carnet de santé de l'enfant

Il est délivré gratuitement par la maternité au moment de la déclaration de la naissance de l'enfant. Il contient les éléments d'informations médicales nécessaires au suivi individuel de l'enfant depuis sa naissance jusqu'à ses 18 ans : calendrier vaccinal, courbes de croissance, certificats de santé, etc. Il délivre divers messages de prévention, concernant aussi bien la préparation des biberons, que le syndrome du bébé secoué ou les polluants intérieurs. Les parents qui le souhaitent peuvent désormais obtenir un **carnet de santé numérique pour leur enfant** en se connectant à partir de leur espace santé de l'assurance maladie.

## Les vaccinations

Les enfants nés à compter du 1er janvier 2018 doivent recevoir les 11 vaccins pédiatriques **obligatoires** (p. 357). Les vaccins sont pris en charge à 65 % par l'assurance maladie, sauf le ROR remboursé à 100 %. Le ticket modérateur, qui est à la charge de l'assuré, peut être pris en charge par l'assurance complémentaire. L'injection du vaccin est également remboursée mais le taux de remboursement varie selon le professionnel pratiquant l'injection.

D'autres vaccins (hépatite A, grippe, papillomavirus, tuberculose, varicelle, méningite B) sont soumis à des

**conditions spécifiques** ou concernent les enfants exposés à des risques particuliers.
Certains vaccins sont recommandés, voire obligatoires, pour se rendre dans **certains pays étrangers** (fièvre jaune, choléra…). Ils ne sont pas pris en charge, sauf pour les enfants résidant en zone épidémique. Ils peuvent l'être par une assurance personnelle.
Certains vaccins ne font pas partie des vaccins obligatoires et ne sont pas remboursés. Pourtant certains d'entre eux sont « **recommandés** » par différentes institutions (par la société française de pédiatrie par exemple). C'est le cas du vaccin contre la gastro-entérite à rotavirus ou contre la méningite à méningocoque B.

Vous pouvez vous procurer ces deux vaccins en pharmacie (sur ordonnance de votre médecin) mais leur prix est libre et varie selon les officines.

- Sauf contre-indication médicale, les vaccinations obligatoires sont indispensables pour pouvoir être inscrit à la crèche, à l'école, chez une assistante maternelle, en garderie, en colonie de vacances ou toute autre collectivité d'enfants.
- La gratuité de la vaccination obligatoire est assurée dans les centres de vaccinations (type PMI) jusqu'aux 6 ans de l'enfant. Chaque département est tenu d'assurer la prise en charge financière des vaccinations obligatoires.

### Vaccinations obligatoires et recommandées

| Obligatoires | Recommandées | Obligatoires ou recommandées dans certaines parties du monde |
|---|---|---|
| diphtérie, tétanos, poliomyélite, coqueluche, hæmophilus B, hépatite B, ménigocoque C, pneumocoque, rougeole, oreillons, rubéole (ROR) | tuberculose (BCG), varicelle, papillomavirus (à partir de 12 ans) | rage, choléra, typhoïde, hépatite A, méningite B, BCG, fièvre jaune (obligatoire pour les enfants résidant en Guyane) |

### Taux de remboursement des vaccinations

| | Prise en charge assurance maladie | Prise en charge mutuelle (selon les termes du contrat) | Taux global de prise en charge |
|---|---|---|---|
| **Obligatoires et recommandées à tous les enfants** | 65 % | 35 % | 100 % |
| **Recommandations spécifiques** | 65 % | 35 % | Selon les termes du contrat souscrit |
| **Obligatoires ou recommandées dans certaines parties du monde** | | | À la charge de la personne ou de son assurance personnelle |
| **Injection par un médecin**<br>**Par une infirmière** | 70 %<br>60 % | 30 %<br>40 % | 100 %<br>100 % |

## Autres remboursements

### Le psychologue

Le dispositif **« mon psy »** permet, sur prescription médicale, de consulter un psychologue. Cela concerne les enfants dès l'âge de 3 ans. Le coût est de 40 € la première séance, de 30 € les suivantes, dans la limite de huit consultations par an. La liste des psychologues partenaires du dispositif est consultable à partir de la plateforme monpsy.sante.gouv. Le remboursement des consultations se fait sur envoi des feuilles de soins et du courrier du médecin prescripteur à l'assurance maladie qui prend en charge 60 %, le reste est remboursé par l'assurance complémentaire.
Hors de ce dispositif, la consultation en cabinet privé est à la charge du patient et le montant est fixé librement par le praticien. Certaines mutuelles prennent en charge partiellement les séances, souvent sous forme d'un forfait annuel. Lorsque la consultation a lieu dans un établissement de santé agréé (hôpital, CMP, CMPP), la prise en charge est totale, et sans avance de frais pour les personnes disposant de faibles ressources.

### Le psychomotricien

Il peut être consulté directement, ou indirectement sur prescription médicale. La consultation est remboursée dans le cadre d'une prise en charge dans un établissement de soins, CMP, CMPP, hôpital de jour. Une prise en charge de la mutuelle dépend du contrat souscrit.

### L'orthophoniste

Il se consulte uniquement sur prescription médicale. La prise en charge est partielle (60 % sous réserve d'obtention de l'entente préalable) et la participation de la mutuelle dépend du contrat souscrit.

# Les prestations familiales

| | Prestations | Conditions à remplir |
|---|---|---|
| **Avec conditions de ressources** | • Prime à la naissance ou à l'adoption<br>• Allocation de base | • Faire la déclaration de grossesse avant la fin du 3ᵉ mois<br>• Passer les examens médicaux obligatoires<br>• Adopter ou accueillir en vue d'adoption un (ou plusieurs) enfant(s) âgé(s) de moins de 20 ans |
| | • Complément de libre choix du mode de garde Paje | • Avoir un enfant de moins de 6 ans<br>• Employer une assistante maternelle agréée ou une garde à domicile<br>• Avoir une activité professionnelle minimum |
| | • Prestation partagée d'éducation de l'enfant (PREPARE) | • Avoir un enfant de moins de 3 ans<br>• Avoir cessé de travailler ou travailler à temps partiel<br>• Avoir exercé une activité professionnelle minimum |
| | • Complément familial (CF) | • Avoir 3 enfants à charge de plus de 3 ans |
| | • Allocation de rentrée scolaire | • Pour les enfants de plus de 6 ans |
| | • Prime de déménagement | • Famille à partir du 3ᵉ enfant (du 3ᵉ mois de grossesse au dernier jour du mois qui précède ses 2 ans)<br>• Recevoir l'AL ou l'APL |
| | • Les aides au logement (AL) | • Voir page 474 |
| **Sans conditions de ressources** | • Allocations familiales (AF) | • Avoir au moins deux enfants à charge |
| | • Allocation de soutien familial (ASF) | • L'enfant doit être à la charge d'un seul parent |
| | • Allocation journalière de présence parentale (AJPP) | • Avoir un enfant malade dont l'état grave nécessite momentanément la présence d'un de ses parents auprès de lui |
| | • Allocation d'éducation de l'enfant handicapé (AEEH) | • Avoir un enfant avec un handicap de 80 %, ou de plus de 50 % nécessitant des soins de rééducation |
| | • Prestation de compensation du handicap (PCEH) pour la parentalité | • Être un parent handicapé et avoir besoin d'aide humaine et technique pour répondre aux besoins quotidiens de son enfant |

**Les prestations familiales** sont les aides en espèces allouées aux familles en raison de la charge d'un ou plusieurs enfants nés ou à naître. Elles sont principalement attribuées par la caisse d'allocations familiales et la caisse de mutualité sociale agricole. Pour les percevoir, vous devez les demander, compléter un imprimé, fournir les justificatifs nécessaires.

- Pour avoir droit à une ou des prestations, il faut résider en France et avoir à sa charge un ou plusieurs enfants résidant également en France. Il existe une exception à cette condition pour les travailleurs détachés à l'étranger. Les étrangers doivent posséder un titre de séjour justifiant de la régularité de leur séjour en France.
- Les enfants ouvrent droit aux prestations familiales jusqu'à la fin de l'obligation scolaire, soit 16 ans.
- Les prestations sociales sont exclues des revenus imposables.
- Le règlement de chaque prestation est mensuel.

**À savoir :** La revalorisation du montant des prestations est fixée chaque année au 1er avril. Toutefois, certaines prestations sont soumises à des plafonds annuels de ressources : dans ce cas, la revalorisation de ces plafonds a lieu chaque année au 1er janvier. En juillet 2022, les prestations ont été revalorisées de 4 % suite à la loi dite du « pouvoir d'achat ».

Les ressources prises en compte sont celles des revenus nets imposables des deux années antérieures soit, pour l'année 2022, les ressources de 2020 et, pour l'année 2023, celles de 2021.

Pour tous renseignements : www.caf.fr.

**À noter :** Les montants des prestations indiqués dans ce chapitre sont en vigueur jusqu'au 31 mars 2023, puis ils seront normalement revalorisés.

# La Prestation d'accueil du jeune enfant (Paje)

La Paje comprend :

- la prime à la naissance ou à l'adoption,
- l'allocation de base,
- la prestation partagée d'éducation de l'enfant,
- le complément de libre choix du mode de garde.

## La prime à la naissance ou à l'adoption

**Conditions**

- Avoir déclaré votre grossesse avant la fin de la 14e semaine et avoir adressé l'attestation médicale délivrée à votre caisse de sécurité sociale et à la CAF et joindre les formulaires de déclaration de situation et de ressources.
- S'il s'agit d'une adoption, l'enfant doit avoir été confié par un organisme ou une autorité étrangère agréés et avoir moins de 20 ans.
- Disposer d'un minimum de revenu annuel pour chacun des parents au moins égal à 5 594 €.

Les ressources perçues au cours de l'année 2020 ne doivent pas dépasser le plafond de revenus du tableau ci-dessous.

La prime est versée au cours du 7e mois de grossesse. En cas d'adoption, elle est versée au moment de l'arrivée de l'enfant au foyer des parents. La demande peut être faite en ligne.

| Enfants à charge | Un revenu | Deux revenus | Montant |
|---|---|---|---|
| 1 | 32 520 € | 42 978 € | À la naissance : 1 003,95 € |
| 2 | 32 520 € | 49 482 € | À l'adoption : 2 007,91 € |
| 3 | 46 829 € | 57 287 € | |
| Par enfant en plus | 7 805 € | | |

## L'allocation de base

**Conditions**

Avoir un enfant de moins de 3 ans.

Les ressources perçues au cours de l'année 2020 ne doivent pas dépasser le plafond de revenus ci-dessous.

L'allocation de base est versée le premier du mois civil suivant la naissance et jusqu'au mois précédent les 3 ans de l'enfant. Le montant est fonction des revenus.

| Enfants à charge | Revenus | Montant taux plein | Revenus | Montant taux partiel |
|---|---|---|---|---|
| 1 | 1 revenu : 27 219 € | 182 € | 1 revenu : 32 520 € | 91 € |
| 2 | 1 revenu : 32 663 € | 182 € | 1 revenu : 38 946 € | 91 € |
| 1 | 2 revenus : 35 971 € | 182 € | 2 revenus : 42 978 € | 91 € |
| 2 | 2 revenus : 41 415 € | 182 € | 2 revenus : 49 482 € | 91 € |

**Formalités**
Deux formulaires de la CAF doivent être complétés.
Pour la **prime à la naissance**, vous devez adresser à la CAF la déclaration de grossesse ou les photocopies de l'attestation d'adoption ou l'accueil en vue d'adoption.
Pour l'**allocation de base**, vous devez adresser une photocopie du livret de famille ou un extrait d'acte de naissance.
En cas d'**adoption**, l'allocation sera versée automatiquement si la famille perçoit la prime à la naissance.

## Le complément de libre choix du mode de garde (CMG)

Les parents qui ont recours aux services d'une assistante maternelle ou d'une auxiliaire familiale au domicile peuvent sous certaines conditions percevoir de la CAF ou de la MSA le complément de libre choix du mode de garde.
Ce complément consiste en la prise en charge partielle des cotisations sociales et de la rémunération de la personne engagée pour garder un enfant de moins de 6 ans. Pour les familles avec un enfant handicapé, une majoration de 30 % du complément est appliquée.

**Conditions**
- Avoir au moins un enfant de moins de 6 ans, né, adopté ou recueilli.
- Exercer une activité professionnelle.
- Pour les personnes non salariées, être à jour de ses cotisations vieillesse.
- Aucune condition financière : si le parent est handicapé et bénéficie de l'allocation pour adulte handicapé, s'il est au chômage et perçoit une allocation, s'il est bénéficiaire du RSA, ou si le couple est étudiant.
- Employer une assistante maternelle ou une auxiliaire familiale.

**À noter**
- La rémunération de l'assistante maternelle ne doit pas dépasser un plafond journalier maximum égal à 5 fois le Smic horaire, soit 43,24 € net pour l'année 2022. Pour la garde au domicile, l'employeur ne doit pas être exonéré des cotisations sociales dues.
- Une majoration de 10 % du montant du complément est appliquée si vous avez recours à un minimum de 25 heures de garde le dimanche, les jours fériés ou la nuit entre 22 heures et 6 heures.
- Le complément de libre choix (CMG) est donné par enfant lorsqu'il s'agit d'un accueil par une assistante maternelle, il est attribué par famille lorsqu'il s'agit d'un accueil individualisé au domicile. Il est possible de cumuler deux CMG si vous avez recours à une assistante maternelle et à une auxiliaire familiale au domicile.

Dans tous les cas, un minimum de 15 % du coût de la garde de l'enfant reste à votre charge.

**Formalités**
Vous devez compléter auprès de la CAF le formulaire de demande de CMG dès le premier mois d'accueil de l'enfant. S'il s'agit d'un accueil au domicile, vous devez joindre un relevé d'identité bancaire ou postal et l'autorisation de prélèvement (qui est jointe au formulaire). Elle sera transmise à votre CAF pour lui permettre le calcul et le paiement de votre aide mensuelle.

### CMG : nombre d'enfants, plafond de revenus, montants

| Enfants à charge | Revenus 2019 inférieurs à | Revenus 2019 ne dépassant pas | Revenus 2020 supérieurs à |
|---|---|---|---|
| 1 | 21 320 € | 47 377 € | 47 377 € |
| 2 | 24 346 € | 54 102 € | 54 102 € |
| 3 | 27 335 € | 60 827 € | 60 827 € |
| **Montants de l'aide mensuelle** | | | |
| Moins de 3 ans | 498,34 € | 314,24 € | 188,52 € |
| De 3 à 6 ans | 249,17 € | 157,12 € | 94,26 € |

Enfant gardé à l'extérieur par une assistante maternelle ou une garde à domicile

### CMG : prise en charge des cotisations sociales

| Garde au domicile | Assistante maternelle |
| --- | --- |
| La prise en charge partielle des cotisations sociales mensuelles est due selon un montant limité et variable suivant les ressources de la famille et l'âge des enfants<br>Abattement des charges patronales de 2 € par heure | Prise en charge complète des cotisations sociales dues pour chaque enfant gardé |

## La prestation partagée d'éducation de l'enfant (PREPARE)

Cette prestation est attribuée à l'un ou l'autre des parents qui cesse ou réduit son activité professionnelle pour s'occuper de son (ses) enfant(s). La demande ne doit être faite qu'à la fin du congé de maternité, paternité, adoption, maladie, accident du travail, car elle ne se cumule pas avec les indemnités versées pendant ces périodes. Toutefois, si vous avez un seul enfant à charge, les indemnités se cumulent pendant le 1er mois du versement de l'allocation PREPARE. La PREPARE ne se cumule pas non plus avec les indemnités de congés payés ni avec le complément familial.
À votre demande, vos allocations chômage peuvent être suspendues et reprises à la fin des droits à la PREPARE.

**Conditions**

- Avoir un enfant âgé de moins de 3 ans ou un enfant adopté de moins de 20 ans.
- Avoir cessé ou réduit son activité professionnelle.
- Avoir cotisé au moins 8 trimestres dans les :
  - 2 dernières années pour un premier enfant,
  - 4 dernières années pour un second enfant,
  - 5 dernières années pour un troisième enfant.

**La durée de versement**

Elle est allongée si les parents se partagent le temps de garde :

- pour un enfant, la durée est de 6 mois si les parents prennent le congé ensemble et de 12 mois (jusqu'au 1 an de l'enfant) s'ils le prennent successivement ;
- pour deux enfants et plus, la durée est de 24 mois si les parents prennent le congé ensemble ; elle dure jusqu'au mois précédant les 3 ans du plus jeune des enfants si les parents le prennent successivement.

La durée de versement est réduite du nombre de semaines qui ont été indemnisées au titre du congé de maternité. Toutefois, pour le premier enfant, le premier versement de la PREPARE est cumulable avec le dernier versement des indemnités journalières.

**La date de versement**

L'allocation est versée :

- le mois suivant la naissance, ou suivant la fin du congé de maternité ou paternité ;
- le mois de l'accueil ou de l'arrivée de l'enfant adopté au foyer.
- le premier jour du congé parental convenu avec l'employeur.

**Les familles d'au moins trois enfants**

Il leur est possible de demander à bénéficier de la PREPARE majorée. Son montant est de 690,13 € par mois. La durée du versement est de 8 mois si les parents prennent le congé ensemble, et va jusqu'au 1 an de l'enfant le plus jeune si le congé est pris successivement.

***Attention***

Le choix entre la PREPARE et la PREPARE majorée est définitif. Par ailleurs, si vous pouvez demander à bénéficier d'une PREPARE prolongée, vous devez remplir plusieurs conditions dont l'une est de ne pas dépasser le plafond de ressources en rapport avec le nombre d'enfants.

**Formalités**

Compléter le formulaire de la CAF.
Si les deux parents choisissent un arrêt simultané, deux formulaires doivent être complétés et adressés à la fin du versement des indemnisations de congé maternité, paternité, adoption ou maladie par la Sécurité sociale.

### Montants de la prestation selon le temps d'activité

| Temps d'activité | Montants |
| --- | --- |
| Arrêt complet de l'activité professionnelle | 422,21 € |
| Durée de travail inférieure ou égale à un mi-temps | 272,95 € |
| Durée de travail comprise entre 50 % et 80 % | 157,45 € |

# Les autres allocations

Le complément familial, la prime de déménagement, les aides au logement, l'allocation de rentrée scolaire, les allocations familiales sont soumises à des conditions de ressources. Les allocations de soutien familial, de présence parentale, d'éducation spéciale n'ont pas de conditions de ressources.

## Le complément familial (CF)

**Qui peut en bénéficier ?**
Les personnes résidant en France, quelle que soit leur nationalité, ayant ou non une activité professionnelle.

**Conditions**
Avoir au moins 3 enfants de 3 ans et plus, et ne pas bénéficier de la PREPARE.

**Durée de versement**
Le complément familial est versé à partir du 3e anniversaire de votre plus jeune enfant.
Le versement prend fin dès qu'il vous reste à charge moins de 3 enfants âgés de plus de 3 ans ou dès que vous bénéficiez de l'allocation de base de la Paje pour un nouvel enfant.

**Montant**
Le montant du complément familial varie selon les ressources de la famille, le montant minoré est de 182 € et celui du complément majoré est de 273,02 €.

**Formalité**
Vous devez fournir une attestation de ressources. Les ressources prises en compte sont celles de l'année 2020.

## La prime de déménagement

| Prime de déménagement | Montants |
|---|---|
| 3 enfants | 1 013,47 € |
| Par enfant supplémentaire | 84,46 € |

C'est une prime à laquelle vous pouvez prétendre si vous avez la charge d'au moins 3 enfants nés ou à naître et si vous vous installez dans un nouveau logement ouvrant droit aux allocations de logement (allocation de logement familial ou APL).
Votre emménagement doit avoir lieu entre le 4e mois de grossesse et le dernier jour du mois précédant celui du 2e anniversaire de l'enfant.

**Formalités**
Vous devez remplir un formulaire spécial et faire votre demande au plus tard 6 mois après la date du déménagement en fournissant à la CAF une facture acquittée d'un déménageur, ou des justificatifs de frais divers si vous avez effectué votre déménagement vous-même.

## Les aides au logement

Si vous payez un loyer, ou remboursez un prêt, ou si vous voulez accéder à la propriété pour votre résidence principale, et si vos ressources ne dépassent pas un certain plafond, vous pouvez bénéficier d'une des aides au logement suivantes : l'aide personnalisée au logement (APL), l'allocation logement (AL), l'allocation d'installation étudiante (Aline). Elles ne sont pas cumulables.

La plupart des conditions d'attribution sont identiques pour toutes ces prestations. L'APL est destinée à toute personne locataire d'un logement neuf ou ancien. L'AL concerne les personnes qui n'entrent pas dans le champ d'application de l'APL et qui ont des enfants (nés ou à naître), ou certaines autres personnes à charge ; ou forment un ménage marié depuis moins de 5 ans, le mariage ayant eu lieu avant les 40 ans de chacun des conjoints ; ou être étudiant. Les étudiants qui bénéficient d'Aline perçoivent ensuite l'AL.
Les APL sont recalculées chaque trimestre en tenant compte des revenus des 12 derniers mois.
Au 1er juillet 2022, les APL ont été revalorisées de 3,5 %.

## L'allocation de rentrée scolaire (ARS)

Cette allocation est destinée à aider les familles à faire face aux frais occasionnés par la rentrée.

**Conditions**
Chaque enfant inscrit dans un établissement scolaire public ou privé, à la charge de ses parents, qui a eu 6 ans avant le 1er février de l'année suivant celle de la

rentrée scolaire (ou sur présentation d'un certificat de scolarité si l'enfant a moins de 6 ans et a été admis en cours préparatoire) et qui a moins de 16 ans, ouvre droit à l'allocation.
Les **ressources** de la famille (en 2020) ne doivent pas dépasser un plafond de :

- 25 730 € pour un enfant ;
- 31 225 € pour deux enfants ;
- 37 080 € pour trois enfants ;
- et 5 855 € par enfant supplémentaire.

En cas de léger dépassement, une allocation à taux réduit est versée. Aucune allocation n'est versée si les revenus s'élèvent à 50 000 €.

**Formalité**
Si vous êtes déjà allocataires, vous n'avez aucune démarche à effectuer. Dans le cas contraire, vous devez remettre à votre CAF une déclaration de ressources et une déclaration de situation des prestations familiales et de logement.

**Attribution**
L'allocation est versée dès le mois d'août. Elle est étendue aux enfants de plus de 6 ans qui, souffrant de handicap, restent scolarisés à l'école maternelle.

**Montant**
Il est modulé en fonction de l'âge de l'enfant. Il est de 392,05 € entre 6 et 10 ans, 413,69 € pour les 11 à 14 ans, 428,02 € pour les 15 à 18 ans.

## Les allocations familiales (AF)

**Allocations familiales**

| Nombre d'enfants | Plafond de ressources 2020 | Montants |
|---|---|---|
| 2 | 93 399 € et plus | 34,96 € |
| | 70 074 € et plus | 69,92 € |
| | Moins de 70 074 € | 139,84 € |
| 3 | 99 238 € et plus | 79,75 € |
| | 75 913 € et plus | 159,50 € |
| | Moins de 75 913 € | 319 € |
| 4 | 105 077 € et plus | 124,54 € |
| | 81 750 € et plus | 249,08 € |
| | Moins de 81 750 € | 498,16 € |

En cas de résidence alternée, vous pouvez télécharger un dossier de demande sur le site www.caf.fr
Chaque parent reçoit la moitié de l'allocation.

**Conditions**

- Les allocations familiales sont versées à partir du deuxième enfant à charge.
- Ces enfants à charge doivent être soumis, s'ils ont moins de 6 ans, aux examens médicaux obligatoires.

**Formalités**
Si vous avez déclaré à votre CAF l'arrivée de votre 2e enfant, vous recevrez une déclaration de situation à compléter afin de percevoir les prestations. Si vous n'êtes pas déjà allocataire, retirez auprès de la CAF une déclaration de situation.

**Durée**
Les allocations familiales sont versées à compter du mois civil qui suit la naissance ou l'accueil d'un 2e enfant. Quand vous n'avez plus qu'un seul enfant ou aucun enfant à charge, les allocations sont interrompues à la fin du mois civil précédant ce changement de situation.
Les allocations familiales sont versées jusqu'à 20 ans si les enfants continuent leurs études.

- Le **montant** est modulé en fonction des ressources de la famille.
- La majoration pour enfant de plus de 14 ans est de 67,23 €, 33,62 €, ou 16,81 € selon les plafonds de revenus retenus.

## L'allocation de soutien familial (ASF)

Cette allocation est versée pour élever un enfant privé de l'aide de l'un ou de ses deux parents ou pour compléter une pension alimentaire fixée, dont le montant est faible.

Elle peut également être versée à titre d'avance en cas de pension alimentaire impayée par l'autre parent. La Caf engage alors une procédure de recouvrement pour récupérer la pension alimentaire auprès de l'autre parent (p. 485).

**Qui peut en bénéficier ?**
La personne qui assume la charge d'un enfant :
- elle en est la mère ou le père et elle vit seul(e) ;
- elle a recueilli cet enfant ; elle peut alors recevoir l'allocation de soutien familial même si elle vit en couple.

**À savoir :** l'allocation de soutien familial est supprimée en cas de mariage, de remariage, de concubinage ou de Pacs, sauf si vous n'êtes ni le père ni la mère de l'enfant que vous avez recueilli.

**Montant**
- Il est de 118,20 € par enfant à charge si vous élevez seul(e) votre enfant ;
- et de 168,87 € par enfant recueilli à charge d'une personne ou d'un couple en cas d'absence de ses deux parents.

## L'allocation journalière de présence parentale (AJPP)

| Allocation journalière de présence parentale | Montants |
|---|---|
| Personne seule ou couple/journée | 60,93 € |
| Personne seule ou couple/demi-journée | 30,47 € |

Revenu de substitution, l'allocation journalière de présence parentale est indissociable du congé de présence parentale (p. 465).

**Conditions**
Les salariés, les fonctionnaires, les demandeurs d'emploi indemnisés et les stagiaires rémunérés de la formation professionnelle peuvent bénéficier d'un congé de présence parentale et percevoir l'AJPP, si leur enfant est atteint d'une maladie, d'un handicap ou est victime d'un accident grave rendant indispensable la présence soutenue d'un parent et des soins contraignants.

**Formalités**
Vous devez déposer auprès de votre CAF une demande d'AJPP et le certificat médical détaillé sous pli confidentiel. Selon votre situation, vous joindrez soit une attestation de votre employeur précisant la date de début du congé, soit une déclaration sur l'honneur de cessation de versement des Assedic ou de cessation de formation rémunérée.
Une fois le droit ouvert, le bénéficiaire doit adresser chaque mois une attestation de son employeur indiquant le nombre de jours de congés qui ont été pris.

**Durée**
Il est possible de fractionner les périodes de congés et de bénéficier d'un nombre maximum de 310 jours de congés, soit 14 mois environ, au cours d'une période de 3 ans pour une même maladie, accident ou handicap. Par ailleurs, le nombre d'allocations mensuelles versées ne peut dépasser 22 allocations. Au delà de la période de 3 ans, l'AJPP peut être renouvelée pour la même maladie, si rechute, récidive ou nécessité de poursuivre les soins contraignants qui nécessitent votre présence.

**Montant**
Voir le tableau ci-dessus.
Un complément forfaitaire mensuel de 112,23 € pour frais, égal ou supérieur à cette somme, peut s'ajouter à l'allocation. Il est soumis à un plafond de ressources maximum. La demande s'effectue par une déclaration sur l'honneur en indiquant le montant des dépenses engagées en lien avec la maladie, le handicap ou l'accident.

**Cumul**
L'AJPP n'est pas cumulable avec les indemnités pour maternité, maladie, paternité ou adoption, pas davantage avec le complément du libre choix d'activité, le complément de l'allocation d'éducation de l'enfant handicapé, l'allocation pour adulte handicapé.

## L'allocation d'éducation de l'enfant handicapé (AEEH)

Les parents qui assument la charge d'un enfant en situation de handicap disposent de droits et de prestations spécifiques. L'allocation

d'éducation de l'enfant handicapé (AEEH) et ses compléments éventuels, ainsi que la prestation de compensation du handicap (PCH) sont des mesures de compensation soumises à une décision de la Commission des droits et de l'autonomie des personnes handicapées (CDAPH). Les cartes d'invalidité ou de priorité peuvent aussi être attribuées aux enfants.
Il est institué le droit à vie pour l'allocation d'éducation de l'enfant handicapé afin d'alléger les démarches répétées des parents dont les enfants ont un handicap qui n'est pas susceptible d'évoluer.
Lorsque l'enfant est accueilli au sein d'une structure d'accueil collective d'enfants, la famille bénéficie d'un taux de participation minoré.

**Conditions**
L'allocation est attribuée si l'enfant a une incapacité d'au moins 80 %, ou comprise entre 80 % et 50 %, s'il fréquente un établissement spécialisé ou si son état exige le recours à un service d'éducation spéciale ou de soins à domicile.

**Montant**
Allocation de base : 140,54 €.
Ce montant peut être majoré par un des six compléments qui prend en compte :
- le coût du handicap ;
- la cessation ou la réduction d'activité ; professionnelle de l'un ou l'autre des parents ;
- l'embauche d'une tierce personne rémunérée.

## La prestation de compensation du handicap (PCH) pour la parentalité

La PCH prend en compte les besoins liés à l'exercice de la parentalité des personnes handicapées. Elle leur reconnaît ainsi des besoins en aide humaine, par exemple pour s'occuper de leur enfant en bas âge, le laver, l'habiller, lui faire à manger, etc. La PCH prend également en compte la nécessité d'aides techniques car le matériel pédiatrique (table à langer, baignoire, poussette, etc.) doit être adapté pour pallier le handicap.
Pour couvrir ces coûts, deux forfaits ont été mis en place :
- Le forfait lié au besoin d'**aide humaine** est de 900 € maximum par mois jusqu'aux 3 ans de l'enfant, puis de 450 € par mois dès 3 ans jusqu'à son 7e anniversaire. S'il s'agit d'un parent qui élève seul son enfant les forfaits sont de 1 350 € et de 675 €.
- Le forfait lié aux **aides techniques** est de 1 400 € versés à la naissance, puis de 1 200 € versés aux 3 ans de l'enfant, et de 1 000 € versés aux 6 ans de l'enfant. Après les 6 ans de l'enfant les versements s'arrêtent.
- Lorsque les deux parents sont handicapés, ils bénéficient chacun de l'aide à **l'accompagnement** en aide humaine.

Lorsqu'il y a plusieurs enfants, le parent ne perçoit qu'une seule aide correspondant au forfait accordé pour le plus jeune de ses enfants. Un seul forfait d'aide humaine est accordé pour les jumeaux.
Le parent bénéficiaire de la PCH percevra automatiquement l'aide technique depuis la naissance de l'enfant. La demande d'aide humaine doit en être faite par le parent auprès de la Maison départementale des personnes Handicapées (Mdeph) de son domicile.

## L'assurance vieillesse du parent au foyer (AVPF)

La Caisse d'allocations familiales, sous conditions, affilie gratuitement à l'AVPF et assure la continuité dans la constitution des droits à la retraite des personnes qui cessent ou réduisent leur activité professionnelle pour s'occuper d'un ou plusieurs enfants ou d'un enfant handicapé.
La personne au foyer doit percevoir au moins l'une des allocations suivantes : l'allocation de base, l'allocation journalière de présence parentale, le complément familial, la prestation partagée d'éducation de l'enfant.
Le revenu professionnel et les ressources de la famille ne doivent pas dépasser un plafond. Les conditions sont également variables si le parent élève le ou les enfant(s) seul ou en couple, si le conjoint travaille à temps plein ou à temps partiel. La condition de ressources de la famille n'est pas prise en compte si vous assumez dans votre foyer la charge d'un enfant handicapé ou si vous vivez en couple et percevez l'AJPP.

**Prolongement du versement des prestations familiales** pendant une période de 3 mois suite au décès d'un enfant qui reste administrativement à la charge des parents.
Les prestations concernées sont les allocations familiales, le complément familial l'allocation de l'enfant handicapé et son éventuel complément, la PREPARE, l'allocation de base de la PAJE, l'allocation de soutien familial, l'allocation de rentrée scolaire si le décès survient après le 1er juin.
Une allocation forfaitaire aide aux dépenses liées au décès, dont le montant s'élève à 1 059,80 € ou 2 119,54 € selon les ressources de sa famille.

# Les prestations de l'aide sociale

## L'aide sociale à l'enfance (ASE)

L'aide sociale à l'enfance est un service du département. Sa mission consiste à apporter un soutien matériel, éducatif et psychologique aux enfants mineurs et à leur famille, lorsqu'ils sont confrontés à des difficultés médicales, sociales ou financières.
Chaque département organise librement son service ; c'est pourquoi celui-ci dépend d'une direction qui a une appellation différente selon les départements (direction de la solidarité, direction de la prévention, direction de l'action sociale, etc.). Plusieurs services participent aux missions de l'aide sociale à l'enfance : le service spécifique de l'aide sociale à l'enfance, le service social départemental, la protection maternelle et infantile (PMI).
L'aide sociale peut proposer aux parents :

- une aide à domicile : elle comprend l'intervention d'une technicienne de l'intervention sociale et familiale (TISF) ou d'une aide ménagère ;
- une aide financière attribuée à la mère ou au père dont les ressources s'avèrent insuffisantes, soit sous la forme d'un secours exceptionnel, soit d'une allocation mensuelle, à titre définitif ou remboursable ;
- l'aide sociale à l'enfance peut prendre à sa charge, sur décision du président du Conseil général, l'accueil de futures mères et de mères avec jeune(s) enfant(s) dans des établissements publics ou privés conventionnés.

## Le revenu de solidarité active (RSA)

Le RSA garantit un revenu minimum aux personnes privées d'emploi et apporte un complément de revenu à celles en situation d'emploi précaire et disposant de revenus trop faibles pour assurer leur charge de famille. La demande peut être faite en ligne en téléchargeant le formulaire cerfa 15481.

**Conditions**
La personne doit être âgée de 25 ans ou assumer la charge d'un ou plusieurs enfants nés ou à naître. Elle doit, quelle que soit sa nationalité, résider de manière stable et effective en France. Les ressortissants européens doivent remplir les conditions exigées pour obtenir un titre de séjour. Les autres ressortissants étrangers doivent être en possession d'un titre de séjour d'au moins 5 ans les autorisant à travailler.
Le RSA jeune est destiné aux jeunes de 18 à 25 ans qui peuvent justifier de 3 214 heures d'activité au cours des 3 années précédant la date de la demande. Sont exclus du dispositif : les étudiants ou stagiaires, les personnes en congé parental, sabbatique ou sans solde, ou qui ont choisi de se mettre en disponibilité.

**Attribution**
Le RSA relève de la compétence du département dans lequel le demandeur réside ou a élu domicile. Le dépôt de la demande peut s'effectuer auprès du département, de la mairie, de la caisse d'allocations familiales, de la caisse de mutualité sociale agricole, des associations agréées ou de l'agence Pôle emploi.

**Droits et devoirs des bénéficiaires**
Le bénéficiaire dispose d'un droit d'accompagnement social et professionnel adapté. En retour, il doit occuper un emploi proposé, ou rechercher un emploi, ou entreprendre les démarches nécessaires à la création de sa propre activité, ou s'engager dans des actions d'insertion.

### Montant du RSA

| Nombre d'enfants | Allocataire seul | Allocataire en couple | Famille monoparentale |
|---|---|---|---|
| Sans | 595,54 € | 897,82 € | 768,60 € |
| 1 | | 1 077,38 € | 1 024,80 € |
| 2 | | 1 256,94 € | 1 281 € |
| Par enfant en plus | | 239,42 € | 246,29 € |

De ce montant doit être déduit le forfait logement – si hébergé à titre gratuit – qui s'élève à 69,06 € pour une personne seule, 138,12 € pour deux personnes et 170,93 € pour trois personnes ou plus. La PCH et l'AJPA (Allocation journalière du proche aidant) ne sont pas retenues dans le calcul du RSA.

# Crèches, assistantes maternelles, aides familiales...

Dans cette rubrique, vous trouverez des renseignements pratiques à propos des différents modes de garde de l'enfant : comment trouver une assistante maternelle ? Qu'est-ce qu'une crèche parentale ? Dans quel cas faire appel à une aide familiale ? Etc.

## Crèches, haltes-garderies...

Les différents modes de garde collectifs ont pour mission de veiller à la santé, à la sécurité, au développement et au bien-être des enfants qui leur sont confiés. La prise en charge des enfants est assurée par une équipe pluridisciplinaire composée notamment d'éducateurs de jeunes enfants, d'auxiliaires de puériculture, sous la direction d'un médecin, d'une puéricultrice. Leur gestion relève des collectivités territoriales, principalement les communes, ou d'associations (loi 1901). Pour avoir des adresses, demandez à votre mairie : elle vous indiquera les coordonnées des différents services (sociaux, PMI, associations) qui les connaissent.

Les **crèches collectives** reçoivent un maximum de 60 enfants de 2 mois ½ à 3 ans. Elles sont conçues et aménagées pour recevoir de façon régulière des jeunes enfants. Elles regroupent les crèches de quartier et de personnel, et les crèches parentales.

- Les **crèches de quartier**, proches du domicile des parents, ont une capacité d'accueil limitée à 60 places. Elles sont ouvertes de 8 à 12 heures par jour, fermées la nuit, le dimanche et les jours fériés.
- Les **crèches d'entreprises** accueillent les enfants du personnel d'une ou de plusieurs entreprises ou établissements publics (mairie, hôpitaux). Elles sont régies par l'employeur. Elles sont implantées sur le lieu de travail ou situées à proximité. Une partie de leurs places peut être ouverte aux enfants du quartier.
- Les **crèches parentales** sont gérées par les parents, regroupés en association et qui s'occupent à tour de rôle des enfants, avec le soutien d'un personnel qualifié. La capacité d'accueil de la crèche est de 20 places (exceptionnellement de 25 places). Leurs locaux doivent être conformes aux règlements de sécurité et permettre une surveillance des enfants. Vous pouvez vous renseigner auprès de l'association des Collectifs enfant parents professionnels, tél. : 01 44 73 85 20, ou sur leur site www.acepp.asso.fr.
- Les crèches à vocation d'**insertion professionnelle** : en accueillant leurs enfants, elles permettent aux parents sans emploi d'être accompagnés vers l'emploi ou la formation.
- Les **haltes-garderies** accueillent ponctuellement les enfants de moins de 3 ans. Elles offrent des temps de rencontre et d'activité communs avec d'autres enfants, les préparant progressivement à l'entrée à l'école maternelle. On distingue les haltes-garderies traditionnelles offrant au maximum 60 places et les haltes-garderies parentales de taille limitée à 20 ou 25 places.
- Le **jardin d'enfants** reçoit pendant la journée des enfants âgés entre 2 ans et 6 ans. Son fonctionnement se situe à mi-chemin entre la crèche collective et l'école maternelle. Les activités pédagogiques sont réalisées par un personnel qualifié, notamment par des éducateurs de jeunes enfants et des auxiliaires de puériculture. Certains jardins d'enfants accueillent des enfants ayant un handicap. Les enfants âgés de 3 à 6 ans peuvent suivre leur scolarité en jardin d'enfants. Pour trouver des adresses, consultez le site de la CAF.
- Les **crèches familiales**, ou services d'accueil familial, regroupent des assistantes maternelles agréées qui accueillent les enfants à leur domicile. Elles sont supervisées et gérées comme les crèches collectives. Les assistantes maternelles qui y travaillent sont rémunérées par la collectivité locale ou l'organisme privé qui les emploie.
- Les **structures « multi-accueil »** proposent différents modes d'accueil des enfants de moins de 6 ans au sein d'une même structure : ce peut être des places d'accueil régulier de type crèche ou jardin d'enfants, des places d'accueil occasionnel de type halte-garderie ou des places d'accueil polyvalent utilisées tantôt à l'accueil régulier, tantôt à l'accueil occasionnel. Elles sont gérées soit par les collectivités territoriales soit par les parents.
- Le **service d'accueil familial**, encore appelé crèche familiale, emploie des assistantes maternelles agréées qui gardent à leur domicile jusqu'à 4 enfants âgés de moins de 4 ans. L'ouverture d'une crèche familiale dépend d'une autorisation délivrée par le président du conseil départemental après avis des services de la PMI.

Ce service peut être géré par une collectivité territoriale, une entreprise, une association ou une mutuelle. Il est dirigé par une puéricultrice, un médecin ou un éducateur de jeunes enfants. Ceux-ci assurent l'encadrement et l'accompagnement professionnel des assistantes maternelles. Plusieurs fois par semaine, les assistantes maternelles se rendent dans les locaux du service d'accueil afin de favoriser les échanges et la socialisation des enfants qu'elles accueillent.

En ce qui concerne la participation financière, il faut vous renseigner directement auprès du service d'accueil familial retenu et vous informer sur l'option qu'il a choisie : soit une aide destinée à couvrir une partie des frais de fonctionnement qui lui est versé par la CAF, soit un financement reposant sur le complément du libre choix du mode de garde (vous le percevez et votre participation sera calculée selon des modalités propres au service d'accueil).

- Les **maisons d'assistantes maternelles** accueillent les enfants dans une maison extérieure à leur domicile. Elles répondent à la demande d'accueil des jeunes enfants en milieu rural et avec des horaires atypiques.
- **L'accueil des enfants de moins de 3 ans** est également assuré dans les écoles maternelles des réseaux d'éducation prioritaire. Ce sont les CAF qui proposent à la famille la possibilité de scolariser leur enfant et les incitent à prendre contact auprès du service scolaire de leur mairie en vue de l'inscription. Les besoins de chaque enfant accueilli sont identifiés afin qu'il puisse bénéficier du protocole « une entrée sécurisée en CP ».
- L'association **Écolo-crèche** a créé le premier label « Écolo crèche » dont l'objectif est de réduire l'impact des crèches sur l'environnement, tout en améliorant la qualité de vie des enfants et des équipes. Pour y parvenir, elle aide les structures à améliorer leurs pratiques en matière d'alimentation des enfants, d'activités qui leur sont offertes, de limitation des polluants de l'air et des surfaces, de réduction des déchets. Des résultats positifs ont été enregistrés (www.ecolo-creche.org).

## Les assistantes maternelles

Pour trouver une assistante maternelle agréée, vous devez vous adresser à votre mairie qui vous orientera vers les services compétents (sociaux, PMI, associations). Les Ram (Relais assistantes maternelles) pourront aussi vous guider dans cette recherche. Ce sont des lieux d'échanges et de médiation entre les parents et les assistantes maternelles. Ils offrent également aux parents de nombreuses informations, notamment d'ordre juridique.
L'assistante maternelle assure à son domicile l'accueil d'un ou plusieurs enfants âgés de 2 semaines à 6 ans contre rétribution ; le nombre d'enfants accueillis ne peut dépasser 4, y compris son propre enfant de moins de 3 ans. Elle est agréée par le département de sa résidence. Elle a pour mission d'assurer les soins d'hygiène, l'alimentation, la sécurité de l'enfant, et de contribuer à son développement et à l'apprentissage du langage avant l'entrée à l'école maternelle.
**Avant d'accueillir un premier enfant**, l'assistante maternelle doit être agréée par le président du conseil départemental de sa résidence, avoir reçu une initiation aux gestes de secours et à la prévention des violences éducatives ordinaires et avoir validé les épreuves de la première partie (soit 80 heures) de la **formation** de 240 heures du CAP *Accompagnant éducatif petite enfance*. La formation devra être complétée de 40 heures dans un délai maximum de 3 ans à compter de l'accueil du premier enfant.
**Le nombre d'enfants** accueillis ne peut dépasser 4, y compris son enfant de moins de 3 ans. L'agrément est délivré pour une durée de 10 ans sous réserve d'avoir suivi la formation.
**Le salaire** est fixé par la convention collective du travail des assistantes maternelles du particulier employeur. Il ne peut être supérieur à 41,25 € net par jour, au risque de perdre pour les parents le bénéfice de la prestation du libre choix du mode de garde.
Il faut ajouter au salaire de base, les indemnités d'entretien d'un montant minimum de 3,39 € pour un accueil par jour de 9 heures et le coût des repas (environ 4,85 € par jour). Le salaire est calculé selon le type d'accueil, régulier ou pas, à l'heure ou au mois, sur l'année complète ou incomplète. Le montant est majoré au-delà de 45 heures de garde par semaine. Si vous souhaitez trouver des exemples de rémunérations, consultez le site internet : www.assistante-maternelle.biz
Le **contrat de travail** doit être écrit et répond à des normes précises tant dans la présentation que dans son contenu. Afin de vous aider dans sa rédaction, voyez le modèle annexé à la convention.
Enfin, l'assistante maternelle doit être affiliée à la Sécurité sociale et avoir souscrit une assurance responsabilité civile pour les dommages causés ou subis par les enfants confiés. Lors de la fin de contrat de l'assistante maternelle, les parents devront en effectuer la déclaration à Pajemploi.

## Autres modes d'accueil familiaux

### La garde à domicile par une auxiliaire familiale

L'auxiliaire se consacre à l'éveil et au bien-être de l'enfant, elle l'accompagne à son rythme et en toute sécurité. L'auxiliaire assure toutes les tâches relatives aux soins courants et à l'hygiène de l'enfant : repas, change, toilette, sieste, rangement et nettoyage du matériel de puériculture. L'auxiliaire familiale peut être recrutée directement par les parents, ou en ayant recours à une association ou une entreprise agréée. Dans ces derniers cas, l'association doit être agréée par le conseil départemental et l'entreprise, par le préfet.

### La garde individualisée partagée à domicile

Il s'agit de la même forme de garde pour l'enfant mais, dans ce cas, les parents ont fait le choix de partager avec une autre famille l'activité de leur auxiliaire familiale. La garde s'effectue en alternance chez l'une et l'autre famille. Les tâches réalisées ne sont pas obligatoirement les mêmes dans chacune des maisons et elles sont adaptées à l'âge des enfants. L'avantage pour les familles est le partage par moitié du coût de la garde et pour les enfants d'être à deux

plutôt que seul. Ce mode de garde exige en revanche, une entente entre les deux familles, des horaires similaires et une proximité géographique.
Pour toute question sur l'emploi direct à domicile, vous pouvez consulter : www.particulieremploi.fr

**L'employée polyvalente**
La garde de l'enfant est assurée par une employée qui a aussi en charge l'entretien de la maison de la famille.

L'activité de ces trois professionnelles relève de la convention nationale collective du secteur des particuliers employeurs et de l'emploi à domicile. Les questions-réponses les plus fréquentes sur cette convention entrée en vigueur en 2022 (identifiée avec le n°IDCC3239) peuvent être consultées sur www.code.travail.gouv.fr

***À noter***

Vous devez respecter des salaires minimaux en fonction du niveau de la mission effectuée par votre employée et lui notifier sur son bulletin de salaire avant le 30 septembre sa classification parmi les 21 emplois repères. Lorsqu'il s'agit d'une garde d'enfants partagée, chacune des familles est employeur, donc chacune doit notifier la classification. Pour vous aider dans vos démarches vous pouvez adhérer à la Fepem.

**Le jeune stagiaire au pair**
La jeune fille ou le jeune homme au pair – ou jeune stagiaire familial – est une solution possible pour garder un enfant à temps partiel.
La famille doit immatriculer le jeune à la Caisse de Sécurité sociale du lieu de résidence et le déclarer à l'Urssaf comme employé de maison. Elle prend en charge les frais de transport pour se rendre à ses cours.

- L'emploi d'un jeune au pair ne permet pas de bénéficier de la réduction ou du crédit d'impôts pour emplois familiaux, ni de la Paje.
- Pour toute information, consultez le site : www.servicepublic.fr

## Accueils à temps partiel ou occasionnels

Quelle que soit la situation professionnelle des parents, les enfants jusqu'à 6 ans peuvent être confiés en dehors du temps scolaire (mercredi) et pendant les vacances scolaires aux **centres de loisirs sans hébergement** (CLSH). Ces centres proposent des activités de loisirs dans le cadre d'un projet éducatif. Ils disposent de locaux conformes aux normes de sécurité, offrent des horaires fixés par les responsables et disposent d'un encadrement dont la qualification BAFA ou BAFD varie en fonction de l'effectif d'enfants.
Les **centres de loisirs associés à l'école** (Claé) proposent un accueil périscolaire. Ils sont situés à proximité ou dans l'école maternelle. Ils sont sous la responsabilité de la commune. Ils peuvent bénéficier d'une supervision du chef d'établissement et peuvent être habilités CLSH.

## Modes d'accueil exceptionnels et aides particulières

- Les **pouponnières** sont des structures d'accueil de jour et de nuit de l'enfant de moins de 3 ans.
  Il existe deux types de pouponnières :
  – les pouponnières sociales ont pour fonction de suppléer les parents en difficulté et soutenus par l'aide sociale à l'enfance ;
  – les pouponnières sanitaires ont pour fonction la prise en charge thérapeutique de l'enfant malade (prématurité, retards divers importants).
- Lorsque les parents rencontrent des difficultés en lien avec la naissance, ils peuvent être aidés :
  – les **techniciennes de l'intervention sociale** et familiale à domicile (TISF) ont pour fonction de relayer ou de seconder la mère de famille dans les tâches quotidiennes du foyer, lorsque celle-ci se trouve dans l'incapacité momentanée de les effectuer (maternité par exemple). En général, l'intervention de ces personnes est limitée (1 à 2 semaines en moyenne) mais elle peut durer plus longtemps dans des cas particuliers ;
  – les **aides ménagères** interviennent pour assurer les travaux ménagers que la mère de famille ne peut assurer momentanément, si la situation ne justifie pas la présence d'une travailleuse familiale. Les aides ménagères viennent 1 ou 2 jours par semaine ou par demi-journée.

Le coût de l'intervention est pris en charge, en partie, par la CAF ; la participation familiale dépend du revenu et du nombre d'enfants.

## Les dépenses pour l'accueil de l'enfant

Les dépenses pour la garde de l'enfant vont dépendre du choix du mode de garde, des ressources et du nombre d'enfants de la famille ; elles vont dépendre également des diverses aides de la CAF, des collectivités locales, de l'État, et éventuellement des employeurs. Quel que soit le mode de garde choisi, vous bénéficierez de l'aide de l'État sous la forme d'un avantage fiscal. Voyez les tableaux de la page suivante.

## Les dépenses selon le mode d'accueil

| Mode d'accueil | Assistante maternelle | Garde à domicile | Crèche collective |
|---|---|---|---|
| Salaire ou participation financière | Dépend de la convention des assistantes maternelle et maximum 43,24 € net journalier pour bénéficier du complément mode de garde, minimum 2,48 € net/heure | Variable et fonction de la convention du particulier employeur. Salaire horaire minimum 10,88 € net avec 10 % congés payés | Variable en fonction des ressources, de la composition de la famille et du quotient familial référé au barème national |
| Congés payés | Paiement en une fois en juin, ou à la prise des congés principaux, ou à chaque prise de congés | 10 % du salaire | |
| Indemnité d'entretien | Ne peut être inférieure à 3,55 €/jour pour 9 heures d'accueil | Indemnité abonnement transport public | |
| Coût des repas | Environ 4,85 €/jour | | |
| Cotisations sociales | Pas de cotisation si le salaire ne dépasse pas 43,24 € net/jour | Déduction partielle des cotisations | |
| Part restant à la charge des parents | 15 % minimum | 15 % minimum | 15 % minimum |

## AIDES FINANCIÈRES POUR L'ACCUEIL DE L'ENFANT

Vous pouvez bénéficier de deux aides financières : celle de la Caf ou de la MSA ; et l'aide de l'État sous la forme d'un crédit d'impôt ou d'une réduction d'impôt. Voyez le tableau ci-dessous. Certaines entreprises ou le CCAS (Comité d'action sociale) accordent une aide dont le montant est plafonné à 1 830 € par an et non imposable. Ce montant est doublé si les 2 parents travaillent dans la même entreprise. Des aides financières locales communales ou départementales existent également (1).

## Les aides financières selon le mode d'accueil

| Nature de l'accueil | Aides de la CAF ou MSA | Aides de l'État (avantage fiscal) |
|---|---|---|
| **Employeur direct d'une garde au domicile** | • Prise en charge partielle du salaire de l'employée (CMG*)<br>• Prise en charge partielle des cotisations sociales :<br>– enfant de – de 3 ans : 50 % dans la limite de 498,34 € par mois ;<br>– enfant entre 3 et 6 ans : 50 % dans la limite de 249,17 € par mois ;<br>– Abattement des charges sociales de 2 € par heure travaillée uniquement calculée sur la part des cotisations non prises en charge par votre CAF. | • Crédit ou réduction (2) d'impôt<br>Maximum : 50 % des dépenses engagées avec un plafond de 13 500 € majoré à 16 500 € la première année<br>• Limite de 7 500 € par famille<br>8 250 € la première année d'imposition avec cet avantage.<br>• Les aides dont le particulier a bénéficié (aide de son entreprise) doivent être déduites des dépenses engagées. |
| **En ayant recours à une entreprise agréée** | Mêmes avantages que ci-dessus mais obligation de 16 h de garde mensuelle | Même avantage fiscal que ci-dessus |
| **Employeur direct d'une assistante maternelle** | • Prise en charge partielle du salaire de l'assistante maternelle (CMG*) avec possibilité de tiers payant<br>• Prise en charge totale des cotisations sociales | Crédit d'impôt (3) : 50 % des dépenses engagées dans la limite d'un plafond de 2 300 € par enfant.<br>• Maximum 1 150 € par enfant<br>• Si résidence alternée<br>maximum 575 € par enfant |
| **Crèche collective** | Versement d'une aide au gestionnaire (PSU) si l'établissement applique le barème national des participations familiales fixé par la CAF | Crédit d'impôt dans les mêmes conditions que pour l'accueil par une assistante maternelle |

* CMG : complément de mode de garde (p. 472)

(1) Pour percevoir ces aides, vous devez répondre à certaines conditions et remplir diverses formalités qui varient en fonction du mode d'accueil choisi. Renseignez-vous auprès de votre entreprise ou de votre CCAS.

(2) Conditions pour bénéficier du crédit d'impôt : exercer une activité professionnelle ou être inscrit comme demandeur d'emploi durant 3 mois au moins au cours de l'année du paiement des dépenses de garde de l'enfant. Si vous n'êtes pas imposable, le crédit d'impôt vous est remboursé.

(3) Le taux de prélèvement à la source ne le prend pas en compte. Voyez avec votre centre des impôts pour les remboursements, soit sous la forme de 2 acomptes, soit l'intégralité à l'été suivant, selon l'année où la garde a débuté.

**Le tiers payant pour le complément du mode de garde**
Le complément du mode de garde peut être versé directement par la CAF à l'assistante maternelle, sous condition que la famille, la CAF et l'assistante maternelle signent préalablement une convention dite du CMG tiers payant. Cela réduit d'autant le montant à régler par la famille.

**Le coût de l'accueil de la crèche**
Le parent paye à la crèche une participation financière qui varie en fonction de ses ressources et de sa situation familiale.

**Paiement des frais de garde**
Quel que soit le mode de garde choisi, auxiliaire familiale, assistante maternelle ou structure apparentée à la crèche collective, vous pouvez payer les frais de garde par virement, en espèces ou avec un chèque emploi service universel (Cesu). Avec le Cesu, l'employeur n'est pas tenu de délivrer un bulletin de paye. Le Cesu préfinancé permet d'acquitter la rémunération des salariés du particulier employeur ou des assistantes maternelles ainsi que les cotisations et contributions sociales. Pour tout renseignement : www.cesu-urssaf.fr

- Si vous êtes particulier employeur, vous n'êtes pas concernés par l'obligation de souscrire une complémentaire santé collective pour votre employé(e). Vous devez prendre en charge une partie du prix de l'abonnement des transports publics que votre salarié(e) a souscrit pour ses déplacements entre son domicile et le vôtre.
- Un dispositif simplifié des rémunérations a été mis en place ; celui-ci permet aux employeurs de déléguer le paiement de leurs salariés à l'organisme de recouvrement mandaté (Pajemploi ou Cncesu), sous réserve de l'accord écrit et préalable du salarié.

**La fiscalisation du salaire de l'assistante maternelle et de l'employé à domicile**
Le salaire des assistantes maternelles et employés à domicile est soumis à la retenue à la source de l'impôt sur le revenu. Vous devez, dans le cas d'imposition de leur salaire, soit en confier le paiement à Pajemploi, *via* le service Pajemploi+, soit verser vous-même le salaire net après impôts.

## Réponses à d'autres questions

**Vous allaitez votre enfant, pouvez-vous bénéficier d'une réduction horaire ?**
Vous pouvez bénéficier, dans l'année qui suit la naissance, d'une réduction d'une heure par jour, non rémunérée, répartie en périodes de trente minutes le matin et trente minutes l'après-midi. Une convention ou un accord collectifs, un usage, peuvent modifier cette répartition, ou prévoir une réduction d'horaire plus importante.

**Pouvez-vous vous absenter pour soigner votre enfant malade ?**
Voyez page 467 « Les congés particuliers » et « Le congé de présence parentale ».
Par ailleurs, il est possible de travailler à temps partiel, pour une durée d'un an maximum (4 mois au minimum renouvelables deux fois) : en cas de maladie, accident ou handicap graves d'un enfant à charge (et en âge d'ouvrir droit aux prestations familiales).

**En cas de résidence alternée, qui va percevoir les prestations familiales ?**
Depuis la mise en place de la résidence alternée, il existe un partage possible des allocations familiales. Les parents peuvent, selon leur choix, partager les allocations familiales ou choisir celui qui les percevra en totalité. La demande se fait au moyen d'un formulaire spécifique de la CAF, à remplir accompagné des justificatifs demandés (jugement de divorce, etc.). Pour bénéficier de cette possibilité, il faut avoir au moins deux enfants rattachés à son foyer. Si l'un des parents n'a qu'un seul enfant concerné par la résidence alternée, il ne pourra obtenir le versement des allocations. Si l'autre parent a reconstitué une famille avec d'autres enfants, c'est lui qui percevra la totalité des allocations.

**Assurances et modes de garde**
- La souscription d'une assurance responsabilité civile professionnelle est obligatoire pour les assistantes maternelles. Les parents doivent lui demander un justificatif. Les dommages causés ou subis par l'enfant ou l'assistante maternelle sont pris en charge. Lorsque l'assistante maternelle est employée par une crèche, elle se trouve assurée par la crèche.
- La crèche, qu'elle soit associative, privée, municipale, doit souscrire une assurance de responsabilité civile. Elle prend en charge les dommages subis par l'enfant sauf s'il se blesse seul et qu'aucune faute ne peut être retenue à l'encontre du professionnel.
- L'assurance scolaire est obligatoire pour les activités facultatives (sorties, séjours, etc.), pas pour les activités scolaires obligatoires ; mais elle est vraiment conseillée car la distinction entre les deux catégories n'est pas très claire.

Quel que soit le mode de garde auquel vous confiez votre enfant, il est recommandé de souscrire pour lui une assurance garantie individuelle accidents, tant pour les dommages qu'il pourrait produire que pour ceux dont il pourrait être victime.

**www.mon-enfant.fr**
Ce site, créé par la CAF, regroupe les informations sur les solutions d'accueil du jeune enfant (crèche, microcrèche, multi-accueil, assistante maternelle, etc.).

# Le rôle de la PMI

La PMI (Protection maternelle et infantile) est un service départemental à la disposition des familles. Elle exerce des missions variées dans le champ de la prévention.

## Les missions de la PMI

En matière de protection maternelle, elle réalise des consultations prénatales et postnatales. Elle concourt à la prévention de la prématurité, elle contribue à la préparation à la naissance et à la parentalité en favorisant la mise en contact avec les maternités.
Concernant la protection infantile, elle assure des consultations médicales et donne des conseils de puériculture pour les enfants de moins de 6 ans ; elle réalise les bilans dans les écoles maternelles.
Elle intervient dans le repérage des troubles du développement le plus tôt possible pour pouvoir proposer un accompagnement adapté.
Elle participe aux missions de protection de l'enfance et prend en charge des mineurs en danger.
En matière de planification familiale, elle assure des consultations de contraception, de dépistage des infections sexuelles transmissibles et des actions d'éducation à la vie affective ; elle participe aux interruptions volontaires de grossesse.

## L'équipe des proffessionnels de la PMI

Pour réaliser ces missions, la PMI s'appuie sur une équipe pluridisciplinaire qui comprend généralement :

- **Un médecin** qui reçoit en consultation préventive et de dépistage. Il suit et s'assure du bon développement de l'enfant. Il peut réaliser les vaccinations obligatoires.
- **Une sage-femme** qui prend en compte les besoins en rapport avec la grossesse ; elle peut ainsi assurer l'entretien prénatal, la préparation à la naissance et à la parentalité, la visite post-natale et la rééducation périnéale, etc.
- **Une infirmière puéricultrice** qui répond aux interrogations des parents sur la vie quotidienne du bébé, son sommeil, son couchage, sa sécurité, l'allaitement. L'infirmière puéricultrice peut les rencontrer à domicile.
- **Une auxiliaire de puériculture** qui accueille les parents, répond à leurs questions et les oriente si besoin vers le professionnel adapté à leurs demandes.
- **Une psychologue** qui offre une écoute, un soutien ou un accompagnement psychologique dans la relation avec l'enfant tout au long de son développement. Elle propose aussi son aide dans différents domaines, comme le sommeil, l'alimentation, l'acquisition du langage et de l'autonomie.

**À noter :** le centre de PMI n'est pas un centre de soins ni de traitement. Le jour où votre enfant sera malade, vous devrez vous mettre en rapport avec un autre médecin. Le carnet de santé fera le lien entre le centre et le médecin que vous serez amené à consulter.

# La prévention des noyades

Deux dispositifs ont été mis en place sous la forme de leçons gratuites de natation pour les enfants âgés de 4 à 12 ans.
**Aisance aquatique de 4 à 6 ans.** L'enfant évolue au sein d'un groupe de 10 enfants maximum. L'apprentissage consiste en 8 séances de 40 à 45 minutes dans l'eau. Le stage se déroule sur une ou deux semaines pendant le temps scolaire (classe bleue) ou péri et extrascolaire (stage bleu).
**J'apprends à nager de 6 à 12 ans.** Au sein d'un groupe de 15 enfants maximum, l'apprentissage consiste en 10 séances gratuites dispensées par un professionnel de la Fédération Nationale de Natation. Les séances ont lieu pendant les vacances scolaires, les fins de semaine ou lors de temps périscolaire. À la fin du stage il peut être délivré le diplôme de la FNN.
Pour inscrire l'enfant à l'un ou l'autre de ces stages, un certificat médical est demandé.
Vous pouvez consulter la liste des établissements proposant ces dispositifs sur le site : Aide-sociale.fr, rubriques *Aisance aquatique, J'apprends à nager.*
Ces dispositifs s'adressent en priorité aux enfants résidant dans les quartiers de la politique de la ville (QPV) et dans les zones de revitalisation rurales (ZRR).

# Être seul(e) pour élever son enfant

Être seul(e) pour élever son ou ses enfants est une situation fréquente et qui peut entraîner des difficultés. Il faut pouvoir se loger dans de bonnes conditions, travailler tout en arrivant à faire garder ses enfants, faire face à une baisse de revenus en cas de séparation ou de veuvage, etc. C'est pourquoi les politiques publiques et les associations ont mis en place différents dispositifs et aides pour soutenir les familles monoparentales.

## Aides pour les familles monoparentales

**Les aides de la CAF**

Vous pouvez bénéficier d'une allocation spécifique (allocation de soutien familial) et des autres allocations versées sans ou avec conditions de ressources (p. 470 et suiv.). Ces dernières ont été revalorisées pour le parent seul soit sous la forme d'une majoration de l'allocation, soit sous celle d'une majoration du plafond de ressources ou bien d'une minoration du revenu professionnel exigé (tableau ci-dessous).
L'allocation de soutien familial (p. 475) est versée au père ou à la mère s'il vit seul, suite à un décès, une séparation, un divorce et s'il a à sa charge un ou plusieurs enfants.

Un dispositif a été mis en place par la CAF pour favoriser le **recouvrement de la pension alimentaire.** Lorsqu'un **couple pacsé** ou **en concubinage** se sépare, l'agence de recouvrement et d'intermédiation des pensions alimentaires (ARIPA) de la Caf, peut, en cas de difficultés à recouvrer le versement de la **pension alimentaire** des enfants, apporter une aide dans les démarches et en assurer l'intermédiation financière. À la demande du couple, et à la suite de la validation de la convention parentale qui fixe le montant de la pension, ce service lui délivre un titre exécutoire. Ce titre exécutoire rend obligatoire le paiement de la pension au même titre qu'un jugement. Une plateforme téléphonique (0821 22 22 22) et un site internet informent et aident à effectuer les démarches : www.pension-alimentaire.caf.fr
Dans le cas de **parents divorcés**, le titre exécutoire permettant, sauf en cas de refus formel des deux parents, l'intermédiation financière de la Caf ou de la MSA est soit le jugement rendu par le juge aux affaires familiales, soit la convention de divorce devant avocat et déposée chez le notaire. Le versement des pensions alimentaires se fait donc directement par l'intermédiaire de l'ARIPA et, en cas d'impayé, cette dernière engage la procédure de recouvrement auprès du parent défaillant et verse à l'autre parent l'allocation de soutien familial dans le but de limiter la perte de revenus.

### Parent seul : revalorisation des allocations sous conditions de ressources

| Allocations | Majorées | Majoration plafond des ressources |
|---|---|---|
| Prime à la naissance | | Oui |
| Allocation de base | | Oui |
| Complément du libre choix du mode de garde | | Oui de 40 % (3) |
| Prestation partagée d'éducation de l'enfant (PREPARE) | Oui | |
| Allocation journalière de présence parentale (AJPP) | Oui | Oui |
| Complément de l'AJPP | | Oui |
| Complément familial | Oui | Oui |
| Complément de l'AEEH (éducation enfant handicapé) si recours à une tierce personne | Oui dès le 2e complément si le parent ne perçoit pas de pension alimentaire | |
| RSA (1) | Oui pour le parent et pour l'enfant | |
| Aides au logement APL, ALF | Oui | |
| Prime au déménagement | Oui | |
| Prime d'activité (2) | Oui | Oui |
| Prestation de compensation du handicap (PCH) | Oui | |

(1) Vous pouvez le percevoir si vous êtes en congé sabbatique sans solde ou en disponibilité.
(2) Cette prestation est versée chaque mois par la CAF et son montant, non imposable, est évalué en fonction des ressources du foyer.
(3) Les montants maximaux de prise en charge de la rémunération de l'assistante maternelle sont majorés de 30 %.

**Aide à la garde des enfants pour parents isolés (Agepi).** Il existe une aide à la garde des enfants de moins de 10 ans dont vous pouvez bénéficier lorsque vous retrouvez une activité en CDD ou CDI d'au moins 3 mois consécutifs, ou si vous suivez certaines formations d'une durée d'au moins 40 heures dans le cadre d'un projet personnalisé d'accès à l'emploi (PPAE). Vous ne devez pas percevoir d'indemnités de chômage, ou le montant de l'allocation chômage journalière ne doit pas dépasser 29,56 € ou 21,17 € pour l'allocation de retour à la formation. Le montant de l'aide est variable en fonction de la durée du travail ou de la formation. Cette aide n'est pas imposable sur le revenu.
La demande s'effectue auprès du Pôle emploi dont vous dépendez à partir d'un formulaire complété et de la photocopie du livret de famille justifiant l'âge de vos enfants.

### Montant de l'Agepi

| Nombre d'enfants | Durée de travail/formation inférieure à 15 h/semaine ou 64 h/mois | Durée de travail comprise entre 15h et 35 h/semaine |
|---|---|---|
| 1 | 170 € | 400 € |
| 2 | 195 € | 460 € |
| 3 enfants et plus | 220 € | 520 € |

**Aide fiscale**
Tout contribuable bénéficie d'une demi-part supplémentaire par enfant élevé seul jusqu'à ses 5 ans.

**Le soutien à l'accueil des jeunes enfants de 0 à 3 ans.** Pour les parents qui ont besoin de temps pour faire les démarches de recherche d'emploi, de formation professionnelle, également pour les mères dont les horaires de travail sont décalés, un dispositif de places en crèches à vocation d'insertion professionnelle (VIP) a été mis en place. Le repérage et l'orientation du parent vers ces crèches peut s'effectuer sur la proposition de Pôle emploi, de la crèche ou d'une association d'accompagnement social.

**Les aides au logement**
L'APL (Aide personnalisée au logement) et l'ALF (Allocation de logement familial) sont accordées sous conditions de ressources. L'aide, quelle qu'elle soit, prend en compte la situation familiale, le coût du loyer et des charges. Elle est plus élevée pour les familles monoparentales.
**À signaler :** Il existe un service de cautionnement des loyers du parc privé : www.visale.fr. Ce dispositif, financé par Action Logement, s'adresse notamment aux salariés précaires du secteur privé en CDD, sous promesse d'embauche, en CDI en période d'essai et aux intérimaires sous certaines conditions.
Pour les **travailleurs intérimaires**, un nouveau dispositif FASFF (Fonds d'action sociale du travail temporaire) vient compléter la garantie précédente (Visale). Pour vous renseigner : www.logement.fastt.org
**Aide énergétique.** Le chèque énergie est accordé si votre revenu fiscal de référence est inférieur à 10 800 €. Son montant varie entre 48 € et 277 € par an en fonction de la composition de la famille et de son revenu.
Les **aides à la cantine scolaire** peuvent être obtenues auprès de la mairie ou du conseil général de votre domicile.

**Des adresses utiles**
- La fédération syndicale des familles monoparentales : Tél : 01 44 89 86 81, www.fsfm.fr
- Le site : www.parents-solos-compagnie.org qui est un réseau national qui diffuse les ressources et initiatives locales répondant aux besoins des familles monoparentales.

## Autres renseignements

- Il existe un certain nombre d'aides qui ne sont pas spécifiques au parent seul mais qui sont soumises à un plafond de ressources plus élevé : un tarif de première nécessité pour l'électricité, un tarif spécial solidarité pour le gaz, un tarif social pour les téléphones mobiles…
- Vous pouvez également vous renseigner auprès du centre communal d'action sociale de votre mairie ou au conseil départemental sur les différentes aides mises en place, sur les conditions pour pouvoir y prétendre (il peut exister ainsi des tarifs préférentiels pour la cantine, les transports scolaires…).
- De nombreuses associations sont susceptibles de venir en aide en cas de difficultés (aide alimentaire, vestimentaire, accès aux vacances) ; les mairies mettent à la disposition différents guides d'information.
- Les futures mères ou mères disposant de ressources insuffisantes peuvent être accueillies dans un **centre maternel**. Pour cela, elles doivent être enceintes, ou avec enfant(s) de moins de 3 ans. Ces centres proposent deux types d'hébergement, en foyer collectif ou en logement indépendant. La durée du séjour est prévue pour une période de 6 mois renouvelable, avec un maximum de 3 ans. Loger dans un centre maternel permet aux futures mères et mères de trouver un lieu sécurisé. Outre l'accompagnement de la relation mère-enfant, l'objectif est l'insertion par le travail et par le logement. La sortie des résidentes mineures est

liée à une décision judiciaire ou administrative ; les résidentes majeures sont libres de quitter l'établissement selon l'évolution de leur situation, par exemple les femmes victimes de violences conjugales.

### Le parrainage d'enfant

Si vous vous sentez dans une situation d'isolement avec votre enfant, si vous cherchez une ouverture pour lui, sachez qu'il existe une possibilité de soutien, d'entraide : le **parrainage de proximité**. Un parrain ou une marraine est une personne majeure qui accepte bénévolement de consacrer du temps et une attention complémentaires à celle dont l'enfant bénéficie habituellement.
Le parrainage est garanti par une charte qui fait l'objet d'un arrêté publié au JO du 30 août 2005. La charte définit les principes fondamentaux du parrainage d'enfants en France.
Pour des **renseignements** sur le parrainage de proximité :
www.service-public.fr
www.unaf.fr (Domaines d'activité : L'accompagnement des familles).

# La famille : quelques informations juridiques

En une quarantaine d'années, les comportements familiaux se sont modifiés. L'institution du mariage, qui s'est ouverte aux personnes de même sexe, n'est plus le support exclusif de la famille. En constante évolution pour accompagner ces bouleversements, le droit de la famille est devenu de plus en plus complexe. Dernière manifestation de cette évolution, la loi bioéthique du 2 août 2021. Quelles que soient la ou les personnes qui l'élèvent, l'enfant doit rester le premier sujet de considération. C'est ce qu'on appelle, en droit, « **l'intérêt supérieur de l'enfant** ».
Nous ne pouvons énumérer dans ce livre que quelques notions importantes. Pour chaque cas particulier, une information complète nécessite la consultation d'un professionnel, notaire ou avocat, ou d'une association spécialisée. Des barreaux ont organisé des services de consultations gratuites (se renseigner auprès de l'Ordre des avocats). Il existe des maisons du droit dans de nombreuses communes (se renseigner auprès des mairies). Les assistantes sociales sont à même de vous communiquer les coordonnées d'associations compétentes (p. 494-495).
**À noter** que la loi du 21 février 2022 a permis l'adoption aux couples non mariés et que celle du 2 août 2021 étend le droit d'accès aux origines pour tous les enfants nés de dons de gamètes et le recours à la PMA (procréation médicalement assistée) à toutes les femmes.

### Parents-enfants : la filiation

La filiation inscrit chaque enfant qui naît dans une famille. Le droit de la filiation recouvre l'ensemble des règles qui permettent de déterminer l'ascendance d'une personne, enfant ou adulte. Il existe trois modes d'établissement de la filiation : par la loi, par la volonté des parents, par un jugement.

**La filiation établie par la loi**

- La mention du nom de la mère sur l'acte de naissance de l'enfant la désigne comme mère de l'enfant et établit la filiation à son égard. Une seule exception : lorsque la mère a demandé à accoucher anonymement (accouchement sous X). La mère pourra lever le secret de son identité à tout moment au cours de sa vie.
- L'homme marié est présumé être le père de l'enfant né de son épouse. Cette présomption de paternité s'applique aux enfants conçus ou nés pendant le mariage. Cette présomption disparaît si le nom du mari n'apparaît pas en qualité de père dans l'acte de naissance de l'enfant ou, sous certaines conditions, en cas de divorce ou de séparation de corps.

**La filiation établie par la volonté des parents**

**La reconnaissance :** lorsque les parents ne sont pas mariés, le père et la mère peuvent reconnaître leur enfant avant la naissance, ensemble ou séparément. La démarche se fait dans n'importe quelle mairie. Il suffit de présenter une pièce d'identité, ainsi qu'un justificatif de domicile, et de faire une déclaration à l'état civil. L'acte de reconnaissance est immédiatement rédigé par l'officier d'état civil et signé par le parent concerné ou par les deux en cas de reconnaissance conjointe. La copie de l'acte de reconnaissance délivrée par l'officier de l'état civil devra être présentée lors de la déclaration de naissance. La reconnaissance peut être également établie par acte notarié.
Si cette reconnaissance prénatale n'a pas été faite par le père, celui-ci doit la faire, selon les mêmes modalités, après la naissance, pour établir la filiation paternelle. La mère n'a pas de démarche à faire du moment que son nom figure dans l'acte de naissance.
Le père d'un enfant dont la mère a accouché anonymement peut reconnaître l'enfant avant la

naissance ou dans un délai de deux mois suivant la naissance. C'est en effet à l'expiration de ce délai que l'enfant est admis comme pupille de l'État et peut être proposé à l'adoption.
Enfin, la loi du 2 août 2021 a créé un **nouveau mode de filiation** pour les **enfants nés par PMA (ou AMP) de couples de femmes**. Les femmes concernées doivent établir devant notaire une reconnaissance conjointe de l'enfant avant sa naissance. Les couples de femmes qui ont eu recours à une PMA à l'étranger avant la publication de la loi bénéficient d'un délai de trois ans pour procéder à cette reconnaissance.

#### La filiation établie par un jugement

C'est le cas de l'adoption ou de la recherche de maternité ou de paternité.

- **L'adoption plénière** confère à l'enfant une filiation qui se substitue à sa filiation d'origine. La loi de 2013 a facilité l'adoption de l'enfant du conjoint et ouvert le droit d'adopter aux couples mariés de même sexe. La loi du 21 février 2022 ouvre le droit d'adopter aux couples non mariés.

**L'adoption simple** a des effets limités et laisse subsister les liens de l'enfant avec sa famille d'origine. Elle implique l'autorisation des deux parents biologiques.

- La filiation établie par jugement concerne également **la recherche de maternité ou de paternité**.

Tout enfant peut rechercher sa mère en justice, qu'elle soit mariée ou non. Il doit prouver qu'il est celui dont la mère a accouché, sauf s'il a été placé en vue de son adoption ou s'il a déjà une filiation légalement établie. L'enfant peut éventuellement, sans établir de filiation, obtenir des informations sur ses origines auprès du Conseil national pour l'accès aux origines personnelles (CNAOP). En 2020, le CNAOP a enregistré 796 nouvelles demandes. Pour plus d'informations : www.cnaop.gouv.fr.
Les pères ne peuvent pas se soustraire à une action en recherche de paternité. Des expertises génétiques (tests ADN) sont alors ordonnées par la justice. Les tests que l'on peut réaliser soi-même, notamment à l'étranger ou par Internet, sont sans valeur probante en France. Un père ne peut être contraint par la force à se soumettre à une expertise biologique. Toutefois, le juge pourra tirer toutes les conséquences de son refus.
Ce que la loi appelle « **possession d'état** » permet d'établir une filiation, par exemple lorsqu'un homme s'est comporté aux yeux de tous comme un père, en pourvoyant aux besoins de l'enfant, à son entretien, à son éducation. Depuis la loi du 23 mars 2019, c'est à un notaire que chacun des parents peut demander la délivrance d'un acte de notoriété qui fera foi de la possession d'état jusqu'à preuve contraire.

> ***À noter***
>
> ***Le nom de l'enfant***
>
> Le nom de famille a maintenant remplacé l'ancien « nom patronymique ». Cette nouvelle dénomination marque l'appartenance de l'enfant à une famille, en remplacement du seul nom du père. À présent, en théorie, il y a égalité entre les parents : le nom de famille peut désormais être transmis par chacun des parents (p. 461).

## L'AUTORITÉ PARENTALE

Pendant des siècles, nous avons vécu sous le régime de la « puissance paternelle ». Le père avait tous les droits sur son enfant, même s'il avait quitté la mère avant la naissance. Aujourd'hui, les parents exercent ensemble leur autorité : la loi ne parle plus de puissance paternelle mais d'autorité parentale.

#### L'autorité parentale et la personne de l'enfant

- L'autorité parentale désigne les droits et devoirs des parents ayant pour finalité l'intérêt de l'enfant. Cette autorité est exercée jusqu'à la majorité de l'enfant. La loi de mars 2002 donne les mêmes droits à tous les parents, qu'ils soient mariés, non mariés, séparés. De plus, la loi du 17 mai 2013 donne des droits aux conjoints des parents – déjà reconnus par les juges – en organisant le statut des familles recomposées.
- Les parents doivent veiller à la sécurité, la santé, la moralité, l'éducation de l'enfant afin qu'il se développe dans le respect dû à sa personne. Les parents doivent associer l'enfant aux décisions qui le concernent selon son âge et son degré de maturité. Les parents peuvent prendre des décisions importantes concernant l'enfant : inscription dans une école, sortie du territoire national, décisions à propos de sa santé, son éducation religieuse, son patrimoine…
- Lorsque les parents sont mariés, l'autorité parentale est exercée en commun.
- L'autorité parentale est également exercée en commun par les deux parents, même s'ils ne sont pas mariés, même s'ils ne vivent pas ensemble ; il suffit qu'ils aient chacun reconnu l'enfant dans la première année suivant sa naissance.
- Si la reconnaissance n'a pas été faite dans ce délai, l'autorité parentale appartient au parent qui a reconnu l'enfant en premier. Il est toutefois possible pour les parents d'obtenir par la suite l'exercice partagé de l'autorité parentale. Pour cela,

ils doivent faire une démarche auprès du juge aux affaires familiales.

- Lorsque la filiation n'est établie qu'à égard de la mère, celle-ci exerce seule l'autorité parentale.
- Si un des parents décède, l'autre parent exerce seul l'autorité parentale.
- La loi reconnaît à l'enfant le droit d'entretenir des relations personnelles avec ses ascendants (grands-parents) et des tiers (par exemple un beau-parent). Voir page 491.
- La **délégation d'autorité parentale** : pendant la vie commune, il peut arriver que les parents ne veuillent plus ou ne puissent plus s'occuper de leur enfant. Dans ces hypothèses, l'autorité parentale peut être déléguée, en tout ou partie, à un tiers qui se verra attribuer les moyens nécessaires à l'éducation de l'enfant. Selon les circonstances, la délégation peut être volontaire ou forcée. Dans tous les cas, elle reste sans conséquence ni sur le nom de famille ni en matière successorale.
- Les père et mère peuvent se voir **retirer l'autorité parentale** s'ils mettent en danger la sécurité, la santé ou la moralité de l'enfant : mauvais traitements, consommation habituelle et excessive de boissons alcooliques ou usage de stupéfiants, inconduite notoire ou comportements délictueux. La loi du 14 mars 2016 a ajouté une possibilité de retrait de l'autorité parentale lorsque l'enfant est témoin de pressions ou de violences, à caractère physique ou psychologique, exercées par l'un des parents sur la personne de l'autre parent.

**L'autorité parentale et les biens de l'enfant**
Dès sa naissance, un enfant peut se trouver, par exemple à la suite d'un héritage ou d'une donation, titulaire d'un patrimoine (bien immobilier, placement financier, livret d'épargne ouvert par un grand-parent, etc.).
L'ordonnance du 15 octobre 2015 a créé, sous l'appellation « d'autorité parentale relativement aux biens de l'enfant », un régime unique d'administration légale. Celle-ci est exercée en commun par les deux parents lorsqu'ils sont titulaires conjointement de l'autorité parentale ou par un seul des parents dans le cas d'exercice exclusif de l'autorité parentale.
Un contrôle ou une autorisation du juge des tutelles (juge aux affaires familiales) restent prévus quand il existe un risque d'atteinte aux intérêts de l'enfant, lorsqu'un acte modifie son patrimoine ou en cas de désaccord entre les parents.

***À noter***

Depuis le 1er janvier 2020, les tribunaux d'instance et de grande instance situés dans une même ville sont regroupés en une juridiction unique, **le tribunal judiciaire**. Le tribunal d'instance situé dans une commune différente d'un tribunal de grande instance devient une chambre détachée de ce tribunal judiciaire, appelée **tribunal de proximité**. Le **juge aux affaires familiales (JAF)** est un juge du tribunal judiciaire. Il traite notamment des questions relatives aux conditions d'exercice de l'autorité parentale et à la contribution à l'entretien et à l'éducation de l'enfant ; il exerce les fonctions de juge des tutelles des mineurs.

## En cas de séparation des parents

**Vous êtes mariés**
Quelle que soit l'attitude de votre conjoint, s'il est le parent légal de l'enfant, il le restera. S'il se dérobe à ses obligations financières, la loi prévoit la possibilité de demander une pension alimentaire, en dehors de toute procédure de divorce : c'est la contribution aux charges du mariage. Pour cela, il faut saisir le juge aux affaires familiales.
Le divorce par consentement mutuel est un divorce au cours duquel les époux se mettent d'accord sur la rupture du mariage et ses conséquences. Dans ce cas, depuis le 1er janvier 2017, le recours au juge aux affaires familiales n'est plus nécessaire à moins qu'un enfant des époux demande à être entendu par le juge. Une convention établie entre les époux et contresignée par leurs avocats respectifs doit être déposée chez un notaire.

**Vous n'êtes pas mariés**
**Si le père n'a pas reconnu l'enfant**, l'autorité parentale est attribuée à la mère. Le père conserve néanmoins la possibilité, s'il reconnaît ensuite l'enfant, de demander au juge aux affaires familiales un exercice conjoint de l'autorité parentale, ainsi que l'exercice d'un droit de visite et d'hébergement, comme dans le cas de parents divorcés. De votre côté, vous aurez la possibilité, par le biais de l'action aux fins de subsides ou en reconnaissance de paternité, de faire établir la filiation de votre enfant et d'obtenir éventuellement une pension alimentaire.
**Si le père a reconnu l'enfant :** vous aviez reconnu l'enfant tous les deux, alors que vous viviez ensemble mais maintenant le père est parti. Juridiquement,

vous vous retrouvez, vis-à-vis de votre enfant dans la position de parents divorcés : le père dispose de l'exercice conjoint de l'autorité parentale.
En règle générale, **la séparation des parents n'a pas d'incidence sur l'exercice de l'autorité parentale.** La loi précise que « chacun des père et mère doit maintenir des relations personnelles avec l'enfant et respecter les liens de celui-ci avec l'autre parent ». Ainsi, le 4 janvier 2017, la cour de cassation a jugé que la décision d'une mère de mettre fin à la délégation de l'autorité parentale qu'elle avait partagée avec sa partenaire de Pacs n'était pas justifiée. Les juges ont en effet considéré que l'ex-partenaire avait participé aux choix de vie de l'enfant dès sa naissance, qu'elle avait contribué à son éducation durant ses cinq premières années et qu'elle avait maintenu un lien avec celui-ci depuis la séparation. Ce faisant, les juges ont retenu « **l'intérêt supérieur de l'enfant** ».

**En cas de désaccord**

Quelle que soit votre situation (mariés, partenaires de Pacs ou en concubinage), c'est le **juge aux affaires familiales (Jaf)** qui est compétent pour connaître l'ensemble de votre situation. Le rôle de ce juge est important puisqu'il est chargé de garantir le maintien des liens entre l'enfant et chacun de ses parents. Le juge tranche les différends concernant notamment la résidence de l'enfant, les droits de visite et d'hébergement. Dans tous les cas, il doit prendre en compte l'intérêt supérieur de l'enfant.

- Lorsque la résidence de l'enfant est fixée chez l'un des parents (le plus souvent la mère), l'autre parent bénéficie d'un **droit de visite et d'hébergement** qui s'exerce habituellement un week-end sur deux et la moitié des petites et des grandes vacances scolaires. Mais les juges accordent presque systématiquement aux parents qui en font la demande de pouvoir, en plus, recevoir leur enfant un ou deux jours en milieu de semaine (par exemple, deux nuits plus la journée du mercredi).
- Le droit de visite et d'hébergement ne peut être refusé, suspendu ou supprimé par le juge qu'en cas de motifs graves. Le non-respect de ces dispositions par la personne qui doit présenter l'enfant est un délit : la non-représentation d'enfant est susceptible de poursuites pénales. En revanche, le fait de ne pas exercer son droit de visite et d'hébergement en n'allant pas chercher son enfant n'est pas un délit.
- La résidence de l'enfant peut aussi être fixée en alternance au domicile de chacun des parents, au rythme variable de quelques jours, une semaine, une quinzaine sur deux. C'est **la résidence alternée.** Elle n'est envisageable qu'en cas d'entente entre les parents, et elle sera évitée en cas de conflit, même si le juge a le pouvoir de l'imposer. Elle suppose que les domiciles des parents ne soient pas éloignés l'un de l'autre, ni de l'école de leur enfant. Il faudra aussi tenir compte de l'âge de l'enfant : un tout petit a besoin de plus de stabilité qu'un plus grand (p. "La résidence alternée", page 324). Elle présente le risque que l'enfant se sente ballotté, et finalement jamais vraiment chez lui (« une semaine je suis chez papa, une semaine je suis chez maman, mais chez moi, où c'est ? »).

Pour essayer de préserver la place de chacun des parents, tout en donnant la priorité à « l'intérêt de l'enfant », les juges prennent leurs décisions en fonction de divers critères : âge de l'enfant ; habitudes de vie et rôle de chacun des parents depuis la naissance ; disponibilité vis-à-vis de l'enfant selon les occupations professionnelles ; aptitude de chacun des parents à assumer ses devoirs et à respecter les droits de l'autre parent.

> Ainsi une cour d'appel a fixé la résidence des enfants chez le père, alors qu'elle était initialement fixée chez la mère, au motif que l'intérêt des enfants était de vivre avec le parent le plus respectueux de l'autre.
> En l'espèce, la mère avait déménagé le plus loin possible du père sans communiquer sa nouvelle adresse et partait à l'étranger pendant le temps d'hébergement accordé au père, pour l'empêcher de voir les enfants. Elle avait en outre porté, sans justifier des suites judiciaires qui y avaient été données, de graves accusations contre le père. Le 18 octobre 2014, la cour de cassation a rejeté le pourvoi de la mère en considérant qu'elle ne s'était pas montrée apte à préserver l'enfant des conséquences délétères du conflit parental.

- Le juge aux affaires familiales règle toutes les autres questions qui lui sont soumises, concernant l'intérêt de l'enfant. Il peut, par exemple, ordonner que sur le passeport de l'enfant soit inscrite une interdiction de sortie du territoire, sans l'autorisation des deux parents. Il détermine le montant de la **pension alimentaire** devant être versée à titre de contribution à l'entretien et à l'éducation de l'enfant. Le fait de ne pas payer la pension alimentaire est constitutif du délit d'abandon de famille et pénalement sanctionné. Le juge aux affaires familiales peut, à la demande de chacun des parents, du procureur de la République, modifier les conditions de l'exercice de l'**autorité parentale**. Il peut par exemple l'attribuer à un seul des parents. Le parent qui n'a pas l'autorité parentale conserve néanmoins un droit de regard sur les décisions concernant son enfant, même si son accord n'a pas à être systématiquement demandé.
- Le juge aux affaires familiales peut aussi homologuer un **accord amiable** pris par les

parents. Pour les aider à exercer ensemble l'autorité parentale, il peut leur proposer de rencontrer un médiateur familial (ci-dessous).

- Le législateur a progressivement amélioré la situation du compagnon ou de la compagne (ou de l'époux ou de l'épouse) du parent qui aura contribué à élever un enfant avec lequel, faute d'adoption, il n'existe pas de liens juridiques. Ce beau-parent (p. 491) peut faire valoir ses droits non seulement sur ses propres enfants mais également sur ceux de son conjoint, dès l'instant où il a participé à leur éducation et tissé des liens affectifs continus avec eux.

**Enlèvements internationaux :** si l'un des parents (le plus souvent dans le cadre de couples binationaux) emmène l'enfant à l'étranger, il existe une procédure de rapatriement, prévue par la Convention de La Haye, qui permet le retour de l'enfant (sauf en cas de danger grave couru par ce dernier).

## Frères et sœurs, grands-parents, beaux-parents

- La loi prévoit que « l'enfant ne doit pas être séparé de ses frères et sœurs, sauf si cela n'est pas possible ou si son intérêt commande une autre solution. S'il y a lieu, le juge statue sur les relations personnelles entre les frères et les sœurs ».
- La loi reconnaît à l'enfant le droit d'entretenir des relations personnelles avec ses ascendants (grands-parents) et même avec un tiers, parent ou non.
- Le beau-parent peut éventuellement se voir attribuer par le juge, au cas par cas, une délégation d'autorité parentale de son conjoint, concubin ou partenaire. Le ou la délégataire pourra ainsi prendre toutes décisions concernant l'enfant en l'absence du parent, que ce soit pour une hospitalisation, une inscription, un voyage, etc.

Depuis 1993, le juge pouvait accorder au beau-parent un droit de visite et d'hébergement ; la loi du 17 mai 2013 a élargi cette possibilité en l'étendant à tout tiers qui aura entretenu des liens affectifs et sociaux avec un enfant, « lorsque ce tiers a résidé de manière durable avec lui et l'un de ses parents, a pourvu à son éducation, à son entretien ou à son installation, et a noué avec lui des liens affectifs durables ».
La loi de 2013 a également accordé au beau-parent le pouvoir de s'opposer à une adoption qui aurait pour résultat de l'éloigner de l'enfant en supprimant les liens qu'il entretient avec lui : ainsi, lorsqu'elle a vécu avec l'enfant de son ex-conjoint, une personne (époux ou concubin) pourra intervenir dans une procédure d'adoption engagée par le parent de l'enfant et son nouveau partenaire.
Le beau-parent se voit donc accorder des droits en fonction de la place qu'il a occupée auprès de l'enfant, et cela toujours dans **l'intérêt** de ce dernier.

**En cas de difficultés**, c'est le juge aux affaires familiales qui fixera les modalités de ces relations et qui pourra attribuer au grand-parent ou au beau-parent séparé un droit de visite ou d'hébergement. La jurisprudence a rappelé que seuls des motifs graves peuvent faire obstacle à ce droit. L'existence d'un conflit entre les parents et les grands-parents ne doit pas y faire échec si les grands-parents se montrent aptes à établir des relations sereines avec leurs petits-enfants. La mère ou le père d'un enfant ne peut plus s'opposer à ce que le compagnon ou la compagne qui a élevé ses enfants comme les siens puisse les revoir après leur séparation.

## La médiation familiale

Pour endiguer un contentieux familial (séparation, divorce, autorité parentale, garde des enfants, pension alimentaire, etc.) qui n'a cessé de croître, et pour favoriser des solutions d'apaisement, la loi a donné au juge la possibilité d'ordonner une médiation, quasiment en toutes matières et à tous les stades de la procédure.
Le médiateur est un professionnel qualifié qui aura pour mission d'apaiser les relations, de tenter de dénouer un litige et de favoriser un accord entre les personnes concernées (parents entre eux, ou même parents et enfants s'il s'agit d'adolescents). Le médiateur rend des comptes au juge qui l'a désigné et le jugement pourra confirmer l'accord intervenu.
La médiation, plus simple, plus rapide et moins onéreuse qu'une procédure, peut être prise en charge par l'aide juridictionnelle.
À titre expérimental, devant certains tribunaux et dans certains cas, la médiation familiale est obligatoire préalablement à la saisine du juge aux affaires familiales sauf : si la demande émane conjointement des deux parents afin de solliciter l'homologation d'une convention ; si l'absence de recours à la médiation est justifiée par un motif légitime ; si des violences ont été commises par l'un des parents sur l'autre parent ou sur l'enfant.

Pour des informations sur la médiation familiale :
www.apmf.fr
www.fenamef.asso.fr

# Les droits de l'enfant

Dans nos sociétés occidentales, l'idée selon laquelle les enfants doivent être spécialement protégés est récente : elle date du milieu du XIXe siècle avec la protection des enfants au travail. Au XXe siècle, un dispositif de protection médicale, sociale puis judiciaire de l'enfance s'est mis en place progressivement : il a eu notamment pour résultat de réduire la mortalité infantile et d'améliorer les conditions de vie des familles en difficulté. Des droits particuliers de l'enfant sont peu à peu reconnus.
La majorité civile est fixée à 18 ans. Avant cet âge, l'enfant, sauf émancipation (à partir de 15 ans), est toujours sous la responsabilité d'un adulte (parent ou tuteur) ou d'une institution, mais cela ne veut pas dire qu'il ne jouit d'aucun droit.
L'enfant a droit à une famille, d'abord la sienne, à défaut une autre par adoption. En cas de défaillance parentale, un tuteur est désigné par le conseil de famille, sous le contrôle du juge des tutelles.
Les relations entre les parents et leurs enfants ont été organisées pendant longtemps selon les règles de la puissance paternelle. Aujourd'hui, la loi ne parle plus de puissance paternelle mais d'autorité parentale et cette autorité se définit désormais dans l'intérêt de l'enfant (p. 487-488).

## Quelques-uns des droits et devoirs des parents/enfants

- **Les parents ont le devoir d'entretenir et d'éduquer leurs enfants**. Chacun y contribue en proportion de ses ressources, de celles de l'autre parent ainsi que des besoins de l'enfant. Cette obligation ne cesse pas de plein droit lorsque l'enfant est majeur.
- **L'enfant doit être scolarisé.** L'absentéisme scolaire peut être sanctionné par des poursuites pénales à l'encontre des parents négligents.
- **L'enfant ne doit pas subir de châtiments corporels**. Le Comité des droits de l'enfant des Nations unies définit le châtiment corporel en ces termes : « Tout châtiment dans lequel la force physique est employée avec l'intention de causer un certain degré de douleur ou de gêne, même légère. Le plus souvent, cela consiste à frapper ("corriger", "gifler", "fesser") un enfant de la main ou avec un objet… De plus, il existe d'autres formes non physiques de châtiment tout aussi cruelles, dégradantes… Cela consiste, par exemple, à rabaisser l'enfant, à l'humilier, à le dénigrer, à en faire un bouc émissaire, à le menacer, à le terroriser ou à le ridiculiser. »

Tout en punissant les violences faites aux enfants, le droit coutumier français tolérait un « droit de correction » au sein de la famille, à condition que cette correction soit légère et qu'elle ait un but éducatif. Le Conseil de l'Europe a estimé le 2 mars 2015 que le droit français ne prévoit pas d'interdiction suffisamment claire, contraignante et précise des châtiments corporels. La loi du 10 juillet 2019 précise que « L'autorité parentale s'exerce sans violences physiques ou psychologiques. » Cette interdiction, ajoutée à l'article 371-1 du Code civil, est dépourvue de sanction pénale.

- **L'enfant a le droit d'être entendu en justice** dans toutes les procédures le concernant, lorsqu'il en fait la demande. Un décret a précisé les modalités d'application de cette audition (Par qui est recueillie la parole de l'enfant ? De quelle manière est transcrite cette parole ?). L'enfant sera entendu soit par le juge lui-même, soit par un tiers délégué par ce dernier (psychologue, psychiatre ou enquêteur social).

Dans chaque procédure concernant un enfant « en âge de discernement », le juge aux affaires familiales doit s'assurer que l'enfant a été informé de son droit d'être entendu et d'être assisté d'un avocat, et cette mention doit figurer lisiblement sur les convocations adressées aux parents.
Dans le cadre de ces auditions, il n'est jamais demandé – en principe – à l'enfant ou à l'adolescent de faire lui-même un choix. Son avis est pris en considération parmi d'autres éléments pour que le juge prenne la décision qui sera guidée par l'intérêt supérieur de l'enfant, intérêt qui n'est pas nécessairement conforme à l'avis que l'enfant peut émettre. Cependant, dans la pratique, il apparaît que l'avis de l'enfant est souvent déterminant. Certains professionnels s'émeuvent de la part trop grande qui est réservée à l'enfant dans le conflit de ses parents, en en faisant une partie prenante, ce qui peut, dans certains cas, lui nuire. En effet, il est quelquefois préférable qu'un enfant sente qu'il n'a pas à prendre parti dans une décision qui vient de l'extérieur et qui sera donc neutre, alors que son avis peut conduire à certaines formes d'instrumentalisation dans lesquelles il sera placé en « **conflit de loyauté** ».
Ainsi, cette jeune fille qui avait demandé à être entendue mais qui n'avait pas osé dire qu'elle voulait résider chez son père parce que sa mère lui avait fait comprendre que dans ce cas elle perdrait sa pension.
La tâche n'est pas facile pour les juges de maintenir un équilibre entre la prise en considération de la parole de l'enfant et une implication trop importante de celui-ci dans le conflit de ses parents, où il est bien souvent entraîné malgré lui.
De même, une grande souplesse est laissée à l'appréciation des juges dans la façon dont ils vont relater de manière écrite la parole de l'enfant : celle-ci ne sera pas nécessairement retranscrite de façon intégrale afin que l'enfant se sente libre de s'exprimer

sans craindre que l'un ou l'autre de ses parents soit informé de tous ses propos.

- **L'enfant peut être protégé par le juge des enfants.** Le rôle de ce juge est de protéger les enfants qui souffrent de maltraitance. Il assiste aussi les familles, qui ont besoin d'être guidées dans leur rôle éducatif, par le biais d'équipes spécialisées : c'est ce que l'on appelle les mesures d'assistance éducative. Ces mesures sont mises en place dans tous les cas de mauvais traitements physiques ou psychiques, d'absence de soins, ou lorsque la moralité des enfants est en danger compte tenu du milieu dans lequel vivent les parents. Ou bien encore lorsqu'il apparaît que l'enfant risque de se retrouver dans une situation d'échec scolaire inéluctable, en dehors même de toute carence éducative des parents.

En effet, ces mesures peuvent aussi être ordonnées lorsque, en l'absence de tout mauvais traitement des parents, l'enfant qui grandit se trouve par exemple sous l'emprise de produits toxiques (drogue ou alcool) ou en situation de déscolarisation.
Si ces mesures d'assistance paraissent insuffisantes en raison de la gravité de la situation dans laquelle se trouve l'enfant, le juge peut décider de son placement. Il peut même, dans certains cas, décider de retirer l'enfant à celui des parents qui avait l'autorité parentale pour le confier à l'autre parent.
C'est le même juge des enfants qui a un rôle répressif à l'égard d'un mineur délinquant.

- **Le consentement personnel de l'enfant de plus de 13 ans est requis** dans les cas suivants :
  – en cas d'adoption
  – en cas de changement de nom ne résultant pas de l'établissement ou d'une modification d'un lien de filiation, et en cas de changement de prénom. Par exemple si le nom, ou le prénom, ou l'association nom-prénom sont ridicules.
- L'enfant doit, autant que faire se peut, être **associé aux décisions le concernant dans le domaine de la santé**. Aujourd'hui, les équipes hospitalières et les médecins de famille sont formés pour donner à l'enfant, selon son âge, des informations et des explications en cas de maladie, intervention, traitements, etc.
  L'enfant peut **consulter seul un médecin** ou un thérapeute, sans en référer à ses parents. C'est d'ailleurs pour cette raison que sont délivrées, par la Sécurité sociale, des cartes Vitale individuelles aux adolescents à partir de 16 ans.
- Le droit à une **scolarité sans harcèlement**. Le harcèlement à l'école, qui toucherait un élève sur 10 chaque année, est désormais reconnu comme un délit pénal. Un numéro d'écoute, le 3020, qui fonctionne du lundi au vendredi de 9 h à 20 h et le samedi de 9 h à 18 h, permet de faciliter le dépôt de plainte de la victime mineure ou de ses parents. www.education.gouv.fr rubrique *Lutte contre le harcèlement à l'école*.
- Les droits reconnus aux enfants ont des contreparties en terme de devoirs. Ainsi « à tout âge, **l'enfant doit honneur et respect à ses père et mère** » (article 371 du Code civil). Et, devenus adultes, les enfants doivent venir en aide à leurs père et mère qui sont dans le besoin (article 205 du Code civil). Ils peuvent toutefois demander à être exonérés de cette obligation en faisant état de mauvais traitements ou d'un comportement indigne de leurs parents à leur égard.

## Le Défenseur des droits

Parmi les missions du Défenseur des droits figure la défense et la promotion de l'intérêt supérieur et des droits de l'enfant. Le Défenseur des droits peut être saisi directement par un enfant qui invoque la protection de ses droits ou une situation mettant en cause ses intérêts, par ses représentants légaux, les membres de sa famille, les services médicaux ou sociaux ou une association de défense des droits de l'enfant. Il peut s'agir, par exemple, de litiges touchant la sphère familiale et ayant des conséquences sur la situation des enfants ; ou de violences, maltraitances, négligences envers eux ; ou de non-respect des droits d'un enfant sous prétexte d'un handicap physique ou mental, etc. Le Défenseur des droits peut résoudre à l'amiable ou faire toute recommandation visant à régler les différends portés à sa connaissance ou à en prévenir le renouvellement. En 2018, le Défenseur des droits et son adjointe la « Défenseure des enfants » ont remis un rapport (consultable sur internet) intitulé « De la naissance à 6 ans : au commencement des droits ».
www.defenseurdesdroits.fr
Tél. : 09 69 39 00 00.

## La Convention internationale des droits de l'enfant

La convention internationale des droits de l'enfant (« Convention de New York du 26 janvier 1990 ») a été adoptée par l'Assemblée générale des Nations unies le 20 novembre 1989. Elle a été ratifiée par la France où elle est devenue applicable à compter du 6 septembre 1990. Son but est de protéger l'enfant, jusqu'à sa majorité, dans sa dignité et dans ses droits. Elle s'impose aux tribunaux français devant lesquels elle peut être invoquée. Ainsi, la Cour de cassation a jugé, en se référant expressément à la Convention de New York, que « dans toutes les décisions qui concernent les enfants, l'intérêt supérieur de l'enfant doit être une considération primordiale et que, lorsque le mineur capable de discernement demande à être entendu, son audition ne peut être écartée que par une décision spécialement motivée. »
Le **20 novembre**, jour anniversaire de l'adoption par l'Organisation des Nations unies de la Convention internationale des droits de l'enfant, est désormais la Journée internationale des droits de l'enfant.

# Quelques sites et adresses utiles

## Des informations juridiques et sociales

Vous êtes à la recherche d'informations concernant votre travail, la garde de votre enfant, le droit de la famille, des questions sociales, juridiques, etc. Voici quelques sites pour vous renseigner et organismes à votre disposition.

- **www.service-public.fr**

Le site officiel de l'administration française pour connaître vos droits, savoir comment effectuer vos démarches, être informés sur celles qui peuvent être faites en ligne.

- **Le 39 39**

C'est un service de renseignement administratif par téléphone (droit, obligations, démarches). Il n'a pas accès aux dossiers personnels des usagers et ne peut donc pas renseigner sur leur état d'avancement.

- **Prestations familiales et aides aux familles**

www.caf.fr et www.msa.fr

- **Modes d'accueil et d'information des parents**

www.mon-enfant.fr
www.pajeemploi.urssaf.fr
www.msa.fr

- **Union nationale des associations familiales (Unaf)**

L'Unaf est une institution nationale chargée de promouvoir, défendre et représenter les intérêts de toutes les familles.
www.unaf.fr

- **Fédération nationale des centres d'information et de documentation des femmes et des familles (FNCIDFF)**

7, rue du Jura 75013 Paris.
Tél. : 01 42 17 12 00
Le FNCIDFF relaie l'action des pouvoirs publics en matière d'accès aux droits pour les femmes, de lutte contre les discriminations sexistes et de promotion de l'égalité entre les femmes et les hommes.
www.infofemmes.com

- **Confédération syndicale des familles**

53, rue Riquet, 75019 Paris.
Tél. : 01 44 89 86 81
Cette organisation agit avec les familles dans tous les domaines du quotidien : consommation, logement, éducation…
www.la-csf.org

- **Fédérations des écoles des parents et des éducateurs**

Les parents en difficulté peuvent appeler le numéro vert : 0 805 382 300
Des psychologues et des professionnels de la parentalité leur répondent.
www.ecoledesparents.org

Fil santé jeunes est un service anonyme et gratuit pour les 12-25 ans.
0800 235 236
www.filsantejeunes.com

- **Santé Info Droits**

Tél. : 01 53 62 40 30, lundi mercredi vendredi de 14 heures à 18 heures et mardi jeudi de 14 heures à 20 heures.
Service créé et mis en œuvre par le collectif interassociatif sur la santé. L'équipe d'écoutants est composée d'avocats et de juristes spécialisés, soumis au secret. Leur objectif est de répondre à toute question juridique ou sociale liée à la santé.

- **Si vous même ou votre enfant êtes en situation de handicap**

  – La Maison Départementale des Personnes Handicapées (**MDPH**) est un lieu unique de service public visant à accueillir, informer, orienter et accompagner les personnes handicapées et leurs familles. Dans le cadre de la Prestation de compensation du handicap parentalité (PCH p. 477), la demande d'aide humaine doit être faite par le parent auprès de la MDPH de son domicile.
  – L'association Handiparentalité : www.handiparentalité.org
  – Deux initiatives départementales : SAPPH (Service d'Aide à la Parentalité des Personnes Handicapées) – Paris (75) / Bas-Rhin (67)

- **www.yapaka.be**

Yapaka est un programme mis en place par la fédération Wallonie-Bruxelles pour sensibiliser les parents à la prévention de la maltraitance.

- **Violences Femmes Info – 3919**

Appel anonyme et gratuit ne figurant pas sur les factures de téléphone.
Cette plateforme d'écoute des victimes de violences conjugales, sexistes et sexuelles est joignable 24 h sur 24, 7 jours sur 7. Elle écoute, informe et oriente les femmes victimes de violences, ainsi que les témoins de violences faites à des femmes. Elle traite les violences physiques, verbales ou psychologiques, à la maison ou au travail, et de toute nature (dont les harcèlements sexuels, les coups et blessures et les viols). Elle ne traite pas les situations d'urgence (ce n'est pas un service de police ou de gendarmerie).
www.arretonslesviolences.gouv.fr
www.solidaritefemmes.org
www.stop-violences-femmes.gouv.fr

- En ce qui concerne l'autorité parentale, la pension alimentaire, le droit de visite, la résidence de l'enfant, les particuliers peuvent s'adresser directement, par simple courrier, au **juge aux affaires familiales**. L'assistance d'un avocat peut néanmoins s'avérer précieuse surtout lorsque la situation est très conflictuelle ; mais si vous n'avez pas les moyens de

prendre un avocat, vous avez peut-être droit à l'aide juridictionnelle.
En cas de maltraitance, assistance éducative, problèmes de délinquance, les particuliers peuvent s'adresser directement, par simple courrier, au **juge des enfants**. Ces juges siègent au tribunal judiciaire (tribunal de grande instance). En cas d'urgence, des procédures particulières sont prévues ; dans ces cas, il vaut mieux consulter un avocat.
La plupart des **ordres des avocats** proposent des consultations gratuites. Celles-ci sont souvent organisées dans les tribunaux judiciaires (tribunaux de grande instance), chambres de proximité (tribunaux d'instance), mairies.

## Des lieux d'écoute, d'accueil, de rencontre

• **REAAP (Réseau d'écoute, d'appui et d'accompagnement des parents)**
Ce réseau de soutien à la parentalité a pour but de mettre en commun, par le dialogue et l'échange, des actions mettant en valeur les compétences et les capacités des parents. Ce réseau existe en principe dans chaque département : tapez dans votre moteur de recherche « REAAP » suivi du numéro de votre département.
• **La Maison verte** (créée par une équipe avec et autour de Françoise Dolto) est un lieu d'accueil pour les enfants, les parents (et futurs parents). Les enfants y viennent accompagnés d'un adulte (père, mère, personne qui les garde) et sont accueillis dans un lieu convivial, avec la présence sécurisante de leurs parents. Dans chaque région, il y a des lieux d'accueils enfant-parents. Pour en savoir plus, vous pouvez vous adresser à la Maison verte :
13, rue Meilhac, 75015 Paris.
Tél. : 01 43 06 02 82
www.lamaisonverte.asso.fr
• **La Maison de l'école des parents (maison ouverte)**
164, boulevard Voltaire, 75011 Paris.
Tél. : 01 44 93 13 44
mouverte@epe-idf.com
Ce lieu accueille les enfants de la naissance à 4 ans accompagnés de leurs parents, grands-parents, assistantes maternelles…
• **Allo-parents-bébé**
0800 00 3 4 5 6
Un numéro vert, anonyme et gratuit, pour écouter, soutenir et orienter les parents.
www.enfance-et-partage.org
• **Fédération française des espaces de rencontre**
Un espace de rencontre pour le maintien des relations enfants-parents : un lieu d'accès où des enfants et leur père, leur mère, leurs grands-parents ou toute personne titulaire d'un droit de visite viennent s'y rencontrer.
www.ffer.org
• **Pour les enfants en situation de handicap**
www.apf.francehandicap.org
www.unapei.org
www.anpea.asso.fr
www.surdi.info
• **Le planning familial**
C'est un lieu d'information et de documentation : contraception, sexualité, conseil conjugal et familial, etc.
www.planning-familial.org

## L'environnement de votre enfant

• **WECF France**
WECF France, dans le cadre de son projet Nesting *(Créez un environnement sain pour votre enfant)*, publie des guides et des fiches sur différentes catégories de produits (cosmétiques, produits ménagers jouets textiles, produits de décoration, contenants alimentaires…) et sur différents thèmes comme les perturbateurs endocriniens.
www.wecf-france.org/ressources/guides-et-fiches
• Le site **Mes courses pour la planète** a édité un guide de la consommation responsable qui regroupe tous les labels de différents secteurs, à la fois biologiques, durables, commerce équitable, etc.
www.mescoursespourlaplanete.com/medias/pdf/mini-guide-des-labels.pdf

## Si vous partez habiter à l'étranger

• **Pour préparer votre expatriation :**
www.diplomatie.gouv.fr/fr/services-aux-francais/preparer-son-expatriation/
Vous trouverez des informations concernant votre pays d'accueil et les démarches administratives à effectuer, avant de partir, auprès des divers organismes français.
• **CFE (Caisse des Français de l'Étranger)**
Les personnes ayant adhéré à la Sécurité sociale des expatriés (CFE) sont prises en charge dans la continuité de la Sécurité sociale et de la même manière.
Pour s'informer : www.cfe.fr
• **Cleiss**
Le Centre de liaisons européennes et internationales de sécurité sociale donne de nombreuses informations sur la protection sociale dans différents pays. www.cleiss.fr

# La protection de la maternité dans quelques pays

## Belgique

**L'Office national de sécurité sociale (ONSS)**
En Belgique, l'assurance obligatoire des soins de santé et indemnités couvre : les soins de santé, les indemnités d'incapacité de travail et d'invalidité, l'indemnité maternité, de paternité et d'adoption. Tous les assurés disposent d'une carte d'identité sociale (CIS). Les montants des indemnités varient selon le régime dont dépend la personne.
À côté des régimes légaux des salariés, il existe des assurances complémentaires créées dans le cadre des conventions collectives. Les prestations d'aide sociales comprennent le revenu d'intégration, la garantie de revenu aux personnes âgées, les prestations familiales garanties et les allocations aux personnes handicapées. Elles sont versées sous condition de ressources aux personnes qui n'ont pas ou insuffisamment cotisé pour bénéficier des prestations d'assurance.

- **Bénéficiaires**

Les travailleurs salariés, les travailleurs indépendants, les étudiants, les personnes handicapées, les résidents, ainsi que leurs ayants-droit à charge.

- **Conditions d'ouverture des droits**

Il faut s'être affilié à un organisme assureur, ou s'inscrire à la caisse auxiliaire d'assurance maladie.

- **Le remboursement des soins et produits pharmaceutiques**

L'assuré choisit librement son médecin. Il paie directement les honoraires au médecin et se fait ensuite rembourser par l'organisme assureur qu'il a choisi. Le taux de remboursement est fixé en moyenne à 75 % du tarif de responsabilité belge. Pour les spécialités pharmaceutiques remboursables, la participation de l'assuré est fonction de leur utilité sociale et thérapeutique.

- **Le dossier médical global (DMG)**

Le patient peut demander à son médecin le DMG afin de bénéficier d'un remboursement plus important de ses consultations. Pour acquérir un DMG renouvelable tous les 2 ans, il faut faire l'avance d'une cotisation de 30 € qui sera remboursée par l'assureur. Il lui est également possible de demander le tiers payant.

- **Congé de maternité**

Il donne lieu à une indemnité spécifique attribuée aux personnes salariées, chômeuses et en invalidité, affiliées depuis 6 mois, qui ont exercé leur activité plus de 30 jours entre le dernier jour de travail et le début du repos prénatal.
Le congé de maternité débute au plus tôt 6 semaines et 7 jours (8 semaines en cas de naissance multiple) avant la date présumée de l'accouchement et se termine 9 semaines après l'accouchement, soit 15 semaines (17 semaines en cas de naissance multiple). Lors de la reprise du travail, vous avez le droit à une pause d'allaitement d'une demi-heure jusqu'aux 9 mois de l'enfant.

**Montant de l'indemnité maternité pour la salariée du régime général**
Elle perçoit durant les 30 premiers jours 82 % de son salaire non plafonné. À partir du 31e jour et en cas de prolongation, le taux se trouve réduit à 75 % de son indemnité plafonnée à 118,27 € par jour.

- **Congé de paternité et de co-parentalité des travailleurs salariés**

Il est de 10 jours et doit être pris dans les 4 mois suivant l'accouchement, de manière continue ou non. Pour les 3 premiers jours, le travailleur perçoit son salaire de son employeur et une indemnité payée par son organisme intervenant à 82 % du salaire brut pour les 7 jours suivants.

- **Congé d'adoption**

Il peut être pris par le père ou la mère. Il est de 6 semaines pour l'adoption d'un enfant de moins de 3 ans et de 4 semaines pour un enfant entre 3 et 8 ans. Il doit être pris en une fois et par semaine complète. Le salaire est maintenu les 3 premiers jours puis une indemnité correspondant à 82 % de la rémunération brute lui fait suite, soit un maximum de 129,31 € brut par jour.

- **Organisme belge de Sécurité sociale**

Pour plus d'informations sur le régime d'indemnités :
Institut national d'assurance maladie invalidité (Inami) bib@inami.be
Réglementation et contentieux – indemnités :
reglemsidu@riziv-inami.fgov.be
Sécurité sociale Entrepreneurs Indépendants
www.inasti.be/fr

**Les prestations familiales**
La gestion et le paiement des prestations relèvent des Régions et Communautés. C'est l'enfant qui ouvre son droit aux allocations familiales ; il doit répondre à des conditions d'âge et être en principe élevé en Belgique. Pour savoir de quel système (Wallonie, Bruxelles, Flandres ou Communauté germanophone) il reçoit ses allocations ou doit adresser ses demandes, c'est son domicile légal qui est pris en compte.

- **En Wallonie**
  – **Prime** de naissance ou d'adoption de 1 167,32 €, quel que soit le rang de l'enfant.

**Allocations familiales.** Le montant de base est de 164,49 € par mois par enfant de 0 à 17 ans.

Des **suppléments mensuels** par enfant peuvent s'adjoindre à ce montant de base : pour les ménages à faibles revenus imposables (26,53 € ou 58,37 €) ; pour l'enfant atteint d'un handicap (89,15 € à 594,36 € selon le degré de handicap) ; pour famille nombreuse (21,22 € ou 37,14 €), monoparentale (10,61 € ou 21,22 €). D'autres situations – enfant orphelin, ou reconnu par un seul parent, ou placé – sont également prises en compte.

- **Région de Bruxelles-Capitale**
  – **Prime** de 1 190,64 € pour la première naissance et 541,20 € pour la deuxième ; montant identique pour les primes d'adoption.
  – **Allocations familiales.** Le montant de base est de 162,36 € pour tous les enfants de 0 à 12 ans.
  – Des **suppléments mensuels** peuvent s'ajouter à ce montant de base en fonction du nombre d'enfants et il est majoré pour les familles monoparentales. Pour l'enfant placé en famille d'accueil (65,58 €), enfant atteint de handicap (de 90,94 € à 606,28 €). La prime de scolarité varie selon l'âge de l'enfant (de 21,65 € à 86,59 €). Supplément mensuel pour orphelin : de 153 € à 163,20 €.
  – Caisse d'allocations familiales : www.famiris.brussels www. iriscare. brussels
- **En Flandre**
  – **Allocation startbedrag** de 1 167,33 € par enfant, pour une première naissance comme pour les suivantes.
  – **Montant de base :** 169,19 € d'allocations mensuelles par enfant et par mois.
  – Des **suppléments** peuvent s'ajouter à ce montant de base : un **supplément social** basé sur le montant des revenus familiaux annuels et du nombre d'enfants (montants mensuels de 53,06 € à 84,89 €) ; un **supplément de soins** pour un enfant atteint d'une affection/handicap (variable selon le degré de l'affection/handicap de 85,70 € à 571,30 €) ; prime de rentrée scolaire : enfant de 0 à 4 ans : 20,80 € ; allocation d'orphelin : 169,79 €, supplément pour orphelin d'un parent : 84,89 €, des deux parents : 169,79 €.
  www.groeipakket.be

**Dans la Communauté germanophone :** une **prime unique** de 1 190,64 € pour une première naissance comme pour les suivantes, ou pour une adoption. Un montant de base (159,63 € par enfant) est complété par un supplément pour les familles nombreuses (137,26 €), un supplément social (76,25 €), et un supplément annuel de 52.87 € pour la rentrée scolaire. Un supplément pour orphelin de 122,01 € pour un parent et 243 € pour deux parents. Un supplément de soins pour un enfant atteint d'une affection/handicap (variable selon le degré de l'affection/handicap de 85 € à 570 €). Il n'y a pas de supplément pour les familles monoparentales.
www.ostbelgienfamilie.be

Les parents peuvent obtenir **conseils et informations** auprès de :

- L'Office de la naissance et de l'enfance : ww.one.be
- Le délégué général aux droits de l'enfant : www.dgde.cfwb.be
- La ligue des droits de l'enfant : www.ligue-enfants.be
- La Ligue des familles : www.citoyenparent.be
- Le site de soutien à la parentalité : www.parentalité.cfwb.be
- Le site www.kids.partena.be pour des informations sur les prestations familiales.

## Luxembourg

La gestion de l'assurance maladie-maternité et de l'assurance dépendance est assurée par la Caisse nationale de santé. Elle regroupe l'ensemble des régimes de protection sociale, c'est-à-dire la caisse maladie des salariés du secteur public, la caisse maladie des salariés du secteur privé et la caisse maladie des non-salariés.
Toute personne qui exerce une activité salariée est obligatoirement protégée contre les risques : maladie, maternité, dépendance, vieillesse, invalidité, survie (survivants), accident du travail, maladies professionnelles, chômage. Les étudiants qui ne sont plus bénéficiaires de l'assurance maladie de leur famille, compte tenu de leur âge, sont également assurés. L'affiliation se fait au Centre commun de la sécurité sociale (CCSS).
Il existe, par ailleurs, un droit à l'assistance pour les personnes qui ne disposent pas de ressources. Pour les personnes sans protection sociale, il y a des possibilités d'assurances facultatives.

**Assurance maladie**

- **Les prestations en nature**

L'assurance maladie prend en charge :
  – Les frais de consultation médicale. Le malade a le libre choix de son médecin et dispose de la liberté de consulter un spécialiste. Il participe financièrement à hauteur de 20 % pour une consultation, sauf pour celles en rapport avec une hospitalisation, la chimiothérapie, la radiothérapie ou pour celles liées à la maternité qui sont prises totalement en charge.
  – Au-delà d'un montant annuel de 73,76 € intégralement à la charge de l'assurance maladie, les soins dentaires sont pris en charge à 88 % des tarifs conventionnels.
  – Les médicaments figurant sur une liste sont pris en charge selon leur classe, à 100, 80 ou 40 %.
  – En hospitalisation publique en chambre standard, à l'exception des honoraires médicaux, les frais sont pris en charge intégralement par la CNS (Caisse nationale de santé). Une participation pour l'hébergement de 23,10 € est redevable au maximum pendant 30 jours et de 11,55 € en

hôpital de jour. Cette participation n'est pas due lors d'un accouchement pendant les 12 premiers jours.
– Les actes réalisés par les professionnels paramédicaux inscrits à la nomenclature sont pris en charge à 100 %.

Les prestations sont accordées dès le 1er jour d'affiliation pour le régime d'assurance obligatoire. Le droit est maintenu pour le mois en cours et les 3 mois suivants en cas de cessation d'affiliation, si l'assuré bénéficiait d'une protection pendant les 6 mois immédiatement précédents.

- **Les prestations en espèces**

Elles sont accordées dès le 1er jour à condition de justifier d'une affiliation antérieure de 6 mois. Les indemnités sont égales à 100 % du salaire dans la limite d'un plafond ; elles sont versées pendant un an au plus. En règle générale, le salaire est maintenu pendant 77 jours par l'employeur.

- **Pension d'orphelin**

En cas de décès, si les parents remplissaient les conditions de 12 mois d'assurance dans les 3 ans qui précédèrent le décès, les enfants reçoivent une pension d'orphelin de père ou de mère jusqu'à l'âge de 18 ans, ou de 27 ans en cas de poursuite des études ou d'invalidité. L'orphelin de père et de mère a droit au cumul des deux pensions. Si pour les deux parents il existe un droit à pension d'orphelin mais d'un montant différent, c'est le montant de la pension la plus élevée qui est doublé. La pension minimum est de 520,42 € mensuel. Elle n'est accordée que sur la demande formelle des intéressés auprès de la Caisse nationale d'assurance pension L-2096 Luxembourg.

**Assurance maternité**

L'assurance maternité prend à sa charge les soins médicaux et les soins requis par la grossesse et l'accouchement.

Afin de bénéficier des **prestations en espèces**, la personne assurée doit justifier d'une période d'activité de 6 mois dans les 12 mois qui précèdent le **congé de maternité**. La durée de ce dernier est de 8 semaines avant la date prévue de l'accouchement et de 12 semaines après.

Le **montant** de l'indemnité est identique à celui de l'indemnité maladie, soit 100 % du salaire sans toutefois pouvoir dépasser 5 fois le montant du salaire social minimum.

Par ailleurs, il est accordé à l'assurée dans les mêmes conditions de durée de stage et de montant, une indemnité en cas d'adoption d'un enfant non encore admis à la première année d'études primaires. Si l'assurée renonce à son droit, son conjoint peut faire valoir son droit à sa place.

**Les prestations familiales**

Elles sont délivrées par la Caisse pour l'avenir des enfants. Pour les résidents, l'allocation est un droit personnel de l'enfant à charge jusqu'à l'âge de 18 ans et jusqu'à 25 ans s'il poursuit des études secondaires, techniques, enseignement spécial ou apprentissage (attention : il ne s'agit pas d'études supérieures). La première condition à remplir par l'enfant est d'avoir un domicile légal au Luxembourg et d'y résider de manière continue et effective. Les non-résidents doivent travailler et être affiliés au Centre Commun de Sécurité Sociale. Leurs enfants doivent résider dans un pays de l'Union européenne avec lequel le Luxembourg a conclu un accord en matière de sécurité sociale. Ils ont le droit aux prestations familiales exportables.

- **Les allocations familiales**

Le montant des allocations est fixé par enfant.
Il s'agit d'un montant unique de 265 € pour chaque enfant et versé dès le premier ;
pour 2 enfants : 265 € × 2 ;
pour 3 enfants : 265 € × 3, etc.
Les allocations sont majorées pour les enfants de plus de 6 ans de 20,53 €, et pour les enfants de plus de 12 ans de 51,25 €.

- **Allocation spéciale supplémentaire (handicap)**

Tout enfant âgé de moins de 18 ans – si les conditions d'octroi pour les allocations familiales restent remplies – qui présente un taux de handicap d'au moins 50 %, a droit à une allocation supplémentaire d'un montant mensuel de 200 €.

- **Allocation de maternité**

Il est attribué à la future mère, ou aux parents adoptifs, une allocation de maternité d'un montant de 194,02 € en l'absence de droit aux indemnités maternité, ou en complément lorsque son montant se trouve inférieur à cette somme. Cette allocation est versée pendant 16 semaines à partir de la 8e semaine avant la date présumée de l'accouchement. En cas d'adoption, elle est accordée pendant 8 semaines à compter de la date d'arrivée de l'enfant dans la famille.

- **Allocation de naissance**

C'est une prestation forfaitaire versée à toutes les familles qui résident au Luxembourg à condition que la grossesse soit surveillée médicalement ; il est versé autant d'allocations que d'enfants à naître. Elle est divisée en trois parties (prénatale, naissance, postnatale), payées individuellement et soumises à des conditions distinctes. Chaque versement est de 580,03 €.

***Allocation prénatale***

L'assurée doit se soumettre durant la grossesse à 5 examens médicaux obligatoires et à un examen dentaire. Le 1er examen doit avoir lieu dans les 3 premiers mois de la grossesse ; un seul des 4 autres examens non passé peut entraîner le non-versement de l'allocation.

***Allocation de naissance***

L'accouchement doit avoir lieu sur le territoire luxembourgeois ; et la mère doit avoir effectué un examen postnatal dans un délai de 2 à 10 semaines après la naissance.

***Allocation postnatale***
L'enfant doit être élevé de façon continue sur le territoire et il doit passer les 6 examens médicaux obligatoires. En 2021, le respect de la périodicité des examens n'est plus une condition d'attribution de l'allocation. Elle est versée lorsque l'enfant a 2 ans.

- **Allocation de rentrée scolaire**

Elle est versée d'office à la famille. Son montant est de 115 € pour les enfants de plus de 6 ans et de 235 € pour les enfants de plus de 12 ans.

- **Allocation d'adoption**

Les conditions à remplir sont identiques à celles pour un enfant biologique. Cependant, seule l'allocation postnatale sera versée et la condition de résidence en continu au Luxembourg n'est pas exigée s'il s'agit d'un enfant né à l'étranger et adopté par une personne domiciliée au Luxembourg. Son montant est de 580,03 €.

- **Le congé parental**

Il est possible de bénéficier d'un congé parental dès 10 heures de travail par semaine. Les parents ont le droit d'en bénéficier en même temps. Dans le cas contraire, l'autre parent peut en bénéficier jusqu'aux 6 ans de l'enfant.
Il existe 4 modes de congé parental : temps plein (4 ou 6 mois) ; mi-temps (8 ou 12 mois) ; fractionné 1 jour par semaine sur une période de 20 mois ; 4 périodes d'un mois sur une période maximum de 20 mois.
Le salarié ne peut pas demander un congé parental pendant une période d'essai. Pour les frontaliers : informations et formulaires sur
www.cae.public.lu/fr/conge-parental.htlm
**Attention :** tous les modes ne sont pas autorisés car ils dépendent du nombre d'heures travaillées avant le début du congé parental et certains sont soumis à l'approbation de l'employeur. Renseignez-vous auprès de votre caisse.
**L'indemnité de congé parental** est un revenu de remplacement calculé à partir des revenus déclarés par l'employeur auprès de la caisse d'affiliation de sécurité sociale, et de la moyenne d'heures travaillées au cours des 12 mois précédant le début du congé parental ; il est plafonné. Pour le calcul de votre « revenu congé parental », renseignez-vous : www.cae-public.lu

## SUISSE

### La protection sociale

En Suisse, les assurances sociales obligatoires pour la maladie, la maternité, le chômage, la vieillesse et les survivants, l'invalidité, les accidents professionnels et non professionnels sont élaborées et développées au niveau de l'Office Fédéral des Assurances Sociales (Ofas) et gérées par une pluralité d'assureurs. Les caisses reconnues sont les caisses maladie publiques, les caisses privées, les institutions d'assurance privées soumises à la loi du 17 décembre 2004. Enfin, il existe une institution commune qui assume les coûts afférents aux prestations légales à la place des assureurs insolvables.

- **Affiliation**

Toute personne résidant en Suisse doit contracter une assurance pour les soins ou être assurée par son représentant légal dans les 3 mois qui suivent la naissance ou l'installation en Suisse. L'assurance prend effet immédiatement.
La participation aux frais pour l'assuré est composée d'une franchise annuelle de 300 FS et d'une quote-part des dépenses qui représente 10 % des frais dépassant la franchise, dans la limite de 700 FS pour les adultes et de 350 FS pour les enfants. Il existe aussi des franchises à option. Les primes peuvent alors être réduites.

- **Assurance maladie maternité**

L'assurance maladie comprend l'assurance soins, qui est obligatoire, et l'assurance indemnités journalières, qui est facultative. La personne a le libre choix du médecin, du pharmacien, du laboratoire, de l'hôpital. L'assurance soins comprend, entre autres, la maternité et couvre la grossesse, l'accouchement et la convalescence de la mère. Les prestations spécifiques de la maternité comprennent les examens de contrôle, effectués par un médecin ou une sage-femme (7 examens lors d'une grossesse normale), une contribution aux cours de préparation à l'accouchement, les frais d'accouchement à domicile, dans un hôpital ou dans une institution de soins semi-hospitaliers, ainsi que l'assistance d'un médecin ou d'une sage-femme, les conseils en cas d'allaitement – le remboursement est limité à 3 séances (art. 13 à 16 de l'Ofas). Aucune participation n'est demandée lorsque la grossesse se passe bien.

- **Congé de maternité**

Il commence à la naissance de l'enfant. La durée est de 14 semaines dont au moins 8 semaines après l'accouchement. Une mère dont le nouveau-né doit rester dès la naissance plus de deux semaines hospitalisées a droit à une prolongation de l'allocation de maternité.
**Prestations du régime des APG** (Allocations pour perte de gain). Elles sont multiples et comprennent notamment les allocations de maternité et paternité.

- **Allocations de maternité**

Elle est attribuée à toute femme qui a exercé une activité professionnelle pendant au moins 5 mois et qui a été affiliée à l'assurance vieillesse et survivant (AVS) pendant les 9 mois précédant l'accouchement. Le montant s'élève à 80 % du revenu exercé avant le début de l'allocation, avec un maximum de 196 FS par jour durant 14 semaines dès le jour de l'accouchement. Le canton de Genève peut, selon les cas, servir une prestation complémentaire, et le droit aux allocations est prolongé jusqu'à 16 semaines (pour informations : www.ocas.ch).

- **Allocation de paternité**

Les pères assurés pendant les 9 mois précédant la naissance et exerçant une activité lucrative bénéficient d'un congé de paternité indemnisé de

14 jours maximum, de 196 FS au plus par jour, pris dans les 6 mois de la naissance.

> ***Adresse utile***
> Pour une évaluation personnelle, il faut toujours s'adresser à la caisse de compensation compétente cantonale. Vous trouverez la liste complète des caisses de compensation sur le site www.avs-ai.ch

**Les prestations familiales**

Le régime des allocations familiales est fondé sur le principe « un enfant, une allocation » : chaque enfant donne droit à une allocation indépendamment de la situation personnelle ou professionnelle de ses parents.

Les **bénéficiaires** des allocations sont les salariés, les professionnels agricoles, exploitants et salariés, les professionnels indépendants.

Les personnes au chômage indemnisée ne peuvent y prétendre mais, sous certaines conditions, elles peuvent obtenir de leur caisse de chômage un supplément correspondant aux allocations familiales.

La Confédération prescrit des **montants** minimaux et les cantons peuvent fixer des montants plus élevés et verser en plus une allocation de naissance et une allocation d'adoption.

- **Allocation pour enfant** : 200 FS minimum versés à partir du premier enfant jusqu'à ses16 ans révolus.
- **Allocation de formation professionnelle** : 250 FS minimum pour les enfants de 16 à 25 ans révolus.

Pour les allocations à la discrétion des cantons, la limite d'âge de l'enfant à charge varie de 16 à 18 ans révolus. Dans certains cas, les allocations peuvent être versées lorsque l'enfant ne réside pas en Suisse.

- Pour plus de renseignements
  – Vous pouvez consulter le site Internet de l'Office fédéral des assurances sociales (www.bsv.admin.ch).
  – Le site du Cleiss
www.cleiss.fr

## Avant votre départ pour un autre pays européen

Les déplacements professionnels sont fréquents à l'intérieur de l'Union européenne et nombreuses sont les familles concernées. Afin de faciliter la circulation des personnes, la législation européenne garantit une continuité de la protection sociale et une égalité de traitement des familles passant d'un État membre à un autre. Les ressortissants des pays tiers, Islande, Lichtenstein, Norvège et Suisse, font l'objet de dispositions spécifiques.

Il existe des prestations familiales pour les enfants dont vous avez la charge dans tous les États européens, quelle que soit votre situation : seul, en couple ou famille monoparentale. Le montant et les conditions d'attribution varient d'un État à l'autre.

Quel est l'État compétent pour verser les prestations ?

- En priorité, c'est l'État dans lequel vous exercez votre activité et où les cotisations sont acquittées.
- Si votre conjoint ou concubin exerce son activité dans un autre État membre, le pays compétent est celui dans lequel résident les enfants.
- Si ni vous ni votre conjoint ou concubin n'exercez d'activité, et si l'un de vous deux bénéficie d'une pension, c'est le pays qui vous alloue cette pension qui est compétent pour vous servir les prestations familiales.
- Si vous n'exercez pas d'activité professionnelle et ne percevez pas de pension, c'est l'État de résidence qui est compétent pour vous verser les prestations familiales.

Il existe, de plus, des situations où les deux parents travaillent chacun dans un État différent ; ou bien l'un des parents est actif dans un pays membre, l'autre ne perçoit pas de pension et est inactif et réside en France avec les enfants ; ou bien les deux parents sont inactifs et résident dans deux États membres différents alors que les enfants sont dispersés sur les deux territoires. Ou encore, les deux parents sont pensionnés chacun dans un pays membre et les enfants sont dispersés sur deux, voire trois États. Enfin, les deux parents travaillent chacun dans un État membre et les enfants résident dans un troisième État.

**Attention :** la Grande-Bretagne ne faisant plus partie de l'Union européenne, la carte d'identité n'est désormais plus suffisante pour s'y rendre. Un passeport valable 3 mois après la date de retour est exigé.

> ***À noter***
> Pour trouver des informations et conseils avant votre départ pour un autre pays européen :
> Conseil économique et social européen : www.eesc.europa.eu
> Voyez également les adresses indiquées page 442 : *Si vous partez habiter à l'étranger*.

**La Carte européenne d'assurance maladie (Ceam)**

Lorsque vous séjournez dans un pays de l'Union européenne, de l'espace économique européen et en Suisse, la Ceam vous permet de vous faire soigner pour des soins imprévus ou urgents par un médecin ou dans un hôpital aux mêmes conditions que les ressortissants de ce pays. Vous pourrez parfois être amené à régler vos soins. C'est pourquoi, il vous faut conserver les prescriptions et les factures acquittées. Lors de votre retour, vous adresserez ces documents à votre caisse de sécurité sociale accompagnée du formulaire cerfa 12267*04 (soins reçus à l'étranger). La demande de Ceam doit être faite au moins 15 jours avant votre départ. La durée validité de la carte est de 2 ans.

## Québec

Au Canada, en matière de protection sociale, l'administration fédérale intervient sur le plan législatif et financier et gère directement certains programmes.

### Assurance maladie

Le gouvernement québécois est responsable de l'exécution des programmes d'assurance maladie. Il est administré par la Régie d'assurance maladie du Québec (RAMQ). L'assurance maladie est financée par l'impôt.

**Affiliation**

Pour bénéficier des soins de santé, il faut être considéré comme résident au Québec. La personne autorisée par la loi à demeurer au Canada, qui vit au Québec et y est ordinairement présente, est un résident du Québec. Il faut, par ailleurs, être inscrit à la RAMQ. Une fois inscrit, une carte d'assurance maladie est délivrée.

### Régime québécois d'assurance parentale (RQAP)

Ce régime a été mis en œuvre afin de permettre aux parents de concilier leur vie professionnelle et leur vie familiale. C'est un régime d'assurance contributif et obligatoire. Les cotisations de l'assurance parentale couvrent les prestations maternité, paternité, parentale et d'adoption et sont perçues par le Revenu du Québec.

**Affiliation**

Vous et votre employeur devez cotiser afin d'assurer le versement des prestations si vous prenez un congé de maternité, de paternité, parental ou d'adoption au cours duquel vous cessez d'être rémunérés. Pour y être admissible, il faut donc percevoir antérieurement un revenu assurable qui sera pris en compte pour le calcul du montant de la prestation demandée. En 2022, le revenu assurable minimum est de 2 000 $, le revenu maximum de 88 000 $.

**Bénéficiaires**

Il faut être parent d'un enfant né ou adopté, résider au Québec, avoir cessé de travailler ou avoir connu une diminution d'au moins 40 % de son revenu habituel.

**Congé de naissance ou d'adoption**

La mère peut opter pour 18 ou 15 semaines, le père pour 5 ou 3 semaines. Le congé comprend également 32 semaines partagées entre les parents.

Les **prestations de paternité** sont versées au père à l'occasion de la naissance d'un enfant. Si le père ne les utilise pas, il ne peut pas les transférer à la mère. En revanche, les **prestations parentales** et les prestations d'adoption peuvent être prises par l'un ou l'autre parent, simultanément ou successivement. Voir le tableau page suivante.

- Les familles **monoparentales** bénéficient de 55 semaines de prestations.

### Les prestations familiales

Le Québec a mis en place une très généreuse politique familiale. Les familles bénéficient automatiquement de l'allocation famille lorsqu'elles déclarent la naissance de leur enfant à la Direction de l'État Civil. Par la suite, elles devront remplir leur déclaration de revenus annuellement pour continuer de recevoir les paiements. Les montants sont indexés en janvier de chaque année.

**Le programme de soutien aux enfants** comporte trois volets :

- Le paiement de l'**allocation familiale.** Il s'agit d'une aide gouvernementale universelle de base. Pour pouvoir y prétendre, il faut avoir un enfant à charge de moins de 18 ans, résider au Québec et avoir produit une déclaration de revenus au Québec.
  Le montant annuel maximum est de 2 614 $ et le minimum 1 040 $ pour une famille biparentale, avec un supplément de 917 $ maximum et de 365 $ minimum pour les familles monoparentales. Le seuil de réduction est fixé pour les revenus annuels des familles biparentales à 51 893 $ et à 37 752 $ pour les familles monoparentales. L'allocation est versée trimestriellement.
- Le supplément pour **enfant handicapé** est versé pour aider les familles ayant un enfant de moins de 18 ans reconnu handicapé. Son montant est de 205 $ par mois. Ce supplément est complété dans certains cas par un supplément pour enfant handicapé nécessitant des soins exceptionnels ; il comprend deux paliers : le premier d'un montant de 1 035 $, le second de 689 $, lorsque les parents assument des responsabilités hors du commun ou assurent une présence constante auprès de leur enfant.
- Le supplément pour l'achat de **fournitures scolaires** est de 108 $ annuel par enfant âgé de 4 à 16 ans.

**Rente d'orphelin**

La personne qui a la charge d'un enfant mineur de la personne décédée a droit, si cette dernière a suffisamment cotisé au régime de rentes du Québec, à une rente d'orphelin jusqu'à ce que l'enfant atteigne 18 ans. Cette rente est de 257,58 $ par mois pour chaque enfant.

**À noter**

Des précisions complémentaires peuvent être obtenues sur www.rrq.gouv.qc.ca

### Naissance ou adoption au Québec : congés et prestations

| | Durée en semaines | % du revenu antérieur | Durée en semaines | % du revenu antérieur |
|---|---|---|---|---|
| **Maternité** | | 70 % | 15 | 75 % |
| **Paternité** | 5 | 70 % | 3 | 75 % |
| Parentale Partagé | 32(1) | 70 % 55 % | 25(1) | 75 % |
| **Durée totale** | 55 | | 43 | |
| Adoption Exclusive | 5 | 70 % | 3 | 75 % |
| Accueil et soutien | 13 | 70 % | 12 | 75 % |
| Adoption partageables | 32 (2) | 70 % 55 % | 25 (2) | 75 % |
| Durée totale | 55 | | 43 | |

(1) (2) Selon le régime choisi, les parents ont la possibilité de se partager comme ils le souhaitent les **32** ou les **25** semaines parentales restantes. Si le parent opte pour une durée de 32 semaines, il percevra pendant les 7 premières semaines 70 % de son salaires et 55 % pendant les 22 semaines suivantes. S'il opte pour un congé de 25 semaines, il percevra pendant ces 25 semaines 75 % de son salaire.
Pour plus d'informations ou connaître le montant de vos prestations, vous pouvez à partir de votre dossier en ligne contacter : le centre de service à la clientèle du RQAP au (19 rue Perreault Ouest, 1er étage Rouyn-Noranda (Québec) J9X OA1 ; le site du régime québécois d'assurance parentale htpps://www.rqap.gouv.ca/fr/a-prop ; téléphone : 1 888 610-7727 option 4.
**Attention :** Chaque parent doit faire sa propre demande de prestations.

## ALGÉRIE

### La protection sociale

Les personnes qui exercent une activité salariée ou non, ou qui sont en formation, quelle que soit leur nationalité, sont obligatoirement affiliées. Pour les salariés, il existe deux caisses : la Caisse nationale des assurances sociales des travailleurs salariés (Cnas) et la Caisse nationale de retraite (CNR) placées sous la tutelle du ministre chargé de la Sécurité sociale. Pour les non salariés : la Caisse de sécurité sociale des non-salariés (Casnos).

• **Assurance maladie**

Afin de pouvoir prétendre aux prestations en nature, il est exigé du salarié une période d'activité d'au moins 15 jours ou 100 heures au cours des 3 mois précédant la date des soins.
Pour les prestations en espèces, les périodes d'activité exigées varient de 60 jours ou 400 heures s'il s'agit d'un arrêt de travail inférieur à 6 mois, et de 180 jours ou 1 200 heures au cours des 3 années qui ont précédé l'arrêt de travail s'il est supérieur à 6 mois.
Le salarié perçoit du 1^er^ au 15^e^ jour des indemnités d'un montant représentant 50 % de son salaire. Au-delà, il perçoit l'intégralité s'il s'agit d'une maladie de longue durée ou d'hospitalisation.

• **Assurance maternité**

*Congé de maternité*

Un congé de maternité d'une durée de 14 semaines (6 semaines avant l'accouchement et 8 semaines après) est accordé à l'assurée salariée. Les cotisations sont à la charge pour partie par l'employeur et par le salarié.

*Prestations en nature*

Pour bénéficier des prestations en nature, les conditions sont les mêmes qu'en maladie. Les frais de la grossesse, de l'accouchement et de ses suites, ainsi que les frais d'hospitalisation pendant une durée de 8 jours de la mère et de l'enfant, sont remboursables à 100 % des tarifs fixés par voie réglementaire.

*Prestations en espèces*

L'assurée salariée en arrêt de maternité a droit à une indemnité journalière dont le montant est égal à 100 % du salaire soumis à cotisation, après déduction des cotisations de la Sécurité sociale et des impôts.

### Les prestations familiales

Pour percevoir les prestations familiales, les enfants doivent être à la charge du travailleur. La limite d'âge est de 17 ans, et de 21 ans en cas de poursuite des études.

• **Allocations familiales**

Pour un allocataire disposant de revenus inférieurs ou égaux à 15 000 dinars algériens :
– du 1^er^ au 5^e^ enfant : 600 DA par mois et par enfant ;
– à partir du 6^e^ enfant : 300 DA par mois.
Pour un allocataire disposant de revenus supérieurs : 300 DA par mois et par enfant, quel que soit son rang.

• **Allocation de scolarité**

Il s'agit d'une allocation annuelle versée en une seule fois pour chaque enfant scolarisé à partir de 6 ans jusqu'à 21 ans.
Pour un allocataire disposant de revenus mensuels inférieurs ou égaux à 15 000 DA :
– par enfant, du 1^er^ au 5^e^ : 800 DA ;
– à partir du 6^e^ enfant : 400 DA.

Pour un allocataire disposant de revenus mensuels supérieurs à 15 000 DA : 400 DA par mois et par enfant quel que soit son rang.

## Maroc et Tunisie

**La protection sociale**
Il existe au Maroc et en Tunisie plusieurs régimes de protection sociale qui se trouvent gérés par des caisses différentes : pour les salariés du secteur privé, public, pour les travailleurs indépendants.

- **Affiliation**

Les employeurs sont dans l'obligation de déclarer leurs employés dans les 30 jours suivant leur embauche. Les contributions sociales sont à la charge de l'employeur et du salarié.
Pour pouvoir prétendre aux prestations en espèces de l'assurance maladie, une période de cotisation d'une durée de 54 jours dans les 6 mois précédant l'arrêt est requise au Maroc et de 50 jours en Tunisie. Il existe un délai de carence de 3 jours au Maroc et de 6 jours en Tunisie. Les indemnités peuvent être versées durant 52 semaines au cours de 2 années consécutives qui suivent l'arrêt de maladie au Maroc et dans la limite de 180 jours en Tunisie.

- **Assurance maternité**

**Un droit au congé de maternité** existe au Maroc comme en Tunisie. Au Maroc, 14 semaines de congé sont accordées, dont 6 semaines minimum après l'accouchement. En Tunisie, ce congé est de 30 jours sur production d'un certificat médical, et peut-être prolongé par période de 15 jours sur justificatifs des certificats médicaux.
Dans les deux pays, l'assurance prend en charge pendant toute la grossesse l'ensemble des prestations requises par la maternité : visites médicales, radiographies, analyses biologiques mais à des taux différents ; en totalité au Maroc ; à 70 % pour les visites médicales et à 85 % pour les médicaments en Tunisie.
**Les prestations en espèces** : au Maroc, si l'assurée peut justifier de 54 jours de cotisations pendant les 10 mois précédant la date du début du congé de maternité, elle bénéficie d'indemnités journalières dont le montant ne peut être inférieur au SMIG, soit 2 570 dirhams pour 191 heures mensuelles. En Tunisie, l'assurée doit justifier de 80 jours de travail pendant l'année civile précédant la date d'accouchement.

- **Congé de paternité**

Le père a droit à un congé de naissance de 3 jours qui est remboursé directement par la CNSS à l'employeur. L'indemnité ne peut pas dépasser le montant maximum de 692,30 dirhams.

**Les prestations familiales**
Pour bénéficier des allocations familiales, le salarié doit justifier de 108 jours de cotisations pendant 6 mois d'immatriculation et percevoir un salaire minimum mensuel, les enfants doivent être à la charge du travailleur et résider à son domicile. Le versement est limité aux 6 premiers enfants.
La **limite d'âge** au Maroc est de 12 ans, 18 ans si les enfants poursuivent des études, et 21 ans s'ils les poursuivent à l'étranger. En Tunisie, la limite est de 14 ans ou de 16 ans pour ceux qui poursuivent des études ou pour les filles remplaçant leur mère au foyer ; sans limite d'âge pour les enfants handicapés. Les travailleurs indépendants n'ont pas droit aux prestations familiales.
À côté des allocations familiales, il existe en Tunisie une **majoration pour salaire unique** pour les familles ayant droit aux allocations familiales et dont un seul membre du couple exerce une activité salariée ; une allocation limitée à un jour financée par l'employeur pour le père sur les 7 jours de congé de paternité. Enfin, une **contribution aux frais de crèche** peut être accordée aux mères actives dont le salaire ne dépasse pas un certain montant. L'âge des enfants doit être compris entre 2 mois et 3 ans et l'enfant doit être inscrit dans une crèche agrée par le ministère chargé de l'enfance.

- **Montant mensuel au Maroc des prestations familiales :**
  - 200 dirhams pour les 3 premiers enfants et pour chacun ;
  - 36 dirhams à partir du 4ᵉ enfant et pour chacun.
- **Montant mensuel en Tunisie des prestations familiales :**
  - premier enfant : 7,320 dinars par mois ;
  - deuxième enfant : 6,506 dinars ;
  - troisième enfant : 5,693 dinars.

***Adresses utiles :***

- CNAS – BP 63, Alger, Algérie
  Tél. : 00 213 21 91 21 66 ou 00 213 21 91 16 61
  www.cnas.dz
- Casnos, 5, passage Abou-Hamou-Moussa, Alger, Algérie
  Tél. : 00 213 021 78 21 60/27
  contact@casnos.com.dz
- CNSS, 649, boulevard Mohamed-V
  BP 10726 Casablanca, Maroc.
  Tél : 022 24 40 44
  www.cnss.ma
- Caisse nationale de sécurité sociale
  49, avenue Taïeb-M'hiri 1002 Tunis belvédère Tunisie
  Tél : (216) 71 796 744
  Fax : 00(216) 71 783 223
  www.cnss.nat.tn

# Index

## A



## B

# C



# D

## E



## F



## G



## H

## I



## J



## K



## L



## M

# N



# O



# P

# Q



# R

# S



# T

# U



# V



# Y



# Z

# Le courrier de *J'élève mon enfant*

**Avez-vous une suggestion à faire ? Une question à poser ?**
**Souhaitez-vous faire part de votre expérience ?**
**N'hésitez pas à nous écrire !**

Vous êtes nombreux à nous écrire et nous vous répondons de notre mieux, en toute confidentialité. Un échange constructif et enrichissant s'instaure car vous réagissez souvent à ce que nous vous écrivons, pour ajouter un commentaire, préciser votre demande, ou simplement nous dire que vous avez apprécié notre conseil. Ce courrier nous fait vraiment plaisir. Écrire un livre est un long monologue, recevoir une lettre, un courriel, le transforme en dialogue et montre qu'il a atteint son but.
Ces témoignages nous permettent de tenir compte au mieux des attentes de nos lectrices et lecteurs. Ils sont pour toute l'équipe de *J'élève mon enfant* un encouragement à poursuivre chaque année notre travail.

**Voici notre adresse mail :**
**courrier@laurencepernoud.com**

**et notre adresse postale :**
**Laurence Pernoud -**
**Éditions Albin Michel**
**22, rue Huyghens 75014 Paris**

Ces échanges de courriers et/ou emails ne font l'objet d'aucun traitement de données à caractère personnel de notre part. Pour toute question sur ce sujet, vous pouvez nous contacter via les adresses indiquées ci-dessus.

# Crédits photographiques :

Couverture : Candice Henin – p. 2 : Shutterstock – p. 4 : Getty Images – p. 5 : Ruth Jenkinson/SPL/Photononstop – p. 8 : Getty Images – p. 9 : Plainpicture – p. 11 : Getty Images – p. 15 : Phanie – p. 16 : Shutterstock – p. 19 : Shutterstock – p. 21 : PhotoAlto – p. 22 : BSIP – p. 23 : BSIP – p. 25 : Shutterstock – p. 26 : Shutterstock – p. 27 : Shutterstock – p. 28 : Masterfile – p. 30 : Shutterstock ; Istockphoto – p. 32 : Shutterstock – p. 33 : Fotolia – p. 34 : PhotoAlto – p. 37 : Getty Images ; Digital Vision – p. 43 : Fotolia – p. 46 : Phanie – p. 49 : Istockphoto – p. 55 : Vladimir Godnik/Plainpicture – p. 60 : Getty Images – p. 63 : Fotolia – p. 65 : Milatas – p. 68 : BSIP – p. 71 : 123RF – p. 77 : Fotolia ; Fotolia – p. 78 : Fotolia – p. 79 : Shutterstock – p. 80 : Fotolia – p. 81 : Getty Images – p. 83 : Istockphoto – p. 86 : Shutterstock – p. 87 : Fotolia – p. 88 : Istockphoto – p. 89 : Fotolia – p. 94 : Shutterstock – p. 100 : Shutterstock – p. 102 : Shutterstock – p. 107 : ziggy_mars/Shutterstock – p. 109 : Fotolia – p. 113 : Shutterstock – p. 114 : Fotolia – p. 115 : Fotolia – p. 116 : Fotolia – p. 117 : Phanie – p. 121 : Shutterstock – p. 122 : Shutterstock – p. 123 : Plainpicture – p. 124 : Fotolia – p. 125 : Istockphoto – p. 126 : Fotolia – p. 127 : Fotolia – p. 130 : Getty Images – p. 133 : Shutterstock – p. 137 : Getty Images – p. 139 : Getty Images – p. 142 : 123RF – p. 144 : Banana Stock – p. 148 : Leonid Ikan/123RF – p. 151 : Hana Grison – p. 152 : AgeFotostock – p. 153 : Shutterstock – p. 155 : Phanie – p. 159 : Getty Images – p. 161 : Getty Images – p. 163 : Banana Stock – p. 165 : Hana Grison – p. 166 : Shutterstock – p. 168 : Fotolia – p. 169 : Istockphoto – p. 171 : Fotolia – p. 174 : Fotolia – p. 178 : Getty Images – p. 179 : Jum Erockson/Plainpicture – p. 182 : Shutterstock – p. 183 : Fotolia – p. 185 : Istockphoto – p. 186 : Istockphoto – p. 189 : Shutterstock ; Fotolia – p. 191 : Getty Images – p. 195 : Shutterstock – p. 196 : Shutterstock – p. 197 : Shutterstock – p. 199 : Fotolia – p. 201 : Shutterstock – p. 202 : Fotolia – p. 204 : Getty Images – p. 206 : Getty Images – p. 207 : Istockphoto ; 123RF ; Fotolia – p. 209 : Istockphoto – p. 211: Istockphoto – p. 214 : Shutterstock – p. 215 : Fotolia ; Istockphoto ; Fotolia, Shutterstock – p. 221 : Getty Images – p. 222 : Plainpicture – p. 224 : Fotolia, Shutterstock – p. 230 : Plainpicture – p. 232 : Shutterstock ; Fotolia – p. 237 : Shutterstock – p. 239 : Getty Images – p. 240 : Fotolia – p. 242 : Istockphoto ; Fotolia – p. 244 : Fotolia – p. 247 : Shutterstock – p. 248 : Istockphoto – p. 250 : Istockphoto ; Fotolia ; Shutterstock – p. 251 : Getty Images – p. 254 : 123RF – p. 257 : Shutterstock ; Fotolia – p. 258 : Corbis – p. 259 : Getty Images – p. 262 : Fotolia – p. 265 : Getty Images – p. 268 : Istockphoto – p. 269 : Shutterstock – p. 270 : Oriane Macé – p. 272 : Getty Images – p. 274 : Plainpicture – p. 275 : Plainpicture – p. 276 : Istockphoto – p. 277 : Shutterstock – p. 278 : Fotolia – p.281:Fotolia – p. 285 : Shutterstock – p. 286 : Fotolia – p. 288 : Masterfile – p. 289 : Istockphoto – p. 290 : Shutterstock – p. 291 : Shutterstock – p. 293 : GettyImages – p. 295 : Shutterstock – p. 297 : Fotolia – p. 298 : AgeFotostock – p. 301 : Fourth + Hazel Photography for awesome kids / Moment – p. 302 : Shutterstock – p. 303 : Plainpicture – p. 304 : Fotolia – p. 307 : Shutterstock – p. 312 : Plainpicture – p. 317 : Istockphoto – p. 319 : Igor Emmerich/Getty Images – p. 322 : Florian Kresse/Plainpicture – p. 325 : Fotolia – p. 332 : Shutterstock – p. 335 : Shutterstock – p. 336 : Shutterstock – p. 338 : Blend Images – KidStock / Brand X Pictures – p. 341 : Fotolia – p. 342 : Fotolia – p. 343 : Ministère chargé de la Santé – p. 345 : Ministère chargé de la Santé – p. 346 : Ministère chargé de la Santé – p. 351 : Istockphoto – p. 353 : Fotolia – p. 354 : Fotolia – p. 355 : Istockphoto – p. 356 : Fotolia – p. 359 : Fotolia – p. 363 : Fotolia – p. 364 : Johan Roussel – p. 368 : Shutterstock – p. 369 : Fotolia – p. 372 : Istockphoto – p. 373 : BSIP – p. 375 : Istockphoto – p. 378 : Fotolia – p. 384 : Shutterstock – p. 456 : Istockphoto – p. 457 : Shutterstock. – p. 458 : Shutterstock – p. 512 : Shutterstock.

Pictogrammes et illustrations : Royalty free /istock/ et Royalty free /istock/shutterstock

# Conception couverture :

Johanna Fritz

Mise en pages NordCompo

Couverture : Johanna Fritz
Composition et mise en pages : Nord Compo

Éditions Albin Michel
22, rue Huyghens, 75014 Paris
www.albin-michel.fr

ISBN : 978-2-226-48043-9
N° d'édition : 25270/01 – N° d'impression : 44632

Impression : décembre 2022

Dépôt légal : janvier 2023
Imprimé en France par Pollina, Luçon